霍香结作品

铜座全集

霍香结 著

作家出版社

鸣 谢

*

　　本书参引除田野考察所得之外，使用到的第一手资料一部分是由我的爷爷李维先生（一九一九—二〇一二）提供的；一部分是费铭德（十七世纪）留下的；还有一部分是我的向导兼合作者谢秉勋提供的，在征得他的同意之后一同发表。在此，感谢之言已无足轻重。谨以此书献给他们和我生活过的地方，不管是活着的还是死去的。

李维序

*

现在捉笔不起，脑子时断时续，眼前发生的事一概记不住，过去的事像野草拔不掉，一张口就是老记性。

解放后没几年，一九五六年吧，中央有政策，要做全国的少数民族调查，调查人种、语言、地理、组织、风俗，我是市文化宣传干事，我的工作是衔接上面来的工作组，深入到下面去，湘桂边陲向来以崖幽谷奥，语言不可沟通，交通不便著称，越城岭山脉中除了苗、瑶、侗、僮而外，传说还有伢人、姆姥、伶人混居，又有相对集中的部落，或为数不多的苦荬伶，就在我的老家。我的祖父是从汤错（铜座）出来的，祖父在那阵吧，我们还经常归赴，能听懂汤错老话，工作组来了，我负责带白馥君去汤错，他是省里专家，为了采编材料，来来回回在那边摸爬滚打了好几个月。汤错公所正好处在越城岭山脉第二高峰真宝鼎山腰上，我们的话不同于桂柳话，也不同于苗、瑶、侗、僮，又挨着龙胜，也是广义的湘桂黔交界地带，有可能是伶人，大家就奔着这个疑惑去了，民族识别的工作本来就很复杂，有人认为伶人是苗族的一支，有人认为是外地迁徙过来的，口音接近客家话，所

3

以叫作伶人，伶人就是另人、外地人，伢可能是另（lia/ŋia）的音转，也可能是僚（lia）的音转，一个村落也还夹杂有别的语言，话不清楚，历史上的文献记载，也比较杂芜。我懂些汤错古话，但不懂记录，工作组就组织我们学习，才晓来李方桂、罗常培、高本汉、费孝通这些名字。我们的调查资料后来没有公布或采用，可能是因为伶人不构成一个"族"吧，行政上称之为各族自治，这些问题今天也还有争议，我们的邻县龙胜分别出了近三十个少数民族，均采用，但没有伶族。从已经分别的方言和民族来看，伶话是一种混合汉语和各种方言之后产生的新方言。在民族识别这方面的工作我是那个时候介入的，后来还零星写点材料（感想），我想了解这一支的情况。回城之后，工作组的人走了，我调到了林业部门，虽然还下乡分管汤错那边，但没有更深入继续这方面的工作。我也偶然读到一些材料和文章，谈及我们汤错那一带的。你的工作已经远远超出了我们当时的工作，甚至我都不认得汤错了。我现在走不动了，回不去了，通过他们（指他的家里人）跟我讲解和诵读，好像又回到了汤错一样，可究竟是回不去了，连我们从哪里来到现在都不晓。

就以这个话做序言吧。

公元二〇一〇年夏桂林李维　时年九十一岁
上文根据口述整理

目 录

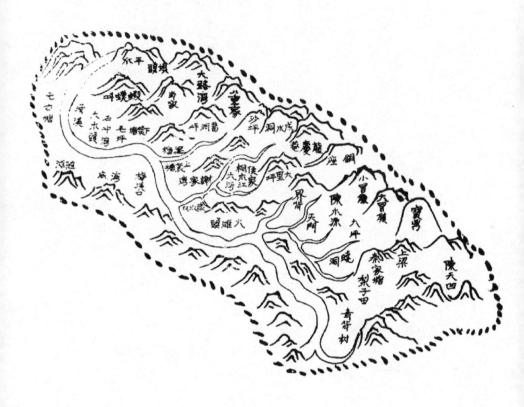

铜座手绘地形图

光绪庚子（1875）铜座地方始入版图
载理苗州署版《西延轶志》"长乡图"
四邻村落名称尚无变化
编纂者乃时署全州州同江苏程紫垣

凡　例

汤错，以及它的象征群众
在开始描述汤错之前我们确定本书的几条原理
后文是在此基础上螺旋展开的

第一条

1. 汤错是一个**词**。

第二条

2.1　然后才是一个**概念实体**。

2.2　这个实体有它应有的意识活动、语言、肉身，以及象征群众。

第三条

3.1　泯灭掉人，人性的，太人性的。

3.1.1　物，物性，才是我们叙述的主体。

3.2　从物性出发，对感官触及的感性史进行还原。

第四条

4.1　适当地避免某种泛滥。

4.2　写作者并非要神化，或上升他的写作对象，相反，他是在模仿对上苍秩序的忠实性中逐渐坠落和浊化的。

第五条

5. 它渗透在一切关系之中。

第六条

6. 写一本物性的或者说重建想象的文本将会是什么样子？

第七条

7. 本书将没有情节，也没有故事。

第八条

8. 叙述者是李氏假设，即我本人。

8.1　作者成为作者身上的他者。

第九条

9. 宗旨只有一个：

9.1　一个词的肉身化过程是不是我看到的样子？

9.1.1　或者说，**大地的肉身意识**。

9.1.1.1　我相信，这一点广泛地解释了这个概念实体。

二〇〇八年

卷　一

汤错
中国南部省一个由等语线构成的靶片

> 我把那些不是由人组成而在感觉上仍然是群众的集
> 体单位，称作群众象征。谷物、森林、雨、风沙、海洋以
> 及火就是这类单位。这类现象的每一种自身都包含着群众
> 的一些基本属性。虽然它们不是由人组成，但是在神话、
> 梦、语言和歌谣中都象征地代表群众。把这些象征同群众
> 结晶明确无误地区分开是适当的。群众结晶表现为一个由
> 人组成的群体，其明显的特点是一致性和统一性。它们在
> 人们的想象和体验中是统一体，但始终由真正活动的人组
> 成，例如士兵、僧侣、乐队组成，相反，群众象征本身绝
> 不是人并且只是在人的感觉上是群众。
>
> ——埃利亚斯·卡内提

与往常不同的是，这次我们打算放弃以人为中心，再来谈论本
书的主体——汤错，以及它的象征群众[1]，这是以物和它的核心命名

结晶群众
和象征群
众

[1] 《群众与权力》页48，（德）埃利亚斯·卡内提著，冯文光、刘敏、张毅译，中央编译出版社，2002。

的。读者可能要埋怨我们的这种造次。在地域性写作割据和文学故乡营造甚嚣尘上的今天，无疑这种做法还是比较克制和反思的，我们没有往一枚邮票大小的文学故乡中装填老套的滥竽充数的小说故事，而是博物与百科工作，这点读者尽可以放心，邮票是既定的比喻，我们的对象是蜗牛角上的岛屿，乃至很长时间没有纳入版图，故此我们称其为夸克型或离子型存在。但有时候作者也不能免俗，在艺文志部分我们还是进行了按部就班的所谓小说创作，谁叫它是艺文志呢。要怪也要怪先人们创造地志恒量这种体裁的先天不足吧。那么，谁会关心星球上如此遥远的一个化外之地呢？任何一种地方性知识都是一种宇宙知识，即它的居有者所认知的宇宙，据此我们试图建立起一个地志恒量的形象。这个地方就是汤错。当然，尽管这是宇宙知识的一种，却是一种非主流知识，甚至是一种被拒知识。我们要进入的汤错就属于这种被拒知识支持和诞生的地方。

汤错[①]，中国南部一个山村的名字，作者即李氏假设的文学故乡，实际上，我们已经说不清那倒底还是不是作者的故乡，或者我们将要看到的那个实体事物，抑或原本就是一个文本中的幽灵。在我们的写作中它尽可以是一个没有人居住的村落，事实上，因为长久存在的缘故，它还是有人居住的形象。希望读者能够体谅我们的苦衷。我们经常穿行在文本的故乡和我们用双脚旅行与眼睛看见的故乡之间。

汤错是村命名，是中国最小的自然行政单位，本书的真正主体。实质上，情况比这要严峻，自古以来在中国，山村尤其是汤错这样的化外之地算不上真正意义上的行政单位，与施行保甲制度的羁縻村洞有很大区别，它只是一个自然群落的族群存在象征。卡内提把由人组成的群体称之为群众结晶，把物构成的群体称之为群众象征。在这里，我们做了重新命名，我们恰恰是以物作为主人公出

---

① 汤错，铜座一词在祖语中的叫法。村庄往往由多种语系同时灌溉，而且这种情况十分普遍。所以存在方言语系中的称呼，也存在行政上的称呼。

现的，所以把河流、山脉、植物、季候称之为汤错的**结晶群众**，而不是群众象征。群众结晶原本指人的族群，现在，它们是**象征群众**，隐没和依附在结晶群体之上。结晶群众呈现出来的永恒性质比人群要坚强得多。他们的变更和迁徙需要更为强大的自然力的参与。我们探讨的存在于一五二四——一五四〇年的那些"结晶群众"在今天早已荡然无存（参小说资料二编：汤错，以及通往它的道路），而我们的"象征群众"依然还在，并且将长久地存在下去。这种自然力应当使依附其上的人族产生敬畏。如果不是以人为中心作为出发点，那么象征群众就不是**在人的感觉上**是群众的问题了，而是，他们实际上就是结晶群众。但是，也意味着我们会放弃人类，它们以集团心理隐蔽地流淌着，在物性之中。表现为语言、文字、图腾、禁忌、习俗，这种存在比肉身更为持久，具有连续性。因此是长时段的经验凝结。那么，它们的存在和个人之间实际上存在无法弥补的空隙。再者，以物为主体的群众作为以人为主体的我们无法介入，不能让它们开口说话，这一点仍然无法弥补。如果说象征群众是人格秩序，结晶群众是非人格秩序，那么，二者之间相互转换的进程、转折以及临界状态是我们想要的观察对象。

关于时段的界定，假设有一个人，即凡例中所谓李氏假设，在这个周期内他能看到的就是这些，即我们写下的这些，可以得到一个很奇怪的结果。有我，甲人。甲人是作者设置的人物，这个人物拥有完整的人生周期。他身边的一切就是这部书的写作对象。而连续的人生周期仍然不能等同于象征群众和结晶群众的整体。可是作为我，根本没有活得那么长久，可见，甲人在和我遭遇的时候，我所写下的仍是他或他们讲述的局部，但腾出了一个经验重叠空间，并且可以获得实质性的内容。整个汤错的写作关键点在于把人性转到物性上，作者有一种表面上可以写完汤错的感觉，实际上是不可能穷尽的。当我们明白这个文本边界之后，既令人高兴，也让人坚信，铜座是写不完的，何况汤错还是一个早期的存在。写作涉及的仅仅只是很少的一部分，不等于汤错全部历史。如果我能像狄金森一样，用一生来侍弄一个花园，那么这座花园也能拥有完整史，那该有多好啊。

从工作方法上，我们并没有汤错的地质工作者那样细心周密，他们的工作是对每一个山头、坡面、水沟都进行勘测、绘图。每一个靶片都有地图和数据呈示出来。而我们散漫的田野调查与写作显然没有这种严谨的梳理，仅仅依靠文体的形式感来维持其不崩溃。[①]

第一开头

首先是山。正如布罗代尔在自己的著作中所说的那样。[②] 在这里，我们首先没有说山，而山应该是首先的。在众多感觉中，山首先出现在我们的视觉象征体系中。这是一个海拔大约在一千四百米以上的村庄，村庄被连绵不绝的山脉包围着。（参卷六）[③] 我被这里的高度吸引着，然后开始了对山的判断。这个高度是估算，由广州一路北上的猜测。河流的变细使我感觉到这里快到源头了，因此，这里也可能是中国南部最高的山脉之一。一南一北，两条大的山脉，都庞岭，越城岭。这条河直接流经梧州，汇往珠江——中国南部最大的河流。这个村庄位于越城岭山脉众山之中，对望都庞岭。这里离中国南部最高山峰猫儿山还有一大天的路程，我从来没有爬上去过。采药的人说山上长满了各种珍稀药材，还有一处古代遗址。在

---

① 方言地理学家也采用同言线（等语线）绘制类似靶片的语言地图，早先如比利时汉学家贺登崧（W.A.Grootaers，1911~1999）神甫的著作使用到的方法，其学生王辅世先生所著《宣化方言地图》（成书于1950年，1994年出版）是这种方法的进一步实践。

② 指费尔南·布罗代尔的《菲利普二世时代的地中海和地中海世界》。

③ 这里援引的都是托梅·皮内斯《一份十六世纪葡萄牙传教士手稿——关于中国事物的报道》（以下简称报道）中的原文，这篇报道是研究16世纪的汤错的主要文献，见本书卷六小说资料二编，下文各处引用都是如此。

那篇被平托和果阿神学院删减过的《关于中国事物的报道》中费铭德神甫曾提过，还有一些人家住得稍微偏远一点，不过，也能看到，看起来他们像在山上，屋脊碰到白云了，河谷的人称他们为山里人（参卷六）。山脉具有永恒象征和整体不变性。它们的改变是几万年、几百万年的事情。不是人类所能为的。

第二开头

我必须承认汤错［dɑŋ¹³tsho²¹³］是一个模糊的实体，我既不能给出一个确切的年表，也不能在时间的度上分得更加清晰，这是一个没有历史的实体（主要是因为我们的忽视，这种忽视是广袤的），我只能从更加模糊但又是整体的一些东西来实证它内在的一些稳态的演变，比如集团心理、语言的变迁、地貌的改变，以及那些象征群众。"这里一穷二白，默默无闻，没有任何可以称之为文化象征的实物。汤错并非没有人，而是人到哪里去了，有些家庭、家族整体性地搬迁或消失于此。比较我们经历过的二十世纪八九十年代，这里的确没有多少人了。"（谢）我和我的合作者，以及前辈走入的正是这样一个越城岭山脉西麓山谷中的村落。我之所以最终选定这样一个地方作为我的写作对象，绝对不是因为它的穷白，也不是它蕴藏宏富的默默无闻，而是因为我相信，只要是存在都会有它自己的历史，它同样经历时间和我们所愿意看到的一切。

"陈先生可以为一个妓女立传①，祭出皇皇百万言，他有那么无聊？固处于低处，方便察夷夏之变，观风礼俗罢了。"

对于一无所有的汤错，只要有心打理，我们仍然可以建立任何一个有人居住的地方性形象。而且我越来越相信这个带着曙色黎明的形象正在我的眼前冉冉升起。

---

① 指陈寅恪作《柳如是别传》，陈谓柳氏为婉娈倚门之少女，绸缪鼓瑟之小妇。迂腐者深诋，轻薄者厚诬。

它位于越城岭山脉东端条状山脊中，是岭西省北部边缘的一个角落，与宝庆府接壤，离城区辐射距离约一百五十公里，当地人使用汤错语、新方话，以及一种他们自己称作普通话的方言。精通本地语的人也只有本地村民和周边界线上的邻村人，它由等语线形成了一个小小的语言学上的孤岛。关乎它的一切，我们称其为夸克或离子岛屿事件。从山脉中积蓄下来的两条小溪在村子中央璧合为一，它没有名字，我在负责汤错靶片的地质工作者的地图上看到，他们自主地把这条河命名为马尾河，实际上是北边的那条汉江，因为那里有一处矿苗。我们沿用了这个并不为本地人所知的名字，这些地图到现在为止还没有解禁，他们二十世纪五十年代来过这里工作，绘制了地图，可以称作军事用途的，汤错没有被漏掉，试想其他地方也断然没有漏掉的可能。

　　同样，作为外来考察者的我展示的田野考察在我们之间获得了惺惺相惜的认同，我们都在找矿，只是矿的形态不同而已。于是在成为朋友之后，两位地质工作者向我展示了他们的工作，由另一个专业构成的从二十世纪五十年代开始以及组织近三十年持续工作的作品——汤错靶片图纸。

　　据他们说，靶片是终身负责制的，现在又来他们的靶片上进行第二次测绘工作。最早对这个越城岭山脉中的小山村的文化内容投以考古的则是李维，当然还有植物学家来过这里，那是一九五九年。李维在解放初期到这一带做伶人社会历史调查时在这个山村逗留过，除了完成他的本职工作之外，他具有一个民族志工作者的优秀素质，对汤错的历史予以过精心的考究，自今天看来，他完全是出于对自己职业病态的癖好，而对如此琐屑的乡村知识感兴趣的人几乎没有第二个了。当然我认为是他对"我从哪里来"的迷惑，一如眼下的谢秉勋。"西延伶人社会历史调查"的全部资料收入一九八七年出版的《岭西省苗族社会历史调查》①丛书。汤错的资料却没有出版，这

————————————
① 岭西省即原广西北部非粤语区。

和大多数其他民族志工作者遇到的情形一样。另外，还有一个对我们来说是举足轻重的人物，他是偶然介入的，这个人就是来自里斯本附近的阿尔科切特人——费铭德神甫，李维的资料中并没有提及这个人，可见，当时他还无从知晓费铭德神甫与汤错的关系，或者当时的气氛不允许他有更多的关注这方面事情的机会。从他的记述中我们得知，十六世纪中早期的某个时候，费铭德神甫和他的仆人从广州的大牢里释放出来之后，由珠江北上到苍梧，由漓水抵达岭西城，再进入灵渠，然后悄然消逝在越城岭山脉中的某个村落。这个村落就是汤错，准确说是汤错的 B 圈，新方话族群居住的地方。

由市区径直往北去，山势慢慢抬高……

好像进入一片陌生的海域，此时的我们正处于激流的渡口，陆地和海洋分割的边缘。

＊　　　＊　　　＊

"有什么理由说语言即存在？"

"那是人家的问题。后现代哲学的解构和消解实则是针对逻辑专制和理性主义传统而言的，它是解构和消解的主要对象，目的也是为了释放被逻辑遮蔽、虚掩的全部。最后无一避免地都走到了语言。语言就是我们的存在，它不能被逻辑套死在日常之外。而对我而言，从曾经的话语习惯中释放出来，是现在要做的。"

"我们的话语习惯就是政治，没有逻辑思维的我们的语言沾染上了这种病毒，这个病毒就是我们要进入且要消毒的。"

"并非没有逻辑，逻辑语言在我们就相当于象思维，还有数和理。怎么说没有逻辑呢？只是定义不同而已。存在的本质并非没有不同，我们不要被语言框死，要越过这个山丘。"

"我们的后现代哲学文化观并不是西方式地去反对逻辑专政，反对反思，而是要反对语言中的意识形态暴力。"

"这里强调政治和强调这种语言中的诗学是同等重要的。"

具有象征意义的理想岛屿已经不存在了

"回到现场，在对语言的清理中——基本上是考古工作，但又不是形而上地谈论我们的现场和对象，而在这里，多种方言的交叉对质中，修复这门语言的形上部分，修复语言的肉身。当然，还牵涉语言中的人质这个问题，尤其是人的认知和思维状况。"

"你这样的想法，出发点可能导致的直接结果就是一般预设。"

"一般预设会阻碍看事物的方式，我深深地感觉到了这一点。我原本的地方性知识预备不够是一个原因；我不能很快抛弃仅有的地方性知识又是另一个。这是多么地矛盾。

"接下来的工作，我们希望把任何有漏洞的地方堵上。我们不是正在做着求证的工作吗？当然，只是呈现便很好。而且抓住汤错，牢牢地抓住汤错。所有趋向结论的话语要变成发现的惊喜。或者纯然的表述本身。想从汤错来看整个中国文化的出发点是不对的。现在的想法是，从汤错来看汤错。从汤错到汤错。呈现汤错。在文化的立场上，我们要扬弃什么？我只是呈现，只要有的，我都认为它应该存在。我并不需要去哀叹其消逝，也无须赞美它进步。它就是存在。"

"存在也有低级和庸俗的一面，你还是要和你的写作对象保持一定的距离。"

"正是这样。对于汤错，我在来来去去之间。不过，我现在发现自己还是归来①了。不是因为别的，好像也没有特别好的理由。地球是圆的，每个人、每个地方都可以踩到大地，也可以看到天空。"

"对的，所以，根本不存在强调，也不存在偏僻。每个人想要寻找的理想的各种具有象征意义的岛屿已经不存在了。那只不过是一个假设，假设某人一出生——就被抛弃到了一个没有干扰的岛屿，然后长大，发现世界的真理。这怎么可能呢？"

"对啊，地方性知识是一种长期积累。在这种积累当中，有的被剔除掉了，有的保留了下来。对于剔除掉的那部分有的可以复活，

---

① 归来，汤错将回说归，读［tɕy³¹］。

有的当真死去。时间也跟我们开玩笑。集中在一个短暂的时间里看社会属性的方式根本不适合一种追究人性根源的写作。"

"其实这也是年鉴学派、微观史学，以及国内某些在国外发家的人类学派暴露出来的薄弱之处，不过，那不能看作艺术作品。这立场很重要。"

"我们不喜欢那么理性地对待物。更多地强调心态积累的结果。强调'合一'的过程所获得的心境。当然，这里要区分，精英分子和乡野之民所具有的区别。这种区别是明显的。乡野这边根本的，也就是往那个方向靠拢，但极少数也安于处下。在世俗的情境当中，合'理'，获得生存权利的优越感一直是他们认为的自我超越。目前，物质的极大丰富的确俘虏了他们。"

"把物、物质、财富这些概念混用的人，当然可惜，就如本雅明的风物，街垒研究，那还不是物。物是终极的。我们没有物的概念。不过，我们也不那么肯定以前是否就曾经有过。我们仍然在幻想一个全部人类精英集结的古代，或者把全部精英压缩出来的一个时代，部族，我们把这称之为民族、民族性，以它们提溜出来的内容就是精神史诗。这个是我们幻想出来的。"

"这是难免的。这种幻想是否就是一种真实性？它具有繁殖心灵的作用？

"所谓物的终极，终究难以言说，因为这个问题纠缠了我们几千年，也不是今天就能说清楚的。这近乎有和无到底哪个是宇宙的起源一样难以回答。我们想说的物是它的对立存在，就好比我们谈及我们和汤错的时候，我们希望看到它们的对立存在塑造和雕刻了这一切，比如引力、磁力，以及文化基因封印的心理意识，我们说的终极的物，大抵要包括这些。在我们描述一个面的时候，我们看见的是另一面，它们的存在共轭。"

*   *   *

太阳升起
的地方

　　我毅然期待，甚或期待看到一些奇风异俗，以消解我的不辞辛劳。我们越来越靠近越城岭山脉的龙脊，从一个坳口翻越山脊，到了山的另一面。这里有一条路和灵渠相往来。当年，费铭德神甫和他的仆人是不是从这里进入汤错的尚需考证。他们从灵渠上岸之后，很可能从南往北走的是山路。灵渠的历史可以追溯到修建这一伟大构筑的命令颁布者秦始皇，它构成帝国以及通往它的道路的一部分，"秦始皇突破去越南的关隘灵渠就在这个位置的咽喉上"（谢）。路随河道，进入资水河谷地带，沿着这条走廊，一直到梅溪咸水口，离楚国的边境就已经近在咫尺了，资水进入崀山之后谓之夫夷水，我们已经驶入一条关于文化的泛边界带的边缘。我们将在此掉头，朝着太阳升起的地方进山，过咸水口大桥，重新对准越城岭山脉，这一路上都是递增的地势。从河床开始到汤错的最高山峰真宝顶的海拔落差有一千八百多米。汤错 A 圈、B 圈、C 圈就位于这个垂直落差范畴之内。它由众多的溙流、少量的大山、高山草甸和原始森林构成。山脉形成于加里东运动晚期，内裹的主要是花岗岩，黄壤和黑壤是山体表面即农田和畲的主要泥土层，以及水稻土母质，B 圈则有大量松软潮湿的灰色森林土。阿尔法大陆的地理志上如是描述：

　　"岭南与岭北的水热状况有一定的差异，但北方的寒潮可以通过南岭山地的低谷和垭口进入岭南，因此岭南地区冬天时有寒潮入侵。南岭的降雨量丰富，春天及夏初静止锋驻留于此有时长达两个月之久，阴雨连绵；夏秋之交台风雨较多，冬季则主要下的是锋面雨。南岭地区的季节降雨相对较均匀，发源于此的河流主要有漓江、湘江、资江等。"

　　这三条河流发源地都在我们经过的地方，一千五百年前郦道元的《水经注》说资水、湘水、漓水，今天的叫法将水变成了"江"，而江这个字在古代特指长江，这是它的特权。资水、湘水北去洞庭，

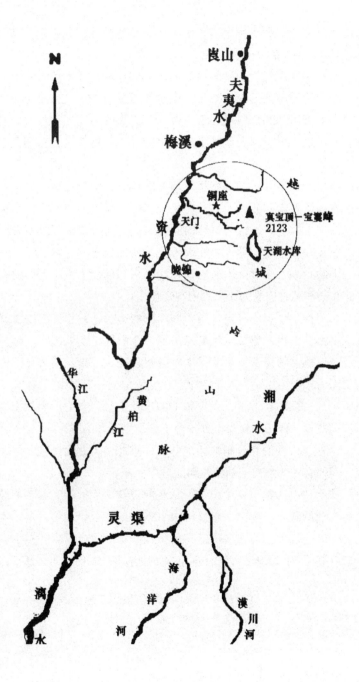

属于长江水系；漓水则南去，属于珠江水系。三江源头，可见我们已经身处这片大陆的隆起之地。

真宝顶是越城岭山脉东段的梢尾，候鸟南北迁徙的时候不能不翻越这座中国南部的高峰。汤错位于其西麓山谷中，河流交叉处海拔七百五十米，和真宝顶二千一百二十三米的高度还有很大一段距离，但是这座山峰就在他们眼前，不管看不看得见它，它都存在于汤错人的心目中。

越城岭山脉北去是湘楚文化孕育的地方，南去是岭南文化覆盖的地方，这条山脉便成为一条文化分水岭，汤错的内部语言结构也辩然体现着这一点，说汤错话的族群居住在河谷地带，说新方话的族群居住在山上。山脉也是岭南岭北的地理分界线，对气流的运行有一定的影响。而灵渠沟通的是长江水系和珠江水系。我们的确已经处在某些谓之边缘的交叉感染地带。

如果换一个词，来讲这条中国南部的山脉，我想很多读者就会熟悉了：老山界。越城岭就是老山界，老山界是本地称呼，也叫瑶山，在教科书的普及下它变得众所周知，而它在地理学著作上的本名反而为人所陌生了。七十四年前在这发生的一场战役①，改变了中国历史的航向。在这里，我们脚下的这片土地，有史以来从来没有像那场战役一样每一粒尘土都浸透了理想主义者的鲜血。

从这里，我们翻过越城岭山脉南面猫儿山与北面真宝鼎两座主峰之间的脊谷，朝真宝鼎腰麓间的村庄而来。

咸水口是汤错的一个出口，枯水的资江河床上暴突着暗紫而又踟蹰不前的阵石，现在，它显得很平静，但这个口却是一个军事要塞。棒棒会战败之前曾在这里与清军展开鏖战。白崇禧的桂系主力从衡宝战役②上撤退下来的时候，这条线路是东安而外入桂的第二条

---

① 湘江战役（1934 年 11 月 27 日至 12 月 1 日），国民党军四道封锁线的最后一道，战役以惨败告终，但粉碎了蒋介石想在湘江以东消灭中央红军的计划。

② 衡宝战役（1949 年 9 月 13 日至 10 月 16 日），又称中南战役。白崇禧军队惨败，其间中华人民共和国成立。

道路。我们经过的是这个战场的局部，共和国的军队在这里将白崇禧的桂系主力部队钓了鱼。

"在蜥蜴国王的想象中，这还是他中华联邦国的纵深防线领地之一。"（谢）

我们还看到一条植物的地理路线，它就在眼前——河道两岸生长着的那些枫杨竟然不是孤立现象。

*　　　*　　　*

谢是我地高时候的同学，在本省的民族大学念书，毕业后，一边在七星岩菜市场做监工，一边为伟大的汉语寻找和谐的音律节奏周期，以期挽回诗人在这个时代缺失的荣耀。在汤错出生长大的他比我更熟悉汤错的各个部位；城里生活久了，开始对他的村庄意识有一定的反省，陷在巨大的自愧当中，他好像已经预感到了自己的某种必须的背叛，他说："我十三岁的时候离开汤错去镇上念书。我们这些人与城市总还是有一定的心理落差。我出来这么多年了，总还是像个当年的孩子，当年的乡下人，也喜欢茹［iou¹³］①老家的霉豆腐、酸辣椒、红楤木刺公头②煮鸡。那里的井水是清甜的。你看我包里。"他从包里摸出一罐黄色汤汁的霉豆腐，汤错本地制作，他打开闻了闻，一股恶臭传开来。他说是香气。我后来才知道，谢秉勋到哪里都带一罐，没有它就吃不下饭。他说，有一回去俄罗斯，边境检查不让多带，半路上就吃完了，在西伯利亚大草原上一个空旷的驿站，他嗅着空罐子，仿佛只有霉豆腐的那股怪味吊着他的胃，那神情真像一个瘾君子，他说他一路上看到湖泊觉得看到的是腊肉、腊肠，以及一罐霉豆腐，而不是湖泊。他是从村庄里出来的为数不

我们去汤错

———————————

① 茹，吃、喝。汤错语表示吃一类动作读［iou¹³］，这字或许也可以是肴，肴的本义也是啖。

② 酸辣椒，坛子菜，腌制的辣椒；红楤木的新嫩刺头，五加科植物，也叫刺老鸦，其新长刺头和根可以煮鸡炖肉。

多的大学生之一，在语言上有更多的敏锐性，他的父亲和母亲说两种不同的方言，这构成他的母语，到镇上念书，又说镇上的话，到县城又说县城的话，到桂林又说桂林的话，读大学的时候，最终要说普通话。这可以看出该地区方言的垒叠和复杂性。汤错语始终是他童年经验的一部分，它可能模糊了，大面积沉沦了，绝妙的词汇也不会使用了，但只要他反身，它们还会从他的躯体复活。正是这种反省，我从他身上看到了更多的价值自觉，从而成为我内涵意义上的向导，也即他既是我的地方性经验的共同呵护者之一，同时，也被我的写作对象化。这个问题有如"写作确定了什么"一样严峻。作为一个走出汤错大山的人，谢秉勋对汤错的感觉是多重的。在我们调查和写作期间，谢秉勋是我的舌头、向导、风情解说员，不要忘了，他还是一位诗人和小说家，综合起来，我称他为乡村柏拉图，或麦田守望者。他也没有拒绝的意思，在我们文本推进的过程中，便也相继充当了这样一个角色，事实上，果真没有这样一位柏拉图，我们的工作真是难以想象。而我呢，是一个陷入绝境的作家，反身变成一个语言学、植物学和人类学爱好者，简单说是一个博物学传统的拥趸，当然，诗歌和文学是我们刻意逃避的东西，它们最应该步入非遗的队伍。不过，这种心态反复不定，突然之间，我们对博物学拥有的巨量词汇产生了浓厚兴趣，这或许就是我们写作的动力所在。对于为什么要写作，一直是我的心病。

"有多大，我说不清，有时候我感觉它很大，有时候又很小。下山就像坐船，那种感觉极其相似，当我挤在坐满妇女、小孩和鸡鸭笼的公交车上摇柴篾火把一样逶迤下山离开的时候，觉得它的的确确只是一个渺小的村子，淹没在群山之中的一个'什么也不是'。没有人提起它它就根本不存在。地势从山顶（ㄆ）往下看像一把椅子（ㄅ），横向看是一些褶子（ㄟ），两千多人就分散或聚集在椅子的坐垫上、轴条上、踏脚上、缝隙里，这个椅子放在越城岭高山的'phiaphia'（这个词翻译出来大抵与坡、不平、斜背的意思对等，即陂，班糜切①）上，两条槽沟从椅子的最上头——也就是山脉最高的地方朝下，在村子中央汇合，然后，由两条变作一条槽沟，俯冲到资水河谷地带。槽沟间就是马尾河（这是他强调过后我启用的词），左右各一条，在双江口汇合，槽沟通过整个村庄，这是一段平缓的河床，走上一段后，便激流而下，冲向资水河谷地，江也改了方向，随大江滔滔北去，直到汇入那个著名而遥远的位于中国腹地的湖泊——洞庭湖，而我们现在正处于帝国腹地的支流末端。汇入洞庭湖即长江之后，再向东去，经过江西江苏在太平洋西海岸抵达出海口，而现在，我们站在这条巨大神经的末梢，犹如在河流的枝杈上吃草的羊，马尾河在村落平缓流淌的这一段五六里长，这是一段静静的幽谷，我们能够听到的河流之声，仍是太平洋的涛声之一种。"

之所以要着意提到洞庭湖，因为那是汤错的结晶群众从北方往南方的迁徙路线之一，显然，他们跟随河流而来。而汤错大山里的紊流就像一大把摇晃的鹿角枝。

"站在高处，就像站在船上。"

*   *   *

村落中这平缓的一段囊括了汤错语族群居住的大部分居民和为 公所
数不多的村庄公共场所。一个村庄应该有自己的河流。也可以反观，在南方，村落、乡镇，以及更上一级的城市，它们都和河流与开阔地分不开。这好比蜜蜂筑巢，先探测水源，然后把巢筑在离水源较近的地方。人类当然也比较明白这一点。在这里要特意提到这一点，是因为汤错民的迁徙和这条河有关系。河流开辟的道路是先民寻找新的居住地时现成的道路吧。同时，文化传播的道路也就与河流结缘甚深了。

---

① 汤错祖语读［phia¹³］。《释名》山旁曰陂，言陂陁也。扬雄《方言》：陂，衺（斜）也，陈、楚、荆、扬曰陂。

村落的核心就是公所，它也是大队、合作社、供销社、人民公社这几个词所代表的那个地方：**铜座公所**。这几种叫法涵盖了整个汤错近代史在政治上的变化。所，最初的含义是伐木的声音，而且是锯子发出来的声音，但所本字从"斤"，指的是使用斧头伐木的声音。不管怎样，这是一个从事生产的地方，而且是公共场所。公所一词来源于经典：徂徉暴虎，献于公所。①

今天的"公所"是由大公贵族之所演变为公家的所，虽然含义有变化，而表示处所这一点是肯定的。念及《诗经》中大叔猎场中纵马奔腾徂身"暴虎"的激烈场面，倍增了几分激昂和远古气息，后来才明白，汤错人早先也是以猎为生，有自己的整套狩猎法，遂即增添了几分切身感受。所到汉代开始出现在建制当中，《汉制》：车驾所在曰"行在所"。它是公所的一种确定和扩大化使用，今天村制中的"公所"只不过在前面加了村的指定，有一阵，铜座的建制是小乡，因此就是乡公所。

这个地方是河流选择的，两江在这里汇合，说明这是一个枢纽地带。它坐落在双江口"丫"字的北侧，临江，江边有许多已经长成的枫杨。无论从哪个方面看，它都是汤错的重心所在地。人们的确也在跟着河走。

合作社是一个年纪轻轻的词，现在还在用，合作社所在是全村商业和行政中心，人们也没有忘记它叫大队、供销社。还诞生过一个词：人民公社。几种叫法合着用，不冲突，实际上，它们都有不同的年代和所指，是新中国成立之后纷纷诞生的词。老公所在北面汉江上的上洞。二十世纪八十年代老公所被哈宝癫子放火烧自己家房子从而也把整个上洞的房屋烧了，公所重新择址迁至现在的下洞，这里就成了全村的行政和经济中心。二十世纪七十年代出生的人，看着它从一块不毛之地发展到现在的规模。搬迁之后，学校、商铺等都跟了过来。村建以公所为中心。也可以说上洞原有的行政和商

---

① 《诗经·国风·郑风·大叔于田》。

业中心失去了原貌，是政治中心的西迁失宠造成的。

"二〇〇八年，岭西省桂林市城建局设计的铜座社会主义新农村规划图也依着河流展开。这张规划图并不考虑一村一地的文化取向，旨在集中人口和房屋，增加自来水厂、篮球场。实际上也就是一纸空文。一是房屋无法搬迁，二是留在村里的人越来越少，还多是老场伙和妇女。但是搬迁的意愿在松动，零星地看到新搬来户。正在往理想的新农村聚集。"（谢）

* * *

汤错的这条河最早在地图上出现叫作马尾河。而在大众意义上，汤错的这条江没有名字，谢秉勋曾正式为这条江取一个名字——阿尔法河（α）。汤错语中没有"河"的概念，只有"江"的说法，整个汤错语中"河"只出现过为数不多的几次，还是从新方话中转化过来的一个词：河罩。意思是河面上的雾［w^{15}］，汤错本语族说雾露。河鸡（鸀鸪）这类词也来源于新方话。邻近村落嫁过来的妇女带过"kaŋ"（音缸）这个说法。众所周知，河专指黄河，江专指长江。汤错语中只有"江"而没有"河"显然也有历史的缘故。江多在长江以南，或者长江水系，而河的命名多在长江以北。《诗经》中有为数不多的"江"出现，但这个"江"指长江的支流汉水。那些新近命名的江比如黑龙江等，是词域的反哺现象。现在，河和江已经成为河流的统称。汤错人要分两部分甚至多声部来理解江和河。汤错话中只出现江，而没有河，显然这是南方属性；而新方话则说"河"，这是北方属性。尽管，我们说北方语言是牧畜型语言，实质上，语言的相互感染情况更为复杂，阿尔泰语系对北方汉语的融合侵蚀从来没有一个语言学家敢于忽视，在汉语言中，长江则是中国最重要的一条等语线。在汤错，这里的村民交互使用两种和两种以上的方言，从居住地来看，他们有明显的等语线。汤错本语词即祖语中尽管没有将"江"念作"kaŋ"，但存在另外一个更特殊的音：

马尾河，
自己的河
流

汤错祖语中将"虹"——这条天上的河念作"kaŋ",也就是"江"和"虹"同音。"江"读作"缸"显然是语音变化之原始音的遗留,《说文》谓江为古双切。今客家话念[goŋ¹]。

再如,寁,它流入不同的地方被不同的语音感染,新方话中说 ko,汤错话中念 xo,如果将此念成 ko,肯定是新方话族群的人,说 xo 则是土语族群。老鸹寁这个地名位于 B 圈新方话区,他们就说 ko。A 圈的人说 xo,和粤语的读音一致。"下寁"或"落寁"指植物的一个周期结束。"畲里的黄瓜、茄子下寁了。"意思是黄瓜藤、茄子树已经不结果实了。

在形成溪、江之前山间流淌的紊乱的涓涓细流都叫浚[toŋ³¹],同潈,大沟小沟深沟统称为浚。只有新方话仍读 jùn。

面对一条没有名字的河,是容易产生幻觉的。现在我们将这条现实中的江命名为阿尔法,南北两条汉江分别为南 α、北 α。我们还将在此基础上完成一次虚构。我理解的虚构是在作者无力逾越写作的难度与硬核部分时不得已采取的手段。所以虚构具有极其低俗的成分,这里还要着意虚构,本意是想试探文本中虚构的底线,就像实用地理学家致力于降维,将宇宙的图景和地球的表面反映到纸面上一样。《阿尔法河》的另一个名字叫"幻想的产生",这也是本书艺文志系列当中虚构的一个支系主题,读者自可明察。(参小说资料初编)

我们眼前看到景象——河流、房屋、农田、柳树等构成的汤错和费铭德神甫在十六世纪看到的已经辩然两仪,但天空依然如故。(参卷六)

*　　*　　*

谢秉勋准备了一番话,也许是他的真切感受,每当我们对汤错事物感到某种困惑的时候,他就会出现在我们面前,他由引文构成自己的存在:"先前,我从来没有觉得汤错语有什么特别,就以

土得掉渣吗

为是土得掉渣的土话。那么的土，生硬、丑陋、硌人。现在，我意识到它是经过游牧、迁徙、沉积而成的文明自身。我们说十里不同音——不是说已经变成别种语言了，而是像岩相一样，沉积的薄厚不同。"（谢）

当我们说当地话的时候，我们就说那是土话，而不是方言。方言一词大概从扬雄《輶轩使者绝代语释别国方言》定义之后，变成学术概念，它同时是诗学的，也是政治的。说土话的人们，在与域外的人沟通上多少存在障碍，也据此来分辨族群、权力以及文化势力范围。

越城岭山脉中的这些村子确然是这样。它们无比地丰腴，是文明隆起的无数的没有形体的山峰。越是低下去的沉积得越深厚。当我走过一个个村庄的时候，我觉得自己是在穿越一座座山体丛林。它们汇集了已经有过的大量语言信息。

李维资料中分析过汤错语这种土话的语言成分，他认为汤错语的主要来源有三个：甲，本语词（祖语），这是当地本有的读法，百越自己的读音；乙，新方话，这是来源于新化的读音，是蚩尤部落的读音；丙，汉语，北方方言（笼统而言），炎黄部落。因为迁徙的缘故，语言像沉积岩一样形成很多层相，垒叠着，有时候，汤错语还有客家话的影子，西南官话的影子，湘语娄邵片以及吴越语和赣语的影子。这是和汤错人祖先的迁徙分不开的，也和历史上行政区域的变化不定密切相关。各种语言的因子都汇集到了一起，成为语言的岩相。这是一座语言之山。语言的影子可以看出文化在迁徙和杂居中形成的复杂性。这种复杂性是我以前从未想象过的。新化是蚩尤的故乡，梅山文化的发祥地，资水是其境内的主要河流，浸润沅湘之间的这片土地，同归于洞庭湖。而汤错门前的这条从越城岭山脉流出的江是资水的源头之一。汤错新方话的迁徙路线是清晰的，由北往南迁徙，达到越城岭山脚下一线。再往南，新方话族群便稀少了。汤错新方话正好处于梅山文化区域的边缘上，阻碍新方话继续南进的主要屏障大概就是眼前这座山脉。这条山脉在地理和文化上都具有多重意义，这点我们会渐次感觉到，灵渠也是因它而诞生的。它是始皇帝当年南下征讨百越、岭南、暹罗的交通要塞和能量供给线。山脉以南便是岭南了。无疑，因为这种关系，汤错具有梅山文化和岭南文化的双重特征，这给我们的工作带来更大难度。就汤错而言，一个村子两种语言的现象已经让我感觉到了文化互浸的紧张。在语言的迁徙中，河流充当了引路者这样一个角色。

我们注意到李维使用了更具体的界定——梅山文化，而不是笼统的湘楚文化。他说"喂树"、狩猎时"隐形人"的阴教传统，以及尊崇张五郎为猎狩之佑护神等这些都是梅山文化的基本特征。

事实真的是这样吗？

*   *   *

过去汤错和现代汤错形象　　汤错这个地名的起源已经难以考证，属全州管辖的时候也不知道叫什么。这里我们不是迷恋起源问题，作为上限的"起源"和作为下限的现在构成研究对象的整体，是长时段的；它是作为完整的在场之不可缺失而提出的，它的本质意义却是针对变迁而言的。整体即意味着周期，或者说时段的完整。

汤错在现在的行政编制上叫铜座，村一级，下辖五个片，二千七百八十六人（截至二〇〇八年十一月一日），五六百个家庭。这个数字对我来说已经足够庞大，超出了我的承受能力。如果我武断地抛弃那些差异性，只求同一性，抑或不想在一些特别的方面有所表现，或许还能勉强支撑得下去。我怀着微观的冲动，重新回到了汤错。"微观地域性"这个宣言的理想是最后反刍而成的，也就是说，提炼出来的想法总是最后形成的，这时，我对大江健三郎说的"村庄＝国家＝小宇宙的森林"有深切的感同身受。然而这个等式又是不成立的，因为决定等式的不是地域的拓展，而是结晶群众，即载体的属性。它仅表示视野的开阔性与相互渗透存在一定的范畴，而其各种属性的内核却是稳定的，变化极其缓慢。

汤错人口数字时时刻刻都在变，至少一个月变一次，现在村计生委的负责人每月向乡政府汇报一次汤错的人口情况，新出生的、过世的、结婚的、嫁出去的，都在汇报之列，制成了表格、档案。各个片的片长向公所报告，各组组长或队长向片长报告，队长对其所管辖的十来户人家是了如指掌的。我戏称村计生委的这个数据是阎王爷的登记簿。到选举贴告的时候，可以看到本村人口的流动情况。死亡、迁出、新入，总的具有参选资格的人数，往届资格人数，均有公示。

汤错要是完全没有来由，可能会令人大失所望，那么，我们像一般村落那样让它有，它便有了，至少在那些生活在村庄里的老人那里认为是完全有的：$[dan^2]$，在汤错语中是藤的意思，$[tsho^{312}]$也能指仓。这仍然无法解释汤错的来由。他们说，铜座就是藤座。原本在下洞庙前，一条已经不具年轮岁数的藤，从江的那边（南边）飞到这边（北边），搭在一棵柳树上。藤上可牵牛过人，就当作了桥。这条藤在一九六○年那场大水中被推走了。对这个说法我们进行过多方调查，问那些一九六○年前出生的人，他们说当然是真的，藤有王桶（一种代替谷仓的大桶）那么大。柳树也有王桶那么大。那棵柳树在二十世纪八十年代还留有一个黑黑的树苑，在下洞河边的沙土中，现在那块地修了房子，毛都没有了。马尾河两岸有排列森严的自然生长的参天古树枫杨，三四个人才能合抱得住一棵。关于老人对藤座的说法，我的看法是，不是那条古老的大藤飞过江到了这边的柳树上，很可能是水流经过洞里这块宽敞的地方（马尾河河谷地带）时，河流改道，正好从藤下经过，便成为了桥。铜座呢，是由"藤座"经过地方上的工作人员使用普通话推导出来的一个化名，成就其为行政上的通用名。本地人依然称汤错。我在县文化馆找到《西延轶志》（初由程紫垣督导，搜罗"残简断碑"，细加参劾，凡州志所略者编撰之，成于道光中，道咸间刻板毁于兵燹，后来又重新编写，完成于光绪二十六年），书中有一张"长乡图"，所辖越城岭山脉西麓山谷数十个村落，有"铜座"二字见于地图上，位置与今天的铜座相符。轶志内文无铜座相关内容，可见那时并没有设置行政上最小的一级。铜座的称呼和正名都可以是从那个时候开始的。但在本地道光前的墓碑上，见到有"藤座"字样。那么，"藤"的历史或说寿命大概是要从更早的时候算起的。

后，行经八闽之地，看到闽南语和客家话"厝"这个字，指房屋。这与汤错的李姓、谢姓自"江西填湖广"一脉而来，颇为吻合。据传他们当中的一部是从江西吉安府迁徙而来。因此，最初的"座"应该就是厝。因为我们现在也没有发现将"座"读作［tsho³¹²］，铜座和藤座可能是误译。汤错的本语词属于客家话，热头［ji¹³¹au²¹³］（太阳）、学堂（学校）、行［a¹³］，均源自中原官话。又铜、桐、藤、腾等都读作［daŋ²］，按照中州习惯，厝前一般是姓氏，目前我没有找到类似读音的姓氏，因此铜座和汤错就成为习惯的沿袭，前者是村庄里的传说，后者是音译。

徐霞客记作桐初（参《徐霞客游记》卷三上粤西游日记丁丑闰四月中旬段）。一六三七年农历闰四月中旬距今已经三百七十二年啦，插秧时节（显然是在徒然暴涨的山洪时节尚未到来之前）徐霞客从全州南峒由一僧人陪同翻越城岭山脉之打狗岭，抵达汤错。徐霞客过汤错今辖地地名不变者有大源、大竹坪、钩挂山、打狗岭，真宝鼎则作金宝顶，大皮山作大鼻山，陈木源作陈墓源；汤错（铜座）作桐初，可见乃以音译草记。所记大山和河流均符合，涉及汤错三圈地貌、山脉、溪流、动植物、民居、种姓、庵堂、僧侣、碑铭，并在三圈李、刘、苏三家分别留宿过夜。所记竹笋、菌类、竹菰多种，而且说越往金宝顶山顶上走竹管越大，又见竹上多竹实，大如莲肉，小如大豆。其中提到的观音竹丛今不见，越往金宝顶上竹子越大，似与事实有违。然即当日亲觏，今天看不见，也不能说四百年前没有。站在山顶可以看见山下夫夷水（徐谓之新宁江）北去。这条江引领着山脉和城市一直流向洞庭湖，直到长江入海口，汇入太平洋，于此我们获得欧亚大陆东陆的印象投射，这时我们才会明白，站在一条河的源头是一种多么确切的俯瞰和确信。村民鬻售竹䶄、黄鼠、柿狐、竹豚等野味，每过人居之处均有庵堂，唯兴龙庵（长乡图所记为龙庆庵，今人谓之皇帝大殿，已被毛时期修建天湖水库淹没湖底）在人迹罕至的最高峰真宝鼎下。作为对结晶群众充满热情的闯入者，我试着体味他当年杖藜深入这片苍凉之地的心情，一种未知经验和凌绝顶览众小的兴致始终像灯塔一样吸引着他走下去，我们很难分辨作为后来者所说的那种《水经注》式行走的地理学家，因为我们看到的是田野本身，而对于徐霞客而言，不看到一条河流的源头或一匹山脉的最高峰便不会罢休，眼前的河流，可以肯定的是那曾是我们越过的那条河流，在今天看来，这种旅行已经演变为地球行星旅行的一部分，百科全书式的克拉伦斯·格拉肯说："我需要实实在在的东西，山脉、河流、明镜般的湖泊、城市、市场等，当我阅读关于思想的历史和与之相关的我所知道的地方的时候，它们都变得生动清晰，充满了意义。"[1] 如果我们通过卫星地图俯瞰，他去的真宝鼎以及周边区域是一片高低不平的泰森多边形岩石褶皱的黄油面包色的区块，是失去了森林的荒山。事实上不是，我们进入这片荒山时才会发现，我们是在本行星的高山上，原始森林的气息比低海拔的村落更加浓郁。徐霞客一向是一个通过他留下的地名、空气、水、河流、山脉、林地和物性世界的必要之物串起来的一篇日记中的过客，他去过的地方也有很多甚至无数的脚步去过，但是没有经验性的记载便使得我们无法重叠和对勘彼此的感受，而获得一种肯定的经验。尽管他没有叙述类似"今夜的人坐在水里把灯点亮"和"裸身睡在中国西南的森林里"以及"风过山梁，一场午夜的修辞大雪"这种南方的由物候和结晶群众联姻后生发的忧

---

① 参《罗得岛海岸的痕迹》，唐晓峰序，页 ii；（美）克拉伦斯·格拉肯著，梅小侃译，商务印书馆，2017。

郁气质，但至少在物质性的秩序上尚能获得一种回响，这是一条悠长的可重复的思想曲径，而忧郁是灵魂的家园——身体的产物。他在游记中补记了一笔，在这青天白云覆盖的大山里，一对兄弟已经到了望八之年，夫妻同寿，可见山泽之养，然甲申（一六四四）之变近在咫尺，于汤错有何影响呢？我们只知道未过多久，一个朱家后裔龀髫少年后来叫作苦瓜和尚的人在家臣的携带下在皇帝大殿避难，今天的艺术史上称其为一代宗师，他就是石涛上人。

我跟谢秉勋开玩笑说："你竟然与大涤子同邑。"

徐霞客记述了汤错洞里双江汇合之处有一板桥叫观音桥，今天已经不在了，或许我们在河洞中看到的旧石桥礅就是当年的架构之一。从全州翻越打狗岭到汤错的官道至今没有修成公路。打狗岭 [$ta^{33}ka^{33}nia^{51}$] 的准确译法应是大界岭，长乡图中 [ka^{33}] 字写成了一个字典上没有的白字：胛（参本书前揭铜座手绘地形图），这座位于真宝鼎与宝鼎之间的山头徐霞客记为"大帽"，实际上还有一座小胛。这个胛字对应的就是 [ka^{33}]。一八七五年，时署全州州同江苏程紫垣修地方志绘制长乡图时则称铜座，四邻村落名称尚无变化。可见由明代到清代，直到现在二十一世纪，象征群众簇拥和维系着我们对地方性的一种想象。陷落在汤错大山里的当年的帝国流民像一盏盏萤火虫之光微弱地闪烁着微不足道的光明，尽管我们参考着同样的星辰制定了生活的准则。

一位本地商人朋友跟我讲，他想承包真宝鼎及其周围地带，然后用石头和泥土将山头增高十八米，就能将它变成华南第一高峰，然后在那里坐收门票。这种设计自然的思维是否会被背包客和驴友们所接受呢？尤其是大自然本身所接受呢？这是当下一种普遍存在的商业思维——人类改变象征群众（山脉、河流、湖泊、森林，甚至岛屿）面貌所承担的角色。不过，最没有想到的是最近几年这里已经变成了滑雪场。

　　汤错一词从仅有的一点文献盖然难以考证它的起源，不过我们也可以从旁证来考察徐霞客之前，已经十分接近的汤错的古代面貌。在徐霞客亲自过汤错之前，还有一位游客，他比徐霞客更算得上是一位博物学者，那就是范成大。范也是江苏人，知静江府两年（一一七二——一一七五），他本人已经四十二岁，在离任坐船去成都的路上，写了一本回忆录，虽然只有寥寥一万三千余字，却记下了岭西舆地与风土人情，名曰《桂海虞衡志》，这大概也算一部早期的人类学和博物学著作了。

　　在范成大时候，南方叫蛮。已经和中央大陆保持一致的地方称作羁縻州、羁縻洞，部落大多改为国姓或自己喜欢的姓氏。没有羁縻的化外之地统称为蛮，岭西细分有猺、獠。民众则称作提陀。岭西附近或毗连的蛮数不胜数，但仍可区分为大蛮、小蛮、生蛮、诸蕃，这是羁縻化外的真蛮。今天我们说蛮子，大概也起源于蛮夷，但蛮子并无贬意，有股子憨气而已。

　　西晋张华《博物志》又说"交州夷名曰俚子"，俚子可以理解为野人，交州就包含了今天的汤错地方。俚子善射，使用有毒的燋铜为镝，中箭者须臾间便膨胀腐烂，剩下一堆骨头。唯有用女人的经血和粪汁可以医治。但是用来射杀猪狗又失效，因为这二者都是吃粪的。燋铜是炊具，唯有长老可以通过敲击听声来判断其是否有毒，有毒者便取来做箭头使。张氏叙述蛮夷之俗，在今天看来无不惊世骇俗，有据树吐丝的女子，有鲛人，有能化为老虎的人，或老虎化为人，关于百越之地，又说有一个骇沐之国，长子生下来，要肢解吃掉，谓之宜弟；父亲死了将母亲背出去扔掉，理由是这个时候的母亲已经变作鬼妻，不能同居。楚地的南边还有吃人国，亲戚死了，要等到肉腐烂完了，再将骨头埋葬，才叫作孝。杀长子这条堪可对比犹太人迦南地方杀长子献祭习俗。张华的记述在公元三世纪，早于范成大近千年，今天读起来，那种怪诞不亚于我们所谓的地理学巫书《山海经》，但仍不失当作对百越之地的一种镜像经验和早期人类学知识，然而对于蛮荒之地的异俗和海洋的恐惧之情也表现在这类记述当中，某种程度上，它一方面是对异俗、异域和野人的兴趣，另一方面当然阻碍了我们对这片土地舆情的澄清。学科意义上的人类学在其建立之初也具有这种特征，就是在今天，我们对野人和岛屿的兴趣依然兴致不减。关于桂林郡，他的记载当中十分确凿的有一条，说：

> 景初①中，苍梧吏到京，云广州西南接交州数郡，桂林、晋兴、宁浦间，人有病将死，便有飞虫大如小麦。或云有甲在舍上，人气绝，来食亡者。虽复扑杀有斗斛，而来者如风雨，前后相寻续，不可断截，肌肉都尽，唯余骨在，便去尽。贫家无相缠者，或殡殓不时，皆受此弊。有物力者，则以衣服布帛五六重裹亡者。此虫恶梓木气，即以板郭防左右，并以作器，此虫便不敢近也。入交界便无，转近郡亦有，但微少耳。（《博物志》卷二异俗）②

张华的叙述是诡异的，采集的大多是传闻，而范成大则是知桂林府的官员，再加上时间上的原因，相比之下，他来到了现场，并做了田野考察，也即把我们带到了现场，让我们看到了更加清晰的具体的景象。

在范成大的叙述中再一次碰到了那条岭南与楚地的分水岭，越城岭山脉，他以广之左右东西南北区分。关于猺的分布："其壤接广

---

① 景初（237～239），三国时期曹魏君主魏明帝曹叡的第三个年号，曹魏政权的第四个年号，历时三年。桂林，东汉改属始安侯国（今兴安县溶江，毗邻汤错）。三国先属蜀，后归吴。甘露元年（265），置始安郡始安县，郡县治所都在今之桂林。

② 谢秉勋奶奶提到人死满屋子飞蛾，但没有吃尸肉这一出。

右者，静江之兴安、义宁、古县，融州之融水、怀远县界皆有之。"
这里就是比真宝鼎略高的猫儿山范畴，猫儿山是越城岭最高峰，也
是华南最高峰，与今天的汤错处在同一条山脉，横向跨越不过百里，
两山大部也处在汤错所属的同一县境内。散布在山里的民众称作猺。
猺的生活习性也有简单描写："生深山重溪中，椎髻跣足，不供征
役，各以其远近为伍。"我们大概能想象"椎髻跣足"是什么样子。
他说猺是槃瓠神话的后裔，今天的人又说是蚩尤的后裔，在李维们
的工作之后，今天的猺、蛮、獠、獞都已经改成我们熟悉的少数民
族自治区的称呼了。怀柔远人，义在羁縻，在政教上达到了最大化。

獠，又称山獠。范成大详细描述山獠的生活习性、饮食习惯，
以及种姓等细节：

> 獠，在右江溪洞之外，俗谓之山獠。依山林而居，无
> 酋长、版籍，蛮之荒忽无常者也。以射生食动而活，虫豸
> 能蠕动者皆取食，无年甲姓名。一村中惟有事力者曰郎火，
> 余但称火。旧传其类有飞头、凿齿、鼻饮、白衫、花面、
> 赤挥之属二十一种。今在江西南一带甚多，殆百余种也。

这里面说到山獠是以狩猎为生的，什么都吃，这点在饥馑之年，
我们采访中接触的食谱，仍然可以看到山獠对食物认知上的凶猛。
而对于居住在这条山脉中的上百种山獠，来自哪里，则叙述不详。
如果从山脉的角度来看，我们提到过，越城岭山脉不仅仅是一条地
理上的界线，也是天气的界线、等语线，甚至是人种的分界线。因
此，从范成大的角度，他站在岭南这一面（珠江水系）看楚地这边；
而如果我们从资水（长江水系）这边看过去，会是一番什么景象？
他还提到一种专门生活在海上的水居蛮，这个人种叫蜒。"以舟
楫为家，采海物为生，且生食之。入水能视。"
是不是今天的疍人？

是的。蜒，音但，古时候作蜑，南方夷。蜒能深潜取物，船上的蜒在下水的人身上系上绳子，绳子动摇，则拉出水面，拉出之后，用事先煮热的毳衲包覆在出水者的身上，否则会立即冻死。如果在水面看到了一缕血迹，说明蜒可能遭遇大鱼蛟鼍或者鬐鬣攻击，不是肚子划破，就是折胳膊断腿，死在水下了。

我们的文献当中对边民种落的命名均含有反犬旁，或虫字旁，蜒和蚩尤属于后者，说明他们尚不是人族，而是动物昆虫一类的存在。带虫旁的一直当作蛇种的后裔。今天尚在用的大概只有"闽""鲁""巴蜀"①这些个字了。文明和文化的攻击性恰恰体现在"明"和"化"这两个字上面，简而言之就是政教。在今天也何尝不是如此。当一种文明强大的时候，文明圈之外的文明则变成了边缘性的存在，它们存在的价值就会被低估，它们的一切就变成被消费的食物链低端构成。该文明不断演进，直到它的最大能量边际线形成，形成一个封闭系统，然后从内部开始剧变，因为拒绝能量的交换而重组。

这位步入中年的大诗人，作为支援西部和开发边疆的干部在炎荒风土的岭西苦哈哈地待了两年，在闲暇时却热衷于田野考察，不厌其烦地罗列数百种名物。在去目的地之前，担心人物犷悍、风俗荒怪，特意做了一番考证，说他取唐人诗考岭西桂林之地，杜少陵说"宜人"，白乐天说"无瘴"，韩退之来了，以为"湘南江山胜于骖鸾仙去"。那么，"我"作为"宦游之适，宁有逾于此者乎？既以解亲友而遂行"。等他到了岭西，才开始觉得桂山之奇，实在是天下第一。其他的士大夫落南的比较少，不是不知，就是闲者也不愿意去相信罢了。稍后于范成大的南宋豪放派诗人刘后村就写诗说"定应去判芙蓉馆，不堕蛮云蜑雨中"。在大多数人眼里，这是蛮云蜑雨之地。

一八七五年，也就是范石湖离开桂林之后七百年，另一位江苏人又落南，他对田野作业的兴趣甚至超过了范大诗人，他在岭西桂

---

① 巴，也是指虫，尤其是蛇，象形字。《说文》：虫也。或曰食象蛇。蜀从虫，《诗》曰："蜎蜎者蜀。"

林全州理苗州署组织编纂了《西延轶志》，并且还开设了西延书院，将汤错正式纳入版图。羁縻之力，真可谓功不唐捐。

但是从汤错的语言当中，我们明显地感觉到这是一支从中央大陆出离的部落，抵达汤错的时间下限不晚于徐霞客路经此地的时间。

美国汉学家薛爱华著《朱雀：唐代的南方意象》一书，辟蛮人章，专注于唐朝中央政府与蛮人的战争和利益争夺；转录《资治通鉴》历年所发生的战争，多记桂州等蛮人战事。[①]尽管写了这么多，这位汉学家实在不懂羁縻要义，也没有提到这个词，而只是对人类学、史学的一般概念做了呈现。柳宗元是在范成大之前落南的大诗人，他在永州，处越城岭山脉的西北部，邻近真宝鼎，也在做着羁縻的事情，十年间留下的众多诗文成为今天的证据。他的好友刘禹锡落得更远，去了广东清远（连州），不过仍在南越和蛮的范畴。

＊　　　＊　　　＊

谢秉勋在竞选村长之前，我们有过一次谈话，他说："对那个行政上的化身我没有太多的感情。因为，它不能提供想象空间，甚至连汤错存在过多久的历史都不能提供最基本的根由，它既没有血也没有肉。我个人对汤错的感情是起伏的。早先的时候，被一种外在情感左右，诱导我仇恨它的土、它的贫穷。这种自我否定在我的思想中持续了很长时间。至少在我的青少年时期是这样的。到我完完全全离开之后，我才回头审视它的存在。这一去就是二十年。现在我又归来了，它又不能成为我完全赞美的对象。我希望客观看待它，既不毫无来由地赞美，也不揶揄。它，是一个概念实体——是我的母体。我从属于它的存在。很显然，它是我此生最熟悉的存在。但从一开始，我就拒绝了童年经验的过分介入。在汤错，或者任何一片土地上，被蒸发的有很多很多，我们是其中的一部分。以一个被

① 薛爱华（Edward Hetzel Schafer, 1913～1991），美国汉学家。蛮人章参《朱雀：唐代的南方意象》页95～156，程章灿、叶蕾蕾译，三联书店，2014。

蒸发的主体来看待汤错，是我的夙愿。不管我生活在哪里都是生活在地球上，在宇宙之中。"

至于他为什么放弃城里的工作，要回来竞选村长，他说："在中国当村长，相当于在古代雅典或者罗马共和时期当首席执政官，因为这是直接选举产生的。"

"你看《动物世界》吗？"我问他。

"打开电视就看。"他笑了笑。

"那就是政治。其实你不必打开电视，你看地上或者某棵树的周围，那里时刻都有战争，统治与被统治，蚂蚁的、蜜蜂的、植物与植物之间的。就是说，你不必把一种正常释怀于另一种理想。你只是想要当村长，体验权力的集成过程，而不是建立一个理想国。"

他也让我想起玉宪，那个始终隐没在理想和现实之外的人物。而蜥蜴国王最终明白了什么？

我跟他说："过去有一个人得了重病，一个外来的水师①给他开了两服药，水师问他，一服治疗身体，一服治疗身体里面的精神，你都要吃吗？病人说都要。他把两服药都吃了，结果病好了，但是他却变成了另外一个人。"

谢秉勋说："如果当时不吃，可能就真没救了。"

"后来他的病又犯了，换了一个本地的水师，也换成了别的药，仍然治好了他的病。而且又把他变回去了。"

"此一时彼一时。"

"对啊，此一时的用和彼一时的用有天壤之别；此一时的体和彼一时的体也有时过境迁之别。别忘记你的选举，虽非灵丹妙药，也可一试。问题的核心不在监督谁，也不是由谁来监督，监督意味着权力的获得和公权力合法性来源，但谁在为群众服务？为群众服务的动力来自何处？假设你现在是本村执政官，拥有了权力，你是为群众服务来当执政官的吗？还是为了某种说不清的理想来当的？是

---

① 水师，相当于本地的医生，指梅山水师，梅山教专门练习水法的师公。

什么驱使你这样做？"

"你这样一问，我还真不知道为什么有这样的想法。忧患？"

"也可以这么说。公共资源被治理系统攫取，任意踩躏和抹杀群众意志，吃相很难看。还有，我们失去了敌人。"

"失去了有战争力的价值观。"

"在失去之后，我们自己的面目也模糊了。动物的阉割或者变性，看起来都更加漂亮，有使用价值。执政官怎么不懂其中的道理呢？"

"是啊，然而它们都失去了繁殖能力，意味着绝种。"

"所以是有限阉割，总体中的局部或单个品种的晚期行为，比如不能下崽的母猪。"

"这怎么可以用到人身上？"

"那你以为呢？"

"冥冥中这背后仍然有一种推动力。"

"人类也是生物，在进化的道路上生来如此。人类的可塑性已经超过了其他地球生物，位居食物链顶端。单个的人处在了食物链的下游，也是在整个人类的基础上来说的，但他已经成为被猎食的对象。所谓文明，只不过是想保证我们的同类不掉队，不被欺负，不被灭种。私有和公有都是相对的，掺杂交织在一起的，有范畴的。在本星球以外，我们怎么去谈论私有和公有以及微不足道的人类文明？你心里还是因为有一个被植入的理想国，而不是一个比理想更大的国。"

"事实上，我们处在比一只鞋子还小的筏子上。"

"作为小人物的意志和历史完全是人道主义的救赎，他们已然如树叶的凋落一般脱落了那个系统，成为了粪料，而革命就是将粪料变成养分，因为系统还是一个系统，大人物和小人物两者不可分。没有小人物也就没有大人物。因此，我们的筏子小而不小。"

"你只不过是想当汤错部落的酋长。"

谢秉勋开怀大笑:"选举和自治原来是这个意思。"

"你以为呢?谢酋豪!我们称之为怀柔羁縻。你真以为是罗马皇帝?你舅当了一辈子书记,他才是汤错知洞、村庄领袖,而你要当的仅仅不过是一个郎火、酋豪。"

＊　　　＊　　　＊

早先的民族志学者

早先的民族志学者李维在他的资料中对汤错历史社会调查的态度近乎一种苛刻的求证,这种极其细微的求证对今天的我们来说具有极其重要的参考价值。关于汤错的起源问题上,他也从地名方面做过努力,他写道:

"毋庸置疑,地名都是后来安上去的。这些地名当中有些不可解,有些稀奇平常,但有些却也是有来头的。"

我现在可以理解,一个民族志学者在这样一个孤寒的村落中对地方性知识做着解析一般的工作以驱除乏味与贫瘠的情形,他对细节的癖好启迪着我试图不放过任何可能的闪光与寂灭。从他的记述中,我体验到一种罕见的冷静,这与当时其他民族社会调查资料中反映出来的热火朝天的阶级斗争论形成反差。我们不妨再往远处一点看,费铭德神甫说:

"要在当地人中区分贵族和贫民是一件很困难的事情,因为他们之间的区别微乎其微,甚至看不出有什么明显的差别,就是说他们都得干活。他们依靠给人家干活而获得生存。当然,这并不妨碍穷人和富人之间的交往,虽然多少有一点滞涩,但不明显,也没有明显的歧视。"(参卷六)

这种社会关系用在描述今天的状况并不过时。一个有穷人和富人的社会就有阶级存在,这显然是荒谬至极的。关于中国社会的内部结构这个问题我们还要在谢秉勋参加竞选的时候仔细探讨。

李维资料彰显了地方性知识在琐屑中蕴涵的极多价值,经过阐幽之后的这些稀奇平常的地名竟然和整个汤错的起源性问题极其相关，这是我从来没有想到过的。他的阐释得益于他对汤错语和新方话这两种方言的全面知识，以及对本地家谱的收集和本地区事物的了然于胸。他留下了一部笔记和一部未完全竣工的《汤错语词典》。我把这部词典资料给了谢秉勋，希望他可以进一步修订完成。如果把词典的内容和费铭德神甫制造的汤错文结合起来，可以成就一件事情的完美。只是费铭德汤错文的识认和解码难度太大。

《汤错语词典》中"下庄塘"这一条曾引出过一条珍贵的线索：

下庄塘 [a³¹tso¹¹do¹³] 位于河的下游三四十里处，也就是资水出桂入湘的交界处，在汤错的西北边，再往北去就是新宁邵阳了。资水在出桂入湘主要是邵阳这一段叫作"夫夷水"，实际上，桂境北部的文化所属仍然是属楚的，即宝庆府辖地。汤错李氏有一支是从这里迁来的，他们是李世德的后裔。

*　　　*　　　*

正当我在汤错的一年，世甫回桂，收集太平天国民间素材，令见之，会于中山路正阳茶馆。他说大瑶山之行，得到太平军起义时一个本地秀才写的手抄本《象州乱略记》①，可惜的是有些残缺，可喜的是仍有五六千字。文章大斥太平军的不是，为清政府辩护，很有些意思。这可以研究当时读书人的一些"意底牢结"。世甫是研究秘密结社和太平天国爆发前的民间组织的，天地会及其各地分会，捻军、楚勇等都是他有兴趣罗织的名堂。他是全州人，以楚勇自居，承秦楚之后。我看是湖广都有的，在近代是想沾宝古佬的光，但大多数时候也在桂林道管辖范围，然而照他说，我也是全州人（至少我的祖上），汤错一度是全州的辖地，全州又曾是宝庆府辖地，因此我们都是宝古佬。当年的那些知识分子无不是都要翻过越城岭山脉去湘江边参加乡试的，再则，汤错人李品仙还曾为全县县长，后被暗杀（与桂系名将李品仙不似一人，参《李品仙回忆录》，中外图书

宝古佬和棒棒会

---

① 象州之乱，指 1851 年太平天国金田起义。

社）。只是近年，将资源单独划出作为一县，全州和资源才隔阂了起来。好好的一条越城岭山脉沿中缝切开，南北分治。尽管如此，他说，全州和资源的血脉关系还是很密切的。但是这个楚文化和新化文化（梅山文化）是要很好地区别开来的。大抵可以说是沅湘二水的楚文化和资水文化的区别。资水在地理上被夹在二水之间。

"终究还是不同，你看，全州人讲全州话，资源人都讲宝庆府的话嘛。这就是差别。全州人说我们是西阳（西延）人，太阳落下去地方的人。"

"但是语言也要从属于地域和气候的，尤其是文脉气息。"

"首先要服从于语言。没有这个基本条件，哪里来的基本认同感？"

"语言只是习惯，可以改进的。"

"没有这么简单哦，我的张军长。"

"太固执了你，老子跟你讲，汤错那鬼地方太小了，能搞出什莫。"他开始用桂林话攻击我。

"哈哈，可是有你感兴趣的东西，绝对想不到的，信不信？"

"不大相信。"

"汤错李氏有一支是李世德的后人，谱书上写得明明白白，清清楚楚。这可是不作假的。"

"……？"

"你看，汤错李氏属于这一支：'思仕再彦应，子必永文得。才仲仁有世，嘉正大国芳。天开沛春明，志能上朝廷。三元光先代，德泽显宗荣。'李世德起义失败，从梅溪下庄塘逃到汤错的李氏都是李世德族人和后代，现在已经有七八代啰，沛字辈都出来啦。"

"真有这回事？"

"你听我讲完嘛。李世德父亲有坤，'有'字辈，祖上从全州万乡迁徙到下庄塘，已历时十四代，那还是明初的事情，到他这里刚好是第十五代，道光年间。从家支上看，到现在，汤错这一支是二十三代了，一脉相承。没有半点错得来。"

"恁子？快快讲来。"

"腌臜什莫。以前，我并没有认出这一支的来头，主要是因为他
们篡改了族谱，改了十代，为了不被砍头，杀九族，李世德的后人
对此一直保密，不过，现在，跟李世德有关系的抵达汤错的后人正
在忙着跟原本就在汤错的李氏合谱归宗。所以，我晓得了只个。"

关于棒棒会的来龙去脉他后来下了功夫。他回去之后我们还有
几次通信专门说这个问题。

＊　　＊　　＊

在顺水［ʐen³¹ʃy¹¹］一条中李维指出，这个地名翻译不准确，释地名
以及导致现在这种误解的原因。［ʐen³¹］的发音，同普通话"刃"，
在汤错语中可以找到佐证，鳝鱼的鳝发［ʐen³¹］。"顺"在汤错语本
语中一贯读［tɕyn²¹³］。所以，无论如何都不是顺水。这个误译很可
能来自外来修谱的人。顺水是汤错李氏发源地，［ʐen³¹］这个字的
读音在汤错语中比较独特。新方话中没有将 shùn 的音转化过来的任
何痕迹，宝庆府说"善"依然为 shàn。汤错无"善"这个字的直接
发音，善良之人说厚道。厚道是大善。但是，了解了汤错顺水的历
史之后，我觉得"忍"是最靠得住的，因为，这是一个需要隐忍的
部族（参棒棒会）。与他们的逃亡迁徙有关。但是"忍"汤错人说
［jin³¹］，终究还是有些扞格之处。

在侯家田［au¹³ka¹¹lie¹³］一条中，他指出侯姓是汤错最早的
拓荒者之一。"侯"和"牛"的读音一样。只有做姓氏的时候读作
［au¹³］。猴子还是汉语猴子的读音。这个地名就是现在汤错拱桥头
队的侯家田，位于汤错下洞，河北岸。居住着五户人家。汤错现在
没有侯姓人家了，当地老人说解放前夕全部搬走了，迁走的原因一
说是因为这里缺水，二说是因为逃难。现在还活着的谭中元父亲也
曾在这里修建过屋场，后也搬走。残留的几家屋场全部开荒成稻田。

至今只保留了侯家田这个名字，其从什么时候起就有的已难晓曲委。原先，这些地属于侯家这是没有疑问的。最早的占地盘方式很简单，只要插一根标就算占地，后迁徙来的人家给十升糁米[①]，或两斗谷就可以换得土地。谓之"入户"。后来者须先入户，然后才能成为本地的居民。这是早期移民方式。离汤错不远的邻村大湾有侯家小组，不知道和汤错的侯家有何具体关系。侯家是汤错的先民，汤错最早的开拓者就是"侯伍二家"，但是现在的侯姓、伍姓则跟最早的开拓者没有关系了，家谱可以证明，这二族也是后来迁徙来的，在李家和谢家之后。侯家田正对着的河床上有汤错石桥遗址一处，二十多根石条还在河中，犁头桥礅的水下部位还在。现在的河道稍微往北挪了一点，河床变小了一些。侯家的逃遁，最多的说法是：侯伍二家是"少数民族"，汉人一来，就把他们赶跑了。其真实的景况，我们在残简断碑中也没有发现一处。

在老屋坪［lau³¹ʮ³³bia¹³］一条中，指出谢家并不是像现在他们说的那样，是汤错的最早定居者。老屋坪是谢氏一族来汤错的发源地，在汤错南岸，有古红豆杉一株（河的对岸也有一株，一雌一雄，相互飞花），很多地名还跟谢家有关。谢家坚持称他们是最早来到的人。理由是家心牌子上都写有"家主谢法通"字样，这说明，那时候的土地都属于"谢法通"。但是谢氏家谱表明，他们来到汤错的历史不超过两百年。这已经和后龙山一些墓碑显示的年代有明显的出入。

水口山的山从读音看，当译作岫。水口山是河流拐弯离开汤错转入大山时码头旁边的山系。汤错人的一些祭祀活动，死者的水葬仪式都在这里举行，水口山成为具有特殊意义的专有名词——祭祀

---

① 糁［tso33］米，精细的米，糁谷子；汤错现在仍说糁米。玄应《一切经音义》卷十八引《三苍》注云："糁，精米也。"又谓"今江南谓师米为糁"。《广韵·铎韵》："糁，精细米也。"《篇海》或作粡，或穄。过去将谷米分作：粝米、粺（粺）米、糁（糳）米、御米。划分的标准是将粟和米相掺杂，渐趋精纯。这些都是斋米，与糯米相对。

场。汤错的河流是从东起往西去的。从山下下来的两条河在祠庙所在地汇合，形成"丫"字形。丫字的尾巴处就是水口山。每条有人群居住的洞都有水口和水口山。相当于出洞的地方。再出去就是别的地方的人了。水口山是自然村的口部。

＊　　　＊　　　＊

通过铜座的村治建设可以看到农村村治模式的变化。除了少数民族地方，这种变化应该是共通的。铜座虽小，但其村治模式变化很频繁，到今天的选举自治之路，它经过了以下几个阶段，不过得说明：这个数据是采访村里老的村治人员所得。有些年代说不清楚。但大致轮廓还是清楚的。概括起来，（一）解放初期，承国民党村治模式；一九五三年改为小乡，是过渡期的动作。（二）合作社时期，也叫大队时期、供销社时期，大锅饭止于一九六〇年。（三）"文化大革命"结束，到改革开放时重新回到"村"的称呼，经过八十年代，到九十年代初。（四）自治村。自治村时，"村长"改称为"村委会主任"。村长是一般意义上的俗称。好比我们说"大队"，仍然是指"公所"一样。需要说明的是，这里的概括和我们的政府文件以及相关史料需要作适当的区别，因为这里是汤错现场，而不是一种任意驱使的史料记载，它们在时间范畴上是有差池的。

铜座村治模式概略

（1）一九四九——一九五三年，村。村长、农会主席、秘书。承国民党建制。村是互助组形式。下面是各居民区。注意，这是李维的说法，国民党推行过的实际上是保甲制度，一种十分严格的为反共服务的帝国控制制度，但我们没有确凿的证据证明汤错曾经也实施过保甲制。

（2）一九五三——一九五五年，小乡。小乡乡长、农会主席、秘书。乡改区，原来的村改为乡，实际上称作小乡。

（3）一九五五——一九五六年，混合阶段。一九五五年是初级合

村治史略

作社。上面派下来的工作组做思想工作，征求各居民区意见，加入合作社。全互助组都加入的称之为高级合作社。经历了小社、初级合作社、高级合作社这样一个阶段。但是高级合作社还不是人民公社形式。经济基础和劳动方式还没有变化。大概始于一九五六年四五月。实际上是各个大队所有。粮食还没有平调、统销。

（4）一九五七年，供销社。反右。

（5）一九五八——一九六〇年，大队、供销社。大跃进。人民公社。大办钢铁。三面红旗。这是合作社时期。叫大队。入党的人渐多。（这三年是较为惨烈的。——村民语）

（6）一九六〇——一九六六年。空白记忆。

（7）一九六六至社这几个词所代表的那个一九七六——一九七八年，"文化大革命"。一九七六年毛泽东去世。

（8）一九七八年，村。村长、村支书。改革开放。

（9）八十年代，区改为乡或镇。（计划生育干部的职称好像还没有编制进来，都是上面任命本村村民担任，直接对乡里负责）

（10）一九九六年至现在（具体是哪一年？）（不晓得了），自治村。村长、村支书、村计生办、民兵营长。村民自治，实行直接选举制度。这是中国历史上最前卫的改革方案。此前，好像还有"妇联主任"。

＊　　　＊　　　＊

畬田　　在这些条状的山脉中，梯田不仅仅是一道风景。开垦地所获得的称呼有两种：田［lie¹³］、畬［sa³¹］。这是人工开垦出来的两种形式的土地。田种主要种植水稻，畬种旱地农作物。但不绝对如此，田也可当畬用，畬也可开发成田。汤错语中，破裂音 t 变化为流音 l，尚具有上古音特征（田上古拟音 l'i:ŋ，参郑张尚芳，其他地方同）。甜、舔、填、抬、台、头均如此。应该这样说，流音 l 没有往破裂音 t 转化。

40

旱地为畲。有水的畲为田。畲本读为［she⁵⁵］，汤错语读作 sa，是语音流变的结果，另如，賖（赊）账 sato，生 sa，生虫 sa doŋ。由于泥土的性质不同以及水和土形成的关系不同又划分出几种性质的地，他们对田的分类属于农学范畴，也是一种直接性的经验方式，比如：沙子田，一种容易板结，不肥沃，种植东西不长的田；黄泥巴田，这种田土质糯性好，但比不上黄土畲，黄土为畲的地，种植东西长得好；黑泥土田，这种田也是肥沃的田，畲也是好畲；冬水田，冬天可以蓄水的田，一般的田，收割之后就干裂了，而冬水田常年不缺水；不缺水不一定就是好田，如由井水滋润的，叫井水田。井水田土性偏冷，植物生长光长苗，不结籽，稻谷成熟较晚，打到的谷多为空壳。湴田也多是井水田。

湴就是指一丘田里熟烂的那个地方。笼统地说，湴也是沼泽。有的湴深不可测，在语言的情感色彩上，湴便具有威慑和恐惧成分。犁田的人和牛都能被它吞了。一丘田里有湴的话，显得格外显眼。放鸭子的不敢轻易从那里过。但是扻［iuɛ¹³］①泥鳅鳝鱼的最喜欢，因为湴经冬不干，泥鳅和鳝鱼打常躲在里面过冬，要扻出婴儿臂粗的老得黄灿灿的鳝鱼也必须在这种地方。那么，在山林中由植物构成的"湴"便是甎氇［lau²¹³ho³³］，本义是一种毛织物，而在汤错指由灌木或荆棘构成的阻挡人深入或者惧怕踩上去的深湴。每当我想到筚路蓝缕这个成语就会浮想汤错山民穿越甎氇之后的蓝缕②之象。湴和甎氇，就是那种表示危险的词，在心里底色上不同于一般。

井水田在普遍干旱的年份则又能获得好收成，背阴的田、谷冲里的田也都是如此。汤错又将水田叫作禾田，专门种植水稻的田。不种的田为穰列——荒田，近几年来才出现这种情况，出现了大规模的弃田弃种现象。国家又鼓励种田，免去农业税——一个出现不久，又死亡的词，还发补助。老人看到年轻人不种田心疼。地步界

---

① 汤错说扻，新方话说挖。
② 蓝缕，扬雄方言："楚谓凡人贫，衣破丑敝为蓝缕。"

的老农道磨七十二岁，把他们洞里弃种的田全揽下来，带着老婆种田，一年两万多斤谷子。他们那一代人年轻的时候受过苦，没种到田，当过长工和佃农。这般老朽了，还这样疯狂地种田，令人感到匪夷所思。他的谷子又不卖，大桶大桶地倒给他们家的牲畜茹。俨然是一副地主的样子了，种田成为一种隐隐约约的瘾，或者从小形成的奢望。或许，这种疯狂行为令他获得了满足。一个爱田的农民，对他的土地精心照看，犁、耙、耘、看水，都像制作艺术品一样精致对待。收割完之后，就把田犁了，蓄满水，等着开春，这可叫"透水田"①，"透"当理解为"熟透"，这种田就像熟透的果实。他们对待土地的情感绝非我一个不伺庄稼的外行所能理解。当然，道磨可能并没有十分强烈地预感到这些土地还不是他的。祖祖辈辈留下的是种田的手艺，而非对土地所有权的追求。

　　另外一个是刘王氏，她多公②死了，儿子在城里，女儿外嫁。她跟着儿子在桂林住。不久，她便回到了汤错，她回来的目的令她的儿子感到不安，她说要回去种地。城市生活和土地伦理以及季节轮回的脱节在她心里产生了无法估计的恐慌与不适。这种感受是他们那一代人的普遍感觉。她说："田和畲荒了，心也荒了。"这是一种有别于一般性的我们常说的土地伦理，一种因长久劳作形成的与土地的心灵感应。我没有这种感受，但我相信自己可以理解她说的。也就是说田荒了，引起他们的紧张也是可以理解的。我问她，一个人怎么种田。她说一个人显然也忙不过来所有的关于种植水稻的程序，也得和别人挑工。

　　相应的也有荒畲。畲的位置一般在不能有水供应到的高地。一般情况下，畲处在的位置要比田高。田和畲都有年龄。因为新开垦

---

① 透，读［tʰaŋ³³］。等也读这个音，等水，或许也说得过去。
② 多公，即丈夫的俗写。本为丈公，或奼公。《方言》南楚谓妣曰母奼［shi］，妇考曰父奼。因此，多公也可写作"奼公"。长公是由 zh 转 d 造成的，奼公则是 sh 音转 d 造成的（参树）。奼和长，都是对夫君的高度赞美。

之地和老地的肥力不同。古人将这种情况区分得十分清楚。《说文》说畬是"三岁治田"。《传》说："一岁曰菑，二岁曰新田，三岁曰畬。"田的开垦有一个过程，烧荒，然后开地，才得到畬。再在畬的基础上开垦成田。古人说的畬显然和这个过程不一致。所以，《诗诂》对此提出怀疑："一岁为菑，始反草也。二岁为畬，渐和柔也。三岁为新田，谓已成田而尚新也。四岁则曰田。若二岁曰新田，三岁则为田矣，何名为畬。"显然，这里说的都是田，而非汤错语中的畬。不过，无论是田和畬都要经过持续不断的种植，才具有肥力。最早的时候是烧一片山，当畬种植几年，把肥力耗掉之后，再开辟其他的山。完全借助自然肥力。

既不是畬，也不是田，在山地火种。[①]

后来通过杀青等方式改变其肥力。现在有化合肥（化肥、磷肥、复合肥、尿素），适用于不同的田。田和畬这两个词只剩下它们所代表的框架土地模式。实际上，当我们说土地的时候，才会具有其意识形态的归宿感之想象，即土地的公有和私有的想象。

早些年，没有有机肥料的时候，山民砍伐一些植物，和着部分稻草点燃，此谓之烤田。积淀下来的灰土留置在田的土壤中，放水养着，来年期望好的收成。现在出现了一种反常现象，为我亲眼所见，那就是，农民手上有钱了，而又不想多种，把大量有机肥集中撒在大田丘中，禾苗过于茂盛，导致稻瘟。其结果是颗粒无收。只好一把火烧了。

半边山都是梯田的话，供水便是一道复杂的数学题。他们有自己的计算方法。田有入水口和出水口，叫田坝口，从出水口出来的水才是肥水，每丘田的主人都会施肥，施肥后遇到落雨，水漫出，肥力跑到别人田里去了。所以田坝水一般指有肥力的水。我们说的

---

① 火种这种方式古制称嫪（liú），《说文》："嫪，烧种也。《汉律》曰：嫪田茠草。"段注：田不耕，火种也。谓焚其草木而下种，盖治山田之法为然。《史记》曰：楚越之地或火耕。

"肥水不留外人田"中的肥水也是指这种水。相对的，还有"过浚水〔kuo toŋ ʃy〕"，这种水指一片田，上面是自己的田，下面是别人的田，但用的却是同一水源，这样的田就算过水丘。水自然要从自己的田间经过，这就形成了"过浚水"，toŋ 的本义是指沟渠。这种水是没有油水的。只是从公共的水渠切一小口，放进来一点到自己田里。因为水的分流问题，可是想尽了办法。分田之后，已经不直接走人家的田了，而是单独抗水沟灌溉。一片田有一条很合理的水沟，从外围包抄，然后细分到每丘田去，水沟跟一个迷宫的迷津一样。起初面对这样一片田的时候，我不晓得这其中还蕴涵了这么复杂的计算和人际关系。争水械斗，不仅是无法灌溉，而是如何让水合理通畅地进入自己的田地，谢秉勋的爷爷讲"种田还要三家好，打铁还要两边风"。

心田是一个农耕词。它是对土地的肉身形式的直接表达。它在一定意义上替代了灵魂这样的词。汤错语中没有灵魂这个词。年轻人的弃田行为显然是对田和心田的背叛。中国农民的问题也是一个田和心田的问题。心田之上升起的是田园，除此之外，田园之下隐藏的依然是暴力和革命的薪火。田园是"何里个"仍可以陶渊明《桃花源记》做注脚："复行数十步，豁然开朗。土地平旷，屋舍俨然，有良田美池桑竹之属。阡陌交通，鸡犬相闻。其中往来种作，男女衣着，悉如外人。黄发垂髫，并怡然自乐。"这是一个没有任何政治力量修饰的存在，这才是田园。田园是天堂的一种，是农民的无政府主义理想，也是最高理想。说成农业社会主义也可以。但是陶渊明提到的是一个空白空间，是真空。他既没有说桃花源是私有制，也没有说公有制，更没有指涉权力是否存在。只要有权力存在，土地依然是权力的附属品，这是很明显的。他说的仿佛只是一个道性空间，由心而生发的朦胧的道场。天堂本不是汤错人熟悉的一个词，这个词具有很浓厚的基督教背景。但在汤错也频频出现，比如天堂银行——中国民间也接纳了这种二元空间，因为本来就有仙境佛国和地狱这种二元空间的存在，唯有佛教的二元空间是打通的，地藏王发愿度一切地狱之人，在民间信仰意识中，天堂和地狱如同身边之物；天堂运动——指公共食堂即大锅饭那个时期。毛泽东曾兴奋地说公共食堂是"我们"找到的社会主义的方式。某种程度上说，天堂运动失败了，但这种先人的实践也为中国人的乌托邦理想提供了一种经验。那个时候，中国农民的确都在往天堂的道路上狂奔。中国的传统文化里有两个乌托邦：一个是桃花源；另外一个就是水泊梁山。这是中国文化沉积了三千年才出现的乌托邦场景。这个乌托邦同样支撑着中国人的超逸和梦幻的一面。桃花源是一个农业乌托邦；水泊梁山是武者和效忠者的乌托邦，也是中国传统文化里头仁义侠骨—武士之道的最高精神象征。后面这个乌托邦的形成比桃花源要晚这么长时间究竟又是为何？或许这跟这片土地上一直以来的政治形态以及尊崇儒家文化有莫大关系吧。其间细考起来，实也不简单。或许还要加上第三种理想——社会主义，这个我们还正在经历。问题的本质在于权力的晕染和构建，城市化进程实际上也加速了这种能力。本村范围之内的土地流转是一条钢丝绳，包产到户和取消农业税与弃种之间必然有一种是脱节了，但我们还远没有实现富裕的理想。

*　　　*　　　*

秋后的一天中午，我向田野走去，从着一条小溪沟。稻谷收割 ^{溪弦}后，原本已经干涸的小溪，前段持续下来一顿雨，又有了鲜活的水潺潺而动了。小溪从稻田之间流过，年数久了，比它身边的土地低下去一米多深，但是因为水源充足的缘故，溪边的植物比山上的要青些，远远地看去，那些植物反而成为田地中间隆起的一线。我沿着它走了一阵，在一个小过路口停下来看鼠掌老鹳草的果荚时，被小溪的声音吸引住了。

在小渡口，看到了紫花地丁开着，鼠掌老鹳草也在一堆杂草中，一边开花，一边炸籽。我是第一次看到老鹳草高超的炸裂技术，它那长长的带有鹳嘴似的果荚看起来像是因为突出自己的个性才将自己装饰起来的。看到它果荚裂开的样子才知道，那个东西实在太巧妙了。老鹳草的种籽结在果实的基柄托盘上，那鹳嘴估计是子房发育的变态部分，长长地长了出来，使它与众不同，鹳嘴由五片像钢片的果荚和一根柱子组成。种籽在鹳嘴周围的钢片上附着，一片果荚上附着一粒种籽，种籽身形像两端圆钝的古代战船。果实成熟过程中，每粒种籽都会沿着腹缝朝内裂开一道口子，黑色的籽便暴露出来，与花托连着的一端断开，翘起，猴子倒挂一样，与鹳嘴弹片上的一端还是连着的，这样，种籽就有机会落地；尽管如此，这时候的种籽只有垂直落在植株附近的机会；我没有看到鹳嘴钢片猛弹起往上卷曲成吊灯曲臂的时刻，但是似乎可以想见，完成这个动作，只有在太阳比较暴烈的时候，五个弹片全部张开的刹那，种籽可以获得远跳的机会，如果种籽还没有弹出去，弹片卷曲时还会卷到鹳嘴顶端，完成360°的弯曲，再度弯成使种籽荚皮的裂口朝下的曲臂形状。

　　小河流旁的大多数草本和灌木也都进入半凋谢状态，像薏苡、芒草，而像苍耳子、婆婆针，这些都已经死去了，巴天酸模已经发出第二次幼苗，野荞麦有些还活着的，但也快要死了，盾形叶子间偶尔还有些干枯的三角形果实。那些一年四季不凋谢的胡颓子[①]又要开花了，花苞已经形成。溪边的薏米变黑之后，就从花托处落地了。有小孩将薏米籽用弦穿起来数数，我原本以为薏仁是中空的，至少薏仁中间是有一个对穿的孔的。薏米籽的须扯出来的样子更加使我们相信这可能是真的，但是嚼开薏米厚实的角质果壳时，发现薏仁是一粒很完整的籽，跟玉米粒一样。薏仁的穗须并没有从薏仁的中间穿过，而是从旁边经过的。扯出来的穗须部分之所以和薏仁的身体差不多长，也是因为这个。

---

① 胡颓子，本地称爆香木。

在溪边小渡口小坐，一边看植物，一边听溪水的演奏——切不要以为这是一个夸大的词啊。溪面一尺来宽，这是多么小的溪流，却是多么粗壮的一根琴弦。我原本没有这么在意过它的声音，但这午后的村子，鸟鸣和有点暖意的冬阳光纤惹我之外，我一心走路，想找点新东西来看。事实上，这时的大地每多走一步都很奢侈。如果挨个看，有太多的东西值得留下。但我没有那样细心，也是因为今天被溪水的怪异吸引。蹲下，能听到溪水欢活的声音，溪水中一块长满青苔的黑石因阻挡而使水抛起，再落下时发出柔润的比"——火——火——"更硬而潮湿的声音，有扑面而来之势，水覆盖石头而过，水流起来的坡面不大，但是这小小的阻挡和坡度，使原本有些平整的水面在这里旋起小水花，这样小的坡面也使它的节奏短粗，水流冲过石头之后，有一个回来的力，水卷起时，便有第二层声音发出，这和水冲过石头时是不同的，总起来听，它们好像只是一个声音。冲下，卷起，再有水花和水浪落下，往下游而去，组成这块石头和溪水拉奏出来的和弦。因为水流大小在这个时候并没有明显的变化，我听到的好像永远是一个重复的节奏，但事实上，我知道不是这样的，因为，水过石头之后，每次形成的浪高和水花都不一样，甚至落下去的位置有时候偏左，有时候居中。那声音不是哗哗之声，这个形容水流常用的形声词在现实的溪水面前断然失效，只要仔细听，你会发现这样来形容水声似乎永远都是不恰当的，简单而粗暴的。这样来形容水声是侮辱性质的。也透出语言对事物模仿能力上的无奈。我再站起来，荆棘蓬和芒草密实的溪水上方几米远处又有声音，那声音在我蹲下时竟然听不到，尽管只有四五米远的样子，这就很奇怪。那声音是顿挫的，水流经坡面时混响而成，比我眼前这个声音生脆一些。那个弦位似乎在短时间内遇到了更多的石头。或者河床本身更复杂一些。我蹲下，再站起，返回聆听多次。这条溪水会演奏出同一个声音吗？这样的可能性似乎没有。因为它的可塑性太强。这条弦是一条永远变化的弦。我试着往溪水的下端走去，我遇到了不同的声音，有的地方发出的是壶——壶的那种声音，有的则是缶——缶的声音。在不远的地方，又遇到岸上稻田里扯出的一条小沟，有一股田水走下一米多高的田塍，汇入其中，这是我遇到的溪水的第一个合奏者，稻田里的水也是落雨时淤积的，亮亮的一田，往溪中匀速汇流而入。这个切入口的声音又有另一种感觉，弦的加粗也势必使这根弦的声音发生变化。再往前走，突然发现，溪水没有声音了，我离它很近很近，走在它身边也没有了，哑了，没有声音了，天籁般的寂静，这个休止符来得太过突然，乃至难以理解。我继续往前，走了一百多米，一道乍泄般的声音骤然响起，令人惊骇，因为，你想象不到会遇到这么雄壮的声音——我走到了一座小水泥拱桥的面前。拱桥是贴路的，和水面距离不过两尺。原来，在这里溪水被截住，形成一个小坝口，水可以往两边的水沟和稻田里去，但是现在稻田里很多都种上了小白菜、萝菔①苗、红花草（紫云英），不需要水，水都往下游去。溪水拦截的地方设置在拱桥下面，也就是说，泄水的地方也在拱桥下面，落差有一米左右。我之所以听到溪水的"天籁般的寂静"，是因为这个坝，而我之所以听到骤然惊起的巨响也是因为这个坝，不过，当我走过拱桥，我才知道，拱桥像一个隔音板，也像一只大鼓，将泄过坝口的水发出的声音罩住了，那声音多数往下端出来，因为拱桥有一半的地势，也就是下端的地势突然顿落一米来高，声音几乎全部从下端汹涌射出。所以，站在拱桥的下游端，那声音更加凶猛。那只不过是那条一尺来宽的溪流发出来的。我没有继续往下走了，我知道，下面不远就是水库，大约五百米的样子。假如，水是浑浊的，闭上眼睛，是否能够听出这条小溪的演奏有所不同？而浑浊与否又是否影响它的演奏呢？巴赫那整饬的赋格曲和我现在听到的赋格曲完全是两种滋味，而我更容易为后者陶醉。午后寂静的村子中央，昆虫、鸟语、溪水合奏。我，重新走回来，走上拱桥，过桥往西侧的山上去。我

---

① 萝菔［bai³¹］，萝卜。

也知道，这条弦会随着冬天来临慢慢地变小，变成一截一截的积水，最后消失，直到第二年，随着我们重新离太阳越来越近，地下水和天空的雨水丰沛的时候，这条弦线才又隐约地在村庄中响起。

*　　　*　　　*

山脉中有一些特殊的积水区域，那便是浮凼。或者一般说的天池。谢秉勋说，汤错最有名的天池是浮凼里，原本浮凼上是一块平地，平地上是一座庙。有一天人们突然发现，庙不见了，上面出现了一个湖泊，就是现在的浮凼。一汪清水，在山顶上，几乎是在山顶上。周边没有任何的河流溪水。然后，汤错人在十几里路外的塘沙底——汤错水口山的地方，马尾河经过这里淤成的一个回水凼——看到了庙柱，摛摛地从水底冒出来，半截露在水面上。从浮凼到塘沙底的海拔落差也有好几百米。这恐怕是汤错最大的溇了。这个溇没有人敢下去。怕一进去就从十几里外的水底出来了。前些年，岭界上的人突发奇想，想在这个凼凼里养鱼。承包下来，在旁边搭了一个草棚，鱼苗下去，一年、两年下来，还见不着鱼影子。这里面的鱼根本不长。浮凼

*　　　*　　　*

汤错人的邮编只能写乡里。这和我们的权力建制倒是唯一相通的。邮政是一种关于信息的政治。构成汤错信息传播方式的局部。汤错的信件送到村一级的公所一个货房作为固定地点，即代理点。投递信件到这里买信封和邮票，取信二毛钱一封纳为保管费。没有邮箱。来信之后，代理点会在一块小黑板上公布各个片区的收信人名单，邮递员一周来一次。老邮递员最开始是走路的，挖通公路后，骑单车，邮递员的单车和其他人的单车自然有区别，自行车脚踏板上方那个大三角区域，挂着邮政部门专发的邮政色包，左右拔挂，能放很多报纸和信件。特快专递、汇款单要到乡里去取。现在邮政

49

是摩托车，一周两次。尽管是摩托车了，但是信件递送的次数反倒少了。二十世纪六七十年代，是走路，老邮递员一天一趟。从乡邮政所，走胡家田、大湾、铜座、咸水洞、咸水口五个大队。信件到各个分队。一个大队有五到二十个队。邮递员肩挑一担。四十来斤。超过六十斤就可以雇佣他人。邮递员的工分记头等。那时候，报纸多于信件，《人民日报》《广西日报》《支部生活》、《参考消息》（内部版），是必须有的。报纸送到每个大队下面的分队，不允许走回程路线。现在是摩托车，先到一个点，返回，再到别的点，反正走公路，不走山路了。早先，汤错到咸水口要翻越箸竹山北侧的铁鼎石。飚雪三尺厚，不能耽误邮件的递送。天气不好，半夜才能回到乡里，天没亮就出发。信息传递的速度十分惊人。邮递员是信息的主要传播者。他们像战时的谍报员一样暴走在村乡之间。汤错这条线上一圈下来，每天大概是一百二十华里。信件上盖有邮戳，可以看到一级一级传递的时间。汤错只有一名老邮递员，他送了四十年的信。那时候，邮政和电话是连在一起的，他也做过接线员，熟悉十种以上的方言。现在退休了，神经出了一点问题。他的一生就在不断的奔走当中结束了，他对邮政事业仍然很关心，他说，北京奥运会的时候，开通了一个特殊邮政编码：102008。10是北京邮编开头代号，这个邮编的意思很醒目："北京2008，地球人都知道。"汤错要编一个自己的邮编的话六个零就很好：000000。他说，凡是写这个邮编的信请递到汤错来。这是一个终生送信人的愿望。

谢秉勋跟我讲他小时候，送信人就是这位老邮递员，现在是他儿子，或者他儿子的朋友代送。

"汤错的邮件代理点原是建平家，他父亲的货房。八十年代末九十年代初信件渐渐多起来，在外打工的人多，通信频繁，最兴奋的莫过于，让建平把这些信挈出来，我们将要寄出去的信和邮递员送来的信，统统用刀片割开底端，观看其中内容。看完了再用糨糊黏上，了无痕迹。信的内容五花八门，平常我们说不出口的话，一且转化为信中语言就变得楚楚动人。无论晚辈对长辈，还是长辈对晚辈，都有催泪效果。朋友之间的通信也会凸显出一条条情感的山脉。但我们只对一种信最感兴趣，那就是情书。它比小说、小人书、课文，我们所能看到的文字都吸引人，有感染力。无论哪一种情书，我们都把它看作投入了最高情智的东西。正因为那些信，让我们看到了一个平时唔见的汤错。它蕴藏在心里。在人们的内心世界，对爱情和自由的理解有着更加准确的表达。这完全超乎了想象。现在，电话和手机、互联网取代了那个空间。我说的不是萎缩、坍塌，而是取代。建平家的那个小货房也拆掉了。管理信件的父亲也于去年随他老母后一天过世。每当我走过那个位置的时候，还是会想起那段偷看信件的时光。"

"如果有人可以将一个村庄的所有信件收拢起来，一定很可观。"

"对。汤错只是越城岭山脉中的一个小村子，这样大规模的文字资料时时都在产生，又时时都在湮灭。"

＊   ＊   ＊

对肩挑担子、手摇拨浪鼓的货郎本地称作零碎客 [nia¹³sou³¹ 零碎客 kha¹¹]。

"有些人一生没有走出过汤错，他们对外界的确认和最基本的地理眼界与方位感从货郎身上获得，他们知道了莨山、窑市、新宁、武冈、宝庆、全州，等等、等等，零碎客是这一带乡村走街串巷的人，集物流、兽医、算命先生、魔术师于一身。孩子对他们颇多期待，一听见拨浪鼓，就蜂拥而上，接着便是变人。"（谢）

农闲一来，从湖南来的零碎客就会挑着担子，一脚踏进汤错。他们手持拨浪鼓，挨家挨户地去。担子中挑着针线、耳勺、镝手①、泥哨、气球、袜子、手套、指甲刀、胸罩，五花八门，多为变人和小孩需要的东西。除了出售这些东西，他们还替人挖耳朵、吹眼睛、

① 镝手，女红工具，金属制品，像扳指一样套在手指上，帮助针穿过器物。

剪头发、镟鸡、阉割猪崽，收头发、鸭毛、兽皮，还替人看手相、寄名、算命、表演魔术。魔术表演和算命联系在一起。

谢秉勋说："啊，在汤错人看来，他们简直就是吉卜赛人和犹太人的混合物。这天底下还有他们不会的吗？"

他说的混合物就是零碎客。他们的担子有两到三瓢①，其中一瓢有一只小鸡，会啄牌。主人命令它啄牌，它就啄一张牌。请求算命的人的"命"就在这张牌上写着。令汤错人不解的是，小鸡可以连续几次啄到同一张牌。在他们不解真相的结果看来，无论命好命坏都只能如此了。现在，也还有零碎客，只是不算命了，他们进来的方式也改变了，不再是一个担子，而是用车子拉一车东西进村，在合作社门口或人口集中的地方甩卖，从家具到水果、甘蔗、棉胎，不一而足，有时也到家门口去兜售。因为，他们的竞争对手发生了改变，汤错现有七八家货房，还有一家"红艳超市"，这种物流方式对他们当年的那种办法再也行不通了。尤其是超市，巨大地冲击了汤错人对物和商品的看法，首先是物的丰富性，然后是购物方式，或许他们已经感觉到了某种有点捉摸不透的改变。这种集团式的物流的确在改变汤错。也可以说是物的参与在改变人们固有的一些观念。他们闻到的也一定是商品的气息，从"货郎"到"supermarket"的一种改变。接下来，他们要考虑的或许是自己的作物如何参与到这个循环中来。

*　　*　　*

山风　　甲人在屋顶上翻瓦，准备翻修一下祖上留下来的老房子。我看他工作。他说这小青瓦可以历经二三百年不烂，这座老宅还是他们白白②们从湖南搬上来时修建的。黄瓦的寿命就没有那么长了。他五年翻修一次，这样房子就不漏水。他把小青瓦翻过来，堆在椽皮上，

---

① 瓢，层。
② 白白［ba¹³］，曾祖父。

屋檐用竹篾横向编制一遍，把下面的瓦放到上面，上面的瓦放到下面，上下合好，搭成一垄一垄的黑色屋脊，雨水一阶一阶送到屋檐。看到这种屋脊，尤其是雨季，有一种幽远的乡野气息、安家之乐，它土气，土得有板有眼。青砖瓦屋比那些马赛克盒子房更符合我的口味。村子里的这种老屋越来越少了。而像我的邻居这样固执地每五年去翻修一次屋顶的人也越来越少了。但是他每次都是在对待新娘一样打扮它，修得那么认真。一片一片地将瓦码好，这样，房子才能经得住雨水之后强烈的山风。

在汤错，现在还留有一个残败的围屋耸立在那，孤零零的。门楣上写着一块斑驳匾额：柳 氏 流 芳。与其他现代农村青瓦屋和很多的马赛克砖房截然不同，尚留一点岁月的痕迹，站在围屋面前令人浮想联翩，我在想，这么大的房子没有人住了，一定发生过一些什么事情。我就有为它编造一个故事的冲动。

我问谢秉勋，这座老宅可熟悉它的过去？

谢秉勋说，不是很熟悉。

卷　二

意义的织体

语言是大地的沉积物。

——青虹堂札记

苦荬伶　　　　事实上，因为没有看到奇风异俗和秘境，令我大失所望。今天的铜座的居住者在外在的扮相上与我们在岭西省一带看到的并没有任何区别，我们仿佛失去了某种辨别的依据，而事实上，我们已经很难从外表去判断某些部族的特征了，除非是某些着意打扮出来的旅游项目。而这种大同取向正是经过工业化之后的中国大地的共同特征，但我们还能从语言和习俗上区别很多东西，尤其是语言，因为偏僻的缘故吧。

　　苦荬伶，这是李维提到的一个词，也是过去文献中对汤错地方人种的界定，这种界定当然是未曾深入之前的模糊判断。伶，与仡、僚、侗、僮、瑶、偻、佬等，均作为越城岭山脉尤其是三江地方蛮与诸夷的混称，过去的著作中，獠、猺、狪、狄、犵、狙等都带有"犭"偏旁，伶人即狖人。蛮与诸夷的印象在汉代以来至唐代樊绰《蛮书》、宋儒、明儒，乃至清儒，已经形成蛮夷风俗史既定格式。直接写到伶人的文献并不多，宋代陆游《老学庵笔记》提到湖南境

54

内有仡伶、仡僚、仡偻、仡榄等。明代田汝成（一五〇三——一五五七）《炎徼纪闻》卷二称："伶人，生广西幽崖奥谷中，雕题高结，状若猩狒，散育莽中，不室而处。饥则拾橡薯、射狐鼠，杂蜂蚕蚁蚬血食。卉衣。言语侏僳，虽附近猺人，亦莫能重译也。"后被罗曰褧《咸宾录》引用在卷之八南夷志中，邝露（一六〇四——一六五〇）《赤雅》卷上狑人条又引。邝露曾游历岭西，至兴安灵渠、三江地方，书中所载，猎奇为长，徐霞客的游记与述蛮著述完全不是一个路子，以山川地理名物见长，五百年后读来竟也没有多少违和感。范成大在前，田、罗二人的描述虽十分生动，仍有隔靴搔痒之嫌。

比李维稍早，也就是解放后第二年夏天，语言学家王辅世对龙胜各族自治县北区太平塘村（居住有二百余人）伶话进行了记录①，作为村庄语言而言，汤错话在一些最为古老的音上是可以通读的，甚至可以对话，且剔除岭西省北部官话部分不算。王辅世先生认为龙胜伶话是汉语方言的一种，既是混合方言，又是独立发展的"小方言"。祖语和其他方言交织，从保留的中古音来看，迁徙过来的时间已经很久。

"有一次，一个德国朋友让我说我的'母语'，我随意说了几句不算长的。他说，他以为我是在说希腊语。我说，我大学同宿舍的同学以为我说的是日语。"（谢秉勋）

这大概就是村庄语言，只在本村使用，汤错话也是如此。除了显而易见的新方话、邵阳话，以及岭西省北部官话的交杂，汤错话仍然具有明显的独立特征。

"这就是你不能入群，你觉得土得掉渣的原因。当然，对于伶人最终没有变成伶族，也会加深你的种种失认，导致你陷入对自己或说你的祖先进行辨识的困境。"

从此之后，谢秉勋自称苦荬伶，搞得自己跟苦荬菜一样苦。而

---

① 参王辅世《广西龙胜伶话记略》，1979年刊于《方言》第二期、第三期。收入《王辅世语言研究文集》页364～385，社会科学文献出版社，2014。

实际上，他不能与外界兑通的那部分，恰恰是中古音的主要构成部分，我们在过去的辞典上慢慢地找到了一些与之匹配的证据。尽管，我们的考察是漫漶的，散文随笔式的，而非完全语言学式的，主要考虑到叙述整体的复杂性，因而变成一种零散而不够专注的推进方式。这种复杂性正是我们通过村庄事务的简单性与复杂性交织中想要呈现出来的，好比，当我们捕获到一个具有特殊成分的读音时，我们还希望照顾到地方性口感、心理反应，以及音响形象，不仅仅是声母、韵母的流转痕迹。

*   *   *

直话   语言是进入汤错的窄门，我们试图从这里入手，并希望有所收获。当我们把语言当作名物来看待的时候，它更接近结晶群众。我们专注于汤错二洞主要的两种方言，一支是汤错语，一支是新方话，除此之外，融杂了其他一些方言。

除了我们已经谈到过的伶话，近年来有研究者将延东话命名为直话。这是第一次将这种方言命名。这个命名可以成立。可以命名"直话"的理由很简单，因为"话""事""直"这三个字的意义相关且读音一致：［dai¹³］。但是，话和 dai 之间又有区别，"话事"［ua¹³dai¹³］这里面又析出了横［ua¹³］和直［dai¹³］的对立，只有说"土话"这个词的时候，"话"才作"dai"音，可见，这个"话"和说话中的"话"有区别，所以有另一种成分需要承认，这就可以为"直话"命名找到立足点，否则"直话"就变成了［dai¹³dai¹³］。

直话的命名也可以将汤错话，包括晓锦话涵盖在内，这两种方言是可以通话的。只是汤错语更原始，受到官话影响更少一些。但谢秉勋更愿承认汤错话为伶话（参苦荚伶），他认为差别还是挺大的。

眼下，汤错话是语言学界无法定义、归类的语言。而我当初正是被这种无法定义、无法自明震动，才去关注这个越城岭山脉中的村庄语言。汤错方言就是下面这个顺口溜中说到的过了青背界的那种所谓汉语方言的珍稀品种，对于语言学者而言，这样一种方言的存在就好比植物学家或昆虫学家发现了自然界的一个新物种。

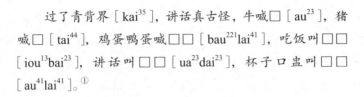

过了青背界［kai³⁵］，讲话真古怪，牛喊□［au²³］，猪喊□［tai⁴⁴］，鸡蛋鸭蛋喊□□［bau²²¹lai⁴¹］，吃饭叫□□［iou¹³bai²³］，讲话叫□□［ua²³dai²³］，杯子口盅叫□□［au⁴¹lai⁴¹］。①

汤错，以及它的语言是我"地方性知识"研究圈定的第一块领地，当"直话"出现，我第一次感到仿佛有猎物从我的领地周围窥探了。这个猎物也是我正在等待的人——因为长久以来，我无法自明。但这一只猎物也只是在领地的外围转悠，然后离开。它们已经闻到了那种独特的气息，却又退去了。

汤错方言和延东"直话"可以通话。汤错和晓锦话与延东话的通话需要有区别地对待，如果两个地方的人隔得足够远的话。因为，二者相距不甚远，所以，习惯被听懂的成分很大。以延东、梅溪、瓜里这样的行政区域划分语言界限，显然有其必然的缺憾。晓锦在延东，汤错在梅溪，它们却是最接近的两种话。汤错四邻咸水洞、天门、大湾等村庄主要语言跟汤错话的差异还大一些。我想，这跟这些村落最早的迁徙族群所操的母语关系很大，也就是说"他们来自哪里"是主要的，一般的语言调查却在忽略这一层。晓锦——实际上在晓锦和汤错方言中都叫作［ɕiou¹³dɑŋ⁴⁴］，新方话（即新化话或老新化话，不同的方言对应不同的叫法，已经被串音，但基本上不隔，可以听懂，不同的只是对名词的定义）叫新方［ʃiou²¹⁴tɕin¹³］，tɕin 读音有时偏浊。只有资源官话才会说"晓锦"，而晓锦人自己说"晓锦"的时候用的也是官腔，可见，这并不是晓锦话和汤错话的本

① 牛是古音，猪是音转；鸡蛋鸭蛋谓之脬俅，吃饭即茹饭，讲话即话事，杯子口盅即瓯俅。

音。因为，晓锦这个地方在汤错和晓锦话中都叫作"小洞"。"小"读ɕiou，也可译成"晓"。李维认为"对于村庄语言而言地名是坚实的证据"。汤错现在的行政命名叫"铜座"，这个"铜"和小洞的"洞"在两地的读音一样。汤错最早把这个音翻译成明显的汉字是"藤"（读音同铜、洞）。汤错的"错"无法释义。小洞则也有可能是"小藤"。小洞主要是蒋姓，村中祠堂的刻碑表明，他们是明代中从全州越岭过来的。而汤错的原居民的一部分是新化、新宁来的。大姓谢家是全州过来的。不过，这并不能提供什么语言证据。

* * *

官话　　　官话是一种奇怪的变腔，是本地村民自以为是的国家通用语。是对外来者或者自己进城时操用的语言。与本地人对话要用的话，就认为是"耍派头""打官腔"。不过，在汤错的所有祭祀、超度、唱丧歌，以及对歌等场合中都使用它，所以，也不能完全忽视它的存在。多多少少它是一种"有文化"的象征。官话有一个特点，它从属于本地所属的最大的行政中心的语言。汤错官话也可以说是在模仿资源话。资源话又和湖南境内的宝庆府（邵阳）、衡阳话口音基本一致，而不是岭西境内的桂柳话。

* * *

一门毫不
起眼的村
庄语言　　　汤错说"我们"为doto，晓锦说doti。据从汤错出去到江西的钩油人说，他们在江西也遇到说这种话的村子，全州一些地方也有，我还没有亲自去考察，从汤错族谱上看，他们所说一定有某种确凿，另一端维系着的就是迁徙和语言的流浪。汤错文最早曾由费铭德神甫于十六世纪中到十七世纪初创造出来，薪传至今，尽管目前的汤错已经没有人使用，在解放前，尚有少数老人还能够书写汤错文。这是一门以注音为主象形为辅的文字，比如汤错语中"人"这个字：𡥆［ŋ213］，它的本义是一个人两只手，或者两只眼睛、耳朵。汤错语最主要的源头是古代汉语——也可以说是北方方言，但作为方言和一门迁徙中的语言，在漫长的迁徙过程中吸收掺糅了新方话（新化话）、吴越语、客家话、闽语等一些地域性语言元素。北方方言也是相对而言的，我觉得上古汉语以黄河流域为主要起源地，然后是一个南传、北突、东进、西浸的氤散过程（同时，它自己也接受逆扩散侵蚀），最终形成一个大大的千层糕。汤错语也不是单一的糕点，仔细辨听会发觉，它也有几套并行不悖的语言体系，然后，对于一个没有文字系统的村落，那么多的同音字竟然在一个声调下被区分得很清晰，根本造不成什么误会，这已经令人感到奇怪。这是人的认知系统过于发达，还是语言本身就有它从心理上保持差异的本能？近几十年来，现代汉语的渗透和同化胜过其他任何渗透行为，它在往一个比较简洁的方向上推进，这种简洁有时候显然也显得过于单一而失去独立性。我们考察的则是那些我们称之为祖语的词汇，也就是现代汉语渗透之前的词汇。去掉汤错文的掩盖，古代汉语的面貌还依稀可见，可看到一些原原本本的古代汉语，比如"蹓"[liou^{13}]，《说文》足相交也。在汤错也仍然是这个意思，也就是蹓二郎腿。"搣"[ŋie^{33}]，手拔，掰下来的意思；捐[iyo^{55}]，折也，新方话说撅[kwai^3]，这两个字《说文》中有，意思和读音一致。《新方言》："今人谓以手折物曰捐。"王筠："吾乡谓两手执草木拗而折之曰捐。"再如"腜"，《广韵》手指纹也。索绪尔说，一个字母到另一个字母，不管是清化，还是浊化，都不是直线关系，是曲折的，在起始流浪和它新创造的故乡之间有一个复杂的过程。我之本意实则是想看这门方言的源流，以及语言的漫浸，它在多大程度上具有独立性，或者根本没有独立性？南方的方言的确十分复杂，这种复杂的背后到底隐藏着什么？当我深入这门毫不起眼的越城岭山脉中的村庄语言时，我发现了很多令我感到措手不及的"秘密"。谢秉勋说："之所以可称之为秘密，是因为，十年、二十年前，我从来就觉得这是一门很土的我一心想舍弃的语言，它妨碍了我说通用语。现在的情况反差极大，当我发现汤错语中有很多上古汉语的语音保留时，我对现代汉语和汤错语之间的直接感官在发生颠覆。我觉得通用语的强行推广是荒谬的。但没有办法。"这是一个"犊［tɕu¹¹］与骟［ɕie³¹］"的过程，也是一个自然过程。汤错语臻于覆灭之际，正是我写作此书的初衷之一。但在写作持续的过程中我又抛弃了原来的想法。

费铭德神甫创造的汤错文字母表

*　　　*　　　*

洞　　洞［dɑŋ⁵⁵］。《韵补》叶徒当切，音唐。

洞，在今天我才真正知道这是一个政治学术语，与郡、州、府、道、县、乡、村、片、组、户、身份证同义，是最小的行政单位，一个部种占居和居住的地方，大概相当于现在的村。范成大记述说，除了唐以来内附之外，不能够全部以中国教法绳治的，姑且用"羁縻"之法统治。

羁縻这个词出现了，它是中央大陆制定边疆政策的手段，我们从这个词可以看到文明的晕染过程，儒家经典说得非常清楚：

> 如皆守社稷，则孰执羁靮而从。（《礼·檀弓》）
> 臣负羁绁。（《左传·僖二十四年》）

縻的本义就是牛辔。像驾驭牛和马那样驾驭一个地方和当地的民众，就叫羁縻，书面表达为：怀柔化民，羁縻不绝。但凡出任理疆的儒士要做的事不但要守土有责，还有怀柔远人、羁縻蛮夷。范成大在岭西蛮区提到的羁縻，其内容和途径主要有两种，其一自治和惠蛮政策，或扶持雄长，或派驻监史，或给予财政支持，比如给盐。其次是土改化民，手法灵活：祖业口分田，按照人头给，如果是自己开荒所得的地可以自由处置；通过攻剽山獠和买来出售的生口，则给他们安置婚配，给田耕种，或教授武术技艺；民户规劝为田子。

共和国成立之后，少数民族自治区，以及香港、澳门实施的特别行政区，在某种程度上是中央大陆羁縻法的延续。关于村制改革为选举制度也可以视作羁縻与推恩的一种，这点在前面我们已经提及了。未来的谢酉长某种程度上不接受这一观点，我说他启蒙过度。然而当他理解了羁縻之后，他又将蜥蜴国王玉宪①奉为先驱，这是不是又太过了？

范成大说："凡州洞归明者皆称出宋。"在他那个时候，汤错尚未"出宋"，属于化外，至于是何时"出宋"的，我们已经无从考证，到清末程紫垣时，出现在了版图上，这可以视作已经"出清"的一种表现。

今天的汤错核心部分仍然叫作洞，并分上洞、下洞。洞是汤错的行政中心、公共活动中心。最早，我仅仅以为是一条河流穿越这个地方就叫洞。汤错周边村落也仍然有叫洞的。三洞梅山，有时写作三峒。这个峒不是山穴，和洞的本义应该是相同的。汤错之下的片区，集中居住的河谷地段也可以叫洞，现在的一个村包含了多个洞。也写作垌，汤错有葛垌坪，马尾河的发源地之一。

* * *

一门语言中是不可能没有山的。山是一门语言中的王子。也不可能没有河流和日月星辰。汤错语中的"山"有三种读法：俩 [lia^{31}]，瑟 [se^{11}]，腮 [sai^{213}]。它们用在不同的场合，意思也有差

山是一门
语言中的
王子

_____

① 玉宪在屠桌上宣布建国，自称中华联邦总统或皇帝，又因他神出鬼没，谢秉勋戏称其为蜥蜴国王。胡丹丰为山鬼大师。

别。在汤错语中，[lia³¹] 是自然岩石和泥土的堆积物，实体，是地理上的；[ku³³lia³¹]，很高的山，耸立着的，相应的，还有很矮小的山，这个山，那个山。动词"舔"和它同音。谢秉勋说：

[mo¹³　tou¹³　ŋ¹³　tsa¹¹　lia³¹]。

第一个意思是"眽着那只山"（看着那座山）；第二个意思是"眽到那个舔"（看着那个舔）。第二个意思很易产生联想。打常用来开人的玩笑。其实，那个到底是哪个，没有指明。所以有无尽的幻象，实也看山不是山。

[se¹¹]，这个山有了人的参与，打猎就叫 [phaŋ³¹se¹¹]，它的准确译法是"放山"，李维调查笔记作"赶山"，之前我们也试图译作"赶山"，其实是一种现代意思的转换，尽管意思接近，也是追赶、追逐，但与其音系的转进没有关系。

放的本义是逐。它在汤错语中成分十分复杂。它的上古音读paŋ；汤错放山 [phaŋ³¹se¹¹] 就是打猎老古套说法，另外如放脚，就是跟随、甩不开之意。而放牛放鸭子的放读 [po¹³]，放门即开门；放排，在水上河流上像竹筏一样运输。出嫁说放地方，这个放又读作 [xa³¹]，放下、赠送之意。赶山这种说法译自新方话 [ka¹³]，"赶"在上古音中可拟为 gʷad；另外本地方还杂有一个更加晦涩的读音，意思也是放和赶，那就是 [lei³¹]，译追。追山，也是打猎，具体见后文。这里面，仍然保留了 zh 和 d 两个音的转化，d[t] 为古音。所以追、坠都是 lei；丧鼓歌中说唱道："堆起前人墙万人强，鬼去无踪，人来有路。"作为动词的堆读 [lei³¹²]，同堆墙堆石头的堆。同是 zh 和 d 音转分化至 l 的明证。

放山，据我释放之还是据我追赶之？同时说的还有打山。山是凝固的，同时山是可以追赶的。到底是人放山，还是山放人，不得而知。放山这种说法可以体味出狩猎时奔跑的那种乐趣和音响形象。不是所有的狩猎都需要追赶，[tɕho¹³] 这种打法就不需要，相当于汉语中说的打埋伏，伏击。[tɕho¹³] 是关卡的意思。守着这个 [tɕho¹³] 就可以打埋伏了。

老人们还说 [lei³¹se¹¹]，我们在梅山奇门猎法手抄文献中看到将这个词写作"泪山"，这个"泪"是一个动词，意谓连续追赶，"泪"可能是一个白字，正如我们在前面说的，汤错中的这个 [lei³¹] 作"追"，追山，也是放山、打山，意思相同；然而在梅山猎法中对山和猎法的分类远比打猎一词所涵盖的内容丰富，分为猎山、合山（或和山）、追山、泗山、花山、挂山多种，它们都是指打猎，因为每一种山使用的猎法不同，所以关于打猎有很多种说法，它们都表示打猎，只是进行打猎的方式不同，这样我们才了解为何有这么多种说法。山是一个庞大的系统，这个与梅山教主是狩猎之神有关，似乎也隐约感觉到这是山民依靠打猎来猎取食物维持族群生存的主要方式，因此，我们现在所了解到的仅仅是冰山一角，直到我们接触了谢秉勋堂哥的师傅东野公之后才知道狩猎这门学问是一套生存法则，绝非习俗所能涵盖。

"山歌"的"山"也是 [se¹¹]，[se¹¹ko²¹³]。[se¹¹] 同时具有"杀"和"酸"这两种意思，所以，赶山也可以是赶杀、追杀的意思。而山歌在汤错语中不仅仅是山之歌，还是"酸歌"，指出这点很重要，我们对山歌存在误解，汤错人唱的山歌大都是风流歌，也就是酸里酸气的，逗情引媚的，所以叫作酸歌。不是辛酸，汤错语中没有辛酸这样的词，也没有这个意思。酸是人的情感发酵了，所以要唱出来，不唱出来就要变成潲气。味觉中的酸，主要体现在酸菜这一品类当中，这是坛子菜、腌菜，各种食物都喜爱经过酸处理，形成山里的一种口味，过油之后形成酸爽的口感，不过油之前则是一种纯粹的本味酸。这种酸也不同于醋的酸味。另外，酸菜是酸菜，咸菜是咸菜，前者一律要经过密封处理。山歌当中的风流歌称作酸歌，也是本地物产的一种吧，它专注于情感的发酵史，内容只跟性的象征性表达相关，这种歌会让在场者酸到流口水和勾起生理冲动。因为与性直接相关，所以和苦、辣、甜在现实生活中有了直接区别。酒神艺术沉浸在迷醉和冲动之中，而酸既非迷醉，亦非梦幻，而是性趣的一种艺术性表达，酸性话语促成了地方经验艺术的形成，甚至直接促进了生殖力的繁荣。酸，进而完成了对世界意志化的驱使。酸歌就是地方性诗歌。走路走得就脚巴登痠，这不是味觉的酸，而是体感。

"喊山"用的是山的第一个读音［lia^{31}］，情感上更庄严、肃穆一些。［se^{11}］作动词还有拉锯的意思。狩猎就是人和猎物之间的拉锯，山和人之间的拉锯。这是十分准确传神的。口中念念有词也叫［se^{11}］，狩猎之前，要"［se^{11}］菩萨"，显然，这里不是杀菩萨，而是念菩萨。实际上是念给土地公公和山神的祝祷词。酸是形容词，这个［se^{11}］完完全全体现了汤错语的词性变化规律，［se^{11}］是名词，第一步变态为动词杀，第二步变态为形容词酸。变为动词，我们称之为完全变态，变为形容词称之为非完全变态。这是汤错语的一条词性变化规律，即完全变态和非完全变态理论。

［sai^{213}］，这个山，不是地理上的了，已经渗透了大量的人的因素，高山［ku^{33}sai^{213}］这一说法和［ku^{33}lia^{31}］这个读音的区别在于，前者是人居住的平原、低山等，高［sai^{213}］来的，意思是说高山上下来的人，或居住在高［sai^{213}］上的人。李维说，高山和低山是两种类型的移民生存策略："潇湘人占埠头，新化人占山头。"潇湘人是沿河流迁徙的，迁徙到新的地方，首先占据河流的埠头，经商的多；而新化人即蚩尤后裔迁徙时所喜占山头，在高山拓荒生存。祖山的山也是这个，这个山是坟茔之土堆。

［sai^{213}］另有死的意思，作形容词："会舔［va^{31}］死红老个。"（义译：很会说话，巧舌如簧。）比如：吓死［ha^{31}sai^{213}］，沩死，可恼死人了。这个音很特别。粤语中有说［sei^2］。

在汤错以及域外地方讲新方话的大都生活在高山也就是这个原因。汤错 B 圈生活的都是讲新方话的人。

谢秉勋说："高山的山，我们读作 sai。祖山的山业读作 sai。虱子作 saipo，业①是这个 sai。这正是困扰我的地方。"

我说："从语言的流变上看，高山的山读 sai，这个山是岫（xiù），有穴之山谓之岫。这个高山就是高岫，业写作峀。"

谢秉勋十分震惊："怎么推测出来的呢？"

"你看，'看今晚在这里住下'里你们说'今哺黑曃在介 sai 到'，这个 sai 就是宿。从新方话说 xie 可以看出，过夜你们说 xiù，而不是说 su。因此这个字是宿，其他比如修，读 sai，都是由 xiu 转化而来。这种转换十分明显，头九一窖雪，九九像六月，雪读［sei³¹］；他谇到不停，谇读［sei³¹］。x［ɕ］相互转化 s。祖山其本来的说法是祖宿，而不是祖山，当作祖山的山的时候读 se。"

"是的，太厉害了。简直释我怀抱啊。"

"至于虱子的虱读 sai，可以参考李维的 ia 韵表转化规律。虱必定转化 sha，只不过你们转过了，就读作 sai 了。"

"这样说有理。那么，'用处'说 saisi，用说甩，怎么解？我一般都写作白字甩斯。"

"音转原理同虱子的虱，你们说的'用处'读 saisi。粤语、潮州话里业这么说。"

"这个'sai'在我们的意思里还能作动词，比如 sai 东西不还（用了东西不归还），曷门 sai（怎么用）？"

"这个 sai 是'使'啊，与虱音转同理。你说的甩斯同'使施'。再有一个词，师公的师不业说 sai 吗？这些读音是流浪过来的古音，其他都不读这个音。师傅、老师、医师又读回原本的音，可见师公这么读要么是对梅山教徒的特定称呼，要么是一个祖语词。"

"天啊，我全部懂了！"

谢秉勋对"山"为何读"lia/nia"这个问题一直也很困惑。他认为在汉语中读这个音的字只有一个：俩。而且南方人很少说，在

---

① 汤错语说业［ja³¹］，不说"也"。

汤错话中则十分普遍。同样，在李维的方言辞典稿中，我们发现祖语与现代汉语转化的规律。"山"读作"lia"的时候，指岭，如打狗岭、岭界上、大岭里。至于舔为何是 lia，这个是 d [t] 和 l 的音转，在前面我们说追和堆的时候已经阐释过了。

山的第二个读音 se 受到新化话的影响，算、酸、蒜，新化话读 [ʃyan³³]，汤错语皆读作 [se¹¹]，而新方话又是由汉语 suan 演化而来。汤错的 se 经过了多度转换。

语言中的山是语言赋予的，作为载体的人不一定消失，但是这门语言消失了，语言中的山也就消失了。英国语言学教授彼得·奥斯丁（Peter Austin）在一份调查报告中称，位于南非喀拉哈大羚羊国家公园的科伊桑语只有族里的几个老者会讲了，总人数不超过十人。这门语言所具有的辅音超过梵语、阿拉伯语等辅音文字。有七十四个辅音、三十一个元音和四个声调，是世界上语音最多的一种语言。如此复杂的语言，等到这些老人一一死去，他们心中的山也跟着坍塌，所有心中的那个世界跟着坍塌，陷入黑暗。可以想象，这门语言是多么地丰富。它的寿命？起源于何时？旧石器时代？还是更早？均不得而知。

山坚实而又妩媚，具有高大之象。语言中潜有巨大山脉的走向：天山、昆仑山脉是汉藏语系的，汉语的；冈底斯是古象雄语；而喜马拉雅山山脉是梵语的，属于印欧语中的山脉。它们是经籍中的群像。一座山有坚硬的理由。满语中有很多的雪，蒙古语当中有丰美的草，这可视作一门语言的诗性部分，汤错语中的山也是。

＊　　　＊　　　＊

村庄里的
第二官话　　　新方话 [ɕin¹¹xua³¹dai¹³] 即新化方言，它们的操纵者是更紧接山顶的汤错居民，即汤错所辖大源、大竹坪、岭界上三个片区的语言，人口占汤错总人口的五分之二。汤错毗邻的三个行政村中，咸水洞和天门以新方话为主要交流语言。原本讲新方话的人也可以讲

66

汤错话，讲汤错话的人也可以讲一口流利的新方话。汤错讲新方话的人把自己的语言叫作新方话 [ɕin¹¹xuaŋ¹¹va⁵³]，汤错人反而称之为新化话 [ɕin¹¹xua¹³dai¹³]。后者反而说出了这种语言的根源。新方话人自己的这个叫法也不是全没道理，也许新方话的意思就是"新的新化方言"。因为，在龙胜、车田那边的苗瑶山区，还有"老新方话"一说。随着新化人的迁徙，这个方言每扩散到一个新的地方，与本地土话形成差别，便自称新方话。新方话和现在新化的方言能彼此听懂一些，但已有所区别。新方话丰富过汤错语的词汇。有一些词语就是从新方话吸收过来的，比如畲：新方话读作 [ʃa³³]；汤错读 [sa³¹]，我们便认为汤错语中的这个 sa 可能源于新方话的影响。

新方话和汤错本地语之间因为在人口上占据五分之二强，在选举的时候，这种语族的差别便体现了心理倾斜和文化认同。一般而言，他们都支持与自己的语言一致的候选人，以便更好地为自己寻找可发声的利益。多年来，选举的结果统计表明，村支书是汤错语这边的人控制，而村委主任则是新方话族群把持。

* * *

纯正使用汤错语的只有汤错和晓锦两地，两村加起来大概也不足三千人，小地、天门、咸水洞等村可操汤错语，但不是村庄官话。从语言关系上看，他们之间必然存在着一定联系。不同的人操着同一种语言这是难以想象的，我坚信晓锦和铜座之间一定存在某种相继的关系，或者是分散的家族关系。从目前考古情况看，晓锦的情况要乐观一些。粳米的发现，证明几十万年前，这里曾经种植过粳米。自然也说明，这里曾经有过不错的农业生产活动。那么，这种为数极少的人说着的语言是不是当地一直流传下来的语言呢？汤错语中有很多汉语中没有的词汇，在其他语种中也难以见到的，热脑（ilau 太阳），月光（yko 月亮），江（tɕo），石脑（ʐalau 石头），树（dou），这些词汇中，被汉语浸染的词汇在汤错语中可以很明显地区

村庄里的
第一官话

分开来。它们不是在声母上保留了汉语的形态，或者变态保留，就是在韵母上残留，或二者合起来，变态地保留着汉语发音的痕迹，但又适度地转化为汤错本地音。从名词和动词中我们可以看到更古老的语言残留，而在虚词中则同化得较多。新方话属于湘方言之一种。这个"新方"不是具体地名。新方——按字面意义解释，一个新的方向。在汤错语中，也是外来词，读音和现在的音差不多。那么，新方指来自别的地方，即一个新的方向的语种。显然，这个词的寿命还很年轻。这有地理上的原因——越城岭山脉两侧居民，杂居、混合有关。

*   *   *

万能量词　　地方上的老古套讲出门①手上一把尺、腰间一杆秤。有轻重的用秤称，有长短的用尺量，没有轻重长短的用心把握。量出不能少，量进不能多。而这个尺常常是用肢体作为工具来实现的：大拇指和食指或中指全部撑开拉满的长度谓之拃［dʑia¹³/ta¹³/da¹³］；两手拇指和食指尖对箍的大小（围长）谓之搚［kha³³］；用脚走一步的距离说逴［dʑia¹³］；两臂展开的长度谓之庹、𬜯（寻）、𫝆，这三个字都是过去表示两臂间距的长度，汤错说捭［phai³¹］；双手合抱则谓之擞（揽）［na³³］，新方话说搟［san²¹³］。

一拃大约五寸，所以牵引一次就得到一尺，六次得到一米。这个动作极似造桥虫（尺蠖）的行进方式，《埤雅》说："今人布指求尺，一缩一伸，如蠖之步，谓之尺蠖，岂放是乎。"陆农师认为人们这样丈量可能是效仿尺蠖而来，中国人对造桥虫的观察早有文献记载，《易·系辞下》："尺蠖之屈，以求信也；龙蛇之蛰，以存身也。"

汤错人买卖打估铳②，两人约好，一口说定，绝不讨价还价。而我们曾将这种行为视作某种古老部族和偏僻地区商业不发达的遗留。

---

① 出门，指走江湖。丧葬仪式中则谓出殡。
② 估铳，又作沽铳。

甲人是本书常用人称符号，意思是在本节中出现的人物，如果出现多人则会依次有甲人、乙人、丙人等，而且仅限于本节；下一节出现的甲人，或人物序列都是另一个语境中的人物，尽管都叫甲人，但不是同一个人。这是人物作为象征群众的一个特征而不得已才如此的。有时候也会出现真实的名字，那一定是有地方文献（绝大部分是手抄书或公文）可征的人物。

甲人急着还赌债将过年猪卖掉，打估铳，毛尸二百八十斤，裒①脱内脏，两百斤卖了。他姥家咒［dou³³］天诅［dou³³］地，要向别家要回，她认为至少三百斤，这里面吃一半卖一半，包括她儿子年后正月十五开学的钱。甲人又不能去要回来，猪已经杀了，再说双方打估铳定的，如想攇估，则退回钱财，猪也死了，关键钱已经被债主拿走，根本没经过甲人之手。姥家端［sei³¹，不停地数落］，讨债的逼，打估铳那边要不回，三十晚上喝农药，差一点要了命。打估铳高了自己吃亏，低了主人家不痛快，下次不和你做生意，估铳打的也是人心。不用法律来约束，而是德性，所以语言约束的一面就特别发达：

"只有极少的情况下买卖双方才立字据，写合同，如关系到田产、土地、房屋之类。契约关系一般都是以语言的约定来实现的，言而有信为立身第一义；信的反面就是汤错语中发展出来的尀［nɔ³³］、悭［tɕian³³］、挏誻／护［taŋ³¹daŋ¹³］、油火（油蠚）、赖斯、冒诈、觥虺［nia³¹wu²¹³］②、死血、褴襂、冒诈③、豲嫂④这样的词语，这些词只要沾上边，都要臭好几条洞。"（谢）

"隻"［tsa³³］是汤错语中的"万能量词"，表"单个"。这个字作为量词是无所不用的，因此在汤错语中这个字出现的频率较高。

---

① 裒［pau¹³］，减去，抛开。

② 觥虺，或陉阢，指飞扬跋扈。

③ 冒诈，带欺骗性的蒙混某事。

④ 豲嫂［xau¹³lau³¹］，杨树达《长沙方言考·豲嫂》："今长沙谓多以物入己曰豲，又曰嫂。"占相因，贪财。

它对应于我们常用的只、个、头、座、把等量词。新方话也用隻〔tɕya²¹³〕，但新方话多用"个"或"箇"，隻的使用范围不如汤错话那样独断专横。

"唔"〔ŋ⁵⁵〕表否定。语言中的否定词就好比事物阴阳两面展示出来的重要性，某种程度上也是万能词。谢秉勋哥哥的儿子还不到两岁，很显然，挈一样东西给他，他立马做出反应，喜欢不喜欢，他非常明白，尽管有些不懂得表达，但他会使用"否定法"，凡是他需要或不需要的或者要提出要求的，他以"哭"——这是他天生会的，或者带"唔"的词来否定，以达到肯定的目的。等他能很好地说话，或掌握了更多的词语、语料之后，我想他就不会过多地借助于"唔"了。在小孩身上，我们可以看到，从一开始人是以否定进行认识和要求事物的。

"俫"尾相当于通用语当中的"子"尾。在本书中我们基本上都使用"子"，阿鹈〔ɕie³¹〕子（喜鹊）、禾茈子（稻穗）、马蚝〔ɕie¹³〕子（蚂蚁）、耙跤子、脬子、瓯子，这些"子"都应该读作〔lai⁵¹³〕，写作"俫"，大部分我们仍然写作"子"是让位于书写习惯而不是早先留下来的口腔肌肉活动的经验性，比如狮俫、脬俫（蛋），在读的时候更舒服一些，在句子输出中必须用现代汉语，汤错语绝大多数的文辞不能用现代汉语直译，转写又使句子丑里巴怪，所以这种译写是语义和声音两方面将就的结果。指出这点的意义在于，"俫"尾当作汤错语的基本语气词和名物词尾的象征性符号来理解。汤错语中作子的则为仔，如筷仔。对人的昵称中用古、牯、鼓、股，且不分性别、年龄。

件〔dʑia³¹〕，表示事，表示团状、块状、疙瘩，或膔胆〔kai⁵⁵ta〕状的东西，汤错不但可以说一件事，还可以说一件戴（肉），当汤错人说一件戴的时候是指一块肉、一坨肉，说一件泥巴也是如此。件，从人从牛，许氏说："牛大可分。"这是它的本义。今天说"一件事"，就是从整体中将这一单元割开出来单独讲，就像在看着一坨牛肉一样。

*　　*　　*

山为何读"lia⁵¹"这个音，困扰我很久，便去寻找其他 ia 韵的 _{祖语}
字，结果发现了一条规律，这条规律就是李维所说的韵母 a 化现象。
汤错语中的"ia"韵有一部分来自汉语中韵母"i""ing"两韵，由
其拉伸或缩简得到，山的"lia"音应来自"岭"，所有 ia 韵的字读
音基本可以由本字声母和俩切得：

祖语中的 ia 韵

读音 （清/浊）	例字	注释
pia	壁、饼、病、 俜、敝、蔽	病 bia；俜：躲藏，隐匿。
tia/dia	滴、弟、钉、靪/ 订、定、丁	弟读［die⁵¹］；定亲、订亲，义同。
tʂhia	吃、赤	赤 tʂha，介音没有，但 i 转化为 a 是明 显的。吃 tɕhia，新方话。汤错吃为茹。
tɕia	嶕、脊、井、 颈、睛	tɕa，介，这之意。
lia/nia	栎、历、厉、 拎、挈、岭、 领、零、痢、 憎、屪	栎，壳斗科栎属的很多植物都说成栎 树［lia²¹³dou¹³］、栎柴［lia²¹³dʑiɛ²³］，好 比我们通常说橡树那样，涵盖了很多 种植物，但栭栵除外，而在《诗经》 王力训读为liɐt。拎 lin，读 lia 的时候 主要是新方话。挈 li，手持物。历：～ 本（baŋ），即老古派对新书的称呼。憎 白（pha），说假话，新方话。屪，男性 生殖器。

mia	名、命、明	命［m̩ia²¹³］。新方话作［m̩ioŋ⁵⁵］。明读"m̩ie³¹"，明年。
ŋ̍ia	腻	po～，放腻，即发哆，撒娇。这个字易误解为粘、黏［ia³¹］。腻屄（pai）：性交。
phia/bia	劈、辟、陂/平、坪、凭、塀、鉼（瓶）/噼、壁、敝、蔽	陂，山坡、半山坡。塀和坪义同。凭，倚靠、撑。鉼，畬～，指一种专用来熬药的瓦罐，也叫鉼俫、鉼缸（tɕio）。噼，指开枪声，念 phia，也念 pia。
sa/za	施（舍）、石、（舐）	舐读 lia，和舔同。施和舍都可以作赠予、送给解，另外，汉语中 she 音大都转为 za，比如舍、射、蛇、畬等。sa 和 za 混用主要受到新方话影响。使［sai²¹³］。
tɕhia/dʑia	敧（欹）、崎、趑、踦、喰、清、轻、青、请/曛、晴、（今）	曛［tɕhia¹³、dʑia¹³］，东西湿润了之后将要干，未全干：～润；洗完衣服之后再过一遍。趑，侧行；踦，踔、跛。喰，呷，新方话，和吃同义。另颈、晴等一组变化与此相仿佛。今［ka³⁵］，如今次，但今晡的今读［tɕi³³］。
thia	踢、提、厅、庭、听	"提"多出现在新方话中，和拎（lia）同义。
ɕia/dʑia	稀、隰、星、醒、腥、攇—揥、姓、席（蓆）、行、心，衾	隰，低湿的地方；新开垦的田，汤错专指滂田和淤泥田地。席［dʑia］，指席子，～草，～被（bi）：棉胎、棉絮被火。但"席被"的"席"通常作"襦"，单用指婴儿被。衾，读作［dʑia］，也指被子。行，读 a²⁴。心，读 ɕia 仅限于祖语。
ia	揖、影、赢、萤	粤语中"一"ia，也可算作一个例子。萤，萤火仔。有的口语中说成"洋火虫"，不准确。业，读 ia。

tsa	炙、隻、呰、只、薺、治	呰，干～：极懒惰。段注：言短力弱才不能勤作。可见这是保留的一个古语。薺，肉的总称。 介音 i 省略。只，仅限于作量词，应用极广。

除了 i、in、ing 韵之外，ia 韵的别的途径得到的字还有很多，比如暸（lia）、斜（dʑia）、爹（tia）、齰①（lia）、拭（ɕia）②、茶（lia）。我把此表赠予谢秉勋，让他感到惊讶的是这门他认为土得掉渣渣的村庄语言和汉语竟然有如此密切的关系。于是他开始注意其他韵母和汉语的关联，他做得最好的是那些汉语中没有对应的词的比较研究，比如 voʑɤ（睡觉）、ŋlau（太阳）等。

根据向熹先生《〈诗经〉古今音手册》的构拟（根据王力先生对《诗经》韵部系统的构拟），蔽和敝在周代这个音读作［piāt］，（p8），敞读［biāt］。在《地方性知识》中我们把隐蔽的这个意思理解为"僻"。因为 ing 和 i 两韵都作"ia"。平、瓶、坪等和壁字同韵。壁和蔽现在是同声母韵母声调，蔽和壁统一是更可靠的音。因此把隐蔽躲藏这个意思理解为蔽更好。无疑，壁和蔽这是一个上古音。与《诗经》同。这个音比如"尺"，向先生构拟的音为［t'iǎk］，韵母乃同。

＊　　　　＊　　　　＊

汤错管老虎这种猫科动物叫［thou³¹sen¹¹］，这是个极为罕见的音，只用在老虎身上，且意义不详。它和汉语"偷生"的读音有点接近。新方话说老虫。原本，这里的森林里是有老虎的。老虎还跑进猪栏里来叼猪，现在已经绝迹了。问其原因，说是现在人多了，老虎就跑了。汤错人把蒙古人也叫作［thou³¹sen¹¹］，语义更加不可解。在汤错走乡串村的人当中有一种专门卖虎骨的，偶尔出现

菟生

---

① 《广韵·仙韵》：齰，齿露也。
② 拭，用手摸。拭鱼，拭黑。

在汤错，背着一个包，挨家挨户去兜售，然后掏出一根骨头，说这是虎骨。也不知真假。买的话就从上面锯一片下来。在判断真假之前，将骨头捯在猎狗面前。狗嗅［ɕioŋ³¹］而不安或狂走的，就认为是真的。这是汤错人判断真假虎骨的手法。他们认为狗见了□□［thou³¹sen¹¹］便是这样情形，这是遗传决定的。一位外地来的虎骨客信誓旦旦说自己的是虎骨，如假包换，只要先付一半的钱，剩下的明年再来取。要买的人家叫来东野公，带着他的打山狗，虎骨客将近三尺长的大骨头取出来，放到地上的芭蕉叶上，东野公的两条打山狗冲上来就叼起走。汤错民众立即将此客捆绑押送至大队公所，已经售出去的悉数将钱退回，虎骨没收。虎骨客不得不讲出实情，所谓的虎骨竟然是西藏牦牛骨头。可见汤错人也是蛮不讲理的，狗不会说话，它哪能说不是虎骨就不是了，虎骨客迫于在人家地盘上，不得不如是说，否则性命难保，此间全凭东野公一句话：我的狗是猎狗，黄白二龙。东野公以猎神的姿态和经验判断这不是虎骨。

漫翻徐霞客，开篇游天台山日记跳出一个"於菟即老虎"夹道伤人阻止他前进的说法，原来汤错人说的［thou³¹sen¹¹］就是菟生。《左传·宣公四年》："楚人谓乳穀，谓虎於菟。"① 从文献记载可以判断，自古至汉唐，到明，读于菟者就存在，乃至《诗经》中《国风·周南·兔罝》中的兔都可能是老虎，否则打兔子用得着"赳赳武夫，公侯好仇"的阵仗吗？

歌粒子：打菟生，打老虫。意思是说要去做某事之前，把架势搞得异常夸张，大过于实际。这仍然是一个属于狩猎族群的词汇，梅山文化里的习语。打菟生估计是除了打野牛而外最庄严肃穆如临大敌的行猎级别了。

*　　　*　　　*

谢秉勋跟我讲了一个他的亲身经历：一个书法家朋友领着他的

---

① 《左传》作於菟。《扬子·方言》江淮南楚之间谓之李耳，或谓之乌貎。

朋友及朋友的儿子开车到我这里来骓，其间叫小孩写了一幅字。他只有七岁，在宣纸上从左到右拙拙扭扭地写成了四行，毫无章法，内容是杜牧那首《山行》："远上寒山石径斜，白云生处有人家。停车坐爱枫林晚，霜叶红于二月花。"书法家朋友对此赞叹不已，说要拿回去装池，"我们的手太有习惯了，已经坏了。这字太好，心无楷则，大道自然。看起来真是甘之如饴啊。"这不是溢美之词，我也有同感。当然，我之想法的出发点可能跟他不一样。他说，在全国书法大赛上，有人就用小孩的字署上自己的名字来参赛，还得了奖，现在被揭发了。而我想起的是小时候在汤错读完小的时候，这首诗中的一个字：斜。在汤错语中，"斜"有三种读法：［tɕia］；［dʑia］；［zia］。它的合法性我实在没有意识到。课本上是读作［ɕiɛ］的。我们都读这个音，也没有和汤错的读音联系，认为读书就是读课本，它是唯一正确。倒是我的数学老师告诉我说，这个字不读 xié，读 xiá。当时他在考岭西省师范大学的自考生。这给我的震撼不小，难道书本上的是错的？于是，课间，读诗的时候，把所有压"斜"韵的都读作 xiá，其他同学好奇而不解。我倒是有几分得意。读完之后，还要把"斜""家""花"合起来念一下，以示其正常的押韵在"a"上。压这三个字的诗很多，如刘禹锡《乌衣巷》："朱雀桥边野草花，乌衣巷口夕阳斜。旧时王谢堂前燕，飞入寻常百姓家。"另外像元稹《菊花》、张泌《寄人》、韩君平《寒食》也是这样的。但也就是这样，直到今天，我突然想起，汤错的读音才是对的，既不是 xié，也不是 xiá。汤错语中保持的那个音是古代汉语的浊音。而在通用语中学到的这个音是现代汉语读音，它的合法性不在于我是否认可它，而是我心理上曾经排斥的汤错土话现在终于有了一个释然：汤错根本没有错。"斜"读［dʑia］，或者［zia］，是古浊音，而作［tɕia］和［ɕia］，已经有清化的倾向，［ɕia］是最近的数学老师交我的，xié 是现代汉语的产物。这只不过说明汤错语本身处在一个非常复杂的过渡阶段，它所受到的其他语言的影响留存也很明显。那个"花"汤错语读作 [pha], "家"读 [ka], 这首诗现在读起来完全又是另外一种感受了。这样一个字它所处的环境和历史无时无刻不在变化，越城岭山脉中的小村落因其偏远反而使我得以窥其原始的面目。

*　　*　　*

脏话　　　　脏话，古语说詈辞。汤错说鄙话 [phi³¹dai²¹³]，鄙话指令人鄙夷的语言，或者跟性有关的话语，多指后者。又说哈话 [xa³¹dai²¹³]，哈表示傻，在中国很多地方语系中都存在。哈气就是指傻气。哈宝即傻瓜。每门语言都有脏话，精确度和深度不一样而已。汤错人的脏话要算比较发达的，而且十分茂盛，相对于其有限的词汇，脏话占了不小的比例。用詈辞骂人这种行为叫作抢，或抢白 [tɕiaŋ⁵⁵bɛ¹³]。

鲁思·韦津利（RuthWajnryb）在她的《脏话文化史》中写道："每当遇上新词典，我都用'fuck'这个字当基本测试。我首先直接翻到 F 字部，找出'fuck'，看看词典怎么说。如果书上的定义令人不满意，不符合我对这个字在现实生活中各种行动脉络里实际用法的了解，我会放下那本词典，另寻其他。因此，如果一本词典无法在这个字的定义上让我满意，我认为这表示它对其他字词的解释也不值得信赖。"这是韦津利教授的审丑标准。审丑本质上是"审美"。

詈辞研究本来是语言学范畴的，但是人类学家也把它纳入自己的领地，通过研究人们语言方式来探究习惯和心理。国产词典，或者说它的编撰者有时候是故意回避一些词语，或者说手法隐忍了些，比如《新华字典》（1998 年修订版）没有收录"肏"（cào）这个字①，大概这只是一本小型的仅供中小学生、教师使用的工具书的缘故。编撰者对汉字显然颇有偏见。二〇〇五年版的《现代汉语词典》收了这个字，解释为："动词。骂人用的下流话，指男子的性交

①　2016 年第 11 版《新华字典》，未收。

动作。"这里，不一定就是男子的性交动作，性交的时候"入肉"者不分男女，烈女们照样也骂"我奅你丫的"或者"丫挺的"，丫的可以理解为丫头生的，即私生子。头生合音为挺，合音之后的"挺"和"奅"就变成差不多一个意思了。"奅"的准确解释是性交，交媾。没有性别之分。但是，属于身体词汇的那部分脏话的确是有性别之分的。再如京骂，好的一律是"牛屄"，不好的一律是"傻屄"。这个"屄"就没有争议了，是性别的象征物。而"你丫"只是口头禅，跟这俩"屄"所能引起的情绪已断然有别。这说明这门语言比较平阔，至少在骂人上是这样，远不够发达。但是在这里，请注意，"屄"成了不是骂人的话，而是赞美。侯万自称是北京胡同里长大的，我问他，这个"牛屄"也是骂人话，但是为什么就成了好得不得了的意思？"呵呵，"他说，"牛就是形容好、强，但感觉这个字语气不够强烈，为了补充音节，加上一个比较脏而且符合音节的字。目前不知道'屄'字作为脏话是什么时候进入北京话的，因为这个字在清末和民国时期的文本中都没有出现过，口语上不好说，但上个世纪五六十年代已经有了。老北京话确切地说是没有特定的骂人用语的，都是骂对方某一方面时，用一些很夸张，甚至很损的话来形容对方。比方说，骂对方不是好人，为非作歹，做一些地痞流氓的行为，骂对方是社会渣子，北京话就是说对方为'嘎杂子琉璃球儿'，就相当于骂人的话了。这个词在天津话中也有。"

脏话也区分口头禅式的和其他具有敌对情绪的脏话。说点近的，拿岭西话（属桂柳话，西南官话系）来说，岭西人日常用语无论男女老少喜欢把"我"说成"老子"，初来乍到者可能有些不适应。岭西话在大清帝国时的南方颇为滋润美妙，徐珂《清稗类钞》桂语和桂林正音两条载："粤人平日畏习普通语，有志入官，始延官话师以教授之。官话师多桂林产，知粤人拙于言语一科，于是盛称桂语之纯正，且谓尝蒙高宗褒奖，以为全国第一，诏文武官吏必肄桂语，此固齐东野言，不值识者一笑。然粤东剧场说白，亦多作桂语，而学桂语者，又不能得其神似，遂皆成优伶之口吻。岭西自梧州以达龙州，言语皆粤东音。由梧州转抚河，直达桂林，自昭平以上，皆桂林正音，柳庆亦然，盖界接湘、黔也。又有客话、僮话，颇难索解，每遇土人涉讼，虽有传供，官民终不免隔阂耳。"我和爷爷说的正是这个"桂林正音"。徐珂老先生的时代虽重满语（第一外语），但见北方官话仍然被认为是本位的、中心的，不然不会把桂话怠为齐东野言之诳语，粤语则更蛮荒。到了今天，这种贱贵之别已经倒个儿了。不但是语言学意义上的，也有现实层面上的。粤语是打工仔和追星族的第一外语。我爷爷一进门就跟我说："贪他个，被嫩个女啲吃了一截羯（khe），老子下次唔给你买料。"——我让他随便给我带点东西回来，他这样说，这是祖父对孙子说的话，极为平常。我们下棋的时候，"老子"和"贪"漫天飞，我一个落地炮，突袭他的左后方形成抽将局势，他恼了，说："贪，敢攻老子下盘！"这是口头禅，不是真正的脏话，后者才是我们这里想具体讨论的。

所谓真正的脏话是攻击他者的话，又带有侮辱性质。我以为所谓的真正的语言学上的脏话是不存在的。脏话原本不一定脏，作为语言工具，它也是摹拟事物而诞生的。作为语言事实，它是中性的，是众多文字公民当中的一员。脏话具有极好的煽动性和攻击性。它攻击对方最隐秘的私情，把对方或者对方的行为故意说成是某种令人恶心的事或者物，或者故意暴露出来，令对方接受不了，产生极大的情绪波动，达到最直接的攻击目的。这种攻击的方式是多样性的，有时是骂街、对攻，有时是故意刁难。

文学中的脏话大师大概非原产美国的海明威和塞林格莫属了。塞林格的《麦田里的守望者》弥漫了一种绝望的情绪，这种情绪很大程度上就是由他那成吨的 fuck 和 shit 编织轰炸出来的，比起海明威小说中的粗口有过之而无不及，因为这出自一个稚嫩的孩子之口。不过，塞林格自己也从来没有长大过。而像乔伊斯《尤利西斯》中固执地将都柏林湾的海水比作鼻涕青，使人睾丸紧缩的暗绿色液体，黏糊糊的绿色胆汁，纯属恶心修辞。虽然不是脏话，但对于大海而言，也算是詈辞了吧。

汤错人的脏话凶狠起来也不得了。弥漫的是一种硝烟弥漫的战斗情绪。比如"垫背"这样空前绝后的骂法，它可以引起一场械斗。美和丑都能打动人。一般的脏话具有威猛响亮的爆破音，比如㞗、捧卵脬、揖狗屄（与狗的交合）、婊子、猪头；謈［xe³⁵］血①（新方话，纠缠不休的极令人烦躁的语言）；痢［lia³¹⁵］血，极不负责任的言语，说话就像流血，即血口喷人；再如刚才举例过的 fuck、shit，但是，不完全是这样的，像"垫背"这样的骂，属于深层次的脏话，它跟禁忌和祖先崇拜有关。这一类的骂法比起一般的粗口——一时的口舌之快要来得猛烈，震源和波及面要宽广得多。这可以算作一类。

然而仅仅是脏话这么简单吗？我们对汤错语中丰富的詈辞系统做了一个调查，尤其是跟生殖器有关的脏话，这一系又分男系和女系，以及中性。

甲，**男系**，核心词汇：

第一类，直接就是男性生殖器：朘［kue³³］（同脘，参国与朘）、卵［nuan²¹³］、屌、尻，这几个是常用的，非常普遍，卵在新方话使用频率较高。撸脘指打手铳，手淫；俗谚说告化子打手虫，穷欢喜，手虫其实就是手铳。冇朘味，冇卵味：一点意思也没有。冇朘用，废柴。冇朘事［dai¹³］，无事可做到了极点。汤错说傻为哈［xa⁵¹］，新方话上声，搭配它可以成为很多詈辞，如哈屌、哈卵。表示"哈"的这个字应该是俗写，出现在众多方言中，以汤错话来看，许是"傻"的音转，但找不到其他例子。能转到哈的读音上来的有：虾［xa³³］，吓［xa³³］；干／旱／旰／暵［xa³³］，洊［xa³¹］②，均非哈义。

---

① 謈，《广韵》胡笴切，《集韵》下罕切，达音旱。多言也，大言也。
② 汤错说水沟为"xa"，这个字就是洊，段注：小雅：秩秩斯干。毛云：干，洊也。此谓《诗经》假借干为洊也。从水。闲声。古莧切。十四部。新方话说水沟为浚［tɕyn³¹²］，汤错读［toŋ³¹］。

第二类，屪［liou¹³/lia¹³/nia³¹/liau³¹］，《字汇》男阴，音聊。今汤错仍保留这个音。屪这个字，我们打常写作嬲，或者撩，而真正意思是屪，比如屪妹崽，因为是关于性指向的，撩仅仅是一个动作，又如趔趄说成蹽［lia¹³/liou¹³］，这是跟手脚有关的动作，但屪妹一定是性情发作的结果。又写作屪，或膫。元马致远《岳阳楼》说："溺得膫儿疼。"屪使［sai³³］，牛屄的意思；唔屪使，就是不行，无能。

屪皮屪胯［kha³¹］，指一无所有。甲人说："昨晡黑曛，一个天光板，我屋邸那个输得屪皮屪胯归来了。"意思是说昨天晚上她丈夫赌博输光了回来。

歌粒子：空胯打屪胯。指双手空空而来。形象说就是双手空空，只有胯下的屌巴晃来晃去就来了，意思是什么礼物也没带，只有一条卵来了。当读 lia 的时候也可以书作屪，同样指男性生殖器。

第三类，屫［lia³¹/nia³¹］，《字汇》良慎切，音吝。闽人谓阴也。屫偣［xa³¹］心，与捧卵脬同义，偣心，指傻傻的不明事理；儢［ma¹³］偣，无惮。我们在别处经常使用到的"哈"表示傻时应当书作"偣"，如偣宝、偣儿、偣人、偣里偣气。

指向男性生殖器的詈辞，捧卵脬，卵和卵脬都是。绝蔸一词谓绝种，男根隐喻。

第四类，童男生殖器：屌［tɕi］①、朘［di］。如黑娃第一次在马房听长工谈性事："木匠的锛子铁匠的砧，小伙儿的朘子金钢钻。"（《白鹿原》）

第五类，男女错位，或非正常关系的性交也作詈辞，比如㚻奸，俗作鸡奸。《清律·刑律·犯奸》："恶徒伙众将良人子弟抢去，强行㚻奸者，无论曾否杀人，仍照光棍例。为首者，拟斩立决。"再比如

---

① 章炳麟《新方言·释形体》："《说文》：'屌，尻也，诘利切。'今人移以言阴器，天津谓之屌，其余多云屌把。把者，言有柄可持也，若云尾云尾把。屌读平声如稽。"黄侃《蕲春语》："屌，今人通谓前阴曰屌巴，吾乡谓赤子正阴曰屌儿，正作屌字。蜀人曰屎，亦尻之音转也。"

交奸，指与兽之类的性行为，比如迳狗屄、揸猪屄。昌桔的断臂行为，实际上也属于要奸范畴，现在我们已经称其为同性恋了。

乙，**女系**，首先是跟女性生殖器相关的核心词汇：屄。而这个屄出现了多种说法，简直是一大奇观。

第一类说法：肶。兜肶［tau³¹phi³¹］，麻肶。肶，《广韵》质韵譬吉切，牝肶。著名骂法就是蒋委员长的娘希肶。李维认为或作窦脃/麻脃［麻指牛，参婴儿语法；故与牛屄是一个意思，也与嫲（妈）屄是一个骂法］，脾、脃、肶均为肥厚之意，但读法不同，本义是带有蜂窝状的牛百叶，至于为何专指女性生殖器还没有找到相应文献或者可循的先例。单说女阴时说成 phier，俗写作瘰，有的认为是瓳，音版或反。因为《玉篇》《广韵》都有牝瓦一说，《九章算术》有牡瓦牝瓦说，瓦自有公母，才能上下交错咬合，不至漏雨。在汤错语中瓳转化到瘰音是孤例，所以不应作瘰，再者瘰这个音在汤错语中读［pie¹³］，骂人低劣无能说婓［phie¹³］，又书作悑。甲说他的侄子："太婓老，茹个一担［tuo¹³］米，长工车①还有学到，要他读页书，他就晕个过去。"用器官骂人懒惰：屄仔连成排②，家里冇得一根柴；麻肶一窝窝，冇人起来烧早火。

烈麻肶，纠［tʂai¹³］麻肶③，意思是性格倔强，戾气很重，不服从。新方话说纠［tɕiu31］麻肶，或简称纠纠。

第二类说法：屙［saŋ³³］，专门用在性交上，人、猪狗牛羊身上都用。动词用揸、迳。汤错读［ia³¹］，新方话说［n̩ia³¹］。

第三类说法：屄［pai³³］。梅县和台湾省客家话中仍有［bai²］这个读音。一些方言著作认为此字无考。汤错不说牛 pi，而讲牛［pai³³］，就是很厉害，牛［pai³³］是本地外流通进来的，语音上有明

---

① 长工车，指工尺谱。

② 排，指竹筏，竹排。

③ 纠［tʂai¹³］，表示斜向纠缠而不顺畅，与歪有别，正读［tʂa³¹］；确证为纠，是因为"酒"读［tʂai¹¹］。字牌术语截住谓之"摎"［tʂai¹¹］，或［tse³¹］。

显差异，属于宝庆府话。在酸歌中常读作本地人所谓的官话［pai³³］。

第四类说法：女。这个字在孩子们中间流行，在汤错话中读［san³³］，意谓女阴，也即屄。谢秉勋说，他三年级的时候学会这个字，然后写给女同学认，女同学举告老师，老师问他这是什么字，他满脸绯红而不回答，老师让他站在操场那棵桃树下面，直到放学。他说他始终开不了口。"难道我那时候已经性启蒙？太阳快把我晒狭了，就是羞于启齿。"（谢）至少已经对身体和异性开始觉醒。

搭配这二者的动词是侵略性地进入，还有舔、吃等，或者跟出卖有关。在脏话中打常以阿驰（母亲）代替了很多东西，母亲的生殖器也成了最主要的辱骂对象。婊子、娼婆［tshaŋ³³bo¹³］，这是欲加之罪的骂法。而日常生活中关于生殖器的隐喻说法时刻都在诞生。

女人在汤错语中说娈人［nan³¹ŋ²¹³］，娚人，后面可以跟一个家字，长辈称女儿为图。娚家则专指妻子。

丙，**中性**，中性词汇其实是共用的，就是说男女身上都可以用的，比如前面说的"翕"、迒、揾。或者是对以上这些词的变体，如"讨卵贱"。

汤错的生殖器命名法（詈辞倾向）如此发达，与我们在探讨《地母经》时指出的意义是一致的，与整体生命的延续密切相关，以及生殖、生产活动、日常行动均围绕这一主旨进行和延展、演绎。它涵盖了言说、神话、语言、狂欢、占卜、婚嫁、崇拜诸体系。大母神才是这一切词汇诞生的源头。

丁，**生殖器之外的那些身体词汇**。我们先看跟脖颈有关的。颈筋：［tɕia³³tɕin11］。汤错语充分意识到"颈"是头顶到脚最细的一个瓶颈部位，其下确是一口井。井又被当作很深的东西。古人认为穴地出水就是井。后来有了市井，井田，是状其形。唯有这个颈井是身体的词汇，井和颈的读音一样，都读作［tɕia］。颈在汤错语中一路来和"吃"联系在一起，很多的习语跟"颈"这个人体特征有关：关于脖子的，噇颈筋［to¹³tɕia³³tɕin¹¹］：暴食者，吃白食的，好吃懒

做的，本义是食无量；也是吃得极度夸张的说法，吃得太多，令人产生排斥情绪。这个"颈"很大，胀大了，这个是直线夸大的说法。伸长的脖子，就像狗一样鼻子灵得很，lau～|贪婪，贪吃。本字无考，可能是瘰。这还是贬义，加上一个鬼字尾缀，便是詈辞。这个"颈"是伸长了的。喠脖筋［to¹³po¹³tɕia³³］，本义是脖子撑大了，喻专门爱生气而脖子也无端大起来了。因此，很多骂人的话也就跟颈有关了。生成为詈辞时候砍和吊通常与颈筋搭配到一起。

关于脸皮的：屄脸厚，大意是脸皮厚，但比脸皮厚深刻，因为它用"屄"来修饰，作前缀；死血，意思是不要脸，血死了，等于人也死了，这里专门指脸皮厚；脸，平素说面牯侎。而一个人郑重其事的时候才会用官腔说脸皮。

关于肚子的，爆肚子——指撑死的，肚皮炸开；黑肚子——这是新方话常用詈辞，意思是"前三世，做过了"，过等同于罪过。

关于肠子的，［lei³¹ʐo³¹dau³¹］坠肠头——意思是肠子从肛门出来了，叠叠成一堆。

关于手脚的，断脚筋个，踮［dʒye³¹］手个——这是骂贼牯子的，唔见的手的。趒［tɕio¹³］尸个样，趒，新方话，意思是跑。《说文》趌趒，怒走也。或书作趣。义同。趤［tʂhæ³¹］尸，趤①摆子，都是骂跑出去玩耍而不干活，尤其是农事。踇［lia⁵¹］脚筋与趤尸意思差不多。

蹽脚家，则是说不长眼的莽撞之人，到处乱跑无聊的人，也指脚不长眼，捣乱之人。农忙时，老歪不愿意给人打僷工②，人家割掉一片禾，他在后面挖泥鳅，搞乱了禾堆，主人就说他是个蹽脚家的。

关于手的，骂人时候直接叫波罗，不知何物，指一种圆形的东

---

① 新方话说蹽，或蹚。

② 打僷［pau⁵¹］工，自愿的无偿劳动。《唐志》新到官府，伻上直，谓之僷。僷直，一作豹直，亦曰伏豹，取不出之义。又僷僷，在本书人称称谓中指伯伯，或父亲。在北京则说庆工，义同。

西。拳头称拳头牯。偷了人家东西的贼牯头经常被人骂作踡手断脚的。皲坼［tɕye^{33}ta^{11}］，一种手脚皮肉裂开的皮肤病，得这种病说爆皲坼，随着农事的进行，劳动者手上常见这种病，一个人细皮嫩肉，没有见到皲坼，便说他连根草都没摸死过。

关于牙床的，嚼［dʑiu^{13}］牙墙，即嚼舌。爆牙墙，吃了别人的还不说别人好的行为，含诅咒的意思。龅牙墙，仅是自然的龅牙。

关于眼睛的，黄眼睛［vo^{13}ieN^{31}tɕia^{33}］——意思是畜生变的，喻忘恩负义之人。

关于鼻子（鼻孔）的，鼻涕虫，指小孩子长年两根蚂蟥（鼻涕）挂在鼻子下。

关于嘴巴和牙齿的，关于牙齿和嘴巴的脏话基本跟口水之灾有关，滴俺籽 | 掉牙齿，比如烂牙墙，暴牙墙［pau^{51}ŋa^{33}dʑiaŋ^{13}］，暴牙墙是吃的诅骂，意思是牙齿和下巴突然暴出，脱落。烂牙墙一般回应说自己坏话的人。烂嘴巴之类的詈辞同此一路。

关于舌头，汤错说热［ji^{13}］俫头，舔［lia^{31}］兜朏个，这也算跟舌头有关吧。唯一发烫的这个身体部位。

跟头有关的，歪脑筋。

骨头［kuai^{33}dou^{13}］常用来作为詈辞后缀，义指髑髅。走［ʧau^{33}］骨头，等于走死，“走”的极端化，变成负面情绪。另如吵骨头，指吵得过分，造成对他者的伤害。可以“骨头”作后缀的，也可以“死”“尸”和“头腔（头）”作后缀，砍头腔指砍脑壳。

像“打靶”“打靶鬼”这样的词尽管没有出现身体词，但是隐含了身体在里面，是关于死亡的咒诅，指“枪毙”。

䑋① 气，䑋里䑋气：行事莽撞，动作粗狂。

戊，**身体排泄物**。身体是一个非常自足的个体，也非常自我，

① 䑋［ʐɔ^{13}］，肥貌。《说文》益州鄙言人盛，讳其肥，谓之䑋。《扬子·方言》䑋，盛也。自关以西，秦晋之闲语也。汤错语读为［ʐɔ^{13}］的还有“让”（讓）、“昨”、“浊”［d̥ɔk］。

它所构成的边界不容侵犯，唾液在身体之内是纯洁的，而一旦离开身体就变成毒液或杀器，这是来自别的"自我"的排斥。我们脑中的意识要离开身体变成语言，也会改变味道，而让它们变成赞美的语言我们需要用十倍的力气。离开身体的气体也会全然改变，就是这个道理，进去的时候是一种气体，出来的时候却变成了另一种气体，当我们懂得了这个道理之后，离开身体边界的词语都不是我们需要的，但不一定不是别的存在所需要的东西：屎、尿、屑、唾液、口水、痰、鼻屎、鼻涕、淫水、眼屎、耳屎、血、痂、垢，呼出的气、断发，各种病症导致的脓、疮、狐臭、脚气、溃烂，以及病变。这类词随时都能成为詈辞，唯有精液、乳汁特殊，其实一切都很特殊，但是在爱人之间它们又能转化为一体，在婴儿和母亲之间也能构成整体生命延续的关系。它们是身体房屋在这个世界共生存在的一部分，进入和离开是如此不同，乃至影子和镜中的自己、睡眠中的自己、内在的阴影和梦也是如此。

己，**拟人喻物骂法**。这一类比较普遍，逮着什么可以骂什么，猪；牛马畜生（au ma tʂhou sen）——畜生是很重的骂人话；鸡婆；鸡（眉）巴；树蔸［dou¹³tau²¹³］——呆板的人；人芋头［zˌen²¹³vu¹³dau¹³］，忤逆不孝之人。畜生这个骂法在早先也有骂作"众生"的，徐珂《清稗类钞》载："众生，犹言禽兽也，假借为骂人之名词。沪上英文教习于英文中之十 animal 辄译之曰众生。"实际就是"畜生"。常听到"矮痨子"这样的说法，意思是慢得该去死的人，大意相当于该死。其次是形容鬼鬼祟祟，猛然出现，很吓人。令人诧异的是扬子《方言》竟然有载，说：岭西谓人短为耀（bà）矬，矬或作矲（kǎi），亦作矖（hài）。矬正作矮字呼也。故矮老纸当是千古骂法，应书作矮老矬，或矖老矬。人短到一定程度，往往超出正常形象，演变成鬼矮老矬，就有骇人的一面了。汤错人也骂"妈拉巴子"，巴子即耀矬，耀矬即身矮之人，人身攻击的一种，已经演变为德性的一种。又毒嫪子，《史记·吕不韦传》求大阴嫪毐为舍人。《索隐》士骂淫曰嫪毐（lào ǎi）。又毐古文娭字（《玉篇》），娭嫪子／毒嫪子则成为对淫荡的一种骂法。嫪毐本是针对阉人而言，不阴不阳，此意颇合乎鬼鬼祟祟这个意思。

忤鳞子，或忤逆子：骂不孝。

人芋头［vu²¹³dau¹³］：骂没良心，处事凶狠。

阳虺虺／虺虺乘［iaŋ³¹wu²¹³（n）ia⁵¹wu²¹³］：骂做事没翻转不定，或涎皮，不正经。① 又写作觬觛，阢杌，臬兀。

阳虺乘／话阳虺乘：骂吹牛皮，说大话。字无考，拟音。

觲［ɕiŋ⁵¹］子，觲懂，觲里觲气，意思是任由脾气性格说话行事，相掣曳进入令人讨厌、嫌弃的尴尬局面，所以也构成詈辞。或许也可以译作省［ɕiŋ⁵¹］，同眇，即少一目，行事说话少心眼，不通识。唯独不可译作醒，因为表示与睡觉、梦寐、酒解相反的醒，无论在新方话还是汤错话都不读"醒"的汉语本音，汤错读［ɕia¹³］，新方话读［ɕiŋ³¹⁵］。哈气，哈宝，表示傻，但觲并非傻、蠢，而是性格上的有意张扬，特意引人注目，进而犯恶。觲同时保留了它本来的读音，因此在各种方言中"觲子"是同一个意思，同一种读法，仿佛是一个约定俗成的流浪在各种方言中的詈辞。甲人家藏了一袋十年前的老茶，并不准备卖，老歪引一个收西红柿的老板来买，他是个茶缸子，喜欢高山茶，听说了一定要买，甲说是给他儿子留着的，不卖。老歪就擅自从楼下摘下来，要卖给茶缸子老板，甲就骂他觲里觲气。往深里骂就是觲卵。觲里觲气有时候可以由溾［so⁵¹］里溾气代替，因为这种行为已经和溾水一般发出酸臭气味熏人了，但无溾子这样说法。

猛子，指性格莽撞的人；臁头牯，指力气大而鲁莽的人；蠡赖子，喻心急而轻浮的人。这些词都指向性格和行为特征。

茶皮［lia³¹bi¹³］：骂油滑，不靠谱。

---

① 《广韵》觬觛，不安。《易·困卦》上六，困于葛藟于觬砨。《疏》觬觛，动摇不安之貌。

慵白〔lia¹³pha¹³〕，新方话。慵本义为说谎，胡诌。慵白没有说诧那么严重。慵，可单独使用，表示说谎。也可以写作㤏白。① 而㤏白鬼，或㤏白鬼则是詈辞。白，本身指语言、话语。算白话（或讪白话），汤错话〔se¹³ba¹³vɒ31〕就是闲聊，搭讪②，讪是一座语言之山，已经褪去其毁谤的本义；抢白是骂人的话或举动；慵白则指谎言。我们最为熟悉的是"对白"这个词，所以白，本义是语言、话语。算、抢、慵（㤏）、念、对、独，只不过是对语言的属性进行一番界定。与之相对的是黑话，黑话是经过加密的语言，在小范围内流通。而白话文运动的白话，则是相对书面语、雅语而言的。白话文是语言的解放运动，所谓求之于野的一次运动。白话当然没有文言雅语那样精致、简洁，但拥有了更广阔的表达，尤其是我们可以将方言纳入写作的范畴。这大概也是扬子所畅想过的。白，作为一种色彩所拥有的至尊权力大抵也在于它代表语言本身。汤错也将广东话粤语作白话，这点在更广泛的地域上成立。至于，粤语为何称之为白话则难以细考。有一种观点认为，这种白话源自中原，是古代雅语的一种。也有学者认为这是无稽之谈，语言是在发展的过程中慢慢形成的，并非历史悠久。语言学上有个猜想，相对偏远的地区，比如一个部落、山坳，对语言的沉积和保持相对要稳定和持久，这可能就是事实。

雕〔tiau⁵¹〕，奸猾。③ 近多用刁代替，刁本义无奸猾的意思。其

---

① 扬子《方言》还提到一批詈辞："眠娗、脉蝎、赐施、茭媞、讀謾、慵㤏，皆欺谩之语也。楚郢以南东扬之郊通语也。"今多不可考。㤏，心不欲，和慵同义。慵白和㤏白，均可以转为 lia/nia 读音。慵，俗写作谝。

② 算白话，这个算，也可能写作讪。扬子《法言》有"乡讪"一说。算、讪都读〔se¹³〕。上海话有"嘎讪胡"一说。

③ 清胡文英《吴下方言考》："雕，奸恶也，吴谚谓奸猾为雕。"《史记·货殖列传》："上谷至辽东，地踔远，人民希，数被寇，大与赵代俗相类，而民雕捍少虑，有鱼盐枣栗之饶。"司马贞索隐："人雕捍，言如雕性之捷捍也。"又《管子》："一体之治者，去奇说，禁雕俗也。"尹知章注："雕俗，谓浮伪之俗。"

他像襁褓、油火这样的词也指向德性，在别处已经提及。

恶 [ɔ³³]，凶，凶猛，刁蛮。细妹姬恶死人了，是说很凶，不近人意。婴儿啼哭很凶，也说成恶。凡此，形成詈辞恶巴。同样也可以用在性格凶猛的动物身上，比如狗、蛇。

老耂子，狡诈奸猾之人，往往指老者。"甲家的大新妚骂她家公公是老耂子①，一曒到黑只晓来爬灰。"（谢）起因是老头牯分家不均，导致妯娌不和，老头牯偏袒幼新妚②，被大新妚骂或诋诽、中伤、诬陷为爬灰。

癞子特指的时候只能说是贬义，还算不上脏话。

昈暔，羆耗，性烦躁不安。

攎火瓶来，指行动做事极其缓慢，几乎不可能完成某事。

倒床 [naŋ³³dɔ¹⁵]，指人死了。也说踈 [du⁵⁵] 脚。死亡是避讳的，不同的说法有不同的文化背景，比如说上西天了，这是佛家心理背景；见马克思了，这是最新的关于死亡的隐晦说法，它是类似见阎王爷这种说法的转变。直接说断气、死，视为不敬。而原本庄敬的这些词语转化詈辞则十分抢手，因为它们有力量。说明情绪已经发生了根本性的不可控的逆转。

倒鼓，指彻底完蛋。倒鼓本义是丧事仪式在家完成的最后一个环节，将死者衣物等烧毕，然后在水口和庙旁倒鼓，接下来就是等到算定的时辰棺材出门。比倒灶还严重。

獠子③，猛牯老，蛮子，在特殊语境下才成其为詈辞，一般意义，

---

① 老九耂 [tian²¹³]，俗语，老奸巨猾之人；又说九耂子。九，老阳之数；耂，老人脸上黑痣。

② 新妚 [pə⁵³]，新妇，媳妇；粤语说新抱 [屈大均（1630～1696）《广东新语》："广州谓新妇曰新抱。"]，赣南说新布。汤错说新妚，保留了声母 [b/p] 的一致，重唇音。妇，上古音拟作 [bɯʔ]；《广韵》声母为 b，並部，房久切，高本汉拟作 [bʰi̯ə̯u]，王力拟作 [bɤu]，邵荣芬拟作 [biəu]。可见，新妚，新布，新抱均为"新妇"演变而来。汤错话中"房"字仍读作 [bɔ¹³]，翻字读作 [pə²¹³]，饭字读作 [bə¹³/bai¹³]，亦见其转。在汤错，新妚指儿媳妇。

③ 《博物志》：荆州极西南界至蜀，诸民曰獠子。《集韵》西南夷谓之獠。或作僚玃。音老。猎之义。

仅是种落区分的需要。獠子是猎子之义，显出其部落属性。又比如，老毛子、高丽棒子、小鬼子、阿三，等等，基于一种口语上的俗称。在美国人和欧洲人之间，欧洲各国之间也有这样的在心理认知上对外族的称呼。"蛮"在政治版图中的含义（见《周礼》）早已改变，仅在这个字组成的系列词语中残余了蛮的含义。当蛮子作为贬意时，是中央大陆北方人骂南方人，而南方人骂北方人为奋子。①

庚，一些遥远的、恐怖的、令人恶心反感的事物：屁——狗屁；屎——一坨屎；死和尸作为修饰前缀和后缀构成常用詈辞；"鬼"是最明显的骂词，它既可以单独用来骂人，也可以作词尾助攻，比如鬼打住 [dou¹¹]，喻行事没有来头，唬到旁人了。鬼打锣，说谎没底线。

魊烂婆——一种早死的女厉鬼，厉鬼，古谓之魊 [tʂha³¹]；短命鬼 [de¹¹ɳia¹³tɕy³³]；吊颈鬼；刀疤鬼——指被砍死的人；罗刹鬼，或叫罗刹牯，恶鬼；魑山鬼，汤错山里的鬼；在古代叫作魑，"武罗魑"就是管理这种魑山鬼的。② 骂得更狠一点的就是在前面再加一个"死"，比如死短命鬼、痘子鬼。再者，虽然不带死字，但却是跟死有关的死法，也成为詈辞的重要组成部分，比如扯烂婆、吊颈、蹦江、蹦塘。另有，跟智商有关的，白痴型骂法："哈宝""报应""头身世／前三世——做过了"——作孽的意思；干齿 [tsa³³]——极度懒惰，自私自利，不愿意助人。汤错说脏 [tsaŋ⁵¹]是指丑陋，而用邋遢、马虎 [ma³³xu¹³]来说脏。那屋邸马虎死了，随之邋遢鬼、马虎鬼就来了。脏引申为马虎的时候本义是指油脂很厚，糜腐得很，从肉，故马虎当书作腜腺。脏在汤错语中专指丑，没有腜腺、邋遢这个意思，所以"好脏"连用，脏的反义词就是娿嬛（漂亮）。歪鳃，脏，义同邋遢。③

---

① 明陆容《菽园杂记》：南人詈北人为奋（tǎi）子。《集韵》面大曰奋。

② 魑，《封禅书》认为是秦中最小鬼之神者；《山海经》之中山经说青要之山，魑武罗司之。

③ 鳃，拟音，参《方言》"恓鳃"："恓鳃、干都、耇、革、老也。皆南楚江湘之间代语也。"

辛，**本地方独有的詈辞**：猖。甲人媸家在有他人在场的场合嘴不爽净［so³¹jin¹¹］，倒男人威风，甲人随口拘一句猖巫婆欲加制止，甲人媸家火光立起，抄起铁夹就抽了过去，击中甲人膝盖，并随脚踢翻灶上的鼎锅；甲人退出火落窖，站在堂屋前，面对西方，鞠躬唱迓，叩齿驱辞，甲人媸家见此情形，立即瑟瑟发抖，舌头打謷，恐怖之情显而易见。这种杀伤力如同放蛊，但本地阴教说波托。"托"在梅山阴教中，如同鬼魅，波托就是一种下降的法术。甲人波托，其媸家已经謔得瘫翻在地。这是修理猖巫婆这等劣妇的手段，难得一见；更有甚者召雷来灭。当然，施法者或者假装施法者自身阴德也会受损，不到万不得已万不可波托整人。

壬，**无意而伤**。这一类词是平凡而无意的，对他人可以构成伤害。它不是一个具体的词，而是由语言描述出来的情境击中了致命的东西。

以上是汤错脏话的大致来源。这等说下去是没有尽头的，我觉得，脏话的属性由情境决定，任何一个词都可能成为脏话。而任何再脏的词也可以成为最甜蜜的词，比如亲密相好床第之际，最脏的话也可能是情欲的最佳想象力的发生器。比如肏，对陌生人可能造成伤害，而在情人之间，完全不同，老公对他的妻子说："我们做爱吧！"这太柔滑了，被一种公共性磨平的词汇，它激不起一点野性，而说，"媸家，佗多揞屄吧。佗多肏屄吧。搞吧。肏吧。"其间的差别是操蛋的白痴也会懂得的。还有无数的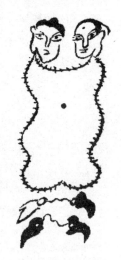动词，在特殊的情境下随时准备成为脏话。召二十五路猖兵来做爱，女性的性心理可能会在一种奇怪力量的驱使下抵达难以测变的变化。其实什么都没改变，仅仅是语言和被语言裹挟的象像神一样降临了。

在一些手抄文献中大量的词汇表明，想要成为梅山法师，首先要成为一个拥有无限想象力的超能战士，他们拥有对整个宇宙事物的不同于一般人的完整看法，修行者先要进入这个宇宙，仅此一点，也是难能可贵的。（如图大和合霹符咒，男左女右，符胆符脚形象）[1]

大皮冲木匠曹说话本来就打謰［lo^{31}］[2]，像得了寸耳风[3]，见王家妹佶在熯饭，一双飞嫩的糯米手在笕边揭菜，嬲［liau^{13}］她说："屃妹，夜里吾来刨……刨……红？"

屃妹佶一听，说："落巴[4]，红来咯，老子刨断红条卵。"

说卵字时，切齿，加重口音，手中菜薹清脆一声扭断，摔［ʃuan^{31}］到盆里。曹木匠悻悻走开了。"红"是你的意思。这里，木匠把他的手面"推刨子"当成"揖屃"的想象，而这是他的里手活。卤疤匠、铁匠、篾匠、靪鞋匠、裁缝他们的想象风格截然不同。再比如糍粑之"攒"，犁田之"犁"，等等。难以穷尽。一个八〇后女孩喜欢猪，一切猪的都喜欢，有时候还把"猪"用到"我"或者他人身上来，我表示很不"理解"，在她看来，这是再平常不过的了，我故意刁难她，我说"猪是骂人的话"，她不信，我说："是。不信，你说——'我是猪'。"她说："我是猪。""再说。""我是猪""再说！""我是猪"。"再说！！""我是猪……"大概说到第七第八遍的时候，她哭了。我知道我是在暗示她"猪"这个在她看来美好的东西，实际上，可以不是她想象的那样美好。换而言之，脏话也是可以转化的，其前提是个体是否意识到。"猪"实际上很"可爱"，尤其在汤错语中，它读作［tai^5］。脏话也有语言范围。它直接把语言带到了一个民族情绪的高度，如汉奸、鬼子这样的词。韦津利女士

---

① 本书梅山教符咒图录均采本地方流传或师公手抄本文献，不再另作说明。

② 说话口齿不清。

③ 寸耳风，疰腮。

④ 落巴，意思是排行最小的，老屃。妹佶，女孩，俗写作妹儿；男孩，称佶佶。段注笺云，佶，壮健之儿。

用她的 fuck 来测试一本词典，而我更愿意用脏话来测试一门语言的丰富性，及其潜在的生命力。那些企图规范用语的词典编撰者的做法是给语言所指和能指之间套上一副脚镣，纸下之火又岂能捂得？钱穆批评许叔重时说："训诂文字学者不成为一思想家，正可于此等处微辨得之。"他举的是《说文》中"神"这个词条的阐释："神，天神引出万物者也。"（钱穆《灵魂与心》）当然，钱穆也没有看到《说文》作为一个整体，其驱使的每个文字以及它们的义积已经构成了一个相当坚固的宇宙体系。

北京话的干净和它历史上作为都城有关，那是一种官方话，知识分子语言载体。某种程度上也是皇室用语的参考语。再者，它和中国历史上的避讳联系在一起。讳什么什么这些是儒教的庄严法体，当然和汤错的乡间土语不同，它是粗俗的，具有非理性的膨胀。乡间山民的语言是粗野的，它们是大自然的鸟语。外人也多不懂。而在道家那里，关于身体最隐秘的部分的表达却相当地富有诗意和创造性。

詈辞在语境中才成其为詈辞，因此总带有攻击性，既需要自律，也成为法律管控的文字公民。

＊　　＊　　＊

捧卵脬　　捧卵脬［phaŋ³³lan³¹phau¹¹］，本义是捧人的阴囊，即拍"马"屁。南方一些方言中对阿谀奉承的表达，跟"马"区分开来。捧读［phaŋ³³］。［phaŋ³³］读起来拗口，路来读作［phau³³］。清代吴方言小说《何典》第一回有这样一段话：艄公道："相公们不知，近来奈河桥上出了一个屁精，专好把人的卵当笛吹。遇有过桥的善人老卵常拖，他便钻出来薓卵脬一戴，把卵咬住不放；多有被他咬落的。饶是这等捧好，还常常咬卵弗着咬了脬去。所以那些奈河桥上善人，都是这般**捧卵子**过桥的。"

这里的捧卵子也就是捧卵脬。这书将鬼作刺已经达到很高的境地，转化的詈辞也不少，如叮屍虫、屍爿、割屍斋僧。五四文化巨

92

匠们对此曾予以高度赞誉，真可谓打倒子曰店不遗余力。在汤错语中，卵脬常又引申为人的阴囊，表达用隐喻，说［dʑa¹³lai¹¹］，指茄子。［phaŋ³³dʑa¹³lai］直译为"捧茄俅"，这句话的直接理解是捧睾丸、捧卵，或者捧阴囊。把睾丸、阴囊说成茄俅的还有很多，比如［ta³¹dʑa¹³lai］大茄俅，指得疝气的人；［se¹¹dʑa¹³lai］酸茄俅，指酸里酸气的性鄙之人。比捧茄俅更狠的骂人的话则是"捧狗茄俅"。上世纪九十年代初，有油头粉面的后生挈一个照相机到汤错来照相，三毛五毛一张，女孩子摆好姿势之后，摄影师说，说茄俅。女孩应声："茄……俅。"照相机咔嚓一声，"茄俅"便挂在女孩的嘴角和满脸微笑上。旁观者大笑。妹姬明白过来之后，一片追打。茄子不但指睾丸，它更直接的是"卵脬"这层意思。卵是男性生殖器，脬是尿脬。合起来既是尿脬也是男性生殖器。捧茄俅，指没有能耐，钻进人家胯下去了。捧卵脬则是拍马屁的意思，但是汤错人不说拍马屁，而是捧卵脬。马是北方方言产物，捧卵脬才是正宗南方方言。电影《海角七号》中的"代表"也说捧卵脬，他在进电梯的时候对"马拉桑"说，年轻人要上进，不要到处捧卵脬，字幕打出来的是"LP"。这是两个客家人的对话。马拉桑点头哈腰，殷勤到了极点，听到这话，也没有生气，仍然满脸卵脬。看来捧卵脬这个词在他们的生活中使用频率很高。在汤错，不敢随便这样说，有辱他人人格，夫妻之间吵架则是例外，脏话汹涌而至，捧卵脬名列其中。一个叫藏愚的博友写道："LP一词属古汉语，据我所知，此词仅在东越（浙江、江苏）、闽越（福建、台湾）、南越（两广、湖南新化）传存下来，且使用频率都很低，年轻人知之者甚少。"捧卵脬是古百越词汇。汤错语很可能转借于新方话，也可能新方话借于汤错语。它和汤错语中的"捧茄俅"形成对应关系。而汤错语的"捧卵脬"还有一层前者没有的含义：瞎操心、狗咬耗子多管闲事。卵脬和茄子属于身体词汇脏话系。卵是很典型的新方话，卵作为男性生殖器解，也就出现在这个词当中，其他时候汤错人常说［kue¹¹］，来表示男性生殖器这个意思。

*　　*　　*

养泥鳅　　　　养泥鳅［io³¹ni¹³tshai³³］指女性偷人。泥鳅喻男性生殖器。提供旁证的人跟公安说，维光惨死之前，就听到他们家扯皮，听不清，但是听得出来，他们是在大闹场合。维光家堂客郑观音，是汤错有名的悍妇，平常便以"观音"自称。别人提到的时候，不敢也不愿意说其名，也觉得其叫观音真是有损德善，只说她男人的名字，然后附带将她的存在带出来，即维光婆家。嫁给维光，是她一生中的第三次婚姻了。两人不和，各自偷腥的事也各睁一只眼闭一只眼。观音血案是汤错一件很轰动的事情，惊动了县城。据案供和我们了解的一些情况，事情的经过是这样的：

一九九八年，腊月二十三下旰三点左右，郑观音进到邻居春秀家，说是借磨刀石，趁春秀倭身，抓住她的头发，从后面，一镰刀，将这个只有三十岁的骚女人的头像割南京瓜那样一刀割下。割下之后，尸体拘进了糠桶，用糠埋好。头拘进了井塘里。夜晡，大概五点，维光从外面归来，撍［ŋo⁵¹］①门进屋（地点相同），将其敲倒在地，一锄头抠下去，将他的根抠掉。维光惨死后，她又嫌弃尸体庞旷②，剁脱了埋在糠桶里。黑矖［xai¹³jin¹¹］，郑观音将她男人的根切丝切片，开水煮了一锅，煮出了薜［phaŋ²¹³］香③个油星子，给幼囡吃："狗蕨好唔好茹？"女儿说："薜香，和猪腰子样好茹。"第三天，春秀家的牛跑出来进了人家的菜园，人家正要去她家讨说法，闻到腥臭。看到井水变红。血案爆发。公安当天夜里开进了汤错公所。观音供认不讳。她提供的唯一犯罪理由是那个女人养泥鳅（办案人员不懂汤错语，找来汤错的曹村长，案件审理才顺利进行下去）。这

---

①　撍，又说撍脱，推开。新方话说［soŋ²¹⁵］。还可以写作攞。

②　庞旷，指物大碍事。

③　薜香，又书作蒳香，义同。

是一起他杀案件，掺杂了情杀。在汤错的杀人事件中，妇人的杀人比例大于男人。而且，妇女的杀人方式也较为独特。年前也发生了类似案件。一个四十三岁的妇女杀死自己的野多公（野丈夫），用钉锤敲烂了男的脑壳，卵脬。

结案之后，那些血腥图片在全县宣传栏张贴，地方报纸也刊登了一些略显雅观的图片。本意是告大家引以为戒，却引来很大的恶心和批评。

*　　　*　　　*

国家的国［kue¹³］与男性生殖同音。国这个读音可能是新方话［kue³¹］渗透进来的，毛主席在开国大典上也读作［kue³¹］，"同胞们，中华人民共和国中央人民政府，今天成立了。"幸好不是误传的那样"中华人民共和国站起来了"。国之站起和勃起是一个意思。毛主席也说新化话，汤错人是能够听到毛主席的"国"的，也可以说他们和天安门之间一点隔阂都没有。但是，汤错语中把仄声念成上声，鄙意更多了。

但这个字有没有？在汤错语中的这个普遍而孤立的音有本字吗？有。伟大的康熙馆臣编纂字典的时候，将这个字保留了：朜。

"《五音集韵》：虞远切，音阮。人阴异呼。"

当它作胃府时读管音，还可以写作脘、脘。当作男性生殖器时读阮。真是踏破铁鞋。实际上，就是今天常被浅人所误而俗写为卵。卵不确。新方话读［nuan¹³］，从阮音来；汤错读［kue¹³］，从管音来，可见汤错语一直都读管音，且管音作为生殖器的历史异常久远。当新方话将国读［kue³¹］和汤错话将朜读作［kue¹³］时二者的碰撞产生了奇妙的焊接。

朜，当然很容易就用来骂人的，在所有语言中，生殖器只怕是最忌讳但也是引用最多的词汇。它既被崇拜，也被当作了产生秽意的种子——这往往是把持伦理和道德相关的教会与统治阶级强调的。

国与朜

也许汤错人不这么联想，但是我每次听到或者说这个词的时候就会想到天安门，尽管它不代表国家，然后是天安门广场上的华表和纪念碑一种阳性的太阳语法（且形象），汤错语将国和男性生殖器如此巧妙地焊接在一起是音响形象，国家是男性生殖器，男性生殖器也就是国家，因为他们没有文字。这和男性作为主宰社会的强势势力完全吻合。对男性生殖器的一些称呼上，我们发现，除了朊还有屌巴、眉（童幼生殖器），尻专指睾丸；女性生殖器用兜胍、扇。而各种层出不穷的比喻说法则单论。朊这个字代表人阴的读音和国家观念的国在汤错人心目中产生应该比较晚，晚到什么时候，还很难说，大概可以从家心上的"天地君亲师位"中的"君"改为"国"作为其中可资参考的一种。

＊　　　＊　　　＊

禁忌语：垫背　　　"出殡时，棺材从家里出来到墓穴［fuai⁵¹］这段路程，孝子躬身在方来① 下面，叫垫背。本来是葬仪中的一个仪式。垫背的须是死者的子嗣、后人，一般是儿子，称作孝子。没有儿子就另当别论了。"（谢）

　　　日常生活中，骂架时用这个词，情绪积累已经到必然爆发的阶段。在汤错人看来这是一个无比恶毒的话，伤及自己和祖宗尊严。地步界的赵家和岭界上的黄家争夺黄榨山一处地界，在边界上拼嘴仗，赵家诅咒黄家的人不得好死，天打五雷轰，得了这块地也只能抈祖山作阴宅。黄家这边跳出来一人说："佗死瓜了你帮佗垫背。"赵家嵩那边也跳出来一人，对着闲尖说话的人搧一耳巴子，其他人呼啦就上去了，一场械斗开始，官司打到县城，哪一家赢了我已经记不清了，反正赢了的一方，请了一辆敞篷车，进村的时候，就开始鸣炮，鞭炮放了三四里路。这是"垫背之骂"引发的，至少也是导火索之一。垫背，不适合于一般场合的一个词。当然，脱离了汤

――――――――――
① 方来，棺材。

错人的心理情境，这个词可能毫无力量可言。这是一个土生土长的词。前面我们说过词语不但有自己的生命线，还有很厚的积习，积习滋长的文化背景。中国方言地图上呈现的不同的色块，这些颜色就是由语言氤氲过的土地和族群心理铺开的。它们都有着不同的心理底色。不同的词投在不同的颜色上，无论物理反应还是化学反应都具有不同效果。走在越城岭山脉，散落在山脉两侧山坡沟嶀中的村落，它们也是由不同的颜色氤氲着的。"垫背"只有在汤错语浸淫过的板块上，它才会剧烈地燃烧、爆炸，像传染病源一样扩散。换了在新方话的人那里，就等于在干燥的滤纸上滴了一滴墨汁，哑然无声，在汤错则是相当于在湿漉漉的滤纸上滴下了这滴墨汁，或者火星掉到了硝上。我们姑且把词语的这种有效疾速扩散叫作语言的滤纸效应。滤纸效应首先是指在同种语言当中，其次是在相同的文化、心理底色上，我们说"汉奸""鬼子"等这些词都有强烈的滤纸效应，自然，不同的族群也立即产生了不同的滤纸效应："满奸""藏奸""日奸""韩奸"等等，它们都有对应的词域。另外，像杨梅这一类词则指向了身体。语言氤氲过的集团心理可以迅速集结为力量，这在历史上屡见不鲜。

＊　　　＊　　　＊

"精水和经血都读作［tɕin³³ʃy³³］。"谢秉勋说。

这是原本就没有将它们区分开来么？当然不是，精水是精水，经血是经血。这是两种现象物，但是这种同音不能当作简单的低俗、偶然。而是，原本它们没有区分这两种物的差别。在对天体的认识和人体的认识上，保持着一种与现代思想略有差异的原始性。在他们的观念中，太阳不一定就是太阳神，相反，月亮才是主宰万物的神。到现在，月亮退却到女子崇拜的信仰上；太阳成为男人崇拜的格。现在却成了男权社会的主导观念和固有想法。

一贯来，人类学者将"经血"当作不洁之物已呈现一种普遍观

经血与精
液的想象
与禁忌

念的印象不减反增，也仿佛是西方人类学著作对原始居民的"习惯性看法"，依据是经血的诸多禁忌。朱莉娅·克里斯蒂瓦说："人体的孔窍就像是勾勒和组成人体领地的标牌，与人体孔窍总是相关的污染物大体上有两类：粪便和经血。眼泪和精液虽然也和人体的边界相关，但并没有污染价值。""粪便及其等同物代表了来自身体外部的危险"，"相反，经血代表了来自身体内部（社会或性欲）的危险"。这是一种地形身体学。《摩西五经·利未记》关于不洁连续有三节：男人不洁，精液，经血。其余论身体与生殖器禁忌的地方颇多，也算得上是一部风俗大观。

汤错的禁忌中，比如赶山和一些巫术治疗中，经血也是一种禁忌之物。但是它是不是就是指向不洁的呢？这些活动是否真的是污秽仪式或者等同于它的变种呢？绝非如此。恰恰相反，经血是巫术中实施对象联系的可应验之物。扣一盆屎和倒一点经血在仪式中至少有两种情况，尤其是后者，代表阴性的（而不是污秽）经血通灵，本身具有灵性，它既可用在圣洁仪式中，也可用在污秽他者为对象的仪式中。它本身是中性的。在这所有对经血仪式的认识中还要识别道教的、巫教师教的，甚至还有原始观念遗留傩的和中医上的。儒释大流，无须说了。区别了这些，至少对经血的认识就有一个轮廓。而受到西方观念影响，我们自身对这个问题的认识反被污秽化了。

道家丹学中对经血的认识处在一个很特别的高度，它直接是从道延伸出来的一个命题。经血是当作先天之物来看待的，尤其是女子丹学对经血阐释得深刻，就是说有一种"圣洁之感"。经血变玉液、白凤髓，这只怕也是绝无仅有的"经血观"了。试举一例：

> 第三问：何谓形质？何谓本元？何谓先后？答曰：形指两乳，质指月经；本元指先天炁。男子做工夫，首从采取先天炁下手，然后再将精窍闭住，永不泄漏，此谓先炼

本元后炼形质；女子做工夫，首要斩赤龙，侯身上月经炼断不来，两乳紧缩如处女一样，然后再采取先天炁以结内丹，此谓先炼性质后炼本元。（陈撄宁《答吕碧城女士三十六问》）

这个质是女子丹法中的重要步骤。丹法认为，女子之身外阴内阳（和男性相反），本为纯然之体，要回到处女之身，此时先天炁没有遭到欲望的破坏，要将形质炼回去。把乳房炼掉，这是一种独特的美学，丰乳广告语"做女人挺好"满大街都是，现代女性的流行性观念其实是被男人操控出来的滥觞得毫无道理，那些患扁平疣的女士其实可以参考道学的说法，没必要去填硅胶，更没有必要为男权附会牺牲；把月经炼掉，重返童贞之身，纯然之体，先天之炁和后天之气合一，阴阳合体。月经如何可以炼掉？斩赤龙。赤龙（月经）一斩，即欲望一旦转化为天地之气在身体中运行，这个没有了，当然不是说"钙化"了，而是要进行"还法"将月经转化为玉液："若乎女子玉液，乃是赤龙液化白凤髓。"翠娥仙子自述说：

> 余昔从事还法，用人忘其人，法忘其法。入手时……日忘其日，时忘其时，一旦天地亦无，久之而吾忽醒如悟如，寂听寂视而已，然竟浑忘何事而事也。但觉炙如焚如，而后现有脂如油如（后，乃北极之后，脂如油如，赤龙液化白凤髓也），无际无涯，若有声，若无声……天地与我同体者。（沈一炳授闵一得注《西王母女修正途十则》）

这段文字叙述了一种恍惚性爱高潮时的感觉，赤裸裸的，这种对美妙的形容，一般色情写作者只怕是难以望其项背的；但这种高潮和天地同体的感觉显然有区别。如果可以，得把这种经血观称作

"纯净派"的观念。双修的修持目的也无二。

汤错人意识中尚处诸多观念混杂的阶段，风流歌中对女性生殖器几乎是一种口水崇拜。他们将精水和经血同呼的时候，我首先想到的就是白凤髓。中医对"污秽"这种属性显然不在它对物的认识论范畴之内，应该说是不屑于这样来对待物，其所区分的是物所具有的能量大小，以及对人体的反应，在物药只有能量，没有伦理要求。那些一定要将经血作为污秽来指认和研究的实在该将他们称作污秽派，而社会也附一时之流行观念。

男子精水也称作玉液。功修时，功到运彻河，保住精水不出玄关，坎水倒流，逆流到顶，露洒天谷，沛下华池，这也是玉液。也没有污秽的实和名。《金刚经》的本义及其形成过程也对这个问题说得很明白，这是一种止精术和瑜伽的结合，也是一种晚期产物（参阅高罗佩《中国古代房内考》）。

昌桔喝精水被屠的命运，其实可以看出，他死在一种裹挟之下，是在一种有制度之名而无生命之实的文化独裁中丧生的。他姐姐代表一个极。这个极就是现有的大部分汤错人的意识观念。它的行动价值如同霜雪覆盖住了精水和经血同音同体的本来面目。更为重要的是他的价值取向违背了地母精神，即整体生命延续。

* * *

昌桔案　　进小源，首先要经过长长的沙渚和河谷地带，沙渚阶地上有一株突兀苍老的红豆杉，浑身都透露出沧桑，树叶，树皮，散发的气息，都很打眼。上面挂着经幡。清明或者七月半有人过来烧纸，冬天有人喂树。河流从谷地流向汤错洞里，两边的山夹着这条小河。从洞里往小源去，走到河谷地带便要疏敞①很多，沙渚上的树让人觉得异常孤高，它的周围没有比它更古老更高的树了。每每走过这个沙渚地段，我就会想起昌桔。他的姐姐说，说起这件事，她的怀心

————————
① 疏敞［ʃy³³tɔ³¹］，宽敞，或可书作舒畅。

把把① 就疼。

可是在汤错人的词汇中，却没有表示同性恋和双性恋这样的词汇，也没有这样的概念，对这种"变态"行为，他们似乎还没来得及找到合适的词，而昌桔事件只怕也是他们目睹过的唯一一例。对这种人他们统称为"畜生变个"，而我一时间竟感到讲述昌桔事件的艰难。我既不能粗暴地将这些带有强烈术语感全世界流通的词强加到他们头上，也不能照我现在这样思考。我沿着断臂的思路定然可以马上就把事情说清楚了，但是汤错人的心理意识却抵达不了。他们是站在强烈的伦理之山上来看待这件事的，是完全道德化了的，昌桔事件之所以还常被提起，就是因为他的阴暗、不可理喻，他是一头畜生变的人，平素我们看不到他的原型，无疑，恐惧的力量与日俱增，因为这存在同类之中。他的所作所为超出了一个正常汤错人可承受的范围。在他们看来这样的人死了也是理所当然的。昌桔事件真真触及了汤错人的伦理底线。这道底线的深度也由此可测。不管我怎么看，它都是汤错人的心理现实。词语之有和无都裹着一瓢厚厚的积习。只有不断地擦拭才能擦出它的源头、它的核心意义。现在，我试着来擦拭这颗顽石：畜生变个。

昌桔故意杀人罪一案牵涉的人员，除昌桔本人，其他人都还活着，以下仅用化名。

昌桔是汤错邻村天门人，他的姐姐放到汤错小源谢家，有三个女儿，小女冬云，到了婚嫁年龄，由昌桔作介绍，嫁给天门的方左。方左二十四，身胚矮小，但也是一个老实人。由于是舅舅做的媒，这门婚事就定了。昌桔人高大，一米八八，已婚，有两个儿子，在县城读中学。前面的事情都很顺利，婚礼也举行了，就在婚礼之后三天，新娘接回娘家去回朝门这一天，昌桔将炸药包掏进了房间，炸去新娘一条手臂。

这件事来得过于突然，没有人会想到这是做舅舅的做得出来的。

---

① 怀心把把，俗语，指最心疼的地方。怀心，指心，又指心脏。怀，读 [jwɛ²¹³]。

炸完之后，昌桔愤然离去。他姐姐看到血淋淋的女儿死倒在地，也被这突如其来的事情震蒙了。当她回过神来之后，便追问方左是不是和昌桔有过什么过节。在岳姥娘的逼问下，方左不得不将整个事情讲了出来。

昌桔比他大二十岁，昌桔把方左作为他的性伙伴已经很早了。方左生性懦弱，言语不多。昌桔和他往来已经差不多有十年。方左也把昌桔当作了自己的对象。但是方左家里看他二十多岁了没有娶〔hai³¹〕上女朋友，逼着他找对象，找了几年，没找着。他只得向昌桔说这事。两个人商量来商量去，最后昌桔决定，由他介绍，将自己姐姐的女儿冬云嫁给他。这样，两人不但可以继续保持来往，还有一层亲情作掩护。方左同意。两人当即对天起誓，不得背叛彼此，背叛者五雷轰顶。

而昌桔和方左之间的房事，不是我们一般理解的鸡奸、插屁眼，而是每次昌桔都要喝方左的精水，将方左的阳具称之为"我的宝宝"，从十四岁起就是这样了。昌桔为了呵护他这个小情人，针织、黻编等女红之类的活计他都学会，他给方左送这些东西。从这里看，方左是处在被爱的一方。尽管昌桔身胚高大、威猛，在心理上却是阴性心理，把自己当作女人。方左是他的男人。他将自己的外甥女介绍给方左已经是万全之策。两人经历的压力和痛楚也可想而知。他不愿意失去自己这个年轻的爱人。方左也不愿意失去他。至于昌桔的结发妻子，本案并不涉及她，我们无法进一步描述她的心情。仅能去猜测了。这种猜测在小说中难以成立。实际上，是不能呈现的，除非她牵涉进来了，有很好的口供作为基础。所以，在此略过。

新娘已经由小源抬到了天门方左家，就在婚嫁夜，方左借口不适上厕所，溜出来和昌桔还行了喝精水，把新娘一个人撂在洞房。两个人抱头痛哭了一会儿，才散去。㽶（〔ŋɔ⁵⁵〕，哄骗）过了堂屋里闹热〔lɔ¹³ji¹¹〕的客人。接下来第二天、第三天，方左都不愿意和昌桔约会。昌桔试图叫他出来，几次都没有得到方左同意。三天上头，小源这边派人来接新娘回去，新郎也去。昌桔跟了过来。看来，他的炸药和雷管是早已准备好了的。但是方左没有注意到这点。只是看到昌桔跟来了，既开心又畏惧。昌桔是媒人，又是舅舅，跟过来也没有什么可非议的。大家还当他把这门亲事看得重。就是回朝门这天下旰（[a¹⁵ka⁵⁵]，下午）新郎方左搞菜去了，新娘一个人在房间，昌桔将炸药包上的导火索点着，掬到外甥女冬云的身边。一声轰响，众人赶至，人已经倒下。没有死，硬生生地炸去了一条手臂。人马上送医院。昌桔早已经离开。只方左在那里哭爹喊娘。

昌桔的姐姐昌蒲在那里号哭，说这是个畜生变的，这个畜生唔砍掉，他还会害别个，他是畜生，不是人。请人写了状子，告到县人民法院。昌桔并没有逃窜。公安很快将其羁押至县看守所。审理过程，方左当着昌桔的面在法庭上将以上路径①当众复述了一遍。昌桔对事实供认不讳。县人民检察院做出判决，根据我国刑法第二百三十二条，构成故意杀人罪，处以死刑。剥夺政治权利终身（刑法第五十七条第一款）。另外，还加了一条奸淫罪，以及赔偿受害者医疗费、精神损失费等三万多元。中秋节前后在青背执行枪决。执行的当天，他的两个儿子从学校赶下来欲看父亲最后一眼，等他们赶到法场，枪决已经结束了。昌桔的牙老子叫了一个车来收的尸。

昌桔枪决之后，其实汤错人天门的人都还蒙在鼓里，并不晓得事情的真相。我听到他们到处在议论，说昌桔这个人很好啊，会打毛衣，做鞋子，很细心的一个男人家，怎么就做出这样的事情来，造孽。后来，慢慢传出他"喝精水"的事，看他的眼光就发生变化了。人们能够议论和记住的也就是这件事了，其他的全抹掉。昌桔事件已经过去十多年了，说起他来还是说喝精水。因为，唯有这个事令他们百思不得其解。谈起来有一种既是批判、鄙夷又好奇的语气在里头。

对昌桔判处死刑是法理的事情，这种合理性我们暂且不说。但

---

① 路径，事情。新方话。

是，这个事件的影响还有心理的，触及更大面积的心理现实。假使昌桔没有被枪决，喝精水的事情暴露了，他也无法正常地活下去。人们会用目光和口水杀了他，会从伦理和道德上将其处死。为什么汤错人无法忍受这种事情？同性恋存在之不可能是因为跟我们的传统价值冲突。它伤害的是男权本身，也使婚姻和传宗接代失去合法性，男子和男子在一起，那还要女人存在干什么？它既是诬蔑男性高贵的存在，也是对女性的蔑视。任何族法都杜绝这种事情的诞生。它不管你是否符合人的心理现实，即人的心理构成具有多样性，事物的结构当中，阴性和阳性不是纯然的，相互占着一定的比例。如汤错的枫杨，它是雌雄合一，但是人们却不理会，将它奉为神树。根本的，它否定了生殖和人类的永恒回归，通过阴阳之性延续总体生命，尼采说："走向生命之中，生殖，作为神圣的路。"东方和西方的道路在这点上显然有一致性。性本身具有上天恩赐的自然属性的喜悦，不管是阴阳、阴阴、阳阳，但是合理的方式只有阴阳，且通过婚姻方式固守，然后繁殖生命，让人成为人神和总体生命链条当中的一环，回归孕育神性的母神。阳性是生殖的一环，因此也是母神另一种涵义本原的构成。某种意义上，所有的仪式、行为、生产活动、律法、信仰都朝向整体生命延续。地方性经验中的性和生殖（淫欲的流淌）是绝对第一的话头，浸弥各种场合。同性恋不能被持续，同样，女权的强大乃至拒绝繁殖生命时，其结果也是母神所不允许的，故此我们随时随地要创造发明爱的教义，因为爱关乎母神的持续生成和个体不断地解脱，而且是神话和神圣价值的建制。男女嬗变的完整理论只存在于道教当中，反过来说，人体炼金术或者说同性恋在道教的修行体系中是有出口的，反雌为雄，或逆雄为雌是它的基本追求。

昌桔的童年我们一无所知，无从知道他成长为一个同性恋的过程。审判过程中，他的辩护律师要求进行家族精神病史鉴定，理由是昌桔的父亲年轻时候曾经烧过别个家的山。法院拒绝了这一要求，认为这不构成家族精神病史的依据。那么，他的奸淫罪又何事成立呢？放到现在，或许它就不成立了。有时候，我在想，他是不是一个道教徒，因为炼丹的需要才找方左的。而他的爆炸本身却否定了这种可能性。

每当看到这棵红豆杉，就想，它身上被附着的东西实在太多太多，不管它是神树也好，邪恶的树也好，各种形色的，都代表着一种文化心理，它自己却变得不能以它本来的样子活在人们心中。实际上，是我们先变性了，才看着这棵树变态的。它身上的那些经幡就是最好的明证。是我们生活在恐惧当中。在整个事件中，昌桔的姐姐是站在道德一方，要求将昌桔处以极刑。尽管她的建议在法律上不成立，但在道德的立场上，她变作了传统价值观的卫道者。对她这个弟弟，欲除之而后快。这是她对她弟弟的仇深似海你死我亡呢，还是一种道德感支撑她去执行死刑？

有趣的是，在陈述中提到了方左和昌桔之间使用的一系列代号语言，把他们之间的做爱方式叫作"吮田螺""剥柳枝""摸鱼""喝粥饭［dou^{51}bai^{213}］""剥蛇皮"。

他们第一次"行房"时方左还小，只有十四岁，昌桔带方左在天门龙潭游泳，在水里，昌桔进行了第一次喝精水，两个人的关系就是从那时开始的。方左问昌桔，以前是否有过别的爱人，昌桔予以否认，说他是他的唯一。方左也吃醋，要昌桔离婚，昌桔说，这是他们的挡箭牌。于是两人以到江西钩油为由，长期同居在外。在法庭上，方左又说自己从小就是被迫的。如果不接受，昌桔就去自杀，或者威胁要一起死。方左是否被迫，我们已经很难判断。因为，这个时候他看到了自我拯救的一线希望，也背叛了自己当初的誓言。也可能是妻子和岳母"摘起"（唆使）——因为这是他唯一摆脱昌桔的机会。昌桔对方左的说法未给予任何反驳，他只说："我要死了。"

昌桔被枪决后，方左和冬云的婚姻得以继续，生下一女一子。

汤错人的判断陷入了泥淖，它是以"人性"为基础的，而这个人性仅限于他们心中长期以来淤积的传统。它像是神树身上一块美丽而悲哀的节疤。［本文参考了（1994）资源县人民检察院终字号第53号刑事判决书］

*　　　*　　　*

跟死亡丧葬有关的一些仪式

　　"死"为什么偏偏不读作 si，而是［ʃŋ⁵¹］。《说文》上明明写着"死，息姊切"，这就不难理解死的发音出现［xi⁵¹］这种读音了。可以说，死读作 ʃŋ 也是完全正确的，汉语在没有拉丁注音之前，各种方言切出 ʃŋ 的读音来是非常普遍的，不唯南方，几千年来它就是这么个读音，汤错的祖先们也没有变过，从他们嘴里吐出的也是这个。死，澌也，人所离也。精气穷尽，身体和魂魄相离。这是中国人对死亡的理解。这种理解认为人由形体和精气神两部分组成。死了之后，有如河水离开了河床，蒸发掉了，弗见的那一部分离我们而去，离开了它原本居住的地方。死和其居所是鬼魂和一切虚无缥缈的东西诞生的源头……可以说，所有的信仰也是在这里开始的。仅次于死，或者起死回生，则叫作［zi⁵¹］，欤。不过，那已经不重要了。重要的是死。死是哲学和宗教的终极问题。在其他门类的艺术中，死亡也是一个绕不过的话题。很遗憾的是，我回头去看这部书的写作时，也涉及了诸多死亡问题。出现得还很频繁。死亡终究是一个摆脱不了的现象。不死就没有把圈画圆。死作为人生周期的一个环节，刻意去避免死亡这个主题，还不如专门写这个主题。把这个主题写得洒脱一点，而不是遮遮掩掩的，在这个周期里面探索生和死亡。正因为这个，在《白囍》当中，我们细致地观察了汤错的死亡仪式：族谱上的河——关于时间的肉身仪式。

　　"死是忌讳语，人死说过世、倒床、吃了豆腐这些转折语。出门和掩盖也是常用到的丧仪术语。出门是丧仪、出殡的意思；也指死者和家脱离的最后时刻。方来离开家上墓穴的那一刻。一般问事的人，对于死者只问哪天老去，哪天出门。村民也好来吊唁。在丧歌中歌师也会问及这些。在唱丧歌的时候，歌师之间要就这些问题相互对答，对唱一些很关键的地方，以博得在场吊唁亲戚友人的悲情和一种庄严肃穆感。出门这个词实在简单，还不是出远门，仅仅只是出门而已，一定程度上，汤错人认为死者的死就是一次出门，离家而去，是还要回来的。"（谢）

"掩盖［ien³¹tɕy¹³］是丧葬过程中的一个环节，指把棺盖盖上，钉死。这里的盖，读音同'鬼'，专指棺盖，掩盖就是把棺盖掩上，闭棺的意思。道士掐好时辰进行。所有与死者同时辰出生的人要离开方来摆放的现场避煞。其他亲人拢来，靠近方来，开始扑棺，满屋孝帕攒动，号丧将要达到高潮，非亲属旁观者要做好救人的准备，有的去抱死者，有的撞棺，有的要瞅［tʂhai¹³］死者最后一眼。假号丧的人在这个时候最容易看得出来。原本盖住脸的死者，道士师公掀开掩盖物，让亲人目睹最后一眼。号丧者扑棺，爆发出雷人的恸哭声。明箱同时吹响号角、唢呐、锣鼓，鸣放地鼓铳。哭声震荡屋瓦，呼天抢地，哭瘫了身子，瘫倒在地。旁观者此时不哭都难，满堂哭。儿女抓住方来不让掩盖。道士一旦打完卦，喊掩盖的时候必须掩。其他的人上来撬开哭丧者。女人们尤为哭得伤肝损肺，心尖儿痛，抓住棺沿口不放。司事只好动粗，把她们一个个起开。十分惨烈。手抠出血来。所有的身体都好像变了形。人扯退，司事轰然一声立马把方来攘上，掩死，使大锤将铆钉打入，将方来一气钉死。"（谢）

就我所见，这种哭有的可能只有形式。有的是真哭，有如《礼记》所说的是"斩衰之哭，若往而不反"，一举而至气绝，如似气往而不却反声也。整个丧场上，哭的层面也自然不同。有前面这种"斩衰之哭"的，也有"齐衰之哭，若往而反；大功之哭，三曲而偯；小功、缌麻，哀容而已"。至于采取哪种哭法、哀悼法取决于跟死者或者在场者的亲疏关系。啊，礼仪之邦，对哭的研究如此独绝。但是，现在汤错也开始流行走穴乐队的"代哭"了。代哭者的悲情和声音往返的时间的长短完全由指定他代哭对象所付价码决定。钱出得越多，哭得也就越伤心欲绝，比死了亲爹亲娘还来劲。临到掩盖的号丧，是高潮，走穴队伍分了主次，主哭、伴哭、随哭，角色时有调换，主哭哭不动了，伴哭接过去，变成主哭，尽管是走穴人，一气号到底也会哭哑，甚至嘴角流血。哭死者的过去，哭子女，哭含辛茹苦……好一篇凭吊文章。

"哭不分真假，都伤人，伤元气。砌词者不走心，哭不好，堂屋里的人没有感觉，心不能化，不能营造氛围跟着伤吊。"（梅溪乡走穴明箱乐队主哭手唐某，四十余岁）

号丧这种特殊职业的兴起大概也是随着物质和消费观念的改变而随之崛起的吧。哭竟然也成为一种专门的演技，在乡村剧场上演；而下一场他们又转变身份，变成喜宴上的欢乐使者。

谢秉勋的阿嫲掩盖时，轰然坐起来，当场吓晕不少人，号丧者还以为自己有一身起死回生的本领。

老门亲说自己死了，可死了一回又一回，多次之后，才真的死去。如是往复，大家疲惫不堪。

她躺在棺材里，听子孙们号她，而勃然大怒，大骂子孙不孝，这家上上下下一百多口，还请别人来为自己哭丧，真是枉费了养你们，生你们。谢秉勋的父亲儇儇儌儌们推脱不过，没想到老门亲来这么一手。舀她起来，踩着手轿下来。老太太哼的一声：

"我从大清国活到现在，这世道变得太快啦！你们这帮忤逆子！我不下来，我真要去死了。"

如此荒诞之事，应劭（约153～196）的著作中竟然也有类似记载。[1] 看来，此道不孤，足训来者。

---

[1] 《风俗通义》怪神第九："司空南阳来季德停丧在殡，忽然坐祭床上，颜色服饰，声气熟是也，孙儿妇女，以次教诫，事有条贯，鞭挞奴婢，皆得其过，饮食饱满，辞诀而去，家人大哀剥断绝，如是三四，家益厌苦。其后饮醉形坏，但得老狗，便朴杀之，推问里头沽酒家狗。"

＊　　　＊　　　＊

元秀跟我讲，腊月雪风天，甲人的婆婆死完了，棺椁停在堂屋 神祇里，兄〔ʃyɛ³³〕兄弟弟、姊姊妹妹都在，甲人坐到婆婆的床上，瞬间变成婆婆的声音，她说，老大啊，乐乐出事那天，我在屋里砍猪菜，后来出来找，才看到掉到过道沟里，没气了。我这生世挂了个铁匣匣，心里难过。人老了，带不动孩子。老二你成家之后，听堂客的话也有造（没错），兄弟感情还是要要个，田产和老屋，你一份已经给你了。老三给二爷爷了，不要家里的东西，你们也不要那样防窃古子一样防他；老四不听话进了画眉笼子（坐牢），现在成家了，学好就是好人，就能变好；老五不争气，懒，到地里，半曦踩不死一只蚂蚁，讨不到老婆，将来老了守着老屋，动不了了，你们给他口茹个，不怕家里穷，就怕出懒虫，茹饭像条龙，做路①一条虫；老六长得才行，你阿爸过世早，我也管不过来，不应该让他出去跑，丢了命。燕梅婆嫁到全州，又去了广州，跟人跑了，她自己受罪，当时不听劝；燕兰婆嫁到新宁，被人拐到河南，现在回来，儿女都长大了；燕菊婆嫁到广州，又跑到香港，千万不要让她把你们的后生搞过去了。树大分杈，崽大分家，这个家已经是一个破破烂烂的箩筐。我不怕别人笑，就怕屋里头不会过，人无心不发家，船载千斤，掌舵一人，人死不到威，天塌下来要撑着，这家私就交给你们了。

说完，甲人躺倒在床上，过好一阵又清醒过来，说话才是她自己的声音。她家婆婆后来天天去那沟里看，对家里几十个孙子时时点数，好比那母鸡婆看住自己的小鸡崽，缺一个便挂着拐棍出来览。去世的头天下半夜三点，家里的老黄狗直叫了一夜，怎么喊也不听，第二天老太太去世。去世之前，她想去的地方都去了一遍。

我问她人死了还在不在，我们并不晓得。

---

① 做路，做事。

元秀讲，狗能够看到人看不到的东西，好比它在黑曮可以睬见一个道理。狗的眼睛跟人的眼睛是不同的，因此它的世界跟我们的世界不同。有研究说，鸟类的眼睛中含有 Cry4 的蛋白质，能够组合成看得见磁场的能力。这是人类不具备的，而人的灵魂或者人的物质躯体形成的磁场人本身是看不见的，但是鸟类能够看见，那么，狗是否能够看见呢？很多农村的事情或者齉天在讲述亡魂的时候，都会出现狗或者异样的对比物，它们构成亡魂存在的证据，尤其是祭祀活动，七月半或祭日，对亡魂的描述堪称精妙。

另外，元秀讲，细家几①眼睛可以看见魂魄，我小时候，扃怀②时吾里伢跟老弟讲，不要去偷吃八仙桌上的东西，等我伢进火落里酾酒出来，桌子高落个东西偷到呷哩，吾里伢一顿告粒子③。他搓着头皮讲，这是爷爷让他呷滴。我伢问，乱七八七，爷爷在哪落。他讲，你看，在那落。他指着家心。而我们看家心上空无一物。

*　　*　　*

脎气　“脎气［sa^{11}tɕi^{11}］直译为声气，而不是声音［ʃuo^{33}sa^{11}］（响声），与煞音同。”（谢）

普通话说声气是语气的意思，或从人说话的声气看他的表达意图。汤错语直接将其作声音。脎气说起来十分苍廓、豪壮、有力。声音一词，声和音实乃同义反复。而脎气则强调出了“气”。所有汤错语中表达声音的词都是气，凡语言都是一种气。这种气是人的精

---

① 细家几，新方话，小孩。汤错话说幼家崽，义同。

② 扃怀［tɕiŋ^{31}ʋai^{13}］，指在家心前祭祖，喻恭敬貌。《礼·曲礼》：入户奉扃。段注：奉扃、敬也。孔疏：奉扃之说多家。今谓《礼》有鼎扃。所以关鼎。今关户之木与关鼎相似。凡常奉扃之时，必两手向心而奉之。今入户虽不奉扃木，其手若奉扃然。以其手对户若奉扃、言恭敬也。扃怀又说扃太太［thiɛ^{13} thiɛ^{31}］白白［bɑ^{13} bɑ^{31}］，太太：曾祖父；白白：曾祖母。有统指五服最高长者称呼之义，从高祖、天祖、烈祖、太祖、远祖、鼻祖，称呼不详。吾里伢，我父亲。

③ 告粒子，屈指敲打脑袋。

气神。关系到这种神秘之气的还有甾气、阳气、量气。甾气是一个人生命力强弱的体现。一般说男人甾气高，女人低，男人通天，女人通阴气的神鬼（典型的为杠仙娘，但是男人当巫师和道士，也负责沟通天地神鬼之司）。量气是一个人的胆量和肚量，从五脏六腑生出。汉语中说恶从胆边生，而这个量气也是从胆和肚子里生出来的，它比甾气自然低俗一些。秦腔中有黑脉一说，这是声音的最高表现。汤错语初听起来燥，脆，硬邦邦的棱噌，有如岩相击。与新方话的柔润相比，一悍妇，一小家碧玉。但是有些地方它又柔软得不行，比如吃这个词，汤错说［iou²¹³］，本字茹①，汤错说茹饭，晓锦说叶，声母符合，打官腔则说"呷"（音且）。新方话说喫［tɕhia³³］，完全一副饕餮之相，十分张狂，好像要把猪龙天狗一切都要来吃掉，［tɕhia³³］为开口呼，而［iou²¹³］是合口呼。开口呼和合口呼是有争议的两个学术语，我觉得从发音的形态上来看就非常好了。［tɕhia³³］上下腭张开，张力十足，动作夸张；［iou²¹³］，下巴上提，嘴巴前撮，有 o 又有 u，实际上接近撮口呼，文静，柔。汤错人把吃说得如此轻柔，斯文。汤错人说"雷不打茹饭人"，茹饭是天下头等要紧的事情，即便雷公也不会轰击他们，而吃饭也一定要有很好的享受心境，不是一件随随便便的事情。光从餐桌上的吃的声音来看，南方和北方相比又显得斯文了，北方吃面的时候 so～so～之声不绝于耳。南方人吃米饭，咀嚼之声再怎么夸张也比不过那 so～so～，唯有在吃螺蛳时与此最为接近，谓之冰［so⁵¹］，以体气内吸取食。《博物志》说，"啖麦令人多力健行"。这是食物带来的北方人形象吧。要北方人在餐桌上安静一点就吃馒头。文字是声音的剩余部分，而声音才是语言真正的形上部分，是大地、天空，是物自身。因为它是气、混沌的同义词。一个人说话不动了为"没有力气了"。语言是摹拟存有的，文字的功用也在于轮廓事物，所有的词都是实有的

---

① 扬子《方言》郭注：凡俗呼能粗食者为茹。《庄子·人间世》不饮酒不茹荤者数月矣。《说文》茹，饭牛也；《广韵》饭马。茹在客家话、粤语、潮汕话中能通用。

名词，事之运，物之动，都为名实之词，无论名动都是一件事，一个对象。句子是事物的连缀。串珠。声音本身是物，文字更是物，物物就是语言。汉语也越来越失去它象形的能力，如果再无所顾忌地简化下去的话，会成为注音文字。我们在接近声音的时候也就是接近这种物。汤错人有可能是从声音开始判断事物的。一个人说话完全可影响其他人的情绪。这也是脉气的渗透。在汉语中，句子中的词的位置对其意义的影响不是最主要的，最主要的是声音，但也不是说位置不重要。而表音文字中，位置的重要性超过声音。位置的变化牵涉词尾和数的变化。汉语中没有这些。不知道是否有人研究过产生这种差别的原因。很多音节文字的诗人喜欢赞美元音和辅音。在我们的写作史上，只赞美汉字，而不去赞美这些更细的东西。是声音当中的迷鸟。这是因为，汉字没有元音和辅音，或者说，象形文字不存在这些。一字一音。这是汉字。汉字被注音之后，我们才开始注意到元音和辅音，从中剥离出来；在漫长的古代汉字史中，我们感觉到声音的存在，切韵的时候注意到汉语的韵即声音问题，但那是不清晰的，乃至几乎成为一门绝学，虽然我们为汉字注音已经几经努力，直到汉语拼音方案的出现，才为汉字这位浩然之君找到皇后。可见，声音存在之巨。

＊　　　＊　　　＊

南京瓜和南京有什么关系

在格言采集中，我们发现汤错语中隐含着一个曾经的帝都——南京。汤错语形容遥远的事物就是用"南京"来表述的。甲人问某地有多远，乙回答他说有"南京"那么远，意思就是很远很远，而又不能确切地说出有多么远。詈辞中说，我一脚把你踢到"南京"，意思是踢出去很远。很显然，南京的某种剩余属性表明它是明朝或国民政府时期或者更遥远的词。其他的关于民国政府统治时期的鲜明词汇已经难觅踪影，只有碑文上还有提到生于或者殁于民国多少多少年这种说法。其他的都被洗刷干净了。在语言的沉积过程中，南京这个词有幸跻身到格言的高度是很幸运的。格言属于相对稳定的对应于意识的沉积层。它是通过变通和篡改的方式进入的，比如条条大道通罗马这句格言，曾经是条条大道通南京。现在则说条条大道通北京。现在的汤错语中的"北京"是一个和南京具有同等意义的词，但是指向更加不明确，一个人胡说八道，就说这个人说话没边，南京北京的海了去了："话竭南京（北京）。"意思就是没谱。南京还留在一种植物身上——南瓜。汤错语不说南瓜，而说南京瓜 [ŋɔ¹³tɕiŋ¹¹kua³³]。这可能表明，南瓜曾经是一种遥远稀有的瓜，也可能是说这种瓜在汤错的栽培史并不太久。作为帝都的南京读音和普通话略似，凡是表示方位的南都读 [nan¹³]。作为植物的南京则是南风天的南 [ŋɔ¹³]，所以我们依稀可以看到这个瓜可能是明朝的瓜，而不是民国的瓜。南峒是地名，徐霞客入汤错的起始地，这个南也读 [ŋɔ¹³] 就是一种明证吧。龙胜东区苗话将"南"读作 [nɔ²²]。

有一种黄瓤的红薯称之为南京瓜红薯，而红薯读 [tʃa¹¹dou⁴⁴]，即赤薯。薯读音同树，参树音考。那么，马铃薯的薯读 [dʑu¹³]，所以作马铃芋，因此这两个音的差别可以看出薯和芋二者在汤错语的接受或携带时间是有前后之别的。而马铃芋的芋与芋头的芋存在差别，后者读 [wu]，可见后者更为古老，而魔芋读音同"马铃薯"，可见它们差不多同时。脚板薯（薯蓣）同赤薯读音，它们同时的可能性就更大一些。

＊　　　＊　　　＊

崽 [tʃai¹¹]，儿子。《方言》崽，子也。江湘间凡言是子谓之崽。今天，江湘间"儿子女儿"都可以叫作崽，新方话作细家几。在汤错，女儿说囝/团，这是不带把的。汤错语中隐约还隐藏了一个读音，偶尔从洞那边的话中听到：

"昨晡，大 [lau³¹tʃai¹¹] 使青梅在眼岬坝钓到了一条三十斤的草鱼。"

［lau³¹ʧʼai¹¹］作孥崽。孥，《集韵》姥韵暖五切，子也。孥崽也可作长者对男孩的直呼，昵称，不具名姓，也称孥孥（音佬佬），也用于婴儿语法，相当于宝宝。对应的，新方话说佶佶，女孩则称妹佶。［lie²¹³lie²¹³］是弟弟，别人称自己的弟弟为幼［jin³¹］嫐公，嫐公俗写作多公，即丈夫；幼嫐公这个称呼颇显奇特。［jin³¹］，翻译为幼，是正确的，而不是细。嫐，美。由嫐公可推知幼嫐公是丈夫的弟弟，现在通用作弟弟，本意则是将来可以用来当作丈夫的美男子。后生家［au⁵¹sa³³ka³³］[1]，指年轻人。

崽的形态：心，田，山。儿子是心田上的一座江山。心田的意义在前面我们已经分析过了，但是它还有"思"这个意思；思，从田，从心。思从山的时候，便是崽。

汤错扯常有告化子[2]进来，多为瞎子，人前有人牵，也有孤身而来的。这回来了一对公婆，不聋不瞎，也不缺胳膊少腿，背着褡裢，左手上端个破缺的青花瓷碗，口唱莲花落，脚下着［dou³¹］一双大脚趾翘起在外面的鞋子。男的右手打板，唱：

> 养崽苦，崽是娘伢心头肉，
> 养崽苦，养得皎白一双手，
> 养崽苦，养崽睏起日头高，
> 养崽苦，一年到头有摸死根草，
> 养崽苦，养到背底[3]偷鸡摸狗，
> 莲花落，莲花落。

---

① 后，音奥。潮州话有这种读法：ao⁶（ãu）。
② 叫化子也是俗写，汤错说告化子，告化牯，告化傈。叫这个音是教，但转不到告。所以我们仍写作告化子。除了讨米，他们还唱一些带有告化、教化意义的歌，故名。
③ 背底，后来。

变人捋头发，抹眼泪，露出脸巴子，上头爬了一条长长的地虫婆①，仔细看才看得清那是刀疤，接着唱：

　　养崽苦，养得一身细皮嫩肉，
　　养崽苦，养得嘴上天天抹油，
　　养崽苦，养得爹娘出门讨苦茄，
　　养崽苦，养到背底偷希汉②，
　　养崽苦，养到对娘对伢动刀抽，
　　莲花落，莲花落。

　　轮番唱完，又细说根由，说养崽三四个，个个像老虫，老虫将家吃，吃空家里吃外头，当初不听党的话，养来不告如喂狼，养来不告反将爹娘放 [phaŋ³¹]。

　　汤错人听出了这是不远处的口音，大概在新宁界内，是一对偷生养崽反将自己害的造孽两公婆，但并不同情他们，反将赶出汤错。只有一两户生女儿的给点生苞谷、红薯，叫他们快快离开，莫在这里开罪人，莫将别个家心头上的江山唱倒塌了。

　　两公婆走了一截，又追上去摁几个石灰水泡过的青柿子。

　　　　　　　　*　　　*　　　*

　　阴德是一个外来词，鉴于其在汤错人心理上的影响力，这里略　　**阴德**
观其变。在我们的哲学中凡事分阴阳，这样说的时候也就是说在张
口的时候就很**道**的了，这个词却是本源于佛教因果论。除此之外，
没有人说得清阴德为何物。阴德属于天的东西，你做什么和不做什
么都由那个冥冥中看不见摸不着的东西管着。因果论解释阴德："凡
为善而人知之。则为阳善。为善而人不知。则为阴德。阴德天报

───────────────

① 地虫婆，蚯蚓统称，对参环毛蚓、缟蚯蚓等都叫这个名。

② 偷希汉，讨不到老婆，搞同性恋。

之。"这只执着佛一家的理论，理解的基点是"业力"；汤错人的阴德观是混杂的，不全是因果论的果报。还含有一些其他的价值观在里面。"报应"这个词在汤错语中是白痴、哈宝、傻瓜的意思，当然也用它的本义，更多的时候是用来骂人。一方面是说，应该得的报应，作动词，带有咒诅性质，进而转为既然你是知道事情会有报应的还要这样去做，那么你不是傻屄是什么呢。这可能是这样引申出来的。导致现在，骂人就直接骂报应了，而省略了中间的转换，以及这个词的本义。这种用法在成年人中是普遍的，在十八岁或者二十岁以下的青年族群中，阴德还有新的意思。这是那些老年人无法想象的。"放生一个宝宝可以得到 n 点阴德？""我怎样提高自己的阴德？"我听到阴德在这群年轻人眼里是可以买卖的，想要多少就有多少，大惑不解，另一个则说"放生宝宝啊"。

甲："我放生了好多宝宝，也没见增加一点阴德。"

乙："那就去参加每个月最后一周周末的比武活动。"

丙："这种办法太慢了。你一定是将放生宝宝搞错了，宝宝要练到十九级才有效。到二十级的时候放生可得一点阴德，二十一级就是两点阴德，依此类推。"

甲："冇用，试过了。"

丙："报应一个。肯定是冇有把宝宝交给化生寺的老和尚。只有他放的生，才会增加阴德。"

乙："买来的宝宝有用吗？"

丙："有用。别人送的也一样有用。"

他们是在说一个虚拟世界的语言，准确说是网游语言，阴德只不过是"我的世界"中的积分值，在年轻人和更小的年轻人中流通，这种语言和现实已经没有界限了，因为游戏本身已经成为他们思维和身体活动的一部分。但在老一辈人看来事情很大。

网络在改变着青年人，这是毫无疑问的，加速了他们对传统词汇的遗忘。但另一方面，也使汤错涌进了无可计量的新词，火星文是最典型的，但早已经不再是时髦的了，互联网既在让汤错的年轻人与传统价值决裂，也在培植着他们对帝国传统文化甚或世界的焊接工作。

再过些年，青年人的这些词或许也跟现在的老年人当年狂热过的毛主席万岁、革命、大炼钢铁、赶英超美、武斗一样。

在年轻人看来，这根本不算什么，他们在虚拟世界中可以革命，可以武斗，可以赶英超美，可以游击队，可以抗美援朝，可以二战，可以唐僧悟空，可以打铁卖钱，可以裁缝，可以青楼，可以扬州，也可以罗马角斗，更可以皇帝，可以男，可以女，可以娶妻生子，可以杀人，也可以越狱，还可以去到过去未来，你能想到的都可以，可以约朋友周末去钓鱼、搓麻将、打三哈，可以娶老婆、写诗、写小说，甚至可以建立新国家，可以去到另外一个星球，系统和智能软件帮你完成这一切。

这些词汇像海啸一样来了，它们都是年轻人的。词汇形成了一条很清晰的年龄界线、所属，泾渭分明地有自己圈属的族群，以及被使用的方式。寿命就更不用说了。那些寿命很长的词汇往往是跟我们的吃喝拉撒以及身体直接有关，至少是离得很近的，像天、地、谷子、米饭、筷子、碗、手和脚，这些词稳定性超过了任何其他的词。但是，汤错语死亡的那一天也会来得越来越快。汤错语使用的人太少了。一种语言找不到一个可以对话的人的时候，事实上，它已经死了。尽管它有过文字，它也只能长眠不醒永垂不朽了。在这片辽阔的土地上丧失一种方言意味着什么？什么也不意味。比喻：我们的皇帝有三千个妃子，死掉了一个，皇帝可能不会知道曾有过这么回事。这个皇帝就是汉语。但互联网却也是语言复活的最好土壤。

*   *   *

有些地方性知识需要谢秉勋出来解说，地方性的局限也在于此吧，这种局限性投射到某个地域之后，产生的特殊性也在于此。谢秉勋需要澄清的就是这种地方性经验。放卫星这个东西我们不清楚，他说："放卫星对于我们这一代人已经是新闻性质的事件。"事实上，整个过去的半个世纪都是这样。所以，这里的记述也多是来自李维和对村里的老人的采访后加以整理的。这个词产生于大跃进时期。它可以和其他的任何名词组合（$n.$ ＋卫星），表示在这个领域里干得最好，全国第一。这就是"放卫星"［$po^{13}vei^{31}sin^{11}$］，一个特殊的词。本来的意思是创造奇迹，后来演变为臟天。大跃进时期，任何一个行业里的人都说放卫星。农民说，粮食卫星。意思是把粮食的产量增产到第一。这个第一还须有传奇色彩。在今天看来，这卫星的传奇不是因为劳动的奇迹，而是创造这种卫星的手段的传奇性更令人感到有卫星气质。比如有名的岭西省粮食卫星："亩产十三万斤！！！"一张报纸那么大的田地要产一百斤谷子！就是放到眼下，这也还是最先进的克隆技术的幻觉。一百年后自然很难说。汤错当时种植粳米。稻穗很长，禾秆很粗。一穗上面不知道有几百粒谷子。汤错的田多在冲堁（堁，［zou^{13}］）中，山中多树，树叶堆积，一年大火，把山下面的灌木和厚积的树叶烧成地灰，春季落雨，把地灰冲到田里。这一年的稻子特别好。在禾快要熟的时候，把其他田里的禾又扯到一丘田里来，这一年，汤错放了粮食卫星。第二年，肥力减少，深耕概种，引进灌阳锄———一种类似铲子和镐之间的锄头，但是亩产还是上不去。水稻怀胎之后，夜里就把禾扯出来往一处堆放，但是把其他地方的禾扯到一丘田之后，密度太大，蜜蜂和风帮不了他们的忙，熟不了，农民和工作组的人就把风车抬到田头，往田里给稻子扇风。禾苗还是死了。接下来又是为了争夺采矿和伐木、炼钢卫星，稻子死了也管不过来了。收谷子的时候，各组打谷队伍挑送谷子长长的进村来，过秤之后，他们又把粮食挑走，大源的挑到小源，小源的挑到大源，在汤错 B 圈活动一段，继续挑回来过秤。为了打秤，谷子上再泼水。工作组的人明知这一切都是假的，但已经也不认为这是假的了。毕竟放卫星的荣誉属于更高的荣誉。青竹山头年因为放粮食卫星，乡里奖赏了一部苏式拖拉机，而他们连路都没有挖好，那拖拉机摆在那里，活活锈死。一九五九年，我二爷爷是大队干部，他和支部书记、秘书，三个主要工作人员，被喊到区里（现在的乡），大年三十那天，上面的卫星要他们据实汇报，村里到底隐瞒了多少粮食。他们说冇得了。确实冇得了。上面说他们知情不报。不汇报就不放人。连到下旰三点，再不汇报，走不到家里了。他们开始汇报，说这组，这这组，这这这组，那组，那那组，那那那组把粮食藏到了方来里、地窖里、井塘下边、灶膛里面、牛栏里、坟墓里、老鸹窠树上……他们随便报的，以为报完了事就回来，为的是赶快回家过年。第二年，也就是一九六〇年刚开始，上面的人来查粮食。经查，以上地方都没有找到粮食。上面的卫星说，你们把粮食藏起来了。现在，从大队扣除去年的留粮。一九五九年，洞里组食堂扣除了十二担，这些粮食上了锁，钥匙挈走了；上面的人不说动，没有人敢动。但是的确没有粮食了。人们开始抣树根，找其他粮食替代品。有的人要上山抣蕨粑，上面的卫星头子便把农民的蕨粑桶砸了，蕨粑拿走。他们自己茹去。不到春耕，村子里就开始死人。工作组的人天天埋人。他们自己也茹不饱。食堂里原来还有稀饭，现在锅都没有了。原来进来茹饭的时候，一手端碗，一手挈筷子，双手举着；脚步一前一后，迭代前递，伴有碗筷敲打的节奏，嘴上拖曳着："……我们——敬爱的——毛主席……我们——敬爱的——毛主席……"他们舞蹈的时候，有点像我看到的蜜蜂的八字舞。脚不是扭秧歌一样踩着不动的，而是要把一只脚往别的方向拐的。现在食堂不开伙了，大家自己去览茹的。起块^①还有方来，后来拖出去就埋了。方来不够用。这个时期的食物是"丰富"的，以下几种是确凿的饥馑食谱：

观音土　一种白色黏土。这种土茹下去不消化。易死。

---

① 起块，[ʨhi³¹khwa⁵¹]，意思是刚开始做某事，开头，起先。这个读音很特别，块在新方话中一般读 [khwai²¹³]，块是拟音字，无考。

蛆读［tshai³³］。从茅坑里撩出，用棕皮包好，放到江里浸泡若干时辰，蛆白如雪。拿回来干炒，因为没油，炒的时候要特别细心。后来汤错人将蛆分为几个等次："从鹿腐肉来个蛆最好，其次是牛羊肉、狗肉，再次是猪肉、姻肉①，最次是粪坑茅司桶里个。"（岭界上曾家老骨头）

　　秧蟆蛙　蛙读［kuai²¹³］，秧蟆蛙即蝌蚪。吃法简单：生吞。幼泥鳅也这样吃。秧，初生之物，幼苗之意。蛙类统称蟆蛙，虾蟆。蟆蛙这种说法存在于汤错官腔，跟进入汤错的外来人在对话中使用，而秧蟆蛙又是通用的。土蟆蛙，一种比青蛙小的灰白蛙。肚子称肚胝，内脏说肚怀［hwai³³］，肚里窠。胝指腹大而肥，形容蛙和大腹便便似乎很形象。闽南语中有说 tō-bê-kuai，指蝌蚪。②

　　蛔虫　肚胝里拉下来，再茹回去。既然是自己肚胝里出来的，茹回去也不会死人。"肚膌哩，火烧一样，喝井水都刉到痛，在清水里用青蒿叶子养一夜，焯水干净炒一炒，加几个螺蛸调味，馟香。"（甲人姪家）螺蛸能提炼稍许咸味或甜味，充当调味作料，再则其间有螳螂卵实，也算是肉质的。

　　土狗崽　蝼蛄。犁田时抓回来，燷炙［da¹³tsa³³］而茹。③

　　地虫婆　蚯蚓，又称虫蚭公子、地龙。蚯蚓有红色或肉色、青色、黑色多种，肉红色最有喜感。青尸色、黑色看起来恶心，但也吃。先在腐殖土、垃圾地挖，后来在猪栏、牛栏里挖。最后，干脆用牛粪腐草养殖。吃法同蛔虫。

　　钱龙　蚰蜒，不是蜒蚰（鼻涕虫）。生活在腐叶或阴败之地，蚾

---

① 姻肉，腐烂的鱼肉。又书作䑚。

② 参马来西亚华语作家黄锦树《雨·土糜胝》页166，四川人民出版社，2018。该书将 tō-bê-kuai 译作土糜胝，胝说得过去，但土糜蛙，更符合本义。我们觉得汤错话、闽南语、客家话保留的是"蛙"的中古音，蛙字本身可以读作［kuai］，段注说"《篇》《韵》皆口圭切"便是明证。所以土糜胝就是土糜蛙。汤错俗写作蟆拐。蚂拐，记音而已，误。

③ 《方言》：南楚谓之杜狗，或谓之蛞蝼。杜狗与土狗，同一物。

蟋是它的主食，用蚍蟖、纺织娘放在竹筒里引诱捕捉。

蚍蟖 蚍蟖[po⁵⁵si⁵⁵]，蜘蛛。黄泥巴裹成鸡蛋大小，火边煨熟。有油的话可以油炸，没有油就在瓦片上燀焦；水煮晒干，蘸盐与辣椒粉吃。无论哪种方式都要先过火微熏，撢去体毛。味同螃蟹。

岩老蚇 蚇读[ʃei²¹³]，鼠。岩老蚇，即蝙蝠。甲人说："用网封堵洞口和岩洞出口，两人在外把守，一人入洞干扰，即出，可以大获；还有的在洞内点篝火，烘烤，人在洞外网捕或帚扫，或篝火过后进洞拾捡。撢毛解剖，去下水洗尽，再合进体内，烧燀，泥裹火煨，腊干、开汤都可以。"

老蚇 老鼠。吃法同岩老蚇。不同的是，还有一种幼鼠的吃法，鼠胎还没有长毛，通身赤蠕，浇上蜂蜜，拎起来生吃，每咬一口即听得唧唧之声。这种美食在古代就有，叫作蜜唧，以苏轼的诗为证："朝盘见蜜唧，夜枕闻鹍鹏……舌音渐獠变，面汗尝驿羞。"[①] 饥馑过后，就没有再听到这样吃的。

地虱 地虱长在阴暗潮湿肮脏的地方，柜子下面，猪栏粪土中；暗肉色，瓜子大小，扁圆。"那是世界上最想呕个东西，比蛔虫还令人作呕，业捉来吃老。吃地虱，吃地鳖，还有什么有吃过。我家幼囡怕，不敢吃，邦硬[pan³³ŋʋ¹³]饫进去个。"（大皮山曾家老门亲）地鳖暗色，南瓜子大小。

人薽 人肉，尸肉，晓锦和汤错各有一例。甲说："晓锦那边是把新死抚出来，割下腿巴子上的肉，煮着吃了。三天没到，茹人的人自己死了。铜座这边是茹了自己的侄子。弟弟把嫂子的孩子遳出去，煮着茹了。"

猪崽虫 豆天蛾幼虫。热狗大小，四寸来长，滚圆多肉，无毛，青白色，表情呆萌，极似刚出世的猪崽。一般煵燀，或者用南瓜叶裹着在地灰中炙熟。这样吃法的还有蚱鸡嫰、蝈蝈、天螺蛳、螳螂。但是，最后所有人都不同意放在地灰中煨，他们要在瓦片上烤。他

---

① 苏轼《闻正辅表兄将至，以诗迎之》。又见载于晚明邝露《赤雅》蜜唧条。

们围着瓦片上的青色食物，看着油脂慢慢渗透出来，发出滋滋的声响，铜色的小火苗从瓦片旁燎上来，瓦片上的食物开始散发出肉的香味，他们闻到这股肉的香味，立即充满了只有肉才有的特殊味道和力量。他们将腹部的气全部呼出，然后猛力翕动鼻翼，吸食空气中的肉，这个时候不用嘴巴，因为嘴巴不能品味空气中的肉香。就这样，一直等到猪崽虫在瓦片上燨焦，在快要变苦之前，用火点了。一条毛毛虫被烤出了一头乳猪或者小羊的香气来。这大概就是它的名字吧。他们围着小火堆的脑袋就像一棵聚头蓟。平素对毛毛虫充满害怕，大多数是因为毛毛虫具有蜇到之后火辣辣的感觉，担心这种毒性被带到食物当中来，但是经过炙烤的毛毛虫已经没有那种感觉了。

鼻涕虫　蜓蚰，蛞蝓。陆生，肉质，似蚂蟥而肥。自身半透明，爬过之后带有一层湿湿的鼻涕样的黏液。"平时哪个敢呷，多眽一眼珠那鼻涕瓢就作疲。[①] 那毕竟也是肉。"（谢家老门亲）用小棍子夹一罐子，有条件的煎炸炒，没条件就在瓦片上燨焦，自然也香气四溢，味道不输毛毛虫。

蜗牛　吃蜗牛不奇怪啦。明人邝露游岭西，见蜗牛脍："山中有蜗，壳可容升者，以米水去涎，竹刀脍之，角大如指，甘脆，去积解毒。余东粤亦食之，鲜有如其大者。"（《赤雅》）他说他的老家东粤也吃，可见蛮地习俗颇有可通观者也。

沙虫　**白土蚕**　这个沙虫不是海边的沙虫。藏河滩的沙子里，挖掘可得。极似躲在畬土的白土蚕，白色，蜷曲，拇指大小。元秀带一只鸡去翻畬，时不时翻出白土蚕，她说这是金龟甲的幼虫，长大了吃菜。挖到就停一下，让下蛋鸡啄吃掉。她一边挖畬，鸡在旁边守着。白土蚕学名蛴螬，据说是独角仙的幼虫，元秀却说是金龟甲的幼虫。大抵被称作蛴螬的蛹虫长得颇为相似的缘故。凡肉蛹和毛毛虫的吃法都是烤着吃。现在则过油煎炸为主。元秀讲，一九六〇

---

① 疲 [ʔuəi²¹³]，心恶想吐，汤错读法，新方话读 [fən⁵⁵]。眼珠，眼睛。

年娘老子病重，她回娘家看老门亲，一包焦干底白土蚕，馫香；一包子；他屋邸那个挖到一碗雪白的蚂蚁蛋，一起包上。"等走到娘老子床前，白土蚕已经吃光了。没得办法，走不动，十多里山路，平时一两个小时就走到了，那个年里，怎么也走不动。走几步，吃一条，在路边喝一肚子水，再摘点可以吃的嫩叶衣，一起吃下去。那边也有饭吃，拿过去的子和蚂蚁蛋救了娘老子的命。我们还没有吃，第二晡清早，我又放到遽趄。要是太阳太毒，就走唔归来了。"

蕨粑 狗姬蕨的根。捣碎，跟残渣一起放到大水桶里浸泡，沉在底下的就是蕨粑。蕨粑含有丰富的淀粉，是这里面最好的食物。最早被扰光。蛆是可以茹的，中药里面也说到，含有丰富蛋白质。糠和观音土、地茯苓这些食物会导致消化不良。很多人留下后遗症，长期用手去抠屁眼，导致出血和脱肛。新死人肉为腐肉，细菌多，吃不得。而吃活人是违法的；这句话或许也可以这样说：人被吃是不合法的。我们的本草学也说到，人肉大寒，不可吃。除了这些之外，还有野生植物食物，这些植物充饥效果较为明显，根、茎、叶、花、果、实，都成为吃的范畴。乡语说："地荒一季，人毁三代。"饥荒来临，老的小的饿死，妇女怀不上孩子，所以说三代，略举几种以见凶年之猛，其他植物我们还会在虞衡志部分详谈。

地蚕 唇形科植物，长得和藿香很像。成熟根茎就像二十几天的卧蚕，畬地野生。

蒲葵 蒲葵果实尚嫩时的佛焰苞，像一副猪肝羊肺，米黄色，大的一胯就好几斤。

蘸 悬钩子属一类植物的浆果，长在灌木上的"草莓"，以覆盆子、掌叶覆盆子口感最甜。"后连令人胆寒的蛇莓也吃，蛇莓在本地称作蛇蘸，据说，蛇莓背后都藏着一条守护这株植物的蛇，我们见了蛇莓都躲着走。"谢秉勋说。后来我们调查得知："其实是因为蛇莓可以治蛇毒，而不是说蛇蘸是蛇守护和食用的果实。"

补记：数年后，我在梭罗《野果》"常绿悬钩子"一条中读到，有人将这种悬钩子的果子称作"snake blackberry"（黑色蛇莓），梭罗说："为什么把它和蛇联系在一起，我始终没弄明白，大概这种东西某些方面和蛇有几分相像，当然啰，蛇也经常出没于潮湿阴冷的地方，而这正是这种果子生长之处。"①

一百五十年前，梭罗在他的家乡马萨诸塞州康科德制作植物清单，观察野生植物的果实，尽管生前他没有彻底完成自己的工作，但已经做了大量的记录。看他写到蛇莓时，我不禁笑了。这是因为一个植物的名字在当地引起的恐怖，这种恐怖与我在汤错看到的具有惊人的一致。同样，他处于穷乡僻壤之中，这也跟我们眼下的处境颇为相似。除此之外，当我看到商陆、马醉木、鬼针草、板栗、蓟、西瓜、南瓜、芜菁、红豆杉、桑葚、菖蒲、毛榉、铁线莲这些植物时，似乎可以将那片陌生的地方补衲起来，他将地球的另一个偏僻之处变成了中心，或许正是因为将植物作为了象征群众。尽管大部分植物不同，但我们可以看到同科属的其他品种。这也算是自然这部书的神奇之处吧。

茶蔍 茶蔍包括茶蔍和茶片两种，长在油茶树上，茶蔍有鸭蛋大小，像白色的灯笼挂在树上；茶片似薯片，由某种真菌感染形成，花芽感染成为茶蔍，叶芽感染成为茶片。纯肉质，肥厚而甜，由红转白视作成熟。

朝天罐 朝天罐地下的根有一落落类似赤色的马铃薯块茎。属野牡丹科。

地参 大丽花的肥壮块根简直像一窝肥胖的白鼠，聚生，个个大得像萝菔（[bai²¹³]，萝卜），一挖一筐箩。

铁棍蓣 牛蒡根。牛蒡又叫蝙蝠刺，因为它的果实像板栗球，且生有蝙蝠翅膀一样的倒钩，凡过身即被它钩住。

山薯 山药。野生山薯根长长的像蛇，粗壮如婴儿手臂，不可

---

① 参〔美〕大卫·梭罗著《野果》页126，石定乐译，新星出版社，2017。

多得。藤上结的山薯蛋也吃，大小如鹌鹑蛋。

红薯藤 砍断，掺半斤米粉，煮稠。还有南瓜藤，老藤嫩藤都吃。

鱼腥草 戢。长在田邙或水沟边，味冲，它和茅草根一块都被挖作食物。水边、湿地可以采到的可以吃的食物有茭白、慈姑、麻船仔（野荸荠）、酸蔓芒（虎杖鲜嫩之时，深涧中，大的有高丈余，粗壮如手臂，可以吃，味酸如青梅）。

油椤木 乔木，种属不详。这种树的木质嫩白，有油，碎刮下来的木屑和着米粉蒸熟，做成粿粑可食，知道的人多了，由树皮刮到木心，整棵树都茹掉了。[油椤木在汤错已经绝迹。今天重新去采访两位老人，据她们对油椤木的回忆，这是一种乔木，羽状复叶（奇偶数不清楚），皮呈暗红色，老皮自行脱落。皮和鼻涕木一样，有黏滑特性。六〇年饥馑年代，就是刮取油椤木的嫩皮，晒干，然后用碓舂舂烂成粉末状，加水搅拌后，和高粱粑粑极似。可以充饥。但很难长期食用。]

芺菜 芺［au^{31}］菊科蓟属植物。一般用来煮鸭子茹，撇腥味。饥馑时候用于当饭茹的野菜还有庵堂菜（和尚菜）、田秆菜（菊科野茼蒿属，李维说那叫革命菜）。另外，将一种天南星科植物的叶子叫作玉菜，吃法同上。天南星科植物多数有毒，这是可以吃的一种。

石葛藤 豆科网络崖藤属。摘其嫩籽。

肉桂 刮皮。或刮成丝状作烟抽，芳香异常，可谓天香，仅筲竹山森林中有野生植株，产量有限。

地茯苓 又叫土茯苓。磨成粉，红色。放进米汤或水粥里，调成黏稠的糊状。

麻兜 葛根；葛藤漫山遍野爬满树林，起宛的地方往往生有胖墩墩的肉质白色葛虫，摘取烤着吃。

山蚕 汤错在解放后推广栎树养蚕，"六〇年，实在饿不过，将山蚕吃了，吃完蚕，又将蛾子吃了，最后将蚕茧蛹剪出来业吃了。

上面工作组来收蚕茧，发现栎树林场中一条蚕都冇了。自从那之后，汤错就不养蚕了。"（谢秉勋母亲）我们今天还能在汤错的山里看到山蚕的影子，或许是当年逃逸的。

蕈 蕈〔dʑiɔŋ⁵¹〕类在本地也叫"山鬼"，常见可吃品种诸如鸡藏蕈（鸡枞，新方话）、香蕈、冻藏蕈、松蕈、榛蕈；"山鬼"这个叫法并非没有来头：《尔雅·释草》中馗，菌。《疏》此菌大小异名也，大者名中馗，小者名菌。本地将"馗"读作"鬼"，因此蕈菌一类可作山馗。蕈，高本汉拟作〔dzʰiəm〕。

笋 笋〔soŋ¹³〕类常见苦笋、水竹笋、麻笋、油竹笋、南竹笋、刺籬竹笋（车筒竹）、毛竹笋、方竹笋、紫竹笋、皮竹笋（籬竹的一种）、观音竹笋，均食。其中南竹笋最大，肥嫩，大至黄牛腿，其次刺籬竹、毛竹，然而南竹只有冬笋好吃，春笋的味道远不如冬笋。饥馑那年，春笋一并挖绝。"吾里最喜欢苦笋鲜吃，其次是水竹、油竹笋。小笋又比大笋好吃。并非要忆苦思甜，凡事先苦后甜，甜得有味。"（杨昭玉）我们在采访中提到的大都为夏季秋季食物，冬天的食物基本是缺省的，冬笋算是其中一种。所以冬天一来，大面积支持不下去了。

地榴榴 又称鬼子芋，洋姜。

竹米 竹实。"有一种植株不高个竹子，能结[①]出比稻穗还多个米，成熟时直接吃。吃起来像泡水余饭（剩饭）。"（谢秉勋爷爷）竹米是非常特殊的粮食，一九六〇年，箸竹山竹子发痧，全死完，而所谓死，就是竹子结米，这些米拯救了一部分汤错人的命。这也算是神奇的事了，以色列人出埃及后上帝赐予他们"吗哪"当食物，免于死亡，在耶路撒冷建国战争中，又赐予他们一种叫作"苦贝扎"（khubeiza）的杂草充当救荒食物，一场大雨之后，突然从地下冒了出来；如此说来，汤错人的竹米大概也可以算作上苍之赐吧。详参

---

① 结，读〔tɕj³¹〕，在这类读音当中，发生元音脱落。接、节、疖等在祖语中也发生这种情况，如疖来〔tɕj³¹lai³³〕，疖子。

虞衡志竹子开花部分。

秋天的晚些时候，可以从秸稭①（芦稷）、高粱那里获得少许"米"。这是不需要水灌溉而在畲上种得的斋米，虽然它们远比不上稻米，但毕竟也算米，可以充实汤错人对食物渴望已久的胃。与竹子一样，它们都是禾本科植物。木匠讲的一个关于竹米的黢天也跟粮食有关，准确说跟饥饿相关。食物与饥饿之间激发的黢天颇具想象力，正反映出汤错对饥饿的惧怕与相迫。

松膏　[ʐʊŋ¹³ʨʊʊ⁵¹]，含油脂的松木叫松膏，松树油脂则叫松香。不管肥瘦，松树都有松脂。没有油水，本地就将松脂当油。松脂放在釜爨内，注水，下面烧火，不断重复提炼，将松香气去掉后，白皑皑[saŋ²¹³]里哉就可以吃了。夏季，松树每刮一刀，可以收获松膏数斤。桃树分泌的油脂也弄来当油。然而，我们提到的食物都是不可多吃或者饱食的东西，聊以充饥，续命而已。

汽油　少数人当油喝。直接喝。但汽油不是油，只有少数人能喝下去。大多数人听不得汽油味，一听到就要呕。②

神仙豆腐　腐婢叶子搓碎，捣烂，过滤干净，在上面覆盖白布一块，再撇覆一瓢地灰或灶土闷上，成膏后即可食用，形似龟苓膏，青色。神仙豆腐叶即腐婢，株植又称豆腐柴。我和谢秉勋在山边和田埂上摘叶，制作，很快成功。六月天吃，倍觉凉爽。"因为神仙豆

① 秸稭［ka³³ka³³］，糖高粱；青皮，比高粱粗壮，较甘蔗更加清甜而节修长。写作戛戛也可，取其长矛义，又与秸稭［ka³³］通：《前汉·地理志》三百里戛服。《尚书·禹贡》作秸服。故"戛戛"也可以作"秸稭"。在甘蔗进入汤错之前，这是本地直接获得糖分的一种植物。

② 听，听气味。听的本意是嘴巴张得很大的样子，像斧口，后来被"聽"借用，聽才是真正表示用耳朵管事范畴的字，即聆聽。《说文》收听和聽，两字不混，也不是繁简关系。汤错人说"听到一股气味"，这样说的时候，也不觉得有什么别扭。就好比我们说"闻"，是用耳朵，而不是鼻子。可见耳朵管的范畴比较宽泛，声音和气味都在它的管辖范围。聽的另一个意思，是指超出了视线之外的事物，传达到了我们感知的范围。当然，在日常中，词和物的转换是活络的，比如接风洗尘，风就是比喻，要不，风怎么接啊。

腐的启示，腐婢叶子吃完之后，有人开始用烧柴火后的白色灰土调水喝，以缓冲饥饿带来的肚腹绞痛。"（谢秉勋）

"猫、麻雀捉吃飞蛾，我们人也吃。蛹、蝶、蛾全咸吃。豰（肉类）已经没有了，膒豰（肥肉）想都不要想，个个肚子里枯得死，没油水打底，咸 [a¹³] 退嘎臁老，个个殡辣陲鲃鬃个样子。水里游个，地上爬个，天上趋个，都搞完了，一些平常不吃个小动物和昆虫进入猎食范围，能够搞到水蛇、狗蛇婆①、老蚖、岩壁老蚖这种是狗屎钱息②；后来触角开始伸向牛身上个蛄貏③、蜘蛛、蝴蝶、蠮蠮羊、碧若蜥、蛂蜥、蝼蛄、水螳螂、蚂蟥、爬蟹子、田螺、蚂蚄子、千脚虫④、癞虾 [ga¹³] 蟆，它们都一一步入食物范畴，大私开始研究怎么吃，获取肉个味道。癞虾蟆吃了胀'热积'，十有九回，剥了皮吃不会，这个时候，哪个舍得剥皮，吃了之后，屄尻尻里面肿痛。后来捉到癞虾蟆不吃，专门将它捣成肉泥，割破一点背上的皮，等它生蛆。吃蛆虫则不会胀热积。用味重的辣蓼、石菖蒲、山苍子作佐料，汤错的食谱底线扩大到平常所谓的粮食和食物以外，只要不死，都吃，肚子里火烧火燎，能找到点吃的就不错了，我奶奶说，肚子粘壁老，在路边扯把草和树叶就茹。除了土和石头不吃，基本都吃遍老。"（谢）

豰膒胆 膒胆⑤ [kai¹⁵ta³³]，圪垯，成球状物，或缠绕在一起成一团。"志生家捉到一件豰膒胆：一条笋壳板⑥里头茹了一条乌梢公，乌梢公肚子里一条菜花蛇，菜花蛇肚子里有一只老蚖，老蚖肚子里有一只蛤蟆，蛤蟆肚子里有蚯蚓、天螺蛳、鼻涕虫、飞蛾（蝴

---

① 狗蛇婆，蜥蜴。
② 钱息，幸亏，运气。新方话说财息。也说钱克。钱克你，意思是幸亏有你。
③ 蛄貏，牛或牲畜身上的吸血虫。
④ 千脚虫，马陆。
⑤ 膒胆，《集韵》膒胆，肥貌。胆，当割切，音怛。
⑥ 笋壳板，剧毒蛇，学名尖吻蝮，别称五步蛇。

蝶）、蚱鸡嫲、阿蛷仔①、毛毛虫和虾公。"（元秀）

"汤错有位九荖子吃铁。他说他家有祖传秘方，大私让他拿出来，老忤子不晓来从哪里搞到一块爽净的马口铁，饿了便在上面舔舐，说清甜清甜个。别家要舔，他不舍。谁知莫名失踪了，不久之后，发现洞里另一个懵懂鬼死了，嘴里衔着那块铁。他死的时候，跟屋邸人讲，他睡觉看到屋背后的菜畬里长了一棵稻稉树，稻稉就像柿桦树一样，又高又大（讲述者作②手势），每月挂谷一次，他央求：你们抬我去瞅一下啊。"（上洞谢家老门亲）

"公所有人得到一条塘鲴③。甲跟鱼主说，我不要你的鱼，只要这鱼身上的两根鱼髯④——鱼主当即剪下来给他。甲说，难道你不问问为嘛个。鱼主说，不就是鱼的两根胡巴吗？我舍得。甲说，你知道什么最好吃吗？鱼主说，肉。甲说，不对；世上最好吃个是鱼髯。一对鱼髯抵两斤参须啊。鱼髯要一根一根吃，一根抵一斤参啊。那个香，那个脆，那个味，世界上没有哪个可以比。鱼髯是鱼身上用来闻味道个地方，吃猪肉要吃前腿肉，吃牛要吃牛百叶，吃鱼就要吃鱼髯。一对鱼髯就是两餐。鱼主说，那我把鱼给你，鱼髯我自己留下吧。甲说，你既然答应给我鱼髯了，就不要再换回去了。鱼主说，我还是觉得吃鱼髯划算，这条鱼一顿不够吃，鱼髯却可以吃两顿。于是，他们又对换了。甲还跟他说，一次只能吃一根，世界上，没有人能够一次吃一碗。你想炒一碗，要几千条上万条鱼。世上冇来人茹来起啊。"（上洞猎户蔡氏）

* * *

这里要提及粪便的形成和处理形式。它和饥馑竟然是休戚相关

贵出如粪
土

---

① 阿蛷［dʑiou³¹］仔，螳螂。蛷，见《扬子·方言》蝍蛷谓之尺蠖。

② 作［wu¹³］，用动作模仿对象物，或量度。

③ 塘鲴，本地称塘缸鱼。

④ 鱼髯，鱼的触手，胡须。

的在那个时候。粪，本字"粪"，异于米者也是米田之共也。那时没有化肥、复合肥，粪便是弥足珍贵的肥料，农事系统中很重要的一环。"我小孩把屄拉在外面，我阿爸很不高兴，他跟我说，庄稼一枝花，全靠粪当家。在哪茹的饭，在哪拉屎；拉在别人家，又不会长禾。新方话'呷家食，屙野屎'，便是骂人的话了。"汤错说拉屎射尿［zaˡ³joŋˡ³］，新方话说屙屎撒尿①，谢秉勋提及这个的时候，极其认真，他也是从那时才意识到屎尿在他看来恶心的东西而在自己父亲的眼里却截然有别。汤错每家每户都有一套收集粪便和处理粪便的器物。构成农事粪便处理的循环利用系统，《史记·货殖传》："贵出如粪土。"意思是富贵发家要像治粪土一样来治理土地。山民自家产的肥料主要有人粪——此称大余［taⁿˡy¹³］，不直接说粪［baŋ⁵¹］字，以示区别，以及牛圈和猪圈里的粪，即猪粪和牛粪。牛粪不是全然的粪便，而是草料和粪便搞在一起（冬季是干稻草，其他时候是野外割的牛草），牛踩（［lauˡ³］，踩踏）过后，堆在一起沤出来的。数量庞大，是主要的稻田肥力来源，因此，在称谓中打常只说"粪"，而省去"牛"的修饰，便代表了它的地位。人的尿和屎是菜园和秧田用肥。猪粪一年出栏一次，以稻草和猪屎尿发酵而成。鸡粪一般不多，仅供菜园里一小块地用。

这些是稳定的粪肥。其次便是割青［tɕyⁿˡtʃiaⁿˡ］。立夏节后，农民开始长达一个月时间的割青。把山上刚刚才扯芽苗的嫩尖尖，树木架势发育出来的嫩枝嫩叶，踩入田间谓之青。元秀说："当日就要踩入。过了夜就冇那么好。"秧苗从秧田里分出来下插到田里，长稳了根势，就要上山割青。把山上割回来的青嫩灌木草叶和枝细细地分成一把一把的条状踩入禾苗间的泥里，沿直线踩入，插秧的时候会形成垄，青就踩进垄里。本地叫经济肥料，用这种办法增加土

---

① 拉屎、屙屎，撒尿、射尿，这个以长江为界，南北不同。而有的地方的话保留了北方的特征。另，在汤错语中，撒、射、石、查读音一样；撒指撒掉，倒掉；射，指射箭。

壤的肥力。这是通过腐殖的方式增加肥力的办法，大粪不够用的，供菜园用。牛粪和猪粪可以供到一部分的田地。所以，还是割青划得来。红花草和油菜花也可以是这样。开春后种的油菜花，在耕种到来时，余苗全部犁进土里。总起来，植物肥料有四类：乔木和灌木新策枝；蕨类植物（画眉大哥除外）；草本；榨油余物。关于肥力的丰富性宋应星在他的著作《天工开物·稻宜》中介绍得颇为翔实。[①]他说"普天之所同"，实际上并非如此。汤错的蕨类植物较多，多属于就地取材的植物肥料。人畜秽遗这种说法也是不甚准确。但保持了自然肥料范畴的基本特征，与后来化肥的进入是两种概念。

一九五八年左右，在放卫星的刺激下，肥料的概念一下子撑破了原有的概念。工作组的人来检查，汤错地方把茅厕四周的土抔下来，把火落窖、鸡灶掏空，把堂屋里上面的一瓢土和菜园畬里的土刮掉一尺，累到鱼塘里，和淤泥堆成一座小山，向工作组的人说，这都是肥料，一百万担。人家问，这是什么肥料？"水肥"，他们说。谷子收割完反瞒产来了，汤错进入缺粮状态。一九六〇年过来的人说："人没的茹了，人就不肥了，就没有粪便，所以菜也种不出，其他东西也跟着肥不起来。种养哪里还行？"这种肥与土地的膏腴贫瘠竟然是一脉相承的。

一开始元秀跟我们讲谢云阿驰和春秀去龙埠头找东西茹，在那棵几百年的白果树山上找到一棵野生的桃子树，结了青涩的果。谢云母亲茹了桃子，下山来，围着塀上那棵白果树狂笑，旋圈，最后抱在白果树身上笑死。通知人去抬，尸体硬是从树身上抠不下来。

---

① 《天工开物·稻宜》："凡稻，土脉焦枯，则穗实萧索。勤农粪田，多方以助之。人畜秽遗，榨油枯饼、（枯者，以去膏而得名也。胡麻、莱菔子为上，芸苔次之，大眼桐又次之，樟、柏、棉花又次之。）草皮木叶，以佐生机，普天之所同也。（南方磨绿豆粉者，取溲浆灌田肥甚。豆贱之时，撒黄豆于田，一粒烂土方三寸，得谷之息倍焉。）土性带冷浆者，宜骨灰蘸秧根，（凡禽兽骨。）石灰淹苗足，向阳暖土不宜也。土脉坚紧者，宜耕陇，叠块压薪而烧之，填坟松土不宜也。"

然后，说到自己去苏家大坪娘家走亲，路过罗坳［no¹³io³¹］，那里烧过山，冈栎长满了籽。她说她娘家没去，在山上茹了一天冈栎籽，差不多一皮箩，"肚子是匹棕，说大就大"。一九六一年情况好转之后，她说她一顿茹一升糯饭，再加一升黄豆。"哎呀，"她说，并叫我的名字，"我没法跟你说兀匹苦，兀匹时候肚子就那么大。饿得连孩子怀不上，两年没有怀上，都是介样。"

　　国能种南京瓜三棵，每次看到结出碗那么大了，南京瓜总是不翼而飞。等到下一个瓜有点大的时候，他就在草楼上守着。这天早晨，他下去射脬尿，回来一看，瓜有了。等到下一个瓜又快要长出的时候，他又守。这天清晨，天还麻麻亮，他看到一个人影，在往瓜靠近。他边喊边跑下去，兀匹人好像知道他要来了，也往瓜跑去，一把捧起瓜，搂在怀里。他跑过去一看，是自己的姬家（妻子），他伸出手示意她把瓜放下，其姬家捧着瓜啃起，几下茹进了肚里，剩下一个连着瓜藤的蒂朵，他本想说，让瓜再长大点……其姬家在这一年六月，被那场大水冲走了。她嫁过来的时候，也是一只南京瓜做的聘礼。被冲走的时候，还怀着肚子。

　　春耕快要开始了，人死得越来越多。本来就浮肿，一沾水，肿得更加厉害，脸、脚、手、腿，能看到的都在水肿，放大。上面看到下面饿死太多人了，才开始商量办法，开仓放粮。前面说过，这些粮食都上了锁。先放洞里的，其他大队组的人来队里挑粮。大源、小源、燕子石、大里坪、岭界上、地步界、箸竹山的都来了，近辄很近，远则有一二十里。几天过后，开大源粮仓，各队组又往大源去分粮。对于这个办法，工作组提过意见，这样分下去，势必耽误了大家的工——分粮地点越来越远嘛。本大队分完之后，分其他大队的，远在五六十里之外，哪里还有工夫做事？区里和县里的同志根本不屑一顾工作组的意见。这个结果就是这一年的秧苗大多数长出了穗子，根本没有时间分秧莳田。再者，挑粮的时候流失严重。工作组带人到其他六十里外的大队去分粮，路上好几十号人，去的时候是五十人，每人担半担，归来的时候只有四十七人，有三个人唔见了。过了三天，归来了。工作组质问他们粮食哪里去了，他们说茹了。全茹了？嗯。你不得不佩服他们的肚子。但是你能把他们怎样？那个时候，也就是合作化时期，粮食是可以平调和统销的。正因为如此，大队干部不愿意说他们有很多的粮食。而实际上，经过一九五八年的大跃进，再加上放卫星，他们本来就没有多少粮食。

*　　*　　*

一九六〇年的汤错除了饥饿之外，地貌上的改变也是一个时间
节点。六月天夜里的那场大水，冲走了河两岸的很多房屋，推走了多户人家，摧毁了两岸的稻田，见长势的禾苗无一留存。现在的汤错下洞地貌，都是重新修建并形成的新居住带。

打傯工

二十世纪的那个六〇年，在今天的后生眼里，只不过是羴天。而在那些老人的嘴里除了记忆抹上的淡淡的黄油之外，也还有一层说不出的自豪："我是从六〇年过来的。"这句话，表示的内涵不是我们这一代人能够体会了的。他们怀念五四—五六年那段时光，分田到户，积极性很高，人与人之间是一种互助关系。我家忙时，你过来帮忙，我以等额的价值形式还给你。比如，你借我家牛犁一天田，下次你帮我两个人工。人民公社时候，一种肮脏的公共性取代了这种等价交换。不过，个人还是族群总还有自我调解的能力，会慢慢回到比较自然的关系上来。即便不会，从别的生物身上也会学来。只是打傯工这样的事越来越少了，连红白喜事都要打红包人家才来，不然就说没空，人与人之间的关系疏远了。"这场浩劫多半是人为的，在个人崇拜和极权统治下，再加上国际封锁，导致的中国人民的一场浩劫。以上各种不改变，它还将面临另一场浩劫，那就是'文革'。"（李维）在汤错这片小小的土地上，它也不例外，它经历了这个国家的全部。

＊　　　＊　　　＊

告牛　　　我问一位教书先生，我们说的［tɕuo¹³au²］的［tɕuo²］是"教"还是"告"？他说是教。教者，使会也。我说这也有道理。但是我相信是"告"。告，从牛，从口。《说文》上说："告，牛触人。角着横木，所以告人也。"这正是犁田时的情形。所以也写作"告"。前面牛牵引，后面人跟从，牛和人之间是犁耙，"告"中间一横，这一横是套在牛肩膀上的。一岁多的牛下田之前，要先告之。聪明性温的牛三五次下来，就可以了。但是脾气粗暴的牛一个阳春下来也告不会都难话。告牛的时候，一人在前牵引，一人在后掌犁，拿着剿棘①吆喝。犁出来的田路歪歪扭扭，有如初学习字的人。后来，我发现，它也可能是犟，属牛的汉字公民。犟牛便是指长到可以告之的年龄的嫩牛崽。这是做名词的时候，犟做动词的时候，就是"告"，强迫牛去干某事。而形容人的脾性倔强时，就说成犟牛。这个脾性是用"牛"来形容人或事物的。北方说驴很犟的时候，用"倔"，倔驴。这个倔是人使其屈之，实际上还是用在人身上比较好。犟是强暴地挣扎，跼脚蹶腿，很是不服气。倔强合起来才等于犟的意思。如果用犟，则是用牛来比照驴的脾气。那么，犟牛和倔驴哪个更犟一些？太倔了，就往人身上附加畜生的脾性，犟！孩子发蒙，上学堂，便谓之穿牛鼻子。导之以人生的方向。另外，告是从牛身上引申出来的农业文明的用词。参新书第一页。

＊　　　＊　　　＊

是　　　是［z̩ɻ³¹］，音似日。是的本义是太阳当头照，结构：昰。

　　　太阳是唯一校正我们是否"直"的准绳，直线的，可以对准的，就叫作"是"。这是一个自然现象的表达。表判断。是与不是，就是

---

① 剿［ʃya⁵¹］棘，赶牛的枝条，牛剿棘。如《春牛芒神图》中童子手里拿的柳条，汤错谓之剿棘，用以驱赶牲畜。

一种二元判断的开始。它区分了直与不直。"是"为存在句式。例如
"我是毛泽东""我是蒋中正"这样的句子,"是＝日正,正日"挑起
两头,与日头正对,然后判断"我"即将成为的对象。在汤错语中,
"是"同"日"的发音,尽管汤错语的这日即太阳不读作日,而是
热头〔ji¹³lau²¹³〕,是用温度来表示事物的名词,音响形象可以书作
"热佬"。用"日"表示㿟这个意思的时候,仍然是"是"的意思:
对准。"是"表一种额外存在的永恒标准,这个在说的时候,不直接
出现,而是以现在"是"来代替了。变得失去了本来的意思。太阳
(日)＝我＝n,构成一个正三角形的循环关系。n＝我,可以是任何
名词。凡"我"是什么的句式都是这样一种关系,可抽象为"——
是——"句式。它表 sein,或者 being。在《薄伽梵歌》中出现最频
繁的句式是"我是……"即"——是——"句式。我是太阳,我是
神奎师那,我是大地,我是青春,我是死亡,等等。这种句式被当
作隐喻。这是最为绝对的句式。没有任何斡旋的余地。你可以说:
我是上帝。所以,"是"的确是表存在的。主题和客观之间认证与调
和的一根指针。这是一种很宇宙的意识,而我们每天都在使用这个
简单句式,它是道说和判断的起始。

＊　　　＊　　　＊

䑋天

　　䑋天〔naŋ³³tie¹¹/laŋ³³tie¹¹〕,一般是说天气有往阴雨的方面发展
的预兆。鼻音现象作为语言镜像和事物的对应面,出现了很多浑浊
的意识状态。䑋天也是一种口头文学形式。

　　䑋天的第一个意思是说谎,"话䑋天",这个也可解释为幽默。
还有一层意思是闲谈、聊天,揞卵谈,算白话。当它表示说谎这个
意思时和鬼打锣又不同,后者纯粹指谎言。由䑋还引申出要明不白,
要清不楚,不明朗这个意思。对勘䑋,指头发起球乱成团状,就是
䑋。谢秉勋母亲讲:进山砍柴火,被一个棘刺蓬䑋来䑋赴。

　　老歪话:"今晡曚䑋天巴䑋。"就是说今天这个天不晴不雨,是

个阴阳天，不知道它是要落雨还是要天晴，搁置了。老歪是本打算去箬竹山砍桂皮，顺便担一担炭归来，霿靇靇齉起了，挺起在家里打牌。人们又把历本上说的不宜做某事的日子叫作齉日［laŋ^{33} jin^{31}］或齉膏日［laŋ^{33}kau^{31}ʐi^{31}］。把闰年也叫作“齉年”，因为多出一个月的缘故吧，多出一年对很多时期的判断就要重新调整。耳聋的人叫齉巴，齉告。齉巴也作骂人的话，指故意装着听弗见。用形容鼻子的语言来形容耳朵。齉指向了一般意义上的抽象，即不明不白不清不楚的事物，如果光指耳中轰鸣，也可以写作聯巴，与哑巴、齉巴对举。有时候汤错出现这样的天气，高山天晴，洞里云山雾罩，有时还落雨，就说“天倒过来了”，这是倒天。“倒”在汤错语读“齉”音，倒天也就成了齉天，即谎言，奇谈怪论。二〇〇七年冬天大铺雪，汤错的天气出现了一种罕见的倒天 / 齉天。海拔一千五百米以上的高山没有雪，大皮山、大源的牛全在高山过冬，要是往年，早已冻伤，或者冻死了。大皮山人活络才行①，家门口雪大，反倒把牛赶到高山上去。汤错洞里的雪到了膝盖，牛，栏都出不去。正常的年份，是高山的雪往下走。汤错有十多匹马，它们知道冰期的到来，冬天，牛入栏了，它们还在外面逍遥自在，知道哪里有草茹，什么时候回家来。它们沿着雪线附近的竹子，一路茹草，竹子已经被冰雪压弯到了地上，它们用蹄子踢开冰碴茹竹叶，它们茹完了小源、粗石的，再去大皮山、大源，沿着雪线从南边一路茹到北边去。比起牛，它们自我转场牧放的能力要强一些。它们是一点也不齉。习语：牛茹草来马茹谷。这句话是用来形容牛和马之间的身份之别的。尽管牛很笨，但是汤错人对牛的感情更深一些。

作为讲述传奇的口头文学形式的“齉天”，本义是说谎的人，作为口头文学，齉天是汤错一种讲述故事的方式，它跟传奇一样。讲述的是旁人听起来觉得难以置信的东西。讲述者需要有超凡的口学和严密的逻辑思维能力。乡野山村火落窖夜话时这种讲述方式颇令

① 才行［xaŋ^{13}］，聪敏。新方话说活络，汤错语说活套，也是聪敏不拘泥之义。

人兴奋，谢秉勋说他小时候听过蛮多鬺天，唯有一个，不但难忘，而且还生了疑窦，持续到现在。其他故事可能会忘了，这个故事却忘不掉。故事也不长，它却把人思考的东西推向了一个顶点。它具有某种奇妙的性质，以一种奇特的方式长进了人的意识，这个鬺天的大意是：

> 在一块空地上，一群人在那里看表演。有一天，来了一个伎人。他走到空地中间，往天上抛了一根绳子，他沿着绳子往上爬去。起初，大家还能看得到他，但是到后来，慢慢地就看不到了。留在下面看的人也感到了不安。接着，他们又看到了绳子掉下来。那个伎人却始终没有看到。绳子盘在那里，好大的一堆。往天上看去，蓝蓝的，什么也没有，大家都在等待那个人下来。

> 他一直在想：人到哪里去了？

＊　　　＊　　　＊

汤错有一个关于乌龟变成石头的鬺天，该说法最早源自李秋枫的婆婆谢唐氏，她住在粗石。她说，塘沙底水湾原来是很深的潭，那里生活着一对乌龟。那还是在解放前啰，它们爬上来晒太阳，一只被人捉住，杀死了。另一只，却变成了石乌龟 $[\,z.a^{213}\,\mathrm{u}^{11}\mathrm{t}cy^{13}\,]$。那只石龟，因为失去了伴侣，抬头望着太阳，从早上到热佬落山，它的头都随着热佬转动，跟向日葵一样。石龟的鸣叫像牛，又像是从深水中发出来的啸声。石龟的孤独在自己身上留下太深的痕迹，导致它原本细滑漂亮的背壳开始龟裂，形成各种纹路，它周而复始的旋转使它成为汤错人的钟表，它的脖子和头在背上留下的阴影，就是圭测仪器上的指针在刻盘上留下的时间的痕迹。一九六〇年大水，把这只乌龟也带走了。在这里，我们已经把它当成了时间兽。

这则故事，是前年在岭西我爷爷处他转述给我的，我问他汤错

鬺天之石龟

的来历，汤错有没有知道的人，他给我讲了很多，其中就说到李秋枫的婆婆讲的石龟的事。那天黑曚我们下象棋，他讲，我听。讲了好几个。她身上还有其他很多故事。我记得最清楚的就是这个。我爷爷的讲述可能是"有着潜文本参与的"，他毕竟是国民党时候的县学培养出来的"知识分子"，受到过文本的熏陶，难免有些积习。至于这个石龟故事的真实性我打算亲自去一趟粗石问问谢唐氏。

石龟是一个爱情故事，或许汤错人的确杀死过一只很大的在他们看来足以是神兽的乌龟。或许还留下过心灵的畏惧，所以编造了这样一个故事。这石龟的确令人匪夷所思。谢唐氏所讲是亲眼所见，她都已经快八十了，令人不敢有丝毫不敬。但我到底还是难以相信有这样的石龟存在过，塘沙底现在没有了深潭，也没有石龟，只有一片沙渚，前些年还有人在这里砌了一座假坟，其他的地方已经被淘沙人抈得不成样子了。这个惨况令我对这个石龟的故事更是百般猜疑。乡野深山中，有一些老人编造故事的能力也同样令人匪夷所思。故事完完整整，时间和地点都属实，没有一点要宣扬的意思，也不会为了写成文字而编造这样一个故事，因为她根本不识字。我相信，汤错的乌龟也是普通的乌龟，这种现实中我没有看到的乌龟它也存在，至少现在还存在于部分汤错人的意识中，那就是石龟。这里备下一则当作纪念。

从这个故事，我体验到方志当中神话成分的诞生。在一个没有文字只有话语（前文本）的村落，故事的另一端就是神话。他们的想象力则充当了梯子。神话是已经完成的过去，对于汤错而言，它们处于生成与走向恒量的过程之中，直到没有地点，没有时间，只有故事和它耀示的记忆及理念本身。

*　　　*　　　*

跟牛有关的歌粒子

汤错有一些歌粒子和牛有些关系，（1）羊打园，让牛去放。放音胖，意思是追赶，羊钻进了园里本来在茹菜了，还让牛去驱赶羊，结果不是更糟糕嘛。（2）牛进了秧田里。意思是乐此不疲。口语中路来省略牛字，直接说进了秧田。用来比喻难以掩饰的兴奋之情。（3）放一头牛出去找。意思是本来到手的东西不会让它再跑掉，或者是不会没事找事，多此一举。（4）尿凼里洗澡，碓窾里放牛（新方话族群）。意思是地方比较局促，狭窄。寓意做事情不考虑具体环境和情况，碓窾即碓舂。歌粒子是汤错对谚俗语、歇后语、山歌、诗歌（赞、记）等的总称。由于山歌过于丰富庞大，这里收集的是一些较为出彩的谚俗语。谚俗之语或格言因为具有象征和隐喻意义，所以这和它们的掌握者具有文化象征身份是分不开的，就好比对植物的辨识多少一样，具有无可比拟的地方性知识意义。相对来说，这是沉积下来的语言，也是老派语言。可参卷七语料歌粒子部分。

又如蛇这个动物在汤错语中出现的频率也很高，梅山教法术中专门设有蛇科，含盘蛇、驱蛇、咒蛇、驭蛇、解毒等名目。一次在山里，路边出现一条四十八段①，只见老鸹窠的梅山教徒萧氏拎起四十八段，一阵抖动，便盘一个箸凳样的大盘，将蛇头摁进盘中，便成死盘。待我们采药归来，蛇还在原地。萧氏一声"走"，蛇猋的一下垂直逃入草丛，尾巴徐徐消失。我们问他是不是在七寸上做了什么手脚，他笑而不答。

*　　　*　　　*

树［dou¹³］念独，毒。音响形象十分独特。所谓音响形象，就 树与叶
是语言声音中保留的情感色彩和联想物。独（獨）是一种白身，长着猪鬃一般的毛，有马的尾巴的怪兽。喜欢独处。在汤错语中，［dou¹³］这个词属极罕见的表心理的词汇，只有这个字有孤独之意。但是很少有直接说孤独这一类词的。汤错语中的"独"却是由"树"而来，并非怪兽，"树"和"独"同根，树是独，也当然是像树一样直立而孤独。另外，这种"独"到了深处便不可自拔，就是一种毒

_____

① 四十八段，指金环蛇、银环蛇。

药了。所以，汤错人毫不意外地将"独"读作"毒"。［dou¹³］也做动词，表羁绊，捆绑，因此，这是最后的独、毒了。树就是独，孤独，彻底的孤独，毒。这种毒性在玉宪身上爆发得一览无遗。他无疑是孤独的，是自身毒性发作后变成摊尸鬼的。中毒者的孤独是常人无法理解的。乃至难以安生。很多年以后，我理解了汤错人心目中的树，再次面对它们，有了另外的眼睛。而实际上，看见和眼睛无关，一点关系都没有；只和我们深沉的意识相关。同样的一双眼睛，看到的却是不同的树。先前，我也看到了它们；那时，它们却还不是汤错的树。

翅膀［je³¹ka¹¹］在汤错语中作"翼翅"，而叶子［jo¹³j¹¹］义译为"叶翼"。当我用汤错话说植物身体的一部分属性叶子的时候，看到的是一棵长满翅膀的树，一棵树和它的叶，都在像翅膀一样翩翩起飞。翅膀和叶子，它们之间的确有惊人的相似之处。叶子的经脉走向和龙骨就有很多羽状的，复叶羽状的。那种处理过的只剩下叶脉和龙骨的叶片用来做书签，它就很有翅膀的味道。命名事物很多时候都采取相似性。我们对植物的称呼用了很多动物的名字。命名动物也用植物的名字，相互摄取。有些名字既是动物用，植物也用，像金龟子。我们无法完全区分它们形态上的相似，而且也不愿意有太多的陌生成分诞生，陌生会增加我们的记忆负担。所以，还不如取一个熟悉一点的已经有了的名字。这是形象。一旦形象——形态上获得了熟悉感就容易被记忆接纳。我们都希望在命名的时候，找到一个共同的基点。然后由这个点散发开去。事物起源于共同的祖先，那种相似性本来也是天成。这在语言中一点也不例外。一片叶子很难说它和某种昆虫或者鸟类的翅膀绝然没有着同一性，或者亲缘关系。

关于叶子［jo¹³j¹¹］这个读音，可能跟楚俗有关，《说文》楚谓竹皮曰箬［jo¹³］。段注云今俗云笋箨、箬是也。所以，叶子说成箬衣，凡藤本、竹类，植物之叶通用，但叶仍需保留［jo¹³］这个读音。

* * *

"树"［shu⁵¹］和"毒"读音一致，都读［dou³⁵］。和山之 lia 音 树音考一样，也曾是让我们思索很久的一个音。由 shu 变到 dou，变化之大令我们十分不解。时隔多年，听许嘉璐先生讲训诂学才明白，许先生引王弼注老子"无名天地之始，有名万物之母"句，释"亭之毒之"之言，许嘉璐先生说，"亭"是"成"，"毒"是"熟"，这是上古音。（参许嘉璐《训诂学与经学、文化》系列学术报告）一般音韵学研究都认为，上古音端组［t］到中古音（隋唐《切韵》、宋代三十六字母）分化出知组［ȶ］，到现代普通话知照合流，演化出［tʂ］［tʂh］［ʂ］。［ʂ］与 sh 略有音近。倒推回去至上古音也只有［t］，和浊音［d］也还是有区别的。但毕竟是有些脉络了。

说文"树"从木尌声，常句切。尌，读若驻（zhu）。常句切。在许慎读作 zhu，如果句是古侯切读 gōu，那么汤错的树这个读音乃是上古音。zh 转化为 d 这个在汤错话中则可以找到很多例子，如"住"读［dai³⁵］。尽管韵母 u 变化了，但是声母"zh"都有向 d 组转化，且"zh"和"sh"都有转化到 d 组。事（sh）和直（zh）都读作［dai³⁵］，这也可以作为这种转化痕迹的语料证据。保留为上古音的例子也有，一丝不变："竹""猪"都读作［tai¹¹］。这个发现，是我们解读出 ia 韵系列之后最大的发现，很多十分难解的所谓的方言词汇迎刃而解，它们犹如埋在黑土地里的青铜。

* * *

"对石头（石脑）的这个发音我一直很困惑，和蛇一样念法。蛇 石头和蛇和石的 sh 为什么没有转化为 d 上来？"（谢）

我以为，不是每一个 sh 都要转化到 d 或 t 上来。蛇的发音同石 ʐa，调值差别不是太明显，容易当作一个音。ʂhi 演变为 ʐa，其间肯定经过了新方话的过渡，声母还是来源于汉语。ʂ、sh 到 ʐ 的这种转变较为特殊，但 ʂhe 转变至 ʂa 则十分普遍，"畲"、"射"（射尿）、"赊""舍""貰"等都是如此，而且"生、声"也是这样转化，翘舌音和送气音在这种转变当中退化得很干净。这种现象，我想是古代汉语的反切注音（无限循环论证）和方言的双重影响造就的，切出各种各样的音来纯属自然。汤错语不管多么杂碎，甚至复杂，我想汉语作为其最本质的祖先或说来自黄河流域及其北方的影响应该是没有太大争议的。

"你是否想象过潮水的漫沁？从北方浸漫而来。它行走的方式有时候像潮水，有时候又像蚕进食——圆哺。潮水尽管会退，却会浸湿它步过的每一分土地。"

* * *

鸟和佳   谢秉勋说："汤错凡'鸟'谓［tiou¹³］。这是不是'佳'的音转？鸟是［tiou³³］，新方话［tio¹³］，鸟儿就是鸟仔，有一种植物谓之鸟粒仔（蔷薇科），今天我们统统都写作鸟，可以是佳吗？粤语詈辞'屌［tiou³³］雷个老毛'，这个屌是不是也可作佳？汤错仍说屌［tiau³³］，屌巴。"

"鸟"字特殊，"佳"和"鸟"在上古音系中都是［t］纽。但鸟在《说文》是"都了切"，上古拟音［tɯːwʔ］，《广韵》在端纽，八思巴字仍在端纽，元代《中原音韵》时才是泥纽，明代《洪武正韵笺》为"尼了切"，可见读作泥纽是元代的事情。汤错说的"鸟［tiou¹³］"仍然是一个古音。"佳"在上古音系中是［t］纽，后来一直都是"zh"纽。可见，并不是所有的"zh"纽都转化为［t］纽或者［d］纽；而佳则是［t］纽转化为［zh］纽，之后没再变。

"佳"是短尾鸟禽的总称，"鸟"是长尾鸟禽的总称。佳在甲骨文为，金文为。鸟的甲骨文为。实际上，后来我们常见的小篆鸟（）和金文甲骨文的佳（）更接近，而它们的甲骨文写法区别颇大。鸟的写法是向佳靠拢的。

屌读［tiou³³］和［tiau³³］都可以，鸟和屌本来就通用了。因为
"鸟"这个读音我们很容易系联到"吊诡"这个词。汤错话的吊诡显
然指捣乱、作假、耍手段；台湾人说"吊诡"含有悖论的意思。"吊
诡"语出《庄子·齐物论》。唐代陆德明《经典释文》："吊，如字；
又音的（《八思巴字韵》读 di，《洪武正韵笺》备丁历切），至也；
诡，九委反，异也。"可见今天的读法都乖违本义。

鸟发展为看的一种表达方式："［tiau³³］也不［tiau³］你一眼。"
俗写作屌，实际上是鵰。意思是看也不看你一眼，甚气盛，蔑视。
这和我们通常说的"这个人很［diao²¹³］"相似，有时候我们写作
鸟，有时候写作屌。在汤错也指一个人狡猾或奸诈。无论写作鸟还
是屌，都已经通用了，因为屌可以拟作鸟。语言本来就有其模糊性，
尚且具有转喻功能，在没有文字约束的语音状态下，翻转无序也是
正常的，它就像一匹没有笼头而自由奔跑的野马的蹄声，在广阔的
声音系统中，我们仅仅像提掌师那样鉴别出一些足迹。

＊　　　＊　　　＊

谢秉勋母亲讲"赵家细囡长得怪胎。"

姱嬥

我以为是说，她极力反对，不同意这门亲事，因为对方相貌相
当地丑陋。谢秉勋笑着说，"怪胎"是新方话，意思是极美，汤错说
"瓜塔"。

新方话［kwai³¹⁵thai⁵⁵］，常见于湘方言。有写作"乖悌"的，悌
的本义是好兄弟，读若待，见《集韵》：荡亥切。粤语将悌读作
"dai/tai"，新方话与之通。但汤错说一个人或物好看、美丽、漂亮，
说［kwa³³tha¹¹］，我建议写作姱嬥。这是本地用以形容美好事物的
词，不能不慎重，除此之外当然还有荴鲜①，但不用来形容人的漂亮。
谢秉勋认为"姱嬥"比"乖悌"写起来好看，庄严。［kwa³³tha¹¹］即
姱嬥，就这么定了。这个表示美丽的"姱"字在楚辞中多次出现，

---

① 荴鲜，汤错读［fu¹¹ɕia¹¹］，鲜花之义。荴，粤语读［kwaa¹］。

指美貌。① 新方话和汤错语是同一个叠韵词。

事实上，根据 ia 韵表，悌读作 thia，介音省略掉之后才作 tha，这种情况我们暂时举不出别的例子，或者说只出现在零声母的一些字当中，比如影、赢、萤、揖。

姱嬅表示美貌，而"嬅子"则变成了呆子的意思，显然也是指女子性痴钝。明赵宧光《说文长笺》说，江浙方言谓阘嬅为愚憨貌，即阿带。也就是今天我们说的阿呆。嬅，段注解释为痴，但作为江苏人的他说他从来就没有听说过阘嬅这个词。

＊　　　＊　　　＊

词语肥力　　人们在界定村庄土壤肥力的时候，总是从稻田、菜园、房屋周围开始，然后扩散到周边，以家为核心构成一个肥力不同的同心圆。而村庄中的每个地方、每一事物都被这种地方性语言覆盖，被命名。尽管如此，这些命名的先后秩序和成熟度却不一定一致，使用山、水、土地的伦理有较大关系，这就是李维说的词语肥力，也称地力。汤错水口山出去不远的马尾河一段即眼岬坝没有截流修水库的时候，它在汤错人的心目中几乎不占据什么位置。但现在，它蓄水的时候水位可以和村庄中央平缓的一段持平，因此必须增建桥梁，环水库产生的经济活动也在日渐增多。最重要的是，这种改变对汤错人意识的改变也同样是重要的，很简单的一个例子，水库修建之前，汤错人在马尾河中还只知道用豆棍或竹竿溪钓铜鲫鳜、白鲦、羊羔鱼②、红翅嘎③，水中摸石爬子，田里扻泥鳅、鳝鱼等小型鱼类，现在他们学会了台钓、海竿、路亚猎取大中型鱼。也学会了打窝和驳食。他们看到驱车前来钓鱼的人一夜之间可以钓到一百多斤，这给他们刺激很大。

---

① 如：苟余情其信姱以练要兮，长顑颔亦何伤？
② 麦穗鱼。
③ 宽鳍鱲。

意识上的这种对冲，对中和他们的村庄意识使之具有现代意识的作用是巨大的，物流（超市）也在其列。李维资料中涉及的词汇大都是二十世纪五十年代以前的，我们似乎对现在抱有成见，但过去并没有我们想象的那种完美，我们考察的重点在于这种激变和动荡本身，发掘词语身份的演变，从而观照其他与之相关的一切。我们所谓的现代性在这种演变当中扮演的角色如何，眼下并没有答案。我想说的是它既不是落后，也不是进化能一言以尽之的，丰富性在于这个现场。这个每个人都可以根据自己的切身经历进行判断。李维资料的珍贵之处在于，他没有落下类似"植物与疾病"这样极富典型的例子。

＊　　＊　　＊

大家，汤错话说大私 [ta³¹sʅ¹¹]。新方话说 [dai³¹ʃ¹¹]，一般不会出现"我们"一词。大私就是大家，集体，可以和公家在一定程度上等同起来，它甚至也是大同的意思。大私和大家在我们的逻辑中，意义是相同的，大私无私，大仁无仁。与大私相对的是个人，厶人，厶是私的本字。和公相对，《说文》释公为平分也。从八从厶。八犹背也。韩非曰："背厶为公。"是会意字，上面是"八"，表示相背，下面是"厶"，合起来表示"与私相背"。将"厶"以"八"的方式平分，就是公。这里的公说的显然是指平等。最早，黎昌庶的《西洋杂志》（一八七七年）将 socialist（社会主义）这个词译成"平会"，"会"是"会党"，类比于当时中国民间结社。西方传教士对马克思主义的介绍定位为安民学说，一八九九年二月至五月的《万国公报》将其等同中国古已有之的大同学说，一九〇二年十月，梁启超发表《进化论革命者颉德之学说》一文中提及马克思，称他是"日耳曼人社会主义之泰斗"，认为马克思主义思想吾国古已有之，并把它和王莽改制混同一谈，他说："中国古代井田制度，正与近世之社会主义同一立脚点。"这些东西反映大同理想在中国根深蒂

大私

固，也来自底层，难怪梁公要将它和王莽改制混为一谈了，中国精英分子的不屑一顾显露无遗。明清之际硕儒颜元在他那个时候，还说要恢复井田制度。这也确实表现了儒学后圣"腐睨世界大流"的一面，但第一部德文原版《资本论》却是马一浮带进中国的。这里，"公"凸显平等意识，但是并没有消灭厶。反而是以厶为基础，再来"八"之。这种想法统摄了我们几千年。在人类的历史上也以不同的面目出现过，统称为大同理想。太平天国运动也是执着一个大私的理想而爆发的。最近的无疑是汤错人经历过的和还在经历着的社会主义。在人民公社时期，欲去厶共产，就犯下了大错。导致很多人见了马克思。可见厶动不得，一动就是要"八"的。汤错，以及说新方话的人退而求其次，谓之大私，大私了也就"天下为公"了，而公是以"厶"垫背的。当他们嘴里轻易地说出大私的时候，可以想见是一种多么愉快的心情。凡是大私的事情都表现出一种集团心态。很见力量。同时，"ta"在汤错语中还有一个更原始的意思，做动词"争"。争田地，争遗产，都是这个词。大私也不是一帆风顺的事情。否则也就不会 [ta^{31}] 了。当这个音转为浊音不送气的时候则表示弹、擤；转为送气清音时则是炭、支撑的撑。

＊　　　＊　　　＊

难还你　　　汤错语中没有谢谢一词，让我苦思不得其解，而这是一种最基本的礼物。他们说"难还你""难为你"，读作 [$na^{12}və^{13}vən^{31}$]，代处理某事而言谢在先之意，也就是相欠。谢的本义是去与绝。可见以谢谢作为语言上的礼物使用是年轻的新词。章太炎先生在东瀛讲授《说文》时说，当书作"难谓你"，域中方言中今不戡见。（参《章太炎说文解字授课笔记》页一〇二）笔记中"谓"字条，朱希祖记一：今对人代作事曰"难谓你"，谓，报也。朱希祖记二：人有事我评论之曰谓，言其相当也，训勤者，效力之意，报效。钱玄同记：报也，今俗语有"难谓尔"之语，即"难报你"也。周树人记俗语"难谓你"即难报之意。故太炎先生从段注训报，再引方言征之。段注曰"盖刑与罪相当谓之报。引申凡论人论事得其实谓之报。谓者，论人论事得其实也"。这种答谢仅是言语之上的，得其"实"，又可看作对"胃"之满足，因此也是"喂"。"谓"与"曰"不同，"曰"是口舌之动作，而"谓"是言语之满足（食），将语言当作可食之物。因此，某谓某，即给予令其实之意。

＊　　　＊　　　＊

去势就是约之以初，使用的手段：阉割，进而转换成生产力。

把母猪变成中性菜猪，谓之 [ɕie¹³]，这也是一个古词，即鐉，俗写作线。而把雄性猪变成菜猪，谓之 [tɕy³³]，即劇/劇。虞翻："劇豕称豮。今俗本劇讹作劇，从豕，贲声。"劇，就是剔、削的意思。阉割的动作谓之"劇"，《急就篇注》"殺之犗者为羯，谓劇之也"。且与犍同音。

朣仙与阉割通观

这是根据雌雄不同，出现的两种阉割方式。尽管都是阉割的意思，汤错人将其区分得很清楚。说线的时候一定是指雌性猪[1]，说劇，一定指雄性猪。在汤错，猪婆媆[2] 崽了，小猪崽一个月大叫满小月，二个月大叫满大月；满大月时，主人家将其出售；满了小月后，猪崽都要进行阉割。猪㹠[3]，在肚皮下割一个十字，将"花"[4]取出，不缝，抚摸几下便可。雄性猪崽将睾丸割出，用锅灰敷涂于伤处，便好。但是，猪"走"得较早，二个月左右的猪就开始发情了；发情的小猪崽，不可劇，不可线，一阉割就会死掉。骟劇都要请村里兽医操刀。长到百把斤的猪叫 [ka³¹lai¹¹]，也就是架子猪，[ka³¹lai¹¹] 是架子猪的简称。猪婆的寿命是多少，不得而知。也没有人将猪养

---

① 雌性猪谓之豩猪，《正字通·豕部》："今人呼牝豕为豩也。"
② 读 [fæn³¹]，分娩，养崽下崽。多见于新方话族群。
③ 雌性猪崽。
④ 花，指卵巢。

到老死。吉尔伯特·怀特在塞耳彭乡下将一头黑猪养到了十岁，还是杀了。汤错一个农妇说，她家的猪婆养到过二十多岁。后来线了。这是至今为止我所知道的年龄最大的猪。在汤错，猪婆养到不能养崽止就将其线了，线过之后长膘，再杀之。有人说诗到语言为止，也是一种意淫，这句话的意思就是说语言是一头猪婆。这头猪婆不能生崽了还能阉割噻。猪婆肉翻病，有病之人忌吃。可这没有病的人又到哪里去找？区别是不是猪婆肉要看皮。皮薄者乃是。公猪也没有人养到死的，不能配种了，将其犗之杀售。养公猪的总是少数，它可以跟本村以及邻近多个村子的母猪交配。养公猪的人也总是很忙，要赶着他的公猪到处跑。后来，养公猪的人自己不跑了，你自己来赶。一到猪婆"走"的时候，养猪婆的人就到养公猪人家，把公猪赶到自己家，进行配种，猪的交配也谓之"phaŋ"（放）。现在，没人家里看公猪了，养猪婆的人家到畜牧站买药，等到猪婆"走"的时候，直接从母猪生殖器打进去即可。这种接种方式使村里的种猪（猪龙）灭绝了。无论怎样，我们看到，这里面的一切行为就是使其性和质发生转变，以便达到"用"。雌性使之向雄性转变，雄性使之向雌性转变，最后中和为一种中性的菜猪。一旦有了可配种的种子，那么公猪也就被消灭了。猪婆的命运最后也还是被阉割。文化阉割和杂交的情形如出一辙。本书中，写到了很多消失和即将消失的文化形态，比如鼕锣、道场，去怜惜、哀叹这种消失并不是我要做的工作，一种文化的消失根本不值得去哀叹，这不是一个人的事情，也不是更多人的事情。再者，这种哀叹会演变为低俗的民族志和方志写作，甚至是报纸杂志和一些门户网站策划的专题宣扬的那种肤浅的伪文化命题。我感兴趣的是这种阉割渗透的方式，也就是说，一种方法论。我把它们拎出来只是为了更好地观察这种阉割。鼕锣的存在是其在变化中——也就是说在持续接受阉割中才保留到现在，如果它过早地拒绝了任何势力的阉割，它会消失得更早。假使是那样，我们连其气味都闻不到了。"赞美"一种边缘文化的生命力，就是看其阉割和中和的过程。方言和其周边语言，尤其是官方语言也存在对抗和相互阉割。方言被阉割得更厉害一些，但是方言或者说任何事物都有本能的抵抗和生发能力。它也在煞有介事地阉割其他事物，把自己变得更加强壮。而它只不过是一只猪婆。官方语言是一只更大的猪婆。为什么我们把植物的扩散和起源定义为人为培植？唯有这种"用"才是它存在的理由。但是更高的法则是什么？这个问题是没有答案的。每一种文化都可以给出一种答案。那样就算是蕴涵了丰富性，但是也使这个答案笼罩下的细节失去了魅力，将事情简单化了。这种阉割也作用于人自身，计划生育是最典型的阉割，不但是一个身体事实，也是一种文化上的阉割。它的最终目的还是用。不用就不需要计划生育，但是这个国家和民族要想变成一条架子猪，一条肥胖的菜猪，就必须进行自我阉割。不阉割只有两种结果：彻底成为公猪或者猪婆。可我们哪里需要那么多公猪和猪婆呢？从世俗意义上说，兽医的存在乃是必然的。至少在基因技术还没有完全成熟之前是必要的。公猪是一种侵略性的存在，猪婆同样是侵略性，黄祸也，所以，最终还是一条中庸之猪，非阉不可。而杂交，汤错说"khau"，俗写作靠，即嫁接，应该是从"劁"而来。北方方言说劁，也说骟，雌雄皆为"骟"，带的是马旁。可见这个动作最先是从"马"引申出来的，也是北方性的。靠指嫁接的时候是广义的，植物之间嫁接可以说靠，种猪交配也可以说成靠，如靠种。汤错人把"骟树"说成"khau"，是嫁接的本来动作。树也分雌雄，动作上却没有细分。嫁接和阉割是一对互逆的概念，在实际生活中十分频繁，光是从阉割的历史语言中我们就能体味到这种活动的丰富性。

《臞仙肘后经》有"骟马，宦牛，羯羊，阉猪，镦鸡，善狗，净猫"之说，"又接树曰骟树"。《月令广义》有骟树法。骟过的牛叫作犗，騬牛；骟过的马叫作騬，犗马。阉割过的猪叫豮，豶豭（公猪则谓之豭）；阉割过的羊叫羠（段注：夏羊犗曰羯。吴羊犗曰羠也。但段注认为《尔雅》《说文》并没有"吴羊"一说，因此失据），也叫骘羊、犍羊。羯羊仅仅指阉割公羊（羊羖），或者阉割过的公羊；母羊之劇，没有具体说法。字典上一般会交叉解释这些字。常说的线鸡，这个线是骟的音转，但古已有之的专门针对鸡的说法是镦［ɕie³¹］鸡，骟是通义，"《正字通》一说弩无镦名，镦音线。今俗雄鸡去势谓之镦，与宦牛、阉猪、骟马义同。郭师孔误书镦作线，说见《謇斋琐缀录》，旧注音散，非。《朧仙肘后经》作镦，鸡镦亦俗增也。"汤错地方说线［ɕie³¹］鸡，可见这个读音不误，古已有之，只是写作"线"是俗写。镦还读作［sa³¹］，镦牯。皆因san、shan、sa、xian这些读音的混乱所致。只有在事件和物所指清晰的时候，我们才能分别其具体含义。方言书籍中还有将镦作骟，可见用在哪种牲畜身上，也可视地域来区别，后者明显是用来指对马的阉割，或者是借对马的阉割用在阉割鸡。

这里都是指给"公"的去势，从而达到一种新的平衡。骟是通用词，既是割掉睾丸，也指抈掉卵巢。人之阉割谓之宦。宦人的本来意思是入仕。后来成了太监的代名词。西方也有阉割之人，据说阉人能够保持童声，终其一生不变，这是为艺术的牺牲。在中国，"阉"有贬义，骂人的话中，对太监的骂法是毒辣的，阉儿、阉竖等等。没有根的男人，这对一个有着生殖崇拜的民族，无论如何都有贬义，阉割也就成了一个非常奇怪的存在。"阉"也专门指向男性。当下，只有变性和结扎这两个行为最接近"阉"。结扎本来不算是阉割，还可以恢复生育能力，在骂人的时候，汤错人直接把这个当作阉割。被骂之人对此十分地抓狂。但是汤错不说阉，而是说镦、骟，或者犗。骟和犗这两个动词针对的是不同的对象。阉是一门很丰富的暗文化，而对动物和植物的阉割本质上是生产力的一种转化。实际上，很多研究晋辞的著作还没有涉及这一块，这是非常可惜的。"阉"一直令人好奇，舞台上那些梅派唱腔，男唱女声，女唱男声，被视为一种很特别的技能，巴尔扎克《萨拉辛》写的也是这样一个神奇阉歌手。无论东方西方，说明在我们的好奇之外，心理上实则还是喜欢阉之味的，难就难在，怕骟得不够狠。而本来不生子，没有繁殖能力叫作犉。

*　　　*　　　*

潲［so³¹］是一个形容气味的词。啤酒说潲水。这和猫尿、马尿，是同等意义的。起源于各自语言的习惯而已。可见潲水也是表达口感的。事实上，我们并没有亲自口尝马尿、猫尿、潲水，只是"闻而得之"。潲里潲气，意思是某人的行为都快要发出潲水一样令人难闻的气味了。比喻很骚气。贬义。骚气是借喻，不完全准确。这里的骚其实是借用汉语中的表达。

汤错把猪马牛羊等动物身上的这种气味都统统称之为胜气，或孖气。表达较为粗糙，总说马骚、羊膻、猪臊。我们对味觉感受十分细腻，譬如形容肉汤的美味：牛腩、羊臕、猪臕。

气味和部落或者部落习惯是分不开的，我们是否可以这样设想，以猪为主要肉食的族群，和以羊为主食的、以牛为主的、以马为主的部族之间，在嗅觉上形成的差异进而导致文化的差异，反过来，对划分他们的族群也有一定的界定上的反映。就像我们对食麦的、青稞的和对食粳米的部族文化有所界定一样。

骚，从马旁，蚤声，当是马身上的味道，"刷马"谓之骚。猪身上的是"猪潲气；臊气"；羊身上的为膻味；牛身上的气味更接近马，也是一种臊气，比马身上的稍微温和，从它们的大便成分即可闻得，牛粪饼晒干之后可以做柴烧，没有怪味，但是马粪和羊粪烧起来异味很重；银匠用马粪擦拭新打好的银器，越擦越亮，用牛粪则做不到，可见马粪中的酸碱性较大。狗和猫身上的性味已渐渐趋于平和，人类已经习惯了，而其粪便的味道势必更浓。南方人喜欢猪肉、狗肉更甚于羊肉、牛肉。马肉酸，茹者鲜有。畜生的味道因其食物不同味道实也有别。而且进食的时辰也不一样。羊茹未时草，牛则反刍。

这些人类部族的"族亲"——表明人类驯养史的牲畜，不但食物不同，肉的滋味有别，它们的语言也是各有各的味道：

马嘶，牛哞/吽①，羊咩/咩②，狗吠/獷③，猫喵，猪猭④，虎啸⑤，鸡咯⑥。从它们单纯的发声中，马的发音紧促悠长，跟它的奔跑一样顺畅的 S 形；牛、羊、猫，能发出 m 的前鼻音来。而狗与猪能发出后鼻音。羊能发两种音或两种以上的音，所求不同，当羊咩的时候，一般是短距离地、连续地咩，而当它咩的时候，一般是引颈长呼。唤猪则呼"咾"〔lu³¹〕，咾咾咾……是唤猪的暗语，猪一般没有名字，唤猪进食统称为咾咾，初听以为是猪名。鸡鸭发舌根音，清音是鸡，浊音是鸭，所以唤鸡使来为 kɔ；唤鸭使来为 ga，在田间或水中唤使来则说〔lu³¹〕：猓……猓……猓……

在所有这些家畜中，对牛的赞美是最无私的："万物起于牵牛"。物从牛。而牵牛的本义是星纪，《尔雅·释天》："星纪，斗、牵牛也。"郭璞注："牵牛斗者，日月五星之所终始，故谓之星纪。"许叔重这句话的意思就是万物与天体相关，是从宇宙中诞生的，又因为是星纪，故与时间以及天体运行的刻度标示相统一，大地上的任何一物均如此。这个牛是天上的牛，也是现实中的牛。在工业文明之前，中国是以食为天的农耕民族，对牛的尊崇也是作为农耕民族的文明的根性。这点我们在后面的风俗研究中还会进一步提到。汤错

---

① 吽，《五音篇海》：音吼。牛鸣也。

② 咩，《字汇补》羊甘切，音䇞。羊鸣。〔金〕韩孝彦、韩道昭《改并四声篇海·口部》引《川篇》："咩，羊鸣。"羊甘切。

③ 獷，《广韵·槛韵》：獷，恶犬吠不止也。《玉篇》虎声。人呼犬叫作㹻，音逾。《玉篇·欠部》：㹻，㹻㹻，呼犬声。今天叫马停下来呼㹻。汤错打山时驱狗唤"唆"。獷㹻交叉指向犬虎的叫声。

④ 猪狗惊骇谓之猪猭，《广韵·肴韵》：猭，豕惊。又《玉篇·犬部》：猭，犬惊。猪的呼吸声谓之㺑，《说文》：㺑，豕息也。

⑤ 虎啸，一说虎猇。《说文》：虎鸣也。《集韵》又说犬声。

⑥ 鸡叫谓之咯（音 eh/ay）。《说文》：咯，喔也。《玉篇·口部》亦作呃。

人把牛叫作［au¹³］，是从牛的叫声入手的。《中原音韵》读作 iəu，读音相近；对举《广韵》，则汤错读音中的声母已经脱落。上古音系作 ŋʷɯ，似乎也是牛声音的模拟。

*　　　*　　　*

　　马叫的时候形容为"嘶"，这是不准确的。它的叫声类似拉长扯碎的哼哼声，连贯而闷哑，告警的时候才发出明显的音节，打架的时候还接近猪叫。马，正像它的奔跑能力一样，在语言层中驰骋的领域无所不涉，具有很强的穿透力，这种力我们谓之马力。 马骚

　　起码，我同意马是北方方言，马也是北方方言南下的例证。因为马这个词根无比强大的存在似乎可以猜测，我们的北方祖先曾经历过的游牧阶段。在汤错，马在他们生活中是无关紧要的一个词，但是"马"的各种词作为文字公民的成员却也是一点都不缺乏在场性的。汤错人的马读厃声。他们没有留意到马是因为用到马的地方已经不多，劳力主要是牛；在过去，马作为一种地位和财富的象征存在，他人骑马来做客，主人需要给客人的马喂谷子；我爷爷说解放前他父亲也养有马，除了出门坐坐，马并不安排做苦力。老古套，中举人家，坐马进村，到家这段路不是铺红地毯，而是路上铺满花边①，马踏而归。不幸中落喻为落马。现在，汤错依然使用跟马有关的词汇，只是他们不知或者没有去深究其中的来源。谢秉勋说：

　　"马鞭，不管是箸竹、南竹、皮竹、毛竹、麻竹，还是油竹的根，一切竹根都叫作马鞭。很多年了，汤错都没有马，后来，因为开矿，汤错人买来马当运输工具。现在通向各片区的公路挖通了，马又要快退出汤错了。尽管只有十来年的相处，马对他们来说有了很多的故事。马不能耕地，汤错的田地不适合马拉。运输也不需要马。只有少数人愿意看马婆，下崽，再拿去卖。有人正试着这么去做。"

　　"再说马路，可见路的具体定义是从马开始的，也是从北方开始

―――――――
① 花边，指银元。

的。汤错人也一直在马路和公路之间徘徊，为什么是马路公路。大多数，那时候还没有见过马，却依然叫马路。马路，最早出现在哪里？很可能是栈道，军用道路。"

马路是北方方言入浸南方的结果。这种入浸直到汤错人看到了马之后，或许才略有所悟。其实，他们也用"马上"这个词，表立即立刻上马赶路这个意思，这是更加具体的北方方言入浸到越城岭山脉中的小村子的例子。公路，对汤错人来讲则算得上一个新词。汤错人将马路也讲成公路。或许是因为公路就是公家集体出工挖的路。而并不知道公路还有另外的意思。汤错那条往乡镇去的路就是集体出工挖的。理所当然叫作公路。那是二十世纪五十年代的事情。这个词也产生于合作社那个时候。之前，或许并没有公路这样的说法。其他地方有，是其他地方的事情。另外还有马达，这种很具体的，碾米机、拖拉机等家用农机具都有这个东西，马虎也是马。

他们也说骚。骚，马旁，本义是刷马时马身上散发出来的气味。形容人的行为引起了他者的不快，同一个意思，汤错说得更多的是潲，跟猪有关的词。他们还经常用的跟马有关的是码，所有的鞋子都有"马"。惊讶（驚訝）的驚也是马旁，原本指马的动作，现在用到了人身上。不过，驚只是书面语在用。汤错表示惊讶还没有具体的词语，一片空白，统统以［xa¹¹］（骇之意——骇也是马）称之。笃信的笃也是马旁，表示马低头吃草，缓缓行走，很像是在看马术表演"盛装舞步"。这些词对汤错而言更遥远了，只在电视上看得到。但是影响也还是有的。他们只看到过马路这么与马具体相关的马，或许还看到过"奔驰"奔驰在马路上。骂架啊，就是马叫，驾驶本来是驾马车，马夫变成司机经历了很长时间，这里面有交通工具上的本指变化。骑马都可以指做爱，"马上杀"则自毁于马也，至少说明了一个对象的存在——马，这匹马就是女性，或者直接指向母亲——妈妈。终于要说到妈妈了——"妈"显然最先是指牝马，雌性马。或者说"骑马"的对象。但是汤错人除了说妈妈这个外来词表示母亲外，更多的是说本语词的"阿家"，家者，从宀，从豕；"宀"（mián）表示与住所相关，下面是"豕"即猪。有猪之室乃家，猪和房子就成了家的标志。母亲叫作"阿家"，显然是母系社会或者史前遗留下来的一个称呼，而且唯家是大，母亲才是一家之主。无论妈还是阿家都是跟动物和其他存在相关的，就是说人类是以他物的存在来命名和反观自己的存在的。汤错还有将母亲叫作嬷嬷［ȵa¹³ȵa¹³］，或妈妈［maȵ³³maȵ³³］，还有叫"娭馳"的。我认为阿家的正确写法是阿馳。阿馳的姐妹叫娭婆。这可能受到过别的语言的影响。新方话说娘、老门亲等，这些词都在不同场合表示母亲这一意思；母亲的姊妹叫姨，父亲的姊妹为嫚嫚［ȵa⁵¹］。而既不是堂亲也不是表亲，也不是嫂嫂的老妇女叫姆姆［mou³¹mou²¹³］①。无疑，在所有这些表示妈妈的词语当中，母亲是最为深刻的词，它直接将存在抽象出一个二元世界来。太馳在某些新方话中是太祖母。

马屁加上拍也定是一个北方词，汤错人说捧卵脬。马屁和麻胝倒是可以对举。参訾辞部分。

＊　　　＊　　　＊

牛［au²¹³］，四大家畜之一。相对于另外三者猪、狗、猫，它 牛乘
更能节省汤错人的劳动力。牛也是农耕文明的象征符号，参新书第一页。

我们先说说牛的发声，我是突然意识到牛的鼻音现象的。汤错语中的"牛"的命名源自牛的叫声［au²¹³——］或［ȵma³⁵——］，这样的命名似乎已经习以为常了，其他语言中也有这样现象。大人说［au²¹³］；对婴孩说［ȵma³³］，［ȵma ȵma］为牛，［ȵma ʨai］为小牛犊。在大人语法中，m脱落了。汉语牛［niu²¹⁴］，尽管读音和它的叫

① 姆，音máo。《集韵》老女自称。《晋书·武十三王传》姆姆，尼僧，尤为亲昵。《字汇》妇之老者，能以甘言悦人，故从甘。俗呼姆婆是也。汤错老古套话中仍保留此称呼。

声已经相去甚远，但保留了舌尖前鼻音。汤错语中的"牛"发音和梵语中的"ॐ"字音接近，梵语真言咒语中的ॐ常念作吽（hūṃ），再加上唵（oṃ），ṃ作随韵，念起来鼻腔共振，介于ma和maŋ之间，声音越来越向上扬，合起来就是大牛的叫声吽唵～，小牛犊叫就像是喊妈妈。牛叫是单音节音，但是牛叫的时候，将声音拖得老高老长，声如洪钟，发声靠后，喷薄向前冲出，从喉咙出声，气流则是从鼻腔，成为最典型的宏伟的鼻音现象，牛叫、牛饮、牛气其实都是这种粗犷豪迈，牛市还带点锐利，牛从一个典型的农业符号参与到资本社会仍然显得地位显赫。汤错人谓之［tʂha¹¹tɕhi¹³］，大抵可以对译为"扯气"。这种叫法和梵语的吽和唵组合发声实在微妙。狗和马没有鼻音，猪有一点闹哄哄的鼻音，羊和猫有鼻音，猫叫春的时候尤其像变态的人声，似婴儿怨妇啼哭。我想梵语中这么多鼻音大概跟印度人的祖先牛崇拜分不开。而这个"oṃ""hūṃ"等，最初就是牛的语言。我们说过，梵语最初也是一门村庄语言。不得不承认，梵语在所有的语言中的确是一门鼻音丰富驳杂的语言，它有七个鼻音字母：ṃ、m'、m；ṅ、ṇ、ñ、n，它们组合出来的声音形象总给人脑袋嗡嗡响那种感觉，布达拉宫里面环绕着一种嗡嗡的电流般鼻音，那是诵经中夹有过多的鼻音造成的视听幻觉，觉得温暖神秘的同时，对那些不习惯鼻音和鼻腔共振的人而言则会晕眩。鼻腔震久了的确让人觉得供血不足。但是练习好鼻音的人用鼻子发出的共鸣立体感十足，它和瓮声瓮气不是一个概念。我们听梵唱的时候，就很能感觉到鼻音的魅力。空海撰《大正大藏经》中对"吽字义"这个字母的字相及湛深的意义进行了分析，但牛具有的这种湛深的意义是后来的事情了。在梵语还是一门村庄语言的时候是没有佛教经典中附加的这个意义的。而当它承载了宗教文化之后，自然改头换面了。不管后来我们赋"oṃ"和"hūṃ"这些种子字多少种意义，最初就是牛叫。然后是牛。英语中欲要发问了就 xow 一下，这必定是牛叫，或者钻钻牛角尖，它和现在表示牛的单词 cxow 很接近不是偶然的。英文中原本表示牛的单词为 oxen，也打常写作 ox，[ɔ] 还是跟 au 即牛叫有关系，但变调了，所以 ox 这种牛也专指阉割过的公牛，即我们所说的犍、骟牛，或者宦牛，被骗过的牛都可以这样叫，作为学府的 oxford 显然原本是一座公牛学校，不然不会叫作 ox，凡进去的都要进行阉割，这是所有学校的特性。由是观之，牛津这个译名翻译得很牛屄，但不准确，准确的译名应该是犍津。Ford 是滩涂，渡头，犍过河之地。这为徐志摩提供了抒一回情的机会。鼻音的确是有魅力的，在嗲/腻 [ȵia¹³] 语中，"eng" 具有独一无二的妩媚和似水柔情，熟悉此道的女子 eng 一声足够令人酥骨。但由鼻音带出来的否定也是极其快速，打击力不下于酥骨的 eng：嗤之以鼻。顿觉世态炎凉，备受轻蔑。在汤错语中，这个鼻音读作上声的时候有两个意思，一个是表示"人"，第二个是表示拒绝和否定，反差极大。表示味美而甜腻过度，叫作 [ŋi¹³]，饴。手挠别人胳肢窝，叫饴人。俗写作腻。

作为可以创造物质财富的"牛"而非语言想象中的"牛"，在汤错人的情感成分构成中，占据了很大的比例。

*　　*　　*

牛出生时牙齿是齐的，二十八只。上颌没有门牙，只有五对座牙；下颌有八只门牙，五对座牙。这种结构或许和牛的反刍有密切关系。甲人宰杀一头老牛的情形，发现胃里有一个草球。凡是发现这种草球的牛，年岁上也就不小了。牛在三岁时开始换牙，六岁时长满新牙——圆牙。生下来时有十颗门牙的，称之为"牛王"，"七齿八齿扯常有，九牙十齿入牛经"，这种情况只是传说，现实中还没有看到。六岁之后，每递增一年，从最里面的座牙往外，上面会显现出一道黄色的齿线，这里是五年。十一二岁的牛是中年牛。齿线之后是牙齿上面长黄色圆圈，慢慢地就开始穿孔，也需五年。这样的话，可以判断到十六年。再之后，对牛的观察就不清楚了。据说，

如何判断牛龄

牛的牙齿是从门牙开始脱落（滴）的，具体还没有看到。过去一些阉牛养到过二十多岁。那么，和猪的年龄实际上也接近。现在的牛，两岁半开始换牙，可能是有足够的草料。这里说的是畜牛；水牛的情况尚不清楚。

汤错的冬天较为寒冷，以养畜牛为主。牛是汤错人情感元素中的重要构成，在前面我们已经有提到过，牛和猪一样，几乎没有人将其养到老死的。但是牛比较容易亲近，对牛的年龄的判断比猪要容易一些。牛很少有双胞胎，但也不是完全没有，只是比较罕见。汤错的兽医说他亲眼见过牛双胞胎。牛的生育也不完全是一年一胎，不足一年的也生，两年一胎的也有。一般而言，怀胎时间为九个月。牛的年龄特征留在牙齿上，以年为单位。最初，我想牛角就是明显的依据，把牛角横锯，断面上可以看到一些有如年轮一样的迹象，不过，即便如此，也仅仅是判断公牛的年龄。毫无疑问，没有人会去锯牛角而来判断牛龄。所以对牛龄的判断就全部集中在牙齿上。我说过，对牛龄的判断我曾下了很大功夫，但是没有什么收获。我所得的记录也是众口难调。我也看过牛下崽，但是问题意识没有，所以看的时候，也不知道在想什么。而那些成年牛——如果不是处在一个持续观察链条当中——即便看完了所有的牛也没有什么可资总结的。

*　　　*　　　*

春秋　　　汤错很少说秋天，仅说立秋前、立秋后，立秋后就表示秋天。也不直接说夏天，而说六月里。六月或六月里就是夏天的意思，六月打连阴，遍地出黄金。在说时间的时候却说得很细，按照节气来。不得已才说月份。春季和秋季，在农业时间上，这两个季节跟另外两季是不同意义的时间概念。春天和冬天这两个季节则常用。这两个季节没有那么忙了。夏秋两季，对于汤错人而言是高强度的劳动时间。所以，时间也切分得更加细。汤错语中的秋声母为 c，发音有点怪,《集韵》中说秋"雌由切",声母为 c。上古音、中古音,c、k、q 是转化的,流动的,还有另一个字也可以表明这点,"看"读 [tʂhai¹³]。如果汤错的"看"是"瞅""瞧",那么也没有脱离这种流动的变化,而且不说"看"这个字。在本书中,"看"一般写作"瞅""睬"。秋读作 [tʂhai³³],瞅作为看的一般意义也就是同样的道理,读作 [tʂhai²¹³]。瞅和眽 [mo¹³] 是汤错语中表示看、视的两个字。眽还可以写作覤。

(补:《扬子·方言》眙,逗也。西秦谓之逗。《注》逗即今住字,谓住视也。ch 和 t、d 的转化在汤错话中仍有实例,比如住仍读 dai。新方话明明看见说盵 [məŋ³¹]。)

秋,禾苗变成火色的时候。《礼·乡饮酒义》:西方者秋。秋,愁也。愁之以时察,守义者也。再者,夏天为火,秋天为金,所以秋天来了也是金运行的时候了。秋的本义禾苗为火色这点可以看出,原始种植稻谷者的地方是一季。四季当中,唯有秋字造得跟水稻和农耕这层意思十分密切。

以下例子是跟这两个字有关的延展。

(1)秋茄子——喻长得慢。立秋后,茄瓜就不怎么长了。汤错将其引申到其他物上。

(2)春和春,这两个字在汤错语同音。un 韵 oŋ 化,在汤错语中还不是唯一的,云读作 [ioŋ¹³],允读 [ioŋ³¹],都是这样情况。这种借代方法是汉语拼音方案实施后的情况,主要转借对象是规范的通用语(普通话)。是现代借代方法。前鼻音都变成了汤错人习惯的后鼻音。但是,汉语拼音没有实施之前,汤错不是也将春念作 [tʂhoŋ³³] 吗?新方话多言 [tɕhuen³³]。汤错不曾从那里转借。《汉语方言大词典》春字条,闽语,福建仙游 [tʂhoŋ⁴⁴],近似汤错这个音。

(3)放春 [bo³³tʂhoŋ³³] 谓动物交配的总称;放读波音见论山一条。动物的发情发春说法很丰富:走栏 [tʃau³³na²¹³],这个说法多用于猪,而专门用来媲崽的公猪母猪则说 [phaŋ³¹]:放。狗发情为

"走水"。汤错对狗交媾的低俗说法是迸狗屙，这个模式是从人的交配发掘出来的，人之性交为迸屙（ia saŋ），也说迸窦腿，窦腿为牝。那么，语牛便是迸牛屙，或迸牛窦腿，语猪如是。参脏话部分。

（4）蛇的交配为"蛇相互"，蛇相互有时候是一对一，有时候是一对多，雌性总是一条。一九九八年，谢秉勋父亲送板子过达嘎俩（大架岭），见成千条蛇往一个地方去。据他说，早晨过去的时候，岭上只有几条蛇围着一条蛇；下旰过岭归来，岭上已经漫山遍野，吓人。

（5）一春［i tshoŋ³³］，指水稻一年种一季；二春［no³¹ tshoŋ³³］，指种两季。汤错现在只种一春。

（6）阳春［iuo²¹³ tshoŋ³³］，太阳的"阳"不发这个音，太阳念"热佬"，这表明它们之间存在着层层叠叠的时间秩序，也可能是不同的语族混而杂居的明证。

（7）春忙。春残。春老。春均指农事时间。故春至少包含作为性、农事和自然时间的节气三种指向。发情的春与万物生长的春有回应。而春社一类词则指向风俗。

（8）春过了。个工鸟叫声之一种，参个工鸟。

$$* \qquad * \qquad *$$

农事之莳田

"新方话说插田。汤错说莳田。"（谢）显然，莳田是一个本语词，专指扯秧、插秧这个农事活动。莳，则是一个很古老的字。《方言》莳，殖，立也。莳，更也。《说文》更别种。莳从草，时声。原本专指禾苗，后引申出种植等意。按照扬雄（公元前五三——一八，四川成都人）的年代，到现在至少有两千年了。诗人杨万里（一一二七——一二〇六，江西吉水人）有《插秧歌》："秧根未牢莳未匝，照管鹅儿与雏鸭。"这里特别引用杨万里的诗是因为汤错李姓是从吉水搬过来的。他们族谱上记载有，明时从吉水到湖南全州，居住时间大约是十四代；清季，李世德起义失败后逃至汤错顺水避难，定居至今，约八代。莳如果是他们带过来的说法，那么在汤错的可以确信的时间是一百五十年。后来，我看到邵阳（宝庆府）等地即娄邵片方言区也说蒔，才知道，蒔，已经无法辨识它到底起源于何时。

汤错的农事有几个忙的时间段，a. 犁、耙、耘，b.（割青），c. 蒔田，d. 赴田，e. 收割，这五个时间最忙。现在割青［tɕy¹¹tɕhɑ³³］的很少了，割青就是开春后从山上把植物藪的嫩枝嫩芽叶儿割回来踩蹂到田里做肥料，一般使用复合肥。割青又叫作杀青。汤错蒔田时，先将秧苗从秧田里拔出，用笋壳子或者新鲜的蒲葵叶片撕成的条条捆成一个手掌能握住的一匹，一担担挑到稻田边上，打到水田中。女人扯秧。男人蒔秧。女人扯完了再来帮着蒔。每当我看到他们在水田里劳作，为着蒔田忙碌时，我看到的是一个个古老而熟悉的不断由时间压缩、卷曲而又拉伸的光化的背景。我把那些历史沉积下来的人体动作叫作典型性，而新产生的动作叫作非典型性，比如蒔田，手拿筷子的动作，这些都是典型性，几千年来不曾改变过，像一种强大的心物沉积，是历史的静物；而敲击键盘的动作，则是非典型性。要从典型性当中找到新的生长点真的很难。

＊　　　＊　　　＊

收割水稻谓之杀禾，劇禾。打谷的结果自然叫作收获（獲），獲是犬旁，蒦音。犬表兽。简体字直接将隻改为犬，一只"犬"一个猎物而已，雙是两只多只了。这个字很好地将农耕文明和狩猎文明结合到一起。獲的本义乃打猎获得了猎物的意思。獲和穫是等同的。穫很明显地表示种植水稻而得来的谷物。但是现在只用獲。这是一个狩猎词汇扩散用到其他领域的例证。当他们在田间劳作收获的时候，几千年过去了，狩猎文明的词汇仍然留在他们的语言中，用到了此外的一切收获上。当一个农民倭腰杀禾的时候，我们说他收获了，但这个收获和他的动作之间却有一道空隙，裂缝。那是猎人的身影。

農事之杀禾

农事之打
谷号子

撬动大物非一人能及时，有一个吆令，域外通常说号子，他们说吖嗨〔xo¹¹high¹¹〕。

景饭认为自己的房子家龛朝向不好，要稍微挪一点，请来二十来人，分成四排，每排五六个，分别站在木房的柱子下，肩掮木棒，集中发力，一人领吆，其他人跟着吆：

i iaŋ i iaŋ ma xo high

i iaŋ i iaŋ ma xo high

吖嗨的节奏结构明显：——|——〉ma|——

第一个"i iaŋ"将木棒插入可以着力的位置，做好准备；第二个"i iaŋ"开始铆足劲，蓄势待发；"ma"像一个滑音，有时候也念作"me"或者"mo"，无论念什么，念得都很低沉，力量爆发前的那种低沉，然后过渡到"xo high"，所有人的力气在"xo high"上准确用到位，使劲。如是重复。那是一种很特别的劳动场面上的织锦之声。"xo high"念得长与短，与物的轻重和移动情况有关。这句话是可翻译的：

一　歐　一　歐么　吖嗨。

"一"表示齐整力气，准备开始；"i"同时也指"起"这个读音。

"歐"，《玉篇》《集韵》：音堰。大呼用力也，又怒腹也，或作躯。可见过去就有这个劳动号子的存在。

"吖嗨"，吖，《玉篇》呼气。嗨，常见于集体劳动号子。吖嗨已经十分舒展，表示一次使劲完成。

在这个号子中，一致用力在第二个"歐"字上，所以这个歐声调最高，到"么"表示已经完成，吹嗨则为第二次用劲做好准备。

棺椁上悬崖与刚才说到的撬动房屋又不一样。六个或者八个抬棺的人堵着脚，肩上抬着方来杠，一条大绳从山上下来，牵系在方来和抬方来的人身边，方来的重量把众人垂直压在悬崖上，上面的人拉，下面的人走，拉的人也口喊这吆令。上面的人拉一下，抬棺的人才动一下。方来不能着地，着地意味着不祥，孝子守在方来旁，或用身体拱在方来下面，抬棺人撑不住了，或者不小心打滑跪地，孝子用自己的身体垫住倒塌的方来，当地的习俗谓之"垫背"。方来不能从人家门前经过，认为有煞，只能走大道，所以到了山边，就直接上山。没有路就开路，遇上墓穴处在高绝的地方，方来遇水过水，遇山越山，再高的悬崖也要上去。全村人出动，实在是一大奇观。抬棺叫"lie so"，能够抬棺在汤错认为是英雄之举，男子汉。不是所有人有那个体力。再者，汤错人相信抬丧的人不会受伤。这个词的意思直译就是"抬伤"的意思，本义是"抬丧"。

这样鲜明节奏的吆令还有打谷子、打粑粑的时候。那是另一种形式上的吆法。打谷是两人，妇人割稻，男人打谷；两人站在谷桶前，举起稻束，斜着身子摔打下去：

High $_左$ high $_右$ | high $_左$ high $_右$

两人插花，稻束搭在木桶上，发出嘭的声音；节奏快慢前后不同，刚开始，稻穗上的谷籽没有脱落，稻束饱满沉淀，较重，声音沉响，后面的几下，穗子已经拍爽净了，显得轻快一些，编织出一条一条低沉而又十分洋溢的黄金节奏。这样的声音在秋暝收获之际汤错洞里和各个山角处处都是。这条节奏的编织也是需要技巧的，不会打的把穗子上的谷粒都带出桶外，彗星尾巴一样扬了出来。就在 high — high 之间还有一个"颤音"。稻束打下去，撞击谷桶，提

起之时，手上有一个颤抖和舒扬的动作，这个动作要保证稻束中夹
着的谷粒全部抖落在谷桶里，一粒也不能带出来，动作要完成得十
分隐秘、快速，在下一声 high 之前完成，不能拖沓，否则不但影响
到同伴的节奏，自己的节奏也乱掉了。打粑粑的时候，是三个人成
掎角之势围着粑筐站定，舞动杵槌，口中发出嚯嚯之声。

　　站位无所谓，第一杵下去之后，右手边的先接，遇到左撇子，
多少会有些拗，假使有两个左撇子那就顺时针来，依次下来，形成
旋律：

　　　　　xo_1- xo_2- xo_3 | xo_1- xo_2- xo_3

　　粑筐应声 peng — peng — peng，或者 pa — pa — pa 发出隔物之响。
轻重缓急也有变化。

　　　　　　　　　　*　　　*　　　*

吗嘎　　　指认某物的名字时说"吗嘎"［$ma^{33}ka^{11}$］（费铭德）。"吗嘎"就
　　　是"什么"的意思。在任何语言中，这个词是所有实词的母亲。它
　　　必须是所指的对立面，能指的最大敌人。"什么"是原始意义上命名
　　　的开始。"这是什么"希伯来语为"吗哪"（manna），义谓神赐给以
　　　色列人的食物。摩西带领以色列人出埃及，到了旷野，没有食物，
　　　有人抱怨说，与其在这里饿死，还不如待在埃及。当天夜里，上帝
　　　从天而降食物给以色列人。"这食物，以色列家叫吗哪，样子像芜荽
　　　子，颜色是白的，滋味如同搀蜜的薄饼。"（《圣经》出 16:31）另有
　　　多处提到吗哪。这是表示"什么"最相近的音。当然，这二者无任
　　　何文化上的关联，唯有关系的是身体，人的发音器官发出的音可能
　　　是有限的，撞车了。以色列方言和汤错方言这种撞车或许会令我念
　　　出吗嘎这个词的时候略有敬意。芜荽为伞形科芜荽属植物，俗称香
　　　菜。据说原产地中海以及中亚地区，公元前一一九年由张骞出使西

164

域时引进，距今有两千多年了，劳费尔（Berthold Laufer）极力反对张骞信徒此说。[1] 因为，《汉书》当中没有任何资料记载，张骞曾经将胡荽带回了汉地。而另一个年轻的英国学者写"香料的历史"时也否认张骞把香菜带到中国——即否认那个时候中国就有香菜了，理由也是我们的史料并没有记在书上。实际上只要反过来想即可，即便《博物志》作者张华不是有意要将胡荽说成是张骞带回来的植物，那么，这块土地上也必然已经有了该植物。汤错也有种植，但不知最早什么时候开始种的，当然这个问题没有实质性意义，重要的是吗嘎和吗哪。《圣经》中提到它"滋味如同搀蜜的薄饼"，汤错人则认为"其味介于肉桂和生花椒味之间"。客家话也说吗嘎。粤语说作咩嘢——这是羊城人发出的羊音。又说，香菜吃多了阳痿。尚无明证。韩国人尤为笃信这一点。

*　　　*　　　*

电视信号接收器叫锅。它的确像灶锅。山里没有闭路，仅能收到地方上的几个土台。引进灶爬锅之后，电视变得威猛无比，自己可以调换位置，选择不同的卫星，它能收到二百多个台，有阿拉伯语台、印地语台、英语台、法语台、德语台、俄语台、西班牙台，几乎能接收全球的电视台。尽管是都没有翻译的，老人也看得乐。谢秉勋爷爷看不懂，我敢肯定，即便是中文台，他也不一定全看得懂，但是他喜欢看。他看的是一个印度频道，我问他乐什么，他说那里面的人，那嘎丑，真真是好看。

世界锅

五年前过年，我到汤错打住了几天，翻了一下这些频道，层出不穷无穷无尽的画面汹涌而出。信号稳定，画面质感好。一个卫星看腻了，换一个方向，又能跳到另外一个。好不容易才撞上一个中文台，还是香港的粤语频道，主持人请了风水师、面相师、星象专家，在给电视机前的观众剖析新一年的运成和发财方向。主持风格

---

[1] 参《中国伊朗编》胡荽条。〔美〕劳费尔著，林筠因译，商务印书馆，2001。

和内地台风大相径庭。也能收到台湾省台，阿扁政府在电视上对大陆说话，听起来刺耳。我知道这是我耳朵的习惯问题。听着还是不"顺耳"。汤错人听了估计也觉得奇怪的，这不是反动是什么。这个时候，我发现，他们骨子里有的本位情结很强烈，说："你台湾省再发达，不就是蒋介石当年带过去的那点家产么，有什么值得牛气的，大陆好得很。台湾省要搞分裂，老子第一个不允许。"他说的是允许，而不是同意。你感觉他说话的方式非常熟悉。他本来说的就不是政治，而是他的观点。他的观点是不代表政治的，他还会说："公家早该打过去了的，原子弹都有了。"上面曾下令禁止地方上使用灶锅。不过，这么多年过去了，灶锅还是很流行。汤错家家户户有一个，或在屋门前，或在楼顶上，有的就放在地上，还用来喂鸡喂鸭，照样不影响它接受强大的信息。我在想，它给汤错带来过什么？我以为电视会给汤错带来脑震荡，从目前的情况来看，电视上的内容似乎太超前了，还需要一个潜移默化的过程，没有对这片土地有过直接的影响。他们更希望看到快乐，能够直接从电视上找到乐子，找不到的话，他们就不看电视了。因为电视上说的和他们还隔着一个世界。那是另外一个世界，汤错之外，对他们而言，都是另外一个世界。那个世界只有那些出去打工的人见过，充满混乱、欺骗，也带回来说不完的新鲜事。谢秉勋跟我说："奥运会之前，我叮嘱母亲，说，你把家里电视修一下，看开幕式啊。她说她要看的啊。后来我问她看了没有。她说看了，看到一些老头子还在参加'比赛'，掉进了水里。母亲感慨说，他们也辛苦。那么老了有去参加'奥运会比赛'。她看的是湖南台的娱乐节目《勇往直前》大闯关，而我的四爷刚生下一对孪生女儿，他说他要让他的两个女儿将来当运动员，成为明星。他大女儿生下来的时候，他就有这个想法了，但是她现在不上学了，十四岁，在家带妹妹。"

二〇〇九年初，公家把"锅"成车地拉到村里来，免费赠送。由禁止到免费赠送，出现这个变化的原因不得而知，不过，在姿态上，这毕竟是一种改变。这个锅比原来农民自己买的锅小很多，只有斗笠大小。可是装上锅之后，大家发现，频道已经限制，接收不到国外的电视。他们自己调试，他们很清楚，东北方向有一颗卫星，能收到六十多个台；西南方向也有一个，可以收到亚洲南部国家的大多数台，看不懂的便不看。

电视来到汤错之前，这里是一个封闭的蛋形空间，除了那些在各种麒天、宗教传说的世界，几乎可以说这里是阻塞的，它和世界的工业化进程以及文明的演进之间几乎没有关系。但是电进来了，电的进入就加速了这种改变，然后才是看见——电视。从封闭世界到无限宇宙，电视在这里面起到了关键性作用，想象的故事化的无限宇宙毕竟可视化了。今天的汤错，已经通过手持终端和世界保持着整体的联系，并且在上面完成了物联和大合作社式的生产与交易活动。那么，它和外面的世界还有何不同呢？和地球上任何其他角落一样，它们的不同仅仅是它们在所在之地的在场而已。

*　　*　　*

这些年，流行一个不伦不类的词 high，high 夹在汉语行文中，意思很模糊，也似乎很明显，既作形容词，又作名词用。它几乎本来是用的英文原义，也似乎只是某种方言的音译。"不可阻挡 high 帝国，勇往直前 high 北京。""昨晡黑曘和阿塞他们去 K 歌啦，high 啊。""一起 high！"等等，起初是娱乐名词，凡高兴的令人兴奋的都可以叫作 high，也什么都可以 high。其中夹杂了一个意思就是耍、玩、玩够、玩深。很具煽动性的一个词。英文中本义是高，高的，很高很高的，高水平的，从而是一种高的物，一种情绪，一种品德，也像吸食大麻后的飘忽，意识出体状态。总之 high 是忘乎所以的一种玩兴。

实际上，这个字汉语中是存在的，它就是"騘"。南方方言中尚在使用这个字，至少新方话中在用。新方话念阳平，汤错语读仄声

騘心

[xai³¹]，就是玩、耍的意思。在另外一些比较具有习惯性的词序中也用，比如，騋狮来（舞狮）。这是判断这个字的根据，因为，騋的本义是雷击鼓（《玉篇》），《周礼·夏官·大司马》鼓皆騋，车徒皆噪。《庄子·外物篇》圣人之所以騋天下。庄子之騋就具有改变玩性的意思了，那是震惊，当然也可以理解为他说的另一段话："可行已信，而不见其形，有情而无形。百骸、九窍、六藏，赅而存焉。"（《庄子·齐物论》）

汤错也说懈心（玩性），娿囡仔斯，这是常见语。从直话引进来的表达差不多意思的一个词是"发荼"[fa⁵¹lia²¹³]。荼，这是个古语字，是说很疲倦的意思，"今晡荼来轰，在屋邸懈"。《庄子·齐物论》"荼然疲役，而不知其所归。"可证。同时，汤错还用来表示极爽，小李子说他在上梁水库守了一个月，终于，"昨晡使四号线博得一条二十多斤个草鱼，兀个屎都电池大一筒，发荼来过要死"。

从玩性的猛烈上而言，騋最为适宜，我们姑且认为它最合适。抑或，能表达这种情形的字从来就没有存在过。"騋"是语言中明亮的一面，说起某事某物就令人兴奋，那就是騋的状态，而不仅仅是这个读音，它整整齐齐真真切切地表达了狂欢精神。騋作为名词，用来修辞它是好与不好，騋得程度如何。汤错的农民说自己很忙："我哪里有时间騋啊，哪像你騋得一天到黑屁股不灌风。"后面半句是暗含讽刺，说自己很忙，而你却很闲，騋过了头。騋这个词如何进入汤错语和新方话的已经无法考证，但是可以肯定的是，这里的山民已经騋了成百上千年了，如果从新化时期的始祖算起，那是蚩尤时候就有了的，最騋的莫过于蚩尤部落大举进攻炎黄时的争神之战。战罢，接踵而来的也是语言的一个浑浊混血时期。也终究无法考证其到底起源于哪个部落，哪个时期。騋是飘逸的，逍遥游之，放浪形骸的，"骸"到骨子里的騋。骸过了头，汤错话说"騋来过拐头滴王水"；新方话说"騋滴骨头落嘎"。騋是对人之惰性向往的最高赞美。騋既是齐物，也是和光同尘。騋[xai¹³]这个字也可能译作谐，具有戏谑、爱狎之意。懈，在客家话和粤语中也读作［hai³¹］，歇息。同样读作［hai²¹³］的还有鞋子的鞋，仅限于新方话，但骇在两种方言中是通用的。最后一个字就是黑，也读这个音。

*　　　*　　　*

在路上我听到两个妇人逢面算白话，其一说："二大娘，昨天伲□ tɕhie 哪里□ tɕhie 了（liao）？"不解□ tɕhie 字。但是意思很明了，就是"去"的意思。后来，我在敲打屈宋文章时，遇到这个"暍"字，贾勤说，这个字就是我们那里说的［khe］，即去。章太炎《新方言·释言》："今南方多言去，北方多言暍，或音如铠（苦盖切）。然犹书作去者，以去暍本双声耳。"幡然大悟。另外，我们还说到陕北方言中"薆"这个字，有的地方读 bao，有的地方读 biao，前者介音掉了。我说，汤错话中可以找到一个类似的例子：有（还），用普通话说就是 hao。"有"念"ao"，它就是"还有"的意思，所以汤错语中也没有"还有"这个说法，表达"还有"的时候必须用"有（还）"。尽管汉语中没有这个字，但是造字原理一样，因此，这可以不算作一个新字。而且其他类似的字在汉语中也并不少见，比如曼、孬（吴方言 nāo）、孬、勥（上海话 fiào）等等，略有区别的是，这些都是表否定的，条件的。而以否定字不加下加字构成的字在方言中则为数甚多，两个直接相关的字组合为意积的字也很多，略举这种边缘造字法几例，范成大《桂海虞衡志》杂志俗字条载，说他在桂林猺獠之区阅读讼牒二年，专用鄙野土俗书，但偏旁有所依附，如坴，音稳，大坐，亦稳也。阃，音稳，坐于门中，稳也。另见歪。乔，音腊，不能举足也。嵒，音礀，山石之岩窟也。霞，音矮，不长也。矮又作乔，"桂林之间谓人短为耀雉，雉正作矮字呼也。"歪，人亡绝。尨，诸物临死之时，迷离没乱之意。躴，瘦小。《康熙字典》采《字汇补》《玉篇》等，以上字全收，此举非同小可，意味着俗写、异体均得以扶正。乃至现在很多做俗字研究的学问。四库当中收录东瀛汉学著作，可见编撰者的胸襟十分辽阔。敦煌文献中很多手抄卷子也多俗字，固有识字成熟度的原因，只怕也有方言或文字流传的地域性问题。从范氏记录的几个字来看，属于边夷蛮话的"会意字"，这种"会意"虽不是六法中的会意，甚至不符合六法，但也的确有直截了当的会意甚至指事功能。西夏、壮字、韩国、日本、越南造的那些汉字何尝不是如此呢。因其不符合正宗的会意造字原则，在六法之外，可另设嫁接一法作为补偿，当然这个问题深究起来较为复杂。当年那些传教士每到一处，遂即开疆拓土造一门符合当地语的拉丁化了的字母（符号）体系，并用之于教化。相对于大一统的庄严的汉字体系而言，确实有点儿戏的感觉了。毫无疑问，费明德神甫那套汤错语字母符号也是在这种冲动中制作出来的。

贾勤说，他曾跟网友说到"楬"这个字，他也很惊艳，并进一步进行了求证："《说文》徐铉注音'丘竭切'，上古、中古拟音声母［kh］，正是现在汉语拼音标注的 k 声母。"新方话说［tɕhi］，也仍然留有"丘竭切"的上古中古音痕迹。汤错邻近四周也就是官话说［khe］，岭西、长沙等地盖同。再看，陕西、福建、湖南、岭西省北部等，其实都说［khe］。可见这个词的流浪范畴之久远广泛。我猜测，这个读音跟客家人的迁徙有关系。

但是汤错祖语与新方话不同，它表述"去"这个意思时是说［fu³¹²］，或许可以作"赴"解。我一度用"迲"这个字表示，但是这个字没有历史根据。跟"赴"相关的基本动词有"起赴"（回去）、"遽趋"（归来）。

＊　　＊　　＊

门和梦　　汤错语中的门［maŋ²¹³］和梦［ṃaŋ²¹³］相通。念梦的时候，要深重、蕴厚一些。一个把梦和现实世界连接得很紧密的地方，对自我的观照就会特别用心。一心要在这二者之间找到一种他们自己认可的规律。比如，在梦里遇到自己认识但已经死去的人，第二天，他们就会显得疲惫不堪。他们认为这都是头一天晚上的梦的缘故。在他们看来，梦是一扇通往身体和意识的门。打开一扇门就是打开一座身体，一只灵魂，甚至众多的灵魂。门是虚掩的，进入一扇门就是进入另外一个世界。但是，汤错人并不严格区分这两重世界的界限，而是任意模糊。他们在这双重世界中都能自在自为。他们在梦里梦外所进行的一切交易都是有效的。他们的账簿混乱不堪也是这个原因。我敢猜测，几个世纪之后的那些喜欢从账簿中研究当地贸易经济和土地制度的人类学家、人种志学者要想从他们遗留下来的账簿中看出一点名堂来简直不可能了，根本不会得到要领。这是费铭德神甫写下的十六世纪汤错人对梦的认识，在今天的汤错人来看，账目已经不混乱了。这说明，至少他们开始区分这两重世界了。有一个大孩子，他跟我说，他老是梦到考试。昨天黑曛又梦到考试。我梦到的考试是一场意识上的持久战。而战争的过程很吃苦，却总是一个蔫掉的结果。在梦里我总是为一场考试准备打很多次战斗。每次都不如意。而又有一份得意。因为我总是在别的地方上完了大学——在另一个说不清名字的地方，再回到补习课堂——补习课堂设置在我的小学教室。这个梦，林林总总有很多变体。但是它已经成为我意识中的颗粒。每年都要梦这样的梦。那次考试，或者那三年的生活给我留下的阴影，埋在意识中。它也是一粒不完全的稗子，时不时发芽。产生自卑意识的源泉。每当我遇到一些困难，这个梦就会如期重现。这个梦几乎是悲凉的，在梦进行的过程中，都是这个样的情境。在做梦的过程中，我有几分清醒，我总觉察得到，那一切是过去了的。不会影响到我现在的任何一个决定。就像我瞅见我自己走在桥上。我是一个观察者。看着梦慢悠悠地发展着。我跟他说，这粒意识的稗子，着实种在了你的心理现实中了。慢慢在成长。我估计，它还会越来越坚实，慢慢发展成为一个原型。可以解释很多你生活中流露出来的姿态——当时难以觉察，但是事情过后又能分析出来。换句话说就是，你遇到的困难就是你生命能量的脉冲自然的呈现，它遇到了阻力。意识中的金、木、水、土、火，基本元素和它们的变体都是分析梦的基础。通过这个梦你会发现，梦对自己的"过去"有记载和信息反馈。这个过去是借用线性时间的说法。在梦里，如果不分明地加进意识，我们并不能靠自己的努力区分过去和未来。它是共时的。乱糟糟的其实是非常贴切的表达。或许在梦自己看来，这是再秩序不过的秩序。接下来，是你要认真对待这个梦的原型。通过分析自己的这个梦来分析其他的梦。它是你身体中的脉冲和意识的一个阴影，这个阴影可以通过观照使其透明起来。下一次，你再做到这个梦的时候，你自己就会提醒自己了。而不会无端地陷入悲伤。最后，你要连根断掉它，如果你觉得有这个必要。但是对于我来说，任何梦我都喜欢，在我这里，梦没有性质可言。既无好坏，也无惊愕。它是纯粹的意识。我觉得，我可以在短短的一个小睡之间，把过去三十年的人生历程全部再过上一遍。一个人可以同时在三个地方，这是在梦里发生的，赫拉克利特们还没有意识到梦的河流具有更多的属性。恐惧侵占你的身体时，你的节奏慢于梦，你想把追来的人关在门外，但门老是关不上，腿法也不行；而愉快弥漫的时候，可以飞得很高。

＊　　　＊　　　＊

2和5　　　　"2"［ŋo⁵¹］和"5"［ŋuŋ⁵¹］这两个读音，区别于汉语数词体系，"6"［lai⁵¹³］虽然不同于汉语数词，但声母还保留着，其他数词只有韵母的急剧变化，依稀能辨别汉语数词体系的音来。与6的读音相同的还有留宿的留，并非孤例，粤语读［lau⁴］，较为接近。新方话基本上可以对应汉语。语言学家甚至数学家将一个语言系统中的计数能力视作衡量这门语言的母语成分或原始思维的能力加以考量。汉藏语系很多方言都从10之外就迅速地回归了汉语的数词体系，据桥本万太郎的统计，泰语从1就开始，日语从10开始，朝鲜语从 99 后开始，越南语从 9999 后开始，"中国的纳西族，身居云南深山，地处偏僻的长江源头。他们既不畜牧，也不发生大规模通商，而可以用自己的语言一直数到 99999999，只是到'亿'或'兆'，才借用汉语。"汤错语回归汉语是迅速的。另外，"2"和"5"也只是在算术意义上使用本音，在排行的时候，比如"老二"就不再读本音，而是使用汉语数词读音"er"。"2"还有一个特殊读音，在二十或"第 n"这样的结构中，这个"2"读作 [iŋ¹³]。"5"则没有变化。这似乎说明它有着更复杂的起源，就是说"二丘田"和"第二丘田"它们来自不同的语言体系。如果相同，那么也应视作"二"和"两""俩"这种关系的同。

*   *   *

我们要把婴儿语法当作人生周期的第一个阶段对待，它是所有汤错人的。A：——人发出的第一声。其他语音的基础。在记音时区分出 a、ɑ、ɒ、ɐ、æ 等多种以及略有边际差池声调不同的 "a" 音。婴儿语法

经常看见长者对着婴儿隐去自己的脸，然后又猛然将脸出现在婴儿面前，喊出一声：[za³¹]！

婴儿便乐开怀来，接连几次，婴儿就笑得上气不接下气。我们理解为唤起尚未说话的婴儿对语言的敏感和意识，[za³¹] 是一个声音，没有特殊内涵的声音，如果必对汤错话也是戳即肉这个字的意思。我们在这里发现的是 a 韵的运用，在婴儿语法早期的作业。汤错初教婴儿说话，第一音教：A — kau。

由 A—kau 再扩展到其他的语音练习：apa 阿爸，ama 阿妈、阿嬷。只能发出 a，连 kau 音都扩展不到的，这种人就叫作 [Akau]，意思是"哑巴"。a 是汤错语字母表中出现的唯一元音，由 a 演化出 i、u、e、o 四大元音。在梵语中，A（अ）为种子字的诸尊，为宇宙第一音。A 可以很好地抵达人的心识，为所有语言中唯一不缺的音。安拉（الله）的首字母也必然是 a。这个音可以啸出很宇宙的心态，听过

173

邦克的人定深有体会。A 与人类的身体结构有何关系？我们最为悲恸的哭是 A，最抵达心底的彻啸也是 A。因为 a 是元音，无须声带振动，直接由肺部发出。祝祷完毕，基督徒说"阿门"，穆斯林用阿拉伯语说"阿米"，以为但愿如此，这也必须是从心底发出的诚愿。汤错人有一种奇怪的举动，叫作"喊山"，他们喊的就只是 a——可以长达几分钟，没有任何内容，只有连绵起伏的"a——"，群山之中，听到这样的啸声，很难不为之动容。如果有人在口语中将两个 a 连起来说，就是在说性交发出的声音，而不是 AA 制。"阴天莫 aa，雨天莫 aa，后生莫乱 aa，至少过些年再 aa。"

　　a 是最初的语音。婴儿生下来初试声门一声 a。这声 a 严格说不应理解为哭声。它只是婴孩还不会说话的时候发出的信号。前面我们说的 Akau，是教授婴孩语言的初始阶段。小孩的哭声从［a］开始，渐渐地有了［en］，带鼻音的哭声（尾音）比［a］音色要暗一些，但是委屈动人，表达要求或否定的意愿更加清楚坚定。这是婴孩在说话之前（三四个月大）的两个比较典型的哭调。直到说话，第一声成型的单词出现，是婴孩语音丰富的一个过程。他慢慢学会母语和家庭语言的各种方言的单个音节。

　　让婴孩声音成型，是使用过训练手段的，这便是叠词表达方式，我们姑且称作婴儿语法。首先是食物的说法，饫［y^{51}］婴儿"饭食"说"［$maŋ^{55}maŋ^{55}$］（餻）"，吃肉说"䏑䏑［$pa^{31}pa^{31}$］"；"屎"说"屄屄［$ba^{13}ba^{13}$］"，"坐"说"［$bai^{55}bai^{33}$］"（挚）；［ma^3ma］（麻麻，即牛），ma 这个词是特指的，专门对小孩说"牛"，在其他语境中不成立，就是说不再是牛这个义，是由牛的叫声代替牛；这种情况我们在看鸡和布谷鸟的起源时，发现是一致的，部分詈辞中仍保留了这种以声音状物的权力，如麻脘这个词。［$bai^{55}bai^{33}$］也一样，这个语气假使是针对成人的便成为嘲讽和揶揄，把听者当作智力发育不良之人。对婴儿说［lau^3lau^3］（脑脑，头），要洗澡了说"洗澡澡"，屁股说"屁屁"，烤火说"炙［tsa^{33}］炙"，等等，这些词有一个特点，它们都是叠词。叠词的方式是：AA/VV 或者 V+AA。AA/VV 式是名词叠或者动词叠；V+AA 是带动词的情况，叠后面一个字。如此一叠，语气上变得十分亲昵、柔和、温情。也难怪所有的母亲都会叠出这样一种语言来，这种叠法是自然的，我们观察哺乳的母亲，都会发现这样婴儿语法。婴儿的语言感觉没有成人灵敏，词汇储备也有限。这些自造叠词的音响形象和在没有叠之前判若两境，柔化了原来的音，简化了词的义积，却通过声音的"拖曳术"加强了语义。语言中其实分为幼儿语层、童年语层、成年人语层。幼儿语层是以声音拖带印象来完成的。以叠这种方式所得到的词韵律柔曼雅致：鞋鞋（ieie），袜袜（vava），手手（sousou），脚脚（tɕoutɕou），裤裤（khukhu）。妹妹不说妹妹，而说 maimai。似乎每个母亲都会自然而然地用这些语言跟她的孩子对话。当然，我们也发现，这样的叠法无法拓展到所有的词上去，超出了婴儿理解的范围，叠上去也就没有意义了。因此，婴儿语法的起初词汇大多是身体词汇，然后到跟婴儿和婴儿的接触物有关的词。婴儿的乳名往往也是叠词。有的还保持一生。这样的叠词和我们已有的叠词不一样：呱呱叫、飘飘然、气鼓鼓、明晃晃，等等，以及简简单单、浩浩荡荡、坛坛罐罐、寥寥数语、振振有词，等等，婴儿叠词不是形容词，而是叙事的，尽管只有 AA，或者 V+AA，但却是下意识的一个主谓句的雏形，在大人的意识当中，这种简单的 AA 或者 V+AA 就是符合婴儿的完整句子。而进一步的，引导婴儿认知自我的存在时，也只呼婴儿的名字，且把它当作句中的主语和施事者："朵朵餻餻"——朵朵假定为婴儿名。婴儿的自我意识不强，抓自己，抓出了血也不知道。对周围的物也区分不了，也无法辨别声音谁属。命名了一个刚刚来到这个世界的生命之后，母亲便把这个命名直接用到主语上去，引导到自我的认知上来。直到这个生命自己第一次说出：朵朵餻餻。这个朵朵就是"我"，我的发现，然后慢慢地过渡到"我要茹饭"这样一个句式上来。这个"我"的出现也慢慢形成一个"属我"的世界范畴，它区分了你—我—Ta这多重关系并构建了牢笼般牢靠的"我之世界"，当他真正意识到这个"我之世界"过于坚固时，他才开始去泯灭掉这个"我"，回到另一个境地上去，或许那曾是他开始的地方。这里面反映了一个生命周期的问题。另外，我们发现，在apa和ama之间，往往先发出apa这个音，也就是说先会叫爸爸，然后才学会叫妈妈，这还让不少母亲感到嫉妒。ama中"m"是鼻音，对初生婴儿来说，前者更容易吧。汤错选择akau这个音做前指导训练音不是毫无道理的，kau的发音清脆易读。当然，我说的是汤错语。其他地方，有的偏偏是以鼻音开始的，从［n］［m］开始，甚至从［ŋ］开始。汤错新方话说母亲为ama，阿嬷；娄邵地区新化话母亲为［ŋɔnn³¹ma³³］，在冷水江、涟源意思是奶奶，这是小孩子最先学会的，在新化是妈妈的意思，据说，他们希望孩子第一声叫的是母亲故。汤错本地新方话还有将奶奶叫作婩婩［nie¹³nie¹³］。

只有在赘婿时父亲才会被叫作僄僄，读［bau⁵¹］，通常称伯父或年长的男子为僄僄，叔叔为僈僈［man⁵¹man］。年长的妇人或伯母、大舅母称作姆姥，或妡姆，或姆姆，也俗写作嬷嬷，二者已经混淆；嬷嬷乃母亲，汤错说母亲直呼为嫲嫲［ɱa¹³］，娒娒［ɱaŋ³³］；转称为阿弛①，老门亲，这几种通行；嫲嫲估计是嬷嬷音转而得。新方话说姆姆［mou³¹mou²¹³］，即嬷嬷。嬷：明梅膺祚《字汇》："忙果切，音么。俗呼母为嬷嬷。俗字嬷乃妈麼（mó）之转音。"中国人的称谓系统向来以复杂著称于世，由此可见一斑。另外，李维说伶人古称姆姥。②

---

① 阿弛［tɕia³³］，钞本中书作"阿家"，汤错语"家"通作［ka¹³］，所以"阿家"不准确。
② 《新天河县志》："伶人又名僚，俗名姆姥。"《古今图书集成·职方典·庆远风俗考》亦载。张亮采《中国风俗史》母母条曰："吕祖谦《紫微杂记》：吕氏母母受婶房婢拜，婶见母母房婢拜，即答。按此弟妻呼兄嫂为母母也，今俗犹然，但母作姆。"汤错亦然。

＊　　　＊　　　＊

汤错本来有自己的称呼系统，其他的称呼要进来比一般意义上的词要困难一些。称呼系统是比较稳定的私人关系、力量网络。汤错语中，称呼自己以外的词都是第三人称；但是，一些特别的称谓词，发现有向第二人称转化的迹象，这种情况只发生在具有宗教情感的情境中。比如，道友皆谓兄弟、姊妹。"同志"一词也曾经有过这般力量。从结构上看，"同志"的本义是"心口同一之士"。这个词大概在中国二十世纪称谓类文字公民当中占据了长达半个世纪的霸主地位。"同志"是可无限流通的一个词，也是一个集团内部的词，属于"人民"（不是公民），人民解释为 people 是晚近的事情。中国近代史上，人民和力量、权力、阶级紧密联系在一起，人民一直是一个变数；其内涵也在不断地变；但人民只有不作为前缀和修饰词的时候，人民才是本体的。在基督教的称谓中，道友之间的称谓崇尚一种意识上的"平等"；但是和"父"之间又区分得很清楚。尤其在一般穆斯林当中，安拉的绝对地位不可动摇，使其没有子嗣亲属，只是附属于安拉的臣民，当然，苏菲派又另当别论。基督教神秘主义和苏菲派的称谓特别之处在于其致力于将第三人称"我和他"的关系推向"我和你"的第二人称关系，进而是"我＝你"即第二人称和第一人称之间的"共和"这样一种更高级的递进。"同志"在上个世纪的头几十年里，也有这种倾向，它是共产主义领域里实现了的一个称谓。拥有以及拥有获得这种称谓权力的族群具有 utopia 性质，是人类社会至今最具理想主义色彩的称谓词。和宗教词汇的区别在于，这是一个世俗的人间的理想国词汇。这个词的崩盘大概始于二十世纪七十年代末期。它由政治身份开始向经济身份演变。我们说过，汤错农民也开始由毛泽东的农民向邓小平的农民转变，词之称谓也在发生深刻的断裂，"同志"这个词开始被尸解为老板、小姐、先生等具有明晰个体身份属性的称谓，在声调上带有粤语特有的拖曳。尤其是"小姐"一词，它由一个文明的称呼变成对"鸡"的专称。汤错人学的是广东腔，念成 [ʃiu¹³tɕie¹³] 修驰。[ʃiu] 作"小"在汤错语中有，但只在很少的地方出现过，比如 [ʃiu sai tɕy] 魈山鬼，以及地名 [ʃiuiye] 小源。[ʃiu] 本来是"晓"字的读音，[ʃiu lai] 晓来，明白，知道，懂了，汤错将其和"小"混同在一起来理解了。"修驰"在语音上对汤错人本来并不陌生，只不过以粤语的腔调读出来那种情感差异带来的完美快感是说汤错语没有的，显然，用汤错语说出来既不能表明身份，也不能区别于他者。但它仅流通于打工仔之间，却被普遍接受。"小姐"这个词进入汤错语的方式就是这样。它的基础是毛邓转换之后，也就是由政治意识转型为金钱意识并出现了金钱崇拜之后的产物。没有这种金钱意识，"小姐"这个词显然也无法流通。在老人们那里，他们还是老一套的称谓：妹崽、妹妹等。对于他们，无论是"同志"还是"修驰"，都具有很大的距离感，和他们的语言之间有无法熟识的鸿沟，这大概是山民和域外大千世界的鸿沟吧。在同志时代，他们既没有很好地站好位，在修驰时代，他们也没有很好地体悟这种情感。但是，"老板"却覆盖了他们的舌头，对一切外来人，或者面对陌生人，他们统统称之为"老板"。从声音上，他们已经转型了。这一切是从舌头开始的。他们大概还不知道，"同志"现在演变为同性恋特指，说的就是昌桔。如果他们想到这一层，就会发现，词语身份的转变比他们自身还要迅疾许多许多；词，在不同的时代，和普通公民一样，盖然具足政治身份的所有特性。转变之后，带来的焦虑则更多地移植到了肉身，这显然已经不是承认不承认的问题了。汤错人对他者的称谓之上升体现在祭祀当中，比如《地母经》（歌师版）中说到的，"我是春夏秋冬""我是江河湖海"，请参新书第一页。

*　　　*　　　*

地方[to¹³hɔ¹¹]是一个抽象的地理位置概念；当作为婚俗术语

地方和们，
两个主要
的后缀

时，用在"瞅地方"［tʂhai¹³～］、放地方［xa³¹～］这些词当中。

汤错语人称代词复数词尾为 to，晓锦汤错语说 ti，有所差异（见下面表格）。但只要一考察就会发现，它们都是"地"的意思。无论说"佗多"还是"佗地"都是"我们"这个意思。晓锦还有更复杂的人称表达形式，例如第一人称，可说［do ga ti］佗嘎地。这个佗嘎地既是单数，也是复数。就像吴越语说阿拉，不仅仅表示单数。前段时间有个学生说吴越语不是汉藏语系，而是阿尔泰语系，各大媒体跟风，闹得纷纷扬扬，他所举例词中就有"阿拉"这个词，他说这是"我"的意思，汉语中没有用复合词表示"我"的，足见吴越语不是汉语。显然是一种误解。修睦村、马家村第一人称单数说［daŋ²³ŋɛ⁴⁴］，第二人称单数为［vəŋ²³ŋɛ⁴⁴］（有时候说［ȵiɛ²⁴］，即你，［vəŋ²³ŋɛ⁴⁴］的合成音），现在派有将 ŋɛ 念成 er 化的倾向，实际上不能作儿化音，须单独念出。汤错话"佗嘎地"可以理解为"我们这的"和"我们这边"。嘎（ga）就是"这"之意。汤错语中的这个复数词尾"to"也就是地、地方（toxo），表处所。晓锦直接说成"ti"是受到官话的影响，也是地方的意思，它更接近城关延东音了。汤错语中还夹杂着 do tʃi 这种第一人称单数的说法，tʃi 也是"这"的意思，这是瓜里的说法。tʃi li，即这里。新方话说我们为"吾里"，"里"自然也是表地方。而资源邵阳话——也就是域外的官话，说"我们"为"我门"，们为门音。也是一个表处所的词。白话说"哋"也是由"地"转化而来的。顾颉刚《苏州史志笔记》有"侬有我侬，你侬之别"篇，"阿拉"实际上是宁波话。上海说"人"为"侬"，则是吴语"你侬"脱其主音之故。苏州人说我们为"伲"，实当为"我伲"，也是脱去了主音的缘故。

在人们的意识中，区分复数你我的时候首先区别的是方位和处所。先是身体区分，以人体为准：头起［dau¹³ji²¹³］，表示上位；脚［tɕiou¹³］底，表示下位，左右则同。身体所处的大方位，后面是一个区域集团属性在支撑。在说复数的时候，传达的是"我是哪里的，我从哪里来"这样一个内在意思。它也表示无限复制和重复拓殖，比如我们常说的"希特勒们""林彪们""苏修们""岳鹏举们"，已经发展出一种类属的形容和批评方式，只要类同于此属性当中就等于批判和淹死（其个性，并汇入大流）。"们"是画地为牢，也是集团作战。"人们"和"人民"这两个新词最有代表性。前者尚是一个中性词，后者顿显情感浓厚的阶级立场，"民"作为复数词尾，是以民和万民为处所的，但是也立即划分出二元对立。人和它的复数词尾的黏着性已经模糊为一个独特的人群结构。不再是"人们"那样单纯。"们"的文献记载早先见于《集韵》，这部完稿于十一世纪初（一○三九年）的音韵学巨著对"们"的解释是："莫困切，音阌。们浑，肥满貌。又莫奔切，音门。今填词家我们俺们。""们"首先是一个形容词，们从人门声，以门修饰人、人的门或者门的人，它和"从""众"，在构词上有所区别，和"俩"接近；但在那个时候已有先锋诗人将其当作汉语复数词尾了。今天的"们"作为跟西方语言复数的一个对称词尾，虽然受到很多人的质疑和排斥，但还是流通得很快。这个折中的说法显然已经被接受了。但是说"人们"的时候多少还是觉得别扭、荒诞。那些将"人们"这个词轻易说出口的人其企图是克隆人，由"人"拓殖到"人们"。谦虚一点的人说"大家"，这个词的亲和力强很多，原本是一个农耕词。吕叔湘考证"们"这个词的时候认为，官话中的"们"，在宋南下之前大多作"门"，少有"们"。此说，和《集韵》不符。他的判断比《集韵》晚了约一个世纪。宋南渡是靖康二年（一一二七年）的事情了。地方是大地的二级词汇，也有大地的元素，栖居之地。地方语言理所当然也是地方的一部分，栖居的一部分。汤错说嫁人为"放地方"，显然是把人植入某地，从一个地方移植到另外一个地方。它和嫁接在某种程度上一脉相通，嫁人就是在族谱这棵树上嫁接入别的血液、属性，借此也改变原有的属性。嫁接是很奇妙的，在一种柿子树的枝桠上嫁接另外一种柿子树的枝条，这根枝条长大之后，结出的果实与别的枝条上的柿子不同。而不需要全部改变树的属性。从这种行为当中，我们似乎可以看到，树的属性存在于树的任何部分，尽管被嫁接，但是其本性不会改变。一棵很大的树，唯独被嫁接的那一小蘖结出别的形状的果实来。如果是拦腰截断嫁接，那么，它完全跟随嫁接的枝条（砧木）生长。嫁接之后，势必被影响的那部分却不轻易显露出来。这种稳定性是否也是语言的属性？文化移植首先是语言的移植。嫁接过程中，必然有本质性的抽空、阵痛和痉挛。地方和地方、人和人之间的被嫁接是肯定的。因为语言比个体的人更为持续和强大。能够嫁接，也表明二者之间的确存在亲和力。无论中国台湾地区，还是日韩都是如此。语言是家这种想法可能是不需要出发点的。它原本已经如此了。

汤错语人称代词

第一人称		第二人称		第三人称	
单数	复数	单数	复数	单数	复数
do	do to	xen	xen to	dzi	dzi to
佗 / 她	佗多 / 她多	很 / 娘	很多 / 娘多	倛 / 媸	倛多 / 媸多

汉语原没有西式对应的人称代词，改良之后诞生了一批，但比如说女性的第二人称和男性都是你，有人提出用妳，似可对应，汤错语中人称代词也没有阴阳之分，虽同音，但仍可从字面上区分，拟订为：我＝佗，她；你＝很，妳＝娘；他＝倛，她＝媸。

在汤错语中，第三人称统没有性别之分。统称为 dzi，跟"其"音接近，照近代汉语习惯，特定两个字，用在一些译文中，"倛"表示男性的第三人称单数，"媸"表示女性第三人称单数。上下文如果没有特别的性别提示，就用"其"来表示。

第三人称在客家话中写作渠或佢，读 $[ki^2]$ 和 $[gi^2]$；新方话同，而汤错话其实也是这个渠或佢，读 $[dzi^{13}]$，若其，但用倛 / 媸更接近汤错现在的读音和视觉形象。

他们她们，汤错说渠多［dzi¹³to³³］，新方话说渠里［tɕi¹³li²¹³］。

"我不过瞅到瞅到话。"

"不然，由'渠'到'其'，再到'几'，这里面要区分起来不容易，那么，我们说的话和客家话有些共同的成分。"谢秉勋动情起来，渠一直在纠结的东西似乎有了些更为确凿的证据。

＊　　　＊　　　＊

纛天之肉
象

［dzo³¹］已经是幻想出来的一种动物，跟现实中的"象"相比，［dzo³¹］已经有了纛天色彩。汤错人这样描述［dzo³¹］：

［dzo³¹］茹个少，但全身都是㢤，主人家想茹㢤［tsa³¹］（吃肉）了，就在［dzo³¹］身上割一块。割完之后，第二天又会长出来。所以，要茹㢤就要养［dzo³¹］。㢤是一个很古老的字，鸟兽之肉的总称，汤错话里连人肉也叫㢤。杂碎的肉则叫作散，也是本义。

我从老人那里证实了这个说法。而这种被称之为［dzo³¹］的可以在它的身上割㢤茹不割会死掉的动物，到底还是不是大象，已经变得很难说了。或许这从来就不是大象，而是［dzo³¹］的一个传说。汤错的老人对［dzo³¹］充满了神往，在那个没有肉茹的年代，更增添了他们对［dzo³¹］的无限向往。这个关于吃肉的故事之所以能够很好地流传开来，跟饥荒很有些关系。饥荒的反面就是他们幻想出［dzo³¹］这样一种可以任意割㢤的动物，千百遍地谈起它也仍觉津津有味。在过去，茹㢤大概是汤错人最美好的梦想。美好的事物都可以形容为"跟茹㢤一样"。

老孙头屋子中间挂着一块白晃晃的无一丝脀肉的肥兮兮的㢤，那是他的宝贝神福㢤。出门前，嘴巴子要在上面左右抹一下，然后出门，头挺着，嘴唇上的油光摆到最前头，略有表情，旁人见了，说，今晡又茹㢤啦？老孙头便吧唖两下嘴巴，露出漏风的牙床，回道，瞅！手指油光楚楚处。得意之情不在话下。可一般人受不了那般生生的油光，现在，汤错人有菽茹了，对肉的想象之欲望也下降了许多。那般跟茹菽一样的美味自然也难以袭上心头。年轻人也无法理解 [dzo^{31}] 的美妙了。但是，关于象肉的想象却不是汤错人独有的，《吕氏春秋》说："肉之美者，有旄象之约也。"这"约"《五杂俎》有解释，是指大象的鼻子，并说，象体具百兽之肉，唯有鼻子是其本肉，烤着吃，肥脆甘美。

*　　*　　*

《周礼》上说"三农生九谷"，三农即山农、泽农和平地农。岭西省还有生活在河流上的渔民——疍农。农，在古代笼统地说就是"万民"。他们的神是神农。我的诗人朋友黄说："这片土地上，唯有农民是神授过权的；商人尚未授过，现在商人想要得到这个授权。"这个话可以转化为我们所谓的经济政治学术语。他说的这个授权是国人说的天命。抑或，获得伦理支持的职位。没有授权是指这种理论意义上的伦理支撑缺失。农民工还
是农民吗

汤错农为三农中的山农。世世代代为农，耕读传家，偶有读书出去的。出去之后就不再是农了。尽管本质上，或者说心理上的改变需要更漫长的时间。

现在的汤错农说自己是种田的，农民。比农的义域稍微小了一点。他们这样说的时候是区别于当官的、知识分子、经商的，等等。说种田的，是说没有读过书的，差不多是这个意思。有一种潜在的自卑。我们说的耕读是中国人的核心传统价值，但是这个耕读是含有培养下一代的意思。读是第二阶段的事情。耕是基础性的。然后才到传家。传家已经是荣耀族人了，总起来看是这样。耕读传家的根本程序在现在依然没有改变。

农民身上的确是有着很大程度上的自卑感存在。这种自卑是他们在物质和意识上受到冲击之后才产生的。他们已经不知道自己是神授之民。二十世纪九十年代，汤错曾经出现过一波农转非潮。把

自己和子女的农业户口转为非农业户口，简称"农转非"。需要缴纳几千块钱的现金。对于农民而言，这绝对不是一个轻易用劳动可以换来的数目。所以，能够进行农转非的家庭，大都也是半农半商，或者男人吃国家粮，老婆孩子还在农村的这一部分人。给人的印象还是——他们要逃离农村，一定要走出去。这种思潮或者说价值观一直在误导着农民，最终的结果是自卑和仇恨，否定自我。这是十来年我看到的汤错，在世俗意义上被否定掉了自我的影子农民。农转非本身就是一个带有歧视性的词——幸好它马上要从汤错语词典上消失了。这源自中国的户籍制度。搞出一个城市户口和农村户口。户籍制度在物质贫乏的年代，或许曾经起到过一定的作用，但是到了后来却成了权力变现的手段，农转非是很典型的。现又意欲取消农或非之间的界限，那么原来缴纳了钱的农民怎么办？只能说他们没有丁点判断力。实际上，那些农转非们，也没有见他们到城市去居住。农民是介于有产和无产之间的阶层。土地从根本上说还不是他们的，他们只有劳动和身体可以出售。没有权力，没有"知识"。安安分分生活在农村，为国家出售自己的劳动力。这是一种很特殊的生产关系。

他们的主要劳作是种田种地，农事之外的一切劳作称为"副业"。"搞副业"是二十世纪八九十年代的词，或许还可以追溯到更早，但是主要意思没变，农业是根本，其他皆为副业，准确地说，汤错说"野马副业"。春种秋收这两个时间段保证了，再出去搞副业。弃田而去，是近来的事。

"据我所见，所谓搞副业也是到其他地方伐树，打石头，挖隧道，做挑工，等等，总之不是进入城市。工作的地方仍然属于山区。在地域上要区分清楚，是为了区分另一个词：打工。"（谢）

二十世纪九十年代中后期，汤错的年轻人开始杀广东，进厂。他们把进厂做事谓之打工。这里，工厂出现了，这种劳动方式已经有了区别。他们加入了整个社会的资本生产过程。身份和性质已经有了变化。所以是打工，而不是搞副业。打工的人局限于青年男女。他们的文化水平很低，小学、初中、技校毕业生（没有考上高中或者大学的学生，但是技校培养人才的方式显然有很大问题，他们读完书之后还是回家待着，要么种地，要么打工；一般是没有考上高中的农村孩子）。家庭里有孩子上到高中，家族里的人卖房子卖血，也要把他送出去。汤错曾有一个"八届大学生"——复读了八年，才考上大学。这是一个极端的例子，但是可以看出他们为了"否定掉自我"所付出的代价。

打工群体进入城市，仍然是流动性的。出去五年、十年，还要回来。从这里看，他们仍然是农民。在打工时间段里，他们是农民工——这个词的组合方式可以看出其成分的复杂。他们之所以选择出去，放弃了种植土地，是因为，这种劳动变现的速度、周期比种植庄稼来得更快。在一个农民的一生中要完成两件大事：结婚，修房子。这是动力发生机制。

在这个过程中，女孩拥有一定的优势，她们可以更加容易地步入城市，成为城市居民，但是从汤错目前的情况看，她们能够选择的余地非常小。汤错娶进来的女孩也同样限于打工阶层。只不过，她们是来自更遥远的村、寨、里、堡、坡，梁子，坝上，垄间，源，峒，墕。坳。垢。垌。甸。凼—屯—沟—江—水——川——旗——山……岛……邦……国……

现在，打工一词替代了搞副业，凡是出去搞副业的都叫作打工，不管是不是农民工。但是，我们看到，农民工至少具有以下两个特点：

①劳动方式区别于种田耕地；②打工地点在城市。

这二者合起来才是农民工。他们来自农村新成长起来的年轻农民。在意识和观念上跟老农民已有所区别。因此，农民工是新型农民。是土地没有私有化之前出现的一个新的族群，不能说他们已经是一个阶级。但至少具有某些新的特点了。他们对城市大众文化和潮流的跟随和城市本身靠得更近了。农民工重新回到农村，也不一定是种地。地不需要那么多人去种。打打牌，要么再出去。

还有一批小众的新型农民，比如建筑技工。农民工回来之后，有了钱要修房子，他们接纳农民工的活，不种田。他们的职业相当于以前的木匠。现在修的是水泥砖房，不再是木房子。材料都是买来的。

这种劳动方式的改变可能是汤错人群最大的改变。

那些已经进入城市的居民，有的还有一点地在农村，父母亲在农村的也多。尽管他们进入了城市，但是他们要完全改变这种身份需要两代、三代人的努力才能实现。还有一些已经进入城市的汤错人，他们也试着回到汤错运用这边的土地做点事情，但是终究没有一例把城里的房子卖了再回来的，回来，他已经没有土地了（户口出去之后，土地重新收归队里，进行再分配，大多数情况是家族里自己分配，转移，并没有划归队里重新分配），他们在农村和城市之间摇摆。走出去和走回来的路同样漫长。出去的农民工游走在城市和农村之间，他们将现实形容为三种毒蛇和四座大山，三种毒蛇指白蛇（城管）、黑蛇（老板）、眼镜蛇（戴眼镜的），白蛇黑蛇咬我们，眼镜蛇咬我们的孩子；四座大山指养老、上学、看病、住房。

＊　　　＊　　　＊

"打粑粑的杵叫杵櫑 [$dzy^{213}pa^{11}$]，有人高，中间三分之一细，双手可一握，两头粗，下头偏重，这种造型是为了举起来往下舂的时候更有冲捣的力量。杵櫑在汤错语中又是一个十分暧昧的词，打粑粑的过程总是在一片淫声荡语中进行的。无论男女说起杵与粑这些词都洋溢着暧昧的浪笑。"（谢）

杵和碓豁 [$dui^{13}xo^{31}$] 的凹凸造型，以及擂和捣，粑米，这些事物的组合使它成为性爱的全过程隐喻。杵和粑槌也就成了生殖器象征物，但不是生殖崇拜。我不想用哪一种理论来套这个东西，说隐喻都可能拔高了，那只不过是他们的生活。我觉得，是事物的阴阳二元性如此坚韧地在一般事物中起着坚定的主导作用。在乡下，这种联想既普遍，也无特殊要强调的理由。弗洛伊德那套理论是后置的，对于汤错人对粑与杵的种种联想是他们原始思维的一部分，超越了单纯的性，它本身就是生产力。弗洛伊德对性的解释，没有超越性本位意识。汤错人的性是一种大地肉身意识。他们的性想象是无所不在的，全部混同于他们的身体和劳动。

打粿粑的过程被公开想象成"把背"（隐语，泛指畜生交配。汤错地方形容动物交媾的词汇颇有一番特色，如狗走水、牛把背、猪打栏、蛇相互、猫叫春；我头次听到甲人姽家跟她的相好愆说屋邸养了一头打栏猪，就没听懂，听者回她说，是想你屋邸那床褙被咾。褙被仍然是对性的隐喻说法）。那个粑杵是被想象的根茎，碓是玉穴。嚯嚯之声响起时，是阳锋交错，男女厮杀之时。腊月十几二十，屋檐外下着雪，各家各户开始打粑粑，相互巢工。一人负责舀糯米饭，将糯米从蒸子里舀出来装到撮箕里，端过来，倒进粑筐，三根杵橺，三个男人，一人一根，甫一倒进去，趁热用杵橺擂起，这时的动作和节奏都是轻柔的，有时候还转圈，杵橺却在暗暗使劲；此外游也。突然"嚯"地暴起一声，杵橺立起，离开粑筐，第一杵深入下去，出来，第二人的杵跟上，出来，第三根杵下去，啪啪啪，三声，瞬间完成。如是反复，口中嚯嚯之声不绝，舞杵者半蹲马步，双手举杵，使尽浑身力气，气氛紧张得不得了，但又很有节奏，生人把握不了这个节奏的话，就会乱套，力气散失者也跟不上这个节奏。此之谓九浅一深。君莫停，松懈下来，粑粑冷了打不动，糯米饭是最好打的，难的是斋米，穆子粑粑和高粱粑粑尤为坚硬难杵。这种津津有味的区分在他们看来也适用于区分不同成熟度的女性。整个过程只有几十秒钟，临近可以了，其他两根杵迅即收手，最后一人用杵在粑筐中一搅，一挽，将杵好的粑粑挥至簸箕上，囡人趣劲，粑粑粉早已敷在手上，用一根草绳在杵橺上绕一圈，使劲一勒，往下一扯，粑粑脱落下来，然后一人分，其他囡人围着簸箕，将分到的小团粑粑压扁成碟状，整个过程下来几十秒。男人们那边已经将杵欛放在水里浸泡过，等待第二轮攻势。气力不接，身体疲劳变软叫作厉［lia^{13}］，新方话说痨，厉火者早已退下。换上别人。一蒸子米全部舂下来的，囡人叫其为“杵欛师傅”，它的含义就是揖扃［ia^{51}saŋ^{55}，做爱］。男人被当众称作杵欛师傅十分威风。打粑粑也变得没有人敢不下命。[1] 单身汉老歪矮小，身纤板薄，耳朵又不好使，打粑粑的时候却喜欢打先锋，一场粑粑打下来，人早已瘫了。就有人说，“歪，粑粑不好打啊，还是打单身好。”老歪鼻子一抹，瞓［gau^{13}］起眼睛不理。[2]“歪，粑粑不好打，可以打水鼓铳。”[3]

老歪冲向揉粑粑的娈人家，强行打炸波[4]，娈人们慌乱而大笑随之一哄而散躲过他。

现在换成机打了，那种快乐变成了电流声和铁器声，显得很可怖。妇人甲叹息，这种粑粑怎么能茹呢（我脑子里马上想到的是阳痿）？机子打出的粑粑“不甜”。但是大家也懂得，效率永远在剥夺他们那点原始的快乐。乡野也在遁落。它的田园文明的内在性质也在发生质的变化。那种电一定是由人体散发出来的时候，我们才能真切地感受到田园无所不在的内在空间。没有这种原始的电，或者说被机器取代时，我们就是在失去。乡野之中，一切劳动总往情欲、性欲、爱欲上递归，欲将这种最忌讳的东西公开化，但又不直接表达，而是保持在朦胧糨糊状态，处于一种适度而永久的兴奋当中。如果，不允许这一切，他们肯定会减产。很多年以前，我在地摊上买到 D.H. 劳伦斯的一本评论集《灵与肉的剖白》，在《达纳的〈两

① 下命［ɑ^{31}mi^{31}］，卖命，极为努力。同义词，攒劲。命，表示生命时读作［ɱia^{13}］。

② 瞓，眼珠上翻，将人翻走，视而不见。《类篇》瞋目也。

③ 水鼓铳，一种竹制射水的玩具，性隐喻词，也说打鸟铳。

④ 娈女家，妇人。炸波，亲口，接吻。

年水手生涯〉》中写道："……所有人的血液都来自海洋。文明物质的宇宙性、文明血液的一致性都在海洋中。盐水。……你不能把土地理想化……我们最大的物质之母就是大海。"劳伦斯不仅仅是在赞美大海，赞美力量和人类，关键在于他是一个彻彻底底的泛神论者。

"生活的本质是什么？亲爱的，男人和女人，人和万物之间相互交流的一股奇特水流。不停地交流，不停地震颤交流。这就是生活的本质。"是的，从来，没有一个作家，像他这样如此怪异地解释生活，正因为他认为的生活是这样，所以在他的小说中，表现得也怪乎怪哉。他有个短篇叫《太阳》，写的是一个女人在阳光下晒太阳的事情，联想着情欲，等待丈夫回来。结果丈夫没有回来（最后回来了），女人因为缺乏某种东西而变得日渐枯萎。人，作为自然界的生物之一种，仍然神秘地参与人与大地、阳光的交流，尽管我们看不到，但却无不在影响着我们每一个存在者。人之所以是活生生的，理由也就在于此。所以劳伦斯会说："这种电流的震颤是相互极化的。有正极也有负极。这是生命的规律，是活力论的规律。"有趣的是劳伦斯不但用他的活力论来探讨文学，还用它在研究社会的盛衰。他从历史文献中调查出英国王室从伊丽莎白开始，就是梅毒病患者，正是这种病影响了这个家族的旺盛。当然，他说得一点也不荒唐，而是理所当然，个体的生命如此，那么作为个体的总和——整体也是如此。"所有的生命都是极化交流。是一个回路。……命令与服从的交流是一种不稳定的生命平衡。任何有生命或自然的东西都是不稳定的。"从这里面也可看出，他的"运动"的美学观。他的观点不但杂，而且似乎还很科学，他特别的另外一个地方就是把科学和文学绞到一块，还被他说得如鱼得水。他说："意志的两极构成意志的神经结系统，它位于脊背的脊椎旁。从船长的意志两极到萎靡不振的山姆的意志神经结，流着一股疲惫、颤动的生命电流，形成一个回路。这电流让振奋太剧烈，于是就会爆发。"他的这种"生命是'流'"的观念不知道来自何处，它不同于赫拉克利特的宇宙是运动着的火，也不同于凡·高的"燃烧"，好像更加接近于毕达哥拉斯派和普罗提诺的神秘主义。总之他是特别的。有趣的是他假以科学的名义宣称："我们都是海洋生物。月亮、大海、盐、磷和我们，组成了一条长长的链子。还有地球，大地母亲。（达纳谈到了葱头的陆地气息。谈到了创造性的奶汁般的土豆汁。还有石灰，那是太阳的气息。并从中了解了一个人因为缺乏大地母亲的乳汁——断奶而濒临死亡的故事）自然元素中生命的相互影响比之元素之间的化学性相互影响要奇特得多。生命——盐、磷、大海和月亮，生命——硫、碳、火山和太阳。上升和下降的生命的奇特方式。"这已经有点接近古老的炼金术式的象征语言了，反映着劳伦斯对宇宙的理解。

在这里，如果我们把自然（宇宙）看作大的身体系统，存在于自然之中的我们的个体看作小宇宙，劳伦斯是在试着打通大小宇宙的经脉，而在个体身体系统方面卓有成就的是荣格，荣格从人的意识着手，但两人有着惊人的相似性，他研究认为，根本的对立是意识和无意识之间的对立，它的象征是日和月，一个表示意识的白昼，一个表示意识的黑夜。它们分属阳性和阴性法则。相应的炼金术物质是硫磺和盐。硫磺——这种物质是炼金术士们不可少的，在中国的房中术中则当作春药使用（见《洞玄子》），由于它和太阳相关，因而是表现意识的阳性法则。在炼金术中把它称为"阳性和宇宙的种子""动力的精神""光明与一切知识的源泉"。它有双重性质：在它原始的天然形式中，它是易燃的、侵蚀性的，有令人讨厌的气味，但当它发生变化后，"消除了一切杂质就成了宝石"。盐，与月亮有关，是一种阴性法则，表示无意识的各个方面。它也有两重性质：在它从海洋中提取出来的粗糙形式中，它是苦涩的，恰似眼泪和悲伤。然而，一旦转化，它就成为智慧之母。作为一种感性原则，它与万物相连。盐与大地联系，代表了伟大母亲系和女神的原型。从包含着对立面的原始物质着手，炼金术的任务是调和它们，使它们统一，以完成他的工作，达到"化合"的顶点。而能够使这种顶点得以实现，我们还需要一种既是固体又是液体既是阳性元素又是阴性元素的雌雄同体的物质——汞（水银）。显然，荣格是从炼金术理解了大小宇宙的神秘原型，比劳伦斯更多了一分理性和深度，也更加系统、明晰。

劳伦斯对神秘始终保持着一种异常的偏好，当研究各种神时，我们发现，其意义素来变化不定，一下是创始的本质，一下又属于物质世界。但经过他的研究，他得出结论，至高无上的神具有两种特性，其一，是生命的源泉；其二，神是大自然肉体力量的神秘主人，所以宙斯就是上帝又是朱毗特。我想，当信仰完全占据个体的时候是这样，否则无从谈起。中国的大多数，很难理解"神""主"是我们"生命的源泉"。中国是一个崇拜圣人的国度，在信仰上讲究实用的国度，质言之，这是一个彻彻底底地崇拜现实物质的国度。当然这只是儒士们的主流观念，道家并不是这样认为的。道家的理论和劳伦斯、荣格的理论是在同一立场的。他们的本质没有不同，只是表述的方式不同而已。"崇拜物质的民族是衰败中的民族。"劳伦斯说，他们注定要崇尚朱毗特。而作为造物主的上帝则是创世的主人。朱毗特是物质世界的主人——他是力量之神、大地之神、电和雨的神。劳伦斯的理论也只能立于根基于希腊文明和基督文明的世界，在中国这片土地上，有的是天地神人巫傩的同构世界，浑然一体的世界，是一个异样的空间，可以具体到儒道释，还要加上巫傩。

劳伦斯在理解自然世界的时候也是浑然一体的，他列举了电。它控制着"火与水"，电是这两大元素的主子，它神秘地控制着它们并把它们分开。他高昂地呼道："当这两大元素无望地纠缠一团时，电之剑可以把它们斩开。雷鸣可以说并非气浪相击所致。它可是水从火中分离出来的爆炸声，是电在高空中突然把它们击开的，随后火变成流质飞舞，流出瞵清的水来。这是自然成分无法团结时分崩离析的声音，雷这种声音正是物质世界中的生命力的对应物，雷是创世领域内的神秘物。""欲望之火熄灭，人，就成了一具活尸。这个世界的尸体越来越多。"劳伦斯仿佛跟弗洛伊德博士一样，也是一个肉欲主义者，只不过这种理念用在文学上，显得花哨轻浮了一些，却让那些尸体感到由衷的惧怕。正是他那鲜明的文学立场，得到了人们的垂青，说得光明磊落，做得也大义凛然。在弗洛伊德的学说流行之前（说明一点，我们这里不探讨弗洛伊德与劳伦斯之间的关系），像他这样大胆宣扬性爱的文字只怕微乎其微了。我们不是说那些黄色性质的小说创作，而是严肃的理论上的推扬。"能够让人产生真实的可爱感的女人是相当稀罕的，这是缺少性爱魅力的缘故。一个长得好看的女人只有在身上的性爱之火在她内心变得纯洁和美好，只有当她的脸上闪耀出光辉并触动了我的内心之火，只有在这样的时候，她才会变得让人感到可爱。"按劳伦斯的逻辑，女人是自然造物主的恩赐，也是这个宇宙存在的个体，她必然受控于阳光、大地、盐和磷等物质，而这些物质必然也受控于活力论。这种活力的存在就是泛沟通的基础，人和人（同性和异性，异性和异性），人和自然之间的沟通，与能量的流通一个道理。一旦世界的物质理解为能量，一切就都是可以沟通互摄的了，那么这种成了一种显现的沟通体验。所以劳伦斯迟早会说出这样的话来，女人应该可口，这是我说的，他也说了类似的话："标致好看的女人是有一副好长相和一头好头发的女人，而一个可爱的女人都是一种体验。"这种体验指向了神秘的交感，放电的肉身，一种神圣的人类情感。所以任何鄙视这种体验的人，无疑是龌龊的。而对于具体的人来说，名义性欲的人就是一具活尸，一块干枯的木柴。终将为自然所遗弃。宗教的禁欲实际上是最大地凭借着欲来达到更大的成就，《金刚经》和《性命圭旨》等要著都说明这个问题。

欲爱是一股可以传递的火。细察我们周遭的世界，这火会使一个企业兴旺，会使一场球赛疯狂，会使一场摇滚音乐会分泌更多激素，会使汤错人劳作起来忘掉自我……"但是我们美的意识却深受挫伤并因而变得迟钝。"我们说爱情是永恒的主题，在于男女之爱是世界上最伟大的最完美的一种情感，这种爱具有双重性，是"由截然相反的两种性质所组成的"。属于两种不同的自然规律。而所谓的爱情是爱欲的扩散行为。由他者反观到自我的一种体现。他们何时何刻不是在爱呢？这种爱给了他们那么盎然的笑和脉气。在这昌盛的打粑粑的场景中，你可以闻到挥霍力量散发出来的盐味。盐味就是体气、汗水、精液、淫意、泥土和海洋的味道。而这样的粑粑才是甜的。甜在汤错语中是一个极其简单的概念，但又是极度复杂可用于形容一切美妙东西的词，肉汤、井水、粑粑等基础食物都可以用"甜"来形容。当然，这要区分一种有盐的甜和自然的糖分的甜，西瓜、芦稷（秸稽），这些是自然的甜，而盐渗透的甜是有身体电流的，他们说米也甜。这种甜是一个复杂过程中形成的味觉形式感，和粑粑的甜类似。甜最终是作为身体和大地的分泌物被体验到的。因此，甜成为味觉上的一种权力，它与鲜、香构成三足鼎立之势。我们今天喝茶，好茶一般会回甘，这个甘也是甜。甜作为权力的一种是明显的，但又区别了糖的甜，季羡林先生的《糖史》则是专门研究这个甜在人类生活中发挥的作用及变迁史。与之可以对举的是"盐史"，但是目前没有人去做这个工作，我们使用盐的目的也是使食物变鲜，变得香、甜，除此之外也是不可或缺的人体所需元素。还有一种更加深沉的甜，便是人体自身发出的处于恋爱中的肉身发出的甜，这个甜是用爱来发电所得，而这部"甜史"也是所有文学的秘密。汤错的口头文学风流歌也算其中的代表。

甜，像"白"这个字一样，主宰着众多汤错人的日常生活和审美。

*   *   *

标语是外来词，读音上变化不大。标（標）意思是树木的末梢，引申为事物的表面。标语就是表面上的语言。我们也把它当作一种话语方式来研究。标作为动词，在汤错语中是指鱼在水里弹跳，速度很快地破水而去，所以也引申为疾速。这和现代传播学意义上的标语的意义相似——因为标语是一种直接的有力量的传播学手段。至今留在汤错墙壁上的那些标语可以勾勒出一部汤错近现代史。

大火烧掉了大队所在地的那片老房子，很多标语也随之被烧掉了。洞里的房子更新快，很多都是砖房了，也没有了标语。倒是大皮山、青竹山、粗石、岭界上等这些偏远片区还保留了很多老房子。那些刷在木板墙壁上的红色标语虽经风雨，依然十分醒目。标语都是清一色的红，或者土红，末尾一个大大的倾斜着的感叹号，有如一个大棒槌。

甲人，那时是大队干部。他写标语写出一手好字。自己也能编点东西，最擅长的就是对联和口号。他曾有过一本长条形的宣传手册，里面就只有各种需要刷到墙上去的宣传标语。书写的样子也提供了。地方上只需要按照这种形式刷出来即可。也就是说，我们现在看到的标语大抵那时候可能是大范围里通用的。连字体都不能变。关于毛主席、毛泽东三个字的标语一律一本正经的万岁体。为人民服务也属于这一类。而像"打倒美帝，打倒苏修，打倒各国反动派！"这一类则是写得咬牙切齿。标语一律是爱憎分明的，可见字体也是有感情的，都服务于至高无上的革命情感。"毛主席万岁！"和"为人民服务！"最多，这些标语一般是刷在地主的那些大房子上，这些大房子一度成为地方上的办公场所。后来，当然是又分给了农民居住。毛主席语录刷成墙上书页形式，白粉底，红字，在一个框框里面。据说语录是林彪当副主席之后才疯狂起来的。我们看到，这似乎并不准确，标语一直是共产党的宣传手段。也不唯共产党才使用的。林彪时候，只是将标语的内容指向了个人崇拜，我们在汤错还可以看到"毛主席万岁！""毛主席万万岁！""生为毛主席而生，死为毛主席而死"之类。这表达了很多那个时候农民的心声。标语把很多人的心里话说出来了。那种感情是真实的。"战无不胜，攻无不克的毛泽东思想万岁！万岁！万万岁！"大跃进时候的标语调动了整个中国人民的狂热，"用十五年时间赶英超美！""一天等于二十年，跑步进入共产主义！"共产主义是一个响雷。只要提到这个词就好像到了天堂。尽管很多年以后，很多人对它的认识慢热了，八十多岁的谢家老爹则依然是充满感情，他说："我们那一代人是受过苦的，干革命，开荒种地，都是我们的苦。毛主席好啊，他也是受过苦的啊，毛主席在安源，死了八个亲人。现在，这些牛鬼蛇神的东西全部来了，当官的贪污，不当官的黑五类。都是邓小平放出来的。"对于他的这种情感，我们没有发言权了，那个时代，的确已经过去了。我们也已经忘了。在我们的情感中找不到对应点和共鸣，列宁同志说："忘记历史，意味着背叛。"这句话也是口号，对于我们而言的确也是已经背叛了，因为我们也不知道我们已经背叛的具体对象。这些墙体广告语有变身术，不断变幻着自己的身价和内容。"文化大革命"时期的标语变成"阶级斗争坚持到底！""横扫一切牛鬼蛇神！""红色恐怖万岁！"那种热闹和混乱场面由这些标语油然而见。地方上也有变动，比如杨家的老房子现在留有一幅"打倒杨家兴！"这个杨家兴不知何人，可能是本村的，也可能是上面的头头，走资派什么的，没有任何痕迹可寻了，只存在于这个标语中。标语就是高音喇叭。分贝很高。比一般的语言声音要高一些。它是声音中的手榴弹。汤错这些标语出奇地具有一种国际性，甚至关怀。历史上，只怕没有哪个朝代的农民如此关注风云变幻的国际政治形势，"把红旗插遍全球，插上白宫和克里姆林宫！"这可能是中苏关系恶化之后出现的标语。"中朝两国用鲜血凝成的友谊牢不可破！"这是朝鲜战争爆发后出现的，汤错也有参加这场战争的人，牺牲在那个遥远的战场上。越南战争也有，谢秉勋说："我舅舅的老丈人在这场战争上丢了一条腿没有丢掉脑壳，还算是光荣复员。"这个寂静而高寒的小山村和一个国家一样关注着国际形势，他们不一定真的懂得国际政治，懂得阿尔巴尼亚，懂得苏修、越南战争、朝鲜战争、英法、"文化大革命"，但是他们的情感如此单纯，统一。出现的这些新词也令他们眼花缭乱，到现在或许还令人匪夷所思，但是，他们当中没有一个不是对美国人民表示惋惜和关怀的："幸福的中国人民深情惦记着生活在水深火热之中的美国人民！"标语中也充满着矛盾，既然如此关怀美国人民，那么为何要"用十五年时间赶英超美"？要超越美国什么呢？物质？而精神，中国人民似乎永远是强大的，没有人可以蔑视和超越的。"这个世界上究竟谁怕谁，不是人民怕美帝，而是美帝怕人民！"这种精神武器很难想象它全部发酵于这个与世隔绝的小山村。很多很多的人一辈子没有走出过这个直径不超过二十五公里的村庄。

二十世纪八十年代，这些标语燃烧的火焰慢慢熄却下去，新一辈的人开始成长起来。大队由上洞搬到下洞，修建了一座二层小洋楼，墙体上刷着"坚持社会主义道路！"这个标语，"社会主义"一词代替了"共产主义"的提法。道路的"道"写成"辺"这个模样。我们的汉语书写模式也在发生着变化。这是第二次简化字的样式，我们简称"二剪子"（谐音二简字）。道变成了"辺"，道被枭"首"，发展的"展"为尸，暴尸于市；食堂的"堂"变成"垈"。人在一之下为寡人，人在一之上为集人，一心为德忈，那个家字，原本是房子下面一头猪（豕），现在变成一头"人"了：宂，宂字的本来意思是长毛。唯有"私"字改回了造字时的本来面目：厶。本义是背公为厶。字和思维是联系在一起的。如此一来，很多人的账本和思维就乱了。二简字不得人心，非常短命。在汤错还是留下了它的影子。"一"在说文或者说汉字造字法中居于首部，始一众亥，也是"天"的意思，假若重造字遵此，也不算乱造。造字，可以看作权力的影子或延伸之物。我记得上中学的时候，我们的生物老师，在黑板上写下的全是二简字。有学生状告他到校长办公室，说他影响了自己的语文成绩。语文老师不承认他的作文。但这位生物老师是那个时代成长起来的，他无法一下子改掉自己的生物习惯。习惯是多么可怕的力量。台湾地区习惯可以养成，也可以成为忘却的反对力量。台湾地区阿扁政府，韩国和日本人民不也在书写的"习惯"上做一些动作吗？台湾地区阿扁政府时期，使用汉语拼音方案的被当作"台奸"。二〇〇七年的时候，铜座公所推倒了那所二十年的小洋楼，原址上修建了一栋新小洋楼，三层。上面，现在还没有刷上新的标语。它的名字也由大队、合作社、公所不断变换。或者被汤错人混用。这也表明一种语言中留下的混杂而潮乱的情感影子。

二十世纪八九十年代也还有另外一些醒目的标语，"百年大计，教育为本。""十年栽树，百年育人。"为这座小山村吹来一缕清新的风。我们也还可以看到，"计划生育是我们的基本国策！"看汤错人口统计数据，二十世纪八十年代新出生人口达到了一个新的高峰。计划生育开始成为这里新标语的主要内容。这里也出现了一个新的职业，汤错语人谓其"搞计划生育的"，这个职业是定语表名词的"的字结构"。他们的情感中不愿意将其称呼完整。随之而来的放环、结扎、偷生、超生这些跟生育有关的新词一下子像刀子一样扎进了每一个人的心里。一个新的观念——"人体和精神的阉割术"需要他们承受和接纳。

*　　　*　　　*

有了电之后，电视作为乡村信息传播的主要媒介介入汤错人的生活，里面的人物嘴唇翕动，像鱼喝水一样，传出声音。

电，是能量的一种形式，而且是古老的形式。电视则是现代传播装置。胡丹丰的符书中也经常看到他写"电"，召唤雷电，是他意志表现的主要方式。

"電"，将雨、田、闪电结合在一起的一个字。上面下雨，下面是一片田，中间是闪电，一幅田园景象。这也算是一个农业词汇。在时间上，闪电在前，下雨在后，这个字将其统一在其间。《说文》

小电与大电

释电为"阴阳激耀",已经不光把这个字看作自然现象,还上升到哲学。作为能,汤错的电网是一九八三年架设的。架进来时,还在铜座完小的操场上举行了一场盛大庆祝活动。村长讲话,群众馺狮。刚开始,主要用于照明。随后,电族所属的各种终端电器也进入汤错,打米机、电视机、洗衣机,这些是带"机"的,有些没有的如电饭锅、电炒锅、电熨斗等,都是带电的。在此之前,电池是主要的电能量。用在电筒、收音机、手表等物件上,电台这个词也用到电。

最早的电话机和广播也用电池。电话机是手摇式的,村里只有一部,摆在铜座公所的二楼。打不要钱。手一摇通,乡里的邮电局那边有接线员,他们坐在一个大柜台前,上面有很多蜂窝孔,这边一响,接线员接到,然后说往哪里,他们就插到哪里。插头和现在麦克风的插头一样。接线员忙倒是其次的,他要听得懂各种各样的从丛山峻岭中流出来的潺潺方言则很神奇。报电话号码的时候,"0"说"冻","1"说"腰","7"说"拐"。你好,我要"冻腰冻腰……"不会说"冻腰"的汤错人害怕打电话。人家听不懂。这特殊的报数方式,多用于电台,带有响亮的元音。

电影也进来了。铜座公所供销社的门柱上挂着一块牌子,白色宣传色写着,今日上映香港武打片:燕子李三;神鞭。放得最多的是武打片。电影放映是私人营利性质的,售票。奇怪的是,那时的汤错人对电影很感兴趣。每天都放,每天都爆满。五角到一块五之间的票价也不觉得贵。老年人拿着电筒来看电影。逢着节日人更多。放映人家里每天派人到乡里去取胶片片子。片子放在一个铁盒子里,有时候是一盒,有时候是两盒、三盒;老年人看电影要先看盒子,有两盒的才看,这样划得来。只有一盒的太短,划不来。在票价和电影放映时间之间是要有所抉择的。二十世纪八十年代中后期的社会公共生活大概是最好的。电影就是最直接的聚众形式。远在岭界上、地步界和大里坪,燕子石片区的人也进来看电影。看完之后,长长的队伍打着火把、电筒，有说有笑地各路返回。

同时，芦笛牌黑白电视也在进入汤错。当电视这个机器普及得差不多的时候，电影衰落了。电影院也倒闭了。放电影的那家改行到县城承包木材厂去了。人们回到自己的屋里，公共生活进一步冷落。到现在，几乎没有值得一提的公众生活形式。现在盛行打牌，但打牌算不上严格意义的公众生活形式。就算是押金花，也只有那么几个人，一般不超过二十个，但值得一提的是，妇女参与押金花的人数越来越多，她们的相对劳动时间宽松了，牌桌的总数在急剧增加。这几年，乡里的电影院解散，一个月由乡里的人到村里来放一次免费电影，但观众数量还是不甚理想。电影在和电视的竞争中败阵下来。电视无比强大的功能在于它适合"家"。这是电影败下来的最主要原因。再者，电视无须出门，也不用买票。家里装有锅——这是电视权力和意识形态之间形成的很特殊的一种浪漫关系，因为它的存在，人们相对自由地可以选择和接受不同的信息，而不是专制。现在，尽管家家户户都有了电视机，像二十世纪八十年代人们那样去谈论和为电视剧情节要生要死的现象没有了，他们也不再那么强烈地去关注电视中一个虚拟的人物表现出的命运形式，在这种虚幻帝国中，他们或许已经习惯和适应了虚构。他们开始关注电视上的资讯。这也说明，他们阅读这个社会的方式已经发生变化。从先前的娱乐型观看向资本意识观看转变。所以，电视，从本质上说不是公共型的娱乐产品。它也使正月骟狮这些传统娱乐方式退出公众生活。另外，具有更强大功能的电脑也在兴起。不过，这种高技能的东西要在文化程度相对偏低的乡村生存下来，还需要挣扎一段时间。就是电视，也不是每个人每天有时间守在家里看的，他们只在晚上或者节日空闲时间瞄上几眼。在电视信息的发出端和接收方之间，存在着时间上的不对等，实际上，只有孩子们才把电视当宠物。他们才是真正由电视培养起来的一代。

电视给信息传播带来的速度比其他方式都要迅捷，远距离的事物来到了眼前——尽管是经过剪辑的，汤错的眼界也因此变得开阔。它营造了一个电视帝国。但是，这个帝国具有虚幻性质，是一个虚幻的帝国形象。它取代了别的公众生活方式的同时，使个人和家庭自觉回到"家"中，村落中的人与人的关系却拉远、疏散了。电视不能形成公共性空间，它要参与的是一个遥远地方为它而准备的仪式。实际上，电视真正的侵蚀却远没有我们想象的那么乐观，我说的是乡下的乡下，你可以想象出来的最为遥远的乡村。狮子和龙灯退出了，它活了下来。电视的确已经成为视觉和听觉合一的新型崇拜物，具有新新人类崇拜物的新特征：装置和机器崇拜。（补记：才过几年，手持终端迅速崛起，微信等形式的交流方式重新凝聚了公共空间，天涯海角都在眼前。而且这个空间将信息、人际关系、财产、局部生产活动全部捆绑在了一起。秋收之际，有一天动大风没网络，六十多岁的元秀说真想去死啊，没有 Wi-Fi 哪里是人过的日子。所有人都一边干活，一边在手机上看电视电影，在朋友圈和亲朋好友们中间存在下去，手持终端上一个用户的消失意味着什么？元秀家的那个鱼塘都有带声控的遥控监视器。汤错并没有经过工业化，但是信息化了。作为个人，在那个数字帝国当中波动。当它不动了，就意味着消失。吊诡的是，元秀家正准备修建一座别墅，她说和邻居家一样，用打印机打一座房子。我的下巴差点掉下来。）

广播（村庄里的大喇叭）这种形式，在汤错只有一小段历史。准确说是在二十世纪七十年代中期以前存在过。之后，便绝迹了。那时候，集体出工和要开个会，就在广播里喊。广播的退出，实际上也说明某种政治生活方式的退出和一个时代的陨落，更替。

现在唯一算得上公共性的物件只有铜座完小那一口小钟，的确只有它还让人觉得，那是大地上的声音。一截长约二尺的铁筒，值周老师轮流敲打。挂在学校井塘边的桃树上，它会被有规律地敲响。它的声音可以覆盖整个汤错一条洞，传到五六里以外的山上。两层足够长的大楼却越来越空荡。二十世纪八九十年代，这里的学生有二百多人，现在只有几十人。这是计划生育带来的直接效果。有些年级组成班级都困难，不得不二个、三个年级放在一间教室，一节课里，上完一年级的课，上二年级，上完二年级，再上三年级，平均分配下来大概各年级只有十五分钟实际讲课时间。有的汤错家长干脆把孩子送到别的地方去上学。当然，我们想过，最理想的教育方式是导师和学生一对一，从小学就开始，这最好不过了，就好比卢梭所说的那样，但那不成其为学校，没有同学将是很惨的事情，孩子几乎会停止生长。

每天，铜座完小的钟声如是反复响起：上课的时候"当当当当……"急促地催逐；下课或者放学的时候，"当——当当；当——当当……"悠扬穆长，但也略显寥落。中午结束，下旰二点的课，提前十五分钟预警钟声也是这个。

原本汤错有一个打米厂，兼备发电（称之为小电），在老屋坪，现已废弃，荡平了，成为一板桥的另一头桥落下去的墩地；小电仅在茹饭时间内，昏暗地亮上个把钟头，坝塘里的水就放干了。干枯季节，只有几十分钟，不超过一个小时。家里的灯泡是从来不需要关的。自然亮起，又自然熄灭。现在，天湖建成了水库群，那里有全亚洲落差最大的发电设备。马尾河在汤错洞里相隔不到八里的段位上被截断两次，建成两个水坝电站。这些电并不供给本村，而是卖到外面去的。我们已经很难判断，这是对资源的合理利用，还是涸泽而渔。没有电，的确已经让汤错很难过了。大雪灾那年，电全部停供，所有电器全部瘫痪。大雪盈膝，走路都困难，电话打不出去，也打不进来，谷子没有地方去皮，家里没有米了，茹饭成了问题，村子一下子陷入黑暗的空寂。这个时候，人们才又开始想起过去那些原始的手动方式。

大电也即高压电刚进入汤错的时候，曾庆和家住得稍远，电没有扯进家里去，他父亲很不愤慨，跑到田畎上，对着路下边的变压器鸟起一泡尿，想解解恨，谁知遂即电死。这泡尿的代价他永远也明白不了了。

＊　　　＊　　　＊

二十世纪九十年代末有一种马阴阴地进入汤错，立即席卷了这个村庄。汤错人一夜之间几乎全部变成了马民，这些发狂的马民都是人头马怪物。这就是"买马"。买马是一种地下钱庄的赌博游戏。马的赔率为1∶40。四十九个数字中，一个生肖管四个数字，打头的"鼠"多一个"01"。买家根据"马报"猜测庄家给出的歇后语猜具体的生肖，确定买其中一数字，或者包下该生肖的全部数字。1∶40的赔率，就是说，一块钱可以赚到四十块钱，一百块变成四千块。这个赔率迅速抓住汤错。每周二、四、六开奖，如此快捷的开奖频率让他们都疯了。除了红色时期的政治热情，至今没有什么东西能让他们这么有激情。世界上要是没有了博弈，我们的生活可能会单调很多。卡萨诺瓦在他的自传中写道，他从意大利回法国的头等大事是发现皇帝手头上缺钱，腰包不响，他说给皇帝想到了一个绝好的挣钱办法，皇帝一听当然高兴，便问他怎么赚钱，他说：在法国某省发行彩票。这一想法让那些大臣惊恐不已。但是卡萨诺瓦给出了稳赚不赔的全部计算根据。皇帝还是在钱袋子面前低头了。结果也正如他所料。马是地下钱庄搞的，内地的马不规范，有的庄家倾家荡产，有的"马神"也倾家荡产。庄家是分级管理的，最下一级的庄家自己参赌，有的因为吃黑，最后导致钱庄破产。有的钱庄是个人的，有的是合股的。只要你有钱，你马上就可以是庄家。庄家不管远近，都设有一线代理人，安插和物色好的本地人。按照49∶40的比率，庄家无论如何是稳赚不赔。但是一个村子有多家开票的话，就很难说了。

萝卜头甲（绰号马仙）一年没有出门做台[1]，焚膏继晷研究马报。

---

[1] 做台，即汤错语做事。新方话说做路。"台"是"事"的音转，话台即话事、说话之义。

输掉十多万块起屋钱。老婆孩子回了娘家。家里最后只剩下一头猪，杀了，所得余钱二千块，全部職①到一个数字上。他说他做了一个梦：那一定是 49 号。

他打电话过去，报了。九点过后，果然开出一个 49。萝卜头立马绝倒于地。

第二天一早去庄家家里领钱，不见人，已经茸了一堆人等着结账，旁边一个人说怀疑庄家已经跑掉了。"我的八万块啊"，遂不省人事。其他人连忙掐人中，摁胸腔，做人工呼吸。抢救过来之后，面情呆滞，茶饭不思。几天之后，人失踪了。有的说，出去寻了短见，有的说报仇去了，还有的说，他戒马瘾去了。至今未见。

在马面前，女人的疯狂不亚于男人，某乙把未婚夫在广东打工挣回的钱，全部输给地下钱庄，未婚夫年底归来说结婚，拿卡去取钱，已分文不剩。这匹马进入汤错以来，产生了更多的马字公民："马民""马仙""马神"，见面问候语，不再说，"茹了吗？"而是"买了么？"丙是老实巴交的农民，也染了马瘾。担一担粪到田里去，又担了归来。旁人问他，这是做什么？马报一出来，全家人聚在灯下，研究马情报，如临大敌。在广东打工的儿子长途电话打归来，说那边有内部消息，现底（明天）买 24。保中。谁知是 6。赔得很惨。大骂崽笨，24 不就是 6 吗？

实际上，内地的马和香港的马是脱节的。马报上的歇后语和"马民"猜测的东西不具联系。研究马报也徒然。开奖在香港，开奖时间是确定的，开奖是公开的。内地的马由地下钱庄控制。只不过以香港的开奖为准则。马民和钱庄都是赌家。

赌博激起的情绪纵然很壮观，但是所有人把时间成本押在上面，这或许是最大的折本。按照比率庄家的胜算永远大于马民。最终，

① 職［tsæ³³］，猜测，臆测。对没有发生的事情进行猜测，而没有事实根据。甲人姚家说他多公，讲话職到講講。意思就是不可信，或不可全信。当然，反过来，某件事職准了，也是高明之举。新方话读［zāi］。

马民的钱和时间成本都被一一"榨取"。

汤错这种聚赌的方式还有"斗牛牛"，起庄之后，参与的人滚雪球一样，越来越多，有时候多达百来号人，老头老太太都参与。谢家老太太拿一块钱给孙子买糖的，心想，不如碰运气，押一把，结果中了，一块变五块，再押，变成十块，结果，一天下来，得四百多块。而她做事的话，一天十块钱都挣不到了。

"才是有钱个曝子，谢家老门亲业要在桌子边边头起箍一曝，直到散场，索性①上［do⁵¹］个瘾老。"（谢秉勋母亲）

她的意思是说，就是没钱的日子，谢家老母亲也要在桌子边上箍一天，直到散场，索性上瘾了。这个例子且不是极端的，"箍桌子"，即看水鸭子，充当看客，成为他们日常生活的一部分。

"牛牛"之所以风行，全村人都参与，是因为在这个赌盘上，可以迅速实现"价值"的增大。赌本身不创造价值，也不是生产力，它有如洗钱，把一个人的钱通过这种双方愿意的方式流通到另一个人的口袋。最大的原因在于，它提供了一个"冀望"，这个动机发展起来就是我们现在的"村庄中的中国梦"。它既有希冀的一面，也有醉生梦死的一面。牛牛创造的一个新词——麻沙，即满杀，以一对十，为最大的牌点。

然而，所有这些马当中最大的黑马是——马克思。在过去的几十年里，汤错人唯马首是瞻。这匹马是共产主义乌托邦图景的缔造者，他缔造了一个天堂般的存在。汤错人在马的理论指导下如火如荼地跑步进入共产主义，一九六〇年先饿死的那些人最先"见马克思"。汤错人很快理解了"见马克思"，尽管他们不一定理解共产主义、人民公社，以及公共食堂。见马克思和上天堂或者说下地狱站在了同一个渡口，那就是死亡。在马的思想框架下搞哲学和批评的有"新马"和"老马"，这都是舶来马。唯有这匹马有形上的高度。它不依靠速度，而是思想。思想之马掌控了这么多人的脑子。现在

---

① 索性［suo¹¹ɕin³¹］，专就，做某事专注到底。

他们被彩票这匹马掌控了身体。具有终生桂冠荣誉性质的是忝列十二生肖的这匹马。汤错二千八百八十七人当中，至少有十二分之一属马。也就是说至少有二百四十人终生为马，具龙马精神。当然，马也用来"骂"人：马大哈。这是害群之马，会殃及猪狗羊龙鸡蛇的，等等等等。也用来祝福：马到成功。马由一个细小的点——马这个字演变出一套具有自我属性的辩证法。尽管它很粗糙，然而，其适应性却不马马虎虎。

＊　　　＊　　　＊

多一个儿子多一个江山

汤错人认为："多一个儿子，多一个江山。"这种观念如此堂而皇之，性别的权力体现得淋漓尽致。正因为这种观念，它和偷养〔dau^{13}io^{31}〕这个计划生育术语连接在了一起，自从有了计划生育，汤错语中开始出现一批新词群众，而且全部和身体山与欲望相关，计划生育可以理解为对身体江的一种修葺：结扎、人流、偷养、放环、龙头套套（避孕套）。把中国农民反抗计划生育看作观念落后、愚昧和顽固不化，是简单化了的。计划生育的本质不是观念之变，也不是概念之争，而是一场实际的战争，是争夺江山的战争。一个是国家的江山，一个是农民的江山。这两个江山的斗争就是计划生育的本质。这个江山也是人之土地肉身意识的一种：人即江山。偷生是为自己的江山而战，属于毛主席当年提倡过的游击战。现在，他们用毛主席当年教育给他们的战术来对抗国家的江山。这场战争旷日持久，农民身上储蓄和爆发的激情也基本来源于此。唯有超生令他们绞尽脑汁，具有长远谋划的胸襟，能够长期地忍辱负重，卧薪尝胆，苟且"偷生"。玉宪的"屠桌演讲"之所以被当作笑话，是因为他的帝王梦想没有结合实际情况，如果他首先拉拢超生游击队——最"反动"也最值得为之一战的力量，而不是他所谓的中华联邦，那么，我想，他的畸形帝国梦想情况会好很多。农民是最原始的革命力量，只有最切身的利益才可以拨动它，同时，这也是最无私的力量。它不需要任何堂而皇之的理由，更不需要荣誉（当然，这里是抛弃阶级观念这种战斗武器而言的）。从这几十年来看，农民的观念也有一个转变，从"毛泽东的农民"转向"邓小平的农民"。本质上是从政治型农民向经济型农民转型。无须跟农民讲计划生育背后的问题是人口问题这样的大道理，至少现在是这样，农民基本不考虑这个问题。人口问题太有高度，距离他们太遥远。他们考虑他们自己的问题：计划生育、土地、金钱、政治权利（村治），然后就是命。前面几个问题是具体的，但也很根本，后面一个问题是形而上的。国家江山已经在很多问题上做出过让步，废除农业税，种田的农民给予奖掖，农村自治选举，等等，唯有人口问题上没有，相反，计划生育工作更加严了，某些地方是变本加厉——以党和国家给予的权力乱搞一通，从中渔利。农民本也该意识到人口是一个唇齿相依、互相存亡的问题了，可他们没有意识到这一点。他们只关注多生一个和少生一个的权力，或者说这种权力给他们的直观感受。

"如果你说，我随便你们怎么生，只有一个小小的要求：必须三年生一个。他们肯定能从这种感官上获得被认同感和满足，实际上，女孩二十岁进入婚龄，生育年龄到四十岁已经很了不起了，实际生育年龄也就是二十年，二十年里，平均下来，也就五六个孩子。这五六个孩子并不会使中国人口暴增，反而有利于缓解人口压力和老龄化。并趋向良性，最终走到自然法则上来。"作为村主任的谢秉勋的舅舅这样说。

超生游击队实战录

（牵涉隐私权，请原谅，以下都使用代号。这一代人基本集中在三十到四十岁，已经有一个或者两个女儿。）

（甲）**瞒天过海**　甲人，今年四十三。二十八岁结婚。次年生一个女儿。接下来连生三胎，都是女孩，但是婴儿出生到第二天凌晨，就都"死"了。那些死婴都被埋到他们家后山。有一次埋婴，被他二嫂嫂［lau³¹sa³³］，即踏生，生完孩子的家里进来的第一个生人，新方话说踩生。一般认为是无意撞见的，这个人某种程度上会和这个孩子发生一定命运上的关联。之后便在伦理道德的埋汰中传得沸沸扬扬，他大嫂又是为他妻子接的生。前年又孕，检查出来是一对双胞胎，提前两个月生下来，仍然是女孩。作为双胞胎的母亲，在孩子生下来之后，大约在一个月时间里，她唱着一首令别的母亲听来有些刺耳的"童谣"："妹妹啊妹妹，养崽啊呷农药，养囡啊呷补药。"这种来自现实和传统的巨大失衡和裹挟一度被认为精神失常，后经人点破，闭口，不再唱。双胞胎抢救下来，现在生活得很好。一家人也算有面子。说要把女儿培养成运动员，像奥运会上的那些运动员一样。我去的时候，让我给他们拍全家福。为了女儿，他已经把卖田给人家作屋场换来的钱买了电脑回来。尽管是一台配置很差的电脑，其意还是很令人感动。

（乙）**暗度陈仓**　乙人以打牌为生。是汤错有名的佣詑鬼（打冒诈之人）。早年坐过牢，在外面混的，后来开车出了车祸，没有死，便回来了。从外面带了一个女人回来，那女人死心塌地地跟着他，也很崇拜他。婚后生有两个女儿，没有儿子。乙人跟他妻子商量好，两人暂时离婚，他另娶一个女人，生下儿子之后再迎她回来。女人竟然同意了。乙人也果然再攞①了一个。这个女人的来历我们同样不清楚。一年之后，真生下一个儿子。不久，乙人把那个女人"放走"了，也离了婚。把原配再找回来，进行复婚。生活很好。夫妻之间和谐。

---

① 攞［lo¹³］，寻找，《集韵》郎可切。又专指寻配妻子。表示看时，我们将这个音译作"览"。

（丙）**前赴后继** 外出打工是最主要的偷生方式。相对而言，数量要庞大一些。很多夫妇出去就是十来年。留在家里的女儿也都上完小学，上中学了。最后回来的时候，带一个两岁左右的男孩。自然会被罚款。但是对于这点罚款他们已经承受得了。另外，还要修房子。他们打工的主要方向是广东。具体哪里，他们不愿意透露。这两年，我们也发现，这些早年出去打工的夫妇在外面生的子女不止一个，所生女儿送给当地人了，或者某些特殊家庭。丙人的老婆很想念她送出去的女儿，两个家庭之间，也电话联系。这些是这两年才为人所知的。他们送出去的时候，领过人家的钱。所以也有约定，十岁之内，不可能再见到自己的亲生骨肉。有的是约定终身不得再见。

（丁）**打不赢躲** 丁家已经有一个儿子。已经成年了。还想再要一个女儿。两人躲到高山，娘家的人为之送饭。秘密工作做得很好。也就是快要生的后三个月躲到山上去的。生完之后，再下山。生下来的是个女儿。他们也一样高兴。人到四十，再得一个女儿，也会令他们很高兴。再者，第一个孩子在培养上出了点问题，他们想从第二个孩子那里找到再次实验自己教育方式的机会。他们的儿子是提前生的。也就是说他们结婚的时候稍稍早于法律年龄，那时候计划生育风头正紧，被罚得很惨。这个女儿下来要罚一万五，因为丁男当过小学老师，县里也认识个把人，请茹饭一顿。最后罚了一万块。

（戊）**借鸡下蛋** 戊男有点憨厚，四十岁了没有娶到老婆。一天，合作社来一个外地的癫婆。动不动脱衣服。只要给茹的，她就愿意表演脱衣舞。身体还好，奶匏胀得像苞谷，看起来没有什么问题。年纪不到三十。戊人老门亲把癫婆一点一点引到她家。把她关了一年，给她的憨厚儿子生下一个女儿。生下女儿之后，癫婆也就消失了。六十岁的老门亲亲自哺乳，将这个孙女带大。令所有人都惊讶不已的是，这个六十岁的老门亲当众给她的孙女喂奶瓠。① 有人说，癫婆生下孩子之后，被戊人老门亲送出了汤错。也有人说是癫婆不堪囚禁自己逃走的。究竟是怎么消失的，不得而知。也没人敢打听。

（己）**鬼推磨** 早先年的计划生育采取的是暴力形式，安插暗哨，乡政府的人夜半挺进村里抓人。动不动牵牛、赶猪、拆房子、抓人。所以，更多的年轻夫妇选择流浪型超生方式。门一关，落把锁，再不回来。从间接上推动了他们的背井离乡。上面渐渐发觉了此一形势的不对劲，形势得以缓和，只罚款，不动家产。一旦转化为钱这种形式之后，空间就比较大了。以前是上面的人来抓，到后面变成他们来通知逃走。更上面的人下乡来检查计划生育工作的时候，村里面便会提前得到乡里来的风声通知，超生游击队跑到山上的洞子里去躲着，车子走了，乡里再一个电话，游击队员们又纷纷下山来。起快，惊恐之状，有如鬼子进村。背底，竟然变得游刃有余。

（庚）**迅雷之势** 早些年，结扎指标是下到队里的。一个队有一个或者两个，根据生育年龄和夫妻情况决定。于是就有人像狗仔队一样搞情报，打闷棍，凡告发者都可以领到一笔不大不小不同形式的奖金。可是，告发者的本意不在此，他们的最终目的是等本年度的结扎指标填满，然后自己出枪"抢生"，动作之快，枪法之准狠、果断，让那些搞计划生育的措手不及，觉得自己的智商远远不够用，很窝囊。人已经生下来了，也没得办法，既不可能充公，更不能灭口。不过，这种方式激起了超生游击队的内部矛盾。邻里之间闹得深，得罪光了。有些家庭就像结下世仇一样。毕竟，结扎不是一件小事。赘婿到汤错洞里的庚男结扎之后，禁得不好，身体一垮再垮，四十刚刚出头，一命呜呼。留下两个女儿。大女儿十多岁就嫁了，小女儿弃学，下广东进厂去了，不久也跟着一个重庆打工仔跑了，

---

① 奶瓠［vu³¹］，乳房。

妻子改嫁。

以前，他们真正担心的是生下来之后上户口的问题。我使用电脑，谢秉勋的母亲就要我帮她查一查她大儿子的第三个女儿（现三岁），电脑上有没有名字。我告诉她有，尽管我知道不可能有。她解释说："缴了一千块钱，上面的人说，上了乡一级户口，但不上报省里，电脑上还可以查得到的。"其实，农民不上电脑，所以备查只不过是空话。但是农民瞅准了一条，对我们仁慈的政府下手，每次"全国大一统"（当地语，指人口普查）的时候，怎么超生的崽囡都可以上户口，这个时候，不上户口反而是违法的。

前不久，我路过乡里，看到一条醒目的红色墙体广告：

"女孩是我们民族的未来！"

落款"乡政府宣"。这句话让我想了很久。接着便情不自禁地笑了起来。

目前的汤错，基本家庭都是二到三个子女，基本上超生一个。独生子女家庭是极少数，现在，国家江山对独生子女的家庭抚恤和奖励力度在加大，独生子女家庭也感到欣慰和荣光。而那些超生游击队阵营的人则已经忦[1]得不行，甲说："哎呀，冇哪个想到，现在崽囡读书唔要钱啦，早晓来多养他一两个。"乙马上讥讽这种不占相的行为：

"真个是吃了粑粑不记坨数。"

*　　*　　*

好与苦　　好与苦，在汤错语读音相同，都读作［xu³³］。

王力先生《楚辞韵读》中的"好"读［xu］。《楚辞韵读》是否考虑到楚方言？尽管通过字我们可以知道，那个字在那时候是可以

_____

[1]　忦［tɕia¹³］，心里难过和后悔，谓之忦；新方话读［tɕie¹³］或［ke¹³］。

那么读的，但是楚辞是用楚国文字书写的，跟后来的秦国统一后的文字书写作品自然是有一些差异的。而楚国本身的文字书写系统还是很完善的，今天的考古发现，也即学界所说东土六国和关中文字的差异。再者，楚国方言对文字和书写的差异也体现在楚辞当中，很多楚国方言词出现在里面。王先生拟测出来的韵读系统属于关中六国和秦文字通用系统？也即西周时候通用系统？

那么，这个"xu"的流浪史可谓十分遥远和悠久了。好心组合用的时候，心还读作［ɕia］，仅使用在带祖语现象的如下语境：

"好心底，慢慢行［a］。"

好心［xu³³ɕia¹¹］，同时指好，好心东西就是好东西，表示赞许的意思。苦本是一种草，有人认为是甘草，有人认为是大苦之草，卷耳（苓耳）。沈括《笔谈》说《尔雅》蘦，大苦，是一种蔓延生、叶似荷青、茎赤的黄药，味极苦，所以说大苦。

《方言》说苦是快。楚曰苦，秦曰了。

郭璞：苦而为快者，犹以臭为香，乱为治，反复用之也。对于汤错而言，没有文字，好、苦都是一个音，还有更奇特的是哭也同好、苦。哭不单用，而说流哭［liu⁵¹xu³³］，因此，流好＝流苦＝流哭。反复用之义体现得淋漓尽致。苦本是草的味觉，引申到形容事物的心理感受上来。

好，在汤错语其本字也可能是荂，花开荣华。茂盛为好之意。《唐韵》：芳无切，音敷。《尔雅·释草》华，荂。扬子《方言》：华、荂，盛也。齐、楚之间或谓之华，或谓之荂。当荂读苦（况于切，音呀）音时，同指植物的果实：《尔雅·释草》芺、蓟，其实荂。因此，苦和荂，都是从草引申出来的对事物美好坏丑的形容。这与禾字引申出秀、秃、季、季（年）、委等一样。

　　李维资料中显示，汤错语飞、飞翔说成"血"〔∫y³³〕，本字无考。谢秉勋母亲说，她养的洋鸭从披厦屋背头翱翮翱翮①血〔∫y³³〕到了下洞的塘沙底。令人大为不解。

　　不说飞，只有偶尔情况下说成飞，一些地名的命名上，显然，早先地名的命名是初来乍到者，或知识分子，或行政人员做出的决定，比如飞鸭峰，但汤错一直将"血"这个音与"飞"的意思等同，读若须。

　　谢秉勋说："这个字也困惑我很长时间。"

　　我说这个字写作：趐（xuè）。可考：《玉篇》许劣切；《篇海》进也。又飞也，众鸟丛飞也。②

　　李维写作"血"是拟音，是对的。因为汤错话将血（xuè）和趐（xuè）念成同样的音，如读虚，其本来就是同音字。抃也读xué，音转为〔∫y³³〕，说抃花，不说开花；当它读本音时如抃秧子、抃谷种。③发本地读〔xue⁴〕，如发痧、发财，它能音转为〔∫y³³〕，那么开花就变成发花。山歌钞本作舒花，也可。

　　"我一直以为〔∫y³³〕花是无法表达的。"谢秉勋说。

　　再看趐，《篇海》进也，进本字进，指佳（鸟）的飞行，进与趐是同义字。由于我们熟悉飞，而不使用趐，习惯上趋简了，于是在通用语中趐被废。趐是羽禽的行走。习（習），也是指鸟的飞翔。朱子注《论语》"学而时习之"说习"鸟数飞也。学之不已，如鸟数飞也"。我们的文明中所谓的"学"和启蒙是从摹拟羽禽的飞翔开始的；在更深层次，我们潜意识当中，仍遗留飞翔的潜能，或者我

---

① 翱翮〔pa¹³lo³¹〕，振翅。

② 同音同义字：猼（xuè），《广韵》《集韵》许月切，音趹。飞貌；䑉（shū），《玉篇》丑俱切，䑉，飞貌。

③ 抃的另一个读音指yuè，挖也。如抃畲，抃泥鳅。

们原本就能飞翔，是羽族的后裔。鸢飞戾天，这是多么高缈的体验啊！这就是大雅的境界，鱼跃于渊也就是鸢飞戾天。[①]

"那么，学习的学（xué）最应该读作［ʃy］，为什么读［ʃo］或［jo］?"

"那时候的'学'读的不是现在这个音，而是读 xiau。你看，孝歌的'孝'（xiau）在今天你们仍然读［ʃo¹³］。你听你阿驰说娘家那边的话时'学'有时候仍读［dʑiau³¹］，只不过浊化了而已，年轻人读清音［ʃo³¹］。这跟汤错先民从北方或中原迁徙而来有关，是他们携带了这些音。汤错话则还读［jo］。"

当我们理解了趔时，我们周遭的事物开始变得轻逸，地方性知识的枯燥慢慢变得饶有意味，卡尔维诺说，轻逸的从来不是羽毛，而是鸟的飞翔。

*　　　*　　　*

谢秉勋说，一年夏天，今友道信由友人带到汤错大里坪。他　　鸭子
认为汤错语在口感上，有几分日本话的味道。这也是他来汤错的主要原因。再者，大里坪闫姓迁徙到汤错的时间相对较为久远，大约五百年的历史，他选择的这个点虽属偶然，却极为地道。考察为期三天，临行时，这位语言学家说，仅［alai］（鸭子）一词的读音和他们的语言读音一样。日语中，鸭子为［ahiru］，他走的时候忘记问"他们的语言"到底是日本什么地方的话了。显然，和日本普通话还是有所区别。

听不懂汤错话的人以为像日语，说明日语也是听不懂的，导致这种想象的产生，可能最大的原因就是汤错话的尾音——ka。它可以表疑问、完成，或过去式。再加上日语中局部的汉音遗迹与汤错话的中古属性，在外人看来就变得混同了。

---

① 鸢飞戾天，鱼跃于渊。参《诗经·大雅·文王之什·旱麓》。

　　"棘"，汤错语说 [tɕhi¹³]。关于这个字，和大理曾有过一个讨论。十多年前的字库不全，有些难检字难以输入，讨论时有些不便。缘起是花篮贴了赣南冬季植物的调查一帖，其中有"勒仔树"一条。有网友说，广东也有一种"簕仔树"，是一种多刺的灌木，羽状复叶，小叶很小。开许多小白花。它属于含羞草科的含羞草属，但不是草本而是灌木，高二三米。学名是：Mimosasepiaria。Mimosasepiaria 就是大理说到的"光荚含羞草"。只不过这个名字听起来不像是树了。□代表大理；○代表作者。

　　□如果知道粤语的"簕"为刺，就会明白为什么古代汉语"刺"与"剌"这么像。这个"刺"在北方就相当于南方的"簕"。李时珍可能是最早注意到这个语言现象的。他指出"葎草"（北京叫"剌剌秧"）的"葎"实际上就是"簕"——那种草的藤茎长满了刺。

　　○关于"剌剌秧"，经大理一说豁然通透。去年春，在桃峪口水库，我问当地的牧羊人，他就把葎草叫作 [la³⁵la³⁵yan⁵⁵]。当时还以为是村子当地的叫法。不过拉拉藤和剌剌秧并非一种植物，拉拉藤指茜草科植物，剌剌秧（殃）即葎是桑科植物。

　　另外，他把"辣蓼子"叫作 [la⁵¹lao³⁵cai⁵¹]。这个"蓼"是读 [liau] 还是 [lu]？在楚地——梅山文化覆盖区域，现在还有这样的讲究，"母死歌蓼莪，父死歌兰陔"，这里的"蓼"明确规定读作"露"。《说文》上说"蓼"是"卢鸟切"。可见最早是读"lu"的。而"蓼莪"中的"蓼"仅作形容词。我想弄明白的是，北京话中的这个 [lau] 和 [liau] 以及 [lu] 之间是否也有如 [la] 和 [le] 这样的关系？

　　或许是有点绕了。既然 [lv] 可以读到 [la] 上来，那么 [lu] 读到 [lau] 上来，好像也有可能。只不过，还没有找到其他的例证。

　　□蓼，古音是入声。现在入声归四声，在各个方言中不一样。

入声在粤语中可见：［luk］；日语中也有痕迹：［riku］。

○客赣语有说：猁，棘之意。读音：梅县客家话［net¹］，赣客读"li¹¹"，岭西省北部（实际上指汤错）读［tɕhi¹³］。显然，［tɕhi¹³］是"棘［tɕi¹³］"而来。《方言》："凡草木刺人，江湘之间谓之棘。"汤错语这把"棘"读作［tɕhi¹³］仍然是一个十分古老的音。

实际上，现在湘语（尤新化话）中读"棘"或"猁"作［li¹¹］。这个读音和日语较为接近。

就粤语和客家话的关系而言，"籂"可能是"猁"，是古方言词。客家话说黄瓜为"猁瓜"，也就是有刺的瓜，跟白瓜、青瓜相对。

□有没有正规印刷的实字？

○有的。"猁"见《客家方言》p72、191，（温昌衍编。华南理工大学出版社，二〇〇六年）。

前几天，大理说到"刺刺秧"的解释，很受启发，过完年回来，我又翻了一下《方言》，还说到另外表示"刺"的字，备录于此，以资讨论：

"凡草木刺人，北燕朝鲜之间谓之茦，或谓之壮。自关而东或谓之梗，或谓之劌。自关而西谓之刺。江湘之间谓之棘。"（《方言》卷三，第十一）

《说文》茦，莿也。《玉篇》芒也，草木针也。

另作一点猜想："刾"字《说文》中收录了。"刾者，刀之也。"是划破的意思。也含有"刺"的意思。《韵会》"从约束之束，从刀。与刺字不同"。北方人作"刾"也可能是自然的。和"刺"之间不存在误会。《方言》说"北燕朝鲜之间谓之茦，或谓之壮"。显然还是读作"茦"。至少在东汉至清，这个读音还没有分野。

北京话把"刺"读作［la］是否受过满语影响？满语中有"刾"和"棘"，而无"刺"。满语中说"棘"为［bula］；棘榆［bula haiilan］；荆棘［bula jajuri］。"刾"为［nuka］。

□看来是你给写错了，这个造的字不是上下结构"猁"，而是先左右结构再上下的"束＋束＋力"。这个字字库中确实找不到，但它完全对应于"莿"。

莿瓜，就是黄瓜，这在闽南、滇西都有这么叫的。黄瓜这个名字由胡瓜音转而来，颜色上并不准确，于是又被叫作白瓜、青瓜，算是黄瓜这个名字衍生出的新名字。

○（在大理的提醒下，我在放大镜下又看了这个字，并没有写错。）

现在，我陷入的可能是一连串的语音联想，如索绪尔说的，我在为这个字寻找它的新旧故乡。大理那边，主要是形态联想观察，无论是从"莿"到"莿"，到籣；还是从"棘＋力"到"束＋束＋力"。

滇西把关于颜色和命名及其延伸，这里不可把青瓜和白瓜当作黄瓜来理解。我前面说的是"相对"，也就是"劈瓜"是相对不长刺的青瓜和白瓜而言的。这里的"白瓜"［ba¹³kua¹¹］指葫芦科葫芦属的"瓠瓜"。青瓜是指丝瓜。

方言对黄瓜、丝瓜、瓠瓜的叫法过于繁复，凡是皮白的就叫白瓜，青的就叫青瓜。而叫白瓜和青瓜的却不是指黄瓜的多得不得了。

各地所习，没有逻辑，无深究之必要，仅且记下比较则可。但把黄瓜读作"胡瓜"我更相信是"瓠瓜"之误，因为从"黄"音转至"胡"路途实在过于遥远，如果还承认它们有语音上的关联的话。否则就不存在转音问题。实际上，"胡"素来指番邦来的，不存在转音的问题，清人笔记记载"胡瓜……俗称黄瓜。……汉张骞使西域得种，故名"（《清稗类钞·植物类一》）。

□"棘＋力"，字库有此字，统一码 U+208A0。解释说《唐韵》林直切，音力。《方言》赵魏间呼棘曰。至于滇西之"莿瓜"，可以用"元谋"与"莿瓜"Google 下。元谋之部族，百万年矣，来源无考。

○山顶洞人和北京话并无关系。"赵魏间呼棘曰"。《方言》上查不到。南楚倒是现在还念"li"。来自中原的客家话倒不念这个音了。

　□不清楚你的输入方法是什么，好像是鼠标拷贝？显然你用的软件不支持超字符集中的字，这里的"劙"变成了两个字，而这两个字字库中当然没有，就成了两个问号。我这里是用 WindowsXP/SP2+IE8。

　"劙"与簕、笏、刺、茦相关，于我不存疑问。真正的问题是：其与"棘"是否同源？我认为"棘"原来是特指酸枣丛的，不泛指草木之刺。两者不同源。

　顺便指出一下，"簕"在粤语中发音与"刺"在北京话中发音一致，不同的只是声调，包括粤语入声也是声调。

　○其中的关系还是觉得很复杂。"朿"不过是本字，是刺、茦、莿、"劙"的本字。而"刺"从"朿"，不从"束"，这是区别。簕、笏，从竹头，又从"力"，因此，也可以说与"朿"相关。

　《本草纲目》"茦草茎有细刺，善勒人肤，故名勒草。讹为茦草"。实际上，李时珍说的是"勒"，那么，再从"刺"到"刺"还是有一段距离的。"勒"有"拉"的意思，也有火辣辣的意思，见白居易《桐花诗》。

　从语音的变迁上是允许这种考察的，只要给出例子。

　棘属朿部，刺属朿部。"棘"虽然和"棗"形似，但语音上没有太大的变迁，这是有目共睹的。所以，"棘"仍然是"刺"这个方向上的。

　汤错语把"棘"读作［tɕhi］，把"刺"读作［tʂhi］。没有混淆。二者表示相同。但刺的读音应当是后来的。新方话说［li²¹³］，在汤错语中［li²¹³］则专门指"锋利"。无"刺"之意，只有形容"刺"的锋利程度。这显然是两回事了。

*　　　*　　　*

甲人从把火石放来汤错，身高只有一米二，生有一女，正常。她老公有一米七多，双亲早亡，四十多岁讨到这个女人，没有房子，靠做小工维持生活。弟弟有修房子，娶了老婆后住在弟弟那里。后来他弟弟在煤矿上死了，房子归他。甲人除了身体缺陷外，智力正常，也才贤。这年秋天，她在田里割禾，手腿短，弓着身杀禾，屁股几乎挨到泥巴。乙人从田埂上走来，调侃她说："蚂蟥爬进裤裆里咾。"说了这还不够，又说："蚂蟥爬进裤裆里咾，拱到屄里砌咾，又到肚子里，又跑到脑壳里咾，再嬎一窝小蚂蟥。"意思是，蚂蟥从阴道进入了身体，到脑袋里面，生下一窝蚂蟥崽崽了。甲人听后，禾镰一掏，捧着头跑回家去了。

在这里，说蚂蟥 [ma^{31}ve^{213}] 的时候，有一种共识在先，即蚂蟥有一种令人可怖的本领，纵然碎尸万段也可复活；而每一碎片都可重新成为一个活体，生活在池沼地或水田，有时山上也有，它和磁石一样，每碎下一块，便自己产生两极。这种墨绿色扁长形环节动物，尾巴上有一个吸盘，吸食人畜血液。

因为这句话，这个矮变人吓疯掉了。她用一块布包着头，不再洗头发，乱糟糟臭烘烘的，用布条紧紧缠住，像一个日本武士。老说，脑壳子里哟有蚂蟥哦，痛哦。她听人说，烟可以熏死脑中蚂蟥，她就开始抽烟。实际上，她只不过看到有人把蚂蟥用香烟从腿巴子上熏下来。也不是完全疯，意识上还清醒的，晓得做饭。疯癫得厉害的时候就在屋里，怀抱脸盆，一边敲一边跳一边唱。已有仙娘附体。蚂蟥爬进脑壳后，渐渐变懒了，不爱做事，她老公出门做小工，到哪跟到哪，她跟她老公说："回去觉觉，回去觉觉。"有人没人，她都这样嘟囔，其他做工的匠人模仿起来更是精到。"吓她的也真是矮老雉，冇良心，头身世做过了。"村里人骂那个造孽的说她脑子里有蚂蟥的人，"好烨艳①的一个人，被一句话罾成这样。"认为自己的脑子里有一窝蚂蟥而且越来越多的想法占据了她的全部思维，产生了无法自我遏制的恐惧。甲人由身体缺陷造成了心理缺陷，心理原本就脆弱，不够强大，对外界的看法较为敏感。如果她跟晏子一样，她哪里还会疯，还能以语言的力量把这窝蚂蟥移植到对方的脑中去。她的直接打击来源于乙人虚拟的那个事实。而且还是从阴道爬上去的。说话者或许只是一个玩笑，而他语言实施的对象这么脆弱他却不知。语言的这种功能在身上发生的奇特效应毁掉了一个人，它毒得胜过鸩毒一类致人猝死的药。因为语言进攻的方向是心理，它没直接毁灭客体，而是使这个客体变得更具有毒性。

我想起朋友周云篷。一次在十三陵张遥那里吃饭，在院子里的香椿树下，天也晚了，他说："前天晚上我做了一个梦，鸭子是有翅膀的，还会飞。"他说的这个"飞"是如何给予的印象，我们很难描述，和我们理解的"飞"是否一致也不得而知。当他这样宣布自己的发现时，在场的人不觉莞尔，鸭子本来就有翅膀，在他，却是在梦中才看到了这一切。他也是第一次知道鸭子有翅膀。他说的鸭子，翅膀，飞，也可能只有"鸭子之名"，而跟我们所看到的鸭子完全不是一回事。他的背包里有一本很大的盲文版《使徒传》，饭后他一边跟我们说话，一边摸字"看书"。这些文字传达的印象显然也是另一个奇特的世界。我则又想起甲人脑壳里的那窝蚂蟥。语言赋予事物形象储存于人的意识，盲人也是如此，在他们，语言是制造形象＝意识的酵母，也是发生机制。盲人的语言形象当中没有视觉参与，聋子的语言形象没有声觉参与，那是区别于常人的一个形象世界。甲人虽然不是盲人，也不耳聋，但是她的生理疾病造成了她的语言形象的极度变异，周氏鸭子和甲人蚂蟥所具有的一个共同点就是语言制造的这些形象的变异性。周心理非常健康，他的歌声也异

① 烨艳［ɕia³³in³¹］，烨又作烨，与牛羊有关，谓极美［大羊］极好；烨，红色。也可作新鲜［ɕin³¹ɕia³³］解。烨艳俗写为鲜艳。

常动人，他说"命运是我的朋友"；甲人则难以这样来调理自我，乃至蚂蟥在她的脑壳中居住下来，而她的脑壳中实际上居住着的只是一条由语言虚构出来的语言之蟥。这种变异当然也可以理解为语言的自我繁殖，或许，还可以换一个词，比如说屈原，他在他的语言中，繁殖了一个又一个楚国，还繁殖了杜衡、薜荔、湘夫人等，令百草为美人，令所有他繁殖的在今天看来平常不过的楚地植物成为袅娜多姿的仙草嘉木，并以此装扮自身和他的房屋和船。这是用语言自我繁殖出来的一个浪漫而伟岸的诗人形象。语言，还可以繁殖出更多东西，尚且能随意地找到故乡。同样的事物也可以因为语言呈现的象的不同而具有不同的情境，"蚊子"在眼前飞，当汤错人说成"蟗蟹"在眼前飞时，这二者的确是有差别的。

　　但语言毕竟不是终极的。它是一个可被随意篡改本体的物，那些惊怵故事，聊斋和吸血鬼故事，都利用了语言的能指和所指功能。当然，我们也不可能越过人和物去简单地单独谈论语言，且仅仅在名相的层面以象能量的方式调动语言，正所谓鼓天下之动者存乎辞。谢秉勋笑着说：你把鹅放进瓶子里去吧。我说，你把鹅从瓶子里拿出来吧。

　　——还有人在指月。

　　——满地碎指头。

　　如若破了名相，我们讨论的将不再是语言的能指和所指。

*　　*　　*

漆疮　　汤错说传染为疤、疤以，部分也说疤兮。就是已经感染上了。这是物质语言方式区别于声音的话语方式。这种传染通过气体、气味，有时候也是肌肤接触，得以实现。但是，说感染实际上是我们以人为本位而言的，人被感染是人的交流方式遇阻，遭遇其他传播方式的攻击。比如漆树，它使人触则发痒，连片红肿，脸像猪头一样，这样叫漆疮［tho³³］。① 实际上，是我们的语言方式和漆树的语言方式发生的冲突，二者对不上号，便出现了这种伤害对方的情况。我们语言行为中，有时候语言比刀子还割人，有时候闻之色变。有时候一句话会埋下仇恨的种子，这也是语言错位的结果。不说人与物之间的这种错位，就是人类不同语言之间也会经常发生错位。这时我们不叫疮，而叫翻译了。翻译实际上也是传染进而是感染的一种方式。语言和语言之间始终是存在冲突的，存在疮的。只是我们将这种冲突降低到被认可的程度。现代汉语就是一种疮过的语言。至今还显得红肿不堪，仿佛得了漆疮。强势语言得以迅速传播并侵占吞并弱势语言实则是它的感染源无比强大。弱势语言群体的身亡皆因毒气攻心所致。而我们要找到一种纯然没有攻击性的语言，只有在那些已经死去的语言中才能觅得踪影。所以，只要是还活着的语言就都具有攻击性。否则它是不会存活下来的。它的攻击性的强大程度看它的受众和区域便晓。这种攻击方式有时候并不是直截了当的，比如，长在漆树上的菌子，不要以为茹不得，不，茹得，不单茹得，茹了还会令人大笑不止。不治则会活活地因笑而气绝。

　　严格来说，语言至少需要符号或声音二者中之一者，感应不是语言的范畴了，但也是传播方式的一种。通过这种方式传播的信息无法破译，但是可以感应得知。所以，也可以算得上比较特殊的语言行为方式。大多数汤错人认为自己有过感应而灵知的经历。他们也相信，感应是存在的。玉宪在他的笔记中曾经提到过一则："我坚信，我的身体是我对天体感应最为灵敏的部分。同样也坚信人体和植物一样，春天的时候会发芽。"他的理解把自己置于宇宙有机的一部分了。那么，宇宙中的事情和人及其他物之间是存在感应的。而唯有存在感应才是正常的。人或者宇宙中的物，失去感应了才是非正常态。任何时候，宇宙都处于能量交流中。我们感受不到

① 疮，音脱。刚开始我们没有识别"波托"这个词，也是因为不晓得 ch 已经转至 t。

磁力线切割身体，但是有时候意识可以感觉得到。一则发出的意识信息另一端也可能接受得到。谢秉勋也有过一次经历，或许也可以算作感应范畴的语言学问题。(参《蜥蜴国王·摊尸语录》)《孝经》中有孝感一说，只怕也不是妄语。

卷 三

乡村剧场和理解的本质

> 在人类学或至少是在社会人类学中，实践者所做的是民族志（ethongraphy）。正是通过理解什么是民族志，或更准确一些，通过理解什么是从事民族志，我们才能开始理解作为一种知识形式的人类学分析是什么。
>
> ——吉尔兹（Clifford Geertz）

说出者，必以"梅瑟"［mei³⁵se¹¹］为神秘之物。它是当地阴教 梅山
的简称，翻译出来当写作"梅山"，是巫教的一种。多在一些老人、猎人和有传承的人身上出现这个词。汤错当地的师公自称师教，或者阴教徒。梅山既是阴教的称呼，也是一座地理上真实存在的山。梅山教的圣山，在资水下游雪峰山，分上梅山（今新化）和下梅山（今安化），简称上梅、下梅。有一句谚语说：上峒梅山围山赶猎，中峒梅山捐棚放鸭，下峒梅山摸鱼捞虾。可见也有三峒梅山的说法，形成三种猎取食物的部族，第一种是山民，第二种是村民，第三种是水泽之民。汤错处于资水源头，这里的新方话族群信仰的也是梅山教，其迁徙路线很显然是逆水而上，资水是一条由南往北去的河流，所以梅山教的传播是一条由北往南的路。到了汤错就以山林之

民为主，打猎是他们共同的爱好。有师承的就是梅山弟子，系统地学习过梅山猎法。

师公唱太公，道士作度天，二者本来各司其职。但是近些年来恢复的唱太公的师公也作度天，师公和道士的职能在融合。唱太公的恢复是近二十几年的事情。师公李氏兄弟说："在毛主席时代是迷信，不能搞这个。现在满月、过生日、祭祖、红白喜，天天唱。"李氏兄弟已经唱出一栋乡村别墅。这种复燃当然也是一种话语权和信仰的复燃。圣人在两千五百年前说不语怪力乱神，以一种先知的口吻斩断了这种巫教信仰，但似乎并没有解决生之恐惧，存在与虚无的矛盾。因为，这一切的原始的活动驱动他们在向死亡和未知致敬。

阴教更具原始性，蚩尤是他们最早的神，远祖是张五郎，五郎是梅山文化中的狩猎神。他们的打山能手就叫作梅山手。因此，也把梅山文化当作渔猎文明。师教当中有一种唐卡一样的手绘图，他们把各种各样的神灵绘在纸、卡片、布面、绸子上。这种绘图很神秘，没有道场的时候，不可随便挈出来示人，有煞。对所展开的地方和看到的人都不好。手绘张五郎像是这样子的：倒立，两脚朝天，脚板心各顶日月宝灯。右手持剑，左手握住一只鸡的脖子，欲用剑杀之。额前摆着一排小油灯。张五郎又称翻坛老祖（参右图，这是钞本符咒中的翻坛老祖形象，没有持剑捉鸡）。资水是蚩尤的后人捕鱼的地方，梅山便是他们的狩猎之地。梅山文化在古代是一个地域性的存在，和今天的行政划分上的新化已经不是一回事。

原来的梅山至少包括资水源头所在地即

越城岭到洞庭湖这条南北 S 形主轴和雪峰山斜轴交叉为 X 形，现在横跨这个交叉点形成的城市有怀化、新化、冷水江、涟源、娄底、湘乡、韶山、湘潭、株洲。南北∫曲线上的人群密集区域则是新宁、邵阳、冷水江、新化、安化、益阳，总而言之，梅山文化在地域上是介于沅水和湘水之间的资水流域为依托形成的文明，语言主体为新化话，宗教是梅山教，蚩尤为先祖。

梅山文化中也有盘瓠的故事，约一千年前，范成大撰写《桂海虞衡志》时称："猺，本五溪盘瓠之后。其壤接广右者，静江之兴安、义宁、古县，融州之融水、怀远县界，皆有之。生深山重溪中，椎髻跣足，不供征役，各以其远近为伍。"这里说到的盘瓠是一个人，而且在很多其他民族和传说当中均存在。汤错所在辖区与兴安接壤同邑，华南第一峰猫儿山附近地区。如果允许倒推，那汤错祖先可能有一部族属于猺人。关于盘瓠的故事，在汤错流行的则是另一个版本。这则传说被人整理成文。(《梅溪民间故事集》，杨昭玉整理，广西师大出版社，一九八〇年）我们可以当作传说和历史相互掺杂的东西来看待，并加以区别。虽然重传说的成分，但毕竟还是提到了汤错的上古史，其中暗含的信息还有待于做进一步的研究。这则传说的实质性意义在于：这种本来是转述的文体却变成了直述，这说明汤错的传记作者在书写方式上的考虑——这样说太现代了，还不如说，没有文字的汤错变得更加浑然一体了，古代和当下——传记作者写作这个传说的时候，融为一体了，抑或，在汤错人的观念中，根本就没有区分过彼与此。他们把过去的一切当成了自己的一切。公羊的身份或许只是神话，但是更重要的是它反映了汤错人的思维模式。这里面实则是一个爱情故事，这个爱情故事被几度转换，构成了一个循环往复的结构。而且，公羊是一个可以在动植物之间自由转化的人。这也说明，汤错人对待人和物，并没有一个明确的界限。那个弗见的姐姐，她像一个无法破解的幽灵。她有什么确切的含义吗？那句咒语一样的"什么米，什么米"到底是什么意思到现在也令人费解，汤错语中似乎就没有这样的表达。有的说它就是一个旋律而已，根本就没有什么意思。"伏以"这个词可以翻译过来，意思是好的祝福，只用在一般祝祷词的末尾，相当于阿门教说"阿门"。早起的麻雀叫也有确切含义，何况日日占卜的乌鸦。所以，对于这种说法，我们暂且持保留意见。这则故事的具体写作年代大概早于十七世纪。或者它是一个慢慢形成的故事，并没有谁真正地去写过这样一个故事，而是口头编造，代代相传。所幸的是，这则传说毕竟保留了下来。谢秉勋是这个故事的提供者，据一九八〇年版的整理者记述：

> 这个故事来自我祖父的讲述。我撺到现在延东中学教书的杨昭玉——他曾经是我的小学数学老师，他说，他爷爷话过这样一个故事。整理的时候，还觉得这个故事不大适合当作民间故事，上面审查的时候竟然通过了，另一则故事：话一个媰人家，现在不记得了。当时的整理记录也没有保留底稿。汤错语和新方话中原题的意思是羊牯子，即公羊，我们暂且将其译作《公羊传》（参卷五列传）。

*　　*　　*

转世胎　　某甲连生十四胎，只带到最后三个。一胎连着一胎，生下的还不会走路，第二胎怀上，前面一个却死了。如是重复，前面的十一个全部没有带大。汤错老古套把这种现象叫作"转世胎"，"只瞅见娘怀肚，冇睎见崽横路"，他们认为，前面的十一个孩子，实际上只是一个孩子，魂魄是同一个。进入转世胎的妇人，必须终止这种循环才能将孩子盘大。新方话则说化生子，其意与佛经所说差不多："凡化生者，不缺诸根支分，死亦不留其遗形，即所谓顿生而顿灭。"

某甲前一个活婴用杉树皮竖裹，在山道上的十字路口烧成灰，烧死的这个孩子的魂才会再次降临到孕妇身上的胎儿，并且终止循环。烧活人小孩这种事情现在没有了，活着的人当中也只有上了六七十岁的才亲眼见过。最近的一次发生在汤错解放前夕，曾家准备终止这种发生在他们家头上的厄运，正要烧死自己的孩子，被工作组的同志制止，从焰火中救出。这个孩子得以生存，但他的身体已经烧煳，眉巴也烧没了。他的父母则在当年作为地主被枪毙。这个当年的孩子真名叫曾解放，不大为人所知，只知道他的讳名：蛇王。

一年夏天，一个癫婆浪到汤错，有近五十了，曾解放这老长活也快六十了，他把癫婆引进他的屋里，天黑前那阵，只见他在乱喊乱叫，街道邻舍赶紧去看，癫婆躺在床上，身体掩在被火下面，衣服被剥了，两个萝卜一样的奶匏也露在外面。嘴角上还留有蛋水残渣。本村医师王地主参看之后，说：中风了。

蛇王以五保户的身份活到一九九九年冬天，在过河的时候，被水淹死。他的身体裸露在外，长满蛇鳞。那被烧掉的鸡鸡后来又长了出来。——传言他没有了的——长得极似半截一尺来长的菜花蛇，软软的很长。这才知道，他跑到邻近猪栏里，跟母猪同处卧如 [voᵛ³¹dʑy¹³]① （睡觉，新方话眼闭 [ŋa²¹³piᵛ³¹]：耽误一夜眼闭，砲天补不起）的秘密。那一身蛇皮或许跟那次转世胎的祭祀有关。

他在垃圾堆旁的单间小屋蛇多，平常少有人敢路过。烧毁他的房屋的时候，有一堆堆的蛇往外窜。这些蛇藏在他家的柴堆中，树皮屋顶上，以及床铺的棉被间。

*　　　*　　　*

阿门教是对天主教的称法。这一叫法在汤错至今仍然使用。十

费铭德

---

① 卧如，是音译。汤错语中读 [dʑy¹³] 的字是"跪"，所以归、皈也可以考虑。卧归、卧皈都可以表示睡觉。另：许可写作窹。《广雅》：窹，觉也。段注：今江苏俗语曰睡一窹。一曰小儿号窹窹。别一义也。窹窹者，号声。一曰河内相謍也。又别一义也。謍者，召也。今字作呼。相召曰窹。今汤错相互隔远了喊叫打窹喝。

六世纪初，葡萄牙传教士托梅·皮内斯（Tome Pires）（后改名费尔南德·安德拉德）神甫来到中国，又给自己取了一个名字——费铭德。在人生的不同转折点上，他一生三次改名。来中国之前，他待在印度果阿，主要研究致幻植物和印度人的信仰，但他最大的愿望是写作《东方志》（*Summa Oriental*）。后由马六甲抵达广州，他想去北京觐见中国的皇帝。当他到达北京之后，皇帝又去了南京。于是他又去南京。据说，他跟皇帝有过短暂的会面，在场的人物当中还有王阳明，当时，他尚在皇帝身边当职。他们是否对宇宙发表过新的见解我们已无从知晓。但又一说认为当时武宗皇帝龙体欠安，并没有接见他们。费铭德给皇帝准备的礼物也被他拿去集市上卖了。其中包括一张葡萄牙航海家绘制的世界地图和几千册书籍。这之后不久，皇帝就死了，他和他的随从被遣送回广州，关入大牢。在广州期间，他的同行者大部分死在狱中。剩下的放出来，有的回印度殖民地，有的去了日本、暹罗，或别的地方。他继续北上，据他写给他兄弟的信，我们了解到，他不想回去的原因，是他在南京秦淮河认识了一位顾姓妓女，他对此恋恋不舍。但是，人们发现，他并没有去南京，而是从狱中出来之后，溯江而上，沿珠江到了苍梧，再到桂林（即文中说到的岭西城）。然后就没有消息了。他的信件也只记录到这段时间。信件中也提到了广州布政司吴廷举，以及驻岭西省梧州的巡抚大人陈西轩等人的名字。另外，对岭西城和汤错也有详细描述。这是我们在此专门提起费铭德神甫的原因。西方基督教整理的传教士出使东方的传记中记录的一种比较可靠的说法是，他死在了中国南部的山中。十六世纪中期，葡萄牙著名旅行家和传教士费尔南·门德斯·平托（Fernão Mendes Pinto）抵达中国之后，出于某种好奇，或者是追寻安德拉德神甫记录中国概况和植物的手稿，走访了很多地方。在他的游记中，他写到他是如何碰上费铭德神甫的女儿的，他女儿还邀请他们到南京的家中做客，并把父亲的手稿《关于中国事物的报道》（即《东方志》后续部分——此书的古抄本直到一九三七年九月才在法国巴黎被发掘出来，具体参《东方志——从红海到中国》，何高济译本，江苏教育出版社，二〇〇五年）手稿委托与他，带回葡国。严格说，《东方志》是费铭德神甫到达中国之前的写作，之后的写作没有收进这本书中，为了能够完善自己的巨著他才留在了中国。汤错发掘一部跟神甫留在这里时相类的汤错文手稿。原文手稿的内容大致可以分为两大部分，一是对汤错的描述，二是托梅·皮内斯在中国大地上旅行时的所见所闻。前一部分内容具体而详尽，后面部分篇幅不长，但采用了问答体，尽管篇幅不长，问题的核心更为集中了。药物学和植物学是费铭德神甫所擅长的，但这些文字我们没有见到更具体的内容。这不能说不是一个遗憾。（参小说资料二编·汤错，以及通往它的道路）

＊　　　＊　　　＊

新书〔sin³¹ ʃy¹¹〕即通书，集记事、记时、择吉等多种功能于一身的老皇历。老一派说历本〔lia²¹³ban⁴⁴〕。历本是农家必备之书，逾年更换一次。汤错使用的新书是湖南隆回周旺铺下二里车圹铺出的，没有书号，十页，一块钱一本，每年都有，谓之"望星楼正宗通书"，排版印刷形式很特别。汤错的师公、地仙看日子也用望星楼的版本，算命先生用万年历。当然，新书还有别的版本。新书同时使用多种历法，呈示的内容有以下十项：公历、星期、神煞、农历、干支、时辰、五行、天星、月建、"宜"和"忌"。一年到头三百六十五天，每天、每月、每个时辰都有具体的施事、禁忌。我只知道有研究图腾、信仰和禁忌的，但是没有看到研究"时间与禁忌"的。尽管，禁忌背后支撑的是信仰，这种信仰就汤错人而言是朦胧的，没有具体的东西可以言说，最最具体的无疑就是"看得见的时间"，太阳升起和落下就是时间，白天夜晚是时间的基本轮廓，很多禁忌也是从这里产生的。时辰的划分更是主宰了一切。没有时辰，就没有禁忌了。什么时候干什么都可以。时间在汤错人心目中

新书第一页

神圣如此。是时间为他们安排了祭祀的时辰，只有在这个独特的时间，他们才能如愿以偿，才能够和神灵产生对话契机。时间才是汤错人的禁忌，他们认为一个人死都应该死得"好"，死到时辰上，汤错人说甲人是一个孝顺的儿子，他母亲九十一岁头天过世，他六十多一点第二天跟着去了。他家里都没有开伙，两家丧事放在一起给办了，汤错人便说真是连死了还孝顺到了。他们的本意却是说甲人的悭（[tɕian⁵⁵]，吝啬）真令人目不暇接，刮目相看，各种花招都有，不过这是最后一回看到了，这个家族是以悭起家的。当然，这个算不上代表性例子，本地一位风水师，说前年的某一天是千年一遇的好日子，他头三天召集子女，说过两天就要走了，对你们后嗣的命运会起到至关重要的变化，问家里还有他特别需要关照的事情吗，子女说没有。第三天，他吃完饭，睡倒自己床上，进去之后就没出来。事件的关键当然不在这里，而是，他的子女泄露了老爷子要走的消息，周边其他的十几个风水师在同一天全部死去。都以第二天午时为下葬时辰。

汤错人出门、进火、开春种地、起屋上梁、谈婚论嫁，首要是择日、择时。所以，也必看新书。这种信仰的起源是什么？未必真的是信仰时间？它对汤错人的心理干预为什么达到了如此强大的程度？从新书的内容上看，会发现，这里有日月星辰的运行，神灵的出没，一切可能的人的行为；天星是二十八星宿的运行情况，这是星象学，五行是传统哲学，再加上神煞即神灵的介入，人神共栖的空间建立起来。这里所呈现的空间正是整个中国人传统式的宇宙模式，这是最为自然的中国乡野神性空间，自然精神无不在这里静静地流淌。可以说，自古以来，这就是一片不可能没有神居住的土地。这个神当然不是基督教意义的上帝，而是一种更加朦胧的道性空间，宇宙模式，进而衍生出来的就是以耕读为基础的中国田园文明。他们的怕和爱全部在这里头了。有时候很安静，有时候遇煞一般十分暴躁。不过，安静和妩顺是其最基本的特征。这种安静蕴涵的力量有如道所言善处下而已，其实鸿蒙无际。

有些人类学工作者做田野考察的时候带一本人类学手册，做方言调查的，带一本中国方言调查手册，就像一些背包客片刻不离手的旅游手册、旅游大全之类。我到汤错的时候，带了一本新书。再一次进入汤错之前，我希望将自己的脑子清得空空的，好好地面对这里的事实。新书所展示的世界只是一个门洞。我将用它和这里的人进行对比。我也知道我看它的眼光和汤错农民再也不一样了，我回不到那种完全依靠他们的思维来想问题，但我希望在这种缝隙中找到共鸣。比如今年（指二〇〇九年己丑岁）新书中说"入霉五月十八""出霉闰五月廿一"，那么，五月十八至闰五月廿一之间的这三十三天为梅雨季节，我将其看作观察云和雨水、植物的成长和动物们活动的最好时间。另外，梅雨季节一过，接连而来的是起始于闰五月廿一的初伏天，我想好好看一下，新书上说的和汤错的实际情况出入到底有多大。汤错太小了，要看也得放在岭南或者百越这个大框架里来看的吧。

看到新书之后，汤错农民对这段梅雨季节肯定是早有所打算。（实际上，汤错没有梅雨季节；所以，我看到的问题和书本上说的会有很大的差距。）新书在南北乡村使用都很普遍，香港人和台湾人也爱看，前者将通书称作"通胜"，台湾人仍作"通书"称。汤错人把通书叫作新书，仍不知何故，和过去的老皇历相比，有了些变化，所以才叫作新书的吧。此外的娄邵片湘语区也都叫新书。薄薄的只有十页，还是加上封面和封底的。一本只有十页的书，或许世界上再也找不到类似单薄的圣经了。这十页书，集中了中国传统文化中的各条脉络，集天文星象学、气象学、预测学、民俗学、历法和农事于一体。乍看之下，这本书还不大好懂。但它很实用，是一本慰藉着汤错人的行动指南。主流意识形态将其说成"迷信"书。目前，我不知道它迷信在何处；我只知道，它是一本农民的关于时间寓言的圣经。我想说的是，新书的力量在于干预时间和日常生活。时间才是汤错人的信仰。一九三二年，红军在中央根据地发行过《通书》，该通书的雕版在网上可以找到，"雕版上部自右向左横排刻有'旧7壬申年春牛图'字样。"春牛图中的芒神在牛前，手持柳枝改为了一面有五角星的旗帜，"镰刀＆斧头"标志赫然在目。芒神变成一个戴斗笠的意气风发的强壮农民。这个改版也算是绝无仅有了。春牛芒神图的一些技术细节我们有空的时候专门谈谈。

　　新书带给我的第一次震撼是在十年前的一个冬天，我猫在汤错写作一首长诗的最后几章，那些长句将我煎干了，甲人让我去买本"新书"，买回来之后我突然发现，新书上推算的是中国乡下现在还使用的古老历法。上面的东西，跟《礼记·月令》上的记载几乎一模一样，只是南北地域差异，用语有所调整。几千年来，中国人都在使用这个东西。用来判断"时间"的存在。我觉得自己一下子突然古老起来。南方在流淌。我知道，我被击中了。在一种更大的回溯中相遇：

　　　　我坐在水里，季节穿透身体，滋润、发芽，或者凋零飘雪，也许亮堂堂的，亦或空洞，黑实无边，但我知道身体的每一寸湿度，在初春或冬至的晚上，我坐在午夜的南方，坐在百卉谷，远离圣战，摆弄蕲草，领会星期和龙隍大水以及周而复始……

　　那段时间使我忘记了时间，这个古老的时间干预了我自以为存在的那个时间，那是一个很真切的幻觉，而此前，关于时间的古老都在一种想象当中，无切肤之感。我回头来想的时候，才觉得，汤错人的时间才是整饬的，丝毫乱来不得。不可以错过任何的细节，有如天命。前一年，乙人把第一次谷种发坏了，再去买，占相因买了晚稻种子。种下去，轮到禾线子怀胎的时候，人家的谷子已经勾头了，而自己的谷子多是黑耳朵和空壳。他娭家骂他是潲水桶猪脑壳。这就是不遵守新书和时间的惩罚。一年的劳作化作了灾情。如果，他知道自己错过了时间，再买谷种的时候就要买一百二或一百三十几天的，争取足够的日照时间，那么，打谷的时候他就要占相因得多。在那一段时间里，我只是被一种古老打动了。接洽了时间这条虚幻的河，我蹚水一样蹚进了这条河床，和汤错人其实苍茫的心灵再有了碰撞、融合。此前，我在远离，剥离自我，逃逸，猛然间又弹了回来。也可以说，逃逸的时候，我已经在时间之外。这个被拉伸又弹回的身体和思维受到了挤压、震荡，形成了一时的失语。现在，重临汤错，我相信，我的时间已经在这条河上了。

新书第一页。这一页是新书的总括，你会看到，在时间的周期之内，它们完整得有如蛋生下来就是满的。它包含的东西太多，我无力进行完整的阐释，仅做一个一般的介绍，算是对全书所使用的时间做一种补充说明。

*　　　*　　　*

农民的第一项本领是要懂得看新书。而我只能从老人那里学习、解读。这本仅有十页的书没有一个字和符号是多余的，均有其确切的涵义。新书三十二开，封面和封底是米黄色纸，里面的八页是很糙的手工白纸。第一页有一张一个火柴盒那么大的黑白插图（如下页图），位于版页上头正中。图右侧印有"春牛芒神图"五个字。下方是平排的"春牛芒神释义"和"《地母经》及其卜辞"两段小文字，篇幅与春牛芒神图等身宽。

这幅图的制版很粗糙，从头到脚没有一个地方不是粗糙的，但只一块钱。那个光芒四射的太阳中间是个"日"字，看起来却像是个"H"，右上角是一束稻穗，即"禾"，这个版看不清谷粒形象（在北方好像也是稻穗，非麦穗）。太阳、农田、春牛、芒神、禾，便构成了春牛芒神图中农耕文明的主要象征符号。

这幅作品的寓意主要在春牛和芒神。本该是配色的，但所有通

新书发蒙之春牛芒神图

233

春牛芒神图

（以公元二〇〇九年己丑岁为例）

书都是这种简单的制作，只在早期年画当中有好的配色；黑白春牛
芒神图通过文字来说明它的象征意义。这里，我们又看到了中国人
思维中的"天人合一"思想，一定要合乎道理，应附天时，围棋、
古琴、中式建筑都很典型。在这个只有火柴盒大小的图中也蕴涵了
这种思想。图下方右侧一段诡谲的说明文字（原文不断句，竖排，
排十一字，行九，九十九字）：

　　春牛身高四尺，长八尺，尾一尺二寸，头红，身黑，
腹红色，角耳尾青色，膝胫青色，尾左缴，口合，笼头用
苎，构子用桑柘木，踏板县衙门右扇；芒神少，身高三尺
六寸五分，柳枝长二尺四寸，身着青衣，白腰带，平梳两
髻，染全，戴罨耳，行缠裤无，芒神闲，立于牛右后行。

　　这段说明文字中包含了两个部分，春牛和芒神。春牛和芒神的
描述文字又有一部分是恒久不变的，就是带数字的那部分。

春牛身高四尺，四隐喻春夏秋冬四时；长八尺，喻八刻，一个时辰为八刻；尾一尺二寸，喻一年十二个月，也可能是十二地支，或者十二个时辰。芒神身高三尺六寸五，看来，芒神只不过是一个小矮人，新书上每年都说他是这个高度，无论老少；三尺六寸五喻一年三百六十五天，柳条长二尺四寸喻二十四个节气。

其余文字都是变换的，每年都不同。牛身有白、青、红、黑、黄五色，代表五行，属金为白色，属木为青色，属水为黑色，属火为红色，属土为黄色。五色对应牛的牛头、牛身、牛腹、牛角、耳、尾、膝胫。也有出现牛蹄描述文字的春牛图。五色变化依据的干支和立春时的干支属性；它们在牛身上不断地变换位置。如果配上色，这的确是一头大花兽。

春牛实际上已经上升为神的位格了。

立春是一年的端口，本地人吃立春饭，对一年农事进行宏观安排。这一天，有鞭春、打春、进春等敬春习俗。这是专门为牛举行的节日。牛不是真牛，而是木头的、石头的、泥巴造的，"立春前一日，顺天府尹率僚属朝服迎春于东直门外，隶役舁（yú）芒神土牛，导以鼓乐，至府署前，陈于彩棚。"（清富察敦崇《燕京岁时记·打春》）；"立春日，各省会府州县卫遵制鞭春。京师除各署鞭春外，以彩绘按图经制芒神土牛，舁以彩亭，导以仪仗鼓吹。"（清潘荣陛《帝京岁时纪胜·进春》）可见，这是一项制度，京师和各省会府州县卫概不例外，都要举行庆典活动。

里面也说到"彩绘按图经制芒神土牛"，但没有具情，再来看汤错的这头春牛。对春牛和芒神的描述，无疑是最有看头的，它细微到很微弱的细节上，一丝不苟，又在"变"上："尾左缴"，有时候是尾巴在右边翘起；今年的春牛嘴巴是"口合"，有的年份则是张开的；"笼头用苎"，有时候是用丝绳；构子是桑柘木，有时候可能是铁的；"踏板县衙门右扇"，它的变化已经可以猜到了，这句话中的"县衙门"是个旧词，不知代表何意。总之，春牛摆的这个 pose（姿势）还算是有点酷的。

对芒神的描述一点也不亚于春牛。芒神本名句芒，在古代传说中是一个主木之官，又是木神的名字。《礼记·月令》："〔孟春之月〕其帝大皥（hào），其神句芒。"郑玄注："句芒，少皞氏之子曰重，为木官。"《左传·昭公二十九年》："木正曰句芒。"此外，芒神还是东方之神、春天之神，也就是这幅图中的司春之神、耕牧之神。《元典章·礼部五·阴阳学》："若在正旦日前五辰立春者，是农之早，芒神在牛前立；若在正旦后五辰外立春者，是农之晚闲，芒神在牛后立。"这幅图中的芒神立于春牛右后，说明立春在"正旦"后五辰外也。实际上，芒神的位置可分三类：（1）春节五日前立春的，芒神站在牛头前边；（2）春节期间立春的，与牛并身而立；（3）春节五天后立春的站在牛身后。二〇〇九年立春，时在正月初十，所以站在牛身后。由于芒神有时候站在左边，有时站在右边，所以总共是六种情况。姚燮有《岁暮》诗句说"救荒莫补书生策，默祷句芒验土龙"，说明，芒神还有土地神的性质。新书中尚有"土王用事"一说，它和春牛芒神图下方左侧的"地母经"也有关系。

上述文字有"芒神少"一句。句芒之所以是"神"，除了上面我们说到的司春之神、耕牧之神外，他还有变幻之术。他身高三尺六寸五，一下是童子，一下是青年或者壮年男子，一下又化作千年老妖。这般变术，显然和龙一样，是一个乌合之数。尽管，我们知道其有籍可查，仍然不要忘了这只是一个"图腾"。芒神的变身术老少跟年支相关、对应，还对应五行属性。芒神少、少壮、老人分别对应如下：

（1）在子午卯酉年（上元），芒神正处在人生的上升期，是青年，或壮年；

（2）辰戌丑未年（中元），是一个童子；

（3）寅申巳亥年（下元），变脸为一个老人。

三元在后面再解释。本年度上图中的芒神就是一个童子，所以说他"少"，总之，在六十年甲子的一个轮回中他要多次变脸。最早，也还有说芒神在太昊时期是一位"人头鸟身"的怪物，仿佛是从《山海经》里跑出来的，也难怪。

二〇〇九年，芒神出行，是这样一副扮相：穿青衣，系白腰带。他有五套颜色的衣服，五种颜色的腰带，至于是何种颜色在上面已经说过了。而且芒神也绝不会将青衣服和青腰带扎在一起，穿着上十分讲究。

文段中有"染全"二字，搞不懂是什么意思。今年，芒神的发髻还算正常，两个螺髻在两侧，芒神的发型和头饰有时候酷得要命，可以一个在左耳朵前面，一个在右耳朵后面，或者相反，或者全前，全后。其中有二种情形就像是济公的那顶和尚帽。用当代的话说就是搞行为艺术。芒神的头巾（罨耳）没有看到，文中明明说了"戴罨耳"。此处看不清楚。有时候他握在手里，拿的方式也分左右。戴罨耳可能天气不是太热，否则就是要拿在手上了。（斗笠在身后，隐约可见。只是文中没有提及。但是天气热，也可能去掉帽子）此处只说"行缠裤无"，这里的"无"是说，裤管没有卷起。卷起一个或者两个，半卷和全卷，芒神都会这么干，想起来也很滑稽。今次①是穿了"芒鞋"的，有时候芒神根本不穿鞋。"闲"和"忙"相对，有时候，芒神是"忙"的。"行"与"立"也要作区别。

至于芒神的武器——柳枝——长有二十四"节气"，他挥舞着鞭子驱牛的时候，很是壮观啊。二十四节气全在它的鞭上。柳枝上有结。今年没有。结的材料有苎、丝、麻三种，分别用五行色来染印。立春日的日支决定其用哪种材料。今年的立春日支是辛辰，正月初十，阳历二月四日，天恩日，看来无须打结，也不用染了，减去了不少麻烦。

芒神其实还是和蔼可亲的一个"神"，只是其百般变术，令农民

---

① 今次，汤错话说"这次"为"今次"。今读［ga^{35}］。

要从这么多细节当中辨认他的一丝一毫的变化来，还真得练就一双火眼金睛才行。我们也看到，这些变化的主要依据是天干地支、历法、五行、八卦。而从各种扮相中去猜测凶吉则是没有什么道理的。比如，芒神今年穿了鞋，说其雨水多故，毫无道理可言。纯粹是一种臆测和附会的流言（补：此处行文过激，这种预测实际上是一种经验的推理）。

新书《地母经》及其卜辞

春牛芒神图下方左侧为《地母经》和《地母日》（这里的"日"应为"曰"，纯属勘误）两首诗（原文无标点）：

地母经

高低得成穗，燕鲁遭刀兵，赵卫奸妖溃，春夏豆麦丰，秋多苗谷媚，玉女田中卧，耕夫多困睡，桑叶自青青，蚕娘少相会。

地母日

岁名值破田，人病不安然，但到秋收后，早晚得团圆，金玉满街道，罗绮不成钱。

《地母经》只有九句，出现了"燕鲁"和"赵卫"这样一些莫名其妙的故国陈名。《地母经》只是沿袭，《地母经》及其卜辞是现成的，先人按照六十年甲子，作好了六十首《地母经》，每年一首，一首诗配一首卜辞，一正一辅。《地母经》本来是十句，这里省略打头的惯用句：太岁××年。二〇〇九年是己丑，就说"太岁己丑年"。《地母经》原来的卜辞是四句，这里增加了两句，己丑年《地母经》及其卜辞原貌如下：

诗曰:

> 太岁己丑年,高低得成穗。
>
> 燕鲁遭兵杀,赵卫奸妖起。
>
> 春夏豆麦丰,秋多苗谷媚。
>
> 玉女田中卧,耕夫得稀微。
>
> 桑叶自青青,谁能采得汝。

卜曰:

> 岁名值破田,早晚得团圆。
>
> 金玉满街道,罗绮不成钱。

汤错位于楚国和百越之地的越城岭山脉中,燕鲁和赵卫之间的气候差别已经相去甚远,隔了长江和华北平原。所以,这个《地母经》和卜辞基本上没有太大的意义。何况,这里也不种麦养蚕。食粳米的地方当以水稻为主。作为副业,汤错曾经养过蚕。现在连桑林也没有了。周边地方养蚕的也少见。江淮一带倒还说得过去。如果,燕鲁和赵卫只是惯用非方位词,比如北方,那么是否可以说得通?中国素有九州代方位这种分法,可能这仅仅只是隐喻。但是六十年都用这些相同的诗句,其意义是值得怀疑的。虽然新书中的诗句有所变化,但是主旨并没有变化。指向也很模糊。不像春牛芒神图那样直接。

六十首《地母经》及其卜辞洋洋大观,当作一首农事诗来读,便很舒服,结构上也十分严谨。读一本古希腊的《俄耳甫斯教祷歌》的快感也不过如此,这或许就是文化了,哪怕它是残骸或遗体。在内容上,《地母经》及其卜辞可以当作研究中国古代农业景况的书,这里说的古代其实是和当下的农村一脉相承的。内容上涉及桑、麻、麦、豆、禾等农作物,地域上出现这样的一些词汇:吴楚、齐燕、鲁楚、魏燕、荆淮、梁宋、杨楚、胡苏、吴地、越淮、荆襄、燕宋、齐吴、吴浙、淮楚、鲁卫、齐楚、赵卫、楚地、荆杨、吴越、鲁赵、燕卫、宋齐、秦淮等，你不能说，这是一个小制作，如果结合其预测的内容，不是"燕鲁遭兵杀，赵卫奸妖起"之类，而是像"春夏遭淹没，秋冬流不通。鲁地桑叶好，吴邦谷不丰。""春瘟害万民。偏伤于鲁楚，多损魏燕人。"这等描写来看，还能低估其价值么？其预测是持续观察和统计结果的呈现，通书原本是官方修的，朝廷钦定，现在变为民间的盗版书。对农事的提醒以当年的天文、气候现象为前提。地域上，忽南忽北，忽东忽西，轻易否定这些诗句是低估古人智慧的，断不可取。我们也看到，六十首《地母经》描写的是一个帝国农业的状况，尽管只是搭了一个骨架，现在已经变成残骸，但是可见这个帝国农事曾经的规模，地方上的通书又会做一些改变，也必然会出现更变，这些改变本身就是记录事实的现场。帝国这么大，不可能只有一个标准。其关注的范畴多么有意思。现在的气象条件好得多了，但是天灾人祸还是连连不断，毕竟天变得比人更快。它发出的警告是那么明显："高田宜早种，晚禾成八分。""春来多雨水，旱涝在秋冬。""三夏禾水多，九夏禾无踪。""桑叶初生贵，三伏不成钱。"这些是农耕文明积攒的气象学"经验"。《地母经》也做地域上的判断，南北统一在一个视野下，"燕魏桑麻贵，荆楚禾稻厚。""燕齐生炎热，秦吴沙漠浮。""燕楚麦苗秀，赵齐禾稻丰。""吴楚多灾瘴，燕齐民快活。""吴越桑麻好，秦淮豆麦丰。"赵齐燕鲁是华北平原，秦地在关中，吴越秦淮楚是长江下游和岭南之地，多么开阔的视野。只是不再以某某省这样的字眼出现，那些批评者便觉得它们变得陌生了，欲铲除之而后快。新书仍然是活的，活得像一个幽灵，在乡野之间扎着根。二〇〇八年十月中旬，冷水江、涟源、娄底这边阴霾寒冷天气，我从冷水江（资水下游）过衡阳，到耒阳，天气晴朗；再从耒阳到衡阳，从衡阳坐车到桂林；其间经兴安、资源（汤错——资水源头之一）、新宁，到邵阳，返回娄底、冷水江，发现，岭西省北部（兴安、资源）—邵阳—冷水江这一带都是阴冷雾露天气，长达半个月的阴霾，我返回的这条线路，就是资水流域，越城岭北坡至洞庭湖的这一大片广阔丘陵和山地，在十一月三日这一天都变现为晴天。我确信了，它们之间的确具有地域上的某种极大的相似性。汤错只是海拔高了一些，处在边缘，但是天空更高。位处越城岭反倒有一种俯瞰的感觉了。

＊　　　＊　　　＊

新书中的《地母经》是农耕文明的《地母经》，没有上升到形上高度来。它阐释事理的方式，也看不出是一种哲学方式，这个《地母经》是务实的，最大的特征是时间干预。或许可以将其看作儒家治世思想的一部分。它的主要功能是描述"现象"。但是《地母经》不是唯一的，除此之外，尚有道家的《地母经》，含《地母真经》和《地母妙经》两大部分，写于光绪九年（一八八三）正月初九日。陕西汉中府城固县，地母庙。作者不详，依道家的一贯做法，撰作者声称这是一部"飞鸾传经"。这部经书开始阐释地母哲学、物候背后的起因。除此之外，还有歌师版的《地母经》，这个《地母经》创作手法与《黑暗传》类似，描述地母的身世、根由，相当于一部传记，我想称作"地母传"也适合。在丧鼓场上由歌师伴着鼓点歌起，形式上有问有答，简单通俗。流源不可考。全诗分为五章，前有序歌，后有尾声。六百四十八句，五千二百三十八字。诗文中提到十月十八日（农历）是地母的圣诞节。序歌中的内容和道家《地母真经》的内容极为接近，不知道是哪个影响了哪个。这部分内容从盘古开天地说起，化分阴阳，上升下沉，化生万物："天公地母来主宰，阴阳会合化万生，生天生地生日月。"巫教傩戏中的傩亚和傩戏也有天公和地母这种二元化生的影响。地生之时，地母就来管了。这是地母的起源。这个地是地母化成的，大地乃地母的肉身："天地万物能生成，都是地母骨肉精。"《地母经》中有一些堪称精粹的部分：

东南西北是我心，春夏秋冬是我行，

山岭田野是我体，江河湖海是我情。

三世诸佛从我出，菩萨都是母体生，

诸路神仙不离我，离我何处去安身？

帝王将相我养成，黎民百姓我化生，

飞潜动植是我魂，五谷杂粮我育成。

天下男女多生病，万药可治我化生，

人活在世吃用我，死后还要我收存。

黄金本是四方宝，想坏世上多少人？

金银财宝从我出，样样不离我一身。

龙腾千里显圣灵，风云还是我母生，

我不与龙起风云，看龙何处有雨行！

听了地母一段话，万丈敬意心中升，

世人只知天为大，地母比天大一层！

　　这种语气，如果去掉格律这个窠，和印度的奥义书、《薄伽梵歌》十分相似，我们的思维习惯倒转过来了，这是受现代汉语语法和翻译体的影响故；以及《圣经》中那种绝对的语气。这是终极形上的"道"孕育出来的尚在底层传唱的经典声音，因为，只要将这些句子稍微调换一下句式就是惊世骇俗的现代史诗：

我是大地，我是万物

我是东西南北，我是时间（春夏秋冬）

我是山脉（山岭田野）、江河湖海

我是植物、动物，是花朵，是你们的食物（五谷杂粮）

我是风，我是雨，我是药，我是雷电

啊，我是你们，我是所有

的所有……………………

难道不是这样吗？我们被语言的窠臼——一种形式遮蔽了。而这种语气难道不是现代汉语起步阶段西渐过来的"A！"和"O！"字句的翻译体诗歌吗！读者也还可参考《拿戈·玛第文集》中的那首从尼罗河上游一个名为拿戈·玛第（Nag Hammadi）镇挖出来的公元四世纪的灵知主义的一首长诗《雷：完美的思想》。相信会有更多的感慨。只要你愿意越过文字去聆听字词而外的脉气，你会发现这些来路被淹没和积垢的经典。而且，这些东西是一些没有文化的山旮旯里农民歌师唱出来的。他们没有文化，却被几千年来的文化滋养得如是青山。而我们那些自恃为诗人的人又如何呢？

　　如果按照《黑暗传》的传唱历史年代来看待歌师版《地母经》，道教《地母经》可能还要晚于这个民间唱本。《地母经》已经是十九世纪后期的产物。它的头一部分《地母真经》（一百八十二句），由于和歌师版序歌（五十四句）相似，其主体思想我们不再赘述。它们还有一个共同点，一开始抓住了天分二元，气行上升下沉，下沉为物，便有地母的诞生。真经多出来的那部分内容可以看作对歌师后面内容的浓缩，但不包括第二部分。

　　《地母经》的第二部分《地母妙经》，开头就说这是针对人世间的伦理之事的："虚空地母治人伦。混沌初开母为尊。生天生地是吾根。"这一节的主导思想以孝道为出发点。在那个时候看，孝道是核心价值观，或许作者有感于清季世道的沦落，才唱出这样一部经书来，发出的都是一些咒语呼号："若还不念《地母经》。一家在劫罪不清。人民不听地母劝。水火大劫风又临。"显然是要借神之力量的威慑来规劝人，挽救世道。现在看起来已觉迂腐不堪。这些东西的确难免有其污浊的一面。尽管其出发点可能是好的。《地母妙经》还出现了"老娘"这样的自称。将地母自比"雌性"，这是需要探讨的另一个重要问题。也说明此作者对地母认识上有很大的误会。上下二卷差异之大，仿佛不是一人所为。将两经合成一经，也很勉强。要么，作者的本意、着力点是后一卷，这就更迂腐了。先不管它了。

道教《地母经》的形式是宗教的，也有其完整的朗诵仪式，包括它要求的朗诵方式和语调的规定。道教《地母经》的全称是《无上虚空地母玄化养生保命真经》，除了我们说的主体两部分，它还包含了一整个仪式过程描述，所以总起来叫这样一个很道教的名字；读经之前，首先要念"净三业咒"，要求念三遍，朗读时要求（诵此真文时）："身。心。口。业皆清净。急急如律令。"咒文如下：

　　　　身中诸内境。三万六千神。动作履行藏。前劫并后业。愿我身自在。常住三宝中。当于劫坏时。我身常不灭。

　　实际上，道教的净三业咒还有分开的净身神咒、净心神咒、净口神咒，这里仅说其简洁程式。所有的咒文念诵时都要求"急急如律令"。不知这是怎样的口吻，是不是像电视上"皇恩浩荡，皇帝诏曰"之类。急急显然是指速度，并非急速。在朗诵《地母经》正文的时候，遇到"我"字，一律以敬称换念作"母"字。由第一人称换作第三人称叙述，效果很不一样。念别的文字也是这样。因为，如此一来，实际上交叉了两种人称，两种人称在心理上都有投射和暗示。有"我即母＝母即我"的非常快感。

　　接下来的仪式是"恭请""香赞"和"地母宝诰－志心皈命礼"，行皈命礼时要三称九叩，"地母宝诰－志心皈命礼"是后面两正文的总纲、概述，蛮长的，有四百八十字，前面一段是四言，后面部分转为五言。开头四言一段很精彩：

　　　　地母化生。普天肃静。河海净默。山岳吞云。万灵振扶。召集群真。天无杂气。地无妖尘。明慧洞清。大道玄玄。虚空地母。无量慈尊。

　　恭请时需焚真香，这是任何法事少不了的，古希腊唱颂祷歌时也要焚烧沉香、安息香、没药、藏红花以及别的植物香料如月桂、麝香鼠尾草、岩蔷薇、甘松香等。这里笼统地说焚烧"真香"，不知为何物。但是，却说了焚香的意义：

> 枢纽开泰。一气之英配。合三才。体质氤氲造化。圆融万象。玄机隐精灵。无始之始。为常为经。无极之极御气御形。生化自若。混沌自贞色相皆空。宇宙浑浑噩噩。声臭俱泯。乾坤杳杳冥冥。普度黎庶。主宰。圣经慈悲济世。妙道惟精。大悲大愿大圣大慈。普度皇灵无极老祖玄源一气。天演默机天尊。

香的意义，一是接通造化的无极万象以及隐着的精灵；二是去臭，营造圣洁场合，肃穆气氛。香赞则进一步将诸种情形转化到在场"香结宝篆。地母宝香"。宝篆指《地母经》经文，香赞一咒是说无论任何，尽管没有挑选时辰，但是都会保平安。因为焚香的时候还有香神的，祝香神咒云："道由心学。心假香传。香爇玉炉。心存帝前。真灵下盼。仙旆临轩。今臣关告。径达九天。"这就是焚香的意义。

以上是整个仪式的简洁程式，复杂形式需要念的咒文还包括许多，括弧中文字为该咒文主要意义，如净坛神咒（太上说法时。金钟响玉音。百秽藏九地），净心神咒（智慧明净。心神安宁。三魂永固。魄无丧倾），净口神咒（舌神正伦），净身神咒（灵宝天尊。安慰身形。弟子魂魄。五脏玄冥。青龙白虎。队仗纷纭。朱雀玄武。侍卫身形），净天地解秽神咒（天地自然。秽气氛散。使我自然。道气长存），安土地神咒（元始安镇。普告万灵），金光神咒（天地玄宗。万气本根。体有金光。覆映吾身），以及开始时的开经赞，读毕时的完经赞。

仪式繁琐不堪，却可以看到古人耗散在这上面的无边想象力。这些词汇的运用都属于特定的道教思想体系内的词汇，有极其丰富的道学含义，像我们比较熟悉的净身神咒里提到的青龙白虎。我在写这段文字的时候，一只打屁虫爬到我的电脑前，我威胁着用打火机掸了它一下，它立即发出一阵令人闻而头疼间带恶心的臭味，开开窗户一吹，臭气波动得更加浓烈，只得关上窗，焚印度神香两支。房间里立即清香弥漫。以前，我为什么就没有想到要点它呢？只是以前，我对香的意义意识不到，或者是那些低级的香料给人的印象不佳吧。此刻真有心旷神怡之感。

歌师版序歌和道家《地母经》的真经部分总而言之代表了《地母经》形式思想的精髓：我即大地。大地是我之肉身。一切存在都是我的体现。生是我，死也是我。对于肉身而言，的确如此。

因此，《地母经》所揭示的母神崇拜、地母崇拜，正是我们解读汤错一切事物的津逮、桥梁和金钥匙，用今天的话说就是：整体生命的延续。诸事物都围绕地母展开。在本书中，我们所谈到的一切似乎都可以无形中感受到隐含的整体生命延续的价值中心，尽管我们事先没有这方面的任何预设，但这条线索贯穿了我们在田野考察中所看到的一切。祭祀、日常禁忌、生产活动、话语、建筑、狩猎、狂欢、婚姻、性欲，都指向这不可避免的价值核心：母神要义。

水师甲说："我们看水，水才是地球的经脉。地仙看地，其实也是看水。"地下的家是阴宅，修建阴宅的地则叫作阳地。汤错观念中的水，即大地的脉轮，它在地上地下运转，与万物生生息息。大母神的信仰衍生出各种经营她的职业，水师、地仙、阴阳先生，这几种只不过十分突出罢了。在地方上，我们经常看到双头坟山，男女葬在一处。地仙乙说，这也是看情况的，在地上有阴阳，地下同样也有阴阳，二者需要调和，再决定合葬、同葬、分葬。在地脉中才能趋吉避害，才能旺后人。用旁观者的眼光看，尤其是谢秉勋这等受过唯物主义教育的汤错人看来，"这是对死亡的最大边际利用撒。"

他们自信是通天地的人，最显著的特征，则是经营亡者的未来，生者是亡者的延续，因此经营亡者也同样是为了生者。这成为本地最为突出的信仰特征：他们成为弥合生和死之间巨大罅隙的道士。

这个道就是大地母神。因此，地母就是汤错的大母神，也是大地上的母亲。它隐藏在纷繁复杂事物的背后，我们终于廓清了她的面目，她才是黑夜中高悬的明月。我想起了《诗经》中的伊人们，想起了她们的愁怅和舞蹈时的身姿，所有的都不曾丢失，不仅仅是语言。不久之后，我们在资水流域的手抄本中发现了一卷祈祷文《地母圣经》，有几百行，序诗已经被我们翻译成通行的白话文：

> 大母神深深地印在我的脑海
> 一段晶莹剔透的光阴，以族属、母题、原型、图腾的
> 　意义
> 上升为自我，她裸体，气息远古
> 肉身和岩石生长在一起，贯穿我们的姓氏
> 我们从她身上掉下骨头、眼睛、嘴巴
> 掉下听和看见，掉下肉
> 她就是那个我们可以称之为母和亲的人
> 她庇护我们，和部落里所有俊美的族裔
> 她用河流喂养星辰和四个各有所指的季节
> 我们进入她的身体，又从她的身体里出来
> 她召唤我们，不计较我们身上的
> 汗渍和虚弱，我们在这个家庭里鱼贯长大
> 每个人都有星辰的名字
> 它们、我们的血爬满山经水志
> 在蕨类植物高于乔木的丛林里成为
> 人祖的一个子集

＊　　　＊　　　＊

新书的左边是"记事"和预测栏，包括以下几项。

（一）春社和秋社

新书发蒙之重要节日

今年春社二月廿八；秋社八月初二。

春社和秋社最早开始于汉代。每年日期略有差别。立春第五个戊日为春社。立秋后第五个戊日为秋社。春社是春天祭祀土地的仪式；秋社是秋收后对土地神的再祭，一是报神，二是祈祷来年的好年头。社也是那时最小的组织单位，相当于村，当然比现在的村要小，总之是一个地方上的人，联合起来的单位。社是指土地神，《说文》：社，地主也。社的古字写法不是现在这样的，而是"祉"：在地上插上木桩就是社。《周礼》：二十五家为社，各树其土所宜之木。也有写作"禘"和"祦"的，也可理解为有一定田和水的地方也就可以成社，照顾到不同地方的情况，南北差异。《春秋传》说："共工之子句龙为社神。"

春社和秋社是农耕文明对土地的崇拜仪式，属于全民性质的活动。

春社和秋社现在已经成为古老的仪式，很少再有人去成群结队地祭祀土地，但是对土地这个肉身的意识化还以各种形式存在着。在汤错唯独还剩下的一点残迹是，女人在春社和秋社回娘家上坟。宋孟元老《东京梦华录·秋社》："人家妇女皆归外家，晚归。"这里记录了妇人的活动情形，她们回娘家，至于回去做了些什么，有没有上坟则没有明说。

我们说礼物有阴阳，从汤错的这个行为当中我们还看到自古以来的"阴礼"，汤错并行不悖的两套礼法，男性行为在上，在先，主外；而女性行为在后，在下，主内。阴礼即妻道、地道、妇人之礼。阴礼是很重要的礼法，处理族内、亲戚、男女之道的礼节。汤错说脱了教司，便是失去了很大的德性约束，是不得了的事。对娈人尤其不可以这样说。

（二）土王用事

土王用事标明四个时间段。三月廿二；闰五月廿八；九月初三；十二月初三。

土王用事是以周天来计算的，地球围着太阳转，将这个周期按照五行分割成五块，各得七十二度。立春起七十二度属木，立夏起七十二度属火，立秋起七十二度属金，立冬起七十二度属水。土旺于四季，每季最后十八度为土王用事。比如，二〇〇九年立夏节是四月十一日，土王用事的第一个分割点为三月廿二，它们之间的时间差距就是十八天。立秋是六月十七日，第二个土王用事分割点是闰五月廿八，时间差也是十八天。二〇一〇年的立春时间是在二〇〇九年的十二月廿一，二〇〇九年最后的土王用事分割点是在十二月初三。时间差也是十八天。

这样，一年下来有七十二天是土王用事的时间。土王用事既表示时间刻度的划分，也表示土王活动的民俗意义上的禁忌。

但是，我们发现，四个土王用事分割点的时间距离并不是相等的，为什么？因为，地球公转轨道并不是严格意义上的圆，而是一个椭圆。冬春两点的时间尤为隔得远。

（三）三伏天

伏的本义是人牵着一条狗，即司。三伏天一般是一个月左右，在小暑和大暑之间这段时间，太阳离我们最近的时间。作为气候规律，乡下人用起来得心应手，我却很头大，对农时不敏感，只得借助新书。伏天在《史记·秦本纪》上有记载："秦德公二年初伏。"《康熙字典》解释道：六月三伏之节，始自秦德公，周代的时候没有伏天。对它的来由也做了解释："伏者，金气伏藏之日也。金畏火，故三伏皆庚。四气代谢，皆以相生。至立秋以金代火，故庚日必伏。"

三伏天实际上是这样一个过程的描述：夏季属火，秋季属金，三伏天是一个从火到金的过程。末伏就是"金气伏藏之日"——秋替代了夏；而初伏是夏季最热时候的开始，它的算法在上面说了"三伏皆庚"，初伏出现在夏至后的第三个庚日（干支纪年法），之后，第二个庚日出现是中伏，第三庚出现是末伏。二〇〇九年初伏是润五月廿二，出现在小暑后一个星期；中伏是六月初三；末伏是六月廿三，立秋后一个星期；今年的三伏天刚好一个月。有的年份要长一些，有的年份短一些。三十天一般是不长不短。

（四）分龙

今年的分龙是闰五月初六。分龙这天会出现一些气候特征，并且对之后的天气有一些引导。汤错人说"冬至晴，佑农人"，冬至这天天气好，接下来的天气也会很好。二〇〇八年的冬至很好，结束了阴霾天气，后来的天气也果真好起来。分龙离初伏尚有十六天。分龙这天的天气对这之后的一段时间有一个大体的预示。我想应该是这样来理解新书上说的。分龙也分大小，历史上以二月二十日为小分龙；五月二十日为大分龙：

《谈荟》说："二月二十日，谓之小分龙日。晴，分懒龙，主旱；雨，分健龙，主水。"《农政全书》："五月二十日大分龙，无雨而有雷，谓之锁龙门。"

今年是闰年，大分龙在闰五月初六。可见这一切都是变化的。

跟龙有关的还有"二月二，龙抬头"。这个龙和小分龙之间有何联系尚不得而知。《左传》云："建巳之月，苍龙宿之体，昏见东方，万物始盛，待雨而大，故祭天，远为百谷祈膏雨。"又说："龙见而雨。"《论衡》说："二月之时，龙星始出见。出雩，祈谷雨。"这个龙是指龙抬头还是小分龙？自己去看春季星空吧。

（五）梅雨季节

这一栏记录在新书春牛芒神图和记事栏之间，因为跟气候有关，所以列在这里。今年入霉时间为五月十八，出霉为闰五月廿一，三十三天梅雨时间。之后便迎来三伏天。由（四）也可知，入霉、出霉、龙抬头、小分龙、大分龙是描述星宿对气候规律变数的特定描述。与稳定的二十四节气形成一定的对比。

这一栏中还有"十龙治水""七牛耕地""五屠共猪""一日得辛""三姑把蚕""蚕食十二叶"六句。

二〇〇九年的正月初一，也即本年度的第一天是辛未日，所以有一日得辛；在接下来的十二天便是得出十龙治水、七牛耕地、五屠共猪的根据，数下去，逢辰便是龙，在第十日逢辰，所以是十龙治水；第七日逢丑，便是七牛耕地；第五日是亥，便是五屠共猪。这些数字每年都是变化的，因为第一日变化故。三姑把蚕是对农事的预测，三姑是管蚕的女神。

翟灏《通俗编·禽鱼》："《月令广义》：凡四孟年，大姑把蚕，四仲年，二姑把蚕，四季年，三姑把蚕。"孟仲季年即上中下三元，这个说法来自紫微象学，子午卯酉年称四仲年，为上元；辰戌丑未年称四季年，为中元；寅申巳亥年称四孟年，为下元。这也是芒神为少、为少壮、为老人的依据。二〇〇九年己丑岁应是四季年，所以说三姑把蚕。芒神也为一童子。清光绪《嘉兴府志》载："一姑把蚕则叶贱，二姑把蚕则叶贵，三姑把蚕则叶倏贱倏贵。""村妇相逢还笑问，把蚕今岁是三姑？"（元马臻《村中书事》）

对照新书，三姑把蚕的意思也明了了。而实际上，去追究其预测的准确与否，以及现代科学依据，那是气象学家要去做的事情了。我从中领受到的是一种非常古老的感觉——汤错的农民也在感受的。从新书的这部分内容，我们看到主要的几种符号：

水。牛。猪。蚕。＝＞治水。耕地。共猪。把蚕。

再加上，春牛芒神图中的：日。禾。春牛。芒神。

它构成的便是一个农耕文明的全部共性，也是一首伟大的真正的农事诗。新书的背后是一整套完整的天文学、气象学、历法，以及预测学原理。这是一个无所不包的完整的空间。

＊　　　＊　　　＊

新书最后一页所谈内容是关于命运的。之前，我对这一页内容视之迷信，未加重视。这是我的主观性几乎遮蔽了这一页的内容。作为一本只有十页的中国乡村圣经，这一页的内容所呈示的力量是我听到元秀的话之后才恍然大悟的。她说："我只有二两四。命很

新书最后一页

贱。一生下来，算命先生就给我看了。像我（她说的是蹲着射尿的，意指女孩）介只两数的，在娘老子眼里是早给嫁出去的好，女孩子两数低，就得早早离开这个家，旧社会还信。早离开，对娘老子和站着射尿的（指她的兄弟）都好。"

这一页，将农历范围内的年、月、日、时辰（生辰八字）加以量化，每个人可以根据自己出生的年月日时辰得出对应的两数，两数之和就是你的命运。这个命运的贵贱好坏是用一首七言绝句表达出来的。我自己不相信这个，就好像我不相信算命书上说的，以及时兴的占星术一样。这使我不能理解汤错人的一些观念。他们建立起来的观念和我在学校建立起来的观念是不能融洽的。我学到的东西称之为真理的副产品——知识。他们的不能上升到知识，尽管我知道这也是知识，但知识分子不认为这是知识。而实际上，这种不是知识的知识在他们对命运的看法时起着更为绝对的主导作用。这很简单，知识分子十分真诚探讨、信任、相信占星术，并用来分析性格和命运。这个道理我想没有本质上的区别。因为，它们都是从出生、死亡和命运介入的。而这三者又都大于一般的个人的想法。对汤错大多数人而言，在遭受厄运的时候，他们更容易想起新书的最后一页：可称量的命运。

这张表将命运量化，使用起来方便，这或许是它永远印刷在新书的最后一页。这种量化的哲学本质是对时间的理解，因为生辰八字都是时间的问题。一个新生命，从时间中孕育出来，从此有它自己的命运，这个命运就反映在新书的最后一页。这种量化，我们在造家镇箱之宝《鲁班尺》中也可以看到。

算命牵涉对未来——也即对未知时间的看法——尽管这个未知是确然的，我是说，假如现在是二〇〇八年九月十日，那么，一年之后还会有一个九月十日。所以，意义显得非同小可。

用以干预的主体无论是新书还是占星术，是以太阳、月亮（从历法上体现）和我们所在的地球出发的。本质上的区别在哪里呢？

我认为没有，它们都在用太阳系以内的运动描述个人的命运。只不过，太阳系的星体使用了两套不同的称呼而已，它们扮演了人类—地球—月亮—太阳这一轴心的影响者的角色。

*   *   *

有一年，我得到一本新书，乃是增补版，多达六十四页，增新书增补补内容可谓乡村风俗通义，比如三字经、增广贤文、张天师符、牛版经图、玉历碎金赋等，其中有一张图，颇引人注目，我谓之"四杀船"，四杀者酒色财气，歌粒子云：色为船头气做艄，中间酒财两相交。劝君莫在船头坐，四面皆是杀人刀。色字当头，气字颇像一位站在船尾的艄公，中间是财与酒。财作桅杆状，挑起一个酒字，我想这是乡村世间法，用于劝诫乡人，在四杀面前多多留意：逢桥须下马，有路莫登船。在乡饮中，我多次听到席间人谈论这首歌。

增补版其用意在扩充其用，并讲明原委。符篆，显然是道教体系，而前面的时间体系出自《礼记·月令》，是儒教体系的，而一些地方性质的歌粒子所展示的思想大多是本地教属的，说明这是一部十分混杂的乡村圣书。年轻人大多是不相信这些的，但是遇到一些重要的节日或者红白喜事，造屋进火下葬等，他们又统一回到了老人信仰的这个体系，按照惯常的原则来举行活动和仪式，且这种回归显得十分顺当。由此可见，其约束力非同一般。

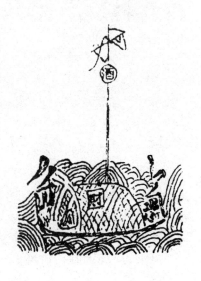

新书虽然不是经，但对类似汤错这样的乡村而言，它却拥有圣书的地位，因此我们称其为稗经。

＊　　　＊　　　＊

要是没有准备，一些事物都会轻易得不足为道。但是，我深有
体会的是我看牛或者看见牛的感受来源，和一个农民看牛的眼睛存
在如此剧烈和深远的差异一度令我感到无所适从。

我真正知道如何判断牛龄是从汤错一位"提掌师"那里得知的。
提掌师是梅山教派的人，在赶山打猎时司提掌——判断和跟踪猎物
脚印，因而得名，狩猎结束时所得分配物仅次于主持。他精通于各
种猎物的行踪和脾性。四大家畜猪、狗、猫、牛的相学是他的老本
行。《猎狗秘诀》我们会在《梅山》一卷中详细介绍。这里主要讲他
的相牛术。提掌师可以很快判断出牛龄，就根据牙来的。

乳牙：牛出生后十多天，下腭渐渐长出牙来，一对一对地长，
六个月长齐整，乳牙脱落一般在一岁左右。

打牙：牛出生的一年七个月到两年多，便要换牙，这叫打牙，
先从门牙脱落起，换上第一对"永恒齿"，叫二牙，每年换一对，换
两对叫四牙，三对六牙。四对齐牙，打牙、齐牙约五岁。

廉牙：六岁左右，此时满口牙皆黑脚或黄脚，以后第一对中间
齿磨损很明显，起凹纹，而中间呈现非正三角形或类似枕头形，畬
牛叫二印，水牛叫廉牙。

方齿：八印未齐，中间门牙心又成方形，方齿中间像线圈的更
老了。

珠牙：十岁左右，门牙第一对中间齿像米形谓之二珠，到八珠
时，米心形变人形。

圆牙：从珠牙后，牙逐渐磨损，只剩下八个牙脚就叫圆牙。

此外，牛生五只或六只牙的叫畸形牙，或培六齿。牯牛齐牙后
起花牙齿，先从中间起花印，叫花齿，牯牛到满口齐整后即起珠牙。

传奇牙为长生不老牙，歌粒子称赞此为"牙齿全黑皆黄颜，美
名长生不老残"。

牛和吉凶联系在一起我是头一次听说。是故牛的养主卖牛之前

也得请人看相，牛商也大抵知道些门道。这个时候不只是看牙齿了，更重要的是看旋，也叫转［zɛ³³］。提掌师将牛旋分出了十几二十种来。因旋主吉凶，所以旋是比牙齿更重要的相牛术，着实令人惊叹，比如：

母牛中背凹窝位置生有一旋的为**落昌旋**，养者主家不吉利，中途必死亡。

水牛头无旋的为**狗头牛**，养之不利。

水牛左右前胛各单生一旋的为双飞旋，吉牛。

水牛背中单独长一只旋的是**棺丁旋**，偏左克男，偏右克女。

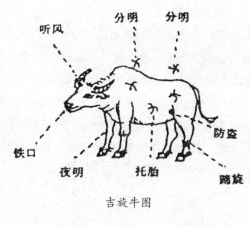

吉旋牛图

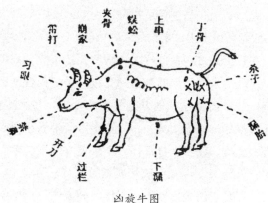

凶旋牛图

提掌师说到的旋还有以下几种：药煲旋（两耳有旋就是听风旋，一耳独有即为药煲）、丁字旋、亡字旋、拖尸旋、颈白旋、流泪旋、贼偷旋、见面旋、㞏斗旋、四旋、夹腿旋、射腿旋（此旋几乎不留种，下崽无奶，易致牛崽死去，仅宜于耕种）、蹄面旋、畲牛白头旋、畲牛白胸旋。

"长有防盗旋（后腿根部位置）的牛偷牛贼偷去之后千方百计知道走回头。这就是为什么有的牛探路好，有的又不行的缘故。"

吉旋牛图中标有"铁口"，这个是指对牛嘴的判断，不是牛旋。所谓铁口是指牛口全黑，故得此美称。对牛嘴的认识同样是有一套地方性经验的，大体涵盖以下几种：

牛嘴内上坎有一点黑白印的叫吊蛊；下嘴唇点黑或点斑色的叫含珠；牛嘴角右边有黑斑的叫入口蛇，左右有一条黑丝的叫出口蛇；牛舌根里有黑印者叫含蛊，此之谓窝口牛，嘴凶。全白的为白天。

"含蛊吊珠爱攞是非，"提掌师说，"青嫩绿草只想茹，爱打园，茹胞衣的也是这种牛，这是古人传下来的。除了看嘴，还要学会看毛，看尾巴。你看，我家的牛，观音坐莲角，角纹细腻，三角眼斜眼看人，好牛。"

* * *

牛图经　　放牛 ［po³¹au²¹³］，一个指把牛从牛栏里放出去茹草，早出晚归；一个指把牛放到高山上去，夏秋之际的牧放。

五月，春耕结束之后，天气大大暖和，把牛放到高山去。直到稻谷收完，再赶回来。汤错的高山到海拔一千三四百米以上后，多是高山草甸，公社时期这些地方是公家的羊场。牛虽然在外露宿，但是白曛茹得很好，除非生病，一般不走膘。牛婆在上面常与别地方来的牛自由恋爱，交配，打常怀一个牛宝宝归来。牛怀胎的时间和人差不多，九个月多一点。高山天气变冷了，主人还不上去赶，老牛婆自己会带着它的崽崽回家。直接找到家门。把牛圈的杠杠用

256

牛头、脖子，或者肩膀撩开，自己进牛栏。高山上也有偷牛的人，这样的人被捉到了，会被打死。偷牛贼对此多有畏惧。也有才贤的牛，偷走了，自己会走归来。

牛放到高山后并非不管了，个把月上去看一次。牛认识自己的主人，看到主人了，也会往主人身边过来。高山上的草甸一片茹光了，它们会转移到别的一块地方去。览［lo¹⁵，寻找］牛的人也按照这个茹草的痕迹去找自己组里的牛群。老人找自己家的牛很有经验。他们会"提脚"——看脚印。自己家的牛的脚印是什么样的心里一清二楚。找起来并不费劲。在高山上的牛，有时候生病，导致牛死亡的也有。这样的情况，一死还不止一个，常有连锁反应。所以，邻近几家的牛约好了，把牛放在一起，轮流上去看，缩短探牛周期。如果五家人的牛放在一起，那么，差不多六天就有人上去看牛了。看完了没有情况就不用通报。有新的情况就要向合伙人通报一声。

牛识途的功夫尽管没有马那么明显，但是老牛认路不比马笨。近些年，荒废田地的农民越来越多，养牛人家也渐渐变少了一些，或者不再像以前那样，养三四头。甲人将自己家的老牛婆卖给城里人做菜牛，他老婆哭得死去活来。二十世纪七八十年代的时候，他们家的三份田都靠夫妻俩用锄头挢，或是一副犁具男的在前面揹，女的在后面扶，犁完再耱，耱完再耙，新方话说揹犁，汤错说钁［pa⁵¹］犁，或来源于此，歌粒子说，最苦莫过人钁犁，没有牛来人作牛。然而，除了猎狩之外，唯一能够获得食物来源的只有耕种。

有些年份可到娘家借头牯牛回来耕地，但是娘家哥哥弟弟多，根本轮不到自己的份。儿子还小，有时候背着，有时候放在田头，两人一起扐，就是把自己当牛使一天也扐不了多少。再说，春耕就那么几天时间，自己那片地是沙丘，要借助老天的雨水。下了雨赶紧挖，赶紧犁，错过了就挖不动了，"不是挖不动，是挖了赶紧要耙，然后马上要插秧，沙丘田容易结板，要快性的。"要这么凑巧地去借牛实在很难。他们等了很多年才有自己家的牛，甲人搞了很

多年副业，娓家看了很多年猪，攒下钱才买得一条牛，甲人娓家日
睌给牛捉身上的蛤蜱①，连一只牛虻都不许靠近。卖掉的这条是那条
牛婆的孙子的孙子了。老牛婆一年下一条牛，多的时候，他们家养
七八条。舍不得卖，怕人家买去杀了，卖也只卖村里人，还得先打
探清楚，并且写下保证书，家里没有牛，买来做耕牛的，才舍得。
牸牛婆②头一次娓崽，没经验，爱将牛纯（胞衣）茹了，实际上按照
提掌师的解释此乃口含吊盅之牛，比较好茹。他们打着电筒在旁边
攒劲，下不来就熬一个通宵，忙得跟人下崽一样。"它懂得看自己的
崽崽，牸牛婆养崽哩，小牛崽还小，走不出去，牛婆出来附近田里
茹草，一边茹，一边回头看，眼睛不离牛栏，看到老歪从下面上来，
牛婆呼撒呼撒地往家里跑，跑进牛栏。闲尖③娓完崽崽的牛婆和狗婆
一样凶，生人近不得。"甲人娓家说。甲人娓家在一些重要场合，以
喃呢的方式说道：凡人听我说根由，世间最苦是耕牛，春夏秋冬齐
用力，四时辛苦未曾休。犁耙铁打千斤重，竹鞭身上万条抽，泥硬
水深拖不起，肚中无草泪双流。

　　可见其对牛的感恩感人至深。后来我在汤错通书的增补版中
看到了这样一幅图，上面的文字不甚清晰，但隐约可见，这正是

通书增补版牛图经

① 蛤蜱［mo¹³pi¹¹］，壁虱，牲畜身上的吸血虫。
② 牸牛婆，嫩母牛。牸［tsi¹¹］，雌性，并见《广韵》《说苑》《孔丛子》诸书。
③ 闲尖［xan¹³tɕie³¹］，刚刚，刚才。闲指门槛，门中有木。

甲人媙家说唱的那首古人歌粒子。古人，在汤错专指歌牌名。夜歌场上唱古人，可以单点。

在汤错新书增补版中，我们看到的这张图是道教《牛图经》的简化版，至牛尾"轮回造化几时休"结束。道教版则还有"劝君食味将牛戒，无牛亦有好珍馐，人从是处行方便，无量阴功万古流"四句，通过站在牛身后的执鞭人才结束。本质上这是一首劝世人莫要杀牛的劝善歌。通书版编纂者保持了农人对牛的爱惜与怜悯，并吸纳了道教的劝诫精神。甲人媙家所唱喃呢歌词，即汤错通书版，从牛图前脚内侧竖读，然后再上行至牛背，两条后腿，再到前腿，经腹部两旋，至牛尾结束。[①]许慎说万物起于牵牛，这个牛是天文学意义上的。而通书版的牛是苦境中的良兽。

秋天，总会看到一些这样的场景，牛从山上下来，大大小小，几十上百头牛，很壮观的队伍。牛群也显得很兴奋，东窜西窜，终于可以回家了。带头的牛身上系着红丝带。有的是铃铛。很热闹，割收过后的土地，解除了禁忌，牛群在上面长吼。冬天，它们茹稻草、竹叶，下雪天，主人也会喂一些谷子、谷糠，和着给它们茹，以保证身体所需的能量，不瘦，开春的时候，还靠它们劳作。牛一天不回栏，他们的心里就会惶。

在一些打工回来的后生的口里，也可以听到克隆牛的说法。而我还以为不忍说出这"怪兽"的名字呢。但是这个词没有系统地进

---

① 汤错通书增补版牛图经全文：劝人听我说因由。世间最苦是耕牛。春夏秋冬齐用力。四时辛苦未曾休。犁耙铁打千斤重。竹鞭身上万条抽。泥硬水深拖不起。肚中无草泪双流。口渴饮些田畔水。喝声快走不停留。肚饿吃口田中禾。一家大小骂瘟牛。我在山边食青草。种出禾苗你自收。迟禾早糯千般有。番薯芋子满仓收。糖米煮来养性命。糯米做酒待朋傣。嫁女婚男成喜事。无钱商酌卖耕牛。田粮课税难完纳。家贫要货这条牛。见我老来无力气。牵出街坊做菜牛。怕死难言流惨泪。将刀割断寸咽喉。剖肉抽肠破肚肺。剖肝削骨有何仇。剥我皮来做鼓打。惊天动地鬼神愁。杀我之人家不旺。食我之人命不休。仔细思量为恶者。从今猛醒回早头。我今受尽千般苦。莫你来世变成牛。为善农夫休打我。因为成牛不自由。莫道世间无果报。轮回造化几时休。

入他们的意识。人的克隆似乎倒是可以说的。这在他们的理解就是那些要烧钱纸一类的东西。他们烧的时候，烧给那些死去的人，更多的时候也是烧给他们自己。他们的联想具有足够可以克隆的功能。不管它是有科技含量还是毫无道理的。

＊　　　＊　　　＊

喃呢　　　汤错的地方唱腔叫作喃呢［$na^{13}ni^{31}$］，钞本也作纳尼。这种唱腔的结尾都带一个拖曳的长长的尾音"nani"，故名。喃呢构成特有的旋律，它独立于前面的歌词，但又是为歌词伴奏的。喃呢是两个连着的前鼻音，是用鼻子演奏的乐器。它的共鸣箱在鼻腔。有如蒙古长调中的拖腔，有时婉转拖到"na～ni～na"。但它不高亢，这是一种十分低沉缠绕的调子，是《二泉映月》和马头琴搅在一起的潺潺山涧细流。和"喊山"比起来，它是乡间室内乐。

一个新手唱喃呢，能清晰地感受他思维的过程，拖得老长的时候，表明他正在思考下面的内容。四句词，每句结尾喃呢一下，或者两句喃呢一回。每个喃呢拖腔变化不一。有的拖得很长，有的草草了之。而唯有能够拖起来的才有意思，才能如火如荼，嗓子里生出白练，忽悠忽悠的时远时近，时大时细。汤错人嫁女兴唱喃呢即在女方家，讨新妇①唱山歌，在男方这头。一样的歌词，既可使山歌调，也可以喃呢腔唱出。

谢秉勋领我去见本地的歌王——一个女人。但是不在，他又带我去见安邦夫妇。七十多岁了，也是汤错的歌师，尤爱风流歌。我问什么是风流歌，安邦大娘说风流歌嘛就是你们现在的流行歌曲。是山歌中的一部分内容。大娘突然冒出一句"人不风流来枉为人"，令我大吃一惊，我让他们唱唱，安邦大爷说一个人唱不起来，杨梅好呷树难栽嘛，山歌好听口难开。那不妨大爷和大娘对唱，他们同意了。我记录下了他们唱的一些歌词。他们说，唱歌这个事，要人

---

① 指娶媳妇。

多才好，羞涩才越少，都是行家更好，各有各的心思、绝招，能博得一个满堂彩。年轻人已经不唱了，只有开车的玉耕崽缠着他，说要拜他为师，一路上喜欢哼哼，逗逗囡崽斯。更多的年轻人被卡拉OK吸引走，他们对喃呢和山歌不以为然，老土。再者，喃呢表现的内容与他们的情趣和实际生活也相去甚远，港台歌星、电影才是他们的最爱，如果还能说上几句粤语，那就更得意了，冷不丁来一句"洒洒水啦""冇啦""我海咣水人啦"等等，连搳拳也改用"亚疑散虽，呜喽菜巴""拱冻拱冻"等等。

谢秉勋说起一段话：

> 米茄嘎奥一棒真真过爱情憋在佗茫矣，佗修红来又。当豆日嘎漏个时候裁反悔来个弱来豆掐嘎，世盖桃矣贼恰烫过台莫过盍门样老。夹丝贴阔以哈佗一匝机会再列一次过瓦，佗又和嗯杂难崽斯瓦"佗爱很"。夹丝一定又把嘎一棒爱加一匝期限，佗希望是一碗盐。

"哈哈，《大话西游》。"

他说："是。汤错一度流行，动不动'米茄嘎''米茄嘎奥一棒真真过爱情'……我也是后来才晓，这是《大话西游》里悟空的独白。"

汤错语中也含有与粤语可通的词，这主要是客家话和新方话里的一些遗留音。只是在语调上稍有差别，而这种差别淹没在汤错语的洪流中，他们无法管制自己的舌头了。或许是一种情感占据了他们的脑壳，汤错语土得掉渣。谢秉勋说："前面几年，我，还有培新等在卡拉OK，培新有一个小华仔的称号，他长得一点也不像，只是最爱华仔的歌，他唱《当我遇上你》，我说，你试着用汤错话唱一遍。他说，怎么唱？我说，就是跟着它的调子，把词换成汤错话。他试着唱了几句，觉得不好意思。我说，很好啊。尽管，他只能把那些最明显的词换成汤错语，但是真的很不错。前面我们又去飙歌，他竟然可以很好地用汤错语唱了。不过，经他扭唱出来变成：'得得衣身太多过鳖法，拿得又嘞嘞阿银嘎老平凡……'实际上，汤错语脿气显得低，这种改编的词很难合上那个调子。除非重新填词，仅用那个调。不过，我觉得他勇气可嘉，一个劲地鼓励他。我这样做，似乎好像只在跟自己说，汤错语并不难听。以前我为何觉得它那么土呢？"

汤错的老人还是眷念山歌，这是他们一生的娱乐方式，也是他们那个时候的生活方式。电视他们又看不下去。看到里面的女孩子穿得那么暴露，脸红，尤其一家人挤在一起看的时候。但是，他们的风流歌那么骚，反倒不觉得有丝毫的不好意思，还当那是情趣。他们对"风流"的认识已经深深地打上时代烙印，跟年轻人认为肉感化的赤裸裸的身体"风流"实际上也难以调和了。他们难以直视那种裸露的肉。

正月里喉咙痒得厉害，便约好村里的喃呢高手，轮流坐庄，唱到谁家谁家款待，一锅新鲜猪肉氽汤、豆腐、蛋卷、米蓑肉，统统上起，饭后，灶屋里一堆老人，有男有女，油星子还留在嘴角胡巴上，围着火落窖，一盏昏暗的瓦炽灯泡拉在屋子中间，而火落窖烧火的地方是在角落里的，嗑葵花子，端一碗糖茶，敲烟枪，跷起二郎腿冥思苦想的，等待接音的。这种暖和温情的场面如果能够持续一整个黑曛便会成为美谈。第二天便会有消息在村里四处传播。好事者也打听昨夜里的对歌何了何了。但是，那个圈子年轻人毕竟进不去了，那里勾起的对往昔的一切只属于这些老人。那一堆人就是一堆过去的时光，由一堆篝火烘焙着。黄榨山的杨凤兰是个歌山，虽然是妇女同志，却以嗜酒和唱歌著称，红白喜事，要是少了她，真会缺不少的乐子。像这种自发组织的歌会，她也是不能少的。喝得不高还能一路飘回去，喝高了就倒在马尾河边的草甸上困觉，家里人还得来览她回去。她男人茹国家粮，在县城里吃国家粮，还是一把手，她一个人留在黄榨山那个山坳坳里，闷得慌就出来唱唱歌，会会歌友。别家尊称她杨三姐，她倒也不谦虚，自赞道：杨梅开花一落落，三姐开口歌成河。

汤错话的山歌和歌仙子刘三姐不是一个语系，一个是直话和新方话，一个是桂柳话，但其形式一致，唯汤错喃呢不属于这个唱腔，歌词以四句为限，而杨三姐非同一般的想象力和离经叛道已经将四句发展到奇数句的五句七句，且行云流水，非常罕见：

> 你歌哪有我歌多，我歌硬比牛毛多，唱了三年六个
> 月，唱得歌师鬼打锣，才唱半个牛耳朵。

这是五句，如果想绵延为七句，得继续演绎：

> 歌师要想不打謰①，三姐这里借十箩。

山歌的魅力在于其表达出来的知性成分，嬉笑怒骂都可以寓于其中，能够让在场者兴奋，唱腔某种程度上是次要的，假使歌词陈旧老套，便一无是处。三姐斗莫老爷堪称典范。它的另一个主要内容就是"连"，突破男女谈恋爱心理防线的主要方式，最后发展到什么都要用对歌来解决。像杨三姐这样的歌者，不在歌里，一准就在酒里，而酒也在歌里。她甚至拒绝去城里，宁愿待在汤错的大山里和她的山歌在一起。

我记录了老人们的一些歌词。刚开始，觉得粗鄙不堪，后来我在人类学家林河所著《中国巫傩史》上看到，他也收录了一些，并且把这些歌称之为傩歌，他说这些歌有着很深的文化背景，是原始的人神对唱的傩歌发展至今的现貌，最古可追溯到屈原的《九歌》。他收录的傩歌如：

---

① 打謰，说话已经到了口齿不清的地步。常形容人元气耗尽，离死去不远。也形
容腿脚无力走路不稳。

四月里来四月四，神郎喊妹去搞膣。
半斤公鸡冠未红，不信妹来试一试。

又如：

九月里来神现灵，相邀神郎入花林。
二人进入花林内，荡开花叶摘花心。

这不就是汤错人的风流歌么？恣意盎然，直言不讳，野趣天成。凝神细听，那种天籁般的感觉油然而生。他们当口唱出来，看着那一张张嘴巴，泄流出来的脒气，才觉出这片土地灵性的韵味。

我想起了劳伦斯的电，想起了惠特曼用灵魂发电的诗：

我歌唱那带电的肉体，
那里面有血液奔流，
同样古老的血液！同样鲜红奔流的血液！

那身体里面还有奇迹。

汤错人唱歌时候使用的语言不是汤错语，而是一种奇怪的普通话，有点资源话的腔调，资源话也就是邵阳话、宝庆府的话。这种外围进来的腔调是他们可资参考的语言上的口音坐标，也是汤错人认为的官话、普通话，我们称之为汤普。汤普是一种转调。这种转调一定程度上是为了记录词谱的需要。那些厚厚的手抄本歌书都使汉字记录。所以，才形成这样一种奇怪的腔调。但他们创作的时候用的是汤错语，写出来的时候却变成汉字。其间也存在一定的差异。方言中找不到的汉字，他们又通过变读的方式使之符合当地的语言。又不是文白异读。

嗬呢和山歌，从内容上又可分苦情歌、古人、丧鼓歌（孝歌）、度天、起屋、婚嫁（《十月怀胎》）等。风流歌吟唱的只有一个中心：性。在那种饱满的想象当中，男女面对面地唱起来的确令人心旌荡漾，淫思绵绵。各自使出浑身解数，打尽各种比方，就是要调起对方的情欲。也可以理解为当场的意淫，全是赤裸裸的，谁能将这种情欲推向高潮，谁就是高手——工具仅仅是语言。在这种意淫当中，他们获得了生命的滋润。相互感受着对方的能量释放。

　　　　妹在江边洗头巾，螃蟹爬到裤裆里；
　　　　心肝我郎快快来，螃蟹晓得尝口味。

　　唱的时候，用官话，有些地方为押韵又用土语。养泥鳅、粑筐、犁头、螃蟹爬裤裆，这些都是很经典的比喻。风流歌都是私底下唱，那些台面上的山歌叫"古人"。唱古人需要懂迁徙史、历史、大道理，所以，古人被认为是有难度的山歌。主要在丧礼上唱。风流歌来源于现实生活。大家喜欢那些张口就来的歌师。

　　"郎"和"妹"是最主要的歌唱、缠绵对象。很明显的，我们从歌中听到的，是那种将耕作化为欲望的身体，甚至是一种企图。一个男子犁田破土的时候，想到的是男女做爱的动作。圣训中，也有种子不撒在别人的耕地上一说。可见耕种本来就是身体词汇。身体和大地在他们的观念中已经合而为一了。

　　嗬呢和山歌到底起源于何时，只怕很难考证了。但是，我却感到了它的尾声。这些脉气是从劳作的泥土上和大山中产生的，现在的农村已在慢慢地脱离传统的耕种和劳作方式，又有电视和网络强大的传播势力挤轧，嗬呢之声在退缩、消隐，成为天边最后的一抹残霞。

　　地方上将山歌作为一种旅游资源让它凝固下来。有唱老歌的也有新创作。谢秉勋告诉我他在一个山歌群里，有三百多人，里面都是汤错地方和周边的歌友，玩起直播了，自己编纂歌词，酬酢之声不绝。"天南海北，距离早就不是问题了。"（谢）我所担心的消失又一次证明了我的迂腐。谢秉勋妻子还是群主，我让她唱点风流歌来听，她在群里发出号召，歌友们纷纷献唱，均临时创作，随口而来，大胆而有味，霎时下起红包雨。

　　我正打算收集汤错和周边地方的一些风流歌，希望可以编出一册《喃呢》或《喃呢小史》之类的集子，有了他们这样的群存在，我想我要做的事纯属画蛇添足。山歌中还有一些固定曲目，比如"千家赞"，又名"见人说"，见人就赞，木匠、铁匠、篾匠、泥工、裁缝、理发、织布、屠夫、油坊、粉坊，等等，赞尽了各行各业各种事情。也流行。赞的方式也在改变。

*　　　*　　　*

天堂银行的伪币制造

　　以前，纸钱用粗糙的三财纸做，近似于毛边纸，蜡黄色，易燃，燃烧之后还有余香。这种纸和宣纸的制作方式差不多，有专门做这种纸的私家纸坊，做好了挑出来卖。三财纸裁成菜刀大小，在上面戳上铜钿印（姑且以通宝纸钱称之），这就是钱纸。

　　现在，汤错人少用打戳的钱纸，直接买天地银行有限公司出品的冥币。所有这种冥币都印刷有该公司的名字，尽管它们不可能是出自一个公司。发行这种冥币的是"天堂银行"，该银行注明的这些面额大得吓人的纸币"天堂地府通用"。有新版的老版的百圆大钞，颜色是仿的，注明的面额则是壹佰万、十亿、八十八亿，等等，不一而足。图像一律都是顶冠玉皇大帝（反正谁也没有见过大帝本人，他的扮相是一个帝王相，尤其像汉武帝画像）。只有一面，背面什么都不印。显然，这是往天堂的，天堂是属于他老人家管的。只要你手上有现钞，你就可以想象得出，这是怎样的一种造型。这是冥币当中的一种，属于带有面额式的现代纸币仿版；另一种是有求吉纳祥的钱纸，这种钱纸不标面额，而是刻上图案，烧给哪路神仙，是求子还是求财有明确的说明（如下页图）。也可以说，一方面，这些

纸钱是烧给死者的；另一方面则是烧给神灵的，包括土地公公，以及冥都中的诸神灵。在一种民间信仰中，这些神灵谈不上什么终极意义，只不过是普通信仰中的一般神灵，所司职能不同而已。比如，"八路财神金"中的八路神仙，所绘人像除一手持琴器的表示女子之外，还有两个也似女子，另有一个似书生，其他四个皆为武将扮相，旁边的星象是"天地人东西南北中"，合八路，显然是各司一路。五路财神金和五路财神鬼常见，八路则不常见。

现代模式的钱纸之一种，这种钱纸与纸币模版型又有区别，是在原有的通宝钱纸基础上改造的。

"冥都银行"也有自己发行的纸币，竖排两图，上为"送子图"，下面是摇钱树，中间有一枚"冥府通宝"，字是反刻的，制版之误还是故意为之不晓得。猛然看下去，这图像《玉历宝钞》中的一张。有人买这种送往冥都的货币吗？显然，在这里，无论天堂、冥都只是另一个神性空间，与人居住的空间不同的另一个而已。冥都不专指阴曹地府。天堂银行发行的冥币也说天堂地府通用。去地府的人有何根据？这些人生前又是怎样的？这只能由活着的人来判断。只有那些非正常死亡的人可能才在此列？也不一定。总之去地府的人这个问题还很复杂。没有人认为某某是该待在地府还是天堂。所以，就混用。另外，由老的纸钱延伸出来的也还有符咒，这也是一道烧的。上面戳印有解结神咒、往生神咒、解冤神咒、减罪神咒、往生西方这些道符。出现的菩萨和神灵名字佛道混用。烧纸钱的人不会在乎上面写的是什么，他们镆入的是这个盛大的仪式。这是印刷在通宝钱纸中间的符咒，掌心的"往"字印作了"徒"，这个错别字错得真是意味深长。

这些冥币中，不但有仿版人民币的，也还有美钞、英镑、欧元、东南亚各国货币，发行行统统为"MINGDUYINHANG"。不得不佩服这些天堂货币的制造者。我从来不认为这些纸币烧却之后，会给生者带来什么吉祥和财富。我想，在这些纸钱大量发行的时候，盈利的倒是那些"地下钱庄"——天堂银行的伪币制造者：天地银行有限公司。

冥币发行不只在今天才有，上海鸿盛拍卖公司曾拍卖民国十五年冥国银行和冥都银行五元十元冥币，另外还有冥国西方银行两千元币，正面是佛塔，加印两句话：须念经忏当现金，西方路上可通行。背面则是口念洋钿经图，说钞票要念洋钿经，个个洋钿如纹银，洋钿当中拷个印，的圆四转放光明。洋钿一词的出现，说明这一切都是与时俱进的。百元钞则印南无阿弥陀佛，阴世通用。早先的冥通银行有两种取向，一种是佛教的，一种是道教的。五百万元冥币明确标明天堂地府通用，行长玉皇，副行长阎罗。且有英文 HELL BANK NOTE。正面是玉皇头像，戴着秦始皇的皇冕，后面类似太和殿冥通银行的房屋。偏向佛教的冥币，一千元的发行行是冥国银行，正面有阴间通用、功德无量字样，背面四个角上四个大字佛法无边，中等小字印：得此币可到天堂府、极乐世界随意通用。正中是罗盘形的咒语，核心是天圆地方，孔方兄。冥通银行发行过最大面值为五千万元的。

"如果你不认为这是可以寄往天堂或者地府的，那么为什么还要买来烧呢？"（谢）这个问题我也问了自己很多次。要得到一个答案的想法可能太愚蠢了。但不能不认为，这些钱纸只是一种思维的载体。在这纸钱的背后，隐藏着的是不安、恐惧和敬畏，这根本不是迷信二字可以简单概括的。迷信可以如此连绵不断地持续么？一个心灵上强大的部落，或者干脆说民族，或许从不需要以这种方式获得慰藉。但是从更高的光就慰藉亡灵而言，或许也是慰藉人类自身的缺憾。在这个宇宙当中，人类毕竟还是渺小的，甚至是微不足道的存有。而这些东西可以减轻他们心灵的负担。在很多种方式当中，他们选择了一种最直接的，由心灵可以感应的方式。这种行为表明这样一个神性氛围的空间，大地上所有的这些居住在人神之间的生灵。否则何以来的敬畏？而且这种敬畏不是暂时的。有过一段时间抛弃了，现在，又回来了。不能把它看作一种死灰复燃。仅仅是他们又有了信仰的权利。它们是不是类似赎罪券？在一个信神的人和不信神的人之间，是无法判断他们的来世的，所以，一神教还是多神教对大地上的生灵而言都一样，不都是去天堂或者地府吗？痛苦如果是可以带走的，那么何不从现在就让它带走。汤错阿门教尽管早在十五世纪就有传教士涉足，但整体上并没有去罪这种想法，现在有局部信仰阿门教的老妪，她们同样也信仰"法轮功"，但是行事方式还在过去的状态中，没有任何机制或者制度化、社区化倾向，她们的信仰随着肉体的消失一起消散，所以这种接触是呈现节点状态。道作为一种精神信仰更为根本，所有在者只想更好地参与到宇宙和地母的大生存当中来。

天堂银行的货币在人间流通，这本身就很荒诞。正是从这种荒诞中我们看到了存在和虚空之间的巨大断裂和空间性。天堂和地府的人们由使用通宝纸钱到现在使用现行纸钞，也可以看出，它们已经很照顾我们的情感和难处了。天地银行有限公司已经把钞票印成"无量通宝"。清明节挂青，甲人在墓碑前唱迓，烧了一把天堂银行发行的亿元大钞，放了一挂鞭炮，临走时点了一根香烟，抽燃，放在贡位上，祈求他爷爷保佑赌宝多多赢钱。甲人说，回来后做一梦，他爷爷在那边收到了钱，但找 [to³³] 不烂。甲人就跟他爷爷说："伢伢，我们这边金融危机，通货膨胀，钱毛了。"他爷爷说："又到了我们的那个时代了啊，一麻袋钞票换不到一袋米。"

烧纸钱这种行为隐藏有一个问题，即地狱和天堂的位置。它们在哪里？人们的意识中，一个在上，一个在下。从现有物理学、天文学的角度来看，这是人类幼稚时期的思维方式。天不可能是上的，也不可能是下的，既非上，也非下。可见，我们是屈从于感官。要给这种行为提供一种更高级的理解是很艰难的，人们首先认为这是一种"迷信"，而现在要打破迷信说，给出一个合理的解释似乎还遥不可期。尽管全中国人都可能烧纸币，而天堂只限于他们自己理解的那个区域。汤错人的天堂没有超出十公里，除了头顶那片蓝天。这里有他们的神灵和鬼、魂魄，以及幻想，且还在不断地生殖。混乱，驳杂。更要命的是，他们有钱了，会去烧更多的钱。他们一方面活在信息发达的一切走向现代化的当下，另一方面他们还活在原初时期的神话世界，有如先民。对考证这些神灵的来路、出处，我已经毫无兴趣。有如对《圣经》中那些圣徒的来源一样，也没有兴趣。这是一些低级信仰。这些话我仅仅只是对你们说的——汤错人。然而，完全迷恋人类理性也同样会变得不可救药。比如说，用以规范我们的说天堂和地狱是一个隐喻，不在别处，而是在我们的心里。

*　　　*　　　*

梅山师公　　　谢秉勋阿嬷满九十九岁了，有不禁口的叫她活方来，而骂人早死短寿称作短方来。[1]谢秉勋阿嬷的方来早在花甲之年就已经打好，近四十年过去了，她为自己准备好的寿衣已经超过其他衣物，她挨几年准备一套，到后面几乎是天天都在准备寿衣啦，比她出嫁那阵还闹热，她讲，汤错洞里的麻生牯问宝庆府来做道场的师公到底有没有鬼。师公说，这个问题怎么讲好呢，我说有你不信，我说没有我不信。

甲人说我不信。师公说，是吧，就是这样！这么的，我们打赌，以你家的那头过年猪赌一把，我赢了，大家吃杀猪菜，你赢了，我赔一条牸牛婆。甲人开始犹豫，其他在场的人说，麻生，赌！这世界高头哪里有什么鬼，都是他们㨄詫个。甲人也就说赌。师公说，猪是你姆家养个，你姆家同意吗？甲人被逼入死角，说，我屋邸我

---

① 阿嬷，祖母。活方来即活棺材，活寿材，均为长寿之意。方来［xɔ⁵¹lai¹¹］，棺材。

说了算，赌。

师公要他立个字据，好有个凭据。甲人写完字据。师公说你准备好，师公将道袍一甩，大袖子打开，请甲人将头伸进去。甲人依言将头伸进去，随后看到他直挺挺地麻直①倚在原地，不能动弹。

随后有人去喊他姆家。甲人姆家看到自己的多公中煞般僵了，开始爆发，要打师公。师公拿字据给她看，旁人也讲清楚缘由。他姆家才熄火，求师公放他一马，猪可以赶走。

师公说，我并没有对他波托。是他自己看到了自己不相信自己能看到的东西，提回去就好了，几人将他抬回去，将猪杀了。师公拿着字据，当众说，蒇大家分了，这砲斤供在家心前，单煮一锅杀猪菜给他茹，然后将字据化在一碗水里，让甲人喝下。甲人茹完，开始缓过神来。于是大家问他看到了什么，甲人打謰说，死。

在座你看着我我看着你，乙人说，人都有一死，说不好哪天死。

丙人说，还哪天，明天都有可能。

大私都表示赞同，丁人说，能不能过今黑晡都不晓得，哪里还说现底（明天）。

戊人说，能不能吃完这顿饭都不晓得，哪里去谈黑晡。

己人放下酒碗，说，这下一口气能不能上来我都不晓来，怎么话别个。

他这样说完，大家面面相觑，肉吃不下去了，甲人说："我看到了过去死个人。"继而开怀大笑不止。众人问他笑什么，他说："还冇瞅出来？他们都冇死啊！"

众人赶紧拿起碗，快性一口干了。

讲到这里，老阿嬷自己也开怀大笑起来，镶银假牙从嘴里突然脱落下来，没接住，滚落在地，谢秉勋给她拿去洗。上下嘴唇翕动像一把分解的软塌塌的老虎钳，一边漏着风，一边说，岭界上、大竹坪、牛塘里、燕子石、青背山，我们这几个老场活就瞅哪个走在

① 麻直，很直。

前起，去看阎王爷啦。

她说得好像是去走娘家，口气异常快活。谢秉勋把假牙拿归来，喂到嘴里咬合好，她又从匲匲①上重新捡起刚刚放下的针线活。明年就一百岁啦，老阿嬷十分贱旺，一边做寿衣，一边话龘天，她说，人有两个家，一个在地上，一个在地下，人嘛，迟早要回去个。

她将铁锅里煮熟的梨子给我们吃，梨子煮熟了就像吃熟萝卜，也像一种肉质。我们吃萝卜的时候确信也吸收了这位期颐老人所讲的故事内涵。

你瞅我那个地下的家，我年年都去眪一眼，扯扯草，爽爽净净，心里疏敞。她说的是她山坳坳里的那块地，未来的墓室，在谢秉勋爷爷祖山旁边，早已挖好，里面箍了青砖，砖缝用糯米糕理的，观音娘娘头一个生日她就要在那里躺上一躺，过个夜再归来。每次回来，仿佛时间又倒归赴年轻了一截去。她说她去陪一陪她丈夫，陪到他算算白话。有时候托梦来了，也过去陪他。相互讲讲两个世界的事。

谢秉勋奶奶讲得颇有神色，我们也听得有味。谢秉勋示意他阿嬷生人在莫要讲些怪里巴气的东西，她可不管。直到见到胡丹丰之前，我们对这些故事都不够重视。我们对乡村空间中存在的另一个世界都缺乏真正的了解。而由我们来判断其真伪是没有意义的，因为它是汤错人的一种言说和叙事方式，是乡村经验之一，也是他们理解这个世界的方式，或者说他们就生活在这样一个阴阳两界畅通的世界里面。

她说上洞谢家老头牯断气时他那间房满都是飞蛾［a³¹］，像个鬼头蜂窝窝捅乱了，他崫崽在广东打工，没赶上掩盖。②他崫崽跑去问曾家仙娘婆，看老头牯倒床③前有没有什么话留给他。仙娘婆一阵豁

---

① 匲［sɘ³³］，竹器名，指竹盘，竹篓，竹箱。
② 掩盖，给棺材钉上大钉，专门指一个丧葬仪式，亲人和朋友在这个时刻，要跟亡者告别。
③ 倒床，死亡。

哈后虹上了，说，"我有两万块钱埋在猪栏里，"大堂里顿时响起他
阿爸的声音，"银行卡号也在里面，黄泉路上有交警，阎王爷那还要
抽水，你莫寄过来哩，自己留着讨婕家使。"屄崽回去后，到处览，
览不着，又去问仙。仙娘婆说："我的掬路棍①你帮我寄过来，腿脚
不灵便。"屄崽回他："上次说的钱我有览到。"仙娘婆说："不用览
了，已经被猪拱出来，你大哥屋邸个捡走了。"

　　由于正在兴头上，她接着说，湖南来的零碎客，从汤错换了一
担膔腊②回去，身边还有一条狗，担到罗坳，突然看到前面出现披头
散发的白衣猖婆，山这边一闪，山那边一闪，高高矮矮，飘飘忽忽，
狗紧到叫，围到他转圈，这矮老雉立即放下担子，把担子里那只耍
把戏③的鸡娅拽出来，用线鸡刀抹鸡颈筋，鸡头往后一拉，鸡血刺啦
喷出来，他举起鸡，东西南北淋一圈，然后唱迓，狗安静下来，这
样才走出汤错哩。

　　"盍〔tɕia²¹³〕门晓来，他吖样厉害？"谢秉勋问。他阿嫲说，第
二回来的时候，他和我算白话，这副牙还是他打个啰。

　　她说的这个罗坳是我们常去看植物的地方，经她这样一说，忽
然间这些地方被赋予了精灵一般，再一次走过时心中竟然有些胆怯
起来，那个白色猖婆好像随时会跳出来。她又说水鬼的事，王家的
大崽在塘沙底被水鬼拖进去汅④死了。

　　谭先球在塘沙底挖沙，头一天做梦，梦到初五下旴三点有人要
在这里汅死，于是他在那里守着，来一个赶走一个，初五下旴接近
三点，他婕家来喊他回去，说家里鱼塘里的草鱼翻白了，好像被闹
了。他赶回去，就在他回去看鱼翻肚皮这一阵，王家的大崽和一帮

---

① 掬路棍，拐棍。
② 膔腊：在汤错老古套那里说成东西，物件。膔和腊，在古代楚俗中都是祭祀
　名称。
③ 把戏，指魔术。
④ 汅〔wu³³〕死，被水淹死。同时读〔mi³¹〕，如钻〔tse³¹〕汅子。汅子，指潜藏于
　水中。

细家崽来爬澡，不久就被拖进去了。起块不晓，冇好久发现少了一个人。等喊人来打捞时，已经死了，血都被水鬼吸走了。打捞的人说，身体被很多石头压在塘底。

谢秉勋阿嫲说，打捞的细节才是本故事精彩之处，闻讯赶来的人，先是本村水性最好的甲，在水边扎了几个沕子，水硬，进不去，好像水不是水，就是下一场硬雨，水也会像在油面上跑走。随后水师来了，又来了几个人，才扎进去，他们看到了骇人的一幕，水鬼将人埋在石头底下。再说，家里有被水鬼拖死的，还会移转，五服之内，其他人也会淹死。所以，第一个拖死的人，必须以法事了断这种吸附性，才算真正了事。

水鬼的故事在资江流域广为流传，谢秉勋奶奶的这个版本独特之处在于水鬼会吸血，而且还在水底埋人。在胡仙笙那里叫魃，新方话族群叫水猴子。[①] 水鬼尽管拖人，但马尾河经络上的这个洄水湾还是有很多熊孩子在这里嬉水、游泳，不知死活地度过他们的童年。谭先球的父亲甚至还在中间的沙滩上砌起了假冢。直到眼岬坝水电站修建之后，这个洄水湾变成了库区的一部分，才停止了游泳。那些曾经的故事慢慢也随着库区水位的上升被淹没。李秋风的婆婆对塘沙底这口深潭则讲述了一个关于石龟的黢天，那是一个凄美的爱情故事，可见，同样一个地方，可以产生不同的故事。而对于听到什么样的故事，对这口深潭的投射以及塑造方向也是完全不一样的，正是水鬼的故事，这种描述硬是增加了我们对水域的恐惧，过跳石时，生怕碰到水，弹跳得高高的，歪歪斜斜一冲而过。结果还导致谢秉勋奶奶责令自己的母亲不让他下河游泳，至今还是一只旱鸭子。这其中也一定失去了什么。

---

① 关于水猴子，在本地还有人认为是罗刹鬼，显然这是源自释教的一种叫法。在汤错地方已经演变成水鬼，一九六〇年饥馑年代，一个罗刹鬼从水塘里爬出来坐在瓜棚上夜嗥，令人胆寒，师公以火驱之入水，不复再现。但是持这种观点的人毕竟并不多。中国古代或者日本妖怪谱系里，以河童形象出现。日本妖怪中的水虎类似落水鬼。参鸟山石燕（1712～1788）《百鬼夜行》。

谢秉勋奶奶继续讲，赵州泉娈人做梦，连连好几天梦到闲尖死去的对门家的人，赵州泉给她弄了一串纸钱包（神纸），八个朝上，最上面一个朝下，白线穿起，再找了一件衣服，里面写上死者的名字，烧给他。烧完之后，果然不再梦到死者。

这种通过"烧"纸而"送"的方式极为普遍，而烧——让有形化为无形的方式几乎通用，火元素成为有力量的祛除黑暗和恐惧的手段，因为火在五行中是构成世界的元素和链条之一，火充当了送的使者。如果是因为看不见而否定物质形态，那么我们看不见的物质存在实在是太多了，因此，这一类经验只能存疑，而且这类经验在人的生存史中占据了很大一个比例，属于十分普遍但又特殊的地方性知识。

梅山水师则是专门练水法的，这也算是梅山教对宇宙物质性理解的一种，木匠专攻木法，地仙和风水师专攻土法，而火法则较为通用。即便是没有经过专门的法术练习，也可以使用火迅疾改变很多事物原本的形态。

水法可以理解为对水下咒，在梅山教中最为常见。谢秉勋吃鱼被卡，他阿嬷正在笕边洗菜，随手接了一瓢水，用手指在上面划拉几下，嘴上念咒，让他喝下，鱼刺软化下去了。去鱼刺用水法，其他场合基本也会用到水法。水法是非常古老的法术，人类早就洞悉了语言和心识对物质即水的驱使作用。《摩西五经·丈夫疑忌》也使用水法，耶和华训示摩西，妻子不轨，丈夫不忠，通过祭司用一碗被诅咒的水让对方喝下，如果有背叛，那么这水进入身体后就会变苦，肚皮（喻子宫）肿胀，大腿（喻生殖器）萎缩。[1]

谢秉勋阿嬷胃口好，每天一碗扣肉，二两水酒，顿顿不能少。吃完饭，清水漱口，上床之前，头脸手脚收拾清爽，起床后，头发先梳后笔，溜滑光亮，插一根银簪。九十岁大寿时，她把一百多个子孙全清点了一遍，并挨个报出他们的出生日期。

---

[1] 参冯象译注《摩西五经》页 257～259，三联书店，2013。

"真个是一副活棺材！"前来祝寿的岭界上的与她同庚的甲说道。这就是寿者的权力。汤错事物存在的权力均彰显了这座袖珍岛屿的合法性。

＊　　　＊　　　＊

梅山符咒

符箓和符咒内容所涉品类从睡眠用的床帐、枕头、被子到炊具灶釜甑、器皿家具、家畜牛马羊犬猪、禽鸟野兽入人家宅、鸟兽玷污衣冠、舟车怪速、家禽之鸡鸭鹅、镇煞、破秽、净水、安胎保胎、治病如冷热眼热肚痛、救人、寻物，师公道士无所不习，有一条乡谚说，千个儒生难出一个道士。光是三炷香的烧法就有二十四种，《香谱密藏》分为口舌、献瑞、小莲花、大莲花、禄、寿、孝服、平安、天地、功德、极乐、盗贼、增财、催命、大天真、小天真、催丹、增福、催供、成林、消灾、疾病、恶事、长生，这二十四种香法盖以祈祝之后三炷香在香炉内之长短高低判断，应事者接下来该干什么，如香焚烧的结果是两边香高，中间一炷香比较低，香谱告诉你，这是口舌香：七日内必凶人来争是非。要断吉凶神煞，掌法也是道士必须懂的，掌法中以后天、排山、地支、紫白、翻卦、先天，六大掌法必须会，除了地支，其他五大掌法均为周易卦法，按照道教的说法，若是晓得天地阴阳的道理，一切都在掌中。

徐梵澄先生曾说释教与道教对感官的运用上，一者在声音，一者在符号。释教中法事声音是主要的，而道教的法事打醮符箓是主要的，符咒则二者兼顾。

谢秉勋引我见汤错青年道士胡仙笙，字丹丰，学道于南岳，后将汤错一个山洞作为道观，在写符箓前，只见道长脚踏星斗步，叩齿三通，喝一口洞里的清水，往东方喷出来，然后念道：赫赫阴阳，日出东方，勒书此符，尽扫不祥，口吐三昧之火，眼放如日之光，捉怪使天篷力士，破疾用镇煞金刚，降服妖怪，化吉为祥，急急如律令勒。

然后疾书符箓一条（避怪符，参下页图）。这种符箓的内涵一般人是看不懂的，但是在道长那里，这是一个由宇宙星辰、神灵、人世间各种事物构成的世界，他掌握着时机和与彼岸神格沟通的本领，民众可以相信，也可以不相信，但是这门掌握时间和天地演化的技艺传承在他们身上，天地间任何一物的演化都在他们的眼中，任何一个细微的变化都被看作可以提供某种倾向性判断的依据，他们的经验世界和宇宙观已经不是俗世群众所能了解的，并构成十分严肃的经验类别。作为地方性知识的一种，实际上是源远流长的一种，坚固地在群众当中发挥着非同一般的作用力。这种技艺的本质是天文学，或者圣书《周易》提供的普遍的物质世界的真理——阴阳之道。某种程度上，人类作为宇宙中的生命，期求与全宇宙的大能建立联系的愿景在这种探索中体现得更为系统。而我们在学校的学习中，习得的是一种更为实用的可操作的知识，这种知识我们习惯称其为科学。值得一提的是符箓作为书道当中的另类，不但有古老的历史，还有很强的视觉冲击力，一些现代书法探索者也将其作为艺术文本呈现，当然，它们只是纯粹的视觉构图，已经脱离符箓驱使神灵的功能，然而我们也不能轻易放弃这种未知的构图所带来的效力，因为任何乱码在宇宙当中仍然有其本然的契约意义。

　　胡仙笙说："我们的经典说，凡书符，先斋心、定虑、行神、布气、存雷火烧身、变形为天师……[①] 这里面可以体会到书写的神圣性。每个书写者要写的是内心世界深沉的意识团，而文字本身则成了沉重的肉身，成为了蜕变前的壳体。类物象形已居其次。会物通灵，物照无遗，一划开天，感而遂通天下之故成为书写者的崇高追求。"

　　我幼时所见扶乩仅当作儿时游戏，殊不知在道教系统中，书写和神灵沟通，《道藏洞真部神符类之三洞神符记》首部汇集三洞各经关于天书、神符之名称，解说，灿烂成章。先据《道门大论》释三元八会六书之法。陆修静以三才五行为八会，宋文明以三元五德

－－－－－－－－－－
① 　参《上清天心正法》。

（少阴，太阴，少阳，太阳，中和）为八会。这里所论皆以天书真文为归，以三元八会作为宇宙大同立论，《九天生神章》说：

　　天地万化，自非三元所育，九气所导，莫能生也。

　　是三才之元根，生立天地，开化人神，万物之由。

　　而通乎天道、地道、神道、人道。又天道、地道、神

　　道、人道，即天文、地文、神文、人文也。

　　《道门大论》：一者阴阳初分，有三元五德八会之气，以成飞天之书，后撰为八龙云篆明光之章。陆先生解三才，谓之三元。三元既立，五行咸具。以五行为五位，三五和合，谓之八会，为众书之文。又有八龙云篆明光之章，自然飞玄之气，结空成文，字方一丈，肇于诸天之内，生立一切也。

　　因此，在道教中天、地、神、人之道各有所书，因书召唤各种宇宙能量。道教符箓对书写的意义几乎到达形而上，各种极富想象力的表达比如天书、凌空结字等都来自于此。

　　符箓的神圣性在道教徒胡丹丰看来是字、书与图三者共和之物，他说："一切万物，莫不以精气为用。故二仪三景，皆以精气行乎其中。万物既有，亦以精气行乎其中也。是则五行六物，莫不有精气者也。以道之精气布之简墨，会物之精气，以却邪伪，辅助正真，召会群灵，制御生死，保持劫运，安镇五方。然此符本于结空太真，仰写天文，分置方位，区别图像符书之异。符者，通取云物星辰之势；书

278

者，别析音句诠量之旨；图者，画取灵变之状。然符中有书，参似图像。书中有图，形声并用。故有八体六文，更相发显。"

书符是宇宙的大能，精气流布，无复形状。不可言宣，皆由心生，通凡入圣，好比今人荣格、弗洛伊德所谓的潜意识。总而言之，书之为道，有阴有阳，有柔有刚，有静有动，有消有息，有书有图，神交天地，感通万物。书符者尊若仪轨："收视反听，摄念存诚，心若太虚，内外贞白，元始即我，我即元始，意到运笔，一炁成符。"当然这种经验的复杂、高深与玄奥在我和谢秉勋理解起来已经十分困难，一般群众只能神会了，更多的时候他们理解和接收的信息就是由符箓本身传递的信息。

＊　　＊　　＊

那次之后，我对胡仙笙印象十分深刻，谢秉勋说："三清观胡道长养了很多鬼。"

村里人也这么说，而我竟然毫无觉察。

三清观在汤错 A 圈和 B 圈交界处，去大源的路上，阿尔法河东边的岔江正从它面前流过。一座石头山，西侧像莲瓣一样垮塌下来几处，岩石里是黑黢黢的山洞，路人从莲瓣岩石的外侧过路。而山洞的洞口处一棵巨杉笔直地冲出来，巨杉的一侧失去了一条枝杈，好像被雷劈过。

"是被雷打过，那根桠枝后来被洞里的谢玉元砍去给他阿驰做了棺材。"（谢秉勋）

这棵杉树和龙埠头那棵银杏与上洞的那棵红豆杉，应该是汤错最高大和古老的树了。光看到它们就觉得老得不行。胡道长身居三清观洞窟当中，洞窟有岩洞三层。过了一个简易的木门，就是巨杉与地面连接部，粗壮如一座小房子，过了巨杉就是洞窟第一瓢，摆了神龛和道教三帝神像，香炉一直燃烧着，岩壁上贴着开过红的符箓，一侧的凳子上堆着不少书籍，洞内十分阴沁。在我们所探讨的地方性知识中，鬼是较为特殊的一类结晶群众。带着惯常的判断，我们认为在鬼这类经验的发展过程中形成巨帙而集大成的当属《山海经》《西游记》《聊斋》诸书。今天的修仙、神魔、玄幻、志怪、灵异、惊悚、童话，乃至科幻小说、游戏、影视作品也是这类经验的发挥或强化。同时，这类经验的存在为地方性信仰和阴教的发展提供了土壤，《玉历宝钞》便是一部阴律大全，功同《神曲》之地狱、炼狱。

等那位从巨杉后面的内室出来的香客走了，我们说明来意，胡道长讪笑，然后吸起烟斗来，对我们的提问好像见怪不怪了，因有谢秉勋做沟通，这一切也没有显得太过唐突，道长说：

"易曰阴阳不测之谓神，阴和阳是两个属性上的经验类别，神的经验知识也是一个大类，居于其间的不测也是一个类别，就是说神本身是一个经验类别，神以外的不测又是另一种东西，这是一种无形之物，但又是体验的知识。人神之间的不测有一个非常丰富的经验就是鬼。"

显然，胡仙笙是一位现代知识分子，连他的表述都是很学术的，接下来，他给我们开启了关于鬼的一类经验描述，因太过复杂，我们那个下午和夜晚的谈话总起来只留下几百字的笔记：

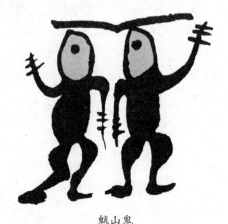

魁山鬼

梅山符书

"古文即秦篆之前的鬼和神同享祭祀，从这两个字的古文可以看出，鬼是䰡，与神同属'示'（祭祀）的对象。汉代简化至鬼，将其驱除出祭祀的范畴，这是中国道性文明的一次跃迁。这个时候，鬼从与神同享的祭祀'示部'中跌落，生成一个阴暗王国：鬼部。

　　"人之所归为鬼，所以鬼也写作䰟，如归自在，慨然分解为无数。人将死，鬼欲出来，说殁殁。神是阳面的，鬼是阴面的，鬼头是说从孩童到归于鬼；鬼字的脚上为什么都要带一个'厶'，因为阳是公开的，阴是隐晦的，不可见的，所以从'厶'，一则是私属的私的本字，二则表示奸邪；有些时候可恶的事情也可以用鬼气来侵染厌恶和可耻之情，涉及人、事物、植物、地名、姓氏、星宿、言语、疾病、情绪等，如醜（丑）、貌（长得丑）、魄（臃肿）、魍（猥琐）、媿（惭愧）、嵬、巍、槐、魙、魋（苦热病）等，一条鱼长得难看莫名也可以加上鬼旁以抵达陌生而嫌弃的经验领地。语言中的废话、噪音叫作䜚，读音同怼，含沙射人为魊；魂魄的买卖就叫作䰅䰅（dí），带有毁灭性的烈火为煨，不同于窥视的鬼一样的看是瞢与䁹，眼睛和耳朵已然混同一体，或者错位。鬼中之神即神鬼或者鬼神者叫作魶（shén）；跟不测有关的经验或故事，除了文献记载之外，还有专门的名称，古人不废其位，略举几例，除了主观经验范畴的神思或梦，尚有水陆山林水泽木石动植物等自然空间的精物，如罔两①、罔象、水魖（kuí）、山魈；灵、神兽、鬼怪，有名相而没有实体的存在如魖（xū）、魊（yáo）、魖（hū）、魑（lì）、魊（yòu）、魘。再如，魑（chì）为厉鬼，强阴之地如坟墓和尸气过重的地方，魑往往出来随人为害。旱鬼则叫作魃。小儿鬼叫作魝（jì），又叫作童鬼魝，旋风鬼为飈，或飂。江鬼叫魉（làng）。蛊惑之鬼叫魖。妖魅之鬼叫魖。压身鬼叫魇（yǐng）。鬼变谓之魄（huà）。无头鬼叫魊（jú）。空中鬼叫䲮（téng）。太阳下去月亮刚刚升起来时的鬼叫魐。睡梦中欺凌人的鬼叫魍魉（méngcōng）。半人半鬼叫魊（chāng）。捆人

————————————
① 即魍魉，又作蝄蜽。

的鬼叫魖（sù）。大鬼叫彊（jiàng）、魖（chī）、魌。恶鬼叫作魖。山尸的主子叫魙（zhān）鬼。杀了人的鬼叫作魃。雨鬼叫霯，山鬼叫魖（chǐ）。专门夺财的鬼叫魖（hū）。人成精之后为无毛鬼叫魃。鬼的使者叫魖（yì）。疑神疑鬼叫作魆，魆之心疾叫作愧。还有一类词带有鬼但与鬼无关的，比如魋（tuí），主旨在隹部，属于神兽一类，即所谓被鬼气侵蚀一类；而魖魃、魖魖（yòu yòu）、蠡魖（luó chà）之属已经渺不胜数。而像女鬼（妠）跟鬼无关，却与死亡或僵尸相关，也是鬼的经验知识的一个类别，叫魖，从肉身即将变成鬼身。当然鬼也用来形容莫名而厉害的意思，比如鬼斧神工。我们地方梅山教常说的鬼有风鬼、雨鬼、三炎鬼、偷盗鬼、阴兵鬼、双虹鬼、江鬼、虎鬼、红鬼。

"鬼虽然是不可见之物，但是中国文字里面自古就有一个为它准备的字：魖。[①]许叔重讲这是'见鬼惊词'，就是说见到鬼时的惊骇之声。形容鬼魃（物精）运动的声音谓之魖魖（rú）不止。值得玩味之处在于古人对见鬼的肯定，说明他们也看到过鬼，且还专门造了这些个字。"

"惊词这个品类，与詈辞一样是一个体系。惊词是惊叫时用的，所谓六法完备，由此可窥一豹。"我们被震惊到了，胡仙笙说，"这是鬼的一些种类，还有很多鬼。《鬼经》所载，各种鬼涵盖三天世界，数不胜数。"我们在翻看梅山教的一些手抄本时，发现了很多带雨字头和鬼字的花符，胡道长解释："符由符头、符身、符胆、符脚及所要召唤的神构成。有时候还在符上画出形状。鬼是看不见的，它不是物质化的存在，是气；所

---

① 音 nuó。

以书符之时要正心诚意，借助神的力量来召唤，这个就是'聚形'，这是十分重要的一个概念。符能够和人之间架起沟通的桥梁就是要通过聚形来实现。鬼在没有聚形之前，是没有象的，而聚形之后有象，驱使这个象就是调度和驯服。"

终于到我们最想知道的事情了，谢秉勋会意地问："据说，道长豢养了不少鬼？"不料胡道长说："你见过喜欢蝴蝶而不养蝴蝶的吗？见过达尔文没有自己的植物园吗？你见过喜欢读书的人家里不聚书的吗？"对于一个精通自己领域的人，似乎的确如此。但是我们不能亲自见鬼。这个对我们而言，哪怕让我们见，我们也不敢见。可见，当时的我们仍然在名相上理解一种叫鬼的东西。但是胡道长说："刚才那位斋主，是远道而来的，他养了一只发财鬼。"

当然，我们仅晓得令人发财的都是神，而没有鬼这一说。胡仙笙说："这是你们的误解。世间万物，都可以用来发财，鬼也一样。你驱使鬼来帮你发财，发财当然是他养鬼的最大动力，可以征服一切恐惧，但是鬼帮助你发财之后，还是得还，得行善，然后帮助鬼解脱。世间万物，圆融无碍，鬼帮你发了财，你不管它了，有更大的鬼让你一无所有。"

谢秉勋说："肖家有个姐姆是不是养了鬼？"胡仙笙说："是的。她养了一个小鬼。因为她头胎七个月死了，请了师公帮它养在身边，不让它走。"

"用什么养？"我还是忍不住问了一句。

"用她所想。"胡仙笙意识到这句话有歧义，又补充道，"养在一个密封的坛子里。用引魂符咒将它摄入器皿当中，密封。"

"有部书叫《何典》，写了很多鬼，道长可知？"

他转身去书架上抽出一本，拍拍上面的尘渣滓，说："这样的鬼书是想象作品，里面一个鬼都没有。拿鬼说人事。"

当我们走出三清观，月明星稀，为什么我们什么都看不到，而在胡道长的娑婆世界里，他可以驱动神鬼，风云雷电？

正所谓，白云是他的白马，黑云是他的黑马。

当然，有胡丹丰这样的鬼师作为汤错的神职人员，比一般的念经吃斋之徒更有趣，他在与另一个真实的世界搏斗，而我们全然不知。难道这也可以归类到弗雷泽的接触巫术？

黿——这个字的使用频率非常高，加雨字头，置于符脚。初不知怎么读，而会意之意十分明确，聚形之后，渐渐可以通过听觉感受到所召唤的神灵、鬼猖、精物已经变成显性的存在。符书中很多雨头、鬼旁、风雨交加，电闪雷鸣，巫傩气息异常凝重。这些字绝大多数是组合字，经过加密的特殊汉字符号，每个字具体确切

黿

含义。（参前图梅山教虎断山中犬法符，此符加密较好辨识，雨头＋鬼旁＋本字，便构成符胆）胡丹丰用此为斋号名曰黿斋。《酉阳杂俎》：时俗于门上画虎头，书黿字，谓阴府鬼神之名，可以消疟疠。《正字通》按黿音贱，俗谓之辟邪符，以黿为鬼名。胡仙笙说这个字读 juàn，师傅所授，意思是疾速旋转扬升之义。又说鬼死谓黿。有时写在符头，有时写在符脚。而梵典作助词，犹如呢、哩，显然是个语气助词。如果是借用于梵典，也可以当作助词理解，并无不可。

"河出图，洛出书"，符不是字（书），也不是图，而是介于二者之间的特殊种类。书写方式有些仍然保留了云篆、鸟虫篆、大篆和小篆上古时期的笔法，乃至中古时期九叠篆笔法，而一些符书已经完全楷化。民间符书的书写水平略显粗糙，但不失其粗犷的田野气息，如胡仙笙书"太上治玄勅召三五斩煞鬼"符，其辞曰：

帝勅，统领众神，翻砂破土，泉局穿山，入海搜捉魑魅，毋分巨细，摄赴坛庭，依法律治罪，毋辄容情，承符所召，掣电飞星，如或违慢，律按女青，急急如北极紫微伏魔大帝律令。

收捉的对象就是山川竹石水火泉泥、山魈野魅独足七妖、飞走魔灵、天虹天狗、午酉使者等一切精邪，尽行摄入井狱，受死灭行。

三五指梅山教教主梅仙张五郎。

养鬼也是地方性知识和经验的一种。这种知识显然依附于某些特定的地域和领域。更加精确地说，便是区别于哲学和科学之外的非主流知识，某种程度上是一种被拒绝的知识，事实上它的确有一个术语：被拒知识。共和国成立之后，迷信一类的知识就属于被拒知识范畴，一则它们与哲学和科学对立，二则甚至与常识都是对立的。理所当然地成了被拒知识。但随着人们对宇宙无限性认识的普及，超心理学越来越成为一种内在需求，这恰恰是科学进步所带来的反哺。像胡仙笙这么富有想象力的师公已经不屑于去忽悠普罗大众，他真正关心的是本体和宇宙演化是否切己。不得不说他是纯粹依靠想象力存活下来的人物。没有了他想象世界的存在，他就如一条离开了水的鱼。然后，于人类共同的历史而言，有一部分哲人将此视作长青哲学，即人类通过自身可以感受到整个宇宙的原型，并引导他们完成圆满的修行。

    *   *   *

    有一群走徐霞客路线的背包客，经过汤错，与三清观发生过碰撞，但胡仙笙声称不晓得有这么回事。我们从一幅尺牍中了解到这事，因为这件作品正要勒碑，这位游客记录了自己在这里碰到的这件开眼界的怪事，对于其游楚之心也有所回报吧，尺牍名《云梯山步虚记》，文章详述他们探险三清观内洞的情形，以及当天发生的奇异事件，这位自称白鹤林的尺牍作者说：

    乙未三月下旬，乡贤导游，与友人驻访越城岭诸山水。恰闻铜座云梯山有幽穴玄洞，岁久且远，榛芜沦翳，乃丘墼荒陬之地，乡人莫得而知。数度临指，擦肩而过。廿八日九时许，又村人带队，的指此穴。

    洞口之上建有天虹庵，庵堂左侧门直通后面涵洞，右侧壁上有送子石钟乳菩萨像一尊，据称为贞观年间所镌，不可考。庵东数块石碑表于清。再东有深坑一处，于洞内观之则为天井。洞窟入口处有巨杉摩天。

    庵下大洞即为入口，不远即有水泥薄冢，形似棺椁，天光矅矅，入洞者皆须贴身扶摇，方可挤身而过。想必后人所为，胆怯者不敢近，至此则返。探知墓主乃天虹庵守殿老者，葬此为其遗愿。洞内雨串珠帘，水声淙淙，或有积焉，清白之液直透砂底。暗河起伏，或有色黑之鱼跃出。冥天府地，蝙蝠倒悬，宽绰处可纳百人于一处，高数丈而不盈顶，偶有白光泻地，可知山体之内别有洞天耳。钟乳补壁，百媚千姿，浅人俗士多做僧道奇兽解，或烟熏洞壁为文，某某到此一游或爱药铭辞一类。暗道蟠纠错杂，最远者不知所终。众人分布于山体中之各部，一时辰后尽出，唯刘氏过薄冢而心生怯畏，半路不前，退出时额头磕碰倒悬之石，有犬眼大小皮损，众皆安好，乡导离去。吾等于洞口数丈外天虹庵前畅叙观感，刘氏蹲于天虹庵厢房桌上不语。午时许，刘氏力嘶一声，屦然狂奔，似有物置地，众人不知何故，李汉平氏雷州吴氏二人直面天虹庵，得见刘氏有如离弦之箭，虹吸而去，二人率步狂追，口呼其名，未能拦住分毫，余下众人尾随追去，刘氏已没入洞中，荡然无声，一片冰凉。众反身递电光，入洞寻找，歧如枝杈，某以为在直线位置，果于入洞十余米处，闻粗糙之声，大呼，众掉头鸠集，刘氏跌落崖下一褶皱石陂上，头上脚下摊地，四肢无声，气氛异常诡异，再往前一两步则坠深渊矣。雷老虎与某摸索下去查看，以为丧命。李汉平返身观音阁烧香打卦，似已断定其为魂灵附体。随行欧阳文武、冯氏在上坎位接应。雷老虎处刘氏左侧悬崖下位，吾处内壁右侧上位，亦极其悬危，设若刘氏不识同仁，三人必一同坠崖赴死。然仔细察看，除手背肘有皮肉擦破外，并无血迹。某与雷老虎将其拖上褶皱上方，三人始脱离坠崖之虞，欲再提而觉神情有异。此时，刘氏猛然发声，声腔俱变，气势骇人，不类平常。雷老虎大呼兄弟之名不缀，欲醒其心志，然刘氏处蝉蜕尸解状，弃周遭于不顾。余令欧阳文武递香烟三支，恭请太上老君、观音大士、梅山教主降临襄助解煞，于惊讶之中，舌僵而不能择言。遂掏手机将此一端形状录像。前后约八分钟，口所处者盖为当地老官话，刘氏唱出众多姓氏之先祖名号，吴君允道①，刘氏法雷，谭公八郎，叙事完整，声腔之神勇魄力不似人力。

其径称此穴为吴君允道观音洞。唯其身体变形，呼吸粗荞，

---

① 梅山教士之唱太公文献书作吴君永道，吴氏自幼聪颖，能文能武，可调猖兵猖将，在一次战役中中蛮兵诡计身殁，年仅三十余，后明皇南巡，受封将，资水中游百姓奉信为地方神（骑白马，马上无人）。质之胡仙笙，他说，这是一个没有修成正果的孤魂野鬼，在合适的时间以及遇到合适的人和物能附体，即物质化。如没有龙虎山降诏，不能出地界半步。

仿佛极其痛苦，手持各种大手印，变化速度之快，力度之大，非师公所能想见。最后大吼一声走。停止动作，身体松懈下来。雷老虎又呼，刘氏苏醒问：吾何里在古里（新方话，意即我为何在这里）。声音恢复正常。我等谎称其入洞时跌跤滑倒，对方才之事讳不敢言。其心智已回归，只是不记得方才所生何事。刘氏年五十，目不识丁，胆小，为一般商贾，然精于记忆，数百电话号码存储于脑际，可撒豆成兵，此曷独附体于他？待四人将他牵引搀扶出洞，其不知所发生之一切，亦不知何时离开天虹庵和射入洞穴之全部。疲惫之状尚有余迹。数问手背与肘部之伤从何而来，众皆语焉不详，马虎应对。

李氏汉平于殿内请卦近三十而不得过。事后入殿，众请卦，皆无不顺。刘氏并无损伤，未去就医。回来路上，李氏汉平约约向其表明此事，刘氏誓言不信，给一百万也不去。然曰，其生之日在九月十九日，此观音之重诞日也。其妻六月十九，其子二月十九，皆观音生辰之日。吾等归而论至鸡鸣，此事终不可理喻，然于宇宙万物之看法顿然改观。听者亦众，录像亦在，未亲睹者终以为谣谶，如唱太公，吃瓷杯，耍条凳，不胜枚举，诸般不动摇其理智。伏以，宇宙何其瑰玮哉，六合之内事不可尽道，何况十方世界乎。神棍杠仙之类向来多见，而以死生相试粉身碎骨之事又岂能与之比肩。素闻楚地巫傩之风盛行而未能亲觌。将信将疑，乃至一时为神识所洗，不可不信。故不侪愚昧，肸蚃书布，以征同类。岁在旃蒙协洽三月廿九日，公元二〇一五年五月十九日，白鹤林游桂记。

谢秉勋说，这事他有听说，聊当乡野逸闻，这件事发生以后，刘氏数次复发，吴君允道多次上身。刘氏也是认识的，没文化，有一次打赌，将字牌上大写十个数字默写全，一万块钱一个字，错一字不得。前三个能写，第四个便写不出啦，所以叫他不三不四。虽然没文化，但他能记住三四十年前的电话号码，他手机里的几百个号码都没有名字，全是数字，他能记住，文章中提到的属实。

"我记得有一年五月份，听他说，上身了，下旰六七点开始，断断续续，到九点。在自己家中，莲花座，手势。一手搬脚，单脚跳圈。家里只有六岁儿子在，娒家回罗坳了。要烧九炷香，烧钱纸。茹了三杯白酒，他平时不沾酒的，这点也是怪异。写了一纸：好心人。画了几个圈圈。说要到哪里给谁谁作法去。苏醒后，他自己害怕。他担心自己儿子年幼而被他吓掉魂魄，而他自己竟不能自已。再有，那事之后没多久，他口中念道的吴公允道在这年八月份每夜八点传法，在睡梦中，连续半月，半月后刘氏成为大师。一时间声名鹊起，有人请出行，远奔东南亚、非洲、北美洲。"（谢）

*   *   *

谱书——族谱、家谱、家支——的内在结构构成一个奇特的血 家支
脉树形图。每一个节点都是新的混血。如果能够追溯到这个家族的过去，直到无路可走，肯定很有意思。现在修谱，追溯的方式有些随意和附会的地方。我将《公羊传》发到过网上（二〇〇三年），后来在江西和福建的汤氏谱书中就看到，修谱者将《公羊传》中的内容引用到族谱当中，将汤氏的起源问题轻易地化归汤错的这个传说中来了，也不说明资料的来源，及其可靠性。这种做法肯定影响到谱书的价值。谱书［Phu^{31}ʃy^{33}］是很重要的地方志参考资料。但是，在参看谱书的时候，对于其记述的上古史那部分都需小心谨慎。谱书展示的家支，可供我们看到诸多问题。是中国社会很好的民间档案。尤瑟纳尔的家族史小说《北方档案》，根据的也就是他们家的家谱。《红楼梦》是典型的家族史小说。

中国是一个以家为核心单位的社会体系。家族以及血脉的走向

构成一种非常重要而特殊的价值观。不管是不是本族人，只要是本家，很多事情就好办多了。但是违反了族规，也意味着被约束。它保护家族成员，也约束家族成员。

家族的核心价值观是：耕读传家。耕代表农业文明价值观，读代表儒家的仕途——入世价值观，合起来之传家则是第三种价值观——荣耀我的族人。我们说的"家事国事天下事"中的家事当含有家族之意。"家里的事情，外人不便插手"，这里指的就是家族，也是实际权力的一种方式。现在这个家的意义在缩小使用。当然，这是中国漫长的中世纪史积淀下来的意义。家之本义是宝盖头下一头猪，这个家只怕还是在原初社会时候的早期含义。在过去，家族有祠堂和学田，这二者保持了家族的持续繁荣和凝聚力。

我想要一张血缘图。这张图试图把父系和母系放到一起来理解亲族关系。它最基本的特征是具有"丫"字形的角权，也就是说，它是开放性的，很多个——足够多个，这样的"丫"便会构成蜂窝状的网络，血脉和遗传因素就在这个网状物之中流动。我想表达的就是这种普遍关系。现在的汤错亲戚称谓，也就是一妻一夫制的情况。这和古代一夫多妻制是有区别的。汤错本地的称呼系统至少三套，新方话、官话，以及汤错语称呼。汤错语称呼自身又有两三个称呼，所以有很多种情况。还不包括周围带进来的称呼。汤错本地最为主要的称呼，仍然在家支体系之内，大体不脱离五服的框架。以"我"起，上计四代，下计四代，便是九族。九族和五服呈现的是一个还活着的亲缘关系周期。它也是由多个家族——以姓氏为划分依据的血缘和利益集团。有血缘关系的是亲戚，然后是本家（同姓），其次是朋友，或同僚，再次是同邑之谊，其他便是生人。礼物一般只在亲戚和朋友同僚之间流转。其他便是生意，当然亲戚间也可以做生意，这种关系不是我们讨论的重点。而婚姻则需要在五服之外。因此，这个集团的能量流通既是封闭的又是开放性的。每个人如果将自己置于九族或五服之内，就可以得到一个能量中心，他的人生轨迹或多或少会在这个谱系当中行动，谱系对他的影响也是至关重要。今天的我们尽管是在学校完成大部分成长，但家族谱系对个体的影响仍然显得深厚而持久。

家族意识在复兴，互联网上建立了众多的姓氏寻根网站就是一个明证，这比起过去的"造谱"方式自然也就简便迅捷多了。也更加快捷地将本族人的信息汇总到一处，成为家族档案。利用互联网，中国人跟西方那样，撰写自传，记录每个人的历史也变得可能了，这可曾是胡适曾经梦想过的方式。那么，所有的历史都将转化为数据存在于这个空间。也可以像幽灵一样在互联网上到处漂移，被拷贝和转载，使用。胡适先生提倡个人作传的愿望在今而言，已经不是太难的事情。既可保持根土文化传承的意义，也具有开放性。

李世德一支起义失败后，族裔的一部分迁徙到汤错顺水，写着的就是"耕读传家"。还有一部分人改了姓氏。

中国历史家族的纯洁性实际上已经是一笔糊涂账。因为哪朝哪代皇帝当政，将异姓赐予国姓乃是一种荣耀。这样就渗透了很多别的血族，早就混血了。再说，联姻也使家族不可能单纯。这正是它的生命力吧。

*　　　*　　　*

家心〔ka^{33}ɕin^{11}〕特指一个房子的神龛位置，就是这个家的心、房屋的心。这里供着祖宗和所有的神灵。这颗心跳动在房屋之中。房屋修建时是经过地仙严格选择出来的，它位于某些必要的大地脉络的关键位置。它是大地的一部分。家心又是这个枢纽中的枢纽。家心居住着许多笼统的神，它是祖先、诸神灵的总称。每个家有一个心，这个心不是人，也是人；不是活着的人，也是活着的人。有事台没事台，都要在这里烧香，唱迓。汤错人对房屋表现出了特别地道的敬畏。各个部分都有神司职。家心处于心的位置，其主要性则是不言而喻的，家龛上半部分都这样写：天地君亲师位。

家龛

这是一个伦理上的卑尊排序。天地居首。在书写上，六个字的写法有严格的要求：天不顶天（指"大"不顶到"一"，《说文》，一者，天也，这是符合的），地不离地（土），君不闭口（口），师不离师（帀）。旁边配小字：是吾祖宗（居右）；普同供养（居左）。而外是对联：金炉不断千年火；玉盏常明万岁灯。有的还要复杂一些，配两副、三副。有的再配以三教神明、耕读传家之类。横批：祖德流芳。

　　这些年来，将"君"改为了"国"，汤错人也意识到了"君"之不存，以"国"为大。这五个字不知起源于何时，据余英时说，他发现这个君五字格不能早于十三世纪中叶，文献可见南宋俞文豹《吹剑三录》。（《现代儒学论》页168，上海人民出版社）一九三八年的旧历年他在安徽"第一次"看到祖先牌位的位置已经有写"国"五字格。君五字格最早用来阐释"礼"的秩序的是荀子《礼论篇》：

　　　　礼有三本：天地者，生之本也；先祖者，类之本也；君、师者，治之本也。无天地，恶生？无先祖，恶出？无君、师，恶治？三者偏亡，焉无安人。故上事天，下事地，尊先祖而隆君、师。是礼之三本也。

　　由"君"到"国"实在是一个不小的改变。在这块家心上，有天地乾坤国师牌位，看不到祖先的"位"，只以一个亲字笼统地代替了。但是从小字来看，将所有这些人都是看作"是吾祖宗"，反映了礼治思想的影响。似乎也没有人去追问为何要这些，但这些又能为所有人接受。

　　家龛分上下两部分，大小神龛（上神龛，下神龛）：上面敬天地国亲师。下面篇幅稍小，写：福德正神之位。横批金玉满堂。

　　小神龛明显说明"福"和"德"乃是"正神"，这个"福德正神"便是土地神。供奉土地神的土地庙也称作"福德祠"便是这个原因。它们之间的转化显然是一种土地崇拜意识：土能生白玉，地可产黄金。这是外对联；内对联：招财童子，进宝郎君。都指向财富，我以为是福德之神的化身而已，或者使徒。土地公公是巫教和师教的神灵。小神龛跟大神龛上所表明的价值倾向已迥然有别。仲尼不语乱力怪神。而小神龛上却都是乱力怪神。这种复合的文化结构在这里奇特地羼和在一起。巫教和师教没有讲大道理，讲福德，这也是这种信仰在远离正教的民间扎根的原因。当他们敬神的时候，有时候是针对具体的亡灵的，有时候是特定的神灵。无缘无故地不会去惊动神。

家心上部神龛有"簠""簋"二字，一左一右。簠是古代祭祀时盛稻粱的器具。簋是古代盛食物器具，圆口，双耳。这两个字每家都有，写在家心牌子上。都跟祭祀有关。

作法，度天，也都在这里进行。家心体现了民间信仰体系的混杂。三教神明，合一。耕读传家是儒家。一般都是迁徙的，没有原住民。无论迁徙到何地，耕读传家是中国人的传统价值观。到一新地方，一边耕作，一边培养子女读书。家和荣耀构成最主要的价值体系。

有的家心贴有毛主席像。或者在上神龛的上方贴主席像。这种现象没有灭迹。

在过去的半个世纪前，公社食堂时期，我们曾努力消灭"家"。但"家"有很深的景致，它既是族系宗法的根系，也是神灵的根系。家具有时间属性。它在现实时间的这头，另一头跟过去紧紧相连。家是进行时。正因为如此，要拔掉"家"显得异常困难。天堂运动走到了时间的前面。按照共产主义的逻辑：国家终究是要消亡的。那么家，也是要消亡的。我们正是在这个基础上进行的实验。跑步进入共产主义，就是跑步进入天堂。中国人表现出了一种前所未有的飞蛾的趋光精神。将其他价值观统统抛进了历史的回收站。它是否来得太快了？"家"的价值体系是沉淀起来的产物。它还有家的伦理。重塑家的价值体系可能是我们改变家的第一步。中国人的家伦理是一种混杂的伦理观。现在的汤错，出现的是另一番情形，尽管他们的神龛上写作各种类似符咒的对联，但也是有形无实。或者显得隐讳不堪。祭祖和求财神才是他们从来不忘做的事情。在社会主义今天，家的伦理是"五好"。这点可以联想到韦伯的"新教伦理和资本主义精神"。这不是什么新东西。而以此可反观汤错门楣上的门牌号，以及"五好家庭"这样的牌子。它略大于门牌号，红色金属牌子。这几年又叫"五好文明家庭"。我在拉萨城郊牧民家里也看到过这样的牌子，可见这是全国性的。五好即"爱国守法，热心公益好；学习进取，爱岗敬业好；男女平等，尊老爱幼好；移风易俗，少生优育好；勤俭持家，保护环境好"。这个五好就是以家为单位进行的。一个国家的事情，真是事无巨细，都有来头。五个条件可以概括为爱国爱家爱党（守法是爱党的隐晦说法），思想又红又专，孝道，计划生育，最后还提到了环保。至于移风易俗则无法理解。移谁的风易谁的俗？我们说要入乡随俗，这里却要移风易俗。大意当然是指那些不符合国家政策的事情，比如迷信有神论、重男轻女之类，国家一方面要讲男女平等，另一方面又规定，第一胎是女孩的，三年之后尚可再生一胎；第一胎是男孩，就没有再生一胎的机会了，马上上环，偷生就要结扎；表面上看，实际上政府在妥协，尊重几千年来的传统，但政府却没有遵照"男女平等"意识在导化公民，它直接导致的结果是男女实际上还是不平等，最后，形成人口结构上的大面积失调。这些"好"当中也有很多是传统价值观，比如孝道，唯中国有《孝经》，只要讲孝道，还可以出入仕途，也为中国文化当中的奇观。老外们爱把我们当作伦理的国家。孝的反面就是不孝，这是很尖锐的。但是我们的社会属性也在积极地寻找一种福利措施来取代这种所谓的孝道，将其转化为机制。一个人怎么劳动好自己的一生，就怎么安置自己的晚年。我们要移风易俗，孝道也大抵是在这个范围之内的。五好家庭的评比就好比我们上小学中学评比三好学生，还有一阵竟然也是五好学生。现在，教育界意识到这种评选对孩子的成长负面作用实在更大，已经没有好提这一口的了。这是一个进步，首先尊重人。那么小的单纯的孩子，哪里来那么多好与坏？五好家庭的评选是小家家游戏。我看到汤错人家门楣上闪光的五好家庭红牌牌，老想到一句唐诗："旧时王谢堂前燕，飞入寻常百姓家。"尽管，我现在已经无法理解这句诗到底代表的是什么意思了。在授予五好家庭的时候把两个人一起说，比如"王美丽家庭"，那么，这家符合了五好，踏上了时代的动车号。

把家击碎只不过重新塑造了更多的平民——平等的公民。越是更多的平民，这个就越缺少培植头等公民的物质基础。相比之下，举孝廉真是好，没有贫贱之分，它至少还以一个"孝"字可资参考。孝是抽象准则。要做到平等、公平，只能是抽象标准。一旦具体化，就失去了平等的可能性，毕竟不是分一担米。上部神龛还写着"天地"二字的，现在太唯物了。全部是天地之下的那些事情：君亲师位。相比之下，共产主义还是很好，那是一个抽象得不能再抽象的理想标准。理想是可塑造家的伦理。如基督教的神、穆斯林的安拉、印度教的奎师那，这些具有绝对性的神对这种塑造具有积极意义，甚至还可以越过家。我们现在的"家"缺乏终极追求。家实际上在缩小。连终极的理想也提供不成。有时候，我真想——去问一下，汤错这些得了五好家庭的主人。但我还是忍住不问，只看。我想把汤错"王美丽家庭"的这个五好家庭牌子拍下来。她倒问起我来了，说拍这个有什么用。我说当然有用，以后比毛主席纪念章还值钱。她不信。我说，是真的，以后这样的东西会越来越少，少了就值钱。她懂这个道理。说，我们家前后有两块了。我说，那要好好收起来，别挂在这上面，掉漆了不好。她回屋拽钳子出来取。我说，你卖一块给我吧。五十块钱。五十？我不知道她是嫌多还是嫌少。她说，两块一百！我说，我就要一块。另一块你自己留着，或许以后还要涨价呢。她卖了一块给我。但是我让她保密。她答应了。她不答应，我这里就会变成收购"五好家庭"的当铺。"五好家庭"虽然不是家心，确是家心的现在进行时。

家的真正的家长不是现实中的主人，而是灶神。灶神是家的一家之长。灶神的咒语上便是这样说的。

*　　*　　*

　　　汤错一带的指路经叫孝歌［∫o¹³ko¹¹］，和度天用的经书、唱太公用的经书有别，由歌师来唱。这部书只有手抄本，废四旧时，汤错的版本被付之一炬。汤错各个片区，及其周边地区，家里有收藏的也都是一些片断。各种抄本，在文字上也有出入，有的并没有抄全，仅为局部内容，一般家庭的丧事不长，也足够用了。在湖南娄底、冷水江、涟源、邵阳等地，我也看到类似的版本，叫法不同，有的叫夜歌（"夜"读［ia⁵¹］，理解为"雅歌"实也不算离谱），有的叫"丧鼓歌"，内容上骨架上大同小异，但因地方性，在一些起头、结尾、过程当中还是有差异的。汤错就喊［∫o¹³ko¹¹］，可译作香歌。也有喊"孝歌"的，但是"孝"这个字在汤错语中读作［∫o¹³］是极为别扭的，在别的地方也极罕见，这里选用了本地比较普通的叫法"孝歌"。最全的一套由李国武，字平，凭着记忆重新书写出来，他懂仪式和巫术。平时的职业是木匠，他手写的这些书现在留给了我一份，共十八册。全是他一手抄写的。在有关汤错的其他地方记述中，我们写作歌师在丧场上开堂唱孝歌的时候，对这些作品有过悉数介绍。二〇〇六年冬至，第一场雪，老人也过世了。他的那些书，在我手上，我曾说要帮他整理出来一套，只整理了一部分，猬务耽搁，临到头了也没有还给他；他一直说要到北京来玩，来看一下我。我知道他是想那些书了。到后来就病了，我也好长时间没有回去汤错。在电话里才知道他死了。我觉得有些对不住他。如果没有他的书写准备，《白囍》一卷的写作是无法进行的。纵然，我可以用已经收集到的资料，却是不全的。后来我也知道，汤错各区的本子都来自于他。而二〇〇四年我去的时候，他曾下令各区借用的本子全部调回，给我一人。那时，他的身体已经快要垮了。每念及此，心存感激。我在本书中多次使用到他凭借自己的记忆和创作写下的资料。后来，我比对胡崇峻版《黑暗传》，才发现，这就是《黑暗传》的内容之一。

他有一头老黄牛，平时爱得很。弥留之际，他跟老黄牛说："镰牯①，佗西嘎老，佷亚又跟豆西老哦。"他的意思是，我死了之后，没有人养你了，所以你也要跟着一起死了。他出门的那天，那头黄镰牯在烧大锅饭菜的地方嗅了嗅，转了一圈，倒在牛栏里不动了。第二天也没有动。真的死了。贵大娘的孙子说："早死一天就好了，剥了大家茹。"汤错人的变人帮他们家做得饭，看到这头牛，他们对贵大娘孙子的话表示赞赏，"他们家是舍来过。"不过，这头牛早死一天，人们是否还会这样清楚地记得它呢？再说，也有汤错的变人认为，那头牛是真的跟他走了。这是一个巨大的空间。

*　　*　　*

老歪不是太哈，只是耳朵有点齈告。想到没有任何办法可以在自己死后村子里的人还将记得他，就有些发慌，既没有结婚，也没有后人，思来想去，他突然请来石匠，在一块玄青石板上敲敲打打，勒碑一块。碑上刻了很深的符号，内容中镶嵌了自己的名字。

这个大路碑叫作"将军箭"，他将此碑文竖在村口大路旁，每个从这里走过的人都可以看到。将军箭本来是跟辟邪和躲煞有关的行为。与他没有子嗣无分毫关系。

将军箭分为"开弓""闭弓"，以及"半开半闭"。乡谚说"男怕

将军箭

将军箭

左走铜座
箭来碑挡
大吉信人李歪
弓开弦断
右走天门

---

① 镰牯［sa³¹ku¹¹］，阉割过的公牛。

将军箭，女忌阎罗关"。将军箭是男性生命中最忌的第一凶煞。春夏秋冬分别为一、二、三、四箭。胡道长说："酉戌辰时春不旺，未卯子时夏中亡。午寅丑时秋边忌，亥申巳时冬为殃。"

"四季会形成四种箭。"

胡仙笙说："是的。年月时日四支不相冲突则没事，相冲突就会形成克。年月日支与时支相冲者，即是弓，有箭无弓不伤人；有弓有箭必伤人。箭落空亡不伤人。局中有箭无弓，岁运见弓，叫搭箭弓。春箭辰月为童限；夏箭未月生于童限；秋箭无童限；冬箭亥月生为童限；凡带将军箭者，轻则破相，重则伤残夭亡。"

像老歪这样的孑然一身的单身汉在汤错不在少数，掐指一算，七八个就冒出来了，为了以示他和别的不讨老婆的单身汉之间的区别，他宣称他的十一个侄儿是他的儿子，在我们的理解是略等于他的儿子。他强调那就是他的儿子，因此他是不需要再结婚了的。老歪是村子中任何消息的掌握者和传播者，只要是本村事物，他都掌握着——我这样说，可能不大准确，因为，他不是有意要去掌握什么消息的权力，而是，据我猜测，是因为他的龃龉、耳背，导致他总以为对这个世界的所知一定漏掉了很多。实际上，对于一个感觉器官有某种关闭的人，比如聋子、瞎子、哑巴等，他们的心灵储藏信息的灵敏度非常管用。老歪也没有例外，他对细节的嗜好超过村庄中其他人，另有一位年长于他的接近六十的没有人的时候走路拄棍子戴哈哈镜的老屘（mǎn）同样以掌管村庄消息和口头道德批判权自居，但他年纪实在有些大了，乃至每天几乎都在重复一些被他说过的剩话，人们对他失去了兴趣，不过，一旦他把批判的矛头转向他的亲戚们的时候，人们还是乐意去聆听他话里的秘密。老歪很聪颖，他几乎是本村的道德专家和时事评论员。他对政治拥有巨大的探讨热情——他收藏有一张二十世纪八十年代国民党的飞机在越城岭山脉播散的反攻大陆的传单，那台空投下来的电台就在鸡笼山，他割了一片降落伞布包好搬回家中，刚至就被公安局的人要去了。他说他家在他爷爷那阵是地主，不解放到现在也照样是有地的，现在和过去国民党时候一样了，不过，"现在也很好，我是汤错最富有的单身汉"，因为修水库，他在塘沙底的大丘有可能受到洪水漫浸，每年可以从二十世纪八十年代当村长的曹老板那里领到一千块水库征地补偿金，这丘田他可以续种，再者汤错荒废了很多田，他拣一些肥的种，能收不少的谷子。这是最富说法的来由之一，另一原因是本村最有钱势的和平家要以村中心最核心位置的一栋楼跟他交换塘沙底的那丘田，他不干。据此，他判断，他在本村的地位问题，他有这么多的田可种，有固定的收入，还有十一个儿子（侄儿），这难道不是富有的证据吗？本村任何嫁进来的女子他都要关注来自哪里，家庭情况如何，对应本村嫁出去的他几乎都曾七拐八拐地去过，在男的那边都是以"家乡来的人"接待的。因为他是认识字的，不至于迷路的，哪怕在香港广州那样的城市，所以，他认为他比一般汤错人的眼界是要高出不知道多少倍的。为人也很大方，只是，他从娘胎里出来的时候，他的头偏小，略有畸形，三角形瞎［o⁵⁵］眼，呙嘴，牙齿左高右低，两爿尖锐的鼠齿配在身胚不高的身上，头发沿鼻梁至后脑勺沿中缝线，留一边，削一边，这些似乎可以视作本村最富单身汉为数不多的缺点之一吧（凡是这种先天性的致命的缺陷都归咎于祖坟风水问题，这在村庄哲学中已经被赋予普遍性，因此祖坟问题已是一个哲学问题，它适用于解释命运、厄运、走时、背时、聪明、愚钝、财富的多寡等一切行为的和本然的结果）。不遝①他阿爸，不遝他阿驰。

这相貌本该出现在庄子的著作中，那大宗师一流的相貌。他还是我们热情的向导，所以我在这里单独提一提他在实际生活中的情形，最富有的单身汉一方面要表现他的最富，另一方面也要自我表明他是最有空闲的人，空闲同时又富有，这是真正的优雅的富有，

---

① 遝［to¹³］，相貌和行为相像。《玉篇》逑遝，行相及也。俗话，龙生龙，凤生凤，老鼠生崽打地洞。这种沿袭性就叫作遝种。

也是一种高贵，这种富有是和劳动一样尊贵的，与懒惰有所区别，它已经指涉人的智慧和处理事务的成熟度层面。当然，最富单身汉也还要分外注重自己的声望和形象。他身上要是有钱，没焐热就在最热闹的人群最多的汤错公所赌盘上沦陷进去了，不过，他也有赢的时候，从十块到五百块不等。每赢必买鹅杀茹，而且他杀鹅的时候不从脖子下面入手，而是从鹅头上那个疣凸割下去的。为了增进他最富单身汉的形象，近年来开始戒赌，把财力投进他的种有竹子、厚朴和红豆杉的林场畲。也由于他的这种富有，他拒绝了低保。乃至，整个汤错领低保的几乎都是现任村干部的家庭成员。可惜的是他准备养老用的林场在不久后的一场火烧山中从岭界上到马尾河西岸的几万山地顺带烧毁了。

老歪立碑纯属为自己找一个立传的方式，而自从有了这块碑之后，老歪觉得自己的存在就不会像碧若蟖①的翅膀一样轻。

"于是在后来的几年，他接连在进入汤错的重要岔路口都立了同样的将军箭碑，从不同方向进入汤错的人，仿佛觉得自己去汤错是找大吉信人李歪的，李歪才是汤错的守护者。"（谢）

在一段时间里，老歪充当了我们的向导，他介绍了汤错每一家的情况与家里每一位成员现在从事的事业，包括离开汤错的人、新进来的人。而多年后他的一个举动，将我震惊到下巴差点都掉了。

＊　　　＊　　　＊

喊魂收降
绚胎

江绍原在《发须爪》中分析过古往今来中国人信仰中的发须爪处理方式，及中国人的发爪和接触巫术，已经很全面。在这里，我补充下汤错的方式。哈：是被恐惧的结果之表达，和巫术信仰连在一起。头发：直译是头皮，"皮"在汤错语中表最外，"石皮"也是这样的说法。汤错将头发说成头皮，即是他们认为头发是身体肉质

---

① 碧若蟖，蝉，知了；又说映映蝾 [ʐʅoŋ³³]，映映是模拟知了的拖腔鸣叫。又说月娘子。蝾，俗写作虫，唯有称映映虫读 [ʐʅoŋ³³]，地虫婆、虫婆读作 [doŋ¹³]。

的一部分。说头为头腔。头皮在汤错语中是头发的意思，而真正的"头皮"说头腔皮。婴儿出生时带来的头皮还不是头皮，是胎毛。后来长出来的才叫作头皮。在列维－斯特劳斯的著作中，我们看到作者举例一个部落的语言有这种表达：

"她将委陵菜放入篮子的小中。"

这和头皮的说法在思维方式上实则有相同之处。

剃度胎毛选在婴儿满月这一天。这是婴儿出生后的第一个剃度礼。除了囟门部分的胎毛之外，其他的都剃掉。囟门留成一个桃形。其他的胎毛剃完之后，用小袋子装好，放在四季常青的树下。现在理发师给婴儿行剃度礼，孩子的父母亲还要封一个红包。六块六，八块八，九块九，不等。选择一个重数，以表吉利。此后长出来的就是头皮了，不再叫作胎毛。头皮也不可乱拘。

甲人是新妇，给自己的宝宝剃完头皮之后，一个劲往下梳理囟门上的桃子。她家娘看到了戗了她一顿，说往下梳会将天火梳掉的。只能往左右两侧中的一侧梳理。

这里，老人说到一个很重要的本地概念：燎［iuŋ¹³］气。人有三把火，不可冒犯。脑门囟上有一支天火，双肩各有一支地火。灭掉任何一支都会使人的阳气降低，处于非正常状态。

乙人跟人打赌，夜晚独自穿行水坝低地乱坟岗。这天夜晚，他出发了，第二天早上，他走过了，去到了水坝的第一头。打赌输掉的一方就问他经过，他说他走到乱坟岗时，殘殒一下，背部发麻，寒毛直立，突然看见四面是水浇，过不去了，心里明白撞上倒路鬼了，想回头去看，但是不能回头，一回头，肩上的"火"就会灭掉一支，无论从哪一个方向回头，都会这样。他脱下裤子，包在头上，破口大骂，一直往前走。到天光时，走出来了。鬼有七分怕人，人有三分怕鬼，如果熄掉一支火，鬼就比人强大，鬼就能上身了。

这就是本地说的三支火的概念。总起来就是燎气。我们在后面还会专门谈到。

老人剃头发还要选择日子，土王用事之日不宜。剪完之后收起，妥善处置，不可以烧。这个选择的依据本是不能动土，却用到了剪头发上，可见，动土和剪头发是有直接关系的，换言之，动头发或者说动身体上的东西也是动土。那么，身体自然也是"土地"了。论须发的身体土地意识，在众多典籍中，以《四圣心源》具代表性，该书说的是医理，很多看相者无不依此。[①]

汤错人的发须爪似乎没有这么深刻的道理可讲。也或许只是一些传习。主要也是用在婴孩身上。婴儿手指甲不可以在夜里剪，他们认为这时身体和魂魄相连得更为紧密，不能乱动。只能白曦动剪。白曦和黑曦在他们的世界观中具有迥然而别的意义，比如我的天，我的老天爷，My god！这句有多种变体且表示同一个意思的话，在汤错说"黑天"或"黑天了"。这句话中没有出现第一人称我，天承担了主语。这是和前面的表示"我的天"这个意思的最大区别。天黑下来，是最明显的区别于白昼的。乃至这成为最大的一句惊叹。黑天也是自然界的事情，人力难违的。而黑天和白天在意义上是一种山民自古而来的意识遗留，白天可劳作，而黑天之后不可以。这是一个有着白曦和黑曦相互透明轮廓清晰的两部分存在。在心理上直到现在，保持着其最基本的敬畏。这是一个农业生产模式范畴的时间表达方式。黑天，不单是惊叹，打常是事情到了很糟糕的地步

① 参《四圣心源》卷八"七窍解"：须发者，手足六阳之所荣也。《灵枢·阴阳二十五人》：手三阳之上者，皆行于头，阳明之经，其荣髭也，少阳之经，其荣眉也，太阳之经，其荣须也。足三阳之上者，亦行于头，阳明之经，其荣髯也，少阳之经，其荣须也，太阳之经，其荣眉也。凡此六经，血气盛则美而长，血气衰则恶而短。夫须发者，荣血之所滋生，而实卫气之所发育也。血根于上而盛于下，气根于下而盛于上，须发上盛而下衰者，手足六阳之经气盛于上故也。《灵枢·决气》：上焦开发，宣五谷味，熏肤，充身，泽毛，若雾露之溉，是谓气。冬时阳气内潜，而爪发枯脆，夏日阳气外浮，而爪须和泽。缘须发之生，血以濡之，所以滋其根，气以煦之，所以荣其枝叶也。宦者伤其宗筋，血泄而不滋，则气脱而不荣，是以无须，与妇人正同。然则须落发焦者，血衰而实气败，当于营卫二者双培，其本枝则得之矣。

才这样道出，惊动天。指出这一点，我想是必要的，因为白天和黑天在汤错人的世界观里具有不等值的意义。从而他们的行动也有区别。黑天的敬畏和禁忌也就相对多一些。

断黑之后，老人便叮嘱主妇不得让孩子走出屋檐一步。人生幼时，容易受到惊吓。几个月的孩子，一个陌生的声音也能吓着他。如果从高处跌落，或者在外面玩，故意被人吓的，跑了魂魄的可能性还要大。丢掉了魂魄的孩子，其症状是惶惶然，或者夜里睡觉神态出现异常，一般而言是指"梦冲"——不由自主地在睡眠状态发出怪异的叫声，梦冲这个词是汤错语中针对形容梦里出现异常情况的词，大人小孩通用；在大人则通常指梦呓；在小孩身上便认为是魂魄受到了惊吓，游出了身体。当然，大人和小孩身上的梦呓可怕程度不一样的才真正判断出其是否受 "xa^{213}"，意思是吓，但读作哈，所以我们有时也记为哈，"哈"的本字是"諕"（xià）[1]，"吓"是一个年纪很轻的后造字，在本节之外，从俗，依然写作吓。

最常用的处理"諕"之后的三种方式为：喊魂，收降，绚胎。

喊魂用在稍大的孩子身上，喊"三魂七魄諕里嘎归来噢"。连续喊，屋东头西头，前门后门都喊。

[tɕia^{33}]，新方话说 [tɕyoŋ^{33}]，译作降，即巫术中常说到的降头的降。但汤错的降是指三魂七魄，把受到諕的魂魄收归来。这种治疗諕方式汤错语说 [sou^{31}tɕia^{33}]。收降时，剪孩子的手指甲、脚趾甲、头发，裹在一个泥球中，放在火落窖里烧七天七夜。除此之外，还有水煮。也需要发须爪，另扎一个小稻草人，须穿上被諕者的内衣内裤，放在火上鼎中烧煮。烧的时间不明。这两种方式在汤错人看来是灵验的，也的确这样作。另外，[tɕia^{33}] 这个读音也用来形容一些水果味道中的涩味。因为是专门针对諕的法术，这个收降也可作"收惊"理解，"惊"仍然读作 [tɕia^{33}]。惊在本地的作用非同小

---

[1] 諕，《论习诸字》諕原与吓同，音虢。今諕吓误虎音。段注：凡嗃虢之声，虎为最猛，故皆从虎会意。

可，可以导致一夜白头、神经性障碍、记忆受损、疯掉，甚至魂不附体，这些情况在没有巫术的地方仍然存在，也并非药物可以解决，何况是汤错地方呢？那么，从我们身体中流失和缺省掉的那部分倒底是什么？

梅山教和山奇门猎法中有"乙丑日难导者下降设斋上上大吉""甲子善财童子下降还愿者吉冬是天赦"云云，这里的"下降"的降与謏不同，但仍然是一种特指。掌握阴教之法的师公用以进攻的手段是波托，而不是放蛊或下降头。

再就是绹胎。根据原始发音，绹胎就是度天 [dou^{213}thie^{13}]。度天本就是度亡、超度，和死者之度天是一个意思。严重的謏才采取这种治疗方式。而胎和天读音一样，也奇怪地导致里面含有转世的意义。

孩子被謏之后，出现精神上的乱数，粗通阴教的老人或者阴教师公给孩子进行治疗。度天主要是孩子身上绹上一个有三个圈的线圈。三个线圈又有一个结使之连在一起。常见的是，把线绕在鸡蛋上，放到火里烧，线是打湿过的，但是经过火烧，并没有烧坏。然后戴到孩子手腕上去。新方话区，戴到靠近胳肢窝的手臂上，男左女右。鸡蛋让孩子吃下去。

在这些仪式当中，焚香的时候都是三根。其他的也都是三。

治疗謏的方式是多样化的。不同的謏用不同的方式。从床铺上跌落下来的謏，要到米桶里抓一把米放到孩子的枕头底下。床铺有床铺娘娘管着的。在地上摔的，在孩子摔下去之后，不要马上抱着孩子就离开，要在摔下去的地方抓其三颗小石子放在兜里，回去之后放到枕头下，让孩子枕着。在水里謏的，比如汤謏，也不要把孩子马上抱走，在水面之下，摸三粒石子出来，带回，放到枕下。一个完整的治疗孩子謏的度天有些复杂，我见到的过程是这样的。

扎一个稻草人，把孩子的棉毛裤棉毛衫穿到草人身上，在孩子头顶的 [ʑe^{13}]（旋）四周扯下一些头发，扎在草人头部的相应位置。手脚上的指甲各剪下一片，置在草人的相应位置。头部扎针四根，胸部依次往下三根。稻草人放在水锅里蒸煮，一次一个小时。三天三夜，连续进行。以上仪式进行完了之后，稻草人埋到土里。衣服脱下，穿回孩子身上。如果孩子不单被諕，还发热，喂一碗石灰水，退凉。

度天仪式进行的时间为什么是三天三夜？我得到的解释是，諕就是魂魄出走，进入了别的肚子里的生命。如果不加紧进行，魂魄就在那个孩子身上安顿下来了。久不治疗的被諕的孩子，因为缺魂魄而渐亡。而新的生命就会生下。该仪式的目的，就是把孩子的魂魄重新招回。在这个仪式当中，稻草人是替代鬼。他们把那些在肚子里夭折的生命当作这个仪式的一部分，它们的死亡是彼此关联的。

眉毛的剃度与胎毛剃度同时，一生剃三次（关于眉毛这点，江绍原好像没有谈到），在小孩说话之前完成，其他时候禁止剃度。婴孩时候不剃度则认为会眼浅，这个眼浅的意思是说小孩长大之后，见人家的东西会羡慕，羡慕过度就会伸手要之偷之。

小孩换牙时，下巴上的牙齿，拘到屋顶上去；上巴的牙齿拘至床下。有的拘到门臼中。

*　　　*　　　*

我不知道在其他地方是否也有这种情况，反正在汤错和新方话 时空折叠
区是扯常发生的：倒路［dou³¹lou¹³］，症状之一：永远像在走迷宫一样找不到回家的路。处于未知时空的旋涡。

甲人和乙人上高山，天到黑边阵，弗见甲归来，乙就在茅草棚前喊："中元老表，断黑了还不快性①回来呷饭？"乙听到甲在不远处回答："马上遽来。"回来之后，乙说："佗转了蛮久怎么也转不归来，转不近佗多个棚子。佷一喊佗就醒嘎老。"

汤错把这种情形叫作倒路。遇到倒路是因为碰上倒路鬼。

----

① 快性，汤错话［khwa¹⁵xia⁵¹］，新方话［khwai¹⁵xiŋ⁵¹］。意思是赶紧的，赶快；表催促。

"醒"在倒路的遭遇中得到了特别强调。在进入倒路时，一开始自己是不知道的。最后醒了才发现自己陷入了一个压缩、折叠的时空，不知不觉已经走了很久。但意识仍然清醒。

　　李维记录了他的一次走进折叠时空的经历："一九五五年七八月间，我从县城大埠头来到汤错，调解洞里和小源的一处争夺地界的问题，六点茹了夜饭，从洞里进小源去，找当地的组长和居民区负责人了解他们那边的意见。从洞里到小源要经过土地塘，那是一个小山脊，上面种了很多柏子树。我要翻越山脊，经过这片林子才能到小源。上山下山，到达小源，需要半个小时。我到达小源也就是六点半左右。天还没黑，带了电筒，手上拽一把小刀，刀柄上有一串钥匙（他说，他不是因为怕，是怕万一有不明物近身，就刺刺）。居民区的负责人八点多才收工归来，我等了一个多小时。归来之后还要说先茹饭，不大爱理我。等到饭搞好茹完，已经九点，谈了半个小时就九点半了。我从原路返回洞里供销部卧如，还是走过那片柏子树林。在山上听到山下一声猪叫，有人拿火把漾啊漾出来猪栏看，我想快到了。射了一泡尿。手一抹头，头发全部是湿的。身子顿时坐了下去。正好坐在祖山（坟堆）前的石块上。我才想起要看表，拽手电筒一照，下半夜二点半。这时我才发现自己的一双裤脚都烂了。那个时候，我'心里醒了'。此时，我才想起当地人有在坟前植柏子树的习俗。这段只需要半个小时的路程我在那天夜里走了四个半小时。当我听到猪叫，看到火把之后，很快下山了。"

　　能以咒文驱煞的人毕竟是极少数人，走夜路的人念了这些咒文就不再怕了。李维现在已经八十多岁了。他说，是从那次之后，他出门走夜路都要念上咒文，自己再也没有遇到过倒路鬼。他自己也说，进入倒路完全是无意识状态下的。"倒路了，还不能跌倒，跌倒就再也爬不起来了。"他说，"自己心里清醒的还不能算作倒路，那或许是迷路。倒路是无知时空的。一切都觉得还是瞬间的事情。"他告诉我他的咒文：

我奉翻坛老祖

开天门　入夜门　闭地户　穿鬼心　破鬼肚

急急如令

　　显然，这是梅山教咒文，"急急如令"是道家咒文的尾缀，一般也说急急如律令，这本是汉朝公文用词，后来为道教借用，梅山教化用茅山符咒的痕迹依稀可见。咒文是否灵验，我没有试过，因为我至今没有倒过路，或者倒过，但没有觉察。咒文很雄壮，壮胆没问题。对于倒路鬼，都是偶然遇到，但又不是发生在个别人身上。他们好像突然进入了一个未知的时空旋涡。后来，和朋友算白话才发现，倒路在城市也发生。不光是偏僻的山村。就像"鬼"到处存在一样。"历史"实际上也是"历时"，但是倒路却是一种缺省的时间。对这种缺省的时间他们表现出异常的惊骇。在那个时间内，自我意识是缺省的，个体也是缺省的。关键是他自己不能做出选择。当他们重新和原来的自己和时间线索对接上时，在他重新有了自我感觉后才会感到如此巨大的骇然。时间的缺省还表现在一些麓天中，说庚人进山砍柴，见两老者在山坳下棋。在旁观战一局，才去砍柴，归来，发现原来的汤错已经变了，父亲已经死去，自己的老婆也已经死去，而自己的儿子已经有了孙子。这也是倒路。时间缺省。只不过，这个缺省被赋予了更多可供遐想的地方，已经没有了之前的那种骇然。时间的缺省提供给人两种截然不同的想象。二十世纪陷入这个时间缺省研究当中的人无疑是爱因斯坦和他的同行们。他说缺省时间的出入口叫作爱因斯坦－罗森桥，以及薛定谔的宠物，汤错人无疑会说，这是一板从阳间到阴间的桥而已，而不是称作物波或折叠时间。从感知而言，我们并没有变得比先人更加强大，仅仅是因为我们证明了一些我们感知到的东西。倒路这种时间折叠没有时空穿梭机。或者大地就提供了这样的场，一个可以熔化我们的身体到另一个电磁场的能量六，一如欧拉和拉格朗日计算出的那些星体平动点。

解放前，民国政府小学教材在汤错的新入学的儿童中教授"小兔子乖乖，把门开开"，描红内容则为"王子去求仙，丹子上九天；山中访七日，世上几千年"。我们这一代的儿童启蒙课文是"我爱北京天安门"。这是两种关于时空认知的教育方式。

对于未来时空我们做了很多猜想，有时空裂缝，徘徊不前的时间，每天都从头开始的时间，平行宇宙，等等。我更相信，汤错是在徘徊中的。但是这种徘徊又暂时地超越了一个人所能看到的。所以，他总觉得时间跟他的关系是可及的。而倒路则是这些可及事物中的一扇天窗，一道未知时空的强光。

谢秉勋讲了他幼偬偬①的故事，他说："我奶奶说我父亲下面还有一个弟弟，二十世纪八十年代与人搭伙开长途，从岭西往邵阳，在梅溪到新宁山界上，大夜里在山路上跑到天亮才能出山，刚过了界，天气黑黢黢热烘烘的，路灯打过去，边上一个穿旧样式军装的女孩在招手，我偬偬赶紧刹车，副驾说桃花运来了！我偬偬摇下窗户，女孩走到车窗前，我偬偬以为她要搭车，说，上车吧。女孩声音清甜，说，不走。我这里有封信，您帮我带到。地址写在上面，难还你啦。我偬偬接过她的信，看了信封上的地址，容合②是他送货地址不远的地方。二话没说，将信放在方向盘前面，说，莫客气。副驾上的满生说，女孩烂年轻，真可惜，要搞回去做媳家个。"

"货到了邵阳，交接完，顺便把信给人家送去。他找到信上的地址，敲开门，出来一个老太太，我偬偬说明来意，将信给她。老太太喊屋里的老头出来，叫他看信。老头把信看完，觉得无误。他对我偬偬说，这是我女儿写的信。但是，她在知青下放那阵，客死在那边了。我们过去料理了后事，尸体也没迁归来，埋在八角寨那边

---

① 幼偬偬［man⁵¹man］，厾叔，小叔。偬偬，就是叔叔。儣儣［bau⁵¹］，伯父，或尊称大龄男子，有时也指父亲。

② 容合［ka¹³xa³³］，恰好，正好。

一个公社。已经二十多年了。我慢慢听他们这样一说，顿时跌坐在凳子上。回程时不敢走老路，从永州绕到兴安，再回到本县。在梅溪口过桥时，车子撞到栏杆上，差一点掉下桥。后来他一开车，就说前面有一群小孩，在车头前面玩耍，赶开，过一阵在下一个地方又出现。从此不敢摸方向盘。一天午饭后，他一个人进厢房，只听得磬凳磬凳——砅里嘡嘡——砏碡砏碡①一阵响，出房门时，满脸是血，他说他跟鬼打了一架。大家趣进房去看，一个鬼冇眿到，我慢慢在床上摊尸大半年，殉殀②而终。"

谢秉勋说他奶奶跟他讲她三儿子的事情背都发麻。我有同感，但文字不如声音生动。在汤错的经验世界里，有不少是关于夜间思维的，往往这个时候跟看不见的东西有关。他叔叔和更多的人因为跟未知世界的连接而让原有的白昼经验坍塌，内在的生活经验被打乱，进而失去了继续活下去的依据。

＊　　　＊　　　＊

躯体房屋的口部是朝门［zou³¹maŋ¹³］，具有象征意义的门。它牵涉很多仪式的完成。朝门指房屋正面朝向的，家心轴线上的正门。三点一线。还有一个点是风水点。这个点由远处的山和水，以及周遭物（包括后山）共同构成。相当于人体自上而下的一条中轴线。家心—朝门—风水点，三者不可有一者偏废。偏了，就认为这是不正，正读作［tʃado］（正当）。这个词脆，坚决。因为，汤错人意识中的房子和人体一样，也是有灵魂的，房子也必须是在更大的肉身——大地——这个肉身的经络枢纽之上，才能藏风得水，滋润生命。宅邸也就是身体。各个部分有不同的神灵居管。朝向不正，家里会出问题。

一般情况下，都是坐北朝南，然后计算出中轴线。屋场才能确

身体房屋

---

① 砏碡［bia³¹ia³¹］，形容很响，像石头滚下来，打雷一般。
② 殉殀［kho³¹so³³］，人将死而殭化。《博雅》殉殀，歹也。一曰临死畏怯貌。

定。房梁，是跟中轴线垂直的一根线。梁脊称作［liotɕia］，屋脊称作［wutɕia］。一个是下面的梁，一个是上面的脊。但是汤错人的梁也带有"脊"，因为梁远比屋脊即表层的这一瓢来得重要。是整个房屋的核心部分之一。梁脊之下是厅屋和家心所在。

坪石头甲人家的房子是他父亲从方达那里买来的。乙人的女儿喝农药死后便把自己的房子卖了。甲人父亲买了过来，换了梁，买来的房子哪里都可以要，但是梁必须要换。甲人被炸药炸死之后，人们才觉得这个房子不留人。这是关于房子和身体的肉身意识。

上梁先生算的时候，梁下面各隔了一根筷子，梁是架空的。也就是说这个房子的梁其实是没有落地的（指没有接到地气），汤错是说"冇落地"——地又显示出它无比强大的信仰端倪。原来的梁卖给一个外人。据说，他又转卖给别人拿去打琴了。梁和中轴线的交点就是整个房屋的生死穴。那里，用一块红布包住，有几串穿线铜钿，绑在上面。一些老屋上的铜钿有一二百年了。这些钱是谁个也不敢动，小偷偷梁脊上的铜钿的话，会不得好死——这是木匠在起屋上梁的时候下的咒语，当然大概是这个意思，实际上仪式中要复杂很多，这里暂且略过。老屋拆迁老能拆下一大包铜钿。不敢用，只能将这些钱币拿去大埠头卖给古董商。这些拆下的钱币，清朝的比较多。有一年刮古董风，汤错人到处找古董，做梦都做"抁窖"梦，年轻人便想到了屋脊上的铜钿。地步界的老尫把他们家老房子的梁上铜钿全取了下来，被比松知道了，差不多被他用鸟铳打死。比松自己是木匠。对这个东西太了解了，要找回铜钿谈何容易，铜钿都没有了。只得稀落地挂了几个上去。

灶房有灶王爷。管着厨房，过年前，要打扫房子，不能在土王用事的日子，也

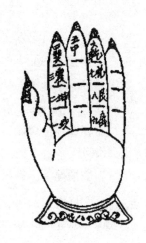

不能跟灶王爷冲突，还要请示灶王爷。尤其是爨架不可随便挪动。因为爨架表示一家人。吃喝都要在这里烧火，弄食物。家碧的老婆生了一个儿子，那年过年动手打扫灶房，是土王用事的日子，打扫完之后，这个儿子便哭，后来哭瞎了眼睛。现在还是一个瞎子。三十多岁了。汤错人对灶房的敬重如此。

当然，我们不知道，这瞎和他打扫厨房上的天花板、楼煝①有什么必然关系。而在汤错却认为是理所当然的事情。因为，他没有遵守一种共同的与神建立起来的契约。

跟门相关的且有时间介入的表达：门以／门前，意思是以前。门狗，大多贬意：踖②来面和只门狗样！言下之意是挡路的看门狗。进门，术语，专指变人嫁进这家；出门，也是一个术语，专指亡者的离去，即出殡。作为身体房屋的门，在人们界定家与外界的关系时显出一种门宦意思。甲人的娘家跟甲说：今晡要是出了这个门，就莫再归来了。甲离开了，跟另一个变人过日子去了。

＊　　　＊　　　＊

每支族人的发展不平衡，有些家支发达一些，有些缓慢一些，还有断绝后代的，便在辈分上出现了不平衡现象，这种现象要等到下一次修谱的时候得到适当的调整，这就叫作颠［tia³¹］辈，同时，也是提［tia³¹］辈。将族人之间辈分颠倒或称呼错位即颠辈。修谱的时候，要将滞后的匀齐。大概是二十代匀一次，即提辈一次。比如，李氏国汉乃国字辈，国汉这十代的辈分排列为"家正大国方，天开佩春云"，他的孙子已经是天字辈，而有的族人和他的孙子同龄，辈分却是"家"字辈。这样，他的孙子叫这位同龄族人为"太高祖"，仿佛在叫自己的祖先，显得十分"离谱"。颠辈就是把辈翻过来，重新洗牌。提辈则是重新修饰，"离谱"一词约莫也是从这里来的。

离谱

---

① 楼煝，灶屋顶因烟熏而形成的黑色烟灰。

② 踖［dʑi³¹］，站着不动。

*　　*　　*

唱迓　　汤错有一种敬神仪式：唱迓［ʈho²¹³ia³¹］，用在堂屋里家心牌子前祝神、迎神、请神的一个动作，双手合十，鞠躬，和"作揖"的动作类似。这种敬神仪式的位置只在家心门前，或者其他敬神迎神之地，口中有词，请太公保佑，请土地来家里茹牺牲（七月半、灶神节日等等），迓 yà，迎请之意。汤错语完完全全保留了这个古代汉字的音。而不是作揖。在台湾地区和大陆南方诸省很多地方有将敬土地神称作"作牙"的，实际上应该写作"作迓"，至于为什么是"作"，而不像汤错说［ʈho］，这肯定是翻译的问题，并且参考了汉语"作揖"这个词。按照南方各地方言的本音念作"作牙"肯定是有问题的。只能说"作牙"这个词的翻译运用了翻译上的半音译半意译的技巧，以便信雅达。汤错的这个"迓"和他们的迓是通透的。有的写作"牙"，还有打牙祭一说，这个牙转化为了吃。商人在特定时候请伙计打牙祭，以示酬谢，开春起工时候做"头牙"，二月初二；年终时做"尾牙"，十二月十六日。前者出了陬月十五^①，后者留十五天回去过年。这其中保留了一些过去时代的行业信息。

谢秉勋说，根据我赠予他的"汤错祖语中的 ia 韵"表，作"唱揖"也无不可，"揖"也即 ia 的音。他的这个说法应该是正确的。

凡是与神、祭祖、吹个眼睛有关的事情，都要在家心前敬酒，摆上食物，唱迓。概不能少。是他们的日常生活。在道教神之谱系中，土地神是一个位格不高的神。却是村庄的保护神，汤错人和他打交道的时候要多得多。他们不一定认可玉皇大帝，但是土地神是少不了的。至于台湾人称作迓，可能是上个世纪四十年代末迁徙至台的闽粤和客家人族群"转基因"的缘故。土地神也是指土王，这个说法作为书面语出现在新书上——土王用事。

---

① 《尔雅·释天》，正月为陬。读［tsa³¹］，新方话［tsuan³³］。

汤错的年［iɛN¹³］和汉文化的年没有任何多余的不同。稍微不　　龙历
同的是年除了表示时间和农耕之外，还可以如是说："过一餐年"，
这个年是鞭打、惩罚之意。这种说法的起源可能是新近的，和苦难
相关的一个说法。"年难过"也是乡下人常说的。这种苦难感也和我
们主流意识形态对苦难赋予其阶级成分有关。但更本质的，年是一
个农耕词。有人说年是一头怪兽。这个说法只能说是某种民间性质
的附会。"凶年"也就是一头凶猛的兽。《说文》中"年属禾部，从
禾千声，谷熟也。写作秊"。稻谷一年一熟，谓之年，年和历法之间
关系密切，可以这么说，年是天体运行和万物生长规律的表述，其
本质是时间崇拜。是纯粹的人与宇宙法则的对应关系。西方最大的节
日圣诞节的诞生，其确也和儒略历、格里高里历法直接有关，但更
体现在耶稣的诞生。耶稣诞生之前古罗马有太阳神崇拜，时间也在
十二月二十五日。尽管基督教世界的圣诞节日期并不完全统一，但
是这个节日的确定仍然是宗教和太阳历的结合而诞生的，只不过宗
教成分稍微多一些。汉文化中的年则是农耕文明和农历结合在一起
诞生的。本质上是纯然的时间崇拜。年也有岁、载之名。也是时间词。

"夏曰岁，商曰祀，周曰年，唐虞曰载。"（《尔雅·释天》）注曰：
"岁取星行一次，祀取四时一终，年取禾一熟，载取物终更始。"疏
云："年者，禾熟之名。每岁一熟，故以为岁名。"

无论怎样叫都是一个意思，仅是角度不同。岁月，年岁，一年
半载，这些都是中国人思维中的时间意识在语言中留下的痕迹。我
们说，汉文明（不是指华夏文明，也不是指中华文明，这里是有区
别的，请注意）是一个农耕文明，出发点首先是遵从天时，所以，
先祖创造的文化和一脉相承的文化感首先是时间。时间才是汉文明
最本质核心的一个词。龙是汉文化的图腾崇拜，另外还有狮子。时
间之下的二级词汇集团里才是年、节气、月、日、时辰、刻等。时

间与存在，在我们骨子里是天然的，天人合一这种意识原原本本地存在于我们的身体和心理当中。城市使用阳历，而乡下一律是阴历。近来二者相互渗透的力量在加大。我们仿佛又听到了古老时间的回声。这是记忆和秩序的回归。帝国之大，唯有时间这种秩序规范得了。无论阴历阳历，都是时间的法则，本质上都是时间，哪个好用就用哪个。但是文化的感觉是存在于潜意识的遗传当中的。奥运会之前的某个时候，北京地铁站内的墙体上悄悄地换上了新的计时器。与以往不同的是，新的计时器上出现了两种历法，阳历在明显位置，中国人自己的阴历和干支纪年在最下面。我第一次看到这种计时器是二〇〇七年冬天。具体始于何时，已不得而知。虽然只是一块小小的计时平面提示的改动，但似乎也能感受到更多的温馨。就我个人而言，单独使用阳历总觉得心理上有隔阂，它不能很好地传达我对整个气候和这片土地的心理感受。所以，我总在两种历法之间摇摆。阳历简洁，但在想象力上空白。而阴历有更多的情感因素散布在骨子里。这并非念旧，而是骨子里的。实际上，单纯地把中国人的历法称之为阴历并不十分恰当。阳历（太阳历）是根据地球和太阳之间的关系来确定的，阴历（太阴历）是根据地球和月亮之间的关系来确定的。然而，中国人的历法不但是阴历，也是阳历。在月份的日子上是阴历，而在二十四节气却是根据阳历推算出来的，所以，准确地说，中国人的历法是阴阳历，即我们所说的农历。农历这种命名跟中国文明所处地理、气候等特征相适合，也避免了单称阴历的不准确性。在过去的几千年里，我们的文明本来也就是农业文明，所以农历这种称呼似乎更准确，更恰当，更符合我们的心理气质。这和是否刻意把自己装扮成一个农民没有关系，难道西方人一定要把自己扮成牧羊人吗？问题的关键在是否适应它，喜欢它。在世界天文史上，将太阴历和太阳历合而为一是独到的创造，这种历法甚至可以称作"龙历""中国历"。在公众场合挂出我们自己的历法，无疑会唤回我们的深厚记忆，因为文化基因与其保持着千丝万缕的联系，尽管，我们很大面积在使用着西洋历，但是精神上不一定就找到了合适的认同感和归宿。诗人海上踏访至桂，我们聊到历法，他说："几千年来，先民从混沌中摸索探究，创制出独特的中国历法，而这部历法又经历世世代代的文化变迁和政治变迁。中国历法传承至今，我们不得不赞叹它与日月同辉的生命力。这是一笔丰厚的文化资产，同时它又告诉我们这样一个事实：中国文化传统中的智慧具有永恒性。这正是中国文化难以摧毁的根基。"中国历法既是科学的，也是先进的，那么，我们为什么不好好地使用中国历呢？地铁里的计时器，那块牌子，就可以把中国历放在最明显的位置，而把阳历放在其下，这是完全可以的，也是可行的。自一九一二年以来，这种改变使我们的心理历法和自然观一直扭曲着，历法的重新审视也是对我们文明的重新审视。当然，有人可能认为太阴历部分使用起来并不大方便，那么将太阳历和中国历中的二十四节气结合起来，不也是很好吗？在历法的使用上首先是开放的，彝族人可以使用他们的十月太阳历，穆斯林使用他们的新月历，基督教徒使用公历，等等，尽其用则可。我生活在乡下，我感到的就只有农历，它是我唯一的历法。我能触摸它如触摸自己的身体。历法之所以如此重要，因它也是"法"，是法统的形上部分。只有形下部分的法，不会是行之甚远的法。

*　　　*　　　*

汤错有一曛［jin¹³］① 这种说法，而没有"一天"这种说法，为什么则说不清。天［thiε¹³］的含义无比丰富，天和曛，细察起来机理是如此丰富缥缈，有时候，我为这两个字塑造出来的庞大的空间感到绝望。汤错语中，"天"肯定是借鉴过来的，而表时间的曛是本语词。所以汉语天所具有的含义在汤错语中也基本具有。"曛"更多地表时间，曛的其他意思都是由"太阳"这个意思引中出来的。

① 曛，《玉篇》日行。�，日下也。

今晡

"天"不能表示太阳，更多的是有空间感，天道，也可以说天大于曦的内涵。这是它们的根本区别。当然，还有天道、天命、天意这些具有终极意义的词汇，"天无外"这个天指的是宇宙，相当于神无方而易无体。还有诸如变天，这是引申义。总结下来，天无外乎表方位，时令——某种意义上的时间，以及某种自然规律。用作引申义和比喻意义的时候，天的意义已经大到无法形容了。

而曦，首先表示太阳，然后才有其他表时间的词。曦就是时间。人类长期以来都是仰仗"日"而活，包括它作动词表示炙的时候，也是如此。曦才是我们的刻度，圭也，是也，一种表判断的潜在标准。汉语中有日旁的字有时空两层意义。

汤错不说今天，说［tɕi¹¹pu²¹³］，后面可以加曦，译为"今晡"或今晡曦。昨天，昨晡，昨晡曦；明天，［ɕiɛ¹³ti¹¹］，现晛。昨天到今天还是有规律的，但到明天，规律就不明显了，成为了不知其意的［ɕiɛ¹³ti¹¹］，［ɕiɛ¹³ti¹¹］的本义是一条线的蒂，端口，所以我们译作晛，本义是太阳西行落下。［ɕiɛ¹³］也有阉割母性动物的意思，也就是说时间在他们看来是阴性的。阳性的就是日了。今晡和昨晡中的晡，很显然晡用在这里也是牛头不对马嘴，晡指申时，下午三到五点，因此只是音译而已，这种说法则很普遍，不唯汤错这样说。它仍然是日的一种行为，尽管我们知道时间是不可能和昨天今天明天没有关系的。那么，这种所指和能指的关系断裂之后，汤错人为什么还把这些词汇用得这么释然呢？原来，他们在今晡昨晡［ɕiɛ¹³ti¹¹］之后还要加一个曦，一个表示天的词汇。"今晡"只是"今晡曦"的简化使用。也就是今晡还必须和"日行"配合起来才表示一个具体的时间，即空间和时间统一。换而言之，他们表示时间的时候，是将"天"和"曦"放到一起。这种彰显的时空关系导致的结果是，他们对时间和空间模糊不清了，时空一元化了。但是他们说空间的"天"时只用"thiɛ¹³"，把这一切都让给了表示时间的"曦"。"日子"这种说法是不通的，直接说下来他们只好说成

“天子”，而实际上“天子”正好就是汤错语中的［$jin^{13}lai^{11}$］，即曬来（曬子），他们的本义是说空间的，却成了时间。实际上，曬子和天子不都是太阳之子么？去年说朅［$k\varepsilon^{31}$］年，前来年、明年/来［$li\varepsilon^{213}$］年、后［au^{51}］年与通用语说法一致。

* * *

拽婆①曾蒋氏是鸭子头人，三十七岁“虹”（读［$ka\eta^{51}$］）上，虹上之后就是巫，古称女能事无形，以舞降神。生有三子二女。是汤错三大仙娘婆之一，住洞里。其他两位一个住燕子石，一个住青竹山。燕子石那个姓李，这几年据说已经“虹”不起，信仙娘的人也就不去了，李氏家里仅去看“虹”一次；青竹山王氏是新近才“虹”的。不过，她搬去梅氿口②住，也就没有见到过她，常可以见到的唯有曾蒋氏。娸多公已经死了，现在两个人不再吵架。 虹

“真是这样，有人找她的时候，再远的地方，她也知道。‘虹’上之后，村里人总是觉得有些害怕她，那些向她问过运程的人说蛮准，她的名气渐渐大起来。她男人一直认为她在訑［$ta\eta^{51}$］③别家的钱，骂死她了。”（谢）

她说：“佗多公曬晡嚷嚷呱呱④话我骗别家个力气钱，要不得好死个。两个打瓜滴饱架。佗骗吗嘎人啦？业不是佗话个算。”

她说她为什么要骗人家钱财，又不是她说了算。坐着坐着，谽谺⑤连天巴天地来了，眼神渐渐变得游离，目光发散，魂魄好像已经偏移身体许多，拽婆说：

---

① 拽［ʥya^{13}］婆，指手爪收缩有问题，瘸曲不能伸展的妇人。又读［ʨyə^{31}］。

② 梅氿，资江入邵阳之前在梅溪乡一段资水流域的称呼，今作梅溪。氿，读［ʨhiau^{33}］，《广韵》：水之出也。又读［ʨhi^{11}］。

③ 欺骗。也可写作訑。《广雅·释诂二》：訑，欺也。

④ 曬晡，天天。嚷嚷呱呱，嘟囔；心里不满而又不敢高声张扬出来，或神经不正常，自言自语。

⑤ 谽谺［$\text{hɔ}^{33}\text{ɕia}^{13}$］，哈欠。

"佗要赶紧赶赴了，有人览（[ŋo³¹]，寻觅）佗了。"

"我只看过她虹仙娘，没有问过她问题。她属于七老巴老的仙婆了，她自己说，那次七月半在河边洗东西，突然'虹'上的。"（谢）

"虹"这种东西为什么都发生在女人身上？至今，还没有看到过有男的如此。汤错人景饭的老婆解释说这是因为"男人喦气高，女人喦气低"的缘故。（补记：2009年冬，在新化看到了男仙；又参《云梯山步虚记》一文，有人在三清观亲眼所见，男的也被"虹"了。）

＊　　　＊　　　＊

颜色的权
力：白

在颜色形成的权力中，白估计是最强大的，其次是黑、红、青。其他颜色的权力在不同的文化中权重不同，比如阿拉伯人钟情于绿。在汤错，白[ba¹³]，丧事或白囍的代表色，红色是红囍的代表颜色，可以说，这两种颜色具有绝对权威，这是民俗和心理文化沉积意义上的，跟设计美学无关。如果一个阿拉伯人一袭白袍，头上还扎个白头巾，就属于丧气很重的表现，因此当我们说属于颜色的权力是指民俗性质和地方性知识的一部分。我们碰到这样一个例子，架地步界的一板义桥，完成通行时赞助方请来乐队助兴。这桥建成没多久连续出了两条人命，于是有人不敢走桥，还有人要炸桥，赞助方去请教师公，师公说乐队当天穿的是白色衣服，这是要死人的。赞助方又请来一支乐队，必须穿红色衣服，重新搞一次通行仪式。此后便没有闹过人命的事情。我们暂时不去讨论其他意义，而是说颜色的权力。这个例子是较为明显的。

白也是一种煞气。肖日皋家的房子是买来的。搬到牛塘里，开了一块新屋场，将房子重装起来。这个房子有点邪门，住在里面不朝时（不走运）。肖家老小后来搬到牛圈居住。日皋前后生了十二胎，只留得六个。孩子都是身体发热，烧死的。烧起来了，没有别的办法。捉一只鸡，剖膛，带着血水、内脏，毛发不捋，拍到婴孩胸口。孩子还是保不住。有的都会笑了，还是死了。

凡在这座房子的墙壁上钉钉子，必定眼睛疼痛。瞳孔上出现白点。疼痛难忍。村子里老厾的眼睛因此疼歪了一只，半拉脸坍缩了。一个娈人，在祖山旁打了一个木桩，回去后眼睛痛，痛瞎了。而日皋的这座木房子，只要你在上面钉钉子，就出现这种"白"。一钉就被"白"。白了就找富春"吹"。他不知从哪里学来"吹"。景饭被白了一次，瞳仁出现白，实在疼痛难忍，做不了事。带了米、钱，去找富春，吹了两次就好了。

吹眼睛算巫术名词。汤错打常出现这种所谓"白"的东西进犯人的眼睛。这样的事在汤错人看来一点不假，而且吹了就好。我对这个如何吹法异常有兴趣。富春会吹，我跑去问他，他只说他是从又生的伢伢开礼那传承的。其他的没有问出一点名堂来。最后，他才跟我说本门功夫不外泄，这是门派规定。

我在仔细翻阅李国武留给我的那一堆手抄本中，看到了吹眼睛这个法事仪式记载。记录在一册书的最后，令我大喜。可是，吹眼睛只有一条咒文，画一碗水也是咒文，被鱼刺卡住了，茹一碗这样的水马上见效。画水者在家龛前三叩其齿，唱逅，一边运神，念念有词，然后把水端给患者茹。茹了就灵。我当然不相信这碗水和念咒之前有什么不同——也就是我们所说的引用上的那种不同，而不是说与水的交流，感通这一种。但是鱼刺，别的办法去不掉，为嘛喝下这碗水后还真没有了呢？吹眼睛也是这般。这条咒文是这样的，看起来十分平凡，咒文名"吹四山犯眼睛痛"：

青眼观青天观请师父师爷在眼兴某〇吹开四山犯
一堂吉土吉住吉住吉良；一打东方甲乙寅卯木打尽百鬼不敢奉；二打南方丙丁己午火打尽百鬼都怕我；三打西方庚申辛酉金打尽百鬼快启身；四打北方壬癸亥子水打尽百鬼你快启；五打中央壬戌戌己土打尽百鬼你快走；打尽百鬼无禁无忌百无禁忌。

咒念毕之后，画下符：

吹眼睛符

所谓的"白"可能根本不存在。但的确有被吹好的。凡是进入这种巫术性质的事件，我们的讨论不得不终止。巫术本身被视为秘教。按照我们一般的"科学"的理解，这些仪式不过是幌子，掩人耳目的。至于，被吹之后，真的好了，而且屡试不爽，我目前只能存疑。谢秉勋跟我说他三爷爷是草药师，有一个方子，可以让眼睛里的杂物自出，用法："用蘘荷的嫩根剥开，取其心干，捣出的汁水滴入眼睛中。"

* * *

成长中的
游戏

我很犹豫，到底写不写这些属于儿童的小游戏。它们是否出现在这部看起来略显严肃的著作当中？我一边想，一边犹疑。最后，还是决定写下它们，这些游戏其实是漫长的童年生活的主要快乐。它们属于未成年人的生活。也是汤错生活的一部分，它们发生在大人们不大关注的角落。阅读并不是童年生活的全部乐趣，而游戏才是它们的主体。这些小游戏对儿童的智力开发并不少于从书本中得来的那些东西。再者，作为人生周期的初始环节，乡村国家剧场的自演自编的现场，它也有太多的意义可以言说。所以，我决定还是写写这些小游戏。人在未出生之前有十个月，是以天和月计算的，古人云："一月而膏，二月而血脉，三月而胚，四月而胎，五月而筋，六月而骨，七月而成形，八月而动，九月而躁，十月而生。"出生之后有十个月，也是以天和月计算的，乡谚说："一睡二举三抬头，四翻五抓六球球，七坐八爬九长牙，立周之后自家走。"

人在幼时，有一个异常漫长的时光，那就是童年。这里只提供一个概观，对十三四岁以下的孩子的生活提供一个基本的情况。因为这些游戏都在他们间流行。

（1）摆餻餻，域外称之为过家家。不分性别。男孩女孩都玩。在沙堆上做饭，起房子，婚嫁。把石头当鼎锅，沙子当盐，树叶当菜。模仿他们所见到的大人世界所构成的日常家庭生活。

（2）挝金子。挝读［ʤua⁵¹］。女孩游戏。工具就是拇指大小的圆形石子。至少五颗石子，没有上限。玩法相当丰富。以五颗为例，玩家为两个女孩。规则是，先抓起一颗抛起，手掌朝下，抓起下面四颗当中的一颗，再接住空中的这一颗；如是重复，直到把五颗全部抓在手上。只要不出错，进入第二轮，抛一颗，抓两颗……最后是抓五颗。游戏的难度和花样均由玩家自己设定。比如右手参与进来，右手摁在地上，形成拱洞，抓住的石子立即放进去，再去接空中的那一颗。再如，地上的石子一字长蛇阵排开，挨个抓过去，或者跳一颗抓一颗，或者一把全收上来。接石子的手，可以是平板形的，有时候是反捏梅花指。也讲究速度。这些花样让男孩子望而生畏。这个游戏虽然小，却很精致，对女孩的手和心智是一个很大的考验。这个游戏也叫抛金子。

（3）跳田。汤错叫跳田，也就是跳房子。女孩游戏。有五宫格、九宫格、十宫格。这个游戏是全国性质的，所以不多介绍了。抛金子是锻炼手的，这个游戏就是锻炼腿的。同样属于女孩子偏爱的还有跳绳。

（4）擓［pa⁵¹］板。男孩游戏。擓，甩之意。把纸张叠成四角板，在地上摔打，依靠纸板着地时的风力把对方的纸板掀翻，掀翻后就可赢得对方的纸板。男孩子的书包里、口袋里，都装了很多这样的纸板。一路上打来打去。小孩子中也流行板王之争，先从低级选手那里赢得多数纸板，然后去跟高手拼。需要说明的是，这种纸板和城市里的纸板的区别，比如说，三十二开的书页，五张纸对叠，折三下，刚好三个正方形，与另外五张对叠的纸搭在一起，别好，就是一个四角板。纸张的硬度和柔软度都有各自的优缺点，板风不一样，总之是要它不那么容易震翻。下手的角度判断至关重要。为了加重板，他们把纸板浸湿，然后放在磨盘下重压，轧薄，但却很结实。打的时候，左右手都可以。初学攞板的时候，手臂跟打羽毛球一样会很痛，容易扯伤肌肉。这个游戏是锻炼臂力的。很多孩子把课本全部拆下来，当纸板打了。赢得多的，家里有几百个这样的纸板。小到墨水瓶那么小，大到地板砖那么大。

（5）打擦螺、滚铁圈、咣鸡脚。打擦螺也就是打陀螺。男孩子游戏。这两个游戏很普遍，不赘述。当然，打陀螺的时候，有必要告诉孩子们，是地球引力使它停止下来的，否则的话，抽一下，它本可以永动不止。出格的玩法是滚自行车车轮。咣鸡脚就是单腿直立，另一个腿盘上来，相互用膝盖撞击倾轧对手，使之出离规定的范围。锻炼腿部力量的游戏。

（6）全国人民大解放。男女混合游戏。规定一个大致的范围；剪刀锤子布，搉拳决定谁第一个追人，假使为A；谁第一个有权喊"全国人民大解放"，假使为B。开始后，A追人，其余跑动，在A快要追上自己时，可以喊"毛主席万岁""阿弥陀佛"等保命。保命之后，不能再挪动，A去追别的人。假使有一个人被追上——触到，A的使命便传给他。在这个过程中，B可伺机喊"全国人民大解放"，这个口令一出，原来喊保命的人全部解放，可以再跑。A既要遏制B喊"全国人民大解放"，也要尽快触到其他人。这个游戏值得玩味的是它的名字。这个游戏显然是"崖鹰婆吧鸡"（老鹰捉小鸡）的变体。围观者则喊："鸡蛋鸭蛋手榴弹，炸死美国鬼子王八蛋。"

（7）性游戏。这是笼统的称呼。在孩子中间存在聚众性游戏。

（8）大刀会。各个组、队的小孩用木头削制大刀、宝剑、长矛。各自有自己的势力范围，还进行比武。大刀会是更大的孩子带领更小的孩子玩。每个孩子都有成为武林高手的愿望。这也是他们成长过程做过的美好的梦。

此外，还有很多，比如打沙子、打水冲、下五子棋等等。这些游戏没有那么普遍。总的来说，儿童游戏是一种自我超越的梦想。是对他们所观察到的世界的模仿或独自扩展性的理解。一般，小学毕业以后，他们对这些游戏的兴趣便也减淡了。他们的体力增加的同时，家务、农活，便也进入他们的生活当中。而一个孩子，从三岁到十三岁，这是十分漫长的一段人生旅程。他们的身体也开始转向性觉醒，成人以及对死亡、生命进行感悟的阶段。他们的死亡感是通过他人的死亡而获得的。从人生的成长而言，我们将其作为生命周期的第一个阶段来观察。汤错这边没有明显的成人礼。结婚是最基本的标准。

＊　　　＊　　　＊

在这些游戏当中，还有一个语言游戏叫《数胭歌》，它关乎地方性对命运的看法。两人或多人均可，双手交叉互相碰对方的指头胭 ［lo¹³］，边玩边唱。胭，有些地方俗写为螺、罗、箩。胭分为斗纹和罗纹，包围封闭形状的胭是罗纹，阳性；不封闭的胭是斗纹，阴性，汤错也叫箕纹，同时是箕星之意，跟竹器筲箕很像，无论箕星、斗星，正因指头纹路跟星象相似，我们才一直将胭作为命理来看待（如一罗穷二罗富，三罗四罗打豆腐之类），且崇尚阳性的罗纹，这大概是谶纬学的一种流溢吧。人的身体手指、脚趾均有胭，而头顶的称之为旋。胭与旋的形状与地球北极点相似，与银河系的螺旋相似，以及我们探讨过的植物的手性、年轮，以及河流的螺旋运动似乎存在一种宇宙学般的关联。（参卷六艺文志—阿尔法河）

"听老人讲，汤错《数胭歌》最早是玉宪教授的，与别的地方的

数胭歌

差异很大。"（谢）童谣分"箩部"和"斗部"，兹录如下：

你一箩我两箩，讨个娭家*到处览（no）；

你两箩我三箩，细鲤鱼仔爬龙塘（do）；

你三箩我四箩，茹草个马生龙角（tɕo）；

你四箩我五箩，泥鳅只听别家㘭（no）；

你五箩我六箩，嫩牛婆儿唱夜歌*（ko）；

你六箩我七箩，买条舢船下大江（tɕo）；

你七箩我八箩，豆挂俫对对挂月光*（ko）；

你九箩我十箩，热佬底下把猫猫躲（to）；

你有箩我有箩，今年要把明年窖（tɕio）；

你一斗我两斗，打碗豆腐喊你喝（xo）；

你两斗我三斗，溜子唔归守空床（do）；

你三斗我四斗，养个因来糖两包（po）；

你四斗我五斗，三个正房当厢房（bo）；

你五斗我六斗，蚂蟥想茹歔蜡烛*（dou）；

你六斗我七斗，南斗北斗莫负我（do）；

你七斗我八斗，一生富贵又曷落（lo）；

你八斗我九斗，捡只石佬*打天上（do）；

你有斗我有斗，抓把星俫*作香料（liou）。

　　*娭家，老婆。夜歌，丧歌。月光，月亮。蜡烛，读［lo¹³dou¹¹］，歔蜡烛即蜡烛歔，指乌龟肉。石佬，石头。星俫，星星。

＊　　　＊　　　＊

有身份证
的人　　　身份证和户口是一体的不同形式。一个是流动的，一个是放在家里的。出去打工的人带户口没用，上面没有照片。唯身份证或者临时身份证有用，到了一个地方还得有暂住证。这些证据曾把汤错出去打工的人搞蒙了。户口还有农业户口和非农业户口之分。这也说明身份证和户口的区别。户口是可以流动的，适当流动性，身份证是唯一的。就是你这个人存在的证明。身份证和户口也有交叉点。但是因为迁徙等，造成了很复杂的情况。

　　门牌、户籍、人口出生和死亡证明，这些事都由村委会来登记，调查，报告。村委会计生办的人对本村情况是最了解的。他每个月要写成数据向上级汇报。这些统计和观察站，其实就是一种社会属性，它是统治阶级的手段。门牌和户口的存在，也就是说十三亿人口的存在都是备案在档的。多一个少一个，都有人在注意着你。中国古代的乡村，在秦代就有这种登记到户的惯例。户籍制度也一度在改变，但是无论怎么改，称呼怎么改变，比如保甲制，都只有一个目的，国家的统治者或者统治机构要将自己的臣民或公民悉数延伸到每一家每一户每一个人头上。户有户籍和门牌，个人有牌牒，也就是身份证。但或许没有像现在这样的，每个人都有身份证，都编号了，一个也漏不掉。只要你从这片土地上出生，那么你就隐不了身。那时，你还小，你无法隐身自我。不存在的人是没有的。你上学要户口，除非你不上学。你坐飞机，出入一个门、开个房也要身份证，没有，不能出入。先前有假的，现在有互联网。你假不到哪里去。银行开户也要身份证。总之一句话，你只要存在这个系统中，你就需要这个系统的身份证明。大跃进时期，毛主席推进了这种户籍制度，共产主义是由几亿公民组成的一台大机器。以前的汤错人对户口和身份证没有怎么关心它们的存在，只有出去打工的人才意识到它们的重要。而老一辈领粮票的那个时候户口才重要。暂住证是身份证的延伸吗？不是。你有身份证不行，还得有暂住证，没有就只有请到收容所走一趟了。没有人赎你，你就是难民。"我在自己的国家居住，竟然是暂住？这是多么荒唐的事情。"（谢秉勋）这一系列的证件到处充斥着，证明一个国家的成熟度和建制尚处在初级阶段的特征。统治者是为了管理大规模的流动人口。但是我们的宪法曾经规定公民有"迁徙和居住的自由"的。对于这种严格控制，到现在才逐步松动，其实也是公民意识的觉醒使然。户籍制度是城乡二元结构对峙的明证，这种对立的恶劣影响越来越显著。

*　　*　　*

颜色的权力：青

青［tɕia¹¹］除了表示它的颜色权力之外，具有至少三种非常重要的角色，第一个是踩［lau¹³］青，与农事有关，新方话说踩青，是过去的施肥方式，将植物新嫩枝叶割回来踩入田里禾苗之间，充当肥力，随之就有割青（劂青）、薅［xu³³］青。第二个是青水，与梅山水师法术有关，指干净的水。第三个便是挂青，与祭祀有关。

清明节要挂青［kua³¹tɕhia¹¹］，修祖坟。当地的族人接待过来挂青的人待［lie¹³］饭就叫"清明雨"。清明雨不是一场具体的雨，而是指施予恩惠，沾取恩惠。清明节挂青，小孩跟着去，女人一般不去。女人虽然嫁入，但是并不认为自己的祖先在这边了。女人在这里处于一个尴尬的地位，但是似乎并没有表现出什么冲突来。"女人上坟叫［kua¹³ʐa³¹］，［ʐa³¹］可能是石头，这里当作碑石解。"谢秉勋说，"女人上坟特指到娘家那边去上坟。女人上坟也不和自己家的兄弟上坟冲突，男人挂正［ʐa³¹］，女人则前三后四，就是说避开正［ʐa³¹］，选择前后时间。现在也还是这样。"

但是我以为，［ʐa³¹］可能不作"石头"或者"碑石"解。石读［ʐa³¹］，是阳平，"社"可能更准确。由"蛇"这个音流变到［ʐa］这个读音，我们在"石与蛇"中已经探讨过。"社"的音也当是如此。当然，合作社之社是新近的读音，不在此列。

从时间上说，挂［ʐa³¹］很可能就是指"春社"的"社"——农历二月份，立春后一段时间，清明节之前进行，具体的时间每年都不一样，要看新书（参新书）。既有春社，所以也还有［tɕhai ʐa］，后者也就是"秋社"了。这里的［ʐa³¹］则是"社"的意思了。春社、秋社这种习俗起源于汉代，现在的汤错依然保持着，这种仪式为何在经历了这么久而没有流失掉？这样一个偏僻的山村，至少在文化心理上，一直保持一种古老的信仰，他们的文化心理结构还在汉代，这是持续的，持续了两千年，丝毫无损，那么也可以说，这也是文明南下的一个鲜明例证，它走到了边陲之地。无须从那些衣着和语言上去寻找根据，这种根据难道不是更可靠么？当我意识到这点的时候，震惊无法言喻。古斯塔夫·荣格说："人类心理的进化要缓慢得多。"事实上，我们现在的心理和大汉帝国时代没有太大的区别，那么我们的人难道就有很大的不同了吗？我们仍然生活在同一个时空中。祖先其实不仅仅是血脉问题，他有一个心理祖先，也还有文化祖先、语音祖先。一些个是现实可靠的，一些个是隐性通幽的。

汤错的［ʐa³¹］在死者逝世后的前三年进行，三年后便不再挂，举行下［ʐa³¹］仪式。所以，女人们和她们的父母方也基本上失去各种形式的维系。完完整整地将自己的血脉汇入了男方。在新家庭中，"她"只有重新成为祖宗，她的后代们才来祭祀她们，成为妣和仙。女性是处在迁徙中的。中国女子，古代的和现代的，谈到地位这个问题大都带很女权化的眼光，我现在来看这个问题的时候也定是戴着有色眼镜的，所以不愿意谈，我更相信，除了女权主义所说的之外，女人伟大的一面提得不够多。女权如果只是说要从男权社会分权，要平等权，男人禅让又如何。多好的事啊。

春社是土地公公的生日，社会性的祭祀庆典活动展开。这一天女人上坟，回娘家，她们参与的方式和男人不同了。秋社这是一年一度收获之后的谢幕祭祀。围绕农事进行的。而女人的活动则是围绕死亡进行的。在中国传统节日中，表现出了祭祀的特性，而这些活动尤以祭祀时间、死亡、农事最为隆重。归根结底地看，还是为了生存而进行祭祀。挂青这种祭祀活动是葬仪的一个后续部分，是生命周期内的收尾工作。其意义则是不同凡响的。祖坟荒弃说明后继无人。

清明之祭，族人之间，谈话内容最多的是祖先和族系迁徙路线问题。

＊　　　＊　　　＊

礼物不直接说礼物，说脸面［liɛm⁵¹miɛ¹³］。脸的读音存在很明显的流变。在元代周德清《中原音韵》中居来母，读［liɛm］；明代《洪武正韵笺》读若检。《广韵》则读若笺（郑张尚芳拟［tsʰiɛm］，高本汉拟［tsʰiɛm］）和脸（高本汉拟［lăm］，郑张尚芳拟［lvɛm］）。清代读若敛。我们今天统统都读作流音l，汤错也不例外。这个脸面主要指挂礼，以财物充当的脸面。脸面薄厚都体现在这"脸面"上。来者重，回礼轻，就会被认作悭［tɕian³³］，被认作悭之后，朋友圈就会缩水。脸面的存在正好看出中国人在社会、组织、家庭等社交网络的布局。本地有句谚语说"正月不拜年，四季冇往来"，亲戚是"行"（走）出来的，不走动的时候，这门亲戚就沉沦下去了，相互之间关上了交往的大门。大山里，脸面主要还是在族亲之间走动，这是族群的特征，这算大门一关，是重要事件。其次是近邻和本片区的走动，脸面要薄一点，一般性地维持在大家都认可的层面。如果有人炫富，打破了这种平衡，就会被人诟病，因为其他人必须跟，否则脸面过不去。挂礼之前，暗地通气，姊妹兄弟之间依然会这样，避免造成不必要的伤害。脸面是汤错人的"菊与刀"。

又说礼信/礼性［li³¹sin¹¹］。也说礼，作名词，跟在及物动词后使用。礼信是礼物和信誉的合加词。之所以有"信"才道出礼物馈赠的动机。我觉得礼信或许更接近本意。我们在探讨礼物时，一般都是可见的，在一个系统中将其看作封闭的经济学上的流通物。在现实中，还有一种不可见的，这种礼物的特别是不言而喻的。一般礼物我们暂时将其记作"礼物＋"；而弗见的礼物，礼物之上的礼物记作"礼物－"。在信众当中，他们信奉的主神就是最大的礼物，比如上帝，作为礼物的上帝，传教者可以称作福音传播者，他们就

礼物

是"礼物—"的赠送者，赠送的"礼物—"就是福音。这样的"礼物—"多种多样，形形色色，不一而足。汤错人家大门上贴着的"福"和"禧"，也属于这种"礼物—"。"福""禧"是"示"字旁，"礼"也是，本义是祭祀。祈福和祈禧，都应当作为"礼物—"进行仪式。在红喜中贴"囍"，也当视作"礼物—"，"喜"的古写是歖，同歡，纵鼓欢呼之意。二喜并列，乃多多的喜。这种"礼物—"面对一个未知的宇宙，潜意识当中有一个是更高级的神格。显然，只有将礼物的"礼"作动词来理解，才符合它本来的意思，"礼物—"有如礼魂。更世俗的"礼物—"之法就是礼貌（礼仪）。"礼物—"属于意识范畴，这个系统中的"礼物—"和经济学上的"礼物＋"流通显然也有异曲同工之妙：礼物的根本特性在于，赠送礼物者无疑将其看作一个可以回流的封闭系统。而福音的流通和一只鸡的流通，在互赠者看来却具有很大的不同。这或许就是"礼物—"和"礼物＋"之间的差异吧。电视上经常看到："今年过年不送礼，送礼就送脑白金。"一句脑残广告语，它把礼物单一指向脑白金。人们看重大脑，脑白金即便是垃圾，这种商品估计也会稳赚不赔。不过，我们看，这句广告词的内容的确很脑白，礼物的赠送和接受动机不单单是一个流通问题。在汤错，"礼物＋"基本坚持亚平衡原则，"礼物＋"从来不是免费的代名词，它是积聚力量和情感的物性形式。所以，回赠的时间和形式具有足够的灵活性，视对方而定，一旦对方公开宣布举行某种公共性的庆典，或者遇到了突发事件，礼物才流动起来。礼物的厚重轻薄，赠予方式是双方的。红喜间的礼物和白喜间的礼物不一样。轻重也不同。究竟起来，在汤错，那种和贫穷相关，接住礼物改变生活状态的事件已经没有太明显的痕迹，但是也不乏这样的实例存在。利用礼物来捞取群体利益的家庭或者个人在声誉上无疑会受到很大的打击。它也表明礼物的目的还是坚守在各自的利益上，礼物不是免费的赠予。实则是适当的情感交换，礼物势必包含了"礼物—"和"礼物＋"部分，也可以说，礼物总是把这二者同置一身。作为经济学上的单一财产概念加以研究可能是不够的。"礼物+"可以看作隐性交换方式，它可能是史前社会留下的交换痕迹，也可能是在私有经济产生之后才诞生的。更准确地说，是人类产生了"私"这个概念之后，礼物才开始兴起的吧。即便如此，我仍然认为，礼物是人类原始性的社会属性的遗留，也是人性的一部分。邻里之间，有什么事，走动起来免不了带点东西。既是情感交流，也是物的流通。战争中的礼物，国与国、君主与君主之间的礼物也是很特别的交换方式。那些有来不往的礼物，就是贿赂。动物之间的礼物通过"仁让"体现出来，一头牛把嫩草让给老牛来吃这就是礼物。老天爷也踏来馈赠礼物与我们。

＊　　　＊　　　＊

婚姻与人种学　　　二十世纪七十年代末，婚嫁还兴抬箱子。后来慢慢地就看不到了。嫁妆包括很多东西，这样说可能更具体，就是两个一无所有的人结合到一起之后，所有的生活用品、家具都是由这个队伍抬着过去男方的。这就是陪嫁。打造这些嫁妆的钱不一定都是娘家出的。但嫁妆要在女方这边先做好。出嫁那天，长长的队伍抬着，红漆描花箱子，镂刻梳妆台，五斗柜，棉被（多床），鞋子——女红，多双，婚嫁队伍三五担，富裕的七八担，十几担的也有，每架两个人，一前一后，抬着。五斗柜是最重的。新娘罩着红头巾和新郎走在队伍中。新娘新郎，以及双方亲朋好友，老长的婚嫁队伍，壮观。小孩在队伍中穿插，跑前跑后，撒欢。结婚演戏一般热闹。时不时还放鞭炮。明箱吹吹打打。

　　七十年代和这之前的婚嫁礼仪十分复杂。从说媒、婚娶，到回门，有一系列的仪式安排。在自由恋爱的今天的汤错后生听来可说是难以想象。首先是找媒婆说媒。男子相中中意的女子，托人说媒。媒婆到女方家里说亲。男女双方双亲相互掂量一下对方家财、人品，甚至家世，同意了，便由媒人到女方取来八字，取完八字之后要合八字，请算命先生、八字先生看，没有什么大碍，初步定下这门亲事。

媒婆这个职业不仅仅是牵线，还承担着财产和礼物周转担保者的义务，保住一门亲事的生成是她的主观愿望，也是她盈利的方式。而更加职业化的媒婆旁及相人这种带有人种学判断的性质，主家要求媒婆提供对方超越五服以外的庞大亲属群落的身体状况，有无特殊病例、不良遗传和疾病史，那么，这种通过媒介婚姻的生物结合严峻地考验了遗传的严肃性，是优生学的生物学传统。谢秉勋的母亲讲，讨坏一代亲，出坏九代人。这种学问还旁及相牛、相狗、相猪、猫、鸡鸭鱼、树、竹、田地、房屋等村庄事物上。近亲结婚是绝对杜绝的，但在某种无奈的情况下，近亲结婚也偶有发生，汤错称之为白婚，几尽白喜。当地谚语说，表子表妹莫开亲，开亲害子孙。

汤错赵家有一个好高骛远的看法，这是个头都在一米八以上的一个家族，最高的男子超过一米九。他们家的择婚标准就是身高。这种奇特的标准在某种程度上保证了家丁劳动力的旺盛，尽管智力层面尚未出现太厉害的人物，但至少保证了赵家在本地方处于一种中上水准，不管历史怎么变幻，他们家的人都以身高著称，而且长期从事农事和林泽劳动，身体颇为健壮，肩扛能力在三四百斤以上。赵家的囡儿输送到别的姓氏的家庭，也会引起轰动，仅仅因为她的到来，就会拔高一个家支的海拔。开始实施计划生育的年代，他们家媲家被结扎，但仍然是在生了两男三女之后被人"阴谋陷害"才被活捉的。

八字看完之后，男方请媒人，准备公鸡、母鸡各一只，到女方拿红庚。女方家把女子的年庚用红纸写好，装入红纸包包，让媒婆正式送到男方家去。到这个时候，婚事才基本走上正轨。接下去就是定亲——男方请媒婆到女方商定聘礼的事，女方给出聘礼数目，男方同意，如数送来，这叫行聘。一旦下完聘礼，双方协定均不得另行选择对象。行聘之后，男方请媒婆将婚期送至女方家。女方如无异议，婚期就这么定了。举行婚礼的时间到了，男方到女方接亲，这要举行隆重仪式。当天黑曠要对歌，唱喃呢，双方亲戚互相对歌，表心意，表看法，有时候也互相刁难。女儿躲在房间里向其母哭嫁。其他抬箱子的人也一并到齐了。大吃大喝一顿，清早出发。出发的时候，有专门的主持人"拦路"，要唱"拦路歌"，新郎官要经过一系列的考验才出得来岳老子岳姥娘家的朝门。

新娘嫁过去男方那边，要搞的名堂也很多，进门，拜堂，拜天地父母，夫妻对拜作揖盟誓，一对新人算是正式结为夫妻。闹洞房是整个婚嫁仪式的高潮部分。

新娘子在男方家住三天，小舅子或者别的可以替代的人去把新娘接回娘屋。这是最后一道程序，回门。整个婚嫁才算结束。

一九六〇年，闹荒灾，南裹头娶月秀，就一只南京瓜作聘礼。那个时候一只南京瓜能救命。现在的汤错这一套不兴了，从何时不兴的也说不十分准。结婚变得异常简单。有的酒也不做了，就请几个挨得近的亲戚朋友吃顿饭。有的连这个都没有。因为是外省的啊。所以，把讨老婆叫作"譠箇囡崽斯归来"，譠 [tann^{31}] 是花言巧语拐骗，这种拐骗和早期汤错被卖婚的情形当然已经不可同日而语。这种婚姻有一个"好处"：岳老子岳姥娘来一趟很不容易，基本上来一次就不用来了。大量的跨省婚姻构成时下婚姻的一个奇观。老人们伤脑筋，他们笃信"好女不过界，丑女嫁千里"。但是汤错后生时不时从外面带囡崽斯归来，就在这边扎下根来，既没有聘礼，也没有铺张的婚礼仪式，还是有些甜头来里面的。但是，养女儿的可不这么想了，汤错的妹崽也经常出去打工，一出去不到几个月就跟人跑了，嫁到四川、湖北、河南、安徽，等等。这可是听也没听过的地方。

这一个时期的跨省婚姻高潮主要是因为下广东打工造成的。一切都在变得不可捉摸。这种远程配对对汤错这个山区的血液混流势必也将产生新的影响。但是，这种婚姻之前，经历过一个可谓惨痛的前奏，那也是一种跨省模式，但是被称作卖婚。其实是谎出去的。二十世纪八十年代，很多汤错细妹崽被人以招工进厂的名义一车一车带走，一出去就被拉去卖了。在外边做了人家的妻子，生了崽后多年才回汤错探亲。有些想逃的，被打得半死，半途又被捉回去了。更有甚者，还有一家兄弟合买一个女人做老婆，几兄弟共用。"这样的妹崽不知是享福了还是造孽［ŋie¹³］。"

"恒久的姐姐就是这样被偷去安徽。归来过，见到了。那时娸已经有三个崽了，男的一方始终没有来汤错。归来后，大私也还认她。不晓得恒久的阿爸阿妈怎么想。"（谢）

"王家的二孥崽在津巴布韦的炼油厂做台，娶了一个黑媳妇归来；下洞李家两兄弟均年过三十，谋算从越南买姑娘，并得到阿驰阿爸全力支持。"（村干部杨某）

头一次进村，他奶奶跳起脚说："我们屋邸那个二皮子带了一只乌鸡回来。"

另外一个在非洲做事的汤错青年，则娶了一位马达加斯加姑娘。传说非洲人不长命，活不过四十岁，今天在汤错的两位媳新妌都已经过了四十岁，各生了一对黑不溜秋的子女。她们还准备给汤错大部分找不到"娓家"的大龄青年介绍非洲姑娘，但汤错青年似乎更热衷于讨论如何娶到越南或者乌克兰的，他们可不想生两只小乌鸦出来，老人教训他们说："和尚茹斋，冇来选让。"

当地人的婚姻观还在孳变过程中，计划生育工作使得本地姑娘已经不够用，不过娶老婆千百年来证明从来就不是一件容易的事，更别说真正的自由婚姻，计划生育倒逼使自由婚姻观念越来越被父辈们接受，但是自由婚姻和赡养义务之间存在一定的脱节。甲人已经快三十岁了，女方也不小了，双方是自由恋爱。但是女方的母亲坚持要甲人拽出彩礼，才能过门，就是"调手巾"的过程不愿意放弃。男方家里则不干，他说，这是自由恋爱时代了，还搞那些。这场婚姻便这样拖着，一拖三年。男女双方则自由来往，而女子在父母亲的牵制下不得进入男方家门半步。实质上，这是新时期以来，自由恋爱和赡养义务之间的矛盾。女子跟男方一走，娘家什么也得不到。产生了反对情绪，出现了干涉。这种干涉表面上是要一个"面子"——即老式婚俗的仪式，实则是男方必须准备足够的彩礼才能通过女方父母亲这一关。这里也牵涉了礼物作为资本的经济活动。田卖三道有业主，女嫁三道垮娘屋。自由恋爱也必须有其他社会属性的同速才能跟进。在私人关系的研究中，婚姻和宗族关系显得尤为突出。俗话说头嫁由亲，二嫁由身。二次婚姻的自由度转化到了女子自身，这种自由虽然是婚姻自由的一部分，但已经不是我们所说的那个自由了。

从婚姻可以看出，认识地域的大小决定了婚姻涉及的地理上的远和近，而婚姻也作为汤错以人种血缘的方式与外界维系了能量交换，使这个无名部落延续并成为整体生命的一部分，成为结晶群众。

关于"合八字"这一节，大抵是中国婚姻和恋爱学中最为奇特的吧，或许只有中国有这种带有宇宙观性质的婚姻哲学。近来很多在城里或外出打工回汤错的年轻人不兴合八字，提倡自由恋爱，媒婆萧梅氏就出来发话了："阴阳就是天地间两个时间的大轮，年月日时就是这个轮子的轮齿，轮齿咬合了，才合乎天道；门当户对是地道；两情相悦自由恋爱是人道。婚姻是终身大事，你们年轻人，现在只要人道，不要地道和天道，最后吃亏的还是你们自己。古人这样传下来，要是没个天地间的道理，就到不了今天。"可见，媒婆这碗饭非一般人能吃。回汤错结婚的外地女子，她们的父母一般会干涉到汤错原有的轨道上来，而儿子结婚要父母亲承担一部分甚至大部分钱财的话，大抵也会顺着父母的意见走下去。

女子出嫁之后，就由囡崽斯变成娌人家，新方话则说由妹佶变成阿嫂[1]。风流歌中唱：

---

[1] 嫂 [ʃuoŋ²¹³]，《集韵》疏江切，音雙。女字。字者，女许嫁也。阿嫂，已婚年轻女子的称呼。

阿嫂阿嫂莫嫩我，晓得你嫩粑粑粘粑框；

阿嫂阿嫂莫嫩我，冇牙呷不动嫩苞谷。①

*   *   *

"我父亲是我三爷爷的儿子，从小过继给了我二爷爷。我二爷爷后来自己又生得一个女儿。这个女儿留在家里召郎。过继和召郎，这两种稍微特殊的关系他都占有了。"（谢）

如何解决无后

召郎，通俗说就是男的嫁给女的，即赘婿。一般是没有儿子的家庭和有多个儿子的家庭的一种相互分担，但它的本质不是生殖力的分担，而是血缘的延续。"在我们这里，儿子娶媳妇、修房子，父母都负有直接的责任。儿子多的话，这就成为很多的负担。有六个儿子，全部结婚分家的话，就要修四五栋房子，比松为他的儿子们修了三栋新木房，但儿子长大后，都自己修了房子，他修的那些房子也就白修了，老旧了就只好卖掉，汤错人说他太爱他的儿子了，自己却操劳过度，实在是没有必要，但有很多儿子仍然是值得自豪的。没有儿子只有女儿的家庭，从外面召郎进来，一方面可承继香火，一方面又可居住在原有的房子，双方都不会觉得有不妥。这种行为仍然属于婚姻范畴，但又有区别。是一个混合的东西，主要表现在对子女的命名上。"（谢）

召郎家庭的子女，第一个子女跟主家即女方姓，第二个以后的子女都跟男方姓。这样在一个家庭的子女群里面出现了两姓。族谱登记的时候，最终会进入不同的体系。但刚开始这一代以"杨李二姓"这样的形式登记在女方即李氏族谱上，男方那边修谱不登记。这个家庭的子女如有从父亲姓的儿子，他们结婚生子后再重新回到父亲那边的谱系中去，而不在母亲这边的谱系中；如果是从母亲姓的儿子，则召郎的目的就算达到。

---

① 嫩 [liou¹³]，与魑同义。同时也可作懵 [ŋia³¹]，新方话读音，哄骗之意。

如果，第一个仍然是女儿的话，为了保持自己的种姓，这个女儿还要继续召郎，如是重复，直到在未来的后代中有自己的儿子出现。这是中国人发明的一种保全种姓延续香火的特殊形式吧。

　　由于这个女儿在家召郎，她被认为是她父母亲财产权的第一承继人。但像谢秉勋二爷爷家这种罕见的情形，财产权要实行平分，这是和赡养老人挂钩的。如果放弃赡养老人，那么，财产全部归召郎的女儿，承担一半的赡养，就分一半的财产。

　　实际上，我们看到，召郎的女儿，她的身份和嫁出去的女儿的身份地位在这个家庭里是有变化的，财产权是一个，另外还有家庭地位主动权。召郎进来的男方被他妻子的父母亲当作"儿子"看待，但又不同于儿子，他多少处在一种从属地位。这种从属地位的阴影完全清除要等到女方的父母双亡之后，才正式上升到第一地位。这影响到他们对家庭关系的处理，这种家庭性质影响到家庭性格，而这是从婚姻形式开始的。而这种婚姻形式又取决于保持种姓的考虑，最终回到传统观念——孝。不孝有三，无后为大。所有这些行为都在这个框架下发生。如果将父系继承看作日性，召郎则是将月性转化为日性的努力，而这个民族也是一个以父权即日性为主的民族，我们姑且称作日性民族。要放弃这种为保持日性的绝对性权威而做出的各种努力，我们说的自由婚姻才可改变。

　　在这种家庭里，第一个还是女儿的话，她不可以外嫁，或者说被限制外嫁。婚姻自由在这里变成一纸空文。从汤错的情况来看，私自外嫁成功的案例到现在都没有发生过。虽有要外嫁的，但在父母和家族破坏之下，要么是男方放弃，要么是女方被绑回，虽然如此，也从来没有上升到法律层面来解决问题。很显然，这种关系的形成对性格的形成也是有莫大关系的。

　　这个已不能简单地说成是重男轻女思想。因为，事实上，我们的法律规定中本身包含了重男轻女思想，第一胎生男孩的不允许再生；第一胎是女儿的，却允许再生一个，这个不管是男是女。从统计学的角度看，这无疑大大增大了男孩在人口总数中的比例。而在心理上，被宣传的男女平等观念，反倒使得只有一个男孩的家庭打常是违背计划生育法的家庭，因为，他们认为自己只有一个孩子，而人家家里不管男孩女孩总之有两个，既然男女平等，我为何不能再有一个。当然，这里主要说的是汤错或周边的情况。

二十世纪九十年代以来，汤错青年从外省和其他地区娶回妻子的人数占半数以上，但召郎行为仍然没有改变。远程婚姻是一种血缘迁徙。这个村落的纯洁的血缘关系变得越来越综合。这可以看作打工——农民进入工业化时代在人种学方面发生的最大的改变。村庄婚姻中出现的远程血统迁徙，主要是通过跨省跨地区婚姻实现的，而其动力来自经济变革。

*　　*　　*

谢秉勋说："女婿在晓锦汤错语叫作阿基郎，音响形象就是鸡鸭之郎，颇奇特。"这个阿基郎可能写作阿稚郎。汤错语的女婿叫男[no³¹]媳，或郎媳，意思是"男媳妇"。新方话说郎巴公。[①]和"女婿"这样的叫法在立场上完全相反。就是说，岳老子岳姥娘一方也把女儿的丈夫看作媳妇。只不过，这个媳妇是男的。所以叫男媳。这样思维方式，也表现在另一个称呼上：召郎（赘婿）[tʃou¹¹ no¹³]，租借一个男子的意思，直译为"租男"，或者"种男"，作为男子，也就是一种准男子，亚男人。一般讨不到老婆的才选择这种婚姻方式，或者男子所在家庭兄弟比较多，父母无望操办所有婚姻，自己也不得行，也选择这种方式。所以，这样的男子被视为"准男人"。男人嫁给这边之后，第一个孩子无论男女跟女方姓，之后的孩子跟男方姓，这是约定俗成的。现在计划生育，第一个是男孩的话，赘婿的家庭只有一个孩子，那么，这个男人的姓氏将不被传承。选择

男媳妇

---

① 郎巴公，拟音，不知何意。《正韵》闽人呼父为郎罢；罢，补买切，音摆。据此，似可书作郎罢公。

这种方式的女方家庭一般也是比较独特的，一般是没有男人传后，所以，赘婿在双方利益上达到了统一，各取所需。现实中，这种家庭的第一个孩子往往有两个名字，既是张三，也是李四。

男方父母亲称儿子的妻子为 [ʃin¹¹pe¹¹]，pe 音这个字的原义难以确定，作为动词的 pe 有搬来、抬来的意思，作为名词是"半"，也是"板"，所以，媳妇之本义是新抬来的、新搬来的半个人。姑且作新姅。

丈夫称呼自己的妻子娅家。妻子称自己的丈夫为 [to¹¹koŋ]，直译多公。"[to¹¹]"的意思是买了东西之后，退回的那部分碎钱。丈夫的本义就成了付出之后，找回来的那部分。这也是站在女方来说的。女方家长认为自己女儿的丈夫是自己付出一个女儿之后退回来的那部分，所以，将其译为多公。实际上是'赊公'。这种称呼，无论从哪方看，都夹杂了复杂的情绪，费了不少心思。"（谢）这样子理解固然不错，但这不是本义，我们在语言分析时分析了 [to¹¹] 的本义，实际上是"丈"的音转。

再婚的男子，他的儿女叫他为僆僆，即叔叔。因为，这个男子比原来的那个男子要稍微小一些，在人们的观念中如是认为。第二个妻子如果有孩子的话，就叫这个继父为僆僆。其接下来的孩子也就跟着叫了。这种情况在现在看来不是绝对的。

＊　　　＊　　　＊

火的禁忌　　　火落窖是身体房屋非常重要的地方，食物加热、取暖，甚至一些由家庭生活内部构成的决议、宴席和娱乐都发生在这里，它也是灶塘、茶楼、厨房、火塘的统称，关于火落窖的众多禁忌中，其本质是火崇拜——"羊亲牙亲，有得火亲"，并留有很多可资细辨的痕迹。火塘也叫灶房、茶楼 [da²¹³lau¹³]、火落。是和整个房屋里面既有联系又相对独立的一个系统。说灶屋和灶王关系更密切一些，口语中常说火落。一些禁忌都与火落有关，比如说到过的"打楼煜"，要择日进行。而且一年一次，临近年关的腊月打。不能在土王用事的日子。这是就整个大的房屋而言的。火落当然是指烧火的地方，这个房间汤错语叫［xo²bo²］，火房。火落是火房里面烧火的地方，这个地方，汤错人还保留了很多的禁忌。火落也是重要的地方，汤错人把分家叫作分［paŋ³¹］火落。也就是另起炉灶的意思了。一个完整的家要有一个完整的火落作为象征，"倒灶"意谓背时，背时倒灶就成了一个约定俗成的词。形容家人关系亲密，就说是一个火落茹饭的。火落之所以重要，其本质实际上是——包括仪式和禁忌都是对火的变相崇拜。

小孩子不能用铁铗击打火落窖上的三脚铁架，敲了惊动火神、灶王，会肚子疼、眼睛疼，当然这是恐吓，——在我们的很多文字都提到了，房子和眼睛的互相感应特别多。这只是禁忌，后果是秋后算账式的，你马上敲，是否真的会肚子疼，与这不是一回事。

那些埋藏在柴火躯体里的火，一搪进火落窖爨架下，还能发出笑声，便认为有客人要来家里了，便要做好接待准备。我们不知道，那些从山上砍回来的柴火为什么一下子就有了这个本事。加斯东·巴什拉在他的《火的精神分析》中没有谈到这种火塘之火的预测学，以及火的容颜。他谈到过很多炉火。但没有提到这种火落窖之火。火落窖的火和炉火是区别很大的，它有点像篝火，但又是在家里生起的家火。家火和野火的区别也很清楚。家火就是自己家里的人了。围着火落窖唱歌的汤错老人，他们坐在火落窖边笨重而又低矮的梨花木条凳上，汲取灵感，还能激发情欲之思。只要烤过这种火的人也定有体会。

与火落窖之火有关的是火蚀——也是某种意义上的火种，这是柴火燃烧后第一阶段的尸体，但能量还没有散尽。相邻的两家人，不能随便到别人家借这种火种。汤错人家的火，生起第一窖火之后，那一窖火就要持续下去，不能随随便便灭掉。他们把每次烧完火的火蚀用热地须培煸起来，火蚀不够，还要加一根柴，一起埋着。下一次烧火的时候，把地须轻轻剥开，加点柴火就能有火了。这种原始性有点燧人氏取火之后保留火种的意味。汤错人也知道火对他们来说多么重要。但是，如不得已要出远门，即热灰变成死灰，火蚀不得不灭的时候也没有办法，最后一窖火要培好焐好。焐就是藏火种，所以也叫窖火。火种之保留延续犹如栽培。

在他们的观念中，火好像是万能的，即便它的敌人和克星——水也能烧毁，只要略加改变烧的方式。对付敌人的方式中也爱说到火，我要一把火，把你们屋邸烧了，威胁！我要一把火把你们的山烧了，还是威胁！景饭的老婆形容什么都是"火"，喉咙痛，她说那里有一支火；头疼也是那里有一支火，你想想，一个人脑壳里面有一把火是什么样子，她还说人的眼睛也是火；我扛回来的鬼头蜂在箱子里好好的，她说飞出来会叮死人的，快捂起来，一把火撺了；抇地抇到一窝骇人的土地蜂，她也建议一把火烧个爽净，后来，她和她老公真是搬了些柴火一把火烧了起来，我想留作样本的机会都没有了。她真是可以加入赫拉克利特学院去做学员了。从不得从别人家借火种这个禁忌上看，好像也可以看出，火和香火之间似乎有一层联想。尤其是新娶的新娸从不能到别人家这样借火，这是大忌。

"火蚀最后都会变成火墟、地须。地灰有两种用途，一个是用来做肥料，撒在菜地里；另外用来垫鸡窝。有时候还用来做药。"（谢）

火生起来之后，有烟子。火落窖里坐一圈人，烟子朝着谁飞，谁就会走运，这是"烟钱"。听起来像是玩笑话，实际上，骨子里是汤错人对火及其残余物的一种敬重。而被烟熏的人自然也安然了。坐在那个位置不愿意轻易挪动，尽管已经是眼泪激溢。

不燃的柴火叫作烟巴。烟巴柴不但火力不足，烧起来也不舒服。这样的柴火在砍的时候就要选择的。柴火的木质不同，烟的大小和火的热力散发自然也就不同。汤错人在砍柴的时候，实在很讲究，他们也能很快辨别哪些柴是好的，哪些是不好的，不是所有的柴火都愿意砍回家。他们选取那些易燃、木质坚硬、烧起来还有香味的柴火。"花柴"是他们最喜欢的，汤错称作花柴的这种灌木实际上是一种杜鹃，花朵粉色白淡红相间，看起来爽朗。叶子胶质，椭圆形的叶片硬而干脆。西藏人煨桑的时候，使用的香料植物中就有一种"小杜鹃"植物，小杜鹃在西藏人心中是有些神圣的，因为煨桑的植物是规定了的，并非什么都可以拿来煨，另有松柏枝等。汤错人愿意烧这种柴，可能已经意识到它的好了。略亚于花柴的是俩柴；俩柴是壳斗科栎属植物，栎树的总称。身上有棱，银白肤色，柴的筋多，叶子在秋季早落，湿柴砍起来不费劲，好砍，主要是干了烧起来感觉好；其次是山茶树（茶仔树柴），这是一种山茶科山茶属植物，皮肤土黄色，细腻，木质白而坚硬。烧起来，火色明朗，热量大，也好看。再有桄木柴，即檵木柴。桄木与艳山红叶子有几分相似，但前者是金缕梅科的，后者是杜鹃花科杜香属植物，红色花朵，没有花柴那么大。其他的，在汤错人看来都是一些杂柴。而不懂柴的人是会连鸡屎柴也一起砍回来的。这样的柴一烧起来，连食物的味道都会发生变化，令人为之变色。他们坚信，用花柴（杜鹃）煮出来的食物胜于其他的柴，用上面这些柴熏出来的腊肉更是香溢浓浓。

汤错曾经推行过一段时间的沼气。现在大部分弃用了。他们觉得沼气这个东西不洁，都是牛粪、烂叶子，又臭又脏的东西生发出来的，心理上有阴影。那些推广家电设备的厂商来了，大喊减价甩卖，大喊他们的设备多么实惠，节省能源和时间，但是汤错人一度难以接受。他们还是觉得他们的火落窖的火好过别的火。有的人家买了，说电饭锅煮出来的饭不好茹。这样，他们就更加不信任了，还是他们笨重的铁鼎锅好用，饭结实，锅巴薛香焦脆。

在长期使用这种火之后，心理上已经形成习惯，以及和火通透的心理感应。在他们心中，火是那样地透明、澄亮，还会发出笑容和香味。煮出来的食物也香喷喷的。已经很难区分，是他们依赖了这种火，还是这种火炙烤出来的食物心理在起作用。当然，食物在人体中引起的改变和塑形是显而易见的，进而影响到人的心理也是必然的。红色在汤错人观念中就是火赤［tsha³³］，像火一样红；红纸是火赤的，鲤鱼是火赤的，血是火赤的，不好意思的脸是火赤的，太阳是火赤的，红色的水也是火赤。凡是很红很红的东西都是火赤。火色有很多种红，他们用火的颜色完成了对其他事物的比照。当然，当说一个东西"xo tsha"的时候，他们已经完成了与对话者之间共同的心理互逆过程，火的大小，火赤到何等程度，都在特定的语境下一一完成。火赤才具有如此广泛的用途。有的时候这个火赤也是烫和热的程度形容词。火赤是热的。能量大。形容一场酣畅淋漓的火叫作火燻燻的。

汤错是高山气候，在阴冷的天气，他们也需要这样一塘明朗的火帮助他们度过一个个阴冷的白天和黑夜。

一栋楼都堆满柴火那是值得羡慕的，他们把那视作财富的一部分。当然，还有心灵的慰藉。柴也成为他们看待其他地方贫瘠与富饶的标准，全州人烧松针、草，他们便说，那个地方穷，连柴也冇得烧。因而"连柴也冇得烧"是汤错语言中的一种价值观判断，它的用法和形容过去很穷的习语——"连裤子都冇得穿"是一样的。

死火，这是带有惩罚性质的骂人的话，就是遇到很大的麻烦了。输了一万块，死火了，蔫了跟一条蕨菜条一样，背时倒灶。

打油蠚［xo⁵¹］，或也可以理解为油火，本地阴教钞本中有打油火这样的说法记载，被有毒的毛毛虫蜇到谓之蠚，火辣辣地疼，因此有火，这个火的黏性更好，它的意思就是既无赖又不讲道理，还要缠人，想方设法赚［zɛ³¹］人钱财之，也可以理解为出门找活路。故在梅山教中专门设有此科，以猖法为辅助，有招来和祛除两种法术。

和油蠚意思差不多的口语词是打癫斯。这种剪不断理还乱的纠缠关系也用通过跟衣系的一个词来形容，而且这个词极为形象，那就是：襫襹［lai⁵⁵tai⁵⁵］。巴襫襹，耍襫襹，襫里襫襹，是人之德性不洁不严谨且无信誉。钱大昕认为是"黱黮"，本义是大黑，用一组颜色词，来形容诸人之昧而不明，似乎也是可以的。《古乐府·魏程晓诗》"今世褦襶子，触热到人家"。褦襶一词古已有之。①

进火。乔迁新居。

还有形容温度的一个字，这个字我寻找了十年。本义是火或者说物体比如开水、太阳等发出来的给人热的感觉，这个字就是：㷧。读音耐。这个字不是熊，但㷧是从篆书熊衍变而来，所以《正字通》说同熊，俗书分两音两义。康熙朝的字典编撰者说这是错误的，并下按语说，熊与㷧似乎是一字而异文，㷧为能火，训作热，有据。

《集韵》《类篇》囊来切，音能。热也。

囊来切，音能，有误，许是受到段注的影响。囊来切出来就是lai 或 nai。然㷧于字为能火，《集韵》《类篇》训作热，当有它们的根据，今两存之。明清大儒的严谨在于保留了这两种训解，否则只怕永远找不到汤错语林中这个流亡在边缘地带读作［nai⁵¹］的古老的字了。类似这样表示温度的词很多：热、熟、煮、照、炙，它们都是跟火相关的。所以熊不等于㷧，《说文》将熊作动物（兽），㷧字的本义从汉以来就废了。

它可以是形容别的表示温度的一切感觉。在汤错日常生活中，这是一个极为通用而难解的字。被电烫出一个疤，说成被㷧了一个疤。发烧，发㷧。滚热，滚㷧。开水、滚水＝㷧水。

景凡出工，墨黑了没归来，等到曷些旰②归屋，元秀又将饭菜㷧了㷧说："哉熟③嘎老，㷧饭㷧菜，茹一口。"

一切有温度感的形容全部可以用㷧来统摄。而形容性情急躁如毛虫蜇人一样的人就叫蠚㷧子。爁、爈同㷧，读音相同，意思接近，可通用，然不如㷧悠久。㷧的使用和煞几乎同等重要。

不得不说，《康熙字典》尽管饱受非议，但康熙朝字典学的编

① 张亮采《中国风俗史》页 70：今俗谓人懒惰不振作，及不自整理物件曰褦襶。而嘉定谓人性乖劣曰褦襶。东方出版社，1996。
② 曷些旰［tɕa³¹dʑie¹³ka³³］，哪时候，好时候。
③ 熟［ʐou¹³］，或作脺。

撰者对历代字典的熔铸功不唐捐，从《尔雅》到《说文》是一次大的熔铸，熄灭了古今之争，《方言》又扩充了雅言之外的汉语表达能力，《康熙字典》又汇通了《说文》《方言》及其他历代字典学的成果，规模达到《说文》的五倍，约四万七千字，尤其保存、放大和丰富了方言的权力，才使我们在复活一个村庄语言的历时性问题时能够找到长远根据。今天的 CJK 字库有十万字，内容是《康熙字典》的两倍多，这就是汉语言文明在这个星球上曾经达到的能量边际。尽管现在我们不使用和字、韩文汉字，乃至喃字，但总有一天还是会用的，就好比当时一些学者对《康熙字典》收录的方言俗字不屑一顾，倍加诟病，而三百年后今天的我们则视若拱璧。

尽管在氤氲过程中出现了一些非正常现象，比如《正字通》说高丽用中国书，独以姦为好字，好为姦字。**女在喃字作妓女解，而在汉字中为女阴解**。

＊   ＊   ＊

噐气　　噐气〔iuŋ^{13}tɕhi^{31}〕，这个概念在汉语中没有对译的词。它是人身体中的生命之气，也指胆量，甚至还包括身体上本来的素质，男女通用。一般认为男人的噐气比女人的高。有时候也说阳气。但是阳气和噐气不能完全等同。也可能是"荣气"，但"荣"在汤错语中指尿，我们会在后面细说。

这个噐气和道家气理学说的"炁"和"气"有一定的重叠，主导着生命活动和体内器官的机能，这个气是生命能量，有则生，没有人就死了，人有先天之炁和后天之气，先天之炁有造化功能，这是从交媾点算起的；后天之气有运化功用，这是从出生日算起的。先天之气和后天之气决定着人体的健康和生命，人体分为先天的炁理和后天的气理。道家气理学说在先天之炁和后天之气的理论基础上将肉身作为化育混沌的基础。

汤错人的观念尚有一种原始观念，尚未上升到化育混沌的这个高度。这个嚞气也有枯有荣，枯萎的时候，生命也就没有了。高的时候，生命状态很好。这个嚞气有时又像魂魄一样可以被"吓掉"。汤错在上洞黄泥塘修水库，把大竹坪的水引到北边来，需要在老鸹窠半山腰开一条水渠，甲人在老鸹窠打洞子，下旰剩下两人，收工前放炮，第二天工人有活做，乙人让甲人点炮，甲人点好之后，两人出来，隔了很久，没响。乙人让甲人去查看。甲人走进洞子之后，炸药响了。乙人进去一看，人被炸烂了，爬出洞子回村里来报信。满身是血。他母亲回忆说，他一度向她说起过，他害怕那个洞子，神情恍惚，早该带他去看看了的。她的意思是说，甲人死之前就已经"走神"了，嚞气散失了——山岳行将崩溃。没有来得及恢复他的气就发生了爆炸案。（甲人，一九七五—二〇〇六，曾就读于岭西省师大，在校一年，后辍学，开学时，他人才到县城，在县城这一夜将学费赌掉了，再也没去学校。）人死之后得到十万元赔偿金，留给他的妻子和只有半岁的女儿。炸死之后，有好几种说法，乙人曾强意要甲人进去查看。炸药响了之后，乙人这个老九耆进洞看到被炸烂的甲人，赶紧在死者身上抹血到自己的头脸、身上。因为他归来报信时，脸上还留有鲜明的涂抹痕迹。而身体毫发未损。这种猜测可能是有道理的，他怕担负责任，还故意从洞子的另一头爬出来。洞子虽然还没有理顺，但是已经打得差不多了。还有说他人欠起发[1]，背时倒灶之类。

　　他母亲的回忆可以看作汤错人对嚞气的一种理解，也就是汤错人看待事物的方式。嚞气，魂魄，[ȵia³]，是汤错原始观念、史前观念的最高理念遗存。是赤裸裸地面对大自然和宇宙做出的反应、解释，应当区别于道教、巫教、佛教传授给他们的类似世界观。当他们解释不了的时候，就会用[ȵia³]来总结。甲人的死也被看作[ȵia³]。

　　嚞，也可能译作龘。龘的意思是太阳处于最高位。嚞气的写法源自手抄本文献。

---

[1] 起发，发自内心地自愿去干某事，且行为敏捷。反义词干啙。

"尿"和"嗡"读音相同。北方人说，"如果身上还有点尿性，把我杀了"，这个"尿"就相当于汤错人说"嗡"。

尿为何读作 [iuŋ¹³] 还没有彻底搞明白，汤错人说的"尿"可能指"荣"字，《集韵》可征，说荣谐音咏。又说："人以血为荣，以气为卫。""荣卫不行，五脏不通。"（《内经》）人体边界的排泄物"尿"仍然是可见的那部分，不可见的为气，所以是"荣"。血气、荣卫，就成为形容生命状态的说法。

尿味也是荣气。尿在汤错语同样还读作 [sui]，似乎是没有道理的，但就是这样没有道理。骂人无能说"太水了"，这个"水"大抵是指尿 [sui³¹]。

然而，听了穿行水坝乱坟岗的事件之后，我们有理由相信，写作"燊"或许才是对的，而荣只有两支火，不取。

读者或许以为我们的这种写法过于琐碎而缺乏确定性，这是没有办法的事情，因为我们无法获得某种一致的确定性。

*　　*　　*

阴阳两界　　魂魄 [ven¹³phia³¹]、鬼 [tɕy¹³] 和人 [ŋen²¹³] 是三种生命状态。

从读音上看，很可能是一个外来词。读 [ven²] 这个音的有"横"，这是从新方话里来的，汤错本语词"横"作 [va¹³]。但是新方话中的魂并不作 [ven²]。另有 [ven²dou⁴phai²]——煨稀饭，煮粥，这个 [ven²] 有煮、煲、焖等多重意思。

魂魄和鬼在中国典籍中多有论及，总起来看，魂属阳，魄属阴，人死之后，魂气归于天，形魄归于地。很显然，分解为两部分，上天入地了。但是形魄入地之后，魄还有吗？魂又去了哪里？鬼魂者是不是就是魂气？这些问题都还需要探讨。当然，我们也不想用能量观来看这些问题，那样的话，所有皆为能量，似乎把所有问题解决了。但是心和现实的惧怕还是没有解决。能量这个概念的提出，只是将这些问题暂时统一到一个"可"解释的层面。但不可能一劳永逸。我们还是从汤错人的精神世界来看这两个问题。

在我的调查笔记上，记录了部分汤错人对魂魄的看法，他们不但认为有，而且就是自己身上的。魂魄可以被吓掉，离开身体。他们有这样的亲身体验。言之凿凿。至于鬼的存有，一部分认为有，一部分认为没有。元秀说："小时候相信有，怕鬼，但是活到现在，五十多岁了始终冇睇到，可能是冇来（没有）吧。"这是第三种情况，原先认为有，现在认为没有。人死之后，才能变作鬼，这是一个共识。

没有看到鬼，不等于没有鬼，所以，他们也用一句流行的话搪塞：信则有，不信则无。这表明他们思考过这个问题，但是没有答案。而他们又有那么多的祭祀活动，说明他们心理上还是期待着什么，或者从根本上他们是被一种既有的观念挟持着往前去的。这种观念公然违背的话，又怕真正带来惩罚。汤错人的祭祖（唱太公）、丧仪（度天），都说明，他们心中有强大的神灵观念，这些又不能简单地等同于魂魄和鬼。

人活着的时候，有魂魄。和身体有相互依附的关系，更多的是身体依附魂魄，生命也依附这二者。魂魄从身体中走掉了，人是会死掉的。没有人认为没有魂魄的人还会活着，或者活得长久。确定走掉了魂魄的身体，马上要喊魂、招魂。将其找回来。而汤错人还相信，鬼魂会附体。鬼魂就是死者的魂吗？被附体者不一定知道是哪一个鬼附体。能够附着到活人的身上来，这也说明，鬼的力量强大过魂魄。否则它如何附体，魂魄再也起不了作用？当然，被附体的人其晶气是受到了严重影响的。

死在域外的人也要将其身体运回汤错埋葬。只有这样才能让人心安。让一个死者的魂魄变成野鬼，活着的人难以自在。月堂是一个例子，他在东莞砍树，树倒在高压线上，他走上前去劈枝，一触之下，大活人立刻变成一截黑炭。他的家里人还是去将他的骨灰领回，葬在飞鸭峰。至于他变成了什么样的鬼没有人说得清楚了。年纪轻轻就死了一般都叫作短命鬼。这是通用的叫法，或许全世界都流通。所以，没有特别的意义。

而魂魄不同，这是每个活着的人的事情。他们坚定地信仰，人是有魂魄的。它们也区别于身体。它们能够离开，说明它们比身体要轻盈，比意识和心灵要轻巧。人死了，才会离开。离开去哪里呢？变成鬼？是的，没有身体的魂魄会变成鬼。去掉了魂魄二字附着的东西，即那两个偏旁，就是变成纯粹的鬼而存在了。在汤错人的意识中，有这样一个既是阶梯又逆渗透的关系：

身体居下，魂魄居中，魂魄和身体结合之后为人；人鬼阴阳两界；魂魄和身体可相互分离；鬼、鬼魂又可入侵身体这个宅室，并压迫魂魄，可取而代之，使人变成一个奇怪的新组合体：身体＋鬼。得到一个新字：夔，切一下念作［rui²¹⁴］，/［ʐui］/，既不是人也不是鬼，而是三者或至少是鬼参与的组合体。单人旁的鬼有傀，傀是傀偏的意思，由于其意义已经很明了，我们用鬼（人）表示这个新的组合体，来描述汤错人的精神世界。人的行为超出了"人样"，就形容为鬼样。可是鬼是什么样？就是鬼样。

无论是身体、人、魂魄，还是鬼（人），它们对抗鬼魂的力量来自晶气。这股力量是由身体和魂魄共同生发出来的。在晶气不起作用的时候要倚靠旁人的力量来纠正。身体虚弱的时候，晶气也低，这个时候容易见到鬼，不是眼睛花，而是真见鬼。见到了鬼的人其直接结果被认为是这样的：背时，连唔朝日（不走运），也要死了。

晶气高的人还能正常地抵抗鬼＝鬼魂的入侵。玉宪嘲笑那些害怕鬼＝鬼魂的人说："地球慢转一拍，你们都得看见鬼，这有何值得稀奇。"他的意思是否可以这样理解，我们看不到鬼，是因为地球转得很正常，我们的视觉和嗑气，都在一个正常的维度上。高于和低于这个维度了，浮现什么东西都是有可能的。慢得两拍以上，阴阳两界就没有区别了，甚或颠倒过来。但是，汤错人相信嗑气，因为他们在地球没有慢一拍的情况下也见到了鬼。活灵活现的鬼布满他们周围的空间。鬼随时都在威胁着前面二者。魂魄掉了，丢了，都是因为鬼。但是还有人认为鬼是惧怕人的，而不该是人怕鬼。这也可算一说，备在这里。人和鬼的事情说不完，人鬼情未了。关于汤错人意识中的人、魂魄、鬼则大抵如是。还有很重要的一点，读者或许已经发现，我们说的人鬼都生活在汤错人的身边，他们随时都有可能遭遇，那么这个人间既是鬼的空间，也可以说是天堂空间。这种空间的统一不正是天堂＝地狱＝人间吗？除此之外哪里还有天堂、地狱、人间呢？附录调查手记一则：

　　讲述者：李肖氏，元秀（1957—），天门村人，1977年嫁到汤错。

　　原先，那些犄角旮旯湾湾墟墟都是鬼，我阵（现在）鬼少了。为吗嘎鬼少了，冇来人搞得清楚。佗还冇有嫁过来，两个湖南木匠师傅到牛塘里来做工，做完工要回去，一个揇着一点米，一个空手。走到竹山，空手个突然走不动了，慢慢软得下去。另一个没事的跑归来叫人，我阿爸挈了一块冷饭下去，放到佢手上，佢歇一下子就起来了。这是饿死鬼。佢歇下去冇是因为饿，佢是茹个饭才出来的。饿死鬼见到饭团离去。饿死鬼跟上了人，人会变烊（烊，元秀用了汤错本语词［iuo⁴¹］，和蔫的意思近，相当于植物迅速枯萎那个意思）。村里的人，遇到饿死鬼近身，快点停下做饭给它茹，手脚慢了人就会晕过去。边做饭边说，这是给佷茹的这是给佷茹的……"念 [se^{11}]" 上一阵，饿死鬼就走了。要是戴着斗笠更好，马上把斗笠翻过来，朝上，横在大路中间当锅。饿死鬼也会走。那些箸竹叶[1] 之所以用来放在斗笠的夹层里，它能避邪。汤错我阵还有很多 [ɕiu^{13}sai^{213}tɕy^{13}]，即魒山鬼。老人家说鬼是一个黑圈圈。小时候相信有，怕鬼，但是活到现在，五十多岁了业有眹到，可能是冇来（没有）吧。（采访时间二〇〇八年十月二十四日）

五谷杂粮在汤错是当作避邪之物的。独自出远门，上高山，到人迹罕至的地方身上要备有一点饭团或者杂粮。当遇到这种饿死鬼的时候，人会突然无缘无故地——讲述者一再强调不是因为饥饿——蔫了下去，这时把饭团杂粮放置嘴巴，人马上清醒过来。汤错洞里，马尾河北岸边上有很多畬，畬边有一口井，甲人和女儿在井塘上边的畬里插四季豆秆秆，女儿突然萎倒在畬里，甲人跑下来到畬下的丙人家中讨一点饭上去，把饭才放到女儿口边，女儿立即清醒过来。汤错人便也认为那块地方阴灖 [tɕin^{51}]，有饿死鬼。

＊　　　＊　　　＊

二两三钱　　　　作为命运的命 [ŋia^{213}] 是汤错人的本体论哲学。但命即生命和命运这两种意思是统一的，不能随便将其分开。

　　[ŋia]，一个方面它是生命力，是一切生命的维系。这个 [ŋia] 和喦气又不同，喦气也是命，那个命是原始观念，这个 [ŋia] 是自然生命，由呼吸、食物等看得见的东西滋养的肉身。喦气则是只能通过生命的状况、精神气质体现出来。这个 [ŋia] 蕴含了喦气和魂魄，喦气没有了，这个 [ŋia] 也没有了，魂魄没有了，也危及

---

① 箸 [bu^{13}] 竹，即阔叶箸竹。箸竹山乃汤错地名，当译作箸竹岫 [bu^{31}tai^{55}sai^{33}]。

[ɱia]。自然，没有［ɱia］就无所谓唱气和魂魄。

　　［ɱia］这个字在汤错人那里有相当的地位。属于最高理念的词之一。因为［ɱia］还有另一面，它表示个人，或者说人与人，与自然、宇宙关系的总和。是一种不可控的、超出理性之外的能量。它往往用于总结人的一生。无神论者简单地将其归结为宿命这种说法，十分荒诞。汤错人因为它的封闭还没有将思维转化到宿命论上来，他们只是显得温顺和服从。所以，［ɱia］可看作他们的一种史前观念的自然遗传。宿命论者的反面，就是那些将人当作宇宙的精华的人。人是宇宙精华这种想法早该反思了，而且我认为这也是不可能的，人类过于膨胀，过于膨胀就会失去敬畏之心，唯利是图；人和其他物、物质一样，处在它必要的合适的食物链上；人之理性也让人类自身意识到自己不是唯一的宇宙精华，这是后现代人类最大的理论贡献——人终于鼓起勇气将自己打败了。

　　汤错人说［ɱia zɿ sa zɿen kuo］，意思是说命是生成的，上有天，下有地，人居其间，生来就只有半条命。玉宪洞察到这点，他说："人生不是短跑比赛，也不是长跑比赛，仅仅是要找到合脚的鞋。"这可代表汤错人精神世界对［ɱia］最深刻的理解。所有的事不放在起点、终点，也不在过程，而在"合"。一般不轻易说出这个字。说的时候语气颇为沉重。跟它的发音一样，低沉，绝对。

　　　资料：元秀，李肖氏，生于一九五七年正月初三，只
　　上过小学一年级。除了阿拉伯数字外，不识字。

　　　　ken diŋ au ɱia, i tʃa ŋko ɱia zɿ tie sa ko. vo do to io ɱia
　　tʃaŋ lai hoŋ. do zɿ hai zɿ ko, mi dʑa ka lau in ka, fpanzɿ sou
　　hai ko nan tʃai sɿ dou ioutʃou ti ka tshou fpu ko, hai ng fu, tui
　　y ka ŋfpu. au no so liotʃa mo?hen hoŋ, ieNtɕhia ŋŋsin mei tʃa

heŋ ko. ha ʐ̩tʃai tɕhy lai ko le. tɕa li mau lai ɱia。①

　　相不相信命运，这和一个人的智力水平，尤其是情商没有关系。只能说，和他受到过的价值体系有关，形成的最终对世界的看法有关。元秀今年五十一岁。上面这段话是录音。她不止一次说过类似的经验话语。但这不影响她是一个勤劳的精通农事的好农民，也不影响她在生活中形成的对山地气候和植物的敏锐观察力。本书写作中，我对农作物和植物的观察多处受益于她。尽管她有这种观察力，但是她对上天统摄人世间命运的看法是始终不曾变化过的，并且认为万物有灵。处处都有忌讳、禁忌。解释事物也以人冒犯某个神灵造成对人的伤害为主体思维特征。在汤错，这是一种很高级的思维方式，就是说，一旦将事实和神灵挂上钩，并且说通了过去，这就是一种高明的见解。而事事都按照常理来理解，反倒没有人认为那有什么可稀罕的了。那个二两三钱的命影响了她一生。

　　[ɱia] 这个读音，我在贺登崧的著作中看到，一九三九年左右他记录的山西大同音，将"命"mìng 读作 [miø³]（石汝杰、岩田礼译，《汉语方言地理学》页 152，贺登崧著）。北京官话说 [miə̃r⁵¹]（命儿）较为接近。新方话是读作 [mian²⁴]。安徽绩溪（徽语）读 [miã³¹]，但它表示裂痕。据《汉语方言大词典》，真正跟汤错语读音一致，且表示命运、命脉这个意思的是说闽语的广东揭阳和潮阳，揭阳音为 [mia¹¹]，潮阳为 [mia²¹]。这让我有点激动。可我还是不知道我操的这门语言来自何处。"铜"揭阳读 [taŋ⁵⁵⁻¹¹]，闽语都是 [aŋ] 韵，汤错语的声母是浊化的，一般读 [dɑŋ¹³]，"藤"也是这个

---

① 译文：肯定有命，一个人的命是天生成的。和我们一样命脏（丑）得很。我是亥时的，那时候，老人家是要把亥时女孩子早嫁出去的，亥时"害"（亥害谐音）娘家。（我的命）有二三两么？（意思是我的命轻），你们年轻人不信那个狠的，全部是哉出来的呢（意思是通过很多实验和观察得出来的）。假里（哪能）没有命？

音，藤揭阳发音和汤错不同，汤错语和吴语及客家话某些地方相同。汤错语是一门方言，它不独立，但也渗透了很多别的语言的影响。单独属于哪门语言的想法可能是很幼稚的。某些字的重叠不一定就是那门语言。

*　　　*　　　*

二十世纪八十年代以来的公共生活则明显衰落，或者被一种割据的方式代替，或者说公共生活被小型聚众活动替代。这已经有一点城市生活的萌芽了。但是像红白喜事这些活动仍然还是乡村的大型古老仪式。汤错的一些老村干部也决心修复一种具有明显公共生活空间的私人关系。这种衰落是指原内容的退出、新内容的形成。拜月

从鼞工①这个词可以看出，鼞是拖延、延宕，直至时间到了，散工，回家茹饭；与鼞工相反的词是攒劲、下命，意谓努力，但不说努力这个词。在这里，我们专说鼞锣［dɑŋ¹³lo¹³］。这个鼞转化为兴致勃发的对抗，里面有了激情和战斗的欲望，自然跟鼞工之鼞不一样了。

鼞锣在今天已经式微，二十世纪八十年代、九十年代初还勃发过一阵，接下来，电视的普及冲击了村子中的传统娱乐方式。鼞锣和骕狮很快退出。电视成为一种新的给大家带来快乐的方式。作为视听的传播手段它们本质上是一样的，但电视远比鼞锣丰富、直接、简单、容易操作，鼞锣牺牲在这种新的传播势力之下。近年来，出来对锣的人渐渐少了，不仅仅是鼞锣，舞狮也慢慢地散了，电视成为新宠，大家不愿意出去挨冻。最后一次鼞锣是在一九九三年。之后，只有零碎的对抗。但近来又有复燃之势。汤错人不晓得，似乎也不关心他们的这种仪式的古老性，锣起源于南方百越之地（百濮、骆越）的春秋时期。距今已十分遥远。花山崖岩画上至今保留着铜鼓和铜锣的祭祀场面。吴越"莫邪""干将"雌雄剑之铸就也可视作

---

① 鼞工，也可书作搪工。

当时南方冶炼技术的一部分，对蚩尤的记载中也说及蚩尤军（南方人）擅长冶炼。秦统一之后，锣开始北传。《旧唐书·音乐志》说：“铜拔，亦谓之铜盘，出西戎及南蛮。”位于越城岭山脉中的汤错人可能还没有意识到锣的这种悠久性，以及他们独特的鼟锣方式。

花山崖壁画祭祀图（局部）

汤错人只知道有这么个代代相传的鼟锣行为。作为山村里唯一的没有功利性的公众娱乐，鼟锣这种简单、明确的音乐是村庄里的堂皇之乐。这种在大山深处徘徊、回荡、穿梭，带铜质的金属声，令乡村剧场气氛陡然而起，然后就会看到歌队从源、坪、坳、背、岭、湾、浦、洞，以及浓荫、黯淡、贫苦、谦逊的隐秘角落逶迤出场。

头一年的腊月和来年正月，尤其是年三十和正月初一，岭界上的单身汉歌队组成的锣队在他们的山头上挑逗。小源和粗石那边出来迎战，接着，大竹坪组队出对；很快，大源，也有了反应。铜座洞里还在等，但是小源、大源、大竹坪的锣队已经开始往洞里来了；大洞里、老屋坪、下洞，分别组队，与之对抗。青竹山和坪石头、燕子石、大里坪，那边也相继出队，往铜座赶来。地步界联合黄榨山也组成一个队，总共有十一个队，声势浩大。这是我印象中最后的一次鼟锣。

汤错的鼟锣只是锣，没有鼓参与。所以，我说它是独特的。他们也没有去祈春，庆丰收。但是锣仍然有其鼟法。鼓仅用在丧仪上，打完之后收入祠堂，祠堂被烧之后，放在打米厂和发电厂集于一身的厝中。唯有葬仪上，才去挈来用。这种截然而分的情况不大多见。所以，敲锣打鼓，锣鼓喧天，这样的词语也不能用来形容鏖锣这个闹热[①]。当然，这个锣是广义上的锣，锣队的乐器有三种，皆为响铜制作。

第一个是"刀"（或许可以写作釛），刀是一种单面乐器，像鼎锅盖，卷边，直径只有五六寸。卷边上有两个相距一寸左右的小孔，穿一根绳子，敲的时候，大拇指钩着这根绳子，提至胸或肩膀的高度，另一只手切敲。敲的东西也是刀鳅形的，像西式餐刀。在刀上面作砍状。发出"tau—tau"的声音。它很小，声音传不甚远，但是它的声音简单、干脆、略浑厚，类似于鼓点。刀是先行乐器，任何时候，它都是第一个站出来，tau—tau……tau在汤错语中又是逗引的意思，所以，它理所当然地第一个出来。舞狮子也是如此。其次是"敨"［tɕhia³¹］，也就是敨钹。有大有小，但比刀大，重。双面撞击发出镲或者敨的声音，形体如平缘斗笠，中间部分是头盔一样的突起，绳子从那里突起处出来，手掌上绕一圈，夹在虎口处，大拇指夹住，其他四个指头伸直把在圆形头盔上，一手持一面，撞击，发出［tɕhia—tɕhia］之声。［tɕhia］是吃的意思，——这个意思是谐新方话"喫"这个音，和刀组合起来就是［tau tɕhia］，意思是逗喫，出来讨吃。地方上，赢了的锣队，是要接受输家的款待个，还有红包。第三种乐器是"咣"，也就是锣。锣最后出场，它的声音最大，声波轮廓和覆盖的面积也最远。鏖战的时候，它是压阵脚的。击锣的专用词是咣，咣锣。以手柄或包头木槌横击、侧击、平击、擦击、闷击，打是一个平庸而万能的词，实际上，击打锣的手法十分丰富。鏖战中，并不是以声音大小来取胜的，以技巧来决分胜负。锣有大中小多面，云锣、沙锣等，最大的有人这么高，中间一个暴突，如碗倒扣。锣音在山顶上被击响时，声波四射。一个锣队里有多面锣，用在不同的节奏类型中，也就是说它们的调值、音色、声音幅度和

---

① 闹热，［no¹³ji¹¹］。

高大都不相同。八面锣是很正常的。但是锣队中不一定每一个人都要司一件乐器，他们可以一个人同时击打多面锣。锣队经过时，小锣手提，大锣由人穿杠抬着，在后的人持棒槌，迎面敲，或者侧击，都有，主要看对手在哪一个方向上。锣队出行，有一个引子，不断重复，起头以刀出来逗引，逗引之后，恰出来，然后是咣：

Tau；tau；tau—tɕha—tau，tau—tɕha—guaŋ；uaŋ—tɕha—tau，tau—tɕha—guaŋ，guaŋ—tɕha—guaŋ—tɕha—tau；……

这个调子是最基本的旋律，锣队决定向某个锣队发出挑战的时候，他们就开始插花，一系列的插花。这里的插花是旋律的旋法，即织体方法。插念作 [tsha²¹³]，就是扯、扯开、穿梭的意思。汤错的鏊锣没有定型，随便敲敲的？也不是。或许没有名目，但是过程很美。

那年正月，十一个队相继到了汤错洞里，前面几天斗得难分胜负。大源队是说新方话的，他们说服大竹坪、粗石，联合组队，等于上三围合龙了，队伍空前壮大；上洞、下洞、老屋坪，三个洞里的队伍合并，与之对抗。燕子石、大里坪、青竹山因为处在下三围，他们也联合起来，唯有地步界和岭界上，没有进来，地步界离洞里近，最后并入洞里队，岭界上也说新方话，并入上三围队。这样便形成一个三足鼎立的局势。

正月十五黑矖，上三围队占据双江汇流的"丫"字头上的黄土包山头，铜座完小后面的那座山，正东；洞里队占据左边的后龙山山头，正北；下三围队在河对面的船头山，正南。丫字便是河床。他们分别选定了自己的地形。原来是在山下的，现在堂到山顶上了；三个队中，黄土包略高，剩下的两个山头差不多。山头与山头之间几乎是一个等边三角形，相隔三四里路，无论哪一方的声音都可以覆盖下面的村庄，也可以往周边的地方传去。

茹过黑矖饭之后，天黑下来，河洞处于寂静中，一切都在蓄势待发，山头上的篝火燃起。从山下往上看去，只有条状的黑影子在火中闪动，和崖壁上画中獠猹的那些舞蹈一样。现在很安静，因为各山头的锣队正在进行最后的仪式——锣阵。

南山上的下三围队那边有了动静。他们的锣音低沉，声波既绵且深，好似潮水来临之前，保持着滑翔的骚动，点点白浪，细细翻腾，其间有一尾鱼在水底悠游，然后又有其他的鱼过来嬉水，偶有穿波跳跃而起的。随着时间的推移，潮水的声音越来越明显，潮头滚滚而来，浪花也越来越高，然后是浪卷千仞，惊涛拍岸，最后徐徐而退，眼前出现一望无垠的空阔与安静。北山头接过来，然又是另一派风骨，清朗无比的远天寂静无比，然微风鸣条，几朵白云出现在天际，那白云越积越多，越积越厚，风力也在加大，山雨欲来，天空由明朗转为灰暗，听，似有雨点之声，但不明显，山之后，有轻雷滚动，雷声滚过沉闷的天空，突然之间，一声炸响，电闪雷鸣，令人骇然，暴风雨骤然而至，雷电交加，风雨交加，柳树倾斜，在风雨中极度弯腰摇摆，一场酣畅淋漓的大雨之后，天空露出一缕日光直射下来，雾露散去，土地上氤氲潮湿，惠风和煦，雨霁天晴。两轮下来，时间已经到了半夜，此时，月亮正挂在东山之上。一路白鹤似在深渊从锣音的深波中飞出，间以其他鸟鸣，又似凤凰啾啾，朝着月亮奔去，飞舞着，旋转着，越来越多的鸟聚集过来，里三围，外三围，上三圈，下三圈，层层叠叠，那翅膀扇动中清晰听得百鸟渊唳，概然清楚。南山那边合堂进来，北山山头也合堂进来，百凤来仪，拜月母。远远地看去，他们像一群月光下的魅族。

这时山下出来鸡叫，村子里的鸡开始打鸣了。各大山头顿时鸦雀无声，声物俱寂。跟死了一样。过不多时，"刀——恰——刀；刀——恰——咣……"重又响起，大家已经准备下山了。他们在天边放出第一线曙色之前离去。山下的马尾河投满了月晖，粼光闪烁。

*   *   *

自从我了解了汤错的饥荒史，听了象雟天之后，每每出门拜访，先到公所屠桌上砍几斤肉，拎着，才踏进门。被访的家主很快就打

排古佬和
落了梅山

开话匣子，然后吃饭喝酒样样不能少。虽然今天的汤错人已经不缺这点肉了，而对肉的感情依然浓厚，视作好礼信，他们说："不喝酒，不吃肉，魔鬼都要躲起走。"甲人是梅山大师，以猸法打猎的猎户，好喝本地天锅酒①，烹新鲜猎貗蚨②一对，一锅炒［to³³］，一锅开汤，要我和谢秉勋陪起，以我夹生的汤错话跟猎户和他的猎友们攂拳，一晚上下来粗计在三十好几杯。酒后，猎户在众人怂恿下推脱不得，在月光下耍了一套棍法，泼水不进。可待我醒来时已经在县医院的白床单上躺着。

细想未醉之前，那火落窖边上的拳风实在猛烈。猎户家的拳令经通常拳风演变而来，有些粗鄙，豪放无比，涉及打猎，也有性隐喻。开拳"放铳打鸟崽，一打一花山"，喊"哥俩好"也可以。下面就不同了，一条乌梢公，两只乌猳③，三只黄猨④，四条牛（指野牛，猎人将鹿说成野牛），五上山打菀生（老虎），六下水捉乌龟团鱼（龟和鳖），七览个妹佶养泥鳅，八匹马变成"骑夜马"，九喝碗麻肵酒就出发，十大碗（满堂红），零拳冲天炮。规矩是，手指所代表的数字与口令数不符谓乌龙拳，罚酒；大拇指不倒（隐喻）；平手继续，过度令"放铳打鸟崽"。对决分打通关、单挑、分阵、定量、挖坑多种花样。

在吃野撎拳的乡宴上，输掉的一方也可以讲齉天代替罚酒。那一晚猎户们讲过的齉天比我平素听到的加起来都多，然因为贪杯，能完整想起的只有这两个，为了记得清爽，我讲给护士听，护士听了说："你们这些鸡屎分子⑤，真个是吃饱了饭空得骨头里滴水，成天讲齉天。要是有滴个几事，还不是往这里跑！"县城相去汤错不过几十里，看问题差别竟然这么大，颇有些扫兴。吊完一瓶，拔去针头，

---

① 天锅酒，村酿土酒，度数不高，醉人不觉。

② 貗［lau¹³］蚨，竹鼠。看起来像小猪獾，又像硕鼠。

③ 乌猳［w¹³tɕia³³］，野猪。《扬子·方言》猪，北燕朝鲜之间谓之豭。

④ 黄猨［vɔ¹³tɕia³³］，麂子的一种。

⑤ 鸡屎分子，知识分子。

出了院，赶下午两点的班车回汤错山里去。

我问谢秉勋还记得什么吗，他说还记得一个。打棺材的木匠，第一斧子下去，便跟主人家说，倒床之人，还能再活几年云云，我好像记得有这么回事，具体记不清爽了。还有一个猎户讲汤错那头著名的每天割完䏥（肉）又复原的"象"押送进京献给宫廷一路上发生的事情，具体发生了什么，我躺了一整天竟然什么也想不起了。

排古佬　早些年我跟师傅在冷水滩放排①，在江上会到②邵阳那边过来个排古佬押货回去，晚上请我们茹饭喝酒，排古佬听说师傅是梅山，便说，你老人家给我们要个把戏看看，师傅不肯。第二暎在江上，我们进入邵阳地段，排古佬说今晡暎进到新场，师傅只怕要绕道了。过了一个河湾，我们个排在江心上打转转，上不去下不得。师傅干脆用划竿在江中驻定，竹排开始是朝着左手边转个，越转越快；师傅取水，念咒，驱使竹排又反手转，他拔出划竿，我们个排继续前进。到了邵阳上岸时，师傅跟那排古佬说，我变个把戏给你看咯。师傅在河边柳条上顺手摘了一片柳树叶子，掏出去，说你看。只见江上一女子从这边飘来，越来越近，当我们看清爽个时候，看到是一只性白个细妹佶空胯打屡胯，一丝不挂，两个奶匏像一对扣碗箍在身前，她没穿衣裳，排古佬哎哟一声，手指天上，平跤跁翻在树下。原来这变人是他家细囡（女儿）。排古佬告饶之后，女子从江上消失。师傅掏给他几个花边③，还了他昨晡黑暎请客茹饭个情。我们业就上岸交货去了。（猎户阿山讲述）

落了梅山　我阿嬷跟我讲，早前三清殿出了一位好斗的梅山，不信狠，处处要跟人斗个高低。六月里在江上放排，碰到一位宝庆府个梅山，一人放七排，在江上走起很是威风。他施猖法，把那位梅山的七条排圈成一团，在水面上打转，不得前进。那个梅山也是

---

① 放排，竹筏运送货物。排，竹筏。
② 会［vei¹³］到，碰到，遇到。
③ 花边，银元。

高手，施展猎法，解了围。解围之后，只要了一条排，赶紧划回家里去了，和他娒家话，赶紧，放我在甑①里跍七曤，记到，要曤曤晡添火莫断，不要揭脱天锅瞅。

他娈人烧了一曤一夜个火，眼皮子重熬不住老，她在灶边大声喊她多公，没有回音。她担心把自己多公汤死在里头，赶紧抬开天锅，蒸汽散脱后，她看到她多公个背上有七根竹锹，竹锹镶嵌在肉里个部分血丝汩汩，已经出来了三分之一，赢下个还在肉里。她多公说："看来这回我命该绝。"听他这样说，娈人十分火光，说她也是怕他被汤死了所以才打开来看，我在外面喊，你个砍脑壳个也不应我一声。梅山只好跟她讲："你快去把家里那床席子收拾出来，放到家心前，烧香唱迓请梅仙，每半个时辰抽出一根褛草出来，直到抽完为止，抽一根放在我甑底下烧一根。"他娒家按照多公吩咐去执行。等到褛草抽完，已经是七天之后，她多公已经咽气了，蜷缩成一个肉圪垯在里面，像一只熟蒸个嫩鹅，而骨头全部不见了。那边，波托的梅山因为排在江心突然解体，溺死在江里，七窍不全，死得很难看。大家都说他遭了魃鬼②，落了梅山。（猎户阿满讲述）

＊　　　＊　　　＊

波托

翻看先前的笔记，一个非常罕见但又难以理解的词，突然引起了我们的注意。

甲人五十三岁，是从汤错走出去的茹国家粮的军人，不想晚年得了食道癌。住院无用，过年前搬回老家来住着，他的八十岁的老门亲照看他。她为自己的儿子举行了波托，把他的魂魄寄生到黄泥塘和鱼身上。我们将其理解为魂魄和生命力的转移，迁降，寄生。

祭祀时使用过的那只公鸡不杀，只在鸡冠上割一点血，洒进去。这只鸡叫长命鸡 [do¹³ȵia²¹³tɕi¹¹]。鸡一直要养下去，直到拥有魂魄

① 甑［tsaŋ⁵¹］，木器名，酿酒的甑子，类似大木桶，但功能不同。
② 魃鬼，江上之鬼。一说猖鬼。

的寄主去世，它陪葬。主人不死，它也就享有不被杀害的权利，不但不能杀，还要精心保护，因为它身上已经有主人的精神生命寄存。甲人三个月之后死去，这只长生鸡也就上了山。

在这个仪式中相当于寄生和放生的合意，这种仪式叫波托［po³¹tho³³］。人得了重病，要"波托"。在这个仪式中，还听说有时候也用在防火法事仪式中，这时要用到鸭子。这在祭祀中较为少见，即鸭子充当祭祀品。而且必须是长了翅膀的鸭子，只有这样的鸭子才能漂洋过海，避过火灾。老鸹窠有一个师公，人家问他鱼是否可以。他佬胡子问："鱼可以杀出血来吗？"

波托即放猖，我们在手抄文献中看到的是"放猖"，但不知道汤错语中说成波托。波托是梅山教中颇为神秘的教义，十年前我们亲眼见了仪式，但不知这就是放猖，对波托一词也不理解，汤错人说请师［sai³¹］公土波托，我们将其当作一般风俗，而当我们将"波托"这个读音释译出来就是"放猖"时，十分震撼，这已经是十年后的情形了，因为二十五路猖兵猖将的世界我们也是后来理解的，所幸的是当时将［po³¹tho³³］这个音记录了下来。

当我们终于理解波托为何物时，关于汤错的一切才仿佛像万有引力一样维系起来。谢秉勋作为土生土长的汤错人竟然也不理解波托，因为他接受到的是现代教育。这种教育与波托这种被拒知识在很长时间内都是隐蔽的，因此像隔了一层什么东西将其死死地遮蔽。他的堂哥，东野公的弟子却在使用波托，汤错的狩猎知识全部归根于波托，胡仙笙的养鬼也在波托之列，元秀对事物的理解也起源于这种梅山教的原始教义。还包括我们不甚理解的喂树、丧葬仪式、喊魂、长命鸡、水法、度天，它们无一不在波托范畴之内。波托为我们理解汤错的心理结构提供了一把钥匙。而之前，我们隐约看到的那些心理结构是外来知识，它们或多或少只是附加在波托这个深沉结构之上。会波托即放猖的汤错人，身上携带着一种本地神职成员胡丹丰师公那种宇宙般磅礴恢宏的神性，猖兵猖将可以为其所用，好比猎户东野公，瞬间将他的白狗变作白龙、黄狗变作黄龙去追击猎物。长久以来，我也不能进入波托的想象性和万物关联的空间，作为闯入者的我，以一种好奇心徘徊在汤错的物理结构之中，心理结构之外。

"那么，作为我来说，我倒底是汉人，还是伶人，或者别的什么人其实已经不重要，我晓来我的祖先的信仰来源于此，便搞清楚了我的血脉。"（谢秉勋）

卷　四

汤错草木鸟兽虫鱼疏

　　诗人说：差不多从这个出口升起的太阳已经使那里成为清晨。[①] 春分过后
我给远在英吉利海峡那边的朋友写信说："连翘开了。"

　　在桃峪口水库看"桃花"还是半个月前的事，当地有句谚语：
"桃花开，杏花落，李子开花一大垛。"满以为自己看到的是"桃花"
了，作为南方人可怜自己没能见到从未见过的杏花。我以为杏花已
经开过了。事实上，那个时候，杏花还没有开。

　　直到现在，春分过后，三月的最后一天。桃峪口，整个燕山南
麓，我所能看见的，杏花才都赶集似的全盛开来。这是杏花，毫无
疑问，养蜂人确定地跟我说；我想，除了花自己以外，没有比他们
更遵守花期的人了。而我原来看到的也是桃花，只不过，不是我们
通常意义上说的桃花，那是野桃花，它们和迎春花一样，早早地抢
在所有花开放之前就鸣笛了。

――――――――――

① 参田译《神曲·天堂》页 5～6，葛兰坚注释"世界之灯"太阳每年每天从地平
　　线上特定的一点升起，这一点每天都不同。这些点叫作"出口"。最佳的出口
　　是 3 月 21 日春分节日出处的出口。这就是"四个圆圈交叉成三个十字处的那
　　个出口"。作者曾在汤错完整生活一年，地球围绕太阳转的一个完整周期，观
　　察这里的动植物、花期，以及太阳升起以后大地上的事情。

楼下的玉兰，现在才全开，西山植物园那边的玉兰比这边早半月开，上次去的时候，我就看到它们雍容华贵的花苞和花朵。同是燕山南麓，北纬40度，而它们开放得略有迟疑。很显然，香堂的气温稍冷，也就是秦城监狱和大小汤山、军都山这一带。

　　公元前二世纪，古罗马农业学家和植物学家 M.T. 瓦罗在论植物的生长和习性的时候说，地下和地上两部分构成植物生长的景况。目前，我只能很有限地观察到地上部分。如果在汤错，我可以实现观察植物下半身的愿望，至少是部分地实现。眼下是不可能了。我只能通过地表以上的部分来猜想它们在地下展开的活动。这种猜想或许能够略微弥补一些遗憾。但要想真正地了解植物是于事无补的。

　　通过植物的习性和差异，我们看它们和大自然的气候、节气保持的天浴状态。瓦罗在他的著作中说："大自然在植物当中表现了许多差异，这些差异是非常显著的，比如，只看某些树（如橄榄树、白杨树、柳树）的叶子的转向，人们就可以判断出这是一年当中的什么时候。当这些树的叶子转变了方向，我们便说**夏至**过去了。"

　　夏至，这里提到了星体运动对植物的影响，夏至太阳开始偏南，所以有植物叶片的转向。这一天北京的日出：四点四十六分，日落：十九点四十六分。夏至前后一天日出日落差不多都是这个点。换而言之也就是时间、节气与植物之间的关系。瓦罗所提到的除了橄榄树，其他都是我出门就见得着的。现在，京密引水渠滨江路旁森然高大的白桦、槐树、柳树都显得很忙，一整棵一整棵地褪掉了冬天的颜色。果园虽然安静，地面光洁，刚松过土，没有一根杂草，但是这种安静之下的骚动，全部体现在树冠和枝头上了。

　　在过去的这么多年，我从来没有认真体会它们的存在，大自然的苏醒竟然是这样地壮阔。它在任何一个角落涂上自己的颜料、色彩。因气候和地理上的影响，植物分布的色带也异常有趣。一种乔木，它可以沿着某条山脉一直行走到南方。它们在构图上往往出人意料。

如果，把它们当作一种族群，我们说"行走的树"，那是的确的。刺槐的行走就很有意思，北京没有长颈鹿，它们的行走不像电视上看到的：利诱长颈鹿，通过它们的肠胃和大便，把它们的种籽，跋山涉水，带到更为遥远的地方去。而刺槐在平时里赏赐给长颈鹿的礼物则是它的叶子和嫩枝。

　　这是正常意义上说树的行走。而我们认为的树的行走，是它们的意识。它们随意铺展的根系。它们从一个城市走到另一个城市，从一座山走到另一座山，从南方走到北方，或者相反。在南方的某座深山里，你很可能发现，在北方生长的树，这里面就有树们神秘的行走。现在，我们可以在天上看，这些行走会变得更有证据性。它们行走所依靠的就是天体运动给予的能量，以及地壳起伏变化的高低。

　　紫色的小蘗和黄杨颜色纯正，发黄的叶片已经被新叶取代，挨着松树根部的马尼拉草更肥硕，草皮还斑驳，只有少数水湿和肥一点的地方露出草色，其他的地还是枯黄着。但是，整个地看，很多植物已经飞速地醒来。比草色无比耀眼的是主人在自己三合院门口的墙边种的大葱，它们比草无比骄傲地嫩绿在那里，与众不同。它们的炫耀很短暂，主人每天几乎都要拔掉一些回去。每次路过，看到它们，总会想起哧溜哧溜地往外冒热气肉汤的味道来。

　　我将龙柏新增长的嫩枝弯成一圈，已有碗口粗，展开则过尺，它们的颜色是青色的，跟暗黄的老枝区别明显。松树上老的松球还在，新松球还小，静静地在枝头待着。松针像孔雀开屏一样扇形展开，风吹吹，它们显得更加心满意足。

　　随着大地的苏醒，我也觉得自己忙不过来，惋惜和惆怅交叉感染着近日来的情绪。在下一个分日到来之前这么长的时间里，我不能再看到它们的忙碌。或者，我以前没有这么认真看过它们的成长，就好像自己失去的童年还要再失去一次。虽然，我以为通俗意义上的自然时间伦理不能影响我对宇宙持有的惯常看法，但是它们的流变，还是有很强烈的痛感。它们有着盎然的生机，而我却有着一份绿意般的忧愁无法排遣，不知道它们是否理解？

在春分和秋分之间这个漫长的夏季，在我的想象当中，会比较平淡。我试着观看一些别的东西，来转移自己从过往的文学作品和习性感染中承继下来的关于春天的忧郁。"惜春"是一种病态，惜春也是"惜时"的一种更加暴君般的强调。在过往的辞赋和诗人的吟唱中已经变成臭泥。

时间并非我们所能挥霍，只能介入，介入大自然和宇宙精神。即便馈赠也不是自然的本意。它不馈赠。我们要从这种貌似领悟自然的馈赠中脱离出来。一旦将精神、肉体介入自然，我们便是自然本身。我们所看到的飞鸟、蜜蜂、植物、动物、土地，这一切的色景便是我们自身。不管我写下什么，在这里，我所描述的是我身体之内的盛景和圣境。

*　　　*　　　*

坚持要冬天所有权的人

在此之前，我对冬天的理解乃是一种一厢情愿。而另一种冬天的降临，使我对冬天的感觉才皎然有别，就是那个"坚持要冬天所有权的人"，他①写道：

> 是谁不顾雪花粘满睫毛和嘴唇
> 在一年最冷时走向沉沉的夜？
> 那是个坚持要冬天所有权的人。

北京的四季算分明的，而我理解的北京四季也渐渐被北方的概念所取代，事实上，它不可能全是。南方的四季早已在我的意识中模糊，已经没有四季。偶尔想起的植物名字和它的花期，还黏带着四季的形象和语感，但是终究模糊了，繁复了，不在具体地点的四

---

① 指美国诗人罗伯特·弗罗斯特（1874～1963）。

季里，便没有了四季。在南方那么久，而对它的印象都变作了一种生理反应，不再是感觉，只有从味蕾上来辨别我之南方和它的冬天了，比如一种食物，以及它的烹饪法呈现出来的地方景观。

北京的春天有五十五天，夏天一百零三天，秋天五十天，冬天一百五十七天。冬天十分漫长，差不多三个春天、秋天的时间，或者一个夏天加上春天，或一个秋天，才是冬天的漫长。

这种漫长发展出了它自己的美学。

关于冬天的美学，在无所不在地蔓延，寒冷不是最可怕的。但我却喜欢冬天，是因为冬天是寂静和雪带来的纯净，这种静可以净化——当然，这是一种猜测。这个季节，令人头脑格外清晰、冷静，或许还能增加思辨力，喜欢选择这个季节像昆虫和动物一样蛰伏，用这段时间来阅读。当然还有植物，它们进入深度睡眠，并开始做梦。两个分日之间，以外的大部分时间是冬天。我是这样感受的。但并不大适应它们的过渡，尤其是冬天和春天、秋天和冬天的渡口。季节的转换让人感觉到天体的动作很大。地球随意被一只看不见的手拨动着。那么，我之所动也变得极为有限，或者微不足道了。我只能祈望再安静一些，让我能够再清楚地看上一眼。

春节过后，太阳往北方偏移而来。太阳属于总是可以期待的那一类事物，它从不违约。白天的时间开始慢慢变长。三月十五号停止供暖之后，屋子里也不是特别冷，保持在二十一度左右。室外的温度随着天气变化而变化，今天北京市的最高温度是十四度。当室外的温度和现在室内温度持平（约二十二度）的时候，夏季才来临。现在是农历二月中旬，还有一段时间（四十天后）才到立夏。不过，再过几天就是春分了，春季的中点过后，春季迅速地向后滑去。迎来火爆的北纬四十度的桑拿天气。在夏季的热闹当中，仿佛只有蝉声和十三陵水库上的夕阳是安静的。

二〇〇七年冬天却很意外。我特意选择在北方过冬。而当我选择在这边过冬的时候，突然发现南方的冬天更像冬天。北方只有两场小雪。加上室内的暖气，北方的冬天很不像以往的冬天。而南方则酿成了雪灾。这种气候上的倒置是什么造成的？它的灾难性全部要由我们自己来承受。R. 卡逊（Rachel Carson）说，我们失去了寂静的春天，而现在我失去的是冬天。失去了习惯上的冬天便不再有冬天。小的时候，我习惯雪，南方的雪，那就是我的冬天。习惯明澈的星空，那就是童年。现在，没有了星空，南方也曾一度不再有雪，我以为我失去了冬天，从心理上和身体上统统失去了。落差好像是普遍的。但是，我们的埋怨指向工业污染，这是环保主义者持的态度。但是，在更大程度上，是我们面对另一种伦理的入侵表现出的潜在反应，即代表农业文明的土地伦理失势的失落感。那种关于土地的伦理是先祖种植下的。我们的自然精神始终是我们意识当中难以割舍的乌托邦。当然，它也是伊甸园。

近来，在北京的地铁和一些日历上，标上了中国传统的甲子纪年法，这种农业纪年对恢复跟大地和农业的记忆有帮助，与其说这是一套纪年法，不如说这是一套完整的中国人的种族记忆，我们对岁时的记忆和感动都在里面了。但是冬天也有它的个体性，每个人的冬天都不可替代。

冬天具有大地性，它应当是坚实的，不但从土地中获得坚实感，还要能够看得到摸得到植物，这种感觉自始至终"怀着拥有和被拥有的情感"。

我怀念积雪和那讳莫如深的森林。

这时的双腿和大地是相通的，和整个天地是一体的。

＊　　　＊　　　＊

芳邻们还
未苏醒

农历二月初八，天气预报说阴天，水库这边却天晴，燕山上还没有长出新叶来，灰头灰脸的，尚沉浸在残冬向初春的景象中，事实上，春早就立了。只是空气舒缓一些了，没有冬天的刺骨硌人的冷。全市所有暖气今天停止供暖，往年也是这个时候。

今年的北方和南方气候有了很大差别。北方只下过两场小雪，天气一直很晴朗，而南方却因为下雪过多酿成灾情。今年是太阳黑子活动周期的第九年，慢慢地趋于太阳活动谷年的倒数第三年。不知道，今年的雪灾跟太阳黑子这一情况是否有关，今后两年，这样的情况是否还会持续？

山上太阳很大，没有云，月亮很淡地拓在天幕上，上山的路上可以看到，晚一点的时候或许还能看到它弯弯的身影。中午的太阳晒久了，就觉得衣服穿多了，背部发烫。傍晚时候，走在水库上却凉。

头两次来，是去年冬天，穿过枯草丛生的湖底，很干燥，有很多辨不出名来的草本植物，都已枯黄，草丛中有野兔。大块面积的地种过高粱、大豆、玉蜀黍。苞谷剥了之后，秆子还活活地留在地里，没有收。我第二次来的时候，霜打了的秆子已经完全晒干，农民就把它们砍下来，带回去做柴禾。柴禾这个词应当是北方口音的，南方多以木为柴，叫柴火，不以"禾"字来形容。

边角地的一些小地种了红薯，可能还有凉薯。收获后留在地里的叶片和断掉的藤干，还表明着去年这块地上的劳作。也不知道水库是何时干涸的，我的一个朋友说，二〇〇〇年他来的时候，水库还有水。那么，水库很可能干涸还不到三四年。这么大的一个水库全部干掉，需要一段时间的吧。这个问题应该去请教当地的农民。但是今天没有遇到，只能留到下次问个明白了。

来的路上，从京密引水渠看不清山上的情况。靠近了，可以看到，春天已经悄悄地来了。杨花已经长出穗子，在孤苦的清凉中，它的穗子在枝头忽忽地飘，在微风中闪动。风吹着，都朝一个方向，再过一段时间，它们变白的时候，满世界飘飞，走在北京城里的大街上，会以为是飘雪。桃花也开了。跟着开的还有李花，前面提到的谚语："桃花开，杏花落，李子开花一大垛。"这表明一个秩序。小时候一年级二册的识字课本第一课就有提到杏花，可到现在，还没有见过，一直觉得遗憾，觉得它美，和它的名字一样。其他植物不见动静，除了那一年到头常青的松柏，它们总是很打眼，没有什么能使它们显得憔悴一些。实际上，春天来临时，北方看人桃花，南方人看杜鹃。我说不出有何异样，但的确是不同的。

湖底散落着一群绵羊，青草还没有长出来，拱着地里的什么东西。农民在翻地了，使用大型拖拉机；水库外面是苹果园、梨园，果农也在除草、锄地。去年十月份，我在这里看到过苹果丰收的景象。我来这里摘过一次苹果，五块钱一斤。

除了苹果树，最多的是柿子树。柿子树大多没人管理，它们都是一些苍老的树，却能结很多柿子，大的树能结好几百斤，可能这里的先民曾经大量种植过柿子树，也可能拿柿子当粮食充饥，现在实在是太多了，照顾不过来。冬天过后，还有很多风干的透亮的柿子干挂在树枝上，鸟雀没有把它们吃干净。到十月，柿子树的叶子就早早地掉了，树上的柿子红红地挂着，很肉的感觉。偶见农妇拿着竹竿挑树上的柿子，用布袋兜着拿回家去。很多柿子树一树一树的没有人摘。

北方的柿子和南方的柿子外形上有显著差别，北方的柿子在把柄和底部的鼓形之间有一圈收缩，南方的没有，是完整的鼓形，叫牛心柿，北方的叫磨盘柿。南北柿子的这种差异是如何形成的还不得而知。可以想见，这种差异一定是有其道理的。

一个朋友住在静之湖，每次来上苑，骑车要经过坝上。他说水库的草丛中有锦鸡、野鸡、兔子，但是现在看不到。现在只看见一些牌子，上面写着"禁止钓鱼打野鸡""禁止林区吸烟，携带火源进山"。它们刷在路边的树干上，茅房的砖墙上。茅厕修在坝上绕湖路和下山的路口，显然也是经过特意挑选的，公厕和广告栏的选址有异曲同工之妙，它们都在不是很重要但是又显眼方便使用的地方。

站在坝上，湖底的芦苇还是金黄地干枯着，其他的植被也没有长出；我曾经看过坝上的一位植物爱好者，把大坝的围水坝基斜坡上的石缝中的植物都拍摄过一遍，有玄参地黄、堇菜、荠菜、紫花地丁等好几十种，周边的乔木拍了不少。对了，还有柳条也发芽了，东北面坝上的垂柳鹅黄鹅黄地耸了一堆。

静之湖在山坡上，在大坝的西北边山坡上。实际上这里没有湖，只一个人工湖，地产商开发的，它和水库的建立应该有过联系，是水库的经济系统里的一环。坝下还有很多农家院、特色饭庄，它们和水库的旅游事业也曾经是挂钩的吧，现在都显得冷清了。自从水库的水干了之后，大都破产了。果农的生意肯定也受到过影响，但根本上看，它们并没有萎缩。香堂的果园也经营得很好。

静之湖度假山庄依然还很好地经营着。山庄里的竹子等南方植物显然是移植过来的。山庄里的园工在大量地种植快柏树和青桐，青桐尚年幼，被截去树干的幼嫩部分成排种植。这种青皮的梧桐树使我想起家乡的梧桐，它们会在筲箕一样的丹黄的果壳中结出一些花椒粒一样的籽来，油炸之后吃起来很香，青桐结出果壳的时候看起来像"乔木"鸢尾花。

还有一种黑皮，粗糙大干的树也有花苞了，但我还不认识它们。静之湖山顶上的湖面上的冰已经融化，湖水碧蓝，黝黝地发寒。旁边一个亭子里却关了一堆鸭子和鹅。这个湖还在改造，正在修建一条通往湖心的路。站在这个湖心，你一定会想起某些情境。静之湖的水是全山庄循环的。在山下看到的假山瀑布和沿着山庄上来时路旁的阶梯斗槽蓄水池都是这里的水。墙壁和栅栏上很多被冻死的荆棘和藤蔓植物还没有复苏。它们已经很难复苏了吧，只能从地里重新长出新枝来。

山庄和坝上还有槐树、香椿、白桦、山樱桃树。现在还不是观赏它们的时候。比起即将来临的那个季节，现在的它们略显精瘦，只是有点蠢蠢欲动。槐树的干枝上飘动着荚果，一个冬天都没有被冻掉；笔直的白桦树上搭建着喜鹊窝。

喜鹊——这群树上的伯爵，冬天不知道怎么过的，它们雄壮的鸟巢建筑能给人一些遐想，我们只能仰望。在南方老家的时候，我们曾爬到上百米的河边大树上袭击过它们的营地，取下它们的卵蛋。受到过袭击的营地，伯爵们弃之不用，而是重新搭建，要一年或者几年之后，才再兴建家门。不过，最为惨烈的时候是二十世纪九十年代，喜鹊曾整年整年地消失在我们的视野之外，看不到它们的任何踪影，跟着消失的还有鹞子、老鹰、石灰鸟，连乌鸦也难得一见了，政府收缴了枪支，施行退耕还林和禁止一些农药的使用之后，这些鸟才又慢慢地出现在村子里。还有一种脚很纤细，身材高挑，颜色鲜美的鸟，比鹤要小一点，农人称它们鹭鸶、蓑衣鸟，也突然出现在春天的田畎上，父亲在水田里劳动的时候，它们并不惧怕，而是站在不远的地方，偶尔抬起头看看，又继续觅食，没有人的时候，它们站到牛背上。看到它们，心里有一股暖意，好似失踪多年的亲戚朋友再度团聚。我在想，我们其实很脆弱，否则心里不会有这样暖意和欣喜交杂的滋味。如果它们永远不再出现，记忆当中就会有一道阴影，多少会化作一种放大的哀叹吧。只有燕子一直没有离开过我们的屋檐。

　　坝上的喜鹊在我们头顶，在斜风中飞翔，头部并不顶风，而是侧翼潜飞。从一棵树飞到另一棵上的时候不时地聒噪几嗓子，嗓门爽朗而辽阔（宣告着它们的存在，或者是谁的朋友或敌人）。

　　陪留喜鹊过冬的伙伴有麻雀。它们属于不同的两个部落，也只通过声音而知道彼此的存在，却从没有看到过它们一起出现在同一宴席上。它们喜欢在低处，在草丛中，在湖底的庄稼地里蓄弄，而喜鹊选择高大的树，哪怕观望他人的时候也是如此，不肯靠近。在坝上，目前，还只看到过这两种鸟，其他的鸟类还没有过完冬日庆典，从南方迁回。

　　没有修理的湖底边缘上是很厚实的草皮，山上多荆棘丛。水库挨山边，也就是燕山南麓，铁路从水库的北边口上经过。我们上山下山，都从桥洞下经过它。我想它和京密引水渠在一定程度上保持着平行，往城区的方向而去。

在坝上，有一棵大概在去年新伐掉的柿子树，树桩直径盈尺，少说也有几十岁高龄了吧。但砍伐得很不规矩，高低不平和已经裂酵的树基已难以判断它的年轮，也无法通过年轮判断大坝自修建以来的一些情况，实在是一个不小的遗憾。因为，我们不知道水库到底是怎样干涸的，以它几十年的体验本可以给我们提供一些参考性意见的。

地面上的小东西们和坝上的生态系统远没来得及顾及和思考，水库和大地的体温慢慢上升的时候，很多子民会重新回到它的怀抱，那时，我们再来吧，带着相机，和它们一起留影，它们之间会有不得已的故事发生，有一些在和平共处的假象之下处处隐藏着的杀机。不管怎么说，它们都会为自己谋得一个合适的位置，扮演一个恰当的自然王国里的角色。

湖上一周走下来，太阳已西，从大汤山和小汤山的夹口落下，光芒万丈，水一样地往坝上观望者射来，傍晚的太阳不是最强烈的，却总给人感觉到它最多的光涌。

*　　　*　　　*

北方野外还没有看到任何花开。大棚里的草莓当然很郁闷，这个时候还要开。春节那天在南礼士路某宾馆看到各种现开的植物。

春分以后，想回去

正月初二，在南礼士路摘了一枝看起来秃的玉兰，一尺多一点。当天晚上，在宾馆放了一晚，三日又放了一天，晚上回香堂的时候才拿到书房，放到响缸中。里面养着三尾小金鱼。

母亲突然说，啊，花开了。

我一看，掩藏在宣纸旁的玉兰真的开了，温玉一般白色。有一个小鸡蛋那么大了。花瓣十片，看得到里面米黄的花蕊，闻起来有清馥的兰香，让我惊喜不已。我原本没打算看到它开的，没料到这么快就开了。

昨天我到楼下去看玉兰，没有一点花苞芽出来。十一天的时间，它就开了，这个速度完全出乎意料。温度计显示的室温是二十四度。这也是这段时间的温度。室外中午好一点，早晚的温度在七度以下。

温度对植物的影响如此巨大。

我种的瓦松，它几乎挨到了春节，已经干了，要不是忘记浇水和三个月没有在家，我想我可以照顾它生长到第二年。香堂屋顶上的瓦松则在十月左右就全部枯死了。

屋里的这株还开了花。长长的枝条像藤蔓一样，瓦松的肉质叶是互生的，这些叶柄处最后会长出枝条来，枝条上再长枝条，一般是四级枝条，每根枝条的顶上开一朵小白花，比米粒稍大一点。看起来花开得很密。五瓣。但是没有结出籽实就死了。留下一身有绿有白的干花标本。屋里太干了，一拂就碎。

这株玉兰，温度和水分对它的影响可能是巨大的，室内稳定在二十四度，又有足够的水。这也可以解释，在南礼士路我为什么在宾馆的大厅里看到红艳的杜鹃花开了。

玉兰有五个花苞，只有顶上的开了。其下的四个只有比玉米粒稍微大一点，并没有太快地长大。这是否和能量输送有关？原本它们都是一样大小，隐藏在枝皮下。花枝斜靠在响缸沿上，朝西。花瓣朝下位置的，略呈下垂。下垂的花瓣比其他花瓣长，正朝下的一瓣像狗舌头一样伸着。

植物除了趋光性，还有一直努力向上生长的特性。

现在，我将其朝南方向倾斜着。看下一部如何开。窗户在北边。电灯光在正顶上。花枝是不大可能自己移动的了，主要看花瓣的变化。

我想回去了，突然很想回到南方去。

*　　*　　*

自然从来就是一部大书，它在我们脚下，还让我们置身其间。我们所谓的草木鸟兽虫鱼之疏，疏的实际上是这部自然之书，也可以理解为这部书给予我们的恩赐。

在去汤错之前，桃峪口水库是我经常去的地方，并做一些草木方面的记录。从香堂到达上苑路口，刚好下午四点。桥头是公交车站，桥对面是一个著名的村落。每次到桃峪口水库，都在这里上下车。桥头是一块看起来毫不起眼的不毛之地，这是引水渠堤岸上缘至公路的一面荒坡，植被不多，黄土石块外裸；坡度在六十度以上，斜高三米左右。

桥的西侧走三十二步，约二十米，有一条地表排水沟，从桥到排水沟，从滨江路到引水渠堤岸组成的矩形斜坡面积约有二百平方米。桥北一里路，上山就是桃峪口水库，我称之为 F 道。二〇〇四年，水库干涸了，南面就是上苑艺术家村。

水渠里有乌青的水藻，水较浅，能看见小鱼，水流缓慢，水面积着薄薄的杨花；水渠的堤岸上刷着常见户外广告：禁止游泳、钓鱼、洗衣服；另有一款：饮用水源，严禁一切水上活动。桥上有老头老太拎着小马扎闲坐，晒太阳。大小车辆从身后不断经过。

马路边有较高大的树，木槿十一株，最高的不超过三米，刚刚冒芽，很明显比其他植物发芽晚一些；丁香花五株，树丛较小，比木槿要矮，有一株还开着，其他的都凋谢了，叶子茂盛，新枝也长得比较长了。另外有两窝锦带花，叶子和树干皮肤跟金银花都像，显然是忍冬科植物。西侧是两棵桧柏，它们最高，像一个削尖的红萝卜倒立着，又像雪人一样笨拙。只有到了上面尖尖的部分才有些灵气。

在路上边，一眼看得见的植物就这些，地皮上的那些绿色则是另一个层面，此时还非常抽象，需要抵近了细看，才能看得见这幅

访草记

375

作品的笔触；最下边，也就是水渠堤岸的上缘，种着侧柏，双排种植，树上还留有去年的干枯了的小果球，爆米花一样炸开，新的角质果实已经可以看得见，比细米还小。整个引水渠两岸种的都是它。被修剪成平整的树墙，没有树冠，高约二米五，宽一米五。穿过树墙才能站到水渠面前，非常壮观地向西流去。非常安静，或许是因为地势低下来的缘故。水渠边的树墙一般是穿不过去的，偶尔有个别的地方留有缝隙和口子，看洞光的程度，似乎经常有人或者动物穿出穿入。

挨着桥头，从东侧开始，不用下去，就可以看到好几种野菜，先是一株圆形生长的有多细碎分枝小苗的牻牛儿苗。茎下端呈紫色。叶子更近似野蒿。中间部分附地，不往上长，四周散开，呈锅状。接着是附地的大车前，椭圆碧绿的叶子，十分显眼。小时候我们叫它蛤蟆菜，的确跟蹲在地上的青蛙有几分相似。有几株抽薹了，开出了小火炬一样的棒棒来，花秆比较颀长。车前草是比较显眼的了，但是比它更显眼的是挨着电杆树的本地人叫作牛舌秧的巴天酸模——叶子跟莴笋叶子那般粗壮，叶柄较长有三五寸，整个叶子长达一尺多，宽三四寸。还没有蕊抽出来。巴天酸模有人参一样的块茎。草丛中偶尔出现一棵，非常有冲击力。

地黄的叶子也比较肥大，有绒毛，起着叶泡，边缘有角，我的印象中它和草石蚕、秋海棠、铁苋菜有些相似，尽管它们属于不同的科属，更打眼的是它的花，卖甜酒的那种小扩音器形状的，暗紫色占了大部分视觉印象，只有边缘部分是米黄色的，花瓣围起来，不裂开。它也是一枝升上来，然后开好几朵，像一个电杆树上绑了好几个扩音器。以前看到地黄都单独地生长在一个地方，这里有一堆堆的。地黄的花在十几天前就已经开了，这里的一株已经露出青色的果来。地黄的叶子和它的花都让人看着发毛，属于不敢随意碰的那种植物。但我不知道它是否的确如此。

还有一种叶子比较引人注目的就是泥胡菜，它豁达的叶子跟巴天酸模有得一比。叶子大大裂裂的很多豁口，只有它们自己觉得很规则吧。这种野菜也叫花苦荬菜，所以跟苦荬菜多少是亲戚。而其实，从叶子上来看，区分它和蒲公英很难，从秆子上区分更容易一些。蒲公英也是一堆叶子在那里，占很大地盘。但是蒲公英一秆一朵花，黄色；但是慢慢地，过一段时间，它和蒲公英的区别就大了，泥胡菜会长出一树花来，花朵像羊蹄。

苦荬菜、泥胡菜、蒲公英，它们的叶子在形状上有些相似，都是莴笋一样。荠菜的叶子修长一些，不带刺，但也裂叶。裂叶多头苦荬菜和塘角菜似乎一样。铲子形的果实。刺菜刚刚长出来，只有三五片叶子。比其他几种野菜的叶子厚实，不裂叶。但正如它的名字一样，叶子的表面有细细的绒毛，像刺一样。当它长到第二轮的时候，叶子就没有刺了。还有斑种草，跟马齿苋、鸭跖草一样匍匐在地，茎叶带刺，花蓝色，细小。在翻碰它的时候，手掌、虎口被那些小刺扎了。

有几窝天蓝苜蓿，它们圆润细碎的叶子，绿色蝶翼状，藤淡红色，也比较舒服，一大窝一大窝地疯长。但是，还有两种成窝出现的，一个是盘地的爬山虎。它们比岸上人家墙头上的发芽慢一些。那些已经绿油油了，而它们还在不紧不慢地偷偷地冒着芽，或许是被羊吃掉了。不然怎么会这么少叶子。另外一大窝杠板归，叶子跟三齿草长得像，能够看到它确实很惬意，匍匐一地的小白花，三颗米粒一样大，柄长，叶冠状生长，茎和叶很小，手感粗杂，蔓边分出枝杈，所以膨胀得越来越大，蓬得越来越高，有一个总的根，筷子一样长，一样大小，深深地往土里扎。棘豆的叶片也是羊齿形状，豆科的特点很明显。它有粗壮的根。还有一种草本地人叫猪乐乐秧，但又不是猪殃殃草，它的叶子绿得发蓝，形状像一把青铜剑，根横向生长，叶互生，复叶，光滑，似辣椒叶，稍小。茎硬实，有木质化倾向，根不小于最粗的主干，目前还没有要开花的迹象。

有一株二月兰，正是它的花期，它似青菜秆，蓝白色花。它的名字听起来跟兰好像有关系，却跟兰没有什么关系，学名本来是叫诸葛菜的。它比其他的野菜长得高。很容易就被它的花引过去。在我去追赶二月兰的时候，意外碰到两株打碗碗花。这里总共就两株，一大一小。骨干的菜秆，头顶的叶子成碗形，开米黄色碎花，一球一球的。它和二月兰一样，都比较高，比地黄们的喇叭高。打碗碗花的名字来历跟它的花的苞片有关吧，只两片，却构成圆圆的形状，实际上这是一种毒草，全身上下都是毒，学名乳浆大戟，这才是它的本来面目，所以打碗碗花也很可能是说，误吃了这种野菜就会中毒，碗也跌破。打碗碗花挖出来之后，有宿根，说明是两年生以上草本植物。打碗碗花是本地人这么叫，这个叫法和打碗花很容易混淆。所以，我们还是记着它的本名乳浆大戟比较好。牧羊人说它有促消化作用，而羊吃它的籽会把羊胎打下来。放羊人在它们结果之后，总会提防着，让羊群的路线绕开它们。大戟科大多植物有毒的印象是从这个时候开始进入我的记忆的。

靠侧柏树墙的底部发现了金银花小苗，接着发现了茜草。茜草四棱的茎有刺，在这里这是第二种茎有刺的植物了，深色的叶子，一节一节的，容易折断。但是折断的只是它的茎皮，里面还有一根圆圆的筋芯，那是不容易断的。把茜草放在衣服上，动一下会发出沙沙声。坡面上也有它们的踪迹。

小蓬草少，仅发现一棵，嫩着，秆不硬，有异味；细碎的叶子在耐心地长着。它的旁边有一株金丝草，绿油油的，但是越冬后干白的败草还残留在原来的根茎上。新的芽都是从那个地方长出来的。这里也总共只发现了两小堆。金丝草并不像茅草那样割人，牛是不吃茅草的，而金丝草的秆有甜味。

其他的有狗尾巴草，但它们还在冬眠中，没有看到新芽，只有去年留下的干条，狗尾巴还在。蓖麻也只有带刺的干球果留在那里，茎干枯着，白色，也尚未发现新苗。我想，这里应该还隐藏着不少没有发芽的东西。我所看到的只是冒出地表有着显著颜色特征的植物。这面斜坡是新土，就是说修筑水渠之后形成的，这里的植物也就都是后来慢慢形成的，从别处飞来的；因为地皮还是新土，也没有看到很厚层的草，比如狗牙根、地苤等。尚有少数刚刚初叶出土的植物，只有两片叶子，无法辨识它们是什么植物。不知道是因为晚到了，还是属于专门追赶夏季的那一类。在底下，有不多的几株紫花地丁，开得很散，和地黄比起来，它们更加矮小，但是花堆积着开，紫色，深一些的呈深蓝色，比地黄的花色有穿透力。没有多余的枝，叶片和花一出地面就展开了，一小堆一小堆，绿紫相间，倒是显得相当的简洁大方。它们无条件地为这片荒坡提供赏心悦目的紫色。尽管它们矮小，但是花朵的颜色很强烈。

在第一下看到茜草的地方还有一棵小枣树，很小，好像刚刚才从一粒种子出来，头一次见到世面。从它的茎来看，已经不只一岁了，可能是被树墙阴着了，长年晒不到太阳，长起来费劲。

这块约二百平方米坡地上看到的云集最多的植物成员，是蒿族，这里云集了绿蒿、灰蒿、芝麻蒿（本地叫法）、黄花蒿、蒙蒿、冷蒿，还有一种附在地上不往高处走的蒿不知道学名，我叫它星盘蒿。

在桥头下来的时候，有个地方凹下去的，那里埋了两根水泥柱，五寸见方，高半米，朝南朝北都刻着红色楷体字：水质监测；环保：CPK 0201。[①]地标挨着桥近一端，CPK 可能是跟水质有关的一个衡量指数。我走下去的时候看到它们，走回来爬坡的时候还经过它们。另外一块正面刻着：环保 CP 030601；背面是一样的。这里为什么是 CP，而不是 CPK？我走上马路，回到家里，发现衣服上攒满了婆婆丁，原来我所觉得的那些蒿当中隐藏着一种叫作鬼针草的植物，它突袭了闯入者。

这是头一次查看这里的情况，第二天又去了，接下去，整个四月下旬去的次数越来越多。

---

① CPK 是 "Combined Public Key" 缩写，意为组合公钥，是一种加密算法，以很小的资源，生成大规模密钥。

第二回去，斑种草开出蓝色小花了。看到了桃叶鸦葱，它的叶子边沿皱皱的，往龙骨窝进去。上一次竟然没有看到它，或许是它离那株酸模靠得太近，被遮挡住了。

细细的在发芽的绿色和依然干枯的枯黄中，看到了远志的身影，尚还纤弱。它的根其实很粗壮。比起它们的地表部分，更加诱人。

小榆树也夹生在荒坡上，它们还小，比金丝草还纤细，很难想象，它们将来会长成参天大树，可事实就是这样。我总觉得它们长得过于琐碎了。另一种长不大的叶子跟刺槐近似的多年生草本植物，却很肥壮，村里放羊人叫它梓树槐（紫穗槐），它们越来越显然，而榆树被淹没了。

我又将昨天看到的植物重复复查了一遍，没有发现新东西才放心。至于蒿族，颇令人头大，不能与它们一一相认。

在树墙的基部暗无天日的地方，发现了萝藦的影子，它们虽然还没长出苗来，但能看到萝藦的裂开的角尖果实。里面的棉花一样的绒毛也没有散尽。

*

四月二十二日阵雨天气，我去到桥头的时候发现被人锄草了。东边半段被收拾了一遍，地面上只有浅浅的爬山虎幼苗。其余杂草几乎全部割除。桥下堆了一大堆，被扯出来的巴天酸模翻着大片大片的叶子，像跳出了水的大草鱼裸露着肚皮。其他的植物也都奄奄一息，可能就是近一两天割掉的。在这段时间，我还来过几次，只是没有下来看它们。从桥头经过的时候，我总会在桥头站上一阵子，看看它们。万万没有想到这块"不毛之地"会遭到杀戮。原本以为我选择的这块实验地是不会有任何人光顾的。所以，我可以好好地观察它们一年。相反，水渠两岸是有人管理的。荒坡上的"杂草"

被割掉之后，那些爬山虎幼苗排列种植，株距一米左右。引水渠两边都种植上了爬山虎，和种植侧柏一样吧，为了吸收公路上蓬起的灰尘，保护水质。

*

四月下旬，下过两场雨。尽管桥头遭到了前所未有的破坏，我还是继续去。并且看到了猪毛菜，它们像松针一样，比松针显得还细小，用猪毛来形容它们真是太形象了。但是，它们长大之后，可不得了，就是鼎鼎有名的扎蓬棵。树墙的下面满地都是猪毛般的扎蓬棵。水渠里还有被风吹进去的扎蓬棵，一蓬一蓬，风一吹，它们就脱落，在地上翻滚，跟刺猬一样，周身都是刺。

我钻过树墙，到堤岸上去。水渠到树墙是一把椅子似的墙体结构。树墙垂直下去一米多高就是椅子的板凳部分，这里可以使河面加宽，不过，我想，密云水库开闸放水要漫到这一部分是很难了，汛期也不大可能。除非一些特殊的年份，出现罕见的降雨量，设计者显然也参考了北京雨量史，才会如此设计吧。

四月二十七日，我站在这个板凳上，仔细查看了树墙的外侧和堤岸水泥板砖部分。树墙的外侧有小垂柳，很小，和一株小蓬草一样，但有很多细枝分蘖出来，也有小香椿树、小桑树，它们都被阴着了，长不大。有一株较大的爬山虎垂下来，往水源的表面方向延伸。

斜坡堤岸上最突出的是两株巴天酸模，比起桥头上的那株，身材小一些，但主干部分已经长出，差不多有两尺高。一株斜长，一株长得很正。

我站着的地方有一枚干枯的蘑菇，质类似灵芝，肾形，和羊腰子差不多大，薄一些。长在一条水泥地狭缝中，缝里是一厘米宽的木条，它就是从木条上长出来的。干枯的体躯上有很多虫洞，我拔出蘑菇，里面有一些小虫爬出来。

整条堤岸上是干净的，没有什么植物。当然我是说桥头树墙外侧这一段。而桥头尚留有的矮小的不影响爬山虎长势的植物依然还在进行着自己的生命历程。立夏还不到，塘角菜已经显得有些老气了，没有多少叶子，只有它们的铲形果实挂满了小枝。斑种草蓝色小花不停地开下去，估计会跨过四月下旬，进入五月。棘豆没有被割除，它们矮小不碍事，果实一爪一爪的。没有开完的花也还在继续开着。车前长长的大棒在静静地发呆。穿龙薯蓣留在侧柏身上的干藤依然干枯着，它那三片叶似的果实，在它没有干之前，我们常常摘下来涂点口水套在鼻头上。

*

　　四月二十八日正午（十二点一刻），我过桥的时候，看到了桥头这边的水渠里有逆水而上迁徙的黑色蝌蚪。长长的队伍看不到尾。我赶紧到桥的另一侧，发现，蝌蚪的先遣部队才刚刚抵达这里，正被一棵掉在水渠里的扎蓬棵挡住去路，淤了黑黝黝的一大片。不过，大约三分钟之后，它们就找到了继续上游的道路。我晚上六点半钟从桃峪口水库下来的时候，迁徙的队伍断裂了，也刚好以桥为界。往上游去的还在继续，下游上来的到达桥下就不走了，有的甚至还回游。也是淤了一堆。它们整整迁徙了六个小时。如果以每秒钟十只计，这六个钟头里，往上游去的蝌蚪总数就至少有二十一万六千只，事实上，蝌蚪队伍的横截面一次性跨越远远大于十只。比起水渠里稀少的小鱼群而言，这支队伍已经足够壮观了。况且还不知道，这支队伍的后面还有多长。它们为什么要逆水而上呢？而不是顺着水往下迁徙？

　　五一这天在上苑和桃峪口水库，对F道周围进行了采集和踩点。五月二日去翠华山。深入山里十多里路。

　　五月三日中午，大坝的下面内侧，荒掉的内侧发现了野鸡。我进入松树林的时候听到它们的叫声，于是追赶过去，在大坝环形道的另一侧也有野鸡的叫声。那边是杏林，草比较多。这边是松树林和矮小的灌木丛林，坡地较陡峭，大坝的土还露在外面，我走着走着，嘣的一声，野鸡就从灌木中飞出，朝西边飞去。

　　有一种豆科植物，现在已经结出了细长的豆荚。起先，我以为是没有长大的洋槐。但是周围的洋槐现在才刚刚开花。它们就一定不是洋槐了。前一天，在翠华山上看到洋槐叶子类似的豆科植物，这种"槐树"结出的豆荚跟豌豆一样扁，一样大。整枝的叶子略微卷曲。长开之后，跟槐树叶子相似，也不卷了。放羊人说这是番泻。

　　令我兴奋的是发现了三株西洋耧斗花。其中一株花已经局部开完，结出了爪形的果实，有一株还正在开着，紫色耧斗花。我挖出一棵做标本，大拇指般粗壮的根，一尺来长。（《花卉圣经》上载有此株植，十七世纪的图）还有一种正在开花的小花溲疏，花似绣球，灌木。

　　挖到的野菜当中，有好几种，包括一种蕨类。

　　自从在桃峪口大坝杏林中听到野鸡的叫声，我常去的F道上能听到它们的叫声似乎一下子丰盛起来。山上的鸟叫声也似乎开始丰富起来，除了我能辨出的喜鹊、山雀、画眉、野鸡、鹄，还有其他分辨不出来的鸟叫。

　　五月四日下午二点一刻，蝌蚪又从水渠的另一侧下来，队伍刚刚过桥不远，这次的移动跟上次略有不同，是一堆一堆地挪动的。另一侧：桥头的堤岸上则有一只蟾蜍，附在桥下的水泥地砖上晒太阳，一动不动。小蝌蚪们却在对岸寻找它们的妈妈。不知道这一只是不是它们的妈妈？

　　有人在引水渠里放网，捞鱼。

　　栽种的黄色鸢尾已经开花。大坝上的还没有。苗才长出来不久。这边的黄色花植物并不多，开春之后首先是迎春，然后是连翘，然后就是有开黄花的蒿，四月下旬是黄刺玫，它一直会延续到五月中。紫色花也有好几种：紫花地丁、紫鸢尾、紫藤、泡桐（五月初凋谢——泡桐的花期是三月到五月初），紫槐花——上苑只看到过一次；诸葛菜——二月兰，有部分花是紫色。地黄的花也接近紫色。碧桃，部分樱花。蝟实、紫丁香、西洋耧斗花、三齿萼野豌豆、法桐有紫色球。黄色花：桃叶鸦葱、菊花、黄刺玫、黄杨木、苦荬菜、狗舌草。

　　五月三日，每棵月季上有一朵总是先开，一般来讲是朝东方向的。在水库上，发现水库铁路经过的内侧那边，有水。蓄了一些水，但不多。不知是不是因为前几天下雨的缘故。今天不但看见了野鸡，在杏林还发现了兔子。去年冬天，在收割后的大坝底下也看到了兔子。大坝底下的地播种了。有些小苗长了出来。

　　从怀柔沙峪口水库回来，看到一路上的绿油油的小麦，绿意盎然。看到它们我才从以前的传习中承授的一种感觉苏醒，北方的贫瘠和荒凉，干燥感只属于某个时候，而南方的潮湿也是如此。

　　一路上看到黄耆——小果黄耆、附地菜、苘麻、刺刺秧、点地梅。翠华山有小花溲疏和大花溲疏。

　　五月四日回来香堂，看到有一个苹果园用网封住了果园的上空，不知何故，苹果花已经谢了，接下来是开始长苹果的时候了，可能是防盗的，那些鸟们。

　　桃峪口的槐花五一这几天才开的，城南京郊的槐花已经开过了。秦城监狱路口的养蜂人在一个星期前就撤回滦平，它们回去采那边的苹果花和槐花。两地的花期稍微有一个时间差，整个差值可以使它们采到一种植物的早期花和中期花。后期基本上没有花粉，养蜂人会放弃。

路边的植物大都和桥头重复，从桥头过完马路，F 道的入口处，也就是公交站牌的亭子旁边，发现了萹蓄。另外在道路的中间发现一株商陆和几株萝藦幼苗。

上山直接到坝上的 F 道，是一条不规则的 S 形道路。水泥路部分宽五米二，总宽六米。东侧有白杨七十九棵，西侧四十三棵，胸围最大的有一百五十厘米，一百四十厘米左右的有三分之一以上。其中西侧有两株是裂皮的黑杨，当地人描述它们有二十多岁。另外见到商陆、三齿草、鸭跖草、半夏、木贼。

在桥头只用去少数时间，大部分时间在水库的周围平地和山体部分行走，也在其他地方走动。

引水渠往北，有一条林荫道，宽约四米，大约三百米的样子，通达水库上头。林荫道两旁种的都是白杨树。西边是杏树林，杏子已经有拇指大小，在这里第一次碰见承德过来的养蜂人；东边是山楂园，现在已经能看到小花苞了。我准备仔细看看这条道上的植物，以及大坝周围的植物。

山楂区别于山里红。看见藜、黑三棱、金鱼藻，长大会刺手，刚长出来，绿油油。另见酸枣、白毛杨。

黄刺玫花期在四月中下旬。

水库看到一株毛头鬼伞；在桥头，唯一一朵蘑菇到现在不知道叫什么。它的样子有点像一个肾，而表皮跟灵芝一样。它待在那的时间已经不短了，好沧桑的样子。我不知道它是死的还是活着的，但是枯着的。

F 道有一株商陆，刚生长出来，很苗壮。水库周围看到半夏、白头翁、野鸢尾、萝藦、魁蓟、驴欺口、继木、地胆头、豨莶，翠华山发现一种暗紫色的乳浆大戟，桃峪口水库有菜青色的。

泥胡菜现在开始开花了，粉紫色的球果状。铁路边上看见木贼、苍术、苍耳。上苑见到苇子、百合、梧桐、黄杨、海棠、小樱桃；香堂看到银杏、蝟实、紫叶李、法桐、鸡爪枫、瓦松、地榆、樱花、龙爪槐，还有金叶垂直白蜡，五月之后，下面部分的叶子和槐树的一样青，看不出是金色的了。枝干也由原来的金色慢慢缓青。在住处我开始关注槐树、连翘、玉兰、枸杞、沙地柏、马尾松、油松、榆树、白杨、杏林、苹果、桃、柿子树、狗舌草。

*

十三日去了翠华山，见辽东鼠李、大果榆、银粉背蕨、白蜡、牛耳草、独根草、杭子梢、雉隐天冬、石地钱、角茴香、黄花列当、紫穗槐、白首乌、棣棠、小叶白蜡。

在八大处西黄新村三天，发现有紫穗槐、枫杨。

十四日在八大处上山，没有发现新鲜的东西，地面低矮植物与桃花峪多重复，灌木、乔木为主。山路梯田一样，纵横交织。一山的荆条已经显露爪牙花苞。山上的槐花也还没有完全落尽。

下山时看到山南麓四处都是外地来的养蜂人。他们是奔着荆条花而来的。但荆条花至少还得半个月以后才开。山下槐花又基本上谢了。这二十来天是空档的。这家养蜂人一家三口，说他们来这个地方十多年了，几乎是每年都来的。现在花少，他们就采集蜂王浆。

茶花十月才开。上次养蜂人跟我说的有误？安徽黄山来的养蜂人说，他们十月回去采茶花粉。原来茶花的花期很长，从十月到第二年五月都有开，春季是盛放期。茶花粉这个说法有特殊强调，但我又不知道特殊在何处。

*

离开北京的这天早上，下了一场雪。到机场去的路上，白杨和田野上的雪霁还是有点恍惚感。一到大气层上空，阳光明媚，航线上的飞机多得有如过江之鲫。乌云只属于生活在这些云层之下的我们。

离开意味着对固有的松动，选择一种新的生活方式。我不知道即将来临的这一年我会怎样过。我选择回去，回到乡下，这并不是冲动。而是我渴望已久的清洗，尤其在我人世岁月的三十岁；那个在人生的这个年纪迷失在人生中途的人，在那片黑森林中迷失，开启的是天堂、地狱、炼狱之旅。梭罗在瓦尔登湖生活了两年，之后再也没有回去。而我此行，是想看清楚些什么，哪个才是真正的自己。

*

一月二十七日正月初二（汤错）这两天雨夹雪。年前下过雪。估计下过这次雪就要放晴了，也可能是本年度的最后一次雪。不知道。本地谚语说"清明断雪，谷雨断寒"。

*　　　　*　　　　*

春天在正北 a，我到处寻找菟丝子的"根"。想知道它是如何长　　菟丝子
出来的。即便是寄生植物，也会有自己长出来的方式，但是我没有找到。

今天我看到了它的果实。以前就看到了，今天是特意想看它的样子。成熟后的菟丝子果实有一个松松的钟罩形外壳罩着，下面是一个托底，里面便是透明的种子（透明层）。比较奇特的是，它是透明的，可以直接看到里面的"胚胎"，有点像是在看 X 光照片。胚胎里面蜷曲着一条已经发育好的幼嫩菟丝子，像地表上有些蕨菜幼苗那样蜷曲着。钟罩没有变黑之前，种子里面的幼苗是青色的，变黑之后是黄色的。

有的果实里是一粒种子，有的还有两粒、三粒。四粒的没有看到。成熟之后的菟丝子果实自动脱落。我想是这样，菟丝子肉质藤

苗干枯之后，它们结束寄生生活，然后掉落到地上。种子并没有和果实下面的托盘联系在一起，也就是说，底盘只是和钟罩扣在一起，底盘的正中是果柄，这是跟藤连在一块的，也是能量的输送线。在果实没有成熟之前，它一直会输送能量，保持钟罩和托盘的生命力。可是子房里的种籽的确没有和钟罩和托盘任何一者联系在一起。这种子难道是它独特的寄生方法？

种子的下端的一侧有一个微微突起的地方，打开种子薄薄的外皮时，里面立即就是一条"幼虫"，即那条已经发育好的菟丝子幼苗，它粗的那一段抵住的地方就是我们看到的突起的地方。菟丝子的花到现在也还有部分，鼓形，晶莹剔透，花瓣五。寄生在荆条花上的菟丝子到现在也还没有完全死去。葛藤上的那些基本上在一个月前就全黑死了。对我来说，菟丝子（China Dodder）依然还显得很神秘。

我们知道，藤泛指一切藤蔓植物，藤又是区别于草本和木本的一种喜欢旋覆生长和螺旋运动的复杂植物。从春头到夏季，何首乌可以从一根幼苗，长成蓬松蓬丛的一大堆，攀缘得也很高。葡萄和紫藤每年都在原有的基础上再生发出新枝来，为它们庞大的覆盖和延伸计划战斗，争取生存领地。它们看起来很复杂，而又井井有条。迄今为止，我们所能看到的藤蔓植物，往高处攀缘的可能性只有两种：左手性和右手性。同一种植物的生长特性还没有发现第二种可能性。我们看到菟丝子，蓬蓬丛丛一大堆，像棉花地一样覆盖了几个房间那么大的区域，但是它们都是逆时针往上攀缘的。它没有明显的叶子，看起来十分繁复地纠缠，沿着手性特征，我们却可以看清楚它的脉络。这或许是一种遗传，也可以是在它和地球、太阳和月亮共同达成的一种宇宙性关系。在太阳系的整个螺旋运动中找到的自己最合适的存在方式。它们的主干上长出来的枝条也各有自己的主见，或对生，或轮生，或簇生，它们就像一支一支我从来不曾聆听过的赋格曲在那奏响。我曾想，世界上如果有一本书能够像藤蔓一样繁复而又有极负责任的规律，那一定是一本美妙的著作。它由一粒种子（种子字）发芽、生长、分枝、覆盖，走向繁复、饱满，再开花，结出果实。直到秋天来临叶子掉落，显现出清朗的主干。它的各部分都在生长，不一定是均匀的，但至少是在各种主题上继续生长着。有些分枝难免遭遇不幸，但方向也依然明确，豁然留着盘旋过的断痕。它的冠平面看起来像海潮一样起伏不定，波动着纯粹的绿。花朵来临的时候又变成另外的姿色。而菟丝子这种寄生性藤蔓植物，离开大地之后的第一步就是断掉自己的根，所有的其他它所触及的植物都成了它的根，它不断地檗蘖，分化主题，空悬于其他植物之上。我们无法找到它来自哪里，最初的根在何处。各种主题相互寄生。往一个我们无法预测的复杂程度发展。藤蔓植物内在所具的这个方程式至今我们还无法构拟。每每看到这些藤蔓植物复杂地缠绕、盘旋，就像看到天体的运行，令人着迷。你会惊讶于藤对细节的处理和主题的分配在某些方面已经完全超过人的智慧，至少是文字和符号之下的文本。藤的一生也可以看作时间的孳乳、嬗递和自我类构的瞬间发生和完成。寄生也是独特的，菟丝子寄生树木，女萝寄生菟丝子。所以，藤是一种既繁复又有理由简洁的文本。在文本和修辞意义上，它是藤蔓植物肢体的歧义织体。河流在球面上的意义在于它总是流向一个感觉是大海的地方，但是也可以反过来理解，大海也总是通过河流把水输送到大海以外的地方。本质上是一个球体，是曲线和旋转运动的结合。

*　　　*　　　*

"汤错语中的柳树［liou^{53}dou^{13}］实指'枫杨'。这种叫法最初尚不知起源于何时何地。"（谢）枫杨本是胡桃科枫杨属植物，叫柳树总还是很别扭，这种别扭当然是我接受了书本上昭示柳树之后产生的不快。但是胡桃科中也还有称柳的，比如青钱柳。汤错植物中跟它是近亲的还有核桃。马尾河两岸有自然生长的密度很大的参天

枫杨的迁徙路线

枫杨，两三个人才能合抱得住一棵。靠近树冠的位置有喜鹊窠。自二十世纪九十年代后期开始，这个村庄的阿鹏子［a³³ɕie¹¹lai¹¹］[1]便绝迹了。同时绝迹的还有麻雀。但蓑衣鸟[2]又回来了。谢秉勋说："过完年不久，蓑衣鸟就来了。它们是从山上下来的。"越城岭山脉鸟类结构的显著变构也是村民自己在思考的问题，包括一些植物在内，比如油椤木和野茼蒿，油椤木在一九六〇年饥馑年代被茹光了，导致现在绝迹，而野茼蒿则是从南大陆往北蔓延时路过或说越境至此而昌盛的。阿鹏子和麻雀的灭绝在他们大多数人看来，是因为茹了田里被农药杀死的虫子。汤错的柳树在大炼钢铁时被一砍而光，近三十年来的新的一批柳树长得也很快，又快成规模了，村民有村约：凡河道两边的柳树不得私自砍伐。这个条约写成于一九八九年，虽然不早，但保护了柳树。关于枫杨这种高大的羽状复叶（有时是偶数有时是奇数）乔木的起源问题我还要补充一个重要观察：

> 最早我们不知道它们是从哪里来的，它们仅沿着河的两岸生长，任何一座山上根本没有它们的踪迹。而且，枫杨随着河流往下一直到洞庭湖都有。资源境内的资水源头各汊江上也似汤错这种情况，两岸长满枫杨。形成了很独特的一条条枫杨线。最初，它们的种子是跌落到河流顺水而下造成这一现象的呢，还是它们的种子逆着河流往源头地传播的呢？前面那种情况很容易，但是其他汊江上枫杨的存在便不大好解释。逆河而上，反而是更现实的，这样的话，它们是从下游倒着传播到各个源头上来的，也就是说，它们逆行而至汤错，河流是它们的道路。我们可以想象一下这种漫长的迁徙过程和方式：必须是一棵树一棵树地结籽、落地，然后不断地朝着两个方向拓展。步伐缓

---

① 喜鹊。
② 白鹭。

慢，必须以一年或者很多年才走一步（以一棵树落下种子的距离为一步），最终扩散到汉江上来。（李维）

这个问题的真实性还有待于进一步观察。枫杨是雌雄同体植物。这对于迁徙中的枫杨而言，是一个绝妙的繁殖方式。每年农历三月，枫杨的柔荑花序便出现在树枝上，这是雄花。这个时候枫杨的叶子尚未长出。雌花要等到新箭的枝头长出来之后才长出，它竖立向上，长长后下垂，开出细碎的胭脂红。而雄花的花粉经风一吹，就可向四周散布，位于枝头位置的雌花便接受了这份馈赠。总而言之，枫杨的雌雄同体和雄花与雌花的位置以及结构对它们的迁徙十分有利。汤错的 C 圈即一千米以上就看不到枫杨了。枫杨的木质和叶子有毒，木质不能修房子，也不适合汤错人对柴的要求。除非它故意荫蔽农田，是不会去动它的。枫杨容易长大，也容易中空，老枫杨的树身中的洞窟打常是"不祥之鸟"——人面鸮择作栖身的地方。在南方其他很多地方我发现也有将枫杨称之为柳的如鬼叶柳、鬼柳树、榉柳、鬼杨柳等。对这个发现我和谢秉勋都感到很兴奋。他认为枫杨可以作为汤错的象征植物，就好比一些国家和地区都有它们自己的象征植物那样。

*　　　*　　　*

汤错语中的植物分类概念是粗糙的，只有草和菜区别得特别明显，而不是统一地称为草本。比如猪吃的一定是菜［tai³³dze³¹］，而不是草。而牛羊马则一定是吃草的，这本来就不符合事实，平素大家这样说，也不觉得有什么天大的漏洞与不对劲，事实上，牛羊也去偷吃菜，扯常打进菜园，吃青菜、萝卜。羊也吃各种树叶，狗偶尔也吃草。菜和草在汤错仿佛两个大的系统。草的概念大抵是以荻、芒、丝草、狗尾草、狼尾草、莎草、稗草这类草本植物为基本标准，尤其以禾本科为主，跟它们长得类似的草就都是草类。就是说，他们不一定认为茜草、葎草是草。而菜的概念所属则介于草和树木之间。藤本植物则是很明显的，只有野生的硬质的藤本和菜蔬藤本之别，比如牛茄藤和丝瓜、瓠瓜之别。对乔木和灌木没有明显的区分。都以树木或柴统称之，并没有分类概念，只有日常涉及的植物命名。也可以看出，这是一门较为粗糙的地方语言。它能够命名的东西还是不够多的。但是某些地方山民对植物的分类能力是远远超出我预料的。对于一个村落或者部落而言，成员之间使用起来已经绰绰有余了。它有简约性和原始性。由于植物学对他们来说，除了药用植物之外，并不是着重去研究的一门学问，通过汤错语词，看得出，对于这门科学他们的涉足尚显粗俗和幼稚。

从对一些事物的命名可以看出汤错语的借鉴和形成。外来词已经越来越多。尽管发音上，外来词遵循汤错语的调子，但是声母和元音基本保持外来词原有的发音，比如，杜仲，汤错语发音跟普通话差不多。但是如果完整说"杜仲树"的时候，"树"字的发音则发汤错语本然的音：[dou^{213}]。树叶和其他植物的叶子都读叶翼[io^{33}ji^{11}]。（参卷二）

竹子有它本来的命名，念作 [tai^{33}lai]，近似"呆徕"。这个音保留了它原有的发音，zh 转化为 t 组。但是竹子是统称。细分的时候，又要回到外来词的借鉴上了。可以看出，对一个科属植物的细化是从周边语言中借鉴过来的。竹子中有油竹、箬竹又叫箭杆竹（即阔叶箬竹）、苦竹、皮竹，还有麻竹、南 [na^{13}] 竹——这是外来词。（参卷二）

地方命名有两个层面，一个是同一种事物，有地方上的叫法；另一个层面则是我们主要考察的，即不同语言中对同一事物的命名。这是一个语言学上的问题。它们的命名起源和本地关系也是我们考察的重点。如果按照植物学上的描述，绝大部分植物基本上都被发掘和归类了。但是地方性的起源则被清楚地过滤掉了。

狗尾巴草可能是个例外。事实上，汤错语中的狗尾巴草是指苏门白酒草或者小蓬草，幼苗时叫烟丝草，并非禾本科植物。大车前在汤错有两种，一种有绒毛，一种没有，叶子都似青蛙背部，所以叫作蝦蟆筋 [ga¹³ma³³tɕin³³]。

对鸟类和动物的命名稍微精准一些，因为，它们的种属相对植物少得多。不过，认识植物和动物的多少被当作此人知识面的宽和窄加以界定，认识得越多越是有文化的象征，这又说明植物知识仍然是当地人修养的一部分。

*　　*　　*

随着观察的深入我们发现，本地草药师对植物知识掌握得比较全面，但那个分类方法没有下衍到普通民众，尽管其仍然称不上植物学者，他们所重在药性研究。跟他们相比，我们仅仅是汤错的过路客。越想周详些，越有难以穷举的窘迫。作为汤错的象征群众，它们的形象作为一个整体，又与结晶群众息息相关。

在汤错，一般生产活动中，菜和草的划分具有实际意义，汤错话说猪菜，新方话说猪草。在一个家庭当中，猪由女主人管养，男主人大清早起来出去割草、管牛。农妇所要掌握的是"菜"和"草"的知识就是猪能不能吃。

谢秉勋母亲对猪菜的辨识几乎达到随心所欲的程度，她说这些都是从小就会的。我跟在她后面，走一圈下来，就有一背篓，够两条猪吃了。除了菜，还添加谷糠、米，或者红薯、萝蔔、南瓜、白瓜，随节令而定。前面我们提及过，猪不吃草，吃的是菜。尽管叫作菜，但又属于草本。这些菜的种类除了菜畬里种的，其他全部来自野生。从元秀的背篓里，我们认识了以下这些植物，它们都是猪菜：蒲公英、积雪草、附地菜、泽漆、碎米芥、荠菜、杠板归、紫云英、卷耳、猪殃殃、毛茛、通泉草、土大黄、马兰、剪刀股、鼠麹草、酸模、野豌豆、石胡荽、蚊母草、刺儿菜、大刺儿菜、苣荬菜、苦荬菜、苦苣菜、斑地锦、火炭母、三脉紫菀、泥胡菜、稻茬

猪草

393

菜、荞麦蔓、酢浆草、鲤旱莲、鱼鳞草、水芹、薤白、卷丹、半夏、三叶草、凹头苋、繁缕、鹅肠菜、山荷叶、红牛膝、马齿苋、商陆、龙胆、葛根、刺蓼、千里光、紫萍、石蒜、黄花、绶草、地菍、空心莲子草、藜、地黄连、鹅不食草、灰绿藜、蜂斗菜、堇菜、蕺菜、紫堇、车前、水葫芦、虎杖、巴天酸模，以及各种属的嫩植，肉质的不带异味的各种野菜都采来做猪菜。以上猪菜田野、山麓、水边常见，元秀以家周围为采集地段。土猪肉好吃，大概全赖其如此丰富的菜食吧。猪菜采集显然不需要专门的训练，但吃坏吃死的时候也偶有发生。元秀说："猪菜有点毒没关系，不能有大毒，其他的和到一起，它们可以自己解了。一年四季各种菜基本都有毒，但又相互解毒，最后就变成没有毒了。猪能吃的人也能吃。"

她的这个看法，令人豁然开朗。我们所吃的各种菜蔬难道不也是这样吗？

＊　　　＊　　　＊

杜鹃花开　　在杜鹃花开的时候，山桃花和艳山红都不算什么，它让乱叠的青山顿生圣洁之感。艳山红尽管也是杜鹃花属的，但它太红太酽了，而杜鹃刚开始是白色带粉色，然后慢慢变成爽朗透润的淡紫色。汤错的高山上有一种开硕大白花的乔木杜鹃，每一朵有杯碗大小，颇令人惊叹，我们曾将其移植到汤错洞里，未能成功。这种杜鹃让人想起珙桐硕大而爽白的花朵。游川时，拜谒隐居峨眉半山的温浚源兄，在其读书处后山见得珙桐，当时正是开花季节，它们像一只只青白色的天使长尾天蚕蛾挂满树叶之间，异常修秀的尾翼拖曳在风中，有如御风仙子，煞是壮观。玉树临风，大概莫过于此了。这种美丽的天使之蛾，以松香为食；然而它们羽化成蝶后并没有进食的口器，它们才是真正"食气"的种族。在数天之内，它们需要寻找到它们的另一半，哪怕远在海角天涯，也要完成交配，产卵。在这种恬静的绝色之下，上苍还赐予其坚忍不拔的意志力。正因为这种拒绝进食的姿态，才使它的美惊世骇俗。我不禁想但凡世间尤物，难道不都是这样吗？

*　　　*　　　*

在北 a，看到一种莲蓬式的果，为多年生木质藤本，我以为是萝藦科植物，有毒，这是我第一感觉。问地方上的人，老人和小孩都说这是"凉粉"。夏天用来制作凉粉用的。我再问制作过程，说将其籽碾磨，然后需要加入冷饭，这和打凉粉的过程完全一样。问题在于，我所用的不是这种果子，而是栾树一样结出来的小灯笼果——假酸浆，果成熟后，颜色枯黄，薄薄的果皮下有很多小颗粒，将这些颗粒碾磨，加井水，冷却后就可以得到凉粉了，用腐婢打神仙豆腐一样。这里迷惑了我。因为我所用过的凉粉果比铎山的这种小得太多，株植形态差异过大，使我断然否认这是"凉粉"果。但是，的确，这硬是凉粉果，且不是萝藦科植物，而是桑科榕属植物。这种植物在屈原的作品中多处提到过。"若有人兮山之阿，被薜荔兮带女萝。"（《山鬼》），我所看到的凉粉就是薜荔。我读过不知多少遍的楚辞竟睹若罔闻。

薜荔不但可以做凉粉，还有许许多多的用途，山里人当然没有意识到，它们对山上的那么多的植物的"用"显得十分有限。薜荔又叫鬼馒头，恰当得呼之欲出。我当时叫不出这么形象的名字来。屈原是一位植物学家。他营造出来的天地之大美这些瑰丽的植物功不可没。薜荔这种植物种植在院墙上，其古典气质自然比爬山虎好过千百倍。"屈原言己居家，则以薜荔槫饰四壁，蕙草缚屋，乘船则以苏为楫棹，兰为旌旗，动以香洁自修饰也。"[1]

这次教训让我意识到，我自以为对植物有所了解，在大自然面前，我仍然十足地无知。我的经验不可以取代当地人的经验。我只

看见楚辞
中的植物
薜荔

---

[1]　参汉王逸《楚辞章句》。

能比较，而不能让已有经验浸入。地方性经验和写作伦理之间存在的扞格构成的不成熟和矛盾，或许正是写作本身的不满足。

对于植物而言，因为方言的复杂性，当地的植物当地人已经有了一套完整的形象称呼，今天，当我指着一株商陆问我阁楼对面的正在酿甜酒的农妇，她就告诉我那叫"丽参"。我不能因为说它们不被按照植物志上的学名来称呼就不是那种植物了。实际上，当地人的称呼符合的是他们的习惯。在他们的环境中，它们也是他们生活中从来没有缺失的部分。我以为我是对的，实际上我错了。当看到这样一种古老，但在楚国的方言中又是那么熟悉的植物时，我很激动。我碰到它的时候，和碰到屈原的诗句中的植物有何区别？和碰到屈原有何区别？他披挂在自己身上的植物就在眼前，我遇到了一种可以称作古老的东西。并且调动了记忆。另外，薜荔的普遍和平凡也令人惊讶。对于过去的幻想和华丽是语言虚构出来的。

植物而外，在对格言、黻天、鬼话的采集中，我也遇到地方性知识呈现的复杂交织。如果，我将我接触过的讲述者中都以他们的方式记录下来他们的讲述，这本书的篇幅要拓展好几倍。纯粹以语言流传的黻天，其变体具有随意编纂性质，而植物不一样，它是实物。仅仅只是名称有别。一个黻天的稳定形式是它的结构。再造它们的时候，也是追求它们凸显那个隐含着的口语背后的结构。我始终害怕的是我之固有经验，这种经验在我记录和写作中已经成为很坏的习惯。讲述者在很短的时间里可以讲完他的黻天，但是文字的速度是缓慢的。在我的记忆中——后置书写——也只有轮廓和深沉程式。比如"牛龄的判断"，我反反复复写了五六遍，因为每次得到的信息不一样。有的说牛生下来是八颗牙齿。他说得没错，他是以为我理解牛才这样说的，实质上，他说的是牛生下来时有八颗门牙。又有说，每年换一对，那么八颗换下来需要四年。事实上，牛的上颌没有门牙，只有下颌有八颗门牙，等等。这样的"未完成表达"时刻遇到，他们表达的是经验的局部。但是我之经验又不能补充他们尚未表述出来的那一部分。能找到对象的就去考察对象本身——这和他们表达出来是有区别的。我看是我看。而他们的表达才是主要的，只有他们的表达才能构成地方性经验。在写作者中我的退场指的是地方性经验取代固有经验，但这仍然不可能是完全的。

三年后的笔记当中还有一节记录薜荔：一周前，去橘园的时候，看到薜荔。结出的果实还跟青木瓜一样。今天看到，有好几枚已经熟了。变成了深紫色。还有一些正在变紫。从果子的底部，自下而上。但是也看到从柄部开始的。不过，最早变色的是底部的"肚脐"处。

这跟它的结果有些关系吧。我摘下一枚青果，也摘下一枚成熟的。

柄部拗断处，马上涌出白浆，黏手，黏力不小。含胶的成分这说明。里面的果肉是松弛得跟海绵一样。撕开的时候，尚可看到部分呈颗粒状的白浆，显然是因为撕裂引起的。最里面空心，壁上布满淡紫色细小的颗粒，十分均匀。底部靠近肚脐处，是白色的蕊，还在发芽中。这是青果的状况。

成熟的果子，区别在于，果肉开始变"坏"，变色，内壁淡紫变成紫色，有点黑。蕊发芽得更全面了，好像要全部长满整个空心。

从我收集到的资料来看，最后，这枚果子会裂开，里面全是绒毛。我想，就是那些蕊发展起来的结果。

乌桕红了一部分。冠顶上的叶子没有红。

蚂蚱飞行落地时翅膀没有马上合上的话可以看到一个粉色圆形花纹。跟地毯上的有些图式差不多。这美丽的花饰不容易看见，因为它飞行得总是很稳当，翅膀也收得快，但是有人出现的时候，惊扰了它，蚂蚱就很容易摔跟头，甚至连滚带爬。它那笨拙而又警惕的样子惹人怜爱。

从双子座水库回来的路上，从草丛中爬出来一只蚂蚱。一辆面包车经过，当即碾碎，成为一堆乱泥。此时，它的意识还在吗？

不，此时，我觉得它并没有了意识，也没有了灵魂，只有一堆秩序混乱了的物质。

自然界的一切都由物质构成。每一物质都是有生命的。无机物也是一种生命形式。我们的分类是有问题的。而且那仅仅只是化学的分类。它不能扩大到理解宇宙的方式上来。

我们探讨的灵魂或许根本就不存在。所有我们称之为生命的东西都是成熟的物质秩序。这种秩序被破坏之后，便成为秩序的剩余结构——支离破碎的秩序。它改变成另一种存在方式。我们所说的无机物一旦组成有秩序的成熟结构，也会成为生命——我们所说的生命。

*　　*　　*

癞蛤蟆雪　　四月，汤错天气就不错了，有青蛙产卵。它们产的卵当年变成蝌蚪，可是要长出脚来还要等到明年去了。蟾蜍在冬天或者初春的时候下卵，蟾蜍下卵后马上要下雪。十二月或者正月里，天动南风，萤火虫也出来活动，这样的天气，蟾蜍出来产卵。接着便有雪下。雪对蟾蜍的卵孵化有所帮助吗？这个问题令人着迷。过了蟾蜍之后下雪，汤错叫癞蛤蟆雪，癞蛤蟆雪之后，就不再下雪了。癞蛤蟆过两冲，开始一趟数量较多。

另有雪蝦蟆，二月份过，雪蝦蟆过后就不再下雪了。雪蝦蟆比黄蛙稍小。

石板蟆的产卵情况没有观察到，只看到景饭从高山捉回两只，舍不得吃。他们家屋后的山脚下那点石壁下，山上下来一杆（形容水不多，只有供一杆笕）小水，滋滋地流入下面大片的水田，是井水。灌溉不靠它。也很少人去。他把两只石板蟆放到那里。下了不少蛋卵。第二年，长出很多小石板蟆来。一条三棱公发现了小石板蟆，守在那里，见一只吃一只。景饭的妻子看到了蛇，回去跟景饭说。景饭去看，果真是这样。他一气之下，将三棱公抓住，带回去，皮没剥就炖吃了，有一斤多。

农历八月二十几过黄蛙。有时候晚一点，一般要到霜降以后，下过大雨了，黄蛙出来，产卵。接下来天气也会变好。大雨之后，黄蛙在水田里产卵。如果没有雨水，它们就要选择别的地方去产卵了。

蛙类离不开水，产卵和孵化都要借助于水，所以，它们对气候有很好地把握吧。蟾蜍之所以选择南风天出来产卵，然后判断到雪水要来，最终目的也是借助水。我想是这样。它们可是很精明了。一点也不笨。农民种植农作物要判断气候、节气，而蛙类，每种蛙选择的产卵时间不同，似乎显得紊乱，其实它们——这种在地球上生活得比人类还久的动物，自然也知道如何借助于太阳的恩赐。

＊　　　＊　　　＊

有一种比茅栗大，比板栗小的果实本地叫作［ze¹³li³¹］。且籽实一个果球只有一粒子，像子弹头一样的圆锥形。而板栗、茅栗则是两籽或多籽。果肉味道也略有不同。我们除了对这种果实感兴趣外，对这个发音低沉的名字也十分好奇，它是一个很老的字眼：栭柫／栭栗。栭柫

栭［ze¹³］，《尔雅·释木》柫，栭。《郭注》似槲樕，庳小，子如细栗，江东呼栭栗。又芝属。①

"柫"，在《诗经》中读［li］。《诗经·大雅》其灌其柫。《传》木行生者为柫。本地认为是栎［liɑ¹³］或枥［liɑ¹³］，今槲栎一属的植物，青冈栎也作栎，壳斗科的很多种植物都叫栎、枥。宋程大昌《演繁露·栭栗》："吾乡有小栗丛生，其外蓬中实，皆与栗同，但具体而微耳，故名栭栗。"《广韵》柫，栭。江东呼栭栗，楚呼茅栗。陆玑《尔雅疏》叶如榆木，理坚韧而赤，可为车辕。程大昌说的

---

① 《礼·内则》芝栭菱椇。《郑注》人君燕食所加庶羞也。《疏》无华而实者名栭，芝属也。芝栭一物。亦作檽。《本草别录》木生者为檽，地生者为菌。可见，栭栗用以称呼多种植物果实。

"小栗丛生"呼之的栭栗，在汤错指茅栗，而栭栗的成熟株植比茅栗高大，但又比板栗低矮。

栭和栵指同一种植物，栭栗是俗称。在汤错将果实称作［li］，树木作［lia］。栭栗（栭栵）与板栗、茅栗同为栗，大小有别，是三种不同的植物。

＊　　＊　　＊

香椿和臭椿

水库北边菜园，也是山坡上，周山山脚下，有两株挨得很近的香椿。东边的一株果实大部炸裂，自行掉落在草丛中。叶子也剩下不多了。而另一株却还茂盛，叶子和果实都还青着。同样的树，成熟时间为什么相差这么大？先成熟的这株，还靠着一条现在已经干涸的小水沟。

香椿的果荚都是倒生。裂开的部分朝天。在青色的时候，它们是朝下的。但是成熟后，慢慢地向上翘起了。这种行为可以吸收更多日光，这和它的顶端部分炸裂开来很有些关系。在地上捡到的干果，呈莲花盛开状，五瓣，中间是很大的一粒果核，我以为这是种子，但是切开看，只是木芯，不像是种子。这么看来，在炸裂开的时候，种子已经从果核里弹出去了。

炸裂开后看起来是椭圆形的果实，偏长。

补：香椿的种子在炸裂的时候的确飞出去了。我剥开青色香椿果实，看到了带有单片翅的种子，扁的。五个子囊里面有零到三片不等的籽。一般正常的果实，一个子囊两粒，一粒香椿籽共有五个子囊，为十粒。

青草堂上书房有一株臭椿，我的邻居说臭椿为王，要种就种臭椿，不知何故，我家这棵是从石头缝里自己长大的，几年下来就成材了。乍看之下臭椿与香椿极似，但它们气味不同，且臭椿为奇数羽状复叶，翅果；香椿为偶数羽状复叶，蒴果。

$$* \qquad * \qquad *$$

荆条花淡蓝色，在五月份的八大处已经看到大片大片的开了的，现在在铎山也还看得到。北方的荆条花已经枯萎。这边的还在开着。

荆条花看起来和醉鱼草相似，一簇簇地开着。开得这么繁密的花其实不好细看。但是今天我细看的时候，才发现它那么美。

花呈五角形，奇特的是其中一瓣比其他四瓣大出很多，单独伸出来，整个花的形状与"觞"极为相似，那个长长的嘴就是那伸出来的一瓣。这种结构引起我的好奇。为什么会长成这般模样？在旁边的枝条上，还有没有完全展开的花苞，原来，这一瓣是覆盖着整个花苞的，当它展开时，花才算是开放。自然，它也就比其他的花瓣大很多。

荆条花可能是在中午和下午开放的。

荆条花的果实上端平整，像一个陀螺，质地比较坚硬。成熟后变成褐色，接近一种土的颜色。

扶桑花大而薄，色泽与展翅后的蚂蚱内翅的颜色很像，优雅而清爽，没有芍药那么妖娆，但多了一分清雅，尤以重瓣最惹人怜爱。

$$* \qquad * \qquad *$$

为了确定自己的线路我绘制了一幅地图。分成三圈。第一圈，汤错最近的几个大队，主要是围绕着 a 河、b 河、c 河的居民片区和大队。第二圈是这个圈之外的大队居民。第三圈是和地踏村里接壤的大队和片区。研究重点为汤错语方言区和湘方言区，其中又以前者为主。

地图上三条河形成 Y 字形。汇合之后的河是 a 河，为主要段。太阳是从 Y 字的叉口升起的，所以这是东方，a 河消逝的地方为西方。北边的支系河为 b 河，南边的为 c 河。

我居住在 b 河和 a 河之间的这片陆地，为山区和丘陵地带。我

- 荆条花（右侧标注）
- 分治花期地形（右侧标注）

居住在后龙山上，可以俯瞰三河及其辖区。

三个圈的划分在地图上最后是抽象的，形成一个三圈的很规则的三重圆。

以下是第一圈的形状：

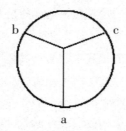

我出发的地点一般是北边这块陆地。

我的行走也大都局限于村子所辖地区。因为，在这南方的村子里走上一百步也是很困难的。植物茂盛，要认识它们需要足够的耐心。或许不是耐心的问题。而是面对一块如此丰饶的土地，自然而然驻足不前。在观察植物的那段时间里，走上一公里就是很幸福的事情。无比地幸福。因为不需要走得太远。

通过铜座地图，我的植物观察分区进行，先是三河两岸，然后是 a 区，再是 c 区和 b 区。最后是第一圈之外的两圈，以东方山脉为主，那是越城岭山脉的主峰之一。是这一带的视觉最高点。无论你行走在村子里的哪个位置，都无法回避的一个视觉高峰。

这方案给我定下一个基本行走秩序。

通过一个地图，而确定可以有限穷尽的有效成分。没有这个地图，铜座的写作内容将导向漫无边际。

我的调查是可以到每一户人家的。这也完全可以做得到。铜座的对象明确之后，我就是收集第一手资料了。

自然史这部分，难度很大，现在我掌握的资料来看，还不足以写成这一卷。感性的和观察的不够。

植物的声音很少，只在特殊的时候，比如破土、果实炸裂、掉落、风吹等。这些音符零碎而简洁。一生中或许也就那么一次。

＊　　　＊　　　＊

牛塘坪有一棵碧櫚［tɕyo³¹］仔，长在山包上。树干秃伞状，枝叶不多，两庹①尚不能合围，皮色暗红。我问牛塘里的老人，这棵树是否还结果，老人说，不结了。这棵树是否还在长？老人说，自他出生以来，它就是这么大了。但他说，这棵碧櫚仔还在开花：开花早，这一年生病的人就少；开花晚，生病的人就多。对于这种说法的来源我很感兴趣。他说这是村子里流传下来的。是他们与这棵树长期相处和观察所得。所以，我也没有断然否定他们。因为，他说到了"开花"，这意味着他说的是气候、太阳、时间这些词的代名词。任何植物都不随意开花。天气的阴晴，雷雨电，积温，太阳黑子，这些对植物构成的影响在人也是一样的。所以，这个说法并非没有道理。在有关节气的农谚中也有这样的说法："春分有雨病人稀。"在所有的农谚中，这是较为特殊的一句。它表达的意思却和碧櫚仔的开花早晚是同一意义上的。另外，粗石水口山有一棵知道米价贵贱的树，当地人叫它"米谷贵"，也是一棵有年纪的碧櫚仔，它和所有其他的树以及它的同种属都表示了另外的特性，它要到立夏节前后几天，用几个夜晚骤然把叶子长出来。每年开花的朝向不同，朝南的一边先开，或者朝北的一边先开，是每年都不同的，据此，粗石人认为这和他们的收成有关。我想，解释可以和牛塘坪的那株一样。

汤错说的这种碧櫚仔，就是椑柿，书载这种果是唯一的一种内外红色统一的果实。椑柿与汤错普遍种植的牛心柿同种，果实通常只有柿子的二分之一大小。还有一种他们称作"丁香仔"的小乔木也是柿子科属的，学名叫君迁子，北方人叫黑枣。椑柿和君迁子通过嫁接都可以变成柿子。粗石这棵椑柿位于 B 圈的下沿。A 圈的最

米谷贵

---

① 读［phai⁵¹］，双手展开的长度。

403

外缘了。这棵树是一棵二叉枝型的树，处于茂盛而高大的红豆杉和枫香林的边缘。前些年我去看过两次，第一次没有长叶，第二次去的时候已经长出。树的两枝，有一枝先长叶。长得差不多了，另一半再长叶。如果这棵树上的两个部分同时长出枝条，粗石人就认为这一年的年份会比较好。但是，最主要的，过去的粗石人还是用它来判断谷子和米的价钱，所以叫作米谷贵。这两棵树现在还待在它们原来的位置，我重走去看望它们的时候，人们对它的这种认识也还在延续，随着时间的推进，它们的影响力到今天仍在扩散，乃至众所皆知。并且，通过当地人和老人的口说出来，已将其神奇化了。他们对我把"丁香仔"叫作"君迁子"、"米谷贵"就是"椑柿"，一笑了之，甚至不屑一顾，我知道我撼动不了这一切。而这个"椑"字则异常古老，他们读作"碧"的这个字实际上是椑的音转。另外，李维资料中提到南北之说，而不是东西之说，这个是可以深究下去的。我想，这和越城岭山脉对气流的阻碍有直接关系。椑柿和柿虽然同科属，但是两种植物，前者果实稍小表层多油，后者爽净，未成熟时有一个独特而共同的口感：□［tɕia³¹］，或秘□。用来表示这种涩味，令舌头发僵，发硬，但不是涩这个字。［tɕia³¹］字无考，诂作齢，古作辛味苦味；存其音，以俟高明。

补：应作赛。《集韵》九件切，音塞。所以书作秘赛，吃了之后第一反应又形容为：轧［ka³³］口。①因赛或别的食物（或语言）不适进而引起恶心而难受说痈［na¹³］，新方话说疲②。呕吐说殼［xuə³³］。

如果吃了某种东西舌头粗糙，感觉起了瓕（粒子），或肉不细腻叫拉絑［sə³³/sai³¹］。如果是东西或食物沤坏了，吃起来有仓储气说

---

① 赛，《集韵》九件切，音塞。本作讝。吃也。或作噻赛讝讟。《方言》讝极，吃也。楚语也。或谓之轧，或谓之涩。郭注语涩难也。

② 疲［fen⁵⁵］，没有呕出来之前，心里作恶。《扬子·方言》疲，恶也。南楚凡人残骂谓之钳，又谓之疲，痴騃也。《集韵》方愿切，音贩。义同。又芳反切，反上声。心恶吐疾也。

嘏［xa^{33}］① 啮，嘏啮就是喉咙被齉起来了，也说成齁齁［au^{13}］。

*　　*　　*

种烟叶的老人

一棵茂盛的籽和叶还没有落的盐肤木，我想在它身上看到五倍子，但是我发现这一带的盐肤木都没有。菜地的老农跟我说话，说这树没什么用，木头松泡，只能做柴烧，要不是这两年这田荒掉了早被砍了，你看它长得那么疯，把地阴着了。他在挖芋头，芋头苗长得人一般高，挖出来的芋头却很小，二三两一个。这种芋头是可以长好几斤一个的，但是这块地不胀，红薯和烟叶长得倒好。小山沟里一块不大的红薯地，可以挖一千多斤红薯，土质好得令人艳羡。为什么芋头偏偏长不好了呢？我想，芋头从地里吸收的有机物和红薯等其他的果蔬不同，所以难以长好吧。光长苗——这说明这里土质不差，但是芋头长不大，说明这里的土壤中缺乏它需要的有机质。老人请我品尝他的烟叶。他拿出黄澄澄的烟丝，用小纸片卷成喇叭筒。烟劲很大。芋头的另一边种的是烟叶。现在也到肩膀这么高了。打霜之前，也要割回去，天气冷打坏了不能抽也没有油了。他跟我讲，烟叶是三四月种下去的，一年收两次。六七月份割一次，侧枝还会再长，现在又可以收一次了。我说，前几次，我来看到花的，好看。现在为何都不见了。掐掉了，他说，不掐掉，老往上长，叶子不熟。在那棵盐肤木下面，看到一只多恩乌蜢，伏在叶子上不动，性情温和。我捉住它，两条后腿先后失去，好像是自动断掉，懒洋洋地滚身掉下灌木丛林中去了。另外，看到三只灰色小罩鸡（蚱蜢）伏在一片起着泡点的盐肤木叶子上。可以用“一个家庭”来形容它们之间的关系，大中小三只，雄性罩鸡无后腿，雌性罩鸡只有一只后腿，这只后腿还是瘸着的，缺了锯齿状后两肢节。那只最下的，一对后腿虽还在，但是都没有蹼足肢节了。已经不怎么动弹了。

① 啮，咽喉也，见扬雄《太玄经》。汤错喉咙又说咽咙［$ɜ^{13}naŋ^{13}$］，咽，音鹅，揭阳话也有此读法。

$$* \qquad * \qquad *$$

离去的黄蜂　　　　周山腰间的地里，有几棵椿树，我远远地看到上面有一个很大很大黑乎乎的东西，这不是蚂蚁王朝就是蜂王朝的地盘。在树上如此大规模结巢的动物，一般只有黑蚂蚁和野蜂。蚂蚁虽然不能飞舞，但是数量和攻击性十分惊人，它们筑巢的巧妙毫不逊色于蜂家族。

　　走上去，才看清楚是一个黄蜂窝，没有发现黄蜂。我先用手击打椿树，只有椿树籽的翅片斜向飞去，没有蜂的动静，我再用脚踢了几下，仍没有动静，最后，我用相机拍下来，放大了看，才知道，这是废墟，是一座已经废弃了的王朝遗址。于是我想爬上去。

　　整个蜂巢有斗篷大小，倒钟状，也像一个莲蓬，这说明不是鬼头蜂了。鬼头蜂的巢啤酒桶似的，上下封闭，只有一个小小的供出入的小孔。

　　蜂巢衔接在中间一棵椿树的旁枝上，枝条手腕粗细，却在最上面，十多米高，我想爬上去看个究竟。褪下鞋袜，相机也带上，但是爬到一半，体力不支，滑了下来。

　　黄蜂已经跑光了，不知何故。可能这是一个很多年了的蜂巢。在树下的荆棘丛中，可以清楚地看到底盘上的圈饼，很多圈饼不断的垒叠着。最下一个比较小，倒数第二个和最大的差不多，这是露在外面的两圈。其他的圈饼都被覆盖在那个斗篷形状的黑色壳下。

　　才立冬，黄蜂还没有冬眠吧，这里一只也没有。我多么想看到它们，却看不到。我已经很多年没有看到这么雄伟壮观的蜂巢了。黄蜂丢弃的蜂巢来年一般是不会再要了的。我想把它砍下来扛回去，但办不到了。

$$* \qquad * \qquad *$$

鬼头蜂窠　　　　在汤错经常见到的野蜂有鬼头蜂、土地蜂，都属于虎头蜂类，中华马蜂、陆马蜂，都属于胡蜂。鬼头蜂是汤错人的叫法，如黄腰虎头蜂、黑尾虎头蜂、黄脚虎头蜂。汤错还有一种米豆一样的小黑蜂——很可能是中华马蜂。但似乎还要小。

这次，我主要想看看山麓下畬边的一棵香椿树上的鬼头蜂蜂窠。

我借来将匍匐爬升的力量转化为直接蹬踏上升的力量的工具——脚踏板和安全带，绳子系在腰带上，另一头系着柴刀。

我确信那窠已经没有蜂居住了，可是今天去的时候，看到香椿树周围不时有鬼头蜂的身影，它们在树干上爬上爬下，遇到树脂凝结的地方又停下来不动。我不得不昂起头来仰望十几米高处的蜂窠，到底有没有蜂？如果有，现在这个季节，正是蜂狂的时候，上去岂不送死！我坐在树下悬钩子荆棘丛里，看了很久。又踢了踢树，除了香椿籽的翅飞泻下来，的确不见动静。我做好了将脸和头部护好并且从树下一溜而下的打算，万一有蜂就撤。没有就将蜂窠砍下来。爬到一半的时候，我确信，没有蜂。于是很快就到了蜂窠身边。

蜂窠有笠脑（斗笠）大小，最大圈直径十三四寸，高也差不多是这个数，露出来的能看见的有四层，朝西的一面不知何故，窠皮剥露，残缺了一些，直接可以看到里面掩盖的两层，东面部分完好无损，直接覆盖到最下一瓢。蜂窠下沿呈不规则状，显然还要继续修建的。最下面还有一个蒂朵，仅七孔，还没有来得及扩散建筑。圈饼厚一指多一点，圈饼与圈饼之间的空当也是一指多一点，圈饼边缘部分的蜂室比里层的逐渐变浅，像向日葵的轮盘，蜂室口都微微向外倾，放射状的。圈饼表面封口还留有花花白白的纸质，可能是最后一批幼蜂羽化之后咬破封口留下的，蜂窠和圈饼呈干牛粪色，圈饼上一瓢雪花白，在色彩上形成强烈的视觉落差。整个蜂窠有一根中央梁柱，从蜂窠的最顶尖一直垂到最下一个着力点，它比其他柱子粗很多，圈饼间有几十根梁柱，看起来凌乱不堪，可是，无论从哪个方向望去，总可以望个对穿，梁柱井然有序，像一个聚议大堂。梁柱承上启下，上面是蜂室孔，下面是圈饼顶部面。所有的蜂室呈正六边形，所以至少从六个方位上看过去，直线感都很强，也因此，那些从蜂室孔连接处衔接垂直下来的梁柱无论竖在什么地方，都是在这些直线的交叉点上，所以，会有以上看到的效果。这么几何的建筑好似经过精确计算的。任何一根梁柱不会影响一个蜂室的产卵、孵化和幼虫成长，梁柱的衔接处是从蜂室墙壁的交叉处延伸出来，再汇成一根梁柱的。在树冠上，如此接近鬼头蜂的巢穴，难免有些激动、兴奋。此时太阳在西边，徐徐之风吹过，整个蜂窠在我眼前，金字塔结构，窠皮很薄，金字塔顶部的质地硬朗，下面的略微薄脆，外部有斑纹，好像是用干燥的牛粪糊起来的，但更像石钟乳的年轮，凹凸不平，多层水立方似的气泡重叠，一个附着一个。这些气泡的作用我想既可以抵挡雨水浸洗和风寒，也可以在夏天的时候对蜂窠内保持恒温起到至关重要的作用。我取一块窠皮，点燃，焚香一样，烟雾很浓，但很快自动熄灭，即便在室内也是如此；窠皮置于水中，怎么晃荡也不下沉，甚至还不浸水，拉断之后，中间仍为干燥的灰白色。蜂窠上面三分之一是尖塔部分，尖塔内部由很多气泡、圆孔组成，但不是蜂室。这里的保暖是好的。冬天的时候蜂后会在这里过冬吗？

　　蜂窠系在一个枝条上，枝条横穿蜂窠的顶部，第一瓣圈饼是从枝条以下结起的。一条小香椿枝从蜂窠内长出，只有十来寸长，却开花结籽了，这根小枝被鬼头蜂封住，成为蜂窠内部结构的一部分，小枝今年结出的籽，也被鬼头蜂衔住，埋在窠皮的气泡中，露出炸裂后的五个果荚片尖尖。我不由得担心起来，这窝鬼头蜂难道前不久还在这里居住？要不是这样，今年开花结籽的香椿籽怎么被埋在蜂窠的气泡中？显然，蜂窠还没有封口，这不是鬼头蜂惯常的做法，明年是否会从头再来？至少，我已经觉得这窝鬼头蜂是今年才撤离的。但我已经将树枝砍下，系住两头，将蜂窠往下吊了。香椿树的气味和春天里的嫩叶一样淳厚、浓郁。

　　这几棵树的主人告诉我说，他看到蜂窠有三四年了，但是很奇怪的是，为什么没有将蜂巢修筑完毕就离开？或者是蜂后夭折了。

村里还有另外一窠鬼头蜂，现在还有蜂，我时常去看看它们。

看见鬼头蜂窠之后，我对其高超的建筑艺术佩服不已。这个王朝的覆灭也令我百思不得其解。它们到哪里去了？是完全灭了还是分家走了？那样一个大窝只有一个蜂王，可见这个女王的地位多么风光啊，但是具有像它那样繁殖力的女王坐上这个宝座也当是相称的。

*　　　*　　　*

一个冬天的下午，在一大窝粗叶悬钩子后，一道白色的水泥砌起来的石头墙体上看到一群陆马蜂，它们好像是刚出窝不久，从身上的颜色似乎可以印证，它们飞来飞去，不离开这面石墙。石墙在山脚，上下两块红薯地中间，因为塌方才砌上去的。一只马蜂停在那，另一只马蜂可以很快地从别的地方飞过来，压在同伴的身上，有时候是连续几只接踵而至。这样的事情不是一次发生，而是很多次，在这面墙体上，处处可见，它们依靠气味还是光线选择飞行？它们像是在嬉戏。一只压住另一只以后，被压住的一只往往会飞走。它们是在晒太阳吧，今冬的天气好，太阳每天都照耀在村子的上空。当然，这只是猜测，反正不大搞得懂它们为什么喜欢选择有石头的地方玩。在碰泥水库抽水泵房，我见过更多的马蜂在周围绕。它们有时候停在石头上，有时候在黄土上，好像在用口器舔什么东西。它们好像不单单是在这里晒太阳。但我又看不出它们有什么特别的目的，如果是在黏土，那么该飞走到一个固定的地方才对，它们又没有这样做。我走到墙的顶部，看到了体态较大的蜂王，比一般的马蜂粗一倍以上。我走上来时，它已经被惊觉，从我头顶飞过，虎虎生风，等我捂脸，转身，它已经落入灌丛，再也找不到。剩下的马蜂继续晒太阳，它们飞行时几乎没有我能听得到的声音，无声无息的。在放大镜下，它们的身体油光发亮，我靠近它们时，它们也没有马上就飞走，待着不动，身体上唯一动的是一对后足，它停在那里的时候后足最后两肢节频繁地上下晃。我后退两步，伸出手掌，五指张开，然后并拢，手指头的阴影对着它上下抠动，没有几下它就走了，但只是好像感觉到了不适，短距离地挪一下，继续跟踪抠，它就会烦躁，继续挪地方，再抠，它就火了，身体表现出剧烈的振动——我想那是愤怒，飞离异常快速。可见，光对它们来说是十分敏锐的。它们表现出来的愤怒让我惊讶。

　　我一直不知道冬天来临的时候，它们在哪里过冬。我问过很多的农夫，他们大多数说不知道，但也有个别的说在石头缝和泥土中过冬。冬天的时候，它们抛弃了自己的窝，那么它们又以何为食物？

　　我决定带些攀缘的家伙去周山，在白霜到来之前，把椿树上那个鬼头蜂窠砍下，扛回来，细细地看一下它的内部结构。马蜂是否也像弓背蚁一样有自己的牧场呢？对了，昨天，我去山上的时候，还看到槲叶上的蚜虫群，只是蚂蚁几乎不见了，有一个闪了一下，后来也没再看见，它已经很肥，因为它的尾部呈现透亮的蜜露的透明色了，鼓朗朗的。没有蚂蚁管理的牧场一片萧条，蚜虫少了好多，槲叶子被吃掉很多了，蚜虫群在持续下移。还看到几只蚜虫尾巴上留着鼓出来的蜜露，没有蚂蚁来吃。

＊　　　＊　　　＊

凤尾竹　　丛生竹也叫凤尾竹，但又不是凤尾竹，学名车筒竹，簕竹的一种，喜欢长在河岸、村边。它和皮竹很像，但习性差别较大。丛生竹的每个竹节上都可以长出多根竹子，竹节上也长笋子，还带有榕树一样的根须，蓬生，竹节上长出的竹子小于主干，但根须部分膨胀得很大，像喜鹊窠。丛生竹粗大的直径达三到五寸。皮厚，质硬。很少用来做器物，一般吃笋子。是制作酸笋的主要食材。丛生竹的笋子在五六月长。由于丛生竹的这种特性，它的种植跟其他竹子有所区别。可以砍下竹节上的笋芽，或枝条，或者砍一截带根须的竹子，全部埋到地里即可。是竹节一起埋到地下，就可以长出竹子来。生命力顽强。丛生竹的竹笋在当地做成酸笋，成为不可或缺的美食。几乎什么肉类都可以用它，开汤则提鲜，炒则增香。

＊　　　＊　　　＊

山道边上长满蘼蓿。走上山道的时候，正在拍一块荒废的畲（旱地）茂盛的红透的辣蓼，还在开花的豨莶和一株果实变黄的颠茄，无意中看到路边一蔸灌木槲栎〔lia¹²re²〕的枝条上黑压压的，高才到膝盖。枝条是新长的，还在继续长的样子。趋近来看的时候才看到，原来是一些日本弓背蚁在放牧一群黑色的蚜虫。

很奇怪的是，这群蚜虫通体玄黑。肚子圆滚滚的，大得出奇。按照比例来算的话，头和肚子相比，超过蜘蛛的大肚子。蚜虫的形态比较接近一个电灯泡的造型。螺旋口或者卡口就是头部，肚子则是玻璃部分，可想而知，蚜虫的肚子有多么大了。这种黑色的蚜虫也是第一次见到。背部靠后的地方各长一个突起的圆点。

蚂蚁将蚜虫驱赶到槲栎三根枝条上，集结的蚜虫数量不等，中间的一枝最多，有上百来只。蚂蚁在队伍的后面、前面、中间不停地走动。但总是把它们驱赶在一起。蚜虫不怎么移动。只爬在树枝上，小范围内随便动一动，任由蚂蚁驱赶。但是蚂蚁并不忙碌着驱赶它们，而是用一对前足在蚜虫圆鼓鼓的肚子背部轻轻地抚摩，或许是抽打，蚜虫激烈地高频率地用后足回应或抵挡蚂蚁的拍打。然而，奇怪的，蚂蚁的拍打抚摩不到两秒钟，蚜虫的屁眼上就流出一滴水色的蜜露，蚂蚁一口吃掉，接着拍另一只。来来回回像一个巨人拿着鞭子不停地在蚜虫的身体上面走动，摄取食物。

我点燃一支香烟，放在顺风的一侧，烟朝树枝飘来，蚂蚁闻到烟立即掉落下去了。有的感觉逃下树枝去。只有蚜虫无动于衷，它们好像不怕烟熏。但是，我拿掉烟之后，蚂蚁马上又爬回来了。

我曾在书上看到过，蚂蚁家族中有的蚁种的确有豢养蚜虫的习惯。它们把蚜虫当成自己的天然奶场。有时候，蚂蚁也在自己的领地上圈养自己的牧场。一只七星瓢虫在叶子上，还没有接近蚜虫群，但是已经被它们阻击在那，围攻它。七星瓢虫的命运看来只有两种，一种是被蚂蚁咬死，吃掉；另一种则是被赶下叶子去。蚂蚁作为蚜虫的保护者，它们好像有权力在蚜虫身上捞取一点什么似的。蚜虫群当中的蚜虫大小不一，蚜虫的幼虫也在里面。而在更高的一片叶柄处，一只桑天牛划动着两条竹节般的硕大触角，虎视眈眈地盯着这一切。我看到蚂蚁连死去的蚜虫躯壳也不放过，它们把它拖到叶子上，嚼着，很快就能吃完。然后再回来工作。

* * *

打豆腐　　　　十一月，打豆腐。从豆荚中捶下黄豆，就可以打豆腐了。我跟着元秀学习怎样打豆腐。先将黄豆泡一个晚上，或者几个小时，泡软了，放到磨子上磨成浆，把这些浆放到鼎锅里煮开，放入大概十倍于豆浆的水。煮开之后，倒在纹路稀一点的白布上过滤，将豆腐渣过滤出来。过滤出来的豆浆倒入大桶，就可以点卤水了。卤水是石膏磨成的，五斤豆子一两石膏粉，五斤豆子也是一灶豆腐的量。从桶中舀出三斤左右过滤好的豆浆汁，把卤水全部倒入，做成"羊羊"，即娘娘，母卤水。羊羊形成棉絮状的豆腐花，将其搅拌碎，倾入大桶。这是一个关键环节。豆腐打老了，就是形成的豆腐很少，一桶豆浆不能全部变成豆腐，只是少数豆腐，其他的都变成了水。经验好的，卤水一点，一桶满满的豆腐就出来了。点好卤水之后，将其倒入铺好蚊帐纱布的木盒子中，倒满，三寸到四寸高，敷好，包住，上好盖子，用重物压住盖子。压干水为止。天气热，新鲜的豆腐不宜过夜。从水中浮起来的豆腐是变质发潲了的。冬天，可以放久一点，这也是豆腐有很多种变通的吃法的缘故。豆腐渣不要随便扔掉，可以做霉豆腐渣，先炒后开汤，是一道美味的菜。

*　　　　*　　　　*

今天是重阳节，指甲花差不多都萎了，对面邻居家在酿甜酒。酿甜酒
在她使用的饼药中提到了辣蓼草这种成分。在当地的饼药制作当中，
辣蓼草是最为主要的成分。汤错的酒曲也是。但是还有其他成分。
小时候，其他地方的酿酒师和酒曲制造师曾到汤错一带来采集制曲
用的药草。父亲喜欢喝酒，他们就被招进来到我们家住，我见过制
造酒曲和饼药。

这种方式据说非常古老，在晋代就有了。到现在也没有多大改
变。在南方，自己制造饼药是十分常见的事情。因为流行自家酿酒。

甜酒的蒸馏比米酒要简单。把糯米用生水泡一个晚上，第二天
起来就可以放在灶上蒸了。蒸一个时辰。然后放进坛子里，加进饼
药（形状似汤圆，一颗配二十五斤米）密封起来。快的话，几天之
后可以喝了。

甜酒可以放置多年。"五年为较长的了，那时候，甜酒会变成红
色。"邻居说。

邻居是爱花之人，屋前屋后竟也种了木槿、芙蓉、蜀葵、辛夷、
紫荆、南天竺、美人蕉、夹竹桃这些看起来并没有什么用的观赏植
物，而有些家庭一律只栽种枇杷、石榴、李、枣、桃、梨之属。

*　　　　*　　　　*

一只鸡跟了元秀一个上午。元秀觉得很奇怪，抱起来摸了下，鸡与时间
用食指伸进鸡屁眼，说蛋在里面已经硬了，要下了，却找不到地方。
如果是在家里，它知道到哪里下。但是现在到了铎山，却找不到地
方，所以跟着它的主人。元秀把它放进柴火房竹筐里。那些带来的
鸡听到元秀的声音后，也进窝睡觉。鸡的眼睑和人类的相反，上短
下长。眯眼的时候，眼睑由下往上合拢。鸡舍挖在地下，和灶膛有
相似之处，叫鸡灶。鸡在夜间是看不见的，人得这个病，和鸡差不

多，名鸡瞀眼［tɕi¹¹ma¹¹ieN²¹³］，俗写鸡麻眼，鸡瞀眼是一种视觉障碍病。瞀，《埤雅》莫卜切，音木。雀目夕昏，人有至夕昏不见物者，谓之雀瞀。在生活中我们发现了鸡和雀都有这个特性。在绘画中，我们看到鸟雀往往侧着眼睛看东西，因为它不能直视的原因。鸡看东西的时候，也往往举头侧目凝视。

前些年汤错得鸡瞀眼的人多。天黑鸡回笼那个时间，一下子就看不见了。又因为鸡在夜间盲视，也不爱弄出声响（和打鸣区别开）——"偷鸡"的技巧就此发展为一个专门的行窃品种，专营此道的就叫偷鸡贼，与偷牛、偷狗、弄子手这些类别区分开来。鸡瞀眼一到晚上就很痛苦，现在认为那是过去营养不足造成的，眼下基本上消失了。汤错人治疗鸡瞀眼用菊花、猪肝和锅落煴。锅落煴就是灶锅上的黑烟灰，一般用煮菜的锅上的，煮饭的好似不行，菜锅有油，吸收了柴烧的时候挥发出来的油脂，吃了就好。鸡所幸有鸡瞀眼，不然它熟眠时间则难以保障了。鸡和太阳之间达成了一种很特殊的时间知觉关系。所以，它对太阳的运行感知比人要灵敏。人类驯养鸡作为钟表来用，也是利用鸡的这个特性吧。

谢秉勋的阿嫲却说了另一种治疗鸡瞀眼的处方，她说治鸡瞀眼得等到春夏雷公打雷，第二晡地面上拉满了雷公的屎，将那屎采集回来，洗净，煮着吃了，就好了。那年夏天，我们等着打雷，然后等待天亮去寻找雷公拉的屎。平日毫无征兆的地皮草丛中果然有了雷公屎，这就是我们说的地藓。打雷过后，一夜之间铺满大地，惨绿惨绿的，难怪有人叫它鼻涕肉。雷公屎长相悲惨，却是一道口感极佳的美味。我们问谢秉勋阿嫲，为何雷公屎可以治疗鸡瞀眼，她说，它也晓得时间，不打雷不出来。

由我们对鸡的定义可以看出，鸡是时间之兽，《说文》"鸡，知时畜也"。因为鸡的这种时间性，使它在语言中流通的方式也变得更加诡异，有作为名词的鸡，也有作为动词和形容词的鸡。鸡首先是语言大师，在家禽当中，鸡比之牛马猪狗，它能发出更多音节来。

所以，它们显得既骄傲又好斗，《禽经》："鸥以贪顾，鸡以睥视。"这是说鸡走路的神态，也就是雄赳赳的样子。不过，大多数时候它们还是很绅士的。那些走街串巷的零碎客运用巴甫洛夫的理论把鸡训练成算命先生和魔术师。师公道士把鸡用于祭祀和掐算时辰。鸡用于祭祀，鸡身和鸡头、鸡血都具有不同的功能。汤错甲人，一个秋天在黄土包看到蛇窝，成堆的蛇在那里"蛇相互"①，吓得走了神，从此有点恍惚，乡谚说，看到蛇相互，不是脱皮就脱骨。找师公来驱邪，宰了一只鸡，鸡血洒在地上，鸡头留在那里，鸡身师公带走。那是一只鸡公。祭家心的时候，在鸡脖子上抹一刀。揾着鸡出血的脖子在家心上画一个潦草的"a"字形，再拔几根鸡毛黏在上面。在祭祀和各种红白喜事当中都用到鸡。生完孩子坐月子，需要茹鸡；给小孩做三朝酒，婆婆要送鸡。毛主席时代不允许这种"礼物"的流通，做婆婆的在天还没亮之前，从山上偷偷地给自己坐月子的女儿把鸡抱来。礼物当中的"鸡"是一个专门的属性，人类学家在研究礼物的时候除了区分这种经济顺差和逆差意义上的平衡关系，还应注意其文化习俗以及禁忌上的文化属性。山东人爱抽大鸡牌香烟，因为"鸡"谐音"吉"。在中国的文化当中，鸡实在是不简单的，我是说，单纯从语言的角度看它的流通就已经很复杂。

在人类的驯养史中，估计鸡属于最早的一类。理由是它和时间有关。这是最根本的。汤错仍然用鸡叫几遍来描述时间。甲人说他们家来了偷东西的时是这样说的：

> 我一灶鸡嫲和雏鸡②，正下脬俟。初十夜里，鸡叫二
> 到，贼牯子来了，在牛栏里走了走，故意夆③了两三下笐，

---

① 指蛇交媾。

② 鸡嫲，快要下蛋的母鸡；雏[liou¹³]鸡，雏鸡，俗作条鸡。灶指鸡灶，关在地下土灶中，故名一灶。

③ 夆[baŋ¹³]，轻触，撞击。章太炎《新方言·释言》："《说文》：'夆，牾也。逢，遇也。'今人谓相牾曰夆，相遇曰逢，皆音普用切。"

弄出响声，然后跍［ku¹³］到；有见响静，又跑到茅厕去，弄出响声，还有动静，开始往楼上爬去。我拉了一下灯泡。唔亮。死贼牯头，把厅电闸拔掉了。佗俹到俹到到火落里赴端鸟铳，取枪的时候喔嘟了一下。贼牯头兀边扳倒了过道里的一条二人凳，就在那一声响声里，佗扯脱门，闪身出来。因为声音是重叠的，俟有听到佗趋来，行到俟背地，用鸟铳对着俟，喊一杀。俟吓得魂弹起来，从楼上直接跳下了赴，再从屋前往水稻田里趄下赴，焱杆子走了。

这里，他用"鸡叫二到"来描述准确时间。鸡叫头到和二到之间大概是一个时辰，这是一个非常模糊的时间概念，但是，乡下人比较熟悉这种计时方式，在他们看来，这是很精确了的，这种精确是由模糊来界定的，因为他们熟悉这种模糊的边缘。鸡叫三遍，差不多就天亮了。冬天的时候，夜比较长，鸡会多叫次把两次，鸡反反复复地叫也不见天亮。鸡身上的这种生物钟规律如何形成的是我感兴趣的，显然——按照专家们的解释，一个是为了示威、反侵略；一个是为了求爱。这点用在鸡身上似说不过去。鸡是群居的。当然，白天放出来，骄傲的时候，鸡公们会相互斗殴，还会攻击人，还会像狗一样看家。我三伢伢家原来在竹山里养了一只很大的白鸡公，大人和小孩都很怕它，会逐人凶啄。我幼爆爆和大爆爆之间曾有过一个"爆爆"①，在他很小的时候就死在了窗台上，临死时，双手还死死地抓住窗格子；那个时候没有裤子穿，小鸡鸡被一只骄傲的鸡公啄了一口，吓得他跑到窗台上，不敢下来，后来竟然这样吓死了。骟过的鸡称作骟鸡，有一身柔软飘逸的长羽毛，它们是鸡中绅士。这完全是阉割的作用。一到天黑，鸡就不大看得见了，自己回笼，天黑之前，不喂它，它就再也不愿意出来茹东西。农妇总是在天黑之前喂鸡，并清点只数。现在汤错很多关鸡的土坑还都是地窖式的

---

① 爆爆［bau⁵¹］，这里指称伯父。

谓之鸡灶。《诗经·女曰鸡鸣》中塑造了一个理想而浪漫的二人世界，这其中就有鸡；钱锺书《管锥编》鸡鸣二则，一说"盖男女欢会，亦无端牵率鸡犬也"。一说警君。实则涉义极浅，情趣甚低。陶渊明说"鸡犬相闻"，实是老子"小国寡民"的理想再现。在叙述乌托邦理想的时候，仍然用鸡来打比方，这也可看作修辞学上的一大冒险。鸡在植物身上也流通，比如，鸡屎藤，茜草科鸡矢藤属，这种藤汤错叫狗屁藤〔kau¹³phi⁵¹daŋ¹³〕。它用来做发酵原材料，和煮熟的糯米掺在一起，打出来的"匏鼓"和"匏鼓粿粑"（两种糍粑，一方一圆），极香且甜。而原本的鸡屎藤正如它的名字，有一股浓郁的臭味。除此之外，还有鸡屎柴、鸡爪枫、鸡冠花、鸡屁股（指算盘子，算盘子的果实熟了之后，岐黄色，跟鸡屁股很像）、鸡舌草，都是植物。鸡屎柴烧起来臭死人，如同黄鼠狼放屁。这里，分别用鸡之爪、冠、屎——排泄物。鸡屎也分出类来，糖鸡屎是相对白鸡屎而言的，它和烊后的蔗糖极为相似，小孩子还在爬行尚未直立行走的时候，抓起地上的糖鸡屎就往嘴巴里摁。鸡身上的每一个部位都很好地流通到我们的语言层中，比如鸡毛信，这是信息传播学上的，有鸡毛者必加速。有鸡血者，则视为禁忌之物。这仅仅是鸡毛，还有鸡胸、鸡皮疙瘩、鸡眼、鸡尾酒（Cocktailparty）、心灵鸡汤，等等。还有鸡血石，这是对无机界的命名，还如鸡冠帽，汤错人把济公叫作鸡公，济公的帽子叫作鸡冠帽，实际上，西藏喇嘛们的帽子也是鸡冠帽。至少，这是一种颇令人尊敬的头饰。还有"鸡肋"，使我想到自己注释"鸡"这个词，对于写"鸡"实在有"鸡肋"之嫌。食与不食难于取舍。鸡最终会入浸到人身上来的，看到前面这么多鸡，你看，男性生殖器，鸡巴、鸡巴毛，这是口粗。小肚鸡肠、鸡鸡歪歪，都具有贬义，尤其是"鸡"本身说成某种具有职业倾向的女性——妓女。作为这样修辞的鸡，它有一种不甚理想的鄙夷感，中国人把娼妓叫作鸡，而且专门指向女性，这可以看作中国人思维中污秽的一面。对鸡而言，显得不公平，就因为它是被驯养的，可以随意宰杀的，人尽可夫的。但鸡终究是人类自身驯养出来的心理上的一个污点。而鸡又是人们对吉卜赛式欲望的一个理想崇拜。不要忘了鸡终究还是鸟，它不会因为驯养而改变飞翔的本性。现在的鸡由于驯养方式和人类自身环境的变化以及一味追求速成，开始反攻于人类——令人闻之色变的禽流感，也叫欧洲鸡瘟。实际上，有鸡的地方就有鸡瘟，丧钟不会为某一人而鸣。显然是人类自身的驯养方式出了问题。鸡本和凤同属，汤错人把鸡和蛇同炖，得一美食，谓之"龙凤汤"。

鸡的声音形态丰富到令人刮目相看的地步，鸡叫是分白天和黑夜的，它们可能代表了不同的语言学上的所谓的意义。鸡鸣主要有三种：天亮的时候鸡公打鸣，是鸡最卖力的时候，有一只开始叫了，村子里别的人家的也跟着叫起来：

gogoo, guguger, gegegee……

嫩鸡公和老鸡公的嗓音也有别，所谓老凤和雏凤之别，母鸡悠闲的时候昂着头，一边走，一边唱：

go……go……go……go……go……go……go……go……

比较平缓、悠闲，下蛋之后，母鸡的叫法变成：

godago, godago……

湘方言娄邵片将蛋称作"go"，也算是拟音了。如果算上雏鸡细碎的吱吱声，算是四种。

古人呼鸡谓之㸑㸑。我见元秀呼鸡进食近似咕咕。

别的语言里，对鸡打鸣的说法也不尽相同，譬如："日语kokekokkoo（こけこっこー），俄语 kukareku，韩语 kkogio（꼬기오），法语 cocorico。"（王立《打鸣》）英文"crow"是比较抽象的说法，就如汉语说"打鸣"，其他的语言都有拟声性质，希腊语说κοκκυ'ζω，也是拟声的，希腊人把公鸡干脆也叫作κοκκυβóας。叫鸡的时候有如在唤鸡，想想，在荷马时代的雅典人就是这样叫了。从这里，我们可看出语言的差异性，以及鸡叫自身的差异性。各种

语言对鸡叫声有不同的模拟，但是由于人种和地域的缘故，发音不同，听起来好像鸡叫声也不同了。是我们发音无法模拟呢？还是语言的缘故？这二者总有一者是其间原因。似乎，所有这些鸡叫声的总和可能还不能把鸡叫的声音模拟下来。不过的确如此，鸡叫也是分地域和品种的。南北的蟋蟀叫法也各自有别。只有那些乡村聆听者和口技练习者才会注意到这种致命的差异。鸡也有极为谨慎安静的时候，那就是它们在土中找食的时候，它们一边在土里面刨，抓，用翅膀捧起尘土，一边偷偷地抬头观察四周的动静。不发出任何多余的声响。你可以走得很近，给它拍照，它们也不愿意离开它们的战场。战斗中的鸡浑身的毛仿佛倒生，显得异常凶猛，与平素迥然有别，这种血性，说明鸡有捍卫自我领地，征服他者的愿望。

鸡的形上之学，最有名的莫过于鸡和蛋的问题了："到底是先有鸡还是先有蛋？"很多有智力成就的人直到目前为止，还在为之奋斗。如果有人能把这个问题说清楚，在我看来，他的成就将和达尔文同炳日月。不过，这个问题从提出来那一刻起，就在线性时间的框架之内了，即先和后的问题。这可能是一个陷阱。

＊　　　＊　　　＊

在水库，那头对年的黑牛犊颇为涎［ʣhye⁵⁵］皮。主人在水库 黑牛犊
边上的地里挖红薯，把它牵出来放在旁边茹草。不留神，它就跑了。主人在后面追，越追越跑得带劲。主人停下，它也停下，然后装作茹草又要回头张望。

于是主人不管它，挖自己的红薯。挖完红薯要走了，小牛犊发现了，赶紧掉头上去追它的主人。上了坡。主人想过来牵它，它又不让，回头又跑。这个过程真是好玩极了。小牛犊跟一个小孩一样。

主人牵不住它。我帮它挡住，牵住。主人把它系在一把草上。坐下来看我们钓鱼，跟我们算白话。小牛犊几次三番要向它的主人走拢来，走到他的身边，却被不够长的绳子牵住了。

以前，我只知道，小猫和小狗，还有小羊身上有这样依恋人的天性。但是没有想到鸡和牛也一样。它们表现出来的通灵气息也很让人感动。

＊　　＊　　＊

水库周围　　水库东头是缩水后留下的泥沙沼泽地，遍地长满小蓬草，已经变黑，枯死。中间是个小水塘，只有这里还绿油油的，塘里有水，长了槐叶萍、水皮莲、青苔和其他一些沼泽植物，水底乌青，长满青鼃泥。[①] 最高大也最青的是水烛——可以看到它那热狗一样的棒棒果实，还有莎草、慈姑、水花生。慈姑还在开花，白色，在这块沼泽地和泥巴路过渡的地皮上见北鹤虱也不少。豨莶多已枯黑，是最早死去的植物之一；婆婆针还在继续变老。奇怪的是，苍耳也是全部枯了。但是长在水库之外的苍耳却没有这么快就死去的。在村子中央也有这种情况，村庄中间溪沟旁的苍耳，以及差不多的平地丘陵地带的豨莶也都老死了。而往水渠上走去，却看到山腰上的并没有死去。背阴的山，枯得也慢一些。铎山东边山腰上的就多枯掉了。阳光和水分，在这里可以看到，它们都是催生植物的良药。

看到嫩叶的商陆，好像才是春天。

"远志"也死去了。

看到细叶豆科植物。胡枝子属的吧，要么是杭子梢属的。

在水库的中间地带，有一条水沟，水多的时候，两个水库可以通兑，它让我想到四川馆子餐桌上的鸳鸯锅。水沟上一座小拱桥。今天我从下面经过，走到另一个水库去，看到桥下有很多蛛网。这些蛛网不大，附着在石缝中。蛛网中间有一个圆珠笔大小的圆孔，我看到小蜘蛛爬在上面，我经过的时候，靠近看它，立即从圆孔中退到洞中去了。

---

① 青鼃泥［tɕia⁵⁵maŋ¹³jin¹¹］：绿藻。鼃泥，指淤泥。绿藻细滑柔软如丝，近似淤泥，所以汤错称其为青色的淤泥。新方话说青薸。

挖沟的时候翻出了新土，留在沟两边，我们看过去，有些地方是白白的一瓢蛛网。就是这种蜘蛛结下的。它们的洞穴却在网下的泥土中。它们为什么喜欢在赤裸的新土上或石缝岩壁中结网呢？这跟它们抓捕的猎物有关系吧，也跟它们的生活习性有关，可能是这样。还有待进一步观察。

又看到一种大型的反辐射状蛛网，以及一个小的。所谓反辐射状类是立体窝状的。

大的那个织在岩洞里，从里到外，很是壮观。在洞口处，甚至织了埃菲尔铁塔似的结构。整个网状形态跟流沙滩很相似，上面落下的两片已经卷曲的白背叶叶子也临空陷在铁塔的蛛丝里面。

小的那个，形状跟前面描述的差不多。但却看到蛛网上留有残骸，一共三具，这残骸没有身躯，只有脚。这脚竟然是蜘蛛自己的。每一具都有好多只脚留在上面。我不知道，是这里的主人曾经遭受过一场浩劫，还是入侵者在这里遭到了残杀。面对这面网，我想了很久。这么"离乱"的网到底是不是蛛蛛家族的成员所为？

蜘蛛不是昆虫，凡是昆虫家族的成员，都有这样的特点，那就是成虫的整个身体分为头、胸、腹三部分，而且在胸部都会长出六条腿和两对翅膀。在昆虫的脑袋上，还有一对灵活的触角和两只奇特的复眼。为什么蜘蛛不是昆虫？

本地语将蜘蛛说成"波丝"，本书作蚾蟖。有一年我在蜀中钓鱼，于一僻壤山村，竟然听到他们也将蜘蛛说成"波丝"，且言语中有熟悉可沟通的词汇，他们说是从江西搬迁至此地的，已有好多代人。

*   *   *

这边并没有看到高大的乔木乌桕。只看到小的。岁数尚不大。乌桕
都是野生。今天看到的乌桕，是在水库——即双子座水库中的一座的南边小山岛上。滑下去就是水库。一个很陡峭的坡。乌桕临坡而立。乌桕果原本是青色的，炸开之前变黑。果荚裂开成三片，露出

白色骨质的果核来，两粒或三粒，三粒居多。两粒的话，果荚裂开之后，可以看到里面一个残留脉——自壳到种子的变态枝，（好像是微笑时的露齿）。两粒的籽，籽与籽接触的棱面便不明显。三粒的，籽和籽之间挤在一起，留下挤压的痕迹。果荚先掉。种子还要待在树上，果实里面的枝柄继续裂开，种子之间拉开距离。

*　　*　　*

艾草津液
流铅锡

甲人是带嫩人的，也就是头一次生孩子带孩子。她出去买东西，半晌不归来。一归来，就问她三个月大的孩子，"宝宝，想唔想妈妈？"一旁的母亲叱责道："你奶煲①［ bu³¹ ］胀不胀难道你自己连唔晓？！"语气十分严厉，因为孩子哭很久了。我十分不解，便问那位长者，她说，孩子想妈妈的时候，妈妈的奶煲是胀的，出奶水的。后来，我当真在《博物志》物理篇中看到这样的记载："婴儿号妇乳出。"在婴儿和母亲身上我还看到这样一个现象：坐月子的母亲不禁，不听长者劝告，茹青叶子菜。婴儿拉的屎便是青的，一禁，又不拉了。不信狠，再茹，还拉青屎拉稀。而乳汁始终是白的。这或许可以看成食物和肉体之间一种密约。刚进月子茹甜酒，可发奶。物质在作为物质形式流徙的时候仍然显得很隐秘。《博物志》还记载了关于植物的食物之一则："艾草经三年津液流铅锡。"这可能仍然是可信的。不同的植物茹的东西也定然有所不同。植物对大地中的元素进行了收集、汲取、重组。它们选择土壤（产地）、背阴、背阳，自有它们自己的道理。而我们茹植物的时候是第二次选择了。艾草有安胎作用，这是我们对其物性的把握之一。那么，安胎作用似也该有铅锡元素？

婴儿语法中称乳房或母乳为嬭嬭。②

---

① 奶煲，乳房，奶子。奶读去声。

② 吴地称母亲为嬭。李贺称母亲为阿嬭。嫛与嬭音同。

＊　　　＊　　　＊

汤错著名的单身牯老歪正在自己的后院修建池塘，准备饲养鳝　鳝鱼
鱼。鳝，汤错读［zɛn⁵¹］，古籍文献中多书作鱓、鰗。域外说黄鳝。

他对这种动物的了解远远超过了我。虽然我可以在书上一下就
查到这些知识，却不会在实际中运用。他给我补充了很多这方面的
知识，体验的知识。除了修建这个池塘外，他还要在旁边留一点地
养蚯蚓，因为鳝鱼吃蚯蚓。而且它们都是雌雄同体的动物。池塘的
上面再建一个养鸡房。鸡粪可以让池塘变得更肥。

老歪手上长了鱼鳞痣①，耳朵有点軆，这也是他养鳝鱼的一个隐
秘的动机，他在哪里看到秘方，说将鳝鱼的尾巴剁掉，把血滴进耳
朵，鳝鱼血可以医治耳聋。我说据说鳝鱼的血是有毒的。他说有毒
才能治好他的耳朵。汤错在田里河里捞到的鳝鱼都拿来吃。他们喜
欢吃这种没有刺的鱼。

稻田收割之后，我们便去挖鳝鱼。汤错的鳝鱼有两种，青黑色
皮肤的和黄色的。前者身材修长一些，后者短粗。青黑色的鳝鱼生
长得要慢一些。不过，挖鳝鱼是要很小心的，因为鳝鱼有时候和蛇
居住在同一个洞里。如果鳝鱼能打得过蛇，蛇就只能做它的侍卫，
住在离洞口近的一端。反之，打不过蛇，它就只能给蛇看大门。挖
鳝鱼的时候，要用手指头去拱鳝鱼的洞穴，试探深度和湿度，看是
否有居住者，这个时候，我们最希望蛇是战胜者。谁都不希望自己
把手指头直接探进蛇口之中。即便不是毒蛇，也会对用手指探洞这
种事心有余悸。

汤错很多田不是水田，收割完稻子之后就干裂了。但是像这样
的田，第二年仍然会有鳝鱼出现。鳝鱼的生命力很强，它会钻进很
深的泥土下面去，保护自己的生命。当然，这里的鳝鱼也可能是来

① 鱼鳞痣，鱼鳞一般的肉痣，即瘊子。汤错人以为人体长出瘊子是因为捕捉鱼类
过多而有此害。

年重新灌溉稻田的时候水把它带来的。

　　他喊住我算白话，我问他鳝鱼苗到哪里去弄。他说到处要，在田里挖到的。很少有培育鳝苗的。鳝鱼的繁殖的确是一个问题。它不需要交配。想要多产也很难。一根鳝鱼就是一根鳝鱼。它幼年时期是雌性的，这个时候会产卵孵化小鳝鱼出来，之后就变成雄性的。从鳝苗到变性大概需要两年时间。而在它刚变性之后，估计饲养者就已经要把它卖了。饲养周期拉得太长，对他们来说一点好处也没有。我没有看到过鳝鱼的孵化过程。但这个显得很有意思。不知道，鳝鱼会不会心血来潮再变回一位母亲？这样的话，鳝鱼的后嗣就会不断多起来。它既然可以变回去，为什么不可以变回来呢？鳝鱼的这种本事和道家的养身修炼有些类似。有些流派，一开始就是要把人体变回到雌雄同体上来，这样可以长命。鳝鱼并没有因此而变得跟乌龟一样悠长地活着。这种比较可能是愚蠢的。在大自然，有些生物的寿命只有一天。夏日的傍晚，我们看到很多婚飞的蜉蝣，是在进行它们生命中最后的表演，而它们早晨才孵化出来，晚上就要死去，这竟是它们"漫长"的一生。在这一天里，它们不会吃到任何东西。甚至连嘴巴都没有。一些植物的寿命也很短暂。动物和动物、植物和植物之间的这种反差或许安徒生说得很对：槲树和蜉蝣的对话：瞬间也是永恒。

＊　　　＊　　　＊

老梨树　　　去水塘的路上，看到别人屋前的一棵老梨树，叶子没有几片了，却开了不少花。冬天马上来临的时候，它还要开花。似乎要和桂花树抢风头，争回头率。这种反季节开花的现象在植物界并不罕见，也是正常的，但是它说明，植物会受到外界很强烈的影响，不具有完全自主性。但是如果考虑到太阳的话，它最终是准确的，因为太阳变它一定也是要变的。而太阳的变是符合常态的。从这种反常性中我们能看到什么呢？今年的气温比往年高了？还是低了？它是否受到去年冬天南方几十年不遇的大雪的影响？看它旁边的桂花，到十月才开。显然是气温有所下降才对。按理，农历八月就开了，阳历也就在九月，今年的阴历阳历没差几天。也可能这是在山里的缘故吧。

＊　　　＊　　　＊

中午时分，村子里地蟋蟀的鸣叫听不见了。但是在水塘那边，还是有鸣叫的。这支乡村乐队的演奏夜以继日地在进行。

后山上的鸟叫声很厚。可以感受到它们的欢愉。我蹲在水塘边，躺在一捆农民割掉的茅草上，听它们鸣叫。

阁楼前的地里，稻谷收割了，还剩下草垛。有的草垛挑回去了，就剩下空地一块，但只要仔细去走走，即便一块收割之后的稻田也是值得走走的。在禾苑之间来回走，沿着耩秧时留下的行距，它们有一定的秩序。一个农民在挖地，他先将草烧成了灰，然后等距离撒上石灰，撒完石灰之后，又一行一行来挖。对数农事，他比做几何题还要严肃。

稻子，这是一种时态。稻谷渐渐变黄的时候，太阳也在离我们越来越远。

地蟋蟀的鸣笛像一瓢薄雾笼罩着河谷的村子。夜晚的声部中有两种，不同的旋律。发自不同的共鸣箱吧。或许是因为雌雄之别。一种是微波形的，另一种有间隔，声音略粗，节奏单一：zhi——zhi——

我不知道发出这种叫声的昆虫的具体名字，村子里的人都叫土蟋蟀。所以我也跟着这样叫。但是改为了地蟋蟀，因为它们是在地下的，泥巴里的。土狗我见过，却没有抓到过蟋蟀，蟋蟀的叫声和温度关系很大。

蟋蟀的声音传得很远。现在是凌晨一点半，鸡叫头遍。天上的星星黯淡地躲在这层声音织体的背后隐约闪烁着。

稻子收了之后，青蛙不叫了。白天的时候只偶尔在某个不经意的水塘边听到一两声呱呱咕咕声。的确是寒夜了，气温下降得很快。这层冷是身体先感觉到的。而星辰何时变热，何时变冷，我们无法感觉到。它们每年这个时候准时出现在我们的头顶，只是这个夜晚，我凝视了它们好一阵。

这么冷的夜晚，使我想起三天前闯进我阁楼的飞蛾、甲虫、蚊子，自然，这是冲着萤火虫而来的。不停地撞击着灯管。我在打字，一只寸许的大飞蛾太吵，被我关进了烟盒。地板上的甲虫，熄灯之后，爬到了柜子后面，还有床下。这跟稻子收割有关吧。它们散伙了。今晚，一只飞蛾也没有看到。

这些虫子，白天也鸣叫吗？我没有特别留意。在白天，很多声音消失并非真正的消失，而是被淹没。太阳升起之后，有更多的声音苏醒。中午的时候，在阁楼上是听不到蟋蟀的演奏的。晚上却容易。我走到山脚下，听到了它们在鸣叫。我到双子座水库钓鱼，从早上七点到晚上离开之前，它们一直在叫。看来，它们是夜以继日不知疲倦的。我想近距离地找到它们。

它们的叫声有区别。

每一个夜晚都和树叶一样长得不同。虽然太阳、月球、星辰，明年的这个时候，还会出现在这里，这是宏观的说法，它们准确无误地到来，只是让其他事物准确一些还是差异一些？

我要记录我观察和感受到的自然。铜座自然史首先是一部心灵史，介绍植物那不是我的工作。感受天地万物才是我真要去做的。

*　　　*　　　*

碧若蛳　　北方的我的那些辖区，很多植物已经受到冷空气的驱逐了吧。南方的夜晚虽然也寒冷，还是可以看到很多花的。十月，这是今年入冬前最好的观察时间了吧。

听蟋蟀的这些夜晚，我想模仿它们的声音、发声，发现这是很难的事情。用语词来记录更难。即便用一种乐器也是很难的。

它们和人体有着不一样的发声机制。共鸣箱就不同。人更容易模仿脊椎动物的声音，对无脊椎动物的却很难，草木的声音更难。蝉的声音，模仿不来。有一种知了，时常"bi－iuo－si——bi－iuo－si－"地叫，我们似乎可以模仿 bi－iuo－si－，这仅仅是因为这个叫声的节奏稍微明显一点，仔细听，还是有区别的。另一种知了的叫声瀑布一般绵长，不可捉摸。本地叫蝉为碧若蜥。

狗和牛的，鸡，鸟类的就要容易一些。我们模仿鸟的叫声，事实上也是很难的，难度比模仿动物的高。模仿昆虫的更难。石头和石头的撞击，木头和木头的撞击，人类更无法模仿，因为，构成这些发声机制的物质性基础已经改变。

*　　　*　　　*

在山中又遇到碧欓仔。但是这次看到的情况和前一次不同。它们生长的位置倒是差不多，两山也对峙，相望，不超过一公里，都长在山腰。

王探

一颗王探（牛茄子）裂开，从低端裂至果柄，里面的瓤和种子了无踪影。只有白白内壁层和一些鸟啄食后留下的痕迹。只剩下一个肉质空壳。

另一颗，埋在枝叶藤蔓下，已经脱蒂。果皮已干枯，波浪形起皱。但是里面已经被各种昆虫攻占，洗劫了一遍。只看到一个由无数三角形籽粒组成的松球状物。一个王探的种子有百粒之上，难怪它结果少，却保持了自己的繁殖。

在屋后胡编的香椿上看到不少的树脂凝结成的琥珀。其中一块，血色透明，质地非常好。形似一只蝎子，尾巴还翘起来了。我称其为蝎子琥珀。

桃树上也多见琥珀。

＊　　＊　　＊

水桐　　　山上多这种灌木荆棘状植物，刚开始并不知道它具体叫什么。但看叶子和果荚应是豆科。走近了才知道是云实。云实的干果荚早就爆裂了，远远地只看到它船形的果荚高高地举在枝头上。深红色，经历过一点风吹雨打，果荚外皮已经浮起、皲裂，筋丝外露，内层倒是完好无损。里面剩下一些风和雨水运来的杂物之外，什么也没有，黑漆漆的。今天好不容易找到一个没有蹦出去的豆荚，里面残留了三粒黑色椭圆形种子。比黄豆大一点，两头稍尖，玄黑色，有着蚯蚓一样的横向皱皮纹路。

　　云实很讨厌，它的叶子长得好看，羽状复叶，但是路过的时候经常会被它钩住皮肉。它的叶子下面的脊上藏有倒钩利刺。枝条上也布满了防卫武器。

　　云实的周围总有干枯的枝条，有时候是整条茎都干的。果实看到的时候也总是爆炸之后的样子：干的。不知道明年春天能否看到它的开花。上下山的时候碰到它拦路，是一件令人头痛的事情。云实树干中有一种肥硕而白的小指般粗的肉虫，与麻藤（葛）瘤中的竹虫幼虫一样令汤错人喜欢，所以又叫斗米虫树。

＊

　　长在村子里最低处的田沟旁有一株水桐，不高，却又不是很清楚地能够看清它的果实。后来用棍子才挑下几颗。这棵树上的蒴果有三种状态，留在树上的果实，果壳背面都长青苔了，这部分已经炸裂，子和翅还留在里面，显然不是今年的果实，是越过冬的。另一部分是今年成熟的果，青皮。还有一部分只有小指头大小，好像是还没有开花的花苞，猕猴桃外皮色。

　　去年的水桐蒴果炸裂之后，可以观察到其内部结构，长约一寸八，果实直径一寸，子房两个，有硬质隔膜，每个子房里有一个草

428

履虫一样的种子，长满舌苔一样的细小颗粒，有许多带黑点的鳞翅，两对，蝴蝶状。成熟的蒴果沿着腹缝裂开。里面的鳞翅原本是长在种子上的。

我剖开一个今年的果实，看到的确是这样。果皮之下，是木质层，与果皮等厚，再里面是鳞翅，往果柄相反的方向整饬地斜向排列着，填满了种子和木质果壳之中的空间。它们与木质果壳之间没有连接的任何痕迹，那么，这一瓤鳞状物该是水桐蒴果过冬时候的防冻结构。鳞翅的中间有一个麻点，这是它和种子直接相连的部位。鳞翅不是种子。鳞翅的手感跟青葙开过后的狸尾差不多。种子全部是肉质。如果成熟后炸裂，种子弹出去，就会被其他动物吃掉，如果不是这样，掉在水里的话自己也会腐烂掉。所以，它选择了越冬吧。蒴果裂开后，种子并不掉落下来，仍然留在果壳中。直到它觉得到了应该掉落的时候才掉落吧。它的肉质种子即便干了，也很脆弱，口感泥质。种子没有别的保护手段，只有裂开但没有完全裂开的果荚干燥后十分坚硬，这是种子的唯一盔甲吧。对于水桐的繁殖方式，我还不清楚。水桐蒴果的外相总共有四条腹沟，看起来像是有四个子房，裂开的可能性有两种，但是水桐蒴果只朝与隔膜呈十字的方向裂开。柄处也会自裂，方向与隔膜横向垂直。这样的话，刚好裂成四瓣。脱蒂也是从这开始的。

与香椿不同，香椿是一年成熟，裂开后就全部掉落了。一棵树上前后相继的这种开花结果方式，我看到的还有法桐。

当地人叫作水桐的这种高大乔木，学名毛泡桐。它没有我在北方看到的泡桐那么高大。

当地人将檫树叫作梓树，这个梓树不是桑梓的梓树。而有些地方也将梓树叫作水桐。它们叶子和树的远看形态略似，花果差别很大。

算盘子　　算盘子的果实已经开始蜕皮，两层。最外一瓣有绒毛，细软；里面一瓣角质，乳白色。炸裂的方式宛如莲花盛开。跟水桐不同，算盘子是从果柄处开始的。

炸裂之后，里面露出栀子成熟后的橙红色，每颗果实有十六粒种子。上下两层斜插着排列。本地人叫鸡屁股。

＊　　　＊　　　＊

筲箕树　　元秀说，过去没有衣服穿穿梧桐衣。将青桐皮整块剥下来，放在井塘里浸泡，直到只剩下白色纤维，缝合在一起，就得到一件夏天穿的衣服。多缝几瓣，冬天也可以穿。汤错可以直接得到麻的植物除了青桐，还有苘麻、葛藤、荨麻、苎麻。

梧桐在汤错叫筲箕树，因果得名。

＊　　　＊　　　＊

鱼尾菝葜
和羊蹄甲
属

龙须藤和菝葜村子里多见。最常见的是金刚藤——果实全红了，小叶菝葜。我原本以为的一种菝葜，今天却看到了它结出的是"刀豆"，跟云实一样的果来。虽然没有那么厚，应该说很薄，形状却极似。我摘了一片已经变成黑色的果荚回来。放在兜里，到家后发现，它已经自己裂开了。里面五粒扁扁的像扣子一样的黑豆。还有我说的那种"鱼尾"菝葜，常常和它生长在一块。这使我怀疑，它们是雌雄同种的豆科植物了。但是豆科中没有看到这等叶子的，跟菝葜几乎一模一样：互生，椭圆，革质，五条主脉，青色。

不同的地方：前者为木质藤本，褐色。除了嫩枝，没有青色的；叶柄处没有鞘柄，或托柄，藤柄上也没有了龙须而已。而菝葜的藤本不能用木质来形容，它的藤条坚硬得多，皮永远是青的。

尽管它们多么相似，这种植物的果实决定了它只能是豆科，而菝葜是百合科。菝葜的果实是颗粒状的。

"鱼尾"菝葜就是龙须藤,豆科羊蹄甲属。

如果,将鱼尾变形就可得到云南羊蹄甲,再变就是决明的叶子形状了。

其实不认识的植物可以自己命名。那么,龙须藤的雌株叫什么呢?它没有裂开的叶子,只有菝葜似的叶子。就叫菝葜龙须藤吧。

龙须藤没有雌雄之分,并蹄的叶也结果,这是今天在香露山看到的。那里的山崖上有很多龙须藤。

菝葜和豆科羊蹄甲属长得如此相似,一定有过非常复杂而亲密的史前接触。那是一个不断二项化的过程,乃至很多植物在不同部位具有相似性,这似乎相当于混血和杂交,不同基因的和亲。

* * *

在北方的时候,四月五月南方过来的养蜂人会在八大处一带采集荆条蜜,而山上的荆条的确是开着花的;而承德过来的养蜂人跟我说荆条是十月采的,那是一年中最后的蜜源植物。他一般到内蒙古去采。今年回到汤错,现在是十月中旬了,还看到山上的荆条在开花,醉鱼草也是。亲眼看到的的确如此。荆条一年开两次花?或者由于南北差异?但是南方早开才是啊?

荆条蜜

* * *

村子周边诸山上都能看见十月还在开花的兰香草。层层而上。茂,茵陈草——一位农妇跟我讲过一个歌粒子:二月茵陈三月蒿,四月五月当柴烧。说的就是这个草。但是我看到的是成熟株状,反而不识得。

茵陈草

* * *

我住的阁楼在田野的山边上,离河流不远。阁楼前指甲花最为

金樱子和
藤梨的香
气

431

茂盛，芍药最为富饶华丽，非常地巴洛克，芍药与牡丹同科属，却未能像牡丹那样成为驰名天下的名花。而我这楼前，自种数株，无须专门打理，也开得盛大而气盛，我偶尔摘两片花瓣放在米饭上，自有一股农家美味。然若论香气之阔绰则来自另外两种野生植物。

田塍上的金樱子花开的时候，香味蓬勃涌动，数里之内都是它们的清香，尤以午后显得最为浓烈。秋天的金樱子果也是提供糖分的植物之一。尽管上面长满了浓密的硬刺，扎手，但熊孩子们还是在荆棘窝里摘下来，满满摄取那份甜味，大人则采来泡入酒中。

与金樱子可以媲美带有那种浓烈清香令人闻之沉醉的便是藤梨，即猕猴桃花。藤梨擅长爬树，藤蔓发育快速，甚至超过葛藤的意志，可以覆盖一整棵树，以及邻近的树。藤梨的高位对散发它的香气更具有优势，老远就被它吸引过去了。

如果从香气上来讲，唯有金樱子和藤梨堪称汤错的花中香魁。尽管它们的花朵不是最大的，但也不小，花朵白色，稠密，藤梨花看起来偏鸡蛋黄，是因为花蕊和花粉散逸的缘故。金樱子和藤梨开在春季和初夏，我住在小阁楼上，饱受熏陶，有如盛宴，如对美人。

在北方，某结庐于燕山深处银山塔林东麓，每逢五六月，整条山谷填满浓郁黏稠像地毯一样厚重的香气，上面甚至还可以站两个人，那是板栗、核桃、枣花三种花混合的味道，浓香中带着淫腥、生殖，以及腐烂的味道，盘松遒劲孤傲地屹立在这瓤瓤的香气之中，都显得孤苦，我放下手中的书，走上山阴道和果园，这香的确与金樱子和藤梨的清香有天壤之别。而作为山林和果园的农户则心怀喜悦，香气过后，收成就要来了，我们额手相庆，毕竟那果实才是精心培植它们的唯一理由。

板栗、核桃的柔荑花序落在地上，像麦穗一样，那股淫荡的腥香大抵就是它们散发出来的，唯有它们才令人一度感慨大地的妖娆。农妇将地上的花穗捡回去晒干搓成绳，几股绞在一起变成拐杖粗的香，类似腊肠一样首尾相连，花穗上的花粉有一部分留在上面，在屋子里点着香气缭绕，一根可以点好几个时辰。哪怕是不点，像大蒜球那样挂在屋子里，也有淡香。

*　　*　　*

说到香气，还有一种山中幽境的兰香。它是由春兰播散出来的。春兰虽小，香气却散发得很远。这往往也暴露了它的位置。进山的路上，我们便闻到春兰独特的幽香，进山之后，在一株很大的山茶树下找到了它，它吐出一张白中带粉和红斑的笑脸，香气就是由它吐出的，其他三根独枝的骨朵裹着素皮还没有要开的意思。春兰娇小如此，香气竟能漫射得这么远，远人不服吗？而像吊兰，叶子很宽大，肥绿，一大串花朵儿，香气怎么也比不过身材纤细瘦小的春兰。慎独之人独爱兰，大概也是早已明白世间事物和大小高低无关，内心之香愈弥愈远才是唯一的修身之道。

春兰之香

*　　*　　*

桑树的叶子并非都有缺口。在同一枝条上，叶子有朝天生长的。缺一个口的有，缺两个口的也有，不缺口的也有，很是奇怪的，这么不讲究统一。但双缺的羊角弧形缺口很像我们看到的一种吉祥符号：甲骨文吉羊（吉祥）。桑树好像也有两种。有绒毛的和没有绒毛的。

桑

在村子里见的都是灌木，可能是鸡桑和华桑。后者无毛。

在北方多见桑。乔木。同科的构树也多见，被毛最厚。

*　　*　　*

枳椇是鼠李科。汤错叫鸡枣，或者说鸡爪。红枣和它是一个科。所以鸡枣倒是又形象又实际的叫法了。

枳椇、铁
线蕨、枳
等

李树也是鼠李科。平常对这个关注得不够，而事实上它们几乎都在一个园子里生活着。旁边的田地里长着不少乳浆大戟。

山上多铁线蕨。汤错人家里都藏有长茸毛的黄金块，碰上刀伤，就将茸毛扯一些下来敷在伤口上止血，汤错人称其金狗仔，这是蕨科金毛狗脊植物的圆形块状根。

　　进小源过桥处的岩石上铺满车前蕨，岩石缝隙的小流水从山上流下来，阴处长着大虎耳草，在山脚形成小小的沙地活水凼，也算小湿地了，上面长满飞嫩的绿植，以山荷叶、细辛和大吴风草的圆叶最打眼，细叶水麻（赤车）颇能强占地盘，过了桥路边灌木丛中突然出现一株枳，还是第一次看到，已经结成略小于乒乓球大小的果实。枝条与柑橘一样，刺人，而枳果则像没有杂交过的橘子，像橙子一样硬，汤错人叫它橘蛋。"橘生淮南则为橘，生于淮北则为枳"，说的就是它。

＊　　　＊　　　＊

自然主义
者通病

　　每次出行都有兴奋。有偶然的不为所知的快乐带来。也有所谓的意外发现。对某些东西越来越远。身上积淀的物性开始排斥社会属性的东西，甚至是人性的了。这大概是自然主义者身上的通病。赫拉克利特[①]晚年绝去人群跑到山林里面，实践自己的哲学，以草根和植物度日，得水肿病而死，不到六十岁；梭罗死的时候只有四十四岁；弘一的死和他的斋食大抵也是有关系的。食物和年龄有一定的辩证关系，虽然不是绝对；我更喜欢像李时珍那样将《本草纲目》中所有的"物质"拿来当食物的人，如果有以元素周期表为食谱的人则更高级了。

＊　　　＊　　　＊

臭味植物
和剧毒植
物

　　野西瓜的臭味和臭牡丹极似，闻了头晕，它们的臭味超过了鸡屎藤，在饮膳方面没有直接看到汤错人使用到它们（药用除外），但它们却生长得很普遍。另有一种长得像臭牡丹的灌木，叶子略小，尖细，对生，有柄，带状，长约五寸，宽寸二，一条基脉，端急尖，

───────────
① 古希腊哲学家，著有《论自然》。

叶子断损之后散发出来的味也极臭，这是大青，别名土地骨、羊味青。野西瓜其实不是西瓜，锦葵属，学名中华栝楼。口语中说栝楼，有多种。藿香蓟被称作臭草，臭不可当。如果我们从香料植物（比如肉桂）的反面看，它们就属于恶臭植物，但是它们当中的一些成员仍然可以成为美食，比如鸡屎藤、鱼腥草、石菖蒲、紫苏、襄荷、毛独活。它们的气味之重均超过了芹菜，当然纯以臭味已经不能概括它们独特的气味，应该属于怪味植物，而当你从饮食上习惯了它们之后则变成芳香植物了，这里谈的几乎都是野生植物；襄荷和生姜都属于姜科姜属；蒝荽①也可以算在这个味系。自然酸味最重的是虎杖、杨梅，酸起来简直掉牙齿，本地山歌中唱杨梅好吃树难栽，这个好吃如何理解？最甜的大概要算芦稷和西瓜了。苦瓜最苦，当然还有黄连，但不入平常食谱。魔芋、薯蓣籽实要算作麻口一类的食物。山胡椒、桂皮、大蒜也在麻与辛辣的范畴，但属于香料植物了。相对于由甜、辣统治的舌头，它们的味觉系统已经有些过于刁钻了。

在汤错常见植物当中，同样生长着一类十分特殊的植物，那就是剧毒植物，我们调查中所见有以下多种：相思子、乳浆大戟、猫眼草、泽漆、毛茛、曼荼罗、雷公藤、毒鱼藤、萝藦、夹竹桃花、蜡梅果实、马醉木、商路根、薯蓣球果、漆树汁、乌头、苦楝、莨宕（颠茄）、紫堇（紫堇属的多种均有断肠草之喻）、马钱子（钩吻）、水仙、蓖麻籽、杠香藤，人和牲畜误食均有暴毙之虞，除此之外，还有一些菌类。谢秉勋爷爷是本地草药师，他说，所有的植物，不管恶臭清香剧毒与否，对他们草药师而言都是好的，具有不可替代的功能。草药师是要让它们去攻打你身体里的另一种东西，通过你的身体的东西是可控的。

---

① 蒝荽 [jan¹³ʃy¹¹]，芫荽，又称香菜。

驯养乌鸦
的人

老鸹和阿鹊子都是雀形目鸦科鸦属。因为叫声以及体羽之间故意加大的视觉反差，形成了极为不同的命运。

老鸹的叫声，《禽经》中说"乌鸣哑哑"，这和我听到汤错的乌鸦叫唤自然有所区别。我们说过，凡是声音描述都要照顾到方言和地域性。每个地方的鸟类，尽管是同一种鸟，它们的叫声都带上方言色彩。鸟类的方言和人的方言一样。汤错的乌鸦只说汤错的乌鸦语中的方言。这一现象同样存在于青蛙和其他动物身上。冬天的时候，我看到汤错进来了集群的乌鸦，比以前看到的乌鸦体形要大一些，那些单飞的并且只在飞行时候叫的都叫老鸹。到现在为止只看到它们在路边和田间息栖、觅食，还没有听到它们发出一声叫。我准备好耐心等它们叫出第一声。

在鸦属鸟类当中，小嘴乌鸦（Carrion Crow）喜欢吃死尸，加强了人们对它的厌恶程度，叫声为粗哑的嘎嘎［kraa］声。秃鼻乌鸦的叫声是比小嘴乌鸦叫声更枯涩乏味的［kaak］声。也发高而哀怨的［kraa-a］及其他叫声，鸣声为多种令人生畏的声响的组合包括咯咯声、啊啊声及怪异的咔哒声等，伴以头部的前后伸缩动作；大嘴乌鸦叫粗哑的喉音 kaw 及高音的 awa、awa、awa 声；也作低沉的咯咯声。藏民族对乌鸦表现出独有的喜好，对乌鸦之好超过喜鹊，这和他们与众不同的哲学和宗教信仰有关。在古代中国，南边也有别："古有《鸦经》以占吉凶，南人喜鹊恶鸦，北人反之，师旷以白项者为不祥。"汤错天空打常盘旋或者立于树冠半天不动的恰好是师旷认为不祥的"白项"乌鸦——白颈鸦（玉颈鸦）。

汤错乌鸦仿佛只在飞过人们头顶的天空的时候鸣叫："ava～ava～ava～"，边飞边叫，而且只在飞行的时候才叫，音节单一，却是饱满的元音，有拖腔，中间略有停顿。这叫声听起来也孤独、凄凉、悲伤。和个工鸟不同，个工鸟引起的是怜悯，是硬表现主义，乌鸦则是死亡气息，是死亡派。"老鸹叫得厉害，"他们冷不丁来一句，"又要死人了。"于是大家屏息聆听乌鸦叫，再抬头，看它往何处飞。我试着询问这究竟是何道理，"这是古人测出来的。"测读[zɛ⁵¹]，就是根据经验一次又一次地反复观察试验得出的结论，也说哉，见元秀的口录笔记。在他们众多的观察和兑证当中，或许有那么几次是吻合的，也便成了他们信仰的基础。汤错人不允许学乌鸦叫，叫则口臭。"乌鸦嘴"是常见詈辞，对应的汤错说"烂嘴"或者"烂嘴巴"。在人类的驯养史当中，乌鸦的驯养迟迟没有出现。乌鸦是神秘之鸟，在文字记载当中已经积累了相当丰富的感性认识。最好看的是将其神化的那些文字，极具想象力，最不可靠的也是这些文字。乌鸦是在我们的感性中被扼杀掉的，充当了冥都的使者，要命的是它直接受控于阎王老子。它一张嘴，就有人的小命要被吊销了。人们实在害怕的不是这种鸟，而是死亡本身。乌鸦不敢打，乌鸦肉不敢吃，汤错人说乌鸦肉酸，不能茹，有毒——显然是心理上的毒。这些倒是间接地保护了乌鸦的命。汤错唯有大赢老头骨对乌鸦充满无尽的爱好，他到处捕捉乌鸦，养乌鸦——对此应该表现出钦佩。一年冬天，他抓到一只受伤的乌鸦，快要死了，就在水田里挖了几把大泥，用泥将乌鸦裹好，再射泡尿淋淋，放在火上烤焦，去掉泥巴、羽毛，我们以为他要茹乌鸦肉了。但是，他没有茹，最后把乌鸦弄成了粉末。他是准备给那些喊筋骨疼、这疼那疼的人茹的。人们对乌鸦的看法稍微有些改观，可能也是因为大赢老头骨。青竹山家传的儿子得了一种怪病，比打摆子还厉害，找到大赢老头骨，老头骨说，杀一只猪吧，家传照吩咐，把猪杀了，担来，老头骨哎一声，谁要你介个。猪肝留下，其他的担回去。他要了猪肝，扯下苦胆。连猪肝也还给了家传。家传话吗嘎（说什么）也要给他几斤肉，老头骨把他轰了出去。几天之后，药配好，老头骨亲自送去青竹山。咕噜咕噜地熬药，几剂下去，家传这个疯癫疯癫的儿子好了。有人亲自看到，老头骨在药里面放了乌鸦，还有蝎子和蜈蚣。

但是大赢老头骨过世的时候，人们又把这些乌鸦放回了山上。汤错又回到了以前。

＊　　　＊　　　＊

午后的蜻蜓与池塘

天气大晴。这是秋后很少有的大晴天。正中午的时候，我在稻田旁的水塘边蹲了不久，就感觉炙热难忍，头脑发涨。但是，我眼前的戏实在太精彩，不忍离去。在今年六月的一个傍晚，我观察过蜻蜓的婚飞。今天，在水塘里则看到它们在产卵。水塘不大，快要干了，只有一些鱼苗和小虾米还留在里面，偶尔把浅浅的水搅浑一下。青蛙也躲在里面，听到我走来，稀里哗啦地往岸上集体跳逃。青蛙的听觉系统敏锐到如此程度。大概是在十米之外，而且还有一米多高的堤岸，它们竟然也能听到我的走路。水面上有一种"水蜘蛛"，比蚊子要大一些，六只脚都在水面上。它们在水面上的移动速度惊人，而且基本上不起痕迹，对它来说，水面像绸缎那般平滑。只有急速拐弯的时候，才看得到一些细小的波纹漾起。它们只是水面上到处滑动，好像水上侦察兵。从水塘的这边到那边，如果比赛的话，它比水下的鱼还要快。

但是比起水塘上空飞行的那些庞然大物来说，它们的速度就稍显逊色了，那就是蜻蜓。

中午的水塘，聚集了不少蜻蜓，当地叫蠛蠛羊。① 这里的蜻蜓只有两种颜色，一种尾巴是血红色的；另一种，尾巴上有两色，褐色与灰白相间。两种大小差不多。从它们的行动上看，我看出后面一种是雌性蜻蜓。而红蜻蜓是雄性。显然这是小黄赤蜻 Sympetrum

---

① 蠛蠛羊 [mie¹³mie¹³lian¹³]，或蠛蠛娘，蜻蜓。蠛，古称蠛蠓，体微细，将雨，群飞塞路。将下雨，蜻蜓也有群飞的习惯。又，羊、娘，许为蝇，音转所致。扬雄《方言》："蝇，东齐谓之羊。陈楚之间谓之蝇。自关而西秦晋之间谓之蝇。"戴震《方言疏证》：蝇、羊，一声之转。汤错语娘娘 [jan¹³jan]，指幼子之母，读音如羊；汤错语羊则读 [jɔ³¹]。

kunckeli（Selys, 1884）。

在前面我们提到过，红蜻蜓在上面，雌性蜻蜓在下面，头尾一致，双双一致飞行。雌性蜻蜓和红蜻蜓的尾巴相对，这就是交配的方式了。但是，今天我看到另一种姿势。当然，这种姿势不是交配，而是产卵时候使用的：即首尾相衔的双鱼座式（☯）。雌性蜻蜓在空中捕捉红蜻蜓，猛烈地咬住它的尾巴，然后把自己的尾巴搭到红蜻蜓的胸口，双方在空中先是一番激烈的飞行，有时候还飞出水塘范围之外。但是最后还是飞回来。在这个过程中，雌性蜻蜓显得具有主动性和攻击性，也更有责任感。

水塘里的红蜻蜓比雌性蜻蜓多，而在产卵过程中，红蜻蜓被抓来当悬挂器——我戏称这是为背夫和吊带——的不仅仅是一只，先后有多只红蜻蜓参与进来。雌性蜻蜓咬住红蜻蜓尾巴后，把它拉回水塘边的湿地上，自己的尾巴从红蜻蜓的胸口夺拉下来，不停地拍打潮湿的泥面，很有节奏地一下一下进行，拍打一下，飞起来一点，又拍打下去。这个动作看起来很有意识。就是说，蜻蜓也有意识。它仿佛十分清楚自己在做什么。而雄性红蜻蜓则显得浮躁，一心要挣脱，几分钟过后，它终于挣脱，跑了。而雌性蜻蜓懒得理它，继续用尾巴尖尖拍打泥面，有时候也拍打水面。

正午的时候，在这里产卵的蜻蜓有很多对。不停地组合，不停地降落到接近泥面的位置。我坐在堤岸草丛中，看它们忙碌生产。有些红蜻蜓则停在我面前的丝草上休息。

在这个时候，偶尔也能看到成对飞行的蚂蚱。但是蚂蚱有大的和小的。大的在下，小的在上。不知道是雌雄关系，还是父子或母子关系。我捉到几只，看了很久，也不知道如何区分雌雄。好像都是一样的。

蚂蚱发现紧张气氛后，马上起跳，由于背负一只蚂蚱，并不能展翅飞行，起跳之后，在空中连续空翻。动作比起运动员在十米台上的跳水要笨拙多了，即便是没有任何难度系数，自由落体一样跳下来，它们这样的跳跃也很笨拙。落地之后，也并不分开。只有在明显感觉到生死关头的时候才解体分手。

蜻蜓停下的姿势：蜻蜓着陆之后，如果它怀有警惕之心，翅膀往前裹，过眼睛和头部；如果它觉得没有危险，处于放松和无戒备状态，翅膀则是平展的，垂直于身体呈十字。有时候，蜻蜓停在一处不动声色，翅膀往下耷拉着，这是半警觉半休息状态吧。它既想好好休息一下，也随时准备起飞。

在水里，有一种看到就觉得好笑的拖把虫，在汤错语就把它叫作草巴鞋，长得像一只草鞋，叫它水蝎子十分形象。六只脚之外，另有一对类似钳子的东西。身体很扁，一根绣花针一样的尾巴拖在后面。在我观看水塘的时候，突然有巨大的响声起来，接着是草鞋飞出水塘的影子。血色的翅膀和它那根拖在后面的直直的尾巴特别惹人注目。起飞之后，起来的高度有三丈以上，然后还往上飞。最后往东边去了。过不久，一只则是往南边去的。我在想，这么高的高度，它如何判断自己飞去的那个方向是自己一定要去的？前后两只草鞋飞出的方向显得一点也没有规律。难道那边有水源？或者那边的水源它事先知道？这好像不可能。再说，方圆二三里，基本上没有水了，稻田收割后，水就干了。哪怕有，也是洗洗菜的小水池，它在那么高的空中难以感觉到吧。于是我想，这是不是它最后的飞行，然后随便落在某个地方，蜕皮，变成蛹；或者产卵，繁殖后嗣，然后死去。

今天的大太阳，秋后难得一见。也正是这秋后突然而来的强烈阳光提醒它该离开水底了吧。我在水塘里寻找别的草鞋。在北边正好就有一只，正在由几厘米深的水底往岸边方向移动。移动到距离水寸许远的地方便停下了。它待在那里，刚开始一动不动。好像是在试探环境，也好像是开始已经做启航的准备工作。果然，这是它的准备工作的开始，它一边开始暴晒自己的甲壳，让强烈的阳光直直地照射在上面，把水蒸发掉；一边用脚清理上面的污泥、杂质，然后，再把甲壳试着开启了一下。竟然从下面伸出了翅膀，草鞋用后足帮着把翅膀拉出甲壳，用后足梳理翅膀。捋顺了一边，如是重复捋另一边。

全部捋完之后，它试着全部张开翅膀，看是否可以起飞了，但是试了三四次，也没有起来。它在那继续晒翅膀。但是，这时，迎面来了一只大概是在自己领地上巡逻的蚂蚁。草鞋立刻惊觉到了。它马上转身，往水里拐去。我以为它不会害怕这只对它来说十分弱小的蚂蚁，但是它毫不犹豫地冲进水里去了。蚂蚁赶来的时候，只在它待过的地方嗅了嗅，又跟着它走过的痕迹飞快地走了几下，便沿岸到别的地方去巡逻了。蚂蚁巡逻的繁琐是众所周知的，它反反复复地绕圈，好像在走迷宫。走了不久之后，蚂蚁又绕回来，但是没有发现刚才它嗅到的猎物。

草鞋进入水中之后，似有往淤泥中去的意思。不过，它并不进入泥巴中，只把头埋在里面。我扔了一块泥在它身边不远的地方，它也不为所动。我等了它一会儿，不见动静。我以为它不久就会重新出水的。于是又等了一阵。不见它有要动弹的迹象，就走了。下午三点左右，我重新来看它的时候，已经不见了。

蜻蜓最后愿意把卵产在水里，让幼虫（孑孓，跟头虫）在水里长大，然后才到陆地上来。草鞋却是在最后的时光才选择离开，去到陆地。假如，它的卵如果已经下在了水里，它选择离开的意义又是什么呢？如果它根本没有把卵下在水里，那么它的幼虫无疑是在陆地上生活，然后才进到水里去的。这就看蜻蜓变态过程中的羽化。据说羽化是蜻蜓最令人震撼的时刻，它那优雅的 T 字体形和绚烂夺目的颜色在很短的时间内由一只蜘蛛形身体演变而成形，简直像变形金刚，可惜的是我一直无缘看到蜻蜓的羽化。

秋天来临之前，我们在山边见到过体形硕大的蜻蜓，躯体近乎小指粗细，长有一拃，翅膀较为坚硬。游川时，陶春给我和同行者讲，蜀地有一句谚语说："丁丁猫咬尾巴，自己吃自己。"丁丁猫就是蜻蜓。它为什么吃自己尾巴？陶春讲，这是哲学，自己把自己一点点吃掉。那天晚上，我们就此讨论了一个通宵，想象力极其充沛，阐释起来诗意盎然。后来我才注意到这个细节，婚飞时，雌性蜻蜓将尾巴吸附在红蜻蜓的胸口，脚抱住红蜻蜓的尾巴，而雄蜻蜓则把尾巴搭在雌蜻蜓的头顶上，胸口就是雄蜻蜓的阳茎器官所在的位置，而它的生殖孔却在第九节，婚飞之前，雄蜻蜓需要将精子从第九节推动到胸口位置（二至三节），即阳茎囊里边，才能完成交配，这就是蜻蜓为什么有那么奇特的交配体位。而并非此前我们想象的真个自己吃自己。但并不妨碍这句蜀地谚语带给我们的欢乐，显而易见，丁丁还有性隐喻。

最令人怜爱的蜻蜓大概要算是豆娘了。它的颜色和秀长的体型均据窈窕之姿。豆娘体型修长，一般不会飞着交配，而是凭借在物体上，仍然为双鱼座式，但有变通了，雄性豆娘的交尾器会擒住雌性豆娘的脖子，雌性豆娘的前足又撑在自己一百八十度朝前弯曲的第三或第四腹节上，构成连续的支撑力。雄性豆娘的脚支撑在地，所以看起来，它们的翅膀都是双双朝后伸展的，雄性豆娘头部胸部和尾部颜色鲜艳，腹节较之雌性瘦小一倍。

与其他蜻蜓相比，豆娘还有一个特性，它的双翅可以并拢在背部，完全贴合。在驻停和起飞前，翅膀都并在一起。

*　　　　*　　　　*

蚜虫，或
放牧的弓
背蚁续

不想，今天又遇到弓背蚁在放牧。今天是在一棵不认识的灌木上。这个灌木状植物叶互生，很奇特的三角形叶，将一卵形叶近尖端部分沿基脉垂直方向或者朝叶柄方向两边各切去一半，得到各种类似三角枫的叶子，就是它了。跟很多草马桑一样枝条斜斜地伸出，伏在草丛上。弓背蚁驱赶了很多蚜虫聚集在它的叶片和枝干上。有蚜虫和蚂蚁的叶片叶尖往背面反向内曲，微微卷成筒状。弓背蚁在叶子上拍打，发出火舌一样的轰轰声响。它们似乎在吆喝或者发出警报，或者威胁庞大的蚜虫群，抑或是感觉到一个更大的危险物在它们身边已经出现，蚂蚁发出这种紧张的声音并不多见。它们也没有时间进食蚜蜜，从这个叶片跑到另外一个叶片上，速度极快。而另一个枝条上的蚂蚁却悠闲很多，它们在拍打蚜虫的臀部，捡花生米一样一粒一粒地吃着，吃完了还要把前足在口器上抹来抹去。

这次我看到的蚜虫跟上次不一样。这次的蚜虫都很小，和虮子差不多大小，颜色也似，但是身体没虮子那么长，足最下两节白色，比较显眼。但是也有部分是黑色的蚜虫，它们长着翅膀，却没有飞走，可能是母后，那些小一些的暖色蚜虫（可能）是它的繁殖物。蚜虫们把口器刺进嫩叶忙着吃食，很少走动。只有那些耀武扬威的蚂蚁在它们的背上快速地走来走去，我把它们一只一只挑下叶片，落到了草丛里，大约是九只，最后还剩下一只守在枝条邻近地面的那一端，大概是封锁蚜虫逃跑和看守其他敌人从这里进入牧区路径的地方吧，它原本是不动的，见其他蚂蚁不见了，现在却跑到前面来了。它看起来很着急，从蚜虫队伍的最后面跑到了最前面，也没有发现自己的同伴。

不过，事情转机得很快，我蹲在那不到十分钟，枝条上又出现不少蚂蚁。不得不惊叹它们的后援部队行军和反应之迅速。可惜的是，我没来得及做记号，那些重新来放牧的蚂蚁中有没有是我刚才用丝茅草叶片尖尖挑下去的？

＊　　＊　　＊

傍晚[①]，去周山水库红岩隧道，在路上看到一只蚱鸡蚂[②]死去了。这是第一次看到蚂蚱的自然死亡。它前面两对足紧紧地搂住荆条花穗，后足呈 V 字形蜷曲着。一对触角变得十分僵硬。身体的颜色由淡绿黄开始枯黄。但是，如果不是它的尾部因干枯而像蝎子一样翘

秋后的蚂蚱

---

① 时间已经到了 2008 年 10 月 15 日。

② 蚱鸡蚂，指蚂蚱。

起来和缩水干瘪之外，还不一定能看出来这是一只已经死去多时的蚂蚱。它身边另一枝条上，有一只小一点的蚂蚱，我去碰它，它一下跳开了。死去的蚂蚱我把它带回家放在一个风凉地方晾着。这是一个敢死队单元中一架暂时死去的战斗机。

月亮已经从香露山的背后升上来了。我在隧道前的石头上坐着，抽烟，听山上的鸟叫。身后的隧道有蝙蝠飞进飞出。

*　　　*　　　*

学钓　　钓鱼并不是我擅长的，但我曾花了很长时间从事野钓。也经常去河边，有时候是摸鱼，有时候是钓鱼。阿尔法河断流，修建水库之后，就只能钓而不能摸了。手竿也用得渐少。村里人也开始学着使用海竿，鱼钩换成板钩和爆炸钩。对于不同地方的鱼的习性这一点则是我感兴趣的。不同地方的水性，水塘的水系统的冷热都是钓鱼客要研究的。否则的话很难钓到鱼。

所幸的是我在这里并不缺乏钓友，本地的和慕名而来垂钓泉水鱼的外地钓客络绎不绝，常常坚守十天半月不下山。我在钓了一次鳙鱼之后开始喜欢上了这项运动，并且从小时候用竹竿在溪水边垂钓跨越到大型水域和使用新式钓具。在铎山水库，我邂逅一位六十多岁的老钓客，宁愿守在水库边看他的钓竿，也不愿意去参加儿子的婚礼，他一边吃在山上摘来的青梅，一边喝酒，说，他女儿出嫁他也没空去参加。他让我参观他的饵料秘方，并给我讲解鱼类知识，如何看水和选择钓点。他说："我们的契诃夫说：'只要一辈子钓过一次鲈鱼，或者在秋天见过一次鸫鸟南飞，瞧着它们在晴朗而爽快的日子里怎样成群飞过村庄，那他就不能再做一个城里人，他会一直到死都苦苦地盼望自由的生活。'"①

他要算我在江湖中碰到的第一位清客了。

"你看，"他说，"这个水库并没有外源水流进来，它是井水。下

---

①　参契诃夫《醋栗》，汝龙译。

面冒出来的，所以水底的水是冰的，鱼不爱待在下面。钓海竿就很难有鱼上钩。即便打窝子也是白费。但是晚上的时候，水底的水又会比上面的水热，所以夜钓比白天容易上钩。"

"鱼也有地域性特征，跟人和植物一样，我说的是它们的饮食习惯。钓鱼是人类的基本活动之一，远古以来，和打猎一起，这种猎食活动就是我们祖先遗留下来的。鱼肉也是增强我们的体质的主要肉食。我喜欢钓鱼，更喜欢吃鱼，通过钓鱼你才能体会到大自然赐予我们食物，才能体会大自然的美妙。用诱饵和鱼进行博弈，如同下一盘大棋。你要摸透它们的习性，才能游刃有余，收放自如。钓鱼可以使我在美好的夏日夜空度过一个个美妙的夜晚。只有待在水边，我才会感觉到全世界都安静了下来。"

我问他夜间钓鱼是什么原理。他说："亚里士多德在《动物志》中讨论过一个问题：鱼也睡觉。"

"但是有什么好的根据呢？晚上钓上来的鱼是那些不睡觉的家伙吗？"

"它们在晚上也可以看见，对光敏感，手电筒一照就会反应。白天没有看到明显的趋光性。但是它们喜欢在水面上活动的确如此。今天，之所以钓到的全部是雄鱼①，也跟我们了解了雄鱼的习性有关。"

傍晚的时候，雄鱼群会在水库周围打水花，巡游。天黑之后，就不见任何动静了。太阳下山之后，水面温度下降，水下温度要高。调深一些是对的。最后一条在天黑之后咬钩，鱼在晚上也有很好的可视性，当然，雄鱼饵料香味的扩散也至关重要。

这里的人用红薯钓，我们用糠饼和渔具店买来的鱼食，三天下来一无所获。只有白线鱼上钩，可怜它们太小，从我们投入的成本来看，用海竿钓到的是这么小的鱼，令人尴尬。

刚开始，我们还嘲笑，这边的人钓鱼很落后，实际上是我们不

---

① 雄鱼，即鳙。新方话族群的叫法。

懂这边的水性和鱼习。

草鱼则喜欢谷芽，这也算是一个秘方了。我们曾用谷芽猎杀大型草鱼。

记得一次远足，食物吃完之后，我们只能靠钓鱼维持体力：那一个夏天，我们去大西江——湘江支流采草药，就发生了这样的事情。

*

前几天，之所以钓不到鱼，是因为我们对这边鱼的习性和水库的性质不理解。碰泥水库属于井水不干型水库，水底的水温较凉，鱼不在水底。爆炸钩、板钩根本钓不到鱼。所以这里的人用手竿。打窝子用红薯、猪粪。

今天改用浮标海竿，吊上来七条八斤左右的雄鱼，且并没有打窝子，却钓到了最多的鱼。只用了两根竿。一根竿五条，另一根两条。其他五条爆炸钩和板钩一无所获。

这是我们对这个水质理解之后钓到的。如果把其他五根竿子换成浮标式，不知道会钓上来多少。

诱饵用的是雄鱼专用的鱼食，自己掺了些白酒。

诱饵只在水面以下一米多深。傍晚的时候，把浮标调深了一些，中一条。调浅的那根竿也没有钓到。

在水库可以钓到的大鱼还有以下几种：草鱼、鲤鱼、鲫鱼、鳊鱼。

晚些时候，到水库钓鱼，一只不知名的蝗科小虫钻进鱼食塑料袋里，啪哒啪哒地跳动，我才发现了它。我把它装进烟盒，回来后仔细查看。灰褐色，身体平直，略扁，有一条背沟，一对触角比身体长一倍半左右。后足粗。尾部有一对朝后的尖刺。我看了它一下，放置一边，再看时，发现它已经从烟盒中逃走了。可能是直翅目蟋蟀科，具体叫什么不知道。水库边上的草丛中，看到金蝗（Ogneviasp）。

竹子的花叫"获"（一曰覆），竹子之死曰"苈"。竹子在虚心妩
媚的形态之下，很难让人相信它是一种悲壮的植物。

北方用槲叶包粽子，南方多用阔叶箸竹叶，汤错叫箸竹。有几
年，汤错找不出粽巴壳［ʃo³³］，箸竹没有了。竹子大片地死亡，开
始认为这是发疼①［ʃye¹¹tɕie¹¹］。过了几年，那些成片死去的箸竹地方
又长了新的竹子，才把开花结米和死亡周期挂起钩来。的确，竹子
开花意味着生命的结束。其中一根开花了，其他的也跟着开花。我
们假设竹子有一个寿限，也肯定有一个寿限，只是我们尚未精确。
据段成式的观察，竹子的寿命是一个甲子，"六十年一易根，则结实
枯死"。是不是所有的竹子都是这个命数还不得而知，毕竟六十年不
是一个容易观察的时间，那么有没有直接的可以看到竹子年龄的标
识呢，像树的年轮那样？竹子"花期不固定，一般相隔甚长（数年、
数十年乃至百年以上），某些种终生只有一次开花期，花期常可延续
数月之久"（《中国植物志》第九卷第一册，页5）。由此可见，我或
者段成式的观察都是局部之见——即局部经验。

一般想象是：一根马鞭（竹鞭）在地下走动，生出很多的竹子，
不断地分形，孙子，孙子的孙子……形成一个家族。而当这个家族
的马鞭到了大限的时候，就集体开花，壮美地开一次，然后集体赴
死。死亡来临时也不管出生先后。它们的生命是前赴后继的，生命
力集中在根上。只有马鞭死了，竹子才会死去。在一个生命周期里，
竹子发展出自己的庞大家族。四世同堂是很美好的家庭理想，竹子
则同堂六十世，似乎可以跟蚂蚁、蜜蜂等具有社会性的昆虫王朝相
媲美。竹的生命应当分两部分来理解，我们看到的地表部分和地
下部分。我们说的六十年是指竹根。地表部分的寿命还不得而知。

---

① 发疼（音皆），热瘵，发瘟，疼是古音，北方也这样说。按汉语拼音汤错语
"发"读［xue⁴］、"花"读［hua⁴］。

如果也是六十年，或者仅仅六十年，竹子家族出现的先后即寿命形成一个以六十年为周期的"金字塔"形状。其数量则是递增的，为"倒金字塔"状。由于竹子只能依靠竹根壮大自己的势力范围，它不能像刺槐的果实那样可以出走得很远，翻山越岭，广为散布。再加上其生育周期的漫长，导致马鞭分形速度和能力十分惊人，它们对土质的松软和敏感程度的判断和选择像蚯蚓一样挑剔。

以上是我面对竹林时做的猜想。但是，当我认真去观察南竹的时候，情况并非完全如此。南竹，汤错又叫大竹子，是比较常见的一种乔木竹子，体形高大，有很好的经济价值。它具有一些这样的特性，新种植的竹根第二年就可以长嫩竹。每条主根在一年当中只长出一条嫩竹，不是笋子数量。如果长出两条来，其中一条会死去。假设南竹的寿限为 n，它的发迹就是一个递增数列。n 为 60 的话，一个生命周期差不多就是 60 根竹子。有些年还不长竹。南竹的侧根一般长不出竹子。竹笋有冬笋和春笋之分，冬笋可以挖，春笋严禁挖掘。冬笋也大多长不成竹子（另说长出竹子品相不好）。既然冬笋不能成材，为什么还要生长出来呢？这些冬笋是不是就是侧根长出来的呢？还不知道。我之前想象的竹子具有强大的分形能力可能是错误的，至少在体型较大的南竹身上不是这样。

南竹比房子要高许多，坐在火落窖里焅饭喝酒的木匠，指着它们话麤天，他说：

过去，我们这个地方，住着体型高大的人，他们也种禾，竹子就是他们的禾，就像我们种的禾一样。竹子一生开一次花，结一次米，我们的禾一生也只结一次。禾的一季相当于竹子的一生，竹子的一生也就是禾的一季。也就是说，我们过一年，那些以竹米为食的高大之人，却要等到竹子开花结米之后才算是一年。他们的一生由很多个竹子的一生连缀而成。

他的这个说法让在座的人顷刻间充满向往。但是故事的结尾却把在座的人陷入一个自感生命短暂的陷阱当中去了。木匠的这种故事，汤错谓之"戆天"，这是一个很典型的戆天。

　　"我老早就听他说过这个故事，他给我们修房子，讲述的时候插播在演义小说和鬼话之间。都知道那是假百年（哪百年）的事，大家爱听。鬼话也吓人，妇女小孩在就不大讲，当然也故意讲这些嬷妹崽，令其害怕，惊叫，背发麻，从而产生对自信胆大的男性的依赖；戆天则是传奇，强调想象力。"（谢）

　　不大值得信任的则是空事［xaŋ¹³dai¹³］，空话之意，"事"读作［dai¹³］。除了演义小说有所本之外，其他都属于口头文学，是讲故事人自己幻想出来的，但经过提炼。最平凡的话语方式是聊天，聊天叫作"算白话""揖卵谈"。算白话就是摆龙门阵。话语进行的过程叫作"算"。像汤错人的"石龟""象"也属于戆天范畴。

　　木匠还讲戆天，那个时候，他们喝酒时就砍一根竹子，因为竹子里面有青酒。

　　后来，就真的有人这么做了，在竹笋时期，将酒注入竹子体内，笋体自动愈合，酒便封闭在内。竹子成年之后，放倒竹子，锯下之前做好记号，青竹窖酒就成了。要是觉得划不来，就多注射一节。差不多的时候砍下来，竹青酒清爽养血，可以喝鲜的，也可以继续窖藏。后来觉得一节一窖，划不来，就四个五个一窖，吃一节凿开一节。窖藏多少年，随主人的喜好而定。竹子是活体，在真实的操作当中，当随当地的竹品而定。这大概是戆天转化为生产力的案例吧。

　　张岱在《夜航船·花木》中说："竹多年生米，急截去，离地二尺通去节，以犬粪灌之，则余竹不生米矣。"关于竹子最大的秘密是近来发现的，竹子夜间可以排出几乎超过自己体重的水，你只要在它的身上凿一个洞即可。

　　汤错人当中，主要是新方话族群认为竹子有雌雄，笋子长出竹子的时候，它的第一个竹节上的枝条能虁裂为二者是雌竹；只有单独一根枝条的是雄竹。开花结米显然只能是雌性，或者雌雄同株行为，那么，为什么我们看到的是，要开花，此全片的竹子都开花呢？我们在种竹子的时候不择雌雄，也发。此说甚谬。再者，如有雌雄之别，也不至于全部开花之后，全部死掉。苏轼在《仇池笔记》中说竹子也有雌雄："竹有雌雄，雌者多笋，故种竹当种雌。自根以上至梢一节发者为雌。物无逃于阴阳，可不信哉！"这个说法和汤错的说法不谋而合。另外，苏轼说"雌者多笋"可能是意识到竹子的假鞭的存在。关于竹子的祖先，最新研究表明，它即禾本科可能是由须叶藤科的域外草属这一类型的植物演化而来，禾本科和莎草科虽然相似，但并不是真正的亲缘（《中国植物志》第九卷第一册）。

＊　　　＊　　　＊

几种有奇异气味的食材

　　一年在拉鲁湿地，当时所住的院子前有高大的巴天酸模，红似狐狸尾巴，院中小径就在它们之间穿梭，戴胜在白色的路面上弹跳，或举冠倾听。拉鲁湿地的北边山上有很多糙独活，气味很浓。让人产生晕眩之感。水库路边的独活（短毛独活）全身上下已经变成红色的多。青色的果实也散发出浓郁的味道，这种香味像是芹香，无晕眩之感。有些茎、枝条已经变成紫色。汤错的毛独活是一味佳肴，刚开始吃的时候有浓郁的松香气，难以入口，但是水煮之后，加入猪油，放肉菜小炒，或大煮，其味道实在是世间难觅。毛独活多生长在海拔较高的地方，汤错人所谓的高山。有人将其种在菜园子里，但总是不知如何培植为一种稳定的菜。我独好此菜，另有蘘荷（阳荷），也带有怪味；以及刺公头（楤木），外加带有强烈鱼腥的蕺，我之所好如此。芫荽的种植已经十分常见，不赘。蘘荷有两种，一种吃的球形部分长在地面，根茎附近，一种长在枝头。后者株植高大，可以过人头。

　　还有一种黄独，其实是薯蓣属，和淮山差不多。结圆果，果实表皮上有突点。

*　　　*　　　*

油桐木油桐

山上有许多木油桐，木油桐的表皮是起皱的，出现干枯状。果实底部成三个方向裂开。但是另外的枝条上还看到在开花的。

木油桐的叶子有些裂有四个豁口，有的没有，同一枝上是这样。另外，油桐幼苗时，叶子有豁口，四裂，五个爪；刺楸叶子也是四裂五个爪，但是叶脉区别很大。成长起来之后的油桐，靠近根部的叶子有一个或者两个豁口，树顶上的叶子大多没有豁口。

木油桐不裂豁口的叶子叶脉很有意思，三条基脉走向边缘，主脉到叶尖，呈树枝状，辅助叶脉均匀分散到两侧与旁边两条叶脉相遇的地方，但是旁边的两条叶脉不对称地披向一侧。不往中间来，或者说往中间主脉靠近的叶脉已经退化，所以，叶子上靠近叶柄的地方会留下两大片基本没有叶脉的区域。叶柄基部有两个乳突，像毛毛虫的一对胸足。如果是裂豁口的叶片，叶脉尽头处，也就是豁口的最里头有一个小圆点，作为结束叶脉的延伸。

还看到一种完全不裂叶子的，叶子颜色较之前面的要深一些，这是油桐。

要辨认它们的不同从果实上最容易区分。木油桐的果实有皱纹，凹凸不平。三条骨线明显，裂开的时候自下而上，从骨线和骨线之间裂开。油桐的果实果皮是圆滑的。

*　　　*　　　*

不是水蟋蟀

我在所居住的四处漏风的木阁楼上发现一只不知什么时候被踩扁的昆虫，已死。身体黑色，扁平——或许原本不是扁平的，因为是踩死的才变成现在的样子。乍看之下还以为是蜘蛛。仔细看才发现根本不是。

一共有四对足，前足四节，比其他三对略细，单足长四十八毫米，次前足长二十七毫米，中足长三十毫米，后足长四十毫米，稍微粗状。头上有一对鳌，像螃蟹的那样，第一节一对钳子，第二节有一个单钳，和前面的形成三叉；第四节又有一个很粗的突单钳。胸板上全用来生长这些足了。后半部分是肚子，肚皮上八道横向褶皱。腹部仓褐色。从嘴巴到尾巴的长四十毫米。从身上的泥和皮肤成色来看，极像是生活在水里的。我不知道是不是我踩死的。也不知道它是什么时候溜进我的房间的。很可能是昨天晚上。它不能飞，只能是爬进我房间的，阁楼离田近，它可能是从田里出来的。

但又不是水螳螂。

＊　　　＊　　　＊

大丽花　　　元秀在田边上的一块畬里把大丽花全挖回去做药了。村子里的人把大丽花的块茎叫作"天麻"。实则这个天麻不是那个天麻。没想到大丽花的块茎十分发达。其中一株挖出来多达十来根马铃薯一样的块茎，底端稍大。好几斤重。好几年了。

植物的地下部分也十分迷人。只是，我们不能时刻这么做。

我从铎山的石缝里挖下来的那株肉质叶植物开花了。聚伞花序，每朵五瓣，四个子房，十根蕊。

＊　　　＊　　　＊

尺蠖　　　夏至过后的早晨，太阳刚刚出来，我在槐树①下面走动，槐树的花穗还在酝酿当中，它排泄一种黏液，每棵树下的地面上满是腻滋滋的糖精融化后的黏液，踩在上面鞋底黏得吱吱响，有如踩在融化的沥青上。一种青色的比豆牙还纤细的肉虫挂在丝上，一张一屈沿着丝往树上爬去，丝却在风中飘荡。一条丝上有些是一条，有些是多条，微风一起，它们就剧烈地晃荡，而往上牵引的速度就会骤然加快，好比我们加速游过一个深水区。我逆着太阳光，看它们活动

① 指国槐。

了很久，有的已经爬上高高的树叶，有的还在加速往上爬去。一条丝随风摆到我身上，这种青色的虫子，遂即在我身上爬动起来。这就是尺蠖。那丝是它们自己吐的，并非蛛丝，而是蠖丝。我们在前面提及用手丈量的时候说到过。

令人疑惑的是，蠖丝不可能是从地面飘到树上去的，地表杂草丛生，它们的丝根本突破不了灰藜、苘麻、野莴苣这些高大植物的重围，更别说蠖丝的另一端飘到数米高的树顶，并黏牢，说明它们本来就在树上，夜间挂丝下垂或滚落到地面，早上又爬上树去，或者这一切就是在早间时候完成的。尺蠖的成虫尺蠖蛾在树上产卵，孵化之后变成尺蠖，尺蠖吃住在树上，待到一定时候，冬天来临之前，飘到地上去，进入土中变成蛹体越冬，第二年羽化为蛾，飞到树上，然后交配产卵，完成一个周期，然后才有我眼前看到的景象。我现在所看到的，可能是尺蠖的一种本能练习？为它们日后去地面入土化蛹做些准备；另外，这种飘荡也可能是它们转移食物牧场的方式。飘到我身上的蠖丝很细很细，用手一撩，几乎感觉不到，如果不是尺蠖跟着移动，离开身体的话。我将其拉到树干上，尺蠖一碰到树，就迅速往高处一张一屈顽强地爬去。可见，它们能很好地分辨地面和树生长的方向。在我们的文化里面，这个动作展示出来的"象"有很深的哲学含义，正所谓"尺蠖之屈，以求信也；龙蛇之蛰，以存身也。"（《易·系辞下》）另外，先人对尺蠖的观察颇早，我在这样一个早晨碰到它们，好像置身于同一个时空了。它们那么微弱纤小，如果不是偶然碰到，谁会在意它们？而在经典中，它们因着尺蠖一名而十分显赫。

第二天，同样是清晨差不多的时间，太阳有点曛，我在树下没有看到它们，其他几棵槐树周围也没有看到。却看到一只黑红相间布满白斑的斑衣蜡蝉若虫，我想摸它一下，噼啪弹出去老远。

*　　　*　　　*

荷花花瓣
在夜间闭
合

夏至过后，荷花陆续开了。当重复看一朵荷花时，发现荷花在早间开放，夜间来临时，花瓣重新合拢起来，犹如未开放时尖尖角的样子，临到第二天早上它又开了，如是重复一段时间。这个特性我还是第一次注意到。这说明，荷花对太阳运行十分敏锐，而且夜间不但不接受蜜蜂和蛾子们的光顾，连风也拒绝，荷花的这种古怪行为，是它独特的繁殖方式的体现，因为雌蕊脱落后被包裹在花苞里面，花托上那些蜂窝小孔接受受精，受精完成之后发育成倒锥状莲蓬，小孔里孕育出一粒粒莲子。因此，花瓣在夜间合拢对雌蕊花粉进一步受精和莲蓬的成长起到保护作用。当受精完成之后，在夜间花瓣便不再包裹。

*　　　*　　　*

夜晚花和
紫茉莉

阁楼前的篱笆前野生着一窝夜晚花[①]，篱笆上爬满了牵牛，它们在夏季来临时孕育出花朵，然而它们开花的顺序则刚好相反，牵牛花在清晨曙光微露时，嘭的一声绽开，从花朵里流出水露，整个篱笆上像连珠炮一样炸开，并传送清晰的炸裂，犹如雨滴落入水波。在无数个夏日的清晨，我看到它们绽开，好像一群鱼出现在眼前。一天之中，牵牛花的颜色由淡蓝变成浅浅的紫，再变成粉红，傍晚时分凋落，阳光猛烈的时候甚至熬不到傍晚。我们知道，阳光的强度、湿度，空气中的氧气和二氧化碳等元素的浓度，对花的颜色变化也有影响，而其自身的花色素与空气湿度以及酸碱变化也有很大关系。当碱性较强时呈现蓝色，酸性较强时变化为紫色，或粉红。细胞学家、生物遗传学家对此还有更加精微的阐释。我们只粗略地看到，牵牛花完成一天的开放，当傍晚来临时，它脚根的夜晚花就开始绽放，散发出清香，直到第二天清晨香消玉殒；在夜间，夜晚

---

① 夜晚花，学名紫茉莉。

花如何活动，我们一无所知，但有一点，蜜蜂是不会在深夜光顾它们的。整个夏天，这两种花昼夜轮替，在阁楼前陪伴着我。尽管很多时候，我都没有把心思放在它们身上。

* * *

看到一棵很老的马桑，它该算作乔木了。

我总以为村里人对植物不了解的。但是今天我改变了这样的想法。前次说到王探——白木通果实的时候，有位年轻的农妇说，这也叫"八月炸"。我想，她说对了大概。她说的是木通科的另外一种和白木通果相似的牛姆瓜。今天我路过农妇的家，她正在煮淅。灶旁的木芙蓉正在开着。屋前平地边上有土牛漆，我问她这叫什么，她说红牛漆，可以炖猪脚吃，祛风，还有一种白颜色的；旁边有艾，我继续问她，她说这是艾蒿，孕妇安胎吃了这个有用。我很佩服她。

今天看到茶花还在开。本年的茶树子同株上有的种子已经炸开。茶树子含三粒种子。炸裂之后，全部落地。没有炸裂的，先变得漆红。青色的茶树子和茶花在同一株上。

农妇的植物学知识

* * *

博落回的籽也炸裂了。风轻轻一触，就全部沙沙下落。里面有多颗籽，黑色，较小。博落回的果实炸裂之后，果荚也跟着掉了。

谢秉勋的爷爷将落叶后的博落回砍回去，收拾收拾就变成了一把比箫还长的乐器，足足够两米长。

博落回

* * *

今天看到白背叶果实炸开麻花一样的果实，一碰就有很多青白色粉末掉落，那些看起来柔软实则很硬的刺刺真的扎手。炸裂之后，种子露出，一个麻花上有好几个小球，每个小球一般是四粒籽。黑色和浅色土黄两种。黑色籽粒稍大。

白背叶果实

那些没有炸裂的麻花，其刺是软软的。

*　　*　　*

鼠麴草糯
饭藤穇子
等　　秋天的时候看到了一大片带着果实的植物，我看它们的时候，在某些时段里，只是看看而已，有无异样。但是碰到开花、结果，或者寄生或者入侵，总是一个事件。

　　枸骨——冬青科冬青属。枸骨的果实成熟之后是红色的，像枸杞子，也叫大叶冬青。小檗科十大功劳属和枸骨的叶子有几分神似，后者叶子角刺少一些，花序和果实截然不同。

　　穿龙薯蓣——只看到薯蓣留在树枝上的干枯果实。三面团扇翼。没有看到本年的株植。

　　鹅绒藤——花和果实形态就像穿龙薯蓣的果实，但是小很多很多。

　　羊耳菊和毛毡草，鼠麴草有些相似，但是株植大。叶子片粉黄，锈一般陈旧的颜色。叶互生，其中在顶部开花。都是菊科植物。唯有鼠麴草在汤错的利用价值颇大，每年都有农家采来做燕子粑粑，所以也叫燕来花。将鼠麴草采下、洗尽、捣碎，与糯米粉做成年糕一样的糍粑，乌青色，味甜，香糯，是一道美味。

　　蕺有特殊气味，本地人叫鱼腥草，确有一股鱼腥气，它的根做成"锅边站"——即凉菜和开胃菜，顿顿都不能少，甚至可以取代葱姜蒜。

　　糯饭藤①的球状果实有臭涩之味，村人也爱茹，好比榴梿之臭、杨梅之酸，凡习惯了就有爱茹得不得了的。糯饭藤也见到两种，小球类似乒乓球大小，大的有拳头大小。

　　地榆——山坡上漫山遍野都是。紫红的果子大小跟提子差不多。地榆花葶细长，淡红，红中带紫，十分优雅高贵。枯黄的山坡上易看到它们的身影。

---

① 南五味子。

天名精有堕羊胎的功能，汤错叫打羊胎草。羊不吃。牧羊的时候，也主动绕开。

葛藤的藤蔓上结节的地方聚结了一批幼虫，这些虫子常常挖出来茹。汤错叫麻虫。麻虫比蜂蛹还要好吃。

穄子（ts'ɤ⁵⁵lai⁵⁵）做粑粑吃，可以做主食。营养价值比较高。穄子和牛筋草同属画眉草族。瘦果很相似，种在畲里。这是铜座的杂粮。据说原本产自非洲和印度。

汤错曾经也种过麦子，但现在不种了。

＊　　　＊　　　＊

黄背草看起来是一种既不讨嫌，也一下子让人喜欢不来的草。黄背草因为它的结构看起来很邋遢，混乱，和老鼠芳一样。

从它的第一次分枝开始，每一个节疤分出一枝小于主茎的枝条，接下去每个节疤都要进行分枝，每上一个节疤，分出来的枝数就会多一枝。但是也逐渐变小，变短。在长约一米的长度以内分完。分枝上的节疤也会如是分形。所以，一根黄背草分形完成之后会形成一个狼尾状。

每一簇草籽有多重包片，略微弯曲延展出来的黑须像一根细铁丝，它和一白色的米粒并肩生长在包片之内的褐色谷子里。米粒即种仁长椭圆形，和糯米一样。黑须长六七厘米。这根黑须的作用尚不明白，它对种子的飞离并没有多大好处，反倒是阻挡作用大一些。谷子和稻谷不同，稻谷是全封闭的，黄背草的没有，因为黑须要伸展出来，所以，去皮要容易一些。我想，这种谷子也是可以茹的。如果大量种植，产量还会很可观，因为它比较耐旱。荒山野岭都可以种植。秋天的时候收割完毕之后，放火一烧，来年又疯狂地长出来了。它可以有个更好听好记的名字：山米。修米。汤错形容谷好看：黄觥觥［tɔŋ⁵¹］里哉。

$$* \qquad * \qquad *$$

根据农妇描述去周山寻找岽松函，没有找到；可能是一种景天科植物，也可能就是马齿苋，"苋"在新方话里读作"函"。

看到田边的喜旱莲子草，以前我把它叫作水花生，村子后面的池塘边上有很多。一些畲里长满黄红色的花朵的野茼蒿。

到现在这个季节，很多植物都干枯了，谢幕了。但是像藿香蓟还在大面积地开花。藿香蓟断损后身上有很臭的味道。

我从红岩隧道穿过去，到周山的另一侧。隧道很长，有一千多米吧，黑魆魆的。在里面头碰到了石头。差点晕倒。在全黑的洞段，我闭着眼睛，猫着腰，试探着走。

山的那一边，多梓树，它是最先红叶的。现在也最打眼。我一眼看到了大火草，它也是秋天里开花的植物。在碰泥水库的路边有很多，但这两天修葺路的村里人把它们都砍下来和烧掉了，其他的路边植物也遭到了割弋和火烧。

$$* \qquad * \qquad *$$

天气闷热。我穿一件薄薄的棉衫，脱了蠓俫①爬人，不脱又皮肤发烫，冒汗。有点困，睡不透。房间里、窗帘上、天花板上都布满了成对的蠓俫。窗帘上掉出来的线穗上，全是黑压压的蠓俫。

七点二十左右，一只菊黄色的蛾飞进来，我用一个透明的饮水杯把它罩在里面。七点四十二回来看它，下了四排卵。它在杯子里不停地振翅。因为杯子壁是光滑的，它想爬上去，依靠它的脚却很难，只要爬上去了，它就立即排卵。我亲眼看到它排第五排卵，但中途掉落下来，也就立即停止排卵了。看来，它是不想把卵排在垫在底下的书封上。

排出来的卵都是双排并置，表面附有一瓢细长的绒毛。

---

① 蠓［mo¹³］俫，苍蝇。新方话说蠓［mi³¹］仔。

（左侧旁注）岽松函水花生野茼蒿藿香蓟等

（左侧旁注）蛾排卵

458

杯子里面有点狭小，它不大好活动。我从旁边放进去一根小樟木枝，上面有一枚炸裂的小果。飞蛾立即沿着小枝爬到了小果荚上。在上面待了一会儿，又掉了下来。看来它并不想把卵产在上面。它下来之后也没有再爬上去。

接着，我把杯子拿掉，可它待在那再也不动了。我在放大镜下看它。它的头部正面看起来像猫头鹰，顶着一头金黄色的狮毛，而且是"鹰钩鼻"，眼睛上方长着一对凤尾蕨叶一样的扁扁的略呈弧形的触角。第一对足紧挨眼睛棱角长着。背部图案极似两条游到一块的鳊鱼，还有两道幅度渐趋激烈的波纹。身体中部那一条略直，尾线那条是起伏的。

不见它动，我用樟木枝将它翻过身来，它死了一样一动不动。它会不会是已经死了？否则的话它们对睡觉的姿势真是一点要求也没有的。这个时候它的触须收到了翅膀下面。在另一个房间里，我看到两只这种蛾。我把其中一只用棍子挑来，两个搭在一起，一上一下，它们也还是不动一下。

蝶蛾之美，令人惊叹。

*　　　　*　　　　*

用太多的形容词谁都知道不但不能达到描述的目的。对于秋天，如何描述呢？形容词空洞无物，根本不能胜任。这是一条走不通的路。如果我只是叙述，把事物在季节转换中的衰败视作春天的到来做准备，那么不就可以摆脱个人情绪了？我仅叙述事实本身，个人的感觉少介入。

秋天的丰收和衰败都是一种假象。在此之前，我为这个假象迷惑了。

怀特在《塞耳彭自然史》中大都谈及动物，尤其是鸟类。称之为自然史颇显勉强。对植物没有进一步的研究。他对植物是实用主义的，不是一个真正的植物观察者。和湖上笠翁的自然史一样，是

怀特的塞
耳彭

459

人文与闲适主义美学。

今天的学科分类和研究均已十分深入。我所获得的仅是一些感性的体验。

但他有一个自己的塞耳彭，就够了。

＊　　　＊　　　＊

房间光明
与昆虫

有机会要探讨苍蝇和飞蛾的趋光性。我睡觉的房间苍蝇蛾子太多，几乎无法睡。我将另一间房间的灯打开，关掉我房间的，通过一扇门，光线可以投进来。很奇怪，苍蝇们马上不吵了。不久，它们就迁移到那边去了。我引导它们去了另一个光明的地方。我总算可以安静睡觉了。

昆虫、鸟类为什么会趋光？在另一个地方，我们描述在山上点篝火打鸟的时候，会进一步探讨这个问题。

＊　　　＊　　　＊

火棘等植
物一束

有些笔记是零碎的，往往只有一条，因为观察的周期长，所以简记，择录数条如下：

山合欢，在眼岬坝钓鱼，看到对岸山上开了不少山合欢。

金线吊葫芦，草药师家老屋后栽种，又名青牛胆，学名金果榄。山中偶遇。块根像一串金桔。本地颇神化这一味药。

重楼，马尾河塘沙底西山上很多，长在水沟边。南边山上也看到了。

皂荚，汤错说皂檀［zou³¹tɕjo¹¹］，上洞原大队洞溪边有大皂荚一株，高于米槠、板栗树，在没有香皂之前，这棵树是供采皂荚做肥皂用的。"皂荚米在饥荒时期也用来吃，口感跟吃猪脚一样。"（上洞谢家老门亲）

天麻，猎户李氏从高山的峡谷中采回野生天麻半斤。以六十元购得其中一颗，去头风。

天南星和黄精，均多见。

鬼血叶，天南星科。根部开出黑色之血一样的花朵。

黄花，金针菜，学名萱草。生马尾河两岸。

火棘——蔷薇科火棘属，漫山遍野的火棘。这个时候看到红火火的小果垒叠全树的都是火棘。火棘树有刺。叶倒卵形。鸟不怎么茹吧，为甚这么多？一个月前就红了，现在还是那么红。它可以保持到春季。别名：水搓子，豆金娘。

土茯苓——地茯苓。菝葜属。

吴萸——臭檀吴萸，也是芸香科的。顶生，聚伞状花序，种子爆裂后在果荚定上，黑而光亮，但无异味。根据资料描述，这种植物的果实是有强烈异味的，正如它的名字。单数羽状复叶对生。

补记，我放在桌子上原本没有裂开的籽全部裂开了。露出光亮的黑籽。室温比较高的缘故吧，另外，炸裂之后的确有味散发，似臭。（2008 年 11 月 12 日）

粿粑藤——这个像是忍冬科荚蒾属的，没有找到其学名。按照汤错语的意思和糯米条最接近，粿粑便是用糯米打出来的，俗称粑粑的便是。但不是糯米条。所以变得一团雾水。

白英——茄科白英属，我一度将其和龙葵混淆，它们之间的区别是很大的，今天仔细看了。白英有绒毛，浆果跟葡萄一样一摞摞的。龙葵是爪状的。白英喜欢匍匐在地，更接近藤本。

牛尾菜——百合科菝葜属，这一属的植物认得差不多了。牛尾菜还没有见过。是元秀提到汤错有这样的一味药。

丢粒仔——本地叫法，或可书作鸟李子。很可能是李属，果实樱桃般大小，鼓形，果肉比樱桃更黏实。灌木。叶子卵形，全缘有细锯齿，互生，果实成熟后红色。湖上笠翁说"吾家李"，别的李要冠以别的形容词，比如郁李。

白马骨（的花）——茜草科白马骨属，有细细粉状茸毛，白似雪，五瓣。六月雪与白马骨的差别："六月雪形态上极相似，唯叶较小，狭椭圆形或椭圆状倒披针形；萼裂三角形，亦较短。生态及分布均同上种。"

菟丝子——之前写的文字命名的菟丝子不够准确，学名应是金灯藤，旋花科菟丝子属。该属还有南方菟丝子一种。另注意无根藤，幼时和菟丝子属相似，成熟为青色，樟科无根藤属。

山胡椒，木姜子——樟科木姜子属；姜木或山姜木。但是山胡椒是山胡椒，也叫山苍子。山胡椒是最主要的叫法。山胡椒无叶先开花。五六月成熟。山胡椒的蒸馏过程。汤错用来做调味油，沅湘资流域均喜食。铜座有两种，一种叶大，籽大，一种小。高山主要是大山胡椒多，油多。陈木源和天门下去就是小的多了。

无数瓜——葫芦科佛手瓜属，当地人叫习惯了，就叫无数瓜，其实就是佛手。

何首乌——不得不感到羞愧。我曾经千百次问自己的那种藤蔓植物竟然是何首乌。平素总是看到何首乌的块茎，而没有见过花和苗。纵然见了这么多，不认识。看它的果实，极像巴天酸模，便想是不是蓼科来着？一查，果然是。

存疑：我以为是桑科的，但是没有找到标本。叶子长卵形，有锯齿，有拇指宽叶柄，深色，互生，果似茶子，三颗子结在一起，跟倒提壶和龙牙草一样是下垂的，有意思的是荚果背部凸处裂开——即背裂。这些描述都是非植物学的，随心做个记录，或许只有我自己认识，下次遇到的时候能认识。

茶油，茶籽油——可以治疗耳朵灌脓。是榨油的茶树籽油，非茶叶籽。茶子不同，前者为三个两个子房；后者是圆形的。

微毛柃，这家伙困扰了我很久。很多，但又不认识，在生活中它的用处少，大家对它的关注也就少了。它和茶树关系密切。山茶科柃木属。铜座叫"米梭柴"。

花柴——杜鹃一种，止血有奇效。乔迁之喜礼仪上常用到。

*　　*　　*

秧田种下之后，家家户户便将牛关在栏里。牛被关这段时间，正是耕完地，春草丰茂之际，但又未送上高山草甸之前。在别处我们曾详细描述了村洞中牛的牧放时间规律。耕地和冬天，它们在家，其他时间一般是不在家的。秋收之后在家，可以放在田间吃草，冬天则吃干稻草。那么，在被送去高山之前，男主每天清晨要割几担青草回来，放在牛圈旁，一次抛投几十斤。田边杂草便是牛的主食诞生地，我们仔细辨认这些莎草苔草，十分繁复，而牛吃的不带捌手的，且甜味越重越好，田野主见的牛草有丝芒（马唐）、白茅、鹞草、看麦娘、白顶早熟禾、异型苔草、早熟禾、狼尾草、莠（狗尾草）、虎尾草、画眉草、牛筋草、芒草、狗牙根草、千金子、稗草、稻稗。非木质草本藤本与猪菜重叠的植物也时有一并割至，其中芒草最为粗壮，牛并不吃芒草，主家还是割回来，捆在牛草中，当作踩粪原材料。奇怪的是这些草和稻田、畲呈现共生状态，山中则为灌木、乔木的主要生长地，而它们也基本在稻田周围和水稻的生长周期内。当然，如果有高粱大豆玉米红薯萝卜青菜，牛也不一定非要吃这些。苜蓿未见。

所谓的田间杂草还包括一些猪菜范畴的植物，它们其实是猪和牛食物的补充，现代种植使用各种药剂如百草枯杀死"杂草"，某种程度上也切断了牛和猪的食物链。牛和猪渐渐退出了农户的养殖链，因为水稻种植也在大规模退出，伴随着一起出现的还有农村人口的空心化、老龄化。历史地看，人口曲线的峰值最好在我们这一代，之后的计划生育直接导致悬崖式的下跌，乡村学校学生数量锐减甚至消失就是明证，但整体人口数量仍然维持在历史最高水准（从人口普查数据来看）。

（牛吃什么草，right margin annotation）

$$* \qquad * \qquad *$$

房间光明
与昆虫续早上起来八点，落雨了。湿气很重的早晨。这跟昨天那么多苍蝇、飞蛾的出现或许有些关系吧，它们比我们要灵敏得多。昨晚上那两只飞蛾，我不在的时候，它们跑了，但我又将它们找了回来。一只右侧丢掉了两条腿。另一只被我关进杯子。

今天早上，我发现，断腿的那只飞到隔壁我睡觉的房间里去了，因为苍蝇多，放了粘鼠板，它被粘在一堆苍蝇中，这是今天早晨的事情。另一只还沉睡在杯子中，产了四五排卵。

它们逃走之前，显然是装死。卵上有白浆似的黏液，能够迅速将产下的卵粘在物体上——胶质变硬。

但是到晚上，有一只在杯子里的蛾子，的确死了。身体尾部开始出现明显萎缩。估计卵已经产完了。

来日再看，还是装死呢。

$$* \qquad * \qquad *$$

云之书云是大地的呼吸。今天傍晚落雨，哗哗响，湿气逼人。阴沉得看不到天空，只有地面上透着一瓢不厚的空间，可以看得稍微远些。好多年没有这样感受到雨水的亲切了。在拉萨的时候，和王格拉在一起，他喜欢对着天空拍，他说，有一个法国作家，专门研究巴黎上空的云，还把这些云整理成书。

当时觉得非常有趣。回来的路上，我把青藏线上的云好好看了一遍，发现云真的是很有性格的，也很美丽。只是，我对云知道的太少了。

深夜的时候也还在刮风落雨。不是太冷，风吹来的空气中还有些许和煦。只是在风里站久了才觉得透身凉意。

*   *   *

布谷鸟，在汤错叫个工鸟［ko³¹kɔŋ¹³tiou¹³］，我一度难以理解。个工鸟
虽然，从读音说，我注意到这也是根据动物的叫唤方式和声音命名
的一类起源词，这一点，在众多的语言中，不约而同地出现了同一
性，在鸡麻眼一条中我们列举了鸡打鸣，希腊人把公鸡干脆叫作
kokkvβóας也有这种性质，它在荷马时代的地中海就是这样了。这种
性质是原始的，换而言之，这种命名具有原初性质，从这些词汇当
中，我们可以看到它原本的起源和人类命名事物的方法。我们再看，
布谷鸟满语叫 toiton，满语杜鹃叫得比较浊，浑厚，这是亚寒带特有
的声带发出的声音；英语叫 cuckoo，较清脆；拉丁语叫 coccyx，这
个词来源于希腊语 kókkvξ，罗马人最早对布谷鸟的叫声缺乏敏感
度，也可能原本是有自己村子里的叫法的，但还是屈从了更强大文
明的希腊语，当拉丁语成为高贵语言的时候，那些高傲者的口中吐
出的这个词须不知仍和其他村子里的语言没有两样。形容布谷鸟叫
也是 kókkv，它们都属于直觉命名事物，汤错人不叫布谷，也不叫
杜鹃、子规，叫［kokɔŋ］，也体现了命名事物方式上的原初性。

布谷鸟是和"秋"一样引发愁绪的事物。在汤错，布谷鸟的叫
声，也是悲切的，能够引发愁绪的，凄惨而造孽。这种凄凄感来源
于布谷鸟叫声本身的凄景，也来自汤错发生过的事情。无论山前山
后高山低山，听到个工鸟啼唤，他们都说令人"流哭"。作为地方性
知识，方便对比，我们列举汤错语中流淌着的语言事实，这是一个
长工的故事：

> 农忙伊始，布谷鸟就在山上鸣叫"kokɔŋ……
> kokɔŋ……kokokɔŋ……"布谷一叫，便是一年一度出去给
> 地主帮工的时候了。有一个帮工，老实憨厚，认字不来，
> 他出去给地主帮长工，做一天事，用泥巴，吐点口水，捏

成一个小泥团，记数；一天一个，一年下来，有三百好几十。临到这一年快要结束的时候，地主偷偷地在那堆小泥团上射了一脖尿，将其浇作一团。三百六十五天一个工。长工气极而死，魂魄化作了一只鸟。第二年春天来了，山上有鸟啼哭："kokɔŋ……kokɔŋ……kokokɔŋ……"这只鸟就是长工所变，他的哭声就是："个工，个工，个个工……"以后的每年三四月农忙开始时，个工鸟都要出来叫唤，声音凄婉不堪。大家不愿意听到"个工"如此凄惨的鸣叫，就应它的声音说："pukhu……pukhu……pukhu……""pukhu"即"不哭"。（讲述者元秀）

这个讲述出现了地主和长工，显然是后置表述，在"地主"一词中，我们说了，地主这个词的读音和本语词是有区别的，属于更新族类的词。或者，汤错人在讲述这个故事的时候，不得不用现代语言，所以也无法回避这些带有明显阶级性特征的词汇，或许是诉苦团的创造，"个工鸟"的变体在各地均有宣讲。总之，这种个工之苦，还在汤错继续发酵着，引发着悲切、怜悯、哀怨、凄迷。

现在，个工鸟的故事还在流传，还有一种更为贴近杜鹃鸟自然叫声的说法，刚开始的时候，个工鸟叫"春到了，春到了"；春天快要过去时，叫声变为"春过了，春过了"。春，音葱，仄声。

杜鹃鸟叫是两个音节连叫，两声一度。汤错这里却出现了三个音节，这个"kokokɔŋ"可能是汤错人讲述时的引申，表示强调而已。前面，我们所举例子中，希腊语布谷鸟也差不多是三音节"kókkvξ"（特指布谷鸟叫）。而在他们模仿鸟叫的时候所用的语言则完全是三个音节。但是表示布谷鸟叫的本来的词却是两个音节。这说明地中海的杜鹃和上亚细亚的杜鹃叫声是一致的。杜鹃科杜鹃属（cuculus）有多种，它们的叫法差别也非常大。关于这个我们在下文还要提到。汤错语"kokɔŋ"这种叫法和汉语"布谷"有所区别，但是汤错人的应声"pukhu"则完全是"布谷之鸣"。pukhu，cuckoo，κόκκυξ，等等，虽然略有差异，这是语言的差异，是杜鹃鸟地域性和种属的差异，这种差异恰好是一种事实得到尊重的正确，所谓差异正确。

由这些两个音节构成的叫声，传达出的哀怨持续之久，令人感到有些晕眩。汤错没有"杜鹃啼血"这种说法，但是"个工"之鸣也够极其哀怨凄惨了。凡可听到杜鹃啼的汉语深处，都不会有太好的情绪，不是亡国之音，就是愁云惨淡的悲切。楚民认为子规即秭归也，子规鸟也就是秭归之鸟。传为屈原妹妹屈幺姑的精灵所化，屈原被放逐后，在洞庭湖流域过着颠沛流离的生活，眼见楚国兵败城亡，抱起一块大石投了江。消息传回故里，妹妹屈幺姑朝夕坐在江边一块石头上恸哭，望江呼喊："我哥回哟！我哥回哟！……"过往之人闻之无不掩面。屈原的死在很大面积上重伤着这片土地。

这里，我们已经两次谈到了杜鹃鸟的化身问题。《寰宇记》和《华阳国志》还记载了杜宇之化，可以一观：

> 蜀王杜宇号望帝，立鳖灵为相，后因禅位，自亡去，化为子规。(《寰宇记》)
>
> 杜宇称帝，会有水灾，其相开明，决玉垒山以除害，帝遂委以政，升西山隐焉。时适二月，子规鸟鸣，故蜀人闻辄悲思之。又花名杜鹃。(《华阳国志》)

由个工、屈原、杜宇这三个故事可以看出这类民间传说的叙事痕迹：

（A）一种人们所期望的事物，它是好的，无辜的；

（B）死亡揳入，遭遇突然而来的不公平的打击；

（C）遂即化身为杜鹃鸟哀啼于世，世人也悲切思之。

这种三段式的叙述构成了这类民间故事的基本结构和原型，它是一个逗号形的螺旋曲线。化身故事具有普遍性，化身的也不一定是杜鹃鸟，还有其他，所化之身根据需要而定，可以是鱼、是牛，也可以是虞美人，或树木、石头。这是一点奇怪都没有的，所有这一切都是由大地的肉身化来的，我们称其为象征群众的结晶化和扬升过程，其原型是"大母神"，可参本书其他所述。

布谷鸟和杜鹃花重名，这种用动物和植物之名相互命名的现象在语言中很多，这点在别的地方我们已经谈过。而杜鹃之重构造成了心理上的冲击，还是比较罕见的。在我们所列举的几个程式民间传说中，杜鹃鸣时，杜鹃花开，布谷鸟和杜鹃花在同一个季节"开声"，又一度重叠。那绚烂的红和杜鹃鸟凄婉的啼血之声相互铺陈，也呈现出秋天的愁绪难以比拟的春之悲切。汤错的杜鹃开在清明节前后，和迎客杜鹃（花柴）桎木同时。与个工鸟叫的时间并不统一。也就是说杜鹃花开放在前。到个工鸟叫的时候已经凋谢了。可见，所有的这些故事在时间上只能在某些地域重叠。越往北重叠的可能性越大。这个杜鹃指的是杜鹃花科杜鹃属植物杜鹃 Rhododendron simsii Planch。俗称映山红，而且是晚开的那种。和迎客杜鹃花期一致的映山红显然在时令上和我们刚才说到的三个化身故事有脱节。唯有这种杜鹃花属植物在早春红得令人心碎。

拉丁文中 coccum 这个带有"coccu"词根的词是"鲜红色"之意，仍然来自希腊语 kókkivoς，义谓朱红的，猩红的，大红的。亚里士多德以四大元素解释了动植物的构成，卢克莱修《物性论》说得也很全面。从最基本的元素出发，杜鹃鸟和杜鹃花具有一致性，这种由元素构拟出来的物质性事物"杜鹃"无疑在这里走到了一个交叉点，思维的共振域：杜鹃，然后是"杜鹃啼血"。它的本质是元素的重叠。我们面对的这个布谷鸟之声的事实显然比语言的能指更具有根据性。它也可以理解为某种程度上的杜鹃啼血。

布谷鸟在我们的语言中的确代表和暗含着一种罕见的情绪。汤错这么小的地方都没有逃过。语言和情绪之间的形成，首先面对的是物，即布谷鸟这个存在，然后才有人这个中间过程的感应，最终化为语言和它的力量。我老师曾讲："鹧鸪啼，行不得也哥哥；子规啼，不如归去，不如归去。"鹧鸪（汤错叫河鸡）有"南飞不止"的习惯，在诗歌中常用来表示思切之情。鹧鸪是鸡形目雉科，它叫起来和鸡有几分类似"go～～go～～go～～"，叫声平促，腮帮子两边又像鸭子叫一样一鼓一息，连续很长时间，有加急和顿的地方，这是公鹧鸪的叫声，所以有"哥哥"（gogo）之说吧，公鹧鸪"go"一声，母鹧鸪则是一连串清晰明亮的叫声夹在其间歇时间"～～"内：khsi gui er a a……。重音在 khsi 和两声 a 上；子规啼的"不如归去"则很难理解，老师也是知其然，不知其所以然。我想这是一个音律学上的问题。布谷鸟叫的并非"不如归去，不如归去"，而是汉语"bugu，bugu"，"布"由"不如"切，"谷"由"归去"切，"布谷"正好可读若"不如归去"。这句俗语说的是鹧鸪"gogo"，布谷"bugu"。

回到"杜宇化身""幺姑哭兄"和"长工抟泥"这三个民间传说，在故事的形成过程中，编撰者注意到一个问题：时间，故事中的时间。长工的故事说的是农历三四月，即农忙开始的时候。屈原投江的时间当在五月，或者五月之前。由于越城岭和秭归在地候上有南北之别，存在一个时间差。杜宇的时间是四川盆地的二月，也就是说，这些民间故事在编撰的时候，是十分契合实际情况的。一个地方的故事只能成长为一个地方的草木习性，可见传说也是有它的地域性属性的，假使调换这些故事的地点和背景，要流通的可能性就会小很多，甚至于都无法流通。它隐约呈现的是曾经有过的事实。"杜鹃啼血"则多多少少是联想大于事实，这种悲切是它们在杜鹃原本凄切的声音上勾拟出来的一种情感。

海因霍菲尔有一个天才的想法，一六二九年，他在黑森林造了一架体形不菲的布谷钟（cuckoo clock），它可以发出布谷鸟的叫声报时。这款钟在黑森林以外的地区迅速得到普及，布谷之声上升到时间的高度，控制了更多的日常生活，进而由进入时间变成了权力。这款钟要是拿到中国，除了那些收藏家和嗜钟如命的钟表爱好者，估计难以出售。可见，欧洲人，对布谷鸟没有我们这样的悲切之情作为心理底色，尽管也意识到其猩红之意，在英文中爱用 Warbler 来表示杜鹃鸟的叫声，义谓用颤音歌唱的人。在我们的文化中，所有在虚构这些杜鹃故事的同时，对真实的杜鹃和它的生活却忽略了。《埤雅》的记载中涉及了一条杜鹃的习性：

夜啼达旦，啼苦则倒悬于树。

这里说到杜鹃鸣叫的持续时间和姿势。这种观察有了进一步的实证精神。啼叫从夜里开始，不知几时，反正要一直叫到天亮，叫的状态也极其苦厄——"倒悬于树"。可见，布谷鸟是不眠之鸟。至于其是否像魔术和杂技表演一样"倒悬"，这个还没有看到过。杜鹃通宵达旦地鸣叫用今天的说法，这等苦啼是求偶之比兴。春夏之际，乃布谷鸟发情期。夏天的时候，叫得尤为哀切，大抵是其求偶的高潮时期。夜晚叫的原因，《禽经》上解释："哀鸟吟夜。鸟之失雄雌，则夜啼。"在中国漫长的中世纪史中，唯有李时珍对杜鹃企图做比较"客观"的记述：

布谷鸟

> 杜鹃，出蜀中，状如雀鹞，而色惨黑，赤口，有小
> 冠，春暮即鸣，夜啼达旦，鸣必向北，至夏尤甚，昼夜不
> 止，其声哀切，田家候之，以兴农事。惟食虫蠹，不能为
> 巢，居他巢生子。

李氏的记述十分翔实周备，涉及了产地、形态、声音、季候、食性、居住、繁殖。他说的是一身惨黑的蜀中布谷。其实楚地也有，百越之地也有。这种独独点出蜀中之杜鹃的说法，令人有点怀疑李氏的记述也可能来自某种已有的记述或者传闻。这里的记述翔实，具体的东西却很模糊。我们所说的布谷鸟专指鸟类学上的大杜鹃（EurasianCuckoo）。大杜鹃的叫声为响亮清晰的标准型〔kukʔoo〕声，通常只在繁殖地才能听到，且带喉音，晚上并没有发声的习惯。四声杜鹃叫声为响亮清晰的四声哨音"'one more bottle'"，不断重复，第四声较低，常在晚上叫，即我们常说的"快快割麦"鸟。普通杜鹃，春季叫声为单调的响亮尖声"wee-piwhit"，重音在"pi"上，一连串上升音调然后突然停止，停顿片刻又开始叫。雌鸟发出粗哑的喘息叫声。棕腹杜鹃叫声为带哑音的持续声"gee-whizz"或"fe-ver"，重复约20次，或为三音节"tɕy-ichi，tɕy-ichi"叫声。李氏的蜀中杜鹃已经很详细，但也还是有虚构色彩，他好似综合了关于杜鹃的各种传闻，将多种特指集于杜鹃一身。今天，鸟类学家对杜鹃的观察已经有了很多详细的记载和报道。而对于汤错人，实际上，听到杜鹃的叫声，已经知道它的存在了。在海拔一千二百多米的高山也能听到杜鹃叫。杜鹃鸟这样叫得哀切、可怖、辛劳，除了交配求偶，可能还存在吓唬别的鸟的动机。布谷鸟不筑巢，它们过冬和平常栖居也是一个谜。李氏记述说到杜鹃"鸣必向北"，尚不知何故，按理我们在北半球，它向南才更有道理，段成式说："鹧鸪向日飞。""一鹧鸪鸣曰：'向南不北'。"（《酉阳杂俎》）这是一个值得继续深入的问题，李时珍的记述值得称赞的地方在于，尚格物之道，

实事求是地观察，没有一丝一毫曲笔和滥情。《酉阳杂俎》中还记载："始阳相催而鸣，先鸣者吐血死。尝有人山行，见一群寂然，聊学其声，即死。初鸣先听其声者，主离别。"云云。

*　　　*　　　*

沿着一条水沟走下去

村子中的那条水沟，现在干了，我走过几回。但是我不得不承认自己的疏忽，某种程度上也是无知。前几次，我走过这里，看到长波楤木、通脱木、胡颓子、水桐、算盘子——本地人叫"鸡屁股"、鳢肠——喜旱莲子草、白背叶、构树、牛蒡、辣蓼子、荆条、巴天酸模——到现在才看到它们长出新叶来，是第二次生长了，还有很多很多，我没有注意到的植物，所谓认识就是从陌生中区别出熟悉，陌生总是大于熟悉，这种无奈表现出我的观察力认识力量的有限。今天从那边经过，经老农妇指点，在那条水沟旁又看到苦参、刺五加、无花果，还有几种尚不认识，她对这些植物的药性认识得很充分，跟我一一数出它们的作用来。对于她教给我的这些，我已经感到心满意足。另外，她还指给我阳雀花，这是锦鸡属的。说根炖东西吃很好。她把她叫作背皮劳。山上还有一种也稍微大一点的鸡××，名字没记住。白马骨也夹在这些杂草中。本地人把薏苡叫作穿线草，纺棉花的梭子上会穿上薏米粒。当然是还没有去皮的成熟的黑色果实。

另外看到了哥王——南岭荛花、九信草、毒鱼藤、鸡子麻、鸡断肠、接骨草——叶子极似的藤本植物。只是叶序为互生的。了哥王是对生叶序。

鸡吃了死的，鱼吃了也会死。但是人吃了不一定有事。这说明物和物之间的结构秩序不同。本地人则叫羊奶子。果实成熟后跟枸杞子很像，可茹。

前几天在梓坪看到的是白花蛇舌草。但是我看到的是蓝色花。

另外，穿过红岩隧道之后的那片山坡上桔梗不少，桔梗花的紫蓝是那么地悦目和阔畅，又有一种灵幽之感，甚至在色调当中能感觉到一种视觉上的甜，这是我感受过的最悦目的色彩，足堪媲美罂粟花的妖红。

地榆和农吉利点缀在山坡杂草中，一紫一红。

最令人兴奋的是终于碰上了接骨草，秋天来的时候，它艳艳的垂涎欲滴的橙红果在枝头，有的枝却还在开着无数的伞聚状小白花。它长得高大，羽状复叶尤为惹眼，叶子涨得开，在林荫树下，它的族类无限蔓延。令人着迷。

任何事物，细节达到完美的时候，就会变成垂直的记忆，甚至成为负担。观察者乐趣全部在于——我不认识的，或"认识"而叫不出名字的来，还有一种情况是你知道一种植物的名字，但却始终没有见到过的，当你把这几种情况都对上号时，就有巨大无比的愉悦，以及你在周期之内看到的它们的剧变。不仅是因为某种纠偏，而是，它们再一次稳稳地生长在你的意识里了，进而扩展为一种它的独立的美学，进而是意识的肉身化。这株植物永恒地成为你意识的一部分，每年都在成长，经历它必然的轮回，却不死去。

*　　　*　　　*

今天特别嗜睡，早上起来吃饭后，在桌子前坐下一阵，就趴在上面睡了，冷得紧。可是，我梦到一种植物。在现实中，我没有见到这样的植物。梦境：那是在汤错，谢秉勋家里，算是一个熟悉的地方。这株植物种在窗前，每次去厕所必经。但是，今天我却是第一次看到它。有花椒树一样的叶子，果实却大为不同。它的果实是管状的，二寸许长，果荚上有四翼。以前也梦到过植物，但是形象模糊，难以描述。而且多次梦到各种植物。这些植物或许下一次还能见到它们。

梦中的植物

*　　　*　　　*

这两天没有什么特别的灵感。去了一趟耒阳，在经过邻村——

初见栾树

石溪村的橘园一户人家时看到的那棵树，在这边继续还有，从涟源出来之后，一路上都有。应该是翅果吧，这边叫泡泡树，在蔡伦故地我看了它的果实，地上掉了不少。果实的外形和穿龙薯蓣的是一样的结构，但是纸片般薄的果荚，里面有三粒比米大比黄豆小的圆形的黑色种子。这边的人把这种树叫作泡泡树。学名栾树。粉红色的灯笼似的果尤为惹人喜欢。

*　　　　*　　　　*

猫树豆腐

　　在资水旁的乡下，城区东边的山村，甲人专门推荐给我一种猫树豆腐——当地人的叫法，说来了一定带我去看他家后面的猫树。有点像壳斗科的。果实有的炸裂了，支流果荚在树上，看到没有炸裂的，接近圆形，外皮一圈一圈的，比槲栎的籽要大一点。他们说，这个种子可以烤着吃，但是最主要的还是用来打豆腐。打出来的豆腐略黄，与魔芋豆腐色泽有点像。打得不好，豆腐也会麻。但这种树倒底叫什么？不是栎树，不是青冈，也不是水青冈。

　　在山上的时候，有一次，我尝过槲栎的种子，感觉也可以用来打豆腐。尽管没有看到有人这样去做。

　　资水和铁路之间的一溜田地上，有一溜农田地、农户。几棵猫树在农户屋边，挨着铁路。生在黄土上，下面有几棵没长大的椆木，鹅毛竹——这种竹子在往邵阳来的这边已经普遍多见起来，紫藤，还有山苦荬——粉色花苞，白色花后期，还有一种细草，现在正开着，构树较多。田间倒着一棵樟树，这是去年雪灾留下的灰白之笔。这里的最大的那棵树也是樟树，有百把年了，现在略有点缺胳膊少腿的感觉，秃头了，身影渐趋沧桑，这都是雪在身上流过的神迹，因为在去年的雪灾中，它的很多旁枝斜溢都潲①断了。有的现在还躺在地上，比十来年的樟树还粗，农民已经要把它砍削回去做柴烧。

---

① 潲［kau³¹］，结冰，冰裂。新方话读［tɕio¹³］。另外，窖这个字的读音与潲相反，在新方话读［kau³¹］，在汤错话里读［tɕio¹³］。

我是在这棵大树底下找酒酒草的。我先前找的"辣蓼子",制作饼药的阿妈说不是的,说叶子颜色要深,要圆,花倒是一样的,不过,同穗,下面是开白花的,上面的是红花。我知道这还是辣蓼草一类的了,总之是蓼科。但是在这棵大树下,我没有找到它。只看到"辣蓼子",没有看到酒酒草。

在家门口看到他们挖来苦竹根熬药,治咳嗽。

*   *   *

梓树叶最先变红,不知你注意到没有,它比乌桕、枫香、黄栌 **烧炭** 都早。这个时候就可以着手烧炭了。它们的变色,预示着一个季节的开始,但是也有很多植物,从这个时候才开始变绿,开花,变得生机勃勃。

烧炭是为了应付山中的冬天而储存能量的方式,这种方式光从时间上去套取源头似乎已经没有意义,换取更多的帝国货币也并不是这种劳动的真正目的。秋后,我从高山下来,看到原始森林的边边角角遗有许多洞窟,这便是炭窑。山脉海拔较高的地方树木反而不如低海拔的山地树木多,上面多高山草甸;我遇到烧炭的中年男子夫妇,男子说,山脉中有很多木质好的柴火,烧炭用木质好的,像槲栎、杜鹃、米槠、椪木这些,杜鹃又是较为好的,皮薄,烧出来的炭钢硬。我看他把炭窑选在山麓,问他为什么,他说,方便挑出山去,柴火砍倒了往山下推也就势,最主要还是挖窑省力,挖在山中的话,还容易引起森林火灾。我很钦佩他们的这种看法。他们现在已经选好炭窑的地址,挖得差不多了,炭窑的结构虽然比较简单,我却搞不大懂其中的奥妙。大致看,主要由三部分构成:桶形窑,点火灶洞,烟囱。烧炭的人说,以前的炭窑是从上往下挖掘的,挖成一个桶形,深二米左右,直径二米,窑的大小主要看需要而定,也不能太大,太大的窑烧不透,也容易毁窑。柴木砍成等距长,填装进去。上面覆土夯实。烟囱环壁,沿着桶形窑最下方一圈,沿壁口引出来，设在离起火洞最远的位置，窑起火之后，烟集中从烟囱出来。起火洞挖在桶形窑的外面，拱地洞一样拱进去，只有一部分和桶形窑连通，起火洞把火烧起来之后，火尾巴煅进窑中，点燃里面的柴火。点火连续不间断烧一昼夜，里面的湿柴燃烧起来之后，将洞封堵，桶形窑里面的柴自燃。这个时候，烟囱变成空气进入桶形窑的通道。我问这位矮小消瘦但显得精干的男子，里面的柴是否烧透了如何晓得？看烟子的颜色，他说。开始时烟子为黑色，渐变成青色时或几乎没有颜色的时候，封堵烟囱。好炭是有要求的，不能有烟子炭，不可太碎，炭的木质选柴要好，这在砍柴的时候才又（就要）注意，柴木的质越硬，烧出来的炭就越好，但不容易烧透，这些主要靠经验。现在的炭窑采取"T"字形挖法，从山势的侧面攻一个洞进去，这是主窑，填装柴木，柴木装好之后，封窑。烟囱还是环壁的，跟前面一样，起火灶从侧面挖过来，与之相遇，略低于主窑，便火势上涌。前一种方式跟烧石灰一样是"竖挖"，现在改为"横挖"。横挖炭窑不需要夯土，用砖石泥巴封堵即可，装窑和出窑都省不少力。窑封三天。开窑时注意里面温度很高的热气流。

炭［ʈha¹³］指柴或者木头烧完之后还没有变成灰烬之前的状态物，就是指木炭。木炭和柴得到的火蚀显然有区别。炭需要经过封窑冷处理，还要使其保持可以继续燃烧的能量。《说文》解释炭为"烧木余也"。这个解释太模糊。《释名》"火所烧余木曰炭"，这个解释更为接近"炭"，即"余木"，而没有直接把它推向灰烬。"炭"的结构包含了一个"山"头在里面，山灰是炭，说明炭已经不是木头了。已经由"木"生"土"了。汉字的属性可以分类，都有金木水火土这些属性。这个系统对最初的自然界的认识和命名是从最基本的元素起步的。并和他们的宇宙观和谐地统一了起来。那些没有文字的汉文化区域里的方言操作者，他们仅从声音上继承了对自然界的命名，并且一变再变，"个工"可以算作一个例子。

*　　*　　*

一年前的正月三十日，我将木楼前的两棵梨树中的一棵锯断了多处，嫁接了另外一种品性的梨。谢秉勋的娱驰元秀喜欢吃那个品种，为了体验嫁接的乐趣，我跟她说："妠姆，我们开始吧。"^{春天来了}

那是正月的最后一天，我嫁接了四处。虽然是正月三十了，但刚立春不久，一年一生的这些植物枝叶，大多还没有抛头露脸。这蔸梨树的芽也尚未长明显。

南风天是嫁接的好天气，元秀跟我说，嫁接最好选在中午，阴天不嫁接树木。

一般而言，立春后，就可以进行嫁接了。嫁接的时候选晴天。地气上升，树木吸收水分多，易活。锯断树枝，再从树皮处锯开一裂缝，把需要嫁接的枝条削成 V 形，插入。敷上湿土。用尼龙纸和布条包好。有一个口没有放土。直接用布巾扎好。放土保湿，使树皮伤口好得快些。

做完这些工作之后，再将砧木的旁枝砍掉，免得争抢水分。嫁接的方式有很多，我看见村里人直接用刀砍掉上面部分，在砧木边的树皮上切一个小口，插入枝条。关键是树皮和树皮要对齐。保证水分感应正常。树的生命力是很强的。泡雪压垮的树枝，只连着一点皮了，树枝也很少死去，照常开花结果。

在这四根树枝中，有一处，我是用刀劈的方式进行的，横着截断之后，一刀劈下去，砧木裂开，然后将需要嫁接的梨枝插入。进行了一番包扎。

最后，是把整蔸梨树的一些大旁枝去除。我很舍不得，但是元秀说，不这样，嫁接的枝条就长不大。砧木较矮的，要拦好，免得牛羊茹掉新箭嫩芽。第一年至第三年都需要除掉砧木上的侧枝，保证新枝的成长。我看着那些十多年才长出来的枝条时，心里有些隐痛。但这又没有办法。它们已经不结果了。通过嫁接，元秀希望改变它们。

一年过后，四枝中的三处长得很好，最上头的那一枝，由三寸许长大到了一米来高。而我用刀劈的那处，没有长出来。嫁接枝死掉了。元秀说，嫁接的要害在于树皮对接，哪怕有一侧是对接上的，也不至于死。

*　　　*　　　*

夏天来的时候，另有一项针对松树的活动便开始了。我在山中走动时，经常遇到他们——那些钩油人。我自以为懂了这些松树，实际上，我对松树的理解远不如他们。他们可以将松树的出生到死亡、习性都搞得很清楚，了如指掌。我则只能从植物志上学来一些自以为是的知识。在这已经热起来的山中，绿意滢溢，松树发出的香味浓烈，一些膜翅目、直翅目昆虫在松针蜜源中制造出繁密而浓厚的类似电流的声音。肯定，它们都是为着松脂的香气和松树的糖业而来。而钩油人所代表的人类与松树这种植物建立起来的秘密通道又是什么呢？显而易见，这是一种经济活动，而除此之外，我想搞明白的是所谓的油即松香与人类存在之间的关联。汤错还提炼茶油、山胡椒油、芝麻油、猪油，这些油是看得见的食物，而松香油并不是食物，它们从松树身上提取之后，离开了汤错。

钩油人已经掌握了松树的秘密，他们跟我说，汤错的松树要到立夏之后才能钩，到霜降结束。霜降之后，树就不流油了。同在岭南，广东那边天气更暖和，可以钩到更晚些时候。

树木的油和天气关系密切。请原谅，我不得不经常提到天气这个词。我从汤错人嘴里也同样频繁地听到这个词，频率之高，让人难以置信，有很多还沉淀到歌粒子和谚语当中去了。钩油人说，下雨天不能动钩，即便钩了，松树也不流油。天气热，树油就出来得快。松油既不在树尖上，也不是在树蔸上，它在中间部分，就是说中间部分油脂储藏较为丰厚。新树要从人站着够得着的最高位置往下钩。第一天钩一刀，隔一天或两天再钩一刀。钩槽是斜向的，一般是四十五度到六十度。这样既可以扩大流油面积，也方便油流下来。刀一下去，几秒钟就有油啪嗒啪嗒出来了。兜油的袋子要先准备好。先钩一边，下一次再钩另一侧，钩槽尾端与前一次的吻合，构成Ｖ字形。钩槽往树蔸方向，奇数次和偶数次挨着，Ｖ形不断扩大。一年下来要钩上好几十刀。这一侧一年没有钩完的第二年可以接着钩。钩了人站着的这一面，再换到树的背面。方法同上。但一般没有人一点树皮也不留的。尽管两面都钩，还是要留一点树皮走水（当然这种说法是本地的，树并不全依靠树皮运水）。松树钩完油脂之后，变成一棵畸形树，便砍掉，再种新的。

还有一种观测是从元秀那里得到的。元秀说，冬天的时候，松树、杉树的针叶上有一些白浆，放到嘴里一尝，才知道它们是甜的。可见，冬天的时候，它们也还在分泌糖分。它帮助很多昆虫度过漫长的冬季。

＊　　　＊　　　＊

四月，我对屋当头的汝兰进行了一番观察。

汝兰是多年生草质藤本。右手性植物。

苗出来了，有二尺多高，接近直立，在十多厘米高处和其他几条汝兰苗缠绕了一段，本苗生长较快，比其他的长得高。它成为我的观察对象。我在它的东边插了手指大小的水竹一根。把汝兰苗藤放在竹竿的东侧。右手性藤本植物都是逆时针上旋，我将藤苗放在东侧，是想看它如何上旋。它必然要改变自己的姿态之后才能上旋。否则是违背汝兰家族遗传学传统的。这种可能性估计不会发生，但是，目前还不知道，假如采取强制性措施，它是否会放弃这个原则？这个过程正是我想看到的。

这是上午的第一件事情。另外，我在此竹竿东侧一米的地方还插了一根水竹。原本的想法是，汝兰如果放弃了近的竹竿作为攀缘

对汝兰的
手性观察

479

物，那么，它是否会嗅到更远处的那一个可供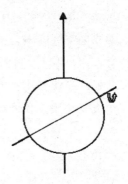
它攀缘的物体呢？它的周围除了一棵开放的
纤细柔弱无比的藋草，没有任何可供它攀缘的
东西，藋草比它还矮。藋草已经被一根新长的
金银花占领了。所以，如果它不想匍匐生长的
话，竹竿是它唯一的选择。

　　地球在天赤道上自西往东运动，同时自身
也在做自西往东的旋转。磁力线由南而北。汝
兰的藤苗在空中做着逆时针运动，以地轴来看，它是与地轴同一个
方向运动的，顺着磁力线。如果将汝兰的生长时间压缩到几分钟之
内，我们可以看到它飞速地逆时针旋转。它的藤就是它运动的轨迹。

　　一个小时之后，我发现，它掉头了，它自己又把自己调换到了
西侧，保持了逆时针上升的方向。但这一定是借助风力，它才做到
这一步的。并非自动掉转方向。

　　我将它又掰过来。我采了一根丝草叶，将其束缚在竹竿上，但
旋即又解开了。因为，现在这样做还为时过早。

　　下午一点半，我又发现，藤苗离开了原来所有的方向，它伏向
北边，快要贴到地面。这一次，是因为太阳太大，把藤苗晒蔫软的
缘故。

　　这次，我没有动它。借此可以观察，它如何寻找目标。

*

　　第二天起来看，它还是伏倒在地的样子，显然，一下子很难恢
复直立状态。我只得将其扶回竹竿旁，强行将其绑在竹竿上，把它
的上面部分绕在竹竿上，逆时针方向。但是下午的时候，它自动解
开了。只剩下绑扎的那部分还让它和竹竿靠在一起。表现出很大的
排斥性。

　　昨天晚上，另外一根苗生长得很快，攀附上竹竿，已经在竹竿

上绕了两圈。我让它保持这个姿势生长。决定继续坚持让主苗具有左手性特性外观。每次掰动它的体位的时候，都觉得它向右的惯性很大。不是那么轻易使其就位。

这个位置一共是五根藤，我想它们先后都会找到竹竿。现在自动找到的是二号，我们实验的竹竿代号为"一"。按照时间顺序，谁先找到竹竿，就封号。

*

昨天晚上另有两藤同时攀缘上竹竿。一号藤并没有继续往上攀升，而是一个劲地往东边倾斜。显然，我将其绑扎在竹竿上使其转换为左手性上升的可能性极小。这种转换的代价就是，使汝兰失去攀附性。尽管它的身体接触竹竿，但是它不会沿着它攀附，它在寻找别的机会。它很固执。我决定暂时放任它一段时间，实在不行，我再将其绕好，进行第二阶段的绑扎。迫使其上攀。

*

接下来这一天下雨，到下午雨才停。出了一阵太阳。一号竟然倒转头找到了竹竿。已经绕了一圈。其他的也以一天一圈的速度往上绕长。可见，一号是昨天晚上就回头找到竹竿了的。顶头和绑扎的地方露出一个大大的空当。光头甩回来了。一号头部（蛇头）的旋转运动半径几乎和它的长度差不多，大约一尺半。它仍然是右手性绕升。

如果不加以阻止，我们的观察就无法继续下去。临近天黑的时候，我进行了第二阶段的绑扎。在第一次绑扎和第二次绑扎位置间的竹竿，全部把它按照左手性绕好。并希望它按照这个生长。我猜想，经固定，这部分它无法再有其他的选择，但是蛇头还是继续在按照右手性的原则在做旋转运动，也就是说，蛇头仍然不会顾及二次捆绑。它会继续按照自己的方式生长。

汝兰的蛇头是下垂的，呈弧形，并非顶冠在最高处。或许这是有很大原因的。

离球茎近的成熟部分的藤呈暗紫色，离球茎越远颜色变得越淡；发育完全的藤都是暗紫色，表面有一瓢白色粉状物。由侧枝和叶的生长，可以看到这些还没有变成暗紫色的藤还具有拉伸的新生长性。它继续朝一个方向生长的力量来自哪里？前面做过一点猜测。

离这株汝兰半米远的东侧有一株金银花，金银花是左手植物性，它的藤皮表面明显地表现出与此相反的方向，金银花是木质多年生藤本，这个特性看起来要显眼得多。汝兰是草质或半木质化藤本，地下部分不腐烂，藤苗一年一灭，它的走向看起来不是很明显。但汝兰的筋皮表面也表现出左手性，由那些尚嫩的青色的部分可以看到。而整个藤的上升却是右手性。由于藤筋的这种左手性，导致藤自身的顺时针扭曲，即顺时针旋转。这和整条藤的右手性（逆时针）是相反的，对抗性的，矛盾。汝兰的藤就好比是子弹出膛后的旋转运动，是一条弯曲的旋转的路径。很显然，藤筋的这种旋法，形成向下的力，借助藤表面和竹竿的接触，产生了一个使其上升所需要的摩擦力，其作用相当于手足。如果藤筋还是右手性（逆时针）方向旋转，那么，藤就不能往上攀爬了，越旋转就离杆状攀附体越远。因为，它产生的是离心力，而不是向心力。也之所以，汝兰藤的纤维并非竹子的纤维一样是直线的。蛇头的弯曲是这种矛盾的力造成的，向下弯垂的蛇头有一个明显的功能，在旋转运动以及外力——主要是风力作用下可以钩住攀附体。而汝兰身上的那层白粉或许是它防止摩擦受伤的保护膏药。金银花身上有一瓢白色的纤绒，其作用之一或许也类似于此。

*

大清早看到的是：蛇头是直起来的，显然，夜晚的时候，它慢慢直立了起来；一到白天又慢慢弯下来。如是重复。整个藤晚上绕升一个圈，白天，也能绕升一个圈。

两个绑扎之间的藤在被汝兰自己慢慢化解，第二阶段绑扎之后，蛇头进行了自我调整，仍然按照右手性绕长。

另外，值得一提的是，三号藤中，有一条藤被我动过，将其扳到了左手性，没有绑扎，蛇头也进行了自我调整。

到此为止，我觉得可以放弃绑扎了，也应该放弃把汝兰调向左手性的企图了。汝兰具有自我纠正能动性，无论我做什么，它都会按照自己的意志生长。

*　　　*　　　*

立冬之后都是晴天。

用简单的视觉经验呈现

我发现用植物学、昆虫学、动物学的术语描述事物虽然更准确，却失之寡然，无味。我不想写成这方面的专业书籍，所以我决定用本地经验知识来描述我所见到的一切。学科知识仅仅作为常识而备用。更不要不三不四地去使用一些术语。关键是选择一个立场，在可以接受的立场之内获得一种温暖，而超出了这个范围就变成了知识的炫耀。比如写悬钩子属，该属有很多种植物，在日常语境中，每一种悬钩子都有自己独特的名字，但是在他们的思维中并没有将这些植物挂钩、打通，我现在是要维持这种不通畅状态。如果打通就变成讨论这种知识，而不是观察一种植物的习性。比如鹿藿、沙葛、胡枝子，它们都是豆科，但是汤错人称鹿藿为老蚀盘，沙葛为凉薯，胡枝子为虾米花柴。

偶尔看到土地蜂（中华雄蜂）飞过天空。但是没有办法找到它们的老巢。

*　　　*　　　*

汤错人的眼睛里无端地会长出一种虫，他们叫眼虫 [ieN³¹doŋ¹³]。

眼虫

这个眼虫还不是植物学中眼虫属生物裸藻，而是"一类介于动物和植物之间的单细胞真核生物"。这个眼虫在汤错话里有两个意思，一个是外面来的人带来的，一个是指眼睛里长虫，也就是嫉妒的意思。有些年，汤错扯常有一些湖南上来的妇人，带着一包袖珍仪器，见人就说，你眼睛里有虫。汤错人不知所措。来者坐定，将仪器掏出，摆一碗水，便在汤错人眼睛里细挑，镊子放在水碗里一烫，叫人看，真看见小小的蠕动的东西。然后就开药治病。至今，我们也不知道这种眼虫是什么。前不久，看电视，上面说到一种专门寄生在眼睛中的"线形寄生虫"，传染源是狗。我想不该汤错人眼睛中的虫就是这种。

＊　　　＊　　　＊

已经是冬天了

　　进入十一月[①]，天气已经很冷。大雾弥漫。白腾腾的大雾淹没了山峰。下着大雨。下午有一刻，我忽然瞥见过一下山体的中部。不久又被淹没了。雾气不停地在运动。屋檐上挂着雨帘。排水道积水很多，雨水很响。

　　一路上把该看的东西大致看了一下。我原本的植物知识在妨碍我进入。一开始我就在汤错考察的话，我的兴奋感早就形成一个概念的实体部分了。现在回来，看到的依然没有太大改变，但是我也感觉到，这个地方要生存下去，的确需要勇气。这几天都是雾露天气。天心庵看不到。越城岭山脉看不到。也就是 C 圈看不到。汤错的确在越来越小，这个小是心理上的。或许是它在我心里的位置太大的缘故。但是，我面对汤错的诸多问题，还需要继续调查。现在还很初步。我自己也知道，我要调整心态了。汤错不再是我以为的那个汤错了。它永远活在了我的心里。我在放大一种看不见的事实。但就语言来说，我也要调整姿势。土话并非汤错独有。全州庙头、黄沙河、龙水、江西某地，也都有说汤错语的。还有小地、上梁等地也都是。汤错语的范围其实不小。这样的话，我无法做微观地域

---

① 二○○八年十一月二日所记。

性调查了，也就是汤错不是唯一的。但是汤错顺水好像是比较可靠的，晓锦蒋氏一门从十五世纪中期就迁徙到了。他们是从全州过来的。李姓是从汤错过去的，他是卖豆腐的。这种大历史和姓氏之间的小历史之间要调和。我不能以一家来代替所有汤错语的事实。汤错语从哪里来的，不是一个简单的问题。但是，这门语言的存在是值得研究的。这门语言也是需要好好研究的。各地之间的小小的差异也是。差异来自最开始，还是受到周边语言的影响？

燕子石也去了。共有七十六户。铜座五个片总共二千六百四十八人，七百二十六户。这些数据具有绝对的权威性（二〇〇八年十一月二日）。因为，村计生委的人每个月都要向上级单位报告这个村子的人口情况。出生的和死去的都在统计。

汤错洞里的海拔是七百五十米。我现在所在的位置也就是我家大概是七百八十米。这是岭西省地质队勘探队给出的数据，现场测量的。他们住在我们家，勘测铜座 A 圈和 B 圈的钾长石、云母等矿。这些，所有的一切都很巧。一切都汇总到我的手上了。一切都很顺利，很巧。仿佛已经没有任何阻力地可以完成这些事情了。这么顺畅，我的心里忽然升起感谢上苍的想法——一种莫名的冲动。

这次回来，时间上虽然很短，但是收集的基本素材，基本够用一年了。可是，我越发感觉到，艺术创作的确不是原原本本地忠实地模仿实物。实物和概念实体之间存在一定的差异。如何调整这个差异就是写作的手法。所以，我写作出来的汤错也不再是汤错——我已经深刻地体会到这一点。如果只是汤错的话，或许只有这里的生活才是。但是，文字无法做到这一点。就像费孝通写作江村的时候，江村也不是，那只是一个综合出来的概念实体。这个东西要在最大程度超出微观。微观地域性的本质是超越地域性。他面对的是微观实体，这仅仅只是一个瞭望塔。眼睛也是这座塔。

汤错的农民对植物的认识也很充足。他们看见的比我看见的事实要多得多。他们看见竹子开花之后死去。我没有看见过。他们也看见过，成片成片的竹子开花结米之后死去，然后又长出新的竹子来。他们谓之发灾。他们说所有植物都会发灾的。发灾在汤错语中的意思是植物的瘟疫，毁灭性打击。至于为什么是所有，他们说，它们和人是一样的，也发疫。

我只有从他们身上去认识我照顾不周不及的那部分经验，将他们的经验转化为我自己的。尽管这是间接的，但已弥足珍贵。

几件重要的事件。

月月红——这种植物秋天后很青，好像一些巴天酸模一样，好像是第二次发芽生长了。它开花比较勤快，所以有此称呼吧。元秀说是每月都开花，能治妇科病。这是老头子生前告诉她的。

开胃剑——谢秉勖父亲说，我们搬到侯家田的时候，就种植了老头子给的这几株药材了，可是，我这次回来才注意到它们的存在，它们在梨树下生长了二十五年了。我看见它们。

岭南花椒——雪椒——复状羽叶，枝有刺，可能是槭树科的。种子散发浓郁香味。比花椒还要浓。在这边的山上看到，回汤错之前就看到，但那时不认识。它身上的刺是最好认的，虽跟漆树很像，因为有刺就区分了，树干因缩水要干枯的感觉，奇数羽状复叶互生。天意的是，这种有浓郁香味的植物叫岭南花椒。——这不正好是我需要的。它不但可以做香料，而且还可以治疗龋齿痛、蛇毒。菁葵果有强烈异味。总之记住，这是有刺的。

鼻涕木——种子有似穿龙薯蓣。

大浆木——叶子较大，比四季青的要大一些。种子可打豆腐。前次说到"liadou"（栎树）或青冈的种子可以打豆腐，那是我尝了之后的感觉。今天汤错人说，这的确是可以打豆腐的。对这个小小的发现，我感到很满足。

在河湾的村庄里看到的那株"猫树"是苦槠，我突然想起来了，这股毒流终于排出。

米槠膏、交让木……还有很多树的名字，他们说到了"两面针"，我猜测可能说的是喙荚云实。这些树基本上都在海拔一千米以上的 B 圈，我还没来得及去。我需要一个春天，亲自去看它们。

荷木，这种高大乔树生在 B 圈，他们用来修房子、布天花板。但木质不硬。米槠膏树就是米槠。

＊　　＊　　＊

农妇在园里挖地种蒜，她说"七葱八蒜"。七月种葱，八月植蒜。蒜现在种了冬天茹，春天种蒜的话，蒜瓣容易抽苗，泡心。大头菜长出一点点了。这种菜用来做条菜。条在汤错语中的意思是用开水烫过的，过了开水的。

冬天自己园子里的菜还有萝卜菜、萝卜、大头菜、白菜、玉米。其他的基本上都没有了。大棚蔬菜什么都有。但味道似乎总是不一样。

离去一周回来，看到屋前的女贞子已变黑，马上要熟落了。叶子还是青色。无丝毫要掉落的样子。屋前的蓖麻果实便糊黑开裂了，只是有些。花也在开的有，青果的也有。颠茄的果变黄了。茄子老去腐化之前，会出现一瓢黄色，然后里面腐烂，黑掉。柿子也有那种，黄瓜也有，黄连，也有这种黄，这种苦、涩。柿子变红之后就是甜的了，牛茄也是。但生的牛茄我没尝过。红色果实一般都是甜的。橘子黄了才甜，柚子也是。杨梅红了，红得发黑，越甜。枇杷黄了好茹。黄色和红色是一种成熟之后的颜色吧。

＊　　＊　　＊

近些年汤错引进了一种新甜分：雪莲果。名为果，实际上是菊薯属植物的地下块根，看起来像红薯，果肉有一种浑厚的透明，地下聚生，挖果时像不小心挖到了一窝老鼠，很似大丽花的聚生。甜和沙葛差不多。雪莲果是最新引进的食物类品种。三十前，引进西红柿，"起块吃不惯，说瘴气太重。"（谢）那些年当经济作物像金银花一样到处种，现在也都习惯了。雪莲果和西红柿原产地均为南美洲，如果往上算，来自南美洲的植物可不少，放眼过去，大部分都不是中国旧种：玉蜀黍、红薯、马铃薯、番薯、南瓜、辣椒、西葫芦、大丽花、水葫芦、无花果、紫茉莉、烟草[①]，均源自南美洲。

西瓜也不是中国原产旧种，宋欧阳修《新五代史·四夷附录》陷虏记：胡峤于公元九四七至九五三年游历契丹国境，"遂入平川，多草木，始食西瓜。云契丹破回纥，得此种，以牛粪覆棚而种，大如中原冬瓜而味甘。"乃至认为"西"有西来之义，但劳费尔认为将西瓜移植到中国的第一人是洪皓[②]，并考证，女真语西瓜叫作 xeko，相对于满语 xinke，通用于葫芦科植物。

我们常说，有西瓜、南瓜，但没有北瓜、东瓜。西瓜西来，来自西域，南瓜南来，来自南边大洋，大抵可以反映热带和温带传播线。北方为寒地，东边则局促，这种说法有一定道理。但方位是相对的，比如汤错就叫南瓜为南京瓜，黄河流域中下游有些省份叫南瓜为北瓜。我的朋友张元吉是青海人，他说他老家也将南瓜叫南京瓜，他们张家是明代从南京迁过去的，现在还说南京话，但与藏语和青海本地话口感上有交融。

番薯汤错叫赤薯，统称红薯中红瓤、白瓤、黄瓤、紫瓤的各个品种。除了大米，可以看出，汤错的主要食物均源自域外传进来的植物。尚且不说劳费尔提到的从中央大陆西边传进来的各种植物，如穆子、甘蔗、大蒜（胡蒜）、无花果、黄瓜（胡瓜）、西瓜、胡荽（芫荽）、莴苣、菠菜、安石榴、蚕豆、豌豆、胡椒、蓖麻、胡萝卜、牛皮菜、甜菜、葡萄、茉莉花、水仙、指甲花等。从此可以看出文

---

① 烟草，一般认为16世纪从吕宋岛传入中国，又称淡巴菰、淡巴芯、淡巴姑，方以智《物理小识》又作淡把姑，均印第安语 Tobago 音译，英语 Tobacco 也是音译。又称醺、金丝醺、返魂香、相思草等，作为烟草的烟是淡巴菰传入之后才有的，因此这个烟和之前的烟，以及菸、蔫均有区别。参《中国烟业史汇典》，杨国安编著，光明日报出版社，2002。

② 参《中国伊朗编》西瓜条，页264~266，林筠因译，商务印书馆，2001。

明的交通史，哪怕在汤错这个蛮风蜑雨之地，栽培食物才是权力中最为切实的一种，尤其是大航海时代以来的植物。其中又以丝绸之路和南亚大陆的植物传播最早，来自南亚的植物如芦荟、补骨脂，劳费尔区分了伊朗波斯、阿拉伯和所谓的马来亚波斯[①]。这可以理解为海上交通和贸易的一部分。很显然，汤错虽然偏远，羁縻柔化的时间较短，而对这类植物的捕捉却十分精致，为什么？因为它们绝大多数是食物本身。

＊　　　＊　　　＊

从汤错出来，车上有很多到八角寨去的香客。逢九。崀山山脉邻近崀山
一带在汤错这边叫八角寨，在湖南境内就叫崀山了，资水便叫夫夷水。汤错北部边缘与崀山交界之处在语言、饮食、植物、风俗方面都有很大的类似之处，他们向大自然索取的野生食物中有竹荪、各类竹笋、蕨粑、蘑菇、花菇、鸡薉菌（鸡腿菇）、平菇、草菇、海风藤（松萝，即女萝）、葛粉、绞股蓝（《救荒草本》称其为神仙草）、鹿茸、扫帚菌、地薥[②]等。这些野生食物在汤错的食用一致。虫屎茶在这一带颇有名，斗笠芽[③]便是它的植物原材料，通过米黑虫蛀食而成。山里人家还有一种茶叫黄鹂芽，采自黄连木的嫩叶，跟苦楝长得像，当地也叫它黄楝，实际上苦楝是楝科，黄楝是漆树科。虫屎茶味清淡，黄鹂芽苦不堪言，却越来越受到城里人喜欢，它们都有助于消化或提供某种说不清的援助，情结啊、猎奇啊，都有。总而言之，是一种反过来的救荒。谢秉勋说："这种感觉就好比我们采回

[①] 　马来亚波斯，这是一种有争议的提法。中国人本身没有注意到或区分，而文献表明，海上丝绸之路的商贸物产有的就是南亚或南洋的商品，语言考古和植物的原产地可以提供支撑，参劳费尔《中国伊朗编》，页 307、311。林筠因译，商务印书馆，2001。

[②] 　地薥，薥音软，木耳。俗谓地软，鼻涕肉，雷公屎，天仙菜。又称地薔，文献中也作菌㯤（lù）。

[③] 　学名三叶海棠。

了一大把野菜，比炖只鸡更激动。"

*　　*　　*

今天去挖土牛漆和五加皮根。牛漆根系发达。粗壮长，红色。五加皮根圆柱形，略有辛味。稚嫩。易断。白牛漆不胀根。可能是公的。看到疏毛防风草——绣球防风属唇形科。木通还在开花。另见唇形科植物，具体名字还不知道。叶对生，顶端层叠状，枝顶开一朵花，五瓣，淡蓝色。还看到两种很漂亮的飞蛾。

铜座的五香常用于煮腥味的鱼，学名藿香。和藿香蓟完全是两种口味。藿香蓟虽香，却成臭味了。另外也用五香菖蒲做香料。我喜欢菖蒲的味道，和毛独活、襄荷一样喜欢。

野茼蒿铜座叫田秆草。又听说一种叫作喜菜的野菜，长在田间。"三月三，喜菜煮鸡蛋"，乡谚如是说。炖猪脚也可。甜味。喜菜可能是附地菜。后来，我让她们带我去采喜菜，才知道喜菜就是荠菜。田间、溪旁、路边都可以看到。另外，还有一种带喜字的乔木：喜树。乡人喜欢将其种在屋头前后。

香薷侧面开花。也见到了不少。

*　　*　　*

月月红那个名字只是尊重当地的叫法，元秀的丈夫说那是益母草，月月红可能是不准确的。月月红一般指月季，有治疗妇科病的作用。二〇〇八年十一月五日，我遇到铎山的农妇说那是益母草。我看也不是。叶子不像。益母草也多是治妇科病用的草药。

我看到的是幼苗。一蓬。叶椭圆，裂叶。又找到一种，的确是益母草。谢秉勋父亲的说法是对的，但是由于我的执拗首先否定了他的意见，许是他说，你不认识的，这是益母草。可我说，益母草会长出藿香意义的花穗来的。真是可笑了，益母草何时长出过那样的穗来？有时候，我为我的无知常常感到痛苦。益母草是夏季开花的，现在为何这么多的益母草幼苗在田间和墙角粪堆中长出？巴天酸模也是。

＊　　　＊　　　＊

浮落子［bu¹³dʑiu¹³lai¹¹］是一年生萍属植物，书面语做浮萍。生长在有水的地方。可做猪菜。这种水生沼泽植物不打眼。水田，鱼塘，边边虚虚的地方都有。这不起眼的东西在汤错曾经却是很风光的。那个时候，小孩因为出麻子而死去的为数甚多，生十个的，留住三五个已经算幸运。又终生不避孕，一般的妇人都有过十五六胎的经历。那些五六十岁的人，对出麻子记忆犹新，而那些七八十岁的老人更是谈得很神奇。麻子终身只出一次，几乎每个人都要过这一关，每年二月发病，高热。脸上、手上、腿上、身上都是红痘痘。不能敞风，不能见人，更不能被人见，前后七天左右。华生现已四十多岁，他七岁时碰上出麻子，不茹不喝，几天就气息奄奄，家里人想尽办法，没得行，快要死了。他母亲背他到十几里外的邻村李医师处，李医师一见就说，幸亏你这个时候来，不然就难活了。麻子全部隐入了身体，变成黑痘。赶紧回去，到田里掇些浮落俫，要发红的，给他烧水洗澡。多洗几次。如是所言。热水一洗，隐进去的痘子又出来了。继续洗，继续出，出完了才保住一条命。病好之后，他母亲将华生的名改为了又生。现在还是又生。浮萍是和麻子这个词维系在一起的。现在没有小孩出麻子了，生下来就打了预防针，浮萍也就没人关注了。浮萍不分季节，水田里到处都是。它太多，太平凡，再加上繁殖能力过盛，还惹人嫌。麻子这个词在早先的汤错山区是个十分恐怖的词。但是现在几乎也要快被遗忘了。词语的生命力在于和人发生关系的亲疏，浮落子没有灭绝，而麻子已经灭绝了。一个词，一旦失去关系，在一个没有文字系统的部落，离死亡也就不远了。

在汤错，可以看到浮萍、芜萍、紫萍，还有一种稍微泡起来的浮萍，不知道属于哪个属。它的叶片有褶皱，姑且叫作褶子萍。尽管没有用处，但是它们也还繁殖得很好。有些田，冬天不蓄水，它们都干死翘翘了，第二年又见浮萍满田都是。

＊　　　＊　　　＊

杨梅　　"四月八烂枇杷，五月十五烂杨梅。"二〇〇九年的入梅在农历五月十八，已经过了五月半。这里就有时差。但是差异不大。杨梅先开花，后长叶，果实成长有三个多月。枇杷是开"过年花"的，头年开花，第二年结。汤错人茹杨梅，一盆杨梅，井水洗净，敠[i^{55}]① 上白糖，汁水饱满，酸得厉害的则吃得牙齿发软。路人经过，便也大喊大叫，过来茹杨梅哦。路人忍不住酥牙根，上来搂② 一个放进嘴里，先是含住，不轻易咬炸。但是也有些人好吃酸的，不酸反倒觉得不过瘾了。吃完第一个后，停不住了。茹杨梅不吐籽，白杨梅，红杨梅，乌梅，一律吞的。边吃边流口水，有如北方人吃面时发出簌簌之声。我们说过语言的滤纸效应，主要与文化和心理底色相关，我们也还看到有和生理即身体相关的滤纸效应的词汇。杨梅是其中一个。另外，像漆、蛇、乌鸦、奶房、内射、口爆，以及各种形容生殖器官的靓词，都有一定程度的连续和持续刺激。汤错的风流歌是通过语言的暗示和刺激将对歌推向高潮的。身体词汇中的滤纸效应没有其他词那么过于明显的界限，穿越了语言层，不管是叫埃布土姆（arbutum），还是佛斯柯夫尼科（восковник），它都是杨梅，除非有特殊的禁忌，否则又黑又甜又酸的乌梅首先穿透的是身体，然后就是口水。这是一个很快能引起身体反应的词。在汤错语中，漆让人起鸡皮疙瘩，杨梅让人流口水。汉语中，关于杨梅，众所周知的一个就是望梅止渴的故事。行军中，饥渴难忍，曹操不跟他们说前面有水，很多水，没用，而是说前面有杨梅，士兵们顿

---

① 细撒。
② 搂［no^{33}］，抓起后搓干净。

492

时哈喇子大流。饥渴问题就这样被一个词解决了，一个词引发的生理洪水，当然，一些"淫荡"之词也能引发这样的洪水，它们对小读者引起的联想和生理欲望感也是很强烈的。但是杨梅则老少通吃，更没有文化界限。

为什么，说生命普遍需要的水时并不能解决口渴，而说杨梅却有意想不到的效果呢？我想由此延想到一个问题，即我们将讨论的：词与物合二为一这种可能性的存在。这里的物即身体，人。

当你说杨梅的时候，甚至在任何时候都会引起口水。这是词和物的相遇。词与物之间的关系是一瓢神秘的面纱，词与物之间的通道同样是神秘的，杨梅这个词可以让我们看清楚一些隐秘的存在关系。词不但能指，还能让词过程的物化清晰起来，词是符号，语是声音、命令。我们说的词语既是符号又是声音和命令。执行则以人的身体为前提。词语到被使用的时候已是被物化了的工具。我们说杨梅的时候，生物体内的唾液腺能分泌唾液，这样，杨梅就是具有让身体执行命令的符号。符号本身是指令性质的，是已经物化了的结果。词与物二者之间具有多层转化关系。首先，词是物化的过程又是结果，即狭义上的符号与指令。其次，我们说词与语的时候，就是过程的物化，这是回到物的过程。再次，素常我们只直接感受到物，回到物，物是意识的物化结果，但并不在意其物化的具体过程。最后，就只有物与物被体验的问题，词是被物化的中转站，更多的时候，我们根本不去考虑它的存在。所以，我说的词与物的合二为一，就是词到物的可能性的存在，词到物为止的体验过程。

杨梅是独一无二的一个词，杨梅做到了"画饼充饥"，而"画饼充饥"本身则做不到。杨梅所含物质中的哪一部分使我们记忆深刻？如果是一个患失忆症的人他看到杨梅会不会流口水？尽管我没有去做这个实验，但可猜测，照样会流口水，这是本能。就如他尽管患了失忆症，吃饭还记得，这是身体发出的命令。

＊　　　＊　　　＊

羊吃未时
草

　　我看到羊在屋前茹木槿和苦楝树两棵树苗上的叶子，元秀说到
"未时草"，来自一句谚语：羊吃未时草。我说那早上也放出去啊，
她说羊要到下旰才茹东西的，上午不怎么茹。在京郊的时候，我看
到牧羊人一般是早晚出去。但我没有问过这个问题，没有问仔细这
是为什么。或许这是一句新书里的话，也就是属羊的人在未时有好
运等等这个意思。

＊　　　＊　　　＊

反对素食

　　对素食者我一直表示同情和谅解。素食对整个自然界的和谐平
衡对人类也是有害的。假如所有的人都素食，那么人类最终也将灭
亡，其他的生命也很危险。最根本的，素食主义者不吃肉就叫作素
食了吗？如果说素食是不能吃肉，连植物也是不能吃的，那么还能
吃什么呢？吃植物也同样不是素食。除非不吃，只吃空气和水，可
这就是素食吗？当然不是。伤害的生命面积可能还要更大。特意要
去素食的人是故作姿态，虚伪的。他根本没有搞懂素食为何物。梭
罗就有点这个倾向，只能说他是个偏执狂。他在很多地方都表现了
类似的倾向，比如在是否使用显微镜来观察事物这个问题上就是，
而他自己却是使用望远镜的，且随身携带。他批判使用显微镜只是
当时一种流俗的观点，很可能就是从斯威夫特那里来的，也是他作
为一个自然主义者的局限性。就我个人而言，我更赞同斋戒。当然，
持戒的人内心和行为要做到一致。芥子园主人以为造物之初，就令
我们吃素，他说有些动物的体型比人高大，所以素食不是没有营养。
这个仍然不是素食的本质。素食在当下已经成为恐吓我们的观念怪
物。年龄大了，慢慢地会趋于素食，这是自然规律；但不等于那个
观念怪物。

　　在宇宙中，没有素食这一说。唯有食物令一切存在。

           ＊   ＊   ＊

珍珠莲是萝藦科的。但今天看到另外一种，叶子小，单独分短枝出来。路边的荒地上有青葙，和鸡冠花同属苋科。

在北方的时候，多见藜，而在汤错见到的都是苋菜。我把藜—藜科和苋—苋科搞混了。铎山多反枝苋、凹头苋。而没有看到藜。这边反枝苋一棵可多达数十根分枝。藜的柔黄花穗并没有反枝苋那么茂盛，厚实。反枝苋的花穗是聚头状的，不散开来。

铎山半山腰的野扁豆同株藤上的果荚和开花状态很不一样。这个季节的野扁豆已经变红了，火红色。跟晚秋的枫树和黄栌树叶子一样火红。部分已经炸开。黑色的籽粒镶嵌在红火的果荚和绿叶中。但是，藤蔓上还有一些花仍然在开着。它们是赶不上结果了。秋霜一到，它们难以存活下去。

老蚖盘就是鹿藿。鹿藿似葛的块茎而细小，大拇指大小，长若红萝卜[1]，是汤错人用来摄取甜味和糖分的一种十分重要的植物，与鸡屎藤一样进入重要食物范畴。在糯米、斋米打粿粑的时候作为添加剂，而用栀子的果实调出来的黄色染色。这种彩色甜粑粑就是这样做出来的。同属于豆科的葛，它硕大的块茎也是山林川泽糖分的提供者。

在香堂、拉萨，多见闹羊花（草本曼陀罗）。而在铎山，颠茄较多。颠茄、曼陀罗、辣椒，都是茄科植物。铎山的洋辣椒，疑似小酸浆，或者红丝线。烟草也是茄科。烟草开出来的花和曼陀罗很像。

本地青皮竹很多，它们和皮竹长得太像了，根部簇生，叶子几乎一模一样。我一度认为这是汤错的皮竹。但是皮竹在笋壳上是长毛的，而且蜇人。青皮竹则是光滑的。我看到的另一个现象是，青皮竹春天发出来笋子到现在还在生长，笋尖部分离长成竹子路程尚遥远，似乎明年都不一定能长成竹子。其外围的竹子要比内圈的小。

---

[1]　红萝卜，指胡萝卜。

小很多。掉落下来的笋壳很硬，跟龟背一样——夸张了。总之是不易破。

屋前菜园子里的篱笆上爬满了紫花大翼豆。

以前，我一直将蜈蚣草当作蕨类植物，可它是禾本科的。这纯属混称、讹误。事实是一种蜈蚣草乃属凤尾蕨科，凤尾蕨属草本植物。一种的确是禾本科。

黄背草：菅属。在香露山上见到。铎山东五百米。与老鼠芳一样长得很跩扈。

一个午后在一株厚朴下的畲里坐着休息，被毒蚂蚁咬了一口，有如针刺，稍后肿胀，元秀拔了一把野草，捣碎敷上。这种草叫作半边莲，可以医治蚂蚁毒性。有的蚂蚁爬过人体之后，在皮肤上留下红斑，痛痒。半边莲可以医治。

今天去爬铎山，采到一种很特别的植物，但是不认识，看起来像景天科植物。十分喜欢这种肉质植物。在山腰的时候，风雨，上山的路又没有，齐腰的茅草挡住了去路，草上雨水多，鞋子、裤脚都被打湿。正在这时，在一块岩石旁边，看到了它。我轻轻挖一下，就出来了。没有什么根系，很浅的就长在岩石上因雨水冲击的一点近似泥的枯枝败叶中。它正在开花，还没有完全开出来。我想起了书房里的瓦松。我把它带回来了，种在阳台上。在它的周围又种上天蓝苜蓿、石韦，还有一种不知名的藤蔓植物。把一枝半边莲也埋在了里面。

土牛漆的果实倒生。像虱子一样伏着在花茎上。

稻子收割之后，田里长的草也有不少，白药谷精草、野慈姑、白花水八角等，田边上，辣蓼子草多。

*　　*　　*

如何认识
它们

有段时间我着重温习山坡上的唇形科，比如紫苏、薄荷、地蚕。每个科里面能认识几种代表性植物非常便于去认识它的同类。青葙

496

和鸡冠花归不拢，青葙与紫苏、夏枯草分不清，而葛与刺槐、山鸡血藤、胡枝子、决明是豆科；金樱子与樱桃、苹果、梨、李都是蔷薇科，艳山红与马醉木联系不到一块，它们都是杜鹃花科。

即同类不能合并，异类不能区分。在刚开始接触植物的时候往往出现这种情况。好比我们要区分一门语言中的同义词、近义词、反义词。而植物的种类许是超过了语言的单词的，需要漫长的耐心。汤错并不宽广，但是植物经验与本地方言同样丰饶，复杂。我知道在这所大自然的学校里，我首先要学会如何生活。

*   *   *

紫苏和土牛漆（苋科）有一个一致的地方，茎四棱形，枝呈十字形状上扬，夹角约为四十五度。挨着的两个节的枝条生长方向呈正十字。豆科当中，有很多也是长狸尾的。苋科中的青葙也是如此。形态上的接近，或许并非不是没有理由。这些相近可以从基因上来挖掘。传统的分类方法毕竟只是感性的，没有绝对的可靠性。基因命名法应该最为准确。按照基因法分类，很多科属都需要重新划分。这是技术——显微镜战胜直观的一个例子吧。梭罗极力反对过这种显微镜。但是我并不认为这有什么值得反对的。它的美感在于精确。而不是说放大之后就变得丑陋了。这种说法的出发点是维护自然的状态，但却不利于进一步地了解我们的对象。如果都是站在人的立场——梭罗是想站到植物一边上去的，但是毕竟审美的出发角度是站到了人的一边。既然都是站在人的一边，那么再精确一点没有什么不好啊。我体验过仅仅是用放大镜来看枣花的效果就不一样，肉眼看不仔细的东西，借助于工具。这其中并不存在伤害，而是关键所在。

*   *   *

在东北面崖壁上藤蓬之中摘到狗茄，这边叫王探，又叫八月

观察与精确观察

八月炸香
榧尖叶长
柄山蚂蟥

炸——因为到了八月之后，这种像牛睾丸的藤蔓结出的果实低端会炸开。里面黄瓤黑籽，很甜。在汤错的时候见过，茹过。但是今年却没有炸开。这样说，是因为去年的天气很奇怪。南方的气候也在变化，所以保存这个说法。照现在的样子看来，它还需要至少半个月的时间才能熟，那已经是九月底了。铎山的农民把它叫作王探。这是豆科藤蔓多年生植物。用途主要是捆绑柴草等，扎篱笆。

果实皮肤跟猕猴桃差不多，无毛。今天摘到这对——同一个柄上结着两个果子，像孪生的。三个鸡蛋那么重吧，或许还要重。叶互生，柄很长，四寸许开叉，三片，带叶柄，蜡质，卵形。藤蔓很生脆，一扯就断。皮质，有麻点。

其他还有几种树，一种他们叫掉皮树——叶子卵形，近圆，叶子似大戟科野桐属，果然是野桐属的白背叶，枝条上垂吊着一条条毛虫虫似的麻花。山上颇多。

山上花椒籽已红。有一种不结果，树干上有花椒树一样的扁刺。叶序也差不多。估计是同属。

另发现一株不大的杜仲。

打米厂不远处生着两株香榧，秋天的时候其籽硕红，肉瓤在外，易烂易破，为鸟所喜欢。核大如小指头。

碰到四五棵尖叶长柄山蚂蝗。我走过的时候，它们的果实粘到了衣角上。有些已经变红。果实由两截镰刀形状的果荚连缀而成。豆科植物，在村子里可以看到很多，目前看到过的就有：沙葛，胡枝子（多种），扁豆，野扁豆，菜豆，豌豆，豇豆，黄豆，网络崖豆藤，紫藤，决明，落花生，葛，紫荆，苜蓿，鸡眼草，刀豆，鹿藿。再就是刚才提到过的尖叶长柄山蚂蝗。

现在还有金银花在开。在山上看到四棵百合，已经结果，分别结了一到四个。叶子几乎掉光了。只有结四个果的那个尚留部分半干枯的叶子。

看到跟猕猴桃叶子差不多的藤蔓植物，但结的是球簇状颗粒果实。青色。本地人叫羊屎粒子。而猕猴桃叫藤茄子。

今天看到农民在收割后的田里挖地开始种油菜，越冬。明年四五月成熟。种油菜用来榨油。这个时间，也不错过种水稻。

*　　*　　*

有一种木质草本，聚伞花序。筒秆中空，里面是一圈白色的木心。叶子很大，有荷叶那么大一张，裂开。有五到六根大叶脉，正对着叶柄的那一脉分成三小脉，所以是三个锐角。其他的两个居多。叶子之保留在筒秆的顶部开花的地方，花枝互生，垂直生长，结有白色小球状果。筒秆的顶部被黄色小粉末。根不大，不深。可以炖猪脚、炖鸡，香。当地人叫散百树，蓖麻与它稍微类似，但蓖麻属大戟科。同株上有红白两色，红色的会结出刺果来。估计是雌雄同株的。后不久，终于得知散百树是五加科通脱木属通脱木，和八角金盘同属。

在村子里第一次看到葎草。缠绕在一丛鬼针草上。看到它的叶子马上想起桑树。另有捌手的一种草质藤本在北方的村子里大家都叫它剌剌殃。因其割手，所以也有叫勒草的，勒和剌都有锋利之意。

石松科的一种，汤错叫作狮子藤。

*　　*　　*

冬天，十一月，家里藏了很多椿象（打屁虫），没有死。随着稻谷的收割，它们失去了居住之所。椿象、绿蝽随同稻谷侵入家里。

窗台上的那株瓦松到现在还在开花（二〇〇八年十二月二十八日），外面已经下过雪了，而房顶上的瓦松早以绝迹。这大概是十月就没了。这株瓦松要不是我一年有好几个月没有住在这里，多浇一点水的话，它可以活得更好。适当的温度的确可以帮助动植物改变生命周期。

我喜欢冬天，元旦之后的冬天，直至农历开春，这段时间温和，

通脱木葎
草狮子藤

椿象

499

敦实，适合蛰伏，大眠，写字。但是新历的年，于我是丝毫没有感动力。我觉得它有一道界线的原因仅仅那是我的生日。严格讲，也不一定是生日，只有本命年的时候，它才是我的生日，但我麻烦新历和农历之间的换算，便查了出生那年的日期，刚好是元旦，于是就将每年的元旦定做了自己的生日。省了许多的脑细胞。关于这一天，也很满意，因为，它是最初的，也是最后的。

了解了更多的植物，也了解了更多的生命，我自己也不例外。

*　　　*　　　*

甜槠　　　走了很远的路，就是为了寻找神奇植物"甜茶藨"。因为不认识，错过了。回过头来的时候，经一个钓鱼老翁指点才识得。我只模糊记得小时候吃过，叶子椭圆，淡青色，叶子变为绿色之后，甜味减退，苦涩占上风，但嚼起来还是有余香。老翁说甜槠木坚硬，性甜，老惹虫蛀。原来当地人说的神奇植物甜茶藨就是甜槠，和米槠相似。除了显而易见的茶之外，还有一些在日常生活中被格外使用到的野生植物，比如腐婢，另有薜荔、蕨类等。薜荔在楚辞当中就有，可谓声名显赫。严格说，每一种植物都在被使用。如果像克洛德·列维－斯特劳斯那样搞法，它们都是我们"神话学"的必然构成。

*　　　*　　　*

白腰文鸟　　　今天太阳升起来的时间是七点三十。太阳最上端到最下端脱离山体约两分钟。屋前四季青上有一个鸟窝，看起来似一个老蚨窝。大灰猫扯常爬上这棵树。仔细看，才看得出这是一个鸟窝，里面生活着一对夫妻——白腰文鸟，九月上旬（阳历十月下旬）它们做父母了。文鸟的巢是侧开口的，它的巢就是阔口曲颈瓶式的编织巢，结实地建筑在浓密的绿叶中，四季青的叶丛中分泌一种清新的香气，这个巢比建筑在杉木上的要舒服很多，不过，不注意是看不到这个巢的。我搭上梯子爬上来看它们，母鸟飞了出来，雄鸟在周围——大多数时间，雄鸟出去觅食，有时候，母鸟和雄鸟一并出去找来食物，母鸟进巢喂食，而雄鸟在巢下四周盯梢，密切关注周围的一切。而当母鸟待在巢里孵育小鸟时，雄鸟飞出去。今天中午回来时，嘴上叼了一条青色小虫。它看到我在看它时，便不进巢去，在巢下的树枝上不离不弃地站着。我想，它很犹豫，到底是进还是不进。有几次，它跳到了巢口，但最终还是没有进去。我站在树下，相隔只有丈许，这么近的距离，一般时候，视觉听觉敏锐的鸟类早一翅去了老远。它们格外谨慎，和人类刻意保持着距离。孵育期间的雄鸟和雌鸟，这个时候是不大情愿也不会轻易走开的，直到我爬上梯子靠近鸟巢时，雌鸟才从巢里面出来。即便出来，也不是马上飞走，而要试图阻止，因为，它们在树叶的掩盖区域还逗留了一阵，离我咫尺，剧烈而快速地拍打翅膀，过后才飞到水塘稍高处的蒲葵上，看我有何举动。我只是探手进去，摸了摸巢穴中的情况。进口稍微显得狭小，我的手伸不进去，食指和中指的长度又不够，只能将巢穴从枝丫上端下来，看个究竟；看完了，再放回去。有两只雏鸟，全是肉感，只有少许稀粗的羽翼，还有一只尚未孵化的灰白色蛋。雄鸟飞出去的时间有时候长达个多小时。很显然，整个冬季它们都会留在汤错，选择非落叶乔木搭建巢穴，是它们聪明的选择。白腰文鸟体型偏小，三到四寸长，两个拇指并列大小。对建筑这么大的巢穴是一项很大的工程。而白腰文鸟修建这样一只巢仅需七个白天的时间。秋天，当杜仲、桃树落叶之后，容易看到平素隐秘的鸟巢。不过这个时候，大多数都是空城了。鸟类并不把巢穴当成它们通常留念的居住地。离开之后它们具体在哪里过夜、如何过夜还不大清楚。

*　　　*　　　*

在眼岬坝钓鱼，看见一只和雌性红尾水鸲很相似的鸟，只是背部多指宽的一白色条纹，尾部扇形展开，不停颤动。这是一只小燕

小燕尾

尾（Little Forktail）。眼岬坝的海拔在七百五十米左右，其西南侧的达俩里山海拔有一千米。据马敬能等的《中国鸟类野外手册》对此鸟的描述，只说台湾省处于较低海拔，而且也没有见于越城岭山脉的记录，习性描述为"甚活跃。栖于林中多岩的湍急溪流尤其是瀑布周围。尾有节律地上下摇摆或扇开似红尾水鸲。习性也较其他燕尾更似红尾水鸲。营巢于瀑布后"。其巢未见。也喜欢平行水面疾速飞行。

*　　　*　　　*

红尾水鸲　　　晚上八点二十分，在水泥砖墙上的孔穴中捕捉雌性红尾水鸲一只。白天在看马蜂的时候看到它停在窗格上，找到它的窝。一孔之内里外排列，有两个巢。显然，雄性水鸲已经不在这里居住。这只水鸲住在里面的窝。我用手电照着它的时候，它探头出来看了下，没有马上起飞。便被网兜缚住出口了。距离这两个窝二米远的更高处也有一个窝，已弃。从外观上看，同属水鸲的窝。在它的腿上系上环志之后，明天早上便放飞。再去查看窝中是否有蛋存。捉住它的时候，发出尖哨音［ziet］。声音较好听。在网兜中挣扎时碰掉尾羽两片。

*

早上很早，水鸲就在跳动了。偶尔叫一声。昨天晚上黑灯之后，安静下来。做好环志，上面刻有 TC2009。TC 表地点：汤错；2009表示时间。环志套上去，用钳夹扣拢，很合适。拿到阿尔法河的木桥上，手一松，水鸲就飞出去了。飞出大约五十米的样子，停在一块溪石上，它飞出去的速度很快，姿势强健。不过，看来有些渴了，立即跳进水流激起水花的边上喝水。我再回去它的巢处查看，里面并没有蛋。可是，四天之后，我再去看，伸手进去摸的时候，发现里面是有蛋的。五个，上面布满锈色大理石纹。红尾水鸲并没有搬迁，否则蛋是不可能留在这边的。也可能别处的巢穴尚未完工，来不及搬迁。这个还有待于进一步观察。如果水鸲不搬走，说明，跟山里活动的画眉不一样，对敌意的灵敏度并没有那么高。

＊　　　＊　　　＊

四月二十五日全天雨，马蜂蜂巢连接在石头的外沿侧，和石面平行，石面和地面不是平行关系，所以蜂巢和地面并不垂直，因此悬垂这种说法不准确。这种故意倾斜可能和地心引力或者地球的磁力线维持了一致。因为，蜂巢的倾斜类似于日晷的倾斜。连接蜂巢的巢柄很细，也有一定长度，颜色看起来像是生漆，质地坚硬，蜂巢的最上面也是这种介质。这种介质不但牢固，而且质量很轻，可以防雨。比建筑育蛹的巢孔的材料更加坚固。马蜂栖息的时候，经常就在蜂巢的顶部，巢柄的一侧，头朝外。它忙碌的时候，就在蜂巢的下面喂食，照看蜂蛹，或者添砖加瓦，继续它的建筑工作。

马蜂起飞之前，一般会爬到整个蜂巢的顶部，位置上处于最外的地方，不做回旋。回来的时候，则直接往蜂巢的下面叮去，但会在离巢一米远的地方做一个旋飞。下雨天，雨水打湿翅膀，马蜂并不出去，它很明白，这对它飞回巢穴构成很大威胁。这种天气它就蜷缩在家里静养了，收翅于背，躲在巢穴的上边栖息不动。好似冬眠。我所见的这只蜂后喜欢在蜂巢顶部的西侧静止不动。

另外，第一次孵化，蜂巢外倾性的这几孔的蜂蛹是最大的。这好像并不是没有深意的。蜂巢伊始，是莲蓬状的，到了后来，蜂部落发展起来之后，有的会变成钩耙状。到目前为止，还没有见过一个蜂巢有两个巢柄的。因此，也可以说马蜂深谙建筑力学。人类的建筑都是朝着外太空的，马蜂的建筑朝着地心。绝大多数植物则既向上也向下。

＊　　　＊　　　＊

五月十日，邻居夫妇捉到一只体型较大的翠鸟，养了两天一夜，

马蜂

翠鸟

不吃东西，被他煮着吃了，羽毛拔在田里，去找，结果这几天农忙，犁田时已经犁进去了，找不到。据描述，这鸟成对活动，栖于泥穴，捉到的为雌性鸟，雄性翠鸟飞走。背部大量翠蓝。胸羽红色，脚红色，嘴大而红。今天去看那个巢穴，深一尺多一点。口向下，洞穴斜上深入。根据以上描述，初步鉴定为鹳嘴翡翠，或者白胸翡翠，后面一款虽然有白色出现，但不是没有可能性，邻居的观察或许存在漏洞。但是，目前仍以鹳嘴翡翠为主要鉴定对象。其巢穴在阿尔法河北侧，一个黄土断面。

*　　　*　　　*

乌鸦、喜鹊与老鹰的巢穴

前段时间采集格言一条：三月老鸹四月窠。这句话对老鸹的习性概括不甚全面。完整的说法是："三月老鸹四月鹊，五月崖鹰婆拣空窠。"老鸹、崖鹰婆是汤错较大的鸟。也是汤错民搜捕的主要对象。对它们的了解自然也更深一些。这句民谚当中的意思说的是幼鸟孵化的时间。乌鸦在三月，蛋已经孵化出窠，四月是阿鹇子幼鸟出窠的时间，显然，老鹰是在五月，这些都是捕鸟人总结出来的。而乌鸹的巢出窠之后便不再使用，老鹰又占去。所以懂得捕鸟的猎户会在捉了老鸹之后，再去捕捉老鹰。老鹰显然较容易将就。

*　　　*　　　*

年轮与辐射轮

植物的根茎截面，常常看到两种结构，一是年轮型的，乔木、灌木、草本、藤本［比如葛；但是沙葛的地下块状根是肉质的，红薯和汝兰的块状根又有区别，汝兰有明显的内部核心束；红薯的断面出白色浆汁，这些是经脉（纤维）所在，其他是肉质；山药的结构和汝兰有所不同，总之这些都是有区别的］，是这样结构；二是辐轮型的，像一个自行车轮，从轴心向圆周辐射。构成辐射圆环，圆环之外是皮组织。这些辐条数目是稳定的，生长的意义是这些辐条的拉长，向外扩延，外端越来越粗壮，有时也分辐，与旁边的辐条交织，成为蜂窝状结构。代表植物虎杖根（酸模根），以及一些藤本植物（大血藤）等。但是辐射轮形也隐约地含有年轮型结构，这个年轮仍然是判断年龄的主要依据。

在同一个截面中，这些辐条有些是直的，有些发生顺时针方向的弯曲，有些发生逆时针方向的弯曲。辐条的长度也不全等长。这可能是成长过程中受到了挤压，再者，茎块的不规则形状的形成也和它受到的外力有关系。按此猜测，在受力均匀的泥土中栽培，它可以长出形状规则的块茎来（当然，想要看到这个作品，还得在几年以后，成长的速度和我们特意关心的耐性是拉锯的）。这些辐条会穿越圆周边界，伸向表皮组织。圆环外这些伸出来的辐条是容易断裂和分离的，一经干燥，它们甚至还会留下自动脱离的缝隙。剥掉厚厚的皮之后，竖向看可看到蜂窝状纹理。这是辐条在圆周上连缀而成的杰作，它们显然有利于加强营养运输和内部结构的稳定。辐条分枝之后不会中断，不会跟与之相遭遇的辐条合并，所以形成很多 X 形交叉，一直到圆周。

萝卜也是辐射轮形，在水中浸泡一段时间，肉质腐烂，可看到剩下的萝卜网状纤维体。（它容易误认为是有横向行走的纤维，然后构成蜂窝状组织。实际上，这只是外皮结构特征，里面就是辐射轮形）。萝卜外组织要坚硬一些，里面还松一些。成熟之后腐烂也是从心开始的，这就是我们常说的"泡心"吧，泡心是成熟的标识和腐烂的开始。

竹子是竖纤维，目前，我们还不知道如何依据竹子自身结构来判断它的年龄。南竹竹笋在一个半月的时间里可以长成竹子。竹子的大小便不会发生变化，在以后的年岁中，它既不会增长一个竹节，也不会少去一节。但是，竹枝每年都会发芽篃枝篃叶，这是一个可能的依据和方向，这个依据可以判断这根竹子的年龄，但是不足以判断竹子的寿命，也就是说，这根竹子不代表竹子的寿命，它是生长在竹根上的，竹根的寿命才是真正的竹子的寿命；一棵树老死了，我们锯断它就知道它的寿命，但是这在竹子的身上是行不通的，问题就在这里。竹子的寿命还是得从行走在地下的竹鞭入手。再者，记录竹子每年长笋的次数也是一个办法，这仍然显得让人很为难，竹子的寿命或许比人的寿命要长。

*　　　*　　　*

皇蛾　　本想在马尾河北岸找螵蛸，不想无意间碰到缠绕着打碗花的卫矛枝条上吊着两个带方形网格织就的茧，卵形，茶褐色，一枚有两个拇指大小，硬度还不小，像一枚新疆大枣，不知何物。我将其带回，放在桌上，一时忘记了它们俩的存在。

　　一天早晨起来，我看到窗格上挂了一只硕大的蝴蝶，比那面圆镜还大，我赶紧叫谢秉勋和元秀来看，这是什么，怎么会有如此巨大的蝴蝶。元秀说，她也是头一次见到这么大的蝴蝶，真是蝴蝶皇后啊。谢秉勋说怪瘆人的，前翅末端蛇头鬼面的。我量了一下翼展，啊！长达二十四厘米。我的两个巴掌并在一起才十六厘米宽。

　　原来这种蛾真的叫蛇头蛾，学名皇蛾。真是蛾的皇后。蛇头蛾是一种会模仿蛇的蛾子，它的前翅末端的图案酷似蛇头，可以吓跑它的天敌。从资料上看，目前发现的最大翼展达到二十八厘米。而且，岭西玉林、贵州、云南罗平、广东凤岗、浙江杭州相继有发现。和许多蝴蝶一样，蛇头蛾是夜间昆虫类，而且成长后的存活时间仅有两个星期，要一睹它的风采不是那么容易。不过，由于蛾在形成后，蛹的外壳还是会残留在树枝上，所以只要细心留意还是可以欣赏到。

　　我想起那两枚茧，其中一枚卵形细的一端有一个拓开的圆形出口，竟然是它们孵化出来的。余下的一枚里面还有一条黑麻黑麻又焦黄的蛹体。

　　我小心翼翼地把它移到户外的栀子树上，挂在那里，头一天没有飞走，第二天也没有，直到几天之后，突然不见了，我在井塘边的胡颓子上又找到了它，带回。第二天早晨起来的时候，又不见了，便再也没有找到。不过，第二只孵化出来了，比起第一只，翼展略短，过了三天，它也飞走了。资料显示，这样的蛾往往成对地被发现，不知它们是不是天配的雌雄组合。

范成大《桂海虞衡志》载二条，说：（一）鬼蛱蝶，大如扇，四翅，好飞荔枝上。（二）黑蛱蝶，大如扇，橘蠹所化，北人云玄武蝉。鬼蛱蝶似乎跟我们所见相同，可见吾道不孤啊，近一千年这么长的周期还看到同种生物，好事者的乐趣大抵就在这里了。

晚上，木阁楼常不关灯，也不关窗户，一团黑乎乎的像石灰鸟（鹡鸰）那么大的东西闯进来，仔细看，黑色的翅膀，好像油浸过，一对铁甲牛（中华大锹）一样的大钳，飞行笨拙，飞到灯光下的地板上便不再动了。后来才知道这是一只越中巨齿蛉，颇为罕见。山中所见昆虫，这也是最大的，乍见之下还以为是一只蝙蝠。

另外，范成大著于岭西的著作还有《石湖诗集》，提到修仁（今荔浦辖地）有蛮茶一种，到底是什么茶，不知何指。

＊　　　＊　　　＊

女贞的花也只是开了少量，初开状（五月十七日）。汤错的女贞显然要往后一些。下午去水库钓鱼，这是我熟悉的水库，熟悉它的鱼群结构——动物类学，相对人类学而言的。库龄、水位、地理——水库的水最深区、修建水库之前的水底状况，等等。去年钓鳙鱼的那种感觉还没有回来。可能是钓点的问题。明天决定去原来的埠头垂钓。至少上午会去。运动战很重要。但不是游击战。在堰塞湖垂钓游击战术运用少一些。碰泥水库开掘于六十年前，鱼已经油了。诱饵投钓相当复杂。再加上水库很大，打窝子需要的时间动辄三天，多则一个星期。我没有这样的打算，狙击一下了事。这并不符合钓鱼之道。

解剖草鱼的时候发现，这条两斤多的鱼一边有四颗牙齿，一边

攻鳙

有五颗牙齿。尖锐而有锯齿的月牙形牙齿长在下颌，上颌是座牙形状的骨质连体。口腔结构决定了鱼的进食方式。鲤鱼是吞，抽喝的，基本上是吸食式；草鱼则吸食和强行撕咬二者兼备，为吸嚼式；鳙鱼进食也是较为猛烈的撕咬型。但是鳙鱼上钩之后表现得没有鲤鱼那么强烈，它喜欢左右快速逃跑，大范围地兜圈逃命。鲤鱼和草鱼一开始很安静，水顺着钓竿方向随着收竿移动，尤其是草鱼表现得更为安静，但是到了岸边，或许是见到捕猎者之后有猛然掉头逃跑的举动。鲤鱼挣扎会一直很激烈。鲤鱼和草鱼也会钻进水底地形复杂的区域，竟而逃脱。鳙鱼是水面上层的鱼，没有这个习惯。草鱼只有在没有食物的时候才会屈尊水底觅食，当然，这一点其他鱼也偶尔例外。草鱼稍高于鲤鱼和鲫鱼，属于中上层水活动性情安静的鱼类。

铎山有梅雨天气。在水库钓鱼两天半。最后一天有所收获，攻下五条五斤半的鳙鱼。相对而言是今年比较理想的一次。拓展了钓鳙鱼的方法。用爆炸钩直接上诱饵。与水雷①相比，这个消耗饲料的速度非常快，换饵的频率也远远大于水雷。一个人守四条竿已经很累。它的唯一优点是上钩率要超过水雷。很显然，爆炸钩投程受限很严重。没有水雷那样投竿方便。六月并不是钓鳙鱼的最佳时候。八九月是黄金时间。

很多人认为钓鳙鱼无法打窝。实际上也可以。用饲料——麦麸、糠麸、香精，和上黄泥巴，搓成拳头大小的团投进去。雾化在中层和下层水域。泥巴最好是垂钓水库边的泥。

昨天在混养堰塞湖试钓的鲤鱼饵料在水库一口未动。鱼有，但不咬钩。螺鲤加油菜枯。可能是油菜枯放得太多的缘故。但是一口不咬这种情况还是少见的。之后，得以小鸡饲料作为基础料，螺鲤作为催化剂，芝麻枯做粘料，或者油菜枯做粘料。油菜枯太粗糙，而且有油，这是最大的缺点。雾化效果不好。香味也一般。库钓和

---

① 一种多钩型浮钓钩具。

野战的要求都比较高。

鳙鱼的鱼泡是独个，一种梨形。草鱼鱼泡是两节，一大一小，一尖一钝。鳙鱼结群，群舞的舞姿变化多端。有点花样体操的感觉。草鱼没有这些。这是否跟它的鱼鳔有关系？鲨鱼没有鳔，通过血液的浓度和水之不同作为浮动的动力装置。以前，熟悉草鱼，以为所有的鱼都是这样的两节鱼鳔。殊不知，大千世界，各有各的神通。

鳙鱼吃浮游生物，越肥的水就越有可能藏有鱼。也独爱韭菜汁和大蒜的味道，所以，在饵料中常常就地取材加入这种香料。

梭罗在《瓦尔登湖》中写自己常去垂钓，往往因为挖不到蚯蚓或者要到很远的地方去挖蚯蚓而发愁。蚯蚓是万能饵，什么鱼都吃，却不能针对某种特殊的鱼类。其实，梭罗种植的菜蔬叶子、块茎植物，林中的野果，岸边的虾蟹、螺蛳，以及麦粒，湖边的蚂蚱、青虫等绝大部分都是饵料。抑或正如其所言"吾人垂钓于历史的河畔"，仅此而已。

*

转战水库之前，在上梁水库有一次失败的鳙鱼大战。那是润五月初五，在上梁三天。垂钓鳙鱼失败。水库很大，是眼岬坝的十倍余。成群的鳙鱼在水面活动，但对我们的饵料充饵不闻。

头一天十点抵达水库，选定一个埠头，打窝。经过一夜，有零星动静。但是很卡钓，瘫痪了四五条竿。不得不移师南岸。水库水源地的一个洄水湾。刚到就看见三头大鳙，目测在二十斤以上，在中层水面活动。钓点就选在了这里。又在离岸五十米的地方打了玉米窝子，窝点水位不深，三米左右。白天没有任何动静。晚上也没有任何斩获。第二天，饲料钩上了一条小鲫鱼，这是近身竿。不久又上来一竿鲫鱼，近身，同一地点，马上增援手竿和矶竿，上手几条，速度很快，鱼不大。鲫鱼一般不固定地点寻找食物，再加上逃掉几条，这两天连续激起的兴奋很快就过去了。直至下午五点，风向改变，由西往东吹，水库下午以来一直在蓄水，窝子里在风浪中依然可辨有鱼进窝，气泡不断，追了一竿苞谷竿，这一竿打下去很快就忘了，因为我们还满以为鲫鱼可以追回来，再补窝，继续垂钓，实际上鲫鱼已经一去不复返，吃钓频率下降很快。突然之间，海竿狂飙起来，大鱼上钩了！对于这么大的水库，不会是小鱼，竿子收起来也沉，鱼在涸水湾猛窜，于是撒掉手竿和矶竿以及一条饲料海竿，准备从这边收鱼，没有几个回合，鱼已经上水面，目测，只有三斤左右，不大。不过，换窝带来的不快还是一扫而光。因为，这预示着后面还可能上来更大的鱼。

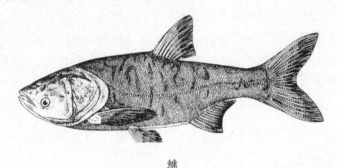

鳙

这期间，我们在水源处已经倒下去二十来斤用啤酒发酵的糠麸加醋加彭氏鳙鲢饵加麦香系列鳙鱼饵再加熟透杨梅制作的诱鱼饵料，水浑了个把小时，水清之后，可见水底一片白色。但是观察了一个小时后没有鱼进窝，接下去也就一直没有鱼进窝。

晚上水库的水位继续上升，这对垂钓鲤鱼是非常好的，鲤鱼跟着水位走滩，所以，对窝子依然充满信心。但是一夜下来没有动静，直到凌晨五点半，一竿脆响了几下，从帐篷里赶过去，收竿，感觉鱼已经不在，拉上来一看，子线和钩子已经去了。仅剩下坠子。

这对守了一夜的我们而言，非常痛苦。

无法判断挣脱的这条鱼到底有多大。决定七点收兵，撤出这片水域。

这是第一次出远门垂钓的惨痛教训。虽然没有放空，但是对我们所使用的垂钓方法——爆炸钩谷芽，极具诱惑力的饲料竿，以及垂钓鳙鱼的水雷法——刚开始是信心十足的，结果却甚不理想，某种意义上是惨败。在整个过程中，犯下的错误也很多。选窝点不够谨慎，应该先试钓，这是其一。其二，手竿的优势没有充分发挥。其三，单纯依靠某种钓法，并不是每次都能够成功，爆炸钩钓谷芽也需要打窝子，而我们没有打窝子，刚开始的窝点是专门攻草鱼的，后来不得不放弃。其四，在看得到成群结队的鳙鱼的时候，不必拘泥于水雷或者爆炸钩，完全可以飞钩。

　　临走时，遇到已经弃竿三年的老前辈在放网，他说他已经三年没有摸竿了，现在就放放网。放网和垂钓当然是不同意义上的。他说了垂钓这种水库的鳙鱼的一个方法，用酒糟一二担，大粪两担，倒下去，三四个小时可以引来大量鳙鱼。使用飞钩，最多一次上来了一百六十斤鱼。

　　感觉上梁的位置和汤错差不多，严格说，不是，上梁水库比眼岬坝要矮一些。从周边开花植物可以判断。徐霞客当年也走过汤错和上梁这两个村庄所辖的山脉。那边的凌霄、朝天罐、地菍、铁线莲都已经开花，而汤错的还没有。汤错西部最低处和大湾接壤的侯家高山坡地植物的花期和上梁差不多。上梁的海拔和这里差不多吧，六百米左右。在上梁还发现蝴蝶戏珠花、裂叶牛漆——前次在铎山看到，以为这边没有。

　　虽然没有攻到鳙鱼，但是欣赏鳙鱼在水波中千变万化千手观音般传奇的舞蹈也有一种难以言传的惊奇。

　　而我们想要过上"新粟米炊鱼子饭，嫩芦笋煮鳖裙羹"的隐士生活就遥不可及了。渔猎是原始民的生存方式。我直到现在从不认为，垂钓是娱乐方式。今天，我们仍可以从钓鱼中体会到智慧。先民以此为生存方式，继承和体验渔猎这种隐性的杀戮，残酷才是我们垂钓的目的。到现在，垂钓的确已经具有消遣性质，但是任何活动都不会无缘无故地消失。渔猎也是。垂钓越来越艰难，很多人从一开始的兴奋中跌落，他们在看似简单的和鱼类的博弈中败下阵来，因为，鱼的智慧也在积累和增长。渔猎已经从先民的完全生存方式蜕变为半休闲或完全休闲方式。但每个渔猎者可以在这些需要足够耐心的博弈中承担打击和失落，并且怀念那过去的。如果连续十天还钓不到鱼，他面临的是生存危机。

*　　*　　*

红薯在经济农作物链条当中的位置

今天有太阳，三级北风。坐在家里觉得冷。下午去挖红薯。七八平米的畲，挖了一担半红薯回来，八九十斤吧。粪箕一担只有六七十斤。红薯不作为主食，甚至连副食也算不上。只是用来喂猪的。猪应当算作汤错农业经济结构中的必然收入，红薯自然也就是必然收入的一环。这些从土中长出的植物，在汤错人的经济循环中占据很重要的位置。虽然，它卖不起价钱，也没有可卖的红薯，却是不可少的。人作为这个经济结构中的最高消费者，所有的农作物、动植物，最后都归于人，猪是要杀来吃的。养一头，一般就是过年猪，或者出售一部分（也有全部出售的，自己仅仅留下板油）。养两头，出售一头，自己留下一头作为过年猪。这是常规结构。一头猪的成本远远高于农妇的劳动成本。但是为什么还要养猪呢？因为，大量的土地栽种出来的作物和食物，自己吃不完，卖又卖不掉，最后，将这些食物转化为肉食品，维持油的供应，就只有养猪。养猪是自然经济中的原始模式。假如不养猪，就要别的收入来维持猪油和一些肉类食品的开销。而养了猪，至少可以维持油的食用，然后，肉类食品供应可以和一头猪取得平衡。一家人一年的肉食大概也就一头猪那么多，二百多斤猪肉。一个不养猪家庭必须有稳定的收入，来填补家庭对肉类食品的需求。当然，我说的是承包到户以后的情况。红薯藤、红薯，都作为潲的主要成分被利用起来。大米也是不可缺少的。一天要一到两斤。最后阶段催肥时，维持在两斤左右。马铃薯的种植和功能与红薯一样。在以水稻为主食的汤错，红薯和马铃薯仅作为猪食被种植。其最早种植的历史已无从考证。煮潲燃料主要是柴火。一年需要大量的柴火。因此，我们可以看到红薯，作为亚食物在农家经济链中的地位。元秀说，养猪是"针尖上刨铁"，甚至豆腐卖到了比豆子还低的价钱。因为必须，所以才养。

*　　　*　　　*

九月初八晴　想了些办法免去了他们的疑虑，才让我跟他们去燕子石守夜，看他们打鸟。凌晨三点有阵雨。燕子石山上看到萝藦科植物。在山顶上还发现乌头两株，蓝色幽灵一样的花朵夹在栎树和杜鹃灌木中。诱捕鸟的灯光装置安放在鼎坨，信号塔的南侧。从山顶上的信号塔里接出电源，装上一个一千瓦的灯管，光线聚拢后，朝南方照射。有经验的捕鸟人说，有雾露和小雨的晚上可以捕到更多的鸟。到凌晨四五点，捕捉了六种鸟。我带回来两只喜欢的鸟，一只红翅凤头鹃，一只褐翅鸦鹃，都活着。在山顶上也见普通翠鸟，他们叫渔公鸟。当地的捕
鸟活动

红翅凤头鹃

鼎坨属于越城岭山脉延伸出来的一个侧枝。海拔有八百多米。面南向是汤错的马尾河谷地，背面是大里坪，也有一条从筶竹山青

山里下来的小溪。黝黑的夜色中可以听到白鹭和丹顶鹤在河流的空谷中飞过时的鸣叫。但是今天晚上只有三只白鹭在我们的视线之内出现过。因为没有雾露，所以它们很难靠近。唯一被捕到的那只白鹭还是因为我们模仿它的叫声才把它诱过来的。

褐翅鸦鹃[1]

捕鸟的时候，一个晚上最多到六十来斤，在新宁一带传出，有一对夫妇一夜捕到二百多斤。他们知道捕鸟是违法的，尤其是一些珍贵鸟类。他们把捕到的鸟卖到县城的宾馆和饭店中去。或许要问，消费它们或他们的人是谁？迁徙季节这种大规模的捕鸟行为仍然在进行。

很多鸟南迁过程中要翻越这条山脉向更南的海洋飞去（大、小巽他群岛）。

补：红翅凤头鹃和褐翅鸦鹃关在同一个笼子里，不进食。几天之后，红翅凤头鹃死去，褐翅鸦鹃做了环志，放了。

---

[1] 红翅凤头鹃、褐翅鸦鹃图采自《中国鸟类野外手册》，约翰·马敬能、卡伦·菲利普斯、何芬奇著，湖南教育出版社，2000。

　　　　　　　　　* 　　 * 　　 *

　　今天立冬，农历初十。室温十九度。没有下雨，阴天，感觉比
昨天冷。十点左右低空伸出一条条舌状淡墨色的云，往西北方向去。
十天前的寒冷天气不知源于何故。可能是北方冷空气南下，与这边
的暖空气相遇造成两峰对峙，所以十多天来一直是雨天。今天是阴
天，天空比前几日高多了，天上也有些许的亮色，好像要出太阳的
样子。谚语说："立冬晴，佑农人。"这句谚语说的经验是，如果立
冬这天是晴天，那么，接下来的整个冬天就是晴天无疑了。对此，
我感到疑惑。但是农民说，的确是这样的。这个时候宁可不相信
自己。

　　我所有的农事知识都是从农民那里学来的，我的观察和体验微
乎其微，他们对大地和季候的熟悉程度远非我理解的那种程度。正
在砌房子的农妇，我经过她家后面，跟她算白话，她说起风。今天
中午时分，露出晴相，下午又阴了，刮起了风。早晨的风还要更大
一些。农妇说，明天早上要打霜了，问她的邻居山上的红苗——即
红薯都挖回来了没有。立冬之后，起风，第二天必定打霜。时令令
农民有敏锐的嗅觉。铎山这边的地里也还有玉米，胀鼓鼓的。铜座
的玉米早没了。过了六月初几下种的玉米到现在都不会结了。按
理也有一百多天的时间，但是，就是不发苞了。汤错比这边要高
一些。

　　打霜之后，绝大多数植物都会被打死。只有少数植物保留青叶
子，像竹子、四季青、松柏等。

　　我看到松柏树同时接触了穗状和球状果实，这是雌雄同株的
植物。

　　晚上有月亮，黑色的云层依然还在往西北方向迁徙。明天要打
霜，也是今冬的第一场霜。

　　今天又去挖五加皮和红牛漆。看到了白牛漆，挖出一看，根是

白色的，筷子一般粗细，挖过几棵，都是这么大的。红牛漆的根系粗长发达，有好多根。一个个跟胡萝卜似的。拿回来茹的是红牛漆。白牛漆不敢吃。红牛漆所谓的红是一种接近紫的颜色。

在周山隧道水渠看到艾麻，还有榆树。不认识的树尚有几种。有一种是三角叶的，这个三角很奇特，就是卵形叶尖近端部分，有的沿基脉垂直方向两边各缺去一半，有的是向叶柄方向，类似三角枫的叶子。互生。藤灌木状。许是苘麻属。

＊　　　＊　　　＊

猎鬼头蜂

十一月十四日，天气很好，又去看了几遍地形，为摘蜂窠做一些准备。

离我的阁楼不远，开后门，大约二百米，就可以看到池塘边的那棵水桐倒映在水池中，一个黑乎乎的大东西在波纹中折叠晃悠。往树梢看，是一窠十分骇人的鬼头蜂，像一个酸菜坛子挂在树梢。在树下观望，有时候我觉得它像一个煤气罐，或者一枚手雷什么的。蜂窠上有巡逻兵，蜂窠口不断有蜂飞出，飞出的方向并没有看出特别来，直线飞出去的多，一般不绕飞，往东去的就直接去了，其他方向的也是，但是我看到过，一只往东去，一只往北去，还有往其他两个方向去的，它们是接着的。开始我观察它们的时候，我以为上午往东去的多，但是，后来我发现，也并非如此。下午的时候，它们也往东去。蜂窠在村子中间，周围一公里是稻田、菜地和房屋，南北相距约两公里，都是山，铎山和周山。我问池塘和水桐的主人家，女主人说蜂窠是今年才变这么大的，去年的时候还像麻雀窝一样，小小的，我以为是鸟窝。三家房屋离它只有十多米。地势是一个阶梯状的，阶梯下是池塘和水桐，水桐旁边是往西去的小路。当我告诉他们这是鬼头蜂之后，他们感到不安，怕小孩子在房屋前玩耍的时候被叮。邻居的医生告诉我，今年夏天，一个村民从树下过挨了一口，蜇在脸颊上，肿得像个馒头，在他那里打针消炎。他可能是喝多了酒。村民许我把它搞下来，我却想留着它，观看鬼头蜂的越冬。还说，如果将树砍倒也可，只要五十块钱。我告诉他，那样太可惜了。即便树倒了，但蜂会跑出来的，几天散不去，会造成更大的危险。他说倒在鱼塘里，不是全部淹死了吗？这怎么可能呢，顶多淹死蜂后和一部分懒惰的蜂，其他的蜂在砍树的时候就出来了，即便选择在夜晚，也是不行的（一些报道说消防队除蜂的事情，我觉得愚蠢无比，消防队只能干这个的话，也未免太无聊了，而且报道把他们喷杀虫剂，杀死蜂的事情说成英雄的行为，很无聊，他们却一个个得胜归朝的样子，像是立了赫赫战功。——这一段涉及一些社会性批评，显得脏）。

　　下午，我在家给鬼头蜂钉了一个箱子。用一个旧柜子改造的，高一米，长约一米五，宽七十厘米。留一面不装板子，挂一瓢纱窗，以便喂食，箱子里面放些水、糖水和水果，这足够它们过冬了（加水用一根细管子便好）。箱子放在厢房的一个单间里，我准备收养这窠鬼头蜂。现在是十一月中旬，这个小阳春过去，霜期马上就要来了，大多数工蜂会死去，（雄蜂和一些工蜂交配之后，也会死去。最后只留下很少的雌蜂越冬）。尽管如此，就蜂的寿命而言，一天、两天的长度在它们的生命周期中也非同凡响。假使，一只鬼头蜂（工蜂）能够活上六个月，一个人在世六十年，那么，它们的一个月相当于我们的十年，而我们的一年就是它们的三天。因此，每一次太阳升起和落下对它们来说，都很宝贵。在将其转移到家里过冬的时候，尽量不伤害它们的性命。明年开春的时候，再放回山上去。山上有岩洞，至于水，自然会想办法，选择离水源近一点的就好。而且也可以保证蜂不会无缘无故地死去。再者，我可以继续观察它们。那些死去的蜂，可以炮制药酒，这种酒可以治疗风湿。这样的话就比较完美了，但毕竟这很危险，很多人被蜇死过。那些被蜇死的不是因为蜂毒，而是蜂的蛋白质进入人体之后，引起休克。只有过敏的人才会这样。我都被蜂蜇惯了，并没有过敏反应，这点不怕，但怕疼。关键是如何不让蜂跑出来而将它们全部转移到家里来。我准备了摩托车安全帽，一身厚实的衣服，明天晚上月亮出来的时候动手（农历十月十八，月亮出来得有点晚）。用云梯上去。它们夜晚的活动性减弱和攻击范围减小。于树干四十五度角的地方放一个射灯，对准蜂窠。把它们的注意力引向这边，防止它们直接往云梯上空袭。用一个蛇皮袋，将蜂窠兜住，收口之后，用绳子系好。再用长绳把倚靠建筑蜂窠的水桐枝两端固定，锯断。如果用泥巴把蜂口堵住，可能不会有更多的蜂出来，但是会导致已经爬出蜂窠的蜂再也进不去，也十分麻烦，堵得久了，闷死里面的更是前功尽弃，最终还是放弃了堵住蜂口的想法。鬼头蜂有惰性，敲击树干，它们会沿着力源下来寻找，但是多次过后，它们就缩在窝里睡大觉了。在上树之前，也会这么干。蜂后的寿命据说和蜜蜂的蜂王差不多，四五年的样子。这也是蜂窠为何是一年一年长大的缘故。在这个时间内，蜂后的产生情况如何，还没有进一步的观察。蜂窠顶端部分只是一些气泡，而没有圈饼，可能是因为蜂后繁殖第一代的时候劳力不够的缘故，而出现几层垒叠的气泡，也是这个王室后来的工事（可以观察新蜂后建巢，如果和蜜蜂有相似性，就不过多描述）。

＊

十一月十五日星期六室温十九度。到中午天气还可以的，四点半之后，刮起了西北风三级，天暗下来了，有了云层和冷空气。没有料到的是，晚上月亮也没有了。刮风使鬼头蜂会早一点进窠休息。我再一次去观看地形，已经快天黑了，蜂还在不断地出勤，进行了两次战略性干扰，前后相隔十五分钟。第一次，蜂飞出来甚多，蜂窠上也黑压压地爬满了蜂，它们速度很快地在蜂窠上绕行。整个水桐树的上半截全部是它们的身影。有些蜂巡逻到了十几米开外。可能是因为天色较暗，十来分钟后又安静下来。外出的蜂也相继归巢。行人走过之后，进行了第二次干扰。这次和上次一样，蜂群被惊起。

接下来天黑了，没有再击打树干。蜂窠的出口朝东，但是这边是路。

八点，天完全黑实之后，三个射灯安置在水桐树的南侧，池塘的岸边上，直接射到蜂窠的南半部分。射灯架好之后，并没有看到蜂出来。准备妥当之后，最后把梯子架在树的北边，我从北边上去。梯子只能把我送到四米的高度，剩下的八米要爬上去。没有办法，我身上的防卫措施太严密，导致动作很笨拙。在树上的动作也相当大。但是奇怪的是，鬼头蜂一直对我的行动缺乏反应。直到我离它只有一米多远的时候，才看到有蜂出来。但很快又不见了。这种状况保持到我直接对蜂窠进行包围之前。

我的白色尼龙袋口径很大，原本是包装过洗衣机的，但是太软，再说，水桐枝斜出的角度比较刁，枝又细，担心折枝。在快到树冠的一个杈上忙活了很久。射灯的光线也打在我的脸上，眼前一片白雾，看不清东西，有手足悬空之感，有时候，半天摸不着树枝。袋子原本用松紧带做锁口用的，临时又换成没有弹力的，一度失误，出来防夜的蜂发现了我，往我的手套上空投了两次。仅是这两次。整个晚上就这两次。它们的注意力全部集中在光和光源方向。不在下面，我不知道，鬼头蜂有没有远距离去袭击射灯。我也在射灯的光罩下，它们不容易看到我。

等我把袋子套上之后，它们仿佛感到危险的来临，开始振翅，正式发出空袭警报，树上一片嗡嗡声，但是为时已晚，我已经锁住了枝条下的全部蜂窠，出口也包括在内。最后，我将树枝用长绳系住，一只手按住一头，开始砍树枝。水桐树木质生脆，三两刀，树干就断了，这时，预想不到的事情发生了，蜂窠随着庞大的树枝轰然掉下去，手上的绳子还没有反应过来，蜂窠就摔在了地上，完了。

蜂窠果然摔坏。我扔下刀，解开安全带，从树上下来，清理战场。在黑暗中，它们已经失去反抗的能力，再说大部分蜂被锁在袋子中，更糟糕的是，摔下去的时候，着地的一面正好是出口，战况十分惨烈。我的手电对着它们的时候，极少数溢出来的鬼头蜂对着灯头一次又一次地猛攻，它们从草丛中爬起、起飞、攻击，由于距离太短，又是夜晚，它们的所作所为显得只是本能性的，但那种不屈不挠的进攻让人感动。但是面对的只是一面玻璃，无论它们多么使劲，尾部碰撞出声响来，也无济于事。它们太相信光。这使它们在晚上完全失去防御能力。锯掉多余的树枝后，反抗全部淹入袋子。前后一个小时。提回来之后，放入箱子。这时，才好好看它。

蜂窠损坏了好多地方，它们在里面骚动。但是只要不开光源，它们很快就安静下来，在封纱窗的时候，逃出来五只，这几只蜂一出来，马上飞向墙壁，因为那有一盏白炽灯泡。在夜晚，它们和飞蛾一样具有趋光性。光，也仿佛是它们唯一值得信赖的。那个塑料袋子没有取出，只好将其剪破，将蜂放出。但是它们更宁愿待在蜂窠之内。从纱窗奔突了一阵之后，回窝睡觉去了，晚上十一点的时候，十分安静。好像什么都没有发生过。蜂窠虽然受到损坏，但是，我想蜂群损失并不大。蜂窠保护了它们。里面的袋子明天继续取，剪碎。袋子将里面的水和食物压住了。

接下来，也就是明天，我想它们需要一个更舒适的环境。我准备观察它们一阵，零距离地观察鬼头蜂。也希望面晤它们的皇后。它们喜欢吃甜味和香味的高贵食物，我这里没有毛毛虫，也没有蜜蜂和马蜂，但是墙壁上的苍蝇和飞蛾还是有很多的。将鬼头蜂驯养成家蜂几乎是不可能的妄想，也不是我的本意，而一旦这种十分野性具有鸟类中鹰一般攻击性的蜂变成了家蜂，只怕我对它们的兴趣也会骤然失去，甚至荡然无存。所以，仅仅是这个冬天，它们会待在这里，开春之后，它们还会回到大自然。再说，它们自己也有更多的事情需要去做，这些事，不是人类能够代替的了的。

*

十一月十六日虽然是阴天，室温还有十九度，但是已经能明显感觉到天黑得更早了。早上六点多钟爬起来去看蜂窠。它们已经闹成一片，箱子里像个难民营。鬼头蜂正在寻找出去的路，在进行全面突围。

绝大多数已经进入两层纱窗的夹层，里面一瓤有漏洞，但是外面一瓤没有，它们在攻网，不断撕咬。鬼头蜂的口器有锯齿，要咬断纱窗的粗丝，似乎还很艰难。突围的鬼头蜂集结于箱子左上方，这是朝东方向的，其他方向都是散兵游勇。尽管封闭很严密，还是有蜂突围出来，它们出来之后，来不及停留一下，更不说蜇人，就飞走了。看来，它本无意攻击。可能是寻找食物去了，但是它们却再也不见回来。

正午时分（十二点二十五分），我将一坛十多斤的香气浓郁的糯米酒插上一根口径一厘米长三十厘米的塑料管，另一端插在蜂窠右下角，十五分钟后，第一只蜂进入管子，但是进去之后，又出来了。可能是管子太小，也可能是里面冲洗的时候弄湿了，爬进去的蜂可能觉得这会弄湿翅膀。有一只爬到了一半的位置，也退回箱中。十三点，将管子移至左上角，这里仍然是蜂最多的地方。八分钟之后，第一只蜂跌入酒中。第二只又进来了，但是爬到三分之二，又显得犹豫了，它后面跟上一只，一直往前爬；第二只这时在撤退，它居然还掉了头，它们在管子的三分之一处剥身过路，第三只可能受到影响，两只蜂相继退回箱内。鬼头蜂不习水性，掉入酒中，头埋在水里，六只脚在水中划水挣扎，一分多钟便失去活力，不能动弹。我测试鬼头蜂的腹部起伏的频率，三十秒钟大概是六十下，一般情况下，进行了剧烈运动之后，它们会休息一段时间，腹部动上三十秒钟，就安静下来了。这种起伏和它们的呼吸是不是直接挂钩的还说不准。如果掉下去是仰面的，它们立刻会翻转过来，翻过来之后，也如上情形，很快也被淹死。还有一只蜂，爬进酒坛后，差一点滑下去了，但是它自己抓住了，便回过头来不停地吸食酒水。这只贪吃的鬼头蜂估计是在醉梦中跌入深谷的，前后也就分把钟。那些被淹死的蜂可能是先头部队，后面的蜂再也不往这边靠近，不但不靠近，管子附近的蜂稀疏了，慢慢地全转移到其他地方。十四点左右，插入管子的左上角，蜂少了。不知是酒味将其熏走的，还是发现了这究竟是一个陷阱。这时一只叼着蜂蛹的鬼头蜂出现，四处寻找出口，它们难道意识到家园的毁灭？其他位置上也没有那么多蜂了。纱窗外面又蒙上一瓢白色薄呢绒纸。夹层中的蜂有的已经跌至最下面，不再有反抗的能力。有的身体已经蜷曲，估计已经死了。到十六点多的时候，它们开始进入安静状态。天黑之后，完全收兵。清算死去的蜂，大概有二十来只，这是今天的战场统计数字。从纱窗上看去，这个蜂巢的蜂似乎没有二三千只。纱窗上的蜂只有寥寥百来只。有的蜂在临死的时候，屁股上会泄出一大堆透明的水，无味。其他蜂遇到了这样的水会将其吸食掉。

晚上八点的时候，开始着手清理箱内杂物。这时可以看清蜂窠损坏的真实情况。在一只电筒的帮助下——当然墙上的壁灯是开着的，抽掉了笼罩在蜂窠上的塑料袋。蜂窠共有九层，下面三层脱落，各层圈饼上有未孵出的蜂蛹，而且很多，大小不一。照这样情形看，就是十二月，鬼头蜂还在孕育自己的后代。那么冬天，它们只有吃储备粮了。也可以说，冬天的时候，它们就是在自己的窠内过冬的。可惜的是我没有见上蜂王一面。抽出塑料袋之后，放进去一碗水，一只切成两瓣的苹果，一把新鲜干净的甘蔗屑。然后重新封上纱窗，外加一瓢呢绒纸。抽袋子的过程中，逃出来十多只蜂，全部飞到壁灯周围。飞过去之后，那些飞蛾和苍蝇全部被清理干净了，只有它们的天下。一只飞蛾在离壁灯一米半远的壁灯下方，不敢上前去半步。隔了一支烟的时间，我去看箱内情况，这时已经安静。但是发现那只苹果上居然有一只蜂在吃，吃得很兴奋。电筒照射后，它好像羞怯似的又放弃，慢慢退回蜂窠去。我故意将光移开，十来分钟后复看，它又在吃。我照着它时，它又退了回去。其他的蜂好像睡觉了。关于蜂是否睡觉，我觉得要区分以下这种情况：天黑之后，回到巢内，不等于就是睡觉了，可能是休息了，然后才是睡眠。蜂生活的规律基本靠太阳。天亮就起来，天黑就睡觉——趴着一动不动。蜂睡觉之后，也表现出与醒着状态下不一样的情形。那些在壁灯附近抱团的蜂是已经睡着了的，我用竹枝轻轻一拨，就掉在地上了，掉下之后，也不怎么动，这时的鬼头蜂是可以用筷子夹的，我就是这么做的，一点也不反抗，与那些在壁灯附近飞着的鬼头蜂完全两种状态，好像是被催眠了。我不相信它们真的是这样睡觉的，于是在其他几只身上实验，情形完全一样。它们在壁灯附近，一个原因可能是误认那是日光，再者壁灯附近可以取暖。这十多只蜂中还有没睡觉的就在灯泡附近飞动，或者是守夜。就是在大黑夜，二楼的一点光，它们也能找得着。大约十点，下面的灯关掉，我回房之后，马上就有蜂飞上来进了房间——从窗户。

鬼头蜂在苍蝇面前始终保持着它威严的姿态。白天的时候，一只鬼头蜂不知从纱窗的哪个细孔中突围了出来，杀气腾腾，我将其摁住，脑袋咔嚓响了一下，我以为它死了，放在箱子的顶上。但是，后来我发现，它并没有死，只是怎么也飞不起来了，甚至动一下翅膀的力气也没有了，估计是脑部受伤。四只苍蝇包围了过来，在它的周围，不断试探，钻到它的胸部底下去，舐舐，还拨弄蜂足。受伤的鬼头蜂用足将它们撩开。苍蝇不死心，不断地进行试探，夹击。鬼头蜂凭着最后一点力气将苍蝇击退，它用前足出拳，口器啃咬。苍蝇最后都跑了。再也没有出现。打完架之后，箱子顶部上面留下一个光亮的小圆圈——击打范围的灰尘一扫而光。鬼头蜂实在支持不住了，一只后脚竟然从自己的腹部下面滑到了另一侧，身子也倒在地上。我用一根草去碰它，它又艰难地将身体立起，将那只脚慢慢从身体下抽出来。但是过一下又倒下了，它的呼吸都很微弱了。但到晚上的时候，它还在支撑着，没有死去。

下午的时候，我到原来蜂窠的地方又去看了看，那里还有少许蜂在飞，上下乱飞，还往人家家里这边的墙上、屋瓦上飞，好像在寻找什么。在树底下，也能见到个别在树干上的，明显比昨天有攻击性，飞到我头上来了。我只得抱头跑掉。天黑下来，它们会在黑夜中全部死去，除非它们在附近人家找到彻夜不灭的夜灯。

　　窗户屋外面雯雨寒窣，已经是半夜。我抽出的袋子中，夹杂了一些蜂窠屑，里面带出了些蜂蛹，蜂蛹的身体是整个冰凉的，像蛇的身体。另外，还夹杂有水桐今年冬天的花苞，它们尽管被鬼头蜂封在蜂窠的坚壁之内，但也还在继续成长，明年还要开花。如果还要结果的话，水桐的果实有寸许长，像个小青木瓜，秋天的时候还会炸裂，这对蜂窠和鬼头蜂本身而言是不是一种危险，或者说挑战呢？

＊　　＊　　＊

追逐花期
的养蜂人

　　在汤错的时候，我见过规模小一些的养蜂场景。我的住处在山坡上，后面是山，前面和左右两边都是稻田，低处是一条静静流着的小河。

　　春上，养蜂人出现在家门口，披蓑衣，戴斗笠，有些年还挂着一面纱，遮住脸和脖子，在田埂上出现，像古老的吉卜赛人。我站在房屋前的谷场上，远远地往下观望，却不敢靠近。

　　他总是在油菜花开的时候来。他的来和走，总是很神秘。不知他何时来，何时离开。只有一次，我看到他走在路上，一个人，挑着担子，一头一个或者两个蜂箱。我们却远远地避开。对蜜蜂的怕，是从马蜂、野蜂那里汲取的，有黑暗的力量。实际上，蜜蜂一点也不恐惧。而它们蜇人付出的代价也非那时的我所能理解。

　　村人跟我说，有一年，他们家谷仓飞来一群蜜蜂，家里人议论，不知如何是好，不久，它们自己飞走了；飞走之后，又说，养蜂要缘分，没缘分的家里留不住蜜蜂。从而，他们家也变成跟蜜蜂没有缘分了的。我的向导老歪跟我说："野蜂、马蜂、蜜蜂的蜇针可以治病，我阿爸是草药师，他捏着它们治疗风湿痛和关节炎。"我估计，那可能是他父亲生前对针灸的研究所达到的最高水准了。但这是《黄帝内经》上就有过记载的，在现实中看到，还是觉得很稀奇。

养蜂人为何把位置选在山坡的田地上，现在，我知道，这是因为，蜜蜂除了到油菜地采集花蜜和花粉之外，还需要干净的水源，那条河就是它们汲水回家的地方。

在汤错的时候，我没有机会具体看到养蜂人的活动，直到几年后在北京昌平，碰上一位承德过来赶花期的养蜂人，从他那里，我有了趴在地上观察蜜蜂和揭开蜂箱看到内部结构的机会。他有三十二年的养蜂经验，我除了能够看到的，还能向他了解一些不能看到的。

春分过后几天，桃峪口大片的杏花开了。他几乎每年都来这里。前几年也在西山和香山那边放蜂，现在那边有了专门的养蜂场，他就来桃林这边。养蜂人在桃峪口选择的位置和汤错家门前具有异曲同工之妙，他把五十六箱蜜蜂放在大坝南面的坡地坳口杏林中，左右是果园。往南约半里路，就是京密引水渠。水渠南岸也是大片大片的果树林，杏花白哗哗地开着，还夹杂着粉红色的桃花。

他会在杏花开放前三天到来扎营，搭一个人字形屋顶的帐篷，里面放一张床，一些器皿，修理蜂箱的工具，不过，提前到来的主要原因也是为了蜜蜂，给蜜蜂试飞留出时间。在这三天里，蜜蜂要进行侦探，确定方位、水源、蜜源范围，一切就绪之后，蜜蜂便马上投入疯狂的工作。在这种劳作当中，繁忙季节，蜜蜂的寿命只有二十来天，闲暇季节则可以活到六个月，或者还要多。

养蜂人把蜂箱——有圆桶形状的，也有方体的——打开，最上面是木质或者铁质硬箱盖，然后是草垫，用来防冻的，再是布层，揭开布层，里面的板状的蜂脾呈现出来。密密麻麻的蜜蜂乌云一样在那里翻动。这个时候，它们并不起飞。照常工作自己的，几乎无暇顾及我们的窥视。也不受光线的影响。

养蜂人抽出一板蜂脾，指给我看米色的蜂卵。它们只有芝麻粒大小。

我们在寻找雄蜂和蜂王。蜂脾边缘上有一小簇大于其他六边形的蜂房，那就是雄蜂的房间。雄蜂的体形比工蜂略大。它们是这个王国的有闲阶层。不过，它们的地位很奇特，有点像宦官阶层，职责却与太监完全相反，除了跟蜂王交配，不干别的。平时，它们没有什么地位，在家，既不打扫库房、搬运粮食、酿蜜，也不出门，它们不懂劳作，不采集花粉和花蜜。光吃，养蜂人说它们是懒蜂，工蜂们看不下去了，就群起而攻之，将它掐死（咬死），或者驱逐出境，再不许进巢门。那样的话，它们也就必死无疑了。

　　蜜蜂是一个有秩序的社会，蜂王为母性，所以，有人把这个社会比作母系氏族社会。它们的"权力阶层"从蜂王到雄蜂，再到工蜂，呈金字塔结构，内部分工十分明确。

　　花粉和花蜜，是蜜蜂同时要采集的两种食物。花粉是花粉，花蜜是花蜜。如果你沿着花蒂，剖开一朵杏花，就会看到，花蜜隐藏在由花瓣组成的底部，在雌蕊和雄蕊根部生长时悬差出来的那部分，杏花的花蜜焦黄焦黄的，有黏黏的光泽，用舌尖舔一舔，有淡淡的一点甜味，不是很明显，工蜂采集的就是这些由花朵分泌出来的稠状物，采集回去之后交给蜂箱作坊里的蜜蜂处理，即酿蜜，"蚕吐丝，蜂酿蜜"。它们要把花蜜里的水分滤掉，才能变成蜂蜜。花蜜先是被它们吃进肚子里，回蜂箱后，才吐出来。

　　花蜜是蜜蜂的主食；花粉是杂粮。花粉更像是人类身体需要的盐。光吃蜜，不吃花粉的蜜蜂，身体发软，不会飞翔。有些植物的花蜜和花粉也会导致这种结果，像酸枣花，蜜蜂吃了后，都会变成爬蜂。只会在地上爬，或者跳。爬蜂会毁灭一箱蜂。一旦发现爬蜂，主人会马上迁徙，躲避这一带的蜜源。

　　采集到的花蜜都被蜜蜂吞到了肚子里，花粉的采集就用蜜蜂那狼牙棒一样的两只后腿。在巢门入口处，总是可以看到两只脚上满载花粉的蜜蜂，急急地往里面爬。当然，它们要经过大门卫戍士兵的同意才能进去。每个蜂箱的气味都是不一样的，每只飞回来的蜜蜂也只进自己的家门。我想，气味一定和光谱一样，呈某种规律分布着，这使得外出的蜜蜂永远能够分辨出哪个才是自己的家。而蜜蜂很好地利用了这一点，并成为它们生存的本能之一。几千万年甚至几亿年来，都是如此。但是当战争爆发的时候，又另当别论。遇到外敌入侵的时候，入侵者会杀害卫兵。气味也会被扰乱。这个时候，整蜂箱会发出嗡嗡的警报声。

上面提到的这些"劳作"的蜂就是工蜂。工蜂采集的花粉来自花朵的雄蕊。它们不停地用后腿在雄蕊的冠萼（花药）上搓。直到满意为止。每次飞行任务具有单一性质，它们决不会在同一次飞行当中采集两种花粉。采集花蜜也是这样。在采集花粉的同时，它们就将头探进花苞中去了，不停地啜食。一边刷花粉，一边往腿上抹唾液，把粉末稳当地粘在自己的两只后腿上。蜜蜂前面有长长的吸管（嚼式口器），吸管旁边有两对短小一点须一样的东西，它们看起来是辅助吸管工作的，还有一对钳夹（上颚）。除此之外，还有一对触须、一对复眼和三个单眼——具有感光作用，用以判定太阳的方位。

大风是它们所不喜欢的，在归来的途中若是遇上劲风，它们很聪明，会携带一粒小石子，增加体重，稳定自己的飞行。蜂箱外边总有站马步的，我用草秸挑衅它们，它们也不愿挪动丝毫，而它们的翅膀高频抖动。养蜂人说这是它们在散热，夏季来临的时候会更多。蜜蜂会判断距离，而我们根据它们振动的频率能看出蜜源的远近。[1]

---

[1] 吴燕如，《物学通报》2001 年第 36 卷第 10 期《蜜蜂的行为》：蜜蜂利用舞蹈方式告诉同伙蜜源的距离和方向。一般蜜源在 100m 以内，由圆舞和新月舞表示，超过 100m 则用摆尾舞表示，其距离又与摆尾频率有关，例如蜜源约 100m 时，15s 可重复摆尾舞 10 次，蜜源约 200m 时，15s 内重复 8 次，当蜜源超过 1km 时 15s 仅完成 1 次摆尾舞。蜜蜂舞蹈垂直向上跑时，表示向太阳方向飞，而向下跑时，则表示背太阳方向飞，以起定向作用。

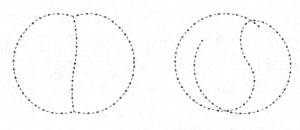

蜜蜂的飞行

（1）蜜蜂摇摆舞（2）蜜蜂圆舞

蜜蜂飞行快捷，起飞速度达到五十迈。但是它们一般在三五里路为半径的范围内搜索食物。这并不表示它们没有能力进行远距离飞行。养蜂人说的是好几里，十来里路，它们都不会迷路。有一次，他撤箱，从天顺山庄撤到桃峪口，那是十多里路以外了，留在后面的蜂，还是找到了家。的确，北边的天顺山庄离桃峪口水库约五公里。大杨山国家森林公园也在那边。

我问他："它们凭什么找到自己家的？"他回答说："气味。"

对这个问题我很有兴趣。凭借气味，蜜蜂能把自己的蜂王和其他的蜂王区分开来，所以，它们才不至于进错家门。那么，自然也会想到，凭借这种本能它们也可能识路。

法布尔做过一个关于蜜蜂是否会迷路的实验，他在自己的屋檐下的蜂窝中捉了四十只蜜蜂（弄完后有二十多只损伤了，应指蜇人之后丢掉了性命），叫他的小女儿爱格兰等在屋檐下。他把蜜蜂放在**纸袋**里，带着它们走了二里半路，接着打开纸袋，把它们弃在那里。这时，空中起了微风。为了区分，在那群被取出的并被抛弃的蜜蜂的背上都做了白色记号。当他赶到自己的家门，他的女儿爱格兰就冲着他喊道："有两只蜜蜂回来了！在二点四十分的时候到达巢里，还带来了满身的花粉。"法布尔放蜂的时间是两点整。也就是说，在三刻钟左右的时间里，那两只小蜜蜂飞了二里半路，这还不包括采花粉的时间。天快黑的时候，他们还没见到其他蜜蜂回来。

可是第二天当他检查蜂巢时，又看见了十五只背上有白色记号的蜜蜂回到了巢里。这样，二十只中有十七只蜜蜂没有迷失方向，它们准确无误地回到了家，尽管空中吹着逆向的风，尽管沿途尽是一些陌生的景物，但它们确确实实地回来了。

这里，我们注意到实验中用到的**纸袋**，这种纸袋可能不是密封的，要不让蜜蜂逃出来的话，纸袋还是要适度密封才行。那么，蜜蜂携带的气味泄漏的有多少？泄漏出来的可能性又有多大？现在，我们假设：

（一）气味泄漏了，那么，空气中留下的香气因子会帮助蜜蜂寻找到回家的路。这个假设还需要一条自然条件支撑，要没有风，没有下过雨。法布尔的实验中恰好提到这一点，当他放出蜜蜂的时候，起风了。那么，蜜蜂留下的气味因子会被吹走，至少扰乱了。但是我们知道，蜜蜂本身并不会沿着人走过的道路飞行的，它们在天上，而我们在地面。所以，这个可能性从一开始就不可能。气味说显然是说不过去的。

（二）气味没有泄漏，那么，蜜蜂就不是依靠气味找到家门的。但是，有一点，必须提出来，由于蜜蜂的飞行速度较快，二里半只不过是它正常活动范围之内。法布尔选择的这个距离本身削弱了实验的可信度，这是他实验存在明显失误的地方，因为这个范围，本身没有超出蜜蜂的活动半径，自然蜜蜂会找到回家的路。既然没有超出蜜蜂的飞行半径，那么侦察蜂就有可能在此范围内做好了回家的标记。即便纸袋没有泄漏丁点气味，蜜蜂还是很熟悉地就回到了家。

法布尔的实验不大可信，但是养蜂人撤箱举动引发的情况却是真实的，这个距离已经超出了蜜蜂的活动范围，那么，蜜蜂到底依靠什么找到回家的路，回到蜂王身边？

法布尔盛赞了这种人类不具备的本能，称这种强烈的本能不是一种超常的记忆力，而是一种不可解释的本能，而这种本能正是我们人类所缺少的。难道是蜂王的召唤吗？蜂王和其他蜜蜂之间通过气味——化学信息方式召唤和控制蜂箱中的臣民。在我们是没有这种功能的。有一个叫作《战鸽档案》的电视专题片，讲述鸽子在第二次世界大战中，在诺曼底登陆中发挥过重大作用。它们善于远距离飞行，且还能找到归途的原因在于，鸽子的飞行遵循两种地图：一个是外在的，外在的地图就是视力所及的地貌形状、自然地形。一个是内在的，内在的导航器则是鸽子可以看到地球磁力线。凭借这个，鸽子哪怕飞得再远，也能返回自己的家。而人类基本上凭靠记忆和符号回家。而蜜蜂飞行中的导航器是它的单眼和复眼。单眼是光强度的感受器，可决定蜜蜂早出和晚归的时间；蜜蜂的复眼由六千三百个小眼组成，每个小眼都是一个小的偏振光分析器，蜜蜂根据太阳的偏振光确定太阳方位，从而以太阳为定向，指示蜜源的方向。靠偏振光定向，即便在阴天，蜜蜂也能出门。太阳方位角每小时变化十五度，蜜蜂要准确地用它作为定向标，也必须适时做出相应的变化。

在这个问题上，或许绕得有点远了，在卡尔·冯·弗里希（Karl Ritter von Frisch，一八八六——一九八二）的研究中，他证明蜜蜂是红色色盲，其他所有的色彩，甚至紫外光都可以看到。蜜蜂除了视觉、味觉，也同时具有嗅觉，因此，蜜蜂能够辨识十二种相近的花朵气味。由于蜜蜂在采集花蜜和花粉的同时，也接受了该花朵的色泽、形状、香味、滋味等综合刺激，所以才会有重复采集同一种植物花蜜和花粉的行为机制的诞生，而其此项研究，为动物感觉生理的研究奠定了基础。一九四九年，他发现蜜蜂能感知偏振光，并能利用太阳的位置和地磁场等确定空间的方位，提出了"地磁的日周期性波动是蜜蜂'时钟'的外界因素"的论断。因为这个，他获得了诺贝尔医学奖。他还发现，蜜蜂能感知声波及其他波动，并用以传递有关的信息。他的研究所拓展的深度，仍然是蜜蜂研究所绕不过去的高峰。在他的研究方向上，就差没有把量子力学引进来了。

不过，蜜蜂之所以能够找到家门，我认为，这的确是宇宙学的问题。只是，我所知道的太少了。

下雨天气一来，便不出门了。在糟糕的天气里，养蜂人要在蜂箱里备足水和食物，现在主要用白糖水。当养蜂人打开他的蜂箱的时候，我看到有好些蜂淹死在水槽里了，有些还在挣扎。维吉尔在《农事诗》卷四养蜂中写道，供它们喝水的地方，应该摆上石头，或者别的供它们歇息的地方。即便是池塘，也要这样，打湿了翅膀的蜜蜂也可以在上面晒干自己，重新劳作，回家。

最要紧的是，蜂箱里的水槽，糖水不能放得过多，吃不完就要取出来。若是不这样做，邻里的蜂就会来偷食。蜜蜂也会行窃，它们一旦发现有现存食物，便会不顾一切，发动族群之间的大规模械斗，它们不再出去采集食物，而是直接要求纳贡，把邻家的食物据为己有，械斗的结果可想而知。养蜂人把这称作盗蜂。每个夜晚，养蜂人都要巡视自己的营地，发现蜂箱里有异常声音，就知道有情况了。敌人入侵和二王的出现，蜂箱里都会发出不同的声响。盗蜂出现，里面乱哄哄的，而新蜂王的出现，老蜂王会发出"得之得之"的声音，十分惨烈。目前不知道，蜂王是用什么手段发出这样的声音。对此，养蜂人会马上处理，或者做上记号。事实上，盗蜂这种情况，就是在白天，我们也能看得到，凡是盗蜂的蜂箱，在门口有大面积的蜂群聚齐，依附在入口这一面。这的确是有情况的蜂箱。

蜜蜂的食物还有水，这是所有生物共同的食物吧。但是，采集水的蜜蜂就专门负责供给水。它们要飞到河边水源处，相对而言，它们的工作极具挑战性。一旦翅膀被弄湿，就很难完成使命了。它们只好爬上来，待在草叶，或者枯枝上，晒干了才能重新工作。青蛙是它们的天敌。它们时刻面临着青蛙的突袭。相对于蜜蜂来说，青蛙无异于凶猛的鳄鱼。我不知道，青蛙更喜欢吃蜜蜂身体的哪一部分。如果，你捏开一只死去的蜜蜂，会发现，肚子里会出现一滴明亮的水一样的东西，那就是蜜蜂保存它们的食物蜂蜜的蜂囊吧，或者是蜂毒。

严格说，蜜蜂还有一种更为宝贵的食物，那就是蜂王浆。只不过，这种食物，在整个王国只有一个人配享用，那就是蜂王——这位尊贵的帝国统治者。工蜂把这一部分食物储存在咽喉部，在下巴的位置。养蜂人说，蜂王浆是从蜂蜜中提炼出来的，是最高级的食物，白色，透明。工蜂用这种食物，嘴巴对嘴巴喂食蜂王——蜂王自己不会吃东西，或许是因为它太忙的缘故，根本没有时间吃东西。

雄蜂的蜂房在蜂脾的边缘上，人工养蜂一般都会把它们悄悄地割去。不让它们繁殖。在蜂脾上出现这种大一号的蜂房时，主人就会把它们一把割掉的。万一雄蜂繁殖出来了，整个蜂箱会陷入不稳定的抗议的嘈杂，有经验的主人就知道，雄蜂过多了。如果有几千只，全体工蜂处理不过来，主人就必须出面，把它们处死。否则，它们会把工蜂从外面采集回来的劳作果实吃个一干二净，从而危及整个王国的命运。

第一块板子上没有发现蜂王。他把板子一抖，一堆蜜蜂抖落在蜂箱入口的地上，它们又急急忙忙地寻找入口，往里面层垒地拥挤着。他将另一块板子抽出来。在这块板子上，终于看到了蜂王。它具有区别于其他蜜蜂的雍容华贵的硕大形体，比工蜂要大上三分之一吧。翅膀却和一般工蜂无别，短短地挂在条状的大肚子两旁。蜂王对飞行没有兴趣，它很少出行，哪怕是微服出行。我们看到它时，它连头都没有抬过一下，它很忙，在一个一个蜂房查看过去，寻找可以产卵的蜂房。如果蜂房没有清理干净，它是不会在那里产卵的。清理有专门的工蜂进行，一切国家事务都有必然的分工。

在蜂房的低处，即单孔的底部，我们看到了芝麻一般大小的白色蜂卵粒子。一眼孔有三只工蜂占据着。据此，我们可以很好地统计整个王国的"蜂口"。

它们经过二十来天，可以飞快地长成一只健壮的成年蜂，完成自己的童年、青年，天气好的话，还要更快。年轻的蜂，肤色较嫩，易辨认。相对于它们的寿命而言，这个期限已经足够漫长了。在成长期，由工蜂喂养，像前面说的，它们吃花粉和花蜜，还有水，如果缺少花粉，它们成长之后，会成为发育不良的蜂，或者爬蜂，那么，整窝蜂也会受到倾囊而亡的危险——它们的存在总是受到倾囊而亡的集体危机感困扰，这一点似乎显得很脆弱，但正是这种脆弱，加强了它们集体协作的能力，甚至形成蜜蜂王国的不二的律法，我们似乎可以这样总结，面对生存，这三条都很残酷，但这就是蜜蜂王国的法律：

一，不劳作者死；
二，不能生育者废黜，重立王台；
三，针对任何侵略，勠力杀敌，舍身存仁。

第一条适合任何蜜蜂，从蜂王到工蜂。蜂王的生育能力下降的时候，蜜蜂议会就会罢免它，重新培育新王。工蜂公民会秘密进行这项工作，以便不被蜂王发现？不，一开始或许是，但是发现了，它们就和蜂王展开斗争，蜂王咬不过众蜂的话，就只好乖乖地就范（被迫这样做），在工蜂筑好的王台下产卵；它们垒起柱状王台，蜂卵在王台下面，吃着特供食品——蜂王浆，以改变一个王国命运的姿态迅速成长着。九天到十二天的样子就长大了，当它横空出世的时候，已经是万众瞩目的蜂王了。在这种情况下，老的蜂王一般会选择离开。如果它还能飞，就自己飞，不能飞，众蜂就抬着它离开。有意思的是，肉体的硕大无朋可以成为王者的象征，而且，这是由食物带来的结果，再者，蜂卵成为王的可能性几乎是无限的，就是说每个卵都是王的后裔，具有王的血统。从逻辑上分析，这枚卵还必须是雌性卵。

第二条专门针对蜂蜜王国的王储和帝制问题，显然是这样。而第一条中，也反映出雄蜂的命运，以及它为什么没有地位；年老力衰的老蜂也一律被驱逐。它们被赶出来，直至在家门口饿死，冻死。在一个温室草莓大棚中，我看到一些蜂死在草莓叶子上，它们是老死的那部分。温室大棚中的蜂箱是租来的，二百块钱一箱。

第三条使蜜蜂具有牺牲精神。面对任何敌对势力，它们唯一能够使用的最厉害的武器就是蜇刺。而一旦它们使出这一招，便意味着同归于尽。工蜂的蜇刺连着内脏，失去蜇刺，会很快死亡。蜇人之后，变得摇摇晃晃，不知归途。偶有回到家门的，卫兵却不让它们再进家门，失去了蜇针，就失去了存在的意义。这点和马蜂不同。马蜂蜇人之后不会死去。蜜蜂个体的死亡服从大义，也因此，对待同胞，它们总是显得格外清醒，没有任何情义可言。另外，蜜蜂的一种集体攻击方式也值得一提，那就是面对鬼头蜂这样的劲敌，它们把鬼头蜂捂在身体下，成为一个球状的蜂堆，然后快速振动翅膀，加高温度，把鬼头蜂活活地热死在里面。这种蜂海战术只怕连蜂中块头最大的土地蜂也招架不起。奇怪的是，蚂蚁也会这种作战方式。我想那些具有群体优势的种族都不愿意放弃这种方式的，人也不例外。

我趴在地上，将垂垂老死的蜜蜂用棍子挑至入口，采集和携带食物回来的工蜂显然没有工夫理会这样一具尸体；从里面出来的工蜂，先在其尾部轻咬几下，然后在死者的四周嗅一嗅，咬着它的翅膀，直接拖出去一两米远，弃置荒野，扬长而去。我重复做了几次，几乎没有例外，整个过程完成的时间就几秒钟。有的时候，直接拖走，连闻都不闻。

那些刚刚死去的蜜蜂不要随意去碰它们，尽管它们肉体死去了，蜂毒和蜇刺还没有死。七天之后，才会完全失去蜇人的本能。我不知道它们的军规叫什么，总之，不是第二十二条。

对于成年工蜂而言，抚育后代是它们使整个王国强大的不二法门。当然，有一位生殖能力超强的蜂王也是族群强盛的保障。

蜂王产卵从整个蜂脾的中央开始，然后走一条螺旋路线，直到将所有的蜂房产满。而有些蜂王不会这样做，不走螺旋，那么，它们在一开始，就会被主人废黜。这样的蜂王被认为是不会生产的、不称职的羸弱之主。

工蜂虽然是雌性蜂，但不生育，就像骡子那样，劳作一生；晚年还要被逐出家门。它们的节俭十分令人吃惊，主人在取出蜂脾的时候，偶有蜜渣掉落在地，它们会立即扑过去吸食。直到把它们吸干净为止。一箱蜂，正常的年份，可以产一百斤蜜。这是两万到三万只蜜蜂的劳动成果。

雄蜂的繁殖在繁忙时节；秋季和冬季它们就基本消失了。但是眼下，还能看到它们的身影。它们比工蜂大一些，比蜂王小一些。不过，现在的养蜂人，大都从蜜蜂研究协会航空邮购蜂王。我认识的这位养蜂人，他的蜂王从沈阳那边买的。以前，也自己培植蜂王。一次可以培养很多蜂王，择优留存。

蜂王和雄蜂的交配无疑最具悲壮性。蜂王和雄蜂飞出蜂箱，它们在天上舞蹈、交配，雄蜂尽情享受着颠鸾倒凤带来的快感。交配完之后，雄蜂"精尽人亡"——蜇针留在了蜂王的体内。蜂王被其他蜂抬回蜂箱，守在下面的工蜂帮着蜂王把雄蜂的蜇针取出，蜂王第二次飞出，和另一只雄蜂再一次交配，如是循环，到交配完全完成，大概有二十只雄蜂为此献出自己的性命。历时两三天。而蜂王从此回到蜂箱，开始排卵，直到生命结束为止，争分夺秒，昼夜不停。

讲究经济利益的饲蜂者，大概一年半之后，就会换掉蜂王，扶持新王。在自然情况下，新老蜂王会自动分家，族群撕裂。老蜂王带着能飞的工蜂集体逃走，留在蜂箱的蜂重新组建。蜜蜂和蜜蜂之间，也会争取属于站在自己这一边的族群。

主人发现蜂王逃走，有时候，并不罢黜它们，而是扒开从附近它们集结的树上拥簇成团的蜂堆中摘下蜂王，放到新的蜂箱，树上的蜜蜂，也会跟着回到它们的新家。有时候，干脆把逃离出来的蜂王掐死，那么其臣民因失去国王而全部覆灭。①

一个蜂箱有时候有两个入口，并且在同一侧，这表明，这个蜂箱当中有两窝蜂，也就是说有两个蜂王同时在里面。养蜂人解释说，起初，箱子里面是被隔开的，气味也不能互串。过上一段时间，当它们开始适应了，就会在隔板上角落的地方钻出小孔，让极少数的蜂通过，目的是让两窝蜂呼吸彼此的气味，等到完全熟悉了之后，再把孔开多一点。这样做，是为了增加蜜的产量——这一点，在公元前四世纪亚里士多德时候的人们就这么做了。当这样做的时候，绝不能让蜂王知道除此之外还有另外一个蜂王存在，这是绝对不允许的。泄密的结果就是导致大规模内战爆发，酿成悲剧，使整个蜂王朝成为废墟。

蜜蜂也会生病，也还会有一些外族敌对势力。生病主要是因为食物和天气引起的。比如不易消化的酸枣花、霉变的天气。但是现在危害蜜蜂健康的是农药。我识得的这位养蜂人就曾是北京上空喷农药飞机的受害者，飞机打药，使正在采花的蜂群受到巨大冲击。另外，附近田庄和果园的农民和果农，也会邀请养蜂人带着蜜蜂去

① 关于蜜蜂的记载，最翔实的古代著作当数宋应星（1587～1666）《天工开物》，蜜蜂条记载了蜜蜂的习性、蜂王出游、分牌、蜂反、另立子世等。但与我们今天养蜂有些出入和差异，不妨裁而观之："凡蜂不论于家于野，皆有蜂王。王之所居造一台如桃大，王之子世为王。王生而不采花，每日群蜂轮值，分班采花供王。王每日出游两度（春夏造蜜时），游则八蜂轮值以侍。蜂王自至孔隙口，四蜂以头顶腹，四蜂傍翼飞翔而去，游数刻而返，翼顶如前。畜家蜂者或悬桶檐端，或置箱牖下，皆锥圆孔眼数十，俟其进入。凡家人杀一蜂、二蜂皆无恙，杀至三蜂则群起螫人，谓之蜂反。凡蝙蝠最喜食蜂，投隙入中，吞噬无限。杀一蝙蝠悬于蜂前，则不敢食，俗谓之枭令。凡家蓄蜂，东邻分而之西舍，必分王之子去而为君，去时如铺扇拥卫。乡人有撒酒糟香而招之者。凡蜂酿蜜，造成蜜牌，其形鬣鬣然。咀嚼花心汁吐积而成。润以人小遗，则甘芳并至，所谓臭腐神奇也。凡割牌取蜜，蜂子多死其中，其底则为黄蜡。凡深山崖石上有经数载未割者，其蜜已经时自熟，土人以长竿刺取，蜜即流下。或未经年而攀缘可取者，割炼与家蜜同也。土穴所酿多出北方，南方卑湿，有崖蜜而无穴蜜。凡蜜牌一斤炼取十二两。西北半天下，盖与蔗浆分胜云。"

地里，帮助植物传授花粉，但是有一条，在去之前的一段时间里，不得喷洒任何农药。

大马蜂和野蜂是蜜蜂的偷食者，它们身材威猛，守在蜂箱的入口，大肆杀戮，一口一个，干掉小工蜂。它们往往也是群体作战，一来就来好几个。而蚂蚁也来偷食，它们使用惯常伎俩——地道战，它们寻找蜂箱腐朽或者薄弱地方，不断啃噬，穿透木板，蚂蚁队伍深入蜂巢的内部结构，而蜜蜂对它们并不能怎么样，因为，蜜蜂是软骨头，蚂蚁是硬骨头。这是养蜂人打的一个比喻，我没有见过此等场面。但是眼下，我却可以看到黑蚂蚁在巢门外转悠，它们捡拾蜜蜂回来的时候从空中降落不小心碰掉的小花粉面渣。一旦得手，便叼着，举得高高的，寻路逃走。维吉尔的《农事诗》中描述的蜜蜂的捕食者还有蜥蜴、燕子等，这些敌人几千年来没有变过。中国文献中提到的蜜蜂的敌人还有蝙蝠（见《天工开物》），刘基《郁离子》说"灵丘丈人养蜂也……去其蛛、蟊、蚍蜉，弥其土蜂、蝇豹"，这些甜的摄取者，大抵都可以算作蜜蜂的敌人。

忙碌一天的蜜蜂，在天黑之后全部进入蜂箱，不再在外面乱飞。最后一只蜂入巢之前，它会在蜂箱的上空旋转飞行一周，画一个漂亮的圆弧，然后进入巢中。白天的活动就到此结束了。而养蜂人一天的工作，还没有结束，他要开始巡视，通过听来判断蜂箱中是否太平。天亮之后，随着太阳的升起，第一只醒来的蜂起哄，其他的蜂也跟着苏醒过来、动作起来，开始着手准备新一天的劳作。

蜜蜂为什么养成了如此严格和残酷的性格这个问题总令我着迷，而本质上，它们又是那么愿意劳苦地工作。养蜂人的解释是：一切为了食物，为了生存。维吉尔是第一个用巨大篇幅来描述和赞美蜜蜂的诗人，他的诗让我们体会到这种生命的精巧和那么地惹人爱怜：

> 在水中央，
> 不论是止水还是流水，

需要有柳树或巨石横亘，

让它们能有许多歇脚的桥梁；

如果偶然被东风沾湿或吹落水中，

也好曝晒一下翅膀。[①]

养蜂人是追逐花期的人，他们和大自然保持得如此之近。他们长期在野外，与蜜蜂和繁花朝夕相处。我问他，是否觉得这样的生活会孤独。养蜂人说习惯了就不孤独。他们的身边总会带上一个黑匣子收音机，用它来解闷。相对于牧羊人，他有一种骄傲，"我不像他，"他指着那些正在要直立起来吃树上杏花的羊群的主人说，"我的蜜蜂会自己回来。"

尽管如此，他们一年中的大部分时间，在南北曲直地奔跑。他们要追赶那定期而来的天时，对他们来说，南北花期有如节日一样。最先是南方——长江以南的油菜花，这是二月十几日，花期二十天；三月来临的是荔枝花和茶花，然后起箱，一路北上追赶老瓜头花、槐花，这是四月的花，可采一个月左右；五月也以野槐花——刺槐为主，是木质花蜜，花也较多，五一前后开放，可采十天半月；六月二十日，他追赶花期到黑龙江，采集椴树花。他说这种花不是很好，去了几年就不去了。七月初一初二，荆条花开放，这是可以采集最长时间的花，花期一个月；八月六七日，内蒙古大草原上的荞麦花铺天盖地地开了，还有向日葵，漫山遍野的葵花，足足可以采上一个月。

这些花当中，既有草本蜜，也有木质蜜，即我们通常说的蜜源植物。每种植物的蜜都会不一样，因为它们从大地的元素中提炼的成分也不同，所以，蜂蜜也呈现出不同的颜色来。木质蜜，在市面上的经济价值略高一些，而荔枝花被认为是比较高档的蜜源花。

①《古罗马诗选》，飞白译，花城出版社，2001。收维吉尔《农事诗》第四卷养蜂节选本，所引文字出自该诗作第 26～31 行。

我一直有一个疑问，但是我怕当我问出之后立即变成是先有鸡还是先有蛋这个问题，在世界范围内每年都有人求证出结果，但却没有一种具有公信力。在 M.T. 瓦罗的《论农业》中，提到了"蜜蜂的起源"问题，这种起源不能追溯到"第一只蜜蜂"的起源，但也的确是第一只蜜蜂的起源的。瓦罗说："蜜蜂有的是蜜蜂产的，有的是从一头公牛的腐烂的尸体里生出来的。"关于从公牛的尸体生出来的细节，在《农业全书》(XV，2) 根据德谟克利特和瓦罗的说法，其过程是这样的：

　　　　盖一座长宽各十五英尺的房子，房子有一窗门，四扇窗——每面一扇。在这座房子里放一头三十个月大的、肉多而非常肥的公牛，这头公牛是被一伙年轻人活活用棍子打死的。这公牛要打得肉碎骨折但又不能流血。然后他们必须使这头牛背朝下，用百里香盖上它，再离开这间屋子。门窗都要抹上泥封住，不让一点空气进去。这以后三个星期，打开门和所有的窗户，放进光线和新鲜空气。继而等这一尸体又有生命征兆出现时，再像以前那样把窗户和门封闭起来。在第十一天头上再度打开以后，你就可以看到整个这间屋子里一群一片悬在一起的都是蜜蜂了，而那只牛除了角、骨头和毛以外什么都没有了。①

　　维吉尔在《农事诗》第四卷养蜂中也曾论及这种方法，很多人认为这种方法很不划算，因为，可以有其他的办法采集到蜜蜂，而不必牺牲一头公牛。也因此，阿克拉乌斯则嘲笑蜜蜂是"一只死母牛的遨游之子"。他还说"黄蜂产自马，蜜蜂产自小牛"。②

---

① M.T. 瓦罗（M.T.Varro），古罗马，《论农业》页 188～189，王家绶据英译本译出，商务印书馆，1997。"有的是从一头公牛的腐烂的尸体里生出来的"具体方法见页 189 注解①。
② 同上，页 189。一只死母牛的遨游之子：βοϛφθιμένηϛπεπλανημένατένα。

蜜蜂的起源①

　　我在加利福尼亚大学编的昆虫学书籍中还看到阐释该说法的一幅图。该说法的意义在于探讨了蜜蜂的起源问题，尤其是马产生黄蜂和小牛产生蜜蜂之间的内在联系是我们十分关心的。博物学家没有做出过解释。蜜蜂究竟起源于何时，是怎样演化出来的，详情不得而知，而上帝曾经许诺以色列人说，你们要去到那流着奶与蜜的地方，那是一个悄悄向前延伸着的诱惑。

<hr>

① 图选自 Encyclopedia of Insects。

卷　五

族谱上的河

5.1　公羊传

汤错传说一则，据杨昭玉口述整理

太阳起来的时候，我就要嫁到崖那边的杜塞家去了。我带着我公羊传的种猪，一起去，在那边为杜塞家繁殖子嗣。杜塞是个什么时候都会感到害羞的姑娘，她将成为我的妻子。出嫁那天，婚嫁的队伍绕下崖，在崖底走了一段路，又绕上一个牙口，经过盘王墓，走一段平坦的路就到杜塞家，迎接的人是杜塞的父母亲，他们站在门前那棵大桃树下，脸上的笑容和崖下那些老树的成色一样，头上摇晃着一些银器，穿着草鞋和黑色的衣服。他们老了，皮吊吊里焦干巴干了，杜塞也不年轻了吧。我们还是很早的时候见过面，书上记载着我和她的事：

先前，我和我的种猪走在乡间的小路上，杜塞家在崖那边，在崖边我的种猪一跃而逝，我坐在那，望着下面，卷了支喇叭筒，抽完就走了；崖边曾有过一块石头，后来不见了；可当时的我的确抽完烟就走了。我向人提起过我们的种猪丢了，杜塞家的那条还在等

着配种，杜塞说她们家已人丁兴旺，但崖上的石头确实已经没有了。

那是许久巴久的事了，那时候，崖上还没有这么多会开花的桃树。

晚上，我进入杜塞的房间，看到黑幔下杜塞玲珑的轮廓。两个人不说话，爬进去。我像躺在一条春天的河上，平静的河流泛起朵朵银色的小浪花，我说河流自己开出了花朵。我和你来自大地的深处，就像河流来自大地深处一样。在那架黑布帷幔的大床上，我们躺到来年春天的到来。桃树破身，燃红了整条山崖。我们采了很多桃花回去酿酒。杜塞望着我，抱着南瓜酒站在树下道：公羊。

这是我的名字，杜塞叫我公羊，汤错人叫我猪倌公羊。我喜欢杜塞那样叫我，因为她很聪明，也很漂亮。我过去帮她，把酒坛放进地窖封好。我们这样生活了很久，桃花开了百八十次，杜塞家每年要留下一颗记数，其余的种下去。在崖上的这段光阴使我越来越透明，我的身体像桃花盛开时那样透亮。骨头也是。

桃花开完之后的一个晚上，突然觉得自己该到楼上去睡了，我在楼上搭起了窝。四周用木头围了起来，像大巢中的鹭鸶鸟。进出的口在很高的位置，不容易爬进，更不容易被人发现，我喜欢这里面的黑色。过了一段安静的日子，又架了一瓢，我的窝就更加高了。楼越高黑色的成分也越重，我需要黑色的滋养，而现在的黑并不能满足我内心的需要，我还要架得更高。你知道，这样下去是没完没了的。我决定在楼贴山的一面挖洞。我的窝挪进了洞里面。我总觉得自己的洞在我的心里或者身后，我需要不断地挖掘才能使自己不暴露在阳光的瀑布里。而山本身就像洞一样坦荡如砥或者说像存在我心里或身后的洞，我再怎么挖，挖得多深，它就是洞本身，它没有保护我的能力，我感到略许的失望，因为没有洞能容纳我，没有我感到安全的方式。那种感觉就渐渐变成一样东西，骷髅一样的东西，一个有时看不到，有时又看得到的丑陋的骷髅架，它出现在我身后。我想杀死它，瘸断它的脚踝，把它扯成几片。但它还是会在那，出现在我的周围。我生起了火，火照亮了整个洞穴，看着火的时候，我的背会感到黑暗，我转过身来的时候，我的脸会感到害怕。我往黑泥的深里进去，像根须一样不断地吃土。我定要杀死它！

"崖上的桃花又开了。"早饭时杜塞的父亲说。我跟他对面坐着，两个女人也对面坐着。杜塞不看我，我却看着他们每个人。杜塞的母亲默默不语。杜塞的父亲跟杜塞说事，他说"什么米，什么米，什么米，什么米"。杜塞说"伏以伏以"。她的父亲告诉她："你还是那么聪明，可为什么要去洗楼上的什物？"杜塞大叫道："他跟姐姐在一起，我要把他们在一起的什物全部洗一遍。只要他还上楼去跟姐姐睡觉，我就要继续洗那些衣服。"说完，杜塞出去了。杜塞一定是看到了什么，但我并没有和她的姐姐在一起，也没有看到杜塞跑我的楼上去拿要洗的东西。

第一场霜降下来。母亲坐在门槛上，线团的最后一点就要绕好了，她把线头摁进线团，我感觉她把事物的某端摁进了河流，手一扬把它丢进离凳脚不远的篮子里，线团碰到篮筐，弹到了外面，在地上打滚，线条又一点一点地散开，像天螺蛳的路一样拖得长长的，母亲幽幽地说："祭祖节又快到了。"

这一天，崖上的阵势异常地强大，打鼓跳舞的人群戴上了各式各样的傩神面具，似乎又回到了盘王称霸的那个时代，我和杜塞扮演盘王跟商女。

盘是汤错最早的王，今天，汤错人都叫他始祖盘王。族谱上说，末叶王和越王打仗，为了取胜，末叶王许愿，谁得敌国越王首级，就将二公主商女配与他为妻，并得彼国。末叶吩咐，朝内诸臣及大将军，启朝内出给三日，无在承领。三天过后，没有人来领命。末叶准备取消这一打算，再想其他的办法，盘瓠前来应征出战。他化装成越国的商人进入都城条顿，伺机摸到越王宫内，乘越王米酒喝多了倒床时，咬死了国王，取回首级。盘瓠就是这样得到末叶王二公主的，他受封岭南大部分地区，食邑八千户。盘王与商女结婚后，相亲相爱，先后生下十男三女，传下汤错十三氏。盘王与二公主平时教儿习女打猎耕织，生活过得很美好。末叶王和皇后也蛮高兴，派人送来粮食、银钱，并颁给麻衣牒书，正式封赐盘王儿女，下令各地的官吏：凡盘王子孙所居之地，任其开垦种养，免除一切粮税差役。盘王得到末叶王的封赐后，和商女一起砍山种地，愉快地生活在汤错的大山里。盘王又先后征服了盖子白、猍元、尕陀等部，成为真正的汤错之王。

我的这个故事在汤错，耳熟能详，傩舞《盘王》头一场戏演的就是这段故事，我正在给崖上的盘王后裔封赐名姓，完了之后还有第二场《羊桃》。

那是秋收过后的季节，盘王带领儿子们上山打猎，遇见两只大公羊，引弓便射，一只羊应声倒下，另一只亡命逃生，盘王出力追击。公羊中箭，狂蹦乱窜起来，盘王追赶公羊到崖边上，想活捉受伤的公羊时，公羊冲闯过来，盘王失足，跌落半崖，挂在一棵桃树上。热佬落山了，儿子们扛着猎物回家，却不见父亲归来，便到处寻找，他们来到崖边，也不见父亲，只听到树上水呱呱（鸟名）奇怪的惊叫声在崖间回荡，抬头一看，父亲的尸体挂在那棵大桃树上。儿子们砍倒那棵大桃树，将父亲的尸体运回家，做了副料，将父王安葬在崖边牙口最显眼的地方。族人说："今天上山打猎，父王不幸丧了命，我们都有罪！但望母亲多多保重，不要过多悲伤了！"商女说："我不怪你们，有罪的是那只大公羊！"于是众族人异口同声地说："我们要剥它的皮，做成鼓，狠狠地鼓打它，才解心头之恨，让大王在黄泉之下、九天之上都能听得见。"他们把崖边那棵桃树扛回做成大鼓，又用柏纳树做了十个漂漂亮亮的长鼓，绷上羊皮，糊上黄泥糨。鼓做好之后，年迈的商女背起大鼓，儿子们背着长鼓，女儿拿着揩泪的手帕，围着盘王的灵堂跳舞，边鼓边唱来悼念他们的父王，悲伤低沉的哭泣像两股麻绳绞在一起：

"什么米，什么米，什么米，什么米！"

"伏以！伏以！伏以！伏以！哈扎哈！"

舞动的人群敲打着桃木羊皮鼓，由悲痛转为快乐，至狂欢。那鼓也成了灵性之物，祭神集会、驱邪治丧、过法做斋都用它。而我感到那些鼓音全部从自己身上发出，疼痛像潮水淹没了我，无论我离那些跳舞祭祖的人们有多么遥远。

祭祖回来，母亲还坐在门槛上，绕她的线团。我心里疲，不舒服，从崖边回来之后就觉得自己突然变得空空荡荡了，先是肚子疼，后来头疼，最后什么都没有了感觉，进入无光的地带，全身上下长出了粗糙的皮，一声炸裂，长出枝条，春天来的时候，随着崖上的桃花一起开出了花朵。这事在汤错的族谱上是约莫记载着的：猪倌公羊嫁给杜塞家后，很年轻就死了，他漂亮的妻子也随之枯萎，他的那头种猪不明而逝（这里使用了本地的一种记事符号。在本书的其他地方我们还会适当地提到这种文字）。

杜塞家决定砍下门前的老桃树做一副料，把他们两个放在一起下葬。当杜塞家命人砍下门前的桃树时，桃树忽而哗哗地淌血，像人说话的声音。一阵慌乱中，桃树旋地而起，往前奔去，奔跑的姿势像一头大畜生，大家举着各种家什追赶负伤逃脱的公羊。公羊朝着崖边奋命奔跑，到了崖边，追上来的人看着公羊突然站住，回头看了一眼，看着他们临近了，才纵身一跃，跳下崖口。部分人绕下崖去，地面上有一些开败的花瓣，他们走了很长一段路，却没有看到公羊。抬头，也只有一崖开得异常茂盛而又喧闹的桃花。树枝上，蜜蜂嗡嗡作响，翅膀碰落的花粉从寂静的缝隙里落将下来。杜塞家只好把杜塞一个人装进方来，敲上大铆钉，进行土葬，杜塞埋在跟盘王相对的一个牙口。门前大桃树的地方，又重新种上一棵小桃树，或许只是埋下了一粒旧年的桃核。

5.2 昭和十九年

昭和十九年这个词在汤错人的心里已经暗暗地死去很多年了，如火落窖中黑掉的火烛，没有一点要活过来的迹象。这一年，是鬼子进入汤错的年份。对于日本人，汤错人心中只留有隐约的传信：

"日本人从全州翻山过来，我爷爷他们在天心庵两边悬崖大藤上垒满石头，鬼子从下面经过，便将大藤砍断，砸得鬼子哎呦喧天，人仰马翻。"

"鬼子进村，将桐子（油桐）当水果茹。"

"日本鬼子揖其阿驰个来了，佗多全蔽［pia¹³］到山上去，钻崖洞，打草棚子；日本人一到家里就找酸菜茹，酸菜坛子掏空了屙一泡大屎在里面。"

"日本人到岭西必然要'日落西山'。"

"于我，最真实的且知道的日本人在汤错的事情只有一件，那就是我奶奶的父亲先田是被日本人反剪双手起到房梁上吊死的。他的堂客也就是小说《烟花》中那个生活在汤错大山中的很老很老的老太，她女儿即我奶奶去看她，她也认不出来的那个老人，她活到九十多岁。她们家住在大皮山，日本人翻过山，下山时首当其冲就是她们家。我就知道这么一件事。"（谢秉勋）

二〇〇八年六月天，因一个老人的到来，昭和十九年这个词才又重新活过来了。他叫陈前，称从台湾回来看看的，身边的姑娘是他的孙女陈静萱。汤错洞里没有陈姓人家。大家不知道他要看什么。他到上洞大洞里，发现原来的房子没有了。"八六年那些老房子被谢癫子放火烧掉了。"他"哦"，就这么一声。他问村里的老人是否多健在。我们统计了一下，八十岁的只有两个（岭界上除外，那里的一百多人中上八十的有十三人，上九十岁的有五人），一个去年冬天雪灾，停水停电，冻死了，另一个不能离床。九十岁的尚有一个，是下洞年龄最大的，她叫贵大娘，爱在公所临街坐坐，她的孙媳妇在卖货。我们找到了她，但贵大娘已经话事打谩，手脚也提不起来了。只坐在火箱里。七十来岁的，倒有蛮多巴多。他说他今年七十三了。言下之意，也就是没有必要找他们了。他说："民国三十三年冬天，我在这里住来过。"民国的事情，这里的人只怕少有人晓啰。我跟他讲。民国三十三年，我的父亲还没有生出来咧。他连说是、是。很多事情你们都不知道啰。昭和十九年……他用了一个很特别的说法，讲述了汤错鲜为人知的一段秘史：

> 民国三十三年十一月底，桂林保卫战失败。乃父中将，城防司令部参谋长，战前起誓，誓与桂林共存亡；蒋先生和李先生、白先生之间各有打算；中央军不支持，桂军又存私心，桂林失守，我父也以身殉国。父亲提早安排我和母亲走，在全州遭遇一支被击溃的日本小分队，劫持了我们，化装成国军继续往岭西省北部方向逃窜。经过南洞，第二天夜里翻过山就到了这里。日本人将我们押到村寨的中心所在地。在铜座住了一天一夜。后来逃脱了，但那段经历没齿难忘啊。后来，我被送到当地的驻军处，他们又把我送到全州，桂林失守后，一部分国军撤到了全州。我姑姑他们也到这边来了。我才知道我父亲已经牺牲了。我才跟着我姑姑去了台湾。

陈先生讲述的事情在"夜幕降临"中有完整的记述，参卷七。

"敲鼓老人可能也没有办法查了。这边没有文字记载，再说，那是解放前的事，之后，你也知道，经历了蛮多巴多事情。"

陈先生本想去看看鄱湖，听说变成了库区，也就放弃了。我倒很愿意陪他走一趟。我喜欢到高山上的那些大水库去野钓，博大鱼。既然不去，我们便在桂林的七星岩转了一转。那里有一块碑文——

桂林保卫战给这座城市留下的。陈先生跟我讲起，我才知道这个我待了很多年的城市，其实我对它很陌生。

陈先生回台湾之前，我为他饯行。他谈起了桂林这座城市。他们家原来是叠彩区的，现在那里已经什么都没有了，变成了房地产开发出来的欧式楼房。他在这里出生，但不久就离开了，一离开就是六十年。他的记忆从六十年前处断裂，与这头的我之看到的现在并不相连。而对于我，则是从我的出生时间来看这座城市的。尽管我与这里有三十年的关系，但我并不了解这座城市。他说起桂林保卫战，他说那场战斗本来是可以打赢的。他说的是本来，就是假设历史本来如此。听者或许可以理解这种补偿方式。

　　三三年八月（他还是习惯民国纪年），日军三番进攻，攻占了衡阳。不久又弃城而去，他们的目的就是攻下桂林、柳州、梧州，打通贯通华北华南的陆上运输线，摆脱日陷囹圄的国际围剿局面。那个时候的法西斯在亚洲还很猖狂。日军企图以三面夹击的战术进攻桂柳地区，首先战略要地就是桂林。

　　湘桂铁路是南下最快捷的路线，日军在湘桂铁路和铁路以南地方集结了十万重兵，另有两个独立师和一个旅团的兵力沿西江部署，三万多人，还有少部兵力集结在雷州半岛待命。从东北方向，以及东南两个方向对桂柳形成夹击之势。国军方面部署的兵力实际上不少于日军，湘桂铁路由第四战区第十六集团军的第三十一军、四十六军重点防守，桂南由地方部队把守，全州交由第九十三军坐镇，西江由第三十五集团军第六十二军、六十四军防守，另有，第二十七集团军的第二十军、二十六军、三十七军、七十九军从湖南南部开进岭西。白先生说："以桂军实力，桂林之地形，固守桂林六个月当无任何问题。"时任美国副总统的华莱士亲临桂林，说："只要坚守三个月，就可以创造其他地方的有利情况，桂林之围，那时也就自然解除。"

十月中旬已经完成对桂林的合围，十月底攻城。在这之前，日军从全州湘江着手攻入，继而拿下兴安、灌阳；但是日军没有马上进攻，等到摆平西江一线之后，才开始合围桂林。

国军兵力虽多，但内部关系十分复杂，内耗也很厉害。桂系主力是李先生、白先生嫡系，李先生、白先生一方面要防着蒋先生，一方面又存私不化，快要开战的时候，把嫡系部队调出城外，动摇了军心，他要搞焦土抗战，即便被攻占，日本占领的也是一座废墟城市。蒋桂大战之后，李蒋就各自心怀鬼胎；蒋先生不但不派驻扎贵州的中央军支援，还在前线安插手脚，干预防务。把守全州的九十三军军长陈牧农系蒋先生派来的望远镜，陈牧农布防黄沙河，只派一个团，其他兵力坐在后方。敌人还没有进攻，就开始焚毁军需物资。第四战区司令粤军主将张发奎来视察，发现这种情况后当即暴怒，陈牧农竟然拿出蒋介石的密令，只令其把守全州三个月了矣。张发奎虽然是第四战区司令，但是和蒋先生有过过节，与李先生白先生二人也有过过节。在军事策略上听从蒋先生和白先生（当时位居国防部长）的。对于陈身上发生的这种事，竟然不发一言就走了。九月初，日军十三师团进攻黄沙河，当天就丢了。进而整个全州也丢了。张发奎令陈收拾残兵败将于兴安修筑防务，谁知，兴安丢得更快。张发奎大怒，致电蒋先生惩办陈牧农，否则这仗没法打下去了，蒋只得同意张发奎扣押了陈。副军长符昭骞代理九十三军。陈牧农想要请符昭骞为自己求情，写了一封信给符昭骞，信中说，自己离开重庆时蒋先生耳提面命，到桂作战当相机行事，陈先生学着蒋介石的语调，说："万不阔（可）以主力投入决战，一切战斗行动，可直接报告罔（我），以罔之命令为依据。"信中还说，从全州撤退之前，他给蒋先生打了电话的，报告过蒋先生的，蒋先生是同意他撤退的。

陈牧农的本意是想表明自己有蒋先生在后面撑腰。哪个晓得，这个副军长当官心切，想直接搞死陈牧农取而代之，竟然把陈牧农的信捧卵脬给张发奎看，看了之后，又捧卵脬给了蒋先生。蒋先生立即下令枪毙陈牧农。结果也很意外，符昭骞并没有捞到军长。而是委任主持全州地方防务的甘丽初。

日军攻城开始之前，白先生改变作战计划，将第一七五师、一八八师以及四十六军军部调出桂林城，美其名曰"打外围防御战"。填进来一个四十六军一七〇师，这是一个杂牌师。要晓得，一八八师师长是白崇禧的外甥海竞强，一七五师师长是夏威的外甥甘成城；夏威是白先生的人，这两个师是桂系的主力作战部队。这一调搞乱了军心。也透露出李先生、白先生本不打算死守桂林！在整个过程中，国军有很多合作歼敌的机会，但是因为各种原因，导致桂林保卫战的失败。白先生任命的城防司令韦云淞再没心思守桂林，第四战区司令张发奎则说："反正是岭西省的事，岭西省的人，我何必得罪他们？"守城兵力总共不到二万人。

十月的最后一天，天黑时分，日军开始发动了试探性的攻城。到第二天仍然进行试探性进攻，到十一月二日，发动猛攻。到六日上午，一三一师三九一团已经萎缩到七星岩等处凭借岩洞与日军拼死抵抗，日军久攻不下，他娘的动用了空军，想要将整个山都炸平。国军誓死抵抗，战斗到第三天，西门、北门余部，再加上第二九四团剩余人员混编为一个营，继续和日军作战。已经打红眼了，国军再次击退了各路进攻，收复了一些阵地，与撤退的日军进行街垒战。但是，毕竟大势已去。十一月十日，所有残余部队撤退至七星岩岩洞口附近，日军遭到如此顽强的抵抗之后不得不使用重炮，国军被迫撤入洞内——日军占领岩洞口，向洞内扔手榴弹、汽油弹。国军临时组建一支敢死队，覃泽文团长率敢死队从另一侧出口冲锋，出口很快被日军封堵。堵在七星岩洞内的官兵有好几百人。洞内官兵还在用无线电同城防指挥部联系，说要誓死同日军决战到底。但是日军开始向洞中施放毒气。不到半个小时，洞内战士全部牺牲，无一幸免，留下一洞尸骸、白骨。战后清点了一下，一共有八百多人！

十日下午四时，城防总指挥韦云淞召集守军将领开会，说桂林守不住了，弃城！各部由进攻转入突围，逃命。一三一师师长阚维雍回到师部后开枪自杀：守不住这座城，就死。履行了他战前的诺言。这次我回来，专门去看了看当年保卫战的遗址。陈济桓中将，原本因腿部残疾已经退出现役了的，桂林保卫战时请命参战，出任城防司令部参谋长，桂林沦陷，陈先生也以身殉国。（陈老说到这里，我们已经茹完饭了，他的孙女给他沏茶）后来，桂系向国民党军委会申请抚恤金，上面认为陈先生不在建制，为编制外人员，他们没有批准。十一日上午，桂林保卫战以失败告终。前后还不到半个月。

"原来这么惨烈。您和您母亲离开桂林是在桂林保卫战之前？"

"是九月。"当然，他明白我这样问的意思，"这次战斗的具体情况是我姑姑跟我讲的；去台之后上学，后来去日本留学，在东京的时候，看到当年参加过战争的镇雄王一郎写的一本回忆录，里面也有写到这次战斗的情况。"他指的是《从东到西，从北到南》（一九八七，岩波书店）。

5.3 棒棒会

棒棒会　　我给世甫提供过一些"棒棒会"的资料，录于此，仅作参考，它对汤错的意义也是蛮重要的，涉及本地谱书和方志。晚清时候，棒棒会的起义只是地方精英的小小暴动，但是它和天地会、青莲教，以及四年之后太平天国的金田起义有瓜葛。关于棒棒会，至今只有一些零星的说法，史料记载不多，但也不是完全不能辨识那次起义的面目。本文所本资料出自以下几种：《宝庆府志》、《全县志十三编》、《李氏谱书》（汤错李氏世德一支）、《西延轶志》。综合起来，它可以呈现以下几个主题。

（1）李世德起义小史

清道光二十七年（一八四七年），以梅溪庄塘人李世德与湖南新宁县黄卜峒瑶民雷再浩为首，在湘桂边境发动了一场震撼湖南、岭西两省边境的反清斗争。在此之前，李世德、雷再浩就以吃斋诵经为名，共同倡立"棒棒会"，暗中组织反清武装。农历九月初八日（一八四七年十月十六日）宣布起义，发布《讨满檄文》。

（2）李世德个人史

李世德（一七九七——一八四七），梅溪下庄塘人，其先世于明初自全州万乡迁来，传至世德，已历十四代。父有坤。兄弟二人，世德居长，习武。有志于武举，试不得志。入梅溪云台空王寺为僧。中年还俗娶妻邹氏。对清廷不满，渐蓄反清之志。道光十八年（一八三八年）前后，与新宁瑶民领袖雷再浩共创棒棒会。以诵经念佛为名，暗组反清武装。光绪《宝庆府志》载："每招徒三四十人，辄白昼野会累台，洒鸡血酒中，班次设宴约，谓之拜台。"

（3）雷再浩个人史

雷再浩，瑶族，黄卜峒（今窑市镇）人，生年不详，以佃耕、砍樵为生，信青莲教，入天地会。清道光十六年（一八三六年），瑶民蓝正樽起义失败，株连甚广，许多瑶民被杀，瑶寨被烧。雷再浩毅然接过义旗，于黄卜峒承天堂筹划再次起义。雷再浩、李辉并岭西全州李世德，共创"棒棒会"，组织平民反清。

（4）蓝正樽个人史

蓝正樽，号元旷，麻林峒（今麻林瑶族乡）人，瑶族，清乾隆五十四年（一七八九年）生，邑庠生。清道光十四年（一八三四年），蓝正樽与童生陈仲潮、雷克绍等在麻林高庵堂多次商议，提出"改庵为祠，以族化乡；鼓励勤耕，发展生产；广兴义塾，崇尚礼让"。蓝在陈仲潮家避匿期间结识九龙庵和尚、"斋教"头领张永禄，便利用"斋教"做掩护，以斋教徒为基础，组织"龙华会"。

道光十六年（一八三六年）二月，蓝正樽在九龙庵堂大扎将台，称王拜将，建立组织，正式宣誓起义。蓝正樽自称"卫王"，号元"刚健"。封军师、大元帅、敬贤师、敬良师、将军、运粮草等官职。颁布《王政十三条》。决定兵分三路，进攻武冈州城。攻克之。

当地团练头子张谦，假意犒劳义军，暗向州衙告密，义军内部有人变节，欢宴间，忽遭内外夹攻。蓝正樽杀出重围，与其他各部失去联系，身边只有儿子蓝琢玉，便携子化装逃往岭西。余人全部殉难。

蓝正樽父子逃往岭西后，在金秀地区瑶族同胞掩护下，继续从事天地会的反清斗争，道光三十年（一八五〇年）病逝，终年六十一岁。其子蓝琢玉投太平军。起义化为太平天国起义的一部分。

（5）《大水岭纪事》原文考释和棒棒会考（略）。

几条注释和补充

地方志只以"棒棒"二字记录入案，后人并不理解这个"棒棒"

是什么意思。《宝庆府志》《岭西全州府志》等官修郡县志无不以官方素有之口气，将其等而下之，然后是一番溢美之词，自我表扬剿匪有功之人。这个"棒棒"在当时可能并无文字上的写法，只有口头说法，没有找到"棒棒"最初的文字资料。

在汤错语即李世德使用的主要语言之一，这个"棒"是份额的意思，即分［paŋ³¹］和份［baŋ¹³］，"棒棒"则言"人人都有份"，体现的是"均天下"的思想，也是棒棒会起义的核心思想。以棒棒会流通实则是为了麻痹官府，仅当作一般的舞拳弄棒的民间组织。棒棒会的背后则是天地会。正是这种思想基础，才有后来蓝正樽的儿子奔赴金秀大瑶山太平军之举。

*

光绪《宝庆府志》载，邓家冲一战，义军全部被剿灭，世德被俘，后又潜逃回梅溪庄塘，在屋后的山冲含恨上吊，被清兵枭首请功。世德的家眷其余逃至大水岭，被清兵搜捕，悉数捉拿归案。实际上，世德的儿子嘉义带领一部分人逃到了咸水口，进入了汤错大山，定于顺水，化名牛全义，清朝灭亡之后，才恢复其原姓。在地理上，咸水口位于汤错西，是进汤错的大门，东边高耸的是真宝顶诸山峰，北边是咸水洞村，南边是天门村。唯有汤错高悬，离交通最远，是自然交通上的死角，在真宝顶山脚下。逃至汤错之后，嘉义隐姓埋名，写过一些回忆起义的文章，今仅传下一篇《大水岭纪事》抄本，刊于世德一脉李氏谱书中，文中附有世德起义《讨满檄文》。

*

今汤错椅子坪有李世德墓一座。汤错李氏否认这个李世德是那个李世德，至今如此。我采访当地老人，他们说起义之时，清廷将这个李世德抓起，经审问，认为不是，又放了回来。这个李世德还有一个弟弟，李世厚。

对于这个解释，我们认为是靠不住的。因为，汤错李姓是从下庄塘迁徙到汤错顺水的，家谱中如是记载。此前并无李姓。李世德起义失败后，家族成员改名改姓，不改姓的也将自己的辈分排出五服之外，免遭九族之祸。汤错李氏如今这种口供只是上辈留下来的传说。

*

言李世德、雷再浩等人秘密结社于全州。这里说的全州包括现在的资源县全境，才有《宝庆府志》记载的雷再浩攻打岭西全州一说。实际上攻打的是现在的资源县所辖的梅溪、车田等乡。而不是现在的全州。

世甫来信

此次起义规模虽小，略似械斗，但是起义过程经历的战争模式所反映出来的各种方式基本上都有了，有主义、口号、起义方式，有敌我双方势力的此消彼长，也有成仁与背叛。麻雀虽小，五脏俱全。我们何尝不曾将其当作莎士比亚的戏剧在欣赏呢？

江西是清初天地会的重要活动基地。李氏始盖从江西迁出——火种就是从那边带过来的。由以寺庙僧侣为掩盖的秘密结社形式出现。另外，也反映出，当时清廷在缙绅、乡绅一级的地方统治已接近于崩溃。

致世甫

所言甚是，这就是在谈话中我跟你提到过的乡村剧场。那篇檄文和雷再浩的起义檄文是一样的，仅将再浩二字改为了世德。从这篇文章当中，我们可以看到当时的知识分子一方面胸怀天下，又感触到了变革的必然，以及对自己命运的不满。表现在法统道统以及对八股的认识上。反清复明，恢复华夏之正统，这仍是天地会的宗旨，二百年来，这些知识分子一直处于山河沦丧的感觉当中；反八股，反对清廷对弱小民族的欺压；反对吸食鸦片，削弱国民意志力；反对国家对农民的蚕食，剥削。梅溪和新宁交界，是十分偏僻的穷山恶水，百越瑶苗蛮地，但是，由檄文可以看出，知识分子的文化心态上却十分宽广。作为满奴的清王朝攫取华夏统治权对他们来说是很大的打击。清王朝已经处在风雨飘摇之中。这是"太平天国"金田起义即将爆发的前奏。在我们的正史中，将此类起义者统统归为草莽英雄，匹夫之勇。可是从这篇檄文中，我们看到一种可贵的大关怀，尽管他们看不到汉室的弱点以及清王朝立下的赫赫战功。其复夏之心是可光照日月的。正是有了这种复夏之心，文明的根脉才没有断绝。这是以牺牲作为前提的，除此之外，还有英雄吗？我们喜欢说农民起义的局限性，这种局限性在我看来就是鸡蛋碰石头的勇气。他们自然而然充当了制约专制王权的砝码。统治阶级触及了他们的基本生存权的时候，他们才会呼出："生也无辜，死之何咎。"中国的农民是一个很复杂的命题。他们既是温顺的，又是以自我为中心的，中国农民都有"朕"的心态："天下为什么不是我的？"只要有机会，他们就会称帝。他们将自己的宏大理想寄托在"帝"的幻象上。走到现在，我们不能不说这是劣根性了。也许这也是他们反抗专制的方式。是他们对自由的最高理解。要有自由，那么就是自己当家做主。而皇帝无疑是最高的自由象征。这种自由伴随着的是权力的无限放大。他们也的确是处在自由的幻象之中的。

5.4　蜥蜴国王

蜥蜴国王　　　　蜥蜴国王是谢秉勋对混元总统皇帝玉宪的谑称，否则我们还得开辟"本纪"一篇，不过，玉宪登基称帝是自编自导，在他的念想下已经号令天下，本篇作为其本纪也未尝不可。他是我们的乡村剧场中仅有的几个可以本色出演的人物之一。提到这位蜥蜴国王，我们不得不要从一个词说起——摊尸［ȶha³³ʃ̩¹¹］，本义睡觉。在具体的情境中具有复杂涵义，现代汤错语中带贬义。别的方言中有"挺尸"一说。原本，摊尸就是指舒舒服服地大睡一觉，四脚八叉，心气神都进入休息状态，是一种非常睡眠。现在说摊尸，有骂意，但不是指"你去死吧"诸如此类，而是说一个人只顾睡觉，什么事都不管，懒得出奇。我在瑜伽书中也看到有摊尸这个词，这是一种禅修方式，也叫大休息，和我上面说的意思差不多。不同的是，汤错的摊尸不需要念本尊大神的法号吽，也无须想象自己上面有一朵大莲花或者躺在莲花上。这个词在过去的半个世纪里不好过，饱受非议，因为那是一个坚持认为劳动可以创造价值的时代。只有把自己当作劳动工具即生产力才值得称道。至今，它还躺在汤错的语词丛林，实属幸运，但是它还是存活了下来，身份也变了，演变为恶毒的攻击性语言。那些试图恢复其本义的人也被汤错人当作了癫子。

玉宪就是这样一个人。玉宪在二十世纪八十年代考上北京某著名大学，汤错只有他一个人。在北京上学一年多的时间，他从学校退学回到汤错，校方建议其退学，委婉地表达了他患有精神病这个意思。玉宪闲尖归来，一心想当总统。他站在供销社的那张屠桌上，头上倒扣了一个脸盆，脸上戴着傩戏面具，手上拿了一个水牛角号，系一条红领巾，一边发表演说，一边吹冲锋号。由于面具阻挡，演说停顿之际需要吹冲锋号时又将面具掀起来，演说的内容是要号召大家起义：

　　　　吾国吾民！今我中华联邦国创立，号"混元"，一九八九年为建国元年。吾国吾民！现颁布以下几条谕令，朕任命已故巫师兼木匠玉能为军师，替朕倡导吾国之正信，国教正式定为阴教，凡信奉阳教者一律驱逐之，所谓阳教者，道教、佛教、儒教、基督教、伊斯兰教、明教、牛教、袄教、马教、狗教、猫教、猪教是也。任命燕子石周家的周邦彦为该片区司令，把守咸水口、侯家要塞，这是进入汤错的第一要隘，从咸水口—侯家—石桥头—达俩里山，至少四道纵深防线；任命地步界曹长青的儿子曹操为军长，把守龙埠头，这是进入汤错的第二要道，敌人狡猾，很可能从天门龙潭潜伏上来，所以一定要把关卡布防到陈木源、半源，前哨要到龙潭天险之地，地步界为大后方；第三，任命岭界上蔡教均的孙子蔡邕为军长，带兵把守浮凼、猪婆石、盘军岭界上，敌人狡猾，第二道防线进不来，很可能东进，从山花水攻我南侧；第四，任命坪石头李光斗的爷爷李广为军长，负责把守箸竹山、铁鼎石，纵深防守，青竹山、坪石头驻兵两个师，防止敌人从咸水洞突袭我北侧；第五，汤错洞里驻扎司令部，指挥各军团作战。

吾国吾民！我部设在大皮山；大竹坪和小源各驻扎第一第二战区司令部队，既可防守各道防线万一失守，也可防止敌人从全州翻越城岭山脉过来，更可保汤错安全，对粗石、老鸹窠、大源上来的敌人均可予以夹击。最后，朕还要任命赵妹崽为第一夫人，你们要叫她媚娘，皇后。吾国吾民！

　　每次演讲的内容无有迥异。无外乎吾国吾民、军机要务、国防和皇后。他说的"赵妹崽"是赵周全的女儿赵可可，一个精灵一样的比他年纪小不少的女孩，没有嫁，住在后龙山的山洞里，不与人往来。有一次骤然出现在峒里，头发霜白似雪。顿被玉宪视作仙女。

　　玉宪蛮腫（[to³¹]，肥胖）。他母亲耶帕斯（义谓跕[lia⁵¹]起鞋子走路啪嗒啪嗒响）也蛮腫，带着他扯常到大队来，之所以扯常进来是为了发表他的演说。有人说他的确是癫了，有人说他是为了掩人耳目，故意装疯卖傻，他在北京一定做错了什么事，被赶归来了。但是他的确癫了。他有一个姐姐，嫁在粗石。他从燕子石进来有六七里路。耶帕斯是算命的，在汤错名气很大，改嫁过三次，最后一次四十多岁了还生下玉宪。玉宪重新回到汤错后，总是跟在他母亲身边或左或右出现在我们的视野。他们并排走到汤错公所来。后来，是他母亲偶尔跟着他进村来。再后来，他母亲老了，玉宪一个人进村来。他边走边看，手中拿着本子，不断记着路边的新发现。再后来，本子也不拿了。每天都从公路上进来，穿一条短裤。肥肥地裸露着身体。走到合作社双江口，走进江里游水。游完之后，到拱桥上晒太阳。晒得黑黑的。晒完之后，玉宪又走到粗石去。他许是在他姐姐家里茹饭，他姐姐不在家里的话，我们就不知道他到哪里茹饭了。傍晚又从公路上走出村去。这是我还在汤错的时候看到的情形。这么多年过去了，我还想再见见这个被大家当作癫子的中华联邦总统。但是玉宪已经不像先前那样从家里出来，走到汤错公所，再到粗石。看不到他人了，我一打听，好像每个人都知道玉宪在哪里，但又不能复查此人的确切地方，我问到过的人如是说：

*

切来年（前年），我到顺水去瞅林场畲，从他屋邸过，在屋当头那个笕喝口水，那个屋邸长起草来老，茅谷草、狗尾巴草、附地菜、露水草、辣蓼草、虾蟆筋长满老，窗户格子业破老，一条马鞭在堂屋中间长出笋子，我瞟了一眼，赶紧行老，阴沁来轰（很）。（1）**讲述者杨文青**

*

玉宪将耶帕斯点了天灯。佗多（我们）话活人才点天灯，他使死人点天灯。他端起一锅薹（缸）猪油，糊在他阿驰身儿上，他把她掏到柘棋树上，点起火。来复礼个人变作睬把戏个。有的人怕他发癫，业有（还）睬唔下去个，想劝他，玉宪话，你们晓来吗嘎叫作死吗？晓唔来吧。她已经死嘎了，死嘎了，业冇吗嘎使用了。埋到地里个话她走得慢。这样还要快滴。可是，你们唔懂吖只（这个）道理。你们唔懂个。点完，他把他屋邸阿驰几条骨头狗茹了。还有些拘到山里、江边。（2）**讲述者谢友全**

*

满桶（这个是玉宪后来的绰号）日晡进来，到坝凼里爬澡。在沙来头起摊尸。他业到桥头以赴。唔赳赴卧如。他话汤错人蠢得很，床铺都摆错嘎位置。厅屋都是坐北朝南，床是东西方摆放。卧如个时候，头腔朝东。他话吖种摆放不科学，因为其正好是磁力线切割身体，容易产生电，做怪梦，人卧如嘎老，意识个浮动受到磁力线干扰，会出现很多奇怪景象，那个冇是梦，是我们个前世今生。我们是可以眿到过去个，我们已经在经历过去。你们却唔承认。他把他个床调成南北方向，顺着磁力线摆起。他阿家耶帕斯唔同意。她话，人死了才那样摆。（3）**讲述者谢玉生**

*

佗问他为嘛喜欢泡在水里头？他反倒过来问［kuo¹³］佗，"佗是在泡水么？佗是在割雾（格物）。"有（还）一次，华江莫老板要买条裤施（施舍）满桶，他打住在佗屋邸，佗话去俱，兀隻是癫子，莫理他。你买东西放来他，他要拘掉个。他有知识，有文化，瞅唔兮我们个滴人。佗还话去那个口前（外地）来收蕨俫（紫萁）个老板，和收西红柿和石毛（泥炭藓）个老板。他一年到头才只晓来摊尸。一生世冇抹死条草。（4）**讲述者黄畲牯**

*

方民在县里头当官，有一次归来，开起小车，玉宪瞅见车子来了，摊尸在马路当心，方民个车进不来。司机下来赶俱（他），他话："吖隻（这个）是天，吖隻是地，冇是恨（你）个，业冇是佗个

560

（我的），佗多（我们）哪个业有拦哪个个路。"方民要是眽到他业是李家个人，老早把他抓起行个老。吓条路是他搞起过啊。（5）**讲述者老歪**

*

刘长生在黄土包要了佗（我）一块畲作屋场，答应帮佗踩两窑水砖挑。水砖粑好了，佗自己烧。一瓢砖，一瓢煤，砌好，封窑，开烧，一隻冬天下来，烧过两窑，第二窑刚烧好，落雪老，到第二年才发窑（开窑），眽到里头黑麻麻个一隻东西，只眽见有两滴光和豆子样动，佗吓来过筋斗喧天趋遽列，以为攘到鬼老。背底，砌介隻屋，兀滴砖冇使，烧来唔爱里仔，可惜老。（6）**讲述者李海凡**

*

有人告诉我，箸竹山看到新鲜野猪脚印，是六月里，我想去看下。我两条狗进山，追着一个地方，叫个不停，叫得很狂躁。有把戏看了，叫声不像野猪。爬过岭去看。在溪沟边，两只狗围住一条大蛇婆，又叫又跳，又叫又跳，凶得很。我没有看见过这么大个蛇婆啊，盘起来有王桶那大。头抬起来，比人头还高些，骇人。我想一枪打死它，树上有人说话，一看，是个野人，没衣服，骇人。他喊我莫要动，蛇婆松脱退盘，往树上爬上去。他正在树上摘花茹。茹得十分贪味。他说："喊狗走开，茹了莫怪我。"我赶紧喊狗退下，"原来是你老胡子。"我那只狗不退下来，看见蛇婆要上树，舍不得，追上去咬。蛇婆尾巴一摆，把我那只狗打出去几庹远，耳朵出血，后来死了，眼睛灌脓，头肿得眼珠子都看不到了。诊了也没好。那个是我最好的一只放山狗。我现在养个狗，都不追山了。我带了两团冷饭团，问他下来茹一点不，他说："看见油盐就要疲。"他钩在树上，头发倒下来有竹扫把那么长。（7）**讲述者曹景饭（汤错话，原录音较长，仅译文）**

几（他）嘴巴晓啲冒泡泡，讲洋方言哩，"锅薧因"（Good-morning，指锅灰），"好舅舅"（How do you do）"老鼠子偷油"（Nice to meet you）。吾和几讲："玉宪，天有好高？地有好深？"几讲："天无外。"吾又问几："世盖高落有冇神仙？"几讲："有呵，天地万物引出者神也。"古样兀样个问题几有一皮箩答案，数嗯清，总讲滴癫里癫气个话。**（8）讲述者李主任（铜座完小退休老师，讲新方话）**

*

冬天他就在那个祖山里。也不晓得那个是谁家个祖山，可能是全州人个。解放前就有了个。也没有看见人来挂青。修得好，都是料石个。挖祖山个也挖过很多次了个，里面空了个。有几年，玉宪在那个里面过冬。他和那条蛇婆在一起。那条蛇一餐茹得来几只兔仔。几个月可以不茹东西。玉宪茹岭上个花絮絮、野菜、树叶、根根、皮皮、须须。冬天不出来。有时候，我们看见他坐在蛇身上，从岭上下来。那条蛇有两丈长。咬人倒是不咬。还和玉宪一起到江边骔水。一堆小家仔赶追着，贵大娘个玄孙在双江口骔水，逞能干，说自己晓得爬澡了，往深水里走下去，一下子陷入水底流沙子里，脚出不来了，看着看着要汤死，玉宪那条蛇和他在沙洲上卧如，不晓那条蛇是如何看到个，一下到了小家仔面前，小孩抱着蛇婆腰身，游了出来，才没有汤死。那个小孩背底不怕它了，爬澡个时候还和它在一起骔。在沙洲上，把蛇婆当梭梭车，坐在它个身上。**（9）讲述者谢建原（汤错话，原录音较长，仅译文）**

*

伦媸家（我妻子）在谢家田眽到一条大蛇婆，吓到老，背底得那个病，瘦得和条蛇婆精一样。眽到过那条蛇婆总是要唔来个。（他

娓家行间去世，他跟村里人说起这件事就是蛇婆的事情。另说要再找一个老婆，家里冇人做饭。）（10）**讲述者坪石头天力**

*

玉宪到浮凼里，要拜那一块石头 [lyɛ⁵¹]。那天下旰 [a¹⁵ka⁵⁵] 吾割草回来碰到几（他），古个又冇是红 [ŋ³⁵] 牙老子，红拜几做某个，几讲："恩冇看到么，几比吾里还活啲久啲哦？"（11）**讲述者蔡教云（讲新方话）**

*

（她是庄塘嫁上来的，说官话）：我从山花水我妹那里回来，在浮凼里看到嘎他，大中午天在水高头晒太阳，坐在那条蛇婆身上，蛇伸着脑壳给他挡阴。浮凼本来就阴沁，还要走那么长个路，吓死巴人了，我一焱回来瓜了。从岭界上一口气跑到屋里头。（12）**讲述者唐春秀**

*

大概从一九九〇至二〇〇四年这个时间段能看到玉宪，最近几年，没有人看到他了。玉宪消失之前还举行过一次登基仪式。在屠桌上发表了演讲，宣谕本朝大政。核心是人要向万物学习。玉宪有一口铁锅，经常戴在头上，不戴的时候用手托着，里面竖一根树枝，太阳的排泄物就在锅的四周投下了缓缓移动的影子，简直是手托日晷的哥白尼，他用那口铁锅还成功孵出了一只小鸡。有一次经过村里的铁匠铺，甲人师徒正在抢锤打一把鹤镐，我眿见他踮在水缸上看《第二次握手》，火星在他身边像一群灿烂的蝴蝶肆意飞溅。

据传，玉宪亲自起草"中华联邦宪法"，著述《政教一统论》和《银河大同书》，前者为地球政治学著作，后者为星系政治学著作，这些都是传言。从那场著名的广场政治归来之后，成了一个摊尸鬼。

而那口铁锅就是玉宪自我登基加冕之后的皇冠。（13）**讲述者谢秉勋**

*

"摊尸"这个词之所以还被汤错人津津乐道，的确跟玉宪脱不了干系。玉宪这个人现在算起来也差不多五六十岁了吧。汤错的十万大山里有他神出鬼没的身影，过了一九九〇年代，他再也没有发表过任何演说。他的总统帝王梦也烟消云散。关于他的总是传闻，时不时有点他的消息爆出来；但是，玉宪（这个词）已经成为吓唬小孩子的新过路客。"小时候我一哭闹，我阿驰就说玉宪来了，就骇住了。"（谢秉勋）

玉宪到底是什么样的一个人，或许汤错的那些亲眼目睹者之任意项叠加起来就是，玉宪是（1）+（2）或者（3）+（5）+（9）或者（10）+（1）+（4）+（5），等等，等等等等。

"摊尸鬼玉宪的话是我们这里常被引用的，不管是疯癫的，还是所谓正常讲道理的，尚有逻辑性可被接受的，引用他的话是因为他的人在语言中已经变形，也会和被说的对象形成尖锐的对比。"（谢秉勋）

"玉宪是汤错最早的知识分子，但也是一个怪人，干龀鬼[①]，然而他又是一个有知识的人，他的思考比他的懒惰显得更重要，而在我看来，他的那些传闻比前两者还重要，因为在他的眼里，他脚下的一切就是整个世界。他一会儿称自己是总统，一会儿称自己是皇帝，这种强烈的分裂和幻觉既荒诞又让人好奇。"（汤错人，岭西师范大学曹喜蛙教授）

我问谢秉勋为什么叫他蜥蜴国王，他说蜥蜴会改变自己外表的颜色，但内在并没有改变；当它改变颜色之后，它可以更好地观察

---

① 干龀鬼，喻极其懒惰的人，干龀就是不能勤做的意思。《史记·货殖传》以故呰窳。徐广曰：呰窳，苟且惰懒之谓。

这个世界。

几年前，我们试着从人们口中和记忆中去收集这些话，猜测那些话中有些是玉宪说的，有的则很可能是他们自己编造的，故意附会成玉宪说的，但是没有人承认是自己说的，既然如此，只要在一定范围被认可的，也当作玉宪说的，凡是这类语录都有"*"标识，作者从玉宪的姐姐玉秀那里要到玉宪早年留在那的一个本子，可惜只是一卷，前面写着《睡与醒——我的日常生活和体验》(二)，是些冥想者的日记条，他姐姐将其夹鞋样，还剪去一些，将此一并汇入语录，标以"△"，这些语录有标号，但有些乱，前后排列不一致，像是作者后来标上去的，编撰者保留了这些标号，然后按标号捋直了，以备查询。残卷部分构成这册书的主体，集成一个小手抄，名"tha si dai"，音译是"摊尸台"，"台"在汤错语中是"话，话语"的意思，直译过来就是"关于摊尸的话"，也就是我们说的"摊尸语录"，也可说，这是思考睡与醒的这样一些文字。当然这跟玉宪的本题"睡与醒——我的日常生活和体验"已经有所区别，这点请读者诸君注意。语录是符合他那个时代的，他们也是受毛语体影响较大的一代人，至少在形肖上，精髓像不像则是个人的问题了。语录有一种很绝对的东西在里面，魂魄一词条中我们引用过玉宪的那句话："地球慢转一拍，你们都得看见鬼。这有何值得稀奇。"语录也有一层高音喇叭一样肤浅的东西，去掉了这一瓢，才是"摊尸语录"的精髓。地球慢转这句话，现在理解起来，还有一个意思，地球真的慢转的时候，所有人都死去了，自己都变成鬼了，那么自然都见得到鬼了。这个意思在那篇文章中没有说清楚。在其他地方，我们也引用"摊尸语录"，其意义不做完全的详尽说明，大家可参"摊尸语录"原文。

玉宪《睡与醒》残卷的发现对研究玉宪这个人提供了第一手材料，汤错人对他只有误解，而他对这种误解置若罔闻。但是他也在他的著作中提到了孤独和绝寒。这是他还在撰写这部语录体的时候，后来估计也就懒得提了。在他的语录中有一条："训练自己把睡觉时间缩短到四个小时。更多的时间用来思考和飞翔。这是一项魔鬼训练。我希望我能控制自己的欲望和睡眠。"（摊尸语录·七十三）这一点可以看出，他的所作所为已经完全超乎汤错人对摊尸的理解范围。然而，日记的发现从此改变了谢秉勋对这个早先被他吓唬的过路客玉宪的看法，而将这位满桶王国混元太祖皇帝奉为本地唯一的桂冠诗人。

5.5 蜥蜴国王的著作

摊尸语录
（残篇，计一百五十七条）

△更多的时候，我们要照顾命运的看法。不要怀疑幸和不幸。

△恐惧汇入害怕是愧疚与对更高级能量无知的产物，比如见鬼。地球慢转一拍，你们都得看见鬼，这有何值得稀奇。

△我指着一条狗说这是上帝。有一个声音反对：这是等号。所造之物不能和造物主相等。我说，是这个概念，不是等于，而是进入命名。

△当我说生命的时候是说石头的生命为五千万年，而一朵花的生命是一个星期；对于别的星体而言，它们都是绕地球一周所需的时间←这就是人的偏见。

他决意要向死亡复仇。*

△意识和物质、能量一样，遵从守恒定律，也是灵魂、梦等意识活动的阐释基础，生命的构成也同样如此。

△肮脏，或干净，河流发出的声音或旋律是一样的。我们聆听不出来。我们的眼睛否定我们的耳朵。耳朵也否定眼睛。

△记忆的意味比记忆的实质更重要。记忆就是现实。行动源于

记忆。记忆和理解力一样，拥有它而使生命壮阔，绵长。

△一切都是现成的，把它擦亮吧。任何语词因为强调而变得不凡。

△每个人都是有罪的，就是说每个人都是佛，故事原型是妓女和杀人者。

不是一个人的秘密就不是秘密。*

△我说的帝国只是一种伦理的帝国。实际上，也只有一种伦理的帝国。

△恐惧使我紧张，有如命运使我紧张，因为二者都看不见。

△苦难不是指死亡。死亡也不是苦难的真义。*

△绝对是我的基本词汇，也是我的思维模式的反映，它不代表单向度，线性。

△我希望在合适的时间离开。我对别人，对自己的伤害都是无法估计的。*

△他对我的理解是：我是上帝。可我只是说，这是我的工作。不对，我要说的是：每个人都可以成为上帝。每个人都是上帝。

△我心中的上帝，不是基督教的上帝，也不是安拉，但的确有一个上帝。

△我不能失去自己的航行。绝对不可以。也不希望任何人要求我那样去做。我具体的问题是，我得好好工作自我。

两个人的孤独是被遮蔽的孤独。*

△昨天晚上睡觉的时候（凌晨两点），身体突然燥热，持续一个晚上，今天晚上看星星的时候才知道，昨天是三月二十一日，春分。我坚信，我的身体是我对天体感应最为灵敏的部分。同样也坚信人体和植物一样，春天的时候会发芽。古代埃及，看到天狼星从东边升起后的七个月零九天（阴历），尼罗河汛期就会到来。在古代埃及只有三个季节，洪水季、冬季和春季。尼罗河对天体的感应在我，和女人一样，这就是大自然和宇宙之间的秘约。

浮起来的是尘土，沉下去的才是核。*

即便是一只蚂蚁和一棵枣树，也是有关候表的。

△硬的东西要打碎，越碎越接近事物的本质。

△丢掉这可恶的肉体，个体并没有意义，我将进入那种状态（该词条和后来我的想法有冲突，这里保留原话）。

△越修改越觉得需要修改的地方越多，要达到预想的效果尚需时日。我们的松动是因为意识的松动无常。

△我们对我们的时代，已经不能简单修改。*

△我一直在寻找一个自己。最后是在自己身上找到。他跟我一脉相承，这个人目前看起来稍微有些陌生，但 TA 就是我，就是我，唯一的。一字之差就是另一个世界。

△我能感觉到他心中的忧郁像一潭透明的水！刚刚在菜地绽开的牛蒡。

我说的都不是事实，是寓言。*

△对物的体验，就是物存在的同时对人体和意识的强烈侵入。任何物都影响他物的存在，一只狗，你不认识的狗，它走进了你的院子，你的情绪就产生了。情绪就是人自我结构的一部分。也就是说，那只狗现在侵入你了。你所用到的一切物都是如此。我只体验这些东西具体化的过程。

△这一代没经历过战争，也没有时代的大事件，但是我同样要经历生死，这也许就是姿态本身的改变。我时代的主题仍然是隐性的，看不大清楚的。但是过去几千年了的东西，肯定在里面。如果说更大的主题的话，那么就是人的存在和获得自由的意愿。

△我自己也这样觉得，但是他确是最土的，连语言都很土。他所抓住的只有一个赐予：大地。

△他只有一个朦胧的帝国理想，他对个体存在的思索是不够的，这种意识也不强。

这个世界没有人能够理解另一个人。*

△一个月没有下水了。去年刚来浮凼的时候，还很害怕到湖中间去。每次游到湖中间，就被一种巨大的死亡气息压抑着。当离开这潭死水之后，这种感觉才松懈下来。但还是有死亡气息。今天的天气很好，水也稳。到了湖中央，突然想爱。水柔，天光鲜亮。仰天躺在水面。手淫。要仔细体会，才能体会水之外的快感。慢慢地起来，变硬，坚硬，整个湖都是女色，四面八方翻腾。可以坐起来。沉下去，自己很白，湖是青色的。烟花散开来，一朵小小的蘑菇云喷出。从水里起来，阳光还是很耀眼，躺在湖中间，慢慢地晃了一圈，才往回游，回到一无所有的岸。

△当文字要触及身边的朋友和事情时，总是要考虑使用减法。我们很脆弱，怕真实、怕伤害。宁愿虚构一些自己认为美丽的残渣。

男人和女人属于不同的自然规律。*

△如果是妻子，那么第一眼看到就是。如果没有想象出你的妻子，又哪里来妻子?*

△她走了，这个虚构的情人，我将很长一段时间陷入孤独。

△没有悲伤。没有回忆。过去都是空白。记忆最终成为你的情人。一堆水一样的女人。

△经验不可以强加，也不能逾越。生命要自己去过。体验无法替代。我不能替代你，你不能能替代他，她，它。所谓理解是理解"理"，而不是人。

生命没有赢家，只有庄家。*

△没有其他任何因素，改变目前的状态。那至少说明，我已经觉得自己像自己这样活着了。

我的内心已经关闭了，烘焙着一堆火。

△修墙的人在长廊上，光流过他的下午，院子里的树，开始成为光。你站成树的样子。

△昨天晚上一整夜都在飞，我相信我的肌肉中有飞翔的记忆，那也是遗传。

△我爱着一个隐约的女人，她很美，美得看不清我到底爱着的是她的哪一部分。

我一直认为性是在想象中完成的。*

△梦到一把像圣杯一样需要去寻找的钥匙。我找到了。结果只有我的一个背影，背负沧海。

△每当我提到"你"，不再是单纯的你，而是"你—你群"，提到我则是"我—我群（群我）"。

△幻想：一天中的某个时刻，人世间有很多人在不同的地方同时念诵着她如同经祷，并且满纸光芒——

当我说钥匙时，一定有锁的存在。或者说，我们只说其一，不说其二。

△三十岁之后的我，应该更像一个修道之士。*

△我对突然降落的感觉产生了怀疑！一个可见的事实就是我工作得越来越缓慢。

△我只能按照自己的方式来建筑这座幻想之物。

△训练自己把睡觉时间缩短到四个小时。更多的时间用来思考和飞翔。这是一项魔鬼训练。我希望我能控制自己的欲望和睡眠。

△人生要一步到位。不。人生不是短跑比赛，也不是长跑比赛，仅仅是要找到合脚的鞋。*

△他们像潮水一般往岸边涌来，往高处涌来——我被打湿了。

△在梦里我练习了很多东西。这些练习竟然是有效的。我想拷贝出来梦里的那些画一点都不难。我在梦里还在练习音乐。醒来之后，我能演奏。梦有潜在能量。非梦境状态没有。我要需要练习的梦里都练习完，再出梦境。包括学习一种新的语言。他还有一个秘密——以梦延长生命的质量和限度。

△我只能在不断地反自我当中不断地牺牲掉那部分欲望。我选择的都是我无法得到的。可我什么都不能说。

△句段要改为语段，语段是没有开始和结尾的浑圆的一种道说

方式。

△这本书是日历一样的，上下翻阅，翻一页就去了一夜，或者一天。全书的天数似周天三百六十五。（这点在前面一条说过*）*由于前面的卷数没有，这里所指者何并不清楚。

△他的另一半是倒影，天空，山头，树林。

△我不能说，只有水和山才是湖。所有有关的湖的一切就都是湖。不然又如何才是湖？

△湖：在修辞中确定和打破物，以及物像，又要重新建立物像。比如对镜（这个动作），这一切都是镜像——虚幻之象的实指、虚指留下的遗产——既然是遗产就有死亡。但遗产并非不是很不好的东西，或许悲壮——对"对镜"这样一个现象的双重角度的开掘。有中间价值的存在，有双方之间的距离——是看与被看。双重同构也可以是内在的，又可以是更加内在的。这种视角像无穷数列。清朗，复杂。

△对（俄）亚历山大·弗利德曼不可能证明的假设的修正表达：

第一假设　　不论往哪个方向看，也不论在任何地方进行观测，TA 看起来都是一样的。第二假设　　从任何其他星系上看，在任何方向上也都是一样的。

△我不可能纠正这样一种表达：一切存在于各处。任何事物是一切事物。太阳是所有的星辰，每一颗星辰也是所有的星辰，同时又是所有的星辰和太阳。

△牛奶不一定是用来喝的。"牛奶"所指不明，是牛身上的器官还是牛的乳汁？或者别的？语言是破碎的笼络。存在巨大漏洞。我们不能用语言固定物，而是用语言疏通意识和物之间的幽径。

△一条鱼是阳，两条鱼就是阴了。或者，一条鱼是阴，两条鱼就是阳了。或者，一条鱼是阴阳，两条鱼就是或阴或阳。以上判断都对。都错。

△　所有伟大公式的另一端是 0，而这一端是正负之和。

阳＋阴＝0

阴2＋阳2＝0

（阴＋阳）＋（阴＋阳）＝0

（阴 × 阳）＋（阴 × 阳）＝0

或者它们的变式，或矩阵组合……换而言之，这是思维的原点，既是出发点，也是还原点、回归点。同时，也是自然法则。不生不灭，不垢不净，不增不减，无老死，亦无老死尽。

这些简洁的智慧从人类先知那里开始，到现在先知的代言人科学家那里都是如此。

为什么我们的学校从来不教授真正的知识？*

△在物，A ≠ A，也就是说具有不确定性。假如 A ＝我，有：我＝我，或者我＝自我。这里有三个环节被一步到位的简单统摄了。首先我是什么？是谁？物理的还是心理的？其次，"＝"是什么？是概念，是命名，还是介入？具有相对性吗？最后，"＝"之后的我是我吗？我＝我群或群我。这里的"＝"仅表示延伸。单独把 A ≠ A 问题拿出来讨论，但不滑向区别性。

△我在么！？先是关于"我"的哲学，然后才是关于世界和宇宙的。（没有然后，这是强调，这种线性时间观一般不适合表达我意识到的）。

△我是我或者我是谁的思辨都是延伸的我。我就是我。我不能作任何延伸，才是一个绝对我、自我。

△多神论到一神论是必然的吗？有些人认为这是必然的。那么，一神论到无神论也是必然的了？或许是必然的。其实，这个问题是想问：我有没有承认自己是有神论者？不曾。

△三位一体，道成肉身和复活说的是以有限"活"无限的问题。肉身是有限，无限的神要通过有限来体现。复活是解决这个问题的。人子耶稣的复活喻示的是人皆可复活。我的哲学中没有这些词。

△我期待"合而为一"的那个实体早已经成为自己，TA 也就不

再是现实中的那个 TA 了，而是每个工作自我的人期待的"独自成俑"。我承认自己缺失的从来不是信仰，而是由信仰生发出来的那个实体——月亮女神。

△拜月不是重新诞生偶像，而是，纠正单一的在身体和意识中的神性。

△他们给我打电话说二舅死了。我在电话里笑，她问我笑什么。我也不知笑什么。死了就死了。我能救得了吗？对于死亡，我一点感觉都没有。无论谁死了。在他们看来，我一定是个完全该被咒诅的人吧。但是有什么办法呢？他们暂时还不明白死亡。

有那么一刹那，我感觉我交媾于万物了。

△我们在利用词语的种、类、属、科，通过句子的情感、旋律、张力，等等，通过词语的不同的矢量组合希望实现客观述谓。比如虚与委蛇，这个成语，在意义上、字形上取象形，读音上很有想象力兼表意——动词，有旋律。像蛇的爬行。

△假设一个主人公，然后度完他的一生。

我有一个想象的人生。[*]

△自由的意义：在没有终极价值观的民族建立终极价值观。

△精灵是存在的，我们无须为此而保持沉默。

△我一再重申自己的提法，形式和形式的物性。这样提的目的在于从思维上绕开习惯的二元。这一点，他们没有注意到。在一个固有的语境下，没有重新命名，也就没有新的东西。

△山上的柿子有些已经落了。冬日南方的风和阳光刻在那段时光。南方开始变得熟了。这风，也让人有心疼的感觉。它让我怀念一千年前的我。

△"人民"是政治修辞。中性。站在最大化一边，就站在了人民和力量一边。我们是如何被囊括为其中的一个原子的？每个原子的运动释放方向之不同产生了不同的治理模式。

我仅仅是作为群众待在群众之间。[*]

我知道，我必须紧紧关闭自己的眼睛。*

△隐喻和象征是同一事物的互逆或共轭表述，它们是一个问题，而不是两个。

△类是一个写作者拓展繁复的方法。每一个局部都可以很精彩。

△写作地址是跟心灵对应的。一些幻想的地址并没见得多有力量。没有地址的写作总觉得没有心灵路线。不要对地名心存偏见。

星星为什么从我童年之后就消失了？它已经消失了么？

△一种声音迅速地使我浸入我的母亲的形象，以及小时候在婆婆家度过的那些时光——这个时候，我的确感到自己在向语言取暖，它就是母语——你的出生地，并伴随你成长、结晶的语言，喂养你的语言，除此之外都是方言。

△西绪福斯神话考：（一）男人认为，西绪福斯推石头上山并不是他的目的；（二）女人认为，推的过程才是幸福。

女性和男性思考同一个神话，在他们意识当中把西绪福斯当成了跟他们性别一致的人。女性思维和阳性视角之间是相反的。生理结构是理所当然的基础。当一个女孩，她的生理意识觉醒就决定了她对事物的看法。互为条件。

一切都是天意。*

△理就是天命，道。存在即合理，不是说发生了的都是合理的。存在是完成时，这样就缺乏合理。合理就是合乎天理。不合乎的就是不合理的。这里面是存在判断的。而不是不加判断。"理"是更高的存在，唯有此才有合"理"。现在，这句话需要擦亮了。对任何现有统治如果认为是不合乎天理的，这种存在就需要反思。否则这句曾经革命的话则变成了犬儒主义们的挡箭牌。

△心律不齐整。有什么事情发生了。*

我经常这样说。我是说我预感到我能预感的。这一点不奇怪，只是目前我的意识层次开发得还比较浅。否则我就说，发生了什么事情，而不是有什么事情发生。物质的连绵决定了我要这样说。

△在写日记的时候，我会思考自己，思辨自己为什么模糊立场。写完之后，又好了，毒排出了。写日记不是习惯，不写也不是懒惰。我需要写的时候，自然会写。正因为如此，日记不是文学，而是写的过程就是自我治疗的过程，通过语言来排毒、养心，自我对话有很好的疗效——语言取暖一说在此可以印证。日记的私密性——即绝对的安全性，觉得日记可以信赖。写日记的时候，有一个想象的对话者，一般是自己（区别于信），它们都属于私文学。私本质上是人性的绝对在场。绝无旁骛。

真实不是现实，而是在场感。

△我选择放弃。放弃。上岸。扬长而去。品味一个背影吧。

△他们就把这片土地称之为祖国。这是一个多么肮脏的词。*

我没有祖国。也没有乡愁。只有宇宙。宇宙才是我的故乡，出生地。*

但宇宙的乡愁又不能相互赠予。

△我喜欢躺着思考——血液在这个时候走得更舒畅，天马行空。最大的幸福莫过于此。*

△他提着篮子走到一块割过的稻田，看到很多鸡蛋。他说，捡起第一个鸡蛋之后，面前就不断有鸡蛋出现。他把它们一一捡起来放入篮子。篮子却填不满。怎么捡，都填不满。

昨天晚上，他遇到很多死去的人，集合在一起，从各个方向赶来。

△整个村子里的每一个人都有帝王情结。不是说，我们还需要一个皇帝，而是每个人都认为自己是寡人。

△他是一个完整的人，这个完整使他看事情内化、孤独，也越来越孤傲，这种孤傲导致了极端的自恋。他已经在企图将自己能量化。

△我的脑子里出现了形象。这个人现实中没有，但突然出现了。我能看到她，她的语言和背影。是一个年纪比较大的女人——有点

面善。

△他身上有一种绝对的东西，他的孤傲、孤寒、孤决。因为坚韧，坚持自己的立场，而产生格格不入的绝世感。一个民族的良心是什么？是对这个民族文化的守护，所有这类人，他们都是这个民族的门神，森林看护者。

△我必须不断地遗忘并让记忆死去。必须忘掉一切，重临词语，和感受。

遗忘我曾经学来的一切知识，回到感受，感性。忘掉那些概念知识，使感受重新伸张，直观到生命。在那一段时间，我也真的忘掉了我认为不可能忘掉的，实实在在地忘了。思维的方式变成接受生命的信息。一定程度上的记忆的清洗可能是必要的阶段。记忆力的退却慢慢地转化为理解力和感知能动性。他们选择记忆的时候，我选择训练遗忘。而要将之前的一切知识体系遗忘显然是需要很大的努力才能走向完整。修复完整。这好像是在说走回去，不是，禅宗说的看山是山，看水是水，到看山不是山，看水不是水，这期间是有一个发生的。从有区别性到没有区别性是一个过程。有我的区别性和无我的区别性又是一个境地。

△思考是对命运的一种觉悟。个体对命运的察觉。知道预言和经历预言。过程。过程的诞生。

感觉上已经过半，可以起跑加速了。

△很多朦胧的东西。都没有答案。比如什么是对手？有没有对手存在？无物是什么意思？

△躺在水上就感觉躺在一把二胡的悲怆上。*

△天上一日——世上千年，本义是说愉快和时间快速流走，染指人的心情，一种心理活动，时间不知不觉流逝；但是，也指涉时间停滞——天上的时间和世上的时间互相参照而存在，这是一个双重同构问题，我的一天，仍然只是一天。需要一千年发生的并不能发生在一天的时间里。但是，时间和空间——比如距离，物理上的

和实际有身体运动参与的，以及只有意识参与的——统一往往被我们简化为对时间的单一感受。实际上，这是一种理解力，你——这个你当然是你的身体，没有到达过已经死去了四千年的夏朝，但是如果你理解了夏朝，夏朝就在你的意识当中存在，就等于你去过夏朝。反过来，你的生命就等于是从夏朝开始活起的。那么你目前差不多就是五千岁了。理解了宋朝，难道不是活在宋朝吗？

△成为圣徒是平凡人生中要完成的使命，也是生命的仪式。*

让它是一匹裸马，自由自在地奔跑。*

△在亚洲的丛林里，需要类似这样一些在思考着的诗人：懂得传统，也懂得现代。

△一个人的话，我关注的是他凝聚不散的很少的那一部分。

写下（说出）一句话的理由是什么？

△当我沉下来观察整个时代——不仅仅是个我的生存处境，我的民族，还有世界、宇宙的时候，我会获得自己的恰当的位格。不论是钙化还是玄腾，扬升，我都愿意进行这种自我观察。

直接说存在和结果，以及词之下的事件。

△简约和繁复并不冲突。简约是视觉和阅读中留下的记忆痕迹。繁复是适度的深刻挖掘。繁复不是繁琐。繁复是头脑的承受力。

没有开头，也没有结尾，这是我一直想表达的我对生命和时间的理解。

△万法唯识。这是宇宙观，所有问题的出发点。最高的创造者——绝对宇宙精神无法命名。我称之为 TA。

△基本方法论：摄心自观。这是东方的思维方式。

△在种族记忆之下，潜意识顶端的层面包含无数个我的记忆。当然，人格实际上是不分层的，但在种族记忆之下，TA 以必要的类比延伸，你以你的这另一个自我意识的面目观察另一个维度。

△意识创造了形象，而不是有了形象之后才有意识。思想向外投射变成物质形态的能力。

很难相信那些宣称自己不是实用主义者的话。

△时间根本不存在，它是意识的产物。是由我们的意识产生的存在。它不残留有任何线性特征。

△局部之静止的总和为静止，即飞矢不动。

我觉得这里是不能使用加法的。就像一条河加上另外一条河之后的总的河流的性质不变。数学中的四项基本法则运用范围是十分有限的。它只是作为概念在用，在有的地方是行不通的。一支笔加上一支笔，实际上是很荒唐的行为。但是人们这样来计算。

△乌龟和阿喀琉斯——这里的前提是，设置了一个时间，并且把阿喀琉斯的速度限定了。实际上是有加速度的，是一个变速。这个问题的实质是一物均分，再分，乃至无穷这个问题；在庄子那里也有过。这也是一个斐波那契数列。

△神秘主义者有一个共同的特点，几乎无一例外承认有一个最高的绝对的宇宙精神存在，诺斯替教、道家、印度教、喀巴拉、苏菲都是如此。这个绝对精神贯通所有一切的存在：所有浪花的降落是我自己的降落，所有群鸟的起飞是我自己的起飞。

意识处于绝对第一位。*

△斯维登堡关于肉身和房子的理论和中国道家的思想、薄伽梵歌所主导的概念不曾有所不同，他认为：他的住房是他灵魂的化身，他用心血扩建、装饰它。据斯维登堡哲学，肉体是灵魂的过程和延伸。随着生命的延续，人和房门、走廊相默契，光与影相应得，最后人与物水乳交融，物我难分，内外无别，投在墙上的缕缕阳光和窗口那阵阵秘馨的植物气息对 TA 来说不是启迪思想的事物而是思想本身，通过这种官能 TA 在冥冥中领悟到自身意识以外的事物。不管是房子还是衣服，都是隐喻。

△梦里的人物既是一个人，又不是一个人。死去的他既在我面前，又在别处代表着实体。

馈赠可以理解为自我分解的繁殖力。*

△读阿拉伯哲学时，觉得柏拉图在法拉比、阿拉比、伊本·西拿等人思想中影响最深，尤其是苏菲们。他们要论证的真主安拉和柏拉图的流溢说有很多相似之处。这和他们一直探索伊斯兰的真理是一致的。他们在把希腊哲学吸收进自己的体系中来。阿拉伯哲学的兴盛跟这种做法也是分不开的。这些哲学家又都是医学家、天文学家，等等，都是一些百科全书式的人物。非常了不起。同时期的中国，处于五代十国、北宋时期，能与之相提并论的思想家只有朱熹。他之后，很快便有一个思维的高峰期到来。这片亚欧大陆的腹地其实接收了希腊化和蒙元时期中国化的双重加持。

△我的思考只面向自然，所有的法则都不存在。神性在人世间的这一层就是这样的。他就是自然本身。

△喜道之人喜欢在坟地静坐，守夜，独居。

坟墓乃清净之地。从佛陀或者佛陀以前，就是亚欧大陆的传统。

我对坟墓的理解不是害怕，而是极微妙的感情。坟墓是用来修行的地方。我情感上的向往是成为一个真正的苏菲或修道士。

△在看诺斯替的一些资料，回头又去读了一下荣格的《七篇布道文》，现在才觉得这个老头写得差劲。几年前，是没怎么读懂的。现在我读出来的味道是夹生饭。荣格将诺斯替教、佛教等东西交杂在一起，写了这样一个东西。叙述的水平也不高。

△昨天，与村里人贾某算白话，谈到秦始皇陵的挖掘，他说，秦始皇要是把坑儒时候的典籍都带入了坟墓，我就认为他就是全世界最伟大的君王（人）。

这个猜想很值得关注。

△伯希和并没有真正意义上完成过一本完整的书。他仍然是后来者难以逾越的一座高峰。

△天赋人权这个天指什么？神权中的神也是指天。只不过，这个神指向了世俗的教会、教皇、神职阶层。马丁·路德的改革就是要把世俗的神职阶层革掉。

天赋人权和中国人的天命思想又有何联系？本来，天赋人权是一种很神性的表达。是说人权要在天的赋予下获得合法性。这种思想在法国启蒙运动上最大程度启蒙了民众。把他们从中世纪的最后状态中拉了出来。但天赋人权并没有丢掉天——天命的。

天赋人权和人类理性的升格是连接在一起的。但是这种理性也是极其微弱的，因为，它不能使人格上升到神格的力量。我怀疑，中国在将天赋人权的说法掰到了唯物主义的立场上进行了单边解释。就算是自然精神——自然法中，也不允许这样来解释。马□的解释一般是做常识性的"总结"，这种总结往往来得太容易。

中国，很多人现在在提君主立宪，又说中国需要一个皇帝！可谁来做这个皇帝？凭什么来做这个皇帝？皇帝就是天子。天的儿子，地上有吗？

中国的宗教现实是不能允许有这个东西的。如果是提倡佛教，而不是儒家思想，那么就不可能有天子。道家更不会有。那么，儒家会重塑这个国家吗？执着一家是不大可能的了。我认为"中华联邦"是中国最好的出路。其理由跟我原来讲的一样。

当天赋人权导向社会属性的时候，必然是人赋人权。政治经济，法律宗教：国家。

只要有死，就会有宗教。宗教并不是我们要仇恨的东西。如果它可以让人最大限度地追求自由平等和爱，那么宗教就是美好的。唯物主义否定这个。唯物主义也从根本上否定宗教。因为它认为没有终极的东西存在，一切都是物质。这也是一条抵达神性的道路。

我问：天赋人权的天作何解？

黄曰：天者自然精神之本也。

我说：那么，神权也是天赋，承于天命。

黄曰：各方各民族在同时间范畴有天人合一之法，但神者万变之不变的心性也，此心性明即能受之于天矣。

我：然。（这是唯识的观点）要讨论天赋人权，必须将神权、人赋人权、天赋神权三种统一起来观之。但是，在中国，是特别的，中国是要将心性也要统一的。要见性。明心见性。

黄：对了，一神论是农业时空的观念，所以西方精神过去了，谁用谁成祸水。

△一神论在宗教上是比较发达的姿态。但是你看，西方把佛教说成是偶像崇拜，实在是不懂得佛教的缘故。不过，佛教中摄心自观的时候，去观想的那些菩萨导致很多人产生了这种错觉。尤其外界的人。摄心自观的时候不一定是去观一个菩萨，还有很多东西可以观。我要去观那最终的东西。佛陀不也是这样吗！直接成为不朽的光体，参与宇宙的创造。成为真正的觉悟者。苏菲们也观自我，观先知。这些是相通的。

△有能量的人是否还会跟原来的人一样想死？转世者只能相识于那些比他寿命更长的人——物质的具象，如一只杯子、石头。

△怀疑是通往真理的开始。但怀疑还只是否定的犹疑状态。请使用否定。并且绝对。*

△以后尽量少写日记。写日记浪费时间和精力，也并非总是有非写不可的东西。

△有人要杀死甘地——我不知这部分仇恨来自哪里。我经常想起这个用静坐和纺车就建立起国家的人。

△立象者立法。*

△印度是《吠陀经》《奥义书》和两部史诗树立起来的民族形象。哪怕没有印度（原来的大印度），印度还是活在这些经典里面。中国也同样如此，中国活在那些伟大的著作当中。

△生命本没有死亡。出生和死亡不是生命的两端。生命之中有许多出生和死亡。生命本身没有开始，也没有结束：生命和永恒、时间是相等的。

△思维在一个白天和黑夜会出现一个意识的高潮，能量高点。但是睡觉之前这个高潮会退去。第二天起来又从昨天的落点开始别

的思绪活动。这个落点具有不确定性。第二天我不能继续昨天的思维——它只有痕迹，如痕迹般的存在。重新回到昨天的状态很难。

或者根本不要幻觉能够回去。我们随时可能停下来，在这一天，在此时此刻，在呼和吸甚至更微小的这一刹那。

△《西游记》中有两个悟空；《水浒传》里有两个李逵。文学中的变体具有普遍性，连上帝都有另一个上帝——撒旦。*

△鼻饰—— 一个蝉壳一样的装饰品。

我把这样一个东西戴在自己的鼻梁上。

第一次看到一个新的自我，立即觉得自己将来也就是这个样子的。这很奇怪吧。但我认为自己将来就是这样子的。这是意愿。不是说我和新我一样，而是说有共同的意愿。如果要把我从我之中区分开来，那是枉然的。没有必要。我既不附着于他，他也不会附于我。这也不是注重外相。而是相缘。你们会在别人身上看到我。或者说，那时的人就看到了我。

△处于时代的泥淖之中，在这更大的泥淖——山体中，我才能看清楚外面发生的事情。*

△天才诞生在与自己和别人的隔阂当中，他是一个光明的象，甚至天使的象。世人却都将其认作癫子。*

△虚无的毒药要如何摆脱？宗教探索的只有两个字：生死。有的宗教只面对一个字：死或生，生或死。美学不能取代宗教的地方在于，美学不能了生死。这样的美学当然是肤浅而不得要领的。

△大自然的严谨在于允许河流可以犯下自己的错误。*

△人生是一个不断返工的工程，命运帮助我们修正自我，自然也帮助我们，唯有我们自己要善于聆听这种修正的旨令。

△我站在一棵树面前时，我会真实地感觉到它是我的祖先，连绵的大地也是我的祖先，整个宇宙是我的祖先。

△伟大存在于自我的内心，那些做到伟大的人，是值得崇敬的，他是一个时代的义积，而我们不知的伟大却在我们每一个人身上。

△河流把歌唱给谁们听？*

△五四以来的两样东西只有一样是合法的。当一些人拿着另一种东西当救命草时，他们已经犯下滔天之错。

△最好的作者都是把自己藏在日记里，然后再烧掉的那些人。

△整治伟人的办法就是天收。当然，小人物天也要收。最终他们还是在一个命运周期里各自完成自己的一生。写小人物是为了表现大时代，写大人物是为了表现小人物所在的时代的伟大或糟糕。

△所谓的完美从来就是不存在的，我们所谓的完美指某个范畴的确定性和秩序的建立。

△诗人是一条蚕蛹，他的作品才是那只斑斓的蝶蛾，而灵感不过是蚕蛹之前的虫子所产的卵。好的诗人则随着蝶蛾将自我遁入了那斑斓之中。诗人易朽，而斑斓本身是不朽的。

△形容词是专门提高声道，折磨别人的。但是我们要准确地形容一个事物的时候，那个象却总是迟迟不降临。显然，形容词不是形容。那个象还是要通过耐心细致地描述才能获得。

△约定的模糊性和准确性，比如青绸之下的乳房，我们知道那是乳房，所以不必掀开，我们所喜的是隆起传递的信息，因此，约定是在读者和作者的头脑中共谋建立起来的。

△音乐如此抽象，但是我们尊它为美。小鸟的歌唱谁也听不懂，但是我们觉得好听。好的语言作品，有时候也应该如此，我们仅仅感受的是作品传达的抽象情绪，或者旋律。好的绘画要从那固执的象上松动下来。

任何创造都是新的创造。*

△模仿别人的痛苦拯救不了自己。*

△战争才是真正的哲学。

△战争是财神，摇钱树。

△每次走在这乡间小道，我让所有的树开口说话，让太阳开口说话，让石头开口说话，让一切坚固之物开口说话。

我从不怯懦寂寞，整个宇宙充满灵性。*

△传统中断了，我们这一代如此贫乏。文学、艺术、音乐，几乎所有领域的革命都是以肉搏的方式在抵达。

△他们总是打着灯笼在寻找一位好人，往往好人在死后才成为他们颂歌的佐料。

△睁开眼睛能看到什么呢?！东方人骨子里很难认同整个人类命运的起始点是——原罪。

△今天，我到院子泥板上跳舞。即兴跳了一段。光着脚板。我想感受一下在地球引力牵引下的人体动作如何产生。细细体会太阳神经丛发出来的感觉。

我好像站在一片静止的水上。*

闭着眼睛。周围的声音一下都成了我的伴奏，树叶声，夏日的午间鸟语言。我好像航行在森林一般的海面上。如果头发还是原来那么长多好啊。穿上长袍，舞者。顺从身体发出与天体交融的感觉。没有任何规范的动作，只有纯粹的感觉验身，对一个地球人的呼应。舞者，天地之间，唯一的感应物。

我，一身白色的长袍，光脚，长发，有女人的胸部，男人的阳具，在烛火摇曳的海面，流淌着大峡谷收集而来的原始声音，然后起舞。

△锁精和三炉同启出现的现象，直接影响的是性欲，一开始是减淡，后来慢慢失去性趣。精力却旺盛起来。但这也可能是与 TA 的精神交媾所致。这种愉悦取代了肉体的愉悦。

△冥思是工作自我，是由人格汲取神格的旅程。*

某物 a，二分，再其一二分，如是下去。这个过程被认为是无限的，被分之物趋于无穷小；反之，某物朝相反的方向增加，再增加，这个过程也是无限的，被增加之物趋于无穷大。某物可以是任何物。

我们选择了前面的路，它就是粒子对撞机。后面的路就是《金刚经》魔咒和无限宇宙。

△一只眼睛看东西是直线的。用一根手指很容易挡住它前面的一个点。但是用两只眼睛看东西，一根手指挡不住那个点。一只眼睛具有精确性。两只眼睛具有模糊性。但是人类为什么用两只眼睛看东西而不是一只？

△我有一张用旧的脸。*

△我在等风来，而风不来。

△每一枚松针的体内都藏着大海，我听到大海的咆哮。

△在这蛮野的乡村，欢乐在无休止地流淌，茂盛得犹如一大片星星跌下悬崖的死亡也没有带给他们更多的悲伤。

△雨落下来了，泥巴也溅起来了。啊，连雨都懒得去做一个道德唤醒者或田园诗人。

△地面被夜色打湿薄薄的一层。

△我心里装着宇宙，却倍感空虚。

5.6 黑色水稻田

讲述者：景凡
谢秉勋作品

四老爷掏出一角钱，递给牌友羊牯子，再把解开的上衣一一扣上，食指在嘴上轻轻一抹，继续抓牌，他解开第三层衣服掏钱时，羊牯子看到里面那件料子很鲜的圆领衬衫，不过，他没多理会，他把那一角钱人民币举起来，朝着太阳光眯了一会儿，收进兜里。

这局牌打了很久，直到热佬落山。桥头的其他几个牌桌已经收走了。四老爷的那些毛票子也从第四层口袋流到了羊牯子的袄衣兜里。打完牌，四老爷走下桥头，沿着几块水稻田，向家里走去。

四老爷的房子在一片稻田的边上，稻田里蓄满了过冬的水，水色油清发亮，汤错的山脉，岭上的白云，都装在里面，微微地晃动着，四老爷的倒影在这些不规则的几何图案上微微地驮着，一起一伏，他要经过长长的田埂才能走到稻田边上的那间屋子；大白不远不近地走在前边，到了路转口的地方，就站住，往它的主人看看，等到主人跟上来了，它才又走动起来。

这时，四老爷盯着他那条纯白的狗子说："走吧，大白，不用等我！我还走得动。"说完这句话，他觉得自己真的就不那么老了，脚下也变得轻快起来，提上劲，跟上大白，一前一后地走在那些细腻的田埂上。

"你总是输的！老四。"牌局结束的时候，羊牯子一边把牌插到兜里，一边跟他说话。老四走下桥头的时候，还在回味羊牯子的这句话，当他走到那七拐八拐的田埂上时，这句话仍在脑中像一只苍蝇一样在回旋。这样，走着走着他又慢了下来，大白又在等着了。这回他没有攒劲跟上去。

眼前这片黑色水稻田，冬天的水亮亮的，它们那么亮。水稻田似乎永远不见憔悴，依然那么黝黑。他不由得停下了。

这片地是他开垦出来的，每天从床上爬起来能够看着它们，心里就觉得舒坦一些，那像一服药，但这些稻田并不属于他。羊牯子那张马脸也老在脑子里晃，马脸背后还隐隐约约有着一张女人的脸，它们有时候重叠在一起，有时候又错开，但都是羊牯子的声音……

"你看是曷门个台吗？以上是我头腔里个景象。"我问坐在板凳上抽烟的羊牯子，一边念给他听。末了这里不好，对我的描写不真实哇，我很了解老四，我们是一起长大的，我在他心目中不是"马脸"，而是一张有情趣的"丝瓜脸"。那条狗也不叫"大白"，叫"芝玉"，是汤家那个女人的名字。很少人知道这个，除了我。

很多年了，民国四年吧，他和他哥哥从南边到汤错。他那时候才十来岁，他哥哥稍微大一点。他们的祖上跟朝廷过不去，造反。

后来就逃命咯，老四跟他哥哥逃到了汤错，帮汤家放牛。那时候汤错还没有现在这么多的人，眼前的这些稻田也是后来我们挖开的。十五岁汤家就不叫他去放牛了，让他去犁田。那时候，他就不怎么唱歌了。

老四的阿爸从小就教他唱山歌嘛，到了汤错以后，放牛的时候也唱。汤错这边有很多好歌子啊，他不会唱，就拼了命地学，在汤错的对歌节上他学会了不少子。我也会，但我不教他。他给我钱就教，一个铜子教一天，一个歌子。老四说能不能教两个，我当然不干。

他把我教他的歌记下来，用木炭写在木板墙壁上。他哥甩了他一耳刮子，这么长一大刮子。

他伸开双手量度那个耳刮子的长度和力量。

我跟他说，"写吧，写吧，冇台个"。有一天汤家发现木板墙弄坏了，把我们吊起来。是他哥哥认的错。汤家饿了他们三天，饿完了还要把墙壁抹爽净，否则就要劈死他们。三天下来，破烂得跟腌菜一样，蛮久不能徛直起。[1]

那之后老四就不再写什么歌了，墙壁爽爽净净。他哥哥在外面跟着汤嘉言跑生意，老四在家里柴房劈柴。我做完了事情就回自己家去。

冬天来的时候，汤家看到柴火上都写满乱七八糟的东西，它们在灶炉里劈劈啪啪燃烧很旺，这些柴好邋遢呀。那女人说——汤家的小女人，对抱柴进门的老四乜野道，这是你干的吧？劈柴都劈成这样。老四一声不吭。女人继续数落，老四越是不吭声，她就数落得越有劲。直看到面红耳赤的老四不知道进退的时候，她才说，你走吧。

这是一个姱嬒[2]妹儿，那骚脟样闻一鼻子，十天半月困不着觉。年纪比我们还小，嘴巴也刁。汤家没有儿子，所以才填这一房的，

---

① 徛直起〔ʤi³¹dai³¹ji²¹³〕，站起来。徛，站立。直，音戴。直起，起来，起床也说直起。

② 姱嬒〔kwai³¹tai〕，形容长得好看。

这也是那时候的习惯。已经是第三房了，可是汤家依然没有儿子。

在羊牯子说话停顿的间隙我又写道："四老爷走得又轻快了一些，不过并没有加快，他只是觉得自己很轻快。水里的倒影走走停停，一起一伏。"羊牯子卷了口烟叶，用唾沫粘上卷边。我把打火机打起，火苗像一柄小刀子，伸到他面前，他吧咂了一下，便腾起一股白烟。

他接着说，后来，汤家把三女儿给了老四他哥，至于老二是怎么把汤家三女儿弄到手的，我现在还不明白，只记得那些个年头闹荒灾，汤嘉言去乔镇买粮的时候，他哥哥帮了他很大的忙，回来之后，就对他哥哥好些了，还有些惧他。

老二的好命完蛋是汤错解放那年，共产党说要斗地主反霸王，他掩护汤嘉言逃跑，还没有跑出龙埠坳就被抓了回来，在桥头一起给枪毙了，还有汤错的其他一些大户人家的头头。

枪毙那天桥头挤满了人。当时我在想"以后怎么活啊？"很多人都是这样想法，不能接受这个现实，可是听说可以分财产分田地，大家就又来劲了。枪响了过后，一个个都疯了一样。我分到了汤家的大房子。你不能不承认，我也真是一个角色。

老四当上了文艺队的队长，也不错啊，带领队里的人练习"长工车，长工车，工车工车长工车"，也唱《东方红》和《北京的金山上》。我是公社的头，算是改造过来的典范。

有一天，老四从演出的队里回来，老师公叫人让他过去。

"过去干什么呢？"

干什么我就不晓得了。不过后来我问老四了。他说，他站在老师公的黑屋子里头，看到他躺在黑漆漆的床上，老师公跟他说有部书要给他看看。老师公把书给他，封面是牛皮或麂子皮的，用鸡血写了三个字。

就是那个《指路经》嘛，里面记着汤错祖上迁移的路线图和用歌子写下的古怪东西。第一章是起鼓请圣，第二章是开天辟地，我记得前面几个，反正最后一章是倒鼓，师公念咒语：

"立起千人墙万人墙，人来有路，鬼去无踪。"

然后画符返回阳世，这些都记得清清楚楚。这是汤错先人传的，送亡魂上路都依靠它，老师公说要把它交给老四。老师公去世后，老四把书保存起来，很多次有人来要，他都没有给，就是看看他都没有答应。老师公交代了，这是一本很重要的书，对汤错来说是蛮重要的。他开始读这部书，他很快成了真正的师公，在汤错渐渐搞起了点名堂。

解放后不久搞地方文化普查，上面来了人，专门找这些老古套东西，但是他没交出来，觉悟不够。他们一走，他又忐忑，想搞明白这东西到底有什么危险，这是他傻的地方。他把书交给来大队，大队领导带到乡里去。上面收到这本书之后就把他传了去，说要给他改造改造思想，学学马列。他在乡里改造了一个月，回来的时候，领导说："回去吧，书留下，这样的书要销毁，它对我们阶级斗争和社会主义新文明建设没有好处。"老四点头同意。回来之后，他又开始出现在生产队的演出队伍里。

"长工车，长工车，工车工车长工车"，我耳边回响着老四教歌时的这种声音，腿上还捏拿着一把二胡，坐在大队门前。我不住地写道："他在田埂上走得越来越慢，大白不停地回头，但他没有注意到。"

我问羊牯子过去是什么。

过去是一碗甜酒。伟大运动开始的时候，老四的家被抄了，大家——"等等，大家指谁？"——从他家里搜出了那本鸡血书。大家当然是我、我们，还有我一些伙计。四老爷，这时他们已经叫他老爷了，一下子就成了被批斗的头号人物。在批斗大会上，当众烧毁了那本书。又说，他的哥哥老二是地主的狗腿子，在一阵喊打声中，他的脑部受了伤。前不久，老四回去，一跟头栽进了田里，很多人都看到了，就是那个时候敲坏了脑壳子。后来他常常感到眼前发黑。

从那之后，我们就很少见到他了。他被分派到生产队的猪棚里养猪，他看到猪栏里的猪在茹什么东西，近了才发现，那是一具女尸，头部敲进一根黑色的小钢管。脑浆流出来了。那些猪正在拱着茹那血污。而奶瓜袋和兜肥（汤错话，即女性生殖器）都被割走了。他闻得一阵恶臭，一路呕着经过公所门口，又听到有人在说话，他们也在讲那女人的东西被谁切走了。有一个人说，那东西茹了。

运动结束以后，他成了五保户，就不再出门了。大家又请他出来到桥头唱歌，叫他四老爷。那个老四已经成为过去，你们是读书人，你们看，当一本书翻到新一页的时候一切又都会变得崭新，可那前面的一页又在眼下。我经常看到他在桥头，打打牌，散散步，可不再唱山歌了就是。一次上面来了些人说要找一个叫王起山的人。我指着桥头打牌的老四说，穿大棉袄的那个就是。

他们说："大爷，您好，我们是记者，听说您知道一些汤错的《指路经》？"老四仿佛没有听到他们问话，继续理自己的牌。

老四这个人呵就是有点犟，不理人家，我随便说了一句"那些书都被烧掉了"。他们就马上围住了我，他们问我晓不晓这部书。我说"晓来"。于是他们就围死了不放。我不得不跟他们讲那本书，其实只讲了那本书是怎么烧掉的。老四始终没有说一句话，只顾打他的牌，我忙了半天，才把他们打发走。

我问他为什么不保存副本。羊牯子说："怎么可能？能烧掉的都烧了啊。"

讲到这里，一帮人叫去跑胡子，话题就岔开了。这是头一年，我回老家汤错的时候，开始写这个故事的。我的书房在山南边，屋前有很多竹子。站起来，越过马尾河，望过洞里去，能看到四老爷的那间老屋，还有那片黑得发亮的水稻田。故事没有写完。四老爷还一直在走，走在我的纸上，那些田埂上，我原本想好了故事的结局，可四老爷就一直梗在了我的这个故事的这里。

我想好的结尾是这样：三年后，老四死之前，把羊牯子叫去，喝了一通米酒。跟羊牯子安排了一下他的后事。要把他葬在他哥哥的墓旁边。因为王家在汤错没有别的人了。地是他自己选好的。死后的东西都给羊牯子。果然，一次喝了酒之后回家，一头栽进了水稻田。想来，这也是一个合理的结尾。

但事实上，现实中，四老爷的死来得更早一些，是在我写完这个故事的那年差不多入冬的时候。

还是桥头。

砌完大二①，四老爷和大白走下桥，在那些细腻的田埂上，朝自己的家走去。从桥头上望过去，他在那些奇怪的几何图形上不停地走，像是在走一座迷宫。

第二天早上，太阳起来不久，羊牯子出现在那些细腻的田埂上。脚法不便的他，今天走得很着急。他愤愤不平地朝四老爷的木房蹭去，"老四竟然衄我。"羊牯子一边说着，一边加快步伐。昨天他赢了四老爷的大把毛票去买烟。售货员问他要什么烟，他说"中南海"。"大爷，今天要这么好的烟萨！""高兴萨。"他掏出那一大把毛票，一张一张地数着，从中捡出了一半的样子，递给售货员，他说："容合，你数数看。"售货员接过一沓票子，看了看，说："大爷，您这些票子都是哪个时候的哪，过期钞票了萨。"

羊牯子就是为了这事来找老四的。他很快拐完了那些曲折的田径，来到老四家门口。大白不在院子里。他直接去敲老四的房门。敲了一阵没有动静。于是再敲。还是没有动静。大白也没有看见。他感到有点不对劲了。用力撞门，可是撞不来，他扶着拐杖，大呼小叫朝桥头去了，说老四出事了，老四出事了。大家听到他的叫喊，都朝四老爷的木房子跑去。当门被撬开的时候，大家看到四老爷安静地躺在自己的床上，黑布蚊帐下的四老爷安安静静的，已经死去多时，身体僵硬有如一架风车。那只跟了他一生世的狗坐在床前，始终没有再动过，但尸体到哪，它跟到哪。

---

① 砌大二，指打字牌，也叫跑胡子。

汤错的人忙着张罗，马上派人给老人换衣服，穿寿衣，准备入殓，当他们把衣服脱到最后一瓢的时候，发现那是一件女人的衣服。而老人生前用过的东西都抬到了祠堂前准备烧掉，人们抬着一只大木箱，当他们打开箱子的时候发现里面还有一个小箱子，再打开来，看到一部三卷的《指路经》，都是血色的字。羊牯子说："四老爷之所以不出门，就是在写这本书，他一字不落地全部背下来了。"

老人的下葬日在三天之后，也就是说超度的时间是三天。天黑尽下来，丧场已经开了，灵棚也搭好了，汤错又响起那消逝久远的鼓音："盘古开天地，明月降人间。人有出生日，一年复一年，寿数岁岁增，与地共生存……去到诺日地，人人归那里……"羊牯子在人群的最前面，他主持丧吊和法会，照书念道："师公我在此，已把你来祭，亡魂独自行，师公我的魂，留在丧场前，不能随你去……"话音一落，卧在他身后的大白像一摊水从地上旋起，从他两条弓形的腿弯中穿过去，走到棺材下面，转过身来面对着站在最前面的人。

这位老人，自他看清楚了老四身上那件女人的衣服之后，他的脸色一直都很难看；但是基于某种力量他一直很好地站在人群的最前列。大家想劝他回去休息："您老毕竟年岁大了！"羊牯子回答他们说："虚岁九十了啊！"他给自己多虚了三两岁，刚好凑了个整数。

5.7 南襄头

讲述者：谢向氏
谢秉勋作品

南襄头　　　　岭西省这种提法对很多人来说还是陌生的，岭西没有岭南那么好听，事实上，如果不是重新划分，它还属于岭南。在汤错的族谱上，这也算是一次不大不小的变动吧。岭西是我的家乡，依然还是那么多的山。一九六〇年，这里发过一场大水，今天的老人还常常提起。在祠堂的长凳上或桥头，他们扎堆闲聊，一个又一个空气清新、阳光明媚的下午在今天有什么事明天有什么事这样一些疑问与反诘双向驱动中悄悄地滑过去了，即便没事也生出一堆事渣，除非人物存在活人的头脑中，或事件本身留下有纪念意义的痕迹，比如十字坡上的小教堂，奶子河的纪念碑，秦城遗址，等等，否则就都要被忘记。对于过去，汤错的老人们在算白话的时候顶多追忆到自己祖父一辈，再靠上就用模糊语气了。关于爷爷的事情也是这样。爷爷出殡前的那几个晚上，在灵堂棺材上哭丧时，我断断续续听到有关他生平的一些事情。但此时躺在棺材里的人，和所有在世上度过光阴的人一样。简简单单地生下，简简单单地经历时间。

我爷爷曾把自己比喻成院子里那棵柿子树，由一粒茹剩的种子下到土里，然后索性长了出来，并且长大，直到要结婚生子。爷爷从他父亲那继承了一亩地。由此，我知道，他的父亲生前有四亩地，因为他还有过三个兄弟。那地还是大清帝国时候，他父亲弄到手的。每个人都从自己的父亲那得到一份地或许还有一份山。尽管我不知道他的智力财富是多少，但在汤错的那一亩地成了他财富的象征，土地改革的时候，在洞里的那一亩地进行了重新分配，他得到了另一份地，从而失去了自己祖上的那一份。这意味着，就此，除了血缘关系，他与自己的祖先再也没有必然的因果联系了。同样，这也意味着一个新时代的来临。汤错的那些大山和田地再也不属于那些曾经阔过的人，它们像糕点一样分到了所有人手中。因为那一亩地，在土地改革中他还是富裕中农，也许正是因为这一亩地，他才娶回一个女人，南白氏。

所有的聘礼只是一只南瓜。这只南瓜送到白家的时候，这个女人就跟了过来。就这样，他有了自己的女人。南白氏前三胎都是女儿，最后生下一个儿子。算是那一亩地的继承人，南裹头欣喜若狂，说："儿子，是儿子呀。"

已年近五十的他，一会儿就倒在了地上，不省人事。他认为，如果自己没有儿子，那么就相当于没有后代，就相当于自己的血液将从地球上彻底消失殆尽；个人对后世施加影响的唯一方式就只有儿子这一种方式，没有别的；没有儿子就绝种。事实上，有女儿也一样，女儿也照样可以播洒他的血液，但他似乎没有想到这一层，我想是这样的。这是一种生生不息的观念，它们更像汤错某些坚强的植物。

周岁时，他宴请邻里和亲朋好友，让有文化的先生给取了名字，叫南贵贵。南贵贵之后，他老婆再没有生下什么。

南贵贵八岁的时候患天花死了，这是多么巨大的不幸，南裹头痛不欲生。他把自己的儿子放在床上，用被子盖得好好的。自己睡在儿子的身边，后来，实在太臭了，族里的人把他绑走，把死去一个多月的南贵贵抬到水口山埋在一个他找不到的地方。

南裹头的头发白了。老人走在路上，嘴里轻轻地断断续续地说着话，听不清楚他在说什么，他扶着拐杖，坐在家门前的藤桥上，看河里的孩子玩水。脸上时不时露出天真灿烂的笑容，阳光打在脸上，那笑要说多好就有多好，他自言自语地说，呵呵，我的儿。

孩子们走了，他走下河，在江边抱起一块圆圆滚滚的石头，稳稳地走回家。那块被马尾河的水洗得苍白的石头，还有阳光晒烫的味道，他把它放到自己的床头，然后自己也爬上床，跟它睡在一起。

"贵贵？贵贵？……"

那声音从他身体的各个部位渗透出来。而院子里那棵柿子树，是结婚那年种下的，这时候，已经能开出很多花来了。

一九六〇年秋后，汤错进入了普遍饥饿状态，可以茹的都茹了，没有茹的就剩下人肉了，大部分人放下活，去山上挖草根、蕨粑。一些人无法忍受饥饿，茹观音土，大多因无法消化，到第七天裹了一肚子泥巴死去。南裹头失去儿子后，跟丢了魂一样，不再干活。南白氏不得不上山去挖草根和蕨粑。

那几天天气很好，但没有想到突然来了一场大雨，把人从山上赶了回来，南裹头的女人也背回了几斤蕨粑。

那天晚上，他们好好茹了一顿。应该说很多人家都好好茹了一顿。"最后的晚餐"这个词，最早引进汤错的人应该是安神甫，但是神甫一死，大家也就忘记这个词的确切含义了。如果他们记得，在回忆那顿晚餐的时候又会是怎样的情形呢？如今人们再想起蕨粑这个词的时候，已把它当成苦难的象征，还与一场洪水联系起来。要是有人说"我是茹过蕨粑的"，意在表明自己是经历过一九六〇年的。当初，它带着苦难色彩，今天却把它当传奇故事，成为祠堂和桥头那些老人的谈资。

那场大水之前，没有任何迹象表明，它将改变这片土地上的某些结构。沙洲、河道、大片的水稻田、沿马尾河修建的房子以及河上的藤桥，这些东西历来就是这样的。千年不变。改变格局的唯一力量来自大自然。这说明这片土地的古老和荒凉，这只是我现在的想法。以前，我认为汤错就是人间天堂。不过，也有可能我将再次改变自己的看法。

但是，洪水来临的时候，方舟并没有降临这片土地，就是汤错最古老的创世神话中的雷公也没有重新降临。滔天的洪水从马尾河的上游奔雷而至，那弱小的村庄一触即溃，房屋和牲畜被洪水吞噬。房子从洪水里浮起来，向下游漂去，漂着漂着就散架了。离马尾河远一些的人家，亲眼目睹了这场持续一天一夜的大水，即便在今天，从老人的嘴里还能品出那场洪水的凶猛与残忍。

从地理上看，马尾河不会有这么大水的。因为汤错离河的源头不远。老人说，是啊，可是那年，从南迦巴瓦山两条主要山脉流下来的马尾河，因为上游的山滑坡，半座山堵在河里，把水蓄成一座山脉一样的大坝，最后大坝倒塌了。这似乎是最符合逻辑的解释。今天，仍然可以看到那滑下的半爿大山。

洪水喧嚣了一整夜，第二天，从潮湿中醒来的人发现，马尾河两岸被淤泥抹平了。新鲜的泥巴经水掺和，弥漫着一股股难闻的腥味。我小时候看到过的大树桩，原来就是那座奇特藤桥的残留部分。被水冲断后，那条能当作桥过的藤再也没有了。洪水走后，大家沿着新河道往下寻找，希望找到尚未冲走的木头和铁器。

水口山的大柳树上，有一个人赤裸裸地挂在树杈上面，双手死死地抱住树枝，离地面有十来丈高，树的最上面有两个喜鹊窝。有人取来很多梯子，架好爬上去，把人弄下来，清洗掉身上的泥之后，看到这人是南襄头。还有口气。

人们又陆续往下游找去，相继找回了几具尸体。而南襄头的老婆、女儿、邻居都在睡梦中就被大水带走了。大水冲走几十户人家，淹死三百多口人，牲畜无数。得以幸免的是住在离马尾河较远的人，在山上挖草根没有回来的人，以及个别在外地上学的小孩。

洪水一过，大家发现，南襄头反而清醒了许多。他领到一个失去父母的小男孩。南襄头砍回木头，挨着山脚，建了一座小小的木头房子。用杉树皮盖了顶。

大家看到他竟然带着孩子上山挖蕨粑去了。

冬天的时候又回到汤错。在那个漫长的冬天，南襄头牵着小孩的手经常在田埂上行走。第二年春天来时，南襄头准备在自己的地里种庄稼。他借来牛，耕了一整天，弄完了大部分，剩余的用锄头挖完。就在那时，老人的眼睛渐渐变得看不清东西。三年下来，瞎了。

老人的脸却是那么安详，他望着汤错的大山，一动不动。白色的云朵静静地伏在山梁上面，像不受惊吓的兔子，庄稼里所有的声音都有条不紊，鱼摆尾的声音、蛐蛐、青蛙、鹅、水声、狗叫声……要不是他走路的时候，那根拐杖呈现出探路的样子，人们还会以为这仍然是当年的南襄头。

"贵贵！贵贵！"他经常叫着儿子的名字。他的声音像一根绳子，能牵住儿子。而儿子也经常牵着他出门。

在大队供销社的小广场前，很多人围成一堆。里面有琴声传出来，听得很清楚。接着是人唱歌的声音。迫于生计，南襄头带着他的儿子走上了一半乞讨一半卖艺的生涯。开始的时候，只在汤错附件的银盆岭、桐梓坡、响水三个村子，后来到了镇上，再后来听说还去过省城。

南襄头的二胡拉得很好，会拉的歌曲越来越多。只要听一遍，他就能拉上来。还教会了贵贵。于是他们又添了一把琴。两个人一起拉，可以挣多一些钱，不致饿肚皮那样子。

一年春后，他们又出现在汤错人的视野里。这非常新鲜。很多人说，他们是坐火车回来的。还有人说，他们在外面发了财，就回来了。其实都不是，他们的钱被其他乞丐抢走了，只好回来。再则，在外面，也算是见过点世面，老人突然决定再走几个城市，挣点钱回来送贵贵上学。

不管怎样，我觉得这是一个天才的想法。因此我对眼前躺在棺材里的人充满敬意，是汤错几个伟大的人物之一。南襄头对他的儿子说：

"贵贵，明天我们要去上学了哦。"

贵贵说："我要拉琴！"

"拉琴是好，可拉琴只会留在山旮旯儿里种田啦。"

大水冲走学校后的教学活动都安排在祠堂，没有重新修建。祠堂门口的大木板上刷着白底红字的《毛主席语录》，汤教员住在祠堂后面的小侧屋。教员不教书的时候在家里种田。他每次回家都要从江边扛一块石头回去，大家问他这是干什么，他说毛主席教导我们，要有愚公移山的精神。

南襄头拉着贵贵的手，站在学校门口。汤教员正在上课，给孩子们朗诵《毛主席语录》。朗诵三遍后，就让孩子们一起来读。对汤错人来说，这是一种新的语言，新的说话方式，比如乱弹琴这个词，在以前是没有的，后来就有了。一分为二地看问题，先前也是没有的，现在有了。人们对这些新词语也有好奇感。并且常常用在意想不到的场合。这些词语的普及汤教员是有功劳的。他是汤错的新式人物。从他嘴里人们总能听到有些新鲜的东西。不过，也有人反对，学校里不教漂亮的古文了，那才是有学问的象征啊。

汤教员看到了南襄头，以为有事，他让孩子们继续念语录，然后走了出来。南襄头说："汤老师，我想让孩子读个书。"

汤教员微笑着说："好哇，先注个册吧。"

"哦。"南襄头拉着贵贵，跟在汤教员后面去他的小屋。他从墙上取下一个本子，再从上衣口袋里把别在上面的钢笔取下来，轻轻地扭开笔套，说："叫什么名字？""南贵贵。""多大了？""十二。"

"嗯。"汤教员仔细地写上。可是钢笔没有水了，他又取下钢笔上的套筒，在墨水瓶里，一下一下地捏笔胆，毫不含糊地捏了三四下，才又把笔筒套上。他握笔的方式和毛笔差不多。他又忘记孩子叫什么了，于是又问了一遍。这回写上了。

"本本拿来了吗？""什么本本？""户口本。""冇有。"老人回答。"那先回去，把它带来，注册业是要户口本的。"老人有些慌张，扯了扯拉着贵贵的手，要走，他说："那我明天再来吧。我们明天再来。"

老人拿着户口本去找村长，村长沉吟了一下，说："老南啊，登记户口的现在冇下来，过一阵再话？""那孩子还要上学不？"

"先让他在家里做台，大点再上，业一样嘛。"老人一只手拉着贵贵，一只手捏着户口本本，跟在村长后面："上面没有贵贵的名字了。贵贵还没有入户了。那孩子还要不要上学啦……"

老人和孩子往家里走着。贵贵一路上伤心得哭了。"别哭呀，贵贵，不哭的孩子才是好孩子嘛。""……"

第二天，他带着孩子去了桐梓坡，那里也有小学，那是他妻子娘家所在的村，当知道自己小舅子这几年当了村长时他很高兴，可小舅子也说不行。他不能违反政策。那寄读吧。寄读也不行啊，姐夫！村里的人看到南襄头这样，就说了，孩子是大了点，有些憨厚，但总业要上学的嘛。于是就有人出来替他说情。说情也不顶用。

他打听到银盆岭那边有个自己以前认识的做村长，又带着孩子去了。曹村长说，就在这边寄读吧。户口的事，慢慢来。

老人啪一下要跪下去。曹村长眼疾，马上挡住了，挡的动作轻描淡写，也看不出什么。

他卖了一只母鸡交了第一学期的学费。把鸡蛋鸭蛋拿去卖，每次能得几分钱，给贵贵攒着买作业本。开学的时候就卖母鸡。这样熬完了小学五年。

贵贵被推荐去镇上上初中了。老人说不出心里有多高兴啊。他拄着拐杖到各个村子去借钱。一天晚上没有回来。第二天，有人发现，他倒在路上，奄奄一息。晌午时分，才被人背到家。

发现他的人说，老走夜路，穿的又是草鞋，不被蛇咬才怪咧。幸好只是咬到脚踝。而那蛇的头被老人用镰刀割掉了，蛇段被他当着绳子在小腿骨上打了一个纠缠不清的小结，抵挡着毒液没能流回心脏，才捡下这半条命。蛇头一直都叮在脚上，没扯下来。

老人的小腿变得黑乎乎的。草药师从土铳的子弹里弄了些硝，抿在伤口上，划了根火柴烧了一次，才把药敷上。

老人咦了一声醒过来。脸上清晰地挂着几粒烧焦般的汗珠。

老人在家躺了两个月也不见好。

开学的时间到了，银盆岭的曹村长过来，说他把孩子送到镇上去吧。老人自然感激不尽。孩子去镇上上学，不久老人的腿也好了。孩子一个月回来一次，拿点米、杂粮去学校。

老人从村上拉琴回来，远远地听到琴声，他走近了，知道是贵贵回来了，坐在檐下拉着一首新歌，可还不到月底啊，老人问他。贵贵说："想琴。"

老人没有吭声。他默默地从身上取下琴，坐在小板凳上。父子两个在黑漆漆的月光下拉着同一首曲子。老人拉得幽缓不急。贵贵拉得高亢雪亮，可是老人的琴声始终清晰地穿插在他的声音之上。

两人在屋檐下拉了很久，直到深夜，始终没有说过一句话。可分明感到那声音像泪水一样在哗哗地流。

第二天，贵贵又去学校了。

端午节那天，老人跑去银盆岭跟曹村长说，想去镇上看看儿子。曹村长说，正好要去开会，就一起去吧。其实曹村长并没有什么会。他见老人想去，就顺便找了个借口，说是去开会，这样就不太为难这个老人了。老人本来有些不好意思，总是麻烦他。既然是开会，那也就没有太难为人家了。他稳稳地坐到了村长的自行车后座上。

镇上的中学在江那边，一座两拱的水泥桥通向学校的大门口。老人在桥这边突然停下来，向桥头他熟悉的一个小小的供销社走去，说要买点橘子。曹村长在桥上等他，看着老人侧着脸在跟人讲价。

"橘子多少钱一斤？""一毛五。""一毛卖吗？""不卖。""一毛一呢？""不卖。""一毛二呢？""不卖。""那一毛三呢？""不卖。""一毛四！""你有毛病！"

老人的脸顿时煞白，这时曹村长走过来，对着售货员说："称五斤。"买好橘子，两人走上桥，老人突然不走。他把手上四个煮熟的鸡蛋交给村长，说："你进去给贵贵吧。""一起进去啊。""我在这等，就可以了。""你不是要看贵贵吗？来了又不进去了呢？""不了，我在这等，就可以了。""走吧，老南。""不了，我在这等，就可以了。""那好吧。"

曹村长向桥上走去。老人从桥头走到旁边，估计那边看不到了，才静静地听着曹村长走到那边，跟门卫说话。门卫问了南贵贵的班级。说，要稍等一下，还没有下课。临到下课的时候，门卫去通知了一声。贵贵和他一起走出来。站在桥这边自然听不到，下课的时候非常嘈杂。曹村长问贵贵的功课。"还可以。一个人来的呀？""啊是……是啊。"村长斜斜地往桥那头看去，没有看到南裹头。他摸了一下贵贵的头说："我下来开会。你爸叫我带了几个鸡蛋给你，还有点橘子。""我爸好吗？""好着了，好着了。"他们说了几句话，上课铃响了。

"……"

"哦，哦，快回去，快回去上课。"

贵贵拎着一包东西匆匆忙忙地往学校里面跑去。曹村长看着南贵贵跑上三楼，进了教室，才转过身来，对门卫说谢谢。门卫说不客气的。

贵贵虽然只上到初中二年级，但已经成为汤错很有知识的人了，和汤教员一样有知识。毕业后在镇上当了邮递员。汤错的邮路也由他负责，周三和周六都回来。那是汤错最早的邮递员吧，他就是我的父亲南贵贵。后来改名汤南贵，因为他被收养前的生身父亲姓汤。但是人们已经习惯了叫他贵贵，或者南贵贵。

自从南贵贵当上邮递员后，老人出去拉琴的时候就慢慢少了，这是惯性减退吧，虽然也还到供销社门前拉琴，但不再像先前一样，开头绕着弯儿说一番好话，最终还是要人家给点辛苦钱，看热闹的钱。南襄头的家离供销社不远，在那块平地的中间可以望得到。到了下午，很多人还是愿意他下来给大伙拉琴。于是就在平地上张望一下他家的那条路。不久就形成了一种依赖一样，离不开他。夜傍的时候，他又来了，气色也不错。二胡呢，还是照着原来卖艺的样子斜斜地背在身上，不过包琴的布袋更漂亮了。他用棍子探着路走。曾家的老爷子说："瞎子啊，你儿子真有出息啦。""瞧，这是什么话呀。"

"你儿子给我儿子送了一封信，是从北方来的哟。"

"你儿子到北方啦？"

"是啊。我儿子到了一个叫楚国的地方，快要当排长啦。"

"不小的官啊。"

"管着好几个省呢。"

"排长有那么大吗？"

"不知道，信上那么说的。"

说完，一边捋胡须，一边心满意足。他儿子当了兵倒是真的，不过至今也还是个开大卡车的。再说，老爷子王桶大的字识不得三个，儿子的信就是画了很多线线，标出的范围大概是几个省，上面有一辆车子，浑身冒气。他就当是儿子当上大官了。

　　一年后，南贵贵又给他送来一封信，是他儿子的，这回不是线线了，而是盖有大坨坨的文件。他让南贵贵给念念。南贵贵一看，知道他儿子出事了。在打越南的战场上。上面追加他为烈士，他们家就是光荣烈士户。每年享受政府的津贴和补助。南贵贵委婉地把意思告诉了老爷子。老爷子一把扯下信，举着，往村口疯狂跑去，儿啊儿啊，排长不当了，排长我们不当了呀，你业不为我生个孙子啊……

　　跟南贵贵一样有知识的是汤教员，他有一个标致的女儿，叫汤水秀，由曹村长牵线，嫁到南家。汤教员很满意这门婚事，他说这是一分为二的门当户对。也就是大锅饭时代刚刚结束那时候。现在她伏在棺材上痛哭，我不知道这个女人的眼泪是不是真有那么多悲痛的成分。

　　她嫁过来的第一年，生了个儿子，第二年，还是生儿子。达到计划生育标准后就不再生了。第三年把家给分了，她说她再也无法忍受老头子的肮脏和虱子了。南裹头得了一种病，大肠常常滑出肛门。一出来老人就往厕所跑，然后把它搋进去。从厕所出来的时候，身上的臭味很难闻，手上还带着血。瞎子洗手又洗不爽净，往往在这样的时候，他还淘米做饭。弄得大家都不敢茹。女人却再也忍受不住了，天天指桑骂槐。老人搬进了烤烟房。烤烟房靠近厕所，用红色的水砖砌起来的。很窄，但很高，像水塔。白天他在这里烧火做饭，一个人在里面，哪都不去。老人做饭的时候，那烟高高地飘上天空。

　　南贵贵因为这事，跟老婆吵了一架，打了她一记耳光，女人大哭大闹，砸了锅，抱着刚出生不久的弟弟跑娘家去了不回来。南裹头说：

"你去吧。分就分了。"

最后，南贵贵放着鞭炮去汤教员家把他的老婆再要回来。汤教员也来了，我的岳公①问我："斑鸟，想不想上学啊？"然后用他那握毛笔的方式教我写字。

斑鸟说："不想……"

他就把刚写到一半的字涂了。

老人住进烤房。老人那把琴，他把它砸碎，当作柴火烧了。他学着古人的样子吧。他跟我说，古时候有一个人，很会拉琴，世界上只有一个人能听懂他拉的琴。可是那人死在了他的前面，他就再也没有朋友了。也没有人能听懂他拉的琴了，那么琴业就没有意思了。

"斑鸟是爷爷的朋友呀。"我坐在他的烤烟房里，跟爷爷说。

爷爷笑了，说是的啊。于是我们就成为好朋友了。我坐在他的怀里，并不觉得他像妈妈说的那么脏。有时候，我们坐在梨树下，爷爷替我抓头上的虱子。抓住一只，就往嘴里一放，发出清脆的哔叭声。那镶满珍珠的太阳也发出清脆的炸裂声。爷爷指着面前翠绿的大山说：

"它们在说话呢。"

"它们在说话吗？"

"它们在说话。"

"可是斑鸟怎么听不到？"

"等斑鸟长到我这个年纪的时候，就能听得懂山说话了。"

"那斑鸟还要长多久才跟爷爷一样大呢？"

"不久。毛爷爷说，就是坐着不动，一天业要走八万里，看到一千条河。"

"真的吗？"

---

① 岳［jy¹³］公，外祖父。

"嗯。"于是爷爷进一步解释说天是圆的，地是方的，地球下面是一个大泥塘，它在上面不停地转动。斑鸠好奇地睁大眼睛，不禁问道："那转到我们这里的时候，爷爷和斑鸠是不是都要卷进泥巴里面去了？"

爷爷一阵沉思："不会吧。斑鸠还小……"

爷爷有时候躲在房间里不出来。爸爸把我们不用的黑白电视机给了他。他在满是雪花的电视机里听到自己当年去过的城市。我走进他的房间，跟他一起看电视。看了一个节目又一个节目，不见爷爷有声音，我才从板凳上起来看他，发现爷爷已经不动，也不能张口说话。

母亲捏着鼻子走进来，叫我去通知岳公，再叫岳公到公所摇个电话给那个该死的，叫他马上回来，老天爷啊。母亲大叫着。

南裹头的儿子跟媳妇站在床前，曹村长听到消息也来了。他跟汤教员慎重地说着话。我站在离床远一点的地方，看着他们。

爷爷还没有死，但好像也没有活着。

他们终于等到爷爷说话了。我仿佛站在一座坟墓前，这是很多很多年后的一个清明节。

他说得那么慢，两只早已瞎了的眼睛睁开，可他好像突然撞击到什么东西。所有的人都满满当当地站在他面前。他说他要感谢他的儿媳妇，她是一个好媳妇，她为他生了两个那么胖胖实实的孙子。听到这话，这个女人，我的母亲，她的身子开始在人群中变形，我站得最远，我似乎在等着她的某些声音泄出来。躺在床上的人继续说："……昨天夜里，我又梦到大洪水了，我和白云坐在打谷桶里，被水冲到了水口山那棵大柳树身边，白云猛然一把把我攘[1]了下去，她竟然一个人先走了……"

---

[1] 攘，[no³¹]，推。攘推，推开之意。

5.8 烟花

一九七八年后的汤错：父权、秩序、血统、商业意识及其他
讲述者：谢秉勋

奶奶的晚年是在孤寂中度过的，陪伴她的三个儿子都没有成婚，事无巨细都由她一个人承担，而说陪伴许不恰当，他们基本上不在她的身边，更不在她的言语约束范围之内。而有着不错家庭背景的我奶奶，做姑娘的时候应该是很美好的。在我的印象中，我奶奶的母亲是这个世界上持续最为持久的一个人，跟一棵老梨树一样，老态龙钟，有着富人的体态。她的丈夫死了，她还没死，她的女儿死了，她也还没死，她女儿的丈夫，也就是我爷爷死了，她仍然居住在汤错一座空气清新的大山里，那有一间老房子，房子里就她一个人，屋前屋后清朗地耸立着几棵大梨树。她精神矍铄，秋天的时候，没让路人捡走半个因熟透而被夜风吹落在地的果子，她把捡回的果子放进坛子里密封起来，金黄金黄的，女儿来时带回些给她的外孙们。不过，她实在老了，女儿去看望她，她拉住女儿的手说：进来坐坐吧妹，唉，每到入冬，我女儿都来看我的，可今年到现在了还不来。这些品性在我奶奶身上已经磨灭，或许是她活得不够持久，还没来得及展示，或许是过多的生产使她提早步入了人生的暮年。

她坐在院子里，我攘推一扇门，门牖吱呀一下，在空气中划出清亮撩耳的一声，她坐起来，手在膝盖上撑了一下，直到她感到身子不再摇晃了才弯着腰，朝这边走来，看看房门，没有发现什么，把门关上，又慢吞吞地转过身子，走回原处坐下。其实，我就站在门后边，我又弄响了门，奶奶走过来，这回我站在不远的地方看着她，她查看了房门，又把头伸进去看了看，没看到人，把门关上，对着旁边一只悠闲唱歌的大公鸡说：去去去……公鸡不走，她就用

手将其赶开。就是在这种状态下，这个老了的女人还得背着柴刀去后山砍柴。一捆一捆，等到傍晚，她的小儿子来背她回去。然而，她那种极致的爱使她的儿子们更加肆无忌惮，而她又始终相信自己产下了一批好种，至少，将来他们会变得好起来的。

奶奶的大女儿嫁得较远，现在已经离婚，在公路段上给工头做饭。有时也流浪在城市，用打工赚来的钱买辆手推车在大圆盘的街边卖水果，因为无证，被城管的人收走了。现在估计在中国的某个城市做保姆替人扫地扫厕所。她已经有了一个女儿、两个儿子，生活也还过得去，但某一天，她对丈夫说：

"我想走了。"

就这样，她走了，也离了婚，一堆儿女像散了架似的没了人理。她追逐着一种不知道从哪学来的她所谓的都市"乞丐浪漫主义"。

她的大妹妹与她差不多，两个孩子，与丈夫处于若即若离，即将离婚的坎上，丈夫与别的女人同居，她天南海北地疯跑，说有人要娶她。她曾极其天真地问我：

"你什么时候有飞机啊，斑鸟，你穿姑姑的裙子一定好好看！"

有时候，我想那两个已经四尺高的孩子是不是她产下来的。她们是不幸的，可在家族里本没有幸福的人。稍微显得幸福的是她的大儿子，两男一女。第三个儿子有一个儿子，第四个儿子，也就是忤逆的四爷，目前只有一个女儿。他的妻子已经有过四胎，都是女孩，不到满月，四爷就把她们一一埋到了后山。他说：

"我要要一个儿子！"

但是，如果运气不佳，他还将进行长久的埋葬活动。而他的运气往往不如他的手气。

天空散开成伞状的烟花，正是我爷爷及他九个儿女的形状，他向人群撒了烟花，而空气却在尽力缩短烟花闪耀的过程，他自己在这个世界上持续的时间是六十三年，他的五个兄弟，现在还剩下一两个，他们也是烟花，烟花突然击中对还在汤错蓄意等待成长并伺机反叛家族以及轰轰烈烈出走的我是有莫大意义的，但后来又证明，我无须反叛，也无须出走，这些无非是标榜，在我最不起眼的五叔身上都表现得淋漓尽致，他一米五八，眼睛跟老蚨似的，耳朵也不大好使，外号老歪，终生没讨上娅家，是个孬种，他与另外五个挺拔潇洒的兄弟不搭边，与他三个姐姐妹妹也大异其趣。

这都是我爷爷一手造就的，当初我没想通，但的确如此。当我奶奶从裤裆里噼里啪啦掉下六个崽子的时候，他就开始想办法了，第七个再也不想要了，他想不明白，人家那崽跟田里的鱼苗一样，放下去一千，秋天捞上来就十几二十，可他回回中，还真有些承受不了，所以，第七个来临时，他做好了准备。爷爷是个乡土草药师，他熬了一服药连哄带骗给妻子喝下，他说滋补那经常掉下可怕肉团的身体。暗地里，他是在打胎，他已经无法忍受眼花缭乱的鼻涕和满屋子的哭闹。药茹了好几回，他婆娘也茹晕了好几回，可就是不见下来，看着床上痛不欲生的女人，也只好作罢。

这事，在我爷爷，这一生世都羞于启齿了的，一来表明他医术不高。二来他的做法使他有严重的罪恶感，"或许有的。"我奶奶这样说过，当她明白过来之后讲给我听。三来生了一个空前绝后的畸形儿，最后还导致飞短流长，他向所有人隐瞒了事实，"这是意外，"他说，"老牛婆下崽也有瘸子的时候，贼！"

这样，他把责任抹杀得一干二净，仿佛是他婆娘的不是了。但他女人心里有数，她有时候也觉得他很可耻。

这个时候我爷爷却提出分居。他是有点积蓄的，但不想花在儿女身上，更不想让他的女人分享。老头子只要小女儿跟他，其他的不管。把三个还没婚办的儿子撂给他女人，那三个儿子就是我四爷、大傻傻和小傻傻。四爷，也叫四傻傻。几个兄弟中他最最风光，也着实风光，因为他坐过牢。这点，在整个汤错没人能与之相提并论。

四爷也最聪明，可在他十五岁的时候，打死了一个人（又说是因为写反动标语被邮递员告发。我问过他此事，但他又说出一个版本来：摸囡崽斯，即女孩），从此断送了前程，在牢里一待就是十年。出来之后倒成了一个魁梧的还有点绅士风度的土著新闻人物。十年间的后两年回家探过亲，我记得他左腕上戴了一块电子表，还是日货，在汤错，这算很稀奇的事情呐，他是第一个有这东西的，很多人都觉得不可思议。由原来的鄙夷转化为好感。可后来，我发现，那只表下面压住了一些字，是监狱里的刺花，犯人的标记！这就是我奶奶经常提起的人：四爷。

出来后，四爷就在外面转，见过些世面。三十岁时带回一个小他十二岁的女人，开始结婚生子，成了地方一霸。好赌成性的他却拥有世上最听话的女人，她从不管人家说什么，也不管四爷他过去是什么样子的，抛弃了娘家跟了过来。这倒顺了我奶奶的在天之灵。在牢里那会儿，我奶奶天天捧着儿子的照片看，接二连三地看她的儿子带回的女人的照片，她疯狂地想看到自己的儿子娶回一个好女人，而且始终认为，这将是她最有出息的儿子，是她的希望。可直到奶奶死时，还没见他有什么出息，合眼时，四爷不在她的身边，奶奶仍念着他的名字。

跟着我奶奶的还有我幼偬偬，叫小月堂。汤错的人都说他才真正像是我奶奶的闺女。幼偬偬听话，到园子里割草，打猪菜，女人干的活都由他这个男人来做。十八岁那年，我奶奶去世，他的人生也失去了目标。一般的，在一般家庭中，家庭结构和长幼排行会对个人产生影响，尤其是他们的思维方式和性格特征。幼偬偬是最小的，排行第九，当他在正当的成长期间，失去母亲，再加之一个冷酷的父亲，他走上了一条有别于任何其他兄弟的道路：偷窃和好吃懒做。经常被传讯，伙同别村的人偷人家的牛，卖了还赌债。公安局的人四处搜捕他和他的同伙。老头子这回也急了，他劈开竹筒，数了些钱给他的小儿子，让他连夜翻山越岭去县城。老头子这次的举动令我久久回味，应该说，这是反常的。照他的冷漠他恨不得幼偬偬去坐牢的，他最嫌麻烦了。可是后来我终于搞清楚了，这之前，老爷子也被传去过派出所，政府的人对他在后山偷偷地种植罂粟感到恼火。那次，老头子损失了不小的一笔，带回一些大大的禁毒宣传画片，贴得满房满屋都是。"这可是上面发的呀。"他对汤错的人宣说起禁毒大业来了。

对我爷爷来说，上那种地方，这生世还是头一回，面子上很有些过不去，他一直怀恨在心，比当年日本人进村还要咬牙切齿，日本人来的时候，只在他家的酸菜坛子里拉了泡屎，杀了几个亲戚就走了，可这些戴平坎帽的人却要了他的钱。所以他给钱让他的儿子逃走，有一种复仇的快意在里面。公安局的人追到家里时，他说，昨天晚上回家照了个面就不见了。他指了个方向，当然，那是一个相反的方向。那个方向的价值在他，略等于失而复得的快意。

幼偬偬开始了他的逃亡生涯。他是个憨厚的人。我记得他竟然问过我这样一个问题：毛里求斯在哪，是不是一个国家？我说是的呀。从这时起，我与幼偬偬的接触要倒着数了，他从广州回来，挣了点钱，我们在老头子的大儿子家里猛喝了一顿，然后去看电影。回来的路上撞了一个人，幼偬偬骂了一句：屌雷个老毛（粤语，这是南下广州打工带回来的语言，农村的这些新新"白领们"牛仔裤花格衬衫们都会几句）。那人往后一招手，妈屄，黑压压地就出来一大堆。就这样，我们被打了。我逃了出来。在大街上喊救命，大街上的窗户都是闭着的，没有丝毫动静。我跑回老头子大儿子家，说出事了。他们的反应和大街一样。再赶回来时，幼偬偬已血肉模糊，瘫倒在墙边，失去了知觉，我把他背去了医院，头部砸了个窟窿，血挂了全身，脸已经看不见了，嘴唇也裂了，看着发抖。医生给止了血，剪去头发，前前后后缝了十七针。下半夜，幼偬偬醒了，他说头晕，嗓子眼烧得厉害，想呕。叫我弄些水来。医生叫我再加点白糖。这深更半夜的到哪去弄啊！

我回来时，幼偎偎已不在，他摇摇晃晃地去找他的皮夹子去了，大街上的路灯已经关了，我看到幼偎偎在刚才挨打的地方摸索，一个迟缓高大的影子在墙上一撑一撑的。

　　他不愿住院，第二天就回了乡下。在汤错待了个把月又去了广州，那是最后一次见面。一年后，家里接到电报。电报上说，他在伐树时被高压电打死，速来人领尸。家里去了人，他的几个兄长组成了迎丧会，雄赳赳地赴粤，想讨个说法，可森林工地上跟他在一起的人说，那天他鬼使神差，树砍倒了，树梢搭在电线上，他想把树拉下来，一个大活人一下啊成了一堆炭，旁边另外的一个家伙也被电打残了，现在在医院等着截肢，家里还没来人……

　　幼偎偎出事那天，我在矿山拉货，我的马掉到了沟里。那天心情特别烦躁，老不踏实，我的马也是，它怎么会从田崖上掉下去呢？它从来就是很小心的呀。老半天才把它弄上来，牵去江边洗了半天。晚上从矿山回来，见到了电报。骨灰抱回来后埋在水口山外的半山坡上。在汤错的人看来，他得远离人群，他们相信，他是不祥的。

　　在梦里，我偶尔能看到他的背影或侧面，是那副挂血的脸。有时候，那副侧影也像我自己。在梦里，我始终看到他没有死，只是消失了，像每次偷牛之后消失那样，还看到他结婚了。在整个事件中，老头子的大儿子一直很冷漠，冷酷到底，老头子的血流在了他的血肉里，如此准确，让我感到惊讶，这是我在其他地方没有看到的：血统和性格的遗传。

　　老头子虽然分居了，但他是这个家族烟花的施放者，阴影也由他产生，他有责任去消除阴影，但他没有这样去做。十五岁的小女儿一直跟他住在一起，一起睡，一起起。直到十八岁，十八岁她渡过村子前的河，去了远方。然后是每年春节回来一次，一年比一年时髦俊俏，成为这个家族里一道不错的风景。

我当时不大，但也不算小，换句话说，不是大到什么都懂，也不是小到一无所知。老头子的小女儿，就是那个妩媚的现代姑娘，在江边洗了澡，叫我背过脸去，然后又把我叫过来，让我把她胸罩的背扣给扣上去。我站在现代姑娘的身后，刚好够得着。我使尽了力气没能扣上去，她望着镜子，时不时笑笑。这种笑，让我发毛。一股热流烧得我发烧，我终没能把它扣上去，心情有些沮丧，但那些笑却是记得的，甚至对现代姑娘有了好感。每次她回来，我都找理由跟她睡在一起，她也没有特意拒绝。

因为我是小孩，什么都不懂。当她跟她的兄弟揸卵谈扯到痛快的地方，会哈哈大笑，她说："看看。"她的兄弟便把裤头扯开，现代姑娘的头趋过去，看那有黑乌鸦的地方，这时我会感到痛苦。但我相信我的脸是没有任何表示的，从他们的旁若无人这点可以看出来。

"我会杀了你们！"

我仅仅这样想，可情不自禁地拍起手来，像拍打着两只旧鞋子。

现代姑娘嫁去广州一个比她大很多的男人，汤错的人都说广东人钱多，可以砸死人。结婚时没人过去，新婚夫妇也没有回来。男方家里果然巨富，但那男的患了绝症。而他们的家族需要一个愿意为他们牺牲点什么的女人，最好还可以为他们生一个儿子传宗接代。一年后，男的死了，她也给他们留下一个小男孩。从此，我们没有再见过面，听说，她便去了香港，再后来去了美国。我偶然会想起那些银子铸就的笑声，那就是我经常说的"有色金属之笑"，于我的童年而言，它们是一块灿烂的油菜花田，可以满山打滚的地方。

小姑是第一个远走的人，她出省了。她也可以算作汤错走向开放的一个例证。反之，商业意识的入侵也是这样的兆头。因为她嫁到广东，她的几个兄弟甚至姊姊们，兄弟和姊姊们的儿女都一股脑儿有了在广东发展待住的落脚之地。她跟四爷一样，同样可以算作一个叛逆者。

　　当然，她的出嫁是在老头子归西之后。大家都以为老头子很有钱，他守了一生世的财，连他女人的陪嫁都控制在他手上。他们猜测老头子的钱埋在床下，或者猪圈的粪坑里，或者那些堆积如山的药材中，总之是埋在了某个可靠的地方，他死后，他的儿子们挖掘了那些地方，一无所获。他们又认为，那么，在死之前，他一定把钱给了某人，嫌疑最大的人就是我母亲。卧病期间，老头子叮嘱过，唤我母亲一人在床边伺候就行了。其他妯娌因为对自己的劳动与殷勤没有得到应有的赏赐而感到不满，甚至愤恨，她们认为老头子对她们怀有偏见，但她们又从不认为她们自己缺乏最基本的孝道之心。她们一边唆使自己的丈夫，不断地提银子的事，一边趁母亲不在的那当儿偷偷地溜进来。到老头子完全不省人事时，家族会议马上决定废除老头子的命令，让四个媳妇轮流看守。老头子在床上三个多月，不能茹东西，那张僵白的脸，流动着白光。鼻子像个小漏斗，眼睛已很少睁开过。枕边放了一面锣，他想叫人的时候，就撞击那东西。

　　起初，夜半，人们还常听到汤家大院的锣声，可渐渐地锣声稀少了，渐渐地没了丁点声气，安静得像村口的那摊水。汤错的人看到天上的乌鸦，就说：

　　"这两天老鸹叫得厉害呀，哎！"

　　有锣声的时候，儿女们经常急急地爬起来，现在他们睡得很安稳。

　　"一切会好的。"我说。

　　我想安慰一下临终的人。我说不清是希望他快点死，还是继续活下去，死了与我无关，活着大抵也是与我无关的。老头子冰冷黑瘦如铁的手突然攥住了我：

"我不行了。"我害怕他这个时候死去。

他又拽得紧了些，孔武有力，我的半个身子都倾斜了。

"是啊！"我答他。

他的眼睛打开了，闪过一道混浊而清凉的光，脸部肌肉跳动，嘴角动了动，我看到了他腐烂的嘴腔和黑乎乎的喉咙，没有再说什么。我脑子里浮现了很多年前的一件事，大白偷茹了他三个生鸡蛋，他把狗吊起来拷问了一个小时，放下来之后大白便再也没回来过；我也看到过他被他的四儿子在众人面前一巴掌刮在灶塘的板凳上号啕大哭：

"你这狗操的，天打雷劈的，忤逆子，啊，啊……"

四爷嫌难听，把他绑在他曾经绑狗的木桩上，找了块破布摁着嘴，含着鸡屎杂草。老头子直想用鸟铳崩了这个忤逆子，但枪早已落到他儿子手里，他的四儿子舞着枪说：

"我妈她……年纪大了啊。"也可以看出，他们更愿意站在他们的母亲一方。

　　第二天清晨，村口的大院响起了爆竹声，这是鸣丧的信号。像这种情况无非红白喜事，也就是婚嫁迎娶，生老病死。

收殓入棺的时候我不在，是那些女人们给他净的身，我听说，人死之后，身体会变轻，但抬棺的人说，这人很重（这种狐疑的说法，无疑会导致盗墓者的猖獗）。三天的丧日轰轰烈烈，人们压抑得太久了，尽管死亡只属于一个人，但死亡的阴影却在不断地向活着的汤错人像电流一样传递着。现在所有的人都松一口气了。

我在被卧里翻了个身，准备睡好了去吃大餐，然后披麻戴孝。三天三夜的超度和迎接吊丧者使我疲惫不堪。老头子的后裔跟在道士后面绕棺材，跪拜；丧歌唱了三天三夜，大家可以去看我为此而专门整理的文本《南越度亡经》，也叫《指路经》，这里不再赘叙。

当那间黑黢黢阴湿的屋子里的所有东西被抬出去付之一炬的时

候，大家感到，他们的父亲真的走了。送葬队伍在一阵巨大的鸣炮声中起程，我看到烟花在变淡的同时还在继续扩散。

剩下的是瓜分财产。以往的人们喜欢利用这一机会来探索人性的善恶，我对人性具体的欲望之形成与发生更感兴趣，我们无须用太多的话做这种冗长的叙述，因为这是一个家族，这样的事情总会发生的。那些兄弟在做着消除他们的父亲施加在他们和它们身上的每一具体的阴影，物质的消灭是否可以达到他们预期的效果虽不得而知，不过看起来，这更像是一种对弑父情结的报复，或者说颠覆，更是对权力的颠覆。他们痛快淋漓，但又不为所欲为。女人们却不同，她们为了一双筷子的分配不均而吵出大院，连她们的男人都觉得丢脸。她们热心地监视着她们的丈夫在这时期的每一言行举止，不让任何有损于自我的地方出现。女人如此精于此道令人咋舌，不管她们多么地微不足道，我母亲也不例外。瓜分过后，烟花又开始按着原有的轨道继续攀升或坠落。麻烦事要算一年一度的上坟了，到第三年的时候还要修碑立传，修葺家谱。这又牵涉一笔不小的开支，他们在面对了老婆子之后又要面对老头子，老头子在的时候，事情要顺畅得多，一旦都去了，连刻好的碑文都没有谁愿意出力把它抬到坟上去。汤家的绳头突然断了，固有的张力变得混乱不堪。

烟花到达最高点之后，开始其自然的下降，同时，也开始黯淡。

现在这个家族还有八位成员，从事着各种职业，包括偷盗。总起来有十个孩子，加上父母亲，共二十六位。十个孩子中的大龄层又进入生产和延续生命阶段，烟花就像一泼血，泼向众人群，而同时大地上的坟冢也像烟花四处散落于山野。

去年，五叔老歪浪到我的住处，我带他去公共浴室，当他看到那些裸体时，他惊恐地冲了出去，我怎么叫喊也没能把他叫回头：真他妈见鬼！

而我自己则是茹百家奶长大的，都说茹百家奶长大的孩子有出息，可我没怎么有出息。整天抱着一只老青花大碗，茹个不停，跟畜生一样，因为只有畜生才满足于食物，从一生来下我就缺少食物和满足感，那个年代整个儿的缺啊，我妈生下我之后就断奶了，我奶奶抱着我，全汤错的妇女，只要遇着有奶的都奶过我，她们说：

"这孩子，模样儿偪。"偪是什么？偪就是不待见讨嫌的迂回说法。

我们家在汤错是最穷的，我爸从小茹的是红薯，现在看那牙齿都跟熬煳的粥似的，我爸说就是小时候茹红薯和玉米茹变了形，他说："我到五岁的时候，还软得跟面条似的。"我爸排行老三，本该是老二，在他前面还一个，但死了，照汤错的习惯，死了的不能顶，得留着。所以就老三了。老二的死，我听我奶奶说起过，她说，一天，他爬到窗格上玩，后面一只大公鸡啄他屁股，硬给吓得抽风，不久就死了。我爸长相不好，甚至说得上丑，尽管很高大，可他是汤错有名的拖拉机手，生产队那时候，一个那么大的铁疙瘩，要是我爸不去，就没人能弄得动它。这辆拖拉机却使我们家抛掉了老土的房子。土房子原是个土匪的，那单身汉老儿不想要了，我们家才买了过来，花了三百块钱，我爸和刚过门的媳妇住了进去。生产队解散的时候，我爸七零八落地凑了四千块钱，买下那辆拖拉机。凭这东西也赚了不少昧良心的钱，这个我知道，乡里修公路那会儿，我爸跟人熟，人家让他拉沙土、碎石，他拉一车，当两车撒，钱照给，再后来，自己不开车，专门叫人给开，拿现钱。

我妈是瓦匠包头的女儿，不知道我爸是怎么弄到手的，凭我爸那五官和家庭条件，似乎不大可能，是我爸福气大。但我妈说我爸心眼好，他捡到一千块钱，那时家里也穷，买车的钱还没还，可广播里吵得厉害，一天到晚在播，有没有人捡到钱的事。我妈抱着钱不放，我爸说，还吧。他把钱给人家送过去，那老头，当即就在我爸面前跪下了，原来那笔钱是他给老伴开刀用的。我妈说那时要她的人可多了，这是每个女人回忆往事的模式，大家不必介怀，我也任她这样自信，我妈说有个读书人，是我岳公的得意徒弟，岳公打算把我妈配他的，但他没有妈，我妈说：我从小也是没妈的，我不能再过那种没妈的生活，我想有个妈。我妈就嫁给了我爸。

我爸出车回来，在凹子口遇到一伙劫匪，把他从车上拉下来，一顿棒打，问他有没有钱。我爸撑死了不说。那帮人看我爸，一双胶鞋，两个大脚趾都露在外面，大冬天的冻得白里发紫，自认晦气。我爸刚从银行取了三千块钱，包在一个黑色的破提包里掏在车上，准备回来还买新车的钱啊。

那时我还小，五岁吧，我爸牵着我的手，挨家挨户地去还钱，我问我爸："我们家还欠人钱吗？"

爸停下来，抱起我说：

"没有了，孩子！"

那年冬天，爸买了一头猪，花了五百块钱；杀猪那天，那头猪嚎得特别起劲，仿佛整个汤错都能听得到。

5.9 乡村写作者

时间：二〇〇八年十月四日

地点：板城正阳路鸬鹚咖啡馆

对话：霍香结 × 伍佰亿①

乡村写作者

霍：跟谢秉勋的伍佰亿说话还是觉得怪怪的，你有身份分裂的感觉吗？

伍：冇。马甲有时候可以像寄居蟹一样隐藏自己。

霍：不是说一个作者在写作中是唯一诚实的吗？

伍：正因为在文本中的诚实需要马甲来保护日常中的真身。

---

① 注：本书收录谢秉勋不同时期作品凡四篇，列传三篇：《黑色水稻田》《南裹头》《烟花》；艺文志一篇：《阿细》。

霍：好像是这么回事。之前，你总是问我很多问题，这次我来问你了。

伍：我暴露了作为小说写作者的身份。

霍：是啊，这样我觉得你更有资格作为汤错的象征群众啦，我是不会错过这种机会的，你懂的。那么，最早操弄小说是什么时候？村里给你的，现在看来是一种什么样的营养？

伍：村里的营养既丰富又贫瘠，主要看怎么生长。但我认为最主要的还是好奇心和自我如何保持这种向上的生长。

我记得，在我高小四五年级的时候，一个周末，谢丙南和我慢慢（叔叔），以及村里的其他玩伴在一起煮泥鳅钻豆腐吃。泥鳅是从刚打完田的田里捉来的，豆腐很便宜，一块钱两块，他们聚会的时候我跟着我慢慢一起吃。他们喜爱我，是因为我的代课老师也和他们一起玩。而代课老师喜欢和我讲外面的世界。但是令我这辈子难忘的并不是代课老师，而是他们当中一位稍微年长一些的谢家的丙南，他不但保持了很好的阅读，还在从事着一件很神秘的事。

霍：所谓成长中的小事件。

伍：可以这么说。那天他把我叫去他家，他家是木房子，周围有大大的一圈黑色石头围住他们家，墙体上种着辛夷、南天竺，里面有南竹和李子、核桃，树下的菜䅟青脒嫩。他老婆干瘦精致，是火烧桥嫁过来的，那天不在，他七八岁的儿子也不在。他叫我进了他那贴着希腊神话人物印刷品的房间，全是裸身，飘着丝带，奶子是露出来的，我还小，看着很震撼。桌子上摆一沓厚厚的书，他突然庄重而神秘地和我说，要告诉我一件事，但不许张扬出去。我说好。他说他在投稿。我顿时觉得神圣起来。我说向哪里投？他说："刊物。我一直在创作。一直在投稿。现在还没有发表作品。"我心想，他有三十多四十岁了吧，我不知还有投稿这样的事情，我之后的文学创作大概是从那里开始的，而且对文学的尊重大概也是从那一刻的神圣感开始的。我以为汤错都是由辈分、亲戚和非亲戚构成的，不知道还有文学创作这种与世界联系的方式。后来他说，他听说我舅送了书给我，要我借给他看。我说好。但是他不借书给我，我就和他儿子说，你偷你爸的书给我，我用钱买。他儿子果然将一些书偷卖给我。但有三四本之后，被他爸发现了，便要了回去，否则他爸要亲自来要。我的两块钱也被送了回来。先前的钱已经买糖吃了，这两块是他阿爸给他赎书的。但是我并没有马上去要我的书，是一套用我母亲的杀猪钱买的《春秋列国志》。后来，他给我看他的小说。竟然带有十分浓厚的书卷气。现在已经过去二十年了，二十世纪九十年代后期这位小说家带着老婆孩子杀广东去了，失去了联系，竟然到现在没见过。只听说他在广东，但不知具体在哪，这是他妻子说的，因为他们已经离婚。但他妻子又不是汤错的，因此便无从得知他的具体下落。除了从书本上读到一个个异样的世界，谢丙南大概算是我的文学启蒙老师了。这种启蒙就是一个小事件，不是阅读本身能够抵达的那种启蒙。

霍：这位谢丙南是个乡村小说家啊。

伍：对。尽管他从来没有发表过作品。我也写小说，也没有发表过。一个是没机会发表，一个或许是受到谢丙南的影响，早期我的写作的确受他影响。我们从书本上看到的小说都是公开的写作方式，但是这种写作是切身的，所以有更大的导引作用。一个作家的作品好与坏自己是知道的，不以发表与否来看。

霍：这个倒是。但是你的写作，在我看来，还是带有早期特征，青春、爱情，还有一些说不清的东西。挺尖锐的。

伍：这是一种彷徨，成长的苦痛，以及离开故乡母体的恍惚感。因为离开，你才发现那种欣喜马上转化为后台的动力输送系统的较量，动力跟不上，就跑不起来了。尽管这不是唯一的，但大多数难道不是这样吗？

霍：所以，作为一个写作者，你愿意回到生活和体验当中去，而不是要完成一种世俗意义上的生长。

伍：是的。

霍：在《阿细》当中，看得出来，早期情绪占大多数。存在主义思潮的风暴还留在你们一代人当中。

伍：是的，时代的风暴谁也躲不过，但是人有自我调整能力，虚无虽然可怕，但可以试着学会调试自己的舵。我是农村长大的，对城市和时代突然汹涌而入的东西一下子适应不了。我是说一种真实的由各种价值观交织的现实接受不了，所以，我们之前阅读得来的各种价值观都是观念，而不是生活。所谓早期，更多的是抒情，还没有那么狡猾，将自己的观念全部赋予人物、情节和背景当中去，或者对小说这种文体进行改造的自觉。

霍：这个作品之后，你开始走出那种撕裂状态，回到日常生活中来了。

伍：是告别，重新回到我们热爱的生活。生活才是生活的本质。这是实施自我拯救的第一步。

霍：小说主人公有作者的影子吗？

伍：历史上所有的作者只怕都被问到这个问题。我觉得主人公也是作者的作品。也可以说是道具，是他回应问题和思考问题的道具。也可以认为有作者观念的影子，因为他创造了它。但不是简单地等于或不等于，好比我们不能说哈姆雷特是莎士比亚，吴承恩是孙悟空。

霍：你说汤错是一个岛屿？

伍：中国有很多这种淹没在群山当中的封闭的环，我称它们为文化岛屿。对于大中国而言，汤错就是这样的一个国。岛屿意义上的国。不是民族国家这个概念，这也是观念当中的。

霍：风有什么特别的含义吗？

伍：将风养在鱼缸里，风从风的内部引爆，但边缘并没有溢出肉身。

霍：从农村新成长起来的一代知识分子在物质与城市迷茫的双

重驱动与撕裂之下，产生了强烈地回归自然与田园的渴望，但是又回不去，汤错，是一个再普通不过的村子，你为什么要选择回去？

伍：虽然只是一个普通村子，却也是中国乡村剧场。对我来说，是故乡。故乡为什么丢不掉？因为故乡是出生地，是母爱的开始，父权的感受，语言食物或者说语言的家园，性启蒙，临近死亡的感受，以及成长的动力，都在故乡这个词里面。同时，故乡还有一种温情和痛彻在里面。故乡要携带一生，不是携带，是我们要在故乡的愿景里成为自己。再说，太阳照射在地球上的每一个地方，我们从小适应了那种唯一的照射和频率，所以故乡有时候就是那个锚定的宇宙之焦点。

霍：圣人说君子怀德，小人怀土。德与土如何去平衡呢？

伍：他这个小人现在就是我们这种小知识分子。更难熬的似乎是那些怀德的"小人"还在城市挣扎。一眨眼，四十岁了，我的德适当地缩小到自己力所能及的范围是允许的吧。

霍：你的写作除了刚才说到的村里的那位神秘的写作者，还有其他可靠的背景支撑吗？

伍：一个小说，或者文本的形成是化合而成的，不可能只有一种营养。那位乡党——今天可以这么说，其实也是"文革"后成长起来的那代青年，他们的理想，传染了一部分到我们身上。我们身边的人都在传染他们的人生经验，我特别受用我爷爷跟我说过的两句话，一句是条条蛇咬人；另一句是草鞋没样越打越像。因为这背后有事件和故事，所以这两句话可以解决我全部的纠结，困惑。我爷爷没什么文化，他说的这两句话估计也曾解决过他的人生困惑。

霍：能具体说说是什么事件吗？

伍：都是生活中的小事，但教训很深刻。我在县城上初中那一段时间，暑期回来，帮家里干点活，农事不会，就帮着烤烟房烧过夜火，晚上我来守夜看火，我想我反正是读小说，看火不是问题。烟叶他们装好，一串串放进烤房，我按他们说的，时不时添加柴火就可以了。那是夏天,在月光下就着火光,一边看托尔斯泰的小说,一边烧火。第二天天亮,等他们起来,我就睡觉去。等我睡起来,我父母就嚷开了,说烟叶全烤焦了,黑了。我爷爷大半天不说话,抽他的水烟筒。末了说:条条蛇咬人。

他就那么轻轻地说了一句,全是总结。没有责备,也没有安慰。说到我心里去了。那么,我不断地面对事件的时候,就会思量解决每一件事的方法。他说的另外那一句对我的写作也有效。我们要创作作品时,有时候是倾泻而出的,但更多的时候,我们并不知道我们要干什么,我爷爷说草鞋没样越打越像,我们学习了那么多的文学理论,不如这两句乡谚对我有用。因为作品都有经纬两种向度,引导这两种向度它可以变成任何我们想要的结果。当我接触微积分时,我甚至觉得打草鞋就是微分和积分美学。发现微积分原理的牛顿与莱布尼茨和我爷爷都懂这个道理。

霍:这里收录了你的四个作品,你由一个向导变成了被我作家化的创作者,你觉得人们会怎么看你?

伍:我觉得这种层次很有意思。作者和作品之间其实不能画等号,我现在写不动了,不知为何。可能是因为你的到来,我看到了更多的东西。而之前的那份纯粹的情感今天又不能重复。

霍:如果用简单的几句话概括一下你的写作对象,你会怎么表达?

伍:汤错,某种程度上讲,是一个封闭的世界。十四岁前,我一直生活在那里,高小毕业后才离了汤错去城里。我写的关于汤错的一些人和事,多是口头流传的,也有些是自己的经历。每个地方都有自己的性格,自己的故事,村落中的每个人也是这样。我的讲述转化为文字符号后反倒觉得有点陌生了,不能保持其原汁原味,用力不到而又想媚求的结果吧。在写这片土地上的人和事情的时候,我感觉到在一种更为强大的历史经验里,溯归到土地自身的涌动——涌动在大地之上的那些坚强的事物中。更多的时候,我发现自己是被记录的，很多特征跟汤错的动植物相类。

5.10 孤筏

孤筏

离开汤错已经有八九年了，国庆节前一天，谢秉勋给我打电话说："老歪到了北京啦，要找你去。"

我一惊，问他："北京哪里？"

"通州。"谢秉勋说。

"我在宋庄，就在通州，"他应该听得出来我的焦急，"快把联系方式给我。"

"他没有手机，你到运河办去捞人。"

我在月亮河的运河管理局找到了老歪，他们正要把老歪移交给派出所，说他在运河上搞危险运动，语言不通，身份证也没有，手上拿着一张地图在比画，地图发黄，油滋滋的，用透明胶粘得像一块捕蝇纸，老歪衣衫褴褛，形容崩溃，完全像一个野人。看到我了，才从胡子拉碴里面露出猩红的嘴唇和一口斜向生长的鼠齿，面貌已经看不清爽。我说明情况，将他领出来，带他回宋庄。他手上还拎着一个蛇皮袋子，临走时，他说他的排还在河边，我问他什么排，他说他从汤错一个人划着排到的北京。我当时就被镇住了，这几千公里，怎么可能！河边上一个简易的排筏，木头和竹子搭建起来的，排缝间长满青苔，铁皮篷子的另一端，高压锅，被卧，瓶瓶罐罐，乱成一气。排的后端还竖着一根大拇指粗的细铁棒，比人头还高。我说赶紧离开，东西带不走。

我将他带回青虹堂，让他先洗澡，然后请他吃湖南菜。

他一边吃，一边说，白辣椒炒刀鳅子还行，蝴蝶脸和腊戢①熏得不透，肉不甘脆，瘦肉部分刀走过的地方看不见虹。我第一次听到，

---

① 蝴蝶脸，指腊猪脸巴子，因撑开腊制成形时很像一只大蝴蝶。腊戢，即烟熏腊肉。

他竟然把虹〔kang¹³〕即彩虹用在这个地方。他仍然很挑剔自己的口感，尽管几个月没吃过什么好东西了。等他吃得差不多，我才跟他算白话，问他到底是怎么一回事。

他说："谷雨节前，我从汤错出来，从梅溪资水放排准备来北京，知道你在北京，但不知道你在北京哪里。"

我说："你来北京就为了找我？"

他说："北京我就认识你一个，不来找你，还找哪个？当然也不全是，我还要去天安门看毛主席。"

我说："你一个排，怎么可能划到北京来呢？"

他说："不是已经来了吗？我认得字，我有地图。为了来一趟北京，我做梦都做了几十年啦，我做梦都在想，葛门到天安门，看毛主席。坐火车、飞机我都想过了，有的钱，不得成，再就是怕生，也听不得汽油味，听到那股味就想呕。最划算的办法，就是放排。"

我说："太险火了。"

他说："是险火，不险火，哪里能到得了北京？排是我自己做的，用铁丝加固过，十分牢靠，还有遮风避雨的铁皮篷子和避雷针。"

我说："排屁股上那根铁棒？"

他说："就是它。进入洞庭湖的时候，黑天啊，那么多的水，那么大的江，眽不到边，天要下雨，雷电在乌云背底放光，在江面上滚动，像牛打滚和铜锣一样滚来滚去，火龙刺啦刺啦往我的避雷针上钻，都被它吃进去了，好险火，一个炸雷在脑门囟上开炸，把我震翻，跌到了水里。"

我问他："没事吧？"

他说："哪里冇事！魂魄〔phia³¹〕都冇来了。我赶紧喊洞庭水府龙王爷的小龙女来救我啊。"

我哈哈大笑，打趣道，小龙女还在岸上牧羊呢，等别人来救她。老歪问："真有小龙女？"

"有。"我解释道，"不过，她放牧的都是些石头。"

他说："厉害。"

我再问他："在河上那么长时间，吃什么？"

他说："我带了两百斤米。晚上还可以放笼抓鱼。后来在河上耽搁久了，冇米了就光吃鱼虾。黑曚曚，览安静的洄水湾靠岸，在岸边捡些涨水时的干柴火，煮一锅饭，吃两天。谷雨出发时，南方天气好，六七月，一路上天气好，就是雨水多，江水暴涨，不影响放排，水越大，我走得越快，八月最好，天气凉爽，到九月，我已经完全进入北方，黑曚曚冷，也不碍事，我被卧厚。"

我说："真是难以想象！"

他说："好久以前，起快我在广播里听到，美国人单独漂过长江，中国人自己也漂过。从那个时候起，我就想漂到北京来看毛主席。我的灵感就是从那里得到个。但我不晓来，汤错那条江能不能到达北京，汤错离北京太远了，南京①那么远。经过多年摸底，侦察，我发现，汤错那条江和北京是连通的。"

他竟然说灵感，我对此很好奇，问他："如何连通的？"

"汤错那条江是资水的源头之一，"他得意地说，"资水进入邵阳，流经新化、冷水江、益阳，进入洞庭湖，进入洞庭湖就进入了长江吶。然后往下游去，到江西镇江，就和京杭大运河搭脉了，我掉转方向，往北边来，我的排轻，每天能走几十里。顺流的话，还能走得更快。"

我问他："一路头上冇哪个管你？"

他说："在洞庭湖就出个岔胡子②，被江西老表抓到，我趁夜跑脱吶。有经验了，不在白曚靠岸，不接触人群，有月光个黑曚，我黑曚行，冇月光天才白曚行，行江心，有时候靠在大船旁边行，大船的长鸣浪花把我淹没在不打眼的小里，就这样吶，我从一条河窜到另一条河，从一座城市划到另一座城市，有时候划，有时候撑，不

---

① 南京是一个形容词，比喻远、遥远。

② 岔胡子，针对麻将和跑胡子（字牌）的牌技术语，意思是出了差错。

知道行吖好久，终于有一曮，我就到达了这里。然后被他们捉住了，他们围住我，要我靠岸，我问他们这是哪里，他们告诉我说，这是通州。我开心死了，噗通跳下水，往岸上走。他们把我抓了起来。我就告诉他们谢秉勋的电话号码。”

我说：“你知道你干了一件啥傻事么？”

他说：“吗嘎？”

“壮举！”我说，“这是一次壮举啊。佩服啊！真是佩服。”

他简直不相信我说的，我又问他：“你那蛇皮袋子里装的是什么？”

“茶叶，”他说，“给毛主席他老人家的脸面。来看他，总要带点礼信。不是有首歌叫‘挑担茶叶上北京’嘛，我也冇来别吗嘎东西可以端。”

我说：“回去之后，好好睡一觉，然后去理发，然后去天安门看毛主席。”

他说：“好。草饭①了。”他转身对内子说，“老弟嫂，草饭了。”

我说：“你在我心目中已经是英雄，这样的事我想都想不到。明天我陪你去看毛主席。”

等他睡下以后，妻子问我，那糟老头儿是谁，怎么没见过。我说，老家一个你没见过的三舅。内子没多问，我这个谎撒得也不圆，三舅怎么可能叫老弟嫂呢。

第二天，先在超市买了身新衣身，然后带他去天安门毛主席纪念堂。他手里捏着那蛇皮袋子茶叶，安检的人不让带进去，只能留在入口存放。我在门口等他，他站在长长的队伍里，身形矮小，脸庞黑瘦，背显得有些驼散，像一棵苦荬菜。在汤错的时候，我们打过交道，快十年过去了，他还是我心目中那个汤错著名的单身汉，现在应该五十多了。不知为何，他在我眼前的形象一下子伟岸起来，不再是那个形单影只的单身汉了。等他从纪念堂出来，眼睛发红，

① 草饭，打扰之义。

脸颊上残留着没有擦拭爽净的泪痕，他进去之后一定发生过什么。我在天安门前给他拍了一组快照，他立马看到自己站在天安门前，毛主席的像在他后面，目光朝这边看来。他很开心。我问他，在北京还有哪里想去看的，他说没有了，我这辈子就想来北京看一眼毛主席，北京都不想看，就想看一眼毛主席，我满意了。

"汤错是不是我第一个看到毛主席的？"

尽管我不敢确定，但就目前来看，我们知道的，的确如此。我在地图上圈了故宫、颐和园、长城、十三陵、长安街、鸟巢、国家大剧院、水立方，还坐地铁，看了两个地方，就不想去看了，他说北京太大，人太多，那火车还在地下趟，太可怕了。终于我明白了他的意思，他的意思是他想家了，他想回去了。我给他买飞机票，他说不要，到了机场，他也不知道怎么回去，还是买绿皮火车吧，到桂林站下，他就知道怎么回去了。

那袋茶叶，我本想说带回去，却说不出口，他说留给我。我说是给毛主席的，我也不敢喝啊。他说那怎么办，总不至于拘①吽吧。我送他上火车，打发行路钱。他下意识推却，我说就当我买茶叶吧，歪爷才把钱收下。他上了车，然后又走出来到车门口，用汤错话说："难谓你。"

我想大约三天后，他就能回到几个月前他出发的地方。车门关闭，火车噗的一声松闸，像一头全身下沉松绑的机器兽，我站在站台上，隔着玻璃窗，跟他挥手，他的位置靠过道，在人群中似乎没有看到我。火车启动驶离车站，我跟着小跑，然后快跑，火车离开站台，我站在站台的尽头看着火车从视线中远去、淡出、消失，我仍在向远处挥手，突然，泪水夺眶而出，心中那座莫名的悲伤的湖泊洪水般倾泻下来。

---

① 拘，读 [jwa³¹⁵]，扔，扔掉。新方话读 [ʃwan⁵¹]。

卷　六

群众的三个身体
村庄＝国家＝小宇宙的森林[①]

6.1　小说资料初编

阿尔法河

　　你即将来到这个世界。照某种密教的解释，你只是我的一个念 阿尔法河
头，无数念头中的一个，眼下正在通往肉身的途中。作为父亲的我，
必须向你解释你即将看到的一切。还原几乎是不可能的，那是一门
精湛的技艺，它处于物质和精神的混沌区域。

§1. 火柴盒地球仪

　　地球是方的，远远地超出你的视野之外。但是有一天，有人会

[①] "村庄＝国家＝小宇宙"，参大江健三郎《同时代的游戏》全书各处用法，这个
　　公式发展了个体和叙述对象的多重性。李正伦、李实译，作家出版社，1996。
　　在史学领域的著作《国王的两个身体——中世纪政治神学研究》（1957 年初版）
　　更广泛地讨论了自然之体、奥秘之体、合众之体，等等，〔德〕恩内斯特·康托
　　洛维茨著，徐震宇译，刘小枫序，华东师范大学出版社，2018。

告诉你它不是方的，而是圆的，而我们——以及人类，在很长一段时间里都是这么认为的。在我 n 岁的时候，我也是这么认为的，因为你的曾祖父也坚持这么认为，至于你的祖父，他的思考中从来不兼济这些。他的思考兴致全部在看得见摸得着的事物上。而现在，在 n＋a 的岁数，我必须向你解释你周遭的一切。我和你的叔叔王格拉，在遥远的、湛蓝的拉萨天空下（的）二层藏式建筑（的）一间屋子里（的）一扇窗户前，谈起那些已经作古的人类，而远在南方七月的你的母亲却在咒诅我们，但是孩子，请相信，地球是方的。如果需要给出证明，我也会那么去做。

　　但要分清楚两种时态：我在 n 岁时的思维和我在 n＋a 岁时的思维。相对于在 n＋a 岁的我，这的的确确是两种时态。n 是过去时，n＋a 则是现在进行时，它们相互回溯，这就像你正在往我们的世界赶来，而我们则正在往别的世界（并不一定就是你的世界）赶去。它们从来就是并行不悖的吧，这之间存在着一道意识上的鸿沟，我们姑且称之为 α 鸿沟，——即阿尔法裂谷，这也是一条河流的名字，你诞生时候第一眼可以看见的河。同样的，n 和 a，并没有可资限制的定义域，它们也可能是一个负数，比如现在的你，是负的零点一岁。这也是我想告诉你一些事情的原因。

　　人们对显而易见的事物并不是马上就能反应过来的，最初，当我们看到月食或者日食的弧线时——这件事情仍然发生在今年的八月，我们并不会立刻想到或者证明地球是圆的——而是想到了灾情。原因跟你的祖父是一样的。那么，我们何不往这条缝隙里钻得更深一些呢？缝隙的思维，用我的理解来说是简洁的深刻，却非实用主义。就说你即将看到的地球吧，它像一个箱子（暂时还不想把它和猫和量子力学联系起来），四周绘着彩色的地形图。你可以想象（也当然可以想象），这些地图是绘在箱子的里层，如果是箱子的表层，当然，情况会有所不同，但没有什么根本的区别。那么，现在，我们假设箱子（A 事物）它就像一个火柴盒（B 事物），至少这样，我们可以拿在手上，而不是坐在上面，我们也确信抽象事物有传达它本来意义的特殊能力。至于，火柴盒的六个面着上何种颜色，那完全是可以由我们自己来决定的（如图1）：

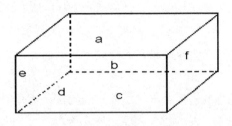

图1：火柴盒地球

（六面分别为 A，B，C，D，E，F）

这是我们的地球，六大板块分别有它们自己的意义领地。火柴盒地球只是一个抽象（抽象：这是我们还原事物或是模糊事物的方式）。我们的过去都是这样思想着的。我并不认为这只是一种想象力。如果只是想象，那么，我们还是会把地球看作一个球球，在一个预先规定的系统中永无休止地精确运转。所以，抽象和常识迥然有别。六大板块同样是一种抽象。它同时也是指以上所说的类的叠加与集合。这是一种心理上的持续递归。在数理逻辑上，这样的等式是不存在的。在我们这里，这是可以相等的。它表明的图式是意识上的不断叠加与推进。这些变化我们只能在内心深处看得见，而不能描绘出来。对于一个曾生活在多个世纪和世界的人而言，当然是这样的。

你将出生于东岸（E），或者西岸（W）。总之是一元之岸。f 大陆的人都统称对岸为彼岸。因此，我们可以确定的是：你出生于彼岸。这一点我想并没有违背我们的传统。这是一块亚热带地区的大陆，这里的农作物在八九月间（按 F 大陆的历法，区别此前提到的有关时间的历法）收割完毕，红薯和玉蜀黍稍晚一些，但也没有超过十月。秋天的那些烂熟气息和冬天的湿冷奇怪地保留在我们的肌肤和记忆之中。在一间阁楼上，阿尔法河畔，你会看到田间劳作的农民，会浮想起比一个世纪更遥远的历史，心中萦绕着无法排遣的忧愁：F大陆的诗人们写过这种古怪的秋意。诗人是这块大陆上最为纤弱的灵魂，但是腰中佩剑，仗酒而行。你的叔叔王格拉似乎显得例外，他说："仅是这泥浆已经很全面。"（《怎样概括外观》）但是我不想让忧愁的种子过早地降落到你尚稚嫩的心灵中来，你还是那么地完美。

火柴盒地球仪有一些基本的简单的约定，兹介绍如下（尽管它不重要）：

A：朝天的一面a，代表山川，也就是山体，包含了岩石等；

B：北面b，代表人类；

C：朝下的一面c，代表海洋；

D：南面d，代表河流；

E：东面e，代表动物；

F：西面f，代表植物。

大写的字母表示秩序［1］，小写的字母表示集合［2］。

在此之后的描述当中，无论使用大写还是小写字母，它们都具有［1］和［2］所具备的两种含义。

··（a）

§2. 语言学家对一座山的描述

一座山：阿尔法山的启示，即一般法则和必然裂缝。

一般法则：避重就轻用语言模拟自然存在。人的逻辑和自然逻辑相比较，后者是高于前者的。语言和文字任何时候无法完全呈现一座山。F大陆的人们喜欢山水，归根结底喜欢的是他们的心境。

必然裂缝：我的书房的对面有一座大约一百米高的山。它是一条山脉和山谷的一部分，也就是说它相当于一列火车的一节车厢，一根中指的几条指纹或者关节过渡（褶皱）。现在我们只截取这一座，假使是孤立无援的一座山，并称其为阿尔法山。

如何来描述这样一座山呢？这座山是否真的可以降临到我们的语言当中来呢？

阿尔法山可以有自己的名字，在 f 大陆的人称其香鹿山。或者还有别的名字。假如它就是香鹿山，这是从自然逻辑向人的逻辑转化的开始。我们知道，称它是什么并不十分准确。它的所有的特点都是我们赋予的。这样的一座山存在，但是又不存在。而它的确又是在我的眼前。我看到的是什么呢？是山吗？假如是山，按照我们的语言习惯，我说出它什么了？什么也说不出来。但是我试着说出一些可见之物。阿尔法山上有多种植物，这是它常绿的原因。这是直观的。在我的位置，它呈现为图景。中午时分我走进山里的时候，图景碎裂，不再存在，一切变得具体。所以，一般法则中的绘画方式也跟别的大陆不同，他们很快就能将物诉诸于自己的感官，并且和心灵相连。而阿尔法山到底是怎样的一座山于 f 大陆的人并不重要，重要的是这座山在眼前，在他们心里。

现在，我们已经进入这样一座山中，所以不可回避地会看到碎裂之后（远山无褶，远树无枝）的图景。这里有板栗、蓁奥（野生葡萄）、漆树、栒栯、香椿、槲栎、金樱子、小果蔷薇、汤错木兰、桤木、小杜鹃、老鼠芳、紫荆、牛栓藤、菝葜、牛皮消、芒草、杜梨、茜草、石韦、凤尾蕨、芒萁、苘麻、苦竹、杨梅、胡颓子、茵陈草、朱砂根、马桑和贯众，还有很多很多，以及它们的寄生植物，有高大的乔木、低矮的灌丛和极其微弱的草本，它们从泥土里吸收各种不同的元素，在不同时间开出不同颜色不同形态的花朵来。我们可以将这座山上的所有植物都记录下来，但是我们是否就描述了这座山？我想没有，如果我们用语言来描述这座山，我们要使用的语言数量已经超过这座山了。比如我们描述阿尔法山上的一种植物所使用的语言：

一年生半灌木状草本，高 1～2 米。羽状复叶有小叶 6 片，叶柄无腺体，在叶轴 2 小叶之间有 1 腺体；小叶倒卵形至倒卵状长圆形，长 1.5～6.5 厘米，宽 0.8～3 厘米，幼时两面疏生长柔毛。花通常 2 厘米，腋生，总花梗极短；萼片 5 片，分离；花冠黄色，花瓣倒卵形，长约 1.2 厘米，最下面的 2 瓣稍长；发育雄蕊 7 个。荚果线形，长

图 2：决明

达 15 厘米，直径 3～4 毫米；种子多数，近菱形，淡褐色，有光泽。花期 7～9 月，果期 10 月。（F 大陆植物志／第 42 卷／第 2 册／豆科）

根据这段文字，只怕我们很难找到这株植物的存在。这株植物就在我的眼前，我们莫名其妙地称它为 Cassia tora Linn.（豆科决明属决明）。我们不能描述出来一株植物在四季的具体样子，每时每刻的样子。更重要的是，我们不能将其与他物区别开来。在这些所描述的属性当中，可以说，属于很多种植物，它们局部的都具有这样的属性。这是因为，在史前，植物和植物之间血亲关系造就的。现在，我们看到的仅仅是一个不能成立的局部结构形态。

被我们滤掉的东西太多。而这是我们描述事物常用的手段。就算这种方式成立，要将阿尔法山上的植物全部描述出来，是一项多么宏大的工程，暂且还不包括其他事物。但是人类按照自己的逻辑已然觉得将这座山上的植物描述清楚了。并且按照纲目科属种以及亚种将其条缕清晰地归好了类。这可信吗？植物之后，还有动物、鸟类和昆虫。获得的结果将会和我们描述植物时差不多。最后，我

们还要来描述这座山的形成和出现，甚至它的历史，这个时候我发现，在它面前，我完全是无知的。我们发明和使用语言文字，显然只是方便而已。除此之外，没有更多的好处。它使我们变得更加粗俗，使我们思维的裂缝越裂越大。我们指称的物无法全部出现在面前。我看到的山是模糊的，不存在的，我描述的山也不存在。归根结底，它仅仅存在于我们的意识当中，仅此而已。但是，我们仍然在使用这粗俗的工具。

语言学家宣称，他们在对待事物和思考终极问题的时候，和科学家一样，是认真的。

·· （b=a＋b）

§3. 小说家对 F 大陆小说化看法的概述

原则：根本没有故事。

故事的理解：情节周期。在线性时间里才存在情节周期的问题。所有这类小说，都应叫作古典小说。在共时性的时间里，时空是混沌合一的，所有事物互现。在线性时间，我们标明的小说秩序是情节周期性显明的符号，有一个潜在的前进的概念。后者是没有这种东西的，后者的秩序要繁复得多，它的秩序的存在只是标明一个可能的方向。线性时间下的情节周期可以看作一个分子的运动，而共时性下的主体结构是一堆分子在运动。

我们假设火柴盒地球仪上有一个村子叫作汤错。小说的肉身是从这里开始的。小说的主体性转变之后，我们面对的将是一个更加广泛的世界。我们这里着意引用卡内提的一段引言，以及关于本书的**主体性阐释：**

············参本书开篇凡例和汤错，以及它的象征群众

阿尔法河岸边的这个小村子作为一个实体，要写成小说的话，

633

它需要经历结晶群众和象征群众的转变——

．．．．．．．．．．．．．．．．．．．．．．．．．．．．．．．．．．．（c=b+c）

§4. 早期天文学家的观察所得

黑夜的宇宙学意义

F 大陆的先民在夜晚观察天空的时候发现：

北斗七星的斗柄在四季指向四个不同的方向。春天的时候指向东方，也可以反过来说，斗柄东指，春天来临；南指，夏天来临；西指，秋天来临；北指，冬天来临。

运动：阿尔法河里的水：我动与水动同时进行。必有一者在动才成为运动。那么，得到以下假设：

假设一：我动，斗柄不动。

推论：地球围着斗柄在做旋转运动。就如驴推磨。

假设二：斗柄在动，我不动。

推论：星星围着地球在做旋转运动。

白昼的宇宙学意义

白昼的意义是通过太阳来呈现的。太阳既在地平线上左右运动，也在头顶做弧线运动。所以，人们做日晷来测量时间。

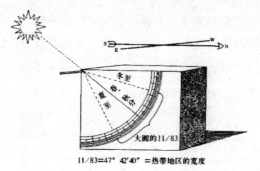

11/83＝47° 42'40" ＝热带地区的宽度

图 3：托勒密的成角日晷仪

日晷上的棍子和地轴吻合，才有假设一和假设二。F 大陆以外的学者托勒密认为世界是球体，他提出以下几点理由：

一． 如果地球是扁平的，那么全世界的人将同时看到太阳的升起和落下。

二． 我们向北行进，越靠近北极，南部天空越来越多的星星便看不见了，同时却又出现了许多新的星星。

三． 每当我们从海洋朝山的方向航行时，我们会觉得山体在不断地升出海面；而当我们逐渐远离陆地向海洋航行时，却看到山体不断地陷入海面。

这种认识已经趋向于将地球当作球体了。

F 大陆先民的这两种假设成为天文学上旷日持久的争论。假设一就是日心说；假设二就是地心说。F 大陆的人既不认为第一种是正确的，也不认为第二种是错误的，他们发展出第三种学说：风动与心动。第三说的伟大之处在于将"心"的概念引进宇宙学，使其成为一门古老而崭新的宇宙学。

⋯⋯⋯⋯⋯⋯⋯⋯⋯⋯⋯⋯⋯⋯⋯⋯⋯⋯⋯⋯⋯⋯（d=c+d）

§5. 人类学家的神话阐释学

关键词：盘古神话（原型），人体＝小宇宙，自然精神＝绝对宇宙精神，牺牲。

象征或隐喻系综

小说家的阐释是不负责任的，他们忽略的东西太多，如果可以称之为忽略的话。但其中的一些内容我们要进行再阐释，它是我们理解汤错要具备的思维基础。

这是本源于 F 大陆的一个创世神话，盘古开天的故事。神话不知道从什么时候开始流传的，这个神话有很多变种和杂交形式，存在于喜马拉雅山以东的农耕民族、大小部落当中。每一个人身上都携带着这个有关混沌的故事，终其一生。混沌的劈开，随之而来的是众多可资阐释的东西的滋生。劈开是动词，它带有创世的伟大意义，也具有创伤的存在。混沌一开——在我们的意识中带来第一缕曙光——并非实质意义上的光，阳光，而是隐喻着的光明。日月星辰没有被创造——实际上，是形成，物理过程，然后才有光。这个被隐喻并形象化出的巨大能量的盘古在这里被人格化。所以，有时候，我们总把他想象成一个从蛋里面蹦出来的家伙，那么他的神格力量在想象过程遇到了暗礁。在 F 大陆，创世神话一直没有被提到神的高度，直到人们对道有了认识，才算出现一个具有神格力量的抽象体系。

　　盘古的死既是牺牲[①]，也是祭祀。盘古被肉身化了，但又不全是。根据传说，他的肉身的各个部分分别形成了山川、河流、动植物、日月星辰。我们现在知道，这里有一个悖论，即传说的创造者何以知道如此？他没有被创造出来之前不可能知道，在他之前也没有人知道。尽管我们知道他违背理性，但是我们依然相信其中的部分精神——我们的肉身是宇宙自然精神的构成部分。我们的医学和对人体的认识依然在这个基础上展开、进行，我们从来没有放弃过对这一古老理念的眷恋，在古老的东方意识中，这是一条巨大的精神矿脉。他直接追问，我从哪里来？问题的提出就是从这里开始、发生

---

① 他倒下了：呼出的气变成风和云；声音变成雷电；左眼变成太阳，右眼变成月亮；身躯变为大地和高山，肌肉变为沃土；血液变成江河；筋脉变成道路；须发变成天上明亮的星斗；皮肤和汗毛变成美丽的花草树木；牙齿和骨骼变成坚硬的石头、金属；骨髓变成了玉石和珍珠，连汗水也变成了雨露甘霖。参《中国神话世界》页 3～4，陈家宁、杨阳编著，汉英对照版，北京语言学院出版社，1995。另参袁珂著《中国古代神话》页 21～23，华夏出版社，2003；《黑暗传》汇编本，神农架发现的一部汉民族神话口头史诗，胡崇峻整理，长江文艺出版社，2002。

的。这个我难道仅仅是现在的我吗？当然不是。我，是一个集合名词。当我们面对眼前山脉河流的时候，我们首先感觉到自己原本是他的一部分。

月亮主宰人体

这个命题仍然是创世神话裂解的分歧。费尔巴哈有一个反对的观点："异教徒在他素朴的宗教心情里把月光当作一种独立的光崇拜，月光诚然是一种派生而来的光，可是同时也是一种与直接的日光不同的独特的光，一种由月球的阻挡而改变了的光——因而是一种若无月球即不存在的光，它的特性的根据，只是在月球里面。"①

用我们自己的话说，乾父坤母。月借于日，盖言女子，阴质也，月相也。

在这里，我们滤掉异教徒的问题，在 F 大陆这不构成一个重要话题。回到月光崇拜：我们用镜子改变光的角度之后，不能说这光就不是原来的光了。月光依然是日光。月亮对人体的实质影响来自地球、月球以及太阳之间的引力这种能量，对海洋——易怒、水的动荡、流动性，覆盖地球表层的一切动植物，都有影响。月亮爬上村庄的山岭，说明我们面对着它，而地球另一面的人们则直接面对着太阳本身，我们面对的是太阳的折射光线，月光作为能量，和白天的日光相比在人们的意识当中做了严格的区分。天体的秩序加深了我们的印象，它们在我们周围的运转使我们的思维发生裂变，我们身体的节奏追随着它，和秩序的节奏逐渐统一。

人类所有的特性是天体的特性。从根本上说人类没有自己。人类是宇宙秩序的明亮形式。无论从情感还是理智上，月亮都要主宰人体，它是我们肉身的一部分。神话的存在以它自己创造的身体作为载体。而月亮总是和女人－女神联系在一起，属于阴性事物的范畴（主要如此）。在对太阳和月亮崇拜的过程中，二者一直没有调

① 《宗教的本质》，〔德〕费尔巴哈著，王太庆译，商务印书馆，1984。

和。根深蒂固地衍生到具有社会性的女权问题上，女性只是月亮，那么，她注定只是附属意义的存在。男权思想是太阳神话意识的延伸，代表男人、父性、日性、权力和统治。女权问题是一个伪问题，是说清除我们神话体系中月亮和想象中的月亮假象很难实现，但也并非完全不可能。……并不能把月亮作为太阳的妻子。站在地球，看到的是月球、太阳。而站在月球，看到的是地球和太阳。这是一种三角关系。可是我们无法站在太阳的角度，只能在它的附属意义上获恩——太阳的能量。我们不能成为太阳，所以在人性中也拒绝了绝对的暴力上升的可能性。

面对同一个月亮，为什么我们却嗅出不一样的气息？看到不一样的景致，有不一样的意识分泌？作为肉身的月亮和太阳仍然不能放弃地球作为其中一员的事实。大地随之涌现。

大地性

大地表现出仁厚性格，更多时候，它不特意指向岩石、沙漠。大地指向厚土、肥沃的土壤，具有馈赠和生育、母性和父性多重精神养分，也即日性和月性的统一。大地是我们接触的最近的宇宙肉身，并因此而感到愉悦和神圣。占有土地是一种神圣情感。不管它有多少社会属性在里面，土地依然是我们最为崇敬的宇宙实体。也因此，土地充满欲望和血性。

人群的依赖使我们把一切馈赠称之为母性，在河流、海洋、天空、风雨中，对土地的赞颂是最无私的。我们赞颂它。原初民赞颂这一切，而大地是母中之母。最为古老的言语和歌谣中，大地占有无可替代的形象。这具肉身疯长着鸟兽虫鱼、草木，我们如此需要。在战争中，血和河流渗透大地有了残忍之后的悲壮感，血和大地的交融在这个时候显得那么庄严、圣穆。我们在这片身体上收获谷物庄稼。而单纯的祭祀，宰牲面对的是天空，以及幻想出来的天庭，诸神的处所。人类自身的反驳来自理性的增加，对天空的了解，也就是对自身了解的与日俱增。

土地也是性的。性的隐喻在我们的这片肉身中自古至今无所不在。它是生命力的体现，更是对宇宙身体的赞颂。人从土地中提炼爱力和性力。这是他们她们它们歌颂的理由。在太阳、月亮、土地三者中，它们忌讳着，敬畏着，赞颂着。性力交织中它们思考着天体带来的快感，愉悦，并将它转化为对自然力的体悟。性行为的神圣性是一片土地进入另一片土地，一种力量和另一种力量的交合，日月交媾这个词很好地说明了这点——人类无时不刻不在演化自身，蜕化肉身性质，向着神性人格上升努力。大地象征一种宽广，土地象征一种仁厚，这两个词所隐含的伦理指向一个是父亲，一个是母亲。土地和大地的合一性。无论我们是拜月，还是祭日，我们都能获得大地情感。最终，在这三者当中合而为一，成就一个完整的身体，从而使它们的行为举止和言语中也具有了这种性质，本质的相互渗透。

·· （e=d+e）

§6. 漏斗。对汤错的非地理学描述

即便是想象的大陆也应该有完美的森林与草甸、山脉与河流。也就是说，大陆应该有它自己的性格特征，不一样的皮肤，不一样的骨骼和血缘关系；而汤错是一个实实在在的存在，它不允许我像过往的那些篇章那样去虚构它任何多余的性格特征。当我意识到这一点时，我感觉自己也是实实在在的，与它同在。

汤错四面环山，a圈和b圈是山地和丘陵，c圈是高山草甸和原始森林，即便是炎热的夏日，在c圈的越城岭山脉上，也要穿上棉袄。俯瞰的话，整个汤错就是一个沙漏，或者漏斗，从这个漏斗的东南角和东北角下来的两条汊江在a圈的正中央的双江口汇合，河床海拔七百五十米，然后朝西而去，这就是阿尔法河，既然我们圈定了汤错的界面，那么它总是会从这个界面上流走的。它沿着村子

缓慢地流淌了一阵之后，首先要绕过一座大山——达俩里山，这座像门神一样的山坐落在横跨 b 圈和 c 圈地带的西面，太阳也要从它身后落下去。白练似的阿尔法河从它的北侧裙裾而下，地势进一步下降，不久便汇入从灵渠方向来的资水主干流，它是要往这块大陆上最大的河流去的，入水口在洞庭湖。在地图上，阿尔法河属于袖珍河流，或许并没有多少人注意到它的存在，但在汤错，它是最大的，是汤错的母亲河。

如果用地球仪上经纬线编织出来的网兜兜住这个大漏斗的话，大概能锁定的位置是北纬 24° 91′ 8″，东经 104° 75′ 5″。这里最高的山峰天心庵，又叫真宝顶、净瓶山，海拔二千一百二十三米，就这块大陆的东部而言，已经是一座很高的山脉了。西奈山也只有二千二百八十五米，泰山更低，它们照样可以成就为一座圣山。站在这里，可以穷尽远处的地景和村子，时空感也可以全部压缩入这个漏斗中来。现在，我们即将进入汤错。它就在我们的眼前。我们的描述也基本上仅限于这个漏斗所辖的三个圈带。a 圈是汤错的中心，主要的人口居住在这里，b 圈也有人居住，汤错所辖诸大队片区在这个圈带上；汤错主要的庄稼种植在 a、b 两个圈带上。气温相差较大的 c 圈高山草甸和原始森林带是狩猎和自由牧场（夏秋两季牧牛的地方）。

我＝李氏假设的阁楼，不，是**塔楼**，灯塔一样的塔楼，窗户淹入天井。在 a 圈的后龙山上。这座小山的脉势是从越城岭山脉下来的，它像盘龙一样沿着 c 圈盘了汤错一周，然后龙头垂下来，在两河汇流处呈饮水之势，突然顿住，形成一处山岗，我的塔楼就在这个山岗上。我住在上面，就像住在漏斗的底部，最重要的是，居住在这个山顶上的人无法刻意避免 a 圈→b 圈→c 圈的所有事物涌入一个人的心中来。我住在塔楼的里面，守望寓言一样守望着它指涉的无边宁静。黑暗。光芒。

··（f＝e＋f）

§7. 阿尔法河

一条河：不管它是什么河，我们都将用它来探讨运动的本质。

在你成长的过程中，可能已经注意到它的存在，那就是河流。它本身是一条极为优美的曲线，当然是说它在火柴盒平面和立体上的两种以上的弯曲方式。第一次看到河流的示意图，比如F大陆地图册，你可能以为河流正好是反方向流动的，据说这个跟人的大脑结构二元化有关，有的人更喜欢使用其中的一元，所以使河流看起来是倒流的。实际上是绘图者用其单一的一元左右了你现在的思维方向，河流的方向就是思维的方向。你是否注意到，河流的两岸完全是不同的曲线。河水在河床中，也不是中间的水最深，往往倾向于一侧。河水冲刷出来的曲线从来就不一样，即便是水槽中的水。这是地球旋转的结果，所有的事物正常的运动方式是——旋转，这是运动的本体。河流之所以要改道也是如此。根据它改道的方向和幅度，我们完全有理由判断地球轴心自身完成的摆幅和震荡。f大陆之外的一位智者说，恒河中的一粒沙子便可以概括大千世界。阿尔法河里的一粒沙也不例外。河流也并不总是流往低处，这要看地心引力和别的星球给予的力之间的平衡。或许在涨潮、发洪水的时候有些例外？不，我说过，没有例外。

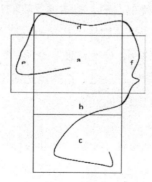

图4：α河流经火柴盒地球之河床举例

F大陆的人在遭遇心理上的挫折时经常引用一句古老得连他们也不知道来源的谚语："三十年河东，四十年河西。"它说的就是河流惯性的改变。也就是地球的改变。这个三十年四十年是虚拟的时间理论，它可以放长到一万年，也可以压缩到一秒钟，它说明的一个事实是：地球曾经可能大概或许肯定按着相反的方向旋转。我们打烂一块石头，当然——这块石头的寿命要足够长，至少经历过地球改变方向的时刻，我们或许就可以看到，石头的内部磁力留下的信息可以给出证明。另有一个大陆的智者说，我们不能两次进入同一条河流中来。这是错误的，否则我们怎么可能相遇呢？他把河流看得大于地球，而不是把地球看得如同火柴盒。这是他谬误产生的基点。

手性研究
——运动本体论的推论举例

在攀缘性藤本植物中有一种很特别的运动方式：旋转运动。这些植物总是旋转上升，延伸自身，旋转的方式只有两种，左旋（1），右旋（2），且同一种植物的旋转方式相同（3）。我们将这种现象称之为手性。在我的塔楼周侧，能见到的是金银花和南五味子，它们是左手性植物。

现在我们研究手性的起源。根本的，我们认为，这是由植物体的磁性决定的，即攀缘性植物体的物质极性决定它朝哪方向旋转上升。根据磁性"同性相斥，异性相吸"原理，植物体本身是北极性，那么它向南极性旋转绕升；反之，植物体是南极性，它向北极上升。它旋转的最初的力来自地球的旋转运动。

据此，我们得到：

物质极性：具有南极性（阳性）和北极性（阴性）。

由此可见，赤道地方的植物应该有反常现象。有关证据，我们正在收集当中。

但是，为什么，南北半球同种植物却没有变性？同是金银花，假若它由北回归线移植到南回归线，它们的旋转方式并没有发生改变，这是为什么呢？因为，磁力线方向从根本上说没有发生改变。地球的南极和北极方向没有改变。由此，我们可以推测赤道地方的情况，它们也可能不会发生太大的改变。只有在两极的极点上，这种情况才会使极性发生根本性的混乱。假如我们能够找到这个极点并且在那成功种植。显然，这个实验也只是理论上的。从根本上说，只有植物体自身的物性发生改变才会对它的生长方向发生根本改变。这要看它从大地吸收了什么极性的物质以及成为何种极性的稳定结构，遗传和手性也只在这个意义上才发生并维系。

结　论

最后：你是否愿意亲自打开火柴盒？这个问题要考虑清楚。我已经说得足够多了，我的意思是说，火柴盒你可以当玩具，也可以自己打开，但是，千万别忘了太阳。也别忘了你正在往这里来，站在 f 大陆，即将面对这条玉蜀黍叶片缠绕带。

6.2 小说资料二编

汤错，以及通往它的道路[①]

档案中的汤错概念实体与十六世纪的日常生活

七

烧瓦塔节那天晚上确实下雨，正要上床睡觉，忽然听到有人敲门。我打开窗户，往外看，问谁在外头。门外的人讲想见见我。我去开门。那人一溜就进来了，腋下夹着一个小包。他说他叫尤多秉（切，跟我外公同名），响水那边过来的，有一样东西想卖给我，问我有没有兴趣。毛子东西？是一本书。他掏出一个尼龙纸包实的包放在桌子上。老实跟你讲吧，我望着这位自称尤多秉的陌生人说，我对宝贝实在没什么兴趣。他说，你会感兴趣的，看了就晓得了，我可是寻着你的名头来找你的。

那是一个长方形的包。

我老婆把它当冥纸烧了一些了，以前她也烧过一些……他这样讲。

噢，我想，你老婆烧不烧有我什么事。

我打开包裹。里面是用毛边纸抄写的一沓手稿，柔软的皮革做的面皮，邋里邋遢的，散发着坟墓里特有的腐烂的尸土味，这家伙是个挖坟的？这味道我太熟悉了。奇怪的是那上面写的竟然不是汉字，迅即，我感到自己荡漾了起来，又翻了翻，这回着实吃惊不小。我把手稿包好，放回桌子中间，不一会儿，又忍不住拿起来掂掂，然后放在自己的肘下压住。我叫他坐下喝口水先："这毛子哪里

---

① 本单元曾刊于南方某杂志创刊号（2007 年），现恢复其原貌。作者换了一种视角来抵达汤错这个概念实体。

来的？”“你不必晓得这个的吧。”尤多秉接过茶杯说。“那你怎么知道这个鸟值多少钱？”“很多。”“不，”我告诉他，“它不值钱。”“不可能啊。”“为什么？”“我晓得它是从哪来的！”“只是一些纸片而已。”“雪弟①，纸片也是一些值钱的纸片。”他一脸肯定。

"那好吧。"我松懈了，又把它拿到手上，我感到自己的回答确实有些激动，陌生人的肯定让我多少显得有些无力顶他，一时间很窘迫。我要求他把手稿的来头告诉我。他说："那不重要，但是，假使你要买，我就可以讲你。"我问大概要多少钱。他贴耳跟我说了个价。自然，这是个很小的数目，如果真值这么多的话，我松了口气，稍稍镇定地回答他，我愿意给你更大的数目。条件是我必须先知道手稿写的是啥毛子，然后再付钱。

他答应了。他走后，我在灯下，开始把原来的尼龙纸包皮去掉，换上一块红色的绸布，然后用炭火一叶一叶爽②净。我一直抑制的洪水般的情绪终于敞开，老天啊，这竟然是汤错文，而且，陌生人在的时候，我随手翻的一页中写道"TUNGTSO"，这种感觉像触电。手稿内容看起来较驳杂，有很多章，单面书写，排列有些凌乱，似有残缺，许是没有装订的缘故。书稿的最前面配有一段话，四行像虫一样扭来扭去的符号：

הַלְלוּ אֶת־יְהוָה כָּל־גּוֹיִם

שַׁבְּחוּהוּ כָּל־הָעַמִּים:

כִּי גָבַר עָלֵינוּ חַסְדּוֹ וֶאֱמֶת־יְהוָה לְעוֹלָם

הַלְלוּ־יָהּ:

我围着桌子转了好几圈，翻了好几本字典，最终没能把它认出来。人类的文字如此丑陋，要是像表情那样能够通用就好了。这段

---

① 汤错语，兄弟的意思。

② ［da¹³］，烘干。

话还猜不出有什么实质性意义，但我跳过这一页，目光渐次发亮，这东西正是自己多年来在寻找的"汤错"那一段跟域外文明唯一一次发生关系的文字记载。

第一日

　　孩子，通过一团泥便可以了解所有泥制品，其变化只有名称而已，只有人们所称的泥才是真实的；通过一块铜可以了解所有铜器，其变化只有名称而已，只有人们所称的铜才是真实的；同样，通过一个指甲刀可以了解所有的铁器，其变化只是名称而已，而人们所称的铁才是真实的，这便是我对你说的……在描述我所见到的这个村庄之前，请允许我自我介绍一下。我叫卡瓦科斯·卧尔卡①，是里斯本附近的阿尔科切特人。在这个当地人称作汤错的地方，我的几个舌头走的走了，死的死了。最后死去的那个是从果阿就同我在一起的，他死于一场意想不到的大火。其他几个是中国人，他们到了岭西城就不愿意走了。我和果阿仆人坐船到了灵渠，走了几天才来到一个村庄，想翻过大山去另外一个地方，当地人说大山那边没有人了，只有山。于是我和果阿的仆人准备留下，在这宣讲上帝的国。这是一个海拔大约在 1400 米以上的村庄，村庄的周围都是连绵不绝的山脉，居住在这里的人家总共只有 56 户，不到 250 人。几年前这里曾流行过黑死病，当地人称鼠疫，那场瘟疫夺去了三分之一以上人口的性命。据一个当地人回忆说："我在南迦巴瓦山上放牛，我老婆死在家里，发臭了也没人晓得。"在欧洲的时候，我看到过病人怎样突然跌倒在大街上死去，或者冷冷清清地在自己的家中咽气，直到死者的尸体发出腐烂的臭味，邻居们

---

① Cawacas Wolca.

才能知道隔壁发生的事情。在那可怕的日子里葬礼连连不断，而送葬者却寥寥无几。杠夫们抬着的往往是整个死去的家庭，把他们送到附近的教堂里去，在那里由教士们随便指派个什么地方埋葬了事。当墓地不够用的时候，他们就将占地较大的老坟挖开，然后再把几百具尸体层层叠叠地摁进去，就像往船舱里堆放货物一样。为了使大量的死者尽快入土为安，不得不加盖新的教堂。当地人治疗这种病的方法是求神保佑，在那段时间，巫术特别流行，但巫师巫婆们对病情的控制仍然显得毫无办法，仍有大量人死去。最后有人建议喝女人的经血。对于这种病后来他们发现，罪魁祸首是老鼠，它寄生在屋顶鼠和跳蚤身上，最后又寄生到人身上，通过衣料和谷物在土地上迅速传播，一旦屋顶鼠身上寄生了跳蚤，它们就会将黑死病传遍整个村庄，甚至整个大陆。于是他们进行了一场空前绝后的灭鼠运动。从某种程度上说，是传染病打散了这个村庄，削弱了他们的生存实力。村庄的房屋原来集中修建在小河谷，疾病流行时迫使他们搬进山里，现在，他们又返回河谷居住了。村庄的河流，据我推测，可能流向更南部的苍梧，而不是洞庭湖。村庄的汤氏祠堂就修建在两条溪流汇合的地方，他们的长辈集中在这里开会。还有一些人家住得稍微偏远一点，不过，也能看到，看起来他们像在山上，屋脊碰到白云了，河谷的人称那些人为山里人。汤错是一个汤姓村，姓汤的占了百分之九十五以上，还有五户施姓人家，他们没有自己的祠堂。我们的到来使他们大为惊奇。我对他们说，我们是上帝派来的，将造福于你们。他们看着我们画十字，一边模仿一边笑着说，他们没有上帝，但有皇帝老爷，皇帝老爷会向他们赠送皇历。他们相信天，老天爷，而不是上帝。他们崇拜偶像，几乎每个家庭的神龛上都放着一座神的雕塑，那可以保佑他们平安和发财。他们并不关心末日和来世。但也有人说"你会有报应的"或者"他是猪变的"诸如此类。他们的神甫相信无休止的轮回，以及人可以变成各种各样的动物，如果他或她在世时不多多行善的话。他们的王国是如此之大，所以在瘟疫流行时，国王的人并不关心，也许他们连信儿都不知道。如果这个村庄毁于瘟疫，他们损失的可能只是一点点税收而已。我看到国王和他们的唯一现实关系除了税收，就是国王每年都给他们送来历法，使王国上的所有臣民都得到天文和节令的根据，知道何时可以播种谷物，进行农事，然而，他们使用的历法是很多年以前的了，当地人说好久没有人给他们送来历法了，但他们凭借对气候的敏感，不用国王的历法也能辨别季节的细微之处，这并不影响他们的耕种，桐子花满山遍野的时候，他们就知道耕种的季节又来临了。收获后不久，他们会放火烧山，这是为了让来年的草更茂盛，或者让开垦荒地来得更加方便。同一条山脉不是每年都烧，而是隔上几年才烧一次。

六

陌生人来询问我手稿的情况。我说刚看了个开头，还没来得及看完。我拐着弯来探问手稿的来头，他笑而不答。他说他很想知道内容。想知道什么？手稿的内容。那好吧，我跟你讲讲。

一五四〇年是个什么概念你晓得吧？不知道？嗯，也就是说，嘉靖皇帝在位十八年，也就是海瑞罢官那时，离万历十五年，还有四十八个年头，离鸦片战争还有整整三百年，大概是这样子。那个时候，蛮夷之国并不知道中华帝国，他们只知道东方有一个国家，非常富有，黄金满地，于是他们就千方百计想弄清楚这个国家的情况。有一个小国家叫葡萄牙，虽然小，但却很强大，他的国王派了一位大臣来到中国。那个人是国王唐曼努埃尔一世的药剂师，可能就是御医太医之类的东西，那是一个家族遗传下来的职位，因为他父亲也是国王的父亲唐若奥的药剂师。

国王派来的那个人叫托梅·皮内斯[1]，一五一一年从海上来到印度，在亚洲大陆南部的马六甲生活了两年，然后才来到中国的广州城。六年后他被任命为驻中国大使，但因一起外交事故，不久他的使命便被中止了。他的同伴先后回国，而他则留在了中国。十九个月后，他失去了音信。一个比较可靠的说法是：一五四〇年左右的某一天，他死在中国南部省的某个地方。

他在中国的时候，曾写过一部介绍中国的书，这是一部非常杰出的著作，书中充满对东方的土地和习俗的详细描写，还有一封给唐曼努埃尔一世国王的信。据说，他来中国之前已是鳏夫了，在葡萄牙也没有后裔，而当他来到广州城后不久又沦为阶下囚。

关于那信里头写的是什么东西，一开始，大家都不知道。因为一直没有公开过。后来又来了另外一位葡萄牙人，他叫费尔南·门德斯·平托[2]，是著名的冒险家兼游记作者，通过他我们才知道了那封信的内容。他用整整二十一年时间走遍了东方各国，待在中国的时间尤其漫长，他在自己的游记中写道，一五四二年五月十四日那天，也就是距今五百年零两个月前的那一天……

等一下，你说什么，五百年？日历上不明明写着二〇〇四年吗，怎么到二〇四二年了？这里从来就是二〇四二，以前是二〇四二，以后也是，哈哈，不过没有关系，多走几步，就到了。

继续，在安东尼奥·德·法里亚的带领下，近一百五十号人及一名中国海盗向导乘坐两条快船，从镇海出发去一个叫加雷铺的河岛行动，传说那里有中国十七个国王的陵墓，里面金银成堆。除了僧人，无人防守。八十三天后，他们悄悄到达该岛，当天晚上，他

---

① Tome Pires.

② Fernão Mendes Pinto.

们就上岛，就近将一座庙宇洗劫一空，原来他们以为这次行动神不知鬼不觉，第二天就可深入岛内，抢劫陵墓，但实际上被人发现了。他们匆忙逃遁，起锚沿河而下，在南京湾遇到风暴，仅十四个人幸免于难。剩下的这些人谎称自己是遭遇海难的暹罗商人，一路行乞，想步行到南京。然后打船去镇海或者广州城。但在一个叫泰堡的地方，被当地总兵以不务正业流氓罪被捕，押解到南京，又从南京押到当时的京城北京，然后被判流放。而他反而借着这个机会，深入了中国内地。

在他的游记第九十一章写到他与一名女天主教徒相遇的事情。而女天主教徒竟然是我们前面说到的那位国王大臣托梅·皮内斯留在中国的女儿。

我昨天晚上就读到这，你要想知道得更多，明天可以再来。他犹豫了一下说好，我明天再来。

我坐在那，尤多秉走后，我在镜子的一角看到了自己嘴角的笑，像一朵金属花，很灿烂，也很假。看来，我只好继续瞎编国王大臣托梅·皮内斯女儿的故事了。关于二〇四二年的那些季节，我记得自己一直待在汤错，跟母亲和妹妹一起，住在父亲留下的大房子里，没有人来串门，那么大的房子多少显得有些空荡而寂寞，再说这两天她们又出门去了，打发时间的方法愈发见少了。我坐在院子里的大树下，从早上起床到太阳转到地球的另一边后才把目光从墓碑和教堂十字架的地方收回到脑子里，我感觉自己是那棵掉光了叶子的桑树。

那十字架像路标移植到我的脑子里，走起路来的时候，脑子里总摇晃着那枚十字架，它插在一座教堂上。现在，已没人再提起教堂、王国大使和墓碑上提到的复仇之事。那根用石头做成的修长的十字架，汤错人则把它当作阿门教的标志。夏天，使我感觉自己变得更加忧郁了，可山岗上的墓碑明明刻着：

王國大使托梅·皮內斯在此安葬，在神還未向海上盜
獅阿爾布克爾克艦長復仇之前，他就被死亡奪取了生命。

偶尔，我也去河里看鱼，站在河边，看到鱼队游过身体，绕过
骨骼像绕过清楚的水草，站在河床之上，一个人待在二〇四二年那
段时间里，孤零零地度过一个又一个季节，那段时间，阅读陌生人
的手稿成了我把握时间的唯一方式，我不停地在手稿与生活之间交
换角色。只有当我要给陌生人讲述故事时，我才从有土司和领地主
的十六世纪回到眼前有大树的院子。

第二日

汤错是被领地主即土司统治的，国王给予领地主的神
圣职责仅仅是守卫王国的这片土地，但在地方上领地主拥
有无上的权力。领地主还统治着无数的村庄，村庄里的长
老。在来时的路上，我看到，岭西城里是住着国王的亲戚
的，因此这种权力网的分布关系就变得更加复杂化了。这
给我们的工作或多或少带来了麻烦。要在当地人中区分贵
族和贫民是一件很困难的事情，因为他们之间的区别微乎
其微，甚至看不出有什么明显的差别，就是说他们都得
干活。财富多少依据家产而定，最富有的也不会比最贫穷
的富有多少。土地是他们最大的财富，家里有房子，有
牛，还有劳动力的就算是大户人家了。只有房子的人家是
穷人，他们依靠给人家干活而获得生存。当然，这并不妨
碍穷人和富人之间的交往，虽然多少有一点滞涩，但不明
显，也没有明显的阶级歧视。他们最大的节日是春节，时
间上介于圣诞节和复活节之间。过节的时候，穷人可以从
富人那领到做工的酬劳，回家过一个愉快的节日。过完
节，他们可以继续在家里休养一段时间，再开始新一年的

劳作。过节的时候，要吃肉，一般是猪肉，富有的可以吃到鸡肉和鱼肉。吃不完的猪肉就炸一遍，放到坛子里腌制起来，或直接熏制。用瓦坛腌制的食物还有很多，如粑粑，糯米做的东西。当地人把蔬菜腌制起来的做法是普遍的，这样做的原因，一是菜的品种不多，二是为了满足随着季节而蔬菜不足的需要。通过腌制，可以保证菜园里没有新鲜蔬菜的时候，不至于没有什么东西下饭。因此连萝卜、辣椒、白菜都是腌制的好对象。水稻、玉米、红薯、黑豆、马铃薯、高粱，这些构成当地人的主要粮食作物。这里的人除了可以呼吸到上帝赐予的最好空气外，最主要的营养物质就是这些作物了，当然还有这块黑土地。水稻是最主要的，其他的都是补充作物，青黄不接的时候用来替代主粮。另外一种获取食物的方式就是打猎。打猎几乎成为汤错生活中很重要的一部分，当然，它也是自我保护的重要手段，因为野猪等会破坏庄稼，珍贵的药材和林地。而对珍贵动物的追猎则属于真正的打猎范畴，比如羚羊、野牛，甚至老虎。随着粮食的自足后，猎食的动机就显得不那么明显了，更多的是一种娱乐，或打猎人的英雄主义行为。有时候，妻子们并不喜欢自己的丈夫动不动就去山上浪费一整天的时间，因为，家里的农活比较繁重，打猎常常遭到她们的反对。然而，当一大头野猪被抬着从村口回来时，她们也会很兴奋的，因为，妻子们养大一头猪基本上要花上十个月以上的时间。有时候，猎手们会拉着自家的一大帮猎狗组队去外地打猎。这是很特别的一幕。老猎人在他们当中享有相当的威望，他们近乎一个有着严格纪律的组织，尽管没有明文规定。经验值是构成威望的很大一个因素。他们的经验是教后来者懂得生存的一种方式，他会教年轻的猎手明白怎样避免中枪后发狂的野兽的攻击，遇到奇异现象时做出解释，比如，怀孕的羚羊向猎人发出哀鸣甚至下跪。打猎补充了他们在肉食方面的不足，肉食也是构成他们身体肌肉结构的一部分，所以他们显得很雄壮，这一点，我在后面还要说到，他们雄壮的体魄还有别的原因，那就是他们的祖先并不是本地人，而来自遥远的北方，他们是那时最强大王国的后裔。当地人用来给谷子去皮的工具是碓舂。基本上每家都有，也有些穷人家没有的，就到人家家里去借用。最早的时候，听说整个村庄只有一副碓舂，大家一起合着用。后来，人多了，忙不过来了，才分组打造，最后是有钱人家自备。人们用来碾碎大米和豆子的工具是石磨。用来打糍粑的工具是碓筐。碓筐一般是用整块大石头打造成的，石匠会在石头的中间敲打一个脸盆一般大小的圆形槽，周围打上粗糙的条纹。汤错人家里，碓舂、石磨、碓筐，是日常所需的三大件，几乎人人家里都有，它们是组成这个社会体系不可或缺的硬件。在这里，家是一个稳定的结构，也是最核心的结构。家隐含在房子的外表下面，没有房子，也很难有家。家这种形式稳固的遮蔽物就是房子，所有的家庭活动都在里面进行，并以此区别于其他组织。比家更大的单位就是家族。当地人，家族概念非常强烈，他们基本上处在家族的统治下。家族里有长老，一个家庭中也有长老。家族里的人是大一统的血缘关系，而亲戚则是有血缘关系的关系。家族、亲戚、领主，这些关系密织在家这个单位之上，各种关系像蛛巢小径，网住一定面积的社区。那些蛛巢小径，你可以看成血缘的流向，也可以看成人们赖以生存的利害关系。一般人都有家，没有家的是那些孤儿、私生子，他们的前途是帮当地有钱人做活，以求得生存。只要有儿子，家一般不会自然灭亡。但是像黑死病这样的瘟疫，一下子可以夺去很多家庭的性命，连根拔掉的可能性都有。这是自然灾害造成的。除了我上面说的这种原因之外还有人为因素，那就是贫穷。没有社会地位，娶不到妻子，或者娶了妻子，仍然不能改变自己的财产结构，那么也有可能沦为无家状态。这取决于他们的生存智慧。他可以很穷，但不可以没有生存的本领。在这里，要改变自己命运的唯一方式是参加国王设定的考试。而且仅限于男子。不过，在女人中间传递着一种很奇怪的书，这种书被称作女书，是一种只在妇女中流行传承的神秘文字。女书的字体秀丽娟细，造型奇特，笔画简单，书写呈长菱形，可采用当地方言土语吟咏。当地才情女子采用这种男人不识的文字互通款曲，诉说衷肠，以各种方式书写于纸扇巾帕女红，传记婚姻家庭、社会交往、幽怨私情等内容。传女不传男，这可能是女书名字的起因。男人和女人都使用自己的文字，非常奇特。女人像学习刺绣一样从她们的母亲或者女长辈那里学会这种文字。

五

陌生人按时到来，他对自己的手稿值多少钱十分关心，但他也想知道手稿的内容，即使我不买他的手稿，他还可以拿到别的地方去卖。保不定还能卖个更好的价钱。我问他昨天讲到哪了。他说后来的那个人遇到了一个女人。噢，对，是这么回事。

他们在水上行走了十一天（为了拖延时间，我将这十一天里沿途的景色做了稍稍的描述，这里只好略掉），最后到达一个叫三坯台的地方，当地人问他们的来历时，他们像往常一样谎称自己是暹罗商人，海上遇到风暴迷路了，所以漂泊到此，往日也是富贵的商人啊。

人群中有一位妇人，听了他们的话，便说：

"这种事不应该大惊小怪，因为常在海上劳作的人，大多难逃葬身海底的厄运，所以，朋友，我们既然是上帝用土做成的，那么最好最保险的还是重视土地，在陆上劳作。"

说完这番话，她像对待穷人一样，施舍给他们三个银元，并一再劝告他们不要再进行长途旅行了，因为在途中，上帝所许可的生命是那么短暂，紧接着，惊人的一幕发生了。她解开袖口，卷起袖子，让他们看她刻在胳膊上的十字。十字刻得非常好，犹如阿拉伯人的火印，她问他们：

"你们当中是否有人见过这个被信奉真理的人称为十字的记号，或者听到这种叫法？"

一见到十字，他们诚惶诚恐地双膝跪地，有些人还眼含热泪，忙不迭地说见过，见过。听了这话，那女人发出一声欢呼，双手高举，大声喊道：

"Cristo Jesus, Jesus Cristo, Maria micau vidau, late impone moudel."

这句话她是用葡萄牙语说的，旋即又讲本地的汉话，是南京话吧，她似乎只会说一点点葡文。她急切地想要暹罗商人告诉她他们是否是基督徒。他们赶紧一齐说："我们的在天之父，圣名永存。"一边抓住她的胳膊，亲吻上面的十字，并将她未说完的天主教祈祷词补充完毕，以使她确信。听完这些，她热泪盈眶，向在场的众人告别，然后对他们说：

"来吧，来自天涯海角的基督徒，跟姐妹走吧，家父在这里流放时生育了我。从家父那方面算起，说不定我还是你们某个人的亲戚呢。"

他们到了她家。她款待了他们。妇人向他们展示家中的一个神龛，里面有一个镀金的木质十字架，一些蜡烛和一盏神灯。她说，她叫以内斯·德·雷利亚[1]，她父亲叫托梅·皮内斯，曾是国王的使节。

---

[1] Enas De Raria.

由于父亲的一个船长在广州造反，中国人就认为他是间谍，而不是自己所称的使节，将他以及几个随行成员十二人逮捕下狱，施以笞刑和拷打，五人立即丧命，其余的被发配流放，散落到各省各地，并都相继惨死。唯一的一个幸存者叫卡瓦科斯·卧尔卡，是阿尔科切特人。

讲到这，我突然停下了，我有些犹豫，因为这个新人物出场得很突然，我并没准备给他更多的情节，但我得继续编刚才的故事——

她说这些曾听父亲多次说起，边说边流泪不止。她父亲有幸被发配到这里，因稍有财物，便娶了她的母亲。

费尔南·门德斯·平托，这个老外，他回去后，把这件事记在了他的游记当中。几天后，他们告别女天主教徒后继续旅行，费尔南于一五五八年回国。一五六九年开始撰写他的游记，十二年后才完稿，一时间洛阳纸贵，被人们争相抄阅，但正式出版是在一六一四年，那是平托死后三十多年的事情了。这本写中国的书在那边卖得很好，怎么讲呢，堂吉诃德你知道吧？

知道的呀，但具体没看这本书。嗯，这是写一位年近五十岁的骑士发癫了的故事，他是个乡下人，本名叫丹尼，住在一个叫拉曼杰的偏僻村子，跟我们的村子一样，但他有着很多疯狂的想法，他把荒唐无稽的内容和历史上的事情三番五次地混淆，认为自己可以在他那个时代即十七世纪初期，与我们刚才讲的那个故事发生的时间相隔不长，仍然可以使中古的武侠（骑士）精神再度复苏，金庸，噢，射雕和令狐冲你知道吧。嗯，知道。那里面的武打都是假的，骑士精神也是这样的，但他当了真，为了把自己的这种想法付诸实践，便穿上破旧的盔甲，自己取了一个奇怪好笑的名字叫堂吉诃德，还把乡下一个少女想象成自己仰慕的公主，让居住在附近的农民桑丘番作为自己的随从；他跟桑丘番说他将给他一个岛作为报酬，在那他想干什么就干什么。于是他骑上一匹瘦马开始出发了。接下去的故事，要明天才能听到。

尤多秉非常满意，他说：你讲得好，讲得好，我明天再来？

好！我想，对于一个事先并不知情的人来说，我可以向他讲述任何自己愿意讲的故事。当然，即便明天需要恶意篡改塞万提斯的本意我也不会觉得有丝毫过意不去。

第三日

"有人顶着磨盘逃走了。"一个当地人跟我说。这里面就有巫术的含义。因为，主子发现他的手下逃走了，就会请师公来作法，师公把逃跑人的衣物或原来留下的贴身物件招来，放在石磨内磨，由于布片不易磨下来，便认为逃跑的人也必然在山间转来转去，找不到逃生的路；逃跑的人为了逃脱虎口，就跟巫术对抗，所以在逃走时背一小扇石磨，顶在头上，这样他主子磨的布片就会很快掉下来，自己就能成功逃跑。这只是汤错巫术的一种。还有其他诸多种类，比如祈雨和招魂。小孩病了，往往以为是灵魂失落在村外，母亲则要拿着小孩的衣服去村外呼喊小孩的名字，为其招魂，招魂的对象不仅仅是小孩，还有突然变疯的人、亡人等。女巫最为常见，她们好好地坐着，可突然哈欠连天，浑身摇晃，抖动得厉害，于是巫婆含糊地宣称自己已经有神灵附体，可以解答你想要问的问题了。如果巫婆说对了一次，她的声望就会很高，马上就会不断有人带着礼物来询问了。驱鬼也是常见的活动之一，它使用于生产、建房、治病、丧葬。那是当地人对魔鬼施行的一种攻击性巫术。这是民间巫师的最主要的工作。这样的活动往往能调动全村人参与，敲锣打鼓，搞得轰轰烈烈，领头的是当地人自己的神甫。辟邪就更为普遍了，过节，或者家庭遭遇不幸，他们就找来巫师，在门上贴一些画有符号的纸片，或者插上桃树枝条。画符号用的不是墨水，而是鸡血。由专业的神甫来完成。一般人是不知道和鬼神对话的。巫师的每一举动都显得神秘，通过他们之手的一碗普通的水，只用手指在上面画几个圈，念一下咒就可以成为治病的灵药。鸡，除了当成食物外，成了仪式中不可缺少的祭品，所以这里的鸡是通灵之物。他们的圣人教育他们不可以相信这些，但是只有极少数人相信圣人的话，大多数人相信巫师的话。孩子满月，当地人叫作"奏索底"，"索底"①是一种竹器，或跟星象有关的一种东西。奏索底的时候，血缘亲戚和家族里的直系亲属携带礼物过孩子家这边来庆贺。这本是很平常的一个现象，但是却牵涉财物流动。由于物质的贫乏，财物流动是一种隐形的社会契约关系。亲戚朋友会带着礼物来，做酒这边要付出相应的代价，做到两不相欠。这样，实际上喜庆和酒宴并没有使整个财富发生太大改变。因为在付出的同时又得到了填补。但是婚姻就显得有些不同了。婚姻必须有嫁妆，因为一笔嫁妆可能使一般家庭的财产失去平衡，甚至破产。婚姻意味着财产的流失。所以穷人家的女儿就成了一种担忧。她们的父亲或者哥哥，未来的家长，担心自己的女儿或妹妹嫁到不好的人家，自己丢了一大笔财产不说，将来还有可能连累到自己，那么门当户对成了一种基本上都遵守的婚姻选择法。当然，如果有女，嫁得好人家，对于她们的家庭来说是一件比较幸运的事情。缺少嫁妆或者嫁妆不够体面，也是一件丢脸的事。贫穷导致的一个极端结果是不出嫁，这样便保护了家，或者让男人过继到自己家里来做上门女婿。本地有钱人可以娶两个以上的妻子，不过，在这里，我见过老婆最多的也就两个，他是汤错最大的领地主

---

① 估计是筲箕。筲箕是不封闭的指纹，簸箕是封闭形指纹。箕，星宿名。

汤世显。娶第二个老婆是为了要儿子，继承家业。汤世显虽然是本地最大的领主，但依然没有更多的财产来娶更多的妻子。他五十岁时新娶的妻子壮得像一头母牛，干活抵得上两个帮工。汤世显另外两个兄弟分别叫汤世前、汤世贤。都是本地最大的领地主。占据着汤错大量的田地和林场。汤世前家的木床有四个脚。在制造的时候他们尽量让床离地面远一些，因为这里的湿气比较重，但高度又不妨碍爬上去。穷人家床下铺垫稻草，增加保暖性。一天，我看到一帮妇女在屋头的柴堆上晒稻草，就问她们这是干什么用的，其中一个说："垫床，这是用来垫床的。因为冬天要来了。"说完她们就微笑起来，"你进屋坐一会儿吧，神甫。"我说："改天吧，做弥撒的时间到了。"雪季到来，预示着一年一度的经济循环趋向结束。大雪封山后什么地方都去不了。在这之前，村庄里的各家各户就派男人出来组成雄壮的队伍，去城里买过冬需要的盐。他们是用毛皮、药材、珍贵的木料和羊换到银子，最后才变成盐。来回一趟大约需要半个月时间。刚来的时候，我们到过他们要去买盐的那座城市。河面宽得像海，因此我们觉得自己的船只显得又窄又矮。一天上午九点，午前祈祷开始时，我们看到河水顺着城墙哗哗流淌。我们一直顺着这股水流向前，到正午时分来到一座由大船组成的浮桥前，有两条铁索将一条条船穿起来，像这么粗的铁索我们从来没见过。从到达后一直到下午，我们谁也无法过桥。既不能从上面过，也不能从下面过。就这样直到晚上祈祷的时候，来了两位老爷，在一岸专门搭建的平台上坐下，于是浮桥的两头被打开，无数的大小船只开始通过，我们估计有六百多条，上行船从一头过，下行船从另一头过。所有的船过完之后，桥才被合上。我们获知，每天都有这样的情况。因为这是一个主要的关卡，有很多纳税的商品，特别是盐，要从这儿经过。而盐税是国王的最大收入。开启的桥头离岸这么近，那里的河岸又那么陡峭，所以船只不时擦着岸边而过。如果要阻挡某条船通过，在那些平台上的人就用一些钩子钩船，钩得那么紧，连帆船也被钩住，直到检视完毕。这座桥一共由一百一十二条船组成。我们就这样等待着桥的开启，一直等到下午，人们都来看我们，造成了很大的麻烦。紧紧地围着我们，所以只要桥还没开启，我们就把船停得远远的，即使是这样还有很多载人的船把我们围起来，在我们经过的其他城市、集镇和村庄，我们总是被人如此围观，所以常常把自己关起来不露面。但这儿更加厉害，因为人非常多。这座桥是通往城市另一边的主要道路，另一边也是如此之大，只需竖起几堵城墙就成了另外一个城市。过桥之后，我们一直沿着城市向前，直到傍晚时分，来到了流入这条河的另一条河，开始逆流而上，但还是沿着城墙行船，直到来到另一座由船组成的浮桥前。这座浮桥建得非常好，但比大河里的浮桥小得多。我们在那里过了夜，又待了两天，但是没有任何压力，因为远离了人们光顾的地带。由于这条河流入另一条河，所以形成了一个夹角，城市就建在夹角上。两条河上排满大大小小的船只，大家估计有三千多条，但这估计是保守的，我肯定比这数字还要多。这些船停泊在我们所在的这条小河上，其中有些非常大的船，是都堂去北京时乘坐的。这块国土上河流纵横，可以顺着流入这条河的其他河流北上。

四

昨天我们讲到哪呢？发疯的骑士和他的随从要开始出发了。哦，对，这位疯狂的骑士，把投宿的旅馆想象成城堡，将风车想象成巨人，而将犯罪被囚禁的犯人想成牺牲者，甚至当他发现恶行，实际上是他那么认为，就认为必须经过自己来矫正。就这样，他度过许多意想不到的危难。他在遭受挫折后，被同一村子的神甫及修理匠关押了起来，而他自己也深觉他是受到魔鬼附身，因此毫不抗拒地被带回了村子。这本书讲的就是这样一个荒唐的故事，恰恰非常好卖，人们就喜欢看这样的东西，不用动脑子，又好笑。想不到的是费尔南那部游记造成的影响丝毫不下于堂吉诃德。我说的是那个时候。现在只怕早就被忘了。因为，它仅仅是游记。现在世界上所有的地方都被走遍了，没有任何东西算得上稀奇。

对。好，我们把话头转回来。就在费尔南·门德斯·平托临走的时候，大使的女儿给他一封信，是女基督徒的父亲皮内斯写给国王陛下的。因为他与所有的同伴失去联系，事实上，绝大多数在当时就死了，这封信没有及时地寄到国王手上，这位忠诚的大使先生就死了。临终前他把信给了女儿，让她想办法把信寄给果阿神学院。但以内斯·德·雷利亚一直没有这个机会，直到她在河边遇到费尔南·门德斯·平托。

这封信是托梅·皮内斯在中国内地旅行时，把自己看到的情况写下来的纪实性笔记。费尔南到广州城后，把这封信寄给了果阿神学院，这在印度，我刚才解释了吗？没有。噢，总之，是在印度，是他们的据点。当时的欧洲急于了解东方帝国的情况，果阿神学院的学生匆匆忙忙将此信抄写完毕，寄往欧洲。我们现在有理由怀疑，费尔南·门德斯·平托可能偷偷地保留了原件，而果阿神学院的学生则在抄写时又很可能对这封信做了删改，或者重大调整。信中描绘了中国的情况，按照中国的纪年，那时正值中国明朝嘉靖年间。

托梅·皮内斯在信中写下了很多有关我们城市的过去，而这封信众所周知，尤其在当时欧洲传教士以及那些想要来东方帝国冒险的航海家当中。我们只拎出一段来讲，跟岭西城有关的。在皮内斯看来，岭西省的南边是这个王国的尽头。

当时他或者说他们一进入这个省，总在南边消耗大部分时间，看到离身体很近的高高的山脉。他问是谁住在山的后面，当地人告诉他，是强盗以及与他们不和的人。当然，这条河上有很多关卡，有很多人通过关卡，做不法的事情。因为岭西城以及全省的城市、集镇和村庄都位于王国的这一边尽头，越是深入内地，越觉得这些地方的存在是出于需要，而不是出于帝国的利益。当地的土地十分干燥、贫瘠，却又拥有如此众多大城镇，正如他们沿着这条河的山脉一路上看到的。究其原因，据当地人告诉他们的，以及他们自己所看到的，从帝国管理这条河的办法看，这里是王国的尽头，有很多无法无天的人居住在这里。

因为这里的土地如此辽阔，拥有那么多和那么大的城市，其中最靠近海港的城市就是广州城，所以在这条通往广州的河上，大大小小的船只川流不息，运载着当地所缺的食盐、咸鱼、胡椒和其他东西。为了能让这些物品逆流而上，走完一个月的行程，每隔一里格，这是老外的长度单位，就设一个岗哨。岗哨是这么设的：三四条武装大船和一些小船整晚监视，从一岸到另一岸，所以在这些哨停泊的船只是安全的，但是离开后，必须结队而行，相互之间靠得紧紧的。根据关卡的大小，在每一个岗哨处有三十至二百名哨兵，就这样一直到梧州城，城里居住着两广总督，从梧州往上是另一半路程，因为河道更加窄小，关卡更加危险，总是有四五十条船组成的舰队来往护送其他商船，一切费用都由国王承担。他看到这一切，认为这一切组织得很好，非常壮观，所以特意写了下来。

在岭西城他们还看到了摩尔人，知道摩尔人吗？就是阿拉伯人，其实呢欧洲人习惯叫他们撒拉逊人，他们最先是从北京过来的。据说，他们先让当地人慢慢入教，看到人数多了起来，还有大老爷也入了他们的教，于是就开始全面禁食猪肉。然而这里的男男女女宁肯离开父母也不愿意离开猪肉，无法容忍这一点。同时，大家对摩尔人那么好，但是当地的贵人和小人物都靠养猪业谋生。于是当地人就告发这些摩尔人谋反，还控告老爷和摩尔人串通。因为这里绝不许可任何谋反之举，这事被报到国王那里，很快就传来命令，将老爷和主要的摩尔人处死。并将其他人抓起来，后来他们被发配到其他一些城市，一直是国王的阶下囚。这批人中有六十多个男女被发配在那里，时隔二十年后，还剩下五男四女，但死者和生者的后代共有二百多个。在当地还建有自己的清真寺。每星期五都去聚礼。

写信的人这样说道："依我看来，只要经历变故的那几个老者还在，这一切都会维持下去，因为他们比穆罕默德本人还要摩尔化。至于儿孙，因为与其他人通婚而变化很大，已经不像地道的摩尔人了。"

他打听是否一些中国人入了摩尔人的教时，他们告诉他，就是让他们当地娶的妻子入教都很费力，因为她们不愿意离开猪肉和酒，除此之外没有谈到其他原因。据此，这个老外发表意见说：只要这片土地上的人了解了他们，他们的教规在这方面又没有作禁止，不用费大力气就会接受他们的教规，抛弃那显而易见的蠢举，因为他们在拜神时，还自己笑自己。在这个城市里，还看到了很多鞑靼人、莫卧尔人、缅甸人、老挝人，男女都有。在集市上，他们又遇到几位从固勃来的妇女，他们的黑人仆从跟她们搭上了腔。她们说她们走了三天的山路，就到了这里。葡萄牙人对她们的发式很熟悉，因为他们曾经在她们的家乡待过。她们说，他们从这里出发可以去她们那里，到她们那里后，就可以回到他们自己的家乡……

今天就到这里吧，我们是第几天了？第四天，噢，第四天，那我们明天接着来。

第四日

果阿仆人告诉我，外面进来一个人，气色很差，他说要向神甫忏悔，但我的仆人不敢接近他。我走出房间，看到一位年轻人站在教堂里面，脸色苍白，神情沮丧。"我的孩子，你怎么啦？""我要死了，神甫，我杀了人。""杀了几个？""一个。"我接受了他的忏悔。他说他是一个没有父亲的人，就是私生子，在山里放牛的时候，铁匠的儿子讥笑他，他就用一块石头从后面把他砸死了。现在，他对生活的恐惧已经超越了心灵的边界。"孩子，不要惊慌，上帝能宽恕一切愿意向他坦白罪过的人。"那天之后，他就住进了教堂，成为汤错第一个修士。他叫衣牢，施衣牢，他为我翻译汤错版"圣经"帮了很多忙。在这里，交谈是他们最主要的学习方式，教育对他们来说，是奢侈的。只有汤世贤的儿子在城里念书。其他穷人的儿子都要下地干活。有一种特别的文化传播方式就是歌会。有空闲的时候他们就聚集在一起对歌。当地最有名气的歌手，据说对他们的历史非常了解，能随口唱来。正是通过这样的方式使他们自己的文化一代一代传下去。至于女人是如何学习的，我在前面已经提到过，但却无法知道她们具体在学些什么，或许就是她们的男人也都不清楚自己的女人要从她们的长辈那里学习一些什么样的东西。他们相信人是有灵魂的，甚至灵魂是看得见的实物。很多人宣称他们看到过灵魂，也看到过鬼。鬼很恐怖，但灵魂却不。灵魂躲在人的身体里，能像蛇一样爬进爬出。但是鬼却缥缥缈缈，经常在意想不到的时候出现。一位男子跟我说："那天，他一个人从山上打柴下来，经过阿落山口，走在一段平路上，他突然感觉到自己的心跳得很厉害，但还是壮起胆，抬起头，迈开大步往前走，就在这时他看见一个白衣女人的背影在前面忽隐忽现，披头散发。他丢下柴，赶紧抽出身上的刀，拼命地往村子里跑，边跑边喊。"陈述的这位男子说，樵夫回到家后，躺在床上日渐消瘦，甚至连话都不会说了。他的灵魂被吓掉了，被鬼夺去了。不久就死了。这样死去的人，本地人要为他招魂。为此，家人请来他们自己的神甫，在山口设立招魂仪式，竖立稻草人，稻草人身上贴着死者的出生年月日以及时辰，亲人在山坡的林子里喊死者的名字，把他的魂再招回来，招进稻草人。如果不招的话，他的魂灵就永远在外面游荡，找不到归宿，也不得安歇。如果魂灵游回来的话，对其他人会造成伤害。招魂结束以后，稻草人送回棺材，然后才下土安葬。正常死去的人，则要送魂上路，把他的魂送回祖先来的地方去，他们的神甫会念很多地名，据说，那些地名就是他们的祖先迁徙到汤错时候经过的地方。神甫的魂和死者的魂是可以通话的，神甫直接跟死者说话，把死者的魂送到阴间，然后就跟死者的魂说，自己要回去了。这使我想到卡龙：

"你摇着桨橹，接送亡灵，在彼岸又离开他们，悄悄地，划回芦苇丛生的芦荡，请拉住，我儿子的手，当他要爬上黑色船舷时。留心！他被便鞋绊倒了，你看呐，他害怕赤脚走上那里。"

我在神的谱上寻找跟他们一样的成长历程，以便跟他们说上帝的国永存。我问他们最早来到这里的人是谁，当地人说他们的祖先来自北方，当时他们有一个天下最大的皇帝，叫秦，他们的祖先是为了修建灵渠才来到这里的。灵渠修筑完了，他们就留在这里。那么为什么姓汤？他们说，他们的头人土司曾说族谱上记载着汤是太阳的象征，是王者的象征，也是松柏常青的象征，凡是千里之王的古天子，都是汤，都被尊为汤，汤的祖先又是轩辕氏，因此，轩辕是万氏之源。接下来发生的事情是我没有想到

665

的。被衣牢杀死的铁匠的儿子并没有死。我预感到灾难要来临了。穷人的儿子是汤错家族的人，他回来之后，汤氏族人知道了真相，派人来把衣牢绑走。他被绑在祠堂前面，准备处死他，我说："如果你们愿意，我将以我的躯体换下他的生命。"他们的族长看着我，说："这是我们王家和曹家的事情，用不着你来插手。"我说："这是我的过错，罪将由我来承担。"他说："那好啊！"他命令人把我绑到十字架上，用石头、杂物掷我。族长说："你不是说你们的主就是这么升天的吗！"我在内心祈祷，而不再理会他："我将抬起双眼望向群山，从那里我的救助将会到来。"族长说："天救不了你。"这天夜里，王家的人把教堂付之一炬。第二天，衣牢把我解下来，他说他要去把铁匠的儿子杀了。"神的物当归神……我们重新造吧，孩子。"他低下了头。

三

我为这位好奇的陌生人讲述这座城市花去整个晚上的时间，但是还没有讲清楚，尽管我已经讲到城里的老爷、市场，还有摩尔人、缅甸人等这位陌生人搞不懂的东西，但讲着讲着情不自禁地就进去了，当我们从里面出来的时候（我弄到一把土耳其军刀，刀肚很漂亮，这样的刀杀人也漂亮；而他跟在后面时刻不离，他更关心的是他能否从我这拿到钱，看起来，他更像我的奴隶……我现在就是这么想的），我们不得不又重新开始，接着昨天托梅·皮内斯信中的内容继续：这座城市被一瓢一瓢的山脉包围着……城墙很宽……

有一天他看到城里的老爷们在城墙上面通过，老爷们坐在自己的轿子里，很多人骑马跟着，二人一排；托梅·皮内斯就跟自己说，他们可以三人一排，这些城墙这么高，这么宽，又是这么大一圈，如果像通常那样慢慢地在上面走，怕永远也不会看到它的尽头。在这个城里，也就是岭西城，桂林府，有国王的一千多个亲戚住在城墙里面。情况是这样的：他们分住在全城一些非常高大的房屋内，为了识别起见，这些房屋有着红围墙和红门，这是王室的标记。

这个城市如此之大，尽管这一千座房屋占地极大，还是不十分显眼，根据与国王关系的远近，这些人一结婚就被安排到一块与他们等级相当的封地里，配上所需的女仆和下人，他们每到月底或月初都可以从统辖本城或本省的大官那里领到非常充足的食物，一直到死，既不增加也不减少任何东西。所有这些人都终身不得任职，也绝不能掌权，因为他们无所事事，吃吃喝喝，这些人一般都长得肥肥胖胖的，在众人之中很容易就会被认出来他们是国王的亲戚。他们彬彬有礼，富有教养，他们在该城逗留期间，托梅·皮内斯这帮老外被他们请去家里，又吃又喝，如果老外们没空，不想去，他们就把他们的黑仆叫去，老外们在其他城市从来没有遇到过这种盛情款待。

所以，老外回去后，在书中写道："这些人就这样安居隐退，所需物品应有尽有，但必须服从一条，即终身不得走出城门到城外去。"托梅·皮内斯向国王的亲戚询问这一切的缘由，得知对所有的皇亲国戚都是这样处理的，这是为着让任何人都没有机会造反，国王已经想好了让他的亲戚们如何消遣的办法了，费尔南说：这些人大都会弹琴，但是为了只让他们能这样消遣散闷，在他们居住的城市禁止他人弹琴，当然这一禁令不包括未婚女子和瞎子。这个国王为了王国的安全，为了保证不在任何地方发生造反之事，除了他家里人之外，不允许任何人被称为老爷，只有那众多的官员例外。当这些人是老爷时，权力的排除如此威严显赫，犹如一个大王爷。而且这些位置多次被替换，从来没有机会谋反。在这座城里还住着国王的一个外甥，是他姐姐的一个儿子，他像我们前面说的一样，不能外出，只能在大门内吃吃喝喝，伺候的都是阉人，与其他任何事物都没有关系。这位外甥住在有着花园的四边形屋子里，围墙内生长着各种各样的树、鹿、羚羊、公牛和其他野兽，都在林子内消磨时光。

他们认为这个城市以及他们所看到的其他城市还有一点做得极好，即虽然城里有了那么多的市场，里面什么都有了，但大街小巷还有小贩叫卖各种东西，乳牛肉、猪肉、鲜鱼、蔬菜以及粮油等。应有尽有，这样城里人家就不需要用人了，任何东西都会送到家门口。全城有无数的商人，其中大部分在城外，商人们为了做生意，宁愿待在城外过夜，如前所说，城门每晚都要关闭。傍晚时分，各种各样的队伍牵着羊或者驮着毛皮、药材进城。要是来晚了，他们也在城外扎营睡觉，他们运这些东西是用来换盐和铁器的……

第五日

玛切拉塔人（ma-qi-la-da-en）[①]提倡在中华帝国传教要先熟悉这个王国的情况，这是一个非常复杂的国度，他们的信仰虽然不怎么看得见，但是很坚强。我不得不对他们从事的各种各样的工作进行研究分析，当我了解他们的工作之后，我们之间的距离或许就会拉近一些吧。在汤错，这个村子，读书人很少，但也并非没有，他们属于领地主的儿子，或者跟城里的老爷多少有些关系的那些人的儿子，才能读得起书，总起来有十来人的样子，这是男人上学的情况；女人的学习，在上面已经提到过，她们有一种特殊的书。不为外人所知的书籍。这里的教育算是很特别的了。从某种角度讲，女人占有的地位也是很高的，因为她们也是知识的占有者，不管穷人和富人，女人们都必须学习这种书籍上记载的知识，有的从小开始跟自己的长辈学习，比如母亲、奶奶。如果没有学的，出嫁之后，在

---

① 指利玛窦。

婆家也是必须学习的。不上学的男孩，就帮工，放牛，放羊。大点的时候开荒种地。一般情况，地是领地主的。从土地的占有与分布来看，基本上分三种人，一是完全有土地的领地主，这是极少数，各地都有一两家，响水有一家，银盆岭有两家，桐梓坡只有一家，他们相对富有，而且跟城里的老爷关系很好。而有一点土地，并且在领地主那里租借土地耕种交租粮的一类人，属于大多数。他们基本能够保持不饿肚子，没有更多的时间从事其他娱乐活动。很重要的一点，他们是自由的。第三类人，是奴生，他们没有土地，只能给领地主打工生活下去。他们从事各种各样的工作，土地上的，家里的，他们都负责。他们的自由时间基本上没有。他们做错了事情，还会被领地主赶出来，这样的话，他们就到其他的领地主那去。或者到有一点点土地的那些人那，帮他们干，交了两层的租粮，他们自己也就所剩无几了。还有很少一些自由神职成员，他们是和尚、道士、负责法事的女人。这些人也劳动，平常自己参加劳动。有事情的时候才需要出来赚取一些额外的收入。这跟我们在大城市看到的和尚有些不一样。最好的传教对象是领地主，如果他们信教了，其他的人也会跟着信。但是他们更加忠实地相信他们几千年来就有的传统：孔教，佛教，道教。这些教夹杂在一起。很难分清楚。总体上看，既有偶像崇拜，也有多神教。他们的信教是自发的，很散乱，既没有教堂，也不需要在规定的时间去做礼拜。其次是其他两类人。而那些神职成员只能跟他们交流，他们固有的观念远比我们想象的强大。他们有家族观念，这也是防碍传教的一个因素，无论到哪里，大地上都有他们的祠堂，仿佛随身携带着自己祖宗的血液在逃跑一样——（这里缺去几个页码）……教堂很快竣工。这里的木材非常丰富，我们在三个月内就完成了重建工作。当地的木匠按我的要求去建造的。教堂看起来有些像他们的房子，却没有更好的办法，因为我找不到设计图。我基本上学会了当地人的语言。我想把《圣经》翻译成汤错语，以便他们更好地学习，因为拉丁文《圣经》对他们来说，学习非常困难。严重影响了礼拜的进行。他们对我们的主为什么愿意钉在十字架上感到困惑不解。他为什么不逃跑，他的门徒为什么不去解救？"这是命"，命这个字在本地人念 miâ，这句简单的话，能从汤错人嘴里经常听到，当他们埋怨自己的遭遇或者看到一些不幸的事情发生时，就这么说。那是他们生命中一个巨大的感叹号，我不只简单地把它看成一种对命运的抱怨，而把它当作根植于汤错文化深层次的与自然做斗争中的一种对命运的看法，几乎已经成为习惯的看法，只有在这里生活过的人，才会深深体会到这种宿命感。这犹如他们对季候天生的敏感一样，它是那样的深远，是来自灵魂深处的呼应，这就是说，他们对上帝的敬畏是有的，只是他们与我们的方式不一样，他们不知道那就是主的恩惠。他们会说"当着老天爷的面……"这样的话，这说明，不管我们的阻力有多大，我都有可能把这种思维转化过来，让他们认识到主的存在。这是我在汤错的一切，尊敬的国王陛下，上帝赐福于您。关于阁下吩咐了解有关中国的事我将仔细说与您，假如它对帝国的事业有些微的帮助，将是我至高的荣耀……

二

接着昨天讲托梅·皮内斯的事情，他在岭西城待得久的原因是他在城外一条漂亮大河上发现了一种新的捕鱼方式。河是桂林的河，漓江，城是桂林城，王城，他从来没有见过鸬鹚这玩意儿呢，你看他怎么说，他说他在这条河上看到一种捕鱼方法（这就是他在这条河边消磨时间的主要原因之一，换了我，也差不多吧），他看到在大部分河流上有国王的船只，船上满是鱼鹰，就在船上的笼子里孵养、生长和死亡，每月有规定数量的大米，国王把这些鱼鹰船送给达官贵人，每个人送两条、三条、四条或者更多，来给他们捕鱼，对于捕鱼方式他也做了细致的描述：当捕鱼时间到时，把所有的船只集中起来，在水上围成一个不太高的圈子。这时在鱼鹰的喉囊处已经系上了一个颈套，从翅膀下面系上，鱼鹰都跳入水中，有些在上面，有些在下面，他从来没有看得这样眼花缭乱，当囊内装满鱼时，鱼鹰回到各自的船上把鱼吐出来，接着又去，直到不情愿为止。有时候鱼很大，鱼鹰就把鱼衔在嘴里送回来，就这样捕了无数的鱼，等它们捕够之后，就把套子拿下来，让它们自己捕着吃。我们所在的这个地方有二十多条鱼鹰船。

"大部分日子里我都去看捕鱼，怎么也看不厌，因为这个方法如此新奇，算得上捕鱼技术的一个新发明，驯养一种水禽去捕捉另一种水禽……"

在信的最后，托梅·皮内斯说他到了中国内地。他到了中国的内地之后，被吓住了，为什么？因为，帝国太大了，完全超出他的想象。但他说，在中国的内地，山峦起伏，深山里到处是反贼，他们自己拥有城寨，自由自在，连国王本人都无法对付。因为都是高山密林，道路隐没在丛林中，如果有反民被抓，就会处死他们。

托梅·皮内斯发现，越深入内地越觉得河流宽大，深入内地很远的地方从来不见海鱼运去，食盐也因为路途遥远而变得极其昂贵。然而，托梅·皮内斯看到河岸边的水池里满是草鱼、鲤鱼、西鲱鱼、石斑鱼、鲇鱼、鲈鱼、鳐鱼、鳙鱼、鳜鱼等，这么多的鱼令他惊叹，何况还有很多贝类，他们不知如何解释这一切。正如我们前面说的，这儿离海很远，淡水贝没有任何鲜味，鱼却是味道好极，到处都是养鱼池。这些河流通向海上。他们在河上航行，感觉到这个王国是如此巨大，实在超出了他们的想象。

这封信很快传到了欧罗巴，像一支火把扔进了欧洲大陆，点燃了所有欧洲人的想象。我的脑子里像摆放着一本虚构的世界编年史，那些能想起来的和能够运用上的历史事件无一例外都被我添油加醋地泼到这位听众的身上，他竟也陶醉在巨大的欢喜中，情不自禁，啧声连连。

但是，托梅·皮内斯之后去了哪里？

他去了哪里？顿时，我觉得一切暗了下来，我所讲述的、书稿上记载着的，以及一切可靠的文献资料构成了一个吸收所有叙述能量的旋涡，这个旋涡将这一切榨干，将叙述者也吸收得一干二净……

第六日

尊敬的国王陛下，神赐福于您。关于阁下吩咐了解有关中国的事，如在中国是否有人按照基督徒的方式生活或有着某些基督徒的习惯，如是否拥有十字架以及类似我们的教堂等问题，我从一位商人那了解到陛下想要知道的所有问题的答案。商人对以上问题的回答是：他对此一点也不知情，从来没有看到或听到过基督或类似的事，也没有行使我们礼仪的人。但是寺庙，他们的神甫被称为和尚。他们这些修行者不得以任何理由吃肉，终身素食。也不得娶妻，若近女色或违背戒律就得逐出寺庙，不能再当神甫。在整个国土上，中国人不像其他异教徒那样祈祷，只是去庙里膜拜。所有人都相信妖术、预言和占卜，以致旅行前都要去庙里求签询问是否适宜出门。陛下询问在中国的土地上，在国王所在或其他地方，对穿着法衣周游世界和教授我们主的信仰的外国学者是否敌视。商人说如果会讲中文，可以毫无顾忌，安安全全地走遍各地，他们的神甫更乐意比普通人学习更多的东西，他还说必须行善以便赢得人们的信任。国王住在北京，这是一座非常庞大的城市，当地人说，如果直接穿越城市，要走七天，如果绕城一圈则要十三天。有三道围墙和一条汹涌的大河围绕城市。河流弯弯曲曲，几乎围住了整个城区。在最里面的一道墙内住着国王，据说那墙非常厚。国王从不出那个城。因为里面应有尽有。而从海边到北京城，一个来回的时间是五个月。如果通过驿站行路，来回一趟需要三个月。这里的驿马个子小，但很擅长行路。因为在中国土地上的河流纵横交错，所以从一个城市到另一个城市要走水路，大部分旅行是在小帆船上完成的。整个王国极大，国王通过要求每个官员每月都要向他报告本省的情况来统治自己的王国。陛下询问在中国的土地上是否有学校传授比一般的读书和写字更高的知识，是否像我们国家那样有法学院、医学院或其他艺术学校。商人回答说在中国的很多城市都有学校，各地的统治官员都在那学习王国的所有法律。有学校供神甫学习，是通过书本学习，我们看到那里有很多书，他们还把书带到日本。那里还有学习治疗各种疾病的学校，拥有关于这一切知识的巨著，都用汉语撰写。除了汉语之外，他不知道还有用其他文字写作阅读的。他说从占婆（zebo）到日本（vo）陆地的京都人都读汉字书籍。如果日本人（vokxou）出示的地图没有说谎，京都离海岸五百里格或多一点，可以从地图上看到离海岸五百里格的腹地情况。说到这，商人提高声音说，中国绝大部分的书是印刷的，有很多印刷厂。说完商人反问我，你们的书籍是手写的还是写在木板上印刷的？我说是手写的。我们喜欢抄写书籍。我继续问商人。陛下询问文人和学者是否深受尊重，是否享有荣耀，是否受到器重，是否因为他们的学问而成为老爷和贵族。商人说在中国除了学者，没有其他的贵族，而且学问越深，在帝国的声誉也越高，也就越受国王敬重，鉴于这个原因，不论是成人还是孩童，大家都致力于学习。情况是这样，一旦掌握了读书和写字，想要进一步学习的孩童就去见家乡的一个学者，学者们都是当地的统治官员。孩童说："我要去学习法律，成为学者。"于是，这个官员吩咐那个孩子学习，并支持其衣食费用，因为其余费用都由国王支付。成年后，如果孩子成为知晓国王法律的好学者，就吩咐他去参加考试，如果认为他已经够格，就任命他担任一个小职务。以后，如果他胜任，就升一个大职务，他可以一直高升，直到对其他所有官员发号施令。这些人在当地操有生杀大权，战时也是这些人出任将领。法律特别禁止他们为非作歹。在广州老港，纳税时我要给收税官一枚戒指，价值四十克鲁扎多，上有一颗红宝石和其他饰物，他不肯收下，而且吩咐说，如果知道是谁给我出的这个主意，他要惩罚他。中国的好官没有任何受贿习惯，尤其对外国人。每个地方的官员都不是当地人：如果是泉州人，就去当广州的统治官；如果是广州人就去镇海；如果是镇海人，就去泉州。这样互换任地，官员们的态度十分强硬，他们执法公正，不徇私情。他们没有自己的任何收入，所有的就是国王支付的年俸。他们告诉我说，在中国，除了国王，没有任何一个老爷可以自己收税。陛下询问中国的男人是否有很多老婆，我跟他说，他们的国王对中国男人可以拥有几个老婆很感兴趣，如果有一个以上的老婆是否受罚，神甫们是否禁止他们这样做，商人回答说中国男人们可以娶几个老婆，只要养得起，不会有人把她们从手中夺走。如果有理由，他们还会将老婆杀死，有些人抛弃老婆，离家不归。他说，在中国，有的男人在十个十二个地方结婚。当他们想抛弃老婆时，就把她们抛弃，如果，有人杀了人，一旦被抓住，也要被砍头。陛下询问在中国的土地上，在内地，是否有些人不是中国人，但处在中国的统治下。商人说他曾经多次在北京看到很多人，他们很像中国人，但是不吃猪肉，吃其他各种肉，都是亲手宰牲。这些人不善交谈，但他们都施过割礼。他说他们像摩尔人一样，摩尔人你知道吗？不知道啊，摩尔人就是阿拉伯人，穆斯林，每周聚礼一天，在这一天里，无论男女什么都不干，男人都去一个寺里，那里供奉的神像和中国人的不同。去寺里时，男人们穿着宽衣和长裤，裹着头巾，进寺后跪在地上频频磕头。在其他的日子里，他们的穿戴和中国人一样，头发是黑色的。我问他这些人是否有自己的语言。他说他们有自己的语言。中国人听不懂。他告诉我说在北京城的背后，有一座山脉的后面就是这些人的家乡，那里有他们的国王。因为地方狭窄，所以他们来到了中国。最后陛下询问在中国是否有被魔鬼缠身的人，他们的魔鬼是否用其他语言发话。商人说有很多被魔鬼以各种方式缠身的人，但从来没有听到有人说的不是汉语。他还说，如果有人逐走了魔鬼，会给他很大的荣耀。人们非常敬重他。但除此之外，中国人对于中邪者没有任何药物。

一

果阿神学院把这封信寄到了欧洲……但托梅·皮内斯是怎么流放到汤错并死在这个与世隔绝的小山村的仍不为人所知。他的去处至少有三种可能：

一是留在了岭西城，或说汤错，再也没有回去过；

二是北上，经过灵渠，去了洞庭湖，然后到南京一带，即他后来娶妻生子的地方；

三是按照原来的路返回，经过苍梧又去了广州，回欧洲。

除此之外呢？

第一种情况的可能性是存在的，他的尸体埋在汤错，且有碑文为证："王國大使托梅·皮内斯在此安葬，在神還未向海上盜獅阿爾布克爾克艦長復仇之前，他就被死亡奪取了生命。"

但是由托梅·皮内斯女儿的叙述我们知道，他的确是离开了，并没有留在岭西城，否则他不可能在南京娶妻生子。况且费尔南·门德斯·平托在自己的游记中不至于撒谎，当然，也不可以全信他，因为，他的名字在葡萄牙语中如果断成"Fernão, Mendes？Pinto"，意思则是"费尔南，你在说谎吗？我在说谎"。

今天的出版人鲁伊·洛雷罗在整理资料的时候，发现寄往果阿神学院再转寄罗马的那封信竟然是他的笔迹，他随手取的一个标题是《在中国被囚的葡萄牙人所了解的关于中国的一些情况，一切都是事实，摘自托梅·皮内斯的手札，这位贵族是一位非常值得信赖的人，他在那里被囚了几年，确实看到了这一切》。信保存在罗马。里斯本阿儒达图书馆收藏的则是果阿神学院寄过来的手抄件。那么，费尔南·门德斯·平托是否为自己扣留了原件？而他的《游记》有多少内容渗透了托梅·皮内斯的手札里的东西就已经变得不可辨认了。

那么第二种可能性是否相对大一些？现在，我们搞不懂埋在汤错的到底是谁。假使是托梅·皮内斯神甫，那么他什么时候离开的就成了问题的关键。他有可能娶妻生子之后再回的汤错？这种可能性有，但似乎不大。而且通过他女儿的言下之意，她父亲显然是在她身边死去的，像是自然死亡。因此这也有排除的可能。

第三种可能性如果成立的话，这一切就成了一个弥天大谎了。但是从手稿中我们已经知道，留在汤错的神甫应该是卡瓦斯特·卧尔卡才对，因为他还领导他的学生衣牢两次修建了教堂。或者说，卡瓦斯特·卧尔卡冒名顶替了托梅·皮内斯，或者相反？因为在监狱拷打的时候，为了保存主要人物，这种情况也是有可能的。

还有没有其他线索？

尤多秉啊，我昨天晚上没睡好，今天头疼，咱们明天再讲好吗？我完全晕了。他走了，显得不是很情愿……实际上（*Enformação das Cousas da China*）① 我早已看完，现在，我最想做的，就是把它抄录一遍。我掩饰不了自己的这种欲望，而那埋在汤错的神甫到底是谁，操！

那些回到欧洲的多明我会葡萄牙传教士，在他们的游记当中提到卡瓦斯特·卧尔卡神甫，说他去向不明，而我们提到的那两封信所记载的内容也大相径庭，这让我陷于更大的迷阵之中；而那个自称卡瓦斯特·卧尔卡的人在手稿中提到的那部方言"圣经"是否还继续保存着或埋在汤错的某个地方？

噢，尤多秉，我不得不开始思索一个新的故事，讲给你听，以获得继续保留手稿的权利。我躺在院子里的大藤椅上，练习假嗓子：夷人初到帝国，并不懂礼仪规矩，见了朝廷要员要下跪也不知道，只用一只眼睛傲慢地看着，朝廷官员看他们这样嚣张，先是赏他二十大棍，后说：尔等慕义而来，不知天朝礼仪，我系朝廷重臣，着他去光孝寺习礼三日方见。第一日始跪左腿，次日跪右腿，三日才叩头，始引见……

第七日

以下内容是为尤多秉准备的

纯属虚构；阅读时请用第三人称，或者跳过

从马六甲驶往广州，然后再去北京觐见天朝帝国皇帝

一路上发生的事情，点滴未漏

① 即这部手稿的原名：关于中国事物的报道。

（略）

…………

备考：

一、希伯来文：（1）列邦啊！你们当赞美上主；万民啊！你们要颂赞他。（2）因为他对我们的慈爱是大的，并且上主的信实存到永远。你们要赞美上主。《旧约·诗篇》。

二、孩子，通过一团泥便可以了解所有泥制品，其变化只有名称而已，只有人们所称的泥才是真实的……这便是我对你说的。《奥义书》。

三、欧洲瘟疫的故事相关资料出自《十日谈·序言》。

四、《卡龙》（Charon），作者左纳兹（ZONAS，1st century B.C.E.），古希腊，这里由BrooksHaxton翻译的《古希腊短歌》英文转译：

You who pull the oars, who meet the dead,

who leave them at the other bank, and glide

across the reedy marsh, please take

my boy's hand as he climbs into the dark hull.

Look. The sandals trip him, and you see,

he is afraid to step there barefoot.

五、对岭西城的描述并非虚有，它是作者根据《十六世纪手稿——葡萄牙人在华见闻录》（王锁英译）一书中提到的岭西省一些城市的拼贴和想象。

六、远夷慕义而来，不知天朝礼仪，我系朝廷重臣，着他去光孝寺习礼三日方见。第一日始跪左腿，次日跪右腿，三日才叩头，始引见。《静虚斋惜阴录》（顾应祥一四八三——一五六五年）。

七、史料记载：（1）嘉靖二十六年（一五四七年），有佛郎机（今葡萄牙）海盗船载货泊浯屿，漳泉商人前往贸易。福建海道副使柯乔发兵攻夷船，而贩者不止。泉州府杀通佛郎机商人八十名，并下令驱逐佛人。（2）明世宗嘉靖二十七年五月（公元一五四八年六月），朱纨率军进攻［鄞县］双屿港，葡萄牙殖民者起初倚仗其武器上的优势，坚壁不动，后见无法固守，又企图乘夜色突围。明军奋勇截击敌人，大获全胜。是役"俘斩溺死者数百人"，"贼巢从此荡平"。明军"将双屿贼建天妃宫十余间，寮屋二十余间，遗弃大小船二十七只，俱各焚烧尽绝"。

八、阿门教是汤错人对天主教的称法，这一叫法在汤错至今仍然使用。

6.3 小说资料三编

作为向导的谢秉勋和作为乡村小说家的谢秉勋

枪与玫瑰
阿细，本世纪那些没有氛围的暗星
署名：伍佰亿[①]

"小姐，火车什么时候到站？"

"快了，先生……"

阿细　　头一次去浮士德酒吧，我听到他们在台上唱东方红，太阳升。第二回去的时候，那些货在唱西方白，月亮落，中国出了一个邓开拓。第三次去，在那认识了小花，我们是以最为俗气的方式认识的，"他们叫我老地方的雨，属鱼。"

小花扑哧一声，嘴里的东西喷了出来。我抽纸，递给她，她把嘴里剩余物吐出来，说："我属水的……"

"你们编的歌真有意思。"

"那不是我编的。"

没劲，我只好进一步将交谈导向背景深处，问她是哪的。

"大同。"

"我知道，小贾在那里拍过几部破烂电影。"

"哪个小贾？"

"肯定不是贾法·帕纳西！"

"嘿嘿，我看挺好的呀。你呢？"

---

① 伍佰亿，谢秉勋笔名。他曾创作小说集《豢养在鱼缸里的风暴》（2003 年），此为其中一篇，副题《阿细》。

"我什么？"

"哪里人？"

"哦，汤错，我们那里是一个岛……"

然后，我跟她介绍了一下汤错岛国的风情，在她快要失去耐心前的刹那，突然转到老祖宗的问题上去了。她说她是鲜卑族的后代。我说我是大秦后裔。接下去没有再说话。但我们算是认识了。

几天后，我在东洋三租了房子，浮士德酒吧也在这条街。下午，就把电脑搬了过来，皮埃尔帮忙搬书。

"科里尼科夫斯基！你现在剩下的就是去杀一个人。科里尼科夫斯基住进地洞也是这个时候，大学二年级。"皮埃尔。皮埃尔，也就是罗喆，他自己取个名字叫皮埃尔，有段时间还叫圣托马斯，开口之前我要在脑子里经过短暂的过滤，是叫托马斯好还是叫皮埃尔好，再后来，我就叫他保罗或鲍鱼罗，总之，比皮埃尔和圣托马斯好，他似乎因为没有一个好到过分的笔名而愁苦万分，鲍鱼罗眼下的痛苦就是这个——没有一个令人惊艳到可堪流芳百世的马甲。而他每个阶段的阅读从他的笔名上就能看出来。他坐在我的床上手舞足蹈，"科里尼科夫斯基也是这个时候逃学的。"

他从别人的经验中印证了我们逃学的理由，他从来就是这样牛皮烘烘地说话，保准吓死人。但逃学并不是有意的，我只是觉得大学的老师十分讨嫌，他们不是老得抽风的那种，就是刚毕业的留校生，在课堂上讲着一些不着边际的黄段子，直到鲍鱼罗把他们形容成屁毛的时候，我才恍然大悟。

我租的房子在所有楼层的下面，那天下午，房东老太太和我一起把她年前死去儿子的遗物搬走，地下间就成了我的密室，这么说你理解吧，那是一间堆积污物的地下储藏室，为了给它取一个有点意思的名字，苦思不得，后来鲍鱼罗说就叫死屋，死屋？死屋好吗？好！那么房子的名字就这么定了。你不知道单独拥有哪怕世界上最小的一间房子也是我最大的心愿。叫什么其实也不太在意。房子的周围很少见人，因为偏僻，光线也不好。房东太太的儿子死去这事对我一点儿也没影响。其实我觉得有点像卡夫卡的地洞，而不是陀思妥耶夫斯基的，甚或只是一个存在主义的洞穴罢了。死屋是鲍鱼罗阅读趣味的反映，我当时就是这么认为的，但他不承认。

电脑摆放在一张瘸腿的板凳上，击打键盘的时候要盘腿坐在床沿，键盘搁在膝盖骨上，一盏白炽灯泡从天花板挂下来，悬在脑门前。

我买了一箱康师傅方便面，外加一个热得快。我准备把自己锁起来。不洗脸，不洗澡，不与人来往，饿了吃康师傅，有时候不吃。鲍鱼罗偶尔来敲门，我装作不在。我几乎没有什么欲望，只是感到难受，有时候想找个人说说话，要命的是他该来的时候不来，不该来的时候又来了，所以不理他。即便孤独死我也不想理他。他敲门的声音，就像海浪拍打岩石。他似乎知道我在里面，但没有办法弄我出去。第一次，我感到内疚，他在外面打门，像一头长着蹼的怪物，猛然拍打着那扇隔离世界的门，我在里面不响，他拍打得越厉害，我越不出声，到了这份上，再怎么也不能开门了，否则就等于承认自己真的是在房间里。鲍鱼罗不再蹼打了，我估计他自己也在埋怨可能是自己弄错了，他要找的人并不在里面。我继续睡觉。

鲍鱼罗一再扑空，不像先前那样勤快地来拍打地洞的门了。房东太太，我给了她三个月房租，她也不来了。地洞再也没有人来了。我变卖了身上的通信工具，换来更多的食物。时间并不像我想象的那么顺畅地流动，似乎已经过了很久，我爬出地洞，冲天的大楼突然耸立在面前，会给人异常高大新鲜的感觉，却与我没有丝毫关系，我开始感到躁动不安，像泥土中的蚂蚁预感到即将来临的大雨。

我只是把自己关闭了。有那么一会儿，我突然想打破眼前的宁静，看看这世界到底还有没有人跟我有点关系。我走上大街，溜达了好几条繁华的街道，从红旗大道到中山路，再到乔家栅，在华联、利客隆、沃尔玛商场里面转了很久，没有遇到一个认识的人，这种想法也许非常愚蠢，怎么能在这种地方遇到相识的人呢！当原路转回来时，天已黑起，那些商品的颜色还浸泡在脑海中继续发涨，后来我决定给房东太太打个电话，跟她商量一下房租的问题，问问她是否可以少一点，哪怕每个月少上十块钱，这样的房子不值得花那么多钱，因为住在那里害怕，我还每天晚上梦到她的儿子，对她的儿子，我想象她会跟我聊聊她的儿子，她一定有兴趣。等我想好了就给她打电话。可是老太太不接电话，她为什么不接我的电话？

进门之前，我在地洞门口的清水沟里拉了一泡屎。那条小沟在楼层的最底层沿着地基流到一个隐秘的地方，不见了。这件事，让我不能心安理得就睡。心里多少有些芥蒂，但具体说不清是什么芥蒂。玩了几局 CS，爆了几个头，跟电脑对抗也没意思。最后出来在刚才的地方又施加了别的影响。第二天清早有人来敲门，这回不是鲍鱼罗，也不是房东老太太。

"您是住这的吧？"

我看着他，告诉他这里除了我没有别人。

"五块钱，"他递给我一张物业的单子，"物业会安排清洁工过来清理。"

罚了我五块钱，我无非想试试是否有人存在，并与我有点关系，想让他们跟我说上一两句话。在道德意义上，五块钱和那一泡屎，于我都是等价的，它们也并不能抹黑我什么。为此还鼓励自己多抽了三支七匹狼，五支中南海。瞎扯，我哪有那么富，只不过多抽了一支大前门而已。

那天正好是儿童节，韩日世界杯开赛的第一天，我心情愉畅，准备去看球赛，小塞内加尔把法兰西大卸八块，昔日的王者风范荡然无存，但我觉得爽极了。

球赛之后又回到我那火柴盒似的秘穴。

躺在床上，翻闻一多一篇叫《论舞》的文章，这篇文章写于一九四四年三月，我马上发现这篇分为四节的文章，第一节全部来自格罗塞的《艺术的起源》。

尽管我跟自己纠缠不清，还是难以入睡。我想告诉鲍鱼罗，"现在我不想死了。"我决定爬出地洞，去楼上的苍蝇馆子吃点东西或者去街对面的浮士德酒吧听他们唱那些过去的老歌。

熟悉的人已经离开了这个世界

土能吃吗，妈妈？

不能，春贞告诉斑鸟。

春贞生下斑鸟后三年，又生下妹崽，他是吃鸡屎和土长大的。春贞带着斑鸟和妹崽下地砍青，斑鸟和妹崽就在地下玩，弟弟把土抓起来，往嘴巴里放。斑鸟说，妹崽在吃土。

妹崽还是那么地爱吃像烊掉的蔗糖一样的鸡屎。看到了，就爬过去抓起来吃。

而斑鸟记忆最深的是吞吃了那枚五分钱的硬币。一个夏天的时间，斑鸟都在厕所里查看是否有自己的五分钱硬币，但一直不见下来；春贞奇怪，为什么每次自己挑粪桶去菜园的时候，斑鸟都要跟着，一勺一勺地看着浇下去，没看到什么才抬起头来，又看另一勺。

你看什么，斑鸟？

辣椒皮——

那枚五分钱的硬币不知道是否流出了斑鸟的身体，他寻找了很久，没有发现，这种模糊渐渐变得像一种病。斑鸟猜测自己小时候，跟妹崽一样，喜欢糖鸡屎。而那枚自己吞下的硬币很长时间没有反应。硬币带着淡淡的冰甜，刚开始是放在嘴里含着，后来是在口腔的洞穴里转来转去，花样迭出。睡觉的时候抵到牙齿外边腮帮子上，大公鸡追他，他一跑，一咽口水，硬币就被吞进了肚子那个黑洞。

斑鸟带着妹崽到河岸上摘桑叶，让妹崽在路面上边等着。

你不许往下看，知道了吗？

为什么不可以往下看？

因为斑鸟要到下边去找桑叶，你往下看，没有什么可攀的，会掉下去的。

下去三米，横出一葱桑叶，再下面就是河水和石头。妹崽在上面，斑鸟叫他别动，可在斑鸟摘桑叶的时候，他还是从上边栽了下去，斑鸟没有看清楚妹崽的身体哪一部分先碰着河边上暴龙般的石头，只看到妹崽自己又爬起来，叫了一声哥哥。

妹崽没有哭，可眼泪已经下来了。妹崽站在那，也没有倒下去。斑鸟的桑叶从手上散落下去。落在他脸上。

他滑下去，抱起妹崽，斑鸟希望妹崽哭一声，但是妹崽一直都没有哭，斑鸟被一种慌乱的感觉萦绕着，一直到很多年以后，如那枚发酵的硬币。

那件事情埋在心里，直到父亲临去的那年六月，他说，斑鸟，你要照顾好弟弟，他不懂事，人家说他眼睛有点直，只怕是跟那一跤摔得有些名堂。

斑鸟不能证明是否确乎如此，原本他以为除了他和弟弟，这件事情没有别人知道，但父亲似乎确实知道了什么才这样说的。

父亲想再要一个的，但他的妻子被选上了村里计划生育委员会的干事，这事就没什么名堂。家里挂了模范生育家庭的光荣牌，还有几块大板子，写着计划生育的好处与不计划生育的坏处，事关国家存亡大计。春贞管着这板子上的条法，这些条法又管着汤错的男人和女人。斑鸟是头胎，这些条法对他似乎没有产生过丝毫影响，但它却可以使他不能再多有一个弟弟或妹妹，这是那么地明显，因此斑鸟时不时用棍子捅它们几下。

上面发给母亲的那些小册子被斑鸟偷偷地看到了。那是讲人体器官如何使用问题的，斑鸟把它们带到学校，在同学们之间阴到传阅。大家都很想看，但斑鸟想给谁看就给谁看。有一个人很想看，斑鸟知道，他很想看。

这个人就是奎宝。

斑鸟不会给他看，斑鸟确实有些恨他。斑鸟在他那里买了二十个蚕蛋，一分钱四个，共五分钱。因为斑鸟的钱不小心被他自己吞吃了，所以不能再有五分钱给他，斑鸟说让他等到自己拉出来以后再给他。

奎宝说，要是屁眼里能拉出钱来，还要做台①？

跟在奎宝身边的人哄然大笑。

我回去拉一堆给你。

奎宝不相信斑鸟。斑鸟的帽子被他掬到拱桥下面，再让斑鸟自己去捡，如果不去连书包一起甩下去。

斑鸟不下去，书包也就跟着下去了。摔在水面上，啪地响了一大声。

这破书包好难看。

他们的书包都是写字的，上面印着五角星和学习雷锋好榜样，更酷的帆布军绿包写着为人民服务。而斑鸟的是母亲用蛇皮袋做的，上面只有"尿素"两个字。他们直看着斑鸟的书包被水冲走之后才离去。

斑鸟对着笑得最为得意的那个扑上去，咬住那堆得意的笑，双手揪住他两只耳朵，直到他脸上的那些笑全部掉落在地上。奎宝从后面伸手抠住斑鸟胯下的两粒小尻子，命令式地放慢语气说，松手。

一股悬孤体外的疼痛腾腾地往体内输送，并储存不去。奎宝再一次说，松手，不然就要韭菜煎鸡蛋了。斑鸟只得放开那两只耳朵，松开嘴巴。

奎宝比斑鸟高两班，他叫斑鸟还他钱，那五分钱现在已经升到两块，差不多一支英雄牌水笔的钱。斑鸟说我没有钱，他搜了斑鸟的口袋和书包，最后找着一支笔。他说这笔太破了，甩了得了，就

---

① 做台，即做事。

甩了。

他掏出一支漂亮的钢笔，你买下它。

好多钱？

五块。

斑鸟说我没有那么多钱。

等你有的时候再给。

斑鸟不要，他把笔放在斑鸟的手上，斑鸟甩手把它放在路边，然后走，他跟着走。

走了一段路，他说，笔丢了，不信回去看。

笔真的丢了。

奎宝说，笔是你弄丢的，现在，你欠我七块钱了，对不？

桥上，斑鸟拿一支钢笔给奎宝。说这笔是他四傻傻（叔叔）从城里买回来，送给自己的，因为他考试拿了第三名。奎宝说笔收了，但只抵一块钱。还剩下六块。

不久，就有人发现，那支笔是四年级某女生的，那女生就是赵村长的女儿赵银花，她的笔跑到六年级奎宝的手上去了。几位数学老师经过严密推断之后，抓阄决定奎宝手上的笔的的确确是赵银花的笔。

奎宝被叫到校长屋里，奎宝坚持说这笔是自己的。校长叫他把他阿爸叫来，他说他爸在高山打矿。那叫你阿妈过来，他说他阿妈和他阿爸在一起。

直等到他父亲从高山回来，校长给他爸说，他爸把奎宝绑在牛圈的横杆上，饿了一天。他还是不承认笔是赵银花的。他父亲气得跳脚，真是茅坑里的石头。奎宝说，这是他卖蚕蛋的钱买的，他卖了五千个蚕蛋。他父亲将信将疑。

这件事情就这样不了了之了。

斑鸟本来打算亲自去承认是自己偷的，奎宝拦住他说，你不能承认，承认就完蛋了。

不承认我很难过。

你承认了，我还难过呢。我前面的罪全部白得了？

奎宝说该用这杆漂亮的笔干点什么，光写作业就太亏待它了。于是，奎宝给赵村长的女儿写信，说喜欢她。这位家里有羽毛球拍的姑娘不喜欢奎宝，把信给了班主任，班主任把信在班上念了，再交给赵村长本人。当赵村长过了拱桥来到学校时，发现操场上乱成了一窝被捅的鬼头蜂。

奎宝在那叫，汤孝怀，你出来，老子炸了你，炸了你全家。奎宝腰里绑着雷管炸药，导火索咬在嘴上，活像他父亲上山开矿的样子。

校长很矮个人，但偏偏是大茄子，两条腿划动的时候打得开开的，像刚上岸的水鸭子。他蹭到面前，指着奎宝，只说了一句话，奎宝就蔫了。

校长当时说什么，大家都没听清，总之，这件事基本上就这么过去了，没有留下什么噱头。

奎宝其实蛮爱看书的，这让人觉得他有毛病。他确实比其他人懂得更多。他能说出"临渊羡鱼，不如退而结网"这样的话来，那么，在那时，他身后就不乏屁颠屁颠地跟上几个人了。虽然那次奎宝没有看到斑鸟的手册，但他已经不屑于看这种低幼启蒙书了。

他上初中之后，斑鸟与奎宝之间的那种紧张关系随之消解，反而成为朋友。他从镇中学回来，说，他把那骚货女儿的奶子给摸了，很小，还不到一握，跟一个桃子一样。

奎宝叫他的班主任骚货，她的腋胳毛黑得太他妈让人舒服了，他说。哈哈，大家笑起来，这多少也是怪谈，这些经验是大家所缺乏的。七八年之后，他那班主任的女儿斑鸟倒认识了，跟斑鸟一个班，她跟着父母从乡里到县城，插班进来。当他看到她那甜甜的微笑时，就想着奎宝那句夹杂了桃子的话。

大伙挤在床上，奎宝说，女人的女字里面加一点怎么念，知道吗？不知道吧，奎宝说着说着就开始摸大家的裤裆，看是不是硬上了，然后开始干点别的——这项健身运动在斑鸟和他们之间坚持了很长时间，具体有多长，也记不清楚了，大概在斑鸟离开汤错之后，奎宝也是跟斑鸟玩这种游戏的，事实上并不能从中得到多大乐趣，而好奇却比快乐本身重要得多。奎宝问，斑鸟，你最喜欢谁？

　　这个当然不能告诉你。

　　为什么呢？

　　因为你是个大坏蛋。

　　哈哈，我会知道的。

　　斑鸟把这句话当成玩笑——不知道为什么，斑鸟突然想起他。可那个熟悉的人已经离开了这个世界。

　　"小姐，火车什么时候到站？"

　　"快了，先生……"

　　我想小花要算是中国最为土著的名字了吧。她从不轻易让人知道她的名字。所以小花也不过是她出没在酒吧时的化名，很久以后我才知道她的真名叫穆蕾丝。

　　小花后来说，她第一眼看到我时就产生了要摸一摸我头发的冲动，她把自己想象成古希腊神话中的某个仙女，我是其中一个还算过得去的配角；虽然不是主角，好歹也算是个神话级的人物，大抵可以接受。

　　小花觉得我是个票友。我告诉她我还算不上。她告诉我她是大同的。我说我已经知道了，我告诉她，我是汤错国的。她说中国有这样的鸟地方吗？

　　当然，只是你不知道罢了。

　　我们一起去上网。上个星期这个妩媚的女人失恋了三次。今天又和一位南京的网友好上了，那男的，也是搞音乐的。只三天，小花就信誓旦旦地说要嫁给他了。我坐在小花身边，看他们聊天。偶尔小花也叫我去给她倒杯水。我不知道她要冷水还是热水，应该要热水的吧。

哎呀，死人了，这么烫。杯子掉在了地上，我又去重新倒了一杯，当然这回还是热水，不过掺了点冷水。水的态度，还是说温度吧，水的温度改变得特别快，这与人不一样，我只能慢慢改变我的温度，不声不色的。

小花没有说什么，她说晚上有演出，安排的歌曲是一首新歌。所以到网吧来试听。她给我听盘古乐队的歌，听一首叫《猪三部曲之圈》的歌。她说，NOUSE 曾发过小样给她，很世纪末，也很狂躁，建议听听。我坐在她身旁实在无事可做，就听猪三部曲，我问NOUSE 是什么意思，小花说，你丫文盲啊。我不认为自己是文盲。小花说那叫九时祷乐队，是一支地下乐队。

小花在与她的未婚夫聊天，我问她，你问问他们乐队的风格，小花敲了一行字过去。马上，那边在 QQ 上回话："接近邦·乔维。"

我不知道有邦·乔维这么一个乐队或个人，小花嘲笑我的无知。我问邦·乔维是哪个乐队的，小花说 GunsN' Rose 的吧，我对她充满了善意的恶笑，她改口说："邦·乔维听名字应该是英国的垃圾乐队。"

小花说我试试你，看来你也不是那么肤浅。她在网上找到听过的几首，让我听，我说一般，太柔了，我当然不是说你的朋友。你朋友的鼓是什么颜色的？

你这人真鸡巴怪，但小花还是敲了一行字过去。

"白色落地鼓。"

我点了点头。我只是想知道，如何制造爱情故事。

小花给我讲搞笑的段子，说，大修女问小修女，昨晚上你干什么去了？小修女说神甫叫她去他的浴室帮他擦身子，小修女看到神甫的那东西挺好奇的，便问那是什么，神甫说那是通往天堂的钥匙。

如果当时我听懂了这个故事，或许会大笑不止。但实际上我觉得一个女孩子怎么可以讲这样的故事。

你每天都在制造爱情吧？

是花心，小花说，不是制造，花心不是我的错。

晚上我去听你唱歌。

最好别去。

为什么？

为什么要去？

我还是去了，在浮士德酒吧，我跟三个女人交换了联系方式，我们都承认，一生也许只有这一次见面的机会。

她们很可口。我不知道怎样来形容可爱的女人，可口这个词，是我想了很久才找到的，可爱的女人太多了，而可口的太少。西方有个哲学家说过一句跟我的话相似，他说：标致好看的女人是有一副好长相和一头好头发的女人，而可爱的女人都是一种体验。那么，可口的女人就一定要亲自尝了才知道。

大家在看裸舞，没有比这个更恶心的了是不是。这个问题其实很奇怪，我们追逐的爱欲并不喜欢这样赤裸地变成公共产品，这是交易关系，不是美学。女人们脱光了衣服，灯光打在她们身上，对她们来说，即使脱了，也仍一无所有，可我如何晓得她们一无所有？其中一个女人说，所有的女人都是一样的，不同的是上帝搭配在女人肩膀上的那颗脑袋。另一个女人游过来，她说，你阳痿？我不回答这么愚蠢的问题。因为她不太可口。

小花朝这边走过来了，手挽着一个男人，笑容可掬，像挽了一个装了很多银子的提包。她说她想割掉自己的一对奶子，她妈妈告诉她那太大了，走路时一颠一颠的像一对饥饿的母鸡。我说正好。

她看到了我，把头低下了。我把头扭到别处，把目光固定在对面三个女孩脸上，朝她们微笑。我不知道为什么突然想起托马斯在布拉格几乎跟满街的女人上床这事以及小时候摆弄的积木游戏，那些积木又慢慢变成加缪《局外人》开头的那种死去母亲的悲伤气息。一旦想到生命这个词，一切就变得无所谓了，还会有什么比这更加重要的恐惧呢，比如，某个下午，你走在阳光灿烂的街道上，两边开满了木棉花和凤凰花，一阵死亡的念头袭击了你，袭击了你的肉体，你觉得一切都无所谓了，就是这种感觉。

小花走过了。她那遮不住的野性像黑天鹅一样还在我的面前抹不去，仿佛是从我的灵魂深处拖泥带水般走出来的。但是小花也仅仅只留在我有限的回忆当中，或许一文不值，或许就躺在我的日记里，几行冰凉的文字，于她我也如此而已吧。

跟小花的第一次约会在凌晨两点。这个时间好像只有猫在活动，我嘀咕了一句。跟小花在一起会说一些只有髎卵才说的话，她说愤青，我就说垮掉派，她说蛇，我就说大象，这些话不需要经过大脑，仿佛大家都这样，见了面拼一回，量一量对方的趣味，我已经习惯了，在这之前已经找好了我想要说的。但从不说我有多少钱，银子。银子是不能说的。鲍鱼罗说，只要你不说自己有多少银子，对方不会马上把你甩了。这是真的，几乎屡试不爽。

我站在小花的楼下，我估计着小花下楼的时间，看到她房间里的灯已经灭了，开始点上鲍鱼罗给我的一支大中华，也是唯一的一支。我的烟燃得很快，可小花的脚步声还没听到。我把烟给掐了，这时小花从我后面走来。

小花问我第一次做爱是在什么时候，我说十三吧。

你那么早熟啊！

是的。你呢？其实我没有说实话。再往下说小点，还会被认为是家风有问题。

我不知道。从女人那得到的都是这样的答案。

小花跟我说大同的夕阳很美。

知道浮士德酒吧的主唱吗？

你是说那个叫火柴的?

是的。他是我的老乡。很久以前他就是我的老乡了。小花说到这自己笑了起来。

那他怎么到这来开酒吧?

火柴没有考上大学,就来这玩音乐咯。他在酒吧唱歌自己挣的钱在这开了间酒吧。

你们很早就认识?

我们一起在大同长大的。去年回去过年,他叫我出去。我们沿着铁路,沉默不语地走。

"小时候,我们向车屁股扔石块,还记得吗?"火柴跟我说。"嗯。那时候我觉得你比现在酷多了。"我回答他。

我们沿着铁路走了很远。火车在面前划过去刮起强劲的风。那么多煤车从这片土地上出去,就这样出去了。他们在不断地掏,仿佛掏着先前的某些记忆。回来之后,太阳已经落下去了,火柴说:"回去吧。"

"嗯。"

那天晚上,火柴要我回他那去。他把灯灭了,在黑暗中弹起柯本的一首歌。他不停地弹,不停地唱,反反复复,我只顾抽烟了。他说就是这首歌让自己有勇气回到过去,让他的初吻美丽,但是十年后,他还是不会接吻……

还有吗,我问。有,但省略的总是很美丽,嘿嘿……这可是你说的,他说他要。但我没给。

我握了握她的手,问:将来有什么打算?

没有。

真的没有?

真没。或许离开学校之后,跟火柴去丽江开酒吧,我喜欢酒吧老板娘这样的称呼。我要在自己的酒吧里面放自己喜欢的歌。

去过丽江吗?

还没——

我们在红旗大道上手拉着手奔跑，车流在身边擦肩而过，在那个夜晚，我们跑啊跑啊……整座城市都在我们的脚下，到市中心的广场时，实在跑不动了，才彼此转过身来。

我们不知道是在模仿着谁，或曾经在哪里看到过的镜头。但我们当时就这样跑了，仿佛奔跑才能释放我们肉体里的某种冲撞、压抑。

那天晚上，我们试着做了一次，在地洞，有没有感觉我不知道，但两个人莫名地很悲伤，小花回去，很晚了打来电话，说睡不着，我也没有什么话可说的，拣了首歌，放给她听。

我把手机放到耳边，听到那边有轻轻的啜泣。此时光鲜的我，透出这间白屋子，我看见自己的肉体，渐渐腐朽入泥，进入一株白菜或众羊之王的嘴里，之前的夜晚，我和我的影子坐在一起，今夜，我的影子破碎，消失，不再孤独，肉体蜕去的刹那，灵光闪烁，可我无法言说，也无法证明，一株白菜的幸福。

很舒服，小花问是谁写的。

老地方的雨。

我脑中只有两个印象，雪地上一株冻红的白菜和大同傍晚的夕阳。

黑暗中，缓缓的有些忽明忽暗的谈话声在夜间盛开

临近放暑假的一天，斑鸟说，我的牙要掉了。春贞告诉他，别去扯，它自己会掉的。

我已经把它扯下来了。

斑鸟伸出手，给她看，手掌上躺着一粒玉米似的牙蕾，牙根有一点点粉嫩的模糊。斑鸟把流到嘴角外边的新鲜口水吸进嘴里，发出刺啦刺啦的声响，刚刚拔掉牙齿的地方还有一点疼，但并不很疼，

舌头抵住，加点劲仿佛就不疼了。

春贞说，把它掏到屋顶上去，或者门洞里。

斑鸟答应一声，转身跑到屋檐下，对着天空掏牙齿，掏了几次，都滚落了下来，只得把沾了泥的牙齿捡起来，甩到门洞里，又把门关了一下，门没有硬起来，跟往常一样，发出迟钝的推磨驴一样慵懒的声音。

春贞在做饭，火落窖里的火剌剌地扑得老长。

又要来客人了。

斑鸟问为什么。春贞告诉他，火笑了就有客人要来了。这些事情，她到老都是相信的，大抵在她的一生中，被经验击中的可能性也是屡试不爽的，而斑鸟还只是望着旺旺的火好奇自己为何听不懂火在说什么。

果然，第二天早上，由响水嫁到银盆岭那边的二姨妈带着她的两个女儿过来了。他们一起去响水婆婆家。每个暑假来临时，这是他们一家季节性的迁徙，斑鸟一家也是。

过两条小河就到响水婆婆家。一条是从高山上下来，一条不知起源于何处，从婆婆家门前经过。如果从地图上看，我们就生活在那些枝枝杈杈的中间，尽管没有名字，它们却与某些更盛大的支流和主要意志相关联。哪怕再细的细流它们的尽头不是大海，就是天空。

在第二条河对面，仰着头，可以望见对面山上婆婆的家，屋前有两棵很矮但很胖的梨树。

在斑鸟的一生中，最温暖的印象就是梨树下飞快跑过的那个桃色小身影。斑鸟断然没有想见的是，她竟然穿透了自己的一生，就好比秋后柿子树仅剩的一枚硕果。以后，斑鸟每次来婆婆家就是想看到，当斑鸟在河那边出现时，那个身影会从两棵梨树之间断然无误地飞过，只要有斑鸟的出现，就有身影的飞过，这何时成为一种约定的，并不知道，但是甜蜜就是从看到那个定然出现的身影开始的。

　　后来，婆婆死了，埋在屋右边的山前，河正好从冢地的山脚下经过，斑鸟站在河那边的山下望过来，婆婆的坟堆总是抢先进入斑鸟的眼睛，坟堆上每年的新纸片着实也惹人心慌意乱。

　　斑鸟无法忘记婆婆，阿细也无法忘记，估计，婆婆再也无法原谅他们。在板城上大学时，毕业前夕，斑鸟给她寄过一双可以保暖的鞋，但斑鸟知道收鞋的主人已经不在这个世界上了，那双鞋到达了她的门前，门后的主人已经不在了，甚至那鞋又会被邮局退送回来，斑鸟说，我已经又回去看过婆婆一回了。

　　他把鞋子收好，或许来年还能再寄一回。

　　那时，婆婆身体还很好，我们也很好。只是小姨妈的儿子阿义站在黑色水稻田边看我们赶鹅的同时，转过身，看着流口水的婆婆，便仰着头，伸手掀起婆婆松松垮垮的衫子，两只小手揞在婆婆的瓜袋一样的奶头上。婆婆笑得跟鹅的歌声一样优美、灿烂。阿义问，这是什么？

　　拉下一串狡黠的笑便跑开了。

　　婆婆只是把刚才的那种笑再延长了一会儿。那时，婆婆已经不会说话了。婆婆不知道得了什么病，她要不断地喝开水，她有一个搪瓷口盅，在火蚀上烧响了，就往口里倒。一天，公所的黄医师给打了针，当时晕倒了，马上送到乡里，乡里不行，就送县里。再后来，人没有死，但手脚迟钝，再也不能言语。

　　斑鸟跟着阿细把鹅赶回去。

　　阿细说，鸡要吃蛇，能抓到吗？

　　哪里有蛇啊？

　　阿细说，有的。

　　斑鸟不信。

　　你等着看。

　　晚饭后，阿细叫斑鸟跟她到田里去捉癞蝦蟆，捉回来，倒进鸡笼里。几乎满了，才去睡觉。第二天，起来的时候，鸡笼的癞蝦蟆都跑光了。

阿细便去找蛇，在小水沟里，发现两条撑坏的蛇。

阿细把蛇撩起来，剁断，喂给鸡吃，鸭子、鹅也跟着抢起来。一条蛇被剁断，跳出三只活的蝦蟆来。阿细更加带劲了。但是斑鸟和她姐姐都没有勇气去砍蛇。这种勇气在很早的时候，斑鸟就发觉了。

斑鸟跟着春贞来看婆婆，婆婆躺在床上，她伸过手来拉斑鸟的衣服，斑鸟看到婆婆烧坏的手，不由害怕得后退，但是每天都要给婆婆端尿的那只小手拦住了他，那就是阿细的手。而那只手也是悄悄滑进斑鸟裤裆里的那只手。斑鸟意识到这个问题，那时，斑鸟只有九岁或者更小。斑鸟的牙齿还没有全部丢进门洞。阿细比斑鸟小很多。而当她八岁的时候，他们已经开始玩那种身体上的游戏了。

阿细坐在斑鸟的大腿上，条凳上还坐着岳公、大舅、大舅妈以及其他的亲戚，那只小手在斑鸟的裤裆里搅来搅去。阿细那么小何以知道这样？黑暗中有人站起，阿细立即把手扯出来，而当人过去后，那只可期待的小手，又溜了进来。

夏天的夜晚，在大山深处，全部的人在堂屋外两棵老梨树之间坐着，算白话，他们望着远山，那些似懂非懂的人世间的事淡淡的像花开，像河流之声。

黑暗中，缓缓的有些忽明忽暗的谈话声在夜间盛开。

"小姐，火车什么时候到站？"
"快了，先生……"

你有女人了吗，近来？
没有。
鲍鱼罗说，找个女人吧，好好爱一回。

他说他突然病得厉害了。竟然想跟一个女人过一辈子。我心里发笑，这怎么可能？不可能的。

也许过段时间就会好起来。

你不会像个八婆吧，这么唠唠叨叨的。来支烟。

不，我的朋友，找个女人吧，你是精神上的堕落。

是吗？

他见我不再说话，就说，改天再聊。

鲍鱼罗跟我提起过他爸的病，肝癌晚期，将不久于人世。我其实不知道肝癌是什么概念，但是癌这个字往往太有杀伤力，在一般情况下不使用，尤其在文学作品中，这种转折太意外而显得无力。我当时的真实想法是，你小子有福了。这回，你爸要死了，你就彻底自由了。我为自己有这样的想法感到可耻，可这些想法不由自主地从脑海里冒出来，我感到难过，如果妈妈也死了，我会不会感到悲伤？父亲和母亲的死到底对我们意味着什么？我们一心想摆脱的家庭束缚在那个时候占据了主体位置，再加上某些从文学作品上看到的对死亡的虚妄和误导，使我们对死亡的到来变得随意和无所谓。我们自己也在随时逝去，难道不是这样吗？

鲍鱼罗的爸爸真的没了。

七天后，他出现在我眼前。我说：开心点；好好地活着。我们把烟点着，坐在七楼的阳台上。在这里，我们说的最多的一句话是：七楼有没有上帝？

但我们所期待的拯救并没有出现。鲍鱼罗说：走了。不早不晚。他说得很慢，沉默了一下，接着说——算是正式表达，我的爸爸，他走了，我还没有还给他什么……不过，他也没有给我留下什么。除了那只皮包。我想起他来时拎着的一只接近方形的商用硬边皮包。他说这是他父亲跑俄罗斯貂皮大衣生意的象征。

我心想，你和你的身体难道不是吗？但那时的我们哪会这么看问题。我问他……你一个月花多少钱？

五百吧，说不准，或许一千。

这一千先拿着。

我接过。鲍鱼罗拿了一大沓共和国的货币，跑遍了这栋楼，还人家的钱。他说自己又阿Q了一回，好像给他们发薪水。

以后还有女人找我，你就说我有女朋友了。

这话你自己说啊。

我想要真正的爱情，好好地爱一回。你也应该这样。

我脑子里乱糟糟的，我想说某个人物。

他说：我改不了了，在他身上我看到一个自己，那个人就是我，我活在他的影子里，你明白吗？

我似乎明白。

但我爱上了一个女人，在广州火车站，几千人的火车站，她搂着我的脖子，使劲地吻我，我从来没有这么激动过。我要好好地爱一回。临别的时候，我对她说，我养不起你，她说，没有关系，我养你。朋友，以后要说我有女朋友了，知道吗？我要好好地挣钱。

你说什么！

此时，我才觉得钱是如此紧迫地压抑着我们。但贫穷仍然不是我们痛苦的最终来源，我确信这一点，但我又不能说服眼前的鲍鱼罗。凌晨一点，鲍鱼罗说去宵夜。从学校的栅栏上爬出来，冷得浑身发抖，晚上的空气像僵尸一样不曾闭目，硬生生地盯着这个世界。鲍鱼罗说：你冷吗？我们靠近点，我的朋友。

我的朋友这种表达十分奇怪，好像唯一能表明我们活在一个我们既非虚构也非现实的世界里，在那里，我们彼此扮演着自己想要的身份。我的朋友，就是这个意思，而且心照不宣。

我们搂着肩膀，搂着腰，在路灯下走着。

经历和机遇都是可遇不可求的……我不想提起他爸爸的死……那么，女人。当然，女人也很重要。

我的朋友，不要堕落了。你是有希望的，你很特别。

我在想女人的事。他对我说，看着，这个，他拿着打火机说，女人，就像这个打火机，男人要想抽烟就得有打火机。

是的。我大笑。他说，我在写一个东西，写完之后给你看，也让你发一回抖。

忘了你的东西吧。

他不在乎我说什么。我跟你说吧，他说，我一不小心就成了百万富翁了，一不小心，你知道吗？我压抑不止，想告诉你，她是一个华侨的女儿，父亲在美国，母亲是苏门答腊岛的。我一不小心就成了百万富翁了。

一不小心？我不禁狂笑，像在吐，笑声仿佛要将眼前二十层高的大楼击倒。可我是穷人，朋友，我跟鲍鱼罗说。

两年后，我们马上结婚，她要为我生一个孩子，我们已经想好了，可她那么多的钱，给我太大的压力，她是珠穆朗玛峰，我是马里亚纳海沟。你可以想象一下，我可以像托尔斯泰老头一样坐在自己的庄园里，对这个世界发牢骚……而不是陀思妥耶夫斯基天天被人鞭打还赌债，他还在说着自己的未来的命运。

祝你好运，真的。

我本质上是好人，他说。

我想我也是。

第二天，鲍鱼罗又来了，我们谈了一个晚上，我发现他真的已经变了不少。我说："我等你半年。"

一阵失落的感觉弥漫开来，我把他搡了出去。突然失去父亲的鲍鱼罗和获得爱情的鲍鱼罗，在我面前真实地充满起来。而我的生活轨迹还在混乱当中。

他在门外踌躇了一会儿，犹豫地说："那好，我走了，明天早上，你一个人去早餐。我不去了。"

我把门甩上，对着他的脸。

但是永远没有机会了，斑鸟……

六年级时，龙兰从镇上回来念书。本来，三年级时斑鸟和龙兰就认识，五年级龙兰不在，会计的儿子也到镇上去读书了。他们之间有多少好感斑鸟并不知道，但她一回来，他们就好好的了，好像在三年级的时候，他们就很好。龙兰是斑鸟第一个触摸桃子的女孩。因为那时阿细还没有桃子。

大茄子的儿子江晓波确实也喜欢龙兰。课间时，斑鸟用皮竹做的水枪，一彪水滋到正在楼上看热闹的他，江晓波从二楼冲下来，他们打了起来。楼上、楼下的人都在欢呼。他用一把剃须刀架在斑鸟的脖子上。

龙兰也看到了。斑鸟不能动。课间的无数颗脑袋在看着，顿时鸦雀无声。直到上课钟敲响的时候，他才放下剃须刀，而把斑鸟衣服的扣子割下一颗以示警告。

斑鸟上课打野①，想找一个复仇计划，但他也只是想了想，并没有结果。

放学回家的路上，龙兰说，我给你钉一下，斑鸟？

你晓得？

我妈妈晓得，她用车衣机啊。

听到她妈斑鸟又泄气了。

当她六年级的时候，他们父母又去了城里。她回她婆婆家住着。她回来时，会计的儿子竟然也回来了。着实让人吃惊。但是斑鸟相信，奎宝走了之后，斑鸟在本校具有智力和权力上的双重威信，他甚至想要跟村长的女儿打羽毛球。但是就在他这样想的时候，江晓波的剃须刀给了他一条无法迅速弥补的伤痕。

斑鸟的第一封情书经过清久的手到达龙兰的手上，这之后，他们之间的关系发展迅速，他们三人，对，最初，都是这样，三人，

———————————

① 打野，走神。

不多不少。就像空气中三个自由分子最初的布朗运动，它们开始捕获最近的共性。

在一个山洞里，黑漆漆的，突然窜出蝙蝠来。这个时候，斑鸟的嘴巴堵住了她的嘴巴。然后摸到了桃子，龙兰说，这是你的。斑鸟说，我每天都要摸上一次。

耳边随即听到清久在洞口遭到蝙蝠冲击后的号叫。

龙兰身上有一种皮肤腐烂本地叫闹拐子的病，这种病在四年级以上的住校女生中流行。斑鸟住在家里，不会有，却偏偏也有了，双手指缝间溃烂不堪，写不了作业。

清久说，砸一节电池试试。

他把电池里那些硫酸膏脂涂抹到斑鸟的手指间。

斑鸟那双手的皮肉脱下来，手指头差点掉了，至少见到了骨头。闹拐子也没有治好。有人从这些开始猜测斑鸟跟龙兰的不正常关系，再加上他们经常在一起。校长把斑鸟叫进了房间，斑鸟来过这里两次。头一次，是因为斑鸟叫高大志大茄子，而高大志却一路奔跑到校长那去告状，说，他们说我是大茄子。

校长愤而不发，铁青着一张脸。

到这里，我们应该退后十五年来看这位中国底层官僚中的小人物，一年后，他被调到乡里一所职业中学当校长，随着，他的大儿子、儿媳也就离开了汤错完小。后来，据说，从职中校长的位置上跌了下来，调到邻村当校长。这回是因为女人。最近见到他是在去年冬天，他又回到汤错，已经是没有任何头衔的小教员了。

斑鸟走过桥时迎面碰到了他。那次，在他的办公室，他把门关起来。从那之后，斑鸟从骨子里鄙视他。

他走到桥中间，上课的钟响了，他又掉头往回走。他拿教鞭的那只手，在课堂上还会搭在女同学的肩膀上，然后有意无意地滑过女生的胸脯。这是奎宝亲口说的。

斑鸟离开汤错去城里的最后一个夏天，也就是奎宝准备上初二，龙兰和清久成为奎宝的校友的时候，他们在山坡上玩推车。

坡道很长，两边都是山崖，彼此相互推。坐在小板车上从山坡公路上趄下来，有飞翔的感觉。

奎宝说，我来推你一次。

斑鸟坐上板车，面朝前，双手在后，支撑在屁股两边，后脑勺对着奎宝。奎宝推着斑鸟从山坡的最顶端开始往下跑，车子正往路边偏去，外面就是悬崖。斑鸟的眼前景色加速、模糊，腿发软，意识开始紧张，在看到山崖下河谷中石头的一刹那，斑鸟头往后猛仰，从车板子上滚落在地。板车的两个轮子呼啸着冲下崖去。那一刻，斑鸟首先感到头离开身体，飞了起来，身子离开了自己，但他发现自己只是跌落在马路上，肩膀剧痛，而奎宝——他被板车扶手的惯性撂倒在地，就在这个时刻，他们身体里的某种元素被骤然点火。

表面上看，什么都没有发生，但内在里，斑鸟觉得自己在那一刻什么都改变了，但又无法说出改变过后的具体。奎宝很快恢复了原来的神气。

他说，怎么样？斑鸟说，什么怎么样！

然后他们边打边哭了起来。龙兰和清久两个过来劝架。

到学校后不久，龙兰写信说她有了。斑鸟说那怎么办？我们逃，我们去广东吧？龙兰说你凭什么叫我逃？凭什么叫我弃学？斑鸟不知所措，哭笑不得。龙兰拼命地从她哥嫂那里偷避孕药吃。用皮带把肚子勒得紧紧的。可是整整三年过去了，什么事情也没有发生。

斑鸟到市高中后，奎宝去找过斑鸟。一起吃了饭。然后，他让斑鸟把他在酒店的一包东西送到郊外一位朋友那里。斑鸟问他什么东西，奎宝说不要问，送去就可以了，他说他要下广州，没有时间自己去。而斑鸟必须在下午三点之前送到。

斑鸟拎着那沉甸甸的东西，给他送到郊外他指定的小店。之后，再没见过面。他那一副时刻把二皮子①挂在脸上，穿着花衬衫，胖乎

---

① 二皮子，指墨镜。

乎的样子总是侵入斑鸟的脑海。这种侵入或许还有其他原因。奎宝妈从楼梯上摔下来，右手手骨碎裂时，他回过汤错响水一次，看他母亲，然后便杳无音信。

偶然一次，大概是七八月的样子，妹崽说起阿细的男朋友是奎宝，说他在东莞为发廊女当保头，在饭馆里误杀了一个大学生，那个大学生带走了他的女朋友，判了死刑，缓二年执行，他还给你写了一封信回来。

斑鸟突然想到的就是飞翔的感觉——当子弹飞过他的身体时，那种感觉一定是头部先脱离身体的。

沉默了许久。斑鸟忽而又问妹崽，是否还记得很小的时候，从公路边有桑树的地方掉下过这件事情。

弟弟说不记得了，小时候的事情，好多都记不得了。

龙兰从广东回来那年，斑鸟高中毕业，直到这时，他才知道，自己并没有搞坏过龙兰的肚子。他们真正做过一回，她还流了红。那么，以前的，他们所做的所谓的那些事情，都是假的不成？斑鸟感到十分困惑。那些所有美好的苦涩又都蒙上了一瓢阴翳。

清久说龙兰在广东那边开发廊，自己谋生，他在工厂做事。一次，斑鸟跟龙兰打电话时，龙兰说清久也在她那。

斑鸟默默地放下话筒。

清久跟斑鸟是老同。斑鸟很清楚他，他自己说在工厂做事，实际上在搞传销。他把自己同母异父的妹妹拉下水。结果搞得自己的母亲又做了寡妇。原来家里的房子被一场大火烧得一干二净。他自己越陷越深。他以不断变着的花招蒙骗一切可能之友情与亲情。

一年后，清久竟然被摩托车撞坏了下半身。现在半身不遂。由他妹妹照顾着，两人都在广东，去年他妹妹挣到一点钱，才回到家。清久坐在轮椅上，由他妹妹推着下车来。

推车的人并不是他妹妹，而是龙兰。

"小姐，火车什么时候到站？"

"快了，先生……"

　　确切说是在鲍鱼罗的刺激下，我开始有了一个女人，一个小女孩，是在一次学校的招聘会上认识的，叫陆乃青。她问我的问题很奇怪，"不结婚，为什么还要谈恋爱？"我想这辈子也很难找到答案，我说我喜欢她，其实只是因为在月光下，有点冲动。她太小了，她还只有十八岁。零食把她灌成了一头小猪，可鲍鱼罗说她长得漂亮，身材好，搂着走路会很舒服，逛街也要这样的女孩。我也很少逛街，很少在阳光下走动，所以不能发现她有什么特别之处。两个酒窝确实可爱。小乳房挺挺的，牙齿很白，我看到的只有这些，看起来她似乎长大了，其实还是个孩子。她还是一个刚刚踏进大学门槛建筑系的学生，她太小了，天。

　　那我们去看看青儿到底有多美，于是我说去逛街。青儿说昨天晚上两个女人一起睡觉，恶心死了。这么大的两个女人睡在一起，谁都想不开。我问她那个女人是谁。

　　她说是她妈妈。

　　一个小孩在吃冰糖葫芦，她说她喜欢冰糖葫芦，转了几条街，终于找到了。她从稻草人上挑了三串，说，这一串我吃，这两个拿回去给我的朋友。她挑好了，掏钱的时候，我说我来付。

　　真的？这时候她显得有些过分夸张了。之后，又去买绿豆糕、香蕉片、话梅，我实在想不出要吃什么，最后在熟食店买了一只大烤鸭。青儿说自己不吃肉。一个人吃这么大的一只鸭，多难为情。在草地上，我们各吃各的，尽量将这个下午做到最无聊，然后回家。

　　青儿说，留点鸭肉我回去吃。

　　一路无语，我送青儿回家，送到家门口的时候，她会叫我停下。之后，每次快要到家门口了，我就自己停下，不用她提醒，我挥手，转身，走人，不多看她一眼。这次也一样。她说她害怕她老妈，如果被老妈或老妈的医院的同事看到她就完了。而她家里只有她跟她老妈，没有别的人了。她爸早就死了，跟我爸一样，她爸死在矿山，我爸酗酒而死。我往回走，一个头发长长的女子走在我前面，我下意识地要走到她前面去。

当我想再扭头看的时候，我的肩膀被青儿猛抓住了，"我可以做你女朋友吗？"我惊讶地看着她，眼睛里露出一丝笑意，当然，我自己看不见，但我感觉得到我当时就是这样一副神情。

"可以吗？快说呀！"青儿急了。

"为什么？"我问自己，其实我根本不爱你，鲍鱼罗跟我说找个女人吧，我那是精神上的堕落，从那之后我的心就特别地痛，我好像已经失去了我该得到的，我跟眼前的女人扯上关系，只是像掩饰自己的茫然。

我靠近了，捧着青儿那张清纯的脸，看着她清澈无底的眼睛，把她搂入了怀里。青儿死劲地回搂，我知道自己已经让她心痛了，这句话应该我说，可我始终没想好怎么说。所以青儿的眼睛里有泪花，我说，笑一个，嗯，笑一个。

青儿展颜一笑，我用自己的嘴捂住了她的嘴唇，还有那仿佛可以滴下牛奶的白得耀眼的牙齿，仿佛是阿细的嘴。我捏了一下她鼓鼓的乳房，那还没有完全变软的乳房，她加力抱紧，我几乎忘了，她还多么地小，还是没有经历任何污染的少女。

可我会认真爱她吗？我总是游离在某个中心之外。

星期六，我们去花鸟市场买了一只大大的仙人球，这是我特意挑选的，我用很多词说服她我们的房间需要这样一个大刺球，简直和曼荼罗象征着一个意思，它和谐、圆满、智慧、自性、对立统一而神秘，像宇宙法则的原型，更重要的是它不需要浇水，即使我不在身边，它也不会死去。这和养鱼完全不同，但如同养鱼的感觉。

然后我问，喜欢吗？青儿说喜欢。

为什么？因为你喜欢的啊。嗯，那你帮我把它好好养着，记住，不能浇水，否则它会溺死的。我想，这跟我们的爱何其相似，水浇多了，很快就会溺死。

记住了，我会把它放到我的书桌上，好好地看着它的，不放在你的地洞。它会开花吗？

不会吧。其实会的，我想。

要不，我们在它的顶上插上一朵小小的塑料花？

好啊，去买一朵，小小的就行。青儿买来了一朵紫色的小花，插在"曼荼罗鱼"的顶部，真的很好看。

她养着我们的花，我去了西海。彼此写信，她在信中说，亲爱的，我觉得你的网名应该叫犰狳，犰狳比三十月悦耳多了，三十月太女性化了，充满了阴柔之气。嗯，对了你为什么收到我的信之后，还要我再给你多写一封呀？这很不公平耶，你可消受得起啊？为什么看了我的信之后哈哈大笑啊，是不是觉得很好玩啊？没办法谁叫我天生就有幽默感呢。我告诉你，我们的建筑结构老师好可恶，他一天到晚哪都不多瞧几眼，专往我们的脚上看，如若发现有穿拖鞋者，一律要回去换鞋子；连我们女同胞们备受青睐的凉拖鞋都无一幸免，要知道今年最流行最时尚的鞋就是凉鞋耶，不能穿的话，我们只有穿草鞋了，唉，真不知道哪个店里有草鞋卖。算了算了，把我们赶出去正合我意呢。

还有一个老师更加可怜，他的课，到的人数最多的时候也只有一半左右，他说，一个学期下来都难得见到你们几次面。而经常逃课的同学则说，我好久没有见到许老师（那个可悲又可怜的老师）了，不知道他变得怎么样了。现在就是他的课，又逃了十八个。很多人，都跑外面去了。而我呢，就是他上他的，我上我的，互不干涉，互不侵犯。

这个城市的天气，实在太糟了，忽冷忽热的，在家里就不会这样了。嗯！对了，我的化名叫张亮影耶，你觉得怎么样？本来一开始想叫张盈，但觉得它不够透明，所以干脆呢就叫张亮影了，这跟我的网名很相似，你觉得呢？好了，就此搁笔。

另外，她说她在读《挪威的森林》，我就打趣她说，读这种书只怕会降低本来就不够用的智商或许可以读读《枕草子》云云，我想对她而言，这种浅阅读已经足够了，偶尔也正儿八经给她回个电子邮件，说我现在已经在迪庆州，怪想你的，当然，我在说谎。一路上一个人走，一路上交了很多的朋友，都是男的，但没什么特别的收获，有难以言传的孤独和寂寞，夜晚来临的时候，我看着天边群山中的夕阳，想得很多很多，夏天的山上是有雪的，我现在学习梵文、巴利文，希望能够读懂一些奇怪的书，好了，就写这么多了，等我回来！

意外的是邮件中还有小花的信，她问：你会在那待多久？不能如期回来了吗？我回她我在这还很好的，不用担心我，多关心自己。我还能和她说些什么呢？又该说些什么呢？

她说，反复思考之下，自己又到底在担心什么呢？在未开始以前，一切都蒙着神秘的面纱。而在开始以后，等我们双方把对方的面纱揭开后，所有的美感都消失了！这时悲剧也就产生了！我不要，不要这样！所以我宁愿选择逃避，选择做朋友。这样或许更长久。我坚信，友情比爱情更经得起考验。真是俗套话啊。我的谨慎是保护自己的法宝。我不能再凭着一点好感和神秘感就交往一个又一个的"男友"。那样的话，我成了什么，岂不是很贱啊！你说过我是在寻找爱情，而不是体验爱情！我承认这话用在我身上很恰当，对你，是相反的吗？好了，不多说了！很多问题现在我都想不清楚，只能走一步是一步了。照顾好自己！

我感到惊讶，于是我说如果你认为美感是"神秘面纱"的话，那么你感兴趣的永远是你迷惑的或使你感到不解与好奇的。你只会凭自己的兴趣"感性"下去，当然，这也是你的权利。可我认为美感是真实的东西，而不是虚的东西。我不知道你交朋友的原则，也没有必要知道。我想问：你很贱吗？什么是贱？见鬼去吧，我才不管。如果有人说我已经了解了你，这会让我痛苦，让我流血。了解是一个可怕的陷阱。事实上，我并不了解你，我没有时间，也没有机会。你也不了解我。另，我不能按期回校，但我会活着回来吧。以后会适当减少上网的次数，我要从雪山的寺庙到德钦县城才可以上网。我要申明的是我并不了解你，一点都不。你说的"了解"对我是一种误解，甚或一种伤害。不过，事情或许还没那么严重。只是你太敏感。爱情是要寻找的，我也承认你的观点。最后，我想，为某种举措举行一个吊唁仪式，你看这主意怎么样？时间由你定？

远方像一面滚下指端的山坡。

离开那会儿，火车站的人不多，青儿和鲍鱼罗站在车窗外，他们从行驶的视线中，慢慢变小，直到留在空气里的最后一个手势消失。火车离开了那个沉重的城市，我仿佛从虚无中解脱，从此离开了人群，踏上一条没有方向的路。我不知道自己该到哪里停止。我说我三个月之后到达，事实并不如此，到西海只需要一个礼拜，我决定从贵州四川那边走，先到拉萨，然后折回西宁、兰州。

在火车上我睡着了。醒来的时候已经是第二天早晨。窗外的空气湿漉漉的，村庄安安静静地躺在朝露之中，白鹭鸟停在田间，偶尔也飞起来，落在屋顶上，这是中国，是的，我寻找的中国。我不知道那些白鸟何时又从历史的隧道里飞回了现实世界，心情不由得轻快起来。

晚上跟鲍鱼罗通了一次电话，突然感到自己变得苍老了，我说，我有些难过。埋得很深很深的东西突然要挖出来放到阳光下暴晒，不住地空虚，颤抖，我终于发现，自己爱你，胜过爱这个世界，但我却不能说，伤口，不能抚摸，哪怕再轻巧的手也会痛楚难忍。爱一个人，必然使另一个受伤，这是不变的法则。你已经有女朋友了，一切都将过去，我还提它干什么？现在我试着好好地爱一个人。

我始终憎恨着这个世界，我没有忘记它给我的所有，但我越来越脆弱，直到有一天，断然与这个世界告别，没有牵挂，也没有憎恨和微笑，我都是因为脆弱而死，不是为了理想，更不是荣誉……
我看着这个世界微笑，想哭。

他旁顾而言他，说收到一些信，他已经私自拆开看了，要不要
回？我说随便，那些与我已经没有关系。

青儿来找过我，她说要给你电话。

我没再说什么，把电话挂了。也许这是最后一次。

而三只脚印的就一定是阿细家的

斑鸟亲自看到阿细纯洁的下身由光洁长满丛丛草草，胸部由小
变大到斑鸟喜欢的样子，打开它，就像有一坛蜜荡漾在里面。

他和阿细不是爱情，也不是思恋，而是一种秘密仪式。这种感
觉概括起来就是甜。这种甜或许也辐射到阿细的母亲的感觉范畴，
甚至有关响水的一切。

一天，春贞在电话里说，你大舅妈说要是阿细嫁不出去了，你
就得担着。她说你一到响水，阿细悔婚不嫁了。你们到底搞什么
名堂？

斑鸟只对母亲淡淡地说了一句，我已经有女朋友了。

母亲说是啊。他们那边我叫你少去的。以后不要去了。过年过
节，让你岳公过来，你大舅妈把这事闹得全世界的人都晓得了。好
像全天下只有她一个人有女儿。

斑鸟没说更多，从母亲的话里，斑鸟知道，阿细回去之后，受
到了逼问，但阿细总是不开口说话的。她的罕见的沉默能力是一堵
坚固的墙。斑鸟说他和阿细之间的体认在很小的时候就开始了，阿
细只有八九岁。他从阿细身上掉下来，那地方放电。第二次接触时
还是弹了起来。但是被抵住了，而关于那种事情最完美的印象就是
那一回，他像瞬间被激活的一节电池，在惊骇和不安中苏醒过来。

之后所有的感觉都扯不回那时留下的烙印，所有的女人都只会

把那堆即将钙化的液体扯出来，再后来，最伟大的身体运动就只停留在想象了。与阿细，则是自发的。不伴随任何理性思维的压力，所以有一种奇特的感觉。他从来没有想过会把一个女孩搞坏，仿佛那是自己的一部分。他们总是能找到间隙，找到地方在一起，与所有其他的情人一样。而且都有独特的接触、思恋方式。

婆婆哑了之后，又滚进火落窖一次，一只手烧去了指头。母亲让斑鸟去响水看她。婆婆由阿细照料。其他的人都要出门干自己的事。

婆婆要上厕所大便，阿细把婆婆扶进厕所，他们就在厕所的甬道里黏到了一起。而等他们做完，婆婆傍在门边，看着他们，婆婆的脸上没有任何可以表意的表情。

阿细又把她扶进房间里去。

婆婆还烫过一次，那次是冬天，她从火落窖的板凳上滚了下来，两条腿插进火里，但她不能动弹，那两条腿像劈柴一样在火里燃烧着。斑鸟跟阿细在楼上闻到臭味的时候才下来。

脚踝几乎都要烧掉了，婆婆的脸仍然是一种奇特的表情，但那之后，这个老人已经接近生命的尽头。而她真正去世的时候，斑鸟却没有回去看她。

响水留给斑鸟一种异常残忍的记忆。婆婆是前者，阿细是后者。后来斑鸟想，自己性格的发展就是因为这片土地以及残留在这片土地上藤蔓一样蔓延的社会结构关系，它们像血液那样事先流在了成为这片土地上的人体内。

斑鸟与阿细的关系还是一如故往地秘密进行着。深更半夜，阿细会爬到阁楼上来，或许在菜园子里，棕树下，井塘边，或者远到天边，一条清澈的溪流中。

她不喜欢学堂，她母亲把她交到学堂，她母亲前脚走，她后脚跟，几次三番家里人也不再送她去学堂了。仿佛她就是响水大山里的一株兰草，幽自散发着自己的香气，与任何人无关。陪伴她的还有一只大白狗，阿细叫它白［pha[4]］子。白子跟阿细去豆子山追野鸭，被铁夹蛔住了腿，第二天，阿细见白子没回来，又去找，远远地，就听到白子的叫声在山里回荡，见到阿细过来，便不叫了，只是嗷嗷欲哭。白子的右边前腿被夹断了，阿细把白子取下来，放进背篓背回家里，阿细的父亲要把白子吊死在梨树上然后吃肉，阿细不同意，就一直养着。

雪地上有四只脚印的狗是别人家的，而三只脚印的就一定是阿细的。

"小姐，火车什么时候到站？"
"快了，先生……"

国际经济学系多功能阶梯教室的最后一排，毛泽东思想概论课的老教授走过来。他说，年轻人，我们聊聊。我说聊什么。他建议，我的论文换一篇或者最好修改一下。我们的谈话很友好，但我拒绝修改自己的论文。没关系！老教授说，有空去我家，我们再聊聊。

我去了。我们谈了一个多小时。我们谈下去，只是为了能好好吵上一架。他说的最多的是物质。他说，年轻人，要形而下地看待一些问题，贫穷使人活得没有尊严。年轻人自以为要为艺术史做出贡献，扯淡，让他们去吧，让他们去牺牲吧。你看看那些已经死去的年轻人吧，你看看他们的母亲和亲人！死，给他们的亲人带来的伤害是无法估计的，无法弥补的。因此，死是大逆不道的。物质是一个城市的基础，而城市是文明进化的标志，所以，那些激进的年轻人该回过头来想一想了。不要一味地去不满、抨击，你看那些诗人、艺术家，在他们的作品里表达出自己的田园理想，但是你叫他去农村耕田种地啊，他会喊爹喊娘。时代不同了，这已经不是二十世纪七八十年代了，那个时候的人有激情啊，几乎每个人都写诗，我们只要写，就觉得舒服，就像喊"毛主席万岁"一样觉得舒服，那时有一种感恩和狂热在里面，现在不一样了，时代变了。

我看着他，半天没哼一个字，可他以为自己还站在真理的讲台上向全人类宣讲某种秘密。

不知道为什么，我听到他的话后感到惶恐。老教授好像看到了子弹没有脱靶，继续抢攻，每个实施犯罪的人都是缺乏社会公德并形成错误道德观念的人，错误的道德观是支配犯罪人实施犯罪的主要精神支柱。

我说什么是错误的道德观念，个体的行为触犯了法律，那就是犯罪，这仅仅是外在的，看得到的。内心的犯罪，是看不到的，它也在摧毁着个体。在一定程度上，社会本身为犯罪创造了条件，而实施犯罪的人只不过是社会培植出来的一个实施犯罪的菌体，因此，每一种社会制度都预先准备好了作为其制度必然结果的犯罪受众和选择。

犯罪是某种合理的产物，社会本身不必太过自责。那个体呢？我自己时刻都在犯罪，我感到不安，我想知道自己是否触犯了法律，但我没有，没有人在乎，我也没有做过别的什么，我很正常，比起那些犯罪条文上的来说，我再正常不过了。但是，我在自戕，和许多人一样，我是内心犯罪。我不去杀人，而是自戕。

我说完了。

他看着我脖子上的饰物，说，听说你拒绝填写入党申请书？

我没有想过再说一句话。

最好把你脖子上的那个东西给摘下来。

老教授说，终有一天，会证明我们的伟大和我们前辈的伟大。孩子啊，你还太年轻，看不懂世界。

我把我脖子上的东西摸来摸去。

这时一位女生敲门进来，四肢均匀，直挺挺的鼻梁，透着一股英气，老教授脸色立即活跃起来，说，你走吧。老教授把我赶了出来。

等我出来，走到门外，我听到里面喊了一声爸，又教训人了。

结课的时候，老教授宣布有两个人的论文不被通过，他们所谓的论文在一所理工科学校，甚至是大逆不道的行为。一个是我，还有一个就是鲍鱼罗，他没有写，不屑于那样的小玩意，于是向老教授递交了他近两百页的打印书稿——《大法官：关于陀思妥耶夫斯基〈卡拉马佐夫兄弟〉中的基督教法学思想研究》。我递交的是一部长篇小说《所有的白色》。

他把我们都枪毙了，鲍鱼罗说，他怎么不把它们寄给出版社呢！可惜啊可惜。

星期六原本打算是要好好睡觉的，上面下发通知说，明天早晨九点钟必须去大礼堂参加投票，给我的选票上面粉色的字体写着：谢峻，男，二十二岁，汉族。中华人民共和国公民。还有谢峻现在所在地，选举说明，等等。

大家往大礼堂排队，参加投票，可供选择的三个人坐在台上，一个一脸霸气，一个像体育老师，身材高大，肌肉鼓鼓的，一米九八以上，泰山形的，还有一位很君子般地坐在靠前的位置，向台下的人频频致以微笑，这些人我都不认识，我想鲍鱼罗也不认识吧，我可以任意选其中之一，多填少填都无效。我以为那三个人要演讲了呢，鲍鱼罗说，你白痴啊。

轮到我了，我勾了其中一个，把票投进票箱，庄重地，符合当场气氛地把那庄严的一票投了进去。

从礼堂出来，鲍鱼罗问我选了谁。

萨本栋。名字最好听的那个。你呢？

我选了台上坐姿最嚣张的那个。

后来一帮人冲进了我们的教室，主持投票的人说，上次投票很多人都没有按规定填写，需要重新投票，务必请大家正确行使公民权利。这次是在课堂上进行的，发选票，填写，收票，整个过程不到五分钟。

下午有一趟去板城的长途班车

　　春节时候，阿细男方那边说过来提亲。也因为这个原因斑鸟见到了他，后来偷偷带阿细去广州就是他的主意，他叫奎宝！

　　他和奎宝之间大约隔着多年的陌生。

　　斑鸟问阿细，你们做了吗？阿细点头。

　　很多吗？阿细点头。

　　但那并不影响他们。

　　斑鸟在厢房二楼上看书，她便跟上，坐到床边，阿细的未婚夫也跟着上来了。斑鸟和奎宝煞有介事谈着一些学校里的事情，他说阿细跟你们一起玩大的，对你们很熟悉，很依赖，他很感谢，诸如这些，有种莫名其妙的不信任和进攻在里面。斑鸟说，一年到头，我也就回家一次，来这边就更少了，其实也不是你想象的那么熟悉。最后上来的是大舅妈，这多少有些尴尬，因为阿细依然坐在斑鸟的床边，靠近斑鸟躺着的地方。奎宝已经是另外一个人，而斑鸟经过学校阶段，在心理上已经不能和奎宝就一些问题达成一致，他们也不是小时候在一起玩耍的伙伴了，当他正视这一点的时候，他们发现自己已经运转在更大的机器当中。唯有阿细是永远的阿细。

　　月秀说，去弄热水，她把阿细赶走后，又扫视了一遍房间，仿佛阿细在这就要被污染了。最后狠狠地看了斑鸟一眼，斑鸟感觉已经中弹。或许，一个女孩子在自己的未婚夫面前应该表现得拘谨和勤快一些。阿细走了之后，月秀也转身走了。

　　这阁楼是斑鸟从小就住过的。现在基本上没有人住了。客人来的时候，会住在这里。而所谓的客人就是像斑鸟这类亲戚。

　　在这，斑鸟熟悉阿细上楼的脚步声，以及阿细从草楼绕过来身上带有的干草屑。岳公、婆婆、大娭婆（姨妈）、细娭婆、三娭婆，三个舅舅没有结婚的时候，这是一个庞大的家。这间房子也格外热闹，现在，瓦漏光了。

奎宝问斑鸟看什么书，斑鸟告诉他书名。

他说他也很爱看的，只是没有了时间，然后把二皮子往上推了一下。

阿细来叫，吃饭了。他们一起下楼，阿细走在最前面，斑鸟在中间。那天晚上，斑鸟喝得多了。

阿细的未婚夫也喝得多，还有很多人，他们也喝了很多，沉浸在酒精弥散的氛围中，星星点点，闪闪烁烁。斑鸟从一片嘈杂声中挣脱出来，走上老屋南头的土山上，上面是一块圆丘形的水稻田，田边有一棵像一座塔的老椑柿树，上面稀疏了，冬天的时候就支着一个大大的阿鹊子窠，斑鸟走出来，站在下面，对着大树，很黑，也很冷，但斑鸟知道，阿细会来，她一定会来的。从小到大。从没有改变过。为什么？斑鸟也不知道。

斑鸟闻到阿细的味道。那股清香，像桃花开放时候的整条山谷的灿烂，在黑夜中袭来。是那么熟悉，阿细从后面轻轻地抱过来。

斑鸟说，阿细，正月十五，县里车站，我在那等你。然后一起去板城。我马上就毕业了，毕业后，我们去一个很远很远的地方，没有任何人知道的地方。

阿细不说话，斑鸟感到阿细的身体在抽动，他把手放到阿细的脸颊上。

可你是我的哥哥啊——

斑鸟觉得这是阿细第一次在说话。他们之间几乎不说话。而彼此熟悉的深度不再是语言所能到达的深度。但阿细却如此清楚自己目前的处境，让斑鸟显得无知而痛苦。

阿细母亲又在叫嚷她女儿的名字了，阿细的姐姐埋怨说，叫着能吃啊，叫个尸样叫个不停。

我找我的女儿，她母亲说。

阿细闪身从旁边下去了。

斑鸟站在水田里，大树面前。月秀在斑鸟身后问，阿细呢？

没有见着，大舅妈。斑鸟猛吸了一口烟，回答她。

阿细的说话声从厨房传了出来，月秀飞地转身下去了。

第二天，初四，斑鸟离开了响水。大姨妈、二姨妈他们两家人也要回去了。三姨妈家在响水附近，晚一些回去。

从响水回来的第三天，阿细突然来到汤错，穿着一件大衣，系着围巾，亭亭地站到面前，斑鸟突然觉得眼前的阿细——让他感到巨大的震撼：他知道是他自己在害怕什么，而不是她，这个尚未接近成年的女孩。

斑鸟和阿细到水库上玩了半晌。春寒已经过去，夏意似乎夹杂在那些吐芽的新嫩植物的火舌当中，映山红火辣辣地点燃了一座座青山，一条条山谷。他们脱去衣服在洁白的石头上，水库的水轰隆隆在背后像雪崩一样从闸门倾泻而下，像银河系的星光倾泻下来，将两点白色淹没在这巨大的咆哮之中。

晚上阿细在斑鸟的书房，他们坐在火柜里，阿细手里老是攥着那把削水果的刀，让斑鸟很担心，甚至有些害怕，他想起砍断的蛇。

斑鸟让阿细把刀放了，阿细放下。阿细本应该睡厢房去，可吃完饭后，阿细跟春贞说，要跟哥哥玩一会儿再去睡。结果在斑鸟的床上睡着了，拉着斑鸟的手一直没有放下。

阿细的牙齿洁白得可以滴光，斑鸟想亲她一下，就被拉进了被窝。那天阿细那么放肆。

而斑鸟却担心被母亲听到。

早上，斑鸟从书房去厢房睡觉，还没有入睡，就听到院子里大舅妈月秀的声音。她跟母亲招呼了一声，拉着刚起来的女儿就走。

春贞说，吃饭再走吧。

不吃了。

大过年的，怎么能不吃饭呢？

不吃了，下午还要去谢家的。

斑鸟并不知道事情会这么突然，也不知道阿细来的时候，她母亲不知道，而她的未婚夫奎宝也在到处找她。

阿细走后，春贞问，昨晡黑里你们没做什么吧？没有，斑鸟回答他的母亲。阿细也太涎皮了，母亲把剩下的菜全部倒在一起，说，过两天有一趟矿车去县城，你收收东西。

我十五号才走，去早了，在那边也是要开销的。

这倒也是，女人开始洗碗，斑鸟向外走去，在厢房，他听到一个碗碎在地上，仿佛着了一地，接着就是春贞自责的声音。接着听到妹崽跟他妈妈说，昨天夜里哥哥把阿细弄哭了。

十五日那天中午，斑鸟坐车到了县里车站。下午有一趟去板城的长途班车，斑鸟坐在车站烈士墓园的台阶上，头朝着响水那边过来的车。

不知为何，母亲送他出门的一幕总是在脑海中闪烁。这一次，母亲不下坡来送他，妹崽出来了，她便不再出来，她站在屋头的晒谷场上，离了一两里路，斑鸟还是看得见她，她站在芭蕉树旁边，眼前凹下去的空间里她的小儿子与大儿子在下面的河口，说着话，她会出神地望着其中一个黑点消失的地方。他也总能看到她所站的位置。只是他不愿意回头。一回头，就觉得即便离得再远，总能碰到她的目光，那目光里包含了主见与游移不定的隔膜，母亲的形象就一再地模糊起来。而每次离开汤错的时候，即使是轻轻的一句话也不敢说的，一说，那句话就会变成哽咽与泪水。但是斑鸟要走了。

"小姐，火车什么时候到站？"
"快了，先生……"

下午逛书城回来，在学校大门口遇到了小花。

我低头走着不知道她走过来，她突然站到我面前的时候，她的手还在使劲地向我摇着，她老是这样跟我打招呼，并且装得很快乐，好像以前什么都没有发生过。我说，你欠我一篇一千字的报告，说好的，谁有了别的情人要打一份报告的，忘了？

但我更好奇的是一个人心里到底可以装下多少个情人，备胎不算，前任也不算。

她不回答问题，而是问：最近干吗？听说老不去上课。

上课？我，此时的我斑鸟，抬起头看着她。抬头时发现她鼻子两边的脸上长出一颗小痘痘，眼睛带着笑意，比以前快乐了，我想是的。我不想回答她的问题。她又问我，你真的不去上课了？

我竟然还感到害羞，手不自然地摸着脑后的头发，我突然意识到自己刚买的一顶帽子还留在头上，标签没有撕下，脸有些火烧，我不想让她看到，可到底她还是发觉了。我开始嫌弃起她来了，想趁早离开。

她说她去吃饭，我刚在巨人汉堡吃过，出于礼貌，我说愿意一起去，她几乎触电般叫起来，哦，不，有人在等我。

在我的记忆中，那是我们最后一次见面，毕业前夕，各奔东西，她给我写过一封信，我也给她写了，算是履行了之前的承诺。在信中，她说：

> 肯（King）是三年前我送给我深爱的男生的礼物，一只巴西绿龟。三年不见它，它长大了不少，我早认定了它的死，就像当年我亲手放开我对那个男生的感情一样。
>
> 三年，一千多个日子过去了，在这时间里什么都有可能发生，什么都可以结束，什么都会消失，什么都会灭亡，但是肯还活着，活着看一切的变化，在三年无法叙说的日子后，我又见到了他和我的肯，肯更漂亮、活泼了，我带它回到了我的家。
>
> 我抚摸它光滑坚硬的龟壳，条纹明晰，铭刻时间的流去，它已不认得我了，全身缩入壳中，乌黑的眼透出无限

的恐惧，最后，它干脆闭上眼，不再考虑我的存在，我在它身边叙叙我的两年，离开它的三年，它听不到，它也不明白，它对我的意义。

在我身边过了些时日，肯终于活泼起来，不再拒绝我的关怀。肯是只聪明的龟，每天它都会爬过阳台，到别人的家门口看看。它爬出鱼缸，绕过墙根，踩过拖鞋和拖布，从搓板后面走到别人家门口，在每一户门口驻足，看着别人的门出神，然后，又从搓板后原路回来。在我脚边停下，慢慢爬上我的脚背，开始休息。

当它看着门出神时，不知能否回忆到过去。肯已经认路了，走了知道回家。它已懂得从哪里走出，从哪里回来。它蜷在我的书桌的角落里，安静地睡下。

当初，我告诉肯我喜欢他时，我忘了问一句话，他是否爱我？后来时间的旋涡淹没了一切。当那条汹涌的河把我带到今天，在我看到肯的一瞬，一切记忆都复活了，我想知道我原来不知道的答案。

其实，有肯在身边的日子，我每天对它诉说往事时，它总是流露出厌倦。也许，一切都过去了，是厌倦的时候了。借着昏黄的烛光，看着它硬朗的壳，那么冷，不知它是否把我这个天天陪伴它的人当成最亲。龟壳泛着冰凉的光，也许它永远只是只巴西龟。

而我说，穆！那段时间，我在地洞，在人生意志的最低点，遇上你。阻止了一个人在某段时间滑向死亡之谷。后来，我走了，通过远行来摆脱死亡威胁，我想看清这个世界。我所纠结的是，我爱我的祖国，而祖国爱我吗？这样问，本来就好像别人该我的一样，实际上，这个世界谁也不欠谁的。

肯是爱情上的一只玄学兽。我爱它。很爱很爱。我从来没有这么震动。小花看起来是那么放浪而冷艳，冷艳中折射着一种无比的高傲。而内心深处，她的孤独像一只鱼篓，所有的爱都流走了。她想要的爱何尝不是轰轰烈烈的呢？内心燃烧的何尝不是烈焰，而一只浴火的凤凰从我眼前飞走了。

夜幕降临，四周一片安寂，除了风和空气还是风和空气，公路末端看不见，前端也看不见，飞驰的汽车像茫茫海面上的一叶轻舟，一个影子铺陈在这座巨大城市的白色平面上。

千禧年，全世界的人们因为自己见证一个千年的结束另一个千年的开始而狂欢着。我去香格里拉评估一个有关南亚商圈大峡谷旅游地投资项目，飞到了昆明，然后转为在地上前进的方式，先是坐火车去大理，然后坐大巴去香格里拉。突然想在丽江待几天。

我住在纳西族人家里，我问主人可否知道哪里酒吧最多，他说新义街。天空飘起了小雨。这座古城古老得苍翠欲滴，我逛着每一条街，在新义街、光义街、七一街、五一街和新华街、黄山下段转悠了一整天，最后又回到古城中心的四方街，木氏土司用五花石铺就的一个呈方形露天集市广场。夜边的时候，这里有本地歌舞演出，四方街街头小贩云集，古玩百货琳琅满目，撑开的布篷和黄油纸大伞下有在细雨中走入小巷的人。

在四方街，我坐到很晚，那些仿佛与己无干的热闹渐渐落下，木房子的黑色散发出悠久的气息，石子路叮当脆响，我想起搬运石头的人，幽深的街巷，打伞走过的人们。

我到了被称之为洋人街的新义街，在 BLUEPAGE 要了一杯啤酒，问老板是否知道有个叫"浮士德酒吧"的。他说，年前还在的。能不能告诉我具体的位置。在这条街的另一头。我谢了他，马上去找。过了桥不远，就找到了。已经关门。

我又回 BLUEPAGE 喝酒，这里安静，喝酒的人不多，大都喝点现磨的咖啡什么的。"再来三支汉斯"。

"好的，先生。不过，我们只能卖给每个客人十支，不能超过这个数。所以我只能再给你拿一支了。"

"这是什么规定？"

"蓝页的规定。"他微笑着说。

打烊之后，我回到纳西人家里过夜。我问这里的主人，这里的酒吧规定只卖给客人十支啤酒吗？他的本地音告诉说，不大清楚，应该没有这样的规定。

第二天一大早，我就到浮士德酒吧去，可那开门很晚，我来早了。差不多十点的时候才等到一位纳西族姑娘来开门，里面已经变成书店，我问她，你们这原来是酒吧吗？

是的。她语气轻柔，带悦耳的地方摩擦音。

店主还是原来的吗？

不是，原来的店主走了。

Finnegans Wake，多少钱？

九百八十块。

贵啊——

是的，这是原版啊。

你知道他们为什么不开了吗？

据说是老板娘跟她老公离婚了。现在我们老板改为书店了，叫维京海盗，卖外文原版书籍，还没来得及改牌子。

这本书我要了，请优惠一点。

不能，先生。

原版跟原配一样昂贵，斑鸟嘟囔了一句。

　　　　但是永远没有机会了，斑鸟

六月中旬，斑鸟手上捏着奎宝的信，在东莞下了火车，然后坐车到环冈。在一家工厂旁边住下，斑鸟观察着每天下班的人群。

斑鸟打电话问，请问你们这有个叫萧可萌小名小桃的人吗？小桃？有啊，我们这里有很多叫小桃的。我找萧可萌。你过来看看就知道了。

斑鸟弄了个发型，去到电话里说的地方。

先生，你好酷，要一个吗？我——等朋友。这里都是朋友。我找可儿。我就是可儿啊！

她叫萧可萌，小名小桃，也叫可儿。我们这里有张可儿、王可儿、李可儿、欧阳可儿，都是可儿，哪个不一样？

但我要的是小小的可儿，有吗？

斑鸟喝酒到了深夜，他想寻找哪怕半个熟悉的身影，直到凌晨，也没有出现。斑鸟离开的时候，回头一看，原来这就叫着可儿夜总会。几个字还在阴暗处闪着光，自己来的时候竟然没有注意到。

在华德来招待所，斑鸟选了一个窗户对着工厂大门的房间。一个星期过去了，斑鸟还没有看到自己要找的人。晚上的时间，斑鸟泡在一家酒吧，想从旁人的谈话中打听这座城市的一些情况。老板的国语说得不好，别的人说话斑鸟也听不大懂。而打工仔一般不把钱花在这种地方。斑鸟只能看着工厂上班的人发呆，难道他又把阿细带到别的城市了？阿细为什么不打电话过来？

斑鸟把手机上阿细留下的所有号码都打了一遍，回答都是——这是公用电话。斑鸟准备离开环冈，回板城。身上的钱差不多用光了，再待下去会饿死在这里。

斑鸟上车的时候，手机响了，阿细说，奎宝已经把她带到三亚，快来接她。接着他听到电话那头呵斥的声音，电话断了。

斑鸟听到汤错和响水的人说阿细去过海南，后来又变了一种说法，说是跟一个男的私奔的，到的是台湾。奎宝在东莞出事了，杀了人，现在人在监狱。到底因为什么，斑鸟并不在意，也不想知道。这年冬天，斑鸟回家的时候，妹崽递给斑鸟一封信，是奎宝写来的：

斑鸟，那次，你帮我拿去的东西我现在可以告诉你了，是一把枪。小时候的玩伴中，能走出来的没有几个，不是犯罪枪决坐牢就是意外死亡，或者全身残废的；不是在家不务正业吸毒赌博，就是杀广东而走上不归路的。我认识太多这样的人，他们跟汤错出来的一样，都是一样的，出路在哪里？读书？读书或许是唯一的出路，像你一样，但并不是每个人都有你那样的机会。难道他们的结局是注定这样的吗？不是，他们还可以向前走，向前走的。我知道，当子弹要穿过身体，和我们玩小板车游戏时的体会是一样的。如果有机会，我愿意为你再去杀一个人，但是永远没有机会了，斑鸟。

"小姐，火车什么时候到站？"
"快了，先生……"

"我要在这躺上一会儿，直到火车开来。"
"好啊！"
"我心里好黑啊，好难过。"
"这是白痴做的事情。"
火车尖叫着来了，我躺在铁轨上。鲍鱼罗抓起我的手就往外拉。
"我只是想在上面躺一会儿……"
"不。斑鸟。"
在鲍鱼罗的拉扯下，回到了东洋三我的地洞。我躺在床上，他也是，我们没有说话。
"去冲一下吧。"
我去了，冲完，鲍鱼罗也去了。
他围着毛巾躺在床上，我看着他，我说我想靠近一点，他说，可以，我说我想啃他一下，他说不行。
那个夜晚，我们彼此说着一些不着边际的话，直到天亮，鲍鱼罗买了早点下来。吃完，睡到太阳落山才起来。外面下起了大雨。鲍鱼罗已经走了，他留了张条在板凳上：

生活是生活的本质。

我又走到了郊外，我想看看火车，那流线型的东西，可以穿越泥土的东西。火车要来了，那是一堵在大河上移动的古城墙，在我住的屋脊上冲断这明暗不定的夏天，有时，我明明看到火车从自己的脊椎上爬了过去，我成了两半，一半挂有心脏，一半是一头豹子，火车过去很久了，我还没有倒下，我想我倒下时，铁轨会和夏天一样毫无顾忌地坍塌，伴着一声声微亮的长鸣……我看到鲍鱼罗站在不远的地方，我看到他在手舞足蹈，号啕大哭。

我看到很多的脚我像一阵白菜的味道淡过空气一个白褂子的小女孩蹲在门槛边眼睛并不看我屋子里有咳嗽的声音像弥散在这个城市街道缝隙里的小颗粒我走过之后小女孩转身钻进了屋我听到她在向床上的人说些什么我问一个大户人家的丫鬟是否见过一个白衣女子她摇了摇头眼睛有向后看去的样子我也看到这堂皇的里层有人在说话可幽深得没有前景我必须爬上天桥我已经听到远处的声音那东西要来像穿过饥肠的饱嗝辘过空气我的双手已经攀上去了一只脚也挂在了上面可我再也没有力气往上引升有如一只风干的虾蟆或一只越季的蝴蝶凉在天桥

火车要来了，白衣女子还站在铁轨上，天桥和我一起无力地往下飘去……那个火车冲断的夏天，我躺在铁轨上，手脚并拢，平躺在铁轨中间，我并不想死，我只想让更大的恐惧来驱散我内心的黑夜，我只想让火车擦着我的胸口从身上飞快地驶过，把我的血液沸腾起来，把我心中的黑夜碾碎，让它们像声音一样消逝在原野的雨水中。

火车要来了。而我还躺在那里。我看到一个又一个地方。那里的建筑像坟墓高大宏伟让人荡气回肠那是一些现实中没有的建筑我对它们印象深刻却无法描述更无法抵达还看到奶子河向游鱼布道的水师面目不清的亲人和祖先但我不认识他们他们也不认识我我在空中旋转着仿佛是阳光阳光就是我以慢镜头的方式扫射一个个既定的目标那目标不是别人也不是自己在荒无人烟的高原上不知为何聚集了众多披风修长的神男女合一的神老的少的甚至还有女人阳光清澈透亮不刺眼阳光在不远的空中旋转我在神当中我很小甚至渺小像一阵渺茫的感觉……

羊——我记得最清楚的这个词语中的动物……黎明在我的梦境中缓缓而来心窝堆累了小鸟砸碎的宁静干草车穿过城市在朝阳街中山路或红旗大道它不是从奶场来的而是挂着牛奶广告的早班公交，载走匆匆忙忙的脚步、速度，以及这个城市彼此陌生的人群。我走在城市的大平面上，一只眼睛看着眼前的景物，一只眼睛看着我的梦。一个身子在天上飞翔，一个在地上蠕动，像一朵迟迟不肯盛开的巨魔尸花，异常缓慢地张开身瓣。

有时候我感觉自己就像一个朝圣者，虔诚地祈求一些我以为最简单最平凡的东西，可是上苍给了我一盘沙子，我永远抓不起全部，也永远不会双手空空。我不停地抓，不停地抓，而你看着我微笑，像繁星一样裂开，顿落。

火车在苍茫夜色中穿行，你在车厢的夹道中，从最前面的车厢走到最后的，然后又折回来到开始的地方，之后又走回到最末一节，你在一条肠子中蠕动，火车在更大的肠子之中蠕动，铁轨像肠子，在眼前飞快地变小变细，从身体里面不断地抽出去。

你由此开始变得模糊，额头在玻璃上靠了一会儿，哆嗦着手点上一支香烟，那陌生人向小姐问道：

"九号车厢在哪里？"
"通常在八号和十号车厢之间，先生……"

卷　七

象征群众

存在于诗歌—小说—寓言中的汤错群众

7.1 夜幕降临

○

　　我说过我们也不能免俗，老套的开始是这样的：故事的时间、地点、人物，都不能少。大概在国共时期，或许再稍微往前偏一点？故事就从那里开始，一个偏僻的农村，一座围屋，一些人，一些物，故事就发生在这个南方村落里。

　　大致想法是这样的，设置了一组叙述者，是汤错那座围屋的见证者。故事是通过他们讲述的。我们是这个故事的转述者。这样似乎保证了叙述的在场。我们常常会因为保留一个在场人物，为此煞费苦心。但最终我既没有让他们回到故事中去，也没有让他们出来说话。直到现在，他们还沉默着。奇怪的是，我这样想过了，就留有了他们的影子。我把这个故事的梗概讲给谢秉勋听，他说："又是瞎编的吧。连我都不晓得，你怎么晓得这个围屋里发生了什么事？"

　　我告诉他："我不知道怎么有可能跟你说呢？当一件事讲出来的时候它才存在，而这个存在和是不是瞎编又有什么关系？你在听的时候，就觉得很假了吗？"

"那倒不是，"他狡猾而有几分会心地说，"只是我在警惕一个写小说的人。"谢秉勋望着我的本子和笔，"我可以看看你的原稿吧。"

"才开了个头。"

"看手稿有意思些，"谢秉勋说，"我喜欢看粗糙一点的东西，不喜欢太精致的，假。为什么把我圈起来？这不是死了吗？"

"不是不是，我在考虑是不是要用你的真名。"

"你可要考虑清楚了！"

"真名假名没什么区别。"

"当然有啦。"谢秉勋开始看小说了，"好一个老掉牙的开头：'按照人体历纪时法，大概在麻霎第九次来红的那阵，烧瓦塔节前后，发生了一件让柳加雷终生难以忘怀的事情，那年他八岁。'你确定这是开头吗？"

"是。"

"终生难忘这个词表达的是你的感觉，你并没有统摄整个主人公一生的权力。也就是说，在你说话的起始，你已经把结尾都想好了，这不大好吧。太霸道了。中毒太深！下面这段比较接近实际情况：

庄子上很安静，日光透过空气，从水蓝的天空照射下来，照得河对面的鸡叫也一清二白的澄亮，猫在柴垛上窜来窜去，大黑狗在墙根下晒太阳，收割后的庄稼地里见不到走动的人，只有牛在上面走来走去，偶尔也叫一声，传得很远很远。

"那么开头改为这个？"我和他说。

谢秉勋同意这个更加平和的开头，他说："还是有故意设置悬念和噱头的企图。你要写一个东西，就让它是一个东西，为什么要有那么多的习气呢。"他翻了翻后面，没有了，还给我本子。

"如果没有习气，我都不知道怎么下笔了。"

"那就像我一样，现在什么都不写。拍点照片就满足了啊。"

"照片和文字还是不一样的嘛。"

"那就要丢掉习气。"

谢秉勋也写小说，只是现在写得少了。

我们在汤错转悠的时候，也在讨论这座老房子的事情，最终把它变成了一个故事架构。没过多久，我们已经进入故事当中去了，并且滑向结尾。

"就到这里吧，结束。"我说。

"我不觉得我们已经完了。"谢秉勋说。

"应该是完了。柳加雷父亲放的那把火把柳氏流芳烧毁了。可以打住了。"

"我不喜欢这种故作高深的搞法，应该有一个尾声。故事停止在高潮，这很扯淡。你要让人去猜测最后柳加雷、贞子到底死了没死这样一些低级的问题吗？既然大家都这样搞，你为什么不把它说出来呢？我觉得这很难令人感到释然。"

"说出来就不低级了吗？"

"至少不媚俗，不随大流，既然只是一个故事，就应该说完整。"

"完整？完整就是漏洞。让漏洞更多一点。最后全是漏洞，就完整了。所以，碎片也是一种完整。故事的完整是不可能的，只能说，我们将一个故事的核进行了对焦。我从来没有看到过完整。只有程式和不成熟的逻辑学。"

"再说，我不喜欢这种悲剧。老是悲剧，除了悲剧就没有一点好玩的？"

"这又不是我一个人编程的，贞子完全是你演绎的。你不觉得好玩吗？事实上什么也没有发生。明天我们去柳氏流芳，它还在那里，还是那样。它到底发生过什么，我们一概不知。那么，到底发生了什么？是我们如何编程这样一个故事的过程？除此之外，好像什么也没发生。偶然性情节和必然性情节都是作者认为的。你觉察到悲剧的成分，是你进入了。情节或说编程有好的，也有不好的。智力成就高的，情商低级的，都有。本来就不是让你的情感投进去之后再来阅读的，它需要你袖手旁观。"

"我说的不是这个，我是说气氛上，不一定那么严肃。"

"你也没有理解我说的。严肃是悲剧的本质，但不是小说的本质。既然人物设置是可以更改的，也意味着结局的无限开放性。比如绿娘，她的眼睛如果好了，那可能是一个天大的'喜剧'。但一开始，我们想推动这个故事发展的时候，没有做这一步设置。我觉得我们可以重新来过。当然，要等心情好的时候。"

"开放性不只是说结尾的问题。一个故事的结尾有很多种形式，只是说，叙述者开始觉察到方程式不可能总只有一个解。而现实提供的解还远远多于我们的设想。当然，这也是很俗气的想法，换而言之，开放性是从故事还没有开始之前就开始了的。"

"这点，我同意，现实生活中，我们觉察到事情并不一定总是按照我们的逻辑在进行，我们有太多的漏洞，我们只是写下了一个逻辑上的线索。而将所有的线索和可能性写下的东西我们看不到，没有，没有人能够完成。最伟大的天才也做不到。文字没有这个功能。那些伟大思想者述而不作，是为了保全思维的完整。这个完整就是'空白'。"

"是的，空白。我们根本无法抵达真实，那么，全能叙述也就是上苍所允许的。就如临窗而立，是将全部的看到道出，还是只道出所见的局部。"

"当然我说的是第三人称的心理活动，这是无法抵达的。"

"第三人称已经作为你程序中的人物，他的行为也就是你设定了的，他开口说话时的一切都是他的心理活动。否则他—她—它只会原地踏步。所有篇幅都与他无关。你拒不描述、涉及第三人称心理，不等于你绝没有干涉过它的存在。这种真实是虚掩的门。第三人称已经杀死了很多人。"

"我突然想，很多年以后，就是说，故事在很多年以后，我们看到谜底的时候，会是什么样子？"

"那么，请读卷七艺文志（二）：夜幕降临。"

一

嵯峨山脉渐底下的河洞静如一枚银器。

河洞中有一座围屋，围屋中央是一棵高高挺挺的檫树。我父亲柳加雷和他母亲说要出去。正在围屋天井里擂茶的元秀扭头说个一句，别太晏老。丈夫柳鲦在修理谷仓，她对丈夫说，这孩子要到哪去？丈夫没有吱声，埋着头，斧子敲着木榫，撞击木榫的声音，一点一点掏空着马尾河上空的宁静，像似在回答他妻子的问话。

柳加雷尚稚嫩的脚步踩着他父亲那从围屋里传出的闷雷般的榫击声，蹦蹦跳跳去了。屋当头有他们家的菜园子，离他屋邸的土楼也不远，站在菜园子里可以看到柳家先人留下来的由黑瓦绕成一个大圆圈的三层土楼，天井中，那棵直挺挺的檫树，从院子里吐出来，围屋的一圈黑脊像是它的荆冠。整个河洞都能看到它，围屋的墙上有大大小小的洞，趴在洞口能看到外面的人，外面的人却很难看得到里面。柳加雷的爷爷也就是我曾祖父说，这是先人用来打外族的，柳加雷问他爷爷外族是什么，柳加雷爷爷说，外族就是我们迁徙到这里时驱逐我们的人。

土楼已多年没有翻修过，却依然显得厚重结实，北原火砖和青埂石条镶嵌在木结构当中，筋骨肉齐全。先前，土楼里住着柳加雷爷爷和柳加雷爷爷的兄弟，总起来不下百八十口。围屋有一个唯一进出的门窨和朝门，从门里出来那条泥鳅脊石板路通到洞里的巷弄，能看到柳加雷爷爷位于风雨桥对岸那家药铺的幡子。路两侧熟透的冬水田里蓄满斑斓的云彩，它们消失在一块水稻田，又在另一块水稻田里伸出身子。而俯视水田，每一块下面都有一个完整的苍穹，当离它们足够远则都变成了蜻蜓的眼睛。

柳加雷走进园门，站在后山他屋邸的坡地上朝阳的黄土园子上，西边的角落种了百合，像个大喇叭，风一吹，摇来晃去的，犹如麻雯的那帮乐手在吹吹打打。整个山包是一个假冢。柳加雷爷爷生前为他自己看好的宝地。柳加雷望到假冢，心里还是生怵，尽管里面并没有埋人。那种突起的形象总有阴沁之感。

从园子望过去，鼓楼建筑在上洞和下洞交融又分界的地方，两条河在这相遇，形成一个丫字。北边是上洞，南边是下洞，太阳总是从两江交叉口的上方升起。连接它们的是一座高耸连绵的风雨桥。桥的两端通向柳氏祠堂和鼓楼。上洞的那条河叫奶子河；下洞的那条叫黑白江，两河汇流之后就是马尾河了，灶儿巷就在马尾河边上，一条卧在桑叶上的春蚕。柳加雷爷爷柳先生称这地方是阴阳之枢纽，祠堂和鼓楼地方则是三台玉带。

在我父亲柳加雷眼里，马尾河是封闭的一只大桶，或者说就像他屋邸的土楼，抬头看，太阳升起的地方是连绵起伏的山，太阳下山的地方也是山，而那条河就仿佛是山的隧道，在山与山之间拐了几拐就不见了。洞上从来没有人说起过马尾河枝杈的源头在哪里，也没有人说起过眼下的这条河流向何方。

柳加雷的爷爷柳先生讲山里头很深，没人能平白无故地走到尽头，大家相信这位采药师的话。在柳加雷的爷爷去世之前，柳加雷跟他去一个叫九渊坛的地方采过一回灵虬，按照人体历纪时法，大概在麻雯第九次来红的那阵，烧瓦塔节前后，这是后来的事情，当然那地方离天边仍然很远。至于马尾河的下流，出洞的人原本就很少回来，更加不知道了，柳青原就是这样消失了的一个人。

柳加雷爷爷说马尾河原先只有下洞人，他们是这里土著民，猺獠之裔，住在岩洞或吊脚楼上，人形各异，号称飞头、凿齿、鼻饮、白衫、花面、赤挥[1]，以及用朱雀为图腾来装饰自己，柳氏的祖上迁

---

[1] 见宋范成大《桂海虞衡志》。

徙到这里，建筑起了围屋土楼，他们也跟着建筑围屋土楼。上洞这边，原来是荒畲，柳家来到这里之后，开荒种地，带来了粮食种子及各种蔬菜，新品种的种植很快击败了对岸猺獠土著力量，在一次节日上，柳家武装吞并了他们，并让他们改为柳姓，原来土著出生的人，都没有姓氏。柳加雷问他爷爷，是不是都给他们编上号？可能是吧，柳加雷爷爷说，千来年过去了，上洞和下洞人都相信这些话。

柳加雷偶尔也想想这些问题，他望着几要流淌下来的蓝，忍不住扑通一下跳进了河里，那蓝带来的愉悦立刻进入了他的身心，慢慢地扩开，持久地不再消失；柔软的水像母体身上的某种轻盈，也像光，这些让柳加雷晕眩地浮在水面上。

下洞的一帮孩子也来了，他们提出打水仗，双方各派出三个人，被打败的一方作为惩罚要喝对方射的尿。上洞的看着对方的人，说话了，话去①你们的头，叫他自家过来和我说。

我就是他们的头，怎么样？敢不敢来？

你是谁？上洞的问，下面一阵呵笑，说，他是不穿裤子个柳赞良，小胲胲在前面还不会动了。

上洞的说好！派你的人出来。

他们已经来了，柳赞良向后一招手，下洞另外两名小洞丁从沙滩上站了起来。你们的人呢？

上洞人堆里只站出两个，马上有人说，柳加雷呢？在水里，加雷，快上来，你听见没，快上来。柳加雷从水面上扬起脸，一看架势不对，赶紧凑了过来。

双方约法三章：第一，水战中不许接触对方身体；第二，不许逃跑，逃跑为输，举手投降，也算输；第三，被击败的一方躺地上喝对方当场射的尿。

柳加雷听他们把规则宣布完，立马加入了水战。其余的人在岸

---

① 话去，告诉。

上观战，加油助威。水战开始，一对一，面对面，给对方脸部泼水，密集地灌水使对方窒息而倒下，起块双方势均力敌。扬起的水花，在阳光下群蜂飞舞，岸上的呼声一浪高过一浪，又是跺脚，又是往水里抛沙子，砸石头。僵持了半晌，没有一个倒下。

下洞的三个突然改变阵法，三个围拢，采取三打一的方式，而柳加雷在旁边帮不上忙，水只能打在对方一只耳朵一只眼睛上，攻击不到脸部，乃至不能使对方窒息。被围住的上洞的一个，很快被他们击倒，抬了出去。脸色铁青，嘴唇发紫，躺在烫手的沙滩上哆嗦，同伴用沙子帮他埋起暖身，一边骂他们使诈。

现在只剩下五个了。二对三，对柳加雷一方来说，赢的希望小了，喝尿的机会大了。

柳加雷示意盟友，在他们转过身来围攻的时候，对准其中一个狠狠地泼水。果然有用。很快，下洞一方也被击倒了一个，倒在水里一动不动。

二对二的情况，便没有机会实施围攻战术了，一对一硬拼，一个盯一个，不使脱离。一旦脱离，遂即就会被围攻。所以，死命咬住。

这时的水花不似先前的漫天飞舞，只看到缓慢的动作和一下一下泼向对方脸部的水，溅在上面，开了花，又落下，溅在上面，开了花，又落下。泪水、口水、鼻涕和哭声混在一起，往下流着，而岸上的喊声兀自不绝。

现在，任何一方只要有一个倒下，那么几乎就等于喝尿了。一旦场上变成了三个人，势必是二打一，所以最艰难的时刻也是现在。没有人投降，大家都在期盼着奇迹，意志和力量都在慢慢地向沮丧和绝望转变。

柳加雷感到自己马上就要倒下了，灵魂一点一点溢出体外，手臂要断了，脑袋轰隆隆的，他的眼睛一直盯着对方有效部位，没有放弃过。到后面，只知道朝着来水的地方做着机械的反击，周围的声音渐渐稀落下来，听不到了，灵魂在稀释，与肉体分解，往蓝的天空飘上去。他仿佛来到了天上，被那蓝色抬着，他感到自己滚烫的泪水在往下流，很快被对方的水冲掉。泪水流下来了，那唯一的热，很快被冲掉——他仿佛又见到那道钻石一样的光芒，自己被水抬着，软软的，眼前一道清澈的蓝光将他刺醒，他感到全身的骨头一根根散落在沙滩上，挨个被狗啃过一遍。

你是谁？柳加雷问身边盯着自己的女孩。

她指指下洞方向，对柳加雷露出甜甜的笑。柳加雷看到了那双闪着钻石般光泽的眼睛。是的，就是这双眼睛。一时间几乎忘记了身上的痛。他们呢？柳加雷问她，晃了晃头，用手侧捂着耳朵，用力把里面的水汲出来。

她指一下上洞，又指一下下洞，柳加雷明白，他们都回去老。

我喝尿了吗？柳加雷问。那双眼睛又笑了，笑得那么灿烂，那么可爱，闪着自豪的光。她摇摇头。

谁赢了？柳加雷又问。你为什么不说话？

她脸红了，她比画着，柳加雷看不懂。她捡来四个小石子，摆在黄昏的沙滩上，拿起其中的一块，指指柳加雷，柳加雷明白这块小石子就是自己，这个是我？

她点了点头，然后她把其中的一块拿掉。他倒下去了，就剩下我一个老？

她又点头，高兴地望着柳加雷。

接下来，代表柳加雷的那块小石子打败了一个下洞崽，最后剩下一对。

小女孩拿起两块小石子对碰，突然把它们都掬了，啪的一下，把手掌摊在沙滩上。

我倒下去了，柳加雷说，两个人都倒下去老。最后谁也没赢，谁也没输。谁也没有喝尿？

小女孩很开心，表示柳加雷说对了，看懂了她的意思。

你叫什么名字？

柳加雷马上发现自己问错了。

太阳砍在山口，马尾河的水被夕光点燃着，洞里下地回来的，光裸着在河边抹身子，夜来临的时候，地气上升，发出一股夜和大地混合之后特有的香味，整个河洞呈现祥和的气氛。

绿吉跑了，他看到她的鞋子翻飞着，像一对嬉戏的白蝴蝶翩跹而去。

水边有一片慈姑，其中一枝新长成，嫩绿的三角形叶片上有三粒水珠，河水一漾，左右头肩上的两粒一碰触，变成了一粒，柳加雷将大三角一侧提起，三粒水珠最终变成一粒，河风微微一吹，那粒大水珠便滚落水中。一粒掉进水里的露珠，便无法分辨出它是露珠来。他又挽起一掌水，滴在三角形叶片上，形成了很多闪亮的星星，他想起那双人群中一闪而逝的眼睛。

柳加雷一个人在沙滩上，躺了又躺，最后太阳落下去了才爬起来。拍去身上的沙子，蹬了裤衩，把衣裳撂肩膀上，往祠堂那边走去，当他站起来才感觉到浑身的疼痛稀里哗啦往下掉，走起路来打趔趄。

柳加雷经过祠堂门口，上了风雨桥，在廊桥上回头看了看，没有看到什么，过了桥，到了灶儿巷牌楼，他走进那条很深的木房商行一个挨着一个的石板路巷弄子。

人们给马尾河总结了一个歌粒子：灶儿巷，灶儿巷，四家店铺一家当。药铺、盐铺、寿材铺、裁缝店、绸缎铺，不知从哪朝哪代开始有了现在的规模，各家做的生意也不限于牌子上写的，当铺也有成了钱庄的。店铺门前已经点上了红红的双连灯笼，门却是关着的。

柳加雷屋邸在灶儿巷最那头，他要穿过这条巷子，经过他爷爷的药铺，才能回到屋邸，他想偷偷地绕过去，不让他爷爷看到。他看到里面透出光来。柳加雷好奇地趋近了望，刚到门缝的时候一个踉跄，跌倒在地，砰的一下，把门撞开了，柳加雷爷爷正在给人看病，是稣二，裁缝店的稣二。

柳加雷看到柳先生的手在稣二的衣裳里，捉来捉去，像捉泥塘里两条沉甸甸的大鲤鱼。柳加雷看着他们，柳先生才把手从里面慢慢抽出来，稣二马上话，是太保啊，你曷门趋^①老，这个细崽！

柳加雷讨厌她那副腔调。

柳加雷的爷爷不说话，稣二站起来，整了一下胸前的衣襟，跟他说我走了，明天再过来摭料子，量量。说着说着从柳加雷身边拐了出去。

柳加雷静趴在地，还没起来。他爷爷看着他说，进来。他才蹭起来，坐到他爷爷的高凳上。当马即那女人的热屁股还留在上面，他一缩又溜了下来，站那，双腿不停地抖。他爷爷盯着他。柳加雷想要走了，他站在角落里，铺子里只有两个人，他觉得自家是多余的。屋里的药味青红皂白都有，蝇蛹般乱窜。柳加雷刚刚想要走，柳先生蹦出一句话来，今晡死气罩到你了，看你的脸。被他爷爷这么一话，柳加雷才觉得疲乏汹涌而来，腿抖个不停，皮肤着火一样燊得很，意志再一次松懈下来，他没有说今天打水战的事情。

柳加雷坐在那里，任他爷爷摆弄着，柳先生在他身上捂了多个角尖镶银的牛角。柳先生捏上一根灯芯，在油灯的火焰上一漾，手臂长的火苗刺啦一下蹿了出来，掏进牛角里，猛然一下捂在柳加雷两肩胛骨对视的地方，柳加雷感到背部一紧，血和疲惫一丝一丝地被那个牛角吸走。柳先生手上一把闪烁的银针在柳加雷身上的脉线与穴点上迅速穿刺，深浅推进，每驱赶一团戾气犹如逮捕一头猎物，一个时辰过后，柳加雷全身上下潺潺的溪水又活泛起来。

绿吉回到屋邸，麻霎言语中似有责备之意。绿吉就势坐在条凳上，摆动着两条小腿儿。

麻霎不让她到口前跟那帮野孩子混在一起，可绿吉老是溜出去。

---

① 曷门，[tɕia⁵¹men³³]，怎么；趋，来。

自从原离开她之后，麻霎屋邸也就没别人了，除了绿吉就是她，除了她就是绿吉。

近来，麻霎觉得自家老了，走路也不再像原先那么便当了，虽然还能年轻那阵那样一摇一晃的，而不跌倒就算不错了。冇事麻霎就在屋子的摇椅上枯坐，一坐就是一个下旰或者一天。麻霎的耳朵在轻轻地弹跳，她在听马尾河的水，阳光直暖暖地照射着她处女的身子，麻霎冇有结过婚，在人家眼里她依然是处女，如果她不是处女，人们就会认为她是不灵的，所以她必然是处女。

每当麻霎想起这些，嘴角总会滑下一缕一缕的微笑，仿佛山那边升上来的白云。几年前，麻霎出山，回来的时候，带回来一个细崽，就是今天的绿吉，麻霎说绿吉是路边拾回来的。谁也没有细想和追究，和当年她带回原一样。可没想到绿吉长这么大了还不会说话。

麻霎常常一个人在院子里，坐在那把摇椅上，绿吉不在，她会脱光上身，在阳光下晾着自己洁净而充实的身子。奶子圆圆地下垂到腹部，麻霎轻轻地捏捏它们，在上面画画圈，用她那修葺的秀气而尖锐的指甲，她画了很久，那对白萝卜始终没有显得硬朗一些，甚至连向上细微地跳动一下的企图都没有，她不得不改用其他方式，她把右手伸进裙裾，想着阳光进入自己的身体，并轻轻地叫唤着。

绿吉在里屋好奇地看着太馳，不敢弄出声响。马尾河的水缓缓绕过河中的石头，水声如一瓢轻薄的雾罩，山梁的风刮过秋天的树冠，一夜之间着火似的红旺起来。

麻霎叫绿吉过来，把她叫到自己怀里，麻霎搂着绿吉，在摇椅上摇晃，嘴角带着那种微笑。而绿吉往往卧如①了去。现在，麻霎似乎再也听不到马尾河的水声了，也不叫绿吉过来，即使她半天或一天，都没能使那干涸的河流潮湿一次。

绿吉做好了饭，出来叫。麻霎一边站起来一边嘀咕，盐店那边的盐快没了吧，得找人去运盐了。绿吉不知道麻霎是在问自己呢，

_____

① 卧如，睡，睡觉。

还是自言自语。明天去铺子上看看吧。绿吉点点头。

盐店是原留下的。原是从龙埠走的，或许吧，也有说原是从马尾河撑了一根竹子离去的，总之，原从这个世界上消失了，不管是从哪消失的。麻雯已经想不起这是多少年前的事情了，也许三年，也许十年了吧，一切都好像没发生过。隔三岔五的麻雯领着绿吉去灶儿巷看看，更多的时候，她们在家纺丝。

麻雯的盐依靠柳加雷父亲托运。柳加雷父亲在马尾河经营寿木，柳加雷爷爷曾要柳鲦习医，他说他更喜欢抓钱。柳鲦把山里的木料收下，割成寿木，运到龙埠去卖。现在，柳鲦又在收购木料，冬末春初砍下来的树木，农闲时就都已经割成料了，收完庄稼，就能脱手。柳鲦运送寿木和药材去龙埠换盐、糖、布料、铁器，在马尾河也算有些面目，这是柳加雷的爷爷柳先生最厌烦的。这两天，天井里堆满了绑好的货物，柳鲦已经雇好洞丁。

龙埠很远。

这个时候的柳加雷哪里还这么想。

柳加雷从他爷爷的药铺回到屋邸，他悄悄地朝自己房邑①走去。他的房邑在三楼，柳先生的现在空着。阿爸阿妈的房邑在二楼，柳加雷站在自己的房邑门口往下看，听到阿爸和阿妈房里有嬉笑声，他已经习以为常了，今天柳先生对稣二的那个动作，老在脑子里打转，墙癞癣般抠也抠不去。柳加雷不知不觉已经立在父亲和母亲房邑的窗户前，纱帐内两条黑色而隐约的酮体一灌而入他的眼睛，柳加雷的阿爸的影子将元秀摁在大床里边的床架上，咬住她的一只乳房，发出奇怪的声音，柳加雷阿馳闭着双眼，大口出气，突然喊：痛。柳鲦又把头伸到元秀的两腿之间，元秀的哼哼声终于溢出房邑之外。这样重复了多次，元秀的眼窝储满了泪水，望着倒在被单上的柳鲦和他那奄奄一息的地方。元秀躲在床槛不响不动，柳鲦的呼噜声替代了刚才的哼哼声。

---

① 房邑，[po³⁵ji¹¹]，房间。

柳鯀就是一条赶山狗，柳加雷对父亲生起一丝憎恨之感。

他跑回了自己房邑，卧在裤被上，下意识地发出那种声音，竟然有一阵阵电光火花，柳加雷用身体使劲往被子上按，加剧那种电流一般的快乐通过。突然柳加雷感到自己被闪电击中一样，下面湿了。他用手一摸，黏黏的，不是尿，这是什么？为什么有这样的东西出来？他赶紧爬起来，拽了块布巾，狠狠地擦着被自己弄湿的地方，那床裤被几乎都给他擦破了。柳加雷忙活了一个晚上没有困着，他在想这是为什么，他没有想清楚。鸡叫三遍之后天亮，他一大早爬起来，去冲凉水澡，他母亲问他，你怎么啦？这么冷的天，我都穿夹衣，你冲什么澡咯？柳加雷支支吾吾，脸立即烧得火燃起来。元秀说，你阿爸要你跟他去龙埠，去不去？

随便，柳加雷回答。你也长起了，也该学点东西老，叫你跟你爷爷学医你不去，总不能老这样！元秀说着，要过来帮柳加雷擦身子。

柳加雷惊叫，你莫过来，妈，你莫过来。

仿佛一夜之间长大，从此他会用异样的眼光来看待周围的事物。

二

早饭过后，族里有人来通知马上去祠堂开会，说下洞死人老，柳加雷打死人老。

这跟他又有关系！元秀大声喊。

族里来的人说昨晡打水打死人了。话完就走了。柳鯀用阴沉的脸看着柳加雷，柳加雷一脸莫名。元秀想起早上见柳加雷慌慌张张的，问他，你打死谁了？几乎狂叫起来。冇有，我冇有，柳加雷为自己申辩。那你昨晡一天去哪了，你话啊，你到哪里去老？元秀一边追问，一边准备去祠堂。

柳鯀走过来，一耳巴子打在柳加雷脸上，柳加雷扑倒在地，鼻孔出血。柳鯀提着柳加雷的耳朵犹如提着一只南瓜，一高一低，元秀哭哭啼啼，三人来到药铺，可是药铺已经关门，旁边人说柳先生赴祠堂了。

柳氏祠堂里闹哄哄的，旁边的人看到他们来了，从中间让开一条道，柳加雷抬头就看到爷爷和爷爷身后墙壁上的一只大鸟，盘旋舒展，眼睛放出亮光来。他怔在那里不敢动。

下洞那屋邸死了人的，跪在堂前哭天抢地，向周围的人说柳加雷如何把柳七给打死了。柳加雷被父亲提进祠堂大厅，大家静下来。上洞下洞议事成员分坐大厅两边，气氛异常严肃。

柳加雷爷爷命人插上大香，向着祠堂正面，念道：柳氏门宗，一派宗亲，三教神圣，普同供养，吾祖在上，今启黄卷宗谱大法，望吾祖吾宗上佑在天，下佑在地，人佑于中。念完，他转身喊道把人带到前面来。族长让家长把事情的原委、来龙去脉摆摆，再按族规处置。下洞一方话，昨晡，我崽跟他们在双江口游水，回去之后就不行了，送他们回来的柳赞良和柳赞吉话，这是柳加雷干的。

柳赞良和柳赞吉来了吗？老爷子问道。

趐老，在口前。

带进趐。族长将当马即的话又重复一遍，问他们两个是不是这样。他们话是。

族长话，好！下面请上洞个话话。

柳鲦和元秀委实不知情况，请他自家来话，这个天杀的。

嗯，柳加雷你话，当马即他们的话你也听见老，是这样吗？族长问他。

不是，柳加雷望着柳赞吉和柳赞良，话，昨晡，他们叫我和他们三个打水战，三对三，输了的一方喝尿。我们打平了，谁也没有喝尿。

下面一阵喧哗。

族长问柳赞吉和柳赞良，是这样吗？

他们两个话冇是，是他们叫我们打，我们才打的。

柳加雷话是你们喊我打的。

停下，我问你们，柳七是曷门死个？

柳赞吉和柳赞良话，是他打死的。

柳加雷话，不是我打死的。

那么我再问你，族长对着柳加雷说，你看见柳七死了吗？

冇，柳加雷如实回答。

什么冇？族长问。

我当时倒下去老，不晓得他们是怎么走的。

族长问赞吉和赞良，柳加雷当时倒下去了，是真的吗？

柳赞吉和柳赞良话，是的。

那么，事情是这样，你们约好打水仗，三对三，并且话好输的一方喝尿，打到最后，双方都倒下，成了平手，结果有一方倒下之后就死了。我说得对吗？老爷子问柳赞吉、柳赞良和柳加雷。

对个，三个回答。

那么责任在谁？族长问大厅里上洞和下洞的议事成员，大私①话一话。

上洞个话，他们既然约法在先，那么死也就是意外，责任在自家。下洞个话，死虽然有些意外，这件事情的挑起者是柳加雷，他应该担主要责任。

大家都晓得事情的严肃性，没有轻易下结论。

族长抹上硬腿老花镜，命人把装族谱的大箱抬上来，取出一本长三尺、宽二尺的线装大书，翻开，最后扫了下面一眼，族长站起身来，他说把柳氏大款六大阴事和六大阳事念上一遍。六大阴事，指的是死罪，六大阳事指的是活罪，这是先人传下来的规矩。

族长的声音微微颤抖，充盈大厅，大厅里稀里哗啦地立起，恭恭敬敬，哭声也停了，柳赞吉、柳赞良和柳加雷更是大气不敢出，柳加雷也站起来，他第一次参加这么严肃的会议。族长把声音定在

---

① 大私，大家。

一个没有感情偏颇的高度，念道：

我这里不讲左，也不讲右，只讲六面阴事。我们地方上，不许哪个良心坏，心头长——

这是六面阴，不是六面阳，这是六面厚，不是六面薄，这是六面大，不是六面小，这是六面上，不是六面下。大私话，是不是啊——

是——大厅里的人齐声高喊着回答，柳加雷感觉自己被声音裹住跟着往前。这时，大厅里所有的人大步向前走了三下，表示同意；又后退三步，点头三下，表示已经牢记在心。

族长等大家点头完毕，又高声念道：去了一瓣一面！现在我这里讲二瓣二面，不许勾生吃熟——

喊声越来越高，柳加雷夹在人群中。每次回答是的时候，他把耳朵捂住，只跟着大家进三步，退三步，还踩到别人脚后跟。柳加雷听清楚了柳氏大款阴事第四条的规定：不许杀人抢劫。违者不但要偿命，还要叫其父母倾尽家财，断子绝孙。柳加雷偷偷地看柳赞吉和柳赞良，柳赞吉和柳赞良也在看自己，柳赞良嘴角在笑，眼睛也在笑，柳加雷不看他们，心里都在想，这回不是你死，就是我死老。可是柳加雷发现一个秘密，他看到赞吉的脚下湿了。柳加雷夹在人群中感觉血管膨胀，几乎要爆裂。其他在场的族人一下子比平日里也膨发了几倍。

马尾河柳氏大款六阴六阳族规仪式宣讲完毕，大家回原座，心中的压力也随之消解，一片嘈杂碎语随之而起，如今的马尾河勾生吃熟、偷牛盗马、挖坟盗先人的什么没有。当年，柳青原不就是因这些事情畏罪潜逃的吗？柳加雷听旁人议论纷纷，还没有回到正题上来。

族长话，这件事，首先要揪出挑起事端的人。

大厅里的人唰的一下，把目光朝柳加雷扫荡过来。柳加雷腾地缩到母亲身后，元秀拽也不是，不拽也不是，柳鲦一下把柳加雷拽到前面来。她被当马即的族规给镇住了。下面也没有明显反对的声音，族长话，是不是？

是。柳加雷感觉到，大厅里附和的声音像潮水淹向自己。

柳加雷，你还有什么话可话？族长冷冷地问道。

柳加雷不作声。大家都盯着他。

上洞的柳铁和柳蛋蛋为什么没来？他们也参加了。为什么偏偏是我屋邸个崽打死了柳七，而不是他们？

元秀终于为自己找到了一个反击的机会。

大厅里顿时又乱了。

族长当即命人将柳铁和柳蛋蛋拎来。族长对刚进来的柳铁和柳蛋蛋话，我问你们，你们参加了昨晡下晬的水仗吗？

参加老。

还记得打水仗个规定吗？

记得。

请你们说一下。柳铁把规定说了一遍，下面的人没有反对，他们俩话的和当马即的对得上号。族长话，我问你们最后一个问题，是谁喊你们参加打水仗的？是你们自家，还是柳加雷，还是柳赞吉、柳赞良？

柳赞良。

这回柳赞良吓着了，不再笑了，确实是自己提出的，但人是柳加雷泼水泼死的。柳赞良话，我要一个人来，柳赞良向族长说。

你说，族长依然是先前的口气，冷冷的，结局马上就要出来了，他们当中必须有一个出来偿命。

绿吉，他看到了柳七的死。

族长话，喊麻霎，把她屋邸绿吉带来。

天已经黑了，大厅里亮如白昼。松膏油灯的火舌在阴阳怪气地吞噬人影。柳加雷觉得每个人都很可怕，他抓着母亲的手，没有一丝暖意，而其阿驰也使劲地捏着他的手。

绿吉来了。

绿吉听族长跟她说昨晡下晌的事情，大家问她是否看到柳加雷泼水泼死了柳七，绿吉睁大眼睛看着发问的人，点点头，又马上摇头，绿吉用手掌相击，然后把手掌翻开。老爷子问，你看到当时他们两个都死老？绿吉点头，马上又摇头。弄得大家莫名其妙。麻雯发话了，绿吉不会说话，你们也用不着这样欺负她。

哼！

说完就把绿吉带走了。

柳赞良被吊死在水口山的庙里。

马尾河上下心里松懈了的地方再次箍紧了一些。

行刑时间就在当日晚间，洞丁当中有人来执行这项任务。柳加雷偷偷地去看了，柳赞良的舌头伸得老长，眼珠子都出来了，污血沾满了整个扭曲蔽暴的脸，柳加雷一阵心疲，肠子和胃抽动，几乎呕了出来。

突然有人从背后叫他的名字，他撒腿就跑。但立即又停下，转过身来。他听出来了，那不是柳赞良的声音，而是柳赞吉的声音。看着从破庙背后跳出来的柳赞吉，柳赞吉冷冰的口气传过来，你要记着今晡黑里！

柳加雷被带着去参加柳七的葬礼，虽然柳赞良被吊死了，柳七出殡的所有费用、物品却都由柳加雷屋邸承担，一口红漆寿木，十担大米，砲斤茶叶，花边五十块，割地一亩，柳加雷还要守灵安魂。命名仪式在死者出葬前的一天晚上举行。柳加雷以新死的名义领取死者的赐名，继续活下去。

族长会取一个名字，而封赐的仪式则由麻雯来做。

柳加雷捧着一个牌位，跪在地上，族长宣布了死者的死因，给死者的名字是——太保，柳加雷领名拜谢，鸣炮，这个名字写在灵牌上，在择好的时辰出殡下葬。

柳鲦将侧园那块地割给了柳七屋邸。

天还没全亮，元秀将柳加雷从被窝里面撬起来，牵着柳加雷跟在柳鲦后面，火鸦叔在前面举着一把松木火，向鼓楼走来。

要举行托寄的柳氏祠堂前聚满了人，有烧水的，有做饭的，还有摆设各种器皿祭品的，一帮人正在杀猪挬①毛。麻霎细滑的手在柳加雷的脸颊上似触非触地碰了一下，柳加雷觉得自己空虚了，变得飘荡起来。麻霎话：

"太阳一起来开始。"

柳加雷不知道他们所谓的开始是什么。太阳还没有完全起来，山的轮廓已经剪纸一般清晰，背阴的地方仍然一团漆黑，填满了墨水，一声惨烈的猪叫从那墨水中爆发出来。

祠堂前顿时更加忙碌起来。

太阳起来了，猪头放在一个黑漆漆的木盘子上，麻霎带来的乐队敲敲打打，旁边插满了香，麻霎跳起了舞，其他的人在后边观看。麻霎一会儿跳舞，一会儿拿着尖刀向着太阳指指点点，呜呼哀哉，仿佛心都落到了地上，麻霎示意元秀把柳加雷领到猪头这边去，面朝着血红的太阳跪下。

麻霎颤巍巍地端起酒碗，绕着柳加雷和猪头转起圈来，一边跳舞一边用酒水浇了一圈，再捏了个指诀，在猪头上弹了几滴酒水，把碗里剩下的酒仰天喝下，噗的一下，喷洒在那把尖刀上，太阳正冉冉上升，越来越刺眼，尖刀在霍霍的光线中时隐时现，麻霎喷出的细沫，在早晨的阳光中形成彩虹，突然，麻霎尖锐地大吼，一刀朝柳加雷劈下来，鲜血有如打碎了的杯子，溅开来。柳加雷吓得连忙用双手护向眼睛，提起一条腿，起身要跑，却被他母亲死死地摁住了。四面一片呼声、鼓掌声，唢呐和鼓更加热烈了。

麻霎的尖刀砍在猪头上——太保！

她天神一样传送着自己的每个音符，元音响亮，锣鼓喧天，三

---

① 挬［dzʮue¹³］，扯，拔。

尺来长的水牛角，黑乎乎地弯在吹奏人的腰间"呜——呜——呜呜——"一声比一声长，冲破拂晓，笼罩整个河洞，猪头被麻霎劈成两半，血从盘子的边沿流下，麻霎摸着柳加雷的头说从今往后，太保就是热佬①的儿子！

柳加雷惊骇的神情尚未消退，他抬起头，人群中一双大大的眼睛正看着他，闪着钻石一般的光泽，他被这光泽罩住了，霎时感到莫大的震撼与随之而来的快慰，一种香的感觉在身上扩散，香酥甜蜜，柳加雷的脸上绽开一道笑的光芒，使他原本稚嫩的脸显出平静的深邃，他没有看清楚那钻石般的光泽是由谁的眼睛发出的，一闪就消失了。但他已经猜到了。

柳加雷获得了太保的名字。

他的惊惧并未消失，而人却消失了。全洞的人都在找他，没有一个人看到过他。渐底下的每一条水沟、岩洞、老屋、牛栏、猪圈、鸡埘、屎坑、谷仓、马尾河两岸，都没有这个人，甚至连何时消失的都不知道。柳先生、元秀和柳鲦，火鸦叔、鸦嫂子，他们已经将上下洞翻遍了，到第三天他们已经脚炧手疲。

元秀日日夜边在朝门前招魂。太保啊，你个砍脑壳个，还不回来啊，阿妈不想活老啊。

第四天清晨，早起的火鸦叔没听到阿鹊子叫，以前每天早晨它们都在院子上头飞来飞去叫个不停的，他抬头，没看到檫树上喜鹊窝有动静，他爬到围屋的屋脊上去看，隐约看到一块头皮，还有一条腿。

火鸦叔大喊一声，览到了。

元秀柳鲦先后从屋里冲出来，柳先生也站到了前廊上。火鸦叔指指头顶的鸟巢。柳先生赶紧让火鸦叔架梯子上树，元秀翻出来一根背带，让火鸦叔系在腰间。火鸦叔爬完梯子，还不到檫树高度的五分之一，又去掉鞋子，借着横生枝杈快速上攀，等他到达鸟巢，

---

① 热佬［i⁵⁵lau¹⁵］，太阳。

看到柳加雷蜷缩在鸟窝中，终于松了口气。

柳加雷四肢瘫软，脸色极其难看，火鸦叔一探人中，还有气。叫了几声，仍是昏迷不醒。鸟窝中的几枚喜鹊蛋已经被他生吃了，蛋壳碎在喜鹊窠横七竖八粗硬的棍条间。

火鸦叔用背带将他系在背上，背婴儿一样系牢，缓缓下得树来。柳先生迅速检查一过，示意放进屋里，取些杜仲、没药、莪术、独活、威灵仙、防风、甘草等捣成的药膏外敷，再灌了柴胡汤。他阿驰每日夜边在朝门前给他喊魂。醒来后，柳先生问他，做么要躲到树上去。

柳加雷说，是柳七和柳赞良赶他上去的。

三

上旰元秀在地头看了看地，秋天的早晨带给她愉悦。草垛安安静静地躺在湿漉漉的朝露之中，白鹭鸟停在草垛的脚边，偶尔也飞起来，落在屋顶上，马尾河像早起打水的女人，有时候也会让人想起其中的某根稻草是粘着处子之血的。秋天的太阳，那股刺人的劲已经消退，温和明亮，庄稼地里脱过了穗的稻秆儿扎成扎或堆成又高又大的草垛，草垛的中间是一根标天的柱子，连着几个草垛堆在一块平地上，冬天来临之前的那段日子日光水淋淋的，田野里流淌着平静的安详，像一枚熟透了的柿子。

草堆中间的柱子竟然还有一棵活着的树！

回来后，她在院子里烧稻草灰准备洗头。

元秀把烧好的草灰捧起来，装进竹篓里，放到铜盆上，浇下滚觉的开水，铜盆里的水黏黝黝地发亮，元秀把水晾一旁，把头巾解下来，乌黑的头发敦实地披下来。

当她披下头发的时候，元秀感到自己还很年轻，她拿起一把木梳对着镜子，梳了一遍又一遍，留在梳子上和落地上的一两根头发，她都把它们拾起来，放进火里，嗤啦一声一股人肉烧焦的味道弥散开来，心里一阵轻泛，但很快没了。

阳光如膏药一般宁静缚在地表的一切事物上，元秀脱掉外套，在铜盆上浣洗，洗到第四遍，那草灰水已经由原来的黑黝黝变得清亮了，尽管如此，她还是用开水兑井水，过滤稻草灰一遍，到第五遍才把头洗完，用干纱巾拢了拢头发，换了一套衣裳，在箱子里挑了一块青绸准备去稣二的店里缝件衣裳。起块，她把布夹在腋窝下，觉得不妥，又放在篮子里，空篮子也不妥，于是装了两升豆子，用一块旧布垫上，才把那块料子放上面了。

到门槛，她把脚轻轻地提起，跷出大门，反身落上锁，挺挺身子，左手拤起篮子。她打量了脚下通向灶儿巷的安静的石板路，迈开了脚步，让人难以想象的是她那女人纤弱弹性的双腿支起的身段在空气中擦出旋儿。她现在还不是麻雯的那种挂着拐杖的便傻，而是辐射出活的气息的旋儿。他们屋邸檫树高高的在后面，马尾河的水在石板路不远的地方潺潺流淌，不知不觉，她又想起自己的这块绸子来。

还是过门那阵，一直放在柜子里，柳鲦在柜子里找账本时看到了它，问这是哪里来的，元秀话，过门带过来的，路来压在箱子底下，昨晡趁着天气好，在太阳下晒了晒，透了透新。柳鲦抖开那块青绸，看了半天，没发觉有什么特别，他还想说什么！元秀见他又要发神经，就说是我做姑娘那阵妈给我买的。柳鲦盯着她，眼睛里闪过一丝看不见的凉意。元秀不睬他，抢过绸子，小心翼翼地把它叠好放到另外一个箱子里。

她害怕柳鲦那阴鸷的目光。很多事她把它藏在心里，藏在任何人都看不到的地方。她不敢话，这块青绸是原送她的。

原去龙埠运盐。

已是下半夜，月亮在马尾河上面，照得满屋子亮堂堂的，元秀还没有落觉①，她在等原，原说好当天回来的，可到晚上吃饭时分也

----

① 落觉，睡熟。

没见到盐店那边有响动。

元秀心里着急，吃了饭，她阿爸中暑，元秀马上话，妈，我去药铺拿点药回来。她妈责备说喷点酒刮几下就好了拿莫子药。元秀不随她阿馳那边的话说，你帮阿爸刮，我去拿药，这样就好得更快了呀。不等她母亲肯定，就出了门。

去灶儿巷的药铺要经过原的盐店，其实她只是想去看看原回来了没。要经过盐店的时候，她的心跳得好比一群上滩的鱼。她低着头，眼睛看着石板路，耳朵只盯着一个方向的声音——盐店，当她走到盐店门口瞟了一眼，盐店的门关得严严实实的，她顿了顿，快步向药铺走去了。她一进门就话，我阿爸中暑老。柳先生看着她，帮她拿了药，放到桌上。

你也病得不轻。

元秀惊讶地问柳先生我有什么病。

这世界上的人，只要有病他就有症状，古人话，人命禀于天，则有表候于体，正是这个道理，你得的是心病。

元秀的脸火燎死，像毛毛虫在爬。柳先生说从你的眼睛，从你的一举一动都可看得出来啊，病不轻。

她躺在床上，望着窗外的月光。

她听到外面有人在叫自己，声音很轻。仔细又听，是原。她轻轻地启开窗户，两个人一直跑到盐店把门关死搂在一起，原把她的衣裳三下两下剥光，抱起她，放在洁白的盐上。

元秀朝灶儿巷的裁缝店走来。脸上充满笑容，不知不觉又到了盐店门前，她瞥了一眼，麻雯在闲坐，绿吉在洗刷大桶。麻雯看到了她，元秀跟她打招呼，太馳，今晡又趲了啊！麻雯回答是啊，桶都长出龙须来了。你们屋邸的马上要遷趲老吧！元秀见她说到你们屋邸的，脸上微微一红，是啊。他们快要回来了。有空上屋邸去坐坐，自从您给太保寄名以后就没去过我屋邸了。麻雯笑哈哈地说是啊，是啊，等他们把盐运回来，我上你那蹭你一顿啊，你这是要去哪？

　　我送点豆子给老爷子，元秀本来去裁缝店，老爷子的药铺也在那边，她就想了个法子，提了一篮豆子，然后再跷到稣二那边去，元秀夸奖了绿吉的秀气伶俐，才朝裁缝店来了。稣二不在，她只得到药铺去。阿爸，元秀把那篮豆子放在门边，老爷子话，放火落窖去。这时稣二从火落窖出来，哎呀，你来了，稣二热情活泛。我看看，我看看，你这料子，稣二追着元秀腋窝下的那块青绸，并发出赞叹，好料子啊，成色褪了些，仍是一块好料。

　　元秀被老爷子的冷漠浇了，又遇到稣二从里面出来，没有好气地对稣二说是有些旧！我正要去你那边呢。稣二并不在意，话，好啊，走，马上就走。

　　老场伙，我的顾客上门了，我同你新姅①走了哦。

　　稣二对正在吸水烟的柳先生话，柳先生一边在咕咚咕咚吸烟，一边在沉思什么，冇睬②稣二。

　　我过去裁件衣裳，元秀对老爷子毕恭毕敬地话。

　　柳先生一声不响。老爷子吸完一筒，把他那个漂亮的铜烟壶轻轻地放在桌上，话，他们也快遽趔老吧。他把话说得一截一截的。元秀极力想从他的话中思索出一些什么，想从豆子里拣出沙子来，可明摆着没有别的意思，于是就话，应该快老。老爷子又把烟壶拿起来，重新填烟丝，驱赶道，你赴啊！

　　元秀夹着她那块被稣二赞美的料走进稣二的裁缝店，两个女人扯上了，又是以前，又是眼下，又是两个人彼此哈哈大笑旁人摸不着头脑的暗语。稣二跟老爷子的事情，元秀也晓得一些，其唔话，稣二则有意往这个方向上使劲地扯，你们屋邸老爷子看起来冷淡，其实啊他心里宽敞着啦。

　　元秀回她，这么多年头下趔，老爷子也怪可恼个，你看他一

---

① 新姅，儿媳妇。姅读［pə⁵³］。

② 睬，理睬。

个人，又不愿意歇下，屋邸有吃，有穿，他就是舍不得他那药铺子，哎！

稣二承上她的话，要是方便，你睬——元秀装着不懂便，看着她，等下文，稣二又动了一下嘴角，话，你睬——

元秀心想，她知道他们两个结合之后，老了，就必然搬回屋邸，不可能一生世守在药铺或者裁缝店，而她和柳鲦之间就柳加雷这么个崽，外面的口水早已溢过马尾河的洄水塘了，这一搬回来就很难有太平的日子了，要是老爷子自己愿意，元秀也没什么好话的，所以她不替稣二拿主意。

元秀试探着说，等柳鲦回来，你跟他好好商议着？稣二马上重新话过来，说好，好，柳先生那边我去话了。

接下来就是量肩膀、奶子对宽、衣袖、腰身和腋窝的尺寸，稣二在元秀的前后左右转悠得那般灵活就跟鱼儿重新回到了大塘里。

从马尾河到龙埠有两百里路。到了天心庵的时候，就得停下，再过去就是云雾缭绕鬼气森森的悬崖，牛过不了，马尾河的人话天心庵，鬼门关，奶子河，棺材崖。只能靠人力走完这三十里路。过了天心庵，在那边就换成了舟船。

柳加雷每年来一回，遵从父命，在天心庵这边停下，看守着十多条牛，等他们返程。柳加雷跟庵堂里的蜜蜡和尚熟识，他白天出去放牛，晚上回庵堂睡觉。吃饭则自己开锅，米、腊肉、酸菜都自己带，蔬菜在山里挖。蜜蜡和尚是全州人，一个人住在庵堂，也不见他念经修佛，是个只摘些草木松花果腹的怪人。柳加雷将余粮赠送给蜜蜡和尚，他说，我有满山的粮食，多余一点都不要个。

我等着它开花。他指着庵堂边上一株阔叶杜鹃花。花开时，花朵大如杜鹃鸟。山里各种开花的树木，开花时间的长短都被他记住。依次吃过去，冬天能够开花的植物只有少数几种，也是够他一个人吃的，再说还有地下的冬笋和块茎植物，再说他也不能一个人全吃老，他还要与动物们分享。

蜜蜡和尚一个人守着山里的这座小庵堂，庵前撰联云：

"归来偶把明月嗅，春在枝头已十分。"

柳加雷尚无法领会蜜蜡和尚种种行为的奥义。

他说到渐底下的上元先生和他以前是有过交情的，他年轻的时候也经常从这里去龙埠，他和一位姑娘在这里生下一个男巴爷，不知现在怎么样老。

柳加雷以为蜜蜡和尚说的是自己的阿爸柳鲦。

柳加雷把牛一一赶到天心庵旁边的牛栏里，然后做饭，等父亲他们回来，按理这两天就要返回了。饭后，躺在一堆稻草上，想着回去能见到爷爷、阿驰和绿吉他们就情不自禁地哼出声来，他答应绿吉给她带灯芯糕和白糖。

就在这天夜里，柳加雷被人叫醒了。同去龙埠的人都回到了天心庵，而柳加雷的父亲摔下了悬崖。柳加雷大叫，那你们干吗还不下去找找？他们话，天那么黑，曷门找！我们说在那边歇一宿，等天明了再过来，可你阿爸说不等，凶巴巴地说要赶夜路，被鬼缠住了！柳加雷说不要说了，你们唔赴，我赴。

谁喜欢谁赴，洞丁铁螺蛳说。竟然冇一个人动。柳加雷点上火把，攘推①他们，走入黑漆漆的树林，朝着悬崖那边走去。慢着，一个声音喊道，少爷，这样去也是白搭，他听出是火鸦叔的声音，他说先扎绳子，才能下悬崖！

柳加雷停下。于是大家在柳加雷睡觉的地方，把那堆稻草搂起来，绞成大麻花绳。里面夹上竹篾，防止悬崖上的鹰用翅膀来割，火鸦叔安排人去砍竹子。

一阵忙碌，搓好一根二十丈长的大麻花绳子了，纷纷点上火把，走向悬崖，在漆黑的夜里，悬崖的小道上风大，吹着火把一闪一闪

---

① 攘推，推开。

地撩人。铁螺蛳踩脱①了一块石头，火把飞扬而下，柳加雷看到整个身子悬在崖边上，双手死抠着路边的石头才没滚下去，心头一紧，也就放慢了脚步，而踩踏的那石头往下滚去，往深渊沉下去，风呼啦呼啦地吹着，听不到它着地的声响。大私把他拉上来，就手给了他一耳巴子。因为前后抬绳索的人也差点被他拽下去。十来个人赶到出事地点天色已经大亮。

就是在这个拐弯的地方摔下去的。

柳加雷往下看了看，下面被云雾笼罩着，看不清东西。众人将大麻绳打入悬崖上的缝隙，系在树根上，柳加雷用小绳子系了腰，准备下跳，火鸦叔走过来说，带上这个，下面有情况的话，放一枪。火鸦叔亮出一把短短的鸟铳，给他别腰背上，两人一前一后，一蹭一蹭地往悬崖外滑下去，蹭了几下，就不见了人影，上面的人，伸着脖子往下张望着呼啦呼啦的云雾。

太阳已经升起来了，光线飞过断崖峭壁，云雾仍然没有散去，反而呼啦得更加凶狠。柳加雷下去估计半个时辰了，不见有何动静。大私坐地上抽烟叶，不言语，有人等不住了说，根本就不应该让他们两个下去。马上遭人呵斥。太阳已经离山头老高了，接近午时，云雾慢慢散去，这时一只鹰飞上来，又俯冲下去，崖上的人，心提到了嗓子眼，可悬崖下面仍然没有丝毫动静。

有死，不然鹰不会被惊动。

顿时大家又活跃起来，伸长脖子往下看。就在太阳接近正午，崖下传出一声沉闷的枪响，在悬崖下的深处回响了一次又一次。

拉！

绳索才反应过来。

柳加雷躺在床上，虚空在四周蔓延，自己在悬崖上荡来荡去，世界突然之间没有了重量，没有任何东西可以依靠，他伸出手来，

---

① 踩脱，踩脱。

抓到的只是跟他一起向下飞落的云雾、风声。他隐隐约约看到了自己的父亲，横在一棵米槠的树冠上，米槠长在侧生的岩石上，而绕满猕猴桃藤的树冠承接住了父亲的身体，这时一头鹰像一块巨石，向他撞过来，柳加雷大叫一声，和着被子从床上弹起来。他看到柳先生和母亲在身边。

两副担架同时抬进马尾河，随之到了药铺。只有火鸦叔没有受伤。灶儿巷的人群马上围观起来。竟然有人猜测是原干的。

元秀呼天抢地地搂着自己的儿子哭死过去，那悲怆也使得很多人暗暗转过身去。

柳加雷脸刮花了，尚有气息，而柳鲦已经气息奄奄，似一条打折了的狗，瘫成一坨，沉重地裹在担架里。

麻雯也过来了，哎呀，盯着柳加雷的样子，心焦地连连叫着太保，顾不得自己的盐了。老爷子赶快让人把父子两个抬回柳家大院，稣二随后。

绿吉从人群中挤进来，睫毛呼拉呼拉闪动，泪水从她清亮的眼睛中滑出来，滴在柳加雷的手腕上，滴在雨中的马尾河上。

马尾河的平静像一碗水，这件事情来得太突然，这碗水就被打翻了。等到柳加雷醒来的时候听他阿驰话，绿吉天天要来一回，带来鸡蛋和麻雯的符咒襁符。

他阿驰祭祖牌位、进出的朝门、房邑、草楼、牛圈、厕所，都贴上复杂花纹的咒语。

柳加雷的眼窝下留下了一道长长的伤疤，从右眼的下角通过脸颊颧骨直往下巴。他笑起来的时候似笑非笑，笑容被割成两个单元的面具，一半是水，一半是火焰。

几个从柳氏屋邸出来的人在话事，柳加雷脸上带花，破了相，眼睛倒显得比以前还刮塔①，跟他先前寄身有关吧，其是热佬个崽嘛。

---

① 刮塔，美丽、漂亮。

一个说他救他老头骨①那才叫人担惊，确确实实有两下。他把自己和他老头骨拴一根绳子上，被他们拉上来的。在他的兜里还发现二只崖鹰婆胩来②，柳先生专门上山也不一定能弄得到啊！

是啊！一个接着说，可他老头骨一个死人躺在床上，全凭柳先生救着一口气，听到说他一条脊背上的骨头全碎了，没有一块是串一起的了，往后只怕难离床板一寸半步了，唉。那火一样的燥娘儿们的日子只怕也难熬了。

其中一个又话，这事跟原有关老，你们听到冇？同去龙埠的洞丁说，柳加雷他老头骨在出事之前还一直在喊原。

另外一个为了表示自己见解的独到，说这是柳赞良柳七阴魂不散啊。哎呀呀，你看你说什么呐。于是大家散伙，不说了。

柳先生在屋邸咕咚咕咚吸着水烟，神思半晌，不话一句，头发似乎有了雪意。

这年的马尾河，十月中旬后没几天，天空飘起了鹅毛大雪。一个母亲领着三个孩子从河面上，去对面的娘家，丈夫在前面牵着一头牛，驮了一担谷。上下洞的人串门就这样直接走在冰冻的河面上。

柳加雷在河面上凿了一个洞，白条梭梭地像箭一样射出来，可把绿吉高兴坏了。

绿吉姐姐，我也要捉鱼。

清脆的声音，一个四岁左右的孩子跑过来跟绿吉央求道。绿吉拉住她的手，站远一点，摆开架势，等着鱼从冰洞里冲出来。一条白条飞出来，小女孩去接，接着一条大鳜鱼猛地射出来，在空中追赶小白条，小女孩被鳜鱼冲翻在冰面上，接着爬起来又去逮鱼。

绿吉姐姐，我捉到啦！

柳加雷看着那条又黑又大的鳜鱼出了冰面还在追赶弹跳的小白条，咬住了它的尾巴。真是锲而不舍啊，绿吉看着这一幕会心地

---

① 老头骨，老子、父亲。老读［lou⁵¹］。
② 胩来，蛋。

756

笑了。

柳加雷看着雪橇在河面上飞快地划出一道道痕迹，孩子们的笑声反倒成为马尾河沉寂的一部分，成为他和绿吉之间沉默的一部分。大雪一阵接一阵，直到把马尾河严实地包裹起来，像襁褓中的孩子。

屋檐上的雪厚如草塔，倒卷下来。雪比人深，出不了门，于是干脆把大门给关了，偶尔一两声悠长的牛叫和急促的狗吠，就像是从河里弹出水面的鱼。牲口的草料渐渐完了，就把粮食煮熟了喂给它们吃。

火鸦叔每日在天井里将雪打扫清爽，堆在檫树的脚底，而井塘边的一小片水域冒着一瓢轻薄的热切的白雾。

大雪封着的日子慢慢滑向年关。

柳加雷的母亲一大早起来烧水，准备把那头架子猪杀了过年。火鸦叔跟鸦嫂回去过节了，杀猪这件事就只能靠柳加雷了。柳加雷的父亲柳鲦躺在床上不见天日，眼睛睁着，看着天花板，重伤不但损伤了他的身体，连听力和说话的能力都丧失了。屎尿也都在床上进行，一开始柳加雷的母亲还给他换洗，后来发展到一天两次或上三次之后就没办法了，干脆用稻草铺了厚厚的一瓢，十天半月料理一次，倒也省心了许多。父亲瘫痪之后柳加雷在这个家庭中的位置凸显出来。

柳加雷从刀架上取下那把一年就用一次的屠刀，在磨刀石上下抽动，直到那些油腻的锈渍全部磨去，重新脱胎成一把雪亮的屠刀。他把刀放进水里，又从水里慢慢抽出，寒光闪闪，柳加雷用指肚在刀刃上轻轻一刮，指上的每一条纹路在锋刃上过一遍，沙沙有声，再将指肚放慢速度，重复走一次，某种快意正蕴涵在这种锋利与雪亮当中。

他大喊一声，妈，刀磨好了！一下把屠刀撂出去，摇晃晃地插在天井中那棵檫树上，柳加雷的父亲柳鲦正好在这个房邑。树上的雪粒子霍霍声响，往下滴落。柳加雷母亲在那头话水好了。

撵猪!

对于从来没杀过猪的柳加雷而言，摸不清门道，元秀又不敢大胆上前，所以母子两个撵那那头猪在院子里兜圈。后来还是元秀说用绳子套上它的脚，捆在树上。

柳加雷在走廊巷里，布下圈套，猪经过时一拉就套上了猪的一只脚，用力一拉，套牢了后脚。猪一吼，屋瓦上雪粒直往下掉，柳加雷对着它就是一刀，插到了屁股，猪叫得更加狂放，元秀在旁边哈哈大笑，你爷爷个有这样杀猪的吗？柳加雷问要曷门杀，元秀话从脖颈下找到膛口插进去放血。柳加雷话逮不住了。元秀说那这肉吃不成了。

一阵叫喊，柳加雷追着那猪一阵乱敲乱砍，猪围着檫树转，跑的范围越来越小，大半圈之后没法再跑，被柳加雷放翻在地，柳加雷对着猪两条前腿之间的软地方猛的一刀，连刀柄不留，顺着喉咙，全蹚了进去，好像挖竹鼠挖到了松土，接着一扭刀把，抽了出来，猪血飞也似的焱出来，柳加雷的母亲在一旁看得目瞪口呆。

母子两个把猪打了清水，劗膛剖肚，取出五脏六腑，拍了板油，很快清理完毕，柳加雷话猪鞭呢？找了找没找着，问元秀。元秀话在烧着！柳加雷哦了一声。

母子两个一锅杀猪菜，元秀话，放地铳！先祭祖，再把你阿爸给喂了来吃饭，你爷爷在稣二屋邸，不回来，你送过去。火鸦叔留砲斤后腿戴，柳加雷按照他母亲的指示去做。

马尾河之外的人家也正在放地铳，这时大家仿佛才想起彼此的存在，马尾河又闹热起来了。并能按声音的方向辨认彼此的存在。地铳的爆炸青红不定，在嵯峨山脉的河谷间激荡回响。

酒在地窖里。柳加雷掀开火落窖旁的木板，跳进去，抱一个坛子出来。清理掉上面的渣滓之后，打开封层，一股松松的败残之气刺鼻而出，揭开油纸，坛里的板油化得没影儿了，澄光透亮。

元秀不胜酒力，三碗过后，双颊酡红点上了灯笼：太保啊。柳加雷捧起瓦坛直灌，坛子泼啪一声掉在地上碎了：妈，你喝醉了，我送你去屋里卧如。元秀跌在桌上，我冇醉，我冇醉，你才醉了！柳加雷摇摇晃晃扶起他阿妈上楼，从柳鲦大小便失禁废了之后，他们已经分开就寝，她睡到了三楼，柳加雷也睡三楼，屋邸冷清空廓，想睡哪就睡哪。那个时候的围屋就像一个蚂蚁窝。现在好多了，柳加雷的阿驰含糊地话，柳加雷扶她上楼。柳加雷记得，一天夜里狗叫个不停，他妈话，害怕，柳加雷就跟妈睡一块。柳加雷搂着害怕的妈，睡到天亮。

柳加雷扶着他母亲走进房邑，屋里的炭火暖暖和和。柳加雷扶她上床，妈，卧如。再帮他阿驰退掉鞋子，柳加雷捏着阿驰的脚，他阿驰叫了一声原。他妈搂着柳加雷，直叫唤原。柳加雷浑身不自在，雪地里的一堆大火，凶猛地撩着这屋子里的一切，元秀话，妈妈个宝崽还要吃奶奶。柳加雷抱着他母亲，撩起衣裳，元秀将自己微微翘起的奶头，喂到了柳加雷的嘴里。

马尾河的雪纷纷扬扬地飘着，柳家大院的檫树高高地撑向漾白的夜空。

清晨，柳加雷醒来，他窝在暖烘烘的被窝里，回想不起来头晡夜里发生过的一切，然而他清晰地记得自己化成了一股明亮的熔浆重新流回了母亲体内一个黑暗的地方，一个自己曾经生长过的地方，他看到自己在那是怎样变成现在的这个样子。

雪映得窗纸透亮，元秀烧好了水，端到了柳加雷面前。柳加雷迷惑地望着自己的母亲，张了张嘴巴叫了一声阿妈，元秀的燅水盆子倾覆在地。

随之，楼下传来一声闷响。

四

乌饭节的时候，马尾河上的冰雪多半已经烊下去，白色中划过一习柔嫩的清风。柳加雷站在土楼屋顶上，眺望着眼下这一片土地，心里充满茫然和兴奋，河面上的冰逐一松动，旋转着流向远方，土地暖活得最快，河岸两边的田野里蒸发出白色的水汽，现出了光亮的水面，鹅在水田里嘎嘎地追踪欢叫。田埂上还有雪，它已经忍耐不住要脱去冬天，裸露自己黝黑的肌肤。阳光充足的山上桃花开了，接着梨花也开了，等到桐子花开，就可以破土下种庄稼，谚语说：穷人莫听富人哄，桐子开花就下种。

这片土地今年将属于自己，并将在上面种出粮食，柳加雷去看了自家牯牛，火鸦叔正在弄草料，柳加雷话，这牛经过了一个冬天，还挺结实。火鸦叔话牛啊，上看一张犁，下看四只蹄，前看胸膛宽，后看屁股齐。火鸦叔把草料撂进牛圈，规整犁耙去了。柳加雷看那牛嚼草嚼得咯嘣咯嘣响，嘴角还带着草屑的白色䏲䏲。[①]

吃了夜饭，柳加雷跟他妈在商议种子下地的事情，一阵敲门声传来。柳加雷跑到院子里来开门，他把门闩抽开，绿吉站在外面，睁着大眼睛看着他，脸上充满急切的神情。柳加雷话，绿吉？绿吉使劲摇头，拉起柳加雷的手就走。柳加雷莫名跟着她跑。跑到河边，绿吉坐到地上一个劲儿地哭上了，柳加雷问她因为什么，绿吉只扭着头哭，不理他，哭了一阵，又往屋邸跑，柳加雷似已明白。

柳加雷回到屋邸，他妈问绿吉来做什么。柳加雷说还没搞懂。他妈悠悠地说这囡崽斯也长起老，便没再说什么了。

第二天中午，柳加雷来到盐店，话，太驰好啊，给我称砣斤。麻雯话要曷门多啊，这阵子盐走得快，柳赞吉他们去龙埠运货还冇回来呢。柳加雷哦了一声，其他的没注意听，他在四处乱看，冇瞅见绿吉。麻雯话绿吉这两日不舒服，在屋邸。

被麻雯拆穿了心思，不好意思再开口，起身要走，麻雯话，你个腰腊。柳加雷摸出一把钱放在桌上，提了盐就走。

他转到爷爷的药铺，望了一眼，稣二的厾女贞子在，正帮药铺抓药。柳先生见柳加雷进来，就说正要打发贞子去喊你。柳加雷心

---

① 䏲䏲［bu⁵¹］，泡沫，即䏲眛。眛，音末。

里暗暗吃惊。柳先生让贞子去下洞送药，贞子哦了一声，麻利地收拾了一下，走了。

那声音真正是好听。

柳先生说，天气好了，我们去一趟山里。柳先生的语气安静，平祥，仿佛是在凝视着遥远的某物很久之后才吐出来的。在柳加雷的印象当中，这些年来，柳先生只收购人家进山挖宝或者赶山带回的药材，从不见他亲自上山。

柳先生话，九渊坛有一种叫灵虬的药，你爷爷的爷爷的爷爷，爷爷的爷爷，爷爷的阿爸都去采过，都没有见着那东西，我这生世还剩一桩事，就是想见见这灵虬是什么样子的。河洞里的人都听话过九渊坛，去过的，少。柳先生话九渊坛是一缕瀑布，那瀑布的腰身中间有一个凹处，灵虬就生长在那里。洞里也有人下去过，去了就没有再上来。这件事情非同小可，柳加雷说，我们多叫一些人。

柳先生把他那银亮的水烟壶放桌上，说，就你、我，再带上贞子就够了。

柳加雷提着盐，往回走，这条石板路的每一枚石子都被他数了一遍。

这几日柳加雷心里浮虚虚的，定不下心来做事。他径直走到盐店，看到绿吉在。绿吉看到柳加雷，脸一下红了，随后用目光一拐，示意他进来。绿吉去端茶，柳加雷这时候才仔细打量眼前的绿吉，穿了一条青布印花裙子，银器在她头上身上轻微地摇晃，晃出一些细碎的灵灵的水花来，奶姑子结实地往上微微挺着，吐穗后的苞谷，柔软之下又是骨朵的饱满。先前柳加雷只能看到绿吉的眼睛，今天他一览无余看到绿吉的任何一个地方，看哪里都心头发热，不由得低下头，绿吉把茶递到柳加雷手上，柳加雷触到了绿吉的手指，电抽了一下，连忙站起来，把茶杯放回茶船上。绿吉却静静地盯着柳加雷的眼睛，柳加雷张了一下嘴巴，却不知道话什么，他看到绿吉薄薄的略带白亮的嘴唇像一种鲤鱼的颜色，牙齿白甜，若山里的溪头水，绿吉便像了晨露中初开的一朵桔梗花。但在柳加雷的心里，绿吉犹如一个全体透明人。

绿吉见柳加雷发愣，跑到盐店的神龛上的一个瓦罐里，取出一个扎花的香包，摁到柳加雷的手上。顺手两人手一拉，五指互扣在一起，走到盐房后面的仓库。两人缩进一口大缸，再将竹篾簸箕盖子拉上。柳加雷轻轻地搂住她，闻到绿吉身上散发出来的芬芳。不禁心旌摇曳。他将手探进绿吉怀里，握住一只乳房。绿吉身体一颤，双手抱紧了柳加雷的手臂，用脸贴住。

这时的他们是一对盛开的百合花。

麻雯回来了，不见人，呼了两声绿满嬢，不应，走进里屋看了又看，这才歇了声气。两个人在缸里不敢动弹丝毫。

过了一会儿，贞子姑娘清甜的声音，从店铺外的街道上传来，太驰好，要五斤盐巴。麻雯说，你看到绿吉没？

贞子姑娘说，右。

麻雯只好自己亲自动手，贞子姑娘说，我来帮你吧。麻雯说，好。外面的木桶里没了，你到里屋的大缸挖五斤出来。第一个大缸就是。

柳加雷和绿吉担惊贞子姑娘找盐找错缸子，那就尴尬了。两人将气息捋细，坐等命运的安排。

贞子姑娘走进来，将大缸的竹篾簸箕盖子掀起来，放在柳加雷和绿吉这口缸的头顶上。铲好了盐巴，又将簸箕盖上。出了屋。麻雯给她称秤。

走的时候，麻雯说，见到我屋邸绿满嬢喊她回来。

贞子姑娘说，我到巷弄帮你览览。

他们终于松了口气。柳加雷心里还在发抖，有一股强大的力量冲得他像喝醉了酒。

柳加雷和绿吉在盐缸听到前面麻雯没有动静，轻手轻脚出了缸，绿吉打开后面，柳加雷夺门走了，绿吉又将门关上，闩[①]好。这一动作，在外面听到，仍然只是开门关门，至于开门关门的人是在里面还是外面，则是分不清的。她转身时，麻雯站在前房的门口看着她，她惊吓不小，绿吉说，太驰，我在后面蹲厕所呢。

麻雯一脸沉默，但她一反常态，抱住已经长大的绿吉，捋着她前额上一缕凌乱的头发，放到耳朵上去。仔细打量了一阵。然而绿吉似乎已经感觉到两座身体之间再也不能融洽的隔阂。

柳加雷从盐缸里脱身之后，从后门出来一路狂奔回到屋邸，爬到三层围屋的顶上，仰面躺在斜坡的瓦上，跷起一条腿，绿吉送他的香包在他的心窝上静静地躺着，风轻轻地拂着院子里那棵高高的檫树，叶子窸窸窣窣，后山的鸟扯开了喉咙，青一声，绿一声，滴溜溜地叫着，每一声都仿佛琼浆玉液滴进心里，柳加雷把那香包看了一遍又一遍，那只刺有鹿胎模样花纹的香包，柳加雷忍不住地把香包放在了嘴唇上轻轻地贴着，闭了眼睛，把今天看到的绿吉的样子和一举一动都美滋滋地回想了一遍，他看到了多年前自己跪在黎明前，太驰劈下一刀的情形，以及人堆中那双一闪而逝的眼睛，他又看到了自己晕死在沙滩上醒来第一眼看到绿吉的感觉，他把这些放慢，放慢，让一切变得完美无缺，于是绿吉向自己走来了，他伸开手抱住了绿吉的婀娜，绿吉嗖的一下化进他的怀抱，遂即他又听到绿吉话——你把我弄疼了，哥哥！

可她从来没有说过话，她只用她的眼睛说话。

柳加雷的母亲在下面问火鸦叔，太保去哪了？还不回来呷饭！火鸦叔讲少爷出去老，又回来老，不知道跑哪去老。

柳加雷的母亲在院子里大喊，柳加雷模糊地听到，爬起来一看，灶儿巷的灯笼都点上了，远处下洞绿吉屋邸也亮起了灯，他才感到天黑了。定了定神，溜下楼顶，回屋去掀锅找饭吃。饭冷了，自己

---

① 闩［ʃyæ³¹］，门横关为闩，门竖关为牖。《广韵》下牖闭城门。

又燃了一遍。

元秀虚弱不已，干不上活，柳加雷请了短工，里里外外，犁田、耙田、播种、插秧、割青、薅草工作都忙完。临近立夏时，田里的禾苗长得绿油油的，柳加雷看到自己亲手种出的庄稼忍不住用目光一片一片抚摸过去，拂过神秘而厚实的土地。

柳加雷母亲的身体经过一阵歇息又恢复了以前的那股火燎般的劲头。柳加雷却躲得远远的。安静的柳家大院顿时显得不安起来，某种气息包围笼罩了一切。

天气渐渐燠热，柳加雷把父亲床上的稻草，搬到外面一把火烧了，垫上席子。柳鲦一身结满鱼鳞样的屎垢，体气熏天，柳加雷搂起父亲，有如搂起一捆干柴火，撂在木桶里，浇了两桶冰凉的井水，帮父亲擦起身子来。他看到父亲那已经完全萎缩的地方，溃烂不堪，不忍触目，那下垂的鞭子下面只有一颗尻子，不禁惊骇起来，柳加雷伸手一抹，真的只有一颗，他抬起头，柳鲦那睁开的眼珠子也正好对着自己，那叶子上的一滴露水，一动不动，没有一丝感情，露水边上的次光表明这还是一具活着的尸体，那僵硬的目光深深地刺进了柳加雷的心，阵阵揪心，疼痛。他又想起多年前自己偷看父亲把母亲顶到墙角母亲兀自沉寂的场景，柳加雷的脑子闪过一个可怕的念头，他冲到井边，提上两桶井水，浇到大桶里，可当他提到第四桶的时候，他看到柳鲦的身体浮殍一样自上自下。

太保，柳加雷的阿驰对他话，欲言又止！

柳加雷冇作声。其阿驰接着话，过阵子我去下洞，找人为你提亲？

柳加雷不作声。

他母亲话，贞子婆人长得伶俐，干活也行，绿嫚儿腼腆秀气，可不能话事——

柳加雷拦住他母亲往下话，元秀还是继续话，我去到下洞，听到话柳赞吉其嬷嬷已经叫人去麻雯屋邸提亲，麻雯冇答复。料想麻雯不会轻易放人。

柳赞吉？柳加雷突然问。

是，其阿馳再一次答他，这个字好似从舌根底下滚出来的一粒破裂的鱼卵。

赞吉母亲提了一篮子干鱼，亲自上门到麻雯屋邸来话亲。麻雯见赞吉其妈进来，就明白了七八分，连忙把她让进屋里。赞吉他妈把东西放桌上，叮咚有声，麻雯话，客气嘛？麻雯说话向来冰清，柳赞吉他妈哼哼地笑笑，操的一口不是本洞语言，尾音拖带较长，口感比较绵糯，她说，好久冇来看你啦，身子骨还贱旺挖，我和柳大他牙①也老啦，冇甩斯老，就靠柳赞吉撑着这个家。绿吉今响在店子里吧。麻雯点点头话是老。柳大他妈话，我屋邸柳大还在路上，她没有往下话了，看着麻雯，麻雯话，赞吉是只才行个孩子，还真多亏了你屋邸赞吉，帮我大忙。

赞吉他妈连话，蛇有蛇路，拐有拐路，虾蟆冇路跳两跳，他没才行，就只能做跑卵脬个台；帮你运点货回来，在路②，应该底嘛，应该底，应该底。

赞吉他妈跟麻雯两个东扯西拉算白话，没有往点子上深入，赞吉他妈想，你明知道我的来意，却把话头躲躲闪闪，真是个老妖婆。而麻雯想，你来老就话吧，这种事情总得你说。所以两个老门亲扯了半天，都是一些客气话，赞吉他妈只好话，阿嬷③啊，等柳大回来哩，你到我屋邸吃餐饭何落？我先来跟你打声招呼。

麻雯话，曷门好意思咯。

冇事，冇事，赞吉他妈话，其实也冇嘛，就随便一顿，上回柳

---

① 他牙：他爸。

② 在路，顺路，行方便。

③ 阿嬷，奶奶。嬷嬷，母亲。

大从龙埠圩上带回一些海里的什么，还没舍得吃，大家一起尝尝鲜。

麻雯话，这可是稀罕的东西，我记得还是去龙埠帮凭家①打醮吃过，大概十来年老噢。

哎呀，阿嫲是个见过世面的人啦，不比我们这些一生世没出过洞口的，外面的天是黄的白的都不晓得。阿嫲一定知道那海虵葛门个吃法啦，要吃还得你来做样子。就这样啊，话好老啊，我走啦，屋邸还有那些猪啊牛啊个等着我回去煮潲下料。

麻雯也不多挽留，东西你还是拿回去吧，赞吉阿驰话，留着留着，一家人那么客气，怪不好意思。

麻雯把她送到门口，那就请好走。

柳赞吉他妈连讲不送了不送了，她跟麻雯天南海北扯了一下旰，到最后还是晰清地记着此行的目的，麻雯话音刚落，柳赞吉他妈就话，记到啊，让绿嫚吉一起来噢。

麻雯话，要得，你请慢点行。

赞吉他妈心里乐滋滋的，一路碎步往屋邸走去，这事八成有戏，听太驰的口气，柳赞吉还算上眼，这洞里头除了我屋邸柳大还能有谁能配得上绿吉呢！在柳赞吉妈心里，这是五个指儿抓田螺，十拿九稳的事。

麻雯进到屋里，捏起一块干鱼片，放到鼻子下用力嗅了嗅，小花猫跳上桌来，麻雯从篮子里用指尖拈起一块最大的喂到猫嘴里。那猫喵喵咬住，跳下桌迅速钻了出去。麻雯笑着话，猫就是猫啊！然后扯上大门，落锁，一跷一跷，跷到灶儿巷去了。

柳大，你揾过局冇？洞丁臒巴在休息时问柳赞吉。柳赞吉话，冇，你呢？有啊，可发茶②啦，臒巴话，我钢绷绷地就插，葛门都搞

---

① 凭家，别人家。
② 发茶，兴奋。茶读［lia⁵¹］。同时还有一个相反的意思，疲惫，读［lia³⁵］。新方话则读［lau³⁵］。

唔入赴，那是头一次，后来就有经验了。麒巴说到这不说了，大伙要他继续说，他说他不说了。不话，就有人过来扯裤裆老，他只得告饶，我也是听凭家话个。于是大伙哈哈大笑，一个人话我话了，你曷门有那么溯①呢。

洞丁麒巴问柳大今晡黑里过不过崖，柳赞吉话不过，再走一阵就到天心庵了，在那好好卧如一夜，现底②早起再走，柳加雷他阿爸就是贪黑出的事。

洞丁们知道今天晚上不过崖了，一下子欢喜起来了。柳赞吉你来一个歌粒子？喃呢也行。柳赞吉话行，唱什么好呢？唱上回你唱的那个等妹来。

忘了，那是瞎编的，柳赞吉话。洞丁们大笑，那唱风流歌吧。柳赞吉话，好啊，你们轮着来，一个人干唱冇意思啦。大私只想听你唱。柳赞吉就话，要唱歌来就要有人和，好比织布梭对梭。没人接唱就冇味咯，好比石拐吃田螺。

好啊，谁先来，麒巴你先来啊，洞丁们一致推举麒巴，麒巴不推辞，张口就撂一嗓子，毫不客气，他唱道，妹在江边洗头巾，螃蟹爬到裤裆里；心肝郎啊快快来，它也晓得尝新鲜。

洞丁道，巴襧襶③，不能重复，麒巴硬是不作声了。一堆人唱了几轮，看着太阳落下去了，柳赞吉叫边走边唱，在一片哟喝声中，柳赞吉屋邸的寿木队伍起程了，柳赞吉唱道想妹妹啦想得那个肠寸寸断，哥哥我挑起啊那个担沉甸甸。柳赞吉的嗓子一亮，雄浑粗犷，不冲不破，那歌声如云破月，漫山过岭，竹子尾巴抬啊抬的，洞丁服他，不仅他肚子里的歌多，花样也多，常翻出一些从来不曾听过的调儿，随口编来，沉甸甸的队伍沉甸甸的上坡，肠断断地想妹子，正是这种心境，柳赞吉一口气亮出三十多个句子，直到自己气血翻

---

① 溯，读［suo⁵¹］，骚酸并至。

② 现底，明天。

③ 襧襶：读［lai³³tai³³］，不讲理，耍赖。

飞，方才罢休，今天大伙也过足了瘾，以前少东财可从没这样。

红红的热佬，在群山之中一点一滴地落下去，歌声和队伍也消隐在渐渐黑下来的垭口后面。

柳赞吉他们已经到达龙埠，按期交了货，在圩上买好了东西，第二天一早就往回赶。他除了买好必须买的货物之外，还偷偷地买了胭脂、擦脸粉，以及岭西省城里来的别致的针黹用品。夜晡，跟洞丁们在一只码头馆里喝得醉醺醺的。他话没醉，扯开嗓子唱开了，昨晡听话妹要来，哥哥我早起洗台阶；洞前洗到屋檐下，洗条大路等妹来。

唱了几回，趴桌上呼噜呼噜了，洞丁们把他扶回客栈歇息。睡到半夜稍微清醒了，又唱起洗条大路等妹来。大伙问他，柳大，你想谁来？柳赞吉也迷糊答道——绿嬢。

洞丁在说悄悄话，绿嬢就是麻嬑家那个哑巴！人长得水灵，就是不会话话，糟践了一个美人胚子啦。

突然啪的一声巨响，柳赞吉抓起说话的那个洞丁一记耳巴子，我叫你话，我叫你话。那多嘴的洞丁硬生生地被柳赞吉一耳巴子打过去，旋了两旋，倒地上没起来。柳赞吉又要抓起他往外拘，矋巴等人连忙扯住了。你再话，老子把你撕了。话完了又倒床上困起。垫日晡起来，柳赞吉发现自己的钱褡裤不见了，才知道头晡黑里被自己刮了一耳巴子的家伙偷走了钱连夜逃之夭夭。大家互相猜疑起来，柳赞吉话，算了，不就钱嘛。柳赞吉的队伍往回开，他见大家不高兴，过了天心庵，下坡的时候柳赞吉又唱上了，桐子打花球是球，恋妹不怕黑休休；妹摘眉毛做灯草，哥滴眼泪做灯油。

洞丁们跟着纷纷撂起嗓子。

队伍里的洞丁话柳赞吉放走的人，其实掌握着他的秘密，柳赞吉每次来龙埠都去埠头的商会秘密会面某人，那个人好像是他消失多年的弟弟柳赞良。

麻雯带着已经出落得亭亭的绿吉到赞吉屋邸吃了一餐夜饭。饭罢，麻雯叫绿吉回去瞅屋，自己留下来跟赞吉一家坐在院子里算白话。柳赞吉给麻雯端上蜜枣、南瓜子、灯芯糕，恭恭敬敬，在旁边听候，三个长辈你一句我一句算起赞吉和绿吉的事情。最后麻雯表明自己个意思，要赞吉嫁到她屋邸去，而不是绿吉嫁过来。柳赞吉的阿爸阿妈惊疑了半晌，眼睛对望着，不知所措。

柳大倒觉得没什么，说，嫁过来和嫁过去都一样，两家都在洞里，离得也不远，上下几步路，柳大首先赞成。

他阿爸阿妈见柳赞吉答应了，不作声。现在柳赞吉是屋邸的顶梁柱，再话了，大家都一把年纪，还能活多久呢，到时候还不是自家的，那时叫绿吉来不也一样。

他们是这样想，而麻雯想的是，绿吉走了，我就孤零零的一个人，没人照应，这曷门能行？你柳赞吉嫁到我屋邸，再把盐店和寿材铺子一合并，寿材送出去，盐巴运回来，在灶儿巷就是顶呱呱的了啊。

正是这一节，柳大阿爸阿嫲好像一下子也想清爽了。

柳赞吉阿爸话，太驰啊，今晡夜里起，咱们就是亲家咯。麻雯也高兴得上下巴合不拢。于是他们商议娶亲的日子。大家一致认定越快越好，那就定在烧瓦塔节吧。

柳赞吉站在院子里，伸展了一下拳脚，望了一回柳加雷屋邸的方向和那棵刺眼的檫木。上空一片银亮，虽然是上弦月，那弯勾勾的月儿锋利如镰刀，割开深邃的夜像割开一块幕布，整个马尾河上下都沐浴在一片明亮的欢乐之中。

两家都下去安排人员置办举行婚礼的用品。包括报喜的人，牵婚礼牛车的人，起灶、掌勺的人，放鞭炮、收彩礼的人，缝制衣裳做鞋子的人，打造家具银器的工匠，都一一安排妥当，就等烧瓦塔节的到来。谁都没有想到事情竟然如此顺利，消息第二天便在灶儿巷传了开来，大家在猜想，绿吉现在一定是在屋邸纳鞋做衣裳什么的了，稣二话，太驰已经把布料拿到她那边了。从那天起，盐店的门就关了，上面吊了一把大大的铜锁。

临去九渊坛之前的晚上，柳加雷阿驰和其话：我怀起老。柳加雷顿时觉得电闪雷鸣，方寸大乱。

五

天麻麻亮，柳先生和其他三位，一行四人，离开灶儿巷，一直往太阳将要升起的地方，进了山，出了马尾河，没有遇到一个人。

柳加雷离开马尾河，经过灶儿巷的时候，看到了那把锁。他撅在肩上的东西挪了挪，下意识摸了摸胸口上的香包。而另一种从所未有的恐惧也在翻涌，在袭击他，那就是他母亲的话。如果阿驰执意把肚子里的孩子生下来，我有何面目在这个世界活下去？如果不生下来，这条命何去何从？

柳先生背了一个褡裢，里面装了稀奇古怪的东西，方的圆的，长的短的，铁的木的，黑的白的都有，大家平时从没见过，报不上名来。贞子带了火镰和一把柴刀，柳先生只要她带这么多，她的主要任务是烧饭；火鸦叔挑了一担箧箩，一头是粮食和夜间防寒的褥被，分裁两头。柳加雷腰间别了一把砍刀，背上是鸟铳，扛了一袋米。

老爷子走得特别快，古话讲人生七十古来稀，柳先生已经六十多了，还能一步踩死一只罩鸡[①]，这是不是不正常？柳加雷这样跟其爷爷话。柳先生话，彭祖八百春啊，你爷爷才六十有三，算什么，还是开始呢。火鸦叔只顾走路，可笑的地方就笑笑，他不觉得好笑就什么也不笑。贞子话，爷爷，那我的人生什么时候才开始啊？柳加雷笑得差点岔了气，她又问爷爷，真有那么老的人吗？柳先生话当然有了，书上都有记载。贞子又问，爷爷，你冇瞅见过，曷门晓来？柳加雷也想这样问了，可这个贞子看来没完了。柳先生认真地

---

① 罩鸡，蚂蚱。

话你冇见过你的祖先，祖先是有的吧，你没有见过大海，你不能话大海没有啊！贞子不吭声了。柳加雷想，爷爷之所以相信有灵虬，大概跟他的这种观念有关吧，不然谁会去冒这个险，也许他真的相信会有灵虬，而且他还相信自己能活得跟那个彭祖一样老呢。于是柳加雷问他的爷爷人活那么老，不是跟山上的树一样冇意思了吗？其爷爷话你曷门晓来那么老的树就冇意思呢？柳加雷被他爷爷把话硬搪了回来，舌头转不过来，无话可话，半天不作声。

当处在高处，柳加雷才第一次看清了汤错河谷的地形，铁围的嵯峨山脉，一百万头正在奔跑的雄鹿。他忍不住想选择这里定居的先人到底是何样想法。现在他们正在这些雄鹿的枝杈上行走，一场瓢泼大雨将他们一行从山脉的褶皱里赶到现在。雨点有如从天上掉下来的一只只树蛙，在空气中斜向划出霍霍的轨迹，在他们避雨的溪前一一破裂。大雨过后，太阳又从天上洒下一斤一斤的阳光。裂叶杜鹃胡绿巴绿，白色花朵绽放在树叶间，花瓣上的水珠折射出虎杖一般的光芒。一场大雨，成千上万条小溪从阔叶上流下来，而那些针叶树林则浓得化不开。

第一天他们翻过了两座大山，第二天也翻了两座大山，第三天来到了奶子河的源头。两山之间的开阔地，一片很大的沼泽。柳先生话，这是仙鹅抱蛋①，从它的旁边走抵达对面需要三天，我们要直线到达对面去，只需要大半天。柳加雷认为走圹太危险，柳先生话：我们可以砍些竹子来。

柳先生说他小时候，经常在这些山上采药，哪条山旮旯峋崂溪里长什么样的药都晓得的。那时候靠一根竹子就能撑渡过去。

天黑前他们在一个靠仙鹅抱蛋不远的石岩下驻扎下来。柳先生安排火鸦叔去捡些干柴回来，不要走得太远，柳加雷去路边砍竹子，贞子淘米。柳先生却在石岩前面的开阔地挖地皮做饭。柳先生又让贞子折弄些树叶子把洞里的地铺起来，夜里卧如使。

---

① 仙鹅抱蛋，沼泽地地名。

贞子话好，就去了。她走到离河不远的大树下掏起树叶来，突然贞子一声尖叫，连滚带爬跑过去搂住扛了一节大竹子向回走的柳加雷，眼泪扑哧扑哧地往下滴。不要慌张，柳先生闻声丢掉手上的活，赶过来，柳加雷的爷爷示意两人别动，一条蛇从落叶中举起头，一股腥气呼哧呼哧散开来，七寸忽大忽小。贞子被吓哭了，又不敢出声。柳先生小心地弯下腰，摸起地上一截干柴，对着蛇头部方向画圈，慢慢抵近，那蛇一动不动，盯着干柴的圈影捉摸不定，柳先生猛地挥起干柴横扫过去，蛇被扫飞起来，撞在树上，几似麦芽糖黏住牙齿，好一阵才剥落下来，柳先生跨上去，一下按住蛇的颈部，把蛇提了起来。身子有扁担那么长，蛇身卷上来，缠住了柳先生的手臂，柳先生又把它掰开，把蛇装进布袋，扎紧口子。他走到溪水边洗了洗手，在贞子的额头上拍了拍话，大餐送上门啦。火鸦叔搂着柴火回来了。柳加雷跟他话当马即捕蛇的经过。火鸦叔话，蛇放啦？柳加雷话有，在布袋里。火鸦叔话剥了，夜里好好吃它。柳先生连话不用剥皮，直接烤着吃。贞子和柳加雷诧异不已，心想着哪里敢吃。于是马上生火，柳先生叫柳加雷把竹子按节锯断，剖开，把淘好的大米装进去，蘸盐油，加少许姜丝，合拢，放在当马即他挖的坑里，覆上一瓢薄土。第一个晚上，他们就坐在篝火边吃地烧竹筒子饭，完了烤蛇，柳先生只取出蛇胆，放到了酒里，蛇肉都是火鸦叔吃的，柳加雷和贞子碰都不敢碰一下，柳先生给他们讲当年他在这些山里采草药的故事。他讲了一个又一个故事，柳加雷和火鸦叔听得有味，贞子趴柳加雷的膝盖上睡着了。火光映着贞子的脸蛋，煞是好看，长长的睫毛轻轻地覆盖着她浓浓的睡意，柳加雷想起她被蛇骇的那一下，扑哧笑了。当他抬头，他看到天上一颗叫绿吉的星星。

　　第二天清晨，一行坐着筏子穿过沼泽地。沼泽地深浅不一，布满暗沟，冬天的时候结冰，能走马。在活水的地方容易陷下去。他爷爷话仙鹅抱蛋上最早有一座庙宇，后来沉陷，很多庙宇的木梁、柱子，都从马尾河双江口河床底下冒了出来。他们的筏子进入芦苇荡之后，一大片鱼飞起来，向他们的筏子上跳。贞子和柳加雷张开袋子，在空中捕捞蜻蜓一样兜住。装了两大箩筐，临到上岸的时候，又将它们放回圹里。

接下来几天的旅程，柳先生称这是旅程，直走到第五天，他们听到了震耳欲聋的水声，柳先生话，到了，到了，我知道它的声音。当传说中的九渊坛要出现的时候，柳加雷多少有些激动起来，火鸦叔、贞子和柳先生也不例外，大家加快了脚步，向着瀑布的地方竞走。看到了，终于见到了，那瀑布从山崖上飞下，他们站在断崖的这头，望着如霜如雪如银的水花，也有下坠的悬浮感，他们好像站在银河的一端，颇有缥缈的感觉。贞子话，头晕。柳先生激动地摩拳擦掌，火鸦叔张着脑袋愣愣地话那瀑布就是我们屋邸那条春牯牛的叫声。这是火鸦叔给予九渊坛瀑布最崇高的赞美，仿佛只有跟他屋邸那头硕大无朋的牯牛联系起来才可以表达他此刻的心情。柳先生话左进三十丈，安营扎寨。

河流从森林绿油油的苍茫中流出，由南向北，夹道冲下断崖，柳先生他们在九渊坛瀑布的西面砍出一小块爽净之地，下旰就地搭好了两面坡形背的小木屋遮挡瀑布卷起的湿气，屋前一块小小的平地，柳先生在地上展开一块白布，白布中间的圆圈中画了黑白双鱼，青龙白虎朱雀玄武，柳先生在上面插了八根两尺来长的红色木棍。柳先生话，一年当中有两天，正午时，这些棍子的影子会消失，第一次是在乌饭节前后，不出三天；第二次是在烧瓦塔节前后，也不出三天。我们现在要等的就是这一天的到来。现底，我们休息一日，去崖边溜达溜达。

天渐渐黑下来，生起篝火，一起做饭，坐着听柳先生话麤天，柳先生对柳加雷话，明天，你仍然负责砍竹子，砍大根的，年纪三年左右的，尖尖留长；柳加雷话冇问题，这两日我都砍出味道来了。

柳先生话，鸦啊，你剖篾，要剖滴檿榱①。火鸦叔话，这个我里手。柳先生继续话，贞子和我就用你们的竹篾扭绳，先扭六股小绳，然后再将它们扭成八股杯子粗的百丈缆索。柳先生把明天要做的事情都安排妥当，然后话，吃饭。贞子话，好哩，我的肠子早已经结板老。她清甜的声音总能激起些什么。

饭毕，大私围拢篝火歇息。

你们看到特别亮的那颗星星没有？柳先生指着天上话，所有的星星都围着它转，在山里你只要看到了它，就不会迷路。而且你必须认识它。柳加雷认真地听，他发现自己从来没有这么认真过，好像发现一个秘密似的。

火鸦叔累了，在屋棚里睡觉，贞子只会问一个问题，那就是为什么。柳先生继续话，来这里采药的人都没有从原路走回过洞里。你们爷爷个爷爷来过，闷阵我也来了，年龄跟你们现在差不多，我亲眼看见他下去了，当我们把绳子拉上来，发现人没了，他不是没有系好腰，而是水太大，把人给打掉了；你爷爷个爷爷个爷爷，也来了，他们是绳子没有扭好，甩个是从屋邸抬过来的草绳，结果绳断人亡；你爷爷个爷爷个爷爷个爷爷，也来了，下崖的时辰没有选好，被大水冲走了，你们的祖上几乎都来采药，那是他们一生中最后的愿望，他们要某种东西，柳先生深吸一口气，所以我也来了。

贞子话，好恐怖，明天我一定把绳扭紧一些。柳加雷心里在问，为什么要这样呢？现在你有把握吗？柳加雷问其爷爷。柳先生轻轻地从喉咙里滑出一个字：冇！

那为什么要来，柳加雷话，那只是个传说！

柳先生话，在这个世界上，有两种人的活法：征服实的东西的人和征服虚的东西的人。

前一种容易，后者就不一定了，当你来采药的时候，难道你不觉得你死去的祖先都在你爬升的路途之中了吗？你的意识不自觉地

---

① 檿榱 [wo³¹ŋo³³]，《集韵》于何切，音阿。檿榱，树枝长弱貌。

就想起他们和他们站在一块了吗？采药就是为了接近他们，接近至高无上的那个虚。

柳加雷一时无法明白。

柳先生饶有兴味地继续话，我们的祖先，他们来自很远的地方。最先到达马尾河的先人叫灶儿，他救起大水的一个姑娘，自己被水冲走了，那姑娘是对面土著猺獠的麻雯，有很大的权力，后来他们产生了爱慕之情，郎火就让他们在现在上洞的地方开垦荒地，再后来，灶儿的族人强大起来，就把这里叫灶儿巷了，这可能是按照老家人的叫法吧。灶儿的族人势力超过了猺獠的力量，他们之间就开始不和了。

贞子话原来灶儿是这个意思。

嗯，柳先生话，今天地上的天罡阵你们看到了吧，这些东西都是先人的智慧，我用来瞅天象！我瞅到烧瓦塔节这个时候有好天气，所以选择这个时候上山。

柳先生话，先人那阵过来，带着很多人，今天我就带你们仨。

贞子说为什么。

你们见过辘轳吗？吊井水的那个会转动的东西？柳先生话。

柳加雷和贞子都话有瞅见过。

现底，我们就要做两个那样的东西，然后在下崖的地方，支一个结实的木架，把辘轳装上去。你们稍微一摇，就能把下面的人拉上来。下去的人装载在一个木架子上，上下左右前后都封好，只留下一个观察和出入的小门。

柳加雷听完柳先生的话后有些兴奋，用手枕着头，望着星空出神，灵虬俩字已经扎进了他的思维。

柳先生每天都到崖边去看看，然后又背着手走回来，盯着自己的天罡阵，观察他所谓的天象。火鸦叔干他的活，一把篾刀在他手里使得跟柳先生的银针一样利索，出神入化。柳加雷忙得不亦乐乎，贞子还常帮他，不然就数柳加雷慢拍了。

中午的时候，他躺在树荫下乘凉，听见林子里清越的歌声，他一翻身爬起来，蹿蹦过去，看见贞子裸体在河边，往身上泼水洗身子，柳加雷呆了，连忙闪到树后，不由得感叹：那真是一只站在水边低头饮水的鹭鸶。

在水边，贞子洁白的身段在大树林里异常刺眼。长发从水里挽起一道从天空降落的水圈，贞子在细细地搓洗着。

柳加雷突然听到贞子叫了一声，便见她滑倒在水里，被水冲向九渊坛瀑布，柳加雷心里一惊，连忙唤贞子，纵身跳进水里，在强大的水流中朝贞子扑去，贞子不会游水，没挣扎几下就被水淹了顶，当他抓住贞子的手时，柳加雷感到一把力爪突然箍住了自己的腰身，死死地不放，柳加雷慌了，贞子，贞子，放开，放开，这样我们都会死。贞子没回音，只箍得越来越紧，柳加雷砢①在两个苔石之间，稍稍放心，苔石很快松动，泥沙翻飞，激流而下，柳加雷拼命地抓，拼命地抓，他抓到的是上游下来的树干，那树干腐朽黏滑松动，他抓到了水草，水草断了，激荡的水流把他和箍住自己的贞子朝下攘下去，他感到脚不能动，只有手在水里一边拼命地抓，一边往岸边游去，柳加雷突然感到自己被拦腰截断了，活活一把尖刀把自己剖膛，疼得眼睛迷糊了过去，他双手一晃，大吼一声，胡乱中抓中一根黑色的树根，而他的下半身猛地往下沉下去，柳加雷扭头一看——啊——

鸟飞出森林，从九渊坛的上空飞过，那声音还在山谷里荡漾，溢满，然后缓慢平静地释放。鸟依然在空旷的森林里鸣叫，水依然汹涌澎湃飞下九渊坛，柳加雷好似沿着刀子的锋刃在往上爬，水汩汩冲进眼睛、嘴巴、鼻子，待他湿鲊鲊爬上岸来，贞子像长在自己身上的一个鱼尾巴，柳加雷把贞子箍在腰上的手解开，试图抱起她，一个趔趄跌倒。柳加雷看着贞子的嘴唇咬出了血，一副尸色的脸，挣扎着跪起。

---

① 砢，读 [ŋa³⁵]，被夹住。

柳加雷将贞子脸面朝地，腹部杠在倒塌的树干上，才将贞子胃里的水倒出来，半个时辰左右她苏醒过来。

柳加雷把衣裳拿过来给贞子披上，她突然哭了，柳加雷以为贞子裸体害羞才哭，所以叫她别哭，贞子指着柳加雷的背部，哭得越来越凶，贞子用手轻轻碰触了一下，柳加雷才意识到生硬的肉，那是自己的，去了皮之后的肉，有一巴掌大的地方被刮掉了，又被水洗得泛白，贞子一看到，就吓哭了：哥哥！

百丈竹绳的编扭工作，已经完成，大家在悬崖的西面，离瀑布不远的地方，支起一个高高的结实的树架，柳先生做的辘轳装了上去，绳子的一端吊着木笼，柳先生叫火鸦叔搬几块大石头掬进去，放下去试试。柳加雷看着那绳子一圈一圈打开，辘轳吱呀吱呀地响着，直到绳子全部下崖，绳子又被辘轳一段一段启上来，感觉很好，木笼箱子安然无恙，火鸦叔一个人摇辘轳就行了，柳先生终于长长地舒了口气，他不放心，第二天又试了一回，冇事。他站在悬崖边上，眺望着远方，如被某种东西黏住了目光。

柳加雷的心还在被九渊坛的瀑布声吸引着，他看着九渊坛刀形的瀑布口，还有些后怕。他爷爷并不看他，依然目送远方：先人就是这样的，他们来自很远的地方。

夜里，大家坐在篝火旁，贞子和柳加雷两人坐到下半夜。贞子偎依在柳加雷身上，时不时感触她结实的乳房，有意无意碰到她的身体，他再一次呼吸到贞子身上散发出来的清甜，不禁心神荡漾。贞子把眼睛拐向柳加雷。两个人的目光一触即开。柳加雷看着篝火的星子袅袅上升。

做吗嘎往底下跳？

有个东西咬我的脚。

贞子突然意识到，说，你从树后面出来，是不是在偷看我洗澡？柳加雷话，是某人的歌声招蜂引蝶。贞子一边娇嗔地话你这个坏人，一边捶他。柳加雷佯装伤口大痛，捂胸仰面躺倒。贞子反而过来拉扯。柳加雷又话，假个叫你赴洗澡。贞子话脏呀！柳加雷没明白什么脏，贞子话脏就是脏！柳加雷似乎弄懂了这句话的深沉含意，也就不多问了。

柳先生见到了柳加雷的伤，马上在林中采了跌打草药给敷上，并不责怪，先生似乎只责怪不吃他开的药的人。柳加雷依然砍竹子，扛竹子的事情就倚赖火鸦叔和贞子了，火鸦叔往往扛一根，而贞子却要扛两根，火鸦叔好生奇怪话，贞满孃①，我扛一根已跟跄，你还逞何能。贞子话我喜欢呀。扭绳子，柳先生叫她慢点，话她是一只掉石灰箩筐里的老鼠。她话，我还要去扛竹子。柳加雷夜饭吃得特别快，自己吃完了，发现别人一半还没吃完，有点不好意思。他把竹筒瓣放下，一个人在夜空下走来走去，柳加雷把打湿的香包，放到叶子上晾晒，夜里回来不见了，一回两回去找，就是找不着。他猜一定是他们三个人当中的一个捡到了，又不能问，只好躺下，辗转反侧。贞子从另一条裓被下，伸出腿，碰了碰柳加雷，两个人出了棚屋，贞子话，今晡夜里你没有吃饱吧！柳加雷看着贞子从背后拿出的半筒饭，连忙话呷饱老。贞子话你呷嘛！柳加雷话不呷。贞子话你呷不呷？柳加雷一听，话唔呷！贞子话真的不呷？柳加雷回她唔呷。贞子掏出香囊，在柳加雷面前一晃，话，这是谁送的，哥哥？柳加雷身子一热，脸一红，快还我。贞子话你话了，我才给你，你不说，现底我把它掏到九渊坛下面去。柳加雷不回她。贞子催促他，那你快话呀。柳加雷盯着贞子的眼睛看了一回，转身就走。哎，哎，贞子在后面叫，一生气把竹筒里的饭给掏了：呜呜，我把它还给你就是了。

秋天的夜空纯净如冰，夜鸟的叫声罩着空远肥厚的森林。柳先生在溪边砍了一根金黄的博落回回来，削了叶子，去了尖尖，将菀子斜削，中间剩下的部分比人头还高。柳先生在火堆旁将它做乐器吹了起来。博落回箫的声音低沉、幽远，犹如一阵浓雾在树林里弥

① 贞满孃，贞子昵称。

漫开去，便与那些夜鸟、秋蛐蛐的鸣叫合成夜曲。柳先生吹出来的声音，高的高，低的低，远的远，近的近，黄绿青蓝紫都有，是一些没有名字的片段。世间的音乐又何曾有过名字，只是一些情绪罢了。博落回箫天生够长，气力大，那声音很沉，能传得很远，有一股子震慑力。这种乐器只怕是柳先生的发明吧，贞子说，感觉自己一下子苍老得跟云杉一样挺拔。柳加雷在篝火下看她说这句，古怪，这么扭曲的句子都被你说出来了。

贞子月牙一样洁净的脸，被火光摇曳着，愈加妩媚动人。他心里在想，绿吉和贞子到底有何不同？绿吉是一派明静的远山，而贞子是远山山洞里一条明澈的溪流。她站在溪边洗澡的情形又浮现出来。

柳先生的博落回箫将大家带到一个虚境当中，好像看到了很多不曾见过的事实。而事实上，柳先生虽然是柳加雷的爷爷，他对爷爷的过去却一无所知，对他为什么没有太驰也一无所知。也不敢断然去问柳先生。他就跟火鸦叔说起这个事。

等到柳先生回屋棚睡觉去了，火鸦叔跟柳加雷和贞子说，柳先生年轻的时候发生过很多事情，你太驰那时候可是洞里郎火的女儿，是顶呱呱的姑娘。

贞子和柳加雷兴趣大增，想要知道究竟。

你太驰是铁洗郎火的女儿，准确说那时铁洗郎火还不是郎火。郎火有个哥哥叫铁斧，他才是真正的郎火，他想接受知洞的封赐，对马尾河所辖地区进行收税。以铁洗为首的一些人不同意，就想把他哥哥赶出洞。铁斧郎火就要蕲除他弟弟。铁洗组织人跟铁斧郎火干起来，把铁斧郎火赶出了洞。大家推举铁洗当新郎火。谁知，铁斧郎火投了官府，被任命为知洞，负责管理马尾河，要求所有洞丁纳官税，新郎火铁洗拒绝缴纳，官府便派兵帮着铁斧知洞镇压马尾河。柳家大院族人拥护铁洗郎火的主张，一场大战便开始了。这场仗就在马尾河的河洞里展开的，死了很多人。当时你太驰刚生了你父亲柳鲦，被官兵和铁斧知洞捉住，要挟铁洗郎火和你爷爷投降，你太驰刚烈异常，话不要投降，被官兵枭首。铁洗郎火便和他们决一死战，仗最后打赢了，结果却是，铁洗郎火兄弟双双战死，柳家围屋一族绝大多数在那次战役中战死，所以围屋现在都空荡荡的。官兵也以失败告终，退出马尾河，没见再来。战后，你爷爷被推举为郎火，直到现在。

那你见过我太驰咯？

见过。是一个极为标致个妹估。

太伤心了，贞子说。

柳加雷则对自己的太驰升起无限敬仰之情。

第二天贞子越发勤快。火鸦叔话我屋邸贞子将来一定嫁个好丈公。柳先生看了他们一眼，话勤快妹子个个爱嘛！贞子要嫁人，我一定给她，柳先生本来想话把婚礼办得全洞第一隆重，发觉不妥，顿了一下，又话给她搭一座高高的瓦塔。火鸦叔话那是。而柳加雷不作声，只做手上的活。晚上，他们两个坐在篝火旁，抬起头来看对方，马上又把目光移到别处。

柳先生话，估计再过三天，我们就可以起赴①老。真个？贞子兴奋起来。柳先生话明天午时，杆上的影子将与它们本身重叠，那个时候我和太保下去，贞子和火鸦叔留在上面拉辘轳，今天晚上都要睡好！柳先生话完，自己先进屋子里去了，火鸦叔一个谺谻②也跟着进去了。柳加雷还在疑惑为什么要到正响呢。

午时，太阳到达头顶，双鱼图上木杆的影子消失，柳先生突然改变了主意，不喊柳加雷跟他一起下去。就我下去赴，柳先生话，他把油布包好的枪别在腰间，走进木笼，转身对他们话，我放一枪，表示停，中间隔得久，再放一枪，表示继续下去；连放两枪，表示危险，往上拉；另外，过了未时不见枪响，也要拉。柳先生深重地

---

① 起赴，回去。
② 谺谻，读［xo³³ɕia³⁵］，大打哈欠。

看了大家一眼，示意放索，柳加雷感到他爷爷的眼光突然间变得庄严，那箱笼矶嗝动了一下贴着崖壁下去的霎时，他的心也咯嘣了一声，仿佛心中一条坚强的弦断了，木箱缓缓没入九渊坛的雾花之中，阳光直直地射下去，可谁也看不清楚九渊坛到底有多深，瀑布如虹的碎片在闪烁，飑雪一般往下落去。贞子在木屋前烤野味，做饭，准备庆功宴，柳加雷和火鸦叔小心伺候着辘轳，放索。不久他俩听到了枪响，那声音犹如地下之雷。他们马上停下，用绳子把辘轳绑住。大约一顿饭工夫，枪又响了，火鸦叔话少爷，放还是拉？

柳加雷话应该是放，这不算是连响啊！他两个继续往下放，眼看着百丈的绳子要完了，也没有听见动静，柳加雷看到双鱼图上的影子已经拉了很长，未时快到。贞子也来了，她高兴地话我就等爷爷上来呢，爷爷上来吃到我煮的石蝦蟆啦。柳加雷叫她一边去，别捣乱。贞子哼哼两声走到边上去看，她大喊不行了，不行了，绳子都不动了，还不往上拉？

枪还没响！柳加雷话。他望着火鸦叔，眼睛在问，拉还是不拉？火鸦叔也在用同样的眼神问他。再等等吧，未时一到，我们就拉，柳加雷话。贞子突然抓住绳子要往下滑，你们不拉，我就滑下去救爷爷！柳加雷差点没气炸，天空中突然一声炸雷，柳加雷和火鸦叔全身一颤，同时叫，完了，拉！拉！马上拉。贞子一会儿拉，一会儿叫，我看见木箱了。

湿漉漉的笼箱上来了，门栅半掩着，柳加雷走过去把笼箱从外边挪到崖上，将门打开，他哇的一下，双手捂脸，就在那一瞥的刹那，他看到柳先生全身血污，一条胳膊不见了，脸色石灰一样乌白，左手握着一朵硕大的紫色蘑菇。

三人骇成一团。火鸦叔话，赶紧抬下来包扎止血。大雨来了更麻烦。三人把人挪到木屋里来。换掉湿衣裳。将火生大。缺手的身躯突然廯廯地变轻了。火鸦叔撕衣裳包扎伤口，贞子将全身的血拭爽净。柳加雷觉得，跟他阿爸掉下崖那次不同，爷爷的这次似乎更大地冲击了他内心的某种东西。他把大蘑菇从他爷爷手里取下来，收进布袋，枪不小心掉下崖去了。他们又将营地后撤至几百米到一个就近的山洞里。直到夜里，才将这一局面收拾妥当。

火鸦叔和贞子跪在柳先生旁边，柳加雷对哭成泪人的贞子话你去把爷爷爱吃的石蟆蛙①拿来，饭也端来。

贞子马上提了过来。放在旁边等着，柳先生闻着香味，身体动弹了一下，睁开了眼睛。意识还很朦胧。过了一会儿，柳先生又睁开眼，这次是真的醒来了，他话，砍断竹索，把笼子抛下崖去。话完又睡过去了。半夜里，又醒来一次，吩咐火鸦叔柳加雷去河边林子里哪里哪里采药回来捣碎敷在伤口上。大家对柳先生说的一一照办。

崖边上，柳加雷对着垂下九渊坛断崖的绳子，举起手中的刀，大喊一声，砍断了那根绳索，九渊坛苍茫的远山仿佛没有边际，一只断翅的岩鹰沉落下去。

六

元秀手上端起一碗肉汤，攘推②门行进柳鲦房邑，沤气扑面而来，柳鲦一声不响，像一捆沉闷的柴火裹在被筒里。她坐下来，将汤羹喂到了柳鲦的嘴边，话，茹滴哉汤。

柳鲦不作声，也不张嘴。元秀喂了一次两次，不见柳鲦张嘴，就话，介生世也唔晓来造嘎曷门孽啊。

柳鲦望着她，没有吱声。她希望看到柳鲦爆发一点什么，可是柳鲦的眼睛里并没有更多的火焰。于是她继续话，加雷本来冇是你个，他是柳青原个种，介个你是晓来个。假个③晓来柳青原又是假个个种呢？麻雯不能自己她崽，她收养只崽因假个晓来是假个个呢！

---

① 石蟆蛙［kuai²¹³］，石蛙。

② 攘推，推开。

③ 假个，读［tɕia³³ko³³］，谁个。

老废物要不是看到要吊死柳青原，也不得撮合我和你在一起。老废物明明晓来你不行，你是个千年大青龙①，其只想保留一根香火就让我和你在一起，把原个崽变成你个崽。

柳鲦仍不吱声。元秀帮他把被子掖了掖，关门趋趔②。

将那碗肉汤喂给檫树吃了。

柳加雷走了之后，元秀才觉得忤，在临出门之前不该将事情告诉他，以增加他的忧虑和负担。万一出点什么事，这屋邸就没人了。

柳先生和贞子一走，稣二也无精打采的，太驰那边要的新衣裳都在催了，稣二对坐在一旁的元秀话，我还有做好，这些日子，手发抖，昨晡把一块布料剪坏了，贞子他们要是有个什么三长两短个，如何是好。

元秀想，你只关心你屋邸贞子和柳先生，她说我的心差不多，空落落的。她说，昨晡黑里我梦到太保掉进一块石头里去了，一夜冇卧如。稣二马上讲，怪老，我两次梦到鱼游在天上。

算一阵白话，元秀从稣二那走出来，去麻雯院子。灶儿巷一下子关掉了三家铺子，显得冷清了许多，柳先生的药铺关了，盐店和寿材铺因柳赞吉和绿吉的婚事也歇业。

麻雯捎话叫元秀有空过去帮其料理些事，忙得撒脬水的工夫都没有。元秀也答应到，只是心里没有着落，她感觉到自己的肚子在一天一天大起来，无意出门。她在想着各种方式，让自己肚子里的孽种跌落下来，消失。她想起柳青原，想起自己这是怎么啦，就是吊死在水口山的破庙里也无所谓的，可这颜面终究比起死还难受。

她从房邑拿一根杵衣棒往自己的肚子上打去。

在绣房里，元秀透过窗户可以看清楚晒谷场上的活动。麻雯屋

---

① 青龙，丧失性能力的男子。

② 趋趔，走出来。

邸前面这一大块空地，是下洞晒谷子的地方，一些人正忙着在晒谷场搭戏台，运送柴瓦。此时，她正坐在麻霎的对面。麻霎话秀嬢啊，今年赞吉要自己搭瓦塔，点火。元秀还没有找到开启话题的点，她附和麻霎的话头说，嗯，赞吉瓦塔搭得好，凭家搭两丈高，他能搭起三丈。

从院子大门望过去，可以看到柳赞吉的瓦塔已经搭到丈把高了，他在一面加瓦搭塔，一面填充燃料，下面的人在帮他。

麻霎说，今年的燃料跟往年也不一样，枯枝败叶、干草、牛粪，统统都不要了，今次都是劈好的整齐的三尺左右的干柴。燃料越好，火势就越高，瓦塔也烧得更红更壮观。

元秀尚能把持住自己，回应她道是啊。

麻霎继续说，赞吉话今年他要搭一只大塔，封顶的时候做个把戏。点火还要请老爷子过趐，念点火赞词。

麻霎的语气总富有诱惑力。

元秀话老爷子他们何时才能到家还唔晓来！

她心里装着的事情非同小可，今次①她想问个明白，她看到没外人，就正式发起进攻，她看着麻霎，说，柳青原是你的崽吗？

麻霎一愣，手上麻团的活停下，话，是啊，曷门啦？

元秀紧逼一步，是领养个？

麻霎晓得她要问的是另一层意思，坚定地话，肯定。手上的麻团又转动起来，速度更快了。

元秀话，太驰，到现在我也唔得唔话去②你，柳加雷是原个种。

麻霎一时没明白过来，手上麻团的活再次停下，你是话，柳加雷不是柳鲦的崽？

这个事我也只能同你讲。我屋邸那个是个废人；我和原好闷阵③

---

①　今次，今读 [ga³⁵]，这次。

②　话去，告诉。

③　闷阵，那时侯。

怀起个。

麻霎话，那就是柳加雷是我的孙崽，而不是柳上元的。

元秀不关心这个，她问，你能不能告诉我，原我阵[1]还活起吗？

麻霎松开了麻团，她语气一转，乖乖，好新婊，你给我带来一只天大个好消息。

元秀又问了一次刚才的问题。

麻霎话，原现在不知死活。

元秀话，保不准哪一天这个事全洞都晓来老。

这样对原有好处，麻霎赶紧话，假如他还活到。

元秀话，死活都不晓来，还说什么好处坏处。

麻霎自然也就听出了元秀话里有话。

和两下[2]，绿吉进来，她们停止了谈话。

元秀把头扭向了一边。晒谷场旁边的戏班吵吵闹闹，戴着面具，正在排演，扮演土地的老婆子唱土地姥姥，爱发牢骚，白天难找，晚上乱跑，稀饭没的吃，只好去赶醮；唱了一阵，又念道我这个土地，是天上的土地，地上的土地，山头坡头的土地，路头桥头的土地。念完了又唱，那扮演都都的巫师问她你这土地，来做什么？演完了请土地，又接着请傩亚傩娲。傩亚打着赤脚，扛着锄头上，傩娲腰间扎着稻草做的裙子，从另一方向上来，两人在中间的地方相遇，开始了调情。再接下去，是一段鬼太鼓表演。

当她离开麻霎屋邸的时候，河那边的傩戏排演也只花花点点，尽管闹热非凡，似与她没有半点关系。

烧瓦塔这天一大早，婚礼的牛车载着新娘新郎，从柳赞吉屋邸出来，后面跟着人群和抱牛角、抬铜锣的乐队，在下洞转了一圈，再到上洞转一圈，最后回到麻霎大院，新娘新郎被人扶下牛车，进

---

① 我阵，现在。

② 和两下，[kho³⁵ŋo⁵¹xa³¹]，现在，这时。

了新房，绿吉被红布遮着脸，一动不动地坐在凳子上，听着晒谷场上的哄闹，柳赞吉话绿吉，你渴吗？绿吉不动，露在外面的手一直摆膝盖上。柳赞吉将茶又放回原处。

全洞人几乎都来了，晒谷场上热闹非凡，昨晡下旰封顶的瓦塔高高地耸立在晒谷场上，夜饭过后，就点火，新娘新郎下了牛车后，傩戏开演。傩亚傩娲一出场，场下就催起松涛般的呼喊和掌声。今天的傩亚傩娲，只用稻草筋筋吊吊地遮着不常暴露的地方，戴着面具。傩亚傩娲时不时亮出大胆露骨的对话和念唱，惹得下面的人疯狂不已。热佬偏西，快要下山，轮到大家渴望已久的鬼太鼓。一个女子上，女子打完，男子上，男子打完后是两人合打。

打鼓的女子一身黑衣，腰扎大绳，她用小木锤，在上面打了一阵，就下来了，男子用鼓棍，打乌饭节祭奠河神的一路大鼓，唤作春祈，那男子插花打，高低打，牛角和铜锣伴奏，把当日的戏一步一步推向高潮。接下来第三轮合打的时候，下面的人突然不出声了。

人群唰的一下，犁铧破土割水，立即分开，让出一条路，柳加雷站在路的那头。

柳加雷胡子拉碴，衣衫破烂，身板高大结实，从人群中，从众人诧异的眼光中，犹如深冬的芦花向戏台飘浮过去。柳加雷感到自己轻飘飘的，一切都是轻的，有那么一刹那，他感到死亡带来的愉悦和幸福，想从悬崖上跳下去，被火鸦叔和贞子扯住了。而当他今天夜晡回到马尾河，听到绿吉和柳赞吉成亲的事时，他的心脏猛然抽搐了一下，他感到疼，感到晕眩，漫无目的地朝晒谷场上的哄闹走来。他走上戏台，走到鼓前，从那看呆了的男子手上拿过鼓棍，抡起，鼓声蹿起来，冲出戏台的屋顶，在马尾河上空盘旋，下面的人群又慢慢合拢，淹没了当马即分开的道，变得汤洋一片，柳加雷分不清是自己模糊了人群还是人群模糊了自己，鼓棍打花了头，越来越短，鼓声也愈加沉闷。他的嗓子突然亮开，恰似一道启开了闸门的洪流，洪流由堤坝上平静的湖水到刚挤出闸门后的狂啸。

柳赞吉突然间听到晒谷场上没有了声音，出来察看。

绿吉还是一动不动坐在凳子上。她突然听到了一个自己日夜想念的声音，那带血的声音扑打着窗纸向自己飞来，红头巾不住地颤动起来。柳赞吉也听出了是柳加雷的声音，他看到绿吉这般样子，愤怒地扯下身上的新衣裳，冲出了房邑，经过院子，扑向柳加雷，照着脸就是一耳巴子，柳加雷怔了一下，继续唱，抢着那打花了头的鼓棍继续打，柳赞吉又是一拳，柳加雷摇晃，嘴里血糊糊的，可他还在唱着，哼哼叽叽唱着，柳赞吉暴怒，一桶炸药般爆发了的拳头倾斜在柳加雷身上，这是他多年来，一直想拥有的机会。直到柳加雷倒在台上不再出声，柳加雷似一头打过清水去了毛的死猪，双腿一崴往后仰倒，旁人跳开，明白后又拢来搀扶。

柳赞吉狂喊一声，日你先人。

麻霎上来呵斥，举起拐棍，点住了柳赞吉的拳头。

柳加雷被人抬了下去。柳赞吉叫乡亲们回屋吃席，吃完了，烧瓦塔。乡亲们纷纷回到麻霎院子。吃饭之前，又拜了高堂，绿吉一直木然。麻霎想提醒她几句，不知为何怎么也提不起劲。柳赞吉倒是不在意，在他眼里，一切都很顺利，只是当马即柳加雷的事情，在心里搁了，仍然没有显得不高兴。饭后，大家等着瓦塔点火仪式。

族长没有来，麻霎让柳大念了煞词，然后点火。油脂饱满的松木干柴堆垛在瓦塔最下层，柳赞吉的引火把一触过来，轰的一下火势蹿了上去，一座三丈高的瓦塔宛如一座火山，顿时撕开了夜空，它的敞亮在一条黑夜中的河流里全部晕开来，流向下游。随着瓦塔火势的上升，阴阳晦涩一扫而空，渐次明朗起来，这是一种在伟大事物面前才可以产生的崇高感，是被折服的心灵伴随着崇敬和征服的快感才可以爆发出来的特有的一种张力。起块，人们依然围着燃烧的瓦塔，手牵着手，一起唱着老歌，遥远的地方，那里有一座白色的塔，我们携手去拜它；接着过渡到小河流水那样轻快的小夜曲，他们开始对歌。手拉手的歌队解开，多种阵形花样依次在晒谷场上开出花来。柳赞吉把一些盐撒向燃烧的瓦塔，火遇到盐之后，如浪如布般整洁的火苗，炸裂开来，一朵朵火苗脱离火堆，犹如风中盛开的百合，落入如水的夜色之中。瓦塔上的瓦，由黑变红，再由红变白，达到热化。

瓦塔一直会燃烧到深夜。绿吉没来看热闹。没有来的，还有另外几个人，柳加雷的父亲和母亲，贞子和火鸦叔要照顾遍体鳞伤的柳先生。

至于柳加雷，可能根本就没有要再来的兴味了。

他躺在草堆上，听着河岸对面的欢乐任其在自己的耳边撞击，他又爬到了自家土楼的屋顶，望着对面的燃烧，在围屋的顶上一圈一圈地走，走。他心里依然还在哼唧着白天的那几句话，他感到自己比那座瓦塔还要燃烧得猛烈，而又万念俱灰，他冲下楼，从屋脚拎出一把斧子，对着天井里那棵高高的檫树，挥动着，木屑翻飞，他在唱，还在喊。他母亲不能靠近他，只在大厅中号啕大哭。就在这时，一个清亮的身影走来了，走近了他，从后面轻轻地搂住了他的腰：——哥哥。

柳加雷举起的斧子霎时停在半空，那一斧再也没有落下去。这时他忍住不哭的泪水汹涌而出。在忽然安静下来的院子里，清脆地滴在一双白皙的手上。

九渊坛回来，柳先生养病大半年方才起身下床。他指挥柳加雷为他采集药草，稣二给他换药。

爷爷，柳加雷问，那灵虬也拿回来了，要不要用？

柳先生没有作声。

柳加雷想这到底是不是祖上说的灵虬，或者是不是爷爷心中的灵虬呢？柳先生也不话。只是有一回，柳先生跟他话，拿去给你阿爸使。然后吩咐他如何将它碾成粉末，炖鸡给他阿爸服下。喝了一年半载，柳加雷阿爸的身子竟也渐渐地养起了一些气色。

火鸦叔从地里回来，话，在冻水田里看到一个小貂鼠般大小的死婴，一只狗叼着它，身上黏着土渣，想是从地里扯出来的，哪家没埋好。肚子被剖开过，我将它埋了，造孽。

贞子听到显出骇人的脸色，稣二却话，要带个人样出来多不容易啊。

元秀在上楼听到火鸦叔话这个，怔怔发呆。柳加雷跑去看他母亲，元秀又立即警觉起来，他发现她的肚子已经瘪下去了。他被元秀锋利而寸断的目光逼出了房邑。

七

这一年冬天，消失已久的一个土生土长的马尾河人回来了，他就是柳赞良。他被一支队伍押着，反剪双手，走在前面，出现在马尾河风雨桥的鼓楼前，直逼土楼。

马尾河在一阵枪响之后，陷入了死一般的沉寂。

来者说是红军，是到岭南去阻击敌人的共产党部队。反剪双手的人一出现在汤错，就有人认出。

认出他的人是柳赞吉。他话，你们回去准备枪，硝和沙子带足。柳赞吉纠集洞里洞丁，人手一把鸟铳，准备夜袭土楼，营救弟弟柳赞良。

红军队伍在向导的指引下包围了柳家土楼，其他人被带到围屋里来。最后发现其实只有一个门需要把守。

这是一个下弦月的夜晚，后半夜亮爽而朦胧。土楼守门的兵只有两个。柳赞吉他们口衔树哨，用赶山用的暗哨，一会儿是布谷鸟，一会儿是斑鸠，一会儿是夜枭，哨声一边定位，一边用来行进和卡位。在后山高高低低往土楼方向靠拢过来。天太冷，门前两名卫兵在不停地说话。

是否现在进攻？现在进去只能被他们发觉，惊动了屋内的大部队。柳大队伍中负责跟踪的提掌师说。

我们现在需要赌一把，这支部队明天晚上是否还会继续留在这里。如果明天开拔，救柳赞良的机会就没有了。

或者等他们离开，在路上打伏击。

我们的鸟铳射程只有几十米，装填的是沙子，会伤到自己人，最后还是肉搏战。

柳赞吉他们仍伏在山里，不能决定。

事实上，屋里的人并没有休息。红军长官在跟柳先生讨论灵虬的问题，进洞之前，他们就听闻渐底下族人采到灵虬的消息。柳先生跟他们的翻译横沟先生说，我只采到了一只蘑菇。灵虬没有采到。那里由一条大蛇把守着，根本没有办法。

那位翻译官竟然讲岭西城里的官话，他汇报了情况。他的长官话，我们需要向导，一个带他们离开汤错，一个带他们去采灵虬。

柳先生伛偻着，不作声。

他们把柳赞良拉过来，指认柳先生是不是知洞和族长。柳赞良说是。翻译官便说就是他了，明天跟我们走。

他太老了，只怕走不了两天就歇菜了。

那就把他屋邸的人都带上。

于是把柳加雷也捆了，跟柳赞良关在一个屋里。

这时，只听到门咣当一声开了，外面冲进来一干人，门里面的卫兵立即开枪，有人中弹倒地，哎哟喧天。柳赞吉他们有几十人以迅雷不及掩耳之势冲进了天井。然而红军部队在一楼、二楼、三楼部署有针对大门和天井的火力点，将进来的人锁死在檫树周围的天井里，动一个倒下一个，而柳赞吉他们则找不到射击的明确目标。

在天井里，柳赞吉他们背靠着檫树缓缓而动，红军队伍则举枪对着他们。

柳大，开枪吧，反正是一死。

这时，火把已经亮起来了，看清了院子里有三十来人，全是洞丁武装，并非正规军。翻译官就话，我们少佐话了，你们放下武器，乖乖就擒，可以放你们一条生路，我军路经此地，不过是借地休整一晚，明天就走。

放了我弟弟，就放你们走，否则休想。

翻译官话，柳赞良是你弟弟？

是的，柳赞吉回答他。

他是我们的向导，明天还要带我们走出去。怎么可以放了呢？

我可以带你们出去，你先放了他。

两名士兵将柳赞良带出来，柳赞吉往前走了一步，遂即数条火线集中在柳赞吉身上，一梭子枪响之后，一朵硕大的花朵不翼而飞，一只瓦罐被悬空打爆，那具没有头的躯体在火光中兀自独立不倒，向前走了两三步，并且扣动了扳机。

柳赞吉的洞丁武装往围屋的走廊上立马还击，而走廊上的红军从三层楼的各个点向檫树的方向点射，洞丁几乎全部倒地。

捆了。

他们的长官把手一挥。活着的被缴械，死了的像石条一样乱堆在一起。柳赞良恸哭不已。

族长大人，明天早晨你安排人集合，我们要宣布我们来这里，并非要杀人。你看你们的人对我们痛下杀手。

柳先生知道，在枪面前任何语言都是多余的。他安坐在凳子上，抽着水烟，让眼前的这一切自行结束，凋落。

天亮时分，洞里已经来领人了。红、橙、黄、绿、青、蓝、紫，各种痛哭汇成一条悲伤的水流。

火鸦叔擂完鼓之后，洞丁向鼓楼集合。鼓楼平地上架了一口坩埚，火已经生起。

翻译官话说，各家各户代表，少佐让你们把身上和家里的银器全部拿来。他特意强调了全部。

在场的人中了咒语一样，将头上身上银器卸下来，投到坩埚前的黑布上。士兵加大火，将银器投到坩埚里熔化成银锭。

翻译官话，太阳升到鼓楼顶上之前，各家必须将家里的银器全部带来，否则就会跟这位老翁一样。

这时，大家看到火鸦叔被剥了裤子，胯下系了一碗油。如果他不说，谁是柳青原的同党和亲人，如果他不说知洞先生是否真的采到了灵虬，我们就会敬他一碗。

火鸦叔脸色铁青，腿肚子颤抖。

油碗系在阳根上，上下隔了一尺来高，悬在两个膝盖之间。对红军长官的两个问题他置之不理。翻译官命人将其捆在架子上，四肢撑开，一个箭步上去点了油碗，腾的一下，火舌舔到了他的阳具，阴毛刺啦烧完。火鸦叔一咬牙，嘴角便流出了血滴子。鸦嫂在人群中应声倒地。再一阵儿，只听到噗啦一声，一粒尻子炸了，另一颗跟着爆炸，白花花的豆腐脑样的尻髓带着血丝四溅开来。

男丁们啊一声，用手护住自己的裆部。这种疼痛十分准确地传递到他们身上。少佐对此十分得意。妇女们扭过头去。麻雯在人群中勉强支撑着，由绿吉和柳赞吉的家人扶持着。

火鸦叔已经昏厥过去。

鼓楼的门吱呀一声，柳先生的脚从门缝里伸了出来，接着是身子。

敞地上的枪立即麻利起来。

那只脚在门缝里迟缓了一下，紧接着，柳先生的身影出现在台阶上，手上的鼓槌在他手里变成了拐杖，那是当马即火鸦叔擂鼓的鼓槌，撑着他已经嶙峋而佝偻的身板。柳先生的背已经弓得像一道河湾。这样的背也使他无法看到头顶上蔚蓝的天空，只能看到自己眼前的大脚掌和布鞋，像两条狗一样趴着。

敞地上的枪对准了他。他只能看到自己眼前的脚和地面，他看不到那些持枪的脸。他扶着门走出来，走到鼓楼台阶前，立定，所有的枪都集中到大门前那条缓慢的身影，这条身影说：

我是原的父亲。

红军长官一挥手话，慢！他帽子上的五角星滑过一线亮色，与汤错水亮的日光打了个擦边。

柳先生的木槌掉在鼓楼的台阶上，滚到了火鸦叔的脚边。柳先生安静地站在台阶上，脸色苍老，火鸦叔已经不省人事，或许他也感到了，从此之后，再也不需要他拿什么主意了。昨晡黑里，他跟他话，红军长官让郎火把洞丁招到鼓楼前开会，挑几个带路的人，说他们要很快离开这里，去支援南边。而在他们进洞那阵，火鸦叔已经安排土楼女人转移至后龙山石窟。稣二跟柳先生在一起，一块被看住了。

郎火问南边什么地方，长官话广州，南洋。

广州南洋？

我们的族长没有听说过，但还是应下了，答应给他们一个向导，带他们走出汤错。

长官问郎火，红军你知道吗？

族长说不知道。

国军呢？

族长话不知道。

那八路呢？

族长使长官得到了同样的答案。

长官哈哈大笑，得意的样子倾满一地，然后送给族长一枚枣子一样漂亮的子弹。

我们的友谊，长官先生说。

事实上，马尾河没有这么陌生的话，所以族长说，我们喜欢话雪弟或者洞雪弟。接着又话，他很高兴拥有一颗子弹，却没有用。于是长官又送他一支手枪，还系有一根红色的绸带。这么短的枪，族长还是头一回见到，拿在手上沉甸甸的。他把子弹攮进去，对着长官大喝一声不许动。长官的水烟筒啪一声掉地上。卫兵们连忙咔嚓举枪。柳先生大笑，赶紧跐下去从地上将长官的烟斗捡起。

族长当着少佐和翻译官的面，交代了火鸦叔明天擂鼓的时间。

关押柳加雷走廊的木板上响起脚步声。

火鸦叔经过关押柳赞良和柳加雷的磨坊，在门口朝里面看了看，慢慢转身离去。木板上的脚步声，如一队鱼消失在黑暗中，长官和族长的谈话不时从黑暗那边的大厅方向冒出水泡。过了一会儿，那比脚步声还粗重的呼吸声音又响起来，火鸦叔出现在门口，手上端了些剩饭剩菜，让柳加雷吃，他发现角落里还有另外一个人时，他又走回去，取了些过来。

我出洞十三年五个月二十天了，柳赞良和柳加雷说话。

柳赞良想向柳加雷话些什么，柳加雷听不清他。可是柳加雷不敢相信，这是柳赞良。

角落里的人说，他就是柳赞良。似乎能听出一些豪迈和明朗的东西，却很快就被淹没了，柳加雷震惊不已，说我亲眼看见你被吊死！

柳赞良说柳七在那次水战中，确实死了，在水口山庙里吊着的就是他，不是我，郎火安排我阿爸阿妈将我送出汤错，让我去洞外自谋生路，不要再回来。柳加雷的记忆还在水口山和那口寿材上，那棺材里的人是谁？

柳七！柳赞良说。柳七的棺枋是空的，而我的里面躺着的是柳七。

柳加雷挪过去，和柳赞良抱在一起，两人痛哭一回。那场儿时的游戏竟使他们彼此惦记和仇恨如此之久。柳加雷话，离开之后，你是怎么活下去的？你阿爸阿妈怎么和你联系？

柳赞良说，离开时柳先生交代，到县上找青原先生。我阿爸阿妈离开之后，就没联系了，也不能联系，他们晓得了我还活着，柳七的阿爸阿妈也会找来要命。他们把我送到青原先生那里，话了因由，青原先生安排我的吃住、学习和生活。

柳加雷大抵知道柳青原，毕竟很少有人提，也不大清楚具体情况。柳赞良话青原先生是县里武装部的队长，我读了两年书，初通文书，就给他做侍卫，前阵天，青原先生说接到秘密通知，我们自己的部队南下，要经过这里，需要我们到宝庆府去迎接。我跟着青原先生经过龙埠，到了梅溪，在崀山碰上了自己的部队，就是这支红军。

我们没有见过真正的红军，也不知道我们的部队长什么样。我们欢天喜地迎上他们之后，他们说经过这里，去岭西。当天夜里，我们发现，他们讲的话有问题，青原先生认为可能碰上的是南逃的化装的日本兵。于是计谋趁夜逃走。

我们没有逃出多远，被他们安插在山口的卫兵捉住了，青原先生就被他们扣起来，反剪双手，一脚踢进坑里，活埋了。那个坑是他们逼我挖的，他们拿着枪逼我。我也没有逃脱，他们要我给他们带路。

有几个兵守在外面。敲打着门框，让他们闭嘴。

这一刻，他们沉浸在这种奇怪的悲痛当中。

在汤错，这是一个安静的夜晚，只有族长跟长官先生谈得比较晚。

柳赞良似乎睡着了，鸡在反反复复地叫，柳加雷问明天，他们会把我们押送去哪里？

九渊坛。

你曷门晓得？

他们知道那里有仙草。他们抓了龙埠的洞主，洞主跟他们话的。洞主风闻马尾河的郎火采到了灵虬。他们在南下的同时，顺便去把灵虬也采了。但是我在翻译官那里听到，他们是在逃跑，后面还有真正我们的部队在追剿他们。他们就冒险钻进了十万大山。

大沼泽滂没有结冰，也没有下雪，平坦得一望无际，它像一座难以翻越的高山，横亘在面前。

长官先生问族长是否知道走出沼泽的路。

族长听不到。长官在他后面踢上一脚，族长栽倒在地就像一截木头倒下去，弓形的身子往前滚足了一个圆圈，他费了好长一阵工夫才从湿地上爬起来。长官问，晓不晓得。族长仍然不话话。长官举起枪，一只眼睛瞄枪，一只眼睛盯着他，族长的眼睛看不见这些，他只看得见自己眼前的脚——它们是两条狗——和大地，长官先生收起枪，转身。

他突然转过身来，抡起枪托，朝老人的脊梁砸下去。

会直的，长官先生说。

老人哇的一声栽进淤泥里，左边的鼻孔流出了一根长长的血线，跟着又哇的一声，喷出一大口血，可并没有听到脊梁咔嚓折断的声音，老人浆在泥里有如一条死鱼。稣二哭开了，她的哭声换来长官先生更为得意的笑，而稣二哭得越发大声了。

不要哭了！长官先生怒吼。

是不是该给这滂地减少些负担了，我们的向导！长官先生微笑着对柳赞良说。

长官先生让柳加雷背着气息奄奄的族长，深浅不一地走在前面，几十杆枪跟在后边，黑压压地在沼泽地里乱撞。刺刀上的红飘带似一坡映山红。稣二跟在柳加雷身后，失魂落魄，形似鬼魅。

冬日里的阳光明明晃晃，却跟死尸一般白冷，太阳好像就在身体里，却没有一点暖和的感觉。整个沼泽地都在摇晃。一不留心就滑倒在泥里。柳加雷的手猛地插进了水中，柳先生赶紧捂住他的嘴，不让声音泄出来。两发子弹在他们身边开了花，泥和水花溅起来，生痛地打到脸上。他们歪倒在滂地里。

长官先生的刺刀朝柳加雷插下来。

万物跟随河流的意图——

老人突然说话了，声音微弱，但每个人都听到了这句话。背上的人挪了挪，顿了顿，头抬高了些。好使他的声音穿过浓雾穿透出去。

刺刀停在空中，阳光在刀口上割出一道流动的寒光，一点一点滑向刀尖，最后又回到刀刃根部。柳加雷翻滚着爬起来，背起他爷爷，步子踉跄。他脸上的污泥尚留有泪水刻画出的白线，脚下的鞋掉了一只。那双冻红流血的脚在冰水里插进去，又拔出来，拔出来，又插进去。他感到体内的热量在慢慢流逝，也感到沼泽地的沉重。

多久？长官先生问。

一天一夜，老人告诉他们。

对长官先生来话，这是一个非常令人满意的答案。老人的舌头在嘴里打转，冒着血泡，脸色苍白，犹如死人的脸，却始终能听到他的每一个字，幽幽地像深水里孵出的鱼泡。红军长官抬起头看了看四壁苍茫的仙鹅抱蛋，大沼泽，又看了看脚下的奶子河，最后把目光落到族长垂死的脸上，说，你到底还是明白人。

这次，他没有说我们的友谊。老人的眼睛轻轻地动了一下，眼神里什么也没有留下，而他似乎已经回答了长官先生似是而非的问题。

太阳压得很低，空气慢慢变得混浊，失去了先前的透明。他们在沼泽地里也逐渐变得模糊，彼此隔了一瓢黏稠的东西：既不能逃离，也没有办法靠得更近。那东西或许是雾，或许是雪，或许是意志，不管是什么，它们正在吞噬这片茫茫大地。

黄昏来临时，河突然没有了，在眼前消失得无影无踪。天幕上闪烁着几粒带长刺的星屑。

枪声！

柳加雷以及他背上的老人倒塌的声音。

一团很大的东西在他嶙峋的身段里上下吞吐，最终未发出多余的一点声响。

雾和黑夜将倒塌在地上的人从大地上抹去。枪声在沼泽地上显得异常地空阔、辽远，倒塌的声音又掩盖了它，最后只有寂静小舟一样在沼泽地上荡来荡去。

几十杆枪在大沼泽地上支起夜宿的棚子，长官先生大声命令道："支起大和民族的太阳！"

他头上的五角星已看不清，而太阳旗一下子点亮了所有帐篷，它像一个遥远的中心，族长、柳赞良、柳加雷在帐篷附近，中枪后开始向淤泥中下沉，老人的眼睛流着坚毅的光，痛苦的神情占据着面部表情的全部，而脸上那些藏得很深的笑意，在极度疼痛的底部仍然像灶土里的火种孕育着。那是一张苍老得没有任何成色的脸，柳加雷爷爷的脸。

稣二被他们拉进帐篷，撕心裂肺的呼喊颠破了地皮，撕碎了冰面。

他们把柳加雷拘到了一边。枪和刺刀在他头上摇晃，仿佛已看到多年以后能回想起的那些陷进沼泽的魂灵。

早晨，柳加雷醒来，奶子河的尽头，静如一柄勺子。沼泽地仍然留在即将苏醒的梦中，那些伸向天空的手臂之下的身体已被大地吞没。

柳加雷没有陷下去。

原来，上次他们去九渊坛经过溡地时，柳先生告诉过他如何找到这里的坝梁。柳赞良也没有死，而那些日本兵携带的银锭加速了他们的沉沦。那些帐篷留下的尖顶、枪械、头颅、肢体、旗帜，乃至气氛，在溡地被寒冷塑造成了冰雕。

柳赞良在不远处向柳加雷招手。日本人的枪射中了他，背上的族长挡去了子弹，他只是受了些伤。大夜来临，当溡地在不知不觉中下陷的时候，他从族长的身下爬了出来。正要朝前爬去。

这时，柳赞良看到先前戴红军帽子的长官站在另一侧，举枪向着他，说，你不应该装死！

柳赞良摇晃着立起来，朝他一笑，装死没什么，你们还装好人。

顿时，那颗子弹像炮弹一样飞向了他。柳赞良再次摇晃，往后倒下去。就在这时，柳加雷看到戴红军帽子的长官捂住了自己的胸口，血从他的身上汩汩而出，持枪的手往下一崴，他慢慢转身，想看清楚这是谁朝他开的枪，他看到泥地里一只手臂，手上握着的枪稍稍地往上，对着自己，枪口留着的一丝白烟，正在散去，他也看到了枪上的那根轻轻飘动的红色小绸带，因沾了泥而结冰，那正是他送给族长的那支短枪。里面有唯一的一颗枣子一样漂亮的子弹。他目光抬起划过天空，缓缓倒下。那只在冰泥里的手臂也跟着垂下。柳加雷突然感觉那颗子弹一下穿过了长官先生的身体，再穿过他爷爷的身体，再是柳赞良的身体，最后是自己的身体，在沼泽地上呼啸而去。

奶子河上，他拉着一架沉重的尸体，老人的尸体，往来时的路回去。老人的那句话在上空回荡：万物跟随河流的意图。这是柳先生常话的一句话，万事万物跟着河流走。他心里呼唤着爷爷。声音在沼泽深处荡漾，起起落落，低低回回，像汤错鼓楼里的大铜鼓，回收它芦苇叶片似的青色音芒。

今天，汤错人说，奶子河通向大沼泽的央心，可是这条河不会回流的，流着流着就没有了，光剩下一柄勺子一样的平地。整个寒冬，嵯峨山脉将大沼泽婴孩一样抱在怀里，寂静得有如雪一样洁白、厚实。而对于柳加雷来话，他仿佛在一条河上，来回地走着一个自己，似一个梦，梦中倒塌的手臂、枪声，以及孩子幼小的哭声从一九四五年以来的那个冬天就在脑中不断地上映直到现在。直到他重新走在汤错这条古老的河上，重新听到那些倒塌的手臂和枪声。

下雪了！

八

春头，乌饭节。

柳加雷的母亲坐在天井里安静地擂茶，鬓发仍然乌黑发亮。贞子的肚子渐渐大起来，柳加雷领着她，到后山走走，家家户户都在准备乌饭节祭祖的用品，祭了祖，就开春种地了。今年的雪融化得比往年要早一些，黑土地的田野上已经长出浅草，隔远一望，一片生机，连翘、山桃花和紫堇开得最早。春天总是来得这么神奇，柳加雷动情地跟贞子说。贞子看着柳加雷那深色的目光，抿嘴一笑，似在同意他的意见。柳加雷蹲下身子，一边高一边低，他的一条腿在大沼泽被冻伤了，落下了半边瘸，他调整了一下下蹲的姿势，重新平衡了体位，在地上抓起一把黑土，用力一握，竟然拧出水来。

要是以前，火鸦叔早就把牛从牛圈里放出来了，他话出去吧，多呷点！仿佛在跟他的孙部话事，柳加雷看到火鸦叔赶牛，牛牯不听他话，他把刏棘举得老高，可要落下打着牛屁股的时候，又从旁边滑落了下去。有时候，火鸦叔站在牛圈门口，盯着老牛婆吃草，一盯就是一晌。也不知道他在看什么，还跟牛嘀咕着。柳加雷好奇地问他跟牛话什么了，火鸦叔嘿嘿地笑，这可不能话去你。后来才知道，那牛要下崽了。柳加雷把这事情讲给贞子听，贞子娇嗔着话那你是把我当成你屋邸个老牛婆！柳加雷话你本就是我个嫩牛婆嘛。贞子话牛公公。柳加雷一口应着她。

突然，柳加雷话，你看到冇，今年咱院子里的树不出芽花了，到现在，凭家都长出叶翼[1]了，它还枯着。贞子认真地看着，说你把它砍死嘎老。柳加雷若有所思，我们抽空去看看爷爷吧。贞子答应着。两个人在后山走了一回，柳加雷怕贞子着风吹了，领她回了屋去。

柳先生死后，柳加雷接管了药铺，贞子帮他抓药。

---

[1] 叶翼，叶子。

柳加雷翻看柳先生留下的医书，有三部书被柳先生称之为他的三圣典，是祖上带来的，代代相传。一部是《天文星相》，一部是《风水地理》，还有一部是《病占》，这三部书柳先生把它们装在一个黑色木箱子里，另外他自己也写了一部，叫作《针灸管窥》，总结了自己一生的医学经验。柳先生说古书上话医不三世，不服其药。这句话常常被谬认为，要世代为医才可以为人治病，实则不然，此三世是话一世《黄帝内经》《灵枢》《素问》，二世《神农本草》，三世《太素》。只有精通这三项方可为医，可这又是何等地艰难。柳先生又提到针灸学中的季节气候问题，说马尾河的季节气候划分与这些书上所话的候令相比，完全混乱，这里施行的是月经历，一年十三个月，只有年和月的概念，没有季节概念，而在三世中所说的季节都是汉族的历法，四季分明，操作起来要容易得多，所以柳氏家族为医者首先应该懂得这些问题，还要推广先进的历法，更何况，三世中还有五季、长夏之说，这些都是艰深的问题。

　　柳加雷带了贞子去上坟，他话，这块地是爷爷自己选的，金阱朝向与深浅也都是柳先生自己定的。

　　正是在这个山坡上，他看到了河洞的水口山较为平缓的一段进来了一支队伍，他们似切叶蚁和寒鸦点点从马尾河山边上往灶儿巷走来。

　　柳加雷走近柳先生坟茔，四周清爽，没有一丝阴清。柳加雷烧了几炷香，和贞子一起叩拜在地，说自己用柳先生采上来的那颗紫色的蘑菇给父亲熬药。喝得几回下来，父亲的病真的有了很大起色。手脚会动，还能自己翻身了。

　　柳加雷问过柳先生这紫色的蘑菇是不是灵虬，开始柳先生并不张①他，就在他背负柳先生去奶子河大沼泽的路上，柳先生说这不是灵虬。

　　这个疑问一直在柳加雷的心底埋藏着，像一根杵衣棒。

---

① 张，理睬之意。

头七夜里子时，屋邸帮老爷子准备了饭菜，板油酒，按照他习惯的方式摆在桌子上，一条他经常坐的凳子上撒了灰。柳加雷突然觉得自己这一切做得很自然，先前，柳先生让他在家心神龛前鞠个躬都感觉怪怪的，神龛面前空空荡荡，酒水饭菜摆在那里谁吃？迷信。先人哪里看得到吃得着。而今天夜里，他感觉自己和祖父一脉相承，没有断过，是如此地亲切。他站在家龛前手持三炷香，鞠了又鞠，直到觉得心里舒服平顺起来才停下。

临到子时，洞里有狗叫声，那叫声往土楼方向而来，接着听到自己院子里的狗也叫了，一阵风刮进来。柳先生出现在柳加雷跟前，脸面清爽。他的伤和失去的手臂神奇般复原了。

柳加雷话，爷爷邌来啦，赶紧趷呷饭喝酒。

他自己也搬了一条凳子，跟爷爷对坐。

他听见他爷爷说，我舍不得你们，再趷瞅你们一眼。我也对不住你们，你们受了蛮多孽。

柳加雷对他的爷爷倍加亲切，话，没有什么对不住个，爷爷。

他爷爷说，还有一件事，我必须告诉你，在九渊坛，我采到的那株紫蘑菇，初以为是灵虬，但不是。再往下时，望到一只洞，洞里有一株大虬参，青嫩发光，我想要去采，正在这时，黑魖魖的洞里腽①出一条大赤蛇，闪动着藤蔓的信子，眼珠子射出月色精光，蛇头在空中举着纹丝不动。我赶紧将身子缩回箱笼内，用枪对着它。那条大赤蛇蜷缩着身段，将那株虬参盘起来。我本可以开枪打死它，可有一种犹豫没能让我开枪。如果我真个想采它，我躲在笼子里，就可以开枪。我正在踌躇，大赤蛇伸进了笼子的木杠，一口咬住了我的手臂，我朝天开一枪。声音震慑住蛇，它用力一摆，从我手臂上捌下一条肉，到手腕时被它咬断。我冇多想，操起刀，将自己这条胳膊砍了下来。

柳加雷听完他爷爷的讲述，久久不能平静。兴许不砍，也没事，

---

① 腽，读［ʧi³³］，伸出头来看。

柳加雷这样话。

有毒，而且是剧毒。看到它张嘴我就晓来了。虬参和大蛇都不是灵虬。我所见到的都不是灵虬！大蛇不是，虬参也不是。

柳加雷惊讶不已。

灵虬在我们心中！他爷爷话，灵虬或许是别的什么我们祖先留给我们，用来维系我们的某东西，看不见但又存在。我们从遥远的地方来到这里，我们还活着，也是因为这看不见的东西，它或许就是我们那个远古的阿驰。无论我们走得再远，我们都在它的牵挂之内：我们是灵虬的后裔。我和你的祖辈们寻找的是同一个东西。我的祖辈也就是你的祖辈之所以持之以恒地去找，是因为它看不见，不能确定为某样东西。

子时已过，贞子走进来，问他和谁在话事。

柳加雷话爷爷回来了，当马即。贞子哇的一声大哭，躲进了柳加雷怀里。柳加雷话，不怕，不怕，给爷爷烧纸，敬酒。

他看到对面的凳子上有一个屁股印子。

柳加雷将一碗酒酹在地上，跪地，又磕了一回头。

在不远的山上，还有一座柳赞良的冢。柳加雷站在这座坟前，烧了炷香。里面是柳七，而他一直以为是柳赞良。他已经把他当作了柳赞良。

他跟他的母亲话起那个被押送回来的人就是柳赞良，元秀话冇死啊，又被老废物挏詑[①]了。

柳加雷接受不了母亲这种刻薄的语气。

他话，柳赞良话他在县里给柳青原做跟班，柳青原被日本人在宝庆府给活埋了。

元秀腾的一下站起来，吓了柳加雷一跳。

只见她奔回自己的屋里，门一摔，半天不响，过了一阵，就听

---

① 挏詑，詑读［taŋ¹⁵］，欺谩。

得她在里面捶胸顿足号啕大哭起来，你这个天杀个啊！天杀个！这生世被你害得好苦啊！

门是反闩的，想劝也进不去。

第二天，她自己出来了，一夜间头发全白了，疯疯癫癫地话，她要去一趟崀山。把那该死的挖回来。做鬼也不能让他一个人快活。

麻霎来找柳加雷，话绿吉在屋邸病老，叫帮过去看看。她只是试探着问，自从柳加雷闹婚之后，两家就很少话事了。但是现在，柳大死了。他去看看病应该还是可以的。别的没有想太多。

柳加雷当即答应。他收拾了一下，跟着麻霎到了下洞，他走过麻霎门前的那块宽阔的晒谷场时，想起了自己曾经的举动，他下意识地又想起了香包。如今那香包还在自己的柜子里。有几次，贞子问起过香包的事情，柳加雷说藏在一个地方。贞子话你不要搞失老。柳加雷将它找出来，贞子帮他收好。

柳加雷跟着麻霎进了院子，柳加雷的心跳得特别厉害，走路脚板和脚跟打架，他望着绿吉的阁楼，窗户开着，结婚那阵装饰还隐约有些痕迹。他已经很久不见绿吉了，他说不出有多久，觉得很近又很远，在心里又在心外，绿吉只是心灵角落的某个亮点，他无法找到这个具体的点。临到了门口，柳加雷的脚就是迈不进去。麻霎惊讶地看着他，眼睛里闪过一阵阵奇异的光。柳加雷从这位仙娘的眼睛里看到了无奈，可更多的是他感到自己的无奈，他知道柳大已经死了，一切又回到了以前，但是以前是回不去的。

楼上很安静，阳光在地上的圈影鱼儿一样一清二楚。麻霎似乎在做最后的决定，她终于话出口，难道你就不想见一眼绿吉？

柳加雷心头一颤！

他又扯动了脚。

绿吉躺在床上，她见柳加雷进来，目光一闪，把头扭到了一边，肩膀立即抽动起来，柳加雷鼻洞里一酸，怔怔地站着。绿吉蜷曲如芭蕉叶，枯瘦得像一条鳝鱼的样子重现了她所经历的撕裂。他给绿吉号过脉开过药，还坐在那里。

麻雯提醒他，脉已经号完了。

他站起来想要走，他想对麻雯话什么，欲言又止。柳加雷喃喃自语，若再也见不到你我该怎么办，绿嬢。

当柳加雷出来的时候，他发觉自己连绿吉房邑是什么样子的都没有看清楚。一股强大的酸意往上涌来，他快抑制不住了。当马即，他摸住绿吉的手，她的脉沉闷，一节一节地脱节，触到之后她的跳动渐渐与他联通，渐趋一致。他也一时间清爽起来。他知道内心藏着的那点亮光是灯火的种子还没有熄灭，它一直在燃烧，在生长。每当它闪亮就像被火蚁蜇上一口。

他转身正式打量了一眼面前这位神色修长的仙娘，通知她，说："柳青原已经死了。"

柳加雷明显听到从她脑海中传出来的一声炸响，浅草、红团、辣蓼、翠绿、枯黄、青瓷、瓦砾、熟铜、白铁，五光十色，铿锵有声，随之如死火一样暗了下去，她震坐在条凳上。

奶子河回来之后，柳先生的葬礼也在那个漫长的冬季举行。天上的雪像鱼群一样游过。

出殡前一天夜里，麻雯身着盛装，满身银器，大反丧事禁讳，仿佛一位崭新的新娘，仿佛一位崭新的女王，出现在围屋停棺的堂屋里，全洞人都看着她，她烧了三把钱纸，号丧的声音透出了土楼，先是号，后来竟然变成了唱：

> 柳上元啊，你只有良心
> 一生世你该我只夫妻名
> 两生世你该我只清白人
> 三生世你该我只一条命

柳上元啊，你只天杀个

这生世你该我只安生觉

柳上元啊，你只砍脑壳

你还我只崽啊还不清你莫走

柳上元啊，你只点天灯个

你还我只清白啊还不清你莫走

柳上元啊，你只短命鬼

你还我只命啊还不清你莫走

柳上元啊，你只冇良心你只天杀个

柳上元啊，你只砍脑壳你只点天灯

三生三世还不清我啊你莫走

柳上元啊，你只短命鬼

到嘎阎王殿那里阎王爷啊也唔要你

　　她的这一通号丧让大家听得一头雾水，而那份悲切痛楚着实让在场的人心里酸酸的，继而晕染铺开号啕大哭一堂，仙娘接着唱喃呢：

哥哥你死了慢点埋啊——喃呢

留到寿材啊等我来啊——喃呢

挖出我的心呵心肝血——喃呢

为你做块呵守灵牌啊——喃呢

　　号完，她跌撞着爬起来，趴在棺材上不让钉棺掩盖。她伸手去抚摸躺在棺材里已经变形的柳先生，摸着他空落落的手臂时，禁不住又失声痛哭起来。

不久意识全失，瘫翻在地。

送丧队伍在大雪纷飞中出发了，这场浩大的葬礼改变了汤错的秩序。至少表面上已经改变。

出殡时，蜜蜡和尚突然也来了，他跟柳加雷说：他来看看他的老朋友。在这次事件当中全部牺牲的人尽管他们大多都属于夭夭，都埋在了凤凰岭，今人称其为聚义岗。

柳先生殁后，马尾河进行了一次重新推选郎火的会议。本来柳先生的儿子柳加雷的父亲柳鲦是可以继任族长一职的，而现在的柳鲦无法履行族长的职责，有人提议柳加雷，柳加雷谢绝。族长一职他推荐麻霎。最后一致推选了麻霎为新一任郎火。郎火和族长其实是一种职务的不同称呼，麻霎他们叫郎火，而柳先生他们习惯叫族长。上下洞混合着用，而山外面的人则叫他们知洞，也没有什么扞格之处。但事实上，还是有区别的。要不，他的太驰怎么会被枭首呢。

九

庄稼种下地之后，贞子的肚子越发明显，她就坐在天井里晒晒太阳，很少出门。柳加雷的母亲时不时问她，哪里不舒服之类的，话不多，但也关心着她。贞子感到她跟家婆之间有一道无形的距离，犹如一堵高墙，谁也无法攘倒它。一个屋檐下，起居吃饭在一起，墙始终存在。有时候，她甚至变成一种恐惧，尤其柳加雷出门长久一些的时候，如果柳加雷上山采药，她就会急得哭。柳加雷问她为什么，她又说不清。只拽住柳加雷的手不放，柳加雷话，在屋邸有阿驰照顾你，没有事的，你哭什么？我又不是不回来。贞子只得又放他走了。夜里，贞子扶着墙壁下楼上厕所，她见家婆的屋子里亮着油灯，便趋近了看，却没有看到人，当她扭头的时候，发现婆婆就在身后，她当时就倒了下去。可元秀冷冷地问她你来这干什么。

第二天，贞子跟元秀话，娘，我想到巷子上去走走。元秀坐在天井里望着天空发呆，好久才反应过来，嗯了一声。贞子挺着个大肚子，往娘家跑，她姊姊青霞话都什么时候老，还待不住呀。青霞心疼得要命，赶紧搀扶让坐。贞子话我心里不舒服嘛。青霞话你不舒服，明儿个把店子关了，我过去陪你，别老在外面晃悠老。哦对老，老门亲为我外甥崽做的衣裳，全都绲上了银器，给你看看。青霞拿出好几套婴孩穿的衣裳，宝崽从刚出生到他十岁的衣裳都做好了。也难怪阿妈，谁叫她是裁缝了，她姊姊话。贞子话还不晓来是男是女，阿妈做那多。青霞话这个唔要紧，男孩女孩都可以穿的。青霞又问名字取好老有有，贞子话有。

　　几天之后，柳加雷从山里回来，给他阿爸继续煎汤熬药，他阿爸的身体各个部位开始苏醒了，手和脚渐渐有了力气，端茶抚盏没有问题，大小便失禁也给柳加雷治好了，这让他心里头甜了好长一阵子，可惜的是尚不能言语。一天饭后，贞子看到院子里的那棵檫树对柳加雷话哥哥，这棵树只怕真个死老。柳加雷话我帮其治治①？贞子话树何里②治咯！柳加雷道，跟它笑。又说，明天把它砍老吧，朽掉了就冇甩斯③老。贞子话好。

　　柳加雷准备砍树，可是，天井里的树，往哪边倒都是要砸到瓦！这仿佛是没有办法的事。

　　贞子讲何落，哥哥可以从上面一截一截往下砍。先砍掉高处个杪，再往下砍去一截，再砍去一截，就好了。柳加雷一听顿时大畅，果然妙。

　　他磨好锛子、斧头、砍刀，准备好长锯、尖具，叫来一干人。斫去枝杈，然后从上往下砍了七八回，将这棵胸襟宏大的三人才能合抱的高高的檫树肢解完毕，没有伤到周围的任何一样东西。

　　树顶上有一个桶大的阿鹇子窠，五枚青蛋，柳加雷装在麻篓子

----

① 治，读［tsa³⁵］。

② 何里，哪里。

③ 甩斯，使用。

里用绳索放下来。贞子在下面接住，对不住了，阿线来。他生吃了一个，略感清甜，而他记忆中，第一次他躲在这个鸟巢中吃阿鹇子蛋的时候是腥咸的。

现在觉得舒畅多了，光线也好了。

柳加雷他妈却话心里怪怪的，总觉得丢了什么东西。

围屋里没有了高高的檫树，柳加雷开始没觉得什么，一日夜晡，他从灶儿巷走回来时，觉得不是在向自家屋邸走，而是朝着一个很陌生的地方走去，以前他总是朝着那棵树走的，那树就像长在心里，是一个朝向，现在没了，柳家的围屋看起来也不再那么高大了。

檫树芯也已经干枯，枝杈做灶火柴烧，几截大的树干劈开在围屋中央架起一座瓦塔。柳加雷召集族人讲，这树大概也是围屋修建时所种，是先人的意思。遭枪火之后，被打死了。今晡自己屋邸内烧瓦塔，一祭先人，二祭枪灾中死去的义士，三开春种新树，四翻修祖屋。族人称赞。

垫日晡铲烬土，不料，嘀里哐啷从中铲出一担日本人打进树身上的子弹头，两只箩筐几近装满，足有二三百斤重。

好家伙，柳加雷话，吃了一肚子枪子。

柳加雷喊来铜匠、银匠与铁螺蛳等一干洞丁，在烧瓦塔的地方架起坩埚，将两箩筐弹头熔化。在模子里浇铸了一块带边饰的大匾，让匠人錾了 柳 氏 流 芳 四个崭新大字，悬于土楼朝门上。柳加雷召集当日就义家属，按照柳先生的天地英灵伏惟尚飨仪式又祭了一回。铜匾挂上去的刹那，仿佛整座土楼又焕发出前所未有的神气。

就在砍完檫树烧完瓦塔后的这一日晌午，天空中突然一阵阴霾，繁杂的鸟叫声铺天盖地卷来，数千上万只长尾鹊在围屋的上空盘旋，土楼上空一座巨大的白鸟之岛拖着灰白的荫翳在地上操动，霞一霞之声如小青瓦一片一片旋转着飘落下来。他知道这些鸟的到来肯定有所含义，只是自己听不懂鸟的语言罢了。一个时辰之后，它们才散去。柳加雷也学着鸟的姿势伸展双手，在院子里飞来飞去，飞来飞去，他明明感觉到自己的双手变成了翅膀，腾的一下离开了地面，有如一根葱噗啦一声爽脆地被拔出了泥土。他看到自己腾空而起，离开了围屋，飞到了群鸟飞旋的中心。

柳加雷父亲可以自行走到院子里来了。他摸着墙走出来，吓了元秀一大跳，手上铜盆哐当一声掉地上。赶紧过去搀扶。柳鲦已经是用竹杠任意拼凑在一起的一堆骨头，可以随便提起来，又放回去，这堆骨头中的力气也随之泄尽，变成一匹卧倒而腐烂的蓑衣和一只等待开肚的水鸭。但是现在，他站起来了。

这天晚上，杀了一只线鸡，柳家一起吃乌饭。柳先生、稣二不在了，火鸦叔也不在了。鸦嫂、青霞，加上贞子肚子里的，一灶七个人。

贞子对柳加雷话我们该给宝宝取名字了。柳加雷问，该叫什么好呢？贞子话听你的。柳加雷想了想说，灵虬，随其是男巴爷还是囡崽斯，都叫灵虬！

元秀已不知道回屋。

柳加雷才意识到问题的严重。他想去问这到底是怎么回事，可元秀已经癫了。她每天坐在风雨桥的桥头，手上拿一根长棍，走过一个人，她就在地上攮一下人家的影子，然后将影子使劲拨弄，那些影子在她的棍下仿佛黏稠的米糕，乃至她要用很多的力气：走走走，你不是鲦个崽，你是原个崽，原是麻雯个崽，绿嫚儿是原个囡。被攮的人弹跳起来，她就开心地笑了：我想告诉你，告诉你哦。

孩子们又在闹了，他们缠住灶儿巷街角的老太婆，命令她脱衣裳，如果不脱，就向她拘石子，她只得把衣裳一件一件脱掉，然后话我怕冻哦。她自己又走到河里去，胸前垂挂着一对奶瓜袋，在河床上兀自走动。有时候又话要去龙埠，要去找件东西。柳加雷命人去追，追老远才牵回来。

孩子们却指着走过来的人跟她说，你认识那个拄拐棍的瞎子吗？老阿婆睁大眼睛，看着从眼前走过的人，摇摇头，我不认识呀。那你给我们唱歌，于是她又舞又唱雷啊雷，我是你的妻呀，我是你的娘；雷啊雷，我是你的娘呀，我是你的妻——

　　每到吃饭的时候，柳加雷将她从河洞的任意落点牵回去。回到家，贞子则坐在大椅上，看到他们回来，便迎来。

　　那棵檫树仿佛还在那占据着空间。他每次都从树的身体中穿了过去。先前，每次回来，母亲总在擂茶，她有擂不完的茶，好比日子不会完结一样，日子就盛在她的茶钵里，碰一碰，日子就会响，就会发出清脆悦耳的声音。那种感觉再也没有了。

　　他回到楼上自己的房邑，下意识地去找到香包，他理开綮线，一缕头发弹出来一头，再看还有一件蚕丝肚兜。顿时一股莫名的心潮涌动起来，他将肚兜敷在脸上，他想大哭一场，他把肚兜摁进了嘴里，使劲嚼起来，咯咯作响，他想把它嚼碎，吞下去。吞到只剩下一根吊带在嘴角，他又往外扯，从胃里一点一点扯出来，一阵痉挛，然后是一连串干呕。

　　贞子在下面喊他，他将头发、肚兜重新塞进去收好，下楼来。贞子说他走楼梯的步伐太重，慌里慌张的。柳加雷没有直接回应她，而是说，贞子，你好生坐着，我去看阿爸。

　　柳加雷的父亲，除了不能话事，一切都在慢慢好转。眼睛里的光多了起来，也不再像以前那么僵硬了，些许和善从深处泛起。他跑到井边，终于呕出来。

　　在大沼泽，柳赞良跟柳加雷说，我对不起你啊，加雷。柳加雷说这个时候不说这个话老。柳赞良说，一定要话，否则只怕机会不多老。柳加雷说，这些年来我一刻也没有忘记过你，我一直愧对你。

　　柳赞良听他这样说，越发觉得难过。他说，柳大娶绿孃是我的主意，那个时候，我们一心要报复你。柳大跟我话，你和绿孃好，我们不能让你们好。我就让柳大去娶绿孃。柳大让我嫲嫲去提亲。

只要让你和你们屋邸不爽的事情，我们都想去做。你阿爸跌落崖也是柳大和我商量好的，柳大买通了你阿爸队伍里的洞丁铁螺蛳，他让你阿爸喝酒，过天心庵时制造了落崖的假象。对唔住啦，加雷。

尽管那时的柳加雷已经被仙鹅抱蛋的冰霜冻僵，还是被震住了，他的脑子里轰鸣了一下，但那团火光很快又被坚冰裹住，一个不断肿胀的冰球，却又裹得严严实实，无话可说。柳赞良说，后来，跟了青原先生，我这生世才晓得人生是什么。青原先生在崀山遇害，活埋前和我话，他在渐底下有一个崽……柳赞良一口血喷出来，子弹呼啸而过，柳加雷伸手想去扶他，而他头脸栽倒在冰水中。剩下的话，也被栽倒在了泥水中。

在柳加雷的记忆里，那个冬天是怎样绕过去的，他已经记不爽，因异常庞大而没有任何细节，只有一股强大的气团在体内时贮时旋，令他在这个世界变得异常模糊，他感到自己就是空气中的一个窟窿。

天气骤然寒冷起来，大雪马上要来了，贞子也要临产了。

一提到雪，他就像看到了天上的鱼群。

他守在贞子的身边，贞子抓着他的手话，阿驰话第一次会很痛。柳加雷心头一热，点头。贞子摸着他的头发，像摸着自己孩子的头发。突然贞子哎哟一声，捂住肚子，脸色大变。柳加雷马上叫鸦嫂。鸦嫂冲上来话你快去叫接生婆，叫麻雯，我没有接过生。

柳加雷飞跑着去了。他把麻雯叫醒了，话贞满孃要生了。麻雯一下翻滚起来，绿吉也起来了，三人急急忙忙往回赶。当他们两三步走出灶儿巷的时候，看到自家的围屋火光冲天，陷在一片火海之中，鸦嫂向他们跑来，语无伦次地哭喊救火啊，救火啊，他疯了呀，哎呀，他把草楼、谷仓点了，他在笑，哎呀呀，呼救的人站在原地，痛哭不已，手舞足蹈，大呼小叫救火啊，救火啊——我的天啊，天啊！然后厥倒在地上。青霞跑来说人全在里面，我的贞子哟——也跟着倒下去。

柳加雷脱了衣服在冬水田里弄湿了，披在头顶上，往里冲去。绿吉拖住柳加雷，柳加雷挣脱，往火海里冲了进去。绿吉也跟着冲了进去。

麻雯一把没拉住，但她隐隐约约听到绿吉啊了一声，似啊出了声音。麻雯那根蛇形花椒木拐杖狠狠地在石板上击打了一下。

围屋里的火借着风势一下燎到柳加雷脸上，顷刻间，他熟悉的围屋没有了门，也没有了楼道，他站在火海里辨不清方向，此时的他仿佛置身在一座燃烧到至高点的瓦塔的中心。

他只听到自己父亲柳鲧在火海里巨浪般地狂啸：啊哈哈，啊哈哈，我要把你们这些孽种通通烧死，全他妈的孽种，我让你们一起死一起死，那个要骚死的婆娘，还有那个孽种，啊哈哈哈，痛快啊痛快！

柳加雷父亲的号叫和嘴里好像喷射着熊熊烈焰。

大火渐渐淹没了柳加雷父亲的号叫，山风刮来，火焰动荡，声势撩人，外面的人依然听见火海里贞子的名字火焰一样往天空升腾，围屋开始掉瓦，屋梁像山体一样开始垮塌，浓烟滚滚，火舌被天空倒吸了上去。

上洞下洞闻信的，看到火光冲天的，都青蓝红绿般匆匆赶来救火，在冬水田和马尾河提水的有之，泥和水一起提上来的有之，冒险冲进火海救人的亦有之，哭的喊的叫的倒下的都有。火海里传出牛和猪惨白惨白的嗥叫，从围屋的方形洞孔跳将下来落到水田里路边的各种东西都有，人们似乎也听到了婴儿一醒粉嫩的哭声，但火淹没了一切，天仍然那么黑，直到下半夜，鸡叫头遍，下了点雨水，火势弱下去，慢慢熄掉，空气里充满着生物烧焦后的气浪，五颜六色的味道微波嶙峋。

救火的人开始在四周的田野、山边上寻找，看还剩下什么逃出来的活物。

上洞和下洞交界相融之地，曙色透明，早晨的清雾夹杂着雪意还没完全散去，马尾河田野上的草垛安静地躺在露水之中，白鸟偶尔飞起，牵引着群山，从鼓楼和桥这边望过去，灶儿巷冷冷清清，屋檐滴着水，巷弄的最那头，柳家那高高的土楼——黑色的围屋，已变成一堆垮塌的破折号，冒着一缕一缕杜鹃花柴一样的白烟。

7.2 铜座之歌

根据汤错《指路经》而创作的一首长诗

断文（节选）

你即将进入铜座，为节省你的时间和精力，本文作者首先申明，你只需要阅读其中任何三章即可，超过这个数，文字本身将会对你造成伤害。《指路经》河图本不少于九个入口，你可按序阅读，但是像哥尼斯堡七桥那样不重复而一次走完所有的路又回到起点的阅读法是不存在的，撰者之本意只是让每一位来访者从九宫所示图中任意一宫进出，它们无一例外都通往真实的铜座……汤错曾留下过两部史诗性"历书"，一部是此时正由你的左眼阅读着的河图本，另一部则是由另一只眼此时正在阅读着的洛书，它们合称为"大衍阴阳二书"，但《指路经》的洛书部分一直不曾由你的右眼看见过，也就是说，它以另一种形式在铜座或者别的地方生长着。也有说可由河图本导而得之。的的确确，它们合二为一之时，也就是《指路经》再现之时。

二

与其他所有地方一样，重力在
穿透，引诱着树上的事物

空气中，不知不觉中已有果实
成熟的味道袭来，那个季节的傍晚

你，（当诵出你时，我苏醒于我的
复归于你），走过一条
具体的河，经过了水，河那边
是杜塞的家，你站在河边看水
水里有房屋的倒影，也有她
出来喂鸟时的身影，白色跟此时
你的想象一样白，你看——
一尾鱼从她的身上穿过，水
破了，但似乎也没有变得更加悲伤
她在屋前的平地上端着木盆
向河边走来，你看到她眼里的
光，许多光，但她看不到你
也看不到你的眼睛里是否有光
父亲跟她说："河边上那个人，站在那里
很久了。"自然，你听不到这句话
所以你还将在河边继续站下去

枣树在马路边上，旁边是一棵
柘椇，两棵棕树，马路是带状的

一般不说东边和西边，去合作社
的时候要经过它两次，这是必须的
你是说这条路是唯一的，来去
都要经过它，现在和那时候
稍有不同，那时你只看它是否结果
事实上是结的，树长到一定时候
都要结，果子还没有红就爬上去

在上面赶鱼群一样，她们在下面，就是在下面
从树上往下看，那是一件很愉快的事情
它占据了你很多个年头的想象
上去了不想下来，枣子落地
泛起一阵涟漪，好若往涸塘里抛了石块
波纹漾开又沿着树干蔓绕上去，很多年以后
你还经过枣树，想起枣树的主人
和一个午后的光景，太阳在头顶
明明晃晃的，唯独那天没有一滴雨水下来
那种感觉就像是村子周围那些硬硬的植物
深得拔也拔不出来

糖果店的老板是个老女人，你
伏在她的柜台前买水果糖时

她喜欢盯着你，然后翻看一本
命理书，她说你也将是个有出息的人呐
自此每回你都要到她的店里，在柜台前
伏上很久，你想她——哦，她再也没有提起过
那次好像也只是无意中说起
这句话你铭记一生，直到它旧了
这不像衣服，旧了可以扔掉
它跟幼树一样，在你的身体里膨胀
原有的速度变得粗壮，树皮也都要炸裂了
它何以变成实体的你并不知道
那天正好，你站在土墩的高处
棺材从眼前浮游过去，爬上南面的山

再上面就是墓穴了，新土格外刺眼
像一个伤口，一大堆人在放鞭炮，送葬的人群
散落在山坡上，白花花的一片
有如一山的杜鹃和你走过山下时
嘴唇上带着的那些浑浊的声音

坡地是湿润的，被水田操在中间
长满青草、鹤虱和车前，还有牻牛儿苗

呈卵的外形，握在手上你是说
用眼睛握在手上有饱满的感觉
原来它属于王盖山家清朝时候的爷爷
后来属于帝国政府，革命胜利后
分到了别人家，但它只是一块坡地
上面铺满鲜活的词语，季节变化时
有的看得到，有的看不到，如草丛中的蟋蟀
以及蟋蟀在空中锐利而空旷的叫声
接下去，我是说依这个意思说下去
你抓住它们带到村里，与毛氏比斗
坡地的颜色有时候是白的，有时候是红的
更多的时候红白相间，让人看不大
清楚，但是你别往这里面想去，坡地
就是坡地，它在你必经的路途
开满词语的鲜花

漆树，麻风树，它像一种传染病

能轻易地将人咬伤

在这里，漆树叫漆头，它的名字
和蛇一样令人发怵，即便你原本不知道
漆头是什么东西，你仍然可以
感受得到漆头那钝钝的语气
传染过来的疹粒，因此，你说这是你的语言
你的敏感川资于你生活过的蛇草之间
那是一种青色的宿命，或许不是
即使它的叶子在秋天来临的时候
和苦楝、乌桕几乎就没有什么区别
但它们还是那么的不同，它像大地的
沉淀物，深深地积在心里
根茎四展，日渐繁茂，你轻唤
漆—漆头——便被层层外皮裹住
而漆头竟是你一生也没有见过的东西
因此当你假设一个人的身影
围绕漆头转圈的时候，从你的大地性中
提炼出的语素让你浑身起鸡皮疙瘩
跟杨梅一样，它本来就是一种有
自己生命特征的毒素

黑色水稻田旁的那棵树，落下叶子
在地上翻转，由此延伸的意义

首先要截断，你要说的并非叶子落下
秋天来了，其实还有更多的东西

你说的不是这些，你要让这些
去掉，呈现一棵清晰的如你
在黑泥中挖到的青铜钥匙去锈后
模样的树，你只是在想，在那个时候
有叶子落了下来，砸在地上
而并没有想叶子的来生是否具有灵魂
又爬上了树的枝头，你想要一棵
如那个时候你看到的清亮的元素
斑斓地从树上飘荡下来，落在眼前的地上
因一双眼睛的存在而被证实
你被精心地安排在那一刻
大树喂饱了风，树枝和树叶网住了它
漏下的东西，圆圆滚滚地解散
或又重新开始，如你所想
永恒之物掠过枝头，就是说
那天你经过水田旁边，看到风
喂饱了大树，风使它充盈而一双眼睛
被精心安排存在过一定时辰
这期间无论哪种落差，或者差异
你们都存于时间的涡旋之中，你可以认为
自己在那个时候感天通地或
在重复一个简单的事实，他硬是
把那个时刻的词或树种到了你的身体
里，膨胀得越来越大

副 歌

黑白河上的小筏
是先人的小筏

我们乘坐着它
驶往鳞径交叉的中央
与边缘饱满的长夏
它长着一对铜色的翅膀
想要去驯服远方
这是否就是你的小筏
是否是你遗落在
这个星球上的骏马

四

蹲在地上，长长的蚂蚁队伍
在乡村的黑色土地上，朝一个洞穴奔来

它们不停地钻入，这让你的想象
短路，承受不少打击，它们的窝
像一座悬浮于空中的殿堂，你说的空中
在地面以下，你认为的空中
从来就是如此，很久以后，也许
你才明白这是一个王国，有唯一的王
所有的它们都得服从，这并不是说
没有反对者，而是在生存与延续的
意义上，它们无法完成，那么
这是一个低级的王国抑或高级的王国
当然那不重要，你蹲在乡村的中心
蚂蚁窝所在的位置看蚂蚁，也许
并不是看蚂蚁，而在看天气如何
沿着蚂蚁的走动便变得神秘

最后，在你起身离开之前你捡起旁
边的一根断枝，在回路上轻轻一划
整个村庄混乱不堪开始动摇时你
起身离开

我们商量蚂蚁如何把身体带到
九月，其间要经过多少残忍的季节

与曲折的水路，远在水上的房子
是那个庞大冬季的外壳，铺满
路途的金黄色叶子是水里
游动的金鱼，而我们游在九月
来临的暮合之中，湿漉漉的星辰
打着旋涡，我们的船只驶过而
没有多余的痕迹，土地黑色如海
你说春天来临的时候，我们就皈依——
枝头上最后一枚浆果落下
落进你的怀里，如我目光的终点
而我略有弹性地死在你的偈言里
与水的死亡一起，忍冬花是否
如期绽放船头不得而知，我们曾坐在那
倾听风带来的事物，直到夜晚来临

父亲从谷仓的楼顶卸下犁具，那是
由植物、动物和矿物组成的

曲辕犁，在很长的隧道中，闪着光
你看到它，像一枚戒指，一件
坚实的东西，从唐朝或许商周某个时候到现在
一切手感都是破土的感觉
当父亲在谷仓前的空地上组合好
挎上肩膀时，眼前立即出现一片犁头即将进入的
广阔事物，土地的外壳被深入、切开
头顶的星辰也在搅动，他须赶在一些
事物苏醒之前完成自己的切割
水和泥土的响声让你感到坚实的甜腻
及事物被切开时的隐痛，以及生存所需的
所有条件如荆棘一样缠绕一件用来破土的工具
包括水、光、地心引力，还有意志
和泥土本身，当它们被切开时
你也只有关于疼痛的感觉并形成
某些细微的性格，犁所具有的深度
就是把这一切都通通地切开是不是

你说父亲不养蚕的时候，是个烧窑人
他尝试着改变泥土的性质

他们仅相信把泥土烧成白花花的
窑器，而父亲要把泥土烧成一种
谁也没有见过的东西，它只存在
你们父亲的头脑中，父亲说它像一种流质
从某个地方流出来，他要把它
烧回去，那才是我们的形状

你们的父亲责怪了他，让他不要
有这样的妄想。他临走时那双
空洞的眼睛在你脑海中一直是对窟窿灼灼如炬
父亲去了河边，晚上回来跟你们说
决定在有生之年再烧一窑
点窑的那天，河边的太阳白过芦苇
你回到家没有看见你们的父亲
河边也没有，那是一个特别的日子
难道不是吗？因为你将在很长一段
时间里没有父亲

你站在屋头的田埂上大声喊
山，所有人都回头看你

包括牛和羊，田里的禾苗，就在
那时你被波浪所及的事物包围
构成自我中心，你在远处看得清楚
那人在喊，却到达不了你
声音慢慢被大地吸走，一干二净
如雨水注入了松土，但这些
都是你逻辑的结果，事实上
当你大喊时，既没有人听到
也没有人回头，即便有你也看不到
你被自己的声音卷走，在空气中
砸开的窟窿不久就被填堵
那些声音重新返还时你已经
站到田埂上，被挤压得更为精致，那是一个

暮色四合的傍晚，你的眼睛
看到了比嘴巴更为遥远的事实

每条路都是暗的，堵塞的，但在
黑暗中你看到青草摇曳的身影

露水没有出现之前，你仅仅知道
它就是露水，在草叶上圆润
地黏着，像是昨天夜里结下的浆果
手指轻轻一碰就滚落了滚落在
指尖上，舌头一碰，露水竟是
没有味道的，你是说，露水那么晶莹你
却不能品尝到它的味道，他们
说的甘露是一种关于美妙的比喻
只有草叶知道露水的味道
而你说甘露是你对露水的无知
如同我说甘露，它在老人的镰刀下
很快被割落，至于露水是怎么出现的
你一点儿也不清楚，整个夜晚
都寒冷入骨，黑暗中你已经把自己的
那一把骨头抽象为一堆柴薪
等待某个黎明的到来，它从骨殖中
长大，在清气中被阳光带走，但并非每天早晨
都有拿镰刀的老人出现，割断的刹那
才出现些奶白的闪耀

副 歌

黑白河上的小筏
是先人的小筏
我们乘坐着它
驶往鳞径交叉的中央
与边缘饱满的长夏
它长着一对铜色的翅膀
想要去驯服远方
这是否就是你的小筏
是否是你遗落在
这个星球上的骏马

七

下雨之后，土地更加白亮
乡村倒映在地下，天空也在里面

这是初冬降临之后某些事物的发芽
你从水里走上来，禾兜一苒
一苒带着嫩嫩的火苗，禾上之苗
会在大雪来临的时候悄然
熄灭，古书上一直这么说，腐烂的
稻草则会化作萤虫，停靠在
空旷的稻草架和几道田埂
搭起的空隙间，云朵浸泡在上面
有棉花的重量，一座石头的城
也砌在里面，你站在土地与河流的边上

云朵浸泡在山头，看上去
你站在云朵之上，而这座黑色的小乡村
它装在大西南的山里，生产
云朵以及幻想，天空在雨后总是进水
披蓑衣的人，走在田埂上，背影有些
迟缓，锄头的把从一丘田翘到
另外一丘

在村子的中央，你用黑色的土
擦洗身子，"土是纯洁的

比河流还纯洁"，那天
你的确是站在河边，喂鸟姑娘家的对面
洗完之后，你到木匠家里说要
造一艘船，你要让它在河上漂着
像洄水中的一片落叶不再眷念
岸的意义，他们围着你看，看你消失在
水口拐弯的地方，"它和泥土自然不同"
很多年后，你返回村子时这样说
"地球也不过一只鸡公蛋"，
是啊，多年以后，你们看到了这个卵蛋
这是个绝对的绝望，它无所依凭
飞在空中，如蚁巢、月亮，或太阳
甚或夜空中的其他星宿，总之是一切
接近球体的东西，自此，地球使你永远
站在它表面的中心，别的人
也毫不例外，被长长的引力系着

挂在天空的中心，从任何方向看去
它都是这个样子

父亲在海上木工挖水，泡花泻地
潮头抽芽的声音，仿佛冬日下午

的一场大雪，只剩下草垛
和人们自己，父亲扛着骨骼，搭建
一座硕朗的空间，埋下清水和地头的粮食
黑翅鸟穿上天空，几尾虚烟扎起
山头，大雪来临的日子，你
坐在柴堆上想起海上挖水的父亲
想起地下烧炊的母亲，莫名地纠结
大地白色的背面如同你飞行
路线的深远，或柴垛已经弯曲的
脊梁跟水一样疲惫，你坐在
冬日的下午，等待那场雪的到来
大风凛冽，刮过屋顶，女人端着木盆
在院子里喂养鸡兽，草楼巨大地倾斜着
直到夜里，多年前的那场大雪
将屋顶和白菜覆盖，山雀在檐下偷吃高粱
稻穗，偶尔有大雪压断竹子的脆响从河的对岸
传来，伴着狗叫和门栅的吱呀
脚步由近而远，村庄在寂静中龟裂
船只浮上水，此时，你想起自己
想起海上挖水的父亲，他的祖先是否
也是一条鱼

师公有着鸟的面孔，鸟模糊的时候
看起来像一摊水；师公说，你

要找的牛，在冷水冲，此时
安然无恙，正在吃草。顺着师公
指的路找去，你在那找到自己的牛
当然，也有找不到的时候
那时，牛往往在自家的栏里或者
屋头的棕树下乘凉，师公说
舍近求远是自己的错，但你终于
说出真相：昨天晚上，你又梦到那个模糊的女人
她嫁过来时把白牛留在了家里
也许是这种情形，经常外出的你把她
和牛留在家里，牛在牛圈里
但你有一种莫名的嫉妒，你去看它时
情况很糟糕，一个泥浆池塘
上面撑着一片荷叶，它的身躯在水里
张弛着，它看到了你的进来，但并不理睬
她唤它时，才把身子一转，背部和臀部突然裂开
如同炸药轰开的花岗岩，带着泥浆
你大吃一惊，它猛然向你的裤裆扑来
你急忙后退，四肢慌忙中脱离了身体，随即感到
下体磕破后有热流下的疼痛

南方，你想念的是山岗，山岗下

埋有锈迹斑斑的血和枪

以及你的尸体和家族故事，你看到（的南方）
南方的深度和那些经过山岗的脚
大风把它们陷落得更为深远
像中箭的太阳—鸟，带着普遍的下沉
与弥合，而白花从你的山岗冒出
孩子们在这里走过，摘走花朵（还有
别的），插在胸口，摇在手上
像捉住一只鸟，他们在山岗上
奔跑，越飞越高，在山岗上留下
一个一个透亮的窟窿，你说你喜欢
那具体的人消失于南方山岗时的动感
在别的地方根本感受不到——
你看着他们，在山岗上长大
又消失于山岗，南风总是不停地
朝一个方向吹去，你总在想，孩子们要是
越过了地球的表面还会去到哪里

往下，地下三层，这与站在
屋顶和旋梯的高处眺望天边如

一把椅子似的白云一样自高
而下的步法稍有不同
是否可以这样形容呢？同样是三十个年头的
人世岁月，就在往下地下三层的
片刻沼泽地，我与你相遇，季节吃草的声音

清晰地滴落在檐下，从你脸上苏醒的鸟
顺着河流飞离村庄，它的脊背
定是黑色的，当它转身飞翔
水中之影清晰可握，它与你一样
说着一种纯白的方言。自然
这需要很大的力气，几乎同时
还有那位讲解宇宙哲学的老人
他肯定还是那样解释的，一如当年：
门洞是事物的真实部分。
因此，自降于地下三层也不算太慢我
你知道，扭开那门
是一杆手秤，晃动着大把大把
钥匙一般清澈凡响的纤维
并非羽毛，它的主人手上拿的

副 歌

黑白河上的小筏
是先人的小筏
我们乘坐着它
驶往鳞径交叉的中央
与边缘饱满的长夏
它长着一对铜色的翅膀
想要去驯服远方
这是否就是你的小筏
是否是你遗落在
这个星球上的骏马

三

蜗牛爬上屋当头的厚朴
树叶被它吃了许多肉质窟窿

它们喜欢那些肥大有肉的叶子
那只金色的公鸡为着它们
跟在你身后，在树下转来转去
你说你害怕蜗牛，它们移动缓慢
但总是觉得怕怕的，从树上
掉下来也不会死，甚或你不知道
它们是从哪里来的，你把它们
全部弄下来给了公鸡，而今天
又来一批，圆兜兜地粘在树上
这次你把它们敲碎，它们不会流血
一堆纯洁的肉反而使你不安
为什么没有办法来表示它们也是在痛苦着的呢
正因你无法看到它们的痛苦
使你万分痛苦，你决定吃下它们
就真的把它们吃了，像公鸡一样

你拿着一把小棕扫，摁着簸箕
朝舂米房走去，孩子们正在回家的路上

经过谷仓，老人坐着一动不动
送葬的队伍这个时候在路上
你朝竹林里那间竹器编而成的小屋

走去，竹墙编得像方程式
里面摆着一副古代石器，石碓的
木结构部分一上一下，咔嚓咔嚓地
吃着光线，迟钝又利索的声响
从舂米房传出，屋檐拐角与竹壁
搭空地方的蛛网微微颤动
阵阵风浪涌出，像有人在捶捣大地
像某个深夜你在梦的深处听到影子的脚步声
在梦的一个出口处你又看到炎炎的下午
竹子尾巴翘翘的，一浪高过一浪
一个男人走过村口，放下肩上的木头
用叉子撑住，看着天边的大片
风景飞起

站在房顶上，往下看去
一只石矶鸟在田埂上

你沿着屋脊的白色
走了很远，石块在黑色之上
也许是有些摇晃，但你一直走到了
那可以一坠而亡的尽头，脚下有
很多鸟蛋，掩藏在参差不齐
的树皮下，你转身，看屋后山坡上的
木瓜树，木瓜树上也挂着一些
玲珑的印象，它们变得矮小了
那个有着具体时辰的下午
到处都亮着，你站在屋顶的上空

把前山、后山，都看了一遍
既有山也有水还有鸟巢以及飞过
头顶的翅膀，但没看到人，你站在
屋顶的高处，从上往下看去
辨不清方向，但许多事物都挂在它们自己的地方
你不让它们都飞起，而鸟窝
那些圆实的印象里面则躺着几枚
更加圆实的花麻的鸟蛋

路很长，白色通往远处，上面
断断续续散落着一些行走的人

小河与路相遇的地方
俯身喝水时，你看到溪水冲积的
金色沙子有着轻盈的纹理
如一只贝壳的表面，跟书上说的那样
有似一些天象，天体运行的痕迹，以及一点一滴
呈现一些你不熟悉的图案，喝完水
起身，你随之把水搅浑
沙子的图案不见了，原有的组织
被打乱，可当你从这条路原路返回时
你发现，小河走到这，又淤积了
与原来一模一样的贝壳，图案跟叶脉一样精致
路上不断有路途人经过你的身边
它们从渺茫的两端出发，从
半腰山看去，图案中的小黑点
也是那么精致，尽管它们一直浑浊地在动

这些日子，房屋被风浸了……
腹腔已淤积了不少的痛

风越来越大，穿过膻中、曲池
你往后山的山景中去
景致中并没有一穴山眼，也没有
溢出。此刻你已经在井边脱下衣衫
已经走下去，井水比前阵少了
山体释放的潮湿会使你想到
吐出嫩芽的桑树，山坡也披了
浅浅的一瓢绿色，它一直延伸到你的周围
一抬手，便构成这浅色的局部
……多余的水在往绿色中流去
一些已经开始了，可你想它们什么
时候又停止过，在下山途中
你遇到他，父亲，从河边回来
女人已准备好晚饭，你进屋
推开窗，看山上那些已然开始的变幻莫测

下午四点的那条阴影，被太阳晒得
懒洋洋的，像一条翻白的泥鳅

与水桶的篾箍重叠，向上弯曲
越过水桶的肚皮，淹没在桶的阴影里
一只黑蚂蚁从水桶的底部爬了上来

沿着桶的外表爬了一圈半，到水桶的
边口，进入，然后向下爬去，它
在那能够找到食物或许，几秒钟之后
蚂蚁又上来了，在进入的地方重新出现
它沿着原路返回，这时，那条泥鳅
从水桶的侧影里面露出了个头
水桶阴影的边缘变淡了一些，像兑了水
蚂蚁离开水桶，不远处有一条竹竿插在那
绳子经过水桶的上方，上面晾了
一件白色的内衣，身影站在那
对着落日，站到四点的末尾，一只手
进来，拢走了那件内衣，泥鳅
在水桶的侧影里，漾了七八下之后
恢复原来的样子。它关乎历书上一个逃亡故事

副 歌

黑白河上的小筏
是先人的小筏
我们乘坐着它
驶往鳞径交叉的中央
与边缘饱满的长夏
它长着一对铜色的翅膀
想要去驯服远方
这是否就是你的小筏
是否是你遗落在
这个星球上的骏马

六

女人把柴火添进灶里，火苗扑哧
扑哧蹿了出来，仿佛燃烧中遇到

木柴里的骨头或空气中易燃的旧死
她说"火笑得那么厉害"
他说"明天要来人了吧"
此时，钱庄的老板出门上路，正经过
中央祠堂，嘴上叼了一根烟斗
背负双手，时不时换换烟丝或在鞋跟
上敲敲，经过围观的人群，他
看到他们在烧一个女人，人群的外面
他踮着脚，走了几圈，挤不进去
准备离去，转身时踩到一群
赶过来看热闹的鸭子，赶紧跳开
然后走上桥头，朝李家的方向
蹭来，头上染了一根鸭毛，像一只
蝴蝶，当他从李家回来时
人群已经散去，祠堂前那片泥地的
颜色变了，他说刚才那些人在这
到底说了些什么，泥巴都黑了
说完，他头上的鸭毛蝴蝶一样飞走
屋顶上的人，看着它越飞越低
朝河边一路掠来，接着是越来越
多的鸟群

跨进门槛，你又看到甲和乙
还有长者丙在院子里

你对甲说你回来了
她说你怎么还没死，你的骨头
都烂掉了，你跟乙说甲说你死了
乙一动不动，你又去问丙
丙说你是死了的，可事情是
这样的：那天你急急忙忙往三里外医师的家
赶去，回来的路上看到甲的棺材
已经出门，她暴死于大堂之上
背部和臀部裂开来，像裂开的花岗岩
带着泥浆，你在自己家大门口
垒起小土堆，插上木棍，围着土堆
号啕大哭，被长者丙大骂一顿
为此那只大公鸡也嘲笑你
几天后，长者丁悄然离世，而你始终记不清
那些死去的人到底谁是谁，糖果店
女老板，赵家的孙女，或你的某房亲人？
是的，那些血一路僵硬坏死而来
荒凉从内心更深的地方，已经开始了

通过蚁巢，你可以更好地看到
铜座这个空间在大西南倾斜的位置

蚂蚁的路数有九九八十一条
这和达到铜座的路是一样多的，它们来自

不同的方向，终点在远处屋子
的厨房里，在弥散着森林气息的某棵树的身躯中
在石板青草间蛇的藏身之所，在
一只红薯或白鸟的身上，它们
构造出巨大的曲面，曲面的
线条收拢于村庄的洞穴，在你眼前
将粮食运送到这里，但你在乎的并非它们
是否在准备过冬或无数灵魂的云集
你是说，在这里，只有王和运送粮食的人
它们生生不息，正当你这样想的时候
她大叫一声，手上的衣服
掉到地上，"有蚂蚁——"

命名法，当然，这种事情从来不会简单
X 表示父姓及父亲，在经书中称

日性，与铜座的祖先一脉相承
Y 表示母姓及母，在历书中称月性
即另一种血缘关系的必然入侵
Z 表示你的名，T 表示你存在时间之河的位置
如太阳历纪年的八千年
N 表示某种必然结果，编译后得到
命名，作为个体生命存在过的
痕迹描述，包括血液来源和群关系
以及在这一系统中的具体存在
在年纪为九千亿代之前的师公
使用实数计算，绘制三维参数方程

而那之后的人们不得不引入虚数计算
如果没有把经书的意思弄错的话，描述可以简化
成 N=f（X，Y，Z，T）这样一种函数关系
你发现没有比这更加完美的方程式了
南方的历书上写着：每个人都有星辰
的名字，因此永恒——你想起给河里的游鱼
布道的师公和它们在天国的仪葬队

明明晃晃的山岗，寂静得有些扎人
有几个玩骰子的孩子

他们专心致志，鸭子在河里打水
山茱萸悄然开放，铜座底盘
上的格局显得更加抽象
父亲的书上说骰子上的数字如命理
抛出的刹那一种命运已被
安排，在这之前的选择
充满枝杈，最终只能选择其中的一种
那是一个已然被格局的世界
骰子抛出的刹那与创世之初的预言
不谋而合，那位掷骰子的庄家
掌面之上有河流、葡萄园、生命树
以及九重天的阶梯……
村口的那个午后，仅有几个抽象的肉团
明明晃晃地在山岗上坐着，寂静得
有些扎人，或许他们从不知道也没有想过
自己玩的是什么

甲跟乙讲，这面铜鼓是你祖先
留下来的，铜鼓的一面画着一把

树枝组成的三叉戟，一面是太阳纹
祖父说，就是三叉，兄弟之间
要团结要和睦（与圣书无关）
太阳纹那是我们的族徽
这是说祖先留下的教训，以及告诉我们
他们是怎么牺牲的。乙长大了
你站到铜鼓面前跟他讲，这铜鼓
是你祖父留下来的，铜鼓的一面画着
一把耙子，另一面是一个大饼
你祖父说叉子是种地人的命
饼是粮食，只有在土地上劳作的人
才不会饿肚子；今天，你老了
你不知该如何跟你的后人讲铜鼓的故事
在村子中央，你说，孩子
鼓的一面画着一个圆，一面
画着三叉戟，现在你可以回想
你一生中的三个梦，一面是
太阳；另一面是你未来一生当中三个梦
之一的答案

副 歌

黑白河上的小筏
是先人的小筏

我们乘坐着它
驶往鳞径交叉的中央
与边缘饱满的长夏
它长着一对铜色的翅膀
想要去驯服远方
这是否就是你的小筏
是否是你遗落在
这个星球上的骏马

八

你走近一棵正在做梦的桃树
那有一条通往渡口去的路

你看到父亲，他在对面叫你
可对面是一种无法逾越的距离
是一条隐喻之河，你只能看着他
你的身边出现甲、乙、丙、丁
一堆与血亲无关的肉身，你不能跟随他们
上船，当时的场景已经模糊，人物也都是大概的
不准确的，你认为那些人和物
是你所熟悉的，实际上你并不记得他们
也没有真正看到过他们，这是
事实，你想绕开走，但这不像别的路
这是你必须走的，任何人都得如此
后继者不断增加，集结在岸边
不仅有甲乙丙丁，还有赵钱孙李
大片大片从后面淹过来，呼声漫山

遍野，船向岸边靠近，此时
他们无比兴奋，我也说不出那是
怎样一种感觉

你用镰刀把赵的头割下来
把它扔到崖下的青草中

你满以为他们要散伙了
因为他们的头没了你终于感到
轻松，准备走人，虽然婆婆还没有见着
你们只是到了婆婆的家，婆婆
死了，很多年前就死了，可是不是婆婆的家
并不重要，那只是个存在过的词
你们到达的地方被称作婆婆的家
他们开始寻找头，一个老家伙
问旁边的人，你们身上有没有铜钿什么的
然后你看到他在找铜，烟斗上的铜
或者门环上的铜，总之是铜
你感到不妙，于是叫父亲和另外的人
赶快分路逃跑，你把路撕成两条
让父亲往真正要走的路上逃走
你和孙朝目的地相反的方向跑
孙会意，你尚未说话，他就朝
那个方向开跑了，你跟上
赵的头又重新出现，它朝你和孙
跑的方向追上来，你的笑得意成一朵
白花挂到凋零

村子中央，能看到的一切东西
都隐隐约约地隐藏着火焰的影子

你看门后，一片黑色，要起火
的样子，你从洞穴渐渐滑了进去
像一只软体动物滑进了下水管
你到了地底下，这里的人像古代僚人
甲也住在这里，他地下的房子十分曲折
三个妇人坐在那，围着一堆薪火沉默不语
脸趋向新诞生的婴儿，它在最老年的女人身上
那女人是谁？或许你认识，或许
已经忘记，但是你真的仿佛认识
她被人抬向大火，你跟主人熟识
他看到你也并不觉得惊讶，手上
正在做篾活，竹篾崴来崴去
你要从刚才下来的地方回去
而秘密只会有一个，那往往是无解的。
你试着往上爬了几次，终因肉体的原因
没能爬上去

还有另外三个孩子，坐在村庄
中间的底座上玩纸牌游戏，东西南北

对坐，赵手上一张黑桃 A，钱手
上的是方砖，孙手上的是草花

你拿的是一张红心，师公说赵

将来是军人，他手上有宝剑

孙将来是农民，这片土地将是他的

钱将来是工匠，塔楼的建造者

你将来是——是什么你问，师公说

你将来可能是我的继承人，那时

你们十岁，今天你们都已足够老

坐在铜座的底座上，赵是军人

在北方的战场上只保住了一条腿

孙是农民，经营着铜座这座果园

钱是塔楼的建造者，你是巫士的传人

也就是说占卜者，每天给孩子们

不同的花色，并告诉他们时间之矢的尽头

也即未来，这时四个孩子过来

一如师公告诉你的那样告诉他们，然后

高兴地走了，之后又只你们四个，彼此相互看着

脸上露出笑容，随之哈哈大笑

眼泪从心里，经过此生的缝隙

你说，我再发给你们三张牌，可以

重新来过

卜梦者通常遇到的情形是这样
被卜者经常看到自己四肢撑开

陷在一口井里，心里很难受

既上不去，也掉不下去，掉不下去

是必然的，因此你得使出全身力气

或者是类似于此的情形，突然
觉得自己在下沉，往无底的深渊
落下去，有时候可能是你骑在
单车上，这是第一类，第二类是
经常梦到自己在河里捉鱼
或经常寻找厕所之人，第三类是
梦到自己经常走在路上走着
走着就飞了起来，飞上了天空
你说"我们的肌肉渴望飞翔，这来自
我们祖先的愿望"，第四类经常梦到
自己的头被砍下，自己捧着
四肢、内脏，到处走动，最后一类
是那些不做梦的人，卜梦者的梦谱上
辑录着铜座人的梦而你自己的梦则经常
被别人进入，"进入别人的梦之前
要先洗手"，你警告它们。在昨天的梦里
你在王盖山的钱庄借下十两银子，须一年后还清
可不到三天，王盖山就往你家里来了
他到进门时你才看到他头上的蝴蝶

历本上关于蚂蚁的故事（我有
讲过一回？），它从洞口静静地出来

眼前的路有三百六十五条
每条路上都落满脚印，每一天都有出口
由此你感到悲伤，因为无论选择
哪一条，都是别人为你

走过一回的，且去了终将回来
于是，决定走迂回回形的路
从洞口开始，一点一点扩散
开去，离洞口越来越远
今生以后那张地图像一面蛛网
确凿说，更像螺旋的贝面，关于你的
离去，铜座的说法只是这样
那是帝国的第一个叛逆者，他
离开村庄的时候，背影立起
隐隐约约的不像是个人

副 歌

黑白河上的小筏
是先人的小筏
我们乘坐着它
驶往鳞径交叉的中央
与边缘饱满的长夏
它长着一对铜色的翅膀
想要去驯服远方
这是否就是你的小筏
是否是你遗落在
这个星球上的骏马

九

我是蝼，本地的父亲，有时
他们也把我叫成一个女人或某种

植物的名字，但我并不在意
因为我就是蝼，本地的父亲
我喜欢坐在人看不到的大柴垛上
看着他们抽烟、打牌、吵闹
或从河面上向中心走去
也有向其他方向走的，但我并不在意
雨水挂在眼前，我与他们隔着
一瓢水，他们似乎不认识我
而我何时认识他们的也无从说起
他们走在田径上，穿着
各式各样、各朝各代的衣服
说着人鬼不分的话，像我的手臂
和他们自己

九月，某下午，你被叫到跟前
老人说为我占卜吧。看还要多久

你开始（他心里清楚，可结局
却要让我来说？）你看了看说
能活到下一个太阴日，于是
（他问我是否还记得那只掷骰子的手
我说记得），他掏出一把三叉刀子
（它脱离于一面铜鼓）插进
肚脐，从左边拉到右边，然后
又从右边往回拉……这便是铜座
最后一个占卜者的故事，从此
你也不再为他人占卜，铜座

也再没有卜梦者出现，老人死后
留给你的册页上写着：命运
不在占卜者的手上，死亡都来自
与此无关的意外；占卜者不能占卜自己
和他人的死亡。纸牌抛出的刹那
蕴涵着更大的力量。
杯子和木桌自行破裂，锋利与条状
进出，你知道，已为时不远
你走上后山看井

铜座位于某腹地的中央，祠堂位于
铜座的中央，现在要说的是

位于大堂之上的铜鼓，它摆在
正中的位置，这是一只仪式用鼓
你看到鼓面的正中有十二音芒的太阳纹
光芒四射，它的外围是云纹、水纹
再外围是大宇鹬鸟之象，再外是
百川河流，从鼓面上可以看到
从中飞出的鸟和蝌蚪在天空妖娆，燃烧
岩画上跳舞的人影如禾苗、豆芽
周围的一切从时间和空间收拢至
鼓面的太阳，而太阳周围不断围散着天空
河流，山川，百兽，它们被收
藏在村子中央的一面鼓上，"不管
我们的祖先模仿的是哪一种动物、植物
都接近宇宙的奥妙，因为，在它物中

建立自身就如同一主体且用大地上一切
所造之物。"

疼痛是可以被形容的鸟类,它们
从河边飞来,栖在院里的石檀树上

密匝匝的一片一动不动,任人捕捉
驱赶缤纷的,土色的,黑色的蝴蝶,蝗虫,鸣蝉
大白天在空中乱飞,你看到
痛苦被痛苦扔下房梁,老燕带着小燕越过河流
飞出村口,你亲眼看到成群的乌龟
相互咬着尾巴仓皇奔窜,路线分明
你说腰间疼痛难耐——仿佛成群的鹈鹕
钻出地床,转向神庭,它们在槐树下乱转,哀嚎
有些当场被滞留结痂成疤
而人面鹊走在地上,鸟和小兽结队出发
走在动物地形学的边缘,是此之时
你之肉身正走过河边,神不守舍,从外往里看去
河流经过的你的村庄是凌乱的一派
内景

师公要负责给阳光下的
生物编号,铜座使用一种在外人

看来十分庞杂而又非常强大的工具
给新生者编号,这么说吧

编号是由三部分组成的，名
是现实的你，姓是与祖先有关的命名
并与祖先联系在一起，如果砍掉
你的姓，不只是砍去一个符号那么简单
相当于把个体归于无属类
脱离漫长的族谱之河，姓是个体
在现实中唯一的坐标定位
名和姓还不能表达个我的存在
还要加上人们经常使用的一个概念
时间。这样便可给存在确定
一个明确的编号，树通过气候蜜蜂
或者嫁接改变自己的肖像
外部环境也可，但那不是主要的
人通过婚姻而改变自己的肖像
这是一个胶着的混合状态
按我们的说法就是：这最早和最后的人
肖像是所有人的肖像，所有人的
肖像是一人的肖像

此时，船路上，或许格林尼治
天文台的另一边：东经 104° 75′ 5″

北纬 24° 91′ 8″，摊开，糅合：铜座在手中
不同的时间，不同的地点，我
看到你走在铜座腹地，走在赤裸
青润、脆蓝的海水中，脚下有着各种各样
花花白白的海生物化石，你说你

行走在故乡的海底，事实上我走在
今天的铜座，它没有了恐龙，也没有了
各种奇异的海生物，只有群群
连绵凸裸的山脉，你展开帝国的古
地图，这却是一片海域，位于
东南的华夏古陆和北边的淮海古陆
以及西南的康滇古陆之间
经历早中晚三个时期，地面布满
各种岩相，海水侵占着这里，而眼前
的铜座，空气清新，江河曲折
湘水注入洞庭，属长江水系，漓水
注入苍梧，属珠江水系，两河
相交，事实上并没有相交，而是由
灵渠沟通的，灵渠，铜座的咽喉
这是帝国南北交通的大动脉，历书的
最后记载有如下内容：铜座地处
印度和欧亚大陆板块相交处（此时，
你已经走到这条水渠的位置），我站在
堤坝上，往深里看去，水路曲折
根本就看不到帝都所在位置
只有一些黑色的船桅，来来往往

副 歌

黑白河上的小筏
是先人的小筏
我们乘坐着它
驶往鳞径交叉的中央
与边缘饱满的长夏

它长着一对铜色的翅膀
想要去驯服远方
这是否就是你的小筏
是否是你遗落在
这个星球上的骏马

一

我是冢，本地的母亲，有时
他们也把我叫成一个男人或某种

植物的名字，但我并不在意
因为我就是冢，本地的母亲
我喜欢坐在人看不到的大柴垛上
看着他们抽烟、打牌、吵闹
或从河面上向中心走去
也有向其他方向走的，但我并不在意
雨水挂在眼前，我与他们隔着
一瓢水，他们似乎不认识我
而我何时认识他们的也无从说起
他们走在田径上，穿着
各式各样、各朝各代的衣服
说着人鬼不分的话，像我的手臂
和他们自己

阳光里，三月来到屋顶
和门廊前，那些黝黑的印象在

门前发芽，你坐在整个三月
门槛向着它们的方向
这温和的日子里，桃树从你的
身躯运走必需的盐，第三天便
吐出黑骨朵，春天来了，你
泌出的情节依如桃花，那定是
一只从水里滑翔而出的石头，或水鸟
河水的面孔闪闪烁烁在你的枝头
包括众多的鱼头、鱼尾
虽然，河流远在想象之外，船和牧羊人
也未必经过你的身旁，但
这是一个真实而黛青的三月
星辰从你身上结出屋脊，横亘在
桃花群鱼之中，三月就是
这样一场大水，淹没了所有在冬天
曾经化为萤虫的细节

土地上，我们张罗筵席，各种节日
都过上一遍，受洗和葬仪

交替进行，杯盘狼藉之后
相信越土而活，活得像一棵树像一枚
圆实的山药蛋，如是墒否
就等下一刻播种，白鸟飞过房梁，飞过
我们的土地，我们的眼睛有一望
无际的默契，圣洁如天籁，门前的河

854

在相同的日夜胖了又瘦去盈握
洁白的梨花挂满绽暖的枝头像当时的
心情，土地是我们的家
我们的子宫，我们在土地上
耕种我们的子孙后代，是否千里之外
不要紧，是否像个哭女夜夜
哭墙不要紧，是否像彼女之神
青翠欲滴也不要紧，土地上我们饮酒
碰杯、接吻，土地不朽，我们
不朽

许多风它过去了，井和洞穴还在深处
一个孩子他出现了，出现在硕大的

平面上，一个大贝壳、大盘面
一个孩子，滚着铁圈（并不暗喻
如星体的轨道，如悲剧的严肃性）
他从平面的中心一点点开始
沿着散开如蜗牛的贝面，一圈圈的线头
看起来是孩子的旅程（并不暗喻）
这本是一朵黑色的旋涡，绽放在
群山之中的高地上，一朵湿润的花
关于思维的（但并不暗喻）
孩子他出来了，如你看到的蜗牛
在迈步，那孩子他大声喊道，一条蛇
它钻进来了，手上拿着棍子
你看着它过桥，钻进你的脑壳

但你却没有觉察，你说灵魂它
是一根蛇，在我们睡着的时候钻进大脑
清醒的时候在地上爬行，或者
躲在洞口，许多风十世纪的风它过去了
这适合此时坐在村子中央柴垛
上的你，或我

山顶上有云，油油的北斗星
泡在里面，稀疏高大的

梧桐也泡在里面，我站得足够
遥远，果子出现之前是一朵白色的
小桐花，你用眼睛种下的星辰
我揽入怀，它们是我的菊花灯笼
抬头，就有落落的光辉
落入我的波涛，你说是沙子
砸响安静的午夜，我的手指有光
柔软如枝条，将它们抱合，不让渗漏
声响将我的夜晚编织得密不
透风辗转反侧如一团箩筐
你看到了吧，那遗置乡村的竹器
张着眼睛，与星光缠绕的手臂
无语而通，但我的村庄如此深邃
疼痛，像无法抵达的伤口中经年
埋伏的一头小兽

数字是唯一的，与死亡一起
成就孤独的力量——

此时我有这么多符号，它们都是
归来者的昙花和心灵的创伤
我为你唱一首歌吧，三月，梨花
披着素衣，我穿着轻盈的
白鸽，从河流的源头，飞往青草的南方
千年之后依然是南方的南方
你戴着白色花环，在岸边汲水
一桶一桶，很沉很沉的孤独
我带着鸽子来了，你的伤口还疼吗
那天，溅起的血水把我也割伤
我为你唱一首歌吧，我们的铜座
又长出了青草，爬满了蛇
父亲还在地头，只是母亲常常坐在
井边，忘记归来，五千年了不是吗
黑水在脚下流着，后山上的井
满了又枯，你还记得村庄吗
我们的村庄？我为你唱一首歌吧
三月，梨花葬着诗歌的一条腿
撑向天空，祭奠失血的春天
一位王子，身披素衣，头冠花环
正在汲水，把一桶一桶的孤独浇向
人间，噢，我为你唱一首歌吧
我带着鸽子来了，你的伤口还疼吗
那天，溅起的血水把我也割伤
我为你唱一首歌吧，唱一首民歌

副 歌

黑白河上的小筏

是先人的小筏

我们乘坐着它

驶往鳞径交叉的中央

与边缘饱满的长夏

它长着一对铜色的翅膀

想要去驯服远方

这是否就是你的小筏

是否是你遗落在

这个星球上的骏马

五

南方，有草，有蛇，越城之下

一个叫铜座的小村庄

开始了我今生的旅程

我是个哑巴，最大的心愿就是坐上那堆柴薪

一坐几十春秋，头发九尺开外

那天，那烂陀寺一位托钵僧

经过，对众人说，备好神油

子夜焚烧王子的法尊

一块笑从脸上缺落，我的头发很长

末梢的一枝被风轻轻地扬起……

**我是蝼冢，本地的神官，有时
他们也把我叫成一个男人**

或女人的名字，但我并不在意
因为我就是蝼冢，本地的
神官，我喜欢坐在人看不到的
大柴垛上，看着他们抽烟、打牌
吵闹，或从河面上向中心走去
也有向其他方向走的，但我
并不在意，雨水挂在眼前
我与他们隔着一瓢水，他们似乎
不认识我，而我何时认识他们的
也无从说起，他们走在田径上
穿着各式各样、各朝各代的衣服
说着人鬼不分的话，像我的手臂
和他们自己

**曾经我们的村庄，白与黑之间的
过渡色调，死亡一般寂静**

房子在水上，一座桥，九棵树
老人就住在村子里，但我
不知道，从何时开始他就住
在这里，老人不出门，不吃
东西，默默抬头望着他的枣园
他造了一艘很小的白船
放在水上行走，发出干枯的

叫声，那是这个村子里唯一
听得到的声音，可以爬上岸
过桥，我来村子的时候，它跟在脚边
过完桥，突然掉进洞里，身体
萎然散架，变作一堆骨头
水高过村庄之后，老人不见了
另一位我不认识的老人，年龄
接近他，或死去的爷爷，孙女十四岁那年
怀上了孩子，老人对人们说
不是她去死，就是自己去死
众人抬着床，从老人身边经过
向着燎面大火堆移近，老人挥起镰刀
将自己的生殖器连根割下，扔进
火堆，转身离开围观的人群
那一刻，我遽然感到剧痛，群鸟起飞

曾经，我们的村庄，土结构的房子
建在山坡上，我跟着人群

从房子前面的一道土墙下经过
土墙上扯着一幅很大的方形图腾
月光白的背景，上面的东西
接近人群中某个形，他们说
那是他们的信仰，和祖先
必须觐拜，你跪向大挂图
下拜时身子不稳，每一次弯下
就往旁边倒去——很多年后

你一个人返回，还经过那里——
感觉到神山就在远方，而远方
在心里，有雾的傍晚，出发
走了不远，眼前浮现出三条路
到底哪一条通往神山
（你来到了这个陌生的村庄，
以何种方式你并不清楚）
是的，你们躺在溪边的小屋子里
清凉的溪水从她的眼睛里流出
（你知道她希望什么，但你不知道
身边的路哪一条通往神山——）
是的，可你从溪水中站了起来
细碎的玻璃落满一地

你和你的种猪走在乡间的小路上
杜塞家在崖那边，在崖边

你的种猪一跃而逝，你坐在那望着下面
卷了支喇叭筒，抽完就走了
老人们说崖边曾有过一块石头
后来不见了，可当时的我
的确抽完烟就走了，我向你提起过
我们的种猪丢了，杜塞家的那条
还在等着配种，你说杜塞家
已人丁兴旺，但崖上的石头确实
已经没了，我忘了什么，难道是死亡吗
可这本来不算一个问题，于是

你说一起回去吧，看，那的
阳光多么明亮，金子般随意铺垫
我们盖一间青草房，不要太大，能放下
农具就行，床要宽大结实一点
下雨了我们商量怎么修复水坝，疏通河道
田庄很大，但不种太多的东西
季节在我们的田庄里偷偷
更换衣裳，熟透的葡萄滴着光汁
如你敞衣的胸脯，葡萄像蛇爬上树
我们的田庄我们的果园，是的现在
开始讨论生儿育女，要是生了像树上的蛇
是不是会很难过？可田庄里
本来只有你和我，或许植物和石头
这片果园也只属于你或我或植物
和那些石头，你说呢，阿塞

你记得你的爷爷，是位乡下医生
他的第九个儿子出生之后就疯了

大约六十岁的样子他的妻子死去
便单独住进千年小屋，老人
喜欢第三个儿子的大儿子
并叫他送饭，他的小屋我每天都去
里边有一张桌子，还有一只大公鸡
他睡哪里我不清楚，我害怕进去
每次去都见他在喃喃自语，他听到脚步声
就说猪，你来了，把肉放那吧

他管馒头叫人肉，哑巴向他点头他会笑
疯了之后似乎就博古通今了说一些
谁也听不懂的话，大家倒是希望他死的
但也不见有死去的迹象，他不说话有一段时间了
坐在桌子前面一动不动也不向猪打招呼
我去碰了他一下，老公公——
便倒在地上，他死了，这是
一个不负众望的消息，我看见
桌上一本小册子写满了字符
我去向他的儿子们报喜
出殡的那天很热闹，每个儿子
都在他的千年屋前绕了三圈有余之后
没有叫上什么人就抬出去丢在一个
大坑里埋了，夜里我看那本小册子
突然我会说话了，也能够看懂那些字
再后的我大抵也疯了，可我能看懂他的书
用他的嘴说话：我用我妻子的血写下
这些——那张桌子是我的邻居
那只公鸡是我的妻；我是他
养的一头种猪是他三儿子的大儿子
而他的大儿子也只是胎盘里的遗像
他说他和妻子生活愉快，种猪又回到他的身边
他的九个儿子是他种养的果树
将像分岔的河流布满大地
死去的妻是树上的蛇，册子
最后一页写着：你们都是我的……

副 歌[①]

黑白河上的小筏
是先人的小筏
我们乘坐着它
驶往鳞径交叉的中央
与边缘饱满的长夏
它长着一对铜色的翅膀
想要去驯服远方
这是否就是你的小筏
是否是你遗落在
这个星球上的骏马

---

① 原为《指路经》中一首老起鼓词，依韵译为现代歌，作为铜座之歌的副歌。

7.3 语料

　　这些老古头话歌粒子、酸歌流通于越城岭山脉的汤错语、新方话地区，书中已经引用或出现过的，原则上不再赘列。它们是浓缩和沉淀的地方性经验之一种。风流歌里面的酸歌的采集较少，原来唱酸歌的汤错歌山之王谭氏夫妇在我重临汤错时均已仙逝，仅存初次所唱二十多支，颇显珍贵；另唱《偷人歌》（十支），有违礼俗大义，本书不载。

　　酸歌得名于其气质酸里酸气，说穿了就是直接的本质的淫欲之词，歌者运用简单的七绝韵式赋比兴，一边构思一边唱，用山歌调和喃呢均可。酸歌是风流歌里面唯一歌颂肉体的艺术，歌场中多不见，或说大雅之堂难以启齿，它太辣，多在私下场活逗生杀熟，《诗经》将爱情诗《关雎》放在篇首，我们以此殿军，截留民风，不失其实而已。

7.3.1 歌粒子

○才茹三曝斋［tse^{31}］，就想当神仙［cie^{11}］。

○针尖上刨铁。

○拽子打算盘，矮子爬高跷。

○胀起屎来挖茅［mo^{13}］厮。

○人多好打禾，人少好茹鸡。

○踔子放［$phang^{11}$］老婆，越放越远［iye^{51}］。

○蚂蝗［ve^{213}］叮孀田棍，出唔了血。

○一只［tsa^{11}］死鱼崽，臭嘎一条江。

○岳姥娘见郎媳，屁股唔挨床（郎媳，郎、女婿）。

○三耙头，两撮箕。

○艄公多了打烂船。

○草鞋冇样，边打边像。

○水到山前打个湾，话到嘴边溜一圈。

○一只狗蚤拱唔［η^{33}］起一场褛［$dzia^{13}$］被［bi^{21}］。

○肚包皮黏壁，脚打褛［lo^{31}］。

○割青割庙边，行［a^{13}］亲行余家（外家）。

○茹了桐油吐生漆。

○老人家唔传古，后生仔没得谱。

○光瞅见娘怀肚，冇眽见崽行路。

○打嘎锣了（玩完了）。

○豆腐花了肉价钱。

○葡萄莫话杨梅酸，鼎锅莫话爬锅黑。

○拚［ba^{35}］火鉼来（火鉼来指煨药的药罐，指极度背时）。

○嘴巴讲出血，圃［ne^{31}］茄子不进油盐。

○猫仔尾巴，越翘越高。

○背着石头打天（喻荒谬至极）。

○捡只石佬打烂天（石佬，石头）。

○拉屎唔出怪茅厕。

○菜炒三道耗油盐，话讲三道变空话。

○立秋后的茄子，死不长。

○扯根屌毛吊死 | 扯根襕草吊死（襕草，编织席子用的草）。

○茹清水龂牙齿。

○黄鼠狼进屋，不偷鸡业要扯把毛。

○火移三道熄，家搬三道败 [bie¹³]。

○衣少加条带，饭少加夹菜。

○水过鸭背（喻记不住）。

○响水不开，开水不响。

○有嗷莫埋在饭碗底下茹。

○茹的无钱饭，误的有钱工。

○打死狗来讲价钱。

○要打当面锣，莫敲背后鼓。

○金线吊壶露，老蚀子舔猫屁股，险尻。

○姐姐做鞋，妹妹捡样。

○刀刀配大锣，癫子配和尚（刀刀，乐器名）。

○木匠进屋有柴烧，砌匠进屋有担挑。

○养崽困到热佬起。

○嫩 [laŋ¹³] 鸡婆跳进麻桶里，清头绪唔到。

○罗汉请观音，客少家人多。

○丝挂丝，柳挂柳，瓜篷难搭大鬼柳。

○告花鼓想洗鲞 [nai¹³] 水澡，臭美。

○嘴巴茹 [iou¹³] 过鸟 [tiou¹³] 仔嗷，说得轻巧。

○娘亲伢亲，冇得炉火亲。

○牛屎把灶，各式各教（把，砌）。

○长五月，短十月，不长不短二八月。

○在家怀里插把尺，出门兜里揣杆秤。

○伢娘疼厔崽，爷爷阿嬷疼头孙（阿嬷，奶奶）。

○条条蛇咬人。

○蛇不分大小，一样毒人。

○左拣右拣，拣只烂灯盏。

○田螺窠的肉——不好茹。

○水不急，鱼不跳。

○告花鼓也有个年三十。

○冇钱钱打发，冇钱话打发。

○眼睛放在裤裆里。

○茅厮板板三天新鲜。

○告花子炙火，只晓得往自己胯落里扒。

○两只肩膀端起只嘴巴来。

○蛇婆拱进竹筒里打不了转身。

○灶土里扒地虫婆（蚯蚓）。

○冇来那么多娘来嫁（喻事不合宜）。

○撩蜂撷蛇，喊娘喊伢（惹事）。

○含起屌巴讲糞天（吹牛，一点不靠谱）。

○一回痛，二回痒，三回四回天天想（指新娘过门后的房事）。

○老虫不咬狗，做起样子丑（老虫，又说菟生：老虎）。

○告花子赶庙会。

○人冇硬起先硬起条卵巴。

○面古保挂起一块猪肚保（喻脸皮厚）。

○姼人家射尿过不得墙（姼人家，妇女）。

○有女不出嫁，搞到守膳［ze^{31}］架（膳架，碗柜）。

○囡崽斯（姑娘）射尿是根线，姼人家射尿像蒲扇［se^{31}］。

○用屌巴打只鸡施［sa^{31}］你茹。

○屁眼里夹算盘（喻为人精明）。

○牛打架角公抵角公，马打架脚踢脚，男人打架踢尻子，婆娘打架扯头皮。

○火烧脚趾头懒得扒，蛇拱屁眼懒得扯。

○拉屎打喷嚏，两头出气。

○老蚀扒（偷）钥匙。

○龙生龙，凤生凤，田螺生个纠纠种［to³³］龙。

○贼古子冇来种，就怕三个四个起哄。

○酿酒打豆腐，莫充老师傅。

○好人眽到钱，也想动铳打。

○养崽唔读书，三担牛屎五担粪。

○一根骨头，哄起两只狗。

○泥鳅听捧，细家几听哄（细家几，儿童）。

○猫仔捡到牛脑壳，无从下口。

○雷打冬，十个牛栏九个空。

○白田萝卜不用油，筷子一夹两头流。

○牙齿与食［i¹³］俫头打架（食俫头，舌头）。

○远送三步当杯酒，早起三朝一个工。

○卵大是件浮［bu³¹］浮戴。

○少年子弟江湖老。

○和尚赚钱，波落挨打（波落，木鱼）。

○天龙咬了冇药诊。

○茄子不打虚花，伢伢不讲空话。

○别个夸，是朵花，自夸自就是豆腐渣。

○酸菜走了风，能臭一条冲［thon³³］。

○脚底下着两个塘踩死你。

○三斤锄头两斤把，天天摸到才有呷。

○田是累字头，富要它垫脚。

○外孙是只狗，呷了撩起尾巴走。

○富家好比针担土，败家好比水上滩。

○黄泥巴菩萨揋［soŋ²¹³/no⁵¹］一下动一下（喻懒）。

○坛子里摸乌龟，手到拿来。

○两匹瓦渣皮，中［do³¹］心夹个哑巴。

○三个妹伢只讲花，三个女人只讲呷，三个老人只讲家。

○挑担不走，好比榨狗。

○过冬的茅草死草不死心。

○只只山里有烂柴，座座庙里有领口。

○告花子打狗，边打边走。

○告花佬打狗头腔，穷横。

○这头不见那头，那头不见这头，中间不见两头。

○春江鲫鱼三分参。

○大秤怕扣斤克两，小秤怕克分扣毫。

○蚊子掐了脑壳（喻死不作声）。

○蚂蝗眽［mo¹³］种田，伢伢眽过年（眽，看，期盼）。

○米箩里走，谷箩里转。

○蝱蟹［mo¹³lai³¹］（苍蝇或吸血的蚊子）撞蚾蛳（蜘蛛），自投罗网（蝱蟹，又作蠓侎）。

○蝱蟹飞到了蝦蟆嘴巴里。

○爬蟹佬（螃蟹）和虾公猜拳，分不出胜负（都是剪刀）。

○老也嫌，少也嫌，只有中间四十年。

○满塘蝦蟆［ka¹⁵ma³¹］叫。

○拿根灯草打断你的腿。

○只有一把铳，想打一山鸟。

○秧变禾，禾变草，妹伢长大变嫂嫂。

○瞒账必穷，瞒病必死。

○鳙鱼脑草鱼腰，鲢鱼肚皮鲫鱼汤，鲤鱼嘴巴鳖裙羹（吃鱼）。

○不偷几个汉，莫在地方站。

○癞蝦蟆跳进酸菜坛子。

○瓜子脸，粽巴脚，骡子屁股唢呐腰。

○蝦蟆丢了命，蛇婆冇茹饱 [po³³]。

○铁螺蛳茹蚂蝗，一个怕一个。

○冇雨四角亮，冇雨亮正 [tsa⁵¹] 当。

○公公爱糖，岳姥娘爱郎。

○盐罐里起蛆，锅子里造反。

○茹了茨菰嫌把短。

○一只树有一只鸟仔来站，一窝草有一粒露水来养。

○月亮和太阳算白话，扯卵谈。

○瞎眼睛（瞎子）打媞家（老婆），姓闯 [tsʰo¹³]（姓闯，侥幸）。

○烂泥巴田里扤 [iye¹³] 泥鳅（扤，挖）。

○老牛婆钻不过针眼睛。

○钓蝦蟆，还要个棉花件件 [dʑia³¹]。

○太阳落岭，懒人发狠。

○牛卵三斤半，马卵三斤半。

○牛脚要圙 [ne¹³]，马脚要壮 [to¹³]。

○天上鲤鱼斑，晒谷不用翻。

○粑粑碓舂当帽盖

○世上冇有撒尿的鸡。

○催猪不使米，你哄它，它哄你。

○放牛好耍，放马有骑，放羊翻烂脚板心。

○堂前教子，枕边教妻。

○团 [de¹³] 鱼有戤全在肚子里。

○爬蟹倰（螃蟹）听雷响，蚂蝗听水响，告花鼓听铳响。

○一个田螺七碗汤，七个田螺没碗监 [tɕie¹³]（监，装，盛）。

○三个地仙合了板，不愁死人不进眼。

○鱼过塘，笋过墙。

○发南风（读 [ʃyɛ¹⁵ŋɔ¹³faŋ⁵⁵]，意谓纯属意外，令人惊讶。又如：发你个南风）。

○清明种芋，谷雨种姜。

○五月五冻死黄鳅 [sa³¹] 牯，赖皮蝦蟆躲端午。

○阎王老子请客，鬼去。

○空 [xoŋ⁵⁵] 壳壳谷子榧 [no³³] 不到老麻雀。

○正月不拜年，一年到头冇得往来。

○皱纹能把底苍蝇夹死。

○只当干娘不当媳妇。

○一个女儿准备了十八个郎。

○牵羊牯子也要带把草草。

○蚂蝗听水响，叫花子听铳响。

○捉住鸡婆上孵床，下不了蛋。

7.3.2 风流歌

对门对户对条街，哥出屌来妹出屄（pai）；
哥出屌巴硬邦邦，稍边捱坏妹底屄。

*　　*　　*

妹屋门前一条沟，常年四季养泥鳅；
泥鳅钻进洞里面，剩下尾巴在外头。

*　　*　　*

枫木树上砍三刀，妹的把戏胀匏匏〔bau〕；
日里胀起王桶大，夜里翘起扁担高〔kau〕。

*　　*　　*

十七十八标竿子，屌巴硬起钢钻子；
杉树皮子捱得穿，石头捱出火星来。

*　　*　　*

昨夜想妹好多回，你出粑筐我出锤；
擂烂粑筐没要紧，擂烂粑锤要妹赔。

*　　*　　*

对门对户对条冲，冲里有窠鬼头蜂；
走妹胯下叮一口，又疼又痒又发疯。

*　　*　　*

想妹一天又一天，想妹一年又一年（ieN）；

铜打肝肠都想断，铁打眼睛也眽穿（tɕhue）。

*　　*　　*

新买犁来两面光（ko），捐起犁头揭开荒（xo）；
一犁犁到妹丘田，两边鱼草立遭殃（io）。

*　　*　　*

橘子根儿心也甜（lie），表子表妹最好连（lie）；
牛栏修在田款上，肥水莫落外人田（lie）。

*　　*　　*

砍柴要砍荆棘窠，荆棘窠里画眉多；
画眉多来好打架，姊妹多来好唱歌①（ko）。

*　　*　　*

送妹送到海椒坪，摘个海椒妹尝心；
问妹海椒辣不辣，小小海椒辣坏心。

*　　*　　*

唱个山歌给哥听，妹是后山一朵梅；
蜜蜂落在梅花上，轻摇细摆舍难回（vei）。

*　　*　　*

天上乌云送白云，实心寻哥送妹情；
乌云难舍白云遁，有情难舍有情人。

---

① 唱歌，指郎搭妹，妹搭郎，即风流歌，男女之间相好叫连。

*　　*　　*

昨日听说哥要来，妹我早起洗台阶（kai）；
村前洗到屋檐下，洗条大路等哥来。

*　　*　　*

砍柴要砍竹子柴，砍了竹子笋又来；
连妹要连两姊妹，姐姐竭了妹妹来。

*　　*　　*

妹妹胸前花两朵，吊在胸前要我摸；
奶子一摸扁出水，只想我底屌来撦［tʂho］①。

*　　*　　*

妹妹胯［kha³¹］落②分根岔，只想哥哥我来摸；
一摸一摸摸出水，只想哥哥端嘴喝［xo］。

*　　*　　*

好久冇到妹底房，冇的花被盖两床［do］；
花被盖哥哥盖妹，褯③草垫妹妹垫哥［ko］。

*　　*　　*

对门对户对陂［phia³¹］坡，陂坡高头蟆拐多；
心肝妹妹快来看，蟆拐也有两公婆。

———————

① 撦［tʂho¹³］，音齪，刺取；又作捅。
② 胯落，胯裆。
③ 褯［dʐia³¹］，席子。

* * *

青布帐子脱帐钩，声声问哥困哪头；
两头两尾我不困，想和哥哥作一头。

* * *

苞谷舒［ʃy³³］花打甜花，闷在中间胀［to³¹］爬爬；
心肝妹妹快来看，妹妹怀胎就像它。

* * *

太阳［i¹³lau²¹³］落山月上岫［sai］，哥哥快到妹底房；
　手指尖尖把衣解，相思还要还魂丹。

* * *

月亮弯弯上山［lia³¹］来，妹送哥哥出后门；
手攀门栓出眼泪，哥哥莫要䞍［no⁵⁵］别人。

* * *

妹家门前有条沟，沟边嫩［naŋ¹³］草青幽幽；
不让牛羊来茹草，专给哥哥养泥鳅。

* * *

离地三尺一庵堂［o³¹do¹³］，庵堂住只嫩和尚［vo¹³dzo³¹］；
　一年四季只茹斋，茹斋只茹娈人婆［bo¹³］。

* * *

栀子舒花白霜霜，高岫滴水响当当；
今夜采花用心采，明日想哥各一方。

*　　*　　*

栀子舒花白爽爽［so^{31}］，缠妹缠到大天光［ko^{33}］；
哥想生米煮熟饭，明日想妹在一床［do^{13}］。

尾 声[①]

一

现在，似乎可以着手来谈谈微观地域性写作了。

对事物进行规定，向来认为是比较危险的，这种危险就好比有谋杀的意图。但是，也要承认，这种规定也是承认事物的有限性，承认自己的范畴，也等于承认它的特殊性，因此是积极的。而将所有的界限取缔，成为万能的，这种万能的虚假想象则是人人都会做的事情，所以并没有难度。难就难在对所提出的问题找到边界。那么，我们不妨一起来试着找到这个边界。对局限性有限性的认识是对微观的一种深刻见解。

地方性和地域性的差别在于，地方性并不从语言、传习、人种、部落，特意去规定边界。而自然边界便是它的范畴。比如莱茵河，莱茵河的流域就是它自己的边界，因为莱茵河三个字已经包含了它自己的边界；再比如，地中海，布罗代尔的《地中海史》就是一个很好的回答。那么，长江、横断山脉、鄱阳湖、南太平洋、南方，等等，有它们自己的边界。这就是自然边界。语言、人种、传习等又可以划分出意识形态边界。用何种划分，这是写作者根据自己研究的需要而定的。泰纳的"环境""时代""种族"三元界说，实际

---

① 尾声在初版时作后记，截取了局部，本文是写作全集时的理论概观，乃总体文本家族的一部分。文章中提到的《地方性知识》指"铜座全稿"简略版，小说前沿文库，新世界出版社，2010。

上等于我们日常还原后说的：时间，地点，人物。虽然缩小了，用于一般概括并没有出格。再者，环境—地方，时代—时间，种族—人物，或者反过来，它们三者也都各自具有自性，也就是它们各自可以成为划分的依据，从而在写作中也可以是独立参照系统。陈寅恪说，"我作历史研究，使用的是几何学里的三维直角坐标系"，核心意思是一致的，只不过，我们现在进行微观地域性写作时将这个直角坐标转化为更高级的球极坐标系，还要考虑四维空间——在这里，时间是抽象出来的另一个体系。即把事物的运动更好地展示出来，这是史和变迁。所以，地方性实际上等于相对而言的微观地域性。它的概念规定的边界又构成该系统的整体，宏观。它的本质也就不是割据。而是从属于上述自然边界和整体的。该事物的整体的边界相当于它之外的事物而言，是相互作用的关系。这种边际关系在地方性研究中也应该给予足够的重视。而只有界定有效和成功后，我们才能更加清晰地看到系统能量的交换和各自的特殊性。

我们这里强调边界的重要性，在于能够反观事物的整体。至于地方性知识是什么，那是写作者自己要去考察和体悟的。本人私下认为，该事物边界界定以内的所有事物都属于这个范畴。也只有在这个意义上，我们所说的以地方性知识为底蕴的微观地域性写作才是相续的整体。这也要求，写作者必须具有全面的才能。

认识贫困这个说法可以用在现有小说、诗歌写作的大多数，也可以说，现阶段的写作早已进入认识论反思的阶段了，在很多场合我不止一次提道："小说和学术一样，开始走向实证性，这意味着小说的根本精神在发生改变，小说写作者必须有足够的精力和定力去学习新的东西，做田野考察。"虚构和幻想仅仅停留在文学的初阶。[①] 但是，一门精致的学科的知识谱系其具有何等的拓展野心和无

① 有人类学学者据此认为我反对文学的想象，我想说的是，物本身的丰富是想象的基础，而物的想象力甚至超越人为的想象力。作为小说写作者，我提倡一种创世般的想象力，而不是贫乏的想象力。反思文学当中想象力的贫乏，是本书的初衷。

论如何圈定自己的领地都无可非议。对于微观地域性写作也是如此。它涉及的知识谱系是人类现有的知识谱系，这是由文学的写作对象决定的。再则，对于大自然中任何一物的研究都可能穷尽人类所掌握的全部知识，甚至还远远不够。

所以，我们只讨论进行微观地域性写作的可能性，即具备微观地域性写作的基本条件。作为地方性知识的来由，有以下三个途径：

一、田野考察；

二、半经验方法；

三、经验（包括童年经验）[①]。

它涉及的内容，首先是语言能力，即语言学、内部之眼，以及在场的获得，这是基本的，其次是可以进行厚描述所需的知识谱系。这些知识谱系作为一个整体，呈现为地方性知识和这种写作的思维能力。

我把这种写作称之为微观地域性写作，也即人类学小说的一般界定。这种写作既是史学式的，比如本书采用的地方志体例，也是文学人类学或者人类学诗学式的，比如对各种文体的转换使用。从所涉内容上看，具有小百科性质。

地方性主要是经验性，而地方性知识则是一个较为现代的，也可以说是人类学的叫法，在我们的史学谱系中习惯称之为方志、地方志。本书志的对象就是"汤错地方"，它在祖语中的意思是"藤之地"，所以，谢秉勋有时候也叫它"藤村"，当然延续这种叫法的人也包括我在内。因为地方工作者的僭越，现在叫着"铜座"。在没有对焦这些条状山脉之前，最早引起我兴趣的是汤错地方的独特方言，最近有语言学家开始注意到这里，把汤错语叫作"直话"，称其为语言学中的珍惜品种。而根据李维们的介入，我们才晓得汤错语最早

[①] 童年经验是经验当中最为核心的部分，经验的发端和地域性以及地志恒量的写作息息相关，童年经验是这种写作的种子，它在成长中变成参天大树。后来的我们只不过是一再地修正这棵树的长势。

是作为伶族人的语言来对待的，所以称之为伶话更加合适。汤错本来没有任何东西值得我花费十年的时间浸淫其间。[①] 但是，随着与我的向导的逐渐深入，我越来越相信，中国的地方志之所以有编纂的必要是因为，每个村落的确有其独特的值得书写的地方，大江健三郎说，村庄＝国家＝小宇宙的森林，大概说的也是这种远离帝国的边缘事件吧。在这块看起来一穷二白的村落土壤上，我开始点点滴滴地记录这里的人、事、物。十年过去了，我发现，我远远写不完整这样一个小小的村落。在我的写作计划当中，安排了八九部的写作，目前为止，只写完了四部，本书是其中的三部，内容包括疆域、语言、人种、风俗研究、虞衡、灾异、疾病、艺文诸志，经济、政治等尚未深入，其他各卷尚在整理之中。我对微观地域性写作所持的基本态度是，在一种冷却的枯燥当中发掘不同于一般意义的写作。这是初次尝试，也可以说这是一部粗糙的田野笔记，尽管远未完成。作为文学的微观地域性写作之基本信念和微观史学、年鉴学派、阐释人类学等学科所持的方法一致，即厚描述（Thick Description）。它涵盖了一个无尽的可能性系统。与之以往的以情节织体为主的小说方法比较，这是一种百科全书式的开放体系。并且，这种讲述必须同时具有对话主体意识，即写作者和写作对象都须如此，否则又容易演变成一场无谓的叙述。实证双方须进行对话，写作对象具有被阐释和理解的可能。显然，本书并没有抵达想象中的样子，随着时间的递进，增补和修订其中的某些观念也是没有办法的，因为真正的志是集体劳动的成果，我设想中的写作是编纂某部体系的书，每个知识点或所涉领域都由该领域里的专家来完成，以警醒目前各式写作者把自我当作本体的泛滥抒情，我们不可能再按照沈从文等一些前辈那样来提留地域性，而需要一些实证来结束这场盛大的衰败。这里择选分类条目中的若干条则我认为较可一观的汇成一编。对枯燥的关爱，是目前在各种写作潮流的对抗中可以提供另一种阅

---

① 该文写作时间在 2010 年，故说十年。

读味觉的尝试，也算是对经验回归的一种梦想吧。而写作这种行为导致我之曾经怀念的一些东西消失了——难道这不是更大的缺省？在对我之全部写作的审视当中，它走向了一个无限内驱的维度。我也试图将此文字分类，像植物的科与科、属与属那样，但总有些模糊地带，它们像一种过渡，分辨不清它们的属性，这便构成本书的体例，它更像一种编程的结果。

但是我们要提醒读者，地方性知识首先是一种非主流知识，甚至是被拒知识。

二

最早看人类学书籍并不以为是在看人类学著作，比如《菊与刀》，以及摩根的《古代社会》；后来买列维-斯特劳斯的《结构人类学》看，才知道人类学，那大概是八九年前的事情。后来也追着看他其他的书，印象最深的是他在《忧郁的热带》中说到的共时性。但是，真正给我以震撼的准确说是开窍的却还是后来看《文化模式》这本书，谁知这本书的作者和《菊与刀》是一人——鲁思·本尼迪克特（Ruth Benedict）。我好几次误以为是米德的著作，只是米德喜欢在鲁思的著作前写序而已。震撼的原因说来也简单，即鲁思原本是走在小说诗歌这条道上的，后来陡然转行，干起人类学来了。这正是我不曾想通的，难道诗歌小说艺术不好吗？另外，鲁尔福写完《平原烈火》之后，也转向了人类学研究，小说作品仅《佩德罗·巴拉罗》与此一部，而且都不厚。这是震撼一。其次是，人类学作为一门研究人类和人类文化的学科，被鲁思说得令人心动。小说是写人物和人物行动的——我说的是具有情节织体的古典小说。而人类学研究的是人的行动和思维，传习中诞生的基本观念。人物在环境中成长起来的具体性格，以及他们的行动。换而言之，我们在小说中幻想般处置了人物行为，而在人类学研究中人物行为是有根源的。

是他所属的母语、文化类型、传习规制了他的行为。这种行为不具有任意性。而现实生活又远比小说的虚构来得有底蕴。小说是内发式的道德想象写作，它滑行在集团心理的冰层之上，而人类学则是潜入式的，它从集团心理的内蕴里升起。

尽管我心仪人类学，但我并没有转向这种研究，而是从人类学著作中看到了小说和人类学之间的交叉区域。也就是，我觉得人类学方式可以用来写作小说。并且可以规避小说道德想象的虚构。这样一来，第一，需要做田野考察，把小说的道德想象虚构往回拉，使之降温，避免虚构，而具有实证精神，这是一种纠偏，不管它正确与否，至少是一条反对者的道路，拒绝当下虚构泛滥的浮躁；第二，文化研究可以合法地纳入小说范畴。这里开始着手对接本民族传统文化。但是，这期间，我写作的具体选择还是落在汤错上。因为，只有汤错是我真正熟悉的。选择汤错，也是我尝试将人类学学科的一些认知用于实践。这种运用在多大程度上是人类学的，我自己都存在怀疑。或许它根本已经不是人类学的，因为我想写作谓之人类学小说这样一种东西。这个东西既要区别我说的古典小说，又要区别于人类学本身。

这样的话，我开始完整地关注人类学学科的方法论。这种方法论就是国内翻译出来的各种人类学丛书中展示出来的，人类学包括人种学、民族志、方志、考古、语言学、史学，等等。最后落到吉尔兹（Clifford Geertz）的阐释人类学上。要从感性的角度了解人类学框架的话，《作为文化批评的人类学》也是一本佳作。里面有一张图解，可以清晰地看到这个阐释人类学派的知识谱系。[①] 阐释人类学分为四个大支，每个大支下面分若干小支：

（一）对文本的研究：①上下文对应化的研究；②文化语文学；③符号 / 认知人类学的渊源及影响。

---

① 参吉尔兹《地方性知识：阐释人类学论文集》页 8，王海龙、张家瑄译，中央编译出版社，2000。Code 和 Decode，我们拟译为编码和解码。

（二）话语研究：①文化语法；②话语系统；③话语语文学；④话语的背景分析。

（三）认识论与知识结构：①新民族语文学与考古学；②内部和外部的认知模式；③深度描写与模拟理论；④编码（Code）与解码（Decode）。

（四）后殖民与后现代的话语：①书写文化；②地方性／民间性模式；③决策模式；④目的构成和劳力系统。

这本书涉及了阐释人类学的一些基本方法论。"铜座全稿"卷四写作之初，我也把它叫作《地方性知识》，尽管我写的"地方性知识"和吉尔兹的千差万别，但是方法论的影响还是有的，也为了不必要的麻烦，我把卷四的名字改掉了。我的写作实际上更接近早期的人类学所要呈现的理想——表现集团心理的可能性。对人类学的接洽也是一种综合印象。只不过，吉尔兹对地方性知识（Local Knowledge）的强调符合我写作汤错的需要——内部眼界。而我觉得他提出的地方性知识也是支撑他在学派林立的人类学中保持特殊性的原因，所以，我认为他对我发生的意义更主要。地方性知识某种程度也可以说是把过往人类学家阐释过度的地方再度进行还原。这种还原在时间的后头进行的话等于是将所有前人的东西再进行一次整合。

面对一个具体的地域性、地方性，理论和实践之间是有着巨大鸿沟的。这也是人类学面对的危机之一。在我看来，我把自己定义在小说这个范畴，不必去纠缠人类学家所提出的那些问题，是因为，"铜座全稿"只是小说，人类学的小说，而不是严格意义上的人类学著作。哪怕最后"铜座全稿"又回到小说的道德想象，只要，我把它整完整了，也就心甘情愿了。

在前面，我提到过另外两个学派对我构筑"铜座全稿"所使用的"微观地域性写作"的重要性，即法国年鉴学派和意大利微观史学的"厚描述"（Thick Description）。从阐释人类学的上述图解程式中，我们也看到了，它也作为方法论方法（指深度描写）早已被人类学家纳入自己的版图。

三

2002年，一位朋友问近来看什么书，我说《蒙塔尤》。那时，我从滇藏线去西藏，在昆明一个书店买的，另一本书是胡崇峻整理的《黑暗传》，是在大理买到的。这两本书对我后来的写作都有不同程度上的作用。铜座全稿中有一卷写葬礼的，丧礼上歌师们唱颂的歌就是汤错本地的"黑暗传"。[①]这个黑暗传和胡本《黑暗传》内容上有邻近的地方，我在湖南娄底收集到这个版本。胡崇峻说"黑暗传"仅存于神农架，这是一个错误的观点。其实，湖南、岭西省北部，都存在，黔东南也可能有。

《蒙塔尤》一直当作微观史学的代表作（其他还有《马丁·盖尔归来》和《酸奶与蛆虫》，后面两作品显得很勉强，也相对单薄、简陋），准确说，《蒙塔尤》作者是年鉴学派出身，但他的导师布罗代尔却认为，勒华拉杜里背叛了长时段，走上了统计史学的路子。国内译介过来的还有一本《圣路易传》，也很好。这两本书和布罗代尔的作为年鉴学派巅峰之作的《地中海史》又有了区别。我对年鉴学派的阅读主要集中在布罗代尔身上，他的《菲利普二世时代的地中海和地中海世界》以及别的作品。书写得很枯燥，但是在方法论上对我有些影响，像他那样写作是幸福的。在我读他们作品的时候，我感觉的是小说和史学的交叉。《酸奶与蛆虫》的作者卡洛·奇兹伯格（Karlo Ginzburg）青年时代原本想当小说家，后来攻读的是历史。史学家尤其是传记史学家想用小说的方式和小说家一拼高低。而小说家对他们专业内的东西如何呈现也兴趣盎然。

《蒙塔尤》吸收了微观史学的优点——这是我个人的理解，从文

---

① "铜座全稿"中这一卷最终没有成型而舍弃。

本的阅读感受到的，作者本人并没有承认，就好比马尔克斯不承认自己是拉美魔幻现实主义。微观史学的方法我理解为——所有构成该事物的元素都作为独立而有机单元加以承认，或者说是小题材大制作，在显微镜下观察事物。他们使用的方法叫作厚描述，也译作深度描述，厚和深度合起来更容易表达这个方法的本来意义。《蒙塔尤》的写作就好比编程。

奇特的是，他将感性和历史人类学、不朽文学名著的方式共铸一炉，使这部作品超出了一般意义的定性。微观史学的代表著作有《马丁·盖尔归来》《酸奶与蛆虫》（这两个网上可以找到英文版或原版）等[①]，像史景迁的《王氏之死》，也属于这种范畴。《万历十五年》是年鉴学派风格，也可以说是微观史学作品。这两个学派的基本方法并没有本质上的差别。王笛写成都茶楼的一本书也属于这个范围。用中国史学界的说法，这是一种窄而深的搞法。但是，我们本土的史学大都是专而通的搞法。钱穆说"通"（史）在任何时候都是必要的（据余英时）。这也大概区分了本土史学和操持西方史学方法论治学出来的文本在感性上呈现出的最大不同。但是，微观史学也只是作为史学的一个流派而已。那种细而微的著作已经接近我们的小说了，尤其是传记——不凡人物传记，地中海的、莱茵河的、村庄的、酸奶的，等等。这是第二个交叉区域，即小说和微观史学并上年鉴学派——新史学的交叉域。这种写作方法写出来的作品比一般的文学作品更富有探索性，也更能激起人的求真欲。埃科的小说也喜欢写得类似于此，但是，总感觉它们缺乏了什么——缺乏历史的厚重感？或者说与真实事物平行的那种实感。读一二页就能感觉那种卖弄知识的令人厌恶透顶的情绪就上来了。这种小说的实感和真实事物的实感是阅读中很容易积累和区分的两种基本情绪，它们品质的天壤之别是很容易体验得出的。初次阅读卡尔维诺的《隐形的

---

① 当年这两部书尚未有中译，编纂《乌力波》时，曾延请王立秋译《奶酪与蛆虫》意大利版前言，刊在第二期。

城市》，被他的那种轻逸震慑，后来读了《哈扎尔辞典》，才明显感觉卡尔维诺的功力和内在想象力的不济。就好比，卡尔维诺写了宇宙，而米洛拉德·帕维奇没有直接写宇宙，却能感觉后者的宇宙感的苍茫古象，博大深密。我想说的是小说必须吸收微观史学的这种表现力，通过厚描述而抵达的实感——细查起来是两种第一人称使用方式带来的，一个是单刀直入式的第一人称，另一个是历史编撰学家那种史料裁剪方式的第一人称，从迷惑一般读者的感信力方面我们很容易上了后者的当。

小说在吸收微观史学的这种表现力，通过厚描述而抵达实感。那么，化合前面说的人类学，从底蕴升起的集团心理文化行为并上微观史学的小说方法，就有了抵达一种圆、成、实的新小说。这种小说毋庸置疑是百科全书式的，就好比这些百科全书式的人类学家、史学家所创作的著作一样。我把这种以微观地域性方法创作出来的作品叫作历史人类学小说。

任何写作都不是单一的。像人类学和史学本身也借鉴马克斯·韦伯的社会学。一些好的著作之所以称作结晶体，大概就是因为它建立在广泛的思考的子晶体之上的吧。

从创作主体而言，这是一种分布式写作。在现实中，解决较为复杂的数学问题，研究寻找最为安全的密码系统，研究蛋白质折叠、误解、聚合及由此引起的相关疾病，寻找地外文明等都需要这种方式，总而言之，这是一种协作方式。罗兰·巴特曾经向我们描述的"超级文本"大约相当于现在我们每个人都在使用并且参与创作的"维基百科"。不同的是，作为小说，本身具有它的范畴和自身的特性。有一点却是可以肯定的，这是一种新的文本方式，且具有百科全书性质。

从本书的结构即形态而言，启用的是"方志体例"。本来这是一种史学体例，又由于人类学和新史学尤其微观史学以及文学——特别是传记体，它们处理的对象存在着交集，因此，这部小说的形态在以往的文本中是看不到的，它对小说文体的跨越与质变是如此明显。我尝试抛弃西方人类学文本留给我们的呆板印象以及模式生产，转而以本土人类学之方志体例完成。清季史学巨擘章学诚曾经对我们的写作有过很大的影响——"六经皆史"这种思想时刻体现在这部著作当中。六经皆史实际上是对我国史学精神认识的一次裂变。余英时先生在他的《论戴震与章学诚——清代中期学术思想史研究》一书中评估了这种裂变的出现和意义：从戴震与章学诚的学术关系入手，细致地分析了清代儒学从理学转入考证进而出现戴、章两座高峰的内因。章学诚在自己的著作《文史通义》中也常常使用一个词：变构。对于小说而言，我们面临的也是一次变构。文体之变构和写作群体的变构——作者之变。这种变构势必导致的可见的变化——写作会变得更加专业，写作者将会面临更加复杂的命题。

我们今天的写作都在讲故事的时候，就变成了一种重复劳动和拷贝行为——尽管故事是讲不完的，而且还会继续，人类从诞生之初就开始讲故事（神话，传说，寓言），但今天绝大部分故事却很陈旧，失效了，这是为什么？能量系统出现了封闭现象。亚里士多德说，地中海沿岸的古希腊戏剧著作家何止千千万万，但为什么只有极少数能留下来？因为大部分超越不了在戏剧冲突的高潮部分奥林匹克神山突降一位神话人物来化解矛盾，因而变得千篇一律。这就是陈旧的原因。所以说，变构对于文学经验积累的质变在现在就显得尤为重要。

从处理的对象上看，这是一部"非虚构"作品。实际上，本书的写作对象"汤错"它是否存在已经变得不重要。因为，阅读此书的人不一定都会去汤错。就算去了汤错，看到的和这里已经写下的也会不同。因此，虚构和非虚构的关系实际上是写作者和读者和写作对象三者之间的问题。现在越来越多的学术观点认为，语言文字有其自足的世界。那么，实际上已经取缔了虚构和非虚构的界限。而且，一旦文本化，哪怕现实中存在汤错这样一个地方，它也已经是文本事件，不再是现实中的汤错。因此，在我看来虚构和非虚构是一回事。而且，在我的写作中处理材料和文献的时候将此二者区别对待，因为它们都在为某个形式或文本主体服务，或者说应运而生。

人类学家的写作也越来越小说化。这是我看到的第二个交叉域。在后现代人类学家那里，甚至是允许虚构的。可能在小说家看来，这是再平常不过的事情，但在人类学家那里却跨出了很大一步。思想上的这种松动直接受到后现代文本思想的影响。因为，那种我们怀着涉密预想的族群、部落在这个世界上估计已经绝迹。但是真正的人类学研究还是需要严肃的田野考察的。这是很多小说家不具备的。主要是方法论上的欠缺。功能学派和结构主义人类学以及批评人类学主义对我都有不同程度不同时期的影响。不过，我的阅读也是存在预设的，我想看他们如何表现存在，以及和小说家有何不同。我唯一的发现是，他们有一套方法论，理想工具。所以，看得多了，也厌倦那种千篇一律的人类学作品。中国人类学作品主要是西学中用。从《江村经济》《金翼》《林村的故事》以及《私人生活的变革》这些作品中我们都可以看到在对中国经验的表达时他们的理论框架是一个移植的方法。也有想进入小说的方式，但在语言上却无法跟小说相比。这是两种东西。理论研究是注重对现实所能产生的效应而言的。小说以精神为旨趣，从人性角度出发考虑问题的。鲁迅和沈从文的小说都是如此。二者的重点不一样。但是他们的重叠，尤其对政治生活和意识形态的正确态度是小说家缺少的。费老的《江村经济》是这里面我最喜欢的。感觉他站得更高远一些。林耀华的学生庄孔韶在追逐《金翼》中描写过的家族人物时写了一本厚厚的《银翅》。书不怎么好读，但是思考的某些问题有了现代感。这些作品，大都有西学背景，有明确的方法论，但也还是感觉不够精确。尤其是对中国人性的把握，或许他们只研究社会属性的缘故？显然不是。这个领域还有很多好作品，像《祖荫下》《中国乡村：19世纪的帝国控制》《墓葬与生死：中国古代宗教之省思》，也是西学

写或心灵的书写会好到哪里去）成为他最大的嗜好。《哈扎尔辞典》
在某种程度上比以上作品走得更远，它不再是单一的文本，而是融
合了各种学说的百科全书式的文本，这种理想在福楼拜时曾是一种
奢望，后人把他的这种写作遗产编纂成《庸见词典》——都是他者
的话语收集，没有自己的话——实际上这也是不可能的，福楼拜的
理想一个后来者帮他再实践过一回——就是乌力波主要成员乔治·佩
雷克（Georges Perec），他的《生活实用说明》（中译本作《人生拼
图版》）正是这样的一部著作。而《哈扎尔辞典》通过故事的"多重
重构"使文本的每一个段落趋向"万能永动"。一本书的发生——从
书写—再次书写、制造、印刷，到流通—阅读都包罗了进来。因此，
编撰作为一种书写能力展示了其去个人化的征程优势。个人观点当
然是无可避免的，好比我们反思意识流写作一样，写作始终无法摆
脱个人化，新小说则走到了意识流的反面。《哈扎尔辞典》几乎是一
部由词典说明书、引文、注释全部在引号内完成的书写，保持了最
大程度的去个人化。换而言之，一种公众记忆和书写被作家利用了，
取代了私性的简单的书写。这种繁复性质的书写一般都由多重文本
构成，也就是我们常说的文本家族。如果是镶嵌在文本内的那种感
觉，我们就说那是"文本簇"。以上写作均可纳入乌力波属性，卡尔
维诺巴黎隐士时期实际上就是乌力波化的过程。这种参与改变了他
之后的所有写作，同时也得到了贯通。

　　《地方性知识》要追求什么呢？它反情节，反对以人物为中
心，构成了它在现代小说书写中的去个人化努力和对如何突破传统
小说的积习所做的探索，它涉及的技术细节将和诸位逐步展开清
理，也会使用一些相同的术语，这是我们的约定（见《凡例》）。至
少，初衷如此。它的整个发生是从一个词开始的——即汤错／铜座
这个词。然后在"我"、向导谢秉勋、过去时代的"我"的爷爷李
维先生、十六至十七世纪的传教士人物费铭德等诸多层次和维度上
以各种学科见解浇铸了这样一个复杂文本。很显然，我们在谈论一

部小说，但我们所说的都不是小说体系，这牵涉一个文本边界的问题。而我们正在谈论的这个小说企图模糊这种边界，是一个无限泛化的文本，将各类书写方式泛化到了小说。我们一直在寻找小说和非小说的界限。没有界限这样一种论调几乎是占据上风的，持这样观点的人，他们的回答可以具体到让你感觉这个问题的提出本身就是错误的。而且很容易举出博尔赫斯、汪曾祺等这样的例子来。我真正想说的是小说是否应该具有一种称之为界限的东西存在？它是否存在？我们一直在强调小说叙述的现代性。或许"故事作家"和"非—故事作家"——这是一个针对小说作家而使用的新词——就是我们要寻找的界限。所有"故事作家"我们可以称之为古典作家，他们完成的作品可以称之为古典作品。这些作品的特点就是将小说的三一律——时间—人物—情节—环境处理在一个戏剧般的背景下，遵循线性时间的因果律，无论其形式如何变化，都绕不出这个魔咒。而"非—故事作家"的创作企图抛弃三一律。他们以更大的类同性单元或板块完成文本结构，正如德勒兹所说，一部书是一千个高原。"一本书不具有客体，也不具有主体，它由以多种多样的方式形成的材料、由迥异的日期和速度所构成。"[1]同样，我们可以看到，这类繁复而光洁的作品是由不同的域叠合、进入、感染结构而成。强调"材料"—"日期"—"速度"—"方式"是最为明显的阅读在场感，而虚构的幼稚性在这里明显没有必需的地位。我们很容易缅怀二十世纪在视觉上给我们冲击的那些艺术家如达利、毕加索、埃舍尔等以及在批评理论上大肆鼓吹破除边界的罗兰·巴特、列维－斯特拉斯等结构主义和解构主义阵营的主将们的各种企图，我们也窥视各种各样的小说领域的先锋写作如《芬尼根守灵夜》《万有引力之虹》，等等。打破文本的界限显然到现在不是一个必然的命题，而是剩下如何写的问题了。既然这个界限本来就是不存在的，那么作者

---

① 参《资本主义与精神分裂（卷2）千高原》，〔法〕德勒兹（G.Deleuze）、加塔利（F.Guattari）著，姜宇辉译，上海书店，2010。

可能携带的未知的秘密成为写作者唯一值得期许的主要条件。也就是说，一个思想携带者他完成何种文本根本不重要，他一开始就不打算写成"小说"，那么，我们何以要将他的"排泄物或结晶体"称之为"小说"呢？"非—故事作家"呈现的思想的电流与一个视觉化较有保障的故事显然在难度上是不同的。讲好一个故事是"故事作家"的义务，而"非—故事作家"思考一个故事的原理成为这种写作的现代性特征，他们已经去镜头化，回到了千高原与丛林的根系组织。他们的根茎与繁复和人类思维的神经组织结构越接近，就越具有非人的和碎片的全部特征，也更像是一个整体。就好比欧几里德几何发展非欧几何，本质上对故事学提出了更为先进的理解。当然，这种写作也是可怕的，推进也需要更强势的写作者，而对于刚刚进入白话文写作的汉语言小说，在对自己的传统模糊的同时，对第二传统的笼罩仍不清晰的情况下，进入这种大尺度的变构更为艰难。正如奥尔特加·伊·加塞特所说："新艺术不是所有人都能理解的，就是说，它的内在动力并不完全是人性化的。这种艺术不是为了全人类而生的，而是面向一群很特殊的人，他们不一定比别人更优秀，但是他们显然是与众不同的。"(《艺术的去人性化》,〔西〕加塞特著，莫娅妮译，译林出版社，二〇一〇年）在所有这些思潮中隐藏着一股更猛烈的潜流，那就是 Oulipo（乌力波）——潜在文本实验工场。这一思潮影响着更大面积的先锋写作，二十世纪下半叶的先锋写作绝大多数与此有染——他们经历和参与过法国小说界和思想界的变动，拉美有科塔萨尔《跳房子》、略萨《绿房子》等诸多名作，意大利卡尔维诺，其后期的几乎所有作品都具有乌力波特征，而在法国本土则人才济济，以格诺、佩雷克最为有名，其次是新小说二代与乌力波写作的交织。数学中的秩序概念替代了小说作品的结构线索，因此，与达达主义、超现实主义、新小说这些流派和主张泾渭分明。在国内则以卡尔维诺最为读者所熟悉，而卡氏与乌力波的热恋则知之甚少。就我个人的写作而言更心仪一种微观史学、年鉴学派、阐释人类学等学科展示的关于"写"的方法论。汤错为什么成为标的？那只是主人旅行中选择的一个驿站。它是随意的，但又有什么东西不是注定的？乌力波助长了文学变构的推进，但可惜的是仍然没有意识流那种硕大文本诞生。或许雷蒙·格诺用十首十四行诗做到了，那就是那首《一百万亿首诗》。它至少启迪了后来者。

<h1 style="text-align:center">五</h1>

从一个词开始，这个词的肉身化过程就是全部的叙述动力，这个词位于力或说发力的源头。地志属性则是它的肉身诞生之后的必然附属物。这个肉身之上的人族——他们的活动规律、气候、动植物等都相互掺杂在内。而去掉以人物为中心的描述和年鉴学派关键人物所主张的以绝对的地理决定论有相似之处，所以在年鉴学派那里，人类的历史是被决定的，大事件在自然范畴内几乎不具有大的意义。人被摒弃了。一切在长时段的基础上来观察。作为小说的《地方性知识》① 和作为史学文本的《地中海史》等文本区别显然在于，前者依然还在眷顾人族的历史在现实生活中无法完全抹去，这个沙漏虽然被颠倒了过来，但沙——"时间"依然流动。其实沙漏正好就是这个长时段。它包含的时段正好是完整的。长时段所探讨的事件和其他都包含于整体性当中。因此，摸索长时段更内在的规律成为这种书写的癖好，而不是以单个的人或家族为元素，因为单个的人——人生周期和长时段一千年几千年相比较，只是局部中的细节问题。因此，引入人类学中的稳定的"集团心理"便是水到渠成的事情了。作者宣称自己的作品是人类学小说而不是新史学小说显然是想接收两种主张——既是微观史学的也是人类学的，更是文

---

① 指简略版"铜座全集"。

学的。罗伯特·达恩顿是年鉴学派第三代甚至第四代人物，也可以说是年鉴学派全面瓦解之后的书写者，这一代书写特征不再回到长时段，而是心态史——本质上是一种社会人类学，因此也可以看作年鉴学派的余蓄力量全面归营于人类学在二十世纪的辉煌的例证（《碎片化的历史——从〈年鉴〉到"新史学"》，〔法〕弗朗索瓦·多斯著，马胜利译，北京大学出版社，二〇〇八年）。心态史的研究在方法论意义上和人类学基本相通。不同的只有各自所圈定的领域和历史时段的区别。《地方性知识》遇到的各种文本和潜文本在一定程度上都被拆散了，击成了碎片，甚至粉末——余英时形容钱锺书《管锥编》和顾炎武《日知录》的写作时打过一个比喻，这些史料或材料或零星的思维的火花就好比一些粉末，后来者加进水，冲一冲就是一杯牛奶、咖啡。我在写作这部书的时候面对的是一个陌生的对象，也都是一些碎片。加水，使之成为一杯咖啡，这就是我的想法。全书的结构以地方志方式集成，分成了七卷。好像七个单元，或者说板块，共同拼贴成这部密度很高的小说。各个板块又是由很多小板块组成，有如破碎的冰块。这些小冰块启用的小文本在现实当中我们几乎都无法遭遇，只有作者本人拥有解释权。但是，似乎又是真实的文本，它在该范畴内有效，附属于汤错的肉身这个整体性，涉及的主题千头万绪。这一点有朋友形容为——"回声的边缘"和"词语边界的焦虑"——这些碎片和段落的边缘和内部回声交响。因此它的词典的属性也很明显，只不过不再以词典的形式出现。回声所获得的空间是它增值的方式。这部书厚达九百余页，不仅仅是它厚，更多的是我需要这么厚来体现这种体系或者说体例的重要。从目录看，这是一部方志。而从内文看，作者运用了人类学和微观史学的方法。目录的拟定，比如首页目录标明卷一"疆域"，打开正文，卷一则变成了"汤错——中国南部省的一个小山村"。[①] 目录中卷二为

———————————————

① 今版《铜座全集》为：汤错——中国南部省一个由等语线构成的靶片。

"语言"，正文卷二则是"意义的织体"，其他五卷也都是如此。这种错差的标题方式有意启用的方志体例和人类学方式既区别又意欲合体。章学诚（一七三八——一八〇一）之后"方志学"成为一门专门的学问，也称之为"一地之百科全书"，而方志最大的分歧就是从单纯的地学演变至史地合宗。窃以为西方人类学就是我们的"方志学派"，二者使用的方法论和认识论不约而同。对于叙述的方式，人类学反省得更深刻一些。而今天我们的方志学多停滞不前，近现代又受到人类学、新史学以及社会学等科目冲击，在对叙述主体和文本的产生与可靠性方面都进行了深入讨论，人类学可以从本学科角度出发对某个主题如政体或某一习俗如丧葬制度进行专题讨论，完成专著，这和史学交叉的成分更大。现代人类学和史学的交叉几乎已经到了混同的地步。人类学、史学和诗学（文学）的交叉也是学者们探讨的主要问题之一，尤其是传记文学这一单元，大有一统趋势。《万历十五年》（1587, a Year of No Significance）可算作史学文学化的典型例子。但是在文学自身的发展上，出现的裂变不亚于其他领域，那些追求百科全书式书写的作者已经完全脱离对塑造人物的兴趣，全面拓展到一个文本产生的所有肌理和细节中去了。这是与情节织体为主的古典小说手法完全有区别的。但是，无论是人类学还是方志编撰与写作，都强调对地方性经验的摄取达到可信的理解（实际上这也是不可能的，好比薛定谔的猫），这里牵出来的第一个问题就是语言问题。顺理成章，使用或者研究写作对象的地方性语言（或说方言，如果本地具有自己独特的方言）成为这种写作的第一个要求。接下来的便是在这个基础上展开的对地方性文本与潜文本的阅读，对该地方集团心理的阐释——或许就停留在理解程度就很好。功能学派之最初的目的和我们的方志所承担的责任（通天下之志，成天下之务）是一致的（参费孝通《江村经济》*Peasant Life in China——A Field Study of Country Life in the Yangtze Valley*）。而作为文学的人类学或者史学方式，"虚拟"成为其最主要的办法。对虚拟的地方性进行描述其负有责任——功能已经式微了，作为文学，狂欢才是最主要的。而文学的隐喻与象征手法在更大程度上超越了人类学和史学的优势，这一特允的修辞学手法和信史是一对死敌，但可信与不可信并非是不是谎言那么简单，事实也并非信史，所以作为呈现事物和意识的方式，隐喻与象征只是发生的酵母，最终目的也是信史。在批判人类学的讨论中有人甚至建议诗学也可以这样做。《地方性知识》采取的立场和视野与故事类作家差异甚大，或者本质上已经不同于情节编织的叙述文本。我想通过"方志体例"，兑通人类学，再以文学的方式完成。第一卷开宗明义（此前尚有一个"凡例"），将结晶群众和象征群众的地位调了个个，将谷物、森林、雨、风沙、海洋，以及火这些在神话、梦、语言以及歌谣中象征代表的群众作为主体，而将人及其组成的结晶群众放到了平级的位置，我更关注那些不易的具有永恒性的事物（集团心理）上。因此编织情节和塑造人物不再是传统故事小说的主要任务，而是彻底开放到一切事物上来。从而构成一个繁复的，不断生成的巨大文本家族。因为是方志或者人类学史学方式，作者有权涉及一切村庄事物，包括空白，尤其是村庄文本和潜文本，作者也声称有权解释这一切；因为，除了作者本人，没有人知道有"汤错"这样一个地方的存在，它是作者虚拟的新亚特兰蒂斯还是实有我们不得而知。这里的动植物、疾病、风俗、丧葬、诗学、历法、政治等构成了汤错的肌理。这也是作者所谓最终要呈现的"肉身"。再提到，《地方性知识》并非最终的书名，全部完成之后叫作《铜座全集》，前者是对"汤错地方"书写的阶段性结集，该书名和美国人类学家吉尔兹（Clifford Geertz）的一部阐释人类学论文集同名，在卷三的题记中作者引用了吉尔兹的一段话，这或许可以看作一种内在继续关系，即对吉尔兹理论与中国方志学的对比以及致敬。但摒弃了西方人类学著作那种二分式带后缀的书名模式和语言风格（如前面列举的黄与费的两种著作），因为后者是文学实验。采取"厚描述"手法。本书最轻松的无疑是虞衡志（卷四），这是一卷博物学笔记。

汉语实验小说近年来呈现出对毛语体、翻译体，以及方言介入等多方面的反思，对文体程式本身的探讨一直是核心问题，"方志体例"或许为综合性探索提供了一个实验的机会。而实际上"方志学"在本土也逐渐成为一门显学。从文学看，在以往的文本当中，《马桥词典》在这方面的意识有所萌芽，马桥并没有脱离传统小说编织情节和塑造人物的窠臼，其文本实验还是古典性质的，因为，将这些割裂的情节合起来，还是一个古典式的长篇小说，它不是真正开放性的文本，对方言模糊性之来源也仅仅是一个小说作者的理解，但已经开始反思传统线性结构，以及事物的整体性在某些时候并非线性时间织体可以全部承担。这些割裂的情节，以一个主要的词来命名，然后将这些词编为索引，就有了词典的面目，因为索引是根据笔画或者别的要求编排的，就给人错乱而随意进入的印象，而实际上《马桥词典》内容则是连贯的，并不能将一个人物割裂之后的片段焊接到别的人物的章节上去，因为词条的单独性完整性与联系并没有完成，换而言之，一个词条和另一个词条可能没关系，或构不成整体。新小说第二代人物的作品《作品第一号》也仍然类似于这种境况，那些卡片和卡尔维诺的卡片在叙述伦理上有着根本的区别，这是写作意识的区别，《作品第一号》仅是一个新小说和乌力波的模仿之作，甚至只能算《哈扎尔辞典》导言中发展出来的一部小说，尽管《作品第一号》写作在前，但容量有限。这正是非线性织体小说的难度所在。当然，对待《马桥词典》这部作品我们要客观地看待当年作者所做出的努力是前所未有的。从体裁和内容上讲，它和王小波的《黄金时代》构成了汉语语境下知青小说的巅峰。那么，为什么说马桥只是一个萌芽呢？第一，马桥的古典叙事手法，对小说三要素（情节—人物—环境）之反思虽然尽了最大努力，但是从根本上说不够深入、透彻，讲故事仍然是其第一任务。第二，对语言学的东西大多处于一种随意联想当中。① 我们在小说呈现时，运用的学术，在方法论上并不违背理性公信。第三个层面，大概就要说到文体意识，词典学的命名强调的仍然是对小说这一文体表示出来的革新的愿望，也因为这种愿望，因为和《哈扎尔辞典》的重叠产生了一场笔墨官司，我个人认为二者没有必然的前后关系，《马桥词典》的写作方式更接近《生命中不能承受之轻》的某些局部写作经验。《马桥词典》也并非因为是在文体上使用了"词典"二字使其不坠，而是因为它的变构，以及对经典线性叙述的反叛。"地方性知识"展示出的革新欲望不仅是文体方面的，而是内容上的，将田野考察和一种体验的知识通过小说这一文体展示出来，焊接到了史学（方志）、诗学和人类学上。

六

这段时间谈得最多的则是"多阶卢比克魔方"和《万有引力之虹》。通过一个地志的底子建立一种迷幻的空间感是不是就是"重建想象"？地志提供了一种方式，因为这是有人居住的区域。当然，也

---

① 这两部作品都写到"嬲"这个字。从马桥的词汇表很容易判断这是湘方言的一支，还可能有赣话成分。韩少功在"嬲"字条中写道："我找遍了手头的词典，包括江苏教育出版社一九九三年出版的《现代汉语方言大词典》，也没有找到我要说的字。我只找到这个'嬲'来勉强代用。'嬲'在词典里的意义是'戏弄、纠缠'，与我要说的意思比较接近。发音 nian［《马桥词典（修订版）》（2008）将此改为"niǎn"］，与我要说的 nia，只是稍有些区别，希望读者能够记住。""嬲 nia"列举的四层意思可以认同为一个字（实际上或许不是，汉语很容易发生这种情况，同音不同字，但是一字多义也很正常，而在方言中因为没有文字和书写，这种情况变得更复杂，姑且将此当作一个字），这个音和字在韩少功无法识别，而在《地方性知识》的"汤错祖语中的 ia 韵"表格中有"ȵ"字条，只寥寥数字列出了"ia"韵的全部起源，"ia"韵实际上是"i""in""ing"三韵的流变与转化。特殊情况也有"ian""iang"韵的简缩或 e 韵的 a 化。马桥中该词条中的四层意思对应非常清楚，这种对应不但可以运用到湘方言，也可以运用到四川话，甚或客家话支系或其他语系当中去。

可以写无人居住的地带。那会变成纯粹自然文学，也可以是完全想象的空间，或构架的数学模型——一些科幻电影和《万有引力之虹》更偏向后者。实证指向内容，针对的也是虚构类小说而言，文本的发生方式则是叙述理念，但是实证始终是和写作者即本体相关的一个论域，现实主义小说作者叙述一个事件比方说生育，是由人到人；博尔赫斯则把这种关系推转到"镜子"到"人"——"文学的上下游"。无论"蒙彼利埃市那个中产阶级市民的所闻所见"还是"巴黎秘密警察的笔记"，我认为这正好就是所谓的写作者亲力亲为的实证精神。实证和田野调查这个人类学专有名词用在城市调查也是同样的实证精神，书写前的各种潜在文本的准备过程，同时也是文本的发生。或许，我们更容易想起本雅明和巴尔扎克。无论是汤错，还是巴黎、约克纳帕塔法县、马孔多，它们指向一种共性：地域性写作。《地方性知识》实践的微观地域性写作之人类学小说只不过是在之前的基础上贡献出更多的企图，而将文本压缩、空气抽掉，形成一款压缩产品。某种程度上也是将本雅明和巴尔扎克结合起来，让学术进入了创作。小说既是学者的，不单单是小说家们的事情了。过往的地域性小说写作在形式和内容上都具有古典性。这种古典性就是说它仅仅只是以小说的方式发生。而人们解读这一类型的作品时，也只是从象征角度来解读成政治以及意识形态。或者隐喻地挖掘它们的象征意义。微观地域性强调在地域性写作基础上进一步吸收人类学、社会学、史学等有价值的和极具探索性的部分。过往的这些写作可以作为地域性写作这个类型归置起来，从而区别于现在所述的微观地域性写作。从写作者本身而言，过往的写作需要某一方面的才能，而现在后者提出写作者需具有多元化的百科全书式的才能。这当然也是一种理想型写作的预期。好在这样的写作已经不是孤独的。我们可以把巴尔扎克、福克纳、马尔克斯、大江健三郎等的写作所呈现的特性作为一个类型来研究，且可暂命名为地域性写作。地域性本身只是一种发端，从最熟悉的经验入手的写作。因此，地域性写作是泛概念的，没有人说将巴尔扎克、马尔克斯、福克纳、大江健三郎，甚至还有中国的地域性写作星宿们画在一起就一定是地域性写作。将小熊星座上的七颗星彼此之间画上纤细的连线称之为北斗七星，这是人类的想象力使然。原本也可以将它们跟别的星画在一起，但是天文学家还是将它们画在了一起，这好像就有了道理，它也变得好像有了道理。不管它们之间有没有必然的理由，由于这种"星座的启示"在这里我们也将他们画在了一起，人们需要自己走完星与星之间的蹊径。这些人所代表的写作就是我们称之为的地域性写作。我们之所以将他称为地域性写作，是因为这些作者有意识地圈定了自己的写作范围——文学故乡。要对地域性写作做一个适度的界量的话，似乎可以这样，地域性写作要小于民族性写作，而又大于微观史学提倡的在显微镜下无限放大观察对象的那种写作。地域性写作介于民族性写作即宏观地域性写作和微观地域性写作之间。尽管，这种先界定两端之美的做法不大可取。从本质上说，写作是没有这些划分的。无论哪种写作都不是单一的，而无论哪种写作也都具有它的地方性和世界性——因为世界本质上是关联的，对地球上的人或地方而言，月亮只有一个，太阳也只有一个。界定微观地域性写作和宏观地域性写作到底大在什么地方和小在什么地方本身是轻浮的做法，我们的本意仅为称谓之便从形态上做一种权宜之计的谨慎的区别。从这种谨慎的区别当中，我们似乎可以看到，民族性写作呈现出一个民族基本文化结构模式所固有的特质，比如说俄罗斯作家们的写作（如艾赫玛托夫和列夫·托尔斯泰的写作），阿拉伯作家们的写作，英国人的写作，等等，它有固有文化模式感，又有语言的群的心理底色上的区分，逃逸的是别的一种写作，像纳博科夫、米兰·昆德拉，但也不能说他们的写作不具有民族性，乔伊斯和穆齐尔的写作有民族性特色，而同为意识流的普鲁斯特却要淡化得多，而稍微具有微观倾向。索尔仁尼琴又在反方向中提供了一种民族性表达特色。有时候我们也把民族性当作了地方性，这其中尽管和地域性写作似乎有了一些可资沟通对话的可能，因为地域性、地方性都是相对的，这种相对性就好比"蒙塔尤"和"地中海"不存在作为研究对象上的绝对鸿沟。因此，简单说，地域性写作是一种完整的—总体的—长时段的写作。它本身是复杂的，它的代表性作家呈现出来的写作具有几乎一致的持续性，但是其复杂的一面也断不可忽视。这是因为地域性写作具有积极的开放性所致。然而，地域性写作首先突出表达地方性经验，在所有特点当中，这是最大的特点，这个地方性是虚构想象和实体想象的混合物。无论是巴黎、约克纳帕塔法县还是马孔多，都是这样一个东西。但是，我们也发现，马孔多开始融入了神话和幻觉的成分。除了巴尔扎克老老实实地蹲在巴黎的某个街角或阁楼上洞察秋毫外（或许还有本雅明，尽管他们看世界的角度差别如此之大，鬼知道他们心里想什么），其后的地域性写作，在意识上都烙上了具有幻觉成分的东西，有时候是寓言和神话色彩的，有时候是意识流的。从根本上说，地方性——这种割据方式，使它必然地也反映割据地的状态：它的社会属性和自然属性。但它也不能无原则地超出这种地方性。而这种地方性却具有无限性表达的特点。巴黎比约克纳帕塔法要大，大很多（形象上），但是，后者可资表达的并不比巴黎少；大江健三郎则开出这样一道等式：**村庄＝国家＝小宇宙的森林**。这是这种思路推进和演绎到边缘的想法，它是在直线上的发挥。但是大江健三郎在他的写作中做得并不是太理想。他的局限性相当于古典式的。我们或许还可以专门探讨大江健三郎的这种圈地和割据思想。但这却是地域性写作吸引人掉入陷阱的地方——随便圈上一块地就可以收租太有诱惑，随后写作者自己便坐地为王（即地主）。中国的地域性写作星宿们也意识到这点，但他们采取的是垂直嫁接的方式，在方法论意义上无半点创新。他们熔炼的地方性经验却使他们拥有了一批又一批可观的读者。地域性写作和我们的国家哲学马克思主义提倡的现实主义在某种程度上有着暗契关系，所以，这片土壤上长时间培养的唯物观和反映论的写作思维也在为这种写作推波助澜。马克思赞美巴尔扎克并不是没有由头的，这种赞美在唯物主义作为国家哲学期间的中国继续得以延扬也并非全无道理。与微观地域性写作这个概念实体比较，地域性写作目前的姿态还没有到位。有关微观地域性写作的内容也可以详谈。意识流写作属于二十世纪前半叶，之后，便是它的没落。在它成为显在的技术现象之后，它也就变得无足轻重了——这一点也印证在新小说身上，而乌力波由于预先给的空间无限宽宏，它好像尚只是处在发轫期，尽管乌力波组员在巴黎道场学艺之后各自回到自己的大陆已功成名就——无论从阅读上（读者）和写作（作者）快感上，它都无法满足读者。从意识流我们也还可以观察到与地域性写作相关的问题，地域性写作曾很好地吸纳意识流的表达方式，在福克纳身上表现得最为充分，代表作为《喧哗与骚动》，一九五六年福克纳在纽约接受《巴黎评论》记者琼·斯坦因的访谈时也表达了他对乔伊斯的敬意："我那个时代有两位大作家，就是曼和乔伊斯。看乔伊斯的《尤利西斯》，应当像识字不多的浸礼会传教士看《旧约》一样：要心怀一片至诚。"（《福克纳的神话》，李文俊编，上海译文出版社，页三二二—三二三，二〇〇八）。我们在《喧哗与骚动》中看到《尤利西斯》的表达方式，那些不分行的所谓的意识流段落，而到马尔克斯则是有所发展，他把自己的这种吸收丰富成"对胡安·鲁尔福的致敬"，也不再这么巧取豪夺地移植了。马尔克斯开掘的是幻觉成分——这里没有贬义，幻觉成分相当于民族性，对于他来说，也相当于自由表达。但是马尔克斯的写作——主要指《百年孤独》，在某种程度上一直视某些写作禁忌为无物，导致这部作品的可信度在逐渐下降。人们怀念的是那些因为表达了落后而感到有趣的段落，这本身很荒唐，作为写作者，欣赏的是制造的方法。大江健三郎的写作将幻觉成分发展到神话成分，而他实际的才华却在表述现实与真善之间的伦理担当。日本之小和村庄之大是他一直摇摆的原因。一面代表现实，一面代表理想。汉语的地域性写作群蔚为壮观，但创造性自觉不够，其中也发生着一些离奇和怪诞。但他们在新汉语小说史上走过的道路也足够构成一笔精神遗产了。因为，对现代汉语写作最深刻的反省也来自这个写作群。他们当中的某些人一直在寻找汉语的主体性。而且有一个共同点——都是乡土作家。乡土是他们的精神之源。中国人的集体记忆大部分集中在这里，或者一个农业结构性的民族的本源的东西导源于此。城市文本对他们而言一直是一个梦魇，是意识上的盲区。

七

围绕一个不在场但真实的文本展开的"遗失的文本"写作在米洛拉德·帕维奇那里已经做得很好，如果是一个人物，或许我们还可以举出尤瑟纳尔的"哈德良"，如果是一个城市，可以是卡尔维诺的"看不见的城市"，等等。这个看不见的文本或人物是一个黑洞，一方面吸收写作者的诠释意识，另一方面又释放阐释。"遗失的文本"就变成"涌光之处"。毫无疑问，这等于提出了一个被我们称之为意欲为之的写作方向。它围绕一个预置—前置—潜置的"涌光之处"，通过该光环的边际理想价值重塑文本核心，它不是天体的扇形展开，而是大爆炸。"涌光之处"并不是知识起源的源头，但又必须是源头——是阐释性质的。而博尔赫斯的写作也演示一种虚拟知识和结构的产生方式。一个是主客体之间的互助，一个是互逐。很显然，完成这样一个文本最主要的尚须回归主体即写作者自身。这个"涌光之处"是问题的结症所在——可以是虚拟的，也可以是实实在在的，不管是一个地方还是一个词、一个文本。回到小说的本垒就是作者一再强调其人类学小说的主体地位，作为区别的是小说本位更趋向于作为文化的、心灵的载体，以单元隐喻整体，而学术式的文本也进行个案研究，或者整体研究，目的似乎无二。功能学派的

方性当作田野考察本身所得，或者缺乏宏观的分析、综合，这样的地方性也就不是我们想要的地方性了。斯弥阿在信中说，"人类学移植到本土表现为一种社会调查文本"，这种担心是正当的。我也不认为中国人类学界搞出的一些文本具有何等的高级。也可以说，人类学在本土还是幼稚阶段。还不能和小说领域所取得的成就比肩。《江村经济——中国农民的生活，长江流域农村生活的实地调查》可能是国内目前唯一一本还值得好好读的人类学文本了，江村的江指长江。本来费孝通研究的只是开弦弓村。要说长江流域的话也指下游很有限的地方。不能扩散到中游、上游，更不能到源头和其他地方，它如何代表中国？汤错门前的马尾河（阿尔法河）属于资水，资水又最终流进长江。按费老的意思，汤错也是长江流域范畴，他的书名暗示这种东西，至少给外国人暗示这种内容。实际上，以社区象征中国的这种方法应该算作功能学派的最大失败。汉学家弗里德曼（Maurice Freedman）曾指出过这一点，即大中国的社会人类学研究应当不等于研究部落、原始民族方法，如若不了解大中国，即便进行再多的分割式的社区研究也是徒劳无功的，这是对中国学术的一个贡献，他一针见血地指出了社区研究的局限性，也要求我们有宏观视野。当然，我们今天来谈这些毫不费力，在当时，费老的著作又的确是一部有风度的著作。虽然，它在国际上的声誉一半依赖于导师马林诺夫斯基，但是通盘比较下来，这是硕果仅存的著作。它也没有涉及文化方面的深刻命题，只是研究社区"生活"，没有什么可非议的。而《发须爪》，开始涉及精神层面，这本书短小精悍，我认为和费老的书同样精彩，甚至有过之而无不及。但像《金翼》《林村的故事》《银翅》《私人生活的变革》《陈村：毛泽东时代一个农民社区的现代史》《帝国的隐喻：中国民间宗教》《祖荫》等却很难说有什么大师气象，或许还有很多没有发现和通过阅读甄别的尚存在别种文字中的中国作品，它们整体的存在，构成这个学科在本土的成就，应该如是观之吧。西方人类学家讥讽苏联的社会人类学研究唯进化论马首是瞻，视为唯一教条，这显然是受到历史唯物主义的国家哲学统摄所致。这个批判同样适用于我们对本土的考量。人类学有一个基本立场——反进化论。不过，这个立场是西方学者们所持的，尤其是人类学、史学、社会学等人文科学领域。我个人认为，人类学家可能把进化论和历史唯物主义在某种程度上视为一物了，尤其有恩格斯的《自然辩证法》的鼓导，更加深了这种似是而非的印象。如果是历史唯物主义的进化论，将其曲折性、复杂性的辩证关系考虑进来的话，这种进化论也就不是西方人类学家、史学家、社会史学家表面上嚷嚷的那么简捷，僵化。我在潘家园收集到一套差不多有一百本的二十世纪五十年代各个省份的民族社会调查资料，其耗费人力物力实在不小，涉及面积和深入程度也不比费孝通当年去岭西省大瑶山有所差池，但问题的关键在于，这些解放后下去的调查者调查出来的"视觉"重点和"思想"重点和费孝通的有了本质意义上的区别。"你想什么，决定了你能看到什么"。作为原始资料，不少调查充实而真确。只是它们没有被写出类似费孝通那样的专著，似乎也永远写不成了。一九四九年，不但是一个政治分水岭，也是一个学术分水岭。有朋友跟我说，半个世纪过去了，我们又逗溜回去了，大有从头开始的架势。这话好像有针对性地故意要去说准某些东西。人类学著作的可读性和适用性始终没有出现令人振奋的结合。或许，我们的思维训练过度地关注想象力、艺术性了，而偏废于对中国现实事物的理解。从这里，又好像感觉到象征和隐喻的力量了。虽虚构，而言之有物，也应该当作实证力量的一种。但是艺术和社会科学的差别在于，艺术的本质是唯心的。关于唯心，用吉尔兹的一句话说，这是别人制造的用来恐吓我们的观念怪物之一。这个观念的怪物在亚洲的历史堪比基督教，因此，上帝对我们而言同样是用来恐吓我们的观念怪物。

九

我们已经不止一次提到"文本簇—文本家族"和阅读它们的方式，更提到中国笔记体小说在构筑文本簇中的作用和地位。笔记体因其形式决定了它的阅读自然不同于一般，庄子在自己的著作中区分寓言、重言、卮言这三种文字结集形式的作用之区别（结果当然不是割裂的）。那么，到底什么是现代中国笔记体小说呢？显然，第一，在形式上，它区别于章回体小说，文本结构趋向于繁复。取消章回（对连续性的反叛，承认文本断裂是一种常态，建立联系是一厢情愿的，本质上是对"时间"的理解在今天和过去发生了根本的变化，线性时间观只在古典作家的文本中获得了至高无上的地位，也是因果律的一般法则，传统作家的情节律都发生在因果律基础上，比如《百年孤独》或《白鹿原》，取消了它们的线性时间观，作品在多大程度上是成立的并且富有严密性的？单一性质的时段在这里虽然大有可为，但已经划分出来古典和现代的界限，本质是时间，而不是情节，也不是人物设置。时间为它们提供了文本形式感所需的一切。"铜座全稿"中所追求的真实感和在场建立在整体之上，长时段处理问题，因此和上面所说尚有区别。当然，处于因果律之下的情节织体—文本编撰是每一个写作者基本功的训练，这也是为何我们仍然感觉到情节织体那么容易抓人，调动我们的阅读兴趣，我们根本不想把事情搞得太复杂，作者可能是舒服了，但阅读很累，混乱并非一种智力成就，理性所要求的仍然是混乱中呈现的事物的本来面目——秩序—准确—澄明）问题也随之出现，即作品的形式问题（尽管我们常说形式即内容，但不一定在实践中做得到），笔记体小说主要依靠一种较强的形式来弥补取消章回之后带来的连续性，比如层层相因的套层结构，套层结构保证了多重叙述的可能性；当然也可以根本不需要连续性。还有很多可资研究的叙事原型。第二，它的囊括性，百科全书式的汪洋恣意。小说的形式本体主义也是没有出路的，所以我觉得囊括性就成了突出的问题，这也是笔记体小说"开放性"的一个优势。现代小说绝对不能满足于讲一个漂亮的故事，也不是怎么讲的问题，新小说派提倡的"小说不再是叙述一场冒险，而是一场冒险的叙述"，这是小说本体主义的一个代表说法，《橡皮》《弗兰德公路》，以及电影《低俗小说》，都是这些主张的模板，因内容和语言的尴尬，让人觉得索然寡味。但是新小说实际上和其他诸如法兰克福学派等一样，是一个范畴，一个强扭在一起的称呼，新小说群体的作家也有乌力波性质的写作。第三，打破情节律，这也是笔记体小说的一个突出特点。笔记体小说的本性决定了这点。《人间食粮》可以当作一个欧洲笔记体小说。新小说也在打破情节，但那还是一个故事，只是从不同的角度讲述罢了。新小说这个概念实际上已经只是一种写作思潮的指认，和被划归在这个名头下的作者是不是新小说作家无关。第四，集团心理、集体无意识，笔记体小说打破情节，不重情节，是为了表现集团（集体）心理的存在。人类学是研究集体心理的，我想写作的文学作品也是这样，因此走向了文学的人类学。直接面对这些肉体背后的东西整个人类意识。这点，《铜座全集》尝试去掉了情节和人物，而想表现一种集团心理的存在。"我写了很多个小说，仍然发现，我写不完汤错。所以，我写那些传习、遗留在血液中坚强的东西，本质存在，控制着无数代人的东西。个体，事实上都消解在这些东西里面了。那些东西不是个体，但通过个体继续着。我写的就是这些东西。直接表现的这些东西，就是这个小说的自我意。写法跟二十世纪八十年代末九十年代初的文本实验的文本有根本的区别。它们也表现存在，但依然是依情节律进行的。这篇小说，显然着力点并不在于此。要颠覆小说的基本元素：情节，人物，环境。给予小说更大的宽松和自由。"第五，要说的就是小说的语言，我主张把小说的语言纯粹度提升到诗歌或叙事诗之上，语言本身也是革命工具。第六，笔记体小说之反电影。小说就是小说。这是电影出现之后，小说重新面对的一个问题。在此之前的小说都是很迁就视觉的（因为这个，我对新小说始终持怀疑态度，我不止一次地放心不下地重新捡起新小说文本，每次都觉得失望，在一种简单取向当中，以文字当镜头来使用，或者照片——尽管这也是符号，复杂的符号，但照片本身并不能作为文字的有机部分，它也是单独的表达艺术，关键是有了照片——一种实在，往往只剩下了拼贴的痕迹，而更深层次的东西无法触及，那么电影比照片在某种程度上更有表现力，而小说要突破古典小说的情节律，它必须再一次从根本上变法，就好比当初从史诗当中脱离出来一样）。我相信笔记体小说和以后的不管怎么样的小说在这点上会不断地自我觉醒。假如肉体是一个水桶的话，那么，作者要掘取的就是桶里盛着的水。集体心理的核心观念试着整理如下：一、集体心理的存在。二、相对于整个人类而言，个体是无意义的存在，微不足道的。三、人类心理的成长才是真正的成长，这往往需要超出人们想象的漫长时间，它超越肉体，直接进入本质存在。四、灵魂有缺口。因此，总体来看，微观史学、人类学，甚至荣格的心理学，再加上现代哲学的一些文本理念便构成了我写作这个作品的最初的基本想法。我所要寻找到的理想形式就是"百科全书式的中国笔记体小说这一东方叙事程式"。在《铜座全集》中则体现为地方志体例的发掘与运用。另外，笔记体小说和碎裂的小说在形式感上具有某种一致性。它们是断裂性的，词条和笔记之间的不同不是本质上的，但是碎裂的小说是一种更加具有整体性的书写体例，它豢养的范畴比笔记体严格，自成体系。也不是每一个写作者都为碎裂的小说写作做好了前期准备。

十

"地方性知识"作为写作对象，决定了其输出方式。我想在更短小的篇幅中将巴尔扎克、福克纳、大江健三郎以及中国的一些地域性作家的写作变成"浓缩铀"。那种需要十几本、几十本著作缀结在一起的表现一个地域的小说群航母，在这里压缩至一部作品当中。采取的方式不是松散的小说"群落-群岛"，而是将结构小说的方式呈现出来，如果你在别的作家那里还看到了分子，那么在这里你只能看到化学键，或者我们称之为骨架的东西。反其道而行之，"去小说化"正是作者努力的方向和用心之处；在文本当中，它的重心由表现一城一地之人族关系体系变成此地的一切，并且将结晶群众和象征群众的位置颠倒了过来，这种颠倒获得了前所未有的新视角，因为其需要对话的对象骤然变得繁复，采取的视角也不再是单一的，而是一种旋转运动中视线的模糊，环视般的晕眩，此一点好比蹦极和过山车之区别，蹦极是往地心坠落，而过山车是旋转的翻转的视角这样的体验，犹如那只立于"田纳西州山头的瓮"，刹那间，群山涌动。此时的作者真正去面对的是地域所辖的一切。在过往的地域性写作当中，作家没有去关注该地方植物的命运即书中的博物学内容，而在我看来，一株"君迁子"（与疾病）和"枫杨"（与地理迁徙路线）的命运同样代表村庄的实感。不再以小说的方式——很显然我说的是古典小说方式，而是以人类学的方式获得了这种视野。地方性语言、虞衡志、湖泊志、山志、水志、疾病史，等等，它们的元素构成了地域性公民，这些象征性群众本质上是人的"异化"，至少在人类的作品中应当如此，作者企图在小说叙述理论上回到更多的普遍的被漠视的断裂之处，因此，我们说的"去小说化"是指对古典方式的拓展，松动。如果我们将此新的小说方式当作小说本身，自然也无"去小说化"一说了。作者圈定一个地域，此外的地域就是与之对比的疆域。汤错不再是岛屿意义上的人类学理想领地，要在这种模糊性地域上长时段地描述一个地方正是他的难度。本雅明通过启蒙前的研究来展示未来大都市巴黎的形成，而巴尔扎克却通过巴黎的风俗研究以小说的方式来展现这一城市剧场，在情感上我们更倾向于本雅明的那种做法，很显然，巴尔扎克的雄心陷入了一个没有止境的陷阱，那是方法论上出现了问题。再者，纯粹以小说方式的结集其象征性与真实性之间存在太多的距离？将巴黎戏剧化的真实性始终逃离不了巴尔扎克本人闭门造车的局限性，即他无法超越先天携带的单一视角。因此，巴黎秘密警察收集的笔记其真实性更让人舒服。易言之，巴尔扎克笔下是一个剧场，一个为未来准备的虚构的巴黎，而本雅明笔下的巴黎是一个接近"真实"的巴黎，尽管它们都是虚的。我似乎还没有说中要害，将本雅明的巴黎或者拱廊研究计划置入巴尔扎克的文本，我们才看得出这种真实的力量，一个是与未来相关的，一个是无关的。或者说，我们可以在更简洁的规模下将巴黎浓缩为一卷，而不是一百部小说当中。从某种意义上，巴尔扎克启示了一种方法论，这种方法论为后来者延续使用，作为地域写作的有效方式不断得到完善。法国第三代微观史学家又陷入了专题的研究，失去了整体性的视野。微观地域性从本质上说是一种在场的产物，但是任何事物到了极端，势必事与愿违。我更愿意相信，虚构是在场的共轭对之对立面。换而言之，适度的虚构可以更好地在场。虚构也可以理解为在场叙述中的逻辑网络的延伸。它表现为思维着的状态。新小说给人一种冷静叙述的印象，这并非在场的一个基本特性。在场的基本理解还是要回到对"时间"的理解，对"我"的存在实感的理解。在场是在文本的内部不存在实质性的情节上的逻辑矛盾，然而，这只能是针对有限的小说类型而言的。在场也只是一个技术参数。属于智商参数。小说本质上遵循心灵原则。那么，汤错到底是实有还是虚拟的呢？作为小说，首先它是虚拟性质的，而作为一种学术文本，它又是实有的，至少是局部实际。它启用的资源可以在它指定的范畴内不违背理性精神——作者所能做到的。对部分只属于此特定地方所有的潜在文本的使用，让读者可以精确地了解一个地方的精神领域。就好比我们通过对《万宝全书》的观摩来理解一个过去的王朝——明代普罗大众的生活或精神领域。它无所不包，指引着当时的生活。在汤错则是"历本"（新书）（仅十页，一年一印），这仍然是明代《万宝全书》流传至今的缩写本，但它几乎是当地人的一部"圣经"，这里只是举出一个例子。对当地精神领域的构拟是通过这些具有自然法力的文本来实现的，并且将此当作"地方性"来做长时段阐释的趋于精确的代表。因此，汤错无论如何都是文本的中心，阐释主体。一切都是围绕这个展开的。它构成的方法论除了微观地域性和厚描述之外，还是一种环视的厚描述。因为这种环视产生的旋转力就好比《黑客帝国》中机器大帝派遣的进攻地心方向的Zion城的钻头舰。如果不了解这种纵深视角，我们阅读这样一个文本簇时就会失去很多乐趣。没有定义汤错之前，这个文本的信息可以视作零，而一旦启动，它就无限制地生成。这仍然可以运用在其他"地盘"上，比如一棵超出想象的大树、一条食物链、一个生物圈、一座城市、一个星球，无论虚拟、真实。乃如上帝被我们悬置一样，因此产生无限的阐释动力。小说作为诗学之一种维度，它在多大程度上承担过往史诗的义务或使命？回顾过去时代那些集中了人类众多精力和智慧的文本，小说显然也只是其中的很小的一个单元。而将小说的功能无限放大也是危险的，因此小说不是万能文本，它无限泛化的道路也必然艰难曲折，抑或仅仅只是我们的一厢情愿——当然也可视作写作的乌托邦性质。

十一

所有的声音和文本在找自己的运动和边界，又被边界限制。也有一种反思的力量。《铜座全集》的两个开头好比启动了两个不同方向的车头，动力方向，实际上也暗示了可以是三个，或者多个……为一些未完成和碎片留有余地。如果只有一个开头，那么，很显然我们会感觉到推进的单一。两个好比将惯常的行进停顿，进行分离。

将"作案时间"故意分离、错讹，为侦察制造了麻烦。他不需要故意保留"不在场"的证据。他又不像卡尔维诺《寒冬夜行人》一样，设置了无数个开头——实际上这本书没有摆脱雷蒙·格诺"一个故事九十九种讲述方式"的广泛影响。《铜座全集》的两个开头可以理解为中国传统哲学中的"阴阳"，这一理念在卷七"铜座之歌"中再次出现、回应，显然不是一种心血来潮，而是一场精心策划好的密谋。书，一本书显然是对理念、人的意识的模拟，用纪德的比喻来说就是——"蛋生来就是完满的"。开放和闭合是同时进行的。放到我们自己的写作也应该如此，这个完满不同于完整，完整还只是形态描述，而完满是圆、成、实。一部有着整体观念的作品基本要做到：圆、成、实。圆是说完满，整体性。成是抵达，成型，自足。实是实感，是圆成的结果，耀眼的有崇高感的光辉。一种地志文本，无论是汤错，还是仙霞镇，这个虚构的事件在打开它之前，它就是预先存在的一个实体，它潜伏着的能量有待进入者的挖掘。一些更细节的东西当然只能由具体的写作实践来呈现。而关于这些细节删除的写作，只留下框架和晶体结构，在博尔赫斯、斯坦尼斯拉夫·莱姆身上体现得最为明显，这不是后书写后评论，而是一种剩余价值的重新受力，"终于无成"，即未济卦象。对于那些厌倦了细节和情节推进的读者而言，这种剩余写作具有非常爽快的阅读魅力。而一旦涉及文本中的动力机制，一律启用侦探和悬疑模式来充当燃料。这只不过是写作者智性上的炫耀，但是一个希区柯克式或者福尔摩斯式的文本和这种纯粹的小说显然又有很大区别。事件的因果流变在小说中呈现出清晰的线索，在物质世界这种因果律具有普遍性、永恒性，它几乎是成功的古典情节编织小说、戏曲以及电影获得预期效果的保障。但是因果链仅仅是呈现小说秩序的方式之一，尽管占据绝大多数文本的内核，却不是唯一的。当然，一个完全无逻辑或者因果链的文本是非常可怖的。乌力波写作追求的秩序感想以一种固有的晶体感来取代事件的因果链。我们可以拿两个文本来比较，卡尔维诺《命运交叉的城堡》和马克·萨波塔《作品第一号》。《命运交叉的城堡》的扑克牌必须是叙述秩序，以维系因果律，而《作品第一号》放弃了这种因果律，也变成单面印刷，每一页上都有文字，但是每一页上的文字和其他一百四十九页随意对接，这种对接没有必然性，读者真能够将此"对接"起来并完成"因果律"的理解？这显然是不可能的，因为作者自己根本无法计算出这到底具有多少种可能性（这部作品最简单的读法是在一百四十九张卡片中任意抽出一张，和被人为固定的首页与最后一页一起读，很快就会发现它的简单与粗暴）。这一点在雷蒙·格诺已经清晰地认识到了，在他的《一百万亿首诗》中实践了这一想法，这和我在贾勤的《现代派文学辞典》序言中提到的那台具有无限可能性的"幽灵一般的具有普遍语法结构和输出可能的语言机器"构想类似。《作品第一号》开头和结尾是固定的，只有中间部分像扑克牌一样可以随意洗牌。按照萨波塔自己对此活页小说的解释则是："一个人物或所有人物经历过的全部事件都集中于一室，即在那个装扑克牌式的盒子里，一页接一页地读下去，情节不会有什么变化；但是如果我们像扑克牌那样将书页洗乱后重读，那么事件的前因后果也就随着书页顺序的变化而不断地变化着，尽管每个人物所经历的事件相同，但自我表现出来的人物形象却有异……"（参序言）我们对此产生厌倦的是，每种卡片上的情节和故事并不具有爱伦·坡的推理小说那种吸引力，读者阅读若干页或许是八页、八十页时就完全失去了耐心。最让人觉得可疑的是作者从来不曾将此一百五十一页的卡片上的故事——对接过，计算过它的可能性，他只不过是兴之所至就在卡片上写下一段，更糟糕的情况可能是作者原本写下一个长篇故事，然后"切割"成几百字的一篇，植入卡片，然后萨波塔说——亲爱的读者，我们开始一段美妙的旅程吧。这是一个美妙的讽刺。去死。也就是说码牌的可能性是作者预先完成的情况下，再进行这样的拆分，才是被认作负责任之举，作者自己做不到，却要读者去完成，这就是虚妄。

《哈扎尔辞典》那种过渡性模糊和融化三个文本中的交叉，至少在智性上为我们保留了情绪出口，而《作品第一号》则显然变成了一个装置，它是那么地机械而无趣，具有达达主义剪报纸拼贴文本之遗风。词典体的非同凡响之处也体现在它的词条的独立性，该词条可与别的词条相关或者无关而代替为单独发动一场战争以推动情节和因果律。它们更像有机物的化学分子式，词条与词条之间具有化学键。整体上，词条与词条之间具有生物圈中各个"食物链"之间的征服与反哺关系（独立事件几乎没有）。《命运交叉的城堡》之所以尚可当作一个成功的例子加以探讨，尽管它的叙事逻辑是古典的，但是对语言的知识（图片和符号）和古典情节编织实现了突破——符号学在小说中的大胆实践。而真正参与打牌或者赌博（博弈）的人根本不在乎卡片或扑克牌上写的是什么，读者更不关心了，唯有扑克牌和他个人的命运、利益相关时，这些卡片和牌才显得有意义，这也是卡尔维诺选择塔罗牌的缘故吧，米洛拉德·帕维奇也写了一部类似之作《君士坦丁堡最后之恋：一部算命用的塔罗牌小说》，但笔锋和思想的光芒已经委顿，可见作者在同一领域耕耘仍然危险而无法确保作品成功。再者，《作品第一号》的卡片的数量几乎是随意的，这是一个致命的乃至不可饶恕的轻浮。值得鉴定的当然是这种取消化学键之间联系的做法，或许我们可换成别的内容，而不是"一室"之活动，让卡片上的内容和位置占据具有无可替代性，从而建立起单元与单元之间的交集。难度正是交集的出现，而不是揉碎一张两开的报纸。在这方面《人生拼图版》或许做得稍好。我们在谈论乌力波写作的时候总是将"繁复""文本簇"，尤其是"秩序"这些因素一起考虑，正是因为这种写作是具有一般写作不具有的"难度"，放弃了"秩序"就变得没有"难度"，这绝非我们想要看到的和实践的写作。我们的写作和实践虽然放弃了词典学的追祭，其碎片化处理的时候仍然追求独立片段的内部结构，哪怕是最后一首长诗，仍然是一个小型宇宙。这种变幻和移动的阅读被统一在九宫图中。这部诗具有三重结构，每个板块由三阶构成。每一阶又由六首诗组成。一共是五十四首诗。虽然也是一副牌的数量，但是它没有要求像牌那样去阅读，而是像哥尼斯堡七桥那样阅读。它是一个主题，处于不断重临中。

十二

《地方性知识》最初使用的形式或许只有极少数人见到过，当它还在朋友之间以雏稿形式流通的时候，它是另一副面孔，有一个显得十分严谨的结构。不过，最终放弃了这一形式，而选择了它的民族志和地志文本的形式。虽然可惜，但是后者似乎作为加强对"铜座全集"的整体印象有好处，而雏稿的形式是单个文本的形式实验，这一形式，在适当的时候可以用在别的地方，那也是殚精竭虑构想出来的一个文本形式。虽然被抛弃了，我还是想说那也是一个存在过的结构。尽管它不会再被使用了，但是它是本书的前身。尚未找到合适的娘家。在对《地方性知识》的评论过程后期，恶鸟跟我说，他遇到了一个问题："地方性知识在繁复层面的缺失，会导致诠释文本的薄弱，如果一开始是同时诠释《万有引力之虹》和《千高原》，这个是我后面几篇写下来膨胀出来的一个野心。"我提议一起来。在本土小说中当作繁复的一个例子。无疑，《千高原》是较复杂的，和福柯的某些文本一样复杂。一个是结构的庞杂，研究范畴宽广，涉及问题良多。而《万有引力之虹》《尤利西斯》并不复杂，相对于以上那些作品，而仅当作小说的话它们业已足够复杂，但是也没有超过《哈扎尔辞典》之繁复。《地方性知识》只是可以当作繁复小说的一个例子被提出。而且要将繁复与复杂区分开来。繁复是结构的，复杂或许并没有形式感或深入的审美维度可查。繁复，这是文本簇而外要着重探讨的词。再其次是**厚描述**——这个词在《地方性知识》后记中有特意提到。《地方性知识》之繁复和西方小说的繁复之区别在于这是一种中国笔记体式的文体，繁复的同时去除了分析哲学的那种逻辑主张，透明才是一个主要追求。再者，它已经被分成了七卷，且每卷以不同的方式重临主题。我的感觉除了第一卷而外，其他六卷都较为繁复，第一卷相对而言似乎失重。它似乎至少应该发展到一百页左右。《地方性知识》的繁复在书中页二三三—二三四恰好谈到过，是借助藤蔓植物来谈文本的——藤也是一种文本。"藤是一种繁复又有理由简洁的文本"。在这里，我们找到了和"千高原"由根茎、根系谱系惊人的类似之处。但是由于文本担负的功能不同，涉及的知识也就不同了。而《千高原》至今年才刚被译介到汉语学界。二〇〇八年，《地方性知识》这个文本初成，当时叫作《藤》（副标题"关于汤错地方的诗学与政治"），其结构不是现在这样子的，繁复程度也不是现在这样——这里可以看到一种形式呈现出来的样子和读者第一印象十分有关系，最初的样子就是一个由"藤"

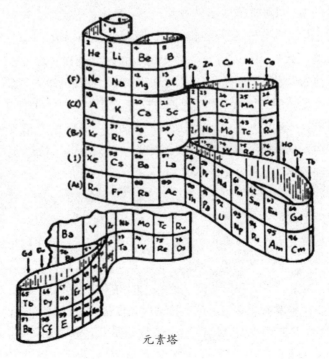

元素塔

提留出来的一个"化学元素周期卡片"排列的表柱目录——元素塔。

枯燥或许也是延绵时间的艺术方式。我已深感地方性知识的极度偏僻和琐碎。在这卷书的写作过程中，我遭遇了藤和它展示的哲学，它的形态就像是对思索和意识痕迹的有益摹拟。地方性知识偏僻、琐碎、庞杂、繁复，要从中理出一个结构来，实在有违它本来的样子，我依赖的就是这张图表，它是检索的主要依据。有些地方存在交叉互引，所以保留卡片最初的记忆方式，实为检索方便故。当然，这样做无疑也是想保留思维过程的粗糙，将写作的痕迹、过程和真实性留下，并希望通过这种无序达到晶体状态。一本不能随意阅读的书是令人难以理解的，而一本随便可以跳过一行的书也同样令人不可思议。汤错有一句谚语说："所有的衣服都穿在身上是不可能的。"对于这本书而言也一样，所有的卡片都编进来也是不可能的，这里只是收录了众多有关汤错卡片中的一部分。希望通过这条藤，读者已能够自由地从左岸走到右岸，在藤上来回地渡江过河，并把汤错递送到能够被理解的程度，看清它存有之轮廓。

对形式的理解在这一阶段，我们仍然可以看到这是"一种词典学的追祭"（贾勤语）以及乌力波写作对文体秩序概念的追求——在文本内部构成小宇宙。这种秩序也可以理解为"相对准确"。《地方性知识》原稿已废，也不宜再传阅，只能将最早的文本形式当作一个消逝的文本案例或者一种被撤销的形式加以比照。实际上，藤文本（元素综）诸系构成的织体被作者简化到地方志的七个按照内容划分的单元，但不包括卷六、卷七，也就是艺文志部分——很显然这是"铜座全集"中系列的相续的内容。我想致使我最终撤销"藤文本"的动机还是《地方性知识》的内容并不适合启用作者想象的那种旨在纯粹意义的形式实验。因此放弃了这一形式，但是在其他文本中我们仍然可以实验这一形式。它本身具有双螺旋、千高原的气质。它的繁复在于其对文本理解的本质——将碎片和本文形式立体化——即制造成空间感的——过程。如果有作者在"物体系"中启用这样一个形式系统，可以想象那是多么宏大而复杂的一个文本。《地方性知识》目前的形式也是处心积虑的结果，一种民族志和地志学结合的书写。目录使用的是一种"交叉参照"（Cross Reference）；语言学、博物学、人类学、民族志、人口学、词典编撰学等这些影子无处不在。最终使我放弃藤文本的自觉来自对地方志"一城一地之百科全书"主旨的最后圈定，决断，欲从此走到头。另外，还须指出一点，《地方性知识》仍然是一个游牧的乡土边缘事件。汤错即该地方的诗学与政治是这第一部中主要的任务。这决定了对它的审读。它表明的写作只是一种与线性时间、情节编织、故事作家的了断与诀别的仪式，绝对的"去故事化"是不是现代小说的基本特征的唯一途径，或是作为一种对传统叙述的反叛而做出的极端行为，尚有待进一步实践和澄清。

结束语

本书起稿于千禧年前后，从本书创作之初，纠结的就是去故事化，时至今日，近二十年过去之后，作者将讲故事的小说文本称作经典线性时间叙述，而不讲故事的小说称作非线性时间叙述，后者以改变叙述逻辑结构取胜，跟其他文体杂交与熔铸的空间更为可观，小说的叙述艺术从而就像由基础的欧氏几何发展到现代非欧几何一样，尽管改变的仅仅只是平行线公理这一条，却是现代思想的启程，这是人们对世界认识的进步，因此才有康德哲学和爱因斯坦相对论的产生。在二十世纪的文学中才产生了现代主义小说写作，尽管它不被普遍接受，但我们对世界固有不变的存在变成抽象空间的理性形式思维方式已经构成本世纪的基本观念，文本的形态的变也由此产生。所有现代性文本的写作和阅读在思维上区别于经典线性时间叙述文本，这种障碍性和枯燥可能还得持续很长时间。

我们选取的靶片很小，甚至微不足道，以确保我们的注意力不致涣散，同时，我们也选择了一个更为宏大的对象——秘密知识的旅程。① 它们构成作者对现代主义小说写作实践的长足兴趣。

二〇一〇年二月七日完稿于桂林青草堂

二〇一八年春修订于北京②

---

① 指《灵的编年史——秘密知识的旅程》。

② 修订压缩了一些章节，并统一了早先因为对话需要而随性表达的一些措辞，想要了解本书创作过程的读者，凭此可以略窥其豹。

跋

　　一条幽昧而长着翅膀的小船，曾在我的梦中出现，泊在一条黑白分明的巨大河流上，有时候有一两个人，有时候没人，有时还长了长长的羽翼，振翅欲飞；有时我又觉得它像一盏鱼油灯，在黑暗中伺机寻找每一粒可资擦亮的裹在音节里面的字。

　　"铜座像一条铜筏"

　　本书即发轫于梦中的这样一个形象，最后我觉得"铜座"的样子就是那条小船。

　　这部书的局部内容曾以《地方性知识》之名在二〇一〇年出版，它们裁剪自"铜座"。在后记中做了一番推脱，说当时未来得及整理全稿，但全书的骨架和结构是确定的，并在这个框架下释放了那部分内容。的确，作为文本的"铜座"结体巨大，波及面枯冷而又颇显浩繁，由于我们的谫陋，某些地方终究难以完全满意，尤其需要说明的是最终未能达成所有的写作计划，只是轮廓和结构是清晰确定的，一如那遗落梦境的小筏。时至今日，从二十来岁开始写到今天，一不小心就到四十岁啦，汤错长大了，我也步入人生的中年。那么，一部关于整体史的地方志小说要鏖战多久才能完美？这二十年来是我重新学习汤错语的过程，汤错没有书写能力，仅存语音，汤错群众有一定的阅读能力，手抄文献以白字居多，甚至可以视为拟音记录资料，要还原成可书写的文字实际上是一个逆过程，我们的写作空间就是建立在这个"空白"之上的，我们寄望于为那些尚在流亡的音节找到故乡和归宿。而这种空白主要是语言有时候将我们带到了不知所谓的地方。另外，我们大量使用了手抄本中的文学形象，而没有使用现实中的图片，尽管我们拍摄的图片不下一万张，我们是想营构和理解汤错象征群众携带的那个整体生命延续和永恒回归的世界。经此一役，第一版真正成型，读者可窥全豹。在这轮漫长的喂养中，我想把这个名字归还给我梦到它的地方，群山脚下引叶如舟的铜座。所谓的枯燥的地方性知识意味着，这样规模的著作我们至少需要近十万个词，而此前我与它们从不相识。我们终于从这场搏斗中看到了落幕的曙光。

成型的这一版对简略版进行了修葺，重复求证，原来没有付梓的部分进行了重新布局，形成现在的样子。在没有新材料以及田野作业有所得的情况下，在拮据和窘境到来之前我们决定终止继续捕获新段落的企图，整个文本似乎已经接近饱和，饱和不是边界，而是整体感受。尽管如此，我想我们的工作已经抵达了某些想要的核心部分，在虚构和非虚构之间长期游荡结出的一枚称不上奇花异果，却也可以用来待客的礼物。面对汤错群山和汤错语，有时候我觉得自己不是真正意义上的那位作者，而是整部著作的他者，在这一过程中仅仅是领略了铜之筏在浩瀚的语词森林里穿行时的起伏、暗礁和快意。

本书写作过程中的这场拉锯战曾一度中断，回过头来看，每一次中断都是休止符，是为了下一次小高潮所做的铺垫。除了坚持和勇气之外，别无选择。写作者在写作之初总是雄心勃勃，终了发现，很多奔跑半途而废，或者并没有前途，而作品可以成型，在某种程度上，它一定获得了自己的形式感。作者很想把更多的想法加以发挥，却马高凳短，力不从心了，跑偏的那些方向即所谓的"全集"的支流有些注定是要永远沉沦下去的。

因为方言相对偏远古老陌生的缘故，该版本修缮了繁琐之处、一些显而易见的笔误，以及对某些词的转译提供了更精准的表达。尽管如此，一些音还处于流亡当中，无法辨识；有些句段、章节进行了修订，原来剔除的现在又还原或增补了局部细节，看起来更加简洁，流畅；地方性草木鸟兽虫鱼之属一般会给出学名；内容具足全集的骨架和丰盈，虞衡志和艺文志两部首度呈现全貌，如果还缺乏什么的话则是鱻天卷的缺席。在知识检索和文献易于捕获的今天，我们对一些地方性知识仍然显得束手无措，因为一些学科知识其实并非知识，而是专业，我们所谓的深描终非专业人士的志趣所在，终有如履薄冰"入山唯恐不深"之感萦绕。

初版以前四卷的内容为主，艺文志部分并未突显出来，就用了"地方性知识"这个名字代称全集局部内容，它也是阐释人类学家吉尔兹（Clifford Geertz）一本著作的名称。吉尔兹著作原名 *Local Knowledg*，而我们的著作实际上是一部民族志或者说方志体例的小说，有不少读者要买吉尔兹那本由论文和演讲组成的著作，结果误买了这本小说，或者相反。今天，熟悉的人已经知道这是两部文体属性不一样的著作。在规划田野考察的时候，我们参考了吉尔兹的观点，尤其是"内部之眼"，这是田野考察获得地方经验的途径之一。当然，还参考了别的著作。

简略版面世之后，一些不曾谋面的批评家给予了真挚的评骘——每每是一些交叉学科领域的学者，尤以人类学专业的居多，他们认为这是一部文学人类学或者人类学诗学作品，以及一些最纯粹的评论也偶尔冒出来，最长的专门讨论来自号称文本穿山甲的恶鸟与作者的对话。_{双螺旋：地志文本与作为人类学小说的厚描述：幻想一种地志文本和小说与写作的对话。参《乌力波》，2011。}我们在写作本书时的确进行过持续多年的田野考察，这些考察让我们对那些熟视无睹的事物的态度和认知有所改变，所谓的知识就是指这种改变，由未知变成已知，或接近体验的知识。

本书是不是小说的争议一直存在，它最初的面貌是以非线性织体的形象出现的，小说叙述可以有故事，也可走到它的反面，或过渡状态，在我们自己的著作中称之为线性时间织体和非线性时间织体，显然那时侯主导我们兴趣的是后者，我们不想将地方和历史锚定在少数几个代表人物上来达成所谓的地域性写作，因此将手套翻转过来，以物作为结晶群众，而人类、动植物就成为诗歌、寓言和小说中的象征群众。我们想尽快解决那种重复繁殖的模式。小说是作者将观点隐藏在人物身上，戴着面具言说，而拿掉这层面具，还原到作者的言说上，实际上变成一种任意延展的文体，目光如炬的读者一定知道这其中的原理。所谓人物的塑造也是将一类经验全部归到这一人物的行动上，不管是看得见的和看不见的心理活动。由此可见，拿掉面具，就不存在虚构和非虚构这种界限的划分。非虚构也是作者营造出来的镜像世界。田野考察也仅仅是我们对待经验匮乏的一种方式。经验的抵达和读者之间达成的共识才是写作的真实。除此之外，我们不知道还有什么是真实的。然而，真实即使用语言符号描述一件已经发生的事情不是写作唯一要完成的任务。就好比我们一定要在周五晚上打一场牌和对某个问题穷追不舍，那都是因为我们心中的结，对，为了打开某些心结，才是劳作的动力，所以追索所谓的真相才是写作动力的真正供给者。

在二十世纪九十年代和千禧年之后的若干年，诗人们无一例外都在和存在与虚无以及死亡的幻象做斗争。本书之所以回到一种直接的可体验的经验当中，是想摆脱那种天堂般的虚无袭击。意味着我们对某些固执的方向选择了松动和反思。本书正是在这种拒绝死亡幻象袭击的背景下独自旅行的结果。而且选择了最近的经验进行培植，谁知发酵过程如此漫长。用文学的话说，我们对庸俗现实主义、文学故乡的割据和等而下之的地方性写作表现出前所未有的厌倦。可以肯定，自左翼到中国现实主义道路的形成，文本、材料、阶级状态，乃至审美是变化的，而现实主义曾经是神圣文学和灵魂导师，今天的我们似乎早已丧失了这种优越感，因此需要一种新文学，这个新文学就是全球化谁来主导和提供新的营养的问题。唯有如此，才不致使其丧失战斗力。这是最大的现实：中国的是世界的，世界的是中国的。

我没有在该文本中去碰触这个主题，而是退到一个角落，一个容易的经验现场——故乡和民族志，反观这场聚变的到来。[1]

　　起初，我们面对身边的事物是相隔的，悬置的，哪怕是故乡，我们仅仅存在于我们自己的世界，经过很长时间的发酵，经验和行动才变成认识，乃至观点。我们才能凭借有限的已知推己及人，完成一次又一次想象和拟构。故乡即成长经验，故乡与归根指向所有的成长经验的延展，其他由故乡之根成长起来的叶茂都是归途。我们的写作和阅读也仅仅是从他者的故乡反观了自己，并获得营养。故乡的无私在于它永无止境的馈赠，它仅仅用语言和食物就打败了我们身上稚嫩的叛逆和流亡气息。我们不断地居住和迁徙在自己和别人的经验故乡，有时候它甚至直接被称作愁乡或乡愁，就像我的向导谢秉勋那样，在大乡愁（宇宙乡愁）和小乡愁的撕裂中回到了生他养他的经验故乡这只容器。可以说，将这种乡愁肉身化的意志从深处引导了写作者的趣味，我们也不能例外。并且，我们将所有的努力都灌进了铜座—汤错这样一个位格相互交替的词身上。

　　在本书七卷当中，前面五卷，我们都在试图将这个双重身份的词肉身化，艺文志部分所遵循的铜座—汤错肉身化的过程指向了升华，要将铁矿石变成钢水，试图探讨由象征群众到结晶群众的生成，使用的却是线性时间织体，尽管是局部内容，但对于全书而言，它是虚构部分，可见这二者也并非绝对两分。全书之所以身陷这种非线性织体的原因，大部分是出于对疲劳不堪的地域性写作以及对营造文学故乡的反思，无论是巴尔扎克的巴黎还是福克纳的邮票故乡，或者马尔克斯的马孔多，在作者这里变成了一个坚固的词，然后将其变成肉身，及其意志，某种程度上，是一种表现主义行为。因此，在文本中并没有努力去让人物来承担乡土文学的伦理意义上的价值和义务，只是局部的继承这种关系。因为，我们要一座整体史。那么，它倒底是不是小说呢？

---

[1]　聚变的写作体现在《灵的编年史》的写作中。

一些学者也提到了文学界对该文本遇到了归类困难而让渡到文学人类学领域。周霆：民族志叙事：文学与人类学的学科互涉 许辉先生的话或许可以为作品解围，他说总体上这是一个感性的文本，而不是一个逻辑文本。尚且有虚构和虚构视角。最主要的，他觉得本书的存在是长篇小说创作开放性的一个看得到的信息。许辉：第八届茅盾文学奖参评作品读评（2）。应该说，相遇与转向，二者共存。作为我们即写作者的初衷秉持的是：整体史的微观写作立场。我们要呈现的是"花园是一座整体史"。乡土是不是应该具有一个更广泛的讨论空间？而不是制造小说，不管是虚构还是非虚构，作者通过不同文体、维度、套层叙述以及深描（厚描述）不断重临那个坚固的整体。作者绝非要做"乡村柏拉图"，或步他们的后尘，也不是要写给哪一个派别看的书（因此它有时候也会显得不痛不痒，但那些所谓的正确方向谁赋予它合法性呢？那些过度启蒙者正在意淫变成光芒万丈的救世主，对此我们一开始就是十分谨慎的，对患有天使综合征的人我们也一向敬而远之），我们仅仅是想拥有蜻蜓的眼睛罢了刘大先：蜻蜓、博物志与文学的自由，而至于它属于何种文体终非最要紧的，当然也不排除或难免陷入王炜所谓的"纠正的冲动"王炜：漫游，以及"地方性"作为变数，以及"如何表达中国"由客体变成本体的大地肉身形式的共振上来。这些枯燥的源自地方性的知识在有些读者那里却认为是"可以让一五四〇年的玫瑰复活的语言种子"。戴潍娜：汤错在哪里？——地方性知识读后。写作是一个较为包容的行业，唯洁癖和平庸，二者都是不治之症。如此孤苦的一本书，出版之后碰到为数不多的读者拥趸，让我们更加谨慎地对待自己的工作。当然，在我们谈论这些偏狭的地方性时，和我们谈论北京街角、大学城，甚至青铜器或自然科学的会议内容的真挚态度是同等重要的，区别仅仅是我们选择的"靶片"有所不同。任何一种地方性知识总是宇宙知识，即它的居有者所认知的宇宙。

"它是我的周南，是我的耶路撒冷！"（谢秉勋）

对于我，这是我们共同建筑的一座圣殿，它由一个词完成了由糟白与清浅的表面滑行乃至经验匮乏到肉身化过程。在这一写作过程中，我们处于一种持续发现的微熹当中，我们希望这种微熹也能带给读到这部著作的读者。

关于虞衡志部分为何占据如此多的篇幅之阐释见《花期——汤错地方植物观察笔记》一书前言，总而言之，动植物仍然是汤错纷繁复杂的群众构成。

本书初版有评论认为该文本是一个最为典型的地方志文本，尽管在后记中作者自己也这样题记，然而这种地方志写作是基于人类学、微观史学以及中国史学传统而进行创作的，而在现实中看不到这样的地方志。中国的史学传统之所以是"史"，"志"也隶属于这个"史"，完全摒弃了叙事传统与近乎统计的地方志并非乙部之学的精髓。本书如果说是方志体例，也是指"史"这个范畴。

本书采用相对方言化的写作，这是一个朝野与风雅调和天下合法性的问题，许子通过《说文》调和古今之争，扬雄通过《方言》（《辎轩使者绝代语释别国方言》）调和风与雅、朝与野之争，到《康熙字典》时，古今本字、俗字，乃至讹体和域外字典学成就如朝鲜的字典均编纂进来，汇为一统。因此，语言不仅仅是诗学的，也是政治的。语言是我们的结晶群众，它的载体是它的携带者和它氤氲过的土地。

原后记中我们曾提到过，以目前的储备，断然写不完铜座这个概念实体的事物。它的诱惑之处在于，一种小小的植物或许构成一本厚书，比如菟丝子的一生以及与它有交互寄生关系的植物、昆虫（马蜂），人类从菟丝子的寄生关系学习到的仿生能力所构成的整体史，断然可以是一部完整的著述，而一些习俗或许永远搞不清它的开端和孕育的人类心灵的历史，那么一个人的中国如何能够轻易表达？我们赞同把它们称作汤错的象征群众而已。有太多的地方只能将就于一种勾勒或大写意，很多地方只停留在出发，还有一些十分模糊，不能定性，以及更多的我们根本不知道与不曾涉足的无限复杂的存在和事物。曾经的作者开启的以人物谱系为线索和以提炼地域为象征物的做法在这里沦陷了，我们被任何一类经验触角的丰富性与新鲜征服，并在一种菟丝子般缠绕的繁复中草草抽身，离开现场。

铜之筏地方性之旅终于告一段落，遗憾的是我们终究没有类似达尔文进化论那样伟大规律的发现，也没有托尔斯泰那样将群众意志的总和交给少数几个历史人物，这不能不说是非常遗憾的，这仅仅是一只小小的孤筏在泱泱帝国漫长的历史河畔游弋的结果，一如当初那些迁徙至汤错的流民。

汤错地方的阴教中有一种称作"喂树"的行为，师公通过喂给它汤汁来达到主人所希望的果实。树是坚固之物，有别于我们的存在，汤错一词没有肉身化之前，我们的写作面对的小黑洞类似师公的喂树，且并不晓得喂养的结果终究会怎样。当我们真正深入汤错之后，某种莫名的悲痛会将人攫住，在一次次重临中，那份彻痛如一场午夜的修辞大雪克期降临。我们喂过的树真的会结出所希望的果实吗？还是我们根本不能提供任何人都不会怀疑其真实性的可靠处方？

这正是汤错古老的仪式波托的含义，我们在本书接近完成之时，才理解到汤错心理结构的核心部分，将这一切星云般散淡的细枝末节勾连起来，它就是波托，约十年前我们在汤错亲自观看过种种类似于此的仪式。波托就是那枚水晶球的整体结构，其他都是它幻化出来的内容，然而，我们也没有因此而对其他思路进行修订，写作过程散发的一些想法本身若即若离，只是没有一击即中。现在，我们终于释然了许多。

可惜的是，二〇一二年夏天，题辞中提到的深通汤错老话的"我的爷爷李维先生"已经过世，他是汤错早期资料提供者之一，本书的写作有他的贡献，我们加上了"二〇一二"这个代表终止和蜕变的时间符号，以寄托我们对他的怀念。我们再也没有机会亲自向他解释苦荬伶人的血脉伦理。

本书的出版要特别致谢作家出版社编辑兼作家李宏伟，与他不经意的一次会晤和君子协定，让我一鼓作气完成《灵的编年史》的写作任务，再重理悬置多年的本书的全部文档——它们已历经劫难：坏盘、丢失、抢救、存储升级并存；对一个写作者而言，在他的写作生涯中有这种幸运几乎是罕见的。最后还要感谢在写作过程中为本书提供语料和便利的家人和朋友，假如我们没有完美而充分地利用到你们提供的素材，肯定是我们写作技艺上的不够成熟，但我们与你们是同在的。

二〇一七年冬于青虹堂

次年清明改定，宋庄

详　目

篇目索引

（按照笔画，标示"∞"者为列传与艺文志作品）

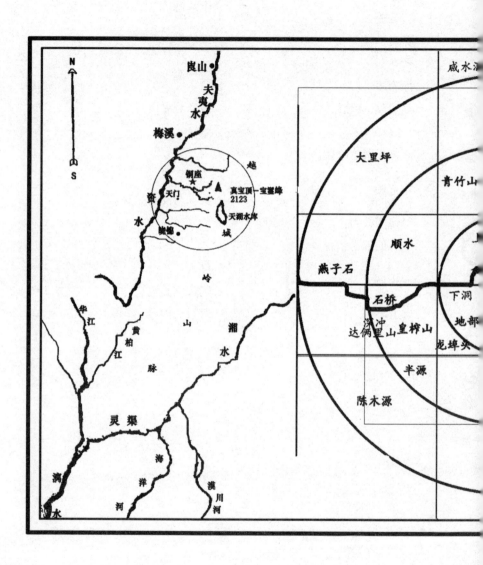

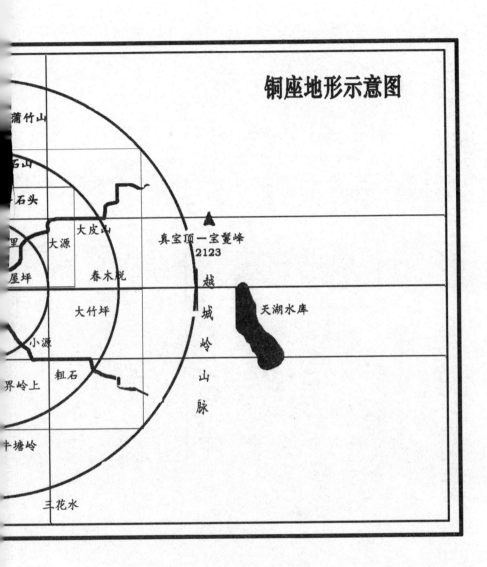

铜座地形示意图

图书在版编目（CIP）数据

铜座全集／霍香结著．-- 北京：作家出版社，2021.8
ISBN 978 - 7 - 5212 - 0553 - 4

Ⅰ．①铜… Ⅱ．①霍… Ⅲ．①长篇小说 - 中国 - 当
代 Ⅳ．① I247.5

中国版本图书馆 CIP 数据核字（2019）第 110301 号

铜座全集

作　　者：霍香结
责任编辑：李宏伟
装帧设计：张志奇工作室
出版发行：作家出版社有限公司
社　　址：北京农展馆南里 10 号　　　邮　　编：100125
电话传真：86 - 10 - 65067186（发行中心及邮购部）
　　　　　86 - 10 - 65004079（总编室）
E - mail: zuojia@zuojia. net. cn
http: // www. zuojiachubanshe. com
印　　刷：三河市紫恒印装有限公司
成品尺寸：147 × 210
字　　数：797 千
印　　张：29.75
版　　次：2021 年 8 月第 1 版
印　　次：2021 年 8 月第 1 次印刷
ISBN　978 - 7 - 5212 - 0553 - 4
定　　价：148.00 元

ISBN 978-7-5212-0553-4
9 787521 205534 >